U0101768

第五卷

中华经典藏书

道教经典（二）

北京出版社

北京出版社

本 卷 目 录

道教经典（一）

道教经典

（一）

道教经典目录

道德真经

南华经

冲虚至德真经

周易参同契

太平经

黄帝阴符经

黄庭经

抱朴子·内篇

养性延命录

真　诰

太上感应篇

钟吕传道集

悟 真 篇

金丹四百字

还 源 篇

紫 清 五 论

清 静 经

大 丹 直 指

长春真人西游记

性命圭旨

附录　道教与养生（选录）

道德真经

〔春秋〕老聃　撰

上篇

道经

一章

道可道，非常道[①]；名可名，非常名[②]。无名，天地之始；有名，万物之母[③]。故常无欲以观其妙；常有欲以观其徼[④]。此两者同出而异名，同谓之玄[⑤]。玄之又玄，众妙之门。

①第一个“道”字和第三个“道”字，是老子哲学里的专有名词。第二个“道”字是动词，是用言语说明的意思。常道：即天道自然运化之法则。道可道，非常道：即道是可以讲的，但讲出来的却不是真常大道，因为道在无言中。

②第一个“名”字和第三个“名”字，是老子书中的特有名词。名者，即物称，为道生万物之后的称谓。非常名：因为万物有生必有死，是生灭法，故曰“非常名”。

③常无欲：无心也，为主静之时。常有欲：即动察之机，为静中之动。

④徼（jiào，叫）：原为边际，这里引伸转化为开端的意思。

⑤玄：幽昧深远，不可测知的意思。

二章

天下皆知美之为美，斯恶已；皆知善之为善，斯不善已。故有无相生[①]，难易相成，长短相形，高下相倾，音声相和[②]，前后相随。是以圣人处无为之事[③]，行不言之教。万物作焉而不辞，生而不有[④]，为而不恃，功成而弗居。夫唯弗居，是以不去。

①有无：有，即有此先天之一气的运化之理；无，即无形。这句话的含义是无中生有，有中反无。

②音声：简单的发音叫做声；声的组合，成为音乐节奏的，叫做音。

③无为：顺应自然，不强作妄为。

④不有：指不以万物为自己的私物。

三章

不尚贤[①]，使民不争。不贵难得之货，使民不为盗。不见可欲，使民心不乱。是以圣人之治，虚其心[②]，实其腹，弱其志[③]，强其骨。常使民无知无欲，使夫智者不敢为也。为无为[④]，则无不治。

①尚贤：标榜贤才。不尚贤：不推重贤才，即不给那些自我标榜为贤才的人以高官厚禄。

②虚其心：净化人民的心思，没有贪欲。

③弱其志：削弱人民争逐名利之志，不生机智巧诈之心。

④为无为：以“无为”的方式治理天下，亦即以顺应自然的态度处理政务。

四　章

道冲而用之或不盈①。渊兮似万物之宗。挫其锐，解其纷；和其光，同其尘。湛兮似或存②。吾不知谁之子，象帝之先③。

---

①冲：古代的盅，意为空。盈：满的意思。

②湛：沉，深，形容道的隐而无形；而又确实存在。

③象帝之先：似乎在天帝出现之前就有了道。象，好似。

五　章

天地不仁，以万物为刍狗①。圣人不仁，以百姓为刍狗。天地之间，其犹橐籥乎②？虚而不屈，动而愈出。多言数穷③，不如守中④。

---

①刍（chú，除）：古代祭祀时用草扎成的狗。

②橐籥（tuó yuè，驮月）：古代风箱。

③多言数穷：政令越是繁多，越是行不通，失败得越快。言，指政令。数，通速。

④守中：即守冲，持守虚静的意思。

六　章

谷神不死，是谓玄牝。玄牝之门，是谓天地根①。绵绵若存，用之不勤②。

---

①玄牝：“牝”也是道的别名，这里指生养万物。玄牝之门：即玄门穴和牝门穴。玄门为天根穴，牝门为地根穴。

②不勤：不尽，不竭。

七　章

天长地久。天地所以能长且久者，以其不自生①，故能长生。是以圣人后其身而身先②；外其身而身存。以其无私，故能成其私③。

---

①以其不自生：指天地的生存不为自己。

②后其身而身先：把自身放在众人后面，反而能得到众人的拥护。

③成其私：成就自己的事业。

八　章

上善若水[①]。水善利万物而不争，处众人之所恶，故几于道[②]。居善地，心善渊，与善仁，言善信，正善治，事善能，动善时。夫唯不争，故无尤[③]。

①上善若水：最善之人，品格如水之不争。

②几：接近。几于道，接近于道。

③尤：过失、过错、罪过。

九　章

持而盈之[①]，不如其已[②]；揣而锐之[③]，不可长保。金玉满堂，莫之能守；富贵而骄，自遗其咎。功遂身退，天之道。

①持而盈之：执持盈满。持，即手持，手执或手捧的意思。

②已：止。

③揣而锐之：把铁器锤打得又尖又利。

十　章

载营魄抱一[①]，能无离乎！专气致柔，能婴儿乎！涤除玄览[②]，能无疵乎！爱民治国，能无为乎！天门开阖[③]，能为雌乎[④]！明白四达，能无知乎！生之畜之，生而不有，为而不恃，长而不宰，是谓玄德。

①载：夫，语助词。营魄：魂魄。

②玄览：比喻心灵深处明澈如镜。“玄”形容人心的深邃灵妙。

③天门开阖：鼻孔呼吸。

④为雌：守静的意思。雌，母性动物，性安静，所以为雌有守静的意思。

十一章

三十辐共一毂[①]，当其无[②]，有车之用。埏埴以为器[③]，当其无，有器之用。凿户牖以为室，当其无，有室之用。故有之以为利，无之以为用。

①辐：车轮中连接轴心与轮圈的木条。毂（gǔ，古）：车轮中心的木制圆圈，中有圆孔，即插轴的地方。

②无：指毂的圆孔。

③埏埴：和土抟泥。即和陶土做成盛饮食的器皿。

④有之以为利，无之以为用："有"给人提供便利条件，"无"是发挥作用。

十二章

五色令人目盲[①]；五音令人耳聋[②]；五味令人口爽[③]；驰骋畋猎令人心发狂[④]；难得之货令人行妨。是以圣人为腹不为目，故去彼取此。

---

①五色：赤、青、黄、白、黑。

②五音：宫、商、角、徵、羽。

③五味：酸、苦、甘、辛、咸。口爽：口病，指味觉差失。

④畋（tián，田）：指打猎。

十三章

宠辱若惊[①]，贵大患若身[②]。何谓宠辱若惊？宠为上，辱为下。得之若惊，失之若惊，是谓宠辱若惊。何谓贵大患若身？吾所以有大患者，为吾有身；及吾无身，吾有何患！故贵以身为天下，若可寄天下[③]；爱以身为天下，若可托天下[④]。

---

①宠辱若惊：得宠和受辱都感到惊恐。

②贵大患若身：重视大患（宠辱）如同重视自身生命一样。

③、④若：作乃字解。

十四章

视之不见，名曰夷[①]；听之不闻，名曰希[②]；搏之不得，名曰微[③]。此三者不可致诘[④]，故混而为一。其上不皦[⑤]，其下不昧，绳绳不可名，复归于无物[⑥]。是谓无状之状，无物之象，是谓惚恍。迎之不见其首，随之不见其后。执古之道，以御今之有，能知古始，是谓道纪。

---

①夷：无色。

②希：无声。

③微：无形。

④致诘：追究，思议。

⑤皦（jiǎo，皎）：光明。

⑥无物：无形状的物，即指道。

十五章

古之善为士者，微妙玄通，深不可识。夫唯不可识，故强为之容；豫兮若冬涉川[①]。犹兮若畏四邻。俨兮其若客。涣兮若冰之将释[②]。敦兮其若朴[③]。旷兮其若谷。混兮其若浊。孰能浊以止静之徐清？孰能安以久，动之徐生？保此道者不欲盈。夫唯不盈，故能蔽不新成[④]。

---

①豫：野兽名，性好疑。

②涣兮：形容流动的样子。冰释：冰融。

③敦兮：形容敦厚老实的样子。

④蔽不新成：去故更新的意思。

十六章

致虚极[①]，守静笃。万物并作，吾以观复。夫物芸芸，各复归其根[②]。归根曰静，静曰复命，复命曰常，知常曰明。不知常，妄作凶。知常容，容乃公，公乃王，王乃天，天乃道，道乃久，没身不殆。

---

①致虚极，守静笃：意思是下功夫修养，达到心灵极度虚寂，极度宁静，不受外界物欲的干扰。

②根：根本，指道，即无。归根即复归于道。

十七章

太上[①]，下知有之；其次，亲而誉之；其次，畏之；其次，侮之。信不足焉，有不信焉。悠兮，其贵言。功成事遂，百姓皆谓："我自然。[②]"

---

①太上：至上，最好，指最好的统治者。

②自然：自己本来就如此。

十八章

大道废[①]，有仁义；慧智出，有大伪；六亲不和，有孝慈；国家昏乱，有忠臣。

---

①大道：指维持社会秩序的政治法律制度。

十九章

绝圣弃智[①]，民利百倍；绝仁去义，民复孝慈；绝巧去利，盗贼无有。此三者以为文不足，故令有所属。见素抱朴[②]，少私寡欲，绝学无忧。

①绝圣弃智：抛弃聪明智巧。圣，这里不作圣贤解，而作聪明解。

②见素抱朴：意思是保持自然本性。朴：没有雕凿的木。

二十章

唯之与阿[①]，相去几何？美之与恶，相去何若？人之所畏，不可不畏。荒兮其未央！众人熙熙，如享太牢[②]，如登春台。我独泊兮其未兆。如婴儿之未孩。儽儽兮[③]，若无所归。众人皆有余，而我独若遗。我愚人之心也哉！沌沌兮！众人昭昭，我独昏昏。众人察察，我独闷闷。澹兮其若海[④]，飂兮若无止[⑤]。众人皆有以，而我独顽似鄙。我独异于人，而贵食母。

①唯：应诺，恭敬答应的声音。阿：呵斥的声音。

②享太牢：意思是参加丰盛的筵席，太牢指称牛、羊、豕。

③儽（lěi，垒）儽兮：疲倦闲散的样子。

④澹兮：辽远的样子。

⑤飂（liù，绿）：急风。

二十一章

孔德之容[①]，惟道是从。道之为物，惟恍惟惚。惚兮恍兮，其中有象[②]。恍兮惚兮，其中有物。窈兮冥兮[③]，其中有精。其精甚真，其中有信。自今及古，其名不去，以阅众甫。吾何以知众甫之然哉？以此。

①孔：大。

②象：形象。

③窈：深远，微不可见。冥：暗昧，深不可测。

二十二章

曲则全，枉则直[①]，洼则盈，敝则新，少则得，多则惑。是以圣人抱一为天下式[②]。不自见，故明；不自是，故彰；不自伐[③]，故有功；不自矜，故长。夫唯不争，故天下莫能与之争。古之所谓“曲则全”者，岂虚言哉？诚全而归之，希言自然。

①枉：屈。

②抱一：指守身。式：法式、范式。

③伐：夸。自伐：自夸。

二十三章

飘风不终朝[①]，骤雨不终日。孰为此者？天地。天地尚不能久，而况于人乎？故从事于道者[②]，同于道；德者，同于德；失者，同于失。同于道者，道亦乐得之；同于德者，德亦乐得之；同于失者[③]，失亦乐得之。信不足焉，有不信焉！

---

①飘风：强风，大风。飘，狂疾。

②从事于道者：按“道”办事的人。

③失：指失“道”，失“德”。

二十四章

企者不立[①]，跨者不行。自见者不明。自是者不彰。自伐者无功。自矜者不长。其在道也，曰：“余食赘行[②]，物或恶之，故有道者不处。”

---

①企：同跂，举起脚跟，脚尖着地。

②赘形：多余的形体，即身体上长出多余的肉块。

二十五章

有物混成[①]，先天地生。寂兮寥兮[②]，独立而不改，周行而不殆，可以为天下母[③]。吾不知其名，字之曰道，强为之名曰大。大曰逝[④]，逝曰远，远曰反。故道大，天大，地大，人亦大。域中有四大，而人居其一焉。人法地，地法天，天法道，道法自然。

---

①混成：混而为一。

②寂兮寥兮：没有声音，没有形体。

③母：指道，天地万物由道而产生，故称母。

④逝：指道的运行永不停息。

二十六章

重为轻根，静为躁君[①]。是以圣人终日行不离辎重[②]。虽有荣观，宴处超然。奈何万乘之主而以身轻天下？轻则失本，躁则失君。

---

①躁：动。君：主宰。

②辎（zī，资）：古代有帷的车。

二十七章

善行无辙迹[①]，善言无瑕谪[②]，善数不用筹策，善闭无关楗而不可开[③]，善结无绳约而不可解。是以圣人常善救人，故无弃人；常善救物，故无弃物。是谓袭明。故善人者，不善人之师。

不善人者，善人之资[4]。不贵其师，不爱其资，虽智大迷，是谓要妙。

①辙迹：行车时车轮留下的痕迹。
②瑕谪：过失，缺点，毛病。
③关楗：栓梢。古代门的关楗是木制的，横的叫关（栓），竖的叫楗（梢）。
④资：借鉴。

二十八章

知其雄[1]，守其雌[2]，为天下溪[3]。为天下溪，常德不离，复归于婴儿。知其白，守其黑，为天下式。为天下式，常德不忒[4]，复归于无极。知其荣，守其辱，为天下谷。为天下谷，常德乃足，复归于朴。朴散则为器，圣人用之，则为官长。故大制不割。

①雄：比喻刚强躁动。
②雌：比喻柔静谦下。
③溪：沟溪，山间流水渠道。
④忒：差错，差失。

二十九章

将欲取天下而为之，吾见其不得已。天下神器，不可为也。为者败之，执者失之。故物或行或随，或歔或吹[1]，或强或羸[2]，或载或隳[3]。是以圣人去甚，去奢，去泰。

①歔（xū，需）：同嘘。轻吐气，缓吐气，使物变温。吹：急吐气，使物变冷。
②羸：瘦弱。
③载：安稳。隳：危险。

三十章

以道佐人主者，不以兵强天下。其事好还[1]。师之所处，荆棘生焉。大军之后，必有凶年。善者果而已，不敢以取强。果而勿矜，果而勿伐，果而勿骄，果而不得已。果而勿强。物壮则老[2]，是谓不道，不道早已。

①还：还报、报应。
②物壮：指兵力的强壮。老：衰败。

三十一章

夫佳兵者[1]不祥之器，物或恶之[2]，故有道者不处。君子居则贵左[3]，用兵则贵右。兵者不祥之器，非君子之器，不得已而用之。恬淡为上，胜而不美。而美之者，是乐杀人。夫乐杀人者，则不可以得志于天下矣。吉事尚左，凶事尚右。偏将军居左，上将军居右。言以丧礼处之。杀人之众，以哀悲泣之，战胜以丧礼处之。

①兵者：指兵器，兵革。

②物：指人

③贵左：以左为贵。古人认为左阳右阴，阳生而阴杀。贵左、贵右、尚左、尚右、居左、居右，都是古时的礼仪。贵左：不争也。

三十二章

道常无名。朴[①]虽小，天下莫能臣[②]。侯王若能守之，万物将自宾。天地相合，以降甘露，民莫之令而自均。始制有名，名亦既有，夫亦将知之，知之可以不殆[③]。譬道之在天下，犹川谷之与江海。

①朴：指道。老子以道无所不包。

②臣：使之服从，这里作动词用。

③不殆：没有危险。

三十三章

知人者智，自知者明。胜人者有力，自胜者强。知足者富。强行者有志。不失其所者久。死而不亡者寿[①]。

①死而不亡：身死而道犹存，身死而精神犹存。

三十四章

大道泛兮，其可左右。万物恃之以生而不辞[①]，功成不名有。衣养万物而不为主，常无欲，可名于小[②]；万物归焉而不为主，可名为大[③]。以其终不自为大，故能成其大。

①辞：言辞。不辞，意思是不说三道四，不加干涉。

②小：渺小。指道生养万物的作用若有若无而言。

③大：伟大。指万物都自动地归附于道而言。

三十五章

执大象[①]，天下往。往而不害，安平太[②]。乐与饵，过客止。道之出口，淡乎其无味。视之不足见，听之不足闻，用之不足既。

①大象：大道。象即道。

②安：乃，则，于是。太：同泰。安宁的意思。

三十六章

将欲歙之[①]，必固张之；将欲弱之，必固强之；将欲废之，必姑兴之；将欲夺之，必固与之。是谓微明[②]，柔弱胜刚强。鱼不可脱于渊，国之利器不可以示人[③]。

①歙（xī，吸）：同敛，收起，收住。

②微明：看不见的聪明，即深沉的聪明；深远的预兆，微妙的先兆。

③利器：指刑法禁令。示人：给人看，炫耀于人。

三十七章

道常无为而无不为[①]。侯王若能守之，万物将自化[②]。化而欲作，吾将镇之以无名之朴。无名之朴，夫亦将无欲。无欲以静，天下将自定。

①无为：指道的作用顺任自然，无造作。无不为：指一切事物都由道所产生，没有不是道所为的。

②万物：指百姓。

下篇

德经

三十八章

上德不德[①]，是以有德；下德不失德[②]，是以无德[③]。上德无为而无以为[④]；下德为之而有以为[⑤]。上仁为之而无以为，上义为之而有以为；上礼为之而莫之应，则攘臂而扔之[⑥]。故失道而后德，失德而后仁，失仁而后义，失义而后礼。夫礼者，忠信之薄而乱之首，前识者，道之华而愚之始[⑦]。是以大丈夫处其厚不居其薄；处其实，不居其华，故去彼取此。

---

①不德：不表现为形式上的德。

②不失德：形式上不脱离德。

③无德：无法体现真正的德。

④无以为：无心作为，不故意作为。

⑤有以为：有心作为。

⑥攘臂：伸出手臂。扔：强力牵曳。

⑦华：虚华。

三十九章

昔之得一者[①]：天得一以清，地得一以宁，神得一以灵[②]，谷得一以盈，万物得一以生，侯王得一以为天下贞[③]。其致之，天无以清，将恐裂，地无以宁，将恐发，神无以灵，将恐歇[④]，谷无以盈，将恐竭，万物无以生，将恐灭，侯王无以为贞，将恐蹶。故贵以贱为本，高以下为基，是以侯王自谓“孤”、“寡”、“不毂”[⑤]。此非以贱为本邪？非乎？故致数誉无誉。不欲琭琭如玉[⑥]，珞珞如石[⑦]。

---

①得一：即得“道”。

②神：指人。灵：灵性，灵妙。古人说过，人为万物之灵。

③贞：首领。

④歇：消失，停止，绝灭。

⑤孤、寡、不毂：古代帝王自称为“孤”、“寡人”、“不毂”，不毂即不善。

⑥琭琭：形容玉美。

⑦珞珞：形容石坚。

四十章

反者道之动[①]，弱者道之用[②]。天下万物生于有[③]，有生于无[④]。

①反：循环往复。

②弱：小，渺小，指道的作用是无形的，小得看不见，但又是确实存在的。

③有：这里指道的有形质。

④无：这里指道的无形质。

四十一章

上士闻道，而勤行之；中士闻道，若存若亡；下士闻道，而大笑之。不笑不足以为道！故《建言》有之[①]："明道若昧，进道若退，夷道若颣，上德若谷[②]，大白若辱[③]，广德若不足，建德若偷，质真若渝[④]。大方无隅[⑤]，大器晚成，大音希声，大象无形。"道隐无名。夫唯道，善贷且善成[⑥]。

①《建言》：老子所称书名。

②夷：平坦。颣（lèi，累）：崎岖坎坷。

③大白若辱：辱通黩，黑垢之意。

④渝：这里是污浊、混沌的意思。

⑤隅：角落，觞角的地方。"大方无隅"的意思是，最为方整的东西却没有棱角。

⑥贷：给予，引伸为帮助，辅助之意。

四十二章

道生一[①]，一生二[②]，二生三，三生万物[③]。万物负阴而抱阳，冲气以为和。人之所恶，唯"孤"、"寡""不穀"，而王侯以为称。故物或损之而益，或益之而损。人之所教，我亦教之。强梁者不得其死，吾将以为教父[④]。

①一：统一体。指天地未分时的状态，即为道。

②一生二：统一体的一是道的基础和本原，由此造分出天地、阴阳。

③二生三：由阴阳相互对立的方面相互撞击交冲而产生第三者。

④强梁：力量强大的人。"强梁不得其死"，是古代的遗言，所以老子说："人之所教"。

四十三章

天下之至柔，驰骋天下之至坚，出于无有，入于无间[①]。吾是以知无为之有益。不言之教，无为之益，天下希及之[②]。

①无有：指不见形相的东西；无间：没有间隙。

②天下希及之：希，稀少。这句话的意思是，天下很少有人能够做得到的。

四十四章

名与身孰亲？身与货孰多[①]？得与亡孰病[②]？甚爱必大费。多藏必厚亡。知足不辱，知止不殆，可以长久。

---

①货：财富。多：轻重的意思。

②病：有害。

四十五章

大成若缺[①]，其用不弊。大盈若冲[②]，其用不穷。大直若屈，大巧若拙，大辩若讷。躁胜寒，静胜热，清静为天下正[③]。

---

①大成：最为完满的东西。

②冲：空虚。这句话的意思是，看起来最充实的东西却好像是空虚的。

③为天下正："正"通"政"。清静无为才能治理好天下。

四十六章

天下有道，却走马以粪[①]。天下无道，戎马生于郊[②]。罪莫大于可欲，祸莫大于不知足[③]，咎莫大于欲得。故知足常足矣。

---

①走马以粪：粪，通播，即耕种，种田。走马以粪，指用战马耕种田地。

②戎马生于郊：戎马，战马；生于郊，指牝马生驹于战场，形容战祸之烈。

③可欲：可当作多，与后文"不知足"同意。

四十七章

不出户，知天下；不窥牖[①]，见天道[②]。其出弥远，其知弥少。是以圣人不行而知，不见而名，不为而成。

---

①窥：从小孔隙里向外看。牖：窗户。

②天道：日月星辰运行的规律。

四十八章

为学日益[①]。为道日损[②]，损之又损，以至于无为，无为而无不为。取天下常以无事[③]，及其有事[④]，不足以取天下。

---

①为学日益：为学，指探求外部世界学问的活动。“学”即对政教、礼乐的追求。对这些学问的学习积累，使人机智巧变，情欲文饰。

②为道日损：为道即通过玄览、静观，体验和领悟事物未分化状态时的道。与“为学日益”对应，“为道日损”即是使情欲文饰日渐损泯，以达到无为的境界。

③取：指治理国家。无事：无扰攘之事。

④有事：指繁苛政举，骚扰民生。

四十九章

圣人无常心[①]，以百姓心为心，善者吾善之，不善者吾亦善之，德善。信者吾信之，不信者吾亦信之，德信。圣人在天下，歙歙为天下浑其心[②]。百姓皆注其耳目[③]，圣人皆孩之[④]。

---

①无常心：长久保持无私心。

②歙歙：在此处作急解。意思是：圣人急急使天下人心浑浊，归于无识无知。

③百姓皆注其耳目：指百姓都使用聪明，生出纷争。

④圣人皆孩之：这句话的意思是，圣人使百姓返归婴孩般纯真质朴的状态。

五十章

出生入死[①]，生之徒十有三[②]。死之徒十有三[③]。人之生，动之死地，亦十有三。夫何故？以其生生之厚[④]。盖闻善摄生者，陆行不遇兕虎[⑤]，入军不被甲兵。兕无所投其角，虎无所措其爪，兵无所容其刃。夫何故？以其无死地[⑥]。

---

①出生入死：出世为生，入地为死。

②徒：当“类”解。生之徒：即长寿的人。十有三即百分之三十。

③死：这里的死当夭折、早亡解。

④生生之厚：由于追求长生，以致奉养过于丰厚。

⑤兕（sì，寺）：古书上指雌的犀牛。

⑥无死地：没有进入死亡范围的意思。

五十一章

道生之，德畜之，物形之，势成之[①]。是以万物莫不尊道而贵德。道之尊，德之贵，夫莫之命而常自然[2]。故道生之，德畜之，长之，育之，亭之，毒之[3]，养之，覆之。生而不有，为而不恃，长而不宰，是谓玄德。

①势：这里是指万物生长的环境。

②莫之命而常自然："道"和"德"生长养育万物，并不是"道"和"德"有意志地干涉或主宰万物去生长、发育，而是任万物自化自成。

③亭之，毒之：这里理解为成熟。

五十二章

天下有始，以为天下母。既得其母，以知其子；既知其子，复守其母，没身不殆。塞其兑，闭其门[1]，终身不勤。开其兑，济其事，终身不救。见小曰明，守柔曰强。用其光，复归其明[2]，无遗身殃，是为习常。

①塞其兑，闭其门：兑，指口，引伸为孔穴，意思是指欲念产生之处；门，意思是指欲念从这里出来。塞其兑、闭其门，就是塞住欲念的孔穴，闭起欲念的门径。

②用其光，复归其明："光"向外照射，"明"向内透亮。

五十三章

使我介然有知，行于大道，唯施是畏[1]。大道甚夷，而人好径。朝甚除[2]，田甚芜，仓甚虚，服文彩，带利剑，厌饮食，财货有余，是谓盗夸。非道也哉！

①唯施是畏：最怕走邪路。施，邪。

②朝甚除：除古代与涂通用，污的意思。这里指朝政的腐败。

五十四章

善建者不拔，善抱者不脱，子孙以祭祀不辍[1]。修之于身，其德乃真；修之于家，其德乃余；修之于乡，其德乃长；修之于邦，其德乃丰；修之于天下，其德乃普。故以身观身，以家观家，以乡观乡，以邦观邦，以天下观天下。吾何以知天下然哉？以此。

①辍：停止，终止。

五十五章

含德之厚，比于赤子。毒虫不螫，猛兽不据，攫鸟不搏[1]。骨弱筋柔而握固，未知牝牡之合而全作[2]，精之至也。终日号而嗌不嗄，和之至也。知和曰常[3]，知常曰明，益生曰祥[4]，心使气曰强。物壮则老，谓之不道，不道早已。

①攫（jué，绝）鸟：用脚爪抓取食物的鸟，如鹰隼之类；搏：攫鸟用爪翼击物。

②全作：同朘作，指婴儿小生殖器勃起。

③和：即匀和谐调的混成状态。常：指事物运动的规律。

④益生：纵欲贪生；祥：这里指妖祥，即不祥的意思。

五十六章

知者不言，言者不知[1]。塞其兑，闭其门，挫其锐，解其纷，和其光，同其尘：是谓玄同[2]。故不可得而亲，不可得而疏；不可得而利，不可得而害；不可得而贵，不可得而贱：故为天下贵。

①知者不言，言者不知：真正懂得道的人，是不露锋芒的，只有总想表现自己的人才夸夸其谈；这种人才是不知之人。

②玄同：玄妙齐同，即指道。

五十七章

以正治国[1]，以奇用兵，以无事取天下。吾何以知其然哉？以此：天下多忌讳[2]，而民弥贫；民多利器，国家滋昏；人多伎巧，奇物滋起；法令滋章，盗贼多有。故圣人云："我无为而民自化，我好静而民自正，我无事而民自富，我无欲而民自朴。"

①正：指清静无为之道。

②忌讳：禁令，戒律。

五十八章

其政闷闷，其民淳淳[1]；其政察察，其民缺缺[2]。祸兮，福之所倚；福兮，祸之所伏。孰知其极？其无正，正复为奇，善复为妖[3]。人之迷，其日固久。是以圣人方而不割，廉而不刿，直而不肆，光而不耀[4]。

①闷闷：昏昏昧昧的状态，含有宽宏淳厚的意思。淳淳：纯厚忠诚。

②察察：严苛。缺缺：狡猾，不满意，抱怨。

③正复为奇，善复为妖：正，方正；奇，邪；善，善良；妖，妖孽。

④方而不割……光而不耀：方，有棱角，不割伤人。廉，锐利。刿（guì，音贵），刺伤。直而不肆，直率而不放肆。光而不耀，光亮而不耀眼。

五十九章

治人事天①，莫若啬②。夫唯啬，是谓早服③。早服是谓重积德。重积德则无不克；无不克则莫知其极；莫知其极，可以有国；有国之母，可以长久。是谓深根固柢、长生久视之道④。

①事天：这里天作身心解。事天，即保守精气，养护身心。
②啬：啬本是收藏之意，衍伸为爱而不用。在这里是指收藏其神形而不用，以归于无为。
③早服：服通备，早作准备。
④长生久视：久视，即久立的意思。此句意为：长久维持与存在。

六十章

治大国，若烹小鲜①。以道莅天下，其鬼不神②；非其鬼不神，其神不伤人；非其神不伤人，圣人亦不伤人。夫两不相伤，故德交归焉③。

①小鲜：小鱼。
②其鬼不神：阴气过盛称为鬼，神在此当起作用，这句话的意思是鬼不起作用。
③故德交归焉：指鬼和有道的圣人都不危害人民，让人民享受德泽。

六十一章

大国者下流①，天下之交，天下之牝。牝常以静胜牡，以静为下。故大国以下小国，则取小国；小国以下大国，则取大国。故或下以取，或下而取②。大国不过欲兼畜人，小国不过欲入事人。夫两者各得其所欲，大者宜为下。

①大国者下流：大国要像居于江河的下游而接纳百川，不敢自满自傲。
②或下以取，或下而取：第一个“取”，指大国取得小国信赖；第二个“取”指小国取得大国信任。

六十二章

道者，万物之奥①，善人之宝，不善人之所保。美言可以市尊，美行可以加人。人之不善，何弃之有？故立天子，置三公②，虽有拱璧以先驷马③，不如坐进此道。古之所以贵此道者何？不曰以求得，有罪以免邪？故为天下贵。

①奥：有二种意思，一、深，不被人看见的地方；二、藏，含有庇荫之意。
②三公：太师、太傅、太保。
③拱璧以先驷马：拱璧，指双手捧着贵重的玉；驷马，四匹马驾的车。古代献奉的礼仪，拱璧在先，驷马在后。

六十三章

为无为，事无事，味无味①。大小多少②，报怨以德。图难于其易，为大于其细，天下难事，必作于易；天下大事，必作于细。是以圣人终不为大③，故能成其大。夫轻诺必寡信，多易必多难。是以圣人犹难之，故终无难矣。

①为无为，事无事，味无味：这三句话的意思是，把无为当作为，把无事当作事，味无味，这里当知无知讲，即把无知当作知。

②大小多少：大生于小，多起于少，取星火燎原之意。

③不为大：是说有“道”的人不自以为大。

六十四章

其安易持，其未兆易谋；其脆易泮①，其微易散。为之于未有，治之于未乱。合抱之木，生于毫末；九层之台，起于累土②；千里之行，始于足下。为者败之，执者失之。是以圣人无为故无败，无执故无失。民之从事，常于几成而败之。慎终如始，则无败事。是以圣人欲不欲，不贵难得之货；学不学③，复众人之所过。以辅万物之自然而不敢为。

①其脆易泮（pàn，判）：泮，当散解。脆弱的东西容易消解。

②累土：一筐土。

③学：指办事错误的教训。

六十五章

古之善为道者，非以明民①，将以愚之②。民之难治，以其智多。故以智治国，国之贼③；不以智治国，国之福。此两者，亦稽式。常知稽式④，是谓玄德。玄德深矣，远矣，与物反矣⑤，然则乃至大顺。

①明民：明，知晓巧诈。明民，让人民知晓巧诈。

②将以愚之：愚，敦厚，朴实，无巧诈之心。

③贼：伤害的意思。

④稽式：即法式、法则。

⑤与物反矣：当返、复归解。即德与具体的事物都返归真。

六十六章

江海所以能为百谷王者①，以其善下之，故能为百谷王。是以欲上民，必以言下之；欲先民，必以身后之。是以圣人处上而民不重②，处前而民不害。是以天下乐推而不厌。以其不争，故天下莫能与之争。

①百谷王：百川所归往。

②重：累，不堪。民不重，人民不以此为负担。

六十七章

天下皆谓我道大[①]，似不肖[②]。夫唯大，故似不肖。若肖，久矣其细也夫！我有三宝，持而保之：一曰慈，二曰俭[③]，三曰不敢为天下先。慈故能勇；俭故能广；不敢为天下先，故能成器长。今舍慈且勇，舍俭且广，舍后且先，死矣。夫慈，以战则胜，以守则固。天将救之，以慈卫之。

①我道：我即道，道即我。

②似不肖：不象具体的事物。

③俭：吝啬，这里引伸为有而不尽用。后文"俭故能广"：俭啬所以能宽广。

④器长：器，指万物。"器长"即万物的首长。

六十八章

善为士者不武[①]；善战者不怒；善胜敌者不与[②]；善用人者为下。是谓不争之德，是谓用人之力，是谓配天古之极[③]。

①善为士者不武：士即武士，这里指将帅。不武：不妄逞勇武。

②不与：应付，这里指不正面交锋而敌降服。

③配天古之极：符合自然法则。

六十九章

用兵者有言："吾不敢为主而为客[①]，不敢进寸而退尺。"是谓行无行，攘无臂，扔无敌，执无兵[②]。祸莫大于轻敌，轻敌几丧吾宝。故抗兵相加，哀者胜矣[③]。

①主：战争时的主动进攻。客：战争时的防守。

②行无行……执无兵：意思是，虽然有阵势，却象没阵势可摆的样子。虽然振臂奋进，却象没有臂膀可举的样子。虽然面对强敌，却象什么敌人也没有的样子。虽然有兵器在手，却象没有兵器可持的样子。

③哀者胜矣：两军对垒，有喜悦一方，有悲哀的一方。悲哀的一方有不忍杀人之心，处于不得不战境地，从天道人事上有必胜之理。

七十章

吾言甚易知，甚易行。天下莫能知，莫能行。言有宗，事有君[①]。夫唯无知[②]，是以不我知。

知我者希，则我者贵[3]。是以圣人被褐怀玉[4]。

---

①言有宗，事有君：言论有宗旨，行事有根据。

②无知：指别人不能理解。

③则我者贵：则，效法。

④被：穿着。褐：粗布衣服。玉：美玉，这里引伸为知识和才能。

七十一章

知不知，上[1]；不知知，病[2]。夫唯病病，是以不病。圣人不病，以其病病，是以不病。

---

①知不知：知道自己有所不知。上：好。

②不知知：不知道却以为自己知道。病：毛病。

七十二章

民不畏威[1]，则大威至[2]。无狎其所居[3]，无厌其所生[4]。夫唯不厌，是以不厌。是以圣人自知不自见[5]，自爱不自贵。故去彼取此。

---

①不畏威：不怕威迫，不怕威压。

②大威：指可怕的事情，借指祸乱。

③狎：狭。逼迫，压迫。

④厌：阻塞。

⑤不自见：不自我表现。

七十三章

勇于敢则杀，勇于不敢则活[1]。此两者，或利或害。天之所恶，孰知其故？是以圣人犹难之。天之道，不争而善胜，不言而善应，不召而自来，绰然而善谋[2]。天网恢恢[3]，疏而不失。

---

①敢：坚强，不敢：柔弱。

②绰：安然，缓慢。

③天网恢恢：天网，指自然的范围；恢恢，广大，宽大，宽广无垠。

七十四章

民不畏死，奈何以死惧之？若使民常畏死，而为奇者[1]，吾得执而杀之，孰敢？常有司杀者杀[2]。夫代司杀者杀，是谓代大匠斫。夫代大匠斫者，希有不伤其手矣。

①奇：奇诡，诡异乱群之义。
②司杀者：指专管杀人的人。

七十五章

民之饥，以其上食税之多，是以饥。民之难治，以其上之有为[①]，是以难治。民之轻死，以其上求生之厚，是以轻死。夫唯无以生为者，是贤于贵生[②]。

---

①有为：统治者政令繁苛，强作妄为。
②贤于贵生：贤，胜过。贵生，厚养生命。全句意为，胜过奉养奢厚的人。

七十六章

人之生也柔弱[①]，其死也坚强[②]。万物草木之生也柔脆，其死也枯槁。故坚强者死之徒，柔弱者生之徒。是以兵强则灭，木强则折。强大处下，柔弱处上。

---

①柔弱：人体柔软。
②坚强：人体僵硬。

七十七章

天之道，其犹张弓与！高者抑之，下者举之；有余者损之，不足者补之。天之道，损有余而补不足；人之道则不然[①]，损不足以奉有余。孰能有余以奉天下？唯有道者。是以圣人为而不恃，功成而不处，其不欲见贤。

---

①人之道：社会的一般法则。

七十八章

天下莫柔弱于水，而攻坚强者莫之能胜，其无以易之[①]。弱之胜强，柔之胜刚，天下莫不知，莫能行。圣人云："受国之垢[②]，是谓社稷主；受国之不祥，是为天下王。"正言若反[③]。

---

①无以易之：易，代替。没有什么力量能代替它。
②垢：屈辱。
③正言若反：正面的话好象反话。

七十九章

和大怨，必有余怨，安可以为善？是以圣人执左契而不责于人[①]。有德司契，无德司彻[②]。

天道无亲，常与善人。

①左契：契券。古时借债，刻木为契。从中间分为左右两半，债权人执左半，称左契，借债人执右半，即右契。“圣人执左契而不责于人”，施舍而不求回报。

②彻：周代税法。指无德的君主，以税收为事。

八十章

小国寡民[①]，使民有什伯之器而不用[②]；使民重死而不远徙[③]。虽有舟舆，无所乘之；虽有甲兵，无所陈之；使民复结绳而用之[④]。甘其食，美其服，安其居，乐其俗。邻国相望，鸡犬之声相闻，民至老死不相往来。

①小国寡民：国家小，人民少。

②什伯之器：指兵器。

③重死：畏死。徙：迁徙，流离。

④结绳：古代原始的一种记事方法。

八十一章

信言不美[①]，美言不信。善者不辩[②]，辩者不善。知者不博，博者不知。圣人不积[③]，既以为人己愈有；既以与人，己愈多。天之道，利而不害；圣人之道，为而不争。

①信言：真诚的语言。

②善者：行为善良的人。

③圣人不积：有“道”的人不自私，没有占有欲。

南华经

〔战国〕庄周　撰

内篇

逍遥游

北冥有鱼，其名为鲲[1]。鲲之大，不知其几千里也。化而为鸟，其名为鹏[2]。鹏之背，不知其几千里也。怒而飞[3]，其翼若垂天之云[4]。是鸟也，海运则将徙于南冥[5]。南冥者，天池也。

《齐谐》者，志怪者也[6]。《谐》之言曰："鹏之徙于南冥也，水击三千里，抟扶摇而上者九万里[7]，去以六月息者也[8]。"野马也，尘埃也，生物之以息相吹也。天之苍苍，其正色邪？其远而无所至极邪？其视下也，亦若是则已矣。

且夫水之积也不厚，则其负大舟也无力[9]。覆杯水于坳堂之上[10]，则芥为之舟[11]。置杯焉则胶，水浅而舟大也。风之积也不厚，则其负大翼也无力。故九万里，则风斯在下矣[12]，而后乃今培风；背负青天而莫之夭阏者[13]，而后乃今将图南[14]。

蜩与学鸠笑之曰[15]："我决起而飞，抢榆枋而止[16]，时则不至而控于地而已矣，奚以之九万里而南为[17]？"

适莽苍者，三飡而反[18]，腹犹果然；适百里者，宿舂粮[19]；适千里者，三月聚粮。之二虫又何知！

小知不及大知，小年不及大年[20]。奚以知其然也？朝菌不知晦朔，蟪蛄不知春秋，此小年也[21]。楚之南有冥灵者[22]，以五百岁为春，五百岁为秋；上古有大椿者，以八千岁为春，八千岁为秋，此大年也。而彭祖乃今以久特闻[23]；众人匹之[24]，不亦悲乎！

汤之问棘也是已[25]：穷发之北有冥海者[26]，天池也。有鱼焉，其广数千里，未有知其修者，其名为鲲。有鸟焉，其名为鹏，背若太山，翼若垂天之云，抟扶摇羊角而上者九万里[27]，绝云气，负青天，然后图南，且适南冥也。

斥鴳笑之曰[28]："彼且奚适也？我腾跃而上，不过数仞[29]而下，翱翔蓬蒿之间，此亦飞之至也，而彼且奚适也？"

此小大之辩也[30]。

故夫知效一官，行比一乡，德合一君，而征一国者，其自视也，亦若此矣[31]。而宋荣子犹然笑之[32]。且举世而誉之而不加劝，举世非之而不加沮[33]，定乎内外之分，辩乎荣辱之境，斯已矣。彼其于世，未数数然也[34]。虽然，犹有未树也[35]。夫列子御风而行，泠然善也[36]，旬有五日而后反。彼于致福者，未数数然也。此虽免乎行，犹有所待者也。若夫乘天地之正，而御六气之辩[37]，以游无穷者，彼且恶乎待哉[38]！故曰：至人无己，神人无功，圣人无名。

尧让天下于许由，曰："日月出矣，而爝火不息，其于光也，不亦难乎[39]！时雨降矣[40]，而犹浸灌，其于泽也，不亦劳乎！夫子立而天下治，而我犹尸之[41]；吾自视缺然，请致天下。"

许由曰："子治天下，天下既已治也，而我犹代子，吾将为名乎？名者，实之宾也[42]，吾将为宾乎？鹪鹩巢于深林[43]，不过一枝；偃鼠饮河[44]，不过满腹。归休乎君，予无所用天下为！庖人虽不治庖[45]，尸祝不越樽俎而代之矣[46]。"

肩吾问于连叔曰[47]："吾闻言于接舆，大而无当[48]，往而不返。吾惊怖其言，犹河汉而无极也[49]，大有径庭，不近人情焉。"

连叔曰："其言谓何哉？"

曰："藐姑射之山[50]，有神人居焉。肌肤若冰雪，绰约若处子，不食五谷，吸风饮露，乘云气，御飞龙，而游乎四海之外。其神凝，使物不疵疠而年谷熟[51]。吾以是狂而不信也。"

连叔曰："然。瞽者无以与乎文章之观[52]，聋者无以与乎钟鼓之声；岂唯形骸有聋盲哉？夫知亦有之。是其言也，犹时女也[53]。之人也，之德也，半旁礴万物以为一世蕲乎乱，孰弊弊焉以天下为事[54]！之人也，物莫之伤，大浸稽天而不溺[55]，大旱金石流，土山焦而不热。是其尘垢秕糠，将犹陶铸尧舜者也，熟肯以物为事[56]！"

宋人资章甫而适诸越，越人断发文身，无所用之。尧治天下之民，平海内之政。往见四子藐姑射之山，汾水之阳，窅然丧其天下焉[57]。

惠子谓庄子曰[58]："魏王贻我大瓠之种，我树之成而实五石[59]。以盛水浆，其坚不能自举也。剖之以为瓢，则瓠落无所容。非不呺然大也，吾为其无用而掊之[60]。"

庄子曰："夫子固拙于用大矣。宋人有善为不龟手之药者，世世以洴澼絖为事[61]。客闻之，请买其方百金。聚族而谋曰：'我世世为洴澼絖，不过数金。今一朝而鬻技百金[62]，请与之。'客得之，以说吴王[63]。越有难，吴王使之将，冬与越人水战，大败越人，裂地而封之[64]。能不龟手一也；或以封，或不免于洴澼絖，则所用之异也。今子有五石之瓠，何不虑以为大樽，而浮乎江湖，而忧其瓠落无所容？则夫子犹有蓬之心也夫[65]！"

惠子谓庄子曰："吾有大树，人谓之樗[66]。其大本拥肿而不中绳墨，其小枝卷曲而不中规矩。立之涂，匠者不顾[67]。今子之言，大而无用，众所同去也。"

庄子曰："子独不见狸狌乎[68]？卑身而伏，以候敖者[69]；东西跳梁，不辟高下；中于机辟，死于网罟[70]。今夫斄牛[71]，其大若垂天之云。此能为大矣，而不能执鼠[72]。今子有大树，患其无用，何不树之于无何有之乡，广莫之野，彷徨乎无为共侧[73]，逍遥乎寝卧其下；不夭斤斧[74]，物无害者，无所可用，安所困苦哉！"

---

①北冥：北海。鲲：传说中的大鱼。

②鹏：传说中的神鸟。

③怒：奋发的样子。

④垂，通陲，边际。

⑤海运：海动。海边歌谣有六月海动的说法。海动必有大风，故鹏可以乘风南飞。

⑥《齐谐》：书名。出于齐国，内容多诙谐怪异。

⑦抟（tuán，团）：环绕。扶摇，旋风。九万里：形容极高。上文"三千里"形容极远。

⑧息：止息。全句意为飞了六个月才止息。

⑨负：载。

⑩覆：倒。坳（ào，澳）堂：堂中凹处。

⑪芥：小草。

⑫故九万里，则风斯在下矣：指鹏飞九万里，那么风就在下面了。

⑬夭：折伤。阏（è，遏）：阻塞。

⑭图南：图谋向南飞去。

⑮蜩（tiáo，条）：蝉。学鸠：今斑鸠之类。

⑯抢（qiāng，枪）：冲上。

⑰奚以：为何。为：疑问助词，相当于“呢”。

⑱飡：同餐。三飡：指一日。

⑲宿舂（chōng，充）粮：隔夜捣舂粮食，即作较多的干粮准备。

⑳知（zhì，智），通智。年：寿命。小年，短命，大年，长寿。

㉑朝菌：一种朝生暮死的菌类植物。晦朔：每月头一天叫朔，尾一天叫晦。蟪蛄（huì gū，惠姑）寒蝉，它春生夏死，或夏生秋死，而不可能知道整年。

㉒冥灵：传说中的海龟。

㉓彭祖：传说中人物，因长寿而特别著名，据说有八百岁。

㉔匹：比。匹之：和他相比。

㉕汤：商汤，商朝第一个王。棘：即夏革商时大夫，汤以他为师。是已：是的。

㉖穷发：不毛之地。

㉗羊角：形容旋风旋转如羊角的状态。

㉘斥：小池泽。鴳（yàn，燕）：小雀。斥鴳：生活在小池泽的一种小雀。

㉙仞：长度单位，约八尺。

㉚辩：区别。

㉛故夫……若此矣：智慧可以胜任一官之职，品行可以团结一乡的人，道德可以投合一国的君主，能力可以取得全国的信任。知：通智。比：亲近。而：古通能。征：取信。其：指上述四种人。

㉜宋：宋国。荣：姓。犹然：笑的样子。

㉝誉：赞扬。劝：努力。不加劝：不会更加积极。沮：沮丧。不加沮：不会更加消极。

㉞数数（shuò，朔）然：常常，然，这样。未数数然：很少人这样。

㉟树：立。指道德上还未到家。

㊱列子：姓列名御寇，郑国人。御：乘。泠然：轻快的样子。

㊲御六气之辩：驾御六气的变化。六气指阴、阳、风、雨、晦、明。

㊳无穷：指无限的时间与空间。恶（wū，乌）：何，意为那样的人还要依赖什么呢！

㊴爝（jué，绝）火：火炬。这里指火炬之光比起日月，实在微乎其微。

㊵时雨：适应时令之雨。

㊶尸之：占据其位。

㊷宾：从属、派生的东西。

㊸鷦鹩（jiāo liáo，焦僚）：桃雀，亦称巧妇鸟。

㊹偃鼠：一种大鼠，常到河边饮水。

㊺庖（páo，袍）人：厨师，治庖：做厨房的工作。

㊻尸祝：主持祭祀的人，尸，代表死人或神明以受祭。俎（zǔ，祖）：古代祭祀盛牛羊肉的礼器。

㊼肩吾、连叔：都是假设人名。

㊽接舆：孔丘时的隐士，《论语》中说他是楚狂人。大而无档：堂皇而不切实际。

㊾河汉：即银河，无极：其高远莫测。

㊿藐：远而不清。姑射（yè，夜）山：在今山西省临汾县。

51“其神凝”句：仙人精神专一凝聚，能使万物不遭受病害，年年五谷丰收。疵疠：疾病。年谷：指庄稼。

52瞽（gǔ，古）者：盲人。与（yǔ，遇）：参与。

53是其言也，犹时女也：意为，这个话，就是指你说的。

54旁礴：混同。蕲（qí，其）：求。弊弊焉：忙碌疲惫的样子。

55大浸：大水所淹，稽：至。

56尘垢秕糠：尘埃，污垢，谷皮，糠皮。陶铸：造就。物：指世务。

57窅（yǎo，咬），通杳。窅然：深远难见的状态。这是指尧人于混沌恍惚的精神状态，把统治的天下都遗弃掉。

58惠子：宋人惠施，是先秦名家学派代表人物。本书写他与庄子辩论，部分可能属于寓言。

59贻：赠。大瓠（hù，户）大葫芦，实五石：装满能有五石的容量。

60呺（xiào，肖）然：空虚巨大的样子。掊（póu，剖上声）：击破。

61不龟手：使手不被冻裂。洴澼（píng pì，平辟）：漂洗。絖（kuàng，况）：绵絮。

⑫鬻（yù，育）技：出卖技术。

⑬说（shùi，税）：说服。

⑭裂地而封：分割出一块地区以封赐。

⑮蓬之心：如有蓬草蔽塞的心，指不开窍。

⑯樗（chū，初）：臭椿树。落叶乔木，木质很差。

⑰大本：主干。拥：通臃，短肥而不端正。绳墨、规矩：木匠常用工具。匠者不顾：木匠连看都不看。

⑱狸：野猫。狌：黄鼠狼。

⑲卑：低。敖：通遨，遨游。

⑳罟（gǔ，古）：网类。

㉑斄（lí，犁）：即牦牛，产于我国青藏地区。

㉒执：捉拿。

㉓彷徨乎：纵任不拘的样子。无为：无所事事。

㉔夭：折。斤：大斧头。

齐　物　论

南郭子綦隐机而坐，仰天而嘘，荅焉似丧其耦①。颜成子游立侍乎前②，曰："何居乎？形固可使如槁木，而心固可使如死灰乎？今之隐机者，非昔机隐之者也！"

子綦曰："偃，不亦善乎，而问之也！今时吾丧我，汝知之乎？女闻人籁而未闻地籁，女闻地籁而未闻天籁夫③！"

子游曰："敢问其方？"

子綦曰："夫大块噫气，其名为风④，是唯无作，作则万窍怒呺。而独不闻之翏翏乎⑤？山林之畏佳，大木百围之窍穴，似鼻、似口、似耳、似枅、似圈、似臼；似洼者，似污者⑥。激者、谪者、叱者、吸者、叫者、譹者、宎者、咬者⑦。前者唱于而随者唱喁。泠风则小和，飘风则大和；厉风济则众窍为虚。而独不见之调调、之刁刁乎？"

子游曰："地籁则众窍是已，人籁则比竹是已⑧，敢问天籁？"

子綦曰："夫吹万不同，而使其自己也，咸其自取，怒者其谁邪⑨？"

大知闲闲，小知间间⑩。大言炎炎，小言詹詹⑪。其寐也魂交，其觉也形开，与接为构，日以心斗⑫。缦者，窖者，密者。小恐惴惴，大恐缦缦⑬。其发若机栝，其司是非之谓也⑭；其留如诅盟，其守胜之谓也；其杀若秋冬，以言其日消也；其溺之所为之，不可使复之也；其厌也如缄，以言其老洫也⑮；近死之心，莫使复阳也。喜怒哀乐，虑叹变慹⑯，姚佚启态⑰——乐出虚，蒸成菌⑱；日月相代乎前，而莫知其所萌⑲。已乎，已乎！旦暮得此，其所由以生乎！

非彼无我，非我无所取。是亦近矣，而不知其所为使⑳。若有真宰，而特不得其眹㉑。可行已信，而不见其形，有情而无形。百骸、九窍、六脏赅而存焉㉒；吾谁与为亲？汝皆说之乎？其有私焉？如是皆有为臣妾乎？其臣妾不足以相治乎？其递相为君臣乎？其有真君存焉㉓！如求得其情与不得，无益损乎其真。一受其成形，不亡以待尽㉔。与物相刃相靡，其行尽如驰而莫之能止，不亦悲乎㉕！终身役役而不见其成功㉖，苶然疲役而不知其所归㉗，可不哀邪！人谓之不死，奚益？其形化，其心与之然，可不谓大哀乎！人之生也，固若是芒乎？其我独芒，而人亦有不芒者乎？夫随其成心而师之，谁独且无师乎？奚必知代？而心自取者有之，愚者与有焉！未成乎心而有是非，是今日适越而昔至也，是以无有为有。无有为有，虽有神禹且不能知，吾独且奈何哉㉘！

夫言非吹也，言者有言，其所言者特未定也㉙。果有言邪？其未尝有言邪？其以为异于鷇音，亦有辩乎？其无辩乎[30]？道恶乎隐而有真伪？言恶乎隐而有是非[31]？道恶乎往而不存？言恶乎存而不可[32]？道隐于小成，言隐于荣华。故有儒墨之是非，以是其所非而非其所是[33]。欲是其所非而非其所是，则莫若以明[34]。

物无非彼，物无非是。自彼则不见，自是则知之。故曰“彼出于是，是亦因彼”；彼是方生之说也。虽然，方生方死，方死方生；方可方不可，方不可方可；因是因非，因非因是[35]。是以圣人不由而照之于天，亦因是也[36]。

是亦彼也，彼亦是也，彼亦一是非，此亦一是非，果且有彼是乎哉？果且无彼是乎哉？彼是莫得其偶，谓之道枢[37]。枢得其环中，以应无穷[38]。是亦一无穷，非亦一无穷也，故曰莫若以明。

以指喻指之非指，不若以非指喻指之非指也；以马喻马之非马，不若以非马喻马之非马也[39]。天地一指也，万物一马也[40]。

可乎可，不可乎不可。道行之而成，物谓之而然[41]。恶乎然？然于然。恶乎不然？不然于不然。物固有所然，物固有所可，无物不然，无物不可。故为是举莛与楹，厉与西施，恢恑憰怪，道通为一[42]。其分也，成也；其成也，毁也。凡物无成与毁，复通为一[43]。唯达者知通为一，为是不用而寓诸庸。庸也者用也，用也者通也，通也者得也；适得而几矣[44]。因是已，已而不知其然谓之道。劳神明为一而不知其同也，谓之“朝三”。何谓“朝三”？狙公赋芧[45]，曰：“朝三而暮四。”众狙皆怒。曰：“然则朝四而暮三。”众狙皆悦。名实未亏，而喜怒为用，亦因是也。是以圣人和之以是非而休乎天钧，是之谓两行[46]。

古之人，其知有所至矣。恶乎至？有以为未始有物者[47]，至矣，尽矣，不可以加矣！其次以为有物矣，而未始有封也[48]。其次以为有封焉，而未始有是非也。是非之彰也，道之所以亏也[49]。道之所以亏，爱之所以成。果且有成与亏乎哉？果且无成与亏乎哉？有成与亏，故昭氏之鼓琴也[50]；无成与亏，故昭氏之不鼓琴也。昭文之鼓琴也，师旷之枝策也[51]，惠子之据梧也[52]，三子之知几乎，皆其盛者也，故载之末年。唯其好之也以异于彼，其好之也欲以明之。彼非所明而明之，故以坚白而昧终[53]。而其子又以文之纶终，终身无成。若是而可谓成乎？虽我亦成也；若是而不可谓成乎？物与我无成也。是故滑疑之耀，圣人之所图也[54]。为是不用而寓诸庸，此之谓以明。

今且有言于此[55]，不知其与是类乎？其与是不类乎？类与不类，相与为类，则与彼无以异矣。虽然，请尝言之。有始也者，有未始有始也者，有未始有夫未始有始也者[56]；有有也者[57]，有无也者，有未始有无也者，有未始有夫未始有无也者。俄而有无矣，而未知有无之果孰有孰无也[58]。今我则已有谓矣，而未知吾所谓之果有其谓乎？其果无谓乎？天下莫大于秋毫之末，而太山为小；莫寿于殇子，而彭祖为夭[59]。天地与我并生，而万物与我为一。既已为一矣，且得有言乎？既已这一矣，且得无言乎？一与言为二，二与一为三。自此以往，巧历不能得，而况其凡乎？故自无适有，以至于三，而况自有适有乎？无适焉，因是已！

夫道未始有封，言未始有常，为是而有畛也[60]。请言其畛：有左有右，有伦有义，有分有辩，有竞有争，此之谓八德[61]。六合之外[62]，圣人存而不论；六合之内，圣人论而不议；春秋经世，圣人议而不辩[63]。故分也者，有不分也；辨也者，有不辩也。曰：“何也？圣人怀之，众人辩之以相示也[64]。”故曰，辩也者有不见也。

夫大道不称，大辩不言，大仁不仁，大廉不嗛，大勇不忮[65]。道昭而不道，言辩而不及，仁常而不周，廉清而不信，勇忮而不成。五者圆而几向方矣！故知止其所不知，至矣。孰知不言之辩，不道之道？若有能知，此之谓天府。注焉而不满，酌焉而不竭，而不知其所由来，此之谓葆光[66]。

故昔者尧问于舜曰："我欲伐宗、脍、胥敖，南面而不释然[67]。其故何也？"

舜曰："夫三子者，犹存乎蓬艾之间。若不释然，何哉？"昔者十日并出[68]，万物皆照，而况德之进乎日者乎！"

啮缺问乎王倪曰：[69]"子知物之所同是乎[70]？"

曰"吾恶乎知之！"

"子知子之所不知邪？"

曰："吾恶乎知之！"

"然则物无知邪？"

曰："吾恶乎知之！虽然，尝试言之。庸讵知吾所谓知之非不知邪？庸讵知吾所谓不知之非知邪[71]？且吾尝试问乎女：民湿寝则腰疾偏死，鳅然乎哉？木处则惴栗恂惧[72]，猿猴然乎哉？三知孰知正处？民食刍豢[73]，麋鹿食荐，蝍蛆甘带[74]，鸱鸦耆鼠[75]，四者孰知正味？猿猵狙以为雌[76]，麋与鹿交，鳝与鱼游。毛嫱、丽姬，人之所美也，鱼见之深入，鸟见之高飞，麋鹿见之决骤；四者孰知天下之正色哉？自我观之，仁义之端，是非之涂，樊然殽乱，吾恶能知其辩！"

缺曰："子不知利害，则至人固不知利害乎？"

王倪曰："至人神矣！大泽焚而不能热，河汉沍而不能寒，疾雷破山、飘风振海而不能惊。若然者，乘云气，骑日月，而游乎四海之外，死生无变于己，而况利害之端乎！"

瞿鹊子问乎长梧子曰[77]："吾闻诸夫子：圣人不从事于务，不就利，不违害，不喜求，不缘道；无谓有谓，有谓无谓，而游乎尘垢之外[78]。夫子以为孟浪之言[79]，而我以为妙道之行也。吾子以为奚若？"

长梧子曰："是黄帝之所听荧也，而丘也何足以知之！且女亦大早计，见卵而求时夜，见弹而求鸮炙。

"予尝为女妄言之，女以妄听之。奚旁日月，挟宇宙，为其吻合，置其滑涽，以隶相尊[80]？众人役役，圣人愚芚，参万岁而一成纯[81]。万物尽然，而以是相蕴。

"予恶乎知说生之非惑邪！予恶乎知恶死之非弱丧而不知归者邪！丽之姬，艾封人之子也；晋国之始得之也，涕泣沾襟；及至于王所，与王同筐床[82]，食刍豢，而后悔其泣也。予恶乎知夫死者不悔其始之蕲生乎？

"梦饮酒者，旦而哭泣；梦哭泣者，旦而田猎。方其梦也，不知其梦也；梦之中又占其梦焉，觉而后知其梦也。且有大觉而后知此其大梦也。而愚者自以为觉，窃窃然知之[83]，君乎，牧乎，固哉！丘也与女，皆梦也；予谓女梦，亦梦也；是其言也，其名为吊诡[84]。万世之后而遇一大圣知其解者，是旦暮遇之也。

"既使我与若辩矣，若胜我，我不若胜，若果是也？我果非也邪？我胜若，若不吾胜，我果是也？而果非也邪？其或是也？其或非也邪？其俱是也，其俱非也邪？我与若不能相知也，则人固受其黮暗[85]。吾谁使正之？使同乎若者正之？既与若同矣，恶能正之！使同乎我者正之？既同乎我与若矣，恶能正之？然而我与若、与人，俱不能相知也，而待彼也邪与？

"化声之相待，若其不相待，和之以天倪，因之以曼衍，所以穷年也。何谓和之以天倪？曰：是不是，然不然。是若果是也，则是之异乎不是也，亦无辩；然若果然也，则然之异乎不然也亦无辩。忘年忘义[86]，振于无竟，故寓诸无竟。"

罔两问景曰[87]："曩子行[88]，今子止；曩子坐，今子起；何其无特操与[89]？"

景曰："吾有待而然者邪！吾所待又有待而然者邪？吾待蛇蚹蜩翼邪[90]？恶识所以然？恶识所以不然？"

昔者庄周梦为蝴蝶，栩栩然蝴蝶也。自喻适志与！不知周也。俄然觉，则蘧蘧然周也[91]，不知周之梦为蝴蝶与，蝴蝶之梦为周与？周与蝴蝶则必有分矣。此之谓物化[92]。

---

①南郭子綦（qí，其），楚昭王庶弟。隐：凭靠。机：案。荅（tà，蹋）焉：形体死寂的样子。丧其耦：忘其所寓。

②颜成子游：姓颜成，名偃，子綦弟子。

③籁：箫。人吹而能成为乐音的竹管叫人籁，风吹而能发出声响的洞穴叫地籁。

④大块：指天地。噫（yī，衣）气：这里说天地吐气。

⑤而：你。翏翏（liù，六）：悠长的风声。

⑥“似鼻”至“似污者”：都是形容窍穴的形状。

⑦“激者”至“咬者”：都是形容怒号的声音。

⑧比竹：指笙、籁一类管乐器，因由竹管排比而成，故称比竹。

⑨怒者：发动者。

⑩本段中大知与小知，大言与小言，大恐与小恐都是指争论是非的人来说的。闲闲：拒绝接受意见的样子。间间：细加分别的样子。

⑪炎炎：火猛气盛的样子。詹詹：啰嗦。

⑫魂交：心神烦乱。形开：四体不安。与接为构，日以心斗：与接触的人周旋，整天勾心斗角。

⑬惴惴（zhuì，坠）：提心吊胆的样子。缦缦：沮丧落魄的样子。

⑭机栝（kuò，括）：箭末扣弦的部位。司：伺察。

⑮厌：闭藏。缄：封闭。洫（xù，绪）：有自封自守的意思。

⑯变：变化无常。慹（zhé，哲）：通蛰，蛰伏不动。

⑰姚：轻浮。佚：纵逸。启：放荡。态：作态。

⑱乐出虚：乐音发自空虚的箫管。蒸成菌：湿气蒸发就会长成菌。

⑲相代：指下述变化。萌：初生。

⑳彼、我：对举之词，立足于“我”，万物皆“彼”。取：引申为体现。使：支配。

㉑真宰：天然的主宰者，亦即道。朕（zhèn，振）：借为眹，迹象。

㉒骸（hái，孩）：骨节。六藏：心、肝、脾、肺、肾、命门。赅（gāi，该）：齐备，存有。

㉓递：互相。真君：指百骸、九窍、六藏的主宰者。

㉔一受二句：它形成了自己的形体，就一直活着到死。

㉕与物三句：指人的竞争追逐，互相斗杀。

㉖役役：忙碌的样子。

㉗苶（nié，捏阳平声）然：困顿，精神不振的样子。疲役：疲于劳役。

㉘神禹：相传为夏朝开国的帝王，曾治水。

㉙吹：指吹箫管之类，这句指说话和吹箫管不能等同看待。

㉚鷇（kòu，扣）音：初生小鸟的叫声，比喻不带任何含义的话语。辩：通辨，区别。

㉝道恶乎隐二句：道被什么所蒙蔽而生真伪？言论被什么蒙蔽而产生是非？

㉜道恶乎往二句：道在什么地方不存在？言论在哪些方面不行？

㉝小成：一隅之见。荣华：浮虚之辞。儒墨：儒为孔丘所开创，墨为墨翟所建立，二家的是非之争颇激烈。

㉞莫若以明：要消除儒墨的是非之见，最好不去和他们争辩谁是谁非，不如代之以无是无非的通明之境。

㉟此言“生”、“死”、“可”、“否”的依附关系，一物之生，即为他物之死，此物之可，即彼物之不可，其“生”与“死”，“可”与“不可”的过程同时进行。

㊱是以：因此。由：依循。照：明。天：自然。

㊲莫得其偶：不能互相对立。

㊳环中：圆环的中央。“得其环中”方可摆脱“物”、“我”、“彼”、“是”、“是”、“非”等偏执一端的观点，“环中”即虚无之境界。

㊴指、马之喻，是先秦名家论证现实事物之是非的重要命题。

㊵天地一指，万物一马：指“天地”、“万物”其实为一。

㊶道：道路。物谓之而然：某一事物（如马）是人们把它叫成这种事物。

㊷莛（tíng，廷）：草木植物的茎。楹（yíng，迎）:，房屋的柱子。举莛：比喻轻而易举的事。举楹：比喻难做到的事。厉：丑陋的女人。西施：古代著名美女。恢：恢谐。恑（guǐ，鬼）：狡猾。

㊸其分也成也，其成也毁也：分此则成彼，此成则彼毁，立足于"道"，则实为一体。

㊹庸也者……适得而几矣：按照循环往复的变化行事，就是无用之用，就可以无所不通，因此就无所不得，达到有所得就差不多了。

㊺狙（jù，疽）：猕猴。狙公：养猕猴的老翁。赋：给，分发。芧（xù，序）:，橡子。

㊻两行：两相并行，指天人各不相扰。

㊼未始有物：指物质世界尚未产生。

㊽封：划分疆界。"封"后始有"彼、是"之别。

㊾彰：明。亏：损失，败坏。

㊿昭氏：郑太师昭文，古时善鼓琴者。

51师旷：晋平公乐师，以妙解音律而著称。枝策：举杖以击节。

52惠子，即惠施。名家的代表人物，以善于思考与辩论而著名。

53坚白：是先秦名家的著名论题之一。

54滑（gǔ，骨）疑：谓能言善辩，能乱是非异同。

55今且：假设之辞。

56有始：指宇宙万物之始。

57有有：第二个"有"指宇宙万物。

58俄而：忽而。果：真的。

59秋毫：动物凉秋时所生新毛。殇子：未成年而死。

60畛：田间小道，亦即分界。

61八德：指从无发展到有的八种界限。

62六合：天地。

63存：不置一词。论：正言说明。议：私下评论。辩：别其得失。

64怀之：指胸中囊括万物。

65大廉不嗛（qiān，谦）："嗛"乃谦退，即为大廉，人所共知，无须谦退。大勇不忮（zhì，至）："忮"为忌恨。

66葆光：隐藏的光辉。

67宗、脍、胥敖：尧时的三个小国名。南面：指帝位。

68十日并出：远古神话传说，天上有十个太阳。进乎：超过。

69啮缺，王倪：《庄子》中的寓言人物，《天地》篇说："尧之师曰许由，许由之师曰啮缺，啮缺之师曰王倪，王倪之师曰被衣。"

70同是：共同认可的道理。

71庸讵（jù，巨）：何以，为反诘副词。

72木处：居住在树上。惴栗（zhuì lì，坠吏）：害怕得发抖的样子。恂（xún，旬）：害怕。

73刍豢（chú huàn，除患）：指禽兽。食草的叫刍，食谷的叫豢。

74蝍蛆（jí jū，即居）：蜈蚣。

75鸱（chī，痴）：猫头鹰。

76猵狙（biān jū，编居）：猕猴的一种。这里指猿与猵狙相配为雌雄。

77瞿鹊子，长梧子：庄子杜撰的人物，瞿鹊子或为孔门弟子，长梧子则为道家人物。

78尘垢：指现实世界。

79孟浪：荒诞，辽阔不着边际。

80滑涽（gǔ hūn，古昏）：昏乱之状。以隶相尊：把下贱的看作同样尊贵。

81参万岁而一成纯：与万岁的大道相糅合而整个地变得浑浑沌沌。

82筐（kuāng，匡）床：君主所睡的床。

83窃窃然：自以为明察的样子。

84吊诡：吊，至。诡：欺诈。意指最大的骗局。

㉕黮（dǎn，胆）暗：黑暗不明。

㉖忘年忘义：忘掉生死。

㉗罔两：影子的影子。

㉘曩（nǎng，囊上声）：从前。

㉙特操：独特的操守。无特操：指影子随物而动。

㉚蛇蚹（fù，付）：蛇壳。

㉛蘧蘧（jù，巨）然：惊疑的样子。

㉜物化：物之所变。物可变而道不可变也。

养 生 主

吾生也有涯，而知也无涯。以有涯随无涯，殆已！已而为知者，殆而已矣！为善无近名，为恶无近刑。缘督以为经，可以保身，可以全生，可以养亲，可以尽年。

庖丁为文惠君解牛，手之所触，肩之所倚，足之所履，膝之所踦[①]，砉然响然，奏刀騞然，莫不中音，合于《桑林》之舞，乃中《经首》之会[②]。

文惠君曰："譆，善哉！技盖至此乎？"

庖丁释刀对曰："臣之所好者，道也，进乎技矣。始臣之解牛之时，所见无非全牛者；三年之后，未尝见全牛也。方今之时，臣以神遇而不以目视，官知止而神欲行。依乎天理，批大郤，导大窾，因其固然[③]。技经肯綮之未尝，而况大軱乎[④]！良庖岁更刀，割也；族庖月更刀，折也。今臣之刀十九年矣，所解数千牛矣，而刀刃若新发于硎[⑤]。彼节者有间，而刀刃者无厚；以无厚入有间，恢恢乎其于游刃必有余地矣。是以十九年而刀刃若新发于硎。虽然，每至于族[⑥]，吾见其难为，怵然为戒：视为止，行为迟，动刀甚微。謋然已解[⑦]，如土委地。提刀而立，为之四顾，为之踌躇满志，善刀而藏之。"

文惠君曰："善哉！吾闻庖丁之言，得养生焉。"

公文轩见右师而惊曰[⑧]："是何人也，恶乎介也[⑨]？天与，其人与[⑩]？"曰："天也，非人也。天之生是使独也，人之貌有与也。以是知其天也，非人也。"

泽雉十步一啄，百步一饮，不蕲畜乎樊中[⑪]。神虽王[⑫]，不善也。

老聃死，秦失吊之[⑬]，三号而出。

弟子曰："非夫子之友邪？"

曰："然。"

"然则吊焉若此可乎？"

曰："然。始也吾以为至人也，而今非也。向吾入而吊焉，有老者哭之，如哭其子；少者哭之，如哭其母。彼其所以会之，必有不蕲言而言，不蕲哭而哭者。是遁天倍情[⑭]，忘其所受，古者谓之遁天之刑[⑮]。适来，夫子时也；适去，夫子顺也。安时而处顺，哀乐不能入也，古者谓是帝之悬解[⑯]。"

指穷于为薪[⑰]，火传也，不知其尽也。

---

①踦（yǐ，椅）：通倚，抵住。

②砉（huà，化）、响：都是状声词，形容解牛的声音。奏刀：进刀。騞（huō，豁阴平声）：状声词，牛体被解开时发出的声音。桑林：商汤王时的乐曲名。

③郤：指筋骨间的空隙。窾（kuǎn，款）：洞穴，指骨节间的窍穴。

④枝经：经络相连的地方。肯：附在骨头上的肉。綮（qìng，庆）：筋骨连结的地方。軱（gū，孤）：大骨。

⑤新发于硎（xíng，刑）：刚从磨刀石上磨过。硎：磨刀石。

⑥族：指骨头结聚的地方。

⑦謋（huò，霍）：象声词，形容牛解开时发出的声音。

⑧公文轩：姓公文，名轩，传说是宋国人。右师：本是官职，这里指当过右师的一个人。

⑨介：指单足。

⑩天与：是天造成的呢。人与：人事造成的呢。与读为"欤"。

⑪樊：笼。

⑫王（wàng，旺）：通旺，旺盛。

⑬秦失：老子的朋友。

⑭遁天：失去天性。倍情：违背真情。

⑮遁天之刑：违背天所得到的刑罚。

⑯帝之县解：县，通悬。天的束缚解除了。

⑰指穷于为薪：指，通脂。即脂肪作为烛薪而被点尽了。

人间世

颜回见仲尼，请行[①]。

曰："奚之？"

曰："将之卫。"

曰："奚为焉？"

曰："回闻卫君，其年壮，其行独。轻用其国，而不见其过。轻用民死，死者以国量，乎泽若蕉[②]，民其无知矣！回尝闻之夫子曰：'治国去之，乱国就之，医门多疾。'愿以所闻，思其所行，则庶几其国有瘳乎[③]！"

仲尼曰："嘻！若殆往而刑耳！夫道不欲杂，杂则多，多而扰，扰则忧，忧而不救。古之至人，先存诸己而后存诸人。所存于己者未定，何暇至于暴人之所行！

"且若亦知夫德之所荡，而知之所为出乎哉？德荡乎名，知出乎名，名也者，相轧也；知也者，争之器也。二者凶器，非所以尽行也。

"且德厚信矼[④]，未达人气；名闻不争，未达人心。而强以仁义绳墨之言衒暴人之前者，是以恶育其美也，命之曰菑人[⑤]。菑人者，人必反菑之，若殆为人菑夫！且苟为悦贤而恶不肖，恶用而求以有以异？若唯无诏[⑥]，王公必将乘人而斗其捷。而目将荧之[⑦]，而色将平之。口将营之，容将形之，心且成之。是以火救火，以水救水，名之曰益多。顺始无穷，若殆以不信厚言，必死于暴人之前矣！

"且昔者桀杀关龙逢[⑧]，纣杀王子比干[⑨]，是皆修其身以伛拊人之民[⑩]，以下拂其上者也，故其君因其修以挤之。是好名者也。昔者尧攻丛、枝、胥敖，禹攻有扈，国为虚厉[⑪]，身为刑戮。其用兵不止，其求实无已。是皆求名实者也。而独不闻之乎？名实者，圣人之所不能胜也，而况若乎！虽然，若必有以也，尝以语我来[⑫]！"

颜回曰："端而虚，勉而一，则可乎[⑬]？"

曰："恶！恶可[⑭]！夫以阳为充孔扬，采色不定[⑮]，常人之所不违，因案人之所感，以求容与其心[⑯]。名之曰日渐之德不成，而况大德乎！将执而不化，外合而内不訾[⑰]，其庸讵可乎！"

"然则我内直而外曲，成而上比。内直者，与天为徒。与天为徒者，知天子之与己，皆天之所子，而独以己言蕲乎而人善之，蕲乎而人不善之邪？若然者，人谓之童子，是之谓与天为徒。

外曲者，与人为徒也。擎跽曲拳[18]，人臣之礼也，人皆为之，吾敢不为邪！为人之所为者，人亦无疵焉，是之谓与人为徒。成而上比者，与古为徒。其言虽教谪之实也，古之有也，非吾有也。若然者，虽直而不病，是之谓与古为徒。若是则可乎？"

仲尼曰："恶！恶可！大多政法而不谍[19]，虽固亦无罪。虽然，止是耳矣，夫胡可以及化！犹师心也[20]。"

颜回曰："吾无以进矣，敢问其方。"

仲尼曰："斋，吾将语若！有心而为之，其易邪？易之者，皞天不宜[21]。"

颜回曰："回之家贫，唯不饮酒、不茹荤者数月矣。如此则可以为斋乎？"

曰："是祭祀之斋，非心斋也[22]。"

回曰："敢问心斋。"

仲尼曰："若一志，无听之以耳而听之以心，无听之以心而听之以气[23]。听止于耳，心止于符。气也者，虚而待物者也。唯道集虚。虚者，心斋也。"

颜回曰："回之未始得使，实有回也；得使之也，未始有回也；可谓虚乎？"

夫子曰："尽矣。吾语若，若能入游其樊而无感其名，入则鸣，不入则止。无门无毒[24]，一宅而寓于不得已则几矣。

"绝迹易，无行地难。为人使易以伪，为天使难以伪。闻以有翼飞者矣，未闻以无翼飞者也；闻以有知知者矣，未闻以无知知者也。瞻彼阕者[25]，虚室生白，吉祥止止。夫且不止，是之谓坐驰，夫徇耳目内通而外于心知，鬼神将来舍，而况人乎！是万物之化也，禹、舜之所纽也[26]，伏羲、几蘧之所行终[27]，而况散焉者乎！"

叶公子高将使于齐[28]，问于仲尼曰："王使梁也甚重。齐之待使者，盖将甚敬而不急。匹夫犹未可动，而况诸侯乎！吾甚栗之。子常语诸梁也曰：'凡事若小若大，寡不道以欢成[29]。事若不成，则必有人道之患，事若成，则必有阴阳之患[30]。若成若不成而后无患者，唯有德者能之。'吾食也执粗而不臧，爨无欲清之人[31]。今吾朝受命而夕饮冰，我其内热与！吾未至乎事之情，而既有阴阳之患矣；事若不成，必有人道之患，是两也，为人臣者不足以任之，子其有以语我来！"

仲尼曰："天下有大戒二[32]：其一，命也；其一，义也。子之爱亲，命也，不可解于心；臣之事君，义也，无适而非君也，无所逃于天地之间。是之谓大戒，是以夫事其亲者，不择地而安之，孝之至也；夫事其君者，不择事而安之，忠之盛也；自事其心者，哀乐不易施乎前，知其不可奈何而安之若命，德之至也。为人臣子者，固有所不得已。行事之情而忘其身，何暇至于悦生而恶死！夫子其行可矣。

"丘请复以所闻：凡交近则必相靡以信[33]，远则必忠之以言。言必或传之。夫传两喜两怒之言，天下之难者也。夫两喜必多溢美之言，两怒必多溢恶之言。凡溢之类妄，妄则其信也之莫[34]，莫则传言者殃。故法言曰：'传其常情，无传其溢言，则几乎全。'

"且以巧斗力者，始乎阳，常卒乎阴，泰至则多奇巧；以礼饮酒者，始乎治，常卒乎乱，泰至则多奇乐。凡事亦然。始乎谅，常卒乎鄙；其作始也简，其将毕也必巨。

"言者，风波也；行者，实丧也。夫风波易以动，实丧易以危。故忿设无由，巧言偏辞。兽死不择音，气息茀然，于是并生心厉。克核大至[35]，则必有不肖之心应之，而不知其然也。苟为不知其然也，孰知其所终！故法言曰：'无迁令，无劝成[36]，过度益也。'迁令劝成殆事，美成在久，恶成不及改，可不慎与！

"且夫乘物以游心，托不得已以养中，至矣。何作为报也！莫若为致命[37]，此其难者。"

颜阖将傅卫灵公太子，问于蘧伯玉曰[38]："有人于此，其德天杀[39]。与之为无方则危吾国；与之为有方则危吾身。其知足以知人之过，而不知其所以过。若然者，吾奈之何？”

蘧伯玉曰：“善哉问乎！戒之！慎之，正汝身也哉！形莫若就，心莫若和。虽然，之二者有患。就不欲入，和不欲出。形就而入，且为颠为灭，为崩为蹶[40]；心和而出，且为声为名，为妖为孽。彼且为婴儿，亦与之为婴儿；彼且为无町畦，亦与之为无町畦[41]；彼且为无崖，亦与之为无崖。达之入于无疵。

“汝不知夫螳螂乎？怒其臂以当车辙，不知其不胜任也，是其才之美者也。戒之，慎之！积伐而美者以犯之，几矣[42]。

“汝不知夫养虎者乎？不敢以生物与之，为其杀之之怒也；不敢以全物与之，为其决之之怒也；时其饥饱，达其怒心。虎之与人异类，而媚养己者，顺也；故其杀之者，逆也。

“夫爱马者，以筐盛矢，以蜃盛溺。适有蚊虻仆缘[43]，而拊之不时，则缺衔毁首碎胸[44]。意有所至而爱有所亡，可不慎邪！”

匠石之齐，至于曲辕，见栎社树[45]。其大蔽数千牛，絜之百围[46]，其高临山，十仞而后有枝，其可以为舟者，旁十数[47]。观者如市，匠伯不顾，遂行不辍。弟子厌观之。走及匠石，曰：“自吾执斧斤以随夫子，未尝见材如此其美也。先生不肯视，行不辍，何邪？”

曰：“已矣，勿言之矣！散木也，以为舟则沈，以为棺椁则速腐，以为器则速毁，以为门户则液樠，以为柱则蠹。是不材之木也，无所可用，故能若是之寿。”

匠石归，栎社见梦曰：“女将恶乎比予哉？若将比予于文木邪？夫柤梨橘柚，果蓏之属[48]，实熟则剥，剥则辱；大枝折，小枝泄。此以其能苦其生者也，故不终其天年而中道夭，自掊击于世俗者也。物莫不若是。且予求无所可用久矣，几死，乃今得之，为予大用。使予也有用，且得有此大也邪？且也若与予也皆物也，奈何其相物也？而几死之散人，又恶知散木？”

匠石觉而诊其梦[49]。弟子曰：“趣取无用，则为社何邪？”

曰：“密！若无言！彼亦直寄焉，以为不知己者诟厉也[50]。不为社者，且几有翦乎！且也彼其所保与众异，而以喻义之，不迹远乎！”

南伯子綦游乎商之丘[51]，见大木焉，有异：结驷千乘，将隐芘其所藾。子綦曰：“此何木也哉？此必有异材夫？”仰而视其细枝，则拳曲而不可以为栋梁；俯而视其大根，则轴解而不可以为棺椁[52]；咶其叶，则口烂而为伤[53]；嗅之，则使人狂酲三日而不已[54]。

子綦曰：“此果不材之木也，以至于此其大也。嗟乎，神人，以此不材！

“宋有荆氏者，宜楸柏桑[55]。其拱把而上者，求狙猴之杙者斩之[56]；三围四围，求高名之丽者斩之；七围八围，贵人富商之家求椫傍者斩之[57]。故未终其天年，而中道之夭于斧斤，此材之患也。故解之以牛之白颡者，与豚之亢鼻者，与人有痔病者，不可以适河[58]。此皆巫祝以知之矣，所以为不祥也。此乃神人之所以为大祥也。”

支离疏者[59]，颐隐于脐，肩高于顶，会撮指天[60]，五管在上，两髀为胁[61]。挫鍼治繲[62]足以糊口；鼓筴播精[63]，足以食十人。上征武士，则支离攘臂而于其间；上有大役，则支离以常疾不受功；上与病者粟，则受三钟与十束薪。夫支离其形者，犹足以养其身，终其天年，又况支离其德者乎[64]！

孔子适楚，楚狂接舆游其门曰[65]：“凤兮凤兮，何如德之衰也[66]！来世不可待，往世不可追也。天下有道，圣人成焉[67]。天下无道，圣人生焉；方今之时，仅免刑焉。福轻乎羽，莫之知载；祸重乎地，莫之知避。已乎已乎，临人以德！殆乎殆乎，画地而趋！迷阳迷阳，无伤吾行[68]！郤曲郤曲，无伤吾足[69]！”

山木自寇也[70]，膏火自煎也。桂可食[71]，故伐之；漆可用，故割之。人皆知有用之用，而莫知无用之用也。

---

①颜回见仲尼：这段问答是虚构的，庄子借孔子之口，宣扬自家学说。

②死者以国量句：死者满国，弃野而不葬者，亦如蕉之枕藉不可计。

③庶几：或许。瘳（chōu，抽）：病愈。有瘳：可以治好。

④信矼（gāng，刚）：矼，坚实的意思。信，信誉着实。

⑤菑（zāi，灾）：通灾。

⑥若唯无诏：若，汝。诏，争辩。

⑦荧（yíng，营）：眩。

⑧关龙逢：夏桀的贤臣，尽诚而遭斩首。

⑨王子比干：殷纣王的叔父，忠谏而被割心。

⑩伛（yǔ，语）拊：爱养。

⑪国为虚厉：国土变成废墟，人民变成厉鬼。

⑫尝以语我来：且说与我听听你的想法，言论。

⑬端而虚，勉而一：正直而谦虚，积极而坚定。

⑭恶：表示否定的语词，恶可：哪里行。

⑮采色不定：喜怒无常。

⑯求容与其心：求自己内心的畅快。

⑰外合而内不訾（zī，资）：表面符合，内心并不采纳。

⑱擎（qíng，晴）：执。指执笏（hù，户），古时大臣上朝要拿着手板，用来备忘。跽（jì，技）：长跪。拳：拱手。

⑲大多政法而不谍："大"读作"太"，"政"通"正"。句意为：法则太多，实不称当。

⑳师心：师法自己的定见。

㉑皞（gāo，高）天不宜：与自然之理不合。

㉒祭祀之斋：祭祀前的斋戒。心斋：这里指洗除心中欲念。

㉓气：指心灵活动到达极精纯的境地。

㉔无门无毒：无通毋。门：即前文的"医门"之"门"，在这里做动词用。无门：不要摆出医师的门面。毒，药治。无毒：不要把自己的主张看作治人的药方。

㉕瞻彼阕者：瞻，观望。阕（què，却），空。彼阕者，那个空虚的世界。

㉖纽：关键。所纽：作为治天下的关键。

㉗伏羲、几蘧（jù，巨）：都是传说中的上古君王。所行终：作为终身奉行的准则。

㉘叶（shè，射）公子高：楚庄王玄孙，被封于叶，字子高，名诸梁。

㉙寡不道以欢成：未有不依道而能美满成就。

㉚阴阳之患：阴阳二气相游互荡以致失调而患病。

㉛爨（cuàn，窜）：治炊者。概言叶公食不求精，治炊不必大事烹饪，不受火热之苦，故无欲清凉之人。

㉜大戒：人生足以为戒之大法。

㉝靡：维系。

㉞信之也莫：莫，通薄。意为信之不笃。

㉟克核大至："大"读"太"，威逼太过。

㊱无迁令，无劝成：不要改变所受的使命，不要强求事情的成功。益：溢字古体，过度。

㊲致命：致其君之命。即真实无妄地传达命令。

㊳颜阖：姓颜名阖，鲁国贤人。蘧（jù，巨）伯玉：姓蘧字伯玉，名瑗，卫国的贤大夫。

㊴其德天杀：指天性刻薄。

㊵颠：倒，堕落。灭：毁坏，崩：垮。蹶（jué，决）：失败。

㊶町（tǐng，挺）：田界。町畦：田基所限的区域，引申为限制、约束。

㊷几：危殆。

㊸仆缘：指蚊虻叮着。

㊹缺衔：咬断口勒。首、胸：指马的笼头与肚带之类。

㊺栎（lì，历）社树：树名，社树：被拜为土地神的树。

㊻絜（xié，协）：用绳子计量圆筒形物体的粗细。

㊼旁：读为方，且。

㊽果蓏（luǒ，裸）之属：果瓜之类。辱：扭折。泄：读抴（yè，夜）。

㊾诊：当“告”讲。

㊿诟厉：辱骂。

51南伯子綦：即南郭子綦。

52轴：这里指树心。解：松散。轴解；木心不坚实。

53咶（shì，世）：同舔。为伤：被伤害。

54酲（chéng，程）：醉酒。狂酲：大醉如狂。

55楸（qiū，秋）：落叶乔木，木材质地细密。

56杙（yì，亦）：小木桩。可用来拴狙猴。

57樿（shàn，善）傍：单幅板的棺材。

58颡（sǎng，嗓）：额。豚（tún，臀）：小猪。适：往。

59支离疏：作者假设人名，有支离破碎的意思。

60会撮：发髻。

61两髀（bì，必）为胁：髀：膝以上的腿骨。胁：腋下肋骨所在的部分。

62挫鍼治繲（xiè，懈）：缝衣洗衣。

63鼓筴播精：“鼓”，簸。检米曰精。

64支离其德：犹言忘德。

65游其门：走过他的门口。

66凤兮：以凤鸟讽喻孔子。

67成：指成就他们的事业。

68迷阳：一种多刺的草。行；此处为脚胫。

69郤曲：即刺榆，一种带刺的小树。

70寇：砍伐。自寇：自讨砍伐。

71膏：油脂。自煎，自讨燃烧。

德　充　符

鲁有兀者王骀[①]，从之游者，与仲尼相若。常季问于仲尼曰：“王骀，兀者也，从之游者，与夫子中分鲁。立不教，坐不议，虚而往，实而归。固有不言之教，无形而心成者邪[②]？是何人也？”

仲尼曰：“夫子，圣人也，丘也直后而未往耳。丘将以为师，而况不若丘者乎！奚假鲁国[③]，丘将引天下而与从之。”

常季曰：“彼兀者也，而王先生，其与庸亦远矣。若然者，其用心也独若之何？”

仲尼曰：“死生亦大矣，而不得与之变，虽天地覆坠，亦将不与之遗[④]。审乎无假而不与物迁，命物之化而守其宗也[⑤]。”

常季曰：“何谓也？”

仲尼曰：“自其异者视之，肝胆楚越也；自其同者视之，万物皆一也。夫若然者，且不知耳目之所宜，而游心乎德之和；物视其所一而不见其所丧，视丧其足犹遗土也。”

常季曰：“彼为己。以其知得其心，以其心得其常心[⑥]，物何为最之哉？”

仲尼曰：“人莫鉴于流水，而鉴于止水，唯止能止众止。受命于地，唯松柏独也在，冬夏青青；受命于天，唯尧舜独也正，在万物之首。幸能正生，以正众生。夫保始之征[7]，不惧之实。勇士一人，雄入于九军。将求名而能自要者，而犹若是，而况官天地，府万物，直寓六骸[8]，象耳目，一知之所知[9]，而心未尝死者乎[10]！彼且择日而登假[11]，人则从是也。彼且何肯以物为事乎！"

申徒嘉，兀者也[12]，而与郑子产同师于伯昏无人[13]。子产谓申徒嘉曰："我先出则子止，子先出则我止。"其明日，又与合堂同席而坐。子产谓申徒嘉曰："我先出则子止，子先出则我止。今我将出，子可以止乎？其未邪？且子见执政而不违[14]，子齐执政乎？"

申徒嘉曰："先生之门，固有执政焉如此哉？子而悦子之执政而后人者也？闻之曰：'鉴明则尘垢不止，止则不明也。久与贤人处则无过。'今子之所取大者，先生也，而犹出言若是，不亦过乎！"

子产曰："子既若是矣[15]，犹与尧争善[16]。计子之德，不足以自反邪？"

申徒嘉曰："自状其过，以不当亡者众；不状其过，以不当存者寡。知不可奈何，而安之若命，唯有德者能之。游于羿之彀中[17]。中央者，中地也；然而不中者，命也。人以其全足笑吾不全足者多矣，我怫然而怒[18]；而适先生之所，则废然而反。不知先生之洗我以善邪[19]？吾之自寤邪[20]？吾与夫子游十九年矣，而未尝知吾兀者也。今子与我游于形骸之内，而子索我于形骸之外[21]，不亦过乎！"

子产蹴然改容更貌曰[22]："子乃无称！"

鲁有兀者叔山无趾[23]，踵见[24]仲尼，仲尼曰："子不谨，前既犯患若是矣。虽今来，何及矣！"

无趾曰："吾唯不知务而轻用吾身，吾是以亡足。今吾来也，犹有尊足者存焉[25]，吾是以务全之也。夫天无不覆，地无不载，吾以夫子为天地，安知夫子之犹若是也！"

孔子曰："丘则陋矣。夫子胡不入乎，请讲以所闻！"

无趾出[26]。孔子曰："弟子勉之！夫无趾，兀者也，犹务学以复补前行之恶，而况全德之人乎！"

无趾语老聃曰："孔丘之于至人，其未邪？彼何宾宾以学子为[27]？彼且蕲以諔诡幻怪之名闻[28]，不知至人之以是为己桎梏邪？"

老聃曰："胡不直使彼以死生为一条，以可不可为一贯者，解共桎梏，其可乎？"

无趾曰："天刑之[29]，安可解！"

鲁哀公问于仲尼曰："卫有恶人焉，曰哀骀它[30]。丈夫与之处者，思而不能去也。妇人见之，请于父母曰'与人为妻，宁为夫子妾'者，十数而未止也。未尝有闻其唱者也，常和人而已矣。无君人之位以济乎人之死，无聚禄以望人之腹，又以恶骇天下，和而不唱，知不出乎四域，且而雌雄合乎前[31]。是必有异乎人者也。寡人召而观之，果以恶骇天下。与寡人处，不至以月数，而寡人有意乎其为人也；不至乎期年，而寡人信之。国无宰，寡人传国焉。闷然而后应，氾然而若辞[32]。寡人丑乎，卒授之国。无几何也，去寡人而行，寡人恤焉若有亡也，若无与乐是国也。是何人者也！"

仲尼曰："丘也尝使于楚矣，适见㹠子食于其死母者。少焉眴若皆弃之而走[33]。不见己焉尔，不得类焉尔。所爱其母者，非爱其形也，爱使其形者也。战而死者，其人之葬也不以翣资[34]；刖者之屦，无为爱之；皆无其本矣[35]。为天子之诸御：不翦爪，不穿耳[36]；取妻者止于外，不得复使。形全犹足以为尔，而况全德之人乎！今哀骀它未言而信，无功而亲，使人授己国，唯恐其不受也，是必才全而德不形者也[37]。"

哀公曰："何谓才全？"

仲尼曰："死生存亡，穷达富贵，贤与不肖毁誉，饥渴寒暑，是事之变，命之行也。日夜相代乎前，而知不能规乎其始者也。故不足以滑和，不可入于灵府[38]，使之和豫通而不失于兑；使日夜无郤[39]，而与物为春[40]，是接而生时于心者也。是之谓才全。"

"何谓德不形？"

曰："平者，水停之盛也。其可以为法也，内保之而外不荡也。德者，成和之修也。德不形者，物不能离也。"

哀公异日以告闵子曰[41]："始也吾以为南面而君天下，执民之纪而忧其死，吾自以为至通矣。今吾闻至人之言，恐吾无其实，轻用吾身而亡其国。吾与孔丘。非君臣也，德友而已矣。"

闉跂支离无脤说卫灵公[42]，灵公说之，而视全人：其脰肩肩[43]。瓮盎大瘿说齐桓公[44]，桓公说之，而视全人：其脰肩肩。

故德有所长，而形有所忘。人不忘其所忘，而忘其所不忘，此谓诚忘。

故圣人有所游，而知为孽，约为胶，德为接[45]，工为商。圣人不谋，恶用知？不斫，恶用胶？无丧，恶用德？不货，恶用商？四者，天鬻也；天鬻者，天食也[46]。既受食于天，又恶用人！有人之形，无人之情。有人之形，故群与人；无人之情，故是非不得与身。眇乎小哉，所以属于人也！謷乎大哉[47]，独成其天！

惠子谓庄子曰："人故无情乎？"

庄子曰："然。"

惠子曰："人而无情，何以谓之人？"

庄子曰："道与之貌，天与之形，恶得不谓之人？"

惠子曰："既谓之人，恶得无情？"

庄子曰："是非吾所谓情也。吾所谓无情者，言人之不以好恶内伤其身，常因自然而不益生也。"

惠子曰："不益生，何以有其身？"

庄子曰："道与之貌，天与之形，无以好恶内伤其身。今子外乎子之神，劳乎子之精，倚树而吟，据槁梧而瞑[48]，天选子之形，子以坚白鸣[49]！"

---

①兀（wù，误）者：被处刑断足的人。王骀（tái，抬）：假设人名。

②无形而心成：即今天的潜移默化之意。

③奚假：何止。

④不与之遗：不会随着遗落。

⑤命物之化：顺任事物的变化。

⑥以其知得其心：用他的智慧去领悟"心"，再根据这个"心"返回到"常心"。

⑦正生：即正性，指尧舜自正性命。保始之征：保全本始之征验。

⑧直寓穴骸：指马穴骸视为旅舍。

⑨一知之所知：天赋的智慧烛照所知的境域。

⑩心未尝死者：心中未尝有死生变化的观念。

⑪彼且择日而登假：形容超尘脱俗的精神。

⑫申徒嘉：姓申徒名嘉，郑国人。

⑬郑子产：郑国大夫，姓公孙，名侨，字子产。伯昏无人：假设人名。

⑭执政：宰相。子产是郑相。违：避开。

⑮若是：如此，指申徒嘉受过断足的刑罚。

⑯犹与尧争善：还要跟尧较量长短。这句话太突兀，与前后文连接不顺。疑“尧”为“侨”字，即子产自称。

⑰羿（yì，艺）：传说中射箭的能手，彀（gòu，够）：使劲张弓。彀中：射程之内。

⑱佛（bó，勃）：通勃。怫然：脸上变色的样子。

⑲洗我以善：意为以善教育我。

⑳寤：觉悟。“吾之自寤邪？五字依《阙误》校引张君房本补。

㉑形骸之内：指心。形骸之外：即外貌，指腿而言。

㉒蹴（cù，促）：变色。蹴然：脸上显出不安的样子。

㉓叔山无趾：居于叔山，脚趾被割去，故称。

㉔踵：脚跟。踵见：由于没有脚趾，故只用脚跟走去见。

㉕尊足者：比足还尊贵的东西。指道德。

㉖无趾出：孔子请入，无趾不但不入，反而出，表示根本看不起孔丘。

㉗宾宾以学子为：常常来就教于先生。

㉘諔诡幻怪：奇异怪诞。

㉙天刑之：天对他的惩罚。意为孔丘违反了天性而受惩罚。

㉚恶：丑。哀骀它：杜撰的寓言人物。

㉛雌雄合乎前：“雌雄”指妇人、丈夫，指男男女女皆来亲之。

㉜氾然若辞：“氾然”，漫不经心的样子。

㉝眴（shùn，瞬）若：惊慌而目动的样子。

㉞翣（shà，霎）：棺材的装饰品，资：供给，资助。

㉟刖（yuè，月）：古代把脚割掉的一种酷刑。刖者，受过刖刑的人。屦（jù，具）：鞋子。本：所从属的本体。

㊱爪翦：剪指甲。不爪翦，不穿耳；指女侍从。

㊲才全：才性完美。德不形：道德不体现在外貌上。

㊳滑：乱。和：和顺。灵府：指心灵。

㊴日夜无郤：日夜没有间断，“郤”通“隙”。

㊵与物为春：应物之际，春和气荣。

㊶闵子：孔子弟子闵子骞。

㊷闉（yīn，因）跂离无脤（chún，纯）：按形状虚设的人名。闉：曲，伛背。跂：企，走路脚跟不着地。脤：通脣。

㊸脰（dòu，豆）：颈。上一“肩”字解肩膀，下一“肩”字解肩负。句谓他的脖子要用肩膀来托住。

㊹瓮（wèng，翁去声）盎（àng，盎）大瘿（yǐng，影）：假设人名。意为象瓦瓮那么大的肿瘤。瘿是长在脖子上的一种囊状肉瘤。

㊺知：智谋。孽：妖孽。约为胶：结合是因为有胶粘，约：结合。德：通得。接：取。

㊻鬻（yù，育）：养。天鬻、天食都是说明禀受于天然。

㊼謷（áo，敖）伟大。

㊽据槁梧：靠着干枯的梧桐。表现惠施与人在树下辩论，疲倦、叹息的样子。

㊾坚白：坚白论，这是当时名家辩论的重要命题，鸣：争鸣。

大 宗 师

知天之所为，知人之所为者，至矣！知天之所为者，天而生也；知人之所为者，以其知之所知，以养其知之所不知，终其天年而不中道夭者，是知之盛也。

虽然，有患[①]：夫知有所待而后当，其所待者特未定也。庸讵知吾所谓天之非人乎？所谓人之非天乎？

且有真人而后有真知。何谓真人？古之真人，不逆寡，不雄成，不谟士[②]。若然者，过而弗悔，当而不自得也；若然者，登高不栗，入水不濡，入火不热。是知之能登假于道者也若此。

古之真人，其寝不梦，其觉无忧，其食不甘，其息深深。真人之息以踵，众人之息以喉[③]。

屈服乾，其嗌言若哇[④]。其耆欲深者，其天机浅。

古之真人，不知说生，不知恶死；其出不䜣，其入不距[⑤]；翛然而往，翛然而来而已矣[⑥]。不忘其所始，不求其所终；受而喜之，忘而复之，是之谓不以心损道，不以人助天，是之谓真人。

若然者，其心忘，其容寂，其颡頯[⑦]；凄然似秋，暖然似春[⑧]，喜怒通四时，与物有宜而莫知其极。

故圣人用兵也，亡国而不失人心。利泽施乎万世，不为爱人，故乐通物，非圣人也；有亲，非仁也；天时，非贤也；利害不通[⑨]，非君子也；行名失己，非士也；亡身不真，非役人也[⑩]；若狐不偕、务光、伯夷、叔齐、箕子、胥馀、纪他、申徒狄，是役人之役，适人之适，而不自适其适者也。

古之真人，其状义而不朋，若不足而不承；与乎其觚而不坚也[⑪]，张乎其虚而不华也；邴乎其似喜也[⑫]！崔乎其不得已也！滀乎进我色也[⑬]，与乎止我德也；厉乎其似世也，謷乎其未可制也；连乎其似好闭也，悗乎忘其言也[⑭]。以刑为体，以礼为翼，以知为时，以德为循。以刑为体者，绰乎其杀也；以礼为翼者，所以行于世也；以知为时者，不得已于事也；以德为循者，言其与有足者至于丘也，而人真以为勤行者也。故其好也一，其弗好也一。其一也一，其不一也一。其一与天为徒，其不一与人为徒。天与人不相胜也，是之谓真人。

死生，命也，其有夜旦之常，天也[⑮]。人之有所不得与，皆物之情也。彼特以天为父，而身犹爱之，而况其卓乎！人特以有君为愈乎已，而身犹死之，而况其真乎！泉涸，鱼相与处于陆，相呴以湿[⑯]，相濡以沫[⑰]，不如相忘于江湖，与其誉尧而非桀也，不如两忘而化其道。夫大块载我以形，劳我以生[⑱]，佚我以老[⑲]，息我以死[⑳]。故善吾生者，乃所以善吾死也[㉑]。

夫藏舟于壑，藏山于泽，谓之固矣！然而夜半有力者负之而走，昧者不知也。藏小大有宜，犹有所遁。若夫藏天下于天下而不得所遁，是恒物之大情也。特犯人之形而犹喜之。若人之形者，万化而未始有极也，其为乐可胜计邪！故圣人将游于物之所不得遁而皆存。善夭善老，善始善终，人犹效之，又况万物之所系，而一化之所待乎！

夫道有情有信，无为无形[㉒]；可传而不可受，可得而不可见；自本自根，未有天地，自古以固存；神鬼神帝[㉓]，生天生地；在太极之上而不为高，在六极之下而不为深，先天地生而不为久，长于上古而不为老。狶韦氏得之，以挈天地[㉔]；伏羲氏得之，以袭气母；维斗得之，终古不忒；日月得之，终古不息；堪坏得之，以袭昆仑[㉕]；冯夷得之，以游大川；肩吾得之，以处大山；黄帝得之，以登云天；颛顼得之，以处玄宫；禺强得之[㉖]，立乎北极；西王母得之，坐乎少广，莫知其始，莫知其终；彭祖得之，上及有虞，下及五伯；傅说得之，以相武丁，奄有天下，乘东维，骑箕尾而比于列星。

南伯子葵问乎女偊曰[㉗]："子之年长矣，而色若孺子，何也？"

曰："吾闻道矣。"

南伯子葵曰："道可得学邪？"

曰："恶！恶可！子非其人也。夫卜梁倚，有圣人之才而无圣人之道，我有圣人之道而无圣人之才。吾欲以教之，庶几果为圣人乎！不然，以圣人之道告圣人之才，亦易矣。吾犹守而告守之三日，而后能外天下[㉘]，已外天下矣，吾又守之七日，而后能外物；已外物矣，吾又守之九日，而后能外生，已外生矣，而后能朝彻[㉙]，朝彻，而后能见独[㉚]；见独，而后能无古今；无古今，而后能入于不死不生。杀生者不死，生生者不生。其为物无不将也，无不迎也，无不毁也，无不成也。其名为撄宁[㉛]。撄宁也者，撄而后成者也。"

南伯子葵曰："子独恶乎闻之？"

曰："闻诸副墨之子[32]，副墨之子闻诸洛诵之孙，洛诵之孙，闻之瞻明，瞻明闻之聂许，聂许闻之需役，需役闻之於讴，於讴闻之玄冥，玄冥闻之参寥[33]，参寥闻之疑始[34]。"

子祀、子舆、子犁、子来四人相与语曰[35]："孰能以无为首，以生为脊，以死为尻；孰知死生存亡之为一体者，吾与之友矣！"四人相视而笑，莫逆于心，遂相与为友。

俄而子舆有病，子祀往问之。曰："伟哉，夫造物者将以予为此拘拘也[36]！"曲偻发背，上有五管，颐隐于齐[37]，肩高于顶，句赘指天[38]。阴阳之气有沴[39]，其心闲而无事，跰𨇤而鉴于井[40]，曰："嗟乎！夫造物者又将以予为此拘拘也！"

子祀曰："女恶之乎？"

曰："亡，子何恶！浸假而化予之左臂以为鸡，予因以求时夜[41]；浸假而化予之右臂以为弹，予因以求鸮炙[42]；浸假而化予之尻以为轮，以神为马，予因以乘之，岂更驾哉！且夫得者，时也；失也，顺也；安时而处顺，哀乐不能入也。此古之所谓县解也。而不能自解者，物有结之。且夫物不胜天久矣，吾又何恶焉！"

俄而子来有病，喘喘然将死，其妻子环而泣之。子犁往问之，曰："叱！避！无怛化！"倚其户与之语曰："伟哉造化[43]！又将奚以汝为，将奚以汝适？以汝为鼠肝乎？以汝为虫臂乎？"

子来曰："父母于子，东西南北，唯命之从。阴阳于人，不翅于父母；彼近吾死而我不听，我则悍矣，彼何罪焉？夫大块载我以形，劳我以生，佚我以老，息我以死。故善吾生者，乃所以善吾死也。今之大冶铸金，金踊跃曰："我且必为镆铘，大冶必以为不祥之金。今一犯人之形，而曰'人耳人耳'，夫造化者必以为不祥之人。今一以天地为大炉，以造化为大冶，恶乎往而不可哉！"成然寐，遂然觉。

子桑户、孟子反、子琴张三人相与语曰[44]："孰能相与于无相与，相为于无相为？孰能登天游雾[45]，挠挑无极[46]；相忘以生，无所终穷[47]？"三人相视而笑，莫逆于心，遂相与为友。

莫然有间，而子桑户死，未葬。孔子闻之，使子贡往侍事焉[48]。或编曲，或鼓琴，相和而歌，曰："嗟来桑户乎！嗟来桑户乎！而已反其真，而我犹为人猗！"子贡趋而进曰："敢问临尸而歌，礼乎？"

二人相视而笑曰："是恶知礼意！"

子贡反，以告孔子曰："彼何人者邪？修行无有而外其形骸，临尸而歌，颜色不变，无以命之，彼何人者邪？"

孔子曰："彼游方之外者也；而丘游方之内者也。外内不相及，而丘使女往吊之，丘则陋矣。彼方且与造物者为人，而游乎天地之一气[49]。彼以生为附赘县疣[50]，以死为决疣溃痈[51]，夫若然者，又恶知死生先后之所在！假于异物，托于同体；忘其肝胆，遗其耳目；反复始终，不知端倪；芒然彷徨乎尘垢之外，逍遥乎无为之业。彼又恶能愦愦然为世俗之礼[52]，以观众人之耳目哉。"

子贡曰："然则夫子何方之依？"

孔子曰："丘，天之戮民也[53]。虽然，吾与汝共之。"

子贡曰："敢问其方。"

孔子曰："鱼相造乎水，人相造乎道，相造乎水者，穿池而养给；相造乎道者，无事而生定。故曰，鱼相忘乎江湖，人相忘乎道术。"

子贡曰："敢问畸人[54]。"

曰："畸人者，畸于人而侔于天[55]。故曰，天之小人，人之君子；天之君子，人之小人也。"

颜回问仲尼曰："孟孙才[56]，其母死，哭泣无涕，中心不戚，居丧不哀。无是三者，以善处丧盖鲁国，固有无其实而得其名者乎？回壹怪之。"

仲尼曰："夫孟孙氏尽之矣，进于知也[57]，唯简之而不得，夫已有所简也。孟孙氏不知所以生，不知所以死；不知孰先，不知孰后；若化为物，以待其所不知之化已乎！且方将化，恶知不化哉？方将不化，恶知已化哉？吾特与汝，其梦未始觉者邪！且彼有骇形而无损心[58]，有旦宅而无耗精[59]。孟孙氏特觉，人哭亦哭，是自其所以乃[60]，且也相与吾之耳矣，庸讵知吾所谓之非吾乎？且汝梦为鸟而厉乎天，梦为鱼而没于渊。不识今之言者，其觉者乎，其梦者乎？造适不及笑[61]，献笑不及排，安排而去化，乃入于寥天一[62]。"

意而子见许由[63]，许由曰："尧何以资汝？"

意而子曰："尧谓我：'汝必躬服仁义而明言是非。"

许由曰："而奚来为轵？夫尧既已黥汝以仁义，而劓汝是非矣[64]。汝将何以游夫遥荡恣睢转徙之涂乎[65]？"

意而子曰："虽然，吾愿游于其藩。"

许由曰："不然。夫盲者无以与乎眉目颜色之好，瞽者无以与乎青黄黼黻之观[66]。"

意而子曰："夫无庄之失其美，据梁之失其力，黄帝之亡其知，皆在炉捶之间耳[67]。庸讵知夫造物者之不息我黥而补我劓[68]，使我乘成以随先生邪？"

许由曰："噫！未可知也。我为汝言其大略。吾师乎！吾师乎！齑万物而不为义[69]，泽及万世而不为仁，长于上古而不为老，覆载天地刻雕众形而不为巧。为所游已！

颜回曰："回益矣。"

仲尼曰："何谓也。"

曰："回忘仁义矣。"

曰："可矣，犹未也。"

他日，复见，曰："回益也。"

曰："何谓也？"

曰："回忘礼乐矣。"

曰："可矣，犹未也。"

他日，复见，曰："回益也。"

曰："何谓也？"

曰："回坐忘矣。"

仲尼蹴然曰[70]："何谓坐忘？"

颜回曰："堕肢体[71]，黜聪明[72]，离形去知[73]，同于大通，此谓坐忘。"

仲尼曰："同则无好也，化则无常也。而果其贤乎！丘也请从而后也。"

子舆与子桑友，而霖雨十日[74]。子舆曰："子桑殆病矣！"裹饭而往食之。至子桑之门，则若歌若哭，鼓琴曰："父邪！母邪！天乎！人乎！"有不任其声而趋举其诗焉[75]。

子舆人，曰："子之歌诗，何故若是？"

曰："吾思夫使我至此极者而弗得也。父母岂欲吾贫哉？天无私覆，地无私载，天地岂私贫我哉？求其为之者而不得也！然而至此极者，命也夫！"

---

①虽然，有患：指虽如此，仍然有弊病。

②谟士："谋事"的同音借字。

③以踵：气功中有踵息法，要求把气运到脚跟。指真人的呼吸法。

④嗌（yì，益）：咽。嗌言：咽塞在喉头的话。哇（wà，蛙）：呕。

⑤出：生。䜣（xīn，心）：同欣。人：死。距：抗拒。不距：意即顺受。

⑥翛（xiāo，萧）然：自由自在的样子。往：死。来：生。

⑦頯（sǎng，嗓）：额。頄（qiú，求）：质朴而没有装饰的样子。

⑧凄然：严肃的样子。暖然：温和的样子。似秋、似春：都是一种比喻，说明合乎自然。

⑨利害不通：不把利与害看作相通为一。

⑩亡身不真：死亡而失于自然。役人：卑贱的人。

⑪觚（gū，孤）：棱角。全句：他坚定的性格多么值得称举啊，但又不显得有棱角。

⑫邴邴（bǐng，丙）：焕发的样子。

⑬滀（chù，搐）：颜色和泽的样子。

⑭悗（mèn，闷）：无心的样子。

⑮夜旦：日夜。常：永恒的现象。

⑯呴（xū，虚）：吐气。相呴以湿：用湿气互相呼吸。

⑰濡（rú，儒）：沾湿。相濡以沫：用口沫来互相沾湿。

⑱劳我以生：赋予生命来使我疲劳。

⑲佚我以老：赋予暮年来使我享受清闲。

⑳息我以死：赋予死亡来使我安息。

㉑善吾生：以我生为乐事。善吾死：以我死为乐事。

㉒有情有信：说明是客观存在的。无为无形：说明是非物质的。

㉓神鬼神帝：能使鬼和上帝变得神灵。

㉔狶（xī，希）韦氏：传说中远古的帝王。挈（qiè，窃）：提举，这里有开辟的意思。

㉕堪坏（pēi，胚）：昆仑山神。袭：入。

㉖禺强：水神，居住在北方。

㉗女偊（yǔ，雨）：得道的人。

㉘外天下：忘世故。

㉙朝彻：心境清明洞彻。

㉚见独：指洞见独立无待的道。

㉛撄（yīng，英）：干扰。宁：平静。撄宁：虽受干扰而宁静自如。

㉜副墨之子：比喻书册。以下八人都是按意思假设的名字。

㉝参寥：参悟虚寂。

㉞疑始：疑测天地万物的起源。

㉟子祀、子舆、子犁、子来：杜撰之寓言人物。

㊱拘拘也：形容曲屈不伸的样子。

㊲颐：面颊。齐：假借为脐。指面颊藏在肚脐里。

㊳句赘（gōu zhuì，钩坠）：颈椎。句赘指天：头下垂，颈椎则向上。

㊴沴（lì，丽）：因气不和顺而引起灾害。这里形容阴阳之气错乱不调。

㊵跰𨇤（pián xiān，骈鲜）：形容步履蹒跚。

㊶浸假：逐渐的。时夜：司夜，指鸡啼报晓。

㊷鸮（xiāo，消）炙：鸮鸟的烤肉。

㊸造化：谓道，以一切物化皆为道所造。

㊹子桑户、孟子反、子琴张：方外之士，寓言人物。

㊺登天游雾：形容精神超然物外。

㊻挠挑无极；行无踪迹。"挠挑"：跳跃。

㊼终穷：指死。无所终穷：无所谓死。

㊽侍事：助理丧事。

㊾一气：指道的作用。道的作用是支配着天地万物的，游乎天地之一气：即顺着道的作用而游。

㊿附赘（zhuì，坠）：附属在身体上多生的肉块。县：通悬。疣：俗称千日疮。县疣：长在身上的毒疮。句意把生看作是可恶的负担。

51疣（huàn，换）、痈：都是毒疮之类。决、溃：破而流脓，句意把死看作解除祸患的快事。

52愦愦（kuì，溃）然：昏乱、糊涂的样子。

53戮（lù，路）：刑戮。天之戮民：受天所惩罚的人。

54畸（jī，基）：不正常。畸人：不平常的人。

55畸于人：异于常人。侔（móu，谋）：齐。侔于天：与天齐一。

56孟孙才：姓孟孙名才，鲁人。

57进于知：超过了所谓懂得丧礼的人。

58有骇形："骇"当读"改"，指死亡之后，形态有变易，一般常人为此变易惊惧。

59有旦宅而无耗精："旦宅"：形骸之变。宅为"神之舍"。全句指有躯体的变化而无精神死亡。

60是自其所以乃：指孟孙才依世情随众哭泣而哭泣。

61造适不及笑：形容内心达到最适意的境界。

62寥天一：即道。

63意而子：人名，其事迹不详。

64黥（qíng，晴）：古时用刀刺刻在犯人的额颊等处，然后涂上墨的一种刑罚。劓（yì，义）：古时割鼻子的刑罚。

65遥荡恣睢转徙：遥荡：逍遥放荡。恣睢：放纵。转徙：变迁。

66瞽（gǔ，古）：瞎。黼黻（fǔ fú，府弗）：古时礼服上绣的花纹。

67捶：这里指天然的锻炼。

68息我黥：长回我被割去的皮肉。补我劓：补回我被割去的鼻子。

69齑（jī，跻）万物：即调和万物。不为义：不算作义。

70蹴然：神态突然变化的样子。

71堕肢体：把肢体看作不存在。

72黜（chù，触）：废除。黜聪明：把聪明才智抛弃掉。

73离形：离析肢体。去知：去除心智。

74霖雨：凡雨自三日以上为霖。

75不任其声：形容心力疲惫，发出的歌声极其微弱。趋举其诗：诗句急促，不成调子。

应　帝　王

啮缺问于王倪，四问而四不知。啮缺因跃而大喜，行以告蒲衣子[①]。蒲衣子曰："而乃今知之乎？有虞氏不及泰氏[②]。有虞氏其犹藏仁以要人[③]，亦得人矣，而未始出于非人。泰氏其卧徐徐，其觉于于；一以己为马，一以己为牛；其知情信，其德甚真，而未始入于非人。"

肩吾见狂接舆，曰："日中始何以语女[④]？"

肩吾曰："告我君人者以己出经式义度，人孰敢不听而化诸！"

狂接舆曰："是欺德也。其于治天下也，犹涉海凿河而使蚊负山也[⑤]。夫圣人之治也，治外乎？正而后行，确乎能其事者而已矣。且鸟高飞以避矰弋之害[⑥]，鼷鼠深穴乎神丘之下以避熏凿之患[⑦]，而曾二虫之无如！"

天根游于殷阳，至蓼水之上[⑧]，适遭无名人而问焉，曰："请问为天下。"

无名人曰："汝鄙人也，何问之不豫也！予方将与造物者为人，厌则又乘夫莽眇之鸟[⑨]，以出六极之外，而游无何有之乡，以处圹埌之野[⑩]。汝又何帠以治天下感予之心为？"

又复问。

无名人曰："汝游心于淡，合气于漠[⑪]，顺物自然而无容私焉，而天下治矣。"

阳子居见老聃[12]，曰："有人于此，向疾强梁[13]，物彻疏明，学道不倦。如是者，可比明王乎！"

老聃曰："是于圣人也，胥易技系[14]，劳形怵心者也。且也虎豹之文来田，猨狙之便来藉。如是者，可比明王乎?"

阳子居蹴然曰："敢问明王之治。"

老聃曰："明王之治，功盖天下而似不自己，化贷万物而民弗恃[15]；有莫举名使物自喜；立乎不测，而游于无有者也[16]。"

郑有神巫曰季咸，知人之生死、存亡，祸福、寿夭，期以岁月旬日，若神。郑人见之，皆弃而走。列子见之而心醉，归，以告壶子[17]，曰："吾始以夫子之道为至矣，则又有至焉者矣。"

壶子曰："吾与汝既其文，未既其实，而固得道与？众雌而无雄，而又奚卵焉[18]！而以道与世亢，必信，夫故使人得而相汝。尝试与来，以予示之。"

明日，列子与之见壶子。出而谓列子曰："嘻！子之先生死矣！弗活矣！不以旬数矣！吾见怪焉，见湿灰焉[19]。"

列子入，泣涕沾襟以告壶子。壶子曰："乡吾示之以地文[20]，萌乎不震不正。是殆见我杜德机也[21]。尝又与来。"

明日，又与之见壶子。出而谓列子曰："幸矣，子之先生遇我也，有瘳矣！全然有生矣！吾见其杜权矣[22]！"

列子入，以告壶子。壶子曰："乡吾示之以天壤，名实不入，而机发于踵。是殆见吾善者机矣。尝又与来。"

明日，又与之见壶子。出而谓列子曰："子云先生不齐，吾无得而相焉。试齐，且复相之。"

列子入，以告壶子。壶子曰："乡吾示之以太冲莫胜。是殆见吾衡气机也[23]。鲵桓之审为渊[24]，止水之审为渊，流水之审为渊，渊有九名，此处三焉。尝又与来。"

明日，又与之见壶子。立未定，自失而走。壶子曰："追之！"列子追之不及。反，以报壶子曰："已灭矣，已失矣，吾弗及已。"

壶子曰："乡吾示之以未始出吾宗。吾与之虚而委蛇[25]，不知其谁何，因以为弟靡，因以为波流，故逃也[26]。"

然后列子自以为未始学而归，三年不出。为其妻爨，食豕如食人。于事无与亲，雕琢复朴，块然独以其形立。纷而封哉[27]，一以是终。

无为名尸[28]，无为谋府，无为事任，无为知主。体尽无穷，而游无朕[29]。尽其所受乎天，而无见得，亦虚而已！至人之用心若镜，不将不迎，应而不藏[30]，故能胜而不伤。

南海之帝为倏，北海之帝为忽，中央之帝为浑沌[31]。倏与忽时与相遇于浑沌之地，浑沌待之甚善。倏与忽谋报浑沌之德[32]，曰："人皆有七窍，以视听食息，此独无有，尝试凿之。"日凿一窍，七日而浑沌死。

---

①蒲衣子：寓言人物。

②有虞氏：舜帝。泰氏：伏羲氏。

③藏仁：心怀仁义。要（yāo，腰）：要结，笼络。

④日中始：假设人名。

⑤涉海、凿河、使蚊负山：三者都说明办不到。

⑥矰（zēng，憎）：一种用丝绳系住以便弋射飞鸟的短箭。

⑦鼷（xī，溪）鼠：小鼠，深穴：打很深的地洞藏身。

⑧天根：和下文无名人同是寓名。殷阳、蓼水：为庄子自设的地名和水名。

⑨乘夫莽眇之鸟：比喻心神翱翔在飘渺的世界。

⑩圹埌（kuàng làng，邝浪）：空荡辽阔。

⑪游心于淡，合气于漠：心虚静就是游于淡，气平和就是合于漠。相当于气功中意与气会合于虚静的意思。

⑫阳子居：姓阳名朱，字子居。

⑬向疾强粱：向疾，敏捷。强粱，强干果决。

⑭胥易技系：胥吏治事为技能所系累。

⑮化贷万物而民弗恃：施化普泽万物而民不觉有所依恃。

⑯立乎不测，而游于无有者也：形容明王清静幽隐，游心于自然无为的境地。

⑰壶子：郑国人，名林，号壶子。壶子为列子师。

⑱众雌二句：奚：何。又奚卵焉，又怎么能生育呢？

⑲湿灰：必死的象征。湿的灰则连复燃也不可能了。

⑳乡：亦作“向”。

㉑杜德机：杜：闭塞。德机：指生机。

㉒瘳（chōu，抽）：病愈。有瘳：有好转的希望。

㉓杜权：权，变动。

㉔衡气机：衡，平衡。谓气度持平的机兆。

㉕鲵桓之审：指大鲸鱼盘旋之深处。

㉖虚而委蛇：虚，谓无所执着，无所表示。“蛇”读为移，委蛇：随顺应变。

㉗因以为弟靡：弟，即稊，茅草类。弟靡、波流，都是形容无所执着。

㉘纷而封哉：封，守。在纷纭的世事中持守真朴。

㉙无为：不要作。尸，主。名尸：名声的承当者。

㉚朕（zhèn，振）：迹。无朕：无迹。无迹则虚。

㉛应而不藏：应，反应。不藏，在心中不留痕迹。

㉜倏（shū，叔）：与下文的忽、浑沌都是寓言中假设的名字。

㉝谋报：筹谋报答。

外　篇

骈　拇

骈拇枝指出乎性哉[①]！而侈于德。附赘县疣出乎形哉！而侈于性。多方乎仁义而用之者，列于五藏哉！而非道德之正也。是故骈于足者，连无用之肉也；枝于手者，树无用之指也；骈指于五藏（脏）之情者，淫僻于仁义之行，而多方于聪明之用也。

是故骈于明者，乱五色，淫文章，青黄黼黻之煌煌，非乎？而离朱是已。多于聪者，乱五声，淫六律[②]，金石丝竹黄钟大吕之声非乎？而师旷是已。枝于仁者，擢德塞性[③]，以收名声，使天下簧鼓以奉不及之法非乎？而曾史是已。骈于辩者，累瓦结绳，窜句棰辞，游心于坚白同异之间，而敝跬誉无用之言，非乎[④]？而杨、墨是已。故此皆多骈旁枝之道，非天下之至正也。

彼至正者，不失其性命之情。故合者不为骈，而枝者不为歧；长者不为有余，短者不为不足。是故凫胫虽短，续之则忧；鹤胫虽长，断之则悲。故性长非所断，性短非所续，无所去忧也。意仁义其非人情乎？彼仁人何其多忧也！

且夫骈于拇者，决之则泣，枝于手者，龁之则啼[⑤]。二者，或有余于数，或不足于数，其于忧一也。今世之仁人，蒿目而忧世之患[⑥]；不仁之人，决性命之情而饕贵富[⑦]。故曰仁义其非人情乎？自三代以下者，天下何其嚣嚣也！

且夫待钩绳规矩而正者，是削其性者也；待绳约胶漆而固者[⑧]，是侵其德者也；屈折礼乐，呴俞仁义[⑨]，以慰天下之心者，此其失常然也。天下有常然。常然者，曲者不以钩，直者不以绳，圆者不以规，方者不以矩，附离不以胶漆，约束不以纆索[⑩]。故天下诱然皆生，而不知其所以生，同焉皆得，而不知其所以得。故古今不二，不可亏也。则仁义又奚连连如胶漆纆索而游乎道德之间为哉，使天下惑也！

夫小惑易方[⑪]，大惑易性。何以知其然邪？有虞氏招仁义以挠天下也，天下莫不奔命于仁义。是非以仁义易其性与？故尝试论之，自三代以下者，天下莫不以物易其性矣。小人则以身殉利，士则以身殉名，大夫则以身殉家，圣人则以身殉天下。故此数子者，事业不同，名声异号，其于伤性以身为殉，一也。臧与穀[⑫]二人相与牧羊，而俱亡其羊。问臧奚事，则挟筴读书[⑬]；问穀奚事，则博塞以游[⑭]。二人者，事业不同，其于亡羊均也。伯夷死名于首阳之下，盗跖死利于东陵之上，二人者所死不同，其于残生伤性均也。奚必伯夷之是而盗跖之非乎！天下尽殉也，彼其所殉仁义也，则俗谓之君子；其所殉货财也，则俗谓之小人。其殉一也，则有君子焉，有小人焉；若其残生损性，则盗跖亦伯夷已，又恶取君子小人于其间哉！

且夫属其性乎仁义者，虽通如曾、史，非吾所谓臧也[⑮]；属其性于五味，虽通如俞儿[⑯]，非吾所谓臧也；属其性乎五声，虽通如师旷，非吾所谓聪也；属其性乎五色，虽通如离朱，非吾所谓明也。吾所谓臧者，非仁义之谓也，臧于其德而已矣[⑰]；吾所谓臧者，非仁义之谓也，任其性命之情而已矣；吾所谓聪者，非谓其闻彼也，自闻而已矣；吾所谓明者，非所谓见彼也，自见而已矣。夫不自见而见彼，不自得而得彼者，是得人之得而不自得其得者也，适人之适而不自适其适者也。夫适人之适而不自适其适，虽盗跖与伯夷，是同为淫僻也。余愧乎道德，是以上不敢为仁义之操，而下不敢为淫僻之行也。

---

①骈（piǎn，跰）：并。拇：拇指，手或脚的大指。骈拇：拇指与第二指连生。枝指：拇指旁生的小指。性：指自然的本性。

②五声：古乐中的五个音节。六律：古乐中的六个谐音。

③擢（zhuó，斫）：拔。标举德行与闭塞本性。

④敝跬（bì guǐ，闭鬼）：费力的样子。

⑤龁（hè，喝）：咬断。

⑥蒿：愁苦的样子。蒿目：忧愁的眼光。

⑦决：溃乱。决性命之情：使得本性败坏。饕（tāo，滔）：贪。

⑧削、侵：都有伤害的意思。绳、约是用来缚东西的。胶、漆是用来粘东西的。

⑨呴俞（xū yú，虚余）：吹嘘。

⑩纆（mò，墨）：三条索扭成的绳。

⑪惑：疑惑，糊涂。易：变换。方：方向。

⑫臧：娶婢女的男仆叫臧。穀：童仆。

⑬挟筴：即执卷。

⑭博塞：即掷骰子。

⑮臧：善，好。

⑯俞儿：传说是很善于辨别味道的人。

⑰德：得天性。臧于其德：好就好在得天然的本性。

马蹄

马，蹄可以践霜雪，毛可以御风寒。龁草饮水，翘足而陆，此马之真性也。虽有义台路寝，无所用之。及至伯乐曰[①]：“我善治马。”烧之，剔之[②]，刻之，雒之[③]，连以羁絷，编之以皂栈[④]，马之死者十二三矣！饥之渴之，驰之骤之，整之齐之，前有橛饰之患[⑤]，而后有鞭筴之威[⑥]，而马之死者已过半矣！陶者曰：“我善治埴[⑦]，圆者中规，方者中矩。”匠人曰：“我善治木，曲者中钩，直者应绳。”夫埴木之性，敢欲中规矩钩绳哉？然且世世称之曰：“伯乐善治马，而陶匠善治埴木。”此亦治天下者之过也。

吾意善治天下者不然。彼民有常性，织而衣，耕而食，是谓同德。一而不党，命曰天放。故至德之世，其行填填[⑧]，其视颠颠[⑨]。当是时也，山无蹊隧，泽无舟梁；万物群生，连属其乡；禽兽成群，草木遂长。是故禽兽可系羁而游，乌鹊之巢可攀援而窥。

夫至德之世，同与禽兽居，族与万物并。恶乎知君子小人哉！同乎无知，其德不离；同乎无欲，是谓素朴；素朴而民性得矣。及至圣人，蹩躠为仁，踶跂为 义[⑩]，而天下始疑矣；澶漫为乐，摘僻为礼[⑪]，而天下始分矣。故纯朴不残，孰为牺樽[⑫]！白玉不毁，孰为珪璋！道德不残，安取仁义！性情不离，安用礼乐！五色不乱，孰为文采！五声不乱，孰应六律！

夫残朴以为器，工匠之罪也；毁道以为仁义，圣人之过也。夫马，陆居则食草饮水，喜则交颈相靡，怒则分背相踶。马知已此矣！夫加以之衡扼，齐之以月题，而马知介倪，闉扼、鸷曼、诡衔、窃辔[⑬]。故马之知而态至盗者，伯乐之罪也。

夫赫胥氏之时，民居不知所为，行不知所之，含哺而熙，鼓腹而游，民能以此矣！及至圣人，屈折礼乐以匡天下之形，县跂仁义以慰天下之心，而民乃始踶跂好知，争归于利，不可止也。此亦圣人之过也。

---

①伯乐：姓孙名阳，字伯乐。秦穆公时人。

②剔（tī，踢）：剪，指剪马毛。

③雒（luò，落）：通络，雒之：给马戴上笼头。

④皂：马槽。栈：马棚。

⑤橛（jué，决）：马口含的横木，叫马嚼子。饰：指马缨。这些东西对马来说是一种束缚，故称为患。

⑥鞭筴：打马的工具。

⑦埴（zhí直）：粘土。

⑧填填：悠闲稳重的样子。

⑨颠颠：质朴纯直的样子。

⑩蹩（biē，别）躠（xiè，屑）为仁，踶（zhì，至）跂为义：形容勉强费力之状。

⑪澶（dàn，但）漫：犹纵逸。摘僻：烦琐。

⑫纯朴不残：纯朴，全木。不残，未雕。

⑬介輗：輗，车辕与车衡衔接的关键部件。介輗，马侧立在两輗之间，不服驾驶。闉扼：马曲着脖子，企图把轭摆脱。鸷曼，指马作恶时抵触车幔。诡衔，诡诈地吐掉嚼子。窃辔（pèi，佩）：偷偷地咬坏缰绳。以上五个词组是形容马不听使唤，诡计多端进行反抗的状态。

胠箧

将为胠箧、探囊、发匮之盗而为守备[①]，则必摄缄縢，固扃鐍[②]，此世俗之所谓知也。然巨盗至，则负匮揭箧担囊而趋，唯恐缄縢扃鐍之不固也。然则乡之所谓知者，不乃为大盗积者也！

故尝试论之，世俗之所谓知者，有不为大盗积者乎？所谓圣者，有不为大盗守者乎？何以知其然邪？昔者齐国邻邑相望，鸡狗之音相闻，网罟之所布[③]，耒耨之所刺，方二千余里。阖四竟之内，所以立宗庙社稷，治邑屋州闾乡曲者，曷尝不法圣人哉！然而田成子一旦杀齐君而盗其国。所盗者岂独其国邪？并与其圣知之法而盗之。故田成子有乎盗贼之名，而身处尧舜之安，小国不敢非，大国不敢诛，十二世有齐国。则是不乃窃齐国，并与其圣知之法以守其盗贼之身乎？

尝试论之，世俗之所谓至知者，有不为大盗积者乎？所谓至圣者，有不为大盗守者乎？何以知其然邪？昔者龙逢斩、比干剖，苌弘胣[④]，子胥靡，故四子之贤，而身不免乎戮。故跖之徒问于跖曰："盗亦有道乎？"跖曰："何适而无有道邪？夫妄意室中之藏，圣也；入先，勇也；出后，义也；知可否，知也；分均，仁也。五者不备而能成大盗者，天下未之有也。"由是观之，善人不得圣人之道不立，跖不得圣人之道不行。天下之善人少而不善人多，则圣人之利天下也少而害天下也多。故曰，唇竭则齿寒，鲁酒薄而邯郸围，圣人生而大盗起。掊击圣人[⑤]，纵舍盗贼，而天下始治矣。夫谷虚而川竭，丘夷而渊实。圣人已死，则大盗不起，天下平而无故矣！

圣人不死，大盗不止。虽重圣人而治天下，则是重利盗跖也。为之斗斛以量之[⑥]，则并与斗斛而窃之；为之权衡以称之，则并与权衡而窃之；为之符玺以信之[⑦]，则并与符玺而窃之；为之仁义以矫之，则并与仁义而窃之。何以知其然邪？彼窃钩者诛，窃国者为诸侯，诸侯之门而仁义存焉，则是非窃仁义圣知邪？故逐于大盗，揭诸侯，窃仁义并斗斛权衡符玺之利者，虽有轩冕之赏弗能劝[⑧]，斧钺之威弗能禁。此重利盗跖，而使不可禁者，是乃圣人之过也。

故曰："鱼不可脱于渊，国之利器不可以示人。"彼圣人者，天下之利器也，非所以明天下也。故绝圣弃知，大盗乃止；擿玉毁珠[⑨]，小盗不起；焚符破玺，而民朴鄙；掊斗折衡，而民不争；殚残[⑩]天下之圣法，而民始可与论议。擢乱六律，铄绝竽瑟[⑪]，塞师旷之耳，而天下始人含其聪矣；灭文章，散五采，胶离朱之目，而天下始人含其明矣；毁绝钩绳而弃规矩，攦工倕之指[⑫]，而天下始人含其巧矣。削曾史之行，钳杨墨之口，攘弃仁义，而天下之德始玄同矣。彼人含其明，则天下不铄矣；人含其聪，则天下不累矣；人含其知，则天下不惑矣；人含其德，则天下不僻矣。彼曾、史、杨、墨、师旷、工倕、离朱，皆外立其德而以爚乱天下者也[⑬]，法之所无用也。

子独不知至德之世乎？昔者容成氏、大庭氏、伯皇氏、中央氏、栗陆氏、骊畜氏、轩辕氏、赫胥氏、尊卢氏、祝融氏、伏犧氏、神农氏，当是时也，民结绳而用之。甘其食，美其服，乐其俗，安其居，邻国相望，鸡犬之音相闻，民至老死而不相往来。若此之时，则至治已。今遂至使民延颈举踵曰"某所有贤者"，赢粮而趣之[⑭]，则内弃其亲而外去其主之事，足迹接乎诸侯之境，车轨结乎千里之外。则是上好知之过也！

上诚好知而无道，则天下大乱矣。何以知其然邪？夫弓弩毕弋机辟之知多[⑮]，则鸟乱于上矣；钩饵网罟罾笱之知多[⑯]，则鱼乱于水矣；削格罗落罝罘之知多[⑰]，则兽乱于泽矣；知诈渐毒颉滑坚白解垢同异之变多，则俗惑于辩矣。故天下每每大乱，罪在于好知。故天下皆知求其所不知而莫知求其所已知者，皆知非其所不善而莫知非其所已善者，是以大乱。故上悖日月之明，下烁山川之精，中堕四时之施；惴耎之虫[⑱]，肖翘之物，莫不失其性。甚矣夫好知之乱天下也！自三代以下者是已！舍夫种种之民而悦夫役之佞，释夫恬谈无为，而悦夫哼哼[19]之意，哼哼已乱天下矣！

---

①胠（qū，区）箧（qiè，妾）：箧，箱子。从旁边开为“胠”。匮，同柜。胠箧、探囊、发匮，都是指偷窃行为。

②摄：绑紧。缄、縢（téng，藤），都是绑东西的绳子。扃（jiōng，炯阴平）鐍：门窗或箱柜上用来加锁的部件。

③罔罟（wǎng gǔ，网古）：都是网，网鸟的叫罔，网鱼的叫罟。耒（lěi，磊），犁上的木把。耨（nòu，弄）：古代除草的工具。

④苌弘（cháng hóng，长宏）：是周敬王时大夫，因讨伐周而被杀。胣（chǐ，侈）：裂。

⑤掊（pǒu，剖上声）击：抨击。

⑥斛（hú，胡）：十斗的量器。

⑦符：符契。分则为两片，合则成一体，双方各执一片作证据来保证信用。

⑧轩：古代大夫以上官员乘的车。冕（miǎn，免）：古代大夫以上官员戴的礼帽。轩冕：指代官爵。

⑨擿（zhì，智）：义与“掷”字同。

⑩殚（dān，丹）残：尽毁。

⑪擢（zhuó，斫）：拔。擢乱：搞乱。铄（shuò，朔）：销毁。

⑫攦（lì，丽）：折断。工倕（chuí，垂）：尧时著名工匠，传说规矩是他发明的。指：手指。

⑬爚（yuè，跃）：炫耀。爚乱：迷乱。

⑭赢：装足。趣：走向。

⑮弩（nǔ，努）：一种安有机械的弓。毕：一种小而又有长柄的网。

⑯罾（zēng，增）：一种用竹竿或木棍做支架的方形鱼网。笱（gǒu，苟）：竹做的捕鱼工具。

⑰削格：用坚硬的竹或木做的捉野兽的器具。罝：捕兽的网。罘（fú，浮）：一种安上机关可以翻弄的捕兽网。

⑱惴耎（zhuì ruǎn，坠软）：虫动的样子。

⑲哼哼（zhūn）：通谆谆，教诲人的口气。

在　宥

闻在宥天下，不闻治天下也[①]。在之也者，恐天下之淫其性也；宥之也者，恐天下之迁其德也。天下不淫其性，不迁其德，有治天下者哉？昔尧之治天下也，使天下欣欣焉人乐其性，是不恬也；桀之治天下也，使天下瘁瘁焉[②]。人苦其性，是不愉也。夫不恬不愉，非德也；非德也而可长久者，天下无之。

人大喜邪毗于阳[③]；大怒邪毗于阴。阴阳并毗，四时不至，寒暑之和不成，其反伤人之形乎！使人喜怒失位，居处无常，思虑不自得，中道不成章。于是乎天下始乔诘卓鸷[④]，而后有盗跖、曾、史之行。故举天下以赏其善者不足，举天下以罚其恶者不给，故天下之大不足以赏罚。自三代以下者，匈匈焉[⑤]终以赏罚为事，彼何暇安其性命之情哉！

而且说明邪？是淫于色也；说聪邪？是淫于声也；说仁邪？是乱于德也；说义邪？是悖于理也；说礼邪？是相于技也；说乐邪？是相于淫也；说圣邪？是相于艺也；说知邪？是相于疵也。天下将安其性命之情，之八者，存可也，亡可也；天下将不安其性命之情，之八者，乃始脔卷狁囊而乱天下也[⑥]。而天下乃始尊之惜之，甚矣天下之惑也！岂直过也而去之邪！乃齐戒以言之，跪坐以进之，鼓歌以儛之[⑦]，吾若是何哉！

故君子不得已而临莅天下，莫若无为。无为也而后安其性命之情。故贵以身为天下，则可以托天下；爱以身为天下，则可以寄天下。故君子苟能无解其五藏，无擢其聪明[⑧]；尸居而龙见，渊默而雷声，神动而天随，从容无为而万物炊累焉。吾又何暇治天下哉！

崔瞿问于老聃曰[9]："不治天下，安藏人心？"老聃曰："女慎无撄人心[10]。人心排下而进上，上下囚杀，淖约柔乎刚强。廉刿雕琢[11]，其热焦火，其寒凝冰。其疾俯仰之间而再抚四海之外，其居也渊而静，其动也县而天。偾骄[12]而不可系者，其唯人心乎！

昔者黄帝始以仁义撄人之心，尧舜于是乎股无胈，胫无毛[13]，以养天下之形。愁其五藏以为仁义，矜其血气以规法度。然犹有不胜也。尧于是放讙兜于崇山，投三苗于三峗，流共工于幽都[14]，此不胜天下也。夫施及三王而天下大骇矣。下有桀、跖，上有曾、史，而儒墨毕起。于是乎喜怒相疑，愚知相欺，善否相非，诞信相讥，而天下衰矣；大德不同，而性命烂漫矣；天下好知，而百姓求竭矣。于是乎釿锯制焉，绳墨杀焉，椎凿决焉。天下脊脊大乱[15]，罪在撄人心。故贤者伏处大山嵁崖之下，而万乘之君忧慄乎庙堂之上。

今世殊死者相枕也，桁杨者相推也，刑戮者相望也，而儒墨乃始离跂攘臂乎桎梏之间。噫，甚矣哉！其无愧而不知耻也甚矣！吾未知圣知之不为桁杨椄槢也[16]，仁义之不为桎梏凿枘也，焉知曾、史之不为桀、跖嚆矢也！故曰'绝圣弃知，而天下大治。'"

黄帝立为天子十九年，令行天下，闻广成子在于空同之山[17]，故往见之，曰："我闻吾子达于至道，敢问至道之精。吾欲取天地之精，以佐五谷，以养民人。吾又欲官阴阳，以遂群生，为之奈何？"广成子曰："而所欲问者，物之质也[18]；而所欲官者物之残也[19]。自而治天下，云气不待族而雨，草木不待黄而落，日月之光益以荒矣，而佞人之心翦翦者[20]，又奚足以语至道！"

黄帝退，捐天下，筑特室，席白茅，闲居三月，复往邀之。广成子南首而卧，黄帝顺下风膝行而进，再拜稽首而问曰[21]："闻吾子达于至道，敢问治身奈何而可以长久？"广成子蹶然而起，曰："善哉问乎！来！吾语女至道。至道之精，窈窈溟溟[22]，至道之极，昏昏默默。无视无听，抱神以静，形将自正。必静必清，无劳女形，无摇女精，乃可以长生。目无所见，耳无所闻，心无所知，女神将守形，形乃长生。慎女内，闭女外，多知为败。我为女遂于大明之上矣，至彼至阳之原也；为女入于窈冥之门矣，至彼至阴之原也。天地有官，阴阳有藏，慎守女身，物将自壮。我守其一以处其和，故我修身千二百岁矣，吾形未常衰。"

黄帝再拜稽首曰："广成子之谓天矣！"

广成子曰："来！余语女。彼其物无穷，而人皆以为有终；彼其物无测，而人皆以为有极。得吾道者，上为皇而下为王；失吾道者，上见光而下为土[23]。今夫百昌皆生于土，而反于土。故余将去女，入无穷之门，以游无极之野。吾与日月参光，吾与天地为常。当我缗乎，远我昏乎[24]！人其尽死，而我独存乎！"

云将东游，过扶摇之枝而适遭鸿蒙[25]。鸿蒙方将拊脾雀跃而游。云将见之，倘然止，贽然立[26]，曰："叟何人邪？叟何为此？"

鸿蒙拊脾不辍，对云将曰："游！"

云将曰："朕愿有问也。"

鸿蒙仰视云将曰："吁！"

云将曰："天气不和，地气郁结，六气不调，四时不节[27]。今我愿合六气之精以育群生，为之奈何？"

鸿蒙拊脾掉头曰[28]："吾弗知！吾弗知！"

云将不得问。又三年，东游，过有宋之野又适遭鸿蒙。云将大喜，行趋而进曰："天忘朕邪？天忘朕邪？"再拜稽首，愿闻于鸿蒙。

鸿蒙曰："浮游不知所求，猖狂不知所往。游者鞅掌，以观无妄，朕又何知！"

云将曰："朕也自以为猖狂，而民随予所往；朕也不得于民，今则民之放也。愿闻一言。"

鸿蒙曰："乱天之经，逆物之情，玄天弗成；解兽之群而鸟皆夜鸣；灾及草木，祸及止虫。意，治人之过矣！"

云将曰："然则吾奈何？"

鸿蒙曰："意，毒哉！[29]僊僊乎归矣[30]。"

云将曰："吾遇天难，愿闻一言。"

鸿蒙曰："意！心养。汝徒处无为，而物自化。堕尔形体，黜尔聪明，伦与物忘，大同乎涬溟[31]，解心释神，莫然无魂。万物云云，各复其根，各复其根而不知；浑浑沌沌，终身不离；若彼知之，乃是离之。无问其名，无阙其情，物固自生。"

云将曰："天降朕以德，示朕以默。躬身求之，乃今也得。"再拜稽首，起辞而行。

世俗之人，皆喜人之同乎己而恶人之异于己也。同于己而欲之，异于己而不欲者，以出乎众为心也。夫以出乎众为心者，曷常出乎众哉[32]！因众以宁所闻，不如众技众矣。而欲为人之国者，此揽乎三王之利，而不见其患者也[33]。此以人之国侥幸也，几何侥幸而不丧人之国乎！其存人之国也，无万分之一；而丧人之国也，一不成而万有余丧矣！悲夫，有土者之不知也！

夫有土者，有大物也。有大物者，不可以物[34]；物而不物，故能物物[35]。明乎物物者之非物也，岂独治天下百姓而已哉！出入六合，游乎九州，独往独来，是谓独有。独有之人，是谓至贵。

大人之教，若形之于影，声之与响。有问而应之，尽其所怀，为天下配。处乎无响，行乎无方。挈汝适复之挠挠[36]，以游无端；出入无旁，与日无始，颂论形躯[37]，合乎大同。大同而无己。无已，恶乎得有有！睹有者[38]，昔之君子；睹无者，天地之友。

贱而不可任者，物也；卑而不可不因者，民也；匿而不可不为者[39]，事也；粗而不可不陈者，法也；远而不可不居者，义也；亲而不可不广者，仁也；节而不可不积者，礼也[40]；中而不可不高者，德也；一而不可不易者，道也[41]；神而不可不为者，天也。故圣人观于天而不助，成于德而不累，出于道而不谋，会于人而不恃，薄于义而不积，应于词而不讳，接于事而不辞，齐于法而不乱。恃于民而不轻，因于物而不去。物者莫足为也，而不可不为。不明于天者，不纯于德；不通于道者，无自而可；不明于道者，悲夫！何谓道？有天道，有人道。无为而尊者，天道也；有为而累者，人道也。主者，天道也；臣者，人道也。天道之与人道也，相去远也矣，不可不察也。

---

①在宥（yòu，又）天下：任由天下的自然发展，不加人为的约束。

②瘁瘁（cuì，翠）焉：劳累疲病的样子。

③毗（pí，皮）：偏。

④乔：骄。诘（jié，洁）：挑剔别人的过错。鸷（zhì，志）：本指一种性情猛烈的鸟，这里比喻不凡、超群。

⑤匈匈焉：乱哄哄的样子。终：专。

⑥脔（luán，峦）卷：拘束忍性的样子。㺃囊：借为抢攘，放纵喧嚷的样子。

⑦僊：即舞之俗字。

⑧擢：显耀，自诩。

⑨崔瞿（qū，区）：杜撰的寓言人物。

⑩撄：忧乱。

⑪廉：棱。刿（guì，贵）：利。廉刿雕琢：写人情心理的尖利刻薄。

⑫偾（fèn，奋）：紧张而兴奋。

⑬胈（bá，拔）：股上小毛。这两句说明尧、舜奔走劳苦，而使得皮毛都为之脱落。

⑭共工：传说尧时的造反者。

⑮脊脊：通藉藉，互相践踏、欺压。

⑯椄槢（jiè xí，接习）：木尖。句谓圣智的作用象枷锁、木尖一样，只能加强残酷的统治。

⑰广成子：杜撰的寓言人物，一说即老子。空同：似是虚设山名。

⑱物之质：万物的本质，即黄帝所问的“至道之精”。

⑲物之残：事物的渣滓，即上面说的民人、群生。

⑳佞（nìng，泞）人：智巧的人。翦翦（jiǎn，剪）：狭隘的样子。

㉑稽首：磕头到地，表示谦恭。

㉒窈窈冥冥：深藏的状态。

㉓上见光而下为土：指上见日月之光，下则化为土壤。

㉔当我：与我同时。远我：早死于我。缗（mín，民）、昏：都是无心的意思。意指，对于与我同时或早已不在的，我都不把他们放在心上。

㉕云将、鸿蒙：都是虚设人名。

㉖贽（zhì，至）然：不动的样子。

㉗六气：阴、阳、风、雨、晦、明。不节：节令不正常。

㉘掉头：摇头，表示否定。

㉙毒：害。毒哉：感叹云将受毒害太深而又难于觉悟。

㉚僊僊（xian，仙）：轻飘飘的样子。句意叫云将飘回去。

㉛涬溟（xìng mǐn，幸皿）：混混沌沌的状态。

㉜曷：何。句谓实际上没有出众。

㉝其患：指当国君的害处。

㉞有大物者，不可以物：言有天下者，必超乎天下。

㉟物而不物：即“为而不为”。

㊱挠挠：宛转。无端：没有尽头。

㊲颂论：言谈。形躯：指形态举动。

㊳睹：看。睹有：着眼于有，睹无：着眼于无。

㊴匿：微小。

㊵节：节度规矩，积：多。礼的仪式本来是有一定节度规矩的，但又不能那样繁多。

㊶一：固定，永恒不变的。易：变。道的本质是永恒的，但又是不断变化的。

天　地

天地虽大，其化均也[①]；万物虽多，其治一也；人卒虽众[②]，其主君也。君原于德而成于天，故曰：玄古之君天下，无为也，天德而已矣[③]。

以道观言而天下之君正；以道观分而君臣之义明；以道观能而天下之官治；以道泛观，而万物之应备。故通于天者，道也；顺于地者，德也；行于万物者，义也；上治人者，事也；能有所艺者，技也。技兼于事，事兼于义，义兼于德，德兼于道，道兼于天，故曰：“古之畜天下者，无欲而天下足，无为而万物化，渊静而百姓定[④]，记曰：“通于一而万事毕。无心得而鬼神服。”

夫子曰[⑤]：“夫道，覆载万物者也[⑥]；洋洋乎大哉！君子不可以不刳心焉[⑦]。无为为之之谓天，无言为之之谓德，爱人利物之谓仁，不同同之之谓大，行不崖异之谓宽[⑧]，有万不同之谓富。故执德之谓纪，德成之谓立，循于道之谓备，不以物挫志之谓完。君子明于此十者，则韬乎其事心之大也[⑨]，沛乎其为万物逝也[⑩]。若然者，藏金于山，沉珠于渊；不利货财，不近贵富；不乐寿，不哀夭；不荣通，不丑穷；不拘一世之利以为己私分，不以王天下为己处显。显则明，万物一府，死生同状。”

夫子曰："夫道，渊乎其居也，漻乎其清也[11]。金石不得，无以鸣[12]，故金石有声，不考不鸣。万物孰能定之！夫王德之人[13]，素逝而耻通于事[14]，立之本原而知通于神。故其德广，其心之出，有物采之。故形非道不生，生非德不明。存形穷生，立德明道，非王德者邪！荡荡乎！忽然出，勃然动，而万物从之乎！此谓王德之人。视乎冥冥！听乎无声。冥冥之中，独见晓焉；无声之中，独闻和焉。故深之又深而能物焉，神之又神而能精焉[15]；故其与万物接也，至无而供其求，时骋而要其宿。大小，长短，修远。

黄帝游乎赤水之北，登乎昆仑之丘而南望。还归，遗其玄珠[16]。使知索之而不得，使离朱索之而不得，使喫诟索之而不得也[17]。乃使象罔[18]，象罔得之。黄帝曰："异哉！象罔乃可以得之乎？"

尧之师曰许由，许由之师曰啮缺，啮缺之师曰王倪，王倪之师曰被衣。

尧问许由曰："啮缺可以配天乎[19]？吾藉王倪以要之。"

许由曰："殆哉圾乎天下[20]！啮缺之为人也，聪明睿知，给数以敏，其性过人，而又乃以人受天。彼审乎禁过，而不知过之所由生。与之配天乎？彼且乘人而无天，方且本身而异形，方且尊知而火驰，方且为绪使[21]，方且为物絯[22]，方且四顾而物应。方且应众宜，方且与物化而未始有恒。夫何足以配天乎？虽然，有族有祖，可以为众父，而不可以为众父父。治，乱之率也，北面之祸也，南面之贼也。"

尧观乎华，华封人曰：[23]"嘻，圣人！请祝圣人。使圣人寿。"尧曰："辞。""使圣人富。"尧曰："辞。""使圣人多男子。"尧曰："辞。"

封人曰："寿、富、多男子，人之所欲也。女独不欲，何邪？"

尧曰："多男子则多惧，富则多事，寿则多辱，是三者，非所以养德也，故辞。"

封人曰："始也我以女为圣人邪，今然君子也。天生万民，必授之职，多男子而授之职，则何惧之有？富而使人分之，则何事之有！夫圣人，鹑居而鷇食，鸟行而无彰[24]。天下有道，则与物皆昌；天下无道，则修德就闲。千岁厌恶，去而上仙；乘彼白云，至于帝乡[25]；三患莫至，身常无殃；则何辱之有！"

封人去之。尧随之，曰："请问？"封人曰："退已[26]！"

尧治天下，伯成子高立为诸侯[27]。尧授舜，舜受禹，伯成子高辞为诸侯而耕[28]。禹往见之，则耕在野。禹趋就下风立而问焉，曰："昔尧治天下，吾子立为诸侯[29]，尧授舜，舜授予，而吾子辞为诸侯而耕，敢问，其何故也？"

子高曰："昔尧治天下，不赏而民劝，不罚而民畏。今子赏罚，而民且不仁，德自此衰，刑自此立，后世之乱自此始矣！夫子阖行邪[30]？无落吾事！"俋俋乎耕而不顾[31]。

泰初有无，无有无名[32]。一之所起，有一而未形。物得以生谓之德；未形者有分，且然无间谓之命；留动而生物，物成生理谓之形；形体保神，各有仪则谓之性。性修反德，德至同于初。同乃虚，虚乃大。合喙鸣[33]，喙鸣合，与天地为合。其合缗缗，若愚若昏，是谓玄德，同乎大顺[34]。

夫子问于老聃曰[35]："有人治道若相放[36]，可不可，然不然。辩者有言曰，'离坚白，若县寓。'若是则可谓圣人乎？"

老聃曰："是胥易技系，劳形怵心者也。执留之狗来田，猿狙之便来藉。丘，予告若，而所不能闻与而所不能言，凡有首有趾无心无耳者众，有形者与无形无状而皆存者尽无[37]。其动止也，其死生也，其废起也，此又非其所以也。有治在人，忘乎物，忘乎天，其名为忘己，忘己之人，是之谓入于天。"

将闾葂见季彻曰：[38]“鲁君谓葂也曰‘请受教’。辞不获命。既已告矣，未知中否，请尝荐之。吾谓鲁君曰：‘必服恭俭，拔出公忠之属而无阿私，民孰敢不辑[39]！’”

季彻局局然笑曰[40]：“若夫子之言，于帝王之德，犹螳螂之怒臂以当车轶，则必不胜任矣。且若是，则其自为处危，其观台多物，将往投迹者众。”

将闾葂觑觑然惊曰[41]：“葂也汒若于夫子之所言矣[42]。虽然，愿先生之言其风也。”

季彻曰：“大圣之治天下也，摇荡民心[43]，使之成教易俗，举灭其贼心而皆进其独志，若性之自为，而民不知其所由然。若然者，岂兄尧舜之教民，溟涬然弟之哉[44]？欲同乎德而心居矣。”

子贡南游于楚，反于晋，过汉阴见一丈人方将为圃畦[45]，凿隧而入进，抱瓮而出灌，搰搰然用力甚多而见功寡[46]。子贡曰：“有械于此，一日浸百畦，用力甚寡而见功多，夫子不欲乎？”为圃者仰而视之曰：“奈何？”曰：“凿木为机，后重前轻，挈水若抽；数如泆汤[47]，其名为槔[48]。”为圃者忿然作色而笑曰：“吾闻之吾师，有机械者必有机事，有机事者必有机心。机心存于胸中，则纯白不备。纯白不备则神生不定；神生不定者，道之所不载也。吾非不知，羞而不为也。”子贡瞒然惭[49]，俯而不对。有间，为圃者曰：“子奚为者邪？”曰：“孔丘之徒也。”为圃者曰：“子非夫博学以拟圣，於于以盖众[50]，独弦哀歌以卖名声于天下者乎，汝方将妄汝神气，堕汝形骸，而庶几乎！而身之不能治，治而何暇治天下乎？子往矣，无乏吾事！”子贡卑陬失色[51]，顼顼然不自得[52]，行三十里而后愈。其弟子曰：“向之人何为者邪？夫子何故见之变容失色，终日不自反邪？”曰：“始吾以夫子为天下一人耳，不知复有夫人也。吾闻之夫子，事求可，功求成。用力少，见功多者，圣人之道。今徒不然。执道者德全，德全者形全，形全者神全。神全者，圣人之道也。托生与民并行而不知其所之，汒乎淳备哉！功利机巧必忘夫人之心。若夫人者，非其志不之。非其心不为。虽以天下誉之，得其所谓，謷然不顾[53]；以天下非之，失其所谓，傥然不受[54]。天下之非誉，无益损焉，是谓全德之人哉！我之谓风波之民。”

反于鲁，以告孔子，孔子曰：“彼假修浑沌氏之术者也，识其一，不知其二，治其内，而不治其外。夫明白太素，无为复朴，体性抱神，以游世俗之间者，汝将固惊邪？且浑沌氏之术，予与汝何足以识之哉？”

谆芒将东之大壑，适遇苑风于东海之滨[55]。苑风曰：“子将奚之？”曰；“将之大壑。”曰“奚为焉”？曰：“夫大壑之为物也，注焉而不满，酌焉而不竭。吾将游焉！”苑风曰：“夫子无意于横目之民乎？愿闻圣治。”谆芒曰：“圣治乎？官施而不失其宜，拔举而不失其能，毕见情事而行其所为，行言自为而天下化。手挠顾指[56]，四方之民莫不俱至，此之谓圣治。”“愿闻德人。”曰：“德人者，居无思，行无虑，不藏是非美恶。四海之内共利之之谓悦，共给之之为安。怊乎若婴儿之失其母也[57]，傥乎若行而失其道也[58]。财用有余而不知其所自来，饮食取足而不知其所从，此谓德人之容。”“愿闻神人。”曰：“上神乘光，与形灭亡，此谓照旷[59]。致命尽情，天地乐而万事销亡，万物复情，此之谓混溟。”

门无鬼与赤张满稽观于武王之师[60]，赤张满稽曰：“不及有虞氏乎！故离此患也[61]。”门无鬼曰：“天下均治而有虞氏治之邪？其乱而后治之与？”赤张满稽曰：“天下均治之为愿，而何计以有虞氏为！有虞氏之药疡也[62]，秃而施髢[63]，病求求医。孝子操药以修慈父，其色燋然[64]，圣人羞之。至德之世，不尚贤，不使能；上如标枝[65]，民如野鹿，端正而不知以为义，相爱而不知以为仁，实而不知以为忠，当而不知以为信，蠢动而相使[66]，不以为赐。是故行而无迹，事而无传。”

孝子不谀其亲，忠臣不谄其君[67]，臣子之盛也。亲之所言而然，所行而善，则世俗谓之不肖子；君之所言而然，所行而善，则世俗谓之不肖臣。而未知此其必然邪？世俗之所谓然而然之。

所谓善而善之，则不谓之道谀之人也！然则俗故严于亲而尊于君邪？谓己道人，则勃然作色；谓己谀人，则怫然作色[68]。而终身道人也，终身谀人也，合譬饰辞聚众也[69]，是终始本末不相坐。垂衣裳，设采色，动容貌，以媚一世，而不自谓道谀；与夫人之为徒，通是非，而不自谓众人，愚之至也。知其愚者，非大愚也；知其惑者，非大惑也。大惑者，终身不解；大愚者，终身不灵。三人行而一人惑，所适者犹可致也，惑者少也；二人惑，则劳而不至，惑者胜也。而今也以天下惑，予虽有祈向，不可得也。不亦悲乎！

大声不入于里耳，折杨、皇荂[70]，则嗑然而笑。是故高言不止于众人之心，至言不出，俗言胜也。以二缶钟惑[71]，而所适不得矣。而今也以天下惑，予虽有祈向，其庸可得邪！知其不可得也而强之[72]，又一惑也，故莫若释之而不推。不推，谁其比忧！厉之人，夜半生其子，遽取火而视之，汲汲然唯恐其似己也。

百年之木，破为牺樽[73]，青黄而文之，其断在沟中。比牺樽于沟中之断，则美恶有间矣，其于失性一也。桀跖与曾、史，行义有间矣，然其失性均也。且夫失性有五：一曰五色乱目，使目不明；二曰五声乱耳，使耳不聪；三曰五臭熏鼻，困惾中颡[74]；四曰五味浊口，使口厉爽；五曰趣舍滑心，使性飞扬。此五者，皆生之害也。而杨、墨乃始离跂[75]，自以为得，非吾所谓得也。夫得者困，可以为得乎？则鸠鸮之在于笼也，亦可以为得矣。且夫趣舍声色，以柴其内，皮弁鹬冠搢笏绅修以约其外[76]，内支盈于柴栅外重纆缴[77]，睆睆然在纆缴之中而自以为得，则是罪人交臂历指而虎豹在于囊槛，亦可以为得矣。

---

①均：平均，这里指一种支配天地万物变化的神秘力量。

②人卒：即民众。

③天德：体现天地自然理法的一种存在方式。

④渊静：象深渊里的水一样平静。定：安定。

⑤夫子：指老子。

⑥覆载：包罗。

⑦刳（kū，枯）：挖空。刳心：彻底抛弃个人的心智。

⑧崖异：突出而区别于众。

⑨韬（tāo，滔）：在这里形容心怀宽广的样子。

⑩沛：流逝的样子。为（wèi，位）：与。

⑪漻（liáo，辽）：清彻的样子，说明道的神明。

⑫不得：指不得道的作用。无以鸣：没法响。

⑬王（wàng，旺）德：盛德。最高尚的道德。

⑭素逝：天真地随着时间的过去而过去。耻通于事：不愿被事务所牵累。

⑮故深句：道藏得很深很深，但能支配着万物。神之又神句：道神秘莫测，却又能显示出它的微妙作用。

⑯玄珠：玄妙的珍珠，比喻天道。

⑰喫诟（chī gòu，吃垢）：假设的名字，有巧辩的意思。

⑱象罔：假设名字，有无心的意思。

⑲配天：称得上得天道。

⑳殆：危。圾：通岌，危险的样子。

㉑绪：丝端，比喻细小。使：役使。绪使：被小小的事情所牵制。

㉒絯（gāi，该）：束缚。为物絯：被外物所拖累。

㉓华封人：在华州守封疆的人。

㉔鹑（chún，纯）：鹌鹑。彀（kòu，扣）：初生小鸟。彰：迹。二句意为：圣人食衣住行，都如鸟兽一般，无所用心，顺其天性，自然而动。

㉕帝乡：天帝所居的地方。

㉖退已：回去吧。

㉗伯成子高：人名，虚构的人物。

㉘辞为诸侯：辞退诸侯之位。

㉙吾子：我的先生，您。

㉚阖：通盍，何不。

㉛俋俋：抑抑，专心的样子。不顾：不采理。

㉜泰初：远古的开头。有无：只有“无”。无有：没有存在。无名：没有名称。

㉝喙（huì，会）：鸟兽的嘴。合喙鸣：和鸟兽的鸣叫一样。

㉞玄德：天德。大顺：即道。

㉟夫子：指孔丘。

㊱治道：进行道的修养。相放：互相仿效。

㊲有形者：指人。无形无状：指“道”。

㊳将闾：姓。葂（miǎn，免）：名。季：姓。彻：名。二人未详。

㊴辑：和睦，顺从。

㊵局局：笑的状声词。

㊶虩虩（xì，隙）然：惊慌的样子。

㊷汒（máng，忙）若：芒昧的样子。

㊸摇荡民心：自由纵任之意。

㊹溟涬：混沌不分的样子。弟：次第，安排。

㊺丈人：对长者的称呼。为圃畦：在菜园中劳动。

㊻搰搰（gǔ，骨）：用力的样子。

㊼数（shuò，朔）：快。泆汤（yì tàng，逸烫）：通逸荡，水自然流动的样子。

㊽槔（gāo，高）：又叫桔（jié，洁）槔，利用杠杆原理制作的汲水机械。

㊾瞒（mén，门）：惭愧的样子。

㊿於于（wū yú，乌余）：盛气呼号的样子。盖众：压倒众人。

51卑陬（zoū，邹）：惭愧不安的样子。

52顼顼（xū，需）然：低垂着头的样子。

53謷（áo，敖）：自得的样子。不顾：不理会人们的赞美。

54傥（tǎng，淌）然：无心的样子。不受：指不接受人们的非议。

55谆芒：与下句的苑风都是假设人名。大壑：指东海。

56手挠顾指：挥手指示，举目顾盼。

57怊（chāo，抄）：惆怅。德人的惆怅也显得异常天真。

58失其道：没有按一定轨道。

59照旷：虚明空旷。

60门无鬼、赤张满稽：都是假设人名。

61离：同罹，遭受。

62药：治疗。疡（yáng，羊）：头疮。

63施：用。髢（dí，敌）：假发。句谓头秃了才用假发。

64燋然：憔悴。

65上如标枝：指树梢之枝无心在上，标：指树枝的末端。

66蠢动：指动作单纯。

67谀（yú，鱼），谄（chǎn，产）：都有阿谀奉承，讨好人的意思。

68勃然、怫（fú，扶）然：都是发怒的样子。作色：生气。

69合譬句：用花言巧语来招惹群众。

70折杨、皇荂（huā，花）：都是通俗的乐曲名。

71缶（fǒu，否）：粗俗的乐器。钟：较高级的雅乐中的乐器。

⑫强之：强迫人们接受这种“祈向”。

⑬破：剖开。牺樽：雕刻成牺牛形状的樽，是名贵的祭神器具。

⑭困惾（zōng，宗）：闷塞。颡（sǎng，嗓）：额。句谓由于气味浓杂，使鼻孔壅塞，甚至中伤额窦。

⑮离跂：阔步，得意洋洋的样子。

⑯皮弁（biàn，辩）：用皮做的一种帽子。鹬（yù，域）：鸟名。鹬冠：用鹬毛装饰的帽子。搢（jìn，进）：插。笏（hù，户）：手板。

⑰纆（mò，墨）：绳索。缴（zhuó，浊）：缠绕。纆缴：被绳所绑。

天　道

天道运而无所积，故万物成；帝道运而无所积，故天下归；圣道运而无所积，故海内服。明于天，通于圣，六通四辟于帝王之德者，其自为也，昧然无不静者矣①！圣人之静也，非曰静也，善故静也；万物无足以铙心者②，故静也。水静则明烛须眉，平中准，大匠取法焉③。水静犹明，而况精神！圣人之心静乎！天地之鉴也，万物之镜也。夫虚静恬淡寂寞无为者，天地之本，而道德之至，故帝王圣人休焉。休则虚，虚则实，实者伦也。虚则静，静则动，动则得矣。静则无为，无为也，则任事者责矣。无为则俞俞④，俞俞者，忧患不能处，年寿长矣。夫虚静恬淡寂寞无为者，万物之本也。明此以南乡，尧之为君也；明此以北面，舜之为臣也。以此处上，帝王天子之德也；以此处下，玄圣素王之道也⑤。以此退居而闲游，则江海山林之士服；以此进为而抚世⑥，则功大名显而天下一也。静而圣，动而王，无为也而尊，朴素而天下莫能与之争美。夫明白于天地之德者，此之谓大本大宗，与天和者也；所以均调天下，与人和者也。与人和者，谓之人乐；与天和者，谓之天乐。

庄子曰：“吾师乎，吾师乎！整万物而不为义⑦，泽及万世而不为仁；长于上古而不为寿⑧；覆载天地刻雕众形而不为巧，此之为天乐。故曰：‘知天乐者，其生也天行，其死也物化。静而与阴同德，动而与阳同波⑨。’故知天乐者，无天怨，无人非，无物累，无鬼责。故曰：‘其动也天，其静也地，一心定而天地正；其鬼不祟，其魂不疲⑩，一心定而万物服。’言以虚静堆于天地，通于万物，此之谓天乐。天乐者，圣人之心，以畜天下也⑪。”

夫帝王之德，以天地为宗，以道德为主，以无为为常。无为也，则用天下而有余；有为也，则为天下用而不足。故古之人贵夫无为也⑫。上无为也，下亦无为也，是下与上同德。下与上同德则不臣。下有为也，上亦有为也，是上与下同道，上与下同道则不主。上必无为而用天下，下必有为为天下用⑬，此不易之道也。故古之王天下者，知虽落天地，不自虑也；辩虽雕万物，不自说也；能虽穷海内，不自为也。天不产而万物化，地不长而万物育，帝王无为而天下功。故曰莫神于天，莫富于地，莫大于帝王。故曰帝王之德配天地。此乘天地，驰万物，而用人群之道也⑭。

本在于上，末在于下，要在于主，详在于臣。三军五兵之运⑮，德之末也⑯；赏罚利害，五刑之辟⑰，教之末也；礼法度数，刑名比详，治之末也；钟鼓之音，羽旄之容⑱，我之末也；哭泣衰绖⑲，隆杀之服⑳，哀之末也。此五末者，须精神之运，心术之动，然后从之也。末学者，古人有之，而非所以先也。君先而臣从，父先而子从，兄先而弟从，长先而少从，男先而女从，夫先而妇从。夫尊卑先后，天地之行也，故圣人取象焉。天尊地卑，神明之位也；春夏先，秋冬后，四时之序也。万物化作，萌区有状，盛衰之杀，变化之流也。夫天地至神，而有尊卑先后之序，而况人道乎！宗庙尚亲，朝廷尚尊，乡党尚齿㉑，行事尚显，大道之序也。语道而非其序者，非其道也。语道而非其道者，安取道哉！是故古之明大道者，先明天而道德次之，道德已明而仁义次之，仁义已明而分守次之，分守已明而形名次之，形名已明而因任次之，因任已明而原省次之，原省已明而是非次之，是非已明而赏罚次之。赏罚已明而愚知处宜，贵贱履位；仁贤不肖袭情，必分其能，必由其名。以此事上，以此蓄下，以此治物，以此修身，知谋不用，必归其天，此之谓大平，治之至也。

故书曰："有形有名"。形名者，古人有之，而非所以先也。古之语大道者，五变而形名可举，九就而赏罚可言也。骤而语形名，不知其本也；骤而语赏罚，不知其始也；倒道而言，迕道而说者[22]，人之所治也，安能治人！骤而语形名赏罚，此有知治之具[23]，非知治之道，可用于天下，不足以用天下，此之谓辩士，一曲之人也。礼法数度，形名比详，古人有之，此下之所以事上，非上之所以畜下也。

昔者舜问于尧曰："天王之用心何如?"

尧曰："吾不敖无告[24]，不废穷民，苦死者[25]，嘉孺子而哀妇人。此吾所以用心已。"

舜曰："美则美矣，而未大也。"

尧曰："然则何如?"

舜曰："天德而出宁，日月照而四时行，若昼夜之有经，云行而雨施矣。"

尧曰："胶胶扰扰乎[26]！子，天之合也[27]；我，人之合也。"

夫天地者，古之所大也，而黄帝尧舜之所共美也。故古之王天下者，奚为哉？天地而已矣！

孔子西藏书于周室，子路谋曰："由闻周之徵藏史[28]有老聃者，免而归居，夫子欲藏书，则试往因焉。"孔子曰："善"。往见老聃，而老聃不许，于是缙《六经》以说。老聃中其说曰："大谩[29]，愿闻其要。"孔子曰："要在仁义。"老聃曰："请问，仁义，人之性邪?"孔子曰："然。君子不仁则不成，不义则不生。仁义，真人之性也，又将奚为矣?"老聃曰："请问，何谓仁义?"孔子曰："中心物恺，兼爱无私[30]，此仁义之情也。"老聃曰："意，几乎后言！夫兼爱，不迹迂乎！无私焉，乃私也。夫子若欲使天下无失其牧乎？则天地固有常矣，日月固有明矣，星辰固有列矣，禽兽固有群矣，树木固有立矣。夫子亦放德而行，循道而趋[31]，已至矣。又何偈偈乎揭仁义[32]，若击鼓而求亡子焉？意，夫子乱人之性也！"

士成绮[33]见老子问曰："吾闻夫子圣人也，吾固不辞远道而来愿见，百舍重趼而不敢息[34]。今吾观子，非圣人也。鼠壤有余蔬而弃妹之者[35]，不仁也，生熟不尽于前，而积敛无崖。"老子漠然不应。士成绮明日复见，曰："昔者吾有刺于子，今吾心正郤矣[36]，何故也?"老子曰："夫巧知神圣之人，吾自以为脱焉。昔者子呼我牛也而谓之牛，呼我马也而谓之马。苟有其实，人与之名而弗受，再受其殃。吾服也恒服，吾非以服有服。"士成绮雁行避影，履行遂进而问："修身若何?"老子曰：而容崖然，而目冲然，而颡頯然，而口阚然[37]，而状义然[38]，似系马而止也。动而持，发也机，察而审[39]，知巧而睹于泰，凡以为不信。边竟有人焉，其名为窃。

夫子曰[40]："夫道，于大不终[41]，于小不遗，故万物备。广广乎其无不容也[42]，渊渊乎其不可测也。形德仁义，神之末也，非至人孰能定之！夫至人有世，不亦大乎！而不足以为之累。天下奋棅而不与之偕[43]，审乎无假而不与利迁，极物之真，能守其本。故外天地，遗万物，百神未尝有所困也。通乎道，合乎德，退仁义，宾礼乐，至人之心有所定矣！"

世之所贵道者书也[44]。书不过语，语有贵也。语之所贵者意也，意有所随。意之所随者，不可以言传也，而世因贵言传书。世虽贵之，我犹不足贵也，为其贵非其贵也。故视而可见者，形与色也；听而可闻者，名与声也。悲夫：世人以形色名声为足以得彼之情。夫形色名声，果不足以得彼之情[45]，则知者不言，言者不知，而世岂识之哉！

桓公读书于堂上，轮扁斫轮于堂下[46]，释椎凿而上，问桓公曰："敢问，公之所读者，何言邪?”公曰：“圣人之言也。”曰；“圣人在乎?”公曰：“已死矣。”曰：“然则君主之所读者，古人之糟魄已夫[47]!”桓公曰：“寡人读书，轮人安得议乎！有说则可[48]，无说则死。”轮扁曰：“臣也以臣之事观之。斫轮，徐则甘而不固，疾则苦而不入。不徐之疾，得之于手而应于心，口不能言，有数存焉于其间[49]。臣不能以喻臣之子，臣之子亦不能受之于臣，是以行年七十而老斫轮。古之人与其不可传也死矣，然则君之所读者，古人之糟魄已夫!”

---

①昧然：冥然，不知不觉。

②铙：同挠。

③平中（zhòng，众）准：平到可以成为标准。今叫水准。取法：拿来作为效法的标准。

④俞俞：从容自得的样子。

⑤玄圣素王：指具有被天下人仰慕崇拜的道德品质，但并不处于帝王职位的人。

⑥进为：指出来做官。抚世：抚养天下百姓，实际就是统治人民。

⑦整（jī，跻）：调和。

⑧长于上古：道先天地生，故长于上古。

⑨同波：合流。句谓一动一静都与阴阳合拍。

⑩祟：鬼神给人造成灾害。魂：精神。

⑪畜：养。

⑫古之人：指远古帝王。贵：看重。

⑬上必句：在上的坐享其成，在下的劳苦一世，供统治者所享受。

⑭驰：驱使。用：劳役。

⑮五兵：五种兵器，矛、戟、钺、楯、弓失。运：用。

⑯德之末：道德中的枝节。

⑰五刑：劓、墨、刖、宫、大辟。

⑱羽：鸟毛。旄：兽毛。跳舞时的舞具多用鸟兽的毛来装饰。

⑲衰（cuī，催）：通缞，丧服。绖（dié，迭）：麻冠带。都是有丧事时穿戴的。

⑳隆：加隆，提级。杀：降级。

㉑尊：指爵禄的高低。齿：指年龄的大小。

㉒倒、迕（wǔ，五）：都是反的意思。

㉓治之具：统治的手段。

㉔敖：傲慢。告：诉。无告：指有苦无处诉的穷人。

㉕苦：悲伤。苦死者：悲悯死者。

㉖胶胶：纠缠的样子。扰扰：动乱的样子。

㉗天地句：如天地一样无为罢了。

㉘徵藏史：收集管理图书典籍的秘书官。

㉙太：通太，谩：漫无边际。因为指的是言论，故从言。

㉚恺（kǎi，楷）：和悦。物恺：与外物相和悦，兼爱：体现了物恺。无私：体现了中心。

㉛放：通仿。循：顺。

㉜偈（jié，洁）：通竭。偈偈：用尽气力的样子。揭：高举。

㉝士成绮：姓士成，名绮。

㉞百舍：形容路远。趼（jiǎn，简）：通茧，脚掌因走路摩擦而生成的硬皮。

㉟鼠壤：鼠穴土中。蔬：谷物。妹：犹昧，不爱物。弃妹：即弃蔑。

㊱郤：通隙。正郤：正在开窍。

㊲阚（hǎn，罕）然：张口动唇的样子。

㊳义（é，俄）：通峨，义然，高傲的样子。

㊴察而审：过分明察而又固执。

㊵夫子：指老子。

㊶于大不终：从大的方便说，无穷无尽。

㊷广广乎：宽广的样子。

㊸棅：通柄，权柄。偕：同。

㊹世之所贵句：世俗凡人尊崇大道，全依赖于书籍的记载。

㊺果不足句：道的实质精微玄妙，无法表达，故从形色名声中实在无法得到。

㊻扁：人名，做车轮的木匠。斫（zhuó，浊）：砍削。

㊼魄：通粕。糟粕：指古人遗言。

㊽有说：可以解释清楚。

㊾数：度数，分寸。

天　运

“天其运乎？地其处乎[①]？日月其争于所乎？孰主张是[②]？孰维纲是？孰居无事推而行是？意者其有机缄而不得已邪？意者其运转而不能自止邪？云者为雨乎？雨者为云乎？孰隆施是？孰居无事淫乐而劝是？风起北方，一西一东，在上彷徨，孰嘘吸是[③]？孰居无事而披拂是？敢问何故？”

巫咸祒曰[④]：“来！吾语女。天有六极五常，帝王顺之则治，逆之则凶。九洛之事，治成德备，监照下土[⑤]，天下戴之，此谓上皇。”

商大宰荡[⑥]问仁于庄子。庄子曰：“虎狼，仁也。”

曰：“何谓也？”

庄子曰：“父子相亲，何为不仁？”

曰：“请问至仁。”

庄子曰：“至仁无亲。”

大宰曰：“荡闻之，无亲则不爱，不爱则不孝。谓至仁不孝，可乎？”

庄子曰：“不然。夫至仁尚矣，孝固不足以言之。此非过孝之言也，不及孝之言也。夫南行者至于郢[⑦]，北面而不见冥山[⑧]，是何也？则去之远也。故曰：以敬孝易，以爱孝难；以爱孝易，以忘亲难[⑨]；忘亲易，使亲忘我难；使亲忘我易，兼忘天下难；兼忘天下易，使天下兼忘我难。夫德遗尧舜而不为也，利泽施于万世，天下莫知也，岂直太息而言仁孝乎哉！夫孝悌仁义，忠信贞廉，此皆自勉以役其德者也，不足多也。故曰，至贵，国爵并焉；至富，国财并焉；至显，名誉并焉。是以道不渝[⑩]。”

北门成[⑪]问于黄帝曰：“帝张咸池之乐于洞庭之野，吾始闻之惧，复闻之怠，卒闻之而惑，荡荡默默，乃不自得。”

帝曰：“汝殆其然哉[⑫]！吾奏之以人，徵之以天[⑬]，行之以礼义，建之以太清。四时迭起[⑭]，万物循生；一盛一衰，文武伦经；一清一浊，阴阳调和，流光其声；蛰虫始作，吾惊之以雷霆；其卒无尾，其始无首；一死一生，一偾一起；所常无穷，而一不可待[⑮]。汝故惧也。吾又奏之以阴阳之和，烛之以日月之明；其声能短能长，能柔能刚，变化齐一，不主故常。在谷满谷，在阬满阬，涂郤守神[⑯]，以物为量。其声挥绰，其名高明。是故鬼神守其幽，日月星辰行其纪。吾止之于有穷，流之于无止。子欲虑之而不能知也，望之而不能见也，逐之而不能及也；傥然立于四虚之道，倚于槁梧而吟。心穷乎所欲知，目穷乎所欲见，力屈乎所欲逐，吾既不及已夫！形充空虚，乃至委蛇。汝委蛇，故怠[⑰]。吾又奏之以无怠之声，调之以自然之命，故若混逐丛生，林乐而无形；布挥而不曳[18]，幽昏而无声。动于无方，居于窈冥；或谓之死，或谓之生；或谓之实，或谓之荣；行流散徙，不主常声。世疑之，稽于圣人。圣也者，达于情而遂于命也。天机不张而五官皆备，无言而心说，此之谓天乐。故有焱氏为之颂曰：'听之不闻其声，视之不见其形，充满天地，包裹六极。'汝欲听之而无接焉，而故惑也。乐也者，始于惧，惧故祟。吾又次之以怠，怠故遁，卒之于惑，惑故愚[19]，愚故道，道可载而与之俱也。"

孔子西游于卫。颜渊问师金曰："以夫子之行为奚如?"师金曰："惜乎，而夫子其穷哉!"颜渊曰："何也?"师金曰："夫刍狗之未陈也，盛以箧衍，巾以文绣[20]，尸祝斋戒以将之。及其已陈也，行者践其首脊，苏者取而爨之而已[21]。将复取而盛之以箧衍，巾以文绣，游居寝卧其下[22]，彼不得梦，必且数眯焉[23]。今而夫子，亦取先王已陈刍狗，聚弟子游居寝卧其下。故伐树于宋，削迹于卫，穷于商周，是非其梦邪？围于陈蔡之间，七日不火食，死生相与邻，是非其眯邪？夫水行莫如用舟，而陆行莫如用车。以舟之可行于水也，而求推之于陆，则没世不行寻常古今非水陆与？周鲁非舟车与？今蕲行周于鲁，是犹推舟于陆也，劳而无功，身必有殃。彼未知夫无方之传，应物而不穷者也。且子独不见桔槔者乎？引之则府，舍之则仰[24]。彼，人之所引，非引人也，故府仰而不得罪于人。故夫三皇五帝之礼仪法度，不矜于同而矜于治，故譬三皇五帝之礼仪法度，其犹柤梨橘柚邪[25]！其味相反而皆可于口。故礼仪法度者，应时而变者也[26]。今取猿狙而衣以周公之服，彼必龁啮挽裂，尽去而后慊[27]。观古今之异，犹猿狙之异乎周公也。故西施病心而矉其里[28]，其里之丑人见之而美之。归亦捧心而矉其里。其里之富人见之，坚闭门而不出；贫人见之，挈妻子而去走。彼其矉美，而不知矉之所以美。惜乎，而夫子其穷哉!"

孔子行年五十有一而不问道，乃南之沛[29]见老聃。老聃曰："子来乎？吾闻子，北方之贤者也！子亦得道乎?"孔子曰："未得也。"老子曰："子恶乎求之哉?"曰："吾求之于度数，五年而未得也。"老子曰："子又恶乎求之哉?"曰："吾求之于阴阳，十有二年而未得。"老子曰："然。使道而可献，则人莫不献之于其君；使道而可进，则人莫不进之于其亲；使道而可以告人，则人莫不告其兄弟；使道而可以与人，则人莫不与其子孙。然而不可者，无佗也[30]，中无主而不止，外无正而不行。由中出者，不受于外，圣人不出；由外入者，无主于中，圣人不隐。名，公器也，不可多取。仁义，先王之蘧庐也[31]，止可以一宿而不可久处，觏而多责[32]。古之至人，假道于仁，托宿于义，以游逍遥之墟[33]，食于苟简之田[34]，立于不贷之圃。逍遥，无为也；苟简，易养也[35]；不贷，无出也。古者谓是采真之游。以富为是者，不能让禄；以显为是者，不能让名；亲权者，不能与人柄。操之则栗，舍之则悲，而一无所鉴，以窥其所不休者，是天之戮民也。怨恩取与谏教生杀，八者，正之器也，唯循大变无所湮者为能用之。故曰，正者，正也。其心以为不然者，天门弗开矣。"

孔子见老聃而语仁义。老聃曰："夫播穅眯目[36]，则天地四方易位矣；蚊虻噆肤[37]，则通昔不寐矣。夫仁义憯然乃愦吾心，乱莫大焉。吾子使天下无失其朴，吾子亦放风而动，总德而立矣！又奚杰杰然揭仁义，若负建鼓而求亡子者邪？夫鹄不日浴而白[38]，乌不日黔而黑[39]。黑白之朴，不足为辩；名誉之观，不足以为广。泉涸，鱼相与处于陆，相呴以湿，相濡以沫，不若相忘于江湖!"

孔子见老聃归，三日不谈，弟子问曰："夫子见老聃，亦将何规哉?"

孔子曰："吾乃今于是乎见龙！龙，合而成体，散而成章，乘云气而养乎阴阳[40]。予口张而不能嗋[41]，予又何规老聃哉!"

子贡曰："然则人固有尸居而龙见，渊默而雷声，发动如天地者乎？赐亦可得而观乎?"遂以孔子声见老聃。

老聃方将倨堂而应，微曰："予年运而往矣，子将何以戒我乎？"

子贡曰："夫三皇五帝之治天下不同，其系声名一也，而先生独以为非圣人，如何哉？"

老聃曰："小子少进！子何以谓不同？"

对曰："尧授舜，舜授禹，舜用力而汤用兵，文王顺纣而不敢逆，武王逆纣而不肯顺，故曰不同。"

老聃曰："小子少进[42]！余语汝三皇五帝之治天下。黄帝之治天下，使民心一。民有其亲死不哭而民不非也。尧之治天下，使民心亲，民有为其亲杀其杀而民不非也。舜之治天下，使民心竞，孕妇十月而生子，子生五月而能言，不至乎孩而始谁，则人始知夭矣。禹之治天下，使民心变，人有心而兵有顺，杀盗非杀人，自为种而天下耳，是以天下大骇，儒墨皆起。其始作有伦，而今乎归，女何言哉！余语汝，三皇五帝之治天下，名曰治之，而乱莫甚焉。三皇之知，上悖日月之明，下睽山川之精，中堕四时之施，其知僭于砺虿之尾[43]，鲜规之兽[44]，莫得安其性命之情者，而犹自以为圣人，不亦可耻乎，其无耻也。"

子贡蹴蹴然立不安。

孔子谓老聃曰："丘治《诗》《书》《礼》《乐》《易》《春秋》六经[45]，自以为久矣，孰知其故矣；以奸者七十二君[46]，论先王之道而明周、召之迹，一君无所钩用。甚矣！夫人之难说也？道之难明邪？"

老子曰：幸矣，子之不遇治世之君也！夫《六经》，先王之陈迹也，岂其所以迹哉！今子之所言，犹迹也。夫迹，履之所出，而迹其履哉！夫白鶂[47]之相视，眸子不运而风化[48]；虫，雄鸣于上风，雌应于下风而风化；类自为雌雄，故风化。性不可易，命不可变，时不可止，道不可壅。苟得于道，无自而不可；失焉者，无自而可。"

孔子不出三月，复见曰："丘得之矣。乌鹊孺，鱼傅沫[49]，细要者化[50]，有弟而兄啼。久矣夫丘不与化为人！不与化为人，安能化人！"

老子曰："可。丘得之矣！"

---

①天其运乎：天运，指日月星辰运转，风吹云飘雨降等现象。

②主张：主宰而施张。

③嘘：吹，句意有谁一呼一吸而成风。

④巫咸：神巫名咸。袑（shào，绍）：是"招"字之误，招呼而答的意思。

⑤治成：实现了太平。德备：道德完备。监：临，监照：由上照下。下土：天下。

⑥大（tài，太）宰：官名。荡：大宰名。

⑦郢（yǐng，影）：战国时楚国国都。在今湖北江陵北部。

⑧冥山：在郢都北面，即今河南信阳。

⑨爱孝易：爱孝还是出于有心，忘亲则顺乎本性，出于自然。

⑩渝：通逾，过。句谓按天道行事，不超越至贵、至富、至愿界限半步。

⑪北门成：姓北门，名成，黄帝的臣子。

⑫殆：恐怕。

⑬徵：引证。徵之以天：引证于自然现象。

⑭迭起：指四季更替。

⑮偾（fèn，愤）：跌倒。所常：所以为常，常态。一不可待：全都不可能预料。

⑯阬（kēng，坑）：通坑。涂：塞。守：停留。

⑰怠：这是乐曲第二段在听者中产生的效果。

⑱布挥：张扬。不曳：没约束，形容乐音爽朗奔放。

⑲惑故愚：心神不安，故此进而变得茫然，无知无觉。

⑳巾以文绣：用有花纹的巾覆盖着。巾：作动词用。

㉑苏者：割草的人。

㉒寝卧其下：表示敬爱不离。

㉓数（shuù，朔）：屡次。眯（mì，秘）：被鬼魔所惊吓。

㉔舍：通捨，放。放手时吊竿就往上升，横木前端上仰。

㉕柤（zhā，楂）：通楂，这种树的果实叫山楂，味酸。

㉖应时句：要适应时势的要求。这种理论，近于厚今薄古的法家主张，与内篇的主张不大相同。

㉗彼：指猿狙。龁啮（hé niè，核聂）：咬。挽裂：扯破。尽去：全部丢弃。慊（qiè，怯）：满意。

㉘矉（pín，贫）：通颦，皱眉。

㉙沛：江苏沛县。老聃是苦（今河南鹿邑县）人，苦与沛相近。

㉚佗：通他。

㉛蘧（qú，渠）庐：传舍，旅店。

㉜觏（gòu，构）：有交积的意思。而：则。句谓老是沉醉于仁义就终究会多被指责。

㉝以游句：逍遥的境界才是目的地。

㉞苟简：苟且简略。苟简之田：指耕作粗略，随便就可以有收获的田。

㉟易养：不用精耕细作，故省事，易于养活自己。

㊱播：撒。眯（mǐ，米）：物入目为害。

㊲虻（méng，萌）：一种昆虫。雄的吸植物的汁液，雌的吸人畜的血。噆（zàn，赞）：啮。

㊳鹄：通鹤。

㊴黔：黑色。这里作动词用。日黔：每日染黑。

㊵乘云句：腾云驾雾，吸取天地阴阳二气，来保养自己。

㊶嗋（xié，协）：合。句谓过度惊疑，张口结舌。

㊷小子：称子贡。少进：稍上前来。

㊸憯：通惨。毒害。蛎虿（lì chài，厉瘥）：是一种尾巴有毒的虫，长尾的叫虿，短尾的叫蝎。

㊹鲜：新鲜的肉。规：取。鲜规之兽，规取生物作为食物的野兽。

㊺六经：“六经”之称，是孔子后学的事，不可能出自孔子之口，可见这是寓言。

㊻奸（gān，干）：求，求官禄。

㊼白鶂（yì，亿）：一种水鸟。

㊽眸：眼中瞳仁。眸子不运，即定睛注视。风：交配。化：孕育。

㊾乌鹊：乌鸦和喜鹊。孺：孵化而生子。傅沫：指以口沫相交而受孕。

㊿要：通腰。细腰：指螺蠃之类。

刻　　意

刻意尚行[①]，离世异俗，高论怨诽，为亢而已矣[②]。此山谷之士，非世之人，枯槁赴渊者之所好也[③]。语仁义忠信，恭俭推让为修而已矣；此平世之士，教诲之人，游居学者之所好也。语大功，立大名，礼君臣，正上下，为治而已矣；此朝廷之士，尊主强国之人，致功并兼者之所好也。就薮泽[④]，处闲旷，钓鱼闲处，无为而已矣。此江海之士，遁世之人，闲暇者之所好也。吹呴呼吸，吐故纳新，熊径鸟申，为寿而已矣；此道引之士[⑤]，养形之人，彭祖寿考者之所好也[⑥]。

若夫不刻意而高，无仁义而修，无功名而治，无江海而闲，不导引而寿，无不忘也，无不有也。淡然无极而众美从之。此天地之道，圣人之德也。

故曰，夫恬淡寂漠，虚无无为，此天地之本而道德之质也。故圣人休焉，休则平易矣，平易则恬淡矣。平易恬淡，则忧患不能入，邪气不能袭，故其德全而神不亏。

故曰：圣人之生也天行[⑦]，其死也物化；静而与阴同德，动而与阳同波[⑧]，不为福先，不为祸始；感而后应，迫而后动。不得已而后起。去知有故，循天之理。故曰无天灾，无物累，无人非，无鬼责。其生若浮，其死若休。不思虑，不豫谋。光矣而不耀，信矣而不期。其寝不梦，其觉无忧⑨。其神纯粹，其魂不罢。虚无恬惔，乃合天德。

故曰，悲乐者，德之邪；喜怒者，道之过；好恶者，心之失。故心不忧乐，德之至也；一而不变，静之至也；无所于忤，虚之至也；不与物交，惔之至也；无所于逆，粹之至也。

故曰，形劳而不休则弊，精用而不已则劳，劳则竭。水之性，不杂则清，莫动则平；郁闭而不流，亦不能清；天德之象也。故曰：纯粹而不杂，静一而不变，淡而无为，动而以天行，此养神之道也。夫有干越之剑者⑩，柙而藏之，不敢轻用也⑪，宝之至也。精神四达并流，无所不极，上际于天，下蟠于地⑫，化育万物，不可为象，其名为同帝。

纯素之道，唯神是守⑬；守而勿失，与神为一；一之精通，合于天伦。野语有之曰："众人重利，廉士重名，贤人尚志，圣人贵精。"故素也者，谓其无所与杂也；纯也者，谓其不亏其神也。能体纯素，谓之真人。

---

①刻意：在思想意志上严厉地要求自己。尚行：在行为上力求做到高尚。

②亢：高。为亢：为了表现清高。

③枯槁：指身体枯毁。赴渊：指投水自杀。

④薮（sǒu，叟）泽：湖泽。就薮泽：到湖泽的地方去。

⑤道引：意思是导通气血，柔和肢体，延长寿命。

⑥考：老。寿考：长寿。

⑦天行：天道的运行，自然的变化发展。

⑧德：行。同波：合流。全句：动也好，静也好，都能与天地阴阳的变化相一致。

⑨觉（jiào，叫）：睡醒。无物累，故无所忧虑。

⑩干：古代小国名，后被吴国所灭。这里代指吴国。吴越多出宝剑。

⑪柙：通匣。不敢：表示舍不得。

⑫蟠（pán，盘）：遍及。

⑬唯神是守：专心守着自己的精神，使之不要外驰。

缮　性

缮性于俗学①，以求复其初；滑欲于俗思②，以求致其明；谓之蔽蒙之民。

古之治道者，以恬养知③。知生而无以知为也，谓之以知养恬。知与恬交相养，而和理出其性。夫德，和也；道，理也。德无不容，仁也；道无不理，义也；义明而物亲，忠也；中纯实而反乎情，乐也；信行容体而顺乎文，礼也。礼乐偏行，则天下乱矣。彼正而蒙己德，德则不冒，冒则物必失其性也。

古之人，在混芒之中④，与一世而得淡漠焉。当是时也，阴阳和静，鬼神不扰，四时得节⑤，万物不伤，群生不夭，人虽有知，无所用之，此之谓至一。当是时也，莫之为而常自然⑥。

逮德下衰⑦，乃燧人、伏羲始为天下，是故顺而不一。德又下衰，及神农、黄帝始为天下，是故安而不顺。德又下衰，及唐、虞始为天下，兴治化之流，枭淳散朴⑧，离道以为，险德以行，然后去性而从于心⑨。心与心识知，而不足以定天下，然附之以文，益之以博。文灭质⑩，博溺心⑪，然后民始惑乱，无以反其性情而复其初。

由是观之，世丧道矣，道丧世矣。世与道交相丧也，道之人何由兴乎世，世亦何由兴乎道哉！道无以兴乎世，世无以兴乎道，虽圣人不在山林之中，其德隐矣。

隐，故不自隐。古之所谓隐士者，非伏身而弗见也，非闭其言而不出也，非藏其知而不发也，时命大谬也。当时命而大行乎天下，则反一无迹；不当时命而大穷乎天下，则深根宁极而待；此存身之道也。

古之存身者，不以辩饰知，不以知穷天下，不以知穷德，危然处其所而反其性⑫，已又何为哉！道固不小行⑬，德固不小识。小识伤德，小行伤道。故曰：正己而已矣。乐全之谓得志。

古之所谓得志者，非轩冕之谓也⑭，谓其无以益其乐而已矣。今之所谓得志者，轩冕之谓也。轩冕在身，非性命也，物之傥来⑮，寄者也。寄之，其来不可圉⑯，其去不可止。故不为轩冕肆志，不为穷约趋俗⑰，其乐彼与此同，故无忧而已矣！今寄去则不乐，由是观之，虽乐，未尝不荒也。故曰：丧己于物，失性于俗者，谓之倒置之民⑱。

---

①缮性：修治本性。俗学：指当时流行的儒学、法学等。

②滑欲于俗思：滑：训乱。言俗思不可以求明。

③以恬养知：以恬静涵养心知。

④混芒：混混沌沌。

⑤得节：与节令相适应。

⑥莫之为：无为。常自然：常合乎自然。

⑦逮：及。

⑧ 澆（xiāo，消）：扰乱。澆淳散朴：即破坏了淳朴的风气。

⑨去性：舍弃天性。从于心：依据各自的私心。

⑩灭质：掩盖了纯朴的本质。

⑪溺心：淹没了天然的心性。

⑫危：独。危然：与众不同的样子。反其性：回复他的本性。

⑬固：本来。小行：与大道相违背的行为。

⑭轩冕：在这里指代高官厚禄。

⑮傥（tǎng，倘）：偶然。

⑯圉（yǔ，羽）：御，抵挡。

⑰肆志：快意。穷约：穷困。趋俗：随波逐流，趋炎附势。

⑱倒置：本末倒置。民：人。

秋　水

秋水时至，百川灌河。泾流之大，两涘渚崖之间不辩牛马①。于是焉，河伯欣然自喜②，以为天下之美为尽在己。顺流而东行，至于北海，东面而视，不见水端。于是焉，河伯始旋其面目，望洋向若而叹曰③：“野语有之曰‘闻道百以为莫己若者④’，我之谓也。且夫我尝闻少仲尼之闻而轻伯夷之义者，始吾弗信；今我睹子之难穷也，吾非至于子之门则殆矣，吾长见笑于大方之家。”

北海若曰；“井蛙不可以语于海者，拘于虚也；夏虫不可以语于冰者，笃于时也；曲士不可以语于道者，束于教也。今尔出于崖涘，观于大海，乃知尔丑，尔将可与语大理矣。天下之水，莫于大海，万川归之，不知何时止而不盈，尾闾泄之⑤，不知何时已而不虚；春秋不变，水旱不知。此其过江河之流，不可为量数。而吾未尝以此自多者，自以比形于天地而受气于阴阳，吾在天地之间，犹小石小木之在大山也。方存乎见少，又奚以自多！计四海之在天地之间也，不似礨空之在大泽乎[⑥]？计中国之在海内，不似稊米之在大仓乎[⑦]？号物之数谓之万，人处一焉；人卒九州，谷食之所生，舟车之所通，人处一焉；此其比万物也，不似毫末之在于马体乎？五帝之所连，三王之所争，仁人之所忧[⑧]，任士之所劳[⑨]，尽此矣。伯夷辞之以为名，仲尼语之以为博，此其自多也，不似尔向之自多于水乎？"

河伯曰："然则吾大天地而小毫末，可乎[⑩]？"

北海若曰："否，夫物，量无穷，时无止，分无常[⑪]，始终无故。是故大知观于远近，故小而不寡，大而不多：知量无穷。证曏今故[⑫]，故遥而不闷[⑬]，掇而不跂[⑭]：知时无止。察乎盈虚，故得而不喜，失而不忧：知分之无常也。明乎坦涂[⑮]，故生而不说，死而不祸：知终始之不可故也。计人之所知，不若其所不知；其生之时，不若未生之时；以其至小求穷其至大之域[⑯]，是故迷乱而不能自得也，由此观之，又何以知毫末之足以定至细之倪！又何以知天地之足以穷至大之域！"

河伯曰："世之议者皆曰，'至精无形，至大不可围[⑰]'。是信情乎？"

北海若曰："夫自细视大者不尽，自大视细者不明。故异便，此势之有也。夫精，小之微也；垺，大之殷也[⑱]；夫精粗者，期于有形者也；无形者，数之所不能分也，不可围者，数之所不能穷也。可以言论者，物之粗也；可以意致者，物之精也；言之所不能论，意之所不能致者，不期精粗焉[⑲]。"

是故大人之行，不出乎害人，不多仁恩；动不为利，不贱门隶；货财弗争，不多辞让；事焉不借人，不多食乎力，不贱贪污；行殊乎俗，不多辟异；为在从众，不贱佞谄；世之爵禄不足以为劝。戮耻不足以为辱；知是非不可为分，细大之不可为倪[⑳]。闻曰：'道人不闻，至德不得，大人无己。'约分之至也。

河伯曰："若物之外，若物之内，恶至而倪贵贱[㉑]？恶至而倪小大？"

北海若曰："以道观之，物无贵贱；以物观之，自贵而相贱；以俗观之，贵贱不在己。以差观之，因其所大而大之，则万物莫不大；因其所小而小之，则万物莫不小；知天地之为稊米也，知毫末之为丘山也，则差数睹矣[㉒]。以功观之，因其所有而有之，则万物莫不有；因其所无而无之，则万物莫不无。知东西之相反而不可以相无，则功分定矣。以趣观之，因其所然而然之，则万物莫不然；因其所非而非之，则万物莫不非；知尧、桀之自然而相非，则趣操睹矣[㉓]。昔者尧、舜让而帝，之哙让而绝；汤、武争而王，白公争而灭。由此观之，争让之礼，尧、桀之行，贵贱有时，未可以为常也。梁丽[㉔]可以冲城而不可以窒穴，言殊器也。骐骥骅骝一日而驰千里[㉕]，捕鼠不如狸狌[㉖]，言殊技也；鸱鸺夜撮蚤，察毫末，昼出瞋目[㉗]而不见山丘，言殊性也。故曰，盖师是而无非，师治而无乱乎？是未明天地之理，万物之情者也。是犹师天而无地，师阴而无阳，其不可行明矣！然且语而不舍，非愚则诬也。帝王殊禅[㉘]，三代殊继[㉙]。差其时，逆其俗者，谓之篡夫[㉚]；当其时，顺其俗者，谓仁义之徒。默默乎河伯！女恶知贵贱之门，大小之家！"

河伯曰："然则我何为乎，何不为乎？吾辞受趣舍，吾终奈何？"

北海若曰："以道观之，何贵何贱，是谓反衍[㉛]；无拘而志，与道大蹇[㉜]。何少何多，是谓谢施；无一而行，与道参差。严严乎若国之有君，其无私德；繇繇乎若祭之有社[㉝]，其无私福；泛泛乎其若四方之无穷，其无所畛域。兼怀万物，其孰承翼？是谓无方。万物一齐，孰短孰长？道无始终，物有死生，不恃其成；一虚一盈，不位乎其形。年不可举[㉞]，时不可止；消息盈虚，终则有始。是所以语大义之方，论万物之理也。物之生也，若骤若驰，无动而不变，无时而不移。何为乎，何不为乎？夫固将自化。"

河伯曰："然则何贵于道邪？"

北海若曰："知道者必达于理，达于理者必明于权，明于权者不以物害己。至德者，火弗能热，水弗能溺，寒暑弗能害，禽兽弗能贼。非谓其薄之也，言察乎安危，宁于祸福，谨于去就，莫之能害也。故曰：'天在内，人在外[35]，德在乎天。'知乎人之行，本乎天，位乎得，蹢躅[36]而屈伸，反要而语极[37]。

河伯曰："何谓天？何谓人？

北海若曰："牛马四足，是谓天；落马首，穿牛鼻，是谓人。故曰，无以人灭天，无以故灭命[38]，无以得殉名[39]。谨守而勿失，是谓反其真。"

夔怜蚿[40]，蚿怜蛇，蛇怜风，风怜目，目怜心。夔谓蚿曰："吾以一足趻踔[41]而行，予无如矣。今子之使万足，独奈何？"蚿曰："不然。子不见夫唾者乎？喷则大者如珠[42]，小者如雾，杂而下者不可胜数也。今予动吾天机，而不知其所以然。"蚿谓蛇曰；"吾以众足行，而不及子之无足，何也？"蛇曰："夫天机之所动，何可易邪？吾安用足哉！"蛇谓风曰："予动吾脊背而行，则有似也。今子蓬蓬然起于北海，蓬蓬然[43]人于南海，而似无有，何也？"风曰："然。予蓬蓬然起于北海而人于南海也，然而指我则胜我，鰌[44]我亦胜我。虽然，夫折大木，蜚[45]大屋者，唯我能也。故以众小不胜为大胜也。为大胜者，唯圣人能之。"

孔子游于匡[46]，卫人围之数匝[47]，而弦歌不惙。子路人见，曰："何夫子之娱也？"

孔子曰："来！吾语汝。吾讳穷久矣[48]，而不免，命也；求通久矣，而不得，时也。当尧、舜之时而天下无穷人，非知得也；当桀、纣之时而天下无通人，非知失也[49]；时势适然。夫水行不避蛟龙者，渔父之勇也；陆行不避兕虎者[50]，猎夫之勇也；白刃交于前，视死若生者，烈士之勇也；知穷之有命，知通之有时，临大难而不惧者，圣人之勇也。由处矣，吾命有所制矣！"

无几何，将甲者进[51]，辞曰："以为阳虎也，故围之。今非也，请辞而退。"

公孙龙问于魏牟[52]曰："龙少学先王之道，长而明仁义之行，合同异，离坚白；然不然，可不可；困百家之知，穷众口之辩；吾自以为至达已。今吾闻庄子之言，汒焉[53]异之。不知论之不及与，知之弗若与？今吾无所开吾喙[54]，敢问其方。"

公子牟隐机大息，仰天而笑曰："子独不闻夫埳井之蛙乎？谓东海之鳖曰：'吾乐与！出跳梁乎井幹之上，人休乎缺甃之崖[55]；赴水则接腋持颐，蹶泥则没足灭跗，还视虷蟹与科斗[56]，莫吾能若也。且夫擅一壑之水，而跨跱埳井之乐[57]，此亦至矣，夫子奚不时来人观乎！'东海之鳖左足未人，而右膝已絷矣[58]。于是逡巡而却[59]，告之海曰：'夫千里之远，不足以举其大；千仞之高，不足以极其深。禹之时十年九潦[60]，而水弗为加益；汤之时八年七旱，而崖不为加损。夫不为顷久推移，不以多少进退者，此亦东海之大乐也。'于是坎井之蛙闻之，适适然惊[61]，规规然自失也。

"且夫知不知是非之竟，而犹欲观于庄子之言，是犹使蚊虻负山，商蚷[62]驰河也，心不胜任矣。且夫知不知论极妙之言而自适一时之利者，是非坎井之蛙与？且彼方跐黄泉而登大皇，无南无北，奭然四解[63]，沦于不测；无东无西，始于玄冥，反于大通。子乃规规然求之有察，索之以辩，是直用管窥天，用锥指地也，不亦小乎！子往矣！且子独不闻夫寿陵馀子之学行于邯郸与？未得国能，又失其故行矣，直匍匐而归耳。今子不去，将忘子之故，失子之业。"公孙龙口呿而不合[64]，舌举而不下，乃逸而走。

庄子钓于濮水[65]，楚王使大夫二人往先焉，曰："愿以境内累矣！"

庄子持竿不顾，曰："吾闻楚有神龟[66]，死已三千岁矣，王巾笥而藏之庙堂之上[67]。此龟者，宁其死为留骨而贵乎？宁其生而曳尾于涂中乎？"

二大夫曰："宁生而曳尾涂中。"

庄子曰："往矣！吾将曳尾于涂中。"

惠子相梁，庄子往见之。或谓惠子曰："庄子来，欲代子相。"于是惠子恐，搜于国中三日三夜。庄子往见之，曰："南方有鸟，其名为鹓鶵[68]，子知之乎？夫鹓鶵发于南海而飞于北海，非梧桐不止，非练实不食，非醴泉不饮[69]。于是鸱得腐鼠[70]，鹓鶵过之，仰而视之曰：'吓！'今子欲以子之梁国而吓我邪？"

庄子与惠子游于濠梁[71]之上。庄子说："儵鱼[72]出游从容，是鱼之乐也。"

惠子说："子非鱼，安知鱼之乐？"

庄子说："子非我，安知我不知鱼之乐？"

惠子说："我非子，固不知子矣；子固非鱼也，子之不知鱼之乐，全矣！"

庄子曰："请循其本[73]。子曰：'汝安知鱼乐'云者，既已知吾知之而问我，我知之濠上也。"

---

①涘（sì，寺）：水边。两涘：河的两边。渚（zhǔ，煮）：水中间的小块陆地。崖：岸。

②河伯：河神。传说姓冯名夷。

③望洋：眼睛迷茫的样子。若：海神名。

④野语：俗语。闻百道：懂得许多道理。

⑤尾闾：排泄海水的地方。

⑥礨空：蚁穴。礨地势突然高出。

⑦稊（tí，题）米：象稗籽一样小的米。

⑧仁人：指儒家者流。

⑨任士：指墨家者流。

⑩大、小：都是形容词作意动用法。

⑪分（fèn，愤）：分际，界限。

⑫曶：明。今故：今古。

⑬遥而不闷：对于遥远的并不感到纳闷。

⑭掇：拾取，形容近。跂：求。以古事证今事，虽近而并不可企及的。

⑮坦涂：大道。

⑯至大之域：指未生之时、未知之事。

⑰至精句：最精细的东西是没有形体的。最大的东西是不能以范围来限制的。

⑱垺（fú，浮）：同郛，本指城圈外围的大城。这里指宽大的领域。殷：盛大。

⑲不期精粗：无须用精与粗去衡量。

⑳不可为倪：不能进行量度。倪：标准，引伸为量度。

㉑恶致：何从，依据什么？

㉒差数睹：差别的分寸就清楚可见了。

㉓操：守。趣操：倾向的依据。

㉔丽：通欐，屋栋。

㉕骐骥、骅骝（huà liú，猾留）：都是骏马。狸：野猫，狌：鼬，即黄鼠狼。

㉖鸱鸺（chī xiāo，痴嚣）：猫头鹰。撮：抓。

㉗瞋目：张大眼睛。

㉘殊禅：禅让的方式不同。

㉙殊继：继承的方式不同。

㉚篡夫：篡权的家伙。

㉛衍：通延，发展。反衍：向相反方向发展。

㉜蹇（jiǎn，剪）：阻塞，引伸为抵触。

㉝繇繇（yóu，由）：通悠悠，自得的样子。社：土地神。

㉞年不可举：年岁不能存留。

㉟天在内，人在外：天机藏在内心，人事露在身外。

㊱蹢躅（zhí zhú，直逐）：进退不定的样子。

㊲反要而语极：返回道的中心而谈论道的极致。

㊳无以故灭命：不要用造作来毁灭生命。

㊴得：贪。殉名：为功名作牺牲。

㊵夔（kúi，葵）：是一种似牛而无角，一只脚的野兽。蚿（xián，弦）：马蚿，俗名百足。怜：羡慕。

㊶趻踔（chěn chuō，踸戳）：跳着走。

㊷喷：指猛力的咳唾。

㊸蓬蓬：风尘转动的样子。

㊹鰌（qiū，秋）：通蹭，踏。

㊺蜚：通飞，刮起。

㊻匡：春秋时的小国，位居宋、卫、郑三国之间。

㊼匝：周。

㊽讳：忌，担忧。

㊾知失：才智不足。

㊿兕（sì，似）：雌的犀牛。

51将：率领。将甲者：率领甲士的将官。

52公孙龙：战国时赵人，著名的名家。魏牟：魏国公子。

53汒：通茫。异之：对它感到惊奇。

54喙（kuì，惠）：嘴。无所开吾喙：我无法开口。

55甃（zhòu，咒）：砌井壁用的砖。崖：这里指井壁。

56虷（hán，含）：蛤蛤之类。科斗：即蝌蚪。

57跨跱（zhì，至）：叉开腿立着。

58絷（zhí，执）：绊住。因为鳖大井小，故踏进了一个脚就给绊住。

59逡巡：迟疑徘徊的样子。

60潦：同涝。

61适适（tì，剔）然：惊惧的样子。

62商蚷（jù，巨）：即马蚿。

63奭（shì，式）：借为释。

64呿（qū，驱）：口张开的样子。

65濮（qú，仆）水：在今山东濮县。

66神龟：龟壳用来占卜，决事神灵，故称神龟。

67笥（sì，四）：竹箱。巾笥：装进竹箱，再用巾包起来。

68鹓鸰（yuān chú，冤除）：象凤凰一样的鸟。

69练实：竹实。醴泉：味道甘美如甜酒的泉水。

70鸱：即鹞鹰。这里比喻惠施。

71濠（háo，豪）：水名，在今安徽凤阳县北。此处有庄子的坟墓。梁：拦河堰。

72儵（tiáo，条）鱼：俗称苍条鱼。

73循：追溯。本：始，指开头的话题。

至　　乐

天下有至乐无有哉？有可以活身者无有哉[①]？今奚为奚据？奚避奚处？奚就奚去？奚乐奚恶？

夫天下之所尊者，富贵寿善也；所乐者，身安厚味美服好色音声也；所下者，贫贱夭恶也；

所苦者，身不得安逸，口不得厚味，形不得美服，目不得好色，耳不得音声；若不得者，则大忧以惧，其为形也亦愚哉[②]！

夫富者，苦身疾作，多积财而不得尽用，其为形也亦外矣！夫贵者，夜以继日，思虑善否[③]，其为形也亦疏矣。人之生也，与忧惧生，寿者惛惛[④]，久忧不死，何苦也！其为形也亦远矣。烈士为天下见善矣，未足以活身。吾未知善之诚善邪，诚不善邪？若以为善矣，不足活身；以为不善矣，足以活人。故曰："忠谏不听，蹲循勿争[⑤]。"故夫子胥争之以残其形；不争，名亦不成。诚有善无有哉？

今俗之所为与其所乐，吾又未知乐之果乐邪，果不乐邪？吾观夫俗之所乐，举群趣者，诬诬然如将不得已[⑥]，而皆曰乐者，吾未知之乐也，亦未知之不乐也。果有乐无有哉？吾以无为诚乐矣，又俗之所大苦也。故曰："至乐无乐，至誉无誉。"

天下是非果未可定也。虽然，无为可以定是非。至乐活身，唯无为几存。请尝试言之：天无为以之清，地无为以之宁，故两无为相合，万物皆化生。芒乎芴乎[⑦]，而无从出乎！芴乎芒乎，而无有象乎！万物职职，皆从无为殖[⑧]，故曰在地无为也而无不为也，人也孰能得无为哉！

庄子妻死，惠子吊之，庄子则方箕踞鼓盆而歌[⑨]。惠子曰："与人居，长子、老、身死[⑩]，不哭，亦足矣，又鼓盆而歌，不亦甚乎！"庄子曰："不然。是其始死也，我独何能无概然！察其始而本无生，非徒无生也而本无形，非徒无形也本无气。杂乎芒芴之间，变而有气，气变而有形，形变而有生，今又变而之死。是相与为春秋冬夏四时行也。人且偃然寝于巨室，而我噭噭然随而哭之[⑪]，自以为不通乎命，故止也。"

支离叔与滑介叔观于冥伯之丘[⑫]，昆仑之虚，黄帝之所休。俄而柳生其左肘其意蹶蹶然恶之[⑬]。支离叔曰："子恶之乎？"滑介叔曰："亡，予何恶！生者，假借也；假之而生生者，尘垢也。死生为昼夜。且吾与子观化，而化及我，我又何恶焉！"

庄子之楚，见空髑髅，髐然有形[⑭]，撽以马棰[⑮]，因而问之，曰："夫子贪生失理而为此乎？将子有亡国之事，斧钺之诛而为此乎？将子有不善之行，愧遗父母妻子之丑而为此乎？将子有冻馁之患而为此乎？将子之春秋故及此乎？"

于是语卒，援髑髅，枕而卧。夜半，髑髅见梦曰："子之谈者似辩士。视子所言，皆生人之累也，死则无此矣。子欲闻死之说乎？"

庄子曰："然。"

髑髅曰："死，无君于上，无臣于下，亦无四时之事，从然以天地为春秋，虽南面王乐，不能过也。"

庄子不信，曰："吾使司命复生子之形，为子骨肉肌肤，反子父母妻子闾里知识[⑯]，子欲之乎？"

髑髅深瞋蹙頞曰[⑰]："吾安能弃南面王乐而复为人间之劳乎！"

颜渊东之齐，孔子有忧色，子贡下席而问曰："小子敢问，回东之齐，夫子有忧色，何邪？"

孔子曰："善哉汝问！昔者管子有言，丘甚善之，曰：'褚小者不可以怀大，绠短者不可以汲深[⑱]。'夫若是者，以为命有所成而形有所适也，夫不可损益。吾恐回与齐侯言尧舜黄帝之道，而重以燧人神农之言。彼将内求于己而不得，不得则惑，人惑则死。且女独不闻邪？昔者海鸟止于鲁郊，鲁侯御而觞之于庙[⑲]，奏《九韶》以为乐，具太牢以为膳。鸟乃眩视忧悲，不敢食一脔[⑳]，不敢饮一杯，三日而死。此以己养养鸟也，非以鸟养养鸟也。夫以鸟养养鸟，宜栖之深林，游之坛陆，浮之江湖，食之鳝鲦，随行列而止，委蛇而处[㉑]。彼唯人言之恶闻，奚以夫譊譊为乎[㉒]！《咸池》《九韶》之乐，张之洞庭之野，鸟闻之而飞，兽闻之而走，鱼闻之而下入，人卒闻之，相与还而观之。鱼处水而生，人处水而死，彼必相与异，其好恶故异也。故先圣不一其能，不同其事。名止于实，义设于适，是之谓条达而福持。”

列子行食于道、从见百岁髑髅，攓蓬而指之㉓，曰：“唯予与汝知而未尝死，未尝生也。若果养乎？予果欢乎？”

种有几，得水为㡭㉔，得水土之际则为蛙蠙之衣，生于陵屯则为陵舄㉕，陵舄得郁栖则为乌足。乌足之根为蛴螬㉖，其叶为蝴蝶。蝴蝶胥也化而为虫，生于灶下，其状若脱，其名为鸲掇㉗。鸲掇千日为鸟，其名为干余骨。干余骨之沫为斯弥，斯弥为食醯㉘。颐辂生乎食醯㉙，黄軦生乎九猷㉚，瞀芮生乎腐蠸㉛。羊奚比乎不箰子久竹生青宁㉜；青宁生程㉝，程生马，马生人，人又反入于机。万物皆出于机，皆入于机。

---

①可以活身者：既无为。至乐：亦是无为。

②为（wèi，位）形：指保养身体。

③否（qǐ，匹）：本指《周易》中的卦名。善否：指官运亨通与阻滞。

④惛惛：神智不清的样子。

⑤蹲循：通逡巡，迟疑退却的样子。

⑥誙誙（kēng，坑）：争着跑去的样子。

⑦芒芴：即恍惚，形容无为的景象。

⑧职职：繁多的样子。皆从无为殖：都是从两无为相交合中繁殖出来的。

⑨方：正在。箕踞（jī jù，基据）：古人席地而坐，两腿伸直岔开，象簸箕。鼓：敲击。鼓盆：当作奏乐。

⑩人：指庄子妻，居：生活。长子：生育儿女。

⑪噭噭（jiào，较）：表现哭声的状声词。

⑫支离叔、滑介叔：都是虚设的人物。支离表示忘形，滑介表示忘智。冥伯：丘名，有恍惚不清的意思。

⑬柳：假借为瘤。蹶蹶（guì，贵）：惊动的样子。

⑭髑髅（dú lóu，独楼）：死人的头骨。髐（xiāo，消）然：骨头干枯的样子。有形：具有生人头颅的形状。

⑮撽（qiào，窍）：敲击。捶：通箠（chuí，垂）：鞭子。

⑯闾里：指同一里巷住的人，即邻居。知识：熟悉的人。

⑰頞：即额字。深矉蹙頞：深深地皱眉头。

⑱褚（zhǔ，主）：装衣的袋子。怀大：装大的东西。绠（gěng，哽）：吊水用的绳子。

⑲御（yà，讶）：通迓。迎接。觞（shāng，伤）：本指饮酒器具，这里作动词用。

⑳脔（luán，栾）：切成小块的肉。

㉑委虵（wēi yí，威移）：通逶迤，从容的样子。

㉒譊譊（náo，挠）：喧闹的声音。

㉓攓（jiǎn，柬）：拔。蓬：草。

㉔㡭：同继，水绵。蠙（bīn，宾）：蚌之类。蛙蠙之衣：生在水边能遮盖蛙蚌一类的植物。

㉕陵屯：土堆。陵舄（xì，戏）：车前、泽泻之类。

㉖蛴螬（qí cáo，齐曹）：俗称地蚕，是金龟子的变种。

㉗鸲掇（qú duō，渠多）：干余骨的幼虫。

㉘食醯（xī，希）：醋，斯弥经久发酸如醋。

㉙颐辂（yí lù，夷路）：即醯鸡。

㉚黄軦（kuàng，况）：虫名，九：通久。猷：酒。九猷：过时的酒。

㉛瞀芮（mào ruì，冒锐）：小蚊虫。蠸：通獾，野猪。

㉜箰（sǔn，笋）：不生筍的竹。青宁：竹根虫。

㉝程：豹。这是秦人的叫法。

达 生

达生之情者[1]，不务生之所无以为；达命之情者，不务命之所无奈何。养形必先之以物，物有余而形不养者有之矣。有生必先无离形[2]，形不离生亡者有之矣。生之来不能却，其去不能止。悲夫！世之人以为养形足以存生，而养形表果不足以存生，则世奚足为哉！虽不足为而不可不为者，其为不免矣！

夫欲免为形者，莫如弃世。弃世则无累，无累则正平，正平则与彼更生，更生则几矣[3]！事奚足弃而生奚足遗？弃事则形不劳，遗生则精不亏。夫形全精复，与天为一[4]。天地者，万物之父母也，合则成体，散则成始。形精不亏，是谓能移；精而又精，反以相天。

子列子问关尹[5]，曰："至人潜行不窒，蹈火不热，行乎万物之上而不慄。请问何以至于此?"

关尹曰："是纯气之守[6]也，非知巧果敢之列。居，予语女！凡有貌象声色者，皆物也，物与物何以相远！夫奚足以至乎先！是形色而已。则物之造乎不形而止乎无所化，夫得是而穷之者，物焉得而止焉！彼将处乎不淫之度，而藏乎无端之纪[7]，游乎万物之所终始，壹其性，养其气，合其德，以通乎物之所造。夫若是者，其天守全，其神无郤，物奚自入焉！

"夫醉者之坠车，虽疾不死。骨节与人同，而犯害与人异，其神全也，乘亦不知也，坠亦不知也，死生惊惧不入乎其胸中，是故遻物而不慴[8]。彼得全于酒而犹若是，而况得全于天乎？圣人藏于天，故莫之能伤也。"

复仇者不折镆干，虽有忮心者不怨飘瓦[9]，是以天下平均。故无攻战之乱，无杀戮之刑者，由此道也。不开人之天，而开天之天，开天者德生[10]，开人者贼生[11]，不厌其天，不忽于人，民几乎以其真！

仲尼适楚，出于林中，见痀偻者承蜩[12]，犹掇之也。仲尼曰："子巧乎！有道邪?"曰："我有道也。五六月累丸二而不坠，则失者锱铢[13]；累三而不坠，则失者十一；累五而不坠，犹掇之也。吾处身也，若橛株枸[14]；吾执臂也，若槁木之枝；虽天地之在，万物之多，而唯蜩翼之知。吾不反不侧，不以万物易蜩之翼，何为而不得！"孔子顾谓弟子曰："用志不分，乃凝于神，其痀偻丈人之谓乎!"

颜渊问仲尼曰："吾尝济乎觞深之渊[15]，津人操舟若神[16]。吾问焉，曰：'操舟可学邪?'曰：'可。善游者数能。若乃夫没人，则未尝见舟而便操之也。'吾问焉而不吾告，敢问何谓也?"

仲尼曰："善游者数能，忘水也[17]。若乃夫没人之未尝见舟而便操之也，彼视渊若陵，视舟之覆犹其车却也。覆却万方陈乎前而不得入其舍，恶往而不暇！以瓦注者巧，以钩注者惮，以黄金注者殙[18]。其巧一也，而有所矜，则重外也。凡外重者内拙。"

田开之见周威公[19]，威公曰："吾闻祝肾学生[20]，吾子与祝肾游，亦何闻焉?"

田开之曰："开之操拔彗[21]以侍门庭，亦何闻于夫子!"

威公曰："田子无让，寡人愿闻之。"

开之曰："闻之夫子曰：'善养生者，若牧羊然，视其后者而鞭之。"

威公曰："何谓也?"

田开之曰："鲁有单豹者[22]，岩居而水饮，不与民共利，行年七十而犹有婴儿之色；不幸遇饿虎，饿虎杀而食之。有张毅者，高门县薄，无不趋也，行年四十而有内热之病以死。豹养其内而虚食其外，毅养其外而病攻其内。此二子者，皆不鞭其后者也。"

仲尼曰："无入而藏，无出而阳，柴立其中央[23]。三者若得，其名必极。夫畏涂者，十杀一人，则父子兄弟相戒也，必盛卒徒而后敢出焉，不亦知乎！人之所取畏者，衽席之上[24]，饮食之间，而不知为之戒者，过也！"

祝宗人玄端以临牢筴，说彘曰[25]："汝奚恶死！吾将三日犠汝[26]，十日戒，三日齐，藉白茅，加汝肩尻乎雕俎之上，则汝为之乎？"为彘谋，曰不如食以糟糠，而错之牢筴之中，自为谋，则苟生有轩冕之尊，死得于腞楯之上，聚偻之中[27]，则为之。为彘谋则去之，自为谋则取之，所异彘者何也！

桓公田于泽[28]，管仲御，见鬼焉。公抚管仲之手曰："仲父何见？"对曰："臣无所见。"

公反，诶诒[30]为病，数日不出。齐士有皇子告敖[29]者曰："公则自伤，鬼恶能伤公！夫忿滀之气，散而不反，则为不足；上而不下，则使人善怒；下而不上，则使人善忘；不上不下，中身当心，则为病。"

桓公曰："然则有鬼乎？"

曰："有。沈有履[31]，灶有髻[32]，户内之烦壤，雷霆处之[33]；东北方之下者，倍阿鲑蛮跃之[34]；西北方之下者，则泆阳处之[35]。水有罔象，丘有峷[36]，山有夔，野有彷徨，泽有委蛇。"

公曰："请问委蛇之状何如？"

皇子曰："委蛇，其大如毂，其长如辕，紫衣而朱冠。其为物也，恶闻雷车之声，则捧其首而立。见之者殆乎霸。"

桓公辴然而笑曰[37]："此寡人之所见者也。"于是正衣冠与之坐，不终日而不知病之去也。

纪渻子为王养斗鸡[38]。十日而问："鸡已乎？"曰："未也，方虚憍而恃气。"十日又问，曰："未也。犹应向景。"十日又问，曰："未也。犹疾视而盛气。"十日又问，曰："几矣，鸡虽有鸣者，已无变矣[39]，望之似木鸡矣，其德全矣，异鸡无敢应者，见者反走矣。"

孔子观于吕梁，县水三十仞，流沫四十里，鼋鼍[40]鱼鳖之所不能游也。见一丈夫游之，以为有苦而欲死也，使弟子并流而拯之。数百步而出，被发行歌而游于塘下。

孔子从而问焉，曰："吾以子为鬼，察子则人也。请问，蹈水有道乎？"

曰："亡，吾无道。吾始乎故，长乎性，成乎命。与齐[41]俱入，与汩偕出，从水之道而不为私焉。此吾所以蹈之也。"

孔子曰："何谓始乎故，长乎性，成乎命？"

曰："吾生于陵而安于陵，故也；长于水而安于水，性也；不知吾所以然而然，命也。"

梓庆削木为鐻[42]，鐻成，见者惊犹鬼神。鲁侯而问焉："子何术以为焉？"对曰："臣工人，何术之有！虽然有一焉。臣将为鐻，未尝敢以耗气也[43]，必齐以静心。齐三日，而不敢怀庆赏爵禄；齐五日，不敢怀非誉巧拙；齐七日，辄然忘吾有四枝形体也。当是时也，无公朝，其巧专而外滑消[44]；然后入山林，观天性，形躯至矣，然后成见鐻，然后加手焉，不然则已。则以天合天，器之所以凝神者，其由是与！"

东野稷以御见庄公，进退中绳[45]，左右旋中规。庄公以为文弗过也，使人钩百而反[46]。

颜阖遇之，入见曰："稷之马将败。"公密而不应。

少焉，果败而反。公曰："子何以知之？"

曰："其马力竭矣而犹求焉，故曰败。"

工倕旋而规矩，指与物化，而不以心稽，故其灵台一而不桎[47]。忘足，履之适也；忘要，带之适也；忘是非，心之适也；不内变，不外从，事会适之也[48]。始乎适而未尝不适者，忘适之适也。

有孙休者，踵门而诧子扁庆子曰[49]："休居乡不见谓不修，临难不见谓不勇；然田原不遇岁，事君不遇世，宾于乡里[50]，逐于州部，则胡罪乎天哉？休恶遇此命也？"

扁子曰："子独不闻夫至人之自行邪？忘其肝胆，遗其耳目，芒然彷徨乎尘垢之外，逍遥乎无事之业，是谓为而不恃，长而不宰。今汝饰知以惊愚，修身以明汙[51]，昭昭乎若揭日月而行也[52]。汝得全面形躯，具而九窍，无中道夭于聋盲跛蹇，而比于人数，亦幸矣，又何暇乎天之怨哉！子往矣！"

孙子出，扁子入，坐有间，仰天而叹。弟子问曰："先生何为叹乎？"

扁子曰："向者休来，吾告之以至人之德，吾恐其惊而遂至于惑也。"

弟子曰："不然。孙子之所言是邪？先生之所言非邪？非固不能惑是。孙子所言非邪？先生所言是邪？彼固惑而来矣，又奚罪焉！"

扁子曰："不然。昔者有鸟止于鲁郊，鲁君说之，为具太牢以飨之，奏九韶以乐之，鸟乃始忧悲眩视，不敢饮食。此之谓以己养养鸟也。若夫以鸟养养鸟者，宜栖之深林，浮之江湖，食之以鰌鲦，委蛇而处，则安平陆而已矣。今休，款启寡闻之民也，吾告以至人之德，譬之若载鼷以车马，乐鴳以钟鼓也[53]，彼又恶能无惊乎哉！"

---

①达，明白。生：生命。此指养生。

②离形：即死。

③几：近。指近于"免为形"。

④夫形全句：形体不劳累，故健全，精神不消耗，故恢复如初。

⑤子列子：即列御寇。关尹：老子弟子，姓尹名喜，字公度。

⑥纯气之守：指在心里保持着纯正之气。

⑦无端之纪：即循环之理。

⑧遻（è，饿）：同遌，遇到，碰着。指身体跌下来与地相撞。慴（shè，慑）：恐惧。句谓身体虽与外物相碰，但只要精神上不介意，无知无觉是不会害怕的。

⑨忮（zhì，至）心：忌恨之心。

⑩德生：养成良好的道德。生：养成。

⑪贼生：产生残害的心肠。

⑫痀偻（gōu lóu，沟楼）：驼背。承：通拯，引取。蜩（tiáo，条）：蝉。承蜩：在竹竿的顶端装上胶把蝉粘住。

⑬锱铢（zī zhū，资朱）：表示极少数。

⑭厥：通橛。橛株：树墩。拘：止。

⑮济：渡。觞深：渊名。

⑯津人：撑渡船的人。

⑰忘水：不把水放在心上。

⑱钩：银锞。殙（hūn，昏）：心绪紊乱的样子。

⑲田开之：姓田名开之，未详。

⑳祝肾：姓祝名肾，未祥。

㉑篲（huì，秽）：扫帚。操拔篲：做扫地的工作，意即当学徒。

㉒单豹：姓单名豹，鲁国隐士。

㉓柴立：象木头一样站立，表示无心。

㉔衽（rèn，任）席：睡觉用的席子。衽席之上：指色欲之事。

㉕祝宗人：即祝人、宗人。都是掌管祭祀的官。筴（cè，策）：通柙，木栅。牢筴：猪圈。彘（zhì，至）：猪。

㉖豢（huàn，患）：养。

㉗腞（zhuàn，篆）：假为辁（quán，全）。楯（shǔn，吮）：假为輴（chūn，春）。辁、輴輴都是载柩车。偻：通蒌（lóu，

楼）：棺上的装饰。

㉘田：打猎。泽：沼泽。

㉙诶诒（xī yí，希夷）：呻吟声。

㉚皇子告敖：姓皇子名告敖。

㉛沈：汙水积聚的地方。履：鬼名。

㉜髻（jì，继）：灶神，传说穿红衣，形状如美女。

㉝雷霆：鬼名，以声大而得名。

㉞鲑蠪（wā lóng，蛙龙）：神名，传说状似小孩，长一尺四寸，黑衣，红头巾，大帽子，带剑持戟。

㉟泆（yì，逸）阳：神名，传说头如豹，尾如马。

㊱莘（shēn，深）：怪兽，形状如狗，有角，身上有五彩花纹。

㊲辴（zhěn，枕）然：大笑的样子。

㊳纪渻（sěng，省）子：姓纪名渻子。王：指周宣王。

㊴无变：不动声色。表明已经没有斗心。

㊵鼋（yuán，元）：鳖的一种。鼍（tuó，驼）：也叫扬子鳄，鳖：甲鱼。不能游：说明水太急。

㊶齐：通脐，指水漩涡而下时，形状象肚脐。汩（gǔ，骨）：上涌的漩涡。

㊷梓：管木工的官。鐻（jù，据）：一种悬挂钟磬等乐器的木架子。

㊸耗气：损耗神气。

㊹无公朝：因为斋戒，故不上朝。滑：乱。消：亡。

㊺中：合。绳：指木匠用绳墨划的直线。句意马走得很直。

㊻钩：弯形，兜圈的意思。

㊼灵台：心。桎：通窒。句谓他心性纯一而通达。

㊽事会：遇事。适：合。

㊾踵门：亲自叩门求见。

㊿宾：通摈。摈于乡里，以乡里被抛弃。

○51惊愚：令愚顽的人有所惊觉。明汙：把污秽的东西揭露出来。

○52揭：举。揭日月而行，比喻炫耀自己。

○53鴳（yàn，雁）：同鷃，小雀名。

山　木

庄子行于山中，见大木，枝叶盛茂。伐木者止其旁而不取也。问其故，曰："无所可用。"庄子曰："此木以不材得终其天年。"

夫子出于山，舍于故人之家①。故人喜，命竖子杀雁而烹之②。竖子请曰："其一能鸣，其一不能鸣。请奚杀？"主人曰："杀不能鸣者。"

明日，弟子问于庄子曰："昨日山中之木，以不材得终其天年；今主人之雁，以不材死。先生将何处？"

庄子笑曰："周将处乎材与不材之间。材与不材之间，似之而非也，故未免乎累。若夫乘道德而浮游则不然。无誉无訾，一龙一蛇③，与时俱化，而无肯专为。一上一下，以和为量，浮游乎万物之祖④。物物而不物于物⑤，则胡可得而累邪！此神农、黄帝之法则也。若夫万物之情，人伦之传，则不然。合则离，成则毁，廉则挫，尊则议，有为则亏，贤则谋，不肖则欺，胡可得而必乎哉！悲夫！弟子志之，其唯道德之乡乎！"

市南宜僚见鲁侯，鲁侯有忧色。市南子曰："君有忧色，何也？"

鲁侯曰："吾学先王之道，修先君之业，吾敬鬼尊贤，亲而行之，无须臾离居⑥；然不免于患，吾是以忧。"

市南子曰："君子除患之术浅矣！夫丰狐文豹[7]，栖于山林，伏于岩穴，静也；夜行昼居，戒也；虽饥渴隐约，犹且胥疏于江湖之上而求食焉，定也。然且不免于网罗机辟之患。是何罪之有哉？其皮为之灾也。今鲁国独非君之皮邪？吾愿君刳形去皮[8]，洒心去欲，而游于无人之野。南越有邑焉，名为建德之国。其民愚而朴，少私而寡欲；知作而不知藏，与而不求其报；不知义之所适，不知礼之所将；猖狂妄行，乃蹈乎大方。其生可乐，其死可葬。吾愿君去国捐俗，与道相辅而行。"

君曰："彼其道远而险，又有江山，我无舟车[9]，奈何？"

市南子曰："君无形倨，无留居，以君为车。"

君曰："彼其道幽远而无人，吾谁与为邻？吾无粮，我无食，安得而至焉？"

市南子曰："少君之费，寡君之欲，虽无粮而乃足。君其涉于江而浮于海，望之而不见其崖，愈往而不知其所穷。送君者皆自崖而反，君自此远矣！故有人者累[10]，见有于人者忧。故尧非有人，非见有于人也。吾愿去君之累，除君 之忧，而独与道游于大莫之国。方舟而济于河，有虚船来触舟，虽有 惼心之人不怒[11]；有一人在其上，则呼张歙之。一呼而不闻，再呼而不闻，于是三呼邪，则必以恶声随之，向也不怒而今也怒，向也虚而今也实，也能虚己以游世，其孰能害之！"

北宫奢为卫灵公赋敛以为钟[12]，为坛乎郭门之外，三月而成上下之县。王子庆忌见而问焉，曰："子何术之设？"

奢曰："一之间无敢设也。奢闻之，'既雕既琢，复归于朴[13]。'侗乎其无识，傥乎其怠疑[14]；萃乎芒乎，其送往而迎来；来者勿禁，往者勿止；从其强梁，随其曲傅，因其自穷，故朝夕赋敛而毫毛不挫，而况有大涂者乎！"

孔子围于陈蔡之间，七日不火食。大公任往吊之曰[15]："子几死乎？"曰："然。""子恶死乎？"曰"然。"任曰："予尝言不死之道。东海有鸟焉，其名曰意怠[16]。其为鸟也，翂翂翐翐[17]，而似无能，引援而飞[18]，迫胁而栖；进不敢为前，退不敢为后；食不敢先尝，必取其绪。是故其行列不斥，而外人卒不得害，是以免于患。直木先伐，甘井先竭。子其意者饰知以惊愚，修身以明汙，昭昭乎如揭日月而行，故不免也。昔吾闻之大成之人曰：'自伐者无功，功成者堕，名成者亏。'孰能去功与名而还与众人！道流而不明居，德行而不名处；纯纯常常，乃比于狂；削迹捐势，不为功名。是故无责于人，人亦无责焉。至人不闻，子何喜哉？"孔子曰："善哉！"辞其交游，去其弟子，逃于大泽；衣裘褐，食杼栗[19]，入兽不乱群，入鸟不乱行。鸟兽不恶，而况人乎！

孔子问子桑雽[20]曰："吾再逐于鲁，伐树于宋，削迹于卫，穷于商周，围于陈蔡之间。吾犯此数患，亲交益疏，徒友益散，何与？"

子桑雽曰："子独不闻假人之亡与[21]？林回弃千金之璧，负赤子而趋。或曰：'为其布与[22]？赤子之布寡矣；为其累与？赤子之累多矣。弃千金之璧，负赤子而趋，何也？'林回曰：'彼以利合，此以天属也。'彼以利合者，迫穷祸患害相弃也；以天属者，迫穷祸患害相收也。夫相收之与相弃亦远矣。且君子之交淡若水，小人行交甘若醴[23]；君子淡以亲，小人甘以绝。彼无故以合者，则无故以离。"

孔子曰："敬闻命矣！徐行翔佯而归[24]，绝学捐书，弟子无挹于前[25]，其受益加进。异日，桑又雽又曰："舜行将死，乃命禹曰：'汝戒之哉！形莫若缘，情莫若率。缘则不离，率则不劳；不离不劳，则不求文以待形；不求文以待形，固不待物。'"。

庄子衣大布而补之，正緳系履而过魏王[26]。魏王曰："何先生之惫也？"庄子曰："贫也。非惫也。士有道德不能行，惫也；衣弊履穿，贫也，非惫也。此所谓非遭时也。王独不见夫腾猿乎？其得柟梓豫章也[27]，揽蔓其枝而王长其间，虽羿、蓬蒙不能眄睨也[28]。及其得柘棘枳枸之间也[29]，危行侧视，振动悼栗，此筋骨非有加急而不柔也，处势不便，未足以逞其能也。今处昏上乱相之间而欲无惫[30]，奚可得邪？此比干之见剖心徵也夫！"

孔子穷于陈蔡之间，七日不火食，左据槁木，右击槁枝，而歌猋氏之风[31]，有其具而无其数，有其声而无宫角，木声与人声犁然[32]，有当于人之心。

颜回端拱还目而窥之。仲尼恐其广己而造大也，爱己而造哀也，曰："回，无受天损易，无受人益难[33]。无始而非卒也，人与天一也。夫今之歌者其谁乎！"

回曰："敢问无受天损易。"

仲尼曰："饥渴寒暑，穷桎不行[34]，天地之行也，运物之泄也，言与之偕逝之谓也[35]。为人臣者，不敢去之。执臣之道犹若是，而况乎所以待天乎！"

"何谓无受人益难？"

仲尼曰："始用四达，爵禄并至而不穷，物之所利，乃非己也，吾命其在外者也。君子不为盗，贤人不为窃。吾若取之何哉？故曰，鸟莫知于鷾鸸[36]，目之所不宜处不给视，虽落其实，弃之而走。其畏人也，而袭诸人间[37]，社稷存焉尔。"

"何谓无始而非卒？"

仲尼曰："化其万物而不知其禅之者[38]，焉知其所终？焉知其所始？正而待之而已耳[39]。"

"何谓人与天一邪？"

仲尼曰："有人，天也；有天，亦天也。人之不能有天，性也，圣人晏然体逝而终矣[40]！"

庄周游于雕陵之樊[41]，睹一异鹊自南方来者，翼广七尺，目大运寸[42]，感周之颡而集于栗林。庄周曰："此何鸟哉，翼殷不逝，目大不睹？"蹇裳躩步[43]，执弹而留之。睹一蝉，方得美荫而忘其身；螳螂执翳而搏之[44]，见得而忘其形；异鹊从而利之，见利而忘其真。庄周怵然曰："噫！物固相累，二类相召也！"捐弹而反走，虞人逐而谇之[45]。

庄周反入，三日不庭。蔺且从而问之[46]："夫子何为顷间甚不庭乎？"

庄周曰："吾守形而忘身，观于浊水而迷于清渊。且吾闻诸夫子曰：'入其俗，从其令。'今吾游于雕陵而忘吾身，异鹊感吾颡，游于栗林而忘真，栗林虞人以我为戮，吾所以不庭也。

阳子之宋，宿于逆旅[47]。逆旅人有妾二人，其一人美，其一人恶，恶者贵而美者贱。阳子问其故，逆旅小子对曰[48]："其美者自美，吾不知其美也；其恶者自恶，吾不知其恶也。"阳子曰："弟子记之！行贤而去自贤之心[49]，安往而不爱哉！"

---

①夫子：指庄子。舍：住。

②竖子：童仆。雁：野鹅。

③訾（zǐ，子）：诋毁。一龙一蛇：一时可为龙，一时可为蛇。意即不拘高下。

④万物之祖：指虚无的世界。

⑤物物：主宰外物。不物于物，不为外物所主宰。

⑥离居：离开所处的境界。

⑦丰狐：毛长得十分丰厚的狐狸。文豹：身上长有花纹的豹。

⑧刳（kū，枯）：剖开而挖空。割弃。刳形：忘身。去皮：指忘国。

⑨舟车：比喻达道的手段、方法。

⑩有人：指统治人民。

⑪虚船：无人的船。惼（biǎn，贬）心：心胸狭隘。因来撞的船无人，故"不怒"。

⑫北宫奢：卫国大夫，名奢。因居住北宫，故以为号。赋敛：征收。
⑬既雕既琢句：经过了一番雕琢后，返归于原始纯朴的状态。
⑭侗：幼稚无知的样子。傥：思虑迟顿的样子。怠疑：呆笨的样子。
⑮大公：对老者的称呼。吊：慰问。
⑯意怠：这只海燕的名称。怠是取其怠慢无能的特点，这是寓意。
⑰翂翂（fēn，纷）翐翐（zhì，秩）：飞得迟缓不高的样子。
⑱引援：被同群所牵带。意即跟随。
⑲裘褐（qiú hè，求贺）：粗陋的衣服。杼（shù，树）通芧，橡实。芧与栗都是粗糙的食物。
⑳子桑雽（hù，户）：即《大宗师》中的子桑户。
㉑假：国名。亡：逃亡。
㉒布：钱。
㉓醴（lǐ，礼）：甜酒。甘若醴：比喻一种利害相关的甜密亲热的感情。
㉔徐行：慢步。翔佯：犹徜徉，徘徊。
㉕挹：通揖，拱揖行礼。
㉖緳（xié，协）：通絜，腰带。正緳：整理腰带。系履：绑好鞋子。
㉗枏（nán，南）：即楠树。梓：又叫楸。豫章：即樟树。都是大树。
㉘羿：传说是尧时的著名射手。蓬蒙：是羿的学生。眄（miàn，面）睨（nì，匿）：斜视。
㉙柘（zhè，蔗）：桑属。棘：似枣树而小、多刺。枸（gōu，勾）：香橼：有短而硬的刺的一种小树。
㉚昏上：昏庸的君主。乱相：败坏的执政者。
㉛猋（yàn，厌）：通焱。猋氏之风：即炎帝时期的歌曲。
㉜犁然：即栗然，心神惊动的样子。
㉝天损：指自然带来的损害。只要顺乎自然就没有害。人益：人为所加的。
㉞穷桎不行：穷困不通。
㉟偕逝：共同参与变化。
㊱鷾鸸（yì ér，意而）：燕子。
㊲袭诸人间：指燕子住进人的屋子，并在其中筑巢。
㊳禅：交替代谢。
㊴正而待之：静心地顺任自然的变化。
㊵晏然：安乐的样子。体逝：体现了天道的变化发展。终：指了结一生。
㊶雕陵：栗园名。樊：通藩，藩篱：指范围之内。
㊷广：与下句"运"都是长度，东西为广，南北为运。
㊸躩（jué，觉）步：小心提步，逡巡前行的样子。
㊹执翳（yì，义）：举臂。之：指蝉。
㊺虞人：管理栗林的人。谇（suì，碎）：责骂。
㊻蔺且（lìn jū，吝居）：庄子弟子。
㊼逆旅：旅店。
㊽小子：对年纪小的人的称呼。
㊾去：抛弃。自贤：自以为贤。

田子方

田子方①侍坐于魏文侯，数称谿工②。文侯曰："谿工，子之师邪？"子方曰："非也，无择之里人也。称道数当，故无择称之。"文侯曰："然则子无师邪？"子方曰："有。"曰："子之师谁邪？"子方曰："东郭顺子③。"文侯曰："然则夫子何故未尝称之？"子言曰："其为人也真，人貌而天④，虚缘而葆真，清而容物。物无道，正容以悟之，使人之意也消，无择何足以称之！"子方出，文侯傥然，终日不言。召前立臣而语之曰："远矣，全德之君子！始吾以圣知之言、仁义之行为至矣，吾闻子方之师，吾形解而不欲动，口钳而不欲言[5]。吾所学者直土梗[6]耳！夫魏真为我累耳！”

温伯雪子适齐[7]，舍于鲁。鲁人有请见之者，温伯雪子曰：“不可。吾闻中国之君子[8]，明乎礼义而陋于知人心，吾不欲见也。”

至于齐，反舍于鲁，是人也又请见。温伯雪子曰：“往也蕲见我，今也又蕲见我，是必有以振[9]我也。”

出而见客，入而叹。明日见客，又入而叹。其仆曰：“每见之客也，必入而叹，何耶?”

曰：“吾固告子矣：‘中国之民，明乎礼义而陋乎知人心。’昔之见我者，进退一成规，一成矩，从容一若龙，一若虎[10]，其谏我也似子，其道我也似父，是以叹也。”

仲尼见之而不言。子路曰：“吾子欲见温伯雪子人矣，见之而不言，何邪?”

仲尼曰：“若夫人者，目击而道存矣，亦不可以容声矣！”

颜渊问于仲尼曰：“夫子步亦步，夫子趋亦趋，夫子驰亦驰，夫子奔逸绝尘[11]，而回瞠若乎后矣！”

仲尼曰：“回，何谓邪?”

曰：“夫子步，亦步也；夫子言，亦言也；夫子趋，亦趋也；夫子辩，亦辩也；夫子驰，亦驰也；夫子言道，回亦言道也；及奔逸绝尘而回瞠若乎后者，夫子不言而信，不比而周，无器而民滔乎前[12]，而不知所以然而已矣。”

仲尼曰：“恶！可不察与！夫哀莫大于心死，而人死亦次之。日出东方而入于西极，万物莫不比方[13]，有首有趾者[14]，待是而后成功，是出则存，是入则亡。万物亦然，有待也而死，有待也而生。吾一受其成形，而不化以待尽，效物而动，日夜无隙，而不知其所终。薰然其成形[15]，知命不能规乎其前，丘以是日徂。吾终身与汝交一臂而失之[16]，可不哀与！女殆著乎吾所以著也。彼已尽矣，而女求之以为有，是求马于唐肆也。吾服女也甚忘，女服吾也亦甚忘。虽然，女奚患焉！虽忘乎故吾，吾有不忘者存[17]。”

孔子见老聃，老聃新沐，方将被发而干，慹然似非人[18]，孔子便而待之，少焉见，曰：“丘也眩与？其信然与？向者先生形体掘若槁木，似遗物离人而立于独也[19]。”

老聃曰；“吾游心于物之初。”

孔子曰；“何谓邪?”

曰：“心困焉而不能知，口辟焉而不能言。尝为汝议乎其将：至阴肃肃，至阳赫赫[20]；肃肃出乎天，赫赫发乎地；两者交通成和而物生焉，或为之纪而莫见其形。消息满虚，一晦一明，日改月化，日有所为，而莫见其功。生有所乎萌，死有所乎归[21]，始终相反乎无端，而莫知乎其所穷。非是也，且孰为之宗！”

孔子曰：“请问游是。”

老聘曰；“夫得是，至美至乐也，得至美而游乎至乐，谓之至人。”

孔子曰：“愿闻其方。”

曰：“草食之兽，不疾易薮[22]，水生之虫，不疾易水，行小变而不失其大常也，喜怒哀乐不入于胸次。夫天下也者，万物之所一也。得其所一而同焉，则四肢百体将为尘垢，而死生终死将为昼夜而莫之能滑，而况得丧祸福之所介乎！弃隶者若弃泥涂，知身贵于隶也，贵在于我而不失于变。且万化而未始有极也，夫孰足以患心！已为道者解乎此。”

孔子曰：“夫子德配天地，而犹假至言以修心，古之君子，孰能脱焉?”

老聃曰：“不然，夫水之于汋也[23]，无为而才自然矣。至人之于德也，不修而物不能离焉，若天之自高，地之自厚，日月之自明，夫何脩焉！”

孔子出，以告颜回曰：“丘之于道也，其犹醯鸡与[24]！微夫子之发吾覆也[25]，吾不知天地之大全也。”

庄子见鲁哀公。哀公曰：“鲁多儒士，少为先生方者[26]。”庄子曰：“鲁少儒。”哀公曰：“举鲁国而儒服[27]，何谓少乎？”庄子曰：“周闻之，儒者冠圜冠者，知天时[28]；履句屦者[29]，知地形；缓佩玦者[30]，事至而断。君子有其道者，未必为其服也；为其服者，未必知其道也。公固以为不然，何不号于国中曰：‘无此道而为此服者其罪死！’”于是哀公号之五日，而鲁国无敢儒服者，独有一丈夫儒服而立乎公门。公即召而问以国事，千转万变而不穷。庄子曰：“以鲁国而儒者一人耳，可谓多乎？”

百里奚爵禄不入于心[31]，故饭牛而牛肥，使秦穆公忘其贱，与之政也。有虞氏死生不入于心，故足以动人。

宋元君将画图，众史皆至，受揖而立；舐笔和墨[32]，在外者半。有一史后至者，儃儃然不趋[33]，受揖不立，因之舍。公使人视之，则解衣槃礴赢[34]。君曰：“可矣，是真画者也。”

文王观于臧[35]，见一丈人钓，而其钓莫钓。非持其钓有钓者也，常钓也。文王欲举而授之政，而恐大臣父兄之弗安也；欲终而释之，而不忍百姓之无天也。于是旦而属之大夫曰：“昔者寡人梦见良人，黑色而颊[36]，乘驳马而偏朱蹄[37]，号曰：‘寓而政于臧丈人，庶几乎民有瘳乎！’”诸大夫蹴然曰：“先君王也。”文王曰：“然则卜之。”诸大夫蹴然曰：“先君之命，王其无它，又何卜焉！”遂迎臧丈人而授之政。典法无出，偏令无出。三年，文王观于国，则列士坏植散群[38]，长官者不成德，则同务也，斔斛不敢入于四竟[39]，则诸侯无二心也。

文王于是焉以为大师，北面而问曰：“政可以及天下乎？”臧丈人昧然而不应，泛然而辞[40]，朝令而夜遁，终身无闻。

颜渊问于仲尼曰：“文王其犹未邪？又何以梦为乎？”

仲尼曰：“默，汝无言！夫文王尽之也，而又何论刺焉[41]！彼直以循斯须也[42]。”

列御寇为伯昏无人射，引之盈贯[43]，措杯水其肘上，发之，适矢复沓[44]，方矢复寓。当是时，犹象人也。

伯昏无人曰：“是射之射，非不射之不射也。尝与汝登高山，履危石，监百仞之渊，若能射乎？”

于是无人遂登高山，履危石，临百仞之渊，背逡巡[45]，足二分垂在外[46]，揖御寇而进之。御寇伏地，汗流至踵。

伯昏无人曰：“夫至人者，上窥青天，下潜黄泉，挥斥八极，神气不变。今汝怵然有恂目之志[47]，尔于中也殆矣夫！”

肩吾问于孙叔敖曰：“子三为令尹而不荣华，三去之而无忧色。吾始也疑子[48]，今视子之鼻间栩栩然，子之用心独奈何？”

孙叔敖曰：“吾何以过人哉！吾以其来不可却也，其去不可止也。吾以为得失之非我也，而无忧色而已矣。我何以过人哉！且不知其在彼乎，其在我乎？其在彼邪亡乎我；在我邪亡乎彼。方将踌躇，方将四顾，何暇至乎人贵人贱哉！”

仲尼闻之曰：“古之真人，知者不得说，美人不得滥[49]，盗人不得劫，伏羲、黄帝不得友。死生亦大矣，而无变乎己，况爵禄乎！若然者，其神经乎大山而无介，入乎渊泉而不濡，处卑细而不惫[50]，充满天地，既以与人，己愈有。

楚王与凡君坐[51]，少焉，楚王左右曰凡亡者三。凡君曰：“凡之亡也，不足以丧吾存[52]。夫

‘凡之亡不足以丧吾存’，则楚之存不足以存存。由是观之，则凡未始亡而楚未始存也。”

---

①田子方：姓田字子方，名无择。是魏国有德望的人。
②谿工：姓谿，名工，魏国的贤人。
③东郭顺子：居住在东郭，因此为氏，顺子是名。
④人貌而天：人的容貌而心契合自然。
⑤口钳：嘴巴象被钳住一样，表现出一种瞠目结舌的神态。
⑥土梗：泥做的偶象，比喻废物。
⑦温伯雪子：姓温，字雪子，年纪较老，故称温伯，楚国人。
⑧中国：古代对齐鲁等中原国家的称呼。
⑨振：起，启发。
⑩成规成矩：形容行礼时有一定的规则程式。若龙若虎：威武的样子。
⑪绝尘：形容跑得快。
⑫器：权位。滔：通蹈。句谓孔子虽不在位，但人们都投奔于他。
⑬比方：随着太阳的运转作为方向。
⑭有目有趾者：指动物。
⑮薰然：和顺的样子。
⑯交一臂：即一臂之交。失立：相离开。
⑰不忘者：指天道赋予我的精神。
⑱新沐：刚洗头。被发：把头发披散。慹（zhē，哲）：通蛰，蛰伏不动。
⑲遗物：遗弃万物。离人：脱离众人。
⑳至阴：指地下阴气，肃肃：清冷的样子。至阳：指天上阳气，赫赫：盛热的样子。
㉑所乎萌：萌芽的地方。所乎归：归返的地方。
㉒薮（sǒu，叟）：生长着很多草的湖泽。不疾易薮：不把变换吃草的湖泽看作为患。
㉓汋（zhuó，灼）：清彻的样子。比喻人的道德。
㉔醯（xī，希）鸡：蠛蠓，是一种比蚊还小的飞虫。
㉕发吾覆：对我启蒙。
㉖为：指信仰。方：道术。
㉗儒服：穿儒士的服装。
㉘圜：通圆。知天时：懂得气象之类。
㉙句：通矩，方。屦：拖板。
㉚缓：五色的条绳。佩玦（jué，决）：环状有缺口的佩玉。
㉛百里奚：姓孟，百里奚是字。
㉜舐（xhì，氏）：舔，舐笔：用口水润笔。和墨：调色。
㉝儃儃（tǎn，坦）：自由自在的样子。
㉞般礴（pán bó，盘膊）：盘腿而坐。臝（luǒ，裸）：同裸，光着身子。
㉟臧：地名，在渭水附近。丈夫：这里指姜太公。莫钓：不是在真心钓鱼。
㊱颟（rán，然）：亦写作髯，颊毛。
㊲驳马：杂色的马。偏朱蹄：马蹄的一边红色。
㊳列士：各种士。坏植散群：头头垮了，同伙散了。
㊴斞（yǔ，羽）：量器，六斛四斗为一斞。斛：也是一种量器，十斗为斛。
㊵尚同：统一于上。
㊶论刺：评议。
㊷斯须：顷刻间。
㊸贯：通弯。措：放。射箭时左肘能放水杯，表明十分镇定。
㊹适：目标。沓（tà，踢）：合。

㊺背逡巡：背着深渊后退移步。

㊻垂在外：垂在山石之外，意即脚跟着空。

㊼恂（xún，旬）且：瞬目，神色不定的样子。

㊽疑子：指怀疑孙叔敖不感到光彩或没有忧虑的表现。

㊾美人不得滥：说明寡欲。滥：淫。

㊿卑细：低贱。

(51)凡：国名。

(52)丧吾存：使我心里存在的凡国丧失掉。

知　北　游

知北游于玄水之上，登隐弅之丘①，而适遭无为谓焉②。知谓无为谓曰："予欲有问乎若，何思何虑则知道？何处何服则安道？何从何道则得道？"三问而无为谓不答也，非不答，不知答也。

知不得问，反于白水之南，登狐阕之上③，而睹狂屈焉。知以之言也问乎狂屈。狂屈曰："唉！予知之，将语若，中欲言而忘其所欲言。"

知不得问，反于帝宫，见黄帝而问焉。黄帝曰："无思无虑始知道，无处无服适安道，无从无道始得道。"

知问黄帝曰："我与若知之，彼与彼不知也，其孰是邪？"

黄帝曰："彼无为谓真是也，狂屈似之，我与汝终不近也。夫知者不言，言者不知，故圣人行不言之教。道不可至，德不可至。仁可为也④，义可亏也，礼相伪也⑤。故曰：'失道而后德，失德而后仁，失仁而后义，失义而后礼。礼者，道之华而乱之首也⑥。'故曰：'为道者日损，损之又损之以至于无为，无为而无不为也。'今已为物也，欲复归根，不亦难乎！其易也，其唯大人乎！生也死之徒，死也生之始，孰知其纪！人之生，气之聚也；聚则为生，散则为死。若死生为徒，吾又何患！故万物一也，是其所美者为神奇，其所恶者为臭腐；臭腐复化为神奇，神奇复化为臭腐⑦。故曰：'通天下一气耳圣人故贵一'。"

知谓黄帝曰："吾问无为谓，无为谓不应我，非不应我，不知应我也。吾问狂屈，狂屈中欲告我而不我告，非不我告，中欲告而忘之也。今予问乎若，若知之，奚故不近？"

黄帝曰："彼其真是也，以其不知也；此其似之也，以其忘之也；予与若终不近也，以其知之也。"

狂屈闻之，以黄帝为知言⑧。

天地有大美而不言⑨，四时有明法而不议⑩，万物有成理而不说。圣人者，原天地之美而达万物之理。是故至人无为，大圣不作，观于天地之谓也。

合彼神明至精，与彼百化⑪，物已死生方圆，莫知其根也。扁然而万物，自古以固存⑫。六合为巨，未离其内；秋豪为小，待之成体。天下莫不沉浮，终身不故；阴阳四时运行，各得其序。惛然若亡而存，油然不形而神⑬，万物畜而不知。此之谓本根，可以观于天矣！

啮缺问道乎被衣，被衣曰："若正汝形，一汝视，天和将至，摄汝知⑭，一汝度，神将来舍。德将为汝美，道将为汝居。汝瞳焉如新生之犊而无求其故⑮！"

言未卒，啮缺睡寐。被衣大说，行歌而去之，曰："形若槁骸⑯，心若死灰，真其实知，不以故自持。媒媒晦晦⑰，无心而不可与谋。彼何人哉！"

舜问乎丞曰⑱："道可得而有乎？"

曰："汝身非汝有也，汝何得有夫道？"

舜曰："吾身非吾有也，孰有之哉?"

曰："是天地之委形也；生非汝有，是天地之委和也；性命非汝有，是天地之委顺也；子孙非汝有，是天地之委蜕也[19]。故行不知所往，处不知所持，食不知所味。天地之强阳气也[20]，又胡可得而有邪!"

孔子问老聃曰："今日晏闲，敢问至道。"

老聃曰："汝齐戒，疏瀹而心[21]，澡雪而精神[22]，掊击而知！夫道，窅然难言哉[23]！将为汝言其崖略：夫昭昭生于冥冥，有伦生于无形[24]，精神生于道，形本生于精，而万物以形相生。故九窍者胎生，八窍者卵生。其来无迹，其往无崖，无门无房，四达之皇皇也。邀于此者，四肢强，思虑恂达[25]，耳目聪明。其用心不劳，其应物无方，天不得不高，地不得不广，日月不得不行，万物不得不昌，此其道与！且夫博之不必知，辩之不必慧，圣人以断之矣。若夫益之而不加益，损之而不加损者，圣人之所保也。渊渊乎其若海，巍巍乎其若山，终则复始也，运量万物而不匮。则君子之道，彼其外与！万物皆往资焉而不匮，此其道与！中国有人焉[26]，非阴非阳，处于天地之间，直且为人，将反于宗。自本观之，生者，喑醷物也[27]。虽有寿夭，相去几何？须臾之说也。奚足以为尧、桀之是非！果蓏有理，人伦虽难，所以相齿。圣人遭之而不违，过之而不守。调而应之，德也；偶而应之，道也；帝之所兴，王之所起也。人生天地之间，若白驹之过郤，忽然而已。注然勃然，莫不出焉，油然漻然，莫不入焉。已化而生，又化而死，生物哀之，人类悲之。解其天弢，堕其天袠[28]，纷乎宛乎，魂魄将往，乃身从之，乃大归乎！不形之形，形之不形，是人之所同知也，非将至之所务也，此众人之所同论也。彼至则不论，论则不至。明见无值，辩不若默。道不可闻，闻不若塞：此之谓大得。"

东郭子问于庄子曰："所谓道，恶乎在?"

庄子曰："无所不在。"

东郭子曰："期而后可[29]。"

庄子曰："在蝼蚁。"

曰；"何其下邪?"

曰：在稊稗[30]。"

曰："何其愈下邪?"

曰："在瓦甓[31]。"

曰："何其愈甚邪?"

曰："在屎溺。"

东郭子不应。庄子曰："夫子之问也，固不及质。正、获之问于监市履狶也[32]，每下愈况。汝唯莫必，无乎逃物。至道若是，大言亦然。周遍咸三者，异名同实，其指一也。尝相与游乎无何有之宫，同合而论，无所终穷乎！尝相与无为乎！澹而静乎！漠而清乎！调而闲乎！寥已吾志，无往焉而不知其所至，去而来而不知其所止，吾已往来焉而不知其所终；彷徨乎冯闳[33]，大知入焉而不知其所穷。物物者与物无际，而物有际者，所谓物际者也；不际之际[34]，际之不际者也[35]。谓盈虚衰杀，彼为盈虚非盈虚，彼为衰杀非衰杀，彼为本末非本末，彼为积散非积散也。"

婀荷甘与神农同学于老龙吉[36]。神农隐几阖户昼瞑，婀荷甘日中奓户而入曰[37]："老龙死矣!"神农拥杖而起，曝然放杖而笑[38]，曰："天知予僻陋慢訑[39]，故弃予而死。已矣！夫子无所发予之狂言而死矣夫!"

弇堈吊闻之曰[40]："夫体道者，天下之君子所系焉。今于道，秋豪之端万分未得处一焉，而犹知藏其狂言而死，又况夫体道者乎！视之无形，听之无声，于人之论者，谓之冥冥，所以论道，而非道也。”

于是泰清问乎无穷曰[41]：“子知道乎？”

无穷曰：“吾不知。”

又问乎无为，无为曰：“吾知道。”

曰：“子之知道，亦有数乎？”

曰：“有。”

曰：“其数若何？”

无为曰：“吾知道之可以贵，可以贱，可以约，可以散，此吾所以知道之数也。”

泰清以之言也问乎无始曰：“若是，则无穷之弗知与无为之知，孰是而孰非乎？”

无始曰：“不知深矣，知浅矣；弗知内矣，知之外矣。”

于是泰清中而叹曰：“弗知乃知乎！知乃不知乎！孰知不知之知？”

无始曰：“道不可闻，闻而非也；道不可见，见而非也；道不可言，言而非也。知形形之不形乎！道不当名[42]。”

无始曰：“有问道而应之者，不知道也。虽问道者，亦未闻道。道无问，问无应。无问问之，是问穷也[43]；无应应之，是无内也。以无内待问穷，若是者，外不观乎宇宙，内不知乎大初，是以不过乎昆仑，不游乎太虚。”

光曜问乎无有曰[44]：“夫子有乎？其无有乎？”

光曜不得问，而孰视[45]其状貌，窅然空然，终日视之而不见，听之而不闻，搏之而不得也。

光曜曰：“至矣！其孰能至此乎！予能有无矣，而未能无无也；及为无有矣，何从至此哉！”

大马之捶钩者[46]，年八十矣，而不失豪芒。大马曰：“子巧与？有道与？”

曰；“臣有守也。臣不年二十而好捶钩，于物无视也，非钩无察也。是用之者，假不用者也以长得其用，而况乎无不用者乎！物孰不资焉！”

冉求[47]问于仲尼曰：“未有天地可知邪？”

仲尼曰：“可。古犹今也。”

冉求失问而退，明日复见，曰：“昔者吾问‘未有天地可知乎？’夫子曰：‘可。古犹今也。’昔日吾昭然，今日吾昧然，敢问何谓也？”

仲尼曰：“昔之昭然也，神者先受之[48]；今之昧然也，且又为不神者求邪！无古无今，无始无终。未有子孙而有子孙，可乎？”

冉求未对。仲尼曰：“已矣，未应矣！不以生生死，不以死死生。死生有待邪？皆有所一体。有先天地生者物邪？物物者非物[49]。物出不得先物也，犹其有物也。犹其有物也，无已。圣人之爱人也终无已者，亦乃取于是者也。”

颜渊问乎仲尼曰：“回尝闻诸夫子曰：‘无有所将，无有所迎。’回敢问其游[50]。”

仲尼曰：“古之人外化而内不化[51]，今之人内化而外不化。与物化者，一不化者也。安化安不化？安与之相靡？必与之莫多[52]。狶韦氏之囿，黄帝之圃，有虞氏之宫，汤武之室，君子之人，若儒墨者师，故以是非相整也，而况今之人乎！圣人处物不伤物。不伤物者，物亦不能伤也。唯无所伤者，为能与人相将迎。山林与，皋壤[53]与，使我欣欣然而乐与！乐未毕也，哀又继之。哀乐之来，吾不能御，其去弗能止。悲夫，世人直为物逆旅耳！夫知遇而不知所不遇，能能而不能所不能。无知无能者，固人之所不免也。夫务免乎人之所不免者，岂不亦悲哉！至言去言，至为去为。齐知之所知，则浅矣。”

①知（zhì，智）：假设人名。玄水：假设水名。隐弅（fén，焚）：假设地名。

②无为谓：假设人名。

③狐阕（què，却）：假设山名。狂屈：假设人名。

④仁可为：仁是人可以做到的。

⑤礼相伪：礼有一定的形式来表现，故是虚伪相欺的。

⑥华：通花，装饰。

⑦臭腐二句：两者随人的好恶而互相转化循环不止。

⑧知言：懂得天道的理论。

⑨大美：许多的好处，功德。

⑩明法：分明的规律。

⑪百化：千变万化。

⑫扁（piān，篇）：通翩，扁然：轻快的样子。

⑬油然：不见迹象的样子。

⑭摄：收敛。神：神明。

⑮瞳（tóng，童）：无知的样子。

⑯槁骸（hái，孩）：枯骨。形容静寂非常。

⑰媒媒晦晦：懵懵懂懂的样子。媒通昧。

⑱丞：官名。

⑲子孙句：生长子孙是由于天地赋予你蜕变、遗传的生机的结果。

⑳强阴：运动。气：作用。

㉑瀹（yuè，跃）：疏通。

㉒澡雪：洗净。

㉓窅（yǎo，咬）然：深远的样子。

㉔伦：纹理。有伦：有纹理结构，即有形。

㉕恂（xún，旬）：畅通。

㉖中国：国中。

㉗喑（yīn，音）醷（yì，亿）：大呼也。句谓：从根本看来，人的出生只不过如呼出的气一样，只是瞬息间的东西。

㉘弢（tāo，滔）：通韬，弓衣。袠（zhì，至）：剑袋。弢和袠在这里都是取其束缚，包裹的含义。

㉙期：证实。东郭子要求庄子举出例子来证实道无所不在。

㉚稊、稗：相似的两种杂草。

㉛甓（pì，璧）：砖。

㉜监市：市魁，监管市场的人。狶（xī，希）：大猪。

㉝冯闳：寥阔的空间。

㉞不际之际：没有界限的界限。

㉟际之不际：界限中的没有界限。

㊱婀（ē，痾）荷甘、神农都是老龙吉的学生。三个都是作者虚设人物。

㊲奓（shē，奢）：开。

㊳嚗（bó，勃）：手杖跌在地上的声音。

㊴慢訑（dàn，但）：通漫诞、荒唐之意。

㊵弇（yǎn，掩）堈（gāng，刚）吊：假设人物

㊶泰清、无穷和下文的无为都是虚设人物。

㊷道不句：道是无形的、不该安它一个名称。

㊸穷：空。

㊹光曜、无有：都是虚设人物，以义定名。

㊺孰：同熟。

㊻大马：官名，楚国的大司马，他有个工人是捶钩的。捶：锻打。钩：一种兵器。

㊼冉求：孔子弟子，姓冉名求。

㊽神者先受之：心神已有默契。

㊾物物者非物：化生万物的（道）不是物象。

㊿游：精神活动；其游：指精神进入不将不迎的境界。

(51)内化：内心游移，意马心猿。

(52)莫多：不增益，不会太过。

(53)皋壤：原野。

杂　篇

庚　桑　楚

老聃之役有庚桑楚者①，偏得老聃之道，以北居畏垒之山②。其臣之画然知者去之③，其妾之挈然仁者远之④。拥肿之与居，鞅掌之为使⑤。居三年，畏垒大穰⑥。畏垒之民相与言曰："庚桑子之始来，吾洒然异之。今吾日计之而不足，岁计之而有余。庶几其圣人乎！子胡不相与尸而祝之⑦，社而稷之乎？"

庚桑子闻之南面而不释然。弟子异之。庚桑子曰："弟子何异于予？夫春气发而百草生，正得秋而万宝成。夫春与秋，岂无得而然哉？天道已行矣！吾闻至人，尸居环堵之室，而百姓猖狂、不知所如往。今以畏垒之细民，而窃窃焉欲俎豆予于贤人之间⑧，我其杓之人邪⑨？吾是以不释于老聃之言。"

弟子曰："不然。夫寻常之沟，巨鱼无所还其体，而鲵鳝为之制；步仞之丘，巨兽无所隐其躯，而蘖狐为之祥⑩。且夫尊贤授能，先善与利，自古尧舜以然，而况畏垒之民乎！夫子亦听矣！"

庚桑子曰："小子来！夫函车之兽，介而离山，则不免于网罟之患；吞舟之鱼，砀而失水，则蝼蚁能苦之。故鸟兽不厌高，鱼鳖不厌深。夫全其形生之人，藏其身也，不厌深眇而已矣。且夫二子者，又何足以称扬哉！是其于辩也，将妄凿垣墙而殖蓬蒿也。简发而栉，数米而炊，窃窃乎又何足以济世哉！举贤则民相轧，任知则民相盗。之数物者，不足以厚民。民之于利甚勤，子有杀父，臣有杀君；正昼为盗，日中穴阫⑪。吾语女：大乱之本，必生于尧舜之间，其末存乎千世之后。千世之后。其必有人与人相食者也！"

南荣趎⑫蹴然正坐曰："若趎之年者已长矣，将恶乎托业以及此言邪？"

庚桑子曰："全汝形，抱汝生⑬，无使汝思虑营营。若此三年，则可以及此言矣！"

南荣趎曰："目之与形，吾不知其异也，而盲者不能自见；耳之与形，吾不知其异也，而聋者不能自闻；心之与形，吾不知其异也，而狂者不能自得。形之与形亦辟矣，而物或间之邪，欲相求而不能相得？今谓趎曰：'全汝形，抱汝生，勿使汝思虑营营。'趎勉闻道耳矣！"

庚桑子曰："辞尽矣。奔蜂不能化藿蠋⑭，越鸡不能伏鹄卵，鲁鸡固能矣！鸡之与鸡，其德非不同也，有能与不能者，其才固有巨小也。今吾才小，不是以化子。子胡不南见老子！"

南荣趎赢粮，七日七夜至老子之所。

老子曰："子自楚之所来乎？"南荣趎曰："唯。"

老子曰：“子何与人偕来之众也？”南荣趎惧然顾其后。

老子曰：“子不知吾所谓乎？”

南荣趎俯而惭，仰而叹曰：“今者吾忘吾答，因失吾问。”

老子曰：“何谓也？”

南荣趎曰：“不知乎？人谓我朱愚[15]。知乎？反愁我躯。不仁则害人，仁则反愁我身；不义则伤彼，义则反愁我已。我安逃此而可？此三言者，趎之所患也，所因楚而问之。”

老子曰：“向吾见若眉睫之间，吾因以得汝矣，今汝又言而信之。若规规然若丧父母，揭竿而求诸海也。女亡人哉，惘惘乎[16]！汝欲反汝情性而无由人，可怜哉！”

南荣趎请入就舍，召其所好，去知所恶，十日自愁，复见老子。

老子曰：“汝自洒濯[17]，孰哉郁郁乎！然而其中津津乎犹有恶也。夫外韄者不可繁而捉，将内揵；内韄者不可缪而捉，将外揵[18]；外内韄者，道德不能持，而况放道而行者乎！”

南荣趎曰：“里人有病，里人问之，病者能言其病，然其病病者，犹未病也。若趎之闻大道，譬犹饮药以加病也，趎愿闻卫生之经而已矣[19]。”

老子曰：“卫生之经，能抱一乎？能勿失乎？能无卜筮而知吉凶乎？能止乎？能已乎？能舍诸人而求诸已乎？能翛然乎[20]？能侗然乎[21]？能儿子乎？儿子终日嗥而嗌不嗄，和之至也；终日握而手不掜[22]，共其德也；终日视而目不瞚[23]，偏不在外也。行不知所之，居不知所为，与物委蛇，而同其波。是卫生之经已。”

南荣趎曰：“然则是至人之德已乎？”

曰：“非也。是乃所谓冰解冻释者，能乎？夫至人者，相与交食乎地而交乐乎天，不以人物利害撄，不相与为怪，不相与为谋，不相与为事，翛然而往，侗然而来。是谓卫生之经已。”

曰：“然则是至乎？”

曰：“未也。吾固告汝曰：‘能儿子乎？’儿子动不知所为，行不知所之，身若槁木之枝而心若死灰。若是者，祸亦不至，福亦不来。祸福无有，恶有人灾也！”

宇泰定者，发乎天光[24]。发乎天光者，人见其人，物见其物。人有修者，乃今有恒[25]；有恒者，人舍之，天助之。人之所舍，谓之天民；天之所助，谓之天子。

学者，学其所不能学也？行者，行其所不能行也？辩者，辩其所不能辩也？知止乎其所不能知，至矣！若有不即是者，天钧败之。

备物以将形[26]，藏不虞以生心[27]，敬中以达彼，若是而万恶至者，皆天也，而非人也，不足以滑成，不可内于灵台。灵台者有持，而不知其所持，而不可持者也。

不见其诚已而发，每发而不当，业人而不舍[28]，每更为失。为不善乎显明之中者，人得而诛之；为不善乎幽闲之中者[29]，鬼得而诛之。明乎人，志乎鬼者，然后能独行。

券内者，行乎无名；券外者，运乎期费。行乎无名者，唯庸有光[30]；志乎期费者，唯贾人也，人见其跂，犹之魁然。与物穷者，物入焉；与物且者，其身之不能容，焉能容人！不能容人者无亲，无亲者尽人。兵莫憯于志，镆铘为下[31]；寇莫大于阴阳，无所逃于天地之间。非阴阳贼之，心则使之也。

道通其分也，其成也毁也。所恶乎分者，其分也以备；所以恶乎备者，其有以备。故出而不反，见其鬼[32]；出而得，是谓得死。灭而有实，鬼之一也。以有形者象无形者而定矣！

出无本，入无窍[33]。有实而无乎处，有长而无乎本剽[34]，有所出而无窍者有实。有实而无乎处处者，宇也；有长而无本剽者，宙也。有乎生，有乎死，有乎出，有乎入，入出而无见其形，是谓天门。天门者，无有也，万物出乎无有。有不能以有为有，必出乎无有，而无有一无有。圣人藏乎是[35]。

古之人，其知有所至矣。恶乎至？有以为未始有物者，至矣，尽矣，弗可以加矣。其次以为有物矣，将以生为丧也，以死为反也，是以分已。其次曰始无有，既而有生，生俄而死；以无有为首，以生为体，以死为尻；孰知有无死生之一守者，吾与之为友。是三者虽异，公族也[36]。昭景[37]也，著戴[38]也，甲氏[39]也，著封也，非一也。

有生，黬也[40]，披然曰移是。尝言移是，非所言也。虽然，不可知者也。腊者之有膍胲[41]，可散而不可散也；观室者周于寝庙，又适其偃溲焉[42]，为是举移是。

请常言移是。是以生为本，以知为师，因以乘是非；果有名实，因以己为质，使人以为己节，因以死偿节。若然者，以用为知，以不用为愚，以彻为名，以穷为辱。移是，今之人也，是蜩与学鸠同于同也。

碾市人之足，则辞以放骜[43]，兄则以妪[44]，大亲则已矣。故曰：至礼有不人，至义不物，至知不谋，至仁无亲，至信辟金。彻志之勃，解心之谬[45]，去德之累，达道之塞。贵富显严名利六者，勃志也；容动色理气意六者，谬心也；恶欲喜怒哀乐六者，累德也；去就取与知能六者，塞道也。此四六者不荡胸中则正，正则静，静则明，明则虚，虚则无为而无不为也。道者，德之钦也；生者，德之光也；性者，生之质地。性之动，谓之为；为之伪，谓之失。知者，接也；知者，谟也；知者之所不知，犹睨也[46]。动以不得已之谓德，动而非我之谓治，名相反而实相顺也。

羿工乎中微而拙乎使人无己誉[47]。圣人工乎天而拙乎人。夫工乎天而俍乎人者[48]，唯全人能之。唯虫能虫。唯虫能天。全人恶天？恶人之天？而况吾天乎人乎！

一雀适羿，羿必得之[49]，威也；以天下为之笼，则雀无所逃。是故汤以胞人笼伊尹，秦穆公以五羊之皮笼百里奚[50]。是故非以其所好笼之而可得者，无有也。

介者拸画，外非誉也；胥靡登高而不惧，遗死生也。夫复谵不馈而忘人[51]，忘人，因以为天人矣。故敬之而不喜，侮之而不怒者，唯同乎天和者为然。出怒不怒，则怒出于不怒矣；出为无为，则为出于无为矣。欲静则平气，欲神则顺心，有为也欲当，则缘于不得已，不得已之类，圣人之道。

---

①役：学徒弟子。

②畏垒，山名，在鲁国，疑为庄子假设之山。

③画（huò，获）然：明察的样子。

④挈（qì，弃）：通契，本指讲信用的契约，引伸为自信。

⑤鞅掌：劳苦奔走之人，此指为庚桑楚习劳役者。

⑥壤：通穰，丰收。

⑦尸居：象尸主（神主牌）一样静寂而居，表示无为。

⑧俎（zǔ，祖）、豆：都是祭祀时放祭品的器具，引申为奉祀。

⑨杓（biāo，标）：榜样。

⑩孽（niè，聂）：妖孽。孽狐：妖孽的狐狸。

⑪阫（péi，培）：墙。穴阫：把墙挖穿。

⑫南荣趎（chú，除）：姓南荣，名趎。是庚桑子的学生。

⑬全汝形：保养好你的身体。抱汝生：保住你的天性。

⑭奔蜂：细腰小虫。藿：豆。蠋（zhú，烛）：又叫毛虫，形似蚕而大如指。生在豆中的即叫藿蠋。

⑮朱愚：即愚钝。楚人谓刀钝为铢。

⑯惘惘：不得意的神情。无由路：无路可进。

⑰洒濯（zhuó，浊）：洗涤，指清除掉那些不合乎天道的东西。

⑱韄（hù，护）：系缚，束缚。外韄：被外物所牵累。揵（jiàn，键）：闭。内韄：被心事所缠缚。

⑲卫生：养生。经：原则，方法。

⑳翛（xiāo，萧）然：无所牵挂的样子。

㉑侗（dòng，洞）然：心怀开朗的样子。

㉒捏（niè，捏）：拳曲。

㉓瞚（shùn，舜）：通瞬，眼睛转动。

㉔泰定：大定，非常宁静。天光：天的光芒。

㉕恒：常，亦即恢复本性。

㉖备物以将形：得万物以滋养自己的形体。

㉗藏：指心里所藏。虞：思虑。

㉘业入而不舍：业：事。外事扰入于心而不去。

㉙幽闲之中：在阴暗的地方。

㉚唯庸有光：平常而有光辉。

㉛兵莫憯于志，镆铘为下：兵器没有比心意更锐利的，莫邪利剑还在其次。

㉜出而不反，见其鬼：心神外驰，死期近。

㉝出无本，入无窍：谓生来没有踪迹，消逝不见藏所。

㉞本剽：本末，始终。

㉟藏乎是：指藏心于道。

㊱公族：形容同一宗源。

㊲昭景：楚王族姓氏。

㊳著戴：以有职任而著。

㊴甲氏：楚王族姓氏。

㊵黬（àn，暗）：形容幽暗，喻气之凝聚。

㊶腊者之有膍（pí，疲）胲（gāi，该）：腊者：大祭。膍：牛百叶。胲：牛蹄。

㊷偃溲：即厕所。

㊸蹍（niǎn，捻）：踩。市人：市场上的人。放鹜（ào，傲）：放纵妄动。

㊹妪（yù，育）：表示怜爱的声音。

㊺勃：乱。谬：通缪，束缚。

㊻犹睨也：如目斜视一方。

㊼羿工：羿：神射手。工：巧。

㊽俍（liáng，良）：善。俍于人：指能顺应人的天性，无为而治。

㊾适：过。指经过羿所在的地方，羿善射，故必得之。

㊿胞：通庖，厨工。伊尹善作厨工。百里奚：春秋时虞人，传说他特别喜爱五色羊皮做的皮衣。

(51)謵（xí，习）：通慴，惧怕。馈（kuì，愧）：通愧，负疚。

徐无鬼

徐无鬼因女商见魏武侯①，武侯劳之曰："先生病矣！苦于山林之劳，故乃肯见于寡人。"

徐无鬼曰："我则劳于君，君有何劳于我！君将盈耆欲，长好恶，则性命之情病矣；君将黜耆欲②，掔好恶③，则耳目病矣。我将劳君，君有何劳于我！"武侯超然不对。

少焉，徐无鬼曰："尝语君，吾相狗也④：下之质执饱而止，是狸德也；中之质若视日；上之质若亡其一。吾相狗又不若吾相马也。吾相马，直者中绳，曲者中钩，方者中矩，圆者中规⑤，是国马也，而未若天下马也。天下马有成材，若卹若失，若丧其一，若是者，超轶绝尘，不知其所。”武侯大悦而笑。

徐无鬼出，女商曰：“先生独何以说吾君乎？吾所以说吾君者，横说之则以《诗》《书》《礼》《乐》，从说之，则以《金板》《六弢》，奉事而大有功者不可为数，而吾君未尝启齿。今先生何以说吾君，使吾君说若此乎？”

徐无鬼曰：“吾直告之吾相狗马耳。”

女商曰：“若是乎？”

曰：“子不闻夫越之流人乎？去国数日，见其所知而喜；去国旬月，见所尝见于国中者喜；及期年也，见似人者而喜矣；不亦去人滋久，思人滋深乎！夫逃虚空者，藜藋柱乎鼪鼬之径[6]，踉位其空，闻人足音跫然而喜矣，又况乎昆弟亲戚之謦欬其侧者乎[7]！久矣夫，莫以真人之言，謦欬吾君之侧乎！”

徐无鬼见武侯，武侯曰：“先生居山林，食芧栗[8]，厌葱韭[9]，以宾寡人，久矣夫！今老邪？其欲干酒肉之味邪[10]？其寡人亦有社稷之福邪？”

徐无鬼曰：“无鬼生于贫贱，未尝敢饮食君之酒肉，将来劳君也。”

君曰：“何哉，奚劳寡人？”

曰：“劳君之神与形。”

武侯曰：“何谓邪？”

徐无鬼曰：“天地之养也一，登高不可以为长，居下不可以为短[11]。君独为万乘之主，以苦一国之民，以养耳目鼻口，夫神者不自许也。夫神者，好和而恶奸；夫奸，病也，故劳之。唯君所病之何也？”

武侯曰：“欲见先生久矣！吾欲爱民而为义偃兵，其可乎？”

徐无鬼曰：“不可。爱民，害民之始也；为义偃兵，造兵之本也；君自此为之，则殆不成。凡成美，恶器也；君虽为仁义，几且伪哉！形固造形，成固有伐，变固外战。君亦必无盛鹤列于丽谯之间[12]，无徒骥于锱坛之宫[13]，无藏逆于得，无以巧胜人，无以谋胜人，无以战胜人。夫杀人之士民，兼人之土地，以养吾私与吾神者，其战不知孰善？胜之恶乎在？君若勿已矣，修胸中之诚以应天地之情而勿撄。夫民死已脱矣，群将恶乎用夫偃兵哉！”

黄帝将见大隗乎具茨之山[14]，方明为御，昌寓骖乘，张若、谐朋前马，昆阍、滑稽后车[15]，至于襄城之野，七圣皆迷，无所问涂。

适遇牧马童子，问途焉，曰：“若知具茨之山乎？”曰：“然。”“若知大隗之所存乎？”曰：“然。”

黄帝曰：“异哉小童！非徒知具茨之山，又知大隗之所存。请问为天下。”

小童曰：“夫为天下者，亦若此而已矣，又奚事焉！予少而自游于六合之内[16]，予适有瞀病[17]，有长者教予曰：‘若乘日之车而游于襄城之野[18]。’今予病少愈，予又且复游于六合之外[19]。夫为天下亦若此而已。予又奚事焉！”黄帝曰：“夫为天下者，则诚非吾子之事。虽然，请问为天下。”小童辞。

黄帝又问。小童曰：“夫为天下者，亦奚以异乎牧马者哉！亦去其害马者而已矣！”

黄帝再拜稽首，称天师而退。

知士无思虑之变则不乐[20]，辩士无谈说之序则不乐[21]，察士无凌谇之事则不乐[22]，皆囿于物者也[23]。

招世之士兴朝，中民之士荣官，筋力之士矜难[24]，勇敢之士奋患，兵革之士乐战，枯槁之士宿名，法律之士广治，礼教之师敬容，仁义之士贵际。农夫无草莱之事则不比，商贾无市井之事则不比。庶人有旦暮之业则劝，百工有器械之巧则壮。钱财不积则贪者忧，权势不尤则夸者悲。势物之徒乐变[25]，遭时有所用，不能无为也。此皆顺比于岁[26]，不易于物者也。驰其形性，潜之万物，终身不反，悲夫！

庄子曰："射者非前期而中，谓之善射，天下皆羿也，可乎？"

惠子曰："可。"

庄子曰："天下非有公是也[27]，而各是其所是，天下皆尧也，可乎？"

惠子曰："可。"

庄子曰："然则儒墨杨秉四，与夫子为五，果孰是邪？或者若鲁遽者也[28]？其弟子曰：'我得夫子之道矣！吾能冬爨鼎而夏造冰矣[29]！'鲁遽曰：'是直以阳召阳，以阴召阴，非吾所谓道也。吾示子乎吾道。'于是为之调瑟，废一于堂，废一于室，鼓宫宫动，鼓角角动，音律同矣！夫或改调一弦，于五音无常也，鼓之，二十五弦皆动，未始异于声，而音之君已！且若是者邪！"

惠子曰："今儒墨杨秉，且方与我以辨，相拂以辞，相镇以声，而未始吾非也，则奚若矣？"

庄子曰："齐人蹢子于宋者，其命阍也不以完[30]，共求钘钟也以束缚[31]，其求唐子也而未始出域，有遗类矣！夫楚人寄而谪阍者；夜半于无人之时而与舟人斗，未始离于岑而足以造于怨也[32]。"

庄子送葬，过惠子之墓，顾谓从者曰："郢人垩漫其鼻端若蝇翼[33]，使匠石斫之。匠石运斤成风[34]，听而斫之，尽垩而鼻不伤，郢人立不失容。宋元君闻之，召匠石曰：'尝试为寡人为之。'匠石曰：'臣则尝能斫之。虽然，臣之质死久矣[35]。'自夫子之死也，吾无以为质矣，吾无与言之矣！"

管仲有病，桓公问之曰："仲父之病病矣[36]，可不讳云，至于大病，则寡人恶乎属国而可[37]？"

管仲曰："公欲谁与？"

公曰："鲍叔牙。"

曰："不可。其为人洁廉，善士也；其于不已若者不比之；又一闻人之过，终身不忘。使之治国，上且钩乎君[38]，下且逆乎民。其得罪于君也，将弗久矣。"

公曰："然则孰可？"

对曰："勿已，则隰朋可[39]。其为人也，上忘而下不畔，愧不若黄帝而哀不己若者。以德分人谓之圣，以财分人谓之贤。以贤临人[40]，未有得人者也；以贤下人[41]，未有不得人者也。其于国有不闻也，其于家有不见也。勿已，则隰朋可。"

吴王浮于江，登乎狙之山。众狙见之，恂然[42]弃而走，逃于深蓁[43]。有一狙焉，委蛇攫搔[44]，见巧乎王。王射之，敏给搏捷矢。王命相者趋射之，狙执死。王谓其友颜不疑曰："之狙也，伐其巧，恃其便以敖予。以至此殛也[45]！戒之哉！嗟乎，无以汝色骄人哉！"颜不疑归而师董梧以锄其色，去乐辞显，三年而国人称之。

南伯子綦隐几而坐，仰天而嘘。颜成子入见曰："夫子，物之尤也。形固可使若槁骸，心固可使若死灰乎？"

曰："吾尝居山穴之中矣。当是时也，田禾一睹我而齐国之众三贺之[46]。我必先之，彼故知之；我必卖之，彼故鬻之[47]。若而不有之，彼恶得而知之？若我而不卖之，彼恶得而鬻之？嗟乎！我悲人之自丧者[48]，吾又悲夫悲人者，吾又悲夫悲人之悲者，其后而日远矣！"

仲尼之楚，楚王觞之[49]。孙叔敖执爵而立。市南宜僚受酒而祭曰："古之人乎！于此言已。"

曰："丘也闻不言之言矣，未之尝言，于此乎言之：市南宜僚弄丸而两家之难解[50]，孙叔敖甘寝秉羽而郢人投兵[51]。丘愿有喙三尺！"

彼之谓不道之道，此之谓不言之辩，故德总乎道之所一。而言休乎知之所不知，至矣。

道之所一者，德不能同也；知之所不能知者，辩不能举也；名若儒墨而凶矣。故海不辞东流，大之至也；圣人并包天地，泽及天下，而不知其谁氏。是故生无爵，死无谥[52]，实不聚，名不立，此之谓大人。狗不以善吠为良，人不以善言为贤，而况为大乎！夫为大不足以为大，而况为德乎！夫大莫若天地，然奚求焉而大备矣。知大备者，无求，无失，无弃，不以物易己也。反己而不穷，循古而不摩，大人之诚！

子綦有八子，陈诸前，召九方堙[53]曰："为我相吾子，孰为祥？"

九方堙曰："梱[54]也为祥。"

子綦瞿然喜曰："奚若？"曰："梱也，将与国君同食以终其身。"

子綦索然出涕曰[55]："吾子何为以至于是极也？"

九方堙曰："夫与国君同食，泽及三族，而况父母乎！今夫子闻之而泣，是御福也。子则祥矣，父则不祥。"

子綦曰："堙，汝何足以识之，而梱祥邪？尽于酒肉入于鼻口矣，而何足以知其所自来？吾未尝为牧而牂生于奥，未尝好田而鹑生于宎[56]，若勿怪，何邪？吾所与吾子游者，游于天地。吾与之邀乐于天，吾与之邀食于地；吾不与之为事，不与之为谋，不与之为怪，吾与之乘天地之诚而不以物与之相撄，吾与之一委蛇而不与之为事所宜。今也然有世俗之偿焉？凡有怪征者[57]，必有怪行，殆乎，非我与吾子之罪，几天与之也！吾是以泣也。"

无几何而使梱之于燕，盗得之于道，全而鬻之则难，不若刖之则易，于是乎刖而鬻之于齐[58]，适当渠公之街[59]，然身食肉而终。

啮缺遇许由曰："子将奚之？"

曰："将逃尧[60]。"

曰："奚谓邪？"

曰："夫尧畜畜然仁[61]，吾恐其为天下笑。后世其人与人相食与！夫民，不难聚也，爱之则亲，利之则至，誉之则劝，致其所恶则散。爱利出乎仁义，捐仁义者寡，利仁义者众。夫仁义之行，唯且无诚，且假夫禽贪者器[62]。是以一人之断制利天下，譬之犹一覕也[63]。夫尧知贤人之利天下也，而不知其贼天下也，夫唯外乎贤者知之矣！"

有暖姝者，有濡需者，有卷娄者[64]。

所谓暖姝者，学一先生之言，则暖暖姝姝而私自说也，自以为足矣，而未知未始有物也。是以谓暖姝者也。

濡需者，豕虱是也[65]，择疏鬣长毛自以为广宫大囿[66]，奎蹏曲限[67]，乳间股脚，自以为安室利处，不知屠者之一旦鼓臂布草操烟火，而己与豕俱焦也。此以域进，此以域退，此其所谓濡需者也。

卷娄者，舜也。羊肉不慕蚁，蚁慕羊肉，羊肉膻也。舜有膻行[68]，百姓悦之，故三徙成都，至邓之虚而十有万家。尧闻舜之贤，举之童土之地，日冀得其来之泽。舜举乎童土之地，年齿长矣，聪明衰矣，而不得休归，所谓卷娄者也。

是以神人恶众至，众至则不比，不比则不利也。故无所甚亲，无所甚疏，抱德炀和以顺天下[69]，此谓真人。于蚁弃知，于鱼得计，于羊弃意。

以目视目，以耳听耳，以心复心。若然者，其平也绳，其变也循。古之真人！以天待人，不以人入天。古之真人！得之也生，失之也死；得之也死，失之也生。

药也，其实堇也[70]，桔梗也，鸡痈也，豕零也[71]，是时为帝者也，何可胜言！

勾践也以甲楯三千栖于会稽。唯种也能知亡之所以存，唯种也不知其身之所以愁。故曰，鸱目有所适，鹤胫有所节[72]，解之也悲。

故曰，风之过河也有损焉，日之过河也有损焉。请只风与日相与守河[73]，而河以为未始其撄也，恃源而往者也。故水之守土也审，影之守人也审[74]，物之守物也审。

故目之于明也殆，耳之于聪也殆，心之于殉也殆。凡能其于府也殆，殆之成也不给改。祸之长也兹萃[75]，其反也缘功，其果也待久。而人以为己宝，不亦悲乎！故有亡国戮民无已，不知问是也。

故足之于地也践，虽践，恃其所不蹍而后善博也；人之于知也少，虽少，恃其所不知而后之天之所谓也。知大一[76]，知大阴，知大目，知大均[77]，知大方[78]，知大信[79]，知大定，至矣！大一通之，大阴解之，大目视之，大均缘之，大方体之，大信稽之，大定持之。

尽有天，循有照，冥有枢，始有彼。则其解之也似不解之者，其知之也似不知之也，不知而后知之。其问之也，不可以有崖，而不可以无崖。颉滑有实[80]，古今不代，而不可以亏，则可不谓有大扬榷乎[81]！阖不亦问是已，奚惑然为！以不惑解惑，复于不惑，是尚大不惑。

---

①徐无鬼：姓徐，字无鬼，缗山人，隐士。女商：姓女名商，魏武侯的宠臣。

②黜（chù，绌）：减损，抑制。

③掔（qiān，牵）：通牵。引申为引去，排除。

④语（yù，遇）：告诉。相（xiàng，向）：察看。

⑤直者四句：说明马跑起来能直、能曲、能方、能圆，听从驾驭。中：符合。

⑥藜藋（lí diào，离掉）：灰菜，是野菜的一种。鼪鼬（shēng yòu，生右）：鼠的一种。

⑦謦欬（qīng kài，清忾）：本指咳嗽，引申为言说。

⑧芧（xù，序）栗：橡子。

⑨厌：饱食。

⑩干：求。酒肉之味：指代官位。

⑪登高不可以为长，居下不可以为短：无贵贱之喻。

⑫鹤列于丽谯：鹤列：陈兵。如鹤飞高空呈V字型。丽谯：高楼。楼观名。

⑬徒骥：步骑。骥：骑兵。锱坛：官名。

⑭大隗（tài wěi，太伟）：亦作泰隗，古时的至人形象，具茨（zì，资）：山名。

⑮方明、昌寓、张若、谞朋、昆阍都是人名。

⑯六合之内：世间。

⑰瞀（mào，茂）：眼花。瞀病：头目晕眩的病症。

⑱乘日之车：比喻顺随着时光的流逝。

⑲六合之外：世外。

⑳思虑之变：指考虑问题灵活，多方设法。

㉑谈说之序：指论说的逻辑性。

㉒察士：以明察见长的人。凌谇（suì，碎）：凌辱责骂。

㉓皆囿于物者也：指上述几种人都是被名利之类的东西所局限、束缚。

㉔矜（jīn，斤）：自夸。矜难：以能解难而自豪。

㉕势物之徒：执迷于权势财物的人。

㉖顺比于岁：逐时俯仰。顺比：投合。岁：时。

㉗公是：大家都认为是对的。

㉘鲁遽：姓鲁名遽，周初人。

㉙吾能句：成疏说："鲁遽能冬取千年燥灰以拥火，须臾出火，可以爨鼎。盛夏以瓦瓶盛水，汤中煮之，悬瓶井中，须臾成冰。

㉚蹢（zhì，直）：投。阍：守门人。

㉛钘（xíng，刑）：乐器，似小钟而长颈。

㉜岑（cén，涔）：岸。造于怨：造成仇恨。

㉝郢（yǐng，影）：楚国国都。垩（è，恶）：石灰。蝇翼：苍蝇的翅膀，比喻非常微薄。慢：涂。

㉞斤：斧。成风：说明动作快。

㉟质：对手。句谓我的对手早死了。

㊱病病矣：极言病重。

㊲属国：托付国家，国事，国政。

㊳钩：曲，违背。

㊴隰（xí，习）朋：姓隰名朋，齐国贤臣。

㊵以贤临人：标榜自己贤能，居高临下地对待别人。

㊶以贤下人：虽然自己贤能，但能谦逊待人。

㊷恂然：惊怕慌乱之貌。

㊸蓁（zhēn，真）：荆棘丛。

㊹委蛇攫搔：委蛇：通逶迤，转来转去。攫（jué，决）：腾，搏。搔（zǎo，早）：抓。句谓跳来跃去攀挪于枝杈间。

㊺殛（jí，棘）：死。

㊻田禾：齐国国君的姓名，即齐太公。贺之：祝贺国君得到了贤能的人士。

㊼卖之：指出卖名声。鬻（yù，育）：贩卖。

㊽自丧：指追逐名利而丧失了自己的天性。

㊾觞：本来是酒器的总名，这里作动词用，意即用酒接待。

㊿丸：球。弄丸：玩球。

51秉羽：摇着羽毛扇。投兵：放下武器。

52死无谥（shì，示）：古时君王死后，人们根据他的平生表现来定他的谥号。但圣人无为，不留功名，所以死后无谥号。

53九方歅（yīn，因）：传说是秦穆公时人，善看相。

54梱（kǔn，捆）：子綦儿子名。

55索然：流泪的样子。

56牂（zāng，赃）：母羊。奥：屋里西南角的地方。好田：乐于畋猎。宎（yāo，腰）：屋里东北角的地方。全句比喻九方歅所说的幸福无缘无故而来是值得奇怪的。

57怪征：怪异的征兆。

58刖（yuè，月）：把脚砍掉，为古代的一种酷刑。

59当渠公之街：替渠公看门。

60逃尧：逃避尧帝。

61畜畜：汲汲，不断追求的样子。

62禽：通擒。禽贪：象渔猎一样，愈多愈好。

63断制：独裁。覕（piē，撇）：割。一覕：切一刀。

64暖姝（shū，枢）：心满意足的样子。濡需：偷安一时的样子。卷娄：谓背项佝曲，向前挛卷。

65豕（shǐ，矢）虱：生在猪身上的虱子。

66疏鬣（liè，劣）长毛：生长在颈上的疏长鬣毛。

67奎：两腿之间。蹏（tì，啼）：即蹄字。曲隈（wēi）：深曲处。

68舜有二句：舜的品行令人仰慕，招惹百姓，如羊肉有羶味吸引蚂蚁一样，所以称为羶行（xìng，杏）。

69抱德：坚守天德。炀和：温和，不冷不热。

70堇（jǐn，谨）：药名，又叫紫堇，有毒。

71鸡廱（yōng，壅）：鸡头草。豕零：猪苓。

72鸱（chī，痴）：猫头鹰。胫（jìng，径）：即小腿。

73请只：同纵使。

74审：安定。

75兹萃：愈多。

⑯大一：浑沦未判。知大一：万物根源同一性的认识。

⑰大阴：至静。大目：所见者广。大均：同而不殊。

⑱知大方：实在世界无限定自由的认识。

⑲大信：真实之理。

⑳颉滑：万物纷扰。

㉑扬榷：显扬妙理而榷实论之。

则　阳

则阳游于楚[①]，夷节言之于王[②]，王未之见，夷节归。彭阳见王果曰："夫子何不谭我于王?"王果曰："我不若公阅休。"彭阳曰："公阅休奚为者邪?"曰："冬则擉鳖于江[③]，夏则休乎山樊。有过而问者，曰：'此予宅也。'夫夷节已不能，而况我乎！吾又不若夷节。夫夷节之为人也，无德而有知，不自许，以之神其交，固颠冥乎富贵之地[④]。非相助以德，相助消也。夫冻者假衣于春，暍者反冬乎冷风[⑤]。夫楚王之为人也，形尊而严。其于罪也，无赦如虎。非夫佞人正德，其孰能桡焉！故圣人其穷也，使家人忘其贫，其达也，使王公忘爵禄而化卑[⑥]。其于物也，与之为娱矣；其于人也，乐物之通而保己焉。故或不言而饮人以和，与人并立而使人化。父子之宜。彼其乎归居，而一闲其所施。其于人心者，若是其远也。故曰待公阅休。"

圣人达绸缪[⑦]，周尽一体矣，而不知其然，性也。复命摇作而以天为师，人则从而命之也[⑧]。忧乎知，而所行恒无几时，其有止也，若之何！

生而美者，人与之鉴，不告则不知其美于人也。若知之，若不知之，若闻之，若不闻之，其可喜也终无已，人之好之亦无已，性也[⑨]。圣人之爱人也，人与之名，不告则不知其爱人也。若知之，若不知之，若闻之，若不闻之，其爱人也终无已，人之安之亦无已，性也。

旧国旧都，望之畅然[⑩]。虽使丘陵草木之缗，人之者十九，犹之畅然。况见见闻闻者也，以十仞之台县众闾者也！

冉相氏得其环中以随成[⑪]，与物无终无始，无几无时日。与物化者，一不化者也，阖尝舍之[⑫]！夫师天而不得师天，与物皆殉，其以为事也若之何！夫圣人未始有天，未始有人，未始有始，未始有物，与世偕行而不替，所行之备而不洫，其合之也若之何？汤得其司御门尹登恒为之傅之，从师而不囿，得共随也。为之司其名；之名赢法，得其两见。仲尼之尽虑，为之傅之。容成氏曰[⑬]：除日无岁，无内无外。"

魏莹与田侯牟约[⑭]，田侯牟背之，魏莹怒，将使人刺之。

犀首公孙衍闻而耻之[⑮]，曰："君为万乘之君也，而以匹夫从仇！衍请受甲二十万，为君攻之，虏其人民，系其牛马，使其君内热发于背，然后拔其国。忌也出走，然后抶其背[⑯]，折其脊。"

季子闻而耻之，曰："筑十仞之城，城者既十仞矣，则又坏之，此胥靡之所苦也[⑰]。今兵不起七年矣，此王之基也。衍乱人，不可听也。

华子闻而丑之，曰："善言伐齐者，乱人也；善言勿伐者，亦乱人也；谓伐之与不伐乱人也者，又乱人也。"

君曰："然则若何?"曰："君求其道而已矣!"

惠子闻之而见戴晋人[⑱]。戴晋人曰："有所谓蜗者，君知之乎?"

曰："然。"

"有国于蜗之左角者，曰触氏，有国于蜗之右角者曰蛮氏，时相与争地而战，伏尸数万，逐北旬有五日而后反[19]。"

君曰："噫！其虚言与?"

曰："臣请为君实之。君以意在四方上下有穷乎?"

君曰："无穷。"

曰："知游心于无穷，而反在通达之国，若荐若亡乎?"

君曰："然。"

曰："通达之中有魏，于魏中有梁，于梁中有王。王与蛮氏，有辩乎?"

君曰；"无辩。"

客出而君惝然若有亡也。

客出，惠子见。君曰："客，大人也，圣人不足以当之。"

惠子曰："夫吹管也，犹有嗃也[20]；吹剑首者[21]，吷而已矣[22]。尧、舜，人之所誉之。道尧、舜于戴晋人之前，譬犹一吷也。"

孔子之楚，舍于蚁丘之浆[23]。其邻有夫妻臣妾登极者，子路曰："是稯稯何为者邪[24]?"仲尼曰："是圣人仆也[25]。是自埋于民，自藏于畔。其声销，其志无穷，其口虽言，其心未尝言，方且与世违，而心不屑与之俱。是陆沈者也，是其市南宜僚邪?"

子路请往召之。孔子曰："已矣！彼知丘之著于己也，知丘之适楚也，以丘为必使楚王之召己也，彼且以丘为佞人也。夫若然者，其于佞人也[26]，羞闻其言，而况亲见其身乎！而何以为存?"子路往视之，其室虚矣。

长梧封人问子牢[27]曰："君为政焉勿卤莽，治民焉勿灭裂[28]。昔予为禾，耕而卤莽之，则其实亦卤莽而报予；芸而灭裂之，其实亦灭裂而报予。予来年变齐，深其耕而熟耰之[29]，其禾蘩以滋[30]，予终年厌飧[31]。"

庄子闻之曰："今人之治其形，理其心，多有似封人之所谓，遁其天，离其性，减其情，亡其神，以众为。故卤莽其性者，欲恶之孽为性[32]，萑苇蒹葭始萌[33]，以扶吾形，寻擢吾性[34]，并溃漏发，不择所出，漂疽疥痈，内热溲膏[35]是也。"

柏矩[36]学于老聃，曰："请之天下游。"

老聃曰："已矣！天下犹是也。"

又请之，老聘曰："汝将何始?"

曰："始于齐。"

至齐，见辜人焉[37]，推而强之[38]，解朝服而幕之，号天而哭之曰："子乎子乎！天下有大灾，子独先离之，曰莫为盗！莫为杀人！荣辱立，然后睹所病；货财聚，然后睹所争。今立人之所病，聚人之所争，穷困人之身使无休时，欲无至此，得乎！古之君人者，以得为在民，以失为在己；以正为在民，以枉为在己。故一形有失其形者[39]，退而自责。今则不然。匿为物而愚不识，大为难而罪不敢，重为任而罚不胜，远其途而诛不至。民知力竭，则心伪继之，日出多伪，士民安取不讹！夫力不足则伪，知不足则欺，财不足则盗。盗窃之行，于谁责而可乎?"

蘧伯玉行年六十而六十化[40]，未尝不始于是之，而卒诎之以非也[41]。未知今之所谓是之非五十九非也。万物有乎生而莫见其根，有乎出而莫见其门。人皆尊其知之所知，而莫知恃其知之所不知而后知，可不谓大疑乎[42]！已乎，已乎！且无所逃。此所谓然与，然乎！

仲尼问于大史大弢、伯常骞、狶韦曰[43]："夫卫灵公饮酒湛乐[44]，不听国家之政，田猎毕弋[45]，不应诸侯之际；其所以为灵公者何邪?"

大弢曰："是因是也。"

伯常骞曰："夫灵公有妻三人，同滥而浴[46]。史鳅奉御而进所[47]搏币而扶翼。其慢若彼之甚也[48]，见贤人若此其肃也，是其所以为灵公也。"

狶韦曰："夫灵公也死，卜葬于故墓不吉，卜葬于沙丘而吉。掘之数仞，得石椁焉，洗而视之，有铭焉，曰：'不冯其子，灵公夺而里之。'夫灵公之为灵也久矣，之二人何足以识之！"

少知问于大公调[49]曰："何谓丘里之言[50]？"

大公调曰："丘里者，合十姓百名而以为风俗也[51]，合异以为同，散同以为异。今指马之百体而不得马，而马系于前者，立其百体而谓之马也。是故丘山积卑而为高，江河合小而为大，大人合并而为公[52]。是以自外入者，有主而不执；由中出者，有正而不距。四时殊气，天不赐，故岁成；五官殊职，君不私，故国治；文武殊能，大人不赐，故德备；万物殊理，道不私，故无名。无名故无为，无为而无不为。时有始终，世有变化，祸福淳淳[53]，至有所拂者而有所宜，自殉殊面[54]；有所正者有所差。比于大泽，百材皆度；观于大山，木石同坛。此之谓丘里之言。"

少知曰："然则谓之道，足乎？"

大公调曰："不然，今计物之数，不止于万，而期曰万物者，以数之多者号而读之也。是故天地者，形之大者也；阴阳者，气之大者也；道者为之公。因其大而号以读之，则可也，已有之矣，乃将得比哉？则若以斯辨，譬犹狗马，其不及远矣！"

少知曰："四方之内，六合之里，万物之所生恶起？"

大公调曰："阴阳相照相盖相治；四时相代相生相杀。欲恶去就[55]，于是桥起[56]；雌雄片合[57]，于是庸有。安危相易，祸福相生，缓急相摩[58]，聚散以成。此名实之可纪，精微之可志也。随序之相理，桥运之相使[59]，穷则反，终则始；此物之所有。言之所尽，知之所至，极物而已。睹道之人[60]，不随其所废，不原其所起，此议之所止。"

少知曰："季真之莫为，接子之或使。二家之议，孰正于其情，孰偏于其理？"

大公调曰："鸡鸣狗吠，是人之所知。虽有大知，不能以言读其所自化，又不能以意测其所将为。斯而析之，精至于无伦，大至于不可围，或之使，莫之为，未免于物，而终以为过。或使则实，莫为则虚。有名有实，是物之居；无名无实，在物之虚。可言可意，言而愈疏。未生不可忌，已死不可阻。死生非远也，理不可睹。或之使，莫之为，疑之所假。吾观之本，其往无穷；吾求之末，其来无止。无穷无止，言之无也，与物同理。或使莫为，言之本也，与物终始。道不可有，有不可无。道之为名，所假而行。或使莫为，在物一曲[61]，夫胡为于大方[62]？言而足，则终日言而尽道；言而不足，则终日言而尽物。道物之极，言默不足以载；非言非默，议有所极。"

---

①则阳：姓彭名阳，字则阳，鲁国人。

②夷节：姓夷名节。言：介绍。

③擉（zhuō，戳）：通戳，刺。

④颠：借为瞋。冥：借为瞑。瞋瞑：犹言寤寐，沉溺。

⑤暍（yē，椰）：中暑。反：复求。

⑥化卑：变得卑谦。

⑦达：通。绸缪（chóu móu，筹谋）：纠葛。达绸缪：使矛盾和解、纷争了事。

⑧命：名，称呼。指称呼为圣人。

⑨性也：指美者与好之者两方面都是出于本性。

⑩旧国二句：意谓游离于他乡的人，望见自己的祖国，都会无限喜悦。

⑪其：指天道。环中：枢纽。随成：随顺天道而成功。

⑫阖尝：何曾。句谓从未舍离天道的要领。

⑬容成氏：传说是老子的老师。
⑭魏莹：魏惠王，名莹。
⑮犀首：魏官名。
⑯抶（chì，翅）：鞭打。
⑰胥靡：徒役者。
⑱戴晋人：梁国贤人。
⑲逐北：追逐败北。
⑳嗃（xiāo，哮）：吹竹管声，表示大而长的声音。
㉑剑首：指剑环头的小孔。
㉒吷（xuè，血）：吹气声，表示小而短的声音。
㉓蚁丘：山丘的名称。浆：指卖浆之家。
㉔稯稯（zōng，宗）：犹总总，群聚在一起的样子。
㉕仆：学徒，犹言服役者。
㉖佞人：取巧的人。
㉗长梧：地名。封人：守封疆的人。子牢：孔子弟子，姓琴，宋国卿士。
㉘灭裂：胡乱从事。
㉙熟耰（yōu，优）：反复芸田。耰：锄。
㉚蘩（fán，繁）：繁荣。滋：茂盛。
㉛厌飧（sūn，孙）：吃得饱。
㉜孽（niè，聂）：通蘖，树木被斩后再生出的芽子。
㉝萑（huán，环）：荻。苇：芦苇。两者同类，荻细苇粗。蒹（jiān，兼）：没有穗的芦苇。葭（jiā，家）：初生的芦苇。
㉞擢（zhuó，斫）：拔，助长。
㉟溲（sōu，搜）膏：今叫乳糜尿，多由内热炎症引起。
㊱柏矩：姓柏名矩，老子门徒。
㊲辜：辜磔，是古代的一种裂尸酷刑，施刑后把尸体丢在市场上。
㊳强：借作僵。僵仆：因被施刑的人尸体竖立，故推倒使他僵仆在地。
㊴一形有失其形者：一，一旦。形：通刑。施刑有所不当，错判人罪。
㊵蘧（qú，渠）伯玉：姓蘧名瑗字伯玉，卫大夫。句意他六十年来在认识上年年都有变化。
㊶诎（qū，屈）：通黜，贬斥，批判。
㊷大疑：大惑，极端糊涂。
㊸大弢（tāo，滔）、伯常骞（qiān，千）、狶（xī，希）韦三个都是大（tài，太）史官。
㊹湛（dān，担）：通耽。耽乐：沉溺于享乐。
㊺毕：古时田猎用的长柄网。
㊻滥：洗澡盆。
㊼史鳅：卫大夫。
㊽慢：放纵。彼：那样，指与三妻同浴。
㊾少知、大公调：都是假设人名。
㊿丘里之言：犹说街谈巷议。
51合：集中。十姓百名：群众。
52大人：指得道的人。合并：指容合众人。
53淳淳：茫昧难测的样子。
54殉：逐。面：向。句意各走各的路。
55欲恶（wù，误）：爱憎。去：疏远。就：亲近。
56桥：桔槔。桥起：如桔槔一样翘起。
57片：通牉（pàn，判）。牉合：异性相交配。
58相摩：互相摩擦，互相影响。
59桥运：象桔槔一样运动。

⑩睹道：认识大道。

⑪一曲：一个方面。

⑫胡为：哪里算得上。大方：大道。

外　物

外物不可必，故龙逢诛，比干戮，箕子狂[1]，恶来死[2]，桀、纣亡。人主莫不欲其臣之忠，而忠未必信，故伍员流于江，苌弘死于蜀，藏其血，三年而化为碧[3]。人亲莫不欲其子之孝，而孝未必爱，故孝己忧而曾参悲。木与木相摩则然，金与火相守则流[4]，阴阳错行，则天地大絯[5]，于是乎有雷有霆，水中有火，乃焚大槐。有甚忧两陷，而无所逃。螴蜳不得成[6]，心若悬于天地之间，慰暋沉屯[7]，利害相摩，生火甚多，众人焚和，月固不胜火，于是乎有僓然而道尽[8]。

庄周家贫。故往贷粟于监河侯。监河侯曰："诺。我将得邑金，将贷子三百金[9]，可乎？"

庄周忿然作色曰[10]："周昨来，有中道而呼者。周顾视车辙中，有鲋鱼焉[11]。周问之曰：'鲋鱼来！子何为者邪？'对曰：'我东海之波臣也。君岂有斗升水而活我哉？"周曰：'诺。我且南游吴越之土，激西江之水而迎子[12]，可乎？'鲋鱼忿然作色曰：'吾失我常与，我无所处。吾得斗升之水然活耳，君乃言此，曾不如早索我于枯鱼之肆！[13]'"

任公子为大钩巨缁[14]，五十犗以为饵[15]，蹲乎会稽，投竿东海，旦旦而钓，斯年不得鱼。已而大鱼食之，牵巨钩，錎没而下骛[16]，扬而奋鬐[17]，白波若山，海水震荡，声侔鬼神[18]，惮赫千里[19]。任公子得若鱼，离而腊之[20]，自制河以东，苍梧已北，莫不厌若鱼者。已而后世辁才讽说之徒，皆惊而相告也。夫揭竿累，趋灌渎，守鲵鲋，其于得大鱼难矣！饰小说以干县令[21]，其于大达亦远矣。是以未尝闻任氏之风俗，其不可与经于世亦远矣！

儒以《诗》《礼》发冢，大儒胪传曰[22]："东方作矣！事之何若？"

小儒曰；"未解裙襦[23]，口中有珠。《诗》固有之曰：'青青之麦，生于陵陂[24]，生不布施，死何含珠为？'接其鬓[25]，压其頠[26]，而以金椎控其颐[27]，徐别其颊，无伤口中珠。"

老莱子之弟子出取薪[28]，遇仲尼，反以告，曰："有人于彼，修上而趋下，末偻而后耳[29]，视若营四海，不知其谁氏之子？"

老莱子曰："是丘也。召而来。"

仲尼至。曰："丘，去汝躬矜，与汝容知[30]，斯为君子矣。"

仲尼揖而退，蹙然改容而问曰："业可得进乎？"

老莱子曰："夫不忍一世之伤而骜万世之患，抑固窭邪？亡其略弗及邪[31]？惠以欢为骜，终身之丑，中民之行进焉耳，相引以名，相结以隐。与其誉尧而非桀，不如两忘而闭其所非誉[32]。反无非伤也，动无非邪也。圣人踌躇以兴事，以每成功。奈何哉其载焉终矜尔！"

宋元君夜半而梦人被发窥阿门，曰；"予自宰路之渊，予为清江使河伯之所，渔者余且得予。"元君觉，使人占之[33]，曰："此神龟也。"元君曰："渔者有余且乎？"左右曰："有。"曰："令余且会朝。"

明日，余且朝。君曰："渔何得？"对曰："且网得白龟焉，其圆五尺。"君曰："献若之龟。"龟至，君再欲杀之，再欲活之，心疑，卜之[34]，曰："杀龟以卜，吉[35]。"乃刳龟以卜，七十二钻而无遗筴[36]。

仲尼曰："神龟能见梦于元君[37]，而不能避余且之网。知能七十二钻而无遗筴，不能避刳肠之患，如是，则知有所困，神有所不及也。虽有至和，万人谋之。鱼不畏网而畏鹈鹕。去小知而大知明，去善而自善矣，婴儿生无石师而能言，与能言者处也。”

惠子谓庄子曰：“子言无用。”

庄子曰：“知无用而始可与言用矣。天地非不广且大也，人之所用容足耳，然则厕足而垫之致黄泉[38]，人尚有用乎？”惠子曰：“无用。”庄子曰：“然则无用之为用也亦明矣。”

庄子曰：“人有能游，且得不游乎！人而不能游，且得游乎！夫流遁之志[39]，决绝之行，噫，其非至知厚德之任与！覆坠而不反，火驰而不顾[40]，虽相与为君臣，时也，易世而无以相贱。故曰至人不留行焉[41]。夫尊古而卑今，学者之流也。且以狶韦氏之流观今之世，夫孰能不波？唯至人乃能游于世而不僻[42]，顺人而不失已。彼教不学，承意不彼。”

目彻[43]为明，耳彻为聪，鼻彻为颤[44]，口彻为甘，心彻为知，知彻为德。凡道不谷壅，壅则哽[45]，哽而不止则跈[46]，跈则众害生。物之有知者恃息，其不殷，非天之罪。天之穿之，日夜无降，人则顾塞其窦。胞有重阆[47]，心有天游。室无空虚，则妇姑勃豀[48]；心无天游，则六凿相攘。大林丘山之善于人也，亦神者不胜。

德溢乎名，名溢乎暴，谋稽乎誸[49]，知出乎争，柴生乎守，官事果乎众宜。春雨日时，草木怒生，铫鎒于是乎始修[50]，草木之到植者过半，而不知其然。静默可以补病，眦𦞦可以休老[51]，宁可以止遽。虽然，若是，劳者之务也，佚者之所未尝过而问焉；圣人之所以駴天下[52]，神人未尝过而问焉；贤人所以駴世，圣人未尝过而问焉；君子所以駴国，贤人未尝过而问焉；小人所以合时，君子未尝而过问焉。

演门[53]有亲死者，以善毁爵为官师，其党人毁而死者半。尧与许由天下，许由逃之；汤与务光，务光怒之；纪他闻之，帅弟子而踆于窾水[54]，诸侯吊之。三年，申徒狄固以踣河[55]。

荃者所以在鱼[56]，得鱼而忘荃；蹄者所以在兔[57]，得兔而忘蹄；言者所以在意，得意而忘言。吾安得夫忘言之人而与之言哉！

---

①箕子：殷纣王的庶叔，忠谏纣王不被接纳，怕被害而假装疯子。

②恶来：纣王的奸臣。

③传说苌弘死后，血凝成块，状似碧玉。

④金与火相守：把金属放在火里久烧。流：熔化流动。

⑤絯（gāi，该）：通骇，动乱。

⑥螴蜳（chén dūn，陈敦）：怔忡，心神不定的样子。

⑦慰暋（mǐn，悯）：苦闷。沈屯：沉郁。

⑧僓（tuí，颓）：通隤。僓然：败坏的样子。

⑨贷：借给。金：这里指物品价值数量的计算单位。

⑩忿（fèn，奋）然：生气的样子。作色：变色。

⑪鲋（fù，付）鱼：鲫鱼。

⑫激：阻遏水势使之急流。

⑬肆：市场。枯鱼之肆：卖鱼干的市场。

⑭任公子：任国的公子。缁：黑绳。

⑮犗（jiè，介）：阉了的牛。

⑯錎（xiàn，陷）：通陷。錎没：沉没。骛（wù，务）：乱跑。下骛：在水底乱跑。

⑰扬而：举起鱼鳍。奋鬐：张动鱼须。

⑱侔（móu，谋）：同。

⑲惮（dàn，但）赫：震惊，以上四句写大鱼舞动的声势。

⑳腊（xī，昔）：晾干。

㉑干县令：求高名。

㉒胪（lú，卢）传：传话。

㉓襦（rú，儒）：短上衣。裙：加在衣服外面的一种围裙。

㉔陂（bēi，碑）：山坡。

㉕接其鬓：揪着尸体的鬓发。

㉖频（huì，诲）：下巴的胡须。

㉗金椎：金属做的锤子。控：敲打。颐（yí，宜）：面颊。

㉘老莱子：楚国隐士。楚王想召他为相，他不接受，并逃到江南去。出薪：出去砍柴草。

㉙末偻：头向前伸而背拱起来的样子。

㉚躬矜：自以为贤能的态度。容知：装得很有智慧的样子。

㉛窭（jù，据）：本指生活贫寒，这里指智力的贫乏。弗及：不能达到。

㉜两忘：忘誉尧与忘非桀。闭其所誉，收起那些称誉（或非议）。

㉝占：用蓍草、竹片等来测吉凶的迷信活动。

㉞卜：也是一种迷信活动，先在龟甲上钻一孔，再用火灼，龟甲出现裂痕，然后从这些裂痕推知吉凶。

㉟杀龟句：意谓把白龟杀掉，用白龟的壳来问卜就会吉祥的。

㊱筴（cè，策）：算。无遗筴：没有推算不准的。

㊲见（xiàn，现）梦：托梦。

㊳厕（cè，测）：通侧。侧足，置足。垫（diàn，店）：陷下，作动词，使之陷。

㊴流遁：指逃避现实。

㊵覆坠：从上直跌下来。火驰：火速奔驰。

㊶留行：固执于自己的所作所为。

㊷僻（bèi，背）：通背。不僻：即依顺。

㊸彻：灵通。

㊹颤（shān，山）：通膻，善辨别气味。

㊺哽：本指食物阻塞咽喉，这里指上下气不通。

㊻跈（zhěn，诊）：通抮。戾：反乱。

㊼阆（làng，浪）：空隙的地方。重阆：指胞衣内外都有空隙的地方。

㊽勃豀（xī，希）：争吵，矛盾。

㊾嗞（xián，贤）：急。句谓计谋是适应情况紧急而来的。

㊿铫（yáo，姚）：大锄。鎒（nòu，槈）：除草农具的一种。

51眦（zì，字）：上下眼睑接合的地方。搣（miè，灭）：通搣，按摩。

52㤬（xiè，谢）：通骇，惊动。

53演门：宋城门。

54踆（cūn，村）：通蹲。窾（kuǎn，款）水：水名。

55踣（bó，箔）：向前仆倒。踣河：投河。

56荃（quán，全）：通筌，鱼笱。

57蹄：兔网。

寓　言

寓言十九[①]，重言十七[②]，卮言日出[③]，和以天倪。

寓言十九，藉外论之。亲父不为其子媒。亲父誉之，不若非其父者也。非吾罪也，人之罪也。与己同则应，不与己同则反。同于己为是之，异于己为非之。

重言十七，所以已言也，是为耆艾[④]。年先矣，而无经纬本末以期年耆者，是非先也。人而无以先人，无人道也。人而无人道，是之谓陈人。

卮言日出，和以天倪，因以曼衍[⑤]，所以穷年。不言则齐，齐与言不齐，言与齐不齐也，故曰："言无言。"言无言，终身言，未尝言；终身不言，未尝不言。有自也而可，有自也而不可；有自也而然，有自也而不然。恶乎然？然于然。恶乎不然？不然于不然。恶乎可？可于可。恶于不可？不可于不可。物固有所然，物固有所可，无物不然，无物不可。非卮言日出，和以天倪，孰得其久！万物皆种也，以不同形相禅[6]，始卒若环，莫得其伦，是谓天均。天均者，天倪也。

庄子谓惠子曰："孔子行年六十而六十化。始时所是，卒是非之。未知今知所谓是之非五十九非也。"

惠子曰："孔子勤志服知也[7]。"

庄子曰："孔子谢之矣，而其未之尝言。孔子云：'夫受才乎大本，复灵以生[8]。鸣而当律，言而当法，利义陈乎前，而好恶是非，直服人之口而已矣。使人乃以心服，而不敢蘁立[9]，定天下之定。'已乎，已乎！吾且不得及彼乎！"

曾子再仕，而心再化[10]，曰："吾及亲仕，三釜而心乐[11]；后仕，三千钟而不洎亲[12]，吾心悲。"

弟子问于仲尼曰："若参者，可谓无所县其罪乎？"

曰："既已县矣。今无所县者，可以有哀乎？彼视三釜三千种，如观鸟雀蚊虻相过乎前也。"

颜成子游谓东郭子綦曰："自吾闻子之言，一年而野，二年而从，三年而通，四年而物，五年而来，六年而鬼入[13]，七年而天成[14]，八年而不知死、不知生，九年而大妙[15]。"

生，有为，死也[16]。劝公，以其死也，有自也，而生阳也，无自也。而果然乎？恶乎其所适？恶乎其所不适？天有历数，地有人据[17]，吾恶乎求之？莫知有所终，若之何其无命也？莫知有所始，若之何其有命也？有以相应也，若之何其无鬼邪？无以相应也，若之何其有鬼邪？

众罔两问于景[18]曰："若向他俯而今也仰，向也括撮而今也被发[19]，向也坐而今也起，向也行而今也止，何也？"

景曰；"搜搜也[20]，奚稍问也[21]！予有而不知其所以。予，蜩甲也[22]，蛇蜕也，似之而非也。火与日，吾屯也；阴与夜，吾代也。彼吾所以有待邪[23]？而况乎以无有待者乎！彼来则我与之来，彼往则我与之往，彼强阳则我与之强阳。强阳者又何以有问乎！"

阳子居南之沛，老聃西游于秦。邀于郊，至于梁而遇老子。老子中道仰天叹曰："始以汝为可教，今不可也。"

阳子居不答。至舍，进盥漱巾栉[24]，脱履户外，膝行而前曰[25]："向者弟子欲请夫子，夫子行不闲，是以不敢。今闲矣，请问其过。"

老子曰："而睢睢盱盱[26]，而谁与居？大白若辱。盛德若不足。"

阳子居蹴然变容曰："敬闻命矣！"

其往也，舍者迎将，其家公执席，妻执巾栉，舍者避席，炀者避灶[27]。其反也，舍者与之争席矣[28]！

---

①寓言十九：寄托寓意的言论占了十分之九。

②重言十七：借重先哲时贤的言论占了十分之七。

③卮（zhī，支）言：无心之言。日出：时常出现。

④耆艾：长寿的人。

⑤曼衍：支漫推衍，犹今说穿插、发挥。

⑥禅：代替。相禅：新陈代谢。

⑦勤志：努力实现自己的志愿。服知：运用心智。

⑧复灵：复得天地之灵气。

⑨蘁（wù，误）：违忤，不顺从。

⑩再化：指内心的感觉不同。

⑪釜：量谷物的单位。

⑫不洎（jì，计）亲：洎，借为及，不能养亲。

⑬鬼人：神化。

⑭天成：合于自然。

⑮大妙：指领悟了大道的微妙。

⑯生，有为，死也：人生而有为，则相当于死了。

⑰人据：人所占据，指邦国地域。

⑱罔两：影外暗影。景：通影。

⑲括撮：束结，指把头发束结起来。

⑳搜搜：运动的样子。

㉑稍：借作屑。奚屑问：哪里值得问。

㉒蜩（tiáo，条）甲：蝉蜕的皮壳。

㉓待：依赖。

㉔盥漱：洗手漱口的用具。巾栉：洗脸梳头的用具。

㉕膝行：跪着行。

㉖睢睢（suī，虽）：仰视的样子。盱盱（xū，虚）：张大眼睛的样子。

㉗炀：烤火。

㉘舍者句：说明阳子居态度改变而他人不畏。

让　王

尧以天下让许由，许由不受。又让于子州支父，子州支父曰："以我为天子，犹之可也。虽然，我适有幽忧之病[①]，方且治之，未暇治天下也。"夫天下至重也，而不以害其生，又况他物乎？唯无以天下为者，可以托天下也。

舜让天下于子州支伯，子州支伯曰："予适有幽忧之病，方且治之，未暇治天下也。"故天下大器也，而不以易生[②]。此有道者之所以异乎俗者也。

舜以天下让善卷[③]，善卷曰："余立于宇宙之中，冬日衣皮毛，夏日衣葛絺[④]；春耕种，形足以劳动；秋收敛，身足以休食。日出而作，日入而息，逍遥于天地之间而心意自得。吾何以天下为哉？悲夫，子之不知余也！"遂不受。于是去而入深山，莫知其处。

舜以天下让其友石户之农，石户之农曰："捲捲[⑤]乎，后之为人，葆力之士也[⑥]！"以舜之德为未至也。于是夫负妻戴[⑦]，携子以入于海，终身不反也。

大王亶父居邠[⑧]，狄人攻之，事之以皮帛而不受，事之以犬马而不受，事之以珠玉而不受[⑨]，狄人所求者土地也。大王亶父曰："与人之兄居而杀其弟，与人之父居而杀其子，吾不忍也。子皆勉居矣[⑩]！为吾臣与为狄人臣奚以异！且吾闻之，不以所用养害所养。"因杖筴而去之[⑪]。民相连而从之，遂成国于岐山之下。夫大王亶父，可谓能尊生矣。能尊生者，虽贵富不以养伤身，虽贫贱不以利累形。今世之人居高官尊爵者，皆重失之。见利轻亡其身，岂不惑哉！

越人三世弑其君，王子搜患之[⑫]，逃乎丹穴[⑬]，而越国无君。求王子搜不得，从之丹穴。王子搜不肯出，越人熏之以艾。乘以王舆[⑭]。王子搜援绥登车[⑮]，仰天而呼曰："君乎！君乎！独不可以舍我乎！"王子搜非恶为君也，恶为君之患也。若王子搜者，可谓不以国伤生矣，此固越人之所欲得为君也。

韩魏相与争侵地，予华子见昭僖侯[16]，昭僖侯有忧色。子华子曰；“今使天下书铭于君之前[17]，书之言曰：‘左手攫之则右手废[18]，右手攫之则左手废，然而攫之者必有天下。’君能攫之乎?”

昭僖侯曰：“寡人不攫也。”

子华子曰：“甚善！自是观之，两臂重于天下也，身又重于两臂。韩之轻于天下亦远矣！今之所争者，其轻于韩又远。君固愁身伤生以忧戚之不得也!”僖侯曰：“善哉！教寡人者众矣，未尝得闻此言也。”子华子可谓知轻重矣！

鲁君闻颜阖得道之人也[19]，使人以币先焉。颜阖守陋闾[20]，苴布之衣而自饭牛[21]。鲁君之使者至，颜阖自对之。使者曰：“此颜阖之家与?”颜阖曰：“此阖之家也。”使者致币。颜阖对曰：“恐听谬而遣使者罪，不若审之。”使者还，反审之，复来求之，则不得已。故若颜阖者，真恶富贵也。

故曰：道之真以治身[22]，其绪余以为国家[23]，其土苴以治天下。由此观之，帝王之功，圣人之余事也，非所以完身养生也。今世俗之君子，多危身弃生以殉物，岂不悲哉！凡圣人之动作也，必察其所以之与其所以为。今且有人于此，以随侯之珠，弹千仞之雀[24]，世必笑之。是何也？则其所用者重而所要者轻也。夫生者岂特随侯珠之重哉！

子列子穷，容貌有饥色。客有言之于郑子阳者[25]，曰：“列御寇，盖有道之士也，居君之国而穷，君无乃为不好士乎[26]?”郑子阳即令官遗之粟[27]，子列子见使者，再拜而辞。

使者去，子列子入，其妻望之而拊心曰[28]：“妾闻为有道者之妻子，皆得佚乐，今有饥色。君过而遗先生食，行生不受，岂不命邪?”子列子笑谓之曰：“君非自知我也。以人之言而遗我粟，至其罪我也又且以人之言，此吾所以不受也。”其卒，民果作难而杀子阳。

楚昭王失国，屠羊说走而从于昭王[29]。昭王反国，将赏从者，及屠羊说[30]。屠羊说曰：“大王失国，说失屠羊；大王反国，说亦反屠羊。臣之爵禄已复矣，又何赏之有哉！”王曰：“强之[31]!”屠羊说曰：“大王失国，非臣之罪，故不敢伏其诛；大王反国，非臣之功，故不敢当其赏。”王曰：“见之!”屠羊说曰：“楚国之法，必有重赏大功而后得见，今臣之知不足以存国而勇不足以死寇[32]。吴军入郢，说畏难而避寇，非故随大王也。今大王欲废法毁约而见说，此非臣之所以闻于天下也。”

王谓司马子綦曰：“屠羊说居处卑贱而陈义甚高，子其为我延之以三旌之位。”

屠羊说曰：“夫三旌之位，吾知其贵于屠羊之肆也；万钟之禄，吾知其富于屠羊之利也；然岂可以贪爵禄而使吾君有妄施之名乎[33]？说不敢当，愿复反吾屠羊之肆。”遂不受也。

原宪[34]居鲁，环堵之室[35]，茨以生草；蓬户不完，桑以为枢而瓮牖，二室[36]，褐以为塞，上漏下湿，匡坐而弦歌。

子贡乘大马，中绀而表素，轩车不容巷，往见原宪。原宪华冠縰履，杖藜而应门[37]。

子贡曰：“嘻！先生何病?”

原宪应之曰：“宪闻之，无财谓之贫，学道而不能行谓之病。今宪贫也，非病也。”

子贡逡巡而有愧色。

原宪笑曰：“夫希世而行，比周而友，学以为人，教以为己，仁义之慝[38]，舆马之饰，宪不忍为也。”

曾子居卫，缊袍无表[39]，颜色肿哙，手足胼胝。三日不举火，十年不制衣，正冠而缨绝[40]，捉衿而肘见，纳履而踵决。曳縰而歌《商颂》，声满天地，若出金石。天子不得臣，诸侯不得友。故养志者忘形，养形者忘利，致道者忘心矣。

孔子谓颜回曰：“回，来！家贫居卑[41]，胡不仕乎？”

颜回对曰：“不愿仕。回有郭外之田五十亩，足以给飦粥[42]；郭内之田十亩，足以为丝麻；鼓琴足以自娱，所学夫子之道者足以自乐也。回不愿仕。”

孔子愀然变容曰[43]：“善哉，回之意！丘闻之：‘知足者不以利自累也，审自得者，失之而不惧，行修于内者，无位而不怍[44]。’丘诵之久矣，今于回而后见之，是丘之得也。”

中山公子牟谓瞻子[45]曰：“身在江海之上，心居乎魏阙[46]之下，奈何？”

瞻子曰：“重生[47]。重生则轻利。”

中山公子牟曰：“虽知之，未能自胜也。”

瞻子曰：“不能自胜则从之，神无恶乎？不能自胜而强不从者，此之谓重伤[48]。重伤之人，无寿类矣！”

魏牟，万乘之公子也，其隐岩穴也，难为于布衣之士，虽未至乎道，可谓有其意矣！

孔子穷于陈蔡之间，七日不火食，藜羹不糁[49]，颜色甚惫，而犹弦歌于室。颜回择菜于外，子路、子贡相与言曰：“夫子再逐于鲁，削迹于卫，伐树于宋，穷于商周，围于陈蔡。杀夫子者无罪，藉夫子者无禁[50]。弦歌鼓琴，未尝绝音，君子之无耻也若此乎？”颜回无以应，入告孔子。孔子推琴喟然而叹曰：“由与赐，细人也[51]。召而来，吾语之。”

子路子贡入。子路曰：“如此者可谓穷矣！”

孔子曰：“是何言也！君子通于道之谓通，穷于道之谓穷。今丘抱仁义之道以遭乱世之患，其桓公得之莒，文公得之曹，越王得之会稽。何穷之为？故内省而不疚于道[52]，临难而不失其德，天寒既至，雪霜既降，吾是以知松柏之茂也。陈蔡之隘，于丘其幸乎！”

孔子削然反琴而弦歌[53]，子路扢然执干而舞[54]。子贡曰：“吾不知天之高也，地之下也。”

古之得道者，穷亦乐，通亦乐，所乐非穷通也。道德于此，则穷通为寒暑风雨之序矣[55]。故许由娱于颍阳而共伯得志乎丘首。

舜以天下让其友北人无择，北人无择曰：“异哉后之为人也，居于畎亩之中而游尧之门[56]！不若是而已，又欲以其辱行漫我[57]，吾羞见之。”因自投清泠之渊[58]。

汤将伐桀，因卞随而谋[59]，卞随曰：“非吾事也。”汤曰：“孰可？”曰：“吾不知也。”汤又因务光而谋，务光曰：“非吾事也。”汤曰：“孰可？”曰：“吾不知也。”汤曰：“伊尹如何？”曰：“强力忍垢[60]，吾不知其他也。”

汤遂与伊尹谋伐桀，剋之[61]。以让卞随，卞随辞曰：“后之伐桀也谋乎我，必以我为贼也；胜桀而让我，必以我为贪也。吾生乎乱世，而无道之人再来漫我以其辱行，吾不忍数闻也！”乃自投椆而死[62]。

汤又让务光，曰：“知者谋之，武者遂之，仁者居之，古之道也。吾子胡不立乎？”

务光辞曰：“废上，非义也；杀民，非仁也；人犯其难，我享其利，非廉也。吾闻之曰，非其义者，不受其禄，无道之世，不践其土。况尊我乎！吾不忍久见也。”乃负石而沈于庐水[63]。

昔周之兴，有士二人处于孤竹[64]，曰伯夷、叔齐。二人相谓曰：“吾闻西方有人，似有道者，试往观焉。”至于岐阳，武王闻之，使叔旦往见之，与之盟曰：“加富二等，就官一列[65]。”血牲而埋之[66]。

二人相视而笑曰：“嘻，异哉！此非吾所谓道也。昔者神农之有天下也，时祀尽敬而不祈喜[67]；其于人也，忠信尽治而无求焉。乐与政为政，乐与治为治，不以人之坏自成也，不以人之卑自高也，不以遭时自利也。今周见殷之乱而遽为政，上谋而行货，阻兵而保威，割牲而盟以为信，扬行以说众[68]，杀伐以要利，是推乱以易暴也[69]。吾闻古之士，遭治世不避其任，遭乱世不为苟存。今天下暗，周德衰，其并乎周以涂吾身也，不如避之以洁吾行。”二子北至于首阳之山，遂饿而死焉。若伯夷叔齐者，其于富贵也，苟可得已，则必不赖。高节戾行[70]，独乐其志，不事于世。此二士节也。

---

①适：刚刚。幽忧：隐忧。

②易生：牺牲自己的心性。易：换取。

③善卷：姓善名卷，隐者。

④絺：较精细的葛布。

⑤捲捲：用力的样子。指舜而言。

⑥葆力：勤力。

⑦负：背。戴：用头顶顶东西。

⑧大（tài，太）王亶（dàn，但）父：又称古公亶父，是周文王的祖父。邠（bīn，宾）：在陕西省邠县。

⑨用皮帛、犬马、珠玉送给狄人以求和，但狄人不接受。

⑩勉居：好好地居住下去。

⑪筴：马鞭。杖筴：执鞭。

⑫王子搜：越王无颛。据《史记》记载，无颛之前三世国君都被杀。

⑬丹穴：南山洞。

⑭王舆：国君坐的车子。

⑮援：拉。绥：上车时拉的绳子。

⑯予华子：魏人，即《则阳》篇中魏之华子。昭僖侯：韩国国君。

⑰铭：契约。

⑱攫（jué，决）：取。废：弃，指斩去。

⑲颜阖（hé，合）：鲁国隐者。

⑳陋闾：穷巷。

㉑苴（jū，居）：本指大麻的雌株，此处泛指麻。

㉒真：犹今说精华。

㉓绪余：残余。

㉔随侯之珠：古代名珠，被随国国君所得。

㉕子阳：当时任郑相。

㉖好（hào，耗）士：重视人才。

㉗遗（wèi，位）：送。

㉘拊（fǔ，府）：通抚，拊心是表示痛心的样子。

㉙楚昭王：名轸，楚平王之子

㉚说（yuè，悦）：屠羊者的名。

㉛强（qiǎng，抢）之：强令他受赏。

㉜死寇：消灭敌人。

㉝妄施：指不按法令规定而赐爵禄。

㉞原宪：字子思，孔子弟子。

㉟环堵：四周各一丈，形容居室的矮小。

㊱桑以为枢：用桑树条来作门的转轴。用破瓮作窗口。牖（yǒu，有）：窗。

㊲华冠：以华木皮做的帽子。縰（xǐ，洗）：通屣，无跟的鞋。杖藜：撑着用藜木做的手杖。

㊳慝（tè，特）：邪恶。

㊴缊（yùn，运）袍：用乱麻来作絮的袍子。无表：没有罩衫。

㊵缨：帽子上的绳子。绝：断。

㊶居卑：所处地位卑下。

㊷饦（zhān，沾）：稠粥。

㊸愀（qiǎo，巧）然：表情改变的样子。

㊹怍（zuò，作）：惭愧。

㊺魏公子牟：封中山，故称中山公子牟。瞻子：魏人。

㊻魏阙：巍然高大的宫门，代指宫廷。

㊼重生：即尊生，把性命看作最重要。

㊽重伤：犹再伤。

㊾藜：野菜。糁（sǎn，伞）：米粒。

㊿藉：凌藉，欺负。无禁：没有禁止。

51细人：见识狭小的人。

52内省（xǐng，醒）：自我检查。穷：绝。

53削：拉琴的动作声。反琴：原把琴推开，现在拿回来。

54扢（xì，戏）然：威武的样子。干：楯。

55序：变化程序。寒暑风雨之序：比喻一种自然的变化，是十分平常的事。

56畎（quǎn，犬）：田中水沟。畎亩：田间。

57漫：玷污。

58清泠（líng，玲）：浦名。

59卞随：姓卞名随。

60强力：顽强。忍垢：能忍受耻辱。

61剋：通克，胜。

62椆（zhōu，周）水：在颍川。

63庐水：即庐江，在今辽宁省。

64孤竹：商代国名，在今辽宁。

65就官一列：任官一级。

66血牲而埋之：以牲血涂于盟书而埋藏。

67时祀：四时的祭祀。尽敬：竭尽虔诚。

68扬行：宣扬自己的作为。说众：取悦于众。

69推乱：造成混乱。易暴：换了另一种残暴，意即以暴易暴。

70戾：亢。高节戾行：行为节气都显得不平凡。

盗　跖

孔子与柳下季[1]为友，柳下季之弟名曰盗跖[2]。盗跖从卒九千人，横行天下，侵暴诸侯，穴室抠户，驱人牛马，取人妇女。贪得忘亲，不顾父母兄弟，不祭先祖。所过之邑，大国守城，小国入保，万民苦之。

孔子谓柳下季曰："夫为人父者，必能诏其子；为人兄者，必能教其弟。若父不能诏其子，兄不能教其弟，则无贵父子兄弟之亲矣。今先生，世之才士也，弟为盗跖，为天下害，而弗能教也，丘窃为先生羞之。丘请为先生往说之[3]。"

柳下季曰："先生言为人父者必能诏其子，为人兄者必能教其弟，若子不听父之诏、弟不受兄之教，虽今先生之辩，将奈之何哉？且跖为人也，心如涌泉[4]，意如飘风，强足以距敌，辩足以饰非，顺其心则喜，逆其心则怒，易辱人以言。先生必无往。"

孔子不听，颜回为驭，子贡为右，往见盗跖。盗跖乃方休卒徒于太山之阳[5]，脍人肝而餔之[6]。孔子下车而前，见谒者曰："鲁人孔丘，闻将军高义，敬再拜谒者。"

谒者入通，盗跖闻之大怒，目如明星，发上指冠，曰："此夫鲁国之巧伪人孔丘非邪？为我告之：'尔作言造语，妄称文武，冠枝木之冠[⑦]，带死牛之胁，多辞缪说[⑧]，不耕而食，不织而衣，摇唇鼓舌，擅生是非，以迷天下之主，使天下学士不反其本，妄作孝弟而侥幸于封侯富贵者也。子之罪大极重，疾走归！不然，我将以子肝益昼餔之膳！'"

孔子复通曰："丘得幸于季，愿望履幕下[⑨]。"

谒者复通，盗跖曰："使来前！"

孔子趋而进，避席反走，再拜盗跖。盗跖大怒，两展其足，案剑瞋目，声如乳虎[⑩]，曰："丘来前！若所言顺吾意则生，逆吾心则死。"

孔子曰："丘闻之，凡天下人有三德：生而长大[⑪]，美好无双，少长贵贱见而皆说之，此上德也；知维天地[⑫]，能辩诸物，此中德也；勇悍果敢，聚众率兵，此下德也。凡人有此一德者，足以南面称孤矣[⑬]。今将军兼此三者，身长八尺二寸，面目有光，唇如激丹，齿如齐贝，音中黄钟，而名曰盗跖，丘窃为将军耻不取焉。将军有意听臣，臣请南使吴越，北使齐鲁，东使宋卫，西使楚晋，使为将军造大城数百里，立数十万户之邑，尊将军为诸侯，与天下更始[⑭]，罢兵休卒，收养昆弟，共祭先祖。此圣人才士之行，而天下之愿也[⑮]。"

盗跖大怒曰："丘来前！夫可规以利而可谏以言者，皆愚陋恒民之谓耳。今长大美好，人见而悦之者，此吾父母之遗德也。丘虽不吾誉，吾独不自知邪?"

"且吾闻之，好面誉人者[⑯]，亦好背而毁之。今丘告我以大城众民，是欲规我以利而恒民畜我也，安可久长也！城之大者，莫大乎天下矣。尧、舜有天下，子孙无置锥之地；汤、武立为天子，而后世绝灭。非以其利大故邪?"

"且吾闻之，古者禽兽多而人少，于是民皆巢居以避之，昼拾橡栗，暮栖木上，故命之曰'有巢氏之民'。古者民不知衣服，夏多积薪，冬则炀之，故命之曰'知生之民'。神农之世，臣则居居，起则于于。民知其母[⑰]，不知其父，与麋鹿共处，耕而食，织而衣，无有相害之心，此至德之隆也[⑱]。然而黄帝不能致德，与蚩尤战于涿鹿之野，流血百里。尧、舜作，立群臣，汤放其主，武王杀纣。自是以后，以强凌弱，以众暴寡。汤武以来，皆乱人之徒也。"

今子修文武之道，掌天下之辩，以教后世，缝衣浅带[⑲]，矫言伪行，以迷惑天下之主，而欲求富贵焉，盗莫大于子。天下何不谓子为盗丘，而乃谓我为盗跖？子以甘辞说子路而使从之，使子路去其危冠[⑳]，解其长剑，而受教于子，天下皆曰孔丘能止暴禁非。其卒之也，子路欲杀卫君而事不成[㉑]，身菹于卫东门之上[㉒]，子教子路菹此患，上无以为身，下无以为人，是子教之不至也。子自谓才士圣人邪？则再逐于鲁，削迹于卫，穷于齐，围于陈蔡，不容身于天下。子之道岂足贵邪?"

"世之所高，莫若黄帝，黄帝尚不能全德，至战涿鹿之野，流血百里。尧不慈，舜不孝，禹偏枯[㉓]，汤放其主，武王伐纣，此六子者，世之所高也。孰论之，皆以利惑其真而强反其情性，其行乃甚可羞也。"

"世之所谓贤士，莫若伯夷、叔齐。伯夷、叔齐辞孤竹之君而饿死于首阳之山，骨肉不葬。鲍焦饰行非世，抱木而死。申徒狄谏而不听，负石自投于河，为鱼鳖所食。介子推至忠也，自割其股以食文公，文公后背之，子推怒而去，抱木而燔死。尾生与女子期于梁下，女子不来，水至不去，抱梁柱而死。此六子者，无异于磔犬[㉔]流豕[㉕]、操瓢而乞者，皆离名轻死，不念本养寿命者也。"

"世之所谓忠臣者，莫若王子比干伍子胥。子胥沉江，比干剖心，此二子者，世谓忠臣也，然卒为天下笑。自上观之，至于子胥、比干皆不足贵也。"

"丘之所以说我者，若告我以鬼事，则我不能知也；若告我以人事者，不过此矣，皆吾所以闻知也。”

“今吾告子以人之情，目欲视色，耳欲听声，口欲察味，志气欲盈。人上寿百岁，中寿八十，下寿六十，除病瘦死丧忧患，共中开口而笑者，一月之中不过四五日而已矣。天与地无穷，人死者有时，操有时之具而托于无穷之间，忽然无异骐骥之驰过隙也。不能说其志意，养其寿命者，皆非通道者也。”

“丘之所言，皆吾之所弃也，亟去走归，无复言之！子之道，狂狂汲汲，诈巧虚伪事也，非可以全真也，奚足论哉！”

孔子再拜趋走，出门上车，执辔三失[26]，目芒然无见，色若死灰，据轼低头，不能出气。归到鲁东门外，适遇柳下季。柳下季曰：“今者阙然数日不见[27]，车马有行色，得微往见跖邪？”孔子仰天叹曰：“然。”柳下季曰：“跖得无逆汝意若前乎？”孔子曰：“然。丘所谓无病而自灸也[28]。疾走料虎头[29]，编虎须，几不免虎口哉！”

子张问于满苟得[30]曰：“盍不为行[31]？无行则不信，不信则不任，不任则不利。故观之名，计之利，而义真是也。若弃名利，反之于心，则夫士之为行，不可一日不为乎！”

满苟得曰：“无耻者富，多信者显。夫名利之大者，几在无耻而信。故观之名，计之利，而信真是也。若弃名利，反之于心，则夫士之为行，抱其天乎！”

子张曰：“昔者桀、纣贵为天子，富有天下，令谓臧聚曰[32]，汝行如桀、纣，则有怍色[33]，有不服之心者，小人所贱也。仲尼、墨翟，穷为匹夫，今谓宰相曰，子行如仲尼、墨翟，则变容易色，称不足者，士诚贵也[34]。故势为天子，未必贵也；穷为匹夫，未必贱也。贵贱之分，在行之美恶。”

满苟得曰：“小盗者拘，大盗者为诸侯。诸侯之门，仁义存焉。昔者桓公小白杀兄入嫂，而管仲为臣；田成子常杀君窃国，而孔子受币。论则贱之，行则下之，则是言行之情悖战于胸中也[35]，不亦拂乎！故《书》曰：‘孰恶孰美？成者为首，不成者为尾。’”

子张曰：“子不为行，即将疏戚无伦，贵贱无义，长幼无序；五纪六位[36]，将何以为别乎？”

满苟得曰：“尧杀长子，舜流母弟[37]，疏戚有伦乎？汤放桀，武王杀纣，贵贱有义乎？王季为适，周公杀兄，长幼有序乎？儒者伪辞，墨者兼爱，五纪六位将有别乎？”

“且子正为名，我正为利。名利之实，不顺于理，不监于道。吾日与子讼于无约曰[38]：‘小人殉财，君子殉名。其所以变其情，易其性则异矣；乃至于弃其所为而殉其所不为，则一也。’故曰，无为小人，反殉而天；无为君子，从天之理。若枉若直，相而天极；面观四方，与时消息。若是若非，执而圆机；独成而意，与道徘徊[39]。无转而行，无成而义，将失而所为。无赴而富，无殉而成，将弃而天。

“比干剖心，子胥抉眼[40]，忠之祸也；直躬证父[41]，尾生溺死，忠之患也；鲍子立乾，申子自埋，廉之害也；孔子不见母，匡子不见父，义之失也。此上世之所传，下世之所语，以为士者正其言，必其行，故服其殃，离其患也[42]。”

无足问于知和[43]曰：“人卒未有不兴名就利者[44]。彼富则人归之，归则下之，下则贵之。夫见下贵者，所以长生安体乐意之道也。今子独无意焉？知不足邪？意知而力不能行邪？故推正不忘邪？”

知和曰：“今夫此人以为与己同时而生，同乡而处者，以为夫绝俗过世之士焉[45]；是专无主正，所以览古今之时，是非之分也，与俗化世，去至重，弃至尊，以为其所为也。此其所以论长生安体乐意之道，不亦远乎！惨怛之疾[46]，恬愉之安，不监于体[47]；怵惕之恐[48]，欣欢之喜，不监于心。知为为而不知所以为，是以贵为天子，富有天下，而不免于患也。”

无足曰："夫富之于人，无所不利，穷美究势，至人知所不得逮，贤人之所不能及，侠人之勇力而以为威强，秉人之知谋以为明察，因人之德以为贤良，非享国而严若君父[49]。且夫声色滋味权势之于人，心不待学而乐之，体不待象而安之。夫欲恶避就，固不待师，此人之性也。天下虽非我，孰能辞之！"

知和曰："知者之为，故动以百姓，不违其度，是以足而不争，无以为故不求。不足故求之，争四处而不自以为贪；有余故辞之，弃天下而不自以为廉。廉贪之实，非以迫外也，反监之度。势为天子而不以贵骄人，富有天下而不以财戏人。计其患，虑其反，以为害于性，故辞而不受也，非以要名誉也。尧、舜为帝而雍，非仁天下也，不以美害生；善卷、许由得帝而不受，非虚辞让也，不以事害己。此皆就其利，辞其害，而天下称贤焉，则可以有之，彼非以兴名誉也。"

无足曰："必持其名，苦体绝甘，约养以持生，则亦犹久病长厄而不死者也[50]。"

知和曰："平为福，有余为害者，物莫不然，而财其甚者也。今富人，耳营于钟鼓管籥之声[51]，口嗛于刍豢醪醴之味[52]，以感其意，遗忘其业，可谓乱矣；侅溺于冯气[53]。若负重行而上坂也，可谓苦矣；贪财而取慰，贪权而取竭，静居则溺[54]，体泽则冯，可谓疾矣；为欲富就利，故满若堵耳而不知避，且冯而不舍，可谓辱矣；财积而无用，服膺而不舍，满心戚醮[55]，求益而不止，可谓忧矣；内则疑劫请之贼，外则畏寇盗之害，内周楼疏，外不敢独行，可谓畏矣。此六者，天下之至害也，皆遗忘而不知察，及其患至，求尽性竭财，单以反一日之无故而不可得也。故观之名则不见，求之利财则不得，缭意绝体而争此[56]，不亦惑乎！"

---

①柳下季：鲁大夫，姓展名获，字禽，食邑柳下，谥曰惠。故又称柳下惠。

②盗跖（zhì，直）：根据史书记载，可能是春秋末、战国初的一位人民起义的领袖。

③说（shuì，税）之：说服盗跖。

④涌泉：形容心血横流。

⑤休卒徒：叫士兵休息。

⑥脍（kuài，快）：细切。餔（bǔ，补）：食。

⑦冠枝木之冠：第一冠作动词，戴。枝木之冠：说明孔子所戴帽子的装饰华丽繁复如树枝。

⑧多辞：啰啰嗦嗦。

⑨幸：亲近。望履幕下：在帐幕之下望见你的鞋子。

⑩乳虎：哺乳期间的雌虎。

⑪长（cháng，常）大：高大。

⑫维天地：形容知识广博。

⑬南面称孤：做国君。因为国君接见臣下时南向而坐，自称为孤。

⑭更始：变化。与天下更始，与天下的潮流相一致。

⑮孔子以上一番说教，成为历代统治者对人民起义军的招安伎俩。

⑯面誉：当面说好话。

⑰民知二句：那时是母系社会，故知母不知父。

⑱至德之隆：最高尚的道德。

⑲缝：通逢。逢衣：宽大而长的儒服。

⑳危冠：高冠。

㉑卫君：卫庄公，名蒯聩。

㉒菹（zū，租）：一种酷烈的刑法，叫菹醢（hǎi，海），使受刑者剁成肉酱。

㉓尧不慈：指尧杀长子丹朱。舜不孝：指舜放逐瞽瞍。偏枯：过分劳苦。

㉔磔犬：分裂牲畜的肢体以作祭仪。磔犬：被屠宰的狗。

㉕流豕：即沉河的猪。

㉖执辔三失：手上的马缰绳掉落了三次，形容孔子紧张失神。

㉗阙：缺，不在。

㉘无病自灸：无端生事找苦吃。

㉙料（liáo，僚）：通撩，挑弄。

㉚子张：姓颛孙名师，字子张，是孔子弟子。满苟得：是假托人名。

㉛盍：通曷，何不。

㉜臧聚：参加盗窃集团的人。

㉝怍（zuò，作）色：翻脸的样子。

㉞贵：推崇。句谓仲尼、墨翟的德行实在为士大夫所推崇。

㉟悖战：交战。

㊱纪、位：都是指人的关系等级。

㊲舜流母弟：舜封同母弟象到有庳之国。表面说封，实为流放。

㊳讼：争讼。无约：假托人名。讼于无约：意谓以无约为裁判人。

㊴独成二句：与众不同地形成了你自己的意境，随道周旋。

㊵子胥抉（jué，决）眼：传说子胥自杀前对他的舍人说："而抉吾眼县吴东门之上，以观越寇之人灭吴也。"

㊶直躬：人名，或因忠直著称而得此名。

㊷离其患：罹其患。

㊸无足、知和：都是假设人物，以义命名。

㊹兴（xìng，幸）名：喜欢名声。就利：趋利。

㊺绝俗：超社会。过世：超时代。

㊻惨怛（dá，达）：痛苦的样子。

㊼不监于体：不注意疾苦与安乐对身体的影响。

㊽怵惕：惊慌的样子。

㊾享国：占有国家，即掌握国政。

㊿持：守。苦体：令身体劳苦。绝甘：抛弃美味。约养：节约生活所需。厄：危。

51管籥（yuè，月）：二种管状乐器。

52嗛（qiè，切）：通惬，满足。刍豢（chú huàn，除患）：本指禽兽，食草的叫刍，食谷的叫豢。这里指肉。醪（láo，牢）：淳酒。醴（lǐ，礼）：甜酒。

53侅溺（gāi niào，该尿）句：侅：呃逆出气，咽喉噎住。溺：即尿字。冯：通凭，满。冯气：气涨。句意：由于气涨而上呃气，下出尿。

54溺（nì，匿）：沉溺。

55戚醮（jiào，教）：烦恼。醮：借为焦，焦急。

56缭意：心神缭乱。

说　剑

昔赵文王喜剑，剑士夹门而客三千余人，日夜相击于前，死伤者岁百余人，好之不厌。如是三年，国衰，诸侯谋之。

太子悝患之[①]，募左右曰："孰能说王之意止剑士者，赐之千金。"左右曰："庄子当能。"

太子乃使人以千金奉庄子。庄子弗受，与使者俱往见太子，曰："太子何以教周，赐周千金？"

太子曰："闻夫子明圣，谨奉千金以币从者[②]。夫子弗受，悝尚何敢言！"

庄子曰："闻太子所欲用周者，欲绝王之喜好也。使臣上说大王而逆王意，下不当太子，则身刑而死，周尚安所事金乎？使臣上说大王，下当太子，赵国何求而不得也！"

太子曰："然。吾王所见，唯剑士也。"

庄子曰："喏，周善为剑。"

太子曰："然，吾王所见剑士，皆蓬头突鬓垂冠[3]，曼胡之缨，短后之衣，瞋目而语难，王乃说之。今夫子必儒服而见王，事必大逆。"

庄子曰："请治剑服。"治剑服三日，乃见太子。太子乃与见王，王脱白刃待之[4]。庄子入殿门不趋，见王不拜。王曰："子欲何以教寡人，使太子先焉?"曰："臣闻大王喜剑，故以剑见王。"

王曰："子之剑何能禁制[5]?"

曰："臣之剑，十步一人，千里不留行。"

王大悦之，曰："天下无敌矣。"

庄子曰："夫为剑者，示之以虚，开之以利，后之以发，先之以至[6]。愿得试之。"

王曰："夫子休，就舍待命[7]，令设戏请夫子。"

王乃校剑士七日，死伤者六十余人，得五六人，使奉剑于殿下，乃召庄子。王曰："今日试使士敦剑[8]。"

庄子曰："望之久矣!"

王曰："夫子所御仗[9]，长短何如?"

曰："臣之所奉皆可。然臣有三剑，唯王所用，请先言而后试。"

王曰："愿闻三剑。"

曰："有天子之剑，有诸侯之剑，有庶人之剑。"

王曰："天子之剑何如?"

曰："天子之剑，以燕溪石城为锋[10]，齐岱为锷[11]，晋卫为脊，周宋为镡，韩魏为夹[12]；包以四夷，裹以四时，绕以渤海，带以恒山；制以五行，论以刑德；开以阴阳，持以春夏，行以秋冬。此剑，直之无前，举之无上，案之无下，运之无旁，上决浮云，下绝地纪[13]。此剑一用，匡诸侯，天下服矣。此天子之剑也。"

文王芒然自失，曰："诸侯之剑何如?"

曰："诸侯之剑，以知勇士为锋，以清廉士为锷，以贤良士为脊，以忠圣士为镡，以豪杰士为夹。此剑，直之亦无前，举之亦无上，案之亦无下，运之亦无旁；上法圆天以顺三光，下法方地以顺四时，中和民意以安四乡。此剑一用，如雷霆之震也，四封之内，无不宾服而听从君命者矣。此诸侯之剑也。"

王曰："庶人之剑何如?"

曰；"庶人之剑，蓬头突鬓垂冠，曼胡之缨，短后之衣，瞋目而语难。相击于前，上斩颈领，下决肝肺。此庶人之剑，无异于斗鸡，一旦命已绝矣，无所用于国事。今大王有天子之位而好庶人之剑，臣窃为大王薄之。"

王乃牵而上殿。宰人上食[14]，王三环之。庄子曰："大王安坐定气，剑事已毕奏矣!"

于是文王不出宫三月，剑士皆服毙其处也[15]。

---

①悝（kuī，亏）：太子名。患之：担心赵王喜斗剑而国亡。

②以币从者：以作为您随从人员用的币帛。

③蓬头：头发松散如蓬草。突鬓：鬓毛翘起。

④脱白刃：把雪白的利剑拔出来。

⑤禁制：指禁暴制敌。

⑥后之二句：似未发而已经先至。形容神速。

⑦就舍：住在客舍。戏：指试剑比武。

⑧敦：假借为对。

⑨御杖：执持。所御杖：指所惯用的剑 。

⑩燕谿：地名，在战国时的燕国。石城：塞外山名。

⑪岱：即岱宗，泰山的别称。锷刃。

⑫脊：剑背。镡（tán，谈）：剑环。夹：通铗，剑把。

⑬地纪：神话中维系大地的纲（大绳子）。

⑭宰人：负责国君膳食的官。上食：奉上餐食。

⑮服毙其处：自杀于所居的客舍。服：通伏。

渔　父

孔子游乎缁帷之林[①]，休坐乎杏坛之上。弟子读书，孔子弦歌鼓琴。奏曲未半，有渔父者，下船而来，须眉交白，被发揄袂，行原以上，距陆而止，左手据膝，右手持颐以听。曲终而招子贡子路，二人俱对。

客指孔子曰：“彼何为者也?”

子路对曰：“鲁之君子也。”

客问其族。子路对曰：“族[②]孔氏。”

客曰：“孔氏者何治[③]也?”

子路未应，子贡对曰：“孔氏者，性服忠信，身行仁义，饰礼乐，选人伦[④]。上以忠于世主，下以化于齐民，将以利天下。此孔氏之所治也。”

又问曰：“有土之君与?”

子贡曰：“非也。”

“侯王之佐与?”

子贡曰：“非也。”

客乃笑而还，行言曰：“仁则仁矣。恐不免其身；苦心形以危其真。呜呼，远哉，其分于道也!”

子贡还，报孔子。孔子推琴而起，曰：“其圣人与?”乃下求之，至于泽畔，方将杖拏而引其船[⑤]，顾见孔子，还乡而立。孔子反走，再拜而进。

客曰：“子将何求?”

孔子曰：“曩者先生有绪言而去[⑥]，丘不肖，未知所谓，窃待于下风，幸闻咳唾之音以卒相丘也。”

客曰：“嘻！甚矣，子之好学也!”

孔子再拜而起曰：“丘少而修学，以至于今，六十九岁矣，无所得闻至教，敢不虚心!”

客曰：“同类相从，同声相应，固天之理也。吾请释吾之所有而经子之所以。子之所以者，人事也。天子诸侯大夫庶人，此四者自正，治之美也，四者离位而乱莫大焉[⑦]。官治其职，人处其事，乃无所陵。故田荒室露，依食不足，徵赋不属[⑧]，妻妾不和，长少无序，庶人之忧也；能不胜任，官事不治，行不清白，群下荒怠。功美不有，爵禄不持，大夫之忧也；廷无忠臣，国家昏乱，工技不巧，贡职不美，春秋后伦，不顺天子，诸侯之忧也；阴阳不和，寒暑不时，以伤庶物[⑨]，诸侯暴乱，擅相攘伐[⑩]，以残民人，礼乐不节，财用穷匮，人伦不饬[⑪]，百姓淫乱，天子之忧也。今子既上无君侯有司之势，而下无大臣职事之官，而擅饰的礼乐，选人伦，以化齐民，不亦泰多事乎？

“且人有八疵，事有四患，不可不察也。非其事而事之，谓之摠[12]；莫之顾而进之，谓之佞；希意道言，谓之谄；不择是非而言，谓之谀；好言人之恶，谓之谗；析交离亲，谓之贼；称誉诈伪以败恶人，谓之慝；不择善否，两容颊适，偷拔其所欲，谓之险。此八疵者，外以乱人，内以伤身，君子不友，明君不臣。所谓四患者：好经大事，变更易常，以挂功名，谓之叨[13]；专知擅事，侵人自用[14]，谓之贪；见过不更，闻谏愈甚，谓之很[15]；人同于己则可，不同于己，虽善不善，谓之矜。此四患也。能去八疵，无行四患，而始可教已。”

孔子愀然而叹，再拜而起，曰：“丘再逐于鲁，削迹于卫，伐树于宋，围于陈蔡。丘不知所失，而离此四谤者何也[16]？”

客悽然变容曰：“甚矣，子之难悟也！人有畏影恶迹而去之走者[17]，举足愈数而迹愈多，走愈疾而影不离身，自以为尚迟，疾走不休，绝力而死。不知处阴以休影[18]，处静以息迹[19]，愚亦甚矣！子审仁义之间，察同异之际，观动静之变，适受与之度，理好恶之情，和喜怒之节，而几于不免矣。谨修而身，慎守其真，还以物与人，则无所累矣。今不修之身而求之人，不亦外乎！”

孔子愀然曰：“请问何谓真？”

客曰：“真者，精诚之至也。不精不诚，不能动人。故强哭者虽悲不哀，强怒者虽严不威，强亲者虽笑不和。真悲无声而哀，真怒未发而威，真亲未笑而和。真在内者，神动于外，是所以贵真也。共用于人理也，事亲则慈孝，事君则忠贞，饮酒则欢乐，处丧则悲哀。忠贞以功为主，饮酒以乐为主，处丧以哀为主，事亲以适为主[20]，功成之美，无一其迹矣。事亲以适，不论所以也；饮酒以乐，不选其具矣；处丧以哀，无问其礼矣。礼者，世俗之所为也；真者，所以受于天地，自然不可易也。故圣人法天贵真，不拘于俗。愚者反此。不能法天而恤于人[21]，不知贵真，禄禄而受变于俗，故不足[22]。惜哉，子之蚤湛于人伪而晚闻大道也[23]。”

孔子又再拜而起曰：“今者丘得遇也，若天幸然[24]。先生不羞而比之服役而身教之。敢问舍所在，请因受业而卒学大道。”

客曰：“吾闻之，可与往者之与，至于妙道；不可与往者，不知其道，慎勿与之，身乃无咎。子勉之，吾去子矣，吾去子矣！”乃刺船而去[25]，延缘苇间。

颜渊还车，子路授绥，孔子不顾。待水波定，不闻拏音而后敢乘。

子路旁车而问曰：“由得为役久矣，未尝见夫子遇人如此其威也。万乘之主，千乘之君，见夫子未尝不分庭抗礼，夫子犹有倨傲之容。今渔父仗拏逆立，而夫子曲要磬折[26]，言拜而应[27]，得无太甚乎！门人皆怪夫子矣，渔人何以得此乎！”

孔子伏轼而叹曰：“甚矣由之难化也！湛于礼义有间矣[28]，而朴鄙之心至今未去。进，吾语汝！夫遇长不敬，失礼也；见贤不尊，不仁也。彼非至人，不能下人，下人不精，不得其真，故长伤身。惜哉！不仁之于人也。祸莫大焉，而白独擅之。且道者，万物之所由也，庶物失之者死，得之者生，为事逆之则败，顺之则成。故道之所在，圣人尊之。今渔父之于道，可谓有矣，吾敢不敬乎！”

---

①缁（zī，资）：黑。杏坛：坛名，在鲁东门外。

②族：氏族，指姓。

③治：为。

④饰礼乐：以礼乐进行修饰。选：通撰，制定。人伦：指人与人关系的准则。

⑤拏（yú，余）：通挐，船桨。

⑥曩（nǎng，馕）：昔。

⑦离位：社会地位转化。表示斗争激烈。

⑧不属：指不按时完成赋税。

⑨庶物：众物，指畜牧庄稼之类。

⑩擅相句：不听王命，擅自互相攻伐。

⑪饬（chì，斥）：整顿好。

⑫摠：通总，包揽。

⑬叨（tāo，滔）：叨窃，意即不应当占有而占有了。

⑭侵人自用：恃势凌人，刚愎自用。

⑮很：即《荀子·成相篇》"愎很遂过"之"很"，执拗的意思。

⑯四谤：指被再逐于鲁等四次打击。

⑰恶迹：厌恶自己的足迹。去：离，摆脱。去之走：为了摆脱自己的影子、足迹而跑。

⑱处阴：到阴暗的地方。休影：使影子不见。

⑲处静：处于静止的状态。息迹：使足迹不再出现。

⑳适：顺，指顺合父母之意。

㉑恤：忧。恤于人：忧心于人事。

㉒禄禄：通逯逯，凡庸的样子。受变于俗：受世俗影响而变。

㉓蚤：通早。湛：通耽，沉溺。人伪：人为的事情。

㉔幸：指得天道的亲近。

㉕刺船：撑船。

㉖磬（qìng，庆）：乐器，形曲折。磬折：折腰鞠躬如磬的样子。

㉗言拜而应：渔父说话，孔子先拜而后敢应答。

㉘湛于句：有间，经过了相当长的一段时间。句谓长期沉溺在礼乐之中。

列御寇

列御寇之齐，中道而反，遇伯昏瞀人[①]。伯昏瞀人曰："奚方而反？"

曰："吾惊焉。"

曰："恶乎惊？"

曰："吾尝食于十浆，而五浆先馈。"

伯昏瞀人曰："若是则汝何为惊已？"

曰："夫内诚不解[②]，形谍成光[③]，以外镇人心，使人轻乎贵老，而𩐁其所患[④]。夫浆人特为食羹之货，无多余之赢，其为利也薄，其为权也轻，而犹若是，而况于万乘之主乎！身劳于国而知尽于事。彼将任我以事，而效我以功。吾是以惊。"

伯昏瞀人曰："善哉观乎！汝处已，人将保女矣！"

无几何而往，则户外之屦满矣。伯昏瞀人北面而立，敦杖蹙之乎颐[⑤]。立有间，不言而出。

宾者以告列子，列子提屦，跣而走[⑥]、暨乎门，曰："先生既来，曾不发药乎[⑦]？"

曰："已矣，吾固告汝曰：人将保汝矣，果保汝矣。非汝能使人保汝，而汝不能使人无保汝也，而焉用之感豫出异也[⑧]！必且有感摇而本才，又无谓也。与汝游者又莫汝告也，彼所小言，尽人毒也[⑨]。莫觉莫悟，何相孰也！巧者劳而知者忧，无能者无所求，饱饮而敖游，汎若不系之舟[⑩]，虚而敖游者也[⑪]。"

郑人缓也，呻吟于裘氏之地[⑫]。只三年而缓为儒，河润九里，泽及三族，使其弟墨[⑬]。儒墨相与辩，其父助翟[14]。十年而缓自杀。其父梦之曰："使而子为墨者，予也。阖尝视其良，既为秋柏之实矣？"

夫造物者之报人也，不报其人而报其人之天。彼故使彼。夫人以己为有以异于人以贱其亲[15]，齐人之井饮者相捽也[16]。故曰：今之世皆缓也。自是有德者以不知也，而况有道者乎！古者谓之遁天之刑。

圣人安其所安，不安其所不安；众人安其所不安，不安其所安。

庄子曰："知道易，勿言难。知而不言，所以之天也；知而言之，所以之人也。古之至人，天而不人。"

朱泙漫学屠龙于支离益[17]，单千金之家，三年技成而无所用其巧。

圣人以必不必，故无兵；众人以不必必之，故多兵；顺于兵，故行有求[18]。兵，恃之则亡。

小夫之知，不离苞苴竿牍[19]，敝精神乎蹇浅[20]，而欲兼济道物[21]，太一形虚。若是者，迷惑于宇宙，形累不知太初。彼至人者，归精神乎无始而甘瞑乎无何有之乡。水流乎无形，发泄乎太清[22]。悲哉乎！汝为知在毫毛，而不知大宁[23]！

宋人有曹商者，为宋王使秦。其往也，得车数乘。王说之，益车百乘。反于宋，见庄子曰："夫处穷闾厄巷[24]，困窘织履[25]，槁项黄馘者，商之所短也[26]；一悟万乘之王而从车百乘者，商之所长也。"

庄子曰："秦王有病召医。破痈溃痤者得车一乘，舐者得车五乘，所治愈下，得车愈多。子岂治其痔邪，何得车之多也？子行矣！"

鲁哀公问乎颜阖曰："吾以仲尼为桢幹，国其有瘳乎[27]？"

曰："殆哉圾乎！仲尼方且饰羽而画[28]，从事华辞，以支为旨，忍性以视民[29]，而不知不信，受乎心，宰乎神，夫何足以上民！彼宜女与？予颐与？误而可矣。今使民离实学伪，非所以视民也，为后世虑，不若休之。难治也！"

施于人而不忘，非天布也。商贾不齿，虽以事齿之，神者弗齿。

为外刑刑，金与木也[30]，为内刑者，动与过也。宵人之离外刑者，金木讯之[31]；离内刑者，阴阳食之[32]。夫免乎外内之刑者，唯真人能之。

孔子曰："凡人心险于山川，难于知天。天犹有春秋冬夏旦暮之期，人者厚貌深情[33]。故有貌愿而益[34]，有长若不肖，有慎懁而达，有坚而缦，有缓而钎[35]。故其就义若渴者，其去义若热。故君子远使之而观其忠，近使之而观其敬，烦使之而观其能，卒然问焉而观其知，急与之期而观其信，委之以财而观其仁，告之以危而观其节，醉之以酒而观其则，杂之以处而观其色。九徵至[36]，不肖人得矣。"

正考父一命而伛，再命而偻，三命而俯[37]，循墙而走，孰敢不轨！如而夫者，一命而吕钜[38]，再命而于车上儛，三命而名诸父，孰协唐许？

贼莫大乎德有心而心有睫，及其有睫也而内视，内视而败矣。凶德有五，中德为首。何谓中德？中德也者，有以自好也而吡其所不为者也。

穷有八极，达有三必，形有六府。美髯长大壮丽勇敢，八者俱过人也，因以是穷。缘循，偃佒[39]，困畏不若人，三者俱通达。智慧外通，勇动多怨，仁义多责，六者所以相刑也。达生之情者傀，达于知者肖[40]；达大命者随，达小命者遭。

人有见宋王者，锡[41]车十乘，以其十乘骄穉，庄子。

庄子曰："河上有家贫持纬萧而食者，其子没于渊，得千金之珠。其父谓其子曰：'取石来锻之！夫千金之珠，必在九重之渊而骊龙[42]颔下，子能得珠者，必遭其睡也。使骊龙而寤，子尚奚微之有哉！’今宋国之深，非直九重之渊也；宋王之猛，非直骊龙也；子能得车者，必遭其睡也。使宋王而悟，子为齑粉矣[43]！”

或聘于庄子。庄子应其使曰：“子见夫牺牛乎？衣以文绣，食以刍菽，及其牵而入于大庙，虽欲为孤犊，其可得乎！”

庄子将死，弟子欲厚葬之。庄子曰：“吾以天地为棺椁，以日月为连璧，星辰为珠玑，万物为赍送[44]。吾葬具岂不备邪？何以加此！”

弟子曰：“吾恐乌鸢之食夫子也。”

庄子曰：“在上为乌鸢食，在下为蝼蚁食，夺彼与此，何其偏也！”

以不平平[45]，其平也不平；以不徵徵，其徵也不徵。明者唯为之使，神者徵之。夫明之不胜神也久矣，而愚者恃其所见入于人，其功外也，不亦悲乎！

---

①伯昏瞀（mào，冒）人：楚隐士。瞀：《田子方》篇作“无”。

②解：融化。全句意内心虽然真诚，对大道还未融会贯通。

③谍：即泄。形谍：在外表上流露出来。

④齑（jī，跻）其句：齑：借为赍，遗。句意如上述所说的，会导致祸害。

⑤蹩（cù，促）：紧贴。

⑥跣（xiǎn，险）：赤脚。

⑦发药：比喻赠言，表示伯昏瞀人的话能医治自己的毛病。

⑧感豫：感到愉快。出异；表现得与众不同。

⑨尽人毒：全是害人的东西。前说“发药”，这里说“毒”，前后相呼应。

⑩汎：飘浮不定的样子。

⑪虚则心无症结，无所共鸣，无劳无忧，故能逍遥游。

⑫缓：郑人名。呻吟：吟诵。裘氏：郑地名。

⑬墨：作动词用，成为墨者。

⑭翟（dí，敌）：缓弟名。

⑮夫人：指缓。缓把泽及三族与使其弟墨看作是自己出众的表现。

⑯相捽（zuó，昨）：互相扯着头发殴打。

⑰朱泙（pēng，烹）漫：姓朱泙名漫。支离益：姓支离名益。都是虚设人名。

⑱顺于兵：意即有仗就打。

⑲苞苴竿牍：应酬交际。苞苴：香草。竿牍：竹简。

⑳蹇浅：浅近。

㉑兼济道物：全面地成全、引导万物。

㉒发泄乎太清：谓至人之精神发源于太清。

㉓大宁：大安，非常寂静的世界。

㉔厄：通隘。厄巷：狭窄的小巷。

㉕困窘织屦：贫苦而以织草鞋为生。

㉖槁项：颈项干瘪。黄馘（guó，国）：面黄瘦的样子。短：不善。

㉗桢幹：原指筑墙用的木条，这里借指国家栋梁。瘳（chōu，抽）：病愈。

㉘仲尼句：说明仲尼追求花样、巧伪。

㉙忍性二句：孔子宣扬“克己复礼”，是叫人压抑自己的天性，故说忍性。

㉚外刑：施在体外的刑罚。金：金属的刑具。木：木制的刑具。

㉛讯：拷问。

㉜食：通蚀。指对身心的逐渐伤害。

㉝厚貌：外表不浅露，说明善掩饰。深情：感情藏得深，说明难测度。

㉞貌愿：表面谦虚老实。益：通溢，骄傲自满。
㉟慎惯：固执保守。缦（màn，慢）：软弱。缓：和顺。钎（hàn）：凶悍。
㊱徵：检验，考察。九徵至：以上九方面都考察过了。
㊲正考父：孔子的七世祖。伛偻（yǔ lóu，宇楼）：弯腰曲背。
㊳吕钜：意犹今说腰板硬，与伛偻相反，是一种自恃的表现。
㊴佒（yǎng，养）：通仰。偃佒：俯仰从人，卑顺的样子。
㊵傀（guī，龟）：不平凡。肖：渺小。
㊶锡：通赐。
㊷骊龙：黑龙。
㊸韲粉：碎粉，比喻粉身碎骨。
㊹赍（jī，跻）：送。此指送葬品。
㊺以不平平：以不平的方式来平等各物。

天　下

天下之治方术者多矣，皆以其有为不可加矣[①]！古之所谓道术者，果恶乎在？曰："无乎不在。"曰："神何由降？明何由出[②]?""圣有所生，王有所成，皆原于一。"

不离于宗，谓之天人；不离于精，谓之神人；不离于真，谓之至人。以天为宗，以德为本，以道为门，兆于变化，谓之圣人；以仁为恩，以义为理，以礼为行，以乐为和，熏然慈仁，谓之君子。以法为分，以名为表，以参为验，以稽为决，其数一二三四是也，百官以此相齿[③]，以事为常，以衣食为主，蕃息畜藏为意[④]，老弱孤寡皆有以养，民之理也。

古之人其备乎！配神明[⑤]，醇天地[⑥]，育万物，和天下，泽及百姓，明于本数，系于末度，六通四辟，小大精粗，其运无乎不在。其明而在数度者，旧法世传之史，尚多有之。其在于《诗》《书》《礼》《乐》者，邹鲁之士搢绅先生[⑦]，多能明之。其数散于天下而设于中国者，百家之学时或称而道之。

天下大乱，贤圣不明，道德不一，天下多得一察焉以自好。譬如耳目鼻口，皆有所明，不能相通。犹百家众技也，皆有所长，时有所用。虽然，不该不遍，一曲之士也[⑧]。判天地之美，析万物之理，察古人之全，寡能备于天地之美，称神明之容。是故内圣外王之道，闇而不明，郁而不发，天下之人各为其所欲焉以自为方。悲夫，百家往而不反，必不合矣！后世之学者，不幸不见天地之纯，古人之大体，道术将为天下裂。

不侈于后世，不靡于万物，不晖于数度[⑨]，以绳墨自矫，而备世之急。古之道术有在于是者，墨翟、禽滑厘闻其风而说之[⑩]。为之大过，已之大循。作为《非乐》，命之曰《节用》。生不歌，死无服。墨子泛爱兼利而非斗，其道不怒；又好学而博，不异，不与先王同，毁古之礼乐。

黄帝有《咸池》，尧有《大章》，舜有《大韶》，禹有《大夏》，汤有《大濩》，文王有《辟雍》之乐，武王周公作《武》。古之丧礼，贵贱有仪，上下有等，天子棺椁七重，诸侯五重，大夫三重，士再重。今墨子独生不歌，死无服，桐棺三寸而无椁，以为法式。以此教人，恐不爱人；以此自行，固不爱己。未败墨子道，虽然，歌而非歌，哭而非哭，乐而非乐，是果类乎？其生也勤，其死也薄，其道大觳[⑪]；使人忧，使人悲，其行难为也。恐其不可以为圣人之道，反天下之心，天下不堪。墨子虽能独任，奈天下何！离于天下，其去王也远矣。

墨子称道曰："昔者禹之湮洪水，决江河而通四夷九州也，名川三百，支川三千，小者无数。禹亲自操橐耜[⑫]，而九杂天下之川；腓无胈[⑬]，胫无毛[⑭]，沐甚雨栉疾风，置万国。禹大圣也，而形劳天下也如此。"使后世之墨者，多以裘褐为衣[⑮]，以跂跻为服，日夜不休，以自苦为极，曰“不能如此，非禹之道也，不足谓墨。”

相里勤之弟子，五侯之徒，南方之墨者苦获、已齿、邓陵子之属，俱诵《墨经》，而倍谲不同[16]，相谓别墨；以坚白同异之辨相訾，以觭偶不仵之辞相应[17]；以巨子为圣人，皆愿为之尸[18]，冀得为其后世，至今不决。

墨翟、禽滑厘之意则是，其行则非也。将使后世之墨者，必自苦以腓无胈胫无毛，相进而已矣。乱之上也，治之下也。虽然，墨子真天下之好也，将求之不得也，虽枯槁不舍也，才士也夫！

不累于俗，不饰于物，不苟于人，不忮于众[19]，愿天下之安宁以活民命，人我之养毕足而止，以此白心，古之道术有在于是者。宋钘尹文闻其风而悦之。作为华山之冠以自表，接万物以别宥为始[20]：语心之容，命之曰心之行，以聏合驩[21]，以调海内，请欲置之以为主。见侮不辱，救民之斗，禁攻寝兵，救世之战。以此周行天下，上说下教，虽天下不取，强聒而不舍者也[22]，故曰上下见厌而强见也[23]。

虽然，其为人太多，其自为太少，曰：“请，欲固置五升这饭足矣。”先生恐不得饱，弟子虽饥，不忘天下。日夜不休，曰：“我必得活哉！”图傲乎救世之士哉[24]！曰：“君子不为苛察[25]，不以身假物。”以为无益于天下者，明知不如已也。以禁攻寝兵为外，以情欲寡浅为内，其小大精粗，其行适至是而止。

公而不党，易而无私，决然无主[26]，趣物而不两[27]，不顾于虑，不谋于知，于物无择，与之俱住。古之道术有在于是者，彭蒙田骈慎到闻其风而悦之[28]。齐万物以为首，曰：“天能覆之而不能载之，地能载之而不能覆之，大道能包之而不能辩之。”知万物皆有所可，有所不可，故曰；“选则不遍，教则不至，道则无遗者矣。

是故慎到弃知去己，而缘不得已泠汰于物，以为道理[29]，曰：“知不知，将薄知而后邻伤之者也[30]。”谍髁无任[31]，而笑天下之尚贤也；纵脱无行，而非天下之大圣。椎拍輐断[32]，与物宛转，舍是与非，苟可以免。不师知虑，不知前后，魏然而已矣。推而后行，曳而后往，若飘风之还，若落羽之旋，若磨石之隧，全而无非，动静无过，未尝有罪。是何故？夫无知之物，无建己之患，无用知之累，动静不离于理，是以终身无誉。故曰：“至于若无知之物而已，无用贤圣，夫块不失道。”豪杰相与笑之曰：“慎到之道，非生人之行而至死人之理，适得怪焉。”

田骈亦然，就于彭蒙，得不教焉。彭蒙之师曰：“古之道人，至于莫之是莫之非而已矣。其风窢然[33]，恶可而言?”常反人，不见观，而不免于魭断[34]。其所谓道非道，而所言之韪不免于非[35]。彭蒙田骈慎到不知道。虽然，概乎皆尝有闻者也。

以本为精，以物为粗，以有积为不足[36]，淡然独与神明居。古之道术有在于是者，关尹老聃闻其风而悦之。建之以常无有，主之以太一，以濡弱谦下为表，以空虚不毁万物为实。

关尹曰：“在己无居[37]，形物自著。其动若水，其静若镜，其应若响。芴乎若亡[38]，寂乎若清。同焉者和，得焉者失。未尝先人而常随人。”

老聃曰：“知其雄，守其雌，为天下谿；知其白，守其辱，为天下谷。”人皆取先，己独取后[39]，曰受天下之垢；人皆取实，己独取虚，无藏也故有余；岿然而有余[40]。其行身也，徐而不费，无为也而笑巧[41]；人皆求福，己独曲全，曰苟免于咎。以深为根，以约为纪，曰坚则毁矣，锐则挫矣。常宽于物，不削于人，可谓至极。关尹、老聃乎，古之博大真人哉！

芴漠无形，变化无常，死与生与，天地并与，神明往与！芒乎何之，忽乎何适，万物毕罗，莫足以归，古之道术有在于是者。庄周闻其风而悦之。以谬悠之说[42]，荒唐之言[43]，无端崖之辞，时恣纵而不傥，不以觭见之也。以天下为沈浊，不可与庄语，以卮言为曼衍，以重言为真，以寓言为广。独与天地精神往来而不敖倪于万物，不谴是非，以与世俗处。其书虽环玮㊹而连犿㊺无伤也。其辞虽参差而諔诡可观㊻。彼其充实不可以已，上与造物者游，而下与外死生无终始者为友。其于本也，弘大而辟，深闳而肆㊼，其于宗也，可谓稠适而上遂矣。虽然，其应于化而解于物也，其理不竭，其来不蜕，芒乎昧乎，未之尽者。

惠施多方，其书五车，其道舛驳㊽，其言也不中。历物之意，曰："至大无外，谓之大一；至小无内，谓之小一㊾。无厚，不可积也，其大千里。天与地卑，山与泽平。日方中方睨㊿，物方生方死。大同而与小同异。此之谓'小同异'；万物毕同毕异，此之谓'大同异'。南方无穷而有穷，今日适越而昔来。连环可解也。我知天下之中央，燕之北越之南是也。泛爱万物，天地一体也。"

惠施以此为大，观于天下而晓辩者，天下之辩者相与乐之。卵有毛(51)；鸡三足(52)；郢有天下；犬可以为羊；马有卵；丁子有尾；火不热；山出口；轮不碾地(53)；目不见；指不至，至不绝；龟长于蛇；矩不方，规不可以为圆；凿不围枘(54)；飞鸟之景未尝动也；镞矢之疾而有不行不止之时(55)；狗非犬；黄马骊牛三；白狗黑；孤驹未尝有母；一尺之捶，日取其半，万世不竭。辩者以此与惠施相应，终身无穷。

桓团、公孙龙辩者之徒(56)，饰人之心，易人之意，能胜人之口，不能服人之心，辩者之囿也。惠施日以其知与人之辩，特与天下之辩者为怪，此其柢也(57)。

然惠施之口谈，自以为最贤，曰：天地其壮乎！施存雄而无术。南方有倚人焉，曰黄缭，问天地所以不堕不陷，风雨雷霆之故。惠施不辞而应，不虑而对，编为万物说，说而不休，多而无已，犹以为寡，益之以怪。以反人为实，而欲以胜人为名，是以与众不适也。弱于德，强于物，其涂隩矣(58)。由天地之道观惠施之能，其犹一蚊一虻之劳者也。其于物也何庸！夫充一尚可，曰愈贵，道几矣！惠施不能以此自宁，散于万物而不厌，卒以善辩为名。惜乎！惠施之才，骀荡而不得(59)，逐物而不反，是穷响以声，形与影竞走也。悲夫！

---

①方术：一方之术。道术是普遍适用的，包罗万象的，而方术只适用于某一方面，是局部适用的。

②神何由降：体现为圣；明何由出：体现为王。归根结蒂都是道的作用。

③百官以此相齿：百官依这样相列序位。

④蕃：繁殖。息：生息。畜：蓄积。藏：储藏。句指生产与收藏。

⑤配神明：与神圣明王相一致。配：合。

⑥醇：借为准。

⑦搢（jìn，进）：笏。古代搢绅代指做官的。

⑧一曲之士：乡曲之士。比喻孤陋寡闻。

⑨靡（mí，糜）：浪费。晖：炫耀。

⑩禽滑（gǔ，骨）厘：墨翟弟子。说（yuè，悦）：通悦。

⑪觳（què，确）：苛刻。

⑫橐（tuó，驼）：盛土器。耜（sì，似）：挖土器。

⑬腓无胈：腓：俗称小腿肚子。胈：白肉。

⑭胫：从脚跟到膝的部分。

⑮裘褐：粗衣。

⑯倍谲（juē，决）：分歧。

⑰觭（jī，基）偶：即奇偶，是相对的两个数目。这里取其相反之义。仵（wǔ，五）：通伍，合。

⑱尸：主，首领。为之尸：作为其首领。

⑲不忮（zhì，至）于众：忮：违逆。即不拂人情。

⑳宥：通囿，局限。别宥：抛弃偏见。

㉑以聏（ér，而）合驩：聏作柔和、亲昵义。用柔和的态度投合别人的喜欢。

㉒聒（guō，郭）：喧扰，嘈杂。强聒不舍：说个不停。

㉓见厌：被人讨厌。强见（xiàn，现）：硬是表现、宣扬。

㉔图傲乎：高大之貌。

㉕苛察：苛刻计较，对人事苛求挑剔。

㉖决然：自然流动的样子。无主：没有被什么所支配。

㉗趣物而不两：随物变化而没有三心二意。

㉘彭蒙：人名，下文说是田骈的老师。田骈：即陈骈。

㉙泠汰：听从放任。

㉚将：要。薄知：鄙薄知识。邻：借为磷。磷伤：毁伤。句谓：要鄙薄知识，然后又进一步把它毁弃。

㉛謑髁（xǐ kē，喜科）：儿戏、随便的样子。无任：无能。

㉜椎、輐（wàn，腕）：都是古代的刑具。拍：打。椎可拍打人，輐可以把人的手足切断，故说椎拍輐断。

㉝窢（xù，旭）：风迅速吹过的声音。这句用风来比喻教化。

㉞魭（yuán，元）断：同輐断。句谓不免于受罪。

㉟韪（wěi，伟）：是。

㊱以有积为不足：以储积为不足。

㊲在己无居：即自己不存在私意。

㊳芴乎若亡：恍惚若无。芴与惚通。

㊴取后：自甘落后。

㊵岿然：山高大的样子。形容有余之多，如高山堆积。

㊶笑巧：笑人之巧。巧：智巧。

㊷谬悠：虚远而不可捉摸。

㊸荒唐：广大无域畔，不可测度。

㊹环玮：奇特，弘状。

㊺连犿（fān，翻）：宛转貌，和同混融之意。

㊻諔（chù，触）：诡：奇异。

㊼弘大：博大。辟：通达。深闳（hóng，宏）：深广。肆：畅达。

㊽舛（chuǎn，喘）：驳：错误杂乱。

㊾无外：无限大。无内：无限小。

㊿睨（nì，匿）：本指斜视，这里只取斜的意思。

(51)卵有毛：从小鸡孵出时已有毛可知蛋里有毛的因素。

(52)鸡三足：《公孙龙子·通变论》："谓鸡足一，数足二，二而一故三。"

(53)轮不蹍地：车轮转动时，只有其中一点在一刹那与地面接触，故说不蹍地。

(54)枘（ruì，锐）：榫头。凿孔是套榫头的，但不能完全紧贴，故说"不围"。

(55)镞矢：箭头。

(56)桓团：《列子·仲尼》作韩团，赵人，辩士。

(57)柢（dǐ，底）：根本。

(58)隩（ào，澳）：深曲。

(59)骀（dài，代）荡：放荡。不得：不能行于正道。

冲虚至德真经

天瑞第一[①]

子列子居郑圃[②]，四十年人无识者。国君、卿、大夫眎之[③]，犹众庶也。国不足，将嫁于卫[④]。弟子曰："先生往无反期，弟子敢有所谒；先生将何以教？先生不闻壶丘子林之言乎[⑤]？"子列子笑曰："壶子何言哉？虽然，夫子尝语伯昏瞀人[⑥]，吾侧闻之，试以告女。其言曰：有生不生，有化不化。不生者能生生，不化者能化化。生者不能不生，化者不能不化，故常生常化。常生常化者，无时不生，无时不化，阴阳尔，四时尔[⑦]。不生者疑独，不化者往复。其际不可终，疑独其道不可穷。《黄帝书》曰[⑧]：'谷神不死[⑨]，是谓玄牝。玄牝之门[⑩]，是谓天地之根。绵绵若存，用之不勤'。故生物者不生，化物者不化。自生自化，自形自色，自智自力，自消自息[⑪]。谓之生化、形色、智力、消息者，非也。"

子列子曰："昔者，圣人因阴阳以统天地[⑫]。夫有形者生于无形，则天地安从生？故曰："有太易[⑬]，有太初[⑭]，有太始[⑮]，有太素[⑯]。太易者，未见气也；太初者，气之始也；太始者，形之始也；太素者，质之始也。气形质具而未相离，故曰浑沦。浑沦者，言万物相浑沦而未相离也。视之不见，听之不闻，循之不得，故曰易也[⑰]。易无形埒[⑱]，易变而为一，一变而为七[⑲]，七变而为九[⑳]。九变者，究也，乃复变而为一。一者，形变之始也。清轻者上为天，浊重者下为地，冲和气者为人[㉑]；故天地含精，万物化生。"

子列子曰："天地无全功，圣人无全能，万物无全用。故天职生覆[㉒]，地职形载[㉓]，圣职教化[㉔]，物职所宜[㉕]。然则天有所短，地有所长，圣有所否[㉖]，物有所通。何则？生覆者不能形载，形载者不能教化，教化者不能违所宜，宜定者不出所位[㉗]。故天地之道，非阴则阳；圣人之教，非仁则义；万物之宜，非柔则刚：此皆随所宜而不能出所位者也。故有生者，有生生者；有形者，有形形者；有声者，有声声者；有色者，有色色者；有味者，有味味者。生之所生者死矣，而生生者未尝终；形之所形者实矣，而形形者未尝有；声之所声者闻矣，而声声者未尝发；色之所色者彰矣，而色色者未尝显；味之所味者尝矣，而味味者未尝呈：皆无为之职也。能阴能阳，能柔能刚，能短能长，能圆能方，能生能死，能暑能凉，能浮能沉，能宫能商[㉘]，能出能没，能玄能黄[㉙]，能甘能苦，能羶能香[㉚]。无知也，无能也，而无不知也，而无不能也。"

子列子适卫，食于道，从者见百岁髑髅[㉛]。攓蓬而指[㉜]，顾谓弟子百丰曰[㉝]："唯予与彼知而未尝生未尝死也。此过养乎？此过欢乎？种有几[㉞]：若鼃为鹑[㉟]，得水为㡭[㊱]，得水土之际，则为蝇蠙之衣[㊲]。生于陵屯[㊳]，则为陵舄[㊴]。陵舄得郁栖[㊵]，则为乌足。乌足之根为蛴螬[㊶]，其叶为蝴蝶。蝴蝶胥也[㊷]，化而为虫，生灶下，其状若脱，其名曰鸲掇[㊸]。鸲掇千日化而为鸟，其名曰乾余骨。乾余骨之沫为斯弥[㊹]。斯弥为食醯颐辂[㊺]。食醯颐辂，生乎食醯黄軦[㊻]，食醯黄軦生乎九猷[㊼]。九猷生乎瞀芮，瞀芮生乎腐蠸，羊肝化为地皋[㊽]，马血之为转邻也[㊾]，人血之为野火也[㊿]。鹞之为鹯[51]，鹯之为布谷，布谷久复为鹞也。燕之为蛤也[52]，田鼠之为鹑也[53]，朽瓜之为鱼也，老韭之为苋也，老羭之为猨也[54]，鱼卵之为虫。亶爰之兽[55]自孕而生，曰类。河泽之鸟，视而生，曰鶂。纯雌其名大膂[56]，纯雄其名稺蜂[57]。思士不妻而感，思女不夫而孕。后稷生乎巨跡[58]，伊尹生乎空桑。厥昭生乎湿，醯鸡生乎酒[59]。羊奚比乎不筍[60]，久竹生青宁[61]，青宁生程[62]，程生马，马生人。人久入于机。万物皆出于机，皆入于机。"

《黄帝书》曰："形动不生形而生影，声动不生声而生响，无动不生无而生有。"[63]形，必终者也。天地终乎？与我偕终[64]。终进乎？不知也。道终乎本无始，进乎本不久。有生则复于不生，有形则复于无形。不生者，非本不生者也；无形者，非本无形者也。生者，理之必终者也。终者不得不终，亦如生者之不得不生[65]。而欲恒其生，画其终，惑于数也[66]。精神者，天之分；骨骸者，地之分[67]。属天清而散，属地浊而聚。精神离形，各归其真[68]，故谓之鬼。鬼，归也，归其真宅[69]。黄帝曰："精神入其门，骨骸反其根，我尚何存？"

人自生至终，大化有四：婴孩也，少壮也，老耄也[70]，死亡也。其在婴孩，气专志一，和之至也；物不伤焉，德莫加焉[71]。其在少壮，则血气飘溢，欲虑充起[72]，物所攻焉，德故衰焉。其在老耄，则欲虑柔焉，体将休焉，物莫先焉。虽未及婴孩之全，方于少壮，间矣[73]。其在死亡也，则之于息焉，反其极矣[74]。

孔子游于太山，见荣启期行乎郕之野，鹿裘带索，鼓琴而歌。[75]孔子问曰："先生所以乐，何也？"对曰："吾乐甚多：天生万物，唯人为贵，而吾得为人，是一乐也。男女之别，男尊女卑，故以男为贵，吾既得为男矣，是二乐也。人生有不见日月、不免襁褓者，吾既已和年九十矣，是三乐也。贫者士之常也，死者人之终也。处常得终，当何忧哉？"孔子曰："善乎：能自宽者也。"[76]

林类年且百岁，底春被裘，拾遗穗于故畦，并歌并进[77]。孔子适卫，望之于野，顾谓弟子曰："彼叟可与言者，试往讯之！"子贡请行，逆之垅端[78]，面之而叹曰："先生曾不悔乎，而行歌拾穗？"林类行不留，歌不辍[79]。子贡叩之不已，乃仰而应曰："吾何悔邪？"子贡曰："先生少不勤行，长不竞时，老无妻子，死期将至，亦有何乐，而拾穗行歌乎？"林类笑曰："吾之所以为乐，人皆有之，而反以为忧。少不勤行，长不竞时，故能寿若此。老无妻子，死期将至，故乐若此。"子贡曰："寿者人之情，死者人之恶[80]。子以死为乐，何也？"林类曰："死之与生，一往一反。故死于是者，安知不生于彼[81]？故吾知其不相若矣，吾又安知营营而求生非惑乎？亦又安知吾今之死不愈昔之生乎？"子贡闻之，不喻其意，还以告夫子。夫子曰："吾知其可与言，果然；然彼得之而不尽者也[82]。"

子贡倦于学，告仲尼曰："愿有所息。"仲尼曰："生无所息。"子贡曰："然则赐息无所乎？"仲尼曰："有焉耳。望其圹，睾如也，宰如也，坟如也，鬲如也，则知所息矣[83]。"子贡曰："大哉死乎！君子息焉，小人伏焉[84]。"仲尼曰："赐！汝知之矣。人胥知生之乐，未知生之苦；知老之惫，未知老之佚[85]；知死之恶，未知死之息子也。晏子曰'善哉，古之有死也！仁者息焉，不仁者伏焉。'死也者，德之徼也[86]。古者谓死人为归人。夫言死人为归人，则生人为行人矣。行而不知归，失家者也。一人失家，一世非之；天下失家，莫知非焉。有人去乡土、离六亲、废家业、游于四方而不归者，何人哉？世必谓之为狂荡之人矣。又有人钟贤世、矜巧能、修名誉、夸张于世[87]，而不知已者，亦何人哉？世必以为智谋之士。此二者胥失者也，而世与一不与一，唯圣人知所与，知所去[88]。"

或谓子列子曰："子奚贵虚？"列子曰："虚者无贵也[89]。"子列子曰："非其名也，莫如静，莫如虚。静也虚也，得其居矣；取也与也，失其所矣。事之破砀，而后有舞仁义者，弗能复也[90]。"

粥熊曰[91]："运转亡已[92]，天地密移[93]，畴觉之哉？故物损于彼者盈于此，成于此者亏于彼。损盈成亏，随世随死。往来相接，间不可省，畴觉之哉？凡一气不顿进[94]，一形不顿亏[95]，亦不觉其成，不觉其亏。亦如人自世至老，貌色智态，亡日不异。皮肤爪发，随世随落，非婴孩时有停而不易也。间不可觉，俟至后知。"

杞国有人忧天地崩坠[96]，身亡所寄，废寝食者。又有忧彼之所忧者，因往晓之，曰："天，积气耳，亡处亡气。若屈伸呼吸，终日在天中行止，奈何忧崩坠乎?"其人曰："天果积气，日月星宿（xiu 袖）不当坠邪?"晓之者曰："日月星宿，亦积气中之有光耀者，只使坠，亦不能有所中伤。"其人曰："奈地坏何?"晓者曰："地积块耳，充塞四虚，亡处亡块。若躇步跐蹈[97]，终日在地上行止，奈何忧其坏?"其人舍（shì 释）然大喜。长庐子闻而笑之曰[98]："虹蜺也[99]，云雾也，风雨也，四时也，此积气之成乎天者也。山岳也，河海也，金石也，火木也，此积形之成乎地者也。知积气也，知积块也，奚谓不坏? 夫天地，空中之一细物，有中之最巨者。难终难穷，此固然矣；难测难识，此固然矣。忧其坏者，诚为大（dài 待）远；言其不坏者，亦为未是。天地不得不坏，则会归于坏。遇其坏时，奚为不忧哉?"子列子闻而笑曰："言天地坏者亦谬，言天地不坏者亦谬。坏与不坏，吾所不能知也。虽然，彼一也，此一也[100]。故生不知死，死不知生；来不知去，去不知来。坏与不坏，吾何容心哉?"

舜问乎烝曰[101]："道可得而有乎?"曰："汝身非汝有也，汝何得有夫道?"舜曰："吾身非吾有，孰有之哉?"曰："是天地之委形也[102]。生非汝有，是天地之委和也[103]。性命非汝有，是天地之委顺也[104]。孙子非汝有，是天地之委蜕也[105]。故行不知所往，处不知所持，食不知所以。天地，强阳气也[106]，又胡可得而有邪?"

齐之国氏大富，宋之向氏大贫；自宋之齐，请其术[107]。国氏告之曰："吾善为盗。始吾为盗也，一年而给，二年而足，三年大壤[108]。自此以往，施及州闾[109]。"向氏大喜，喻其为盗之言，而不喻其为盗之道，遂逾垣凿室，手目所及，亡不探也。未及时，以赃获罪，没其先居之财[110]。向氏以国氏之谬己也，往而怨之。国氏曰："若为盗若何?"向氏言其状。国氏曰："嘻！若失为盗之道至此乎? 今将告若矣。吾闻天有时，地有利。吾盗天地之时利，云雨之滂润，山泽之产育，以生吾禾，殖吾稼，筑吾垣，建吾舍。陆盗禽兽，水盗鱼鳖，亡非盗也。夫禾稼、土木、禽兽、鱼鳖，皆天之所生，岂吾之所有? 然吾盗天而亡殃。夫金玉珍宝，谷帛财货，人之所聚，岂天之所与? 若盗之而获罪，孰怨哉?"向氏大惑，以为国氏之重罔己也[111]，过东郭先生问焉[112]。东郭先生曰："若一身庸非盗乎? 盗阴阳之和，以成若生，载若形；况外物而非盗哉? 诚然，天地万物不相离也；仞而有之[113]，皆惑也。国氏之盗，公道也，故亡殃；若之盗，私心也，故得罪[114]。有公私者，亦盗也；亡公私者，亦盗也[115]"。公公私私，天地之德[116]。知天地之德者，孰为盗耶? 孰为不盗耶?"

---

①天瑞：瑞是一种征兆和符号。天瑞就是生化万物的本体道（神）的符号。唐卢重玄《列子解》认为世界本原生化万物，却无形象，它的表现作用就象阴阳二气一样昭示世人却神妙莫测，所以叫天瑞。

②郑圃：古地名。郑是郑国，在今河南一带；圃，可能是圃田，在今河南中牟县西。

③眎（shì，视）：视的异体字，看待的意思。

④将嫁于卫：嫁，转移，此处指出走。

⑤壶丘子林：人名。姓壶丘，名林，子为尊称词。亦称壶子。春秋郑国人，为列子老师。

⑥伯昏瞀（mào，冒）人：本书《黄帝》篇亦作"伯昏无人"。姓伯昏，名瞀人；瞀人意为愚人。据传伯昏氏亦为郑国人，与列子同学于壶子门下。

⑦阴阳：阴气和阳气，指事物内部矛盾对立的两方面。四时：即春夏秋冬一年四季。

⑧《黄帝书》：《汉书·艺文志》道家类著录中列有《黄帝四经》，早已失传。

⑨谷：原指山谷，取其中空之义，此处是描写创造本体的虚无性。神：变化莫测之物。谷神就是至虚至无而实存实有的世界本体的另一个说法。

⑩玄牝之门：门是出入所必须经过的地方，玄牝之门就是至虚至无，无形无象，又含育万有的世界本体发挥作用的途径。

⑪消息：消：尽也。息：始也。一消一息互相更替，终而复始，谓之消息。

⑫圣人：道家经书中“圣人”的含义与儒家的有所不同，道家的圣人重在体位自然，拓展内在生命之义蕴。

⑬太易：是从无形本体到有形世界的演化过程的第一个阶段。在这个阶段中，天地未分，元气未成。

⑭太初：是从无形本体到有形世界的演化过程的第二个阶段。此过程中，元气已现，然而天地未判，形质未显。

⑮太始：是上述演化过程的第三个阶段，此过程中，元气凝结，品物流形，万物的形式已经出现。

⑯太素：是演化过程的最后一个阶段，此过程中，万物各自的规定性已成，形体未判。

⑰易：此处指世界无形的本体，为道的别名。

⑱埒（liè，列）：矮墙，引申为界域之意。

⑲七：道教尚阳，七是第二大的阳数，仅次于九，故道经中多以七为数。

⑳九：为阳数的极数，道教以为纯阳之数。

㉑冲和气：冲通“中”。指阴阳两气相互交泰，成为均匀调和的状态。

㉒天职生覆：职：专主，职责。生覆：覆育生命。覆，庇护。见《礼记·乐记》：“天地䜣合，阴阳相得，煦妪覆育万物。”

㉓地职形载：地之功能是承载有形之体。

㉔圣职教化：圣：圣人。教化：教育感化。

㉕所宜：与其本性相适应的效用。亦简称“物宜”。

㉖本句的意思是：身怀绝技的人也有不能精通的东西。

㉗宜定者不出所位：宜定，效用适宜的范围。位，本位，本份，可以理解为本性的限制。即事物的功效适宜的范围不能超出它们的本性限制。

㉘宫商：中国古代音乐中的五个音阶的前两个音。

㉙玄：红黑色。

㉚羶：“膻”的异体字，腥臭。

㉛髑髅（dú lóu，毒楼）：即骷髅，死人的骨架。

㉜攓（qiān，牵）：拔。蓬：草名。

㉝百丰：列子弟子，生平无考。

㉞几：通机，机遇的意思。

㉟鼃：“蛙”的体字。鹑：鹌鹑。

㊱䕻（jì，计）：“继”的古体字，这里指的是一种草本植物，又称水䕻，俗称节节草。

㊲蠙蠙（bìn，摈）之衣：蠙蠙：一种水草。衣是覆盖的意思。从全句来看蠙蠙之衣是一种苔藓类植物。

㊳陵屯：明亮通风的地形。

㊴陵舄：即车前草古名。

㊵郁栖：肥土。乌足：草名，长于水边。

㊶蛴螬（qí cáo，其曹）：虫名。古人传说乌足是陵舄在粪壤中所化，其根在粪土中，而出为蛴螬。

㊷胥：皆，全都的意思。

㊸鸲掇（qú duō，瞿多）：形体内变化的小虫。

㊹斯弥：虫名。

㊺食醯（xī，希）颐辂（lù，路）：虫名。

㊻食醯黄軦（kuàng，况）：虫名。

㊼九猷：虫名。瞀芮：小虫，喜欢乱飞。

㊽腐蠸（quán，权）：瓜中黄甲虫。地皋（gāo，高）：皋，通膏，地膏即地血。

㊾邻：与磷通，指磷火，即民间所谓鬼火。

㊿野火：即所谓鬼火，古人认为鬼火皆是人血所化。

(51)鹯（zhān，沾）：鸟名。

(52)燕之为蛤也：蛤：软体动物。

(53)鹑：又作䳄，鹌（àn，暗）、鴽（rù，入），同指一物，鸟名。

(54)羭（yú，余）、猨（yuán，元）：羭，田羊。猨：猿的异体字。

(55)亶爰（chán yuán，禅元）：山名。

(56)鶂（yì，义）：幼鸟。大膂：龟鳖一类的动物。膂：腰的古体字。

(57)稺蜂：小蜂。稺：稚的古异体字。

(58)后稷（jì，济）生乎巨跡：典出《诗·大雅》和《史记·周本记》，谓高辛氏之妃名姜嫄，见大人足迹，好而复踏之，如有所感，遂孕，固生后稷。

(59)厥昭：虫名。醯鸡：即蠛蠓，一种小飞虫。

(60)羊奚、不荀：皆植物古名。荀，为筍之误，笋的异体字。

(61)久竹、青宁：久竹：竹类名。青宁：虫名。此二物异类相生。

(62)程：貘（mò，漠）之别名。貘为白色之豹。古人认为，豹是虎熊之子。

(63)此句所引《黄帝书》言中，“无”和“有”是一对哲学范畴，大致相当于现代哲学用语中“虚无”与“存在”之义。

(64)世界上有形之物皆有产生和消亡，即使天地之大，与渺小的个人也一样有其终结之时。

(65)此句是说，世上诸多死灭、离散之物，究其本源，本是无生无灭，无聚无散。

(66)画：在这里是停止的意思。数：定数，此处为规律的意思。

(67)分：一半之意，此处指整体中的一部分。此句意：人的精神部分是由天生成的，肉体部分是由地生成的。

(68)真：本原的意思。此句意为：（死亡）是精神和形体相分离，属于天的精神分散上升，属于地的肉体凝结而下降，各自回归到自己的本原中去。

(69)真宅：原来的家，此处分指天和地。

(70)耄（mào，冒）：指八九十岁的年纪。

(71)此句是对《老子》“专气致柔”、“肌肉若一”和“含德之厚，比之于赤子”等思想的发挥。

(72)飘溢：是旺盛充满的样子。充起：繁多复杂的样子。

(73)间：息的意思。先：争先之意。老年人虽然欲虑减少了许多，但元气已亏，故不及婴儿那么健全了，不过比起青壮年来说倒是要安静多了。

(74)之：达到。息：休息。死亡的时候，是达到完全的休息；生命达到了它的极限，而走到它的反面，故称“反其极矣”。

(75)太山：同泰山。荣启期：与孔子同时的音乐家。鹿裘：此处非指鹿皮作的皮袍，而是指粗糙的衣服。

(76)自宽：自我安慰。由这里见，启期子尚未深达至道。

(77)林类：生平历史上没有记载，大概是与孔子同时的隐士。底春：春季之末。故畦：指收割后的禾田。

(78)逆：迎接，此处指迎面走过去。垅端：田头。

(79)留、辍：都是停止的意思。

(80)情：与恶相对，为“欲”之意。

(81)以上两句，梁章钜《退庵随笔》评论说：“轮回之说，盖出于此。”

(82)此处列子以仲尼的评语，点破林类之感悟尚未达到最高境界（不尽）。

(83)圹（kuàng，旷）：墓穴。睪（gāo，高）：通皋，高耸的样子。宰：坟墓。鬲（lì，历）：古代炊具，形状象鼎，此处指倒盖于地的鼎，上小下大。

(84)伏：躺下。用“伏”字来指小人之死的蒙昧性和被动取消性。

(85)佚：同“逸”，安闲的意思。

(86)徼（jiào，教）：归，返回。德：这里指人的本性。

(87)钟：专心，指感情集中。矜：自尊自大。修：建立，这里为“提高”之意。

(88)与：称许，赞同。去：不赞同，摒弃。

(89)虚者无贵：这个命题是列子哲学中非常重要的环节。上面用“无”遣“有”，以“死”破“生”，这里紧接着进一步提出虚（无、死）也不比有重要。凡有所贵，就必然有所轻，就必然去彼而取此，是我而非物，仍然是偏执一端。只有把这个虚字也破掉。才能达到有无两忘，万异归一的致虚致极的境界。

(90)矾：通“毁”。道家务虚，是要从未乱本性之时开始，事物的本性一旦被损坏，就有人要想用人义道德的办法来拯救，就不可能恢复原来的状态。

(91)粥（yù，喻）熊：即鬻熊，尊称为鬻子。周代楚的祖先，曾为周文王之师，封于楚。

(92)亡：通“无”。

(93)密移：静悄悄地迁移变化。

(94)不顿进：不突然地进化，即渐变。

(95)形：形化，即气化而生万物后，各种物种一代一代遗传下去的过程。

(96)杞（qǐ，起）国：殷汤封前朝夏禹的后人于杞，周代又封，遂为周的诸侯国。都城在今天的河南开封地区杞县。

⑨⑦躇：通“蹉”。跐（cǐ，此）：踩。蹈：跳。这三个动词都是形容践踏的样子。

⑨⑧长庐子：亦作长卢子，战国时楚国道家人物。

⑨⑨蜺：通霓，虹蜺即彩虹。

⑩⓪彼一：谓不坏者也，此一：谓坏者也。若其不坏，则与人偕全；若其坏也，是与人偕亡。

⑩①“烝”：当作“丞”。

⑩②委：托付，此处是属于的意思。“天地之委形”即天地附属的形体。

⑩③生非汝有句：你的生命是天地的和气积聚而成的。

⑩④性命非汝有句：性命的存亡完全顺应天地。

⑩⑤孙子：当为子孙。蜕：原指昆虫蜕皮，这里比喻人的子孙是天地的给予。

⑩⑥强阳：刚实之义，引申为运动不息。

⑩⑦请其术：指请教其致富的方法。

⑩⑧给：富裕而充足。足：富裕而有余。壤：同穰，丰盛。

⑩⑨施：惠及，周济。州闾：乡里。

⑪⓪居：通贮，蓄，积蓄之意。

⑪①重罔己：又一次欺骗自己。罔：虚妄。

⑪②东郭先生：复姓东郭，名重，春秋时齐国人，传说为隐士。

⑪③仞：同认。

⑪④国氏之盗句：指天地无私，以私盗公，不会遇到对手，所以不会受到报复；而盗他人之物，是以你之私心夺他人之私物，两个私相对，所以要受到报复。

⑪⑤有公私者句：有公私者，是以私盗公，没有敌对，是公盗；亡公私者，以私盗私，私私相敌，是私盗。公盗私盗，无非是盗，未为非盗。

⑪⑥公公私私，天地之德：即公也好，私也好，都是天地的德行。从本质上说，公与私的性质都是一样的，至于为公无祸而为私获罪，是由于人们不懂天地之德，迷惑于人为制定的“公”或“私”的名称概念而造成的。

黄帝第二

黄帝即位十有五年，喜天下戴己，养正命，娱耳目，供鼻口，焦然肌色皯黣，昏然五情爽惑[①]。又十有五年，忧天下之不治，竭聪明，进智力，营百姓，焦然肌色皯黣，昏然五情爽惑。黄帝乃喟然赞曰[②]：“朕之过淫矣[③]。养一己其患如此，治万物其患如此。”于是放万机，舍宫寝，去直侍，彻钟悬[④]，减厨膳，退而间居大庭之馆，斋心服形，三月不亲政事。昼寝而梦，游于华胥氏之国。华胥氏之国在弇州之西，台州之北，不知斯齐国几千万里[⑤]；盖非舟车足力之所及，神游而已。其国无师长，自然而已；其民无嗜欲，自然而已。不知乐生，不知恶死，故无夭殇；不知亲己，不知疏物，故无爱憎；不知背逆，不知向顺，故无利害；都无所爱惜，都无所畏忌。入水不溺，入火不热。斫挞无伤痛，指擿无痟痒[⑥]。乘空如履实，寝虚若处床。云雾不硋其视[⑦]，雷霆不乱其听，美恶不滑其心，山谷不踬其步，神行而已。黄帝既悟，怡然自得，召天老、力牧、太山稽[⑧]，告之曰：“朕闲居三月，斋心服形，思有以养身治物之道，弗获其术。疲而睡，所梦若此。今知至道不可以情求矣。朕知之矣，朕得之矣！而不能以告若矣。”又二十有八年，天下大治，几若华胥氏之国，而帝登假[⑨]，百姓号之，二百余年不辍。

列姑射山在海河洲中[⑩]，山上有神人焉，吸风饮露，不食五谷；心如渊泉，形如处女[⑪]；不偎不爱，仙圣为之臣；不畏不怒，愿悫为之使[⑫]；不施不惠，而物自足；不聚不敛，而已无愆[⑬]。阴阳常调，日月常明，四时常若，风雨常均，字育常时，年谷常丰；而土无札伤，人无夭恶，物无疵疠，鬼无灵响焉[14]。

列子师老商氏，友伯高子[15]。进二子之道，乘风而归[16]。尹生闻之，从列子居，数月不省舍。因间请蕲其术者[17]，十反而十不告。尹生怼而请辞，列子又不命[18]。尹生退。数月，意不已，又往从之。列子曰："汝何去来之频？"尹生曰："曩章戴有请于子[19]，子不我告，固有憾于子。今复脱然[20]，是以又来。"列子曰："曩吾以汝为达，今汝之鄙至此乎[21]。姬！将告汝所学于夫子者矣。自吾之事夫子友若人也，三年之后，心不敢念是非，口不敢言利害，始得夫子一眄而已[22]。五年之后，心庚念是非[23]，口庚言利害，夫子始一解颜而笑。七年之后，从心之所念[24]，庚无是非；从口之所言，庚无利害，夫子始一引吾并席而坐。九年之后，横心之所念，横口之所言，亦不知我之是非利害欤，亦不知彼之是非利害欤；亦不知夫子之为我师，若人之为我友：内外进矣。而后眼如耳，耳如鼻，鼻如口，无不同也。心凝形释，骨肉都融[25]；不觉形之所倚，足之所履，随风东西，犹木叶干壳。竟不知风乘我邪？我乘风乎？今女居先生之门，曾未浃时[26]，而怼憾者再三。女之片体将气所不受，汝之一节将地所不载。履虚乘风，其可几乎[27]？"尹生甚怍[28]，屏息良久，不敢复言。

列子问关尹曰[29]："至人潜行不空，蹈火不热，行乎万物之上而不栗[30]。请问何以至于此？"关尹曰："是纯气之守也，非智巧果敢之列[31]。姬！鱼语女[32]。凡有貌像声色者，皆物也。物与物何以相远也？夫奚足以至乎先？是色而已。则物之造乎不形[33]，而止乎无所化。夫得是而穷之者，焉得为正焉？彼将处乎不深之度，而藏乎无端之纪[34]，游乎万物之所终始。壹其性，养其气，含其德，以通乎物之所造[35]。夫若是者，其天守全，其神无郤[36]，物奚自入焉？夫醉者之坠于车也，虽疾不死。骨节与人同，而犯害与人异，其神全也。乘亦弗知也，坠亦弗之也。死生惊惧不入乎其胸，是故遻物而不慴[37]。彼得全于酒，而犹若是，而况得全于天乎[38]？圣人藏于天[39]，故物莫之能伤也。"

列御寇为伯昏无人射，引之盈贯，措杯水其肘上，发之，镝矢复沓，方矢复寓[40]。当是时也，犹象人也[41]。伯昏无人曰："是射之射[42]，非不射之射也[43]。当与汝登高山，履危石，临百仞之渊，若能射乎？"于是无人遂登高山，履危石，临百仞之渊，背逡巡[44]，足二分垂在外，揖御寇而进之。御寇伏地，汗流至踵。伯昏无人曰："夫至人者，上窥青天，下潜黄泉，挥斥八极[45]，神气不变。今汝怵然有恂目之志[46]，尔于中也殆矣夫！"

范氏有子曰子华，善养私名[47]，举国服之；有宠于晋君，不仕而居三卿之右。目所偏视，晋国爵之；口所偏肥，晋国黜之[48]。游其庭者侔于朝[49]。子华使其侠客，以智鄙相攻，强弱相凌[50]。虽伤破于前，不用介意。终日夜以此为戏乐，国殆成俗[51]。禾生、子伯，范氏之上客，出行，经坰外[52]，宿于田更商丘开之舍。中夜，禾生、子伯二人相与言子华之名势，能使存者亡，亡者存；富者贫，贫者富。商丘开先窘于饥寒，潜于牖北听之[53]。因假粮荷畚之子华之门[54]。子华之门徒皆世族也，缟衣乘轩，缓步阔视。顾见商丘开年老力弱，面目黎黑，衣冠不检，莫不眲之[55]。既而狎侮欺诒，挡抌挨抌[56]，亡所不为。商丘开常无愠容，而诸客之技单，惫于戏笑。遂与商丘开俱乘高台[57]，于众中漫言曰："有能自投下者赏百金。"众皆竞应。商丘开以为信然，遂先投下，形若飞鸟，扬于地，骪骨无砀[58]。范氏之党以为偶然，未讵怪也。因复指河曲之淫限曰[59]："彼中有宝珠，泳可得也。"商丘开复从而泳之，既出，果得珠焉。众昉同疑[60]。子华昉令豫肉食衣帛之次。俄而范氏之藏大火。子华曰："若能入火取锦者，从所得多少赏若。"商丘开往无难色，入火往还，埃不漫，身不焦。范氏之党以为有道，乃共谢曰："吾不知子之有道而诞子，吾不知子之神人而辱子。子其愚我也，子其聋我也，子其盲我也，敢问其道。"商丘开曰："吾亡道。虽吾之心亦不知所以。虽然，有一于此，试与子言之。曩子二客之宿吾舍也，闻誉范氏之势，能使存者亡，亡者存；富者贫，贫者富。吾诚之无二心，故不远而来。及来，以子党之言皆实也，唯恐诚之之不至，行之之不及，不知形体之所措，利害之所存也，心一而已。物亡迕者，如斯而已。今日方知子党之诞我，我内藏猜虑，外矜观听，追幸昔日之不焦溺也，怛然内热，惕然震悸矣。水火岂复可近哉？”自此之后，范氏门徒路遇乞儿马医，弗敢辱也，必下车而揖之。宰我闻之[51]，以告仲尼。仲尼曰：“汝弗知乎？夫至信之人，可以感物也。动天地，感鬼神，横六合而无逆者，岂但履危险入水火而已哉？商丘开信伪物犹不逆，况彼我皆诚哉？小子识之！”

周宣王之牧正，有役人梁鸯者，能养野禽兽，委食于园庭之内，虽虎狼雕鹗之类，无不柔驯者[52]。雄雌在前，孳尾成群，异类杂居，不相搏噬也[53]。王虑其术终于其身，令毛丘园传之。梁鸯曰：“鸯，贱役也，何术以告尔？惧王之谓隐于尔也，且一言我养虎之法。凡顺之则喜，逆之则怒，此有血气者之性也。然喜怒岂妄发哉？皆逆之所犯也。夫食虎者，不敢以生物与之，为其杀之之怒也；不敢以全物与之，为其碎之之怒也。时其饥饱，达其怒心。虎之与人异类，而媚养己者，顺也；故其杀之，逆也。然则吾岂敢逆之使怒哉？亦不顺之使喜也。夫喜之复也必怒，怒之复也常喜，皆不中也。今吾心无逆顺者也，则鸟兽之视吾，其侪也[54]。故游吾园者，不思高林旷泽；寝吾庭者，不愿深山幽谷，理使然也[55]。”

颜回问乎仲尼曰：“吾尝济乎觞深之渊矣，津人操舟若神[56]。吾问焉，曰：‘操舟可学邪？’曰：‘可。能游者可教也，善游者数能[57]，乃若夫没人，则未尝见舟而谡操之者也[58]。’吾问焉，而不告。敢问何谓也？”仲尼曰：“谌！吾与若玩其文也久矣，而未达其实，而固且道与[59]？能游者可教也，轻水也；善游者之数能也，忘水也。乃若夫没人之未尝见舟也而谡操之也，彼视渊若陵，视舟之覆犹其车却也[60]。覆却[61]，万物方陈乎前而不得入其舍，恶往而不暇？以瓦抠者巧[62]，以钩抠者惮，以黄金抠者惛[63]。巧一也[64]，而有所矜，则重外也，凡重外者拙内。”

孔子观于吕梁[65]，悬水三十仞，流沫三十里，鼋鼍鱼鳖之所不能游也，见一丈夫游之。以为有苦而欲死者也，使弟子并流而承之[66]。数百步而出，被发行歌，而游于棠行。孔子从而问之曰：“吕梁悬水三十仞，流沫三十里，鼋鼍鱼鳖所不能游，向吾见子道之，以为有苦而欲死者，使弟子并流而承子。子出而被发行歌，吾以子为鬼也，察子则人也。请问蹈水有道乎？”曰：“亡，吾无道。吾始乎故，长乎性，成乎命，与赍俱入[67]，与汩偕出[68]。从水之道而不为私焉[69]，此吾所以道之也。”孔子曰：“何谓始乎故，长乎性，成乎命也？”曰：“吾生于陵安于陵，故也；长于水而安于水，性也；不知吾所以然而然[70]，命也。”

仲尼适楚，出于林中，见痀偻者承蜩，犹掇之也[71]。仲尼曰：“子巧乎！有道邪？”曰：“我有道也。五六月累垸二而不坠，则失者锱铢；累三而不坠，则失者十一[72]；累五而不坠，犹掇之也。吾处也，若橛株驹[73]；吾执臂若槁木之枝。虽天地之大，万物之多，而唯蜩翼之知。吾不反不侧，不以万物易蜩之翼，何为而不得？”孔子顾谓弟子曰：“用志不分，乃凝于神。其痀偻丈人之谓乎[74]！”丈人曰：“汝逢衣徒也[75]，亦何知问是乎？修汝所以，而后载言其上[76]。”

海上之人有好沤鸟者，每旦之海上，从沤鸟游，沤鸟之至者百住而不止[77]。其父曰：“吾闻沤鸟皆从汝游，汝取来，吾玩之。”明日之海上沤鸟舞而不下也。故曰：“至言去言，至为无为；齐智之所知，则浅矣[78]。

赵襄子率徒十万，狩于中山，藉芿燔林，扇赫百里[79]。有一人从石壁中出，随烟烬上下，众谓鬼物。火过，徐行而出，若无所经涉者[80]。襄子怪而留之，徐而察之：形色七窍，人也；气息音声，人也。问：“奚道而处石？奚道而入火？”其人曰：“奚物而谓石？奚物而谓火？”襄子曰：“而向之所出者[81]，石也；而向之所涉者，火也。”其人曰：“不知也。”魏文侯闻之[82]，问子夏曰：“彼何人哉？”子夏曰：“以商所闻夫子之言，和者大同于物，物无得伤阂者，游金石，蹈水火，皆可也[93]。"文侯曰："吾子奚不为之？"子夏曰："刳心去智[94]，商未之能。虽然试语之有暇矣[95]。文侯曰："夫子奚不为之？"子夏曰："夫子能之而能不为者也[96]。"文侯大说。

有神巫自齐来处于郑，命曰季咸[97]，知人死生、存亡、祸福、寿夭，期以岁、月、日、旬、日，如神。郑人见之，皆避而走。列子见之而心醉[98]，而归以告壶丘子，曰："始吾以夫子之道为至矣，则又有至焉者矣。"壶子曰："吾与汝无其文，未既其实，而固得道与[99]？众雌无雄，而又奚卵焉[100]？而以道与世抗，必信矣。夫故使人得而相汝。尝试与来，以予示之。"明日，列子与之见壶子。出而谓列子曰："嘻！子之先生死矣，弗活矣，不可以旬数矣。吾见怪焉，见湿灰焉[101]。"列子入，涕泣沾襟，以告壶子。壶子曰："向吾示之以地文，罪乎不诹不止[102]，是殆见吾杜德几也。尝又与来！"明日，又与之见壶子，出而谓列子曰："幸矣，子之先生遇我也，有瘳矣[103]。灰然有生矣，吾见杜权矣[104]。"列子入告。壶子曰："向吾示之以天壤[105]，名实不入，而机发于踵，此为杜权。是殆见吾善者几也[106]。尝又与来！"明日，又与之见壶子，出而谓列子曰："子之先生坐不斋[107]，吾无得而相焉。试斋，将且复相之。"列子入告壶子。壶子曰："向吾示之以太冲莫眹[108]，是殆见吾衡气几也。鲵旋之潘为渊，止水之潘为渊，流水之潘为渊，滥水之潘为渊，沃水之潘为渊，氿水之潘为渊，雍水之潘为渊，汧水之潘为渊，肥水之潘为渊[109]，是为九渊焉[110]。尝又与来！"明日，又与之见壶子。立未定，自失而走。壶子曰："追之！"列子追之而不及，反以报壶子，曰："已灭矣，已失矣，吾不及也。"壶子曰："向吾示之以未始出吾宗[111]。吾与之虚而猗移[112]，不知其谁何，因以为茅靡[113]，因以为波流，故逃也。"然后列子自以为未始学而归，三年不出，为其妻爨，食豨如食人[114]，于事无亲，雕瑑复朴，块然独以其形立[115]，份然而封戎，壹以是终[116]。

子列子之齐，中道而反，遇伯昏瞀人。伯昏瞀人曰："奚方而反？"曰："吾惊焉。""恶乎惊？""吾食于十浆，而五浆先馈[117]。"伯昏瞀人曰："若是，则汝何为惊已[118]？"曰："夫内诚不解[119]，形谍成光[120]；以外镇人心[121]，使人轻乎贵老，而整其所患[122]。夫浆人特为食羹之货，无多余之赢；其为利也薄，其为权也轻，而犹若是，而况万乘之主[123]，身劳于国，而智尽于事。彼将任我以事，而效我以功，吾是以惊。"伯昏瞀人曰："善哉观乎[124]！汝处已，人将保汝矣。"无几何而往，则户外之屦满矣。伯昏瞀人北面而立，敦杖蹙之乎颐，立有间，不言而出。宾者以告列子[125]。列子提履徒跣而走[126]，暨乎门，问曰："先生既来，曾不废药乎[127]？"曰："已矣。吾固告汝曰，人将保汝，果保汝矣。非汝能使人保汝，而汝不能使人无汝保也，而焉用之感也[128]？感豫出异[129]。且必有感也，摇而本身，又无谓也。与汝游者，莫汝告也。彼所小言，尽人毒也[130]。莫觉莫悟，何相孰也[131]。"

杨朱南之沛，老聃西游于秦[132]，邀于郊。至梁而遇老子。老子中道仰天而叹曰："始以汝为可教，今不可教也[133]。"杨朱不答。至舍，进涫漱巾栉[134]，脱履户外，膝行而前曰："向者夫子仰天而叹曰：'始以汝为可教，今不可教。'弟子欲请夫子辞，行不间，是以不敢。今夫子间矣，请问其过。"老子曰："而睢睢而盱盱[135]，而谁与居？大白若辱[136]，盛德若不足。"杨朱蹴然变容曰："敬闻命矣！"其往也，舍迎将家，公执席[137]，妻执巾栉，舍者避席[138]，炀者避灶[139]。其反也，舍者与之争席矣。

杨朱过宋[140]，东之于逆旅。逆旅人有妾二人，其一人美，其一人恶；恶者贵而美者贱。杨子问其故。逆旅小子对曰[141]："其美者自美，吾不知其美也；其恶者自恶，吾不知其恶也。"杨子曰："弟子记之！行贤而去自贤之行，安往而不爱哉？"

天下有常胜之道，有不常胜之道[142]。常胜之道曰柔，常不胜之道曰强。二者亦知，而人未之知。故上古之言：强，先不己若者[143]；柔，先出于己者。先不己若者，至于若己，则殆矣。先出于己者，亡所殆矣。以此胜一身若徒，以此任天下若徒，谓不胜而自胜，不任而自任也。《粥子》曰："欲刚，必以柔守之；欲强，必以弱保之。积于柔必刚，积于弱必强。观其所积，以知祸福之乡。强胜不若己[44]，至于若己者刚[45]；柔胜出于己者[46]，其力不可量。"老聃曰："兵强则灭。木强则折。柔弱者生之徒，坚强者死之徒。"

状不必童[47]而智童；智不必童而状童。圣人取童智而遗童状，众人近童状而疏童智。状与我童者，近而爱之；状与我异者，疏而畏之。有七尺之骸，手足之异[48]，戴发含齿，倚而趣者[49]，谓之人；而人未必无兽心。虽有兽心，以状而见亲矣。傅翼戴角，分牙布爪，仰飞伏走，谓之禽兽；而禽兽未必无人心。虽有人心，以状而见疏矣。庖牺氏、女娲氏、神农氏、夏后氏，蛇身人面，牛首虎鼻；此有非人之状，而有大圣之德[50]。夏桀、殷纣、鲁桓、楚穆、状貌七窍，皆同于人，而有禽兽之心[51]。而众人守一状以求至智，未可几也。

黄帝与炎帝战于阪泉之野[52]，帅熊、罴、狼、豹、貙、虎为前驱，雕、鹖、鹰、鸢为旗帜，此以力使禽兽者也。尧使夔典乐，击石拊石，百兽率舞；箫韶九成，凤皇来仪，此以声致禽兽者也[53]。然则禽兽之心奚为异人？形音与人异，而不知接之之道焉。圣人无所不知，无所不通，故得引而使之焉。

禽兽之智有自然与人童者，其齐欲摄生，亦不假智于人也：牝牡相偶，母子相亲；避平依险，违寒就温；居则有群，行则有列；小者居内，壮者居外；饮则相携，食则鸣群。太古之时，则与人同处，与人并行。帝王之时[54]，始惊骇散乱矣。逮于末世，隐伏逃窜，以避患害。今东方介氏之国，其国人数数解六畜之语者，盖偏知之所得[55]。太古神圣之人，备知万物情态，悉解异类音声。会而聚之，训而受之，同于人民。故先会鬼神魑魅，次达八方人民，末聚禽兽虫蛾[56]。言血气之类心智不殊远也。神圣知其如此，故其所教训者无所遗逸焉。

宋有狙公者[57]，爱狙，养之成群，能解狙之意。狙亦得公之心。损其家口[58]，充狙之欲。俄而匮焉[59]，将限其食。恐众狙之不驯于己也，先诳之曰："与若芧，朝三而暮四，足乎？"众狙皆起而怒。俄而曰："与若芧，朝三而暮四，足乎？"众狙皆伏而喜。物之以能鄙相笼[60]，皆犹此也。圣人以智笼群愚[61]，亦犹狙公之以智笼众狙也。名实不亏，使其喜怒哉！

纪渻子为周宣王养斗鸡[62]。十日而问："鸡可斗已乎？"曰："未也，方虚骄而恃气。"十日又问。曰："未也，犹应影响[63]。"十日又问。曰："未也，犹疾视而盛气[64]。"十日又问。曰："几矣[65]。鸡虽有鸣者，已无变矣[66]。望之似木鸡矣，其德全矣。异鸡无敢应者，反走耳。"

惠盎见宋康王[67]。康王蹀足謦咳[68]，疾言曰："寡人之所说者，勇有力也，不说为仁义者也。客将何以教寡人？"惠盎对曰："臣有道于此，使人虽勇，刺之不入；虽有力，击之弗中。大王独无意邪？"宋王曰："善，此寡人之所欲闻也。"惠盎曰："夫刺之不入，击之不中，此犹辱也。臣有道于此，使人虽有勇弗敢刺；虽有力弗敢击。夫弗敢，非无其志也[69]。臣有道于此，使人本无其志也。夫无其志也，未有爱利之心也，臣有道于此，使天下丈夫女子，莫不欢然皆欲爱利之[70]。此其贤于勇有力也，四累之上也[71]。大王独无意邪？"宋王曰："此寡人之所欲得也。"惠盎对曰："孔墨是已。孔丘、墨翟，无地而为君，无官而为长；天下丈夫女子，莫不延颈举踵而愿安利之。今大王，万乘之主也，诚有其志，则四竟之内，皆得其利矣。其贤于孔、墨也远矣。"宋王无以应。惠盎趋而出。宋王谓左右曰："辩矣，客之以说服寡人也！"

---

①皯黣（gǎn měi，敢每）：原指草木受涝而生出的黑斑点，这里指脸上的黑斑点。五情：指喜、怒、哀、乐、怨五种情感。爽：偏差，不合。惑：指不清醒。

②喟然：.大声叹气的样子。赞：通叹。

③朕：通“身”，古人自称之词。从秦始皇起，才专用为皇帝的自称。淫：过度，太甚。

④钟悬：古代青铜制成的乐器，悬挂于架上，以奏鸣取乐。

⑤华胥氏之国：神话中的国名，后人常用此作为梦境的代称。弇（yǎn，眼）州、台州：古地名。斯：距离。齐：通脐，引为中央。

⑥斫（zhuó，浊）：刀砍。擿（tī，踢）：搔。痟（xiào，消）：酸疼。

⑦硋：“碍”的异体字。滑：通汩，扰乱的意思。踬（zhì，治）：被东西绊倒。

⑧天老、力牧、太山稽：三人相传为黄帝的丞相。

⑨登假（xiá，霞）：同登遐，也作登霞。古代帝王之死为登霞，犹言升天之意。又指道家得道成仙也叫登遐。

⑩列姑射（yè，夜）之山：即《庄子》所谓藐姑射之山，神仙所居之处。

⑪渊：此处作“深”解。处女：义与今同。

⑫愿悫（què，确）：本分老实的意思。

⑬愆：通蹇，作贫乏解。

⑭字育：即生育。札（jié，杰）：瘟疫。札伤：就是遭受瘟疫而死。疵（cī，跐）：病。疠：风气不和之疾。灵响：灵验。

⑮老商氏：人名，列子的老师；有人疑为壶丘子林。伯高子：人名，列子的朋友，有人疑为伯昏瞀人。

⑯进：通尽，这里有完全掌握的意思。道：即道术，指关于“道”的整体观念。

⑰蕲：通祈。反：通番。

⑱怼（duì，队）：怨恨。命：此指表态。

⑲曩（nǎng）：从前。章戴：尹生之名，尹生当为尹章戴。

⑳脱然：洒脱轻快的样子。

㉑达：通达。此处指领悟。鄙：见识短浅。

㉒夫子：是对老师老商氏的尊称。若人：那人，指友人伯高。眄（miàn，面）：斜着眼睛看。

㉓庚：通更。更加的意思。

㉔从：通纵。

㉕心凝形释：心意凝聚达到忘我之境。骨肉都融：骨骸肉体全部融化。以上两句是形容身心修养到一定程度时所出现的某种精神境界。

㉖浃（jiá，夹）时：虚指时间不久。

㉗几（jì，寄）：希冀。

㉘怍（zuò，作）：惭愧。

㉙关尹：又名关令尹喜或尹喜，先秦道家人物。

㉚至人：道家指超离凡俗的人。潜行：入水为潜，即今人所谓的潜泳。空：当作窒，乃至息之意。

㉛纯气：即纯净调和之气。智巧果敢：指智谋、巧诈、果断、勇敢。

㉜鱼：即我。

㉝不形：无形无象的东西，指万物本原的“道”。

㉞纪：丝缕的头绪。无端之纪：等于是说没有头绪的头绪，意指无始无。

㉟壹：使专一。含：包而未露。这句话是讲达到至人境界的方法。

㊱郤（xì，细）：同隙，缝隙之意。

㊲逻（wǔ，午）：通迕，此处指相撞。慴（shè，设）：“慑”的异体字，恐惧。

㊳得全于天：指自然无心，顺应事物发展的规律之意。

㊴圣人藏于天：谓圣人把心神隐匿于自然天道之中，亦即达到德性与天道自然冥合的境界。

㊵引之盈贯：就是拉满弓。镝（dí，敌）：箭头。矢：射出，为动词。复沓：重合。方矢：未发之矢。寓：搭箭在弦。全句形容射箭搭箭的速度极快。

㊶象人：泥塑木雕之人。

㊷射之射：有心为射箭而射。

㊸不射之射：无心为射箭而射箭，指心神已超然于射箭之外，到了出神入化的境界。

㊹背逡巡：背对深渊，向后退步。

㊺挥斥：奔放。八极：八方极远的地方。

㊻怵然：恐惧貌。恂：通“眴”，眨眼。志：此处指表情。

㊼范氏：春秋时晋国的豪族大姓。私名：即私客，旧指寄食于贵族豪门的帮闲。

㊽晋国：指晋国的国君。爵：动词，授予爵位，加官进爵。肥（bǐ，笔）：通鄙，鄙薄。

㊾游：交游。游其庭：指经常在他家往来、与他交往密切的人。侔（móu，谋）：并列，相等。

㊿智：计谋。鄙：愚弱，朴实憨厚。以智鄙相攻，就是玩弄计谋，整治老实憨厚的人。

51殆：几乎。

52坰（jiōng，扃）：野外。

53牖北：当指正屋的窗下。

54假：借贷。畚（běn，本）：簧笼，草竹之类编制的容器。

55眲（nè，讷）：轻视。

56诒（dài代）：欺骗。挠（huāng，晃）：捶打。挠（pī，批）：推打。抌（dān，单）：击背。

57乘：攀登之意。

58扬：随风飘落。骪：同肌。

59泾隈：泾，通深；隈：河水转弯的地方。泾隈就是河中水深的角落。

60昉（fáng，方）：通方，开始。

61宰我：春秋末期鲁国人，字子我，又称宰我，孔子学生，利口善辩，以言语见长。

62周宣王：姬靖，西周国王，前828～前782年在位。牧正：官名，主管司养禽兽之职。委：抛弃。雕：一种非常凶猛的鸟，又名鹫。鹗：鸟名，现称鱼鹰，性凶猛。

63孳尾：交配繁殖的意思。搏噬：搏击嘶咬。

64侪（chái，柴）：同辈，同类。

65愿：思恋。

66济：渡。觞（shāng，伤）深：觞是酒杯，觞深是指象酒杯一样形状的深湖。津人：摆渡的人。

67数能：数原指天数，这里指本来具有，数能即本能。

68没人：善于游泳的人。谡（sù，诉）：起来。

69谚（yī，衣）：同噫，感叹词。玩：学习，研究。这句话的意思是：“吾与汝但玩习道理之文，而未尝取验于事实，固不足以知道也。”

70陵：高地，此处代指旱地。

71覆却：紧接上文，分指舟和车的动作。

72抠：又名藏抠，是一种古代的游戏，以物投中目标者为胜。

73惛：糊涂，昏昧不明。

74巧：玩博戏的技巧。矜；顾忌。

75吕梁：地名。有两地叫吕梁，此文之吕梁在今山东泗水一带，而不是山西之吕梁山。梁：系指河梁。悬水：即瀑布。沫：是急流冲击成的水泡。鼋（yuán，元）：称鼋鱼，即鳖。鼍（tuó，驼）：学名扬子鳄。鳖：甲鱼。

76并（bàng，傍）：通傍，靠近。承（zhěng，拯）：通拯。救溺水者出水为承。

77裔（qí，齐）：通脐，水漩入处似脐。

78汩：疾勇而出的水流。

79私：指个人的好恶。

80所以然而然：指蹈水全恁自然，以达到神妙的境地。

81适：到。蜩：蝉。承蜩：用顶端涂着树脂的竹竿粘捉蝉。

82累垸（wán，完）二而不坠：在竹竿顶端垒放二颗弹丸而不坠落。累：通垒。锱铢：比喻极微小的数量。十一：十只里有一只，意即数量很少。

83橛株驹：竖起的残断树椿。

84丈人：古时对老年人的尊称。

85逢衣：古代读书人所穿的一种袖子宽大的衣服，后作为儒生的代称。

86修：通涤，清洗，修除。

87沤：通鸥，即海鸥。住：当作“数”，是目数的意思。

88齐：相等，这里是动词，是“达到与……一样的水平”的意思。

㊴赵襄子：春秋末年晋国正卿，姓赵，字无卹。藉：践踏。艿（réng，仍）：乱草。燔：焚烧。扇：通煽，炽热。赫：声势盛大。

⑩若无所经涉者：指走过火烧的地方，安然无恙。

⑪向：方才。

⑫魏文侯：战国时魏国的建立者，公元前446年—396年在位。曾因改革政治，奖励耕战，使魏成为战国初期的强国。

⑬子夏：春秋时晋国人。卜氏，名商。孔子学生，魏文侯尊为老师。伤阂：阻碍。金：此处是指金属器皿。

⑭刳（kū，枯）：剖开，剔除。

⑮暇：余地。子夏的这句话，意谓：我知道并可以议论，但实行还做不到。

⑯夫子能之而能不为者也：孔夫子能这样做，但他更能不去这样做。因为孔子的儒家学说是坚持积极用世的，而不偏于独善其身，所以子夏这样说。

⑰巫：以舞降神的人，男子曰觋，女子曰巫。处：居住。命：名。季咸：人名，春秋郑国人。

⑱心醉：被吸引，着迷。

⑲无：应为"贯"，习的意思。文：理论。

⑩⓪众雌而无雄二句意：只有很多雌性而无雄性，又怎能卵育繁殖呢？《列子》认为，只通晓道之名相，而未能身体力行，得到事实的验证，就无从体现对道的掌握。正如只有众雌而无雄性，就不能生殖一般。

⑩①怪：指怪现象。湿灰：被水浸湿的灰，即不能复燃之死灰。喻壶丘子必死，不能复生。

⑩②地文：土地的纹理，道家以宁静不动作为土地的外貌。罪：当为萌字之误。诓（zhèn，圳）：通震。

⑩③瘳（chōu，抽）：病愈。

⑩④杜权：在闭塞之中有权变或生机。

⑩⑤壤：疏松的泥土。天壤：天性柔顺和美。

⑩⑥善：向上的生气。

⑩⑦斋：当作"齐"，整齐之意。

⑩⑧朕（zhèn，圳）：征兆。

⑩⑨潘（pán，盘）：通蟠，回旋。滥水：涌出的水。沃水：从上溜下来的水。氿（guǐ，轨）水：旁出的水。雍水：从河道中决出又返入的水。汧（qiān，千）水：土中涌出的水。肥水：同源而异流的水。

⑪⓪九渊：此处数遍九渊，旨在说明虽成因各异，但归于静默却是一致的。

⑪①未始出吾宗：是指个人德性与自然天道融合无间的境界。宗：根本。

⑪②猗（wēi，威）移：即委蛇，委心以随变也。

⑪③靡：倒下。

⑪④食豨如食人：饲养猪如同喂养人。形容列子泯灭了贵贱的差别。豨：大猪。

⑪⑤雕瑑（zhuàn，赚）：玉石雕刻显出的花纹。块然：象土石块一样寂然不动。

⑪⑥ 忿然封戎：这里戎当作"哉"。忿：通纷，纷乱的意思。壹以是终：守一而终。

⑪⑦十浆：十杯酒浆。指列子是德高望重之辈，店主赠酒以示敬意。

⑪⑧惊己：谓惊其自失也。

⑪⑨内诚不解：内心实在没有怠慢（于物）。

⑫⓪形谍成光：指用仪貌谄媚，举止逢迎来造成光彩荣耀。

⑫①以外镇人心：靠外表来镇服人心。

⑫②韲（qī，妻）其所患：意为（靠外表来感动外物）就会招致灾患。

⑫③万乘之主：指大国的国君。

⑫④观：反观，指对自身的反省。

⑫⑤宾：通傧，其作用相当于现代人所说的支客。

⑫⑥跣（xiǎn，险）：赤脚。

⑫⑦废：通"发"，发放。药：药石。用以比喻规劝别人改过的话。

⑫⑧而焉用之感也：你用什么方法能够如此感化别人的呢？

⑫⑨感豫：讨别人的欢心。

⑬⓪人毒：毒害人心的东西。

⑬①執：这里作"善"。相執，犹相善，相互得益。

⑬②杨朱：战国初期哲学家，又称杨子，阳子居或阳生，魏国人。主张“贵生重己”，“全性葆真，不以物累形。”沛：沛邑，在今江苏省沛县东。

⑬③邀：截阻，抄近路。郊：此指小路。梁：战国时，魏国迁都大梁（今河南开封）后，改称梁。

⑬④舍：客栈。涫（guàn，贯）：即沸，开水。此指用温水盥洗。栉：梳理。

⑬⑤睢（suī，虽）睢盱（xū，须）盱：二词意相同，皆形容仰目而视的样子，说明骄傲。

⑬⑥辱：通黷，黑垢。

⑬⑦执席：谓恭候于座席旁。

⑬⑧舍者：这里指坐着休息的人。

⑬⑨炀者：烤火的人。炀：烘干，引申为烤火。

⑭⓪宋：宋国，战国初建都于彭城（今江苏徐州市）。

⑭①小子：长辈对晚辈，老年对青年的称呼。此处大概是客栈里的伙计。

⑭②不常胜：当为常不胜。

⑭③先不己若者：先：是占先，在此与“胜”是同义词。

⑭④强胜：靠刚强取胜。

⑭⑤刚：应为“戕”（qiāng，腔），残害。

⑭⑥柔胜：以柔弱取胜。

⑭⑦状：形状。童：通同。

⑭⑧手足之异：指手和脚的功能不同。

⑭⑨趣：同趋，快步行走。

⑮⓪庖犠氏：即伏犠氏，神话传说中的人物。女娲氏：中国神话中人类的始祖，传说她曾用黄土造人，炼石补天。神农氏：一说即炎帝，神话传说中人物。夏后氏：远古部落名，相传禹为领袖。启（禹之子）建立我国历史上第一个朝代——夏。

⑮①夏桀：名履癸，夏朝末代君主，著名的暴君。殷纣：名受，即帝辛，商朝末代君主，著名的暴君。鲁桓：即鲁桓公，春秋时鲁国国君，名子允，曾杀其兄鲁隐公。桓公妻曾与齐襄公私通，齐襄公杀死桓公。楚穆：即楚穆王，名商臣，春秋时楚国君王，曾逼死其父楚成王。这些人物都是我国史书有记载的残暴、荒淫之君。

⑮②阪泉：地名，在今河北省涿鹿县境内。

⑮③尧：名放勋，传说中陶唐氏部落首领，史称唐尧。命鲧整治洪水，并推选虞、舜为继位人。夔（kuí，葵）：人名，相传为尧、舜时乐正。典乐：司典、执掌乐律。箫韶：相传为舜时的乐舞。仪：向往，这里是朝拜的意思 。

⑮④帝王之时：文明社会开始以后。

⑮⑤偏知：此处是特殊的或者某一方面的知识，与下文“备知”相反。

⑮⑥魑魅（chī mèi，痴媚）：传说中指山林中能害人的妖怪。虫蛾：泛指小虫。

⑮⑦狙公：饲养猴子的老头。狙：猕猴。

⑮⑧家口：家人的口粮。

⑮⑨俄而：不久，旋即。

⑯⓪能：智巧。鄙：鄙俗。笼：笼络，即以手段拉拢和驾驭他人。

⑯①群愚：古代统治阶级认为平民百姓都是愚昧的。因此统称之为“愚民”。群：众多。

⑯②纪渻（xǐng，醒）子：虚构的人物。

⑯③应影响：仍对声音、形象有所反应。

⑯④疾视而盛气：意谓很把对手当一回事。

⑯⑤几矣：差不多可以了。

⑯⑥鸡虽有鸣句：意谓敌人就在对面而象视而不见。

⑯⑦惠盎：人名，亦作惠孟，与战国时期哲学家惠施同族，宋国人。宋康王：战国时宋国君，其兄剔成肝杀宋桓侯而自立，他又杀其兄而自立。后被齐国攻灭，遂死于魏国。

⑯⑧謦咳：咳嗽。

⑯⑨非无其志也：指虽然不敢刺、不敢打，但并不是本来就没有这种意图。

⑰⓪爱利之心：爱戴和有利他人之心。

⑰①四累：累者，层也。四累即上文所言：一累即勇有力，二累即刺之不入，击之不中，三累即弗敢击，四累即无击刺之志。

周穆王第三

周穆王时，西极之国，有化人来[①]，入水火，贯金石；反山川，移城邑；乘虚不坠，触实不硋[②]。千变万化，不可穷极。既已变物之形，又且易人之虑[③]。穆王敬之若神，事之若君。推路寝以居之[④]，引三牲以进之，选女乐以娱之。化人以为王之宫室卑陋而不可处，王之厨馔，腥蝼而不可飨[⑤]，王之嫔御膻恶而不可亲。

穆王乃为之改筑。土木之功，赭垩之色，无遗巧焉。五府为虚[⑥]，而台始成。其高千仞，临终南之上，号曰中天之台。简郑、卫之处子娥媌靡曼者，施芳泽，正蛾眉，设笄珥，衣阿锡，曳齐纨[⑦]。粉白黛黑，佩玉环，杂芷若以满之[⑧]。奏《承云》、《六莹》、《九韶》、《晨露》以乐之[⑨]。月月献玉衣，旦旦荐玉食[⑩]。化人犹不舍然[⑪]，不得已而临之。

居亡几何，谒王同游。王执化人之祛，腾而上者中天乃止。暨及化人之宫。化人之宫构以金银，络以珠玉[⑫]；出云雨之上，而不知下之据，望之若屯云焉[⑬]。耳目所观听，鼻口所纳尝，皆非人间之有。王实以为清都、紫微、钧天、广乐，帝之所居[⑭]。王俯而视之，其宫榭若累块积苏焉。王自以居数十年不思其国也。化人复谒王同游，所及之处，仰不见日月，俯不见河海。光影所照，王目眩不能得视；音响所来，王耳乱不能得听。百骸六藏，悸而不凝[⑮]。意迷精丧，请化人求还。

化人移之，王若殒虚焉。既寤，所坐犹向者之处，侍御犹向者之人。视其前，则酒未清，肴未昲[⑯]。王问所从来。左右曰："王默存耳[⑰]。"由此穆王自失者三月而复。更问化人。化人曰："吾与王神游也，形奚动哉？且曩之所居，奚异王之宫？曩之所游，奚异王之圃？王间恒有，疑暂亡[⑱]。变化之极，徐疾之间，可尽模哉[⑲]？"

王大悦。不恤国事，不乐臣妾，肆意远游。命驾八骏之乘，右服骅骝而左绿耳，右骖赤骥而左白义，主车则造父为御，□□为右[⑳]；次车之乘，右服渠黄而左逾轮，左骖盗骊而右山子[㉑]，柏夭主车，参百为御，奔戎为右。驰驱千里，至于巨搜氏之国[㉒]。巨搜氏乃献白鹄之血以饮王，具牛马之湩以洗王之足[㉓]，及二乘之人。已饮而行，遂宿于昆仑之阿，赤水之阳。别日升于昆仑之丘，以观黄帝之宫，而封之以诒后世[㉔]。遂宾于西王母，觞于瑶池之上[㉕]。西王母为王谣，王和之，其辞哀焉。乃观日之所入，一日行万里，王乃叹曰："於乎！予一人不盈于德而谐于乐，后世其追数吾过乎！"

穆王几神人哉！能穷当身之乐，犹百年乃徂[㉖]，世以为登假焉。

老成子学幻于尹文先生[㉗]，三年不告。老成子请其过而求退。尹文先生揖而进之于室，屏左右而与之言曰："昔老聃之徂西也[㉘]，顾而告予曰：有生之气，有形之状，尽幻也。造化之所始，阴阳之所变者，谓之生，谓之死。穷数达变[㉙]，因形移易者[㉚]，谓之化，谓之幻。造物者其巧妙，其功深，固难穷难终。因形者其巧显，其功浅，故随起随灭。知幻化之不异生死也，始可与学幻矣。吾与汝亦幻也，奚须学哉？"老成子归，用尹文先生之言，深思三月，遂能存亡自在，憣校四时[㉛]；冬起雷，夏造冰；飞者走，走者飞。终身不著其术，故世莫传焉。子列子曰："善为化者，其道密庸[㉜]，其功同人。五帝之德，三王之功，未必尽智勇之力，或由化而成，孰测之哉？

觉有八征，梦有六候[㉝]。奚谓八征？一曰故，二曰为[㉞]，三曰得，四曰丧，五曰哀，六曰乐，七曰生，八曰死。此者八征，形所接也[35]。奚谓六候？一曰正梦，二曰蘁梦，三曰思梦，四曰寤梦，五曰喜梦，六曰惧梦[36]。此六者，神所交也。不识感变之所起者，事至则惑其所由然；识感变之所起者，事至则知其所由然。知其所由然则无所怛[37]。一体之盈虚消息，皆通于天地，应于物类。故阴气壮，则梦涉大水而恐惧；阳气壮，则梦涉大火而燔焫[38]；阴阳俱壮，则梦生杀[39]。甚饱则梦与，甚饥则梦取。是以以浮虚为疾者，则梦扬；以沈实为疾者[40]，则梦溺。藉带而寝则梦蛇[41]；飞鸟衔发则梦飞。将阴梦火，将疾梦食。饮酒者忧，歌舞者哭[42]。子列子曰："神遇为梦，形接为事。故昼想夜梦，神形所遇。故神凝者想梦自消。信觉不语，信梦不达[43]，物化之往来者也[44]。古之真人[45]，其觉自忘，其寝不梦，几虚语哉？"

西极之南隅有国焉，不知境界之所接，名古莽之国[46]。阴阳之气所不交，故寒暑亡辨；日月之光所不照，故昼夜亡辨。其民不食不衣而多眠。五旬一觉，以梦中所为者实，觉之所见者妄。四海之齐谓中央之国[47]，跨河南北，越岱东西，万有余里。其阴阳之审度[48]，故一寒一暑；昏明之分察，故一昼一夜。其民有智有愚。万物滋殖，才艺多方。有君臣相临，礼法相持。其所云为不可称计[49]。一觉一寐，以为觉之所为者实，梦之所见者妄。东极之北隅有国，曰阜落之国。其土气常燠[50]，日月余光之照，其土不生嘉苗。其民食草根木实，不知火食，性刚悍，强弱相藉[51]，贵胜而不尚义；多驰步，少休息，常觉而不眠。

周之尹氏大治产[52]，其下趣役者侵晨昏而弗息[53]。有老役夫筋力竭矣，而使之弥勤。昼则呻呼而即事，夜则昏惫而熟寐。精神荒散，昔昔梦为国君[54]。居人民之上，总一国之事。游燕宫观[55]，恣意所欲，其乐无比。觉则复役。人有慰喻其勤者[56]，役夫曰："人生百年，昼夜各分。吾昼为仆虏，苦则苦矣；夜为人君，其乐无比。何所怨哉？"尹氏心营世事，虑钟家业，心形俱疲，夜亦昏惫而寐。昔昔梦为人仆，趋走作役，无不为也；数骂杖挞，无不至也。眠中啽呓呻呼[57]，彻旦息焉，尹氏病之，以访其友。友曰："若位足荣身，资财有余，胜人远矣。夜梦为仆，苦逸之复，数之常也[58]。若欲觉梦兼之，岂可得邪？"尹氏闻其友言，宽其役夫之程[59]，减己思虑之事，疾并少间[60]。

郑人有薪于野者[61]，遇骇鹿，御而击之，毙之。恐人见之也，遽而藏诸隍中[62]，覆之以蕉，不胜其喜。俄而遗其所藏之处，遂以为梦焉。顺途而咏其事[63]。傍人有闻者，用其言而取之。既归，告其室人曰[64]："向薪者梦得鹿而不知其处，吾今得之，彼直真梦者矣。"室人曰："若将是梦见薪者之得鹿邪？讵有薪者邪[65]？今真得鹿，是若之梦真邪？"夫曰："吾据得鹿，何用知彼梦我梦邪？"薪者之归，不厌失鹿[66]，其夜真梦藏之之处，又梦得之之主。爽旦[67]，案所梦而寻得之。遂讼而争之，归之士师[68]。士师曰："若初真得鹿，妄谓之梦；真梦得鹿，妄谓之实。彼真取若鹿，而与若争鹿[69]。室人又谓梦认人鹿。无人得鹿。今据有此鹿，请二分之。"以闻郑君。郑君曰："嘻！士师将复梦分人鹿乎？"访之国相。国相曰："梦与不梦，臣所不能辨也。欲辨觉梦，唯黄帝、孔丘。今亡黄帝、孔丘，孰辨之哉？且恂士师之言可也[70]。"

宋阳里华子中年病忘[71]，朝取而夕忘，夕与而朝忘；在途则忘行，在室则忘坐；今不识先，后不识今。阖室毒之[72]。谒史而卜之[73]，弗占[74]；谒巫而祷之，弗禁；谒医而攻之，弗已。鲁有儒生，自媒能治之[75]，华子之妻子，以居产之半请其方。儒生曰："此固非封兆之所占，非祈请之所祷，非药石之所攻。吾试化其心，变其虑，庶几其瘳乎[76]！"于是试露之，而求衣[77]；饥之，而求食；幽之，而求明[78]。儒生欣然告其子曰："疾可已也。然吾之方密传世[79]，不以告人。试屏左右，独与居室七日。"从之。莫知其所施为也，而积年之疾一朝都除。华子既悟，乃大怒，黜妻罚子，操戈逐儒生。宋人执而问其以。华子曰："曩吾忘也，荡荡然不觉天地之有无。今顿识，即往数十年来，存亡得失、哀乐好恶，扰扰万绪起矣。吾恐将来之存亡得失、哀乐好恶之乱吾心如此也，须臾之忘，可复得乎？"子贡闻而怪之，以告孔子。孔子曰："此非汝所及乎！"顾谓颜回纪之。

秦人逢氏有子，少而惠，及壮而有迷罔之疾[80]。闻歌以为哭，视白以为黑，飨香以为朽[81]，尝甘以为苦，行非以为是。意之所之，天地、四方、水火、寒暑，无不倒错者焉。杨氏告其父曰："鲁之君子多术艺，将能已乎？汝奚不访焉？"其父之鲁，过陈，遇老聃，因告其子之证。老聃曰："汝庸知汝子之迷乎[82]？今天下之人，皆惑于是非，昏于利害。同疾者多，固莫有觉者。且一身之迷，不足倾一家；一家之迷，不足倾一乡；一乡之迷，不足倾一国；一国之迷[83]，不足倾天下；天下尽迷，孰倾之哉？向使天下之人，其心尽如汝子，汝则反迷矣。哀乐声色臭味是非，孰能正之？且吾之言未必非迷，而况鲁之君子迷之邮者[84]，焉能解人之迷哉？荣汝之粮，不若遄归也[85]。"

燕人生于燕，长于楚，及老而还本国。过晋国，同行者诳之[86]，指城曰："此燕国之城。"其人愀然变容[87]。指社曰[88]："此若里之社。"乃喟然而叹，指舍曰："此若先人之庐。"乃涓然而泣[89]。指垅曰[90]："此若先人之冢。"其人哭不自禁。同行者哑然大笑[91]，曰："予昔绐若[92]，此晋国耳。"其人大惭。及至燕，真见燕国之城社，真见先人之庐冢，悲心更微[93]。

---

①周穆王：名姬，西周国王，昭王之子。西极之国：大概指甘肃以西的地区古代的一些国家。化人：有幻化之术的人。

②硋（ài，爱）：通碍。

③易：改变。虑：此处当思想讲。

④路寝：天子或诸侯的正室。天子或诸侯有三寝：一为高寝，二为路寝，三为小寝。

⑤厨馔：厨房的食物。飨（xiǎng，享）：以酒食款待人，让人享受。

⑥五府：古代朝廷掌管财物的五个部门。

⑦简：挑选。郑：郑国。卫：卫国。娥媌（miáo，瞄）：形容女子貌美。靡曼：柔弱的样子。芳泽：古人指美女用以润发的香油。笄（jī，机）：古代束发用的簪子。珥：用珠子或玉石做的耳环。锡：细布。齐纨：齐地细绢。

⑧芷若：香草，即白芷和杜若。

⑨《承云》、《六莹》、《九韶》、《晨露》：皆为传说中的古曲名。

⑩玉衣、玉食：高级的衣服和食物。

⑪舍然：即释然，此处指开心的样子。

⑫络：缠绕，此处指装饰。

⑬屯云：积聚的云层。

⑭清都、紫微：天帝所居之处。钧天、广乐：天上的游乐之处。

⑮不凝：不平静，不专一。

⑯清：原指液体或气体纯净没有杂质，这里指酒变成水。腓：原指干物，这里是形容词，作干解。

⑰默存：形不动而神游，身体不行走，精神却外出游览，达到预定目的地。

⑱暂亡：亡，通无。暂亡，偶然的不存在，即神游。

⑲模：通谟，原指谋虑，此指想象，思考。

⑳服：古代一车驾四马，居中的两匹叫服，也泛指驾驭。骅骝（huá liú，华留）：黑鬣黑尾的赤色骏马。绿耳：马名。骖：古代指驾车车两旁的马，与"服"相对。赤骥、白𩧢（yì，义）：马名。以上所说的四种马名，都是以毛色命名。造父：人名，古代传说中擅长驾马的人。为穆王攻徐偃王立功，被赐以赵城。离商（tài bìng，太丙）：驾车的人。

㉑渠黄、逾轮、盗骊、山子：马名。柏夭、参百、奔戎：人名。

㉒巨搜：古代西戎国名。

㉓湩（dòng，洞）：乳汁。

㉔封：原指帝王在泰山上祭祀地神，这里指穆王筑土为台祭祀黄帝之宫。诒（yì，译）：传，遗留。

㉕西王母：原为中国古代神话传说中人物，后为道教奉为尊神。瑶池：神话传说中昆仑山上的池名，为西王母居住地。

㉖徂（cú，殂）：通殂，死亡。

㉗老成子：老成为复姓。周代宋国大夫。亦称老成方。尹文：即尹文子，战国时齐人。与宋钘齐名，宋尹学派的代表人物。齐宣王、湣王时和宋钘、彭蒙、田骈同在齐国稷下学宫游学。

㉘徂西：前往西方。

㉙穷：穷究。数：原指定数，此处指规律而言。

㉚因形移易者：根据事物形状的不同而随之更改变化。

㉛憣校：即变乱交错。憣，通翻，翻转，颠倒。校：交错。

㉜密庸：暗暗地发生作用。

㉝觉：睡醒，指人清醒的状态。征：迹象。候：占验，即对事物预测后的应验。

㉞故：事故。为：作为。与下文得丧，哀乐，生死皆相对为义。

㉟形所接也：形体与外物相接触所产生的。

㊱正梦：指在一般正常精神状态下做的梦。蘁梦：通噩梦。思梦：因思念而梦。寤（wù，悟）梦：指人在清醒时，由于某种影响而出现的梦境。喜梦：因喜悦而梦。惧梦：因恐怖而梦。

㊲怛：忧伤，悲苦。

㊳燔焫（fán ruò，烦若）：烤烧。

㊴阴阳俱壮：人体内以阴阳调和适中为佳，如阴阳都很亢盛，则产生冲突，梦见生死相杀。

㊵沈：同沉。

㊶藉带：睡在衣带上。

㊷饮酒者忧，歌舞者哭：前面当有“梦”字。

㊸信：真实。真正的觉醒不需要言语，真正的梦境不会变通。达：靠常情去理解。《列子》这种“信觉”和“信梦”是道家所追求的一种最高修养境界。

㊹物化：事物的彼此同化。

㊺真人：道家称“修真得道”的人。

㊻隅：边远的地方。古莽之国：传说中的国名。

㊼四海：古代人认为中国四境都有海环绕，四海，犹言天下。河：当指黄河。岱：古代岱山即指泰山。

㊽审度：审，审定。度，估计，衡量。这里作明确无误讲。

㊾云为：言行。称计：命名和计数。

㊿燠：燥热。

51藉：蹈，践踏之意，此指欺凌。

52周：古地名，今陕西省岐山一带。治产：经营产业。

53趣役者：奔走服役的人。侵晨昏：犹言从早到晚。

54荒：迷乱，此指疲乏不堪。昔：通夕，此处借指夜晚。

55燕：通宴。

56慰喻：又作慰谕，用好话劝解。

57唵（ān，安）呓：梦话。

58数：定数，注定的命运。

59程：进度或期限，这里有限度的意思。

60疾：此处指心情或生活上的痛苦。间：指病愈。

61薪：砍柴草。骇鹿：受惊的鹿。

62隍：指干水溏之类。蕉：通樵。

63咏：原指曼声长吟，此处当为喋喋不休地说话。

64室人：指妻子。

65讵：反问语气词，相当于岂。

66厌：安心。不厌失鹿：就是不甘心于丢失鹿。

67爽旦：即黎明。

68士师：古官名，掌禁令、狱讼、刑罚，为法官之通称。

69而与若争鹿：当作“而若与争鹿”，此话对失鹿者而言。

⑩恂（xùn，讯）：通徇，依从。

⑪阳里华子：虚构的人物。病忘：患了健忘症。

⑫毒：以为苦。

⑬史：史官，掌管祭祀和记事等。卜：占卜。古人用火灼龟甲，视裂纹以推测吉凶祸福。

⑭占：应验。

⑮自媒：自我推荐。居产：积蓄的财产。

⑯庶几：也许可以。

⑰露之：把他放在露天受冻。

⑱幽：禁闭。

⑲传世：祖孙相传。

⑳逢：古姓氏。迷罔之疾：精神失常的病。

㉑飨：此处是品尝之意。朽：古人香与朽对，取其相反之义，相当于“臭”。

㉒庸：副词，岂，难道。

㉓“倾一家”、“倾一国”、“倾天下”之倾：当为危及。

㉔邮：通尤，最。因鲁多儒士，盛称仁义，而《列子》反对仁义说教，故称“鲁之君子迷之邮者”。

㉕荣：虚耗。遄（chuán，传）：迅速。

㉖诳：哄骗。

㉗愀（qiǎo，巧）然：形容神色变得严肃或不愉快。

㉘社：古代指土地神为社。这里指祭祀社神的地方，俗称土地庙。

㉙涓：细小的流水。涓然：这里指慢慢流着眼泪的样子。

㉚垅：即垄，土埂，这里指坟堆。

㉛哑然：形容笑得很厉害，连话都说不出来。

㉜绐（dài，代）：哄骗。

㉝更：当作便。微：少。人的情绪皆因境而生，情真而境未必真，境真情或不真，所以人的六情变化，只是幻景。求道者，当去末返本，至于同悲同喜、无悲喜之境界，方可证道。从修炼上来看，这是所谓性功的层面。

仲尼第四[①]

仲尼闲居，子贡入侍，而有忧色。子贡不敢问，出告颜回。颜回援琴而歌[②]。孔子闻之，果召回入，问曰：“若奚独乐？”回曰：“夫子奚独忧？”孔子曰：“先言尔志。”曰：“吾昔闻之夫子曰：‘乐天知命故不忧’[③]，回所以乐也。”孔子愀然有间曰：“有是言哉？汝之意失矣。此吾昔日之言尔，请以今言为正也。汝徒知乐天知命之无忧，未知乐天知命有忧之大也。今告若其实，修一身，任穷达[④]，知去来之非我，亡变乱于心虑，尔之所谓乐天知命之无忧也。曩吾修《诗》、《书》[⑤]，正《礼》、《乐》[⑥]，将以治天下，遗来世；非但修一身，治鲁国而已。而鲁之君臣日失其序[⑦]，仁义益衰，情性益薄[⑧]。此道不行一国与当年[⑨]，其如天下与来世矣[⑩]？吾始知《诗》、《书》、《礼》、《乐》无救于治乱，而未知所以革之之方。此乐天知命者之所忧。虽然，吾得之矣。夫乐而知者，非古人之谓所乐知也。无乐无知，是真乐真知；故无所不乐，无所不知，无所不忧，无所不为。《诗》、《书》、《礼》、《乐》，何弃之有？革之何为？”颜回北面拜手曰[⑪]：“回亦得之矣。”出告子贡。子贡茫然自失，归家淫思七日，不寝不食，以至骨立[⑫]。颜回重往喻之，乃反丘门，弦歌诵书，终身不辍。

陈大夫聘鲁，私见叔孙氏[⑬]。叔孙氏曰：“吾国有圣人。”曰：“非孔丘邪？”曰：“是也。”

“何以知其圣乎?”叔孙氏曰：“吾常闻之颜回曰：‘孔丘能废心而用形[14]。’”陈大夫曰：“吾国亦有圣人，子弗知乎?”曰：“圣人孰谓?”曰：“老聃之弟子，有亢仓子者[15]。得聃之道，能以耳视而目听[16]。”鲁侯闻之大惊，使上卿厚礼而致之。亢仓子应聘而至。鲁侯卑辞请问之。亢仓子曰：“传之者妄。我能视听不用耳目，不能易耳目之用。”鲁侯曰：“此增异矣。其道奈何？寡人终愿闻之。”亢仓子曰：“我体合于心[17]，心合于气[18]，气合于神[19]，神合于无[20]。其有介然之有[21]，唯然之音，虽远在八荒之外，近在眉睫之内，来干我者，我必知之。乃不知是我七孔四支之所觉，心腹六藏之所知，其自知而已矣。”鲁侯大悦。他日告仲尼，仲尼笑而不答。

商太宰见孔子曰[22]：“丘圣者欤?”孔子曰：“圣则丘何敢，然则丘博学多识者也。”商太宰曰：“三王圣者欤?”孔子曰：“三王善任智勇者，圣则丘不知。”曰：“五帝圣者欤?”孔子曰：“五帝善任仁义者，圣则丘弗知。”曰：“三皇圣者欤?”孔子曰：“三皇善任因时者，圣则丘弗知。”商太宰大骇，曰：“然则孰者为圣?”孔子动容有间，曰：“西方之人，有圣者焉，不治而不乱，不言而自信，不化而自行，荡荡乎民无能名焉[23]。丘疑其为圣。弗知真为圣欤？真不圣欤?”商太宰嘿然心计曰[24]：“孔丘欺我哉[25]！”

子夏问孔子曰：“颜回之为人奚若?”子曰：“回之仁贤于丘也。”曰：“子贡之为人奚若?”子曰：“赐之辨贤于丘也。”曰：“子路之为人奚若[26]?”子曰：“由之勇贤于丘也。”曰：“子张之为人奚若[27]?”子曰：“师之庄贤于丘也。”子夏避席而问曰：“然则四子者何为事夫子?”曰：“居！吾语汝。夫回能仁而不能反，赐能辨而不能讷，由能勇而不能怯，师能庄而不能同[28]。兼四子之有以易吾，吾弗许也。此其所以事吾而不贰也[29]。”

子列子既师壶丘子林，友伯昏瞀人，乃居南郭[30]。从之处者[31]，日数而不及。虽然，子列子亦微焉[32]，朝朝相与辨，无不闻。而与南郭子连墙二十年[33]，不相谒请；相遇于道，目若不相见者。门之徒役[34]，以为子列子与南郭子有敌不疑。有自楚来者，问子列子曰：“先生与南郭子奚敌?”子列子曰：“南郭子貌充心虚，耳无闻，目无见，口无言，心无知，形无惕[35]。往将奚为？虽然，试与汝偕往阅。”弟子四十人同行。见南郭子，果若欺魄焉[36]，而不可与接。顾视子列子，形神不相偶，而不可与群。南郭子俄而指子列子之弟子末行者与言[37]，衎衎然若专直而在雄者[38]。子列子之徒骇之。反舍，咸有疑色。子列子曰：“得意者无言[39]，进知者无言。用无言为言亦言，无知为知亦知。无言与不言，无知与不知，亦言亦知[40]。亦无所不言，亦无所不知；亦无所言，亦无所知。如斯而已，汝奚妄骇哉?”

子列子学也[41]，三年之后，心不敢念是非，口不敢言利害，始得老商一眄而已。五年之后，心更念是非，口更言利害，老商始一解颜而笑。七年之后，从心之所念，更无是非，从口之所言，更无利害。夫子始一引吾并席而坐。九年之后，横心之所念[42]，横口之所言，亦不知我之是非利害欤，亦不知彼之是非利害欤，外内进矣。而后眼如耳，耳如鼻，鼻如口，口无不同。心凝形释，骨肉都融。不觉形之所倚，足之所履，心之所念，言之所藏[43]。如斯而已。则理无所隐矣。

初，子列子好游。壶丘子曰：“御寇好游，游何所好?”子列子曰：“游之乐所玩无故[44]。人之游也，观其所见；我之游也，观之所变。游乎游乎！未有能辨其游者[45]。”壶丘子曰：“御寇之游固与人同欤，而曰固与人异欤？凡所见，亦恒见其变。玩彼物之无故，不知我亦无故。务外游，不知务内观[46]。外游者，求备于物[47]；内观者，取足于身[48]。取足于身，游之至也；求备于物，游之不至也。”于是列子终身不出，自以为不知游。壶丘子曰：“游其至乎！至游者不知所适；至观者不知所视，物物皆游矣，物物皆观矣，是我之所谓游，是我之所谓观也。故曰：游其至矣乎！游其至矣乎！”

龙叔谓文挚曰[49]："子之术微矣。吾有疾，子能已乎？"文挚曰："唯命所听。然先言子所病之证[50]。"龙叔曰："吾乡誉不以为荣，国毁不以为辱；得而不喜，失而弗忧；视生如死，视富如贫；视人如豕，视吾如人。处吾之家，如逆旅之舍；观吾之乡，如戎蛮之国[51]。凡此众疾，爵赏不能劝，刑罚不能威，盛衰利害不能易，哀乐不能移。固不可事国君，交亲友，御妻子，制仆隶[52]。此奚疾哉？奚方能已之乎？"文挚乃命龙叔背明而立，文挚自后向明而望之。即而曰："嘻！吾见子之心矣，方寸之地虚矣，几圣人也[53]！子心六孔流通，一孔不达[54]。今以圣智为疾者，或由此乎？非吾浅术所能已也。"

无所由而常生者，道也[55]。由生而生，故虽终而不亡，常也[56]。由生而亡，不幸也[57]。有所由而常死者，亦道也[58]。由死而死，虽未终而自亡者，亦常也[59]。由死而生，幸也[60]。故无用而生谓之道，用道得终谓之常；有所用而死者亦谓之道，用道而得死者亦谓之常。[61]

季梁之死[62]，杨朱望其门而歌。随梧之死[63]，杨朱抚其尸而哭。隶人之生[64]，隶人之死，众人且歌，众人且哭。

目将眇者，先睹秋毫[65]；耳将聋者，先闻蚋飞[66]；口将爽者，先辨淄渑[67]；鼻将窒者，先觉焦朽[68]；体将僵者，先亟犇佚[69]；心将迷者，先识是非：故物不至者则不反。

郑之圃泽多贤，东里多才[70]。圃泽之役有伯丰子者[71]，行过东里，遇邓析。邓析顾其徒而笑曰："为若舞[72]，彼来者奚若？"其徒曰："所愿知也。"邓析谓伯丰子曰："汝知养养之义乎[73]？受人养而不能自养者，犬豕之类也；养物而物为我用者，人之力也。使汝之徒，食而饱，衣而息，执政之功也。长幼群聚，而为牢藉庖厨之物[74]，奚异犬豕之类乎？"伯丰子不应。伯丰子之从者越次而进曰[75]："大夫不闻齐、鲁之多机乎？有善治土木者，有善治金革者，有善治声乐者，有善治书数者[76]，有善治军旅者，有善治宗庙者，群才备也。而无相位者[77]，无能相使者[78]。而位之者无知[79]，使之者无能[80]，而知之与能，为之合焉[81]。执政者乃吾之所使，子奚矜焉？"邓析无以应，目其徒而退。

公仪伯以力闻诸侯，堂谿公言之于周宣王，王备礼以聘之[82]。公仪伯至。观形，懦夫也。宣王心惑而疑曰："女之力何如？"公仪伯曰："臣之力能折春螽之股[83]，堪秋蝉之翼。"王作色曰："吾之力者能裂犀兕之革[84]，曳九牛之尾，犹憾其弱。女折春螽之股，堪秋蝉之翼，而力闻天下，何也？"公仪伯长息退席，曰："善哉，王之问也！臣敢以实对。臣之师有商丘子者[85]，力无敌于天下，而六亲不知，以未尝用其力故也。臣以死事之[86]。乃告臣曰：'人欲见其所不见，视人所不窥；欲得其所不得，修人所不为。故学眎者先见舆薪[87]，学听者先闻撞钟。夫有易于内者无难于外。于外无难，故名不出其一家。'今臣之名闻于诸侯，是臣违师之教，显臣之能者也。然则臣之名不以负其力者也，以能用其力者也，不犹愈于负其力者乎？"

中山公子牟者，魏国之贤公子也[88]。好与贤人游，不恤国事[89]，而悦赵人公孙龙[90]。乐正子舆之徒笑之[91]，公子牟曰："子何笑牟之悦公孙龙也？"子舆曰："公孙龙之为人也，行无师，学无友，佞给而不中[92]，漫衍而无家，好怪而妄言。欲惑人之心，屈人之口，与韩檀等肄之[93]。"公子牟变容曰："何子状公孙龙之过欤？请闻其实。"子舆曰："吾笑龙之诒孔穿[94]，言：'善射者，能令后镞中前括，发发相及，矢矢相属[95]；前矢造准而无绝落，后矢之括犹衔弦[96]，视之若一焉。'孔穿骇之。龙曰："此未其妙者。逢蒙之弟子曰鸿超[97]，怒其妻而怖之。引乌号之弓，綦卫之箭，射其目[98]。矢来注眸子，而眶不睫，矢隧地而尘不扬。'是岂智者之言与？"公子牟曰："智者之言固非愚者之所晓。后镞中前括，钧后于前[99]。矢注眸子而眶不睫，尽矢之势也[100]。子何疑焉？"乐正子舆曰："子，龙之徒，焉得不饰其阙？吾又言其尤者。尤诳魏王曰：'有意不心[101]。有指不至[102]。有物不尽[103]。有影不移[104]。发引千钧[105]。白马非马[106]。孤犊未尝有母[107]。'其负类反伦[108]，不可胜言也。”公子牟曰：“子不谕至言而以为尤也，尤其在子矣。夫无意则心同[109]，无指则皆至[110]。尽物者常有[111]。影不移者，说在改也。发引千钧，势至等也。白马非马，形名离也。孤犊未尝有母，非孤犊也。”乐正子舆曰：“子以公孙龙之鸣皆条也[112]。设令发于余窍[113]，子亦将承之。”公子牟默然良久告退曰：“请待余日，更谒子论。”

尧治天下五十年，不知天下治欤？不治欤？不知亿兆之愿戴己欤[114]？不愿戴己欤？顾问左右，左右不知。问外朝，外朝不知[115]。问在野[116]，在野不知。尧乃微服游于康衢，闻儿童谣曰：“立我蒸民，莫匪尔极[117]。不识不知，顺帝之则[118]。”尧喜问曰：“谁教尔为此言？”童儿曰：“我闻之大夫。”问大夫。大夫曰：“古诗也。”尧还宫，召舜，因禅以天下[119]。舜不辞而受之。

关尹喜曰：“在己无居，形物其著[120]，其动若水，其静若镜，其应若响。故其道若物者也。物自违道，道不违物。善若道者，亦不用耳，亦不用目，亦不用力，亦不用心。欲若道而用视听形智以求之，弗当矣。瞻之在前，忽焉在后；用之弥满六虚，废之莫知其所[121]。亦非有心者所能得远[122]，亦非无心者所能得近[123]。唯默而得之而性成之者得之。知而忘情，能而不为，真知真能也。发无知，何能情[124]？发不能，何能为？聚块也，积尘也，虽无为而非理也[125]？”

---

①此篇言证无为之道者，方可无所不为，世人但见圣人之迹，而不知所证之本也。学者徒知绝情之始，而不知皆济之用。皆失其中也。

②援：原指用手牵引，此指取出。

③乐天知命：乐从天道的安排，知守性命的分限。这是一种宿命论的人生观。

④任穷达：任随处世的穷困或者显达。

⑤《诗》：《诗经》的简称。中国最早的诗歌总集，编于春秋时代，共305篇。旧说系孔子所删定。《书》：《尚书》的简称，儒家经典之一。是中国上古历史文件和部分追述古代事迹著作的汇编，相传由孔子编撰而成。

⑥《礼》：《礼记》，古代为维护等级秩序和宗法关系所建立的社会规范和道德规范。《乐》：《乐记》，为《礼记》中的一篇。音乐。儒家认为音乐具有移风易俗，教育感化人民的作用。

⑦序：这里指君臣、长幼之间应有的等级秩序。

⑧情性：情感和本性。

⑨道：这里指政治主张。当年：毕生。

⑩其如天下与来世矣：这句意为：它对于天下和后世又怎样呢？

⑪北面拜手：古代学生向老师致敬的礼仪方式。

⑫骨立：骨头突出起来，说明人已消瘦。

⑬聘：这里指国与国之间派遣使者互相访问。叔孙氏：鲁国大夫。春秋时期，鲁国政权轮流由季孙氏、孟孙氏和叔孙氏执掌，他们都是鲁桓公的后代。

⑭废心而用形：处世接物只用形体而不以思虑。

⑮亢仓子：人名，也作“庚桑楚”。相传为老子的得意门徒。

⑯道：指亢仓子视听不用耳目的奥妙。

⑰体合于心：形体契合于心智，指人的肉体感官同心智求得统一。

⑱心合于气：心智契合于元气。

⑲气合于神：元气契合于精神。道家认为，人的形体和元气是由精神所制约的。

⑳神合于无：精神契合于虚静。无：此处指虚静，亦即“道”。

㉑介然之有：极其细微的东西。

㉒商：国名，即宋国。太宰：官名，殷代设太宰官，西周时太宰官掌管王室内外事务，有的还辅佐国君参与政务。

㉓乱：当治解。名：称呼，此意为称赞、美誉。

㉔嘿（mò，默）然：沉默的样子。心计：心思，心头盘算。

㉕此句指：此非常识所及，故以为欺罔也。

㉖子路：姓仲名由，字子路，为孔子弟子。

㉗子张：复姓颛孙，名师，字子张，为孔子弟子。

㉘反：当为“刃”字误字，同忍。此处忍是仁的反意词，作残刃解。讷（nà，那）：说话迟顿。同：随和。

㉙贰：怀疑，不信任。

㉚南郭：南边的外城。郭，古代在城外围加筑的一道城墙。

㉛处：即“游”，交往。

㉜微：精微，微妙精尽。

㉝南郭子：人名，春秋末的著名隐士。南郭：复姓，今称南郭先生。

㉞役：通徒，弟子。徒役：同指弟子。

㉟貌充心虚：意思是内心恪守虚静，感官形体便不为外物所动，故能保持丰满充实。惕：即易的异体字。

㊱欺魄：古代用以祈雨的土偶。此指南郭子若欺魄，以见其得道之深，形若槁木心若死灰。

㊲末行（háng，杭）者：排在行列最后的人。

㊳衎衎（kàn，看）：强毅耿直的样子。专直：专断直率。在雄：争胜。

㊴得意：领会真正的意义。

㊵无言与不言句：无言：指上文所说的领会旨意而不自言说。无知：指上文所说的尽知一切而自以无知。

㊶子列子学也：这一段在《黄帝篇》中已有。此处从认识论的角度，说明消除是非利害的欲念，泯灭肉体感官的差别，方能洞幽烛微，观察到事物内在的规律。

㊷横：这里作“放纵”解。

㊸藏：此处指发言的涵义。

㊹故：旧，这里指熟悉的景物。

㊺辨其游者：区分两种不同的游览方式 。指凡人只是看景物之色，而列子能看景物之变。

㊻内观：对自身的观察。

㊼外游者句：对外界事物进行认识的，有赖于外物的全备。

㊽内观者句：返观本身，进行内心反省，自身已经为此具备了一切条件。

㊾龙叔：人名，生平无考。文挚：六国时人，尝医齐威王。

㊿证：通症，症状。

51戎蛮之国：泛指比较落后的偏远国家。

52御：主宰。制：控制，管辖。

53方寸之地：指人心。虚：世俗的名誉实利和情欲思虑都已消除，这是即将得“道”的表现 。

54六孔流通句：古人认为人心有七孔，而圣人七孔皆通。心中六孔已经流通，还剩一孔不达，表示对道的掌握已达到相当高的地步，但还未达到尽善的程度。

55无所由句：不依靠外部条件而永恒生存的，就是道。

56由生而生句：前一个“生”字相当于“摄生”、“养生”讲，后一个“生”字相当于“生存”、“长生”讲。通过修炼摄生术而长生的人，虽然形体消亡，但真性常存，这是必然的规律。

57因为摄生（不当）而死，实属不幸。

58常：必，总是。具备一些外部条件，却不避于死，也是道的规律决定的。

59由死而死：因尽做致死的事情，全然违背生存的道理而死去。

60由死而生：在有害性命的客观环境下，因为严于律己，因势利导，化不利为有利，却能长生，当然是不幸中之大幸。

61无用而生谓之道：无所凭借而生存的叫做道。有所用而死亦谓之道，有所凭借而死亡的也叫做道。“终”与“死”的意义不同，“终”是“善终”，尽其天然寿命，“死”则是未尽天年。

62季梁：战国初期魏国人，为杨朱的好友。

63随梧：与杨朱同时代的人。

64隶：就是众人，俗士，普通老百姓。

65眇（miǎo，秒）：一只眼睛瞎了，这里泛指眼睛。秋毫：兽类在秋天新长出来的细毛，比喻极细小的东西。

66蚋（ruì，锐）：蚊子。

67爽：差失。淄（zī，资）：河名，为山东淄河。渑（shéng，绳）：古河名，在今山东省境内。

68窒：塞。焦朽：烧焦，腐朽。

69僵：仆倒。犇佚：即奔逸，轻松地飞跑。

⑳圃泽：古泽名。旧址在今河南省中牟县西。

㉑伯丰子：亦作“百丰”，列子门徒。邓析：郑国大夫，春秋末法家先驱，实为名家。

㉒舞：通侮，侮谩，侮弄。

㉓养养（yàng yǎng，样仰）：（受）供养和自养。

㉔牢：关养牲畜的圈。藉：竹木做的栅栏。

㉕越次：越过尊卑秩序。

㉖金革：金属与皮革。书数：书，指写作，数，计算。

㉗相位：可以让其到任的职务。

㉘相使：使用或操纵别人。

㉙位之者：位居他人之上的人。无知：意思近于“无为”。这是伯丰子等人的自谓。

㉚使之者：使用他人的人。

㉛“知”与“能”：指的是邓析一类的执政者。

㉜公仪伯、堂谿公：皆人名。为西周时贤士。公仪、堂谿，皆复姓。

㉝螽（zhōng，中）：昆虫，又叫螽斯，身体绿色或褐色，触角呈丝状，有的种类无翅。

㉞犀：犀牛。兕（sì，四）：雌性犀牛。

㉟商丘子：与《黄帝篇》中的老商氏为一人，是虚构的有道术之人。

㊱以死事之：死心塌地侍奉他。

㊲眎：同“视”。舆薪：满车子的柴火。比喻大而易见的事物。

㊳中山公子牟：战国时期人，即魏牟，因封于中山，故名中山公子牟，与公孙龙交好。

㊴恤：开心。

㊵公孙龙：战国时名家的代表人物，赵国人。大约生活在公元前325—前250年之间。他的名辩题有“离坚白”、“白马非马”等。着重分析了概念的规定性和差别性。

㊶乐正子舆：人名。

㊷佞：有口才。给（jǐ，挤）：敏捷。不中：不合情理。

㊸韩檀：人名，战国时赵人。肄：研习。

㊹孔穿：孔子的六世孙，字子高。因不同意公孙龙的名辩学说，曾往辩论，后成为公孙龙的弟子。

㊺括：箭的末端。相属（zhǔ，主）：相连接。

㊻造准：射中箭靶。犹衔弦：箭的尾端正好搭在弓弦上。

㊼逢蒙：亦作“逢门”，人名。夏代善于射箭的人。鸿超：逢蒙的学生，也善射箭。

㊽乌号之弓：古代良弓名。綦卫之箭：也作“淇卫之箭”，古代的一种良箭。

㊾钧后于前：使后射的箭均同于前射的箭。

⑩⓪尽矢之势：飞箭的冲力用尽了。意即掌握一定的距离和击发力量，使箭的冲力刚好射到眼睛前就穷尽了。

⑩①有意不心：思虑不等于本心。“心”产生“意”，“意”是“心”的一种表现，所以“意”不等于“心”。

⑩②有指不至：从事物的名称得不到事物的实际。这里表达了抽象概念同具体事物之间的差别关系。

⑩③有物不尽：物体永远分割不尽。名家学派又一名辩命题。

⑩④有影不移：影子从来就不移动。这条命题实际上接触到了运动的辩证法，但割裂了运动是连续性与间断性的统一这个原理。

⑩⑤发引千钧：头发丝能悬引千钧重物。

⑩⑥白马非马：公孙龙学派的名辩命题。即“白”是命“色”的，“马”是命“形”的，形、色各不相干，因此“白马”就是“白马”，不能说“白马”是“马”。

⑩⑦孤犊未尝有母：孤牛犊未曾有它的母亲。这个命题割裂了时间的前后关系，流于诡辩。

⑩⑧负类：这里指无类比附，违返逻辑。伦：人所公认的常理。

⑩⑨无意则心同：泯灭了意虑，它就和本心相同了。

⑪⓪无指则皆至：取消了事物的名称，就能得到事物的实际。

⑪①尽物者常有：分割到最后的物体也是客观存在的。

⑪②鸣：对公孙龙言论的贬语，将它当作鸣叫。

⑪③余窍：指肛门。

⑭亿兆：泛指天下普通老百姓。

⑮外朝：指朝廷外面的中下层官员。

⑯在野：本指庶民处于山野，后来迳称不居官为在野，与在朝相对。

⑰立：通粒，粮食，这里指种粮食的人。匪：通非。极：德之至也。

⑱不识不知：即是去除巧智伪识的意思。帝：天帝。则：典范，榜样。

⑲禅：禅让。指尧为部落联盟首领时，对舜进行三年考核后让位于舜。这种原始的民主制度，历史上称为“禅让”。

⑳居：固定，偏执。形物：此处指事物之理。箸：通“著”，显明。

㉑用：指道发生作用。废：弃之不用。其所：道所在之处。

㉒亦非有心句：也并非有心求道的人能够同它疏远。

㉓无心者：指无心求道，但反而同道契合的人。

㉔何能情：指木石等无知之物是不能产生情感的。

㉕虽无为而非理也：《列子》认为，道的“无为”应该是“有为”和“无为”的辩证统一，必须做到“有为”而“无为”，即“知而亡情”、“能而不为”，然后才能无所不为。

汤问第五[①]

殷汤问于夏革曰[②]：“古初有物乎？”夏革曰：“古初无物，今恶得物[③]？”后之人将谓今之无物[④]，可乎？”殷汤曰：“然则物无先后乎？”夏革曰：“物之终始，初无极已。始或为终，终或为始，恶知其纪？然自物之外，自事之先，朕所不知也。”

殷汤曰：“然则上下八方有极尽乎？”革曰：“不知也。”汤固问，革曰：“无则无极，有则有尽[⑤]；朕何以知之？然无极之外，复无无极[⑥]，无尽之中，复无无尽[⑦]。无极复无无极，无尽复无无尽，朕以是知其无极无尽也，而不知其有极有尽也。”

汤又问曰：“四海之外奚有？”革曰：“犹齐州也。”汤曰：“汝奚以实之？”革曰：“朕东行至营[⑧]，人民犹是也。问营之东，复犹营也。西行至豳[⑨]，人民犹是也。问豳之西，复犹豳也。朕以是知四海、四荒、四极之不异是也[⑩]。故大小相含，无穷极也。含万物者，亦如含天地；含万物也故不穷，含天地也故无极。朕亦焉知天地之表不有大天地者乎？亦吾所不知也。然则天地亦物也。物有不足，故昔者女娲氏炼五色石以补其阙；断鳌之足以立四极[⑪]。其后共工氏与颛顼争为帝，怒而触不周之山，折天柱，绝地维[⑫]；故天倾西北，日月星辰就焉；地不满东南，故百川水潦归焉[⑬]。”

汤又问：“物有巨细乎？有修短乎？有同异乎？”革曰：“渤海之东不知几亿万里，有大壑焉，实惟无底之谷。其下无底，名曰归墟[⑭]。八紘九野之水，天汉之流，莫不注之，而无增无减焉[⑮]。其中有五山焉：一曰岱舆，二曰员峤，三曰方壶，四曰瀛洲，五曰蓬莱[⑯]。其山高下周旋三万里，其顶平处九千里。山之中间相去七万里，以为邻居焉。其上台观皆金玉，其上禽兽皆纯缟[⑰]。珠玕之树皆丛生[⑱]，华实皆有滋味[⑲]，食之皆不老不死。所居之人皆仙圣之种，一日一夕飞相往来者，不可数焉。而五山之根无所连著，常随潮波上下往还，不得暂峙焉。仙圣毒之，诉之于帝。帝恐流于西极，失群圣之居，乃命禺强使巨鳌十五举首而戴之[⑳]。迭为三番，六万岁一交焉。五山始峙而不动。而龙伯之国有大人[㉑]，举足不盈数步而暨五山之所，一钓而连六鳌，合负而趣归其国，灼其骨以数焉。于是岱舆、员峤二山，流于北极，沉于大海，仙圣之播迁者巨亿计。帝凭怒，侵减龙伯之国使阨，侵小龙伯之民使短。至伏羲神农时，其国人犹数十丈。

从中州以东四十万里，得僬侥国[22]，人长一尺五寸。东北极有人名曰诤，人长九寸。荆之南有冥灵者[23]，以五百岁为春，五百岁为秋。上古有大椿者[24]，以八千岁为春，八千岁为秋。朽壤之上有菌芝者，生于朝，死于晦。春夏之月有蠓蚋者，因雨而生，见阳而死。终北[25]之北有溟海者[26]，天池也，有鱼焉，其广数千里，其长称焉，其名为鲲。有鸟焉，其名为鹏，翼若垂天之云，其体称焉。世岂知有此物哉？大禹行而见之，伯益知而名之，夷坚闻而志之[27]。江浦之间生麽虫，其名曰焦螟[28]，群飞而集于蚊睫，弗相触也。栖宿去来，蚊弗觉也。离朱、子羽，方昼拭眦扬眉而望之[29]，弗见其形；觚俞、师旷方夜擿耳俯首而听之，弗闻其声[30]。唯黄帝与容成子居空峒之上[31]，同斋三月，心死形废；徐以神视，块然见之，若嵩山之阿[32]；徐以气听，砰然闻之若雷霆之声。吴、楚之国有大木焉，其名为櫾[33]，碧树而冬青，实丹而味酸。食其皮汁，已愤厥之疾[34]。齐州珍之，渡淮而北，而化为枳焉。鸜鹆不逾济，貉逾汶则死矣，地气然也[35]。虽然，形气异也，情性钧已，无相易已。生皆全已，分皆足已[36]。吾何以识其巨细？何以识其修短？何以识其同异哉？”

太形、王屋二山，方七百里，高万仞，本在冀州之南，河阳之北[37]。北山愚公者[38]，年且九十，面山而居。惩山北之塞，出入之迂也[39]，聚室而谋曰：“吾与汝毕力平险，指通豫南，达于汉阴[40]，可乎？”杂然相许[41]。其妻献疑曰：“以君之力，曾不能损魁父之丘[42]，如太形、王屋何？且焉置土石？”杂曰：“投诸渤海之尾，隐土之北[43]。”遂率子孙荷担者三夫，叩石垦壤，箕畚运于渤海之尾。邻人京城氏之孀妻有遗男，始龀[44]，跳往助之。寒暑易节，始一反焉。河曲智叟笑而止之[45]，曰：“甚矣，汝之不惠！以残年余力，曾不能毁山之一毛，其如土石何？”北山愚公长息曰：“汝心之固固不可彻[46]，曾不若孀妻弱子。虽我之死，有子存焉。子又生孙，孙又生子，子又有子，子又有孙，子子孙孙，无穷匮也。而山不加增，何苦而不平？”河曲智叟亡以应。操蛇之神闻之[47]，惧其不已也，告之于帝。帝感其诚，命夸蛾氏二子负二山，一厝朔东，一厝雍南[48]。自北冀之南，汉之阴，无陇断焉。

夸父不量力，欲追日影，逐之于隅谷之际[49]。渴欲得饮，赴饮河、渭。河、渭不足，将走北饮大泽[50]。未至，道渴而死。弃其杖，尸膏肉所浸，生邓林[51]。邓林弥广数千里焉。

大禹曰：“六合之间，四海之内，照之以日月，经之以星辰[52]，纪之以四时[53]，要之以太岁[54]。神灵所生，其物异形，或夭或寿，唯圣人能通其道。”夏革曰：“然则亦有不待神灵而生，不待阴阳而形，不待日月而明，不待杀戮而夭，不待将迎而寿，不待五谷而食，不待缯纩而衣[55]，不待舟车而行，其道自然，非圣人之所通也。”

禹之治水土也，迷而失途，谬之一国[56]。滨北海之北[57]，不知距齐州几千万里。其国名曰终北，不知际畔之所齐限[58]。无风雨霜露，不生鸟、兽、虫、鱼、草、木之类。四方悉平，周以乔陟[59]。当国之中有山，山名壶领，状若甔甀[60]。顶有口，状若员环，名曰滋穴。有水涌出，名曰神瀵，臭过兰椒，味过醪醴[61]。一源分为四埒，注于山下。经营一国[62]，亡不悉遍。土气和，亡札厉[63]。人性婉而从物，不竞不争；柔心而弱骨，不骄不忌；长幼侪居[64]，不君不臣；男女杂游[65]，不媒不聘；缘水而居，不耕不稼；土气温适，不织不衣；百年而死，不夭不病。其民孳阜亡数，有喜乐，亡衰老哀苦。其俗好声，相携而迭谣，终日不辍音[66]。饥倦则饮神瀵，力志和平。过则醉，经旬乃醒。沐浴神瀵，肤色脂泽，香气经旬乃歇。周穆王北游，过其国，三年忘归。既反周室，慕其国，惝然自失[67]。不进酒肉，不召嫔御者，数月乃复。管仲勉齐桓公，因游辽口，俱之其国，几克举。隰朋谏曰[68]：“君舍齐国之广，人民之众，山川之观，殖物之阜，礼义之盛，章服之美；妖靡盈庭，忠良满朝。肆咤则徒卒百万，视㧑则诸侯从命，亦奚羡于彼而弃齐国之社稷，从戎夷之国乎？此仲父之耄[69]，奈何从之？”桓公乃止，以隰朋之言告管仲。仲曰："此固非朋之所及也。臣恐彼国之不可知之也[70]。齐国之富奚恋？隰朋之言奚顾？"

南国之人祝发而裸[71]，北国之人鞨巾而裘[72]，中国之人冠冕而裳。九土所资[73]，或农或商，或田或鱼，如冬裘夏葛[74]，水舟陆车。默而得之，性而成之。越之东有辄沐之国，其长子生，则鲜而食之[75]，谓之宜弟。其大父死，负其大母而弃之[76]，曰："鬼妻不可以同居处。"楚之南有炎人之国，其亲戚死，死其肉而弃之[77]，然后埋其骨，乃成为孝子。秦之西有仪渠之国者，其亲戚死，聚柴积而焚之[78]。熏则烟上，谓之登遐，然后成为孝子。此上以为政，下以为俗，而未足为异也。

孔子东游，见两小儿辩斗。问其故，一儿曰："我以日始出时去人近，而日中时远也。"一儿曰："我以日初出远，而日中时近也。"一儿曰："日初出大如车盖[79]；及日中，则如盘盂，此不为远者小而近者大乎[80]？"一儿曰："日初出沧沧凉凉[81]；及其日中，如探汤，此不为近者热而远者凉乎？"孔子不能决也。两小儿笑曰："孰为汝多知乎？"

均，天下之至理也，连于形物亦然[82]。均发均县，轻重而发绝[83]，发不均也。均也，其绝也莫绝[84]。人以为不然，自有知其然者也。詹何以独茧丝为纶，芒针为钩，荆筱为竿，剖粒为饵，引盈车之鱼于百仞之渊、汩流之中[85]，纶不绝，钩不伸，竿不挠。楚王闻而异之，召问其故。詹何曰："臣闻先大夫之言，蒲且子之弋也，弱弓纤缴，乘风振之，连双鸧于青云之际[86]。用心专，动手均也。臣因其事，放而学钓[87]，五年始尽其道。当臣之临河持竿，心无杂虑，唯鱼之念；投纶沉钩，手无轻重，物莫能乱。鱼见臣之钩饵，犹沉埃聚沫，吞之不疑。所以能以弱制强，以轻致重也。大王治国诚能若此，则天下可运于一握，将亦奚事哉？"楚王曰："善！"

鲁公扈、赵齐婴二人有疾，同请扁鹊求治[88]。扁鹊治之。既同愈，谓公扈、齐婴曰："汝曩之所疾，自外而干府藏者，固药石之所已[89]。今有偕生之疾，与体偕长。今为汝攻之，何如？"二人曰："愿先闻其验[90]。"扁鹊谓公扈曰："汝志强而气弱，故足于谋而寡于断。齐婴志弱而气强[91]，故少于虑而伤于专。若换汝之心，则均于善矣。"扁鹊遂饮二人毒酒[92]，迷死三日，剖胸探心，易而置之。投以神药，既悟如初。二人辞归。于是公扈反齐婴之室，而有其妻子；妻子弗识。齐婴亦反公扈之室，有其妻子；妻子亦弗识。二室因相与讼，求辨于扁鹊。扁鹊辨其所由，讼乃已。

匏巴鼓琴，而鸟舞鱼跃，郑师文闻之，弃家从师襄游[93]。柱指钩弦[94]，三年不成章。师襄曰："子可以归矣。"师文舍其琴叹曰："文非弦之不能钩，非章之不能成。文所存者不在弦，所志者不在声。内不得于心，外不应于器，故不敢发手而动弦。且小假之以观其后。"，无几何，复见师襄。师襄曰："子之琴何如？"师文曰："得之矣。请尝试之。"于是，当春而叩商弦，以召南吕[95]，凉风忽至，草木成实。及秋而叩角弦，以激夹钟[96]，温风徐回，草木发荣。当夏而叩羽弦，以召黄钟[97]，霜雪交下，川池暴沍。及冬而叩徵弦，以激蕤宾[98]，阳光炽烈，坚冰立散。将终，命宫而总四弦[99]，则景风翔，庆云浮，甘露降，澧泉涌。师襄乃抚心高蹈曰："微矣，子之弹也！虽师旷之清角[100]，邹衍之吹律[101]，亡以加之。彼将挟琴执管而从子之后耳。"

薛谭学讴于秦青[102]，未穷青之技，自谓尽之，遂辞归。秦青弗止。饯于郊衢[103]，抚节悲歌[104]，声振林木，响遏行云[105]。薛谭乃谢求反，终身不敢言归。秦青顾谓其友曰："昔韩娥东之齐[106]，匮粮，过雍门[107]，鬻歌假食。既去，而余音绕梁欐[108]，三日不绝，左右以其人弗去。过逆旅，逆旅人辱之。韩娥因曼声哀哭，一里老幼，悲愁垂涕相对，三日不食；遽而追之。娥还，复为曼声长歌。一里老幼，喜跃抃舞[109]，弗能自禁，忘向之悲也。乃厚赂发之。故雍门之人至今善歌哭，放娥之遗声。"

伯牙善鼓琴[110]，钟子期善听[111]。伯牙鼓琴，志在登高山。钟子期曰："善哉！峨峨兮若泰山！"

志在流水。钟子期曰："善哉！洋洋兮若江河！"伯牙所念，钟子期必得之。伯牙游于泰山之阴，卒逢暴雨，止于岩下；心悲，乃援琴而鼓之。初为霖雨[12]之操[13]，更造崩山之音。曲每奏，钟子期辄穷其趣。伯牙乃舍琴而叹曰："善哉，善哉！子之听夫志！想象犹吾心也。吾于何逃声哉？"

周穆王西巡狩，越昆仑，不至弇山[14]。反还，未及中国，道有献工人名偃师[15]。穆王荐之，问曰："若有何能？"偃师曰："臣唯命所试。然臣已有所造，愿王先观之。"穆王曰："日以俱来，吾与若俱观之。"越日，偃师谒见王。王荐之曰："若与偕来者何人耶？"对曰："臣之所造能倡者[16]。"穆王惊视之，趋步俯仰，信人也。巧夫锁其颐[17]，则歌合律；捧其手，则舞应节。千变万化，惟意所适。王以为实人也，与盛姬内御并观之。技将终，倡者瞬其目而招王之左右侍妾[18]。王大怒，立欲诛偃师。偃师大慑，立剖散倡者以示王，皆傅会革[19]、木、胶、漆、白、黑、丹、青之所为。王谛料之，内则肝、胆、心、肺、脾、肾、肠、胃，外则筋骨、支节、皮毛、齿发，皆假物也，而无不毕具者[20]。合会复如初见[21]。王试废其心，则口不能言；废其肝，则目不能视；废其肾，则足不能步。穆王始悦而叹曰："人之巧乃可与造化者同功乎？"诏贰车载之以归[22]。夫班输之云梯，墨翟之飞鸢[23]，自谓能之极也。弟子东门贾、禽滑厘闻偃师之巧[24]，以告二子，二子终身不敢语艺，而时执规矩。

甘蝇，古之善射者，彀弓而兽伏鸟下[25]。弟子名飞卫，学射于甘蝇，而巧过其师。纪昌者，又学射于飞卫[26]。飞卫曰："尔先学不瞬，而后可言射矣。"纪昌归，偃卧其妻之机下，以目承牵挺[27]。二年之后，虽锥末倒眦而不瞬也。以告飞卫。飞卫曰："未也，必学视而后可。视小如大，视微如著，而后告我。"昌以氂悬虱于牖[28]，南面而望之。旬日之间，浸大也；三年之后，如车轮焉。以睹余物，皆丘山也。乃以燕角之弧、朔蓬之簳[29]，射之，贯虱之心，而悬不绝。以告飞卫。飞卫高蹈拊膺曰："汝得之矣！"纪昌既尽卫之术，计天下之敌己者，一人而已，乃谋杀飞卫。相遇于野，二人交射；中路端锋相触，而坠于地，而尘不扬。飞卫之矢先穷。纪昌遗一矢，既发，飞卫以棘刺之矢扞之[30]，而无差焉。于是二子泣而投弓，相拜于途。请为父子。尅臂以誓[31]，不得告术于人。

造父之师曰泰豆氏[32]。造父之始从习御也，执礼甚卑，泰豆三年不告。造父执礼愈谨，乃告之曰："古诗言：'良弓之子，必先为箕；良冶之子，必先为裘[33]。'汝先观吾趣。趣如吾[34]，然后六辔可持[35]，六马可御[36]。"造父曰："唯命所从。"泰豆乃立木为途，仅可容足；计步而置，履之而行。趣走往还，无跌失也。造父学之，三日尽其巧。泰豆叹曰："子何其敏也？得之捷乎！"凡所御者，亦如此也。曩汝之行，得之于足，应之于心。推于御也，齐辑乎辔衔之际，而急缓乎唇吻之和[37]；正度乎胸臆之中，而执节乎掌握之间[38]。内得于中心，而外合于马志，是故能进退履绳，而旋曲中规[39]，取道致远而气力有余，诚得其术也。得之于衔，应之于辔；得之于辔，应之于手；得之于手，应之于心。则不以目视，不以策驱；心闲体正，六辔不乱，而二十四蹄所投无差[40]；回旋进退，莫不中节。然后舆轮之外，可使无余辙[41]；马蹄之外，可使无余地[42]。未尝觉山谷之险，原隰之夷，视之一也。吾术穷矣，汝其识之！"

魏黑卵以昵嫌杀丘邴章[43]。丘邴章之子来丹谋报父之仇。丹气甚猛，形甚露，计粒而食，顺风而趋[44]。虽怒，不能称兵以报之。耻假力于人，誓手剑以屠黑卵。黑卵悍志绝众[45]，力抗百夫。筋骨皮肉，非人类也。延颈承刃，披胸受矢，铓锷摧屈，而体无痕挞[46]。负其材力，视来丹犹雏㝅也[47]。来丹之友申他曰[48]："子怨黑卵至矣，黑卵之易子过矣，将奚谋焉？"来丹垂涕曰："愿子为我谋。"申他曰："吾闻卫孔周，其祖得殷帝之宝剑，一童子服之，却三军之众，奚不请焉？"来丹遂适卫，见孔周，执仆御之礼，请先纳妻子[49]，后言所欲。孔周曰："吾有三剑，唯子所择；皆不能杀人，且先言其状。一曰含光，视之不可见，运之不知有。其所触也，泯然无际，经物而物不觉。二曰承影，将旦昧爽之交，日夕昏明之际，北面而察之，淡淡焉若有物存，莫识其状。其所触也，窃窃然有声，经物而物不疾也[50]。三曰宵练，方昼则见影而不见光，方夜见光而不见形。其触物也，騞然而过，随过随合，觉疾而不血刃焉[51]。此三宝者，传之十三世矣，而无施于事。匣而藏之，未尝启封。"来丹曰："虽然，吾必请其下者。"孔周乃归其妻子，与斋七日。晏阴之间，跪而授其下剑，来丹再拜受之以归。来丹遂执剑从黑卵。时黑卵之醉偃于牖下[52]，自颈至腰三斩之。黑卵不觉。来丹以黑卵之死，趣而退。遇黑卵之子于门，击之三下，如投虚。黑卵之子方笑曰："汝何蚩而三招予[53]？"来丹知剑之不能杀人也，叹而归。黑卵既醒，怒其妻曰："醉而露我，使我嗌疾而腰急[54]。"其子曰："畴昔来丹之来，遇我于门，三招我，亦使我体疾而支强[55]，彼其厌我哉！"

周穆王大征西戎，西戎献锟铻之剑，火浣之布[56]。其剑长尺有咫，练钢赤刃[57]，用之切玉如切泥焉。火浣之布，浣之必投于火；布则火色，垢则布色；出火而振之，皓然疑乎雪。皇子以为无此物[58]，传之者妄。萧叔曰[59]："皇子果于自信，果于诬理哉[60]！"

---

①本篇篇目"汤"是殷汤的简称，故取名"汤问"。殷汤是古代贤王，贤而问道，更显道旨无穷。

②殷汤：殷指殷商，汤指汤王，姓子，名履，字灭乙，商朝的建立者。夏革（jí，集）：即夏棘，字子棘，为汤大夫，汤曾拜棘为师。

③恶：疑问代词，怎么。

④无：指虚空能容受处，即空间。

⑤有：指普遍存在的事物。

⑥无极之外复无无极：没有极限之外连"没有极限"也没有，此处从宏观说明无限。

⑦无尽：指事物的层次结构是无穷尽的。"无尽之中复无无尽"，是从微观角度说明物质的无限性。

⑧营：营州，古十二州之一，指今辽宁一带。

⑨豳（bīng，兵）：同邠。古邑名，在今陕西省旬邑县西。

⑩四海：犹言全国各处。四荒：四方边荒之地。四极：四方极远的地方。

⑪鳌（ào，傲）：传说中海里的大鱼或大鳖。

⑫共工氏：古代神话人物，传说为人面蛇身赤发，身乘二龙。颛顼（zhuān xú，专虚）：人名，号高阳氏，黄帝孙，在争夺最高权力的战斗中，击败共工氏。不周之山：传说中的神山，在西北之极。天柱：传说中支撑天穹的巨柱。绝：断。地维：传说中大地的四角。远古传说以为天圆地方，天有九柱支撑。

⑬水潦（lǎo，老）：水聚积。潦：通涝。

⑭归墟：大海最深之处，意为众水之所归。

⑮八紘：即八紘（hóng，洪）：古人认为九州之外有八殥（yìn，印），荒远之地，八殥之外有"八紘"，是大地的极限。九野：古代指天的中央和八方。天汉：即银河，神话中认为银河与大海相通。

⑯五山均为传说中的海上神山。

⑰台观（guàn，冠）：有楼台的寺观。纯缟：纯净的白色。

⑱玕（gàn，干）：一种似玉的美石。

⑲华实：指各种瓜果。

⑳禺强：古代传说中北方之神，人面鸟身。

㉑龙伯之国：古代神话中的大人国。侵减：逐渐减少。阨：通"隘"，狭小。

㉒僬侥国：亦作"焦侥国"，古代传说中的矮人国。

㉓荆：即古九州之一的荆州。冥灵：神话传说中的树木名。

㉔大椿：树木名。

㉕终北：传说中的国名，据说是不毛之地。

㉖溟海：即《庄子·逍遥游》中的"北溟"。

㉗伯益：传说中善于畜牧之人。夷坚：传说中古代博学多闻的人。

㉘江浦：长江的水滨。麽虫：细小的昆虫。焦螟：古代传说中一种极小的虫。

㉙离朱：亦作“离娄”，古代传说中黄帝时代的人。目力极好，能在百步之外看见秋毫之末。子羽：传说中的古代明目者。拭眦：擦拭眼眶。

㉚觝俞：古代听觉特灵的人。师旷：春秋时代晋平公的乐师，目盲，辨音能力极强。

㉛空峒：山名，在今甘肃省平凉市西。

㉜嵩山：五岳之一。阿：大的丘陵。

㉝櫾（yòu，又）：即柚木。小曰橘，大曰柚。

㉞愤厥：厥乃瘚之借字，是生气而生的病。

㉟鸜鹆（qǔ yù，曲渝）：鸟名，俗称八哥。济：即济水，古与江、淮、河并称四渎。貉：兽名，俗称狗獾。汶：读音岷，即今四川省的岷江，不是山东之汶水。

㊱生：生理。全：完备。分：天分。以上两句指各种生物都已在长期生存中与所处环境达到和谐平衡。因此谈不上种与种之间有何好坏、高下之分。

㊲太形：山名，即太行山。王屋：山名，在今山西省阳城、垣曲两县之间。冀州：现河北、山西、河南的黄河以北和辽宁的辽河以西地区。为古九州之一。河阳，古县名，在今河南省孟县西。

㊳愚公：虚构的人物。

㊴惩：苦于。迂：曲，此处指出入绕远路。

㊵豫南：豫州的南部。即今黄河以南的河南一带。汉阴：汉水南边。

㊶杂然相许：纷纷表示赞成。

㊷献疑：提出疑问。魁父：小土山名，在今河南省开封市境内。

㊸隐土：古地名，地处中原的东北。

㊹京城氏：姓氏。龀（chèn，趁）：儿童脱去乳齿，长出恒齿，当在七、八岁之际。

㊺智叟：虚构的人物。

㊻固：顽固。彻：通，明白事理。

㊼操蛇之神：神话中的山神手中都拿着蛇，故名。

㊽夸蛾氏：传说中大力的天神。厝：通措，放置。朔东：地名，即今太行山所在方位。雍：地名，当在今王屋山所在方位。

㊾夸父：神话人物。《山海经》等书记载有他的事迹。隅谷：古代传说中的日落的地方。也作“虞渊”。

㊿河：黄河。渭：渭河，在今陕西省境内，是黄河的大支流之一。大泽：大湖。神话传说在雁门山以北，纵横千里。

51膏肉：脂膏和筋肉。邓林：即桃林，古代神话传说中的树林。

52经以星辰：指古代人民通过细致的天象观测，以星辰在天上的运动规律，作为提供时间尺度、方位测量、季节分辨和农时安排等生产活动的标准。

53纪之以四时：指人们以春、夏、秋、冬四时交替作为一年的秩序，这里引申为安排秩序。

54要：约定。太岁：即木星，每十二年绕太阳一周，古代把这一周分为十二等分，一等分为一年。

55将迎：将养，保养。缯纩（zēng kuàng，曾旷）：泛指丝绸。

56谬之一国：走错路，来到另一国。

57滨：通濒，旁水而居。

58际畔：边界。齐（zī，资）限：界限。齐，原指衣的下缝，这里指边界。

59乔：山势高峻曲折。陟（zhì，志）：山势重叠。

60甔甀（dān zhuì，单坠）：甔，坛子一类的东西；甀，小口瓮。

61濆（fèn，奋）：山顶之泉。水质含有丰富的氮、磷、钾等元素，用于灌溉，肥效显著。兰：兰花。椒：花椒。醪醴（láo lǐ，劳理）：醇厚之美酒。

62埒：山上流水。经营：周旋往来。

63札厉：因瘟疫而死亡。

64侪居：象同辈人一样共同居住。

65杂游：此处当指自由交往。

66好声：爱好音乐。迭：轮换。迭谣：轮换歌唱。

67惝（chǎng，厂）然：失意的样子。

⑱隰（xí，习）朋：人名，为齐国大夫，与管仲同时，共同辅佐齐桓公。

⑲耄：这里指昏聩糊涂。

⑳恐彼国句：恐怕关于那个国家的传说还不可靠。

㉑祝发：剃去头发。祝：削断。

㉒鞨巾：古代男子束发的头巾。

㉓九土：九州之土地。

㉔葛：葛衣，蚕丝织物。

㉕辄沐：古国名，大概在今海南岛一带。鲜：通解，分解。

㉖大父：祖父。大母：祖母。

㉗炎人之国：古国名。其地理位置大概在今广西以南的地区。朽（xiǔ，朽）：寡，剔。

㉘仪渠之国：古国名。大概在今西北甘肃一带。积：繁体字为積，通簀，为床铺上垫的草、褥及席等物。

㉙车盖：古代车子上的圆形伞盖，用以遮阳蔽雨。

㉚为：通“谓”。

㉛沧：寒。凉：微寒。

㉜连于：属于。

㉝轻重而发绝：受力有轻重而头发断绝。

㉞其绝也莫绝：原来会断绝的也不断绝了。

㉟詹何：战国时期哲学家，楚国人，继承了杨朱的“为我”思想，和道家思想接近。纶：垂钓的丝线。芒：麦芒。芒针：象麦芒那样细而长的针。荆筱（xiǎo，小）：荆，地名，在楚国。筱：小竹子。粒：谷粒。汩（gǔ，古）：水流急速。盈车之鱼：象整辆车那么大的鱼。

㊱先大夫：曾当过大夫的已去世的父亲。蒲且子：人名，楚国人，善射者。弋（yì，义）：带有绳子的箭。缴（zhuó，浊）：射鸟时系在箭上的生丝绳。振：发，开放，此指放箭。鸧（cāng，苍）：即鸧鹒，也写着仓庚，现称黄鹂。

㊲放（fǎng，纺）：通仿，仿效。

㊳公扈、齐婴：一为鲁国人，一为赵国人，事迹无考。扁鹊：战国时名医。姓秦，名越人，精通各科医学。

㊴府藏：通腑脏。药石：药剂和针灸。石是石针。

㊵验：症状，征兆。

㊶志：意志。气：气质，身体素质。

㊷毒酒：这里指起麻醉作用的酒。

㊸瓠（hù，户）巴：人名，古代善长弹琴的人。师文：人名，郑国乐师。师襄：人名，古代善于奏琴的人。

㊹柱指：在琴的柱弦上以手指定音位。钧弦：即均弦，调弦也。

㊺商：我国传统五声音阶以宫、商、角、徵、羽为五个音级。古人以商为五音中的金音，声凄厉，与肃杀的秋色相应。南吕：古代音乐十二律的第十律，相对于一年中阴历八月份，与商弦呼应。

㊻角：古代五音之一，木音，属春。夹钟：为第四律，属二月律，所以同角弦相激发。

㊼羽：古代五音之一，水音，属冬。黄钟：为首律，属十一月律，所以同羽呼应。

㊽徵：古代五音之一，火音，属夏。蕤（ruí）宾：为第七律，属五月律，所以同徵弦相激发。

㊾宫：古代五音之一。五音之外，还有变徵、变宫，又称七音。总四弦：总和春、夏、秋、冬四时之弦律。

⑩⓪师旷之清角：是一典故。传说师旷为晋平公用琴弹奏清角。始奏，有白云从西北方升起；再奏，狂风暴雨骤至；三奏，大地震动，撕裂帷幕，席卷房瓦，震碎祭器。结果晋国大旱，赤地三年。清角：用角音独奏的乐曲。

⑩①邹衍：齐国人，战国末期哲学家、阴阳家的代表人物。吹律：用管、笙、竽等簧管乐器吹奏乐律。相传邹衍吹律，使北方不毛之地得到暖气，滋生五谷。

⑩②薛谭、秦青：古代传说中秦国的两名善歌的人。讴：歌唱。

⑩③郊衢（qú，渠）：城郊大路。

⑩④节：一种古代乐器，用竹编成，形状像箕，可以拍打成声，用作歌唱的伴奏。

⑩⑤响遏行云：形容歌声嘹亮，高入云霄，把流动的云朵也阻住了。遏：阻止。

⑩⑥韩娥：古代传说中韩国善歌的人。

⑩⑦雍门：齐国的城门。

⑩⑧欐（lì，丽）：房屋的栋梁。绝：断绝，消失。

⑩⑨抃（biàn，变）舞：因欢欣而鼓舞蹈。抃：两手拍击。

⑪⓪伯牙：古代传说中春秋时代人，善弹琴。

⑪⑪钟子期：传说中春秋时代人，极善欣赏音乐，是于伯牙的知音。

⑪②霖雨：连绵大雨。

⑪③操：琴曲的一种，曲调凄婉，为表达内心忧虑，处世穷困而作。

⑪④巡狩（shòu，寿）：外出视察。弇（yǎn，眼）山：山名，亦名崦嵫山，在今甘肃省天水县。

⑪⑤献工：奉献技艺。偃师：虚构的人物。

⑪⑥倡：倡优，古代以乐舞戏谑为业的艺人。这里作动词。

⑪⑦顉（hàn，汗）：撼动。颐：下颚，下巴。

⑪⑧瞬：眨眼睛。招：勾引。

⑪⑨傅会：即附会，凑合之意。

⑫⓪谛料：仔细地观察。支节：即肢节，肢体和关节。

⑫①合会：意为安装。

⑫②贰车：副车，随从之车。

⑫③班输：人名，公输氏，名班，即鲁班，春秋时代鲁国人。我国古代著名的建筑工匠。曾经制造攻城的云梯。飞鸢（yuān，渊）：鸟名，亦称老鹰或黑耳鹰。这里指人工造的飞鸢。

⑫④东门贾（gǔ，古）：人名，为鲁班弟子。禽滑（gú，骨）厘：人名，为墨翟弟子。

⑫⑤甘蝇：古代传说中善于射箭的人。彀弓：拉满弓弦。

⑫⑥飞卫、纪昌：古代传说中的善射者。

⑫⑦偃卧：仰卧。机：这里专指织布机。牵挺：织布机上提综的脚踏板。因其上下动作，故可练目不瞬。

⑫⑧氂：牛尾毛。

⑫⑨燕角之弧：用燕国出产的牛角做衬的弓。朔蓬之簳（gǎn，感）：用楚国蓬梗做成的箭。朔当为“荆”字之误，荆，楚国。蓬，蓬草。杆可做箭。

⑬⓪扞（hàn，汗）：捍的异体字，防卫。

⑬①尅臂：在臂上刻画下记印。尅：通“刻”。

⑬②泰豆氏：古代传说中善于驾驭马车的人。

⑬③良弓：善于制弓的人。箕：柳条编制的簸箕。良冶：善于铸造金属器具的人。裘：这里指补缀皮袍。

⑬④趣：通“趋”，疾走。

⑬⑤六辔：古代一般是一车四马，共八辔，外侧马的内辔是拴在车身上的，所以御者手中持六根辔。辔：缰绳。

⑬⑥六马：古代天子大驾以六马驭车。

⑬⑦辑：原指车舆，这里指驾车的马匹。衔：横在马口中备策勒的铁片。急缓乎唇吻之和：指车的快慢与吆喝声的轻重相合。

⑬⑧正度：掌握适当的分寸。谓心中有数。执节：控制一定的节奏。

⑬⑨履绳：意谓循着准绳。旋曲中规矩：指马车在行进中迴曲盘旋合乎法度。

⑭⓪二十四蹄：造父习御，当以天子六驭为准，所以有二十四蹄之说。

⑭①舆轮之外句：即在仅仅容纳下车轮的小路上行驶车辆。

⑭②马蹄之外句：即在仅仅容纳下马蹄的险道上驾驭马匹。

⑭③黑卵、丘邴章：传说中春秋时代的人。昵嫌：私仇。

⑭④气：勇气、胆量。形：身体。露：羸弱。计粒而食：数着饭粒吃，意思是食量很小。顺风而趋：顺风急行，意为弱不经风。

⑭⑤悍志：性情骠悍。绝众：超出一切众人。

⑭⑥锃：刀剑的锋刃。锷：剑刃。痕挞：当为挞痕，打伤的痕迹。

⑭⑦雏㲉（kòu，寇）：指幼小的动物。

⑭⑧申他（tuó，佗）：人名，又作申袍，申佗。

⑭⑨仆御：奴仆和车夫。仆御之礼：非常恭敬谦卑的礼节。纳：收容，这里是交作人质。

⑮⓪窃窃然：清晰而细微的声音。疾：原指病，此指损坏。

⑮①騞（huō，豁）然：东西破裂的声音。觉疾：感觉到很快。

⑮²时（zì，字）：伺也，等到。

⑮³蚩：通嗤，可笑的样子。

⑮⁴嗌（yí，仪）疾：咽喉痛。嗌：咽喉。

⑮⁵畴昔：从前。支强：四肢僵硬。

⑮⁶西戎：古西北戎族的总称。锟铻（kūn wù，昆吾）：同“昆吾”，古剑名。火浣之布：石棉布的旧称。

⑮⁷咫：古代长度单位，合今市尺0.622尺。练钢：纯钢。赤刃：锋利的刀刃。

⑮⁸皇子：皇太子，指谁已不可考。

⑮⁹萧叔：人名，事迹不详。

⑯⁰果：敢于决断，此处指固执妄断。诬理：不信客观事理。诬：作动词用，即歪曲，不相信。

力命第六[①]

力谓命曰：“若之功奚若我哉?”命曰：“汝奚功于物而欲比朕?”力曰：“寿夭、穷达、贵贱、贫富，我力之所能也。”命曰：“彭祖之智不出尧、舜之上，而寿八百[②]，颜渊之才不出众人之下，而寿四八[③]。仲尼之德不出诸侯之下，而困于陈、蔡[④]；殷纣之行不出三仁之上[⑤]，而居君位。季札无爵于吴[⑥]，田恒专有齐国[⑦]。夷、齐饿于首阳[⑧]，季氏富于展禽[⑨]。若是汝力之所能，奈何寿彼而夭此，穷圣而达逆，贱贤而贵愚，贫善而富恶邪?”力曰：“若如若言，我固无功于物，而物若此耶，此则若之所制邪?”命曰：“既谓之命，奈何有制之者邪?朕直而推之，曲而任之。自寿自夭，自穷自达，自贵自贱，自富自贫，朕岂能识之哉?朕岂能识之哉?”

北宫子谓西门子曰[⑩]：“朕与子并世也，而人子达；并族也，而人子敬；并貌也，而人子爱；并言也，而人子庸；并行也，而人子诚；并仕也，而人子贵；并农也，而人子富；并商也，而人子利[⑪]。朕衣则裋褐，食则粢粝，居则蓬室，出则徒行[⑫]。子衣则文锦，食则粱肉，居则连欐，出则结驷[⑬]。在家熙然有弃朕之心，在朝谔然有敖朕之色[⑭]。请谒不相及，遨游不同行，固有年矣。子自以德过朕邪?”西门子曰：“予无以知其实。汝造事而穷，予造事而达，此厚薄之验欤[⑮]?而皆谓与予并，汝之颜厚矣”北宫子无以应，自失而归。中途遇东郭先生。先生曰：“汝奚往而反，偊偊而步[⑯]，有深愧之色邪?”北宫子言其状。东郭先生曰：“吾将舍汝之愧[⑰]，与汝更之西门氏而问之。”曰：“汝奚辱北宫子之深乎?固且言之。”西门子曰：“北宫子言世族、年貌、言行与予并，而贱贵、贫富与予异。予语之曰：予无以知其实。汝造事而穷，予造事而达，此将厚薄之验欤?而皆谓与予并，汝之颜厚矣。”东郭先生曰：“汝之言厚薄，不过言才德之差，吾之言厚薄异于是矣。夫北宫子厚于德，薄于命；汝厚于命，薄于德。汝之达，非智得也；北宫子之穷，非愚失也[⑱]。皆天也，非人也。而汝以命厚自矜，北宫子以德厚自愧，皆不识夫固然之理矣。”西门子曰：“先生止矣！予不敢复言。”北宫子既归，衣其裋褐，有狐貉之温；进其茙菽，有稻粱之味；庇其蓬室，若广夏之荫；乘其筚辂，若文轩之饰[⑲]。终身逌然，不知荣辱之在彼也，在我也。东郭先生闻之曰：“北宫子之寐久矣，一言而能寤，易怛也哉[⑳]！”

管夷吾、鲍叔牙二人相友甚戚，同处于齐[㉑]。管夷吾事公子纠，鲍叔牙事公子小白[㉒]。齐公族多宠，嫡庶并行[㉓]。国人惧乱。管仲与召忽奉公子纠奔鲁，鲍叔奉公子小白奔莒。既而公孙无知作乱，齐无君，二公子争入[㉔]。管夷吾与小白战于莒道，射中小白带钩[㉕]。小白既立，胁鲁杀子纠，召忽死之，管夷吾被囚[㉖]。鲍叔牙谓桓公曰：“管夷吾能，可以治国。”桓公曰：“我仇也，愿杀之。”鲍叔牙曰：“吾闻贤君无私怨，且人能为其主，亦必能为人君。如欲霸王，非夷吾其弗可，君必舍之！”遂召管仲。鲁归之齐，鲍叔牙郊迎，释其囚。桓公礼之，而位于高、国之上，鲍叔牙以身下之，任以国政，号曰仲父[27]。桓公遂霸。管仲尝叹曰：“吾少穷困时，尝与鲍叔贾，分财多自与；鲍叔不以我为贪，知我贫也。吾尝为鲍叔谋事而大穷困，鲍叔不以我为愚，知时有利不利也。吾尝三仕，三见逐于君，鲍叔不以我为不肖，知我不遭时也。吾尝三战三北，鲍叔不以我为怯，知我有老母也。公子纠败，召忽死之，吾幽囚受辱。鲍叔不以我为无耻，知我不羞小节，而耻功名不显于天下也。生我者父母，知我者鲍叔也！”此世称管鲍善交者，小白善用能者。然实无善交，实无用能也。实无善交实无用能者，非更有善交、更有善用能也[28]。召忽非能死，不得不死；鲍叔非能举贤，不得不举；小白非能用仇，不得不用。及管夷吾有病，小白问之曰：“仲父之病疾矣[29]，可不讳。云至于大病，则寡人恶乎属国而可？”夷吾曰：“公谁欲欤？”小白曰：“鲍叔牙可。”曰：“不可。其为人洁廉善士也，其于不己若者不比之人[30]；一闻人之过，终身不忘。使之理国，上且钩乎君[31]，下且逆乎民。其得罪于君也，将弗久矣。”小白曰：“然则孰可？”对曰：“勿已，则隰朋可。其为人也，上忘而下不叛[32]，愧其不若黄帝，而哀不己若者。以德分人谓之圣人；以财分人谓之贤人。以贤临人者，未有得人者也；以贤下人者，未有不得人者也。其于国有不闻也，其于家有不见也。勿已，则隰朋可。”然则管夷吾非薄鲍叔也，不得不薄；非厚隰朋也，不得不厚。厚之于始，或薄之于终；薄之于始，或厚之于终。厚薄之去来，弗由我也[33]。

邓析操两可之说，设无穷之辞，当子产执政，作《竹刑》[34]。郑国用之[35]，数难子产之治，子产屈之。子产执而戮之[36]，俄而诛之。然则子产非能用《竹刑》，不得不用；邓析非能屈子产，不得不屈；子产非能诛邓析，不得不诛也。

可以生而生，天福也；可以死而死，天福也[37]。可以生而不生，天罚也；可以死而不死，天罚也。可以生，可以死，得生得死，有矣；不可以生，不可以死，或死或生，有矣[38]。然而生生死死，非物非我，皆命也，智之所无奈何。故曰，窈然无际，天道自会；漠然无分，天道自运[39]。天地不能犯，圣智不能干，鬼魅不能欺。自然者，默之成之，平之宁之，将之迎之[40]。

杨朱之友曰季梁。季梁得疾，七日大渐[41]。其子环而泣之，请谒医。季梁谓杨朱曰：“吾子不肖如此之甚，汝奚不为我歌以晓之？”杨朱歌曰：“天其弗识[42]，人胡能觉？匪佑自天，弗孽由人。我乎汝乎！其弗知乎！医乎巫乎！其知之乎？”其子弗晓，终谒三医[43]。一曰矫氏，二曰俞氏，三曰卢氏，诊其所疾。矫氏谓季梁曰：“汝寒温不节，虚实失度，病由饥饱色欲[44]。精虑烦散，非天非鬼。虽渐，可攻也。”季梁曰：“众医也，亟屏之[45]！”俞氏曰：“女始则胎气不足，乳湩有余。病非一朝一夕之故，其所由来渐矣，弗可已也。”季梁曰：“良医也，且食之！”卢氏曰：“汝疾不由天，亦不由人，亦不由鬼。禀生受形，既有制之者矣，亦有知之者矣[46]。药石其如汝何？”季梁曰：“神医也，重贶遣之[47]！”俄而季梁之疾自瘳。

生非贵之所能存，身非爱之所能厚[48]；生亦非贱之所能夭，身亦非轻之所能薄。故贵之或不生，贱之或不死；爱之亦不厚，轻之或不薄。此似反也，非反也；此自生自死，自厚自薄。或贵之而生，或贱之而死；或爱之而厚，或轻之而薄。此似顺也，非顺也；此亦自生自死，自厚自薄。鬻熊语文王曰：“自长非所增，自短非所损。算之所亡若何[49]？”老聃语关尹曰：“天之所恶，孰知其故[50]？”言迎天意[51]，揣利害，不如其已。

杨布问曰[52]：“有人于此，年兄弟也，訾兄弟也[53]，才兄弟也，貌兄弟也；而寿夭父子也[54]，贵贱父子也，名誉父子也，爱憎父子也。吾惑之。”杨子曰：“古之人有言，吾尝识之，将以告若。不知所以然而然，命也。今昏昏昧昧，纷纷若若[55]，随所为，随所不为，日去日来，孰能知其故？皆命也。夫信命者亡寿夭；信理者亡是非；信心者亡逆顺；信性者亡安危。则谓之都亡所信，都亡所不信。真矣悫矣[56]，奚去奚就？奚哀奚乐？奚为奚不为？《黄帝之书》云：'至人居若死，动若械[57]。'亦不知所以居，亦不知所以不居；亦不知所以动，亦不知所以不动。亦不以众人之观易其情貌，亦不为众人之不观不易其情貌。独往独来，独出独入，孰能碍之？"

墨尿、单至、啴咺、憋懯四人相与游于世[58]，胥如志也。穷年不相知情，自以智之深也。巧佞、愚直、女岸斫婥、便辟四人相与游于世，胥如志也；穷年而不相语术[59]，自以巧之微也。狸伢、情露、谦极、凌谇四人相与游于世[60]，胥如志也；穷年不相晓悟，自以为才之得也。眠娗、诿诿、勇敢、怯疑四人相与游于世，胥如志也；穷年不相谪发，自以行无戾也[61]。多偶、自专、乘权、只立四人相与游于世，胥如志也；穷年不相顾眄[62]，自以时之适也。此众态也。其貌不一，而咸之于道[63]，命所归也。

佹佹成者，俏成也，初非成也[64]。佹佹败者，俏败者也，初非败也。故迷生于俏[65]，俏之际昧然。于俏而不昧然，则不骇外祸，不喜内福；随时动，随时止，智不能知也。信命者于彼我无二心[66]。于彼我而有二心者，不若掩目塞耳，背坂面隍亦不坠仆也。故曰："死生自命也，贫富自时也。怨夭折者，不知命者也；怨贫穷者，不知时者也。当死不惧，在穷不戚，知命安时也。其使多智之人，量利害，料虚实，度人情，得亦中，亡亦中[67]。其少知之人，不量利害，不料虚实，不度人情，得亦中，亡亦中。量与不量，料与不料，度与不度，奚以异？唯亡所量，亡所不量，则全而亡丧[68]。亦非知全[69]，亦非知丧，自全也，自亡也，自丧也。

齐景公游于牛山[70]，北临其国城而流涕曰："美哉国乎！郁郁芊芊，若何滴滴去此国而死乎[71]？使古无死者，寡人将去斯而之何？"史孔、梁丘据皆从而泣曰[72]："臣赖君之赐，疏食恶肉，可得而食，驽马稜车[73]，可得而乘也，且犹不欲死，而况吾君乎？"晏子独笑于旁[74]。公雪涕而顾晏子曰[75]："寡人今日之游悲，孔与据皆从寡人而泣，子之独笑，何也？"晏子对曰："使贤者常守之，则太公、桓公将常守之矣。使有勇者而常守之，则庄公、灵公将常守之矣[76]。数君者将守之，吾君方将被蓑笠而立乎畎亩之中，唯事之恤[77]，何暇念死乎？则吾君又安得此位而立焉？以其迭处之，迭去之，至于君也，而独为之流涕，是不仁也。见不仁之君，见谄谀之臣。臣见此二者，臣之所为独窃笑也。"景公惭焉，举觞自罚。罚二臣者，各二觞焉。

魏人有东门吴者[78]，其子死而不忧。其相室曰[79]："公之爱子，天下无有。今子死不忧，何也？"东门吴曰："吾常无子[80]，无子之时不忧。今子死，乃与向无子同，臣奚忧焉？"

农赴时，商趣利，工追术，仕逐势，势使然也[81]。然农有水旱，商有得失，工有成败，仕有遇否[82]，命使然也。

---

①力：人力，即今所谓人的主观努力。命：天命，命运，即今所谓客观条件的制约。本篇的主题是怎样认识力命之间的关系。

②彭祖：我国古代传说中人物，姓篯名铿，为瑞顼的第四代玄孙。传说寿八百余岁。据孔广森《大戴礼记注》，彭祖乃彭姓始祖，彭姓诸国有大彭、豕韦、诸稽，大彭历事虞夏，于商为伯，武丁之世灭之。故彭祖八百岁，谓彭国八百年而亡，并不是常人所谓彭祖这个人活了八百岁。

③寿四八：指活了三十二岁。颜回的寿命，古代说法不一，有的版本记为"十八"。

④孔子受困于陈、蔡：详见《史记·孔子世家》。孔子游于陈国和蔡国之间，楚国派人聘请他。陈、蔡两国大夫知道了，认为"今楚，大国也，来聘孔子，孔子用于楚，则陈、蔡用事大夫危矣"。于是一齐派兵，把孔子围困在陈、蔡之间的荒野，断粮多日。

⑤三仁：指微子、箕子、比干。微子：商纣的庶兄。箕子：商纣的诸父（叔、伯辈），官为太师。比干：商纣的诸父，官为少师。

⑥季札无爵于吴：季札，人名，又称公子札，春秋时吴国人，吴王诸樊之弟，多次推让君位，以贤者著称。

⑦田恒：即陈成子，春秋时齐国的执政。他收买人心，逐渐扩充势力，杀死齐简公，由陈氏专擅齐国的政权。

⑧夷、齐：即伯夷和叔齐，商末孤竹君的两个儿子，曾反对周武王讨伐暴虐的商纣王。商灭后，他们又逃避到首阳山，不食周粟而死。首阳山，在今山西运城县南。

⑨季氏：即季孙氏，春秋、战国时鲁国掌握政权的贵族。展禽：即柳下惠，春秋时鲁国大夫，以道德高尚著称。

⑩北宫子、西门子：皆人名，事迹不详。

⑪此句中各分句句式一样。并：皆作同解。

⑫裋（shù，树）褐：裋，是古代僮竖所穿的衣服，褐：粗布衣服。粢（zī，资）：稷，粟米。粝（lì，力）：粗米。蓬室：草房。

⑬粱肉：精美的膳食。连欐：指高楼大厦。结驷：四匹马组合拉的车子。

⑭熙然：高兴的样子。谞然：说话无所顾忌，显出得意的样子。

⑮穷：行不通，指困难重重。厚薄：指德行的优劣。

⑯偊偊（yǔ yǔ，雨）：通踽踽，独行的样子。

⑰舍：通释，解除。

⑱智得：通过聪明才智而获得成功。愚失：因愚笨而失去机会。

⑲狐貉之温：指象穿上狐皮和貉皮做成的衣服一样温暖。茙菽（róng shū，荣书）：大豆。筚辂（bì lù，必路）：筚，篱笆，又泛指荆竹树枝编成的门、车等。文轩：华美的车子。

⑳逌（yóu，由）然：舒适自得的样子。怛：通旦，寐者至旦则寤，是旦则觉悟之意。

㉑管夷吾：即管仲，名夷吾，字仲。鲍叔牙：春秋时齐国大夫，以知人著称。戚：亲近。

㉒公子纠：吕氏，名纠，齐襄公之弟，齐桓公之兄。小白：即齐桓公，吕氏，名小白，齐襄公及公子纠之弟。

㉓嫡庶并行：嫡系和旁支的人都享有同样的地位，这里指齐僖公十分喜爱母弟夷仲年之子公孙无知，令其礼遇同于太子。

㉔召忽：齐国的大臣。莒：古国名，在今山东境内。公孙无知：曾杀齐襄公，篡夺王位，后被渠丘大夫所杀。

㉕带钩：腰带上的钩。多用青铜制。

㉖死之：指为某人、某事而战死或自杀。囚：当指桎梏。

㉗高、国：家族姓氏，两族都曾为齐国卿大夫。以身下之：这里是指把自己的地位置于管子之下，称之为仲父。

㉘然实无善交二句：意指强调天命的决定作用，但也未否定天命须仰赖于人力而实现。

㉙病疾：病情加重的意思。

㉚善士：好的读书人。不己若者：即不若己者。不比之人：不与他亲近。比，亲近。

㉛钩：钩距，即对人辗转推问，究其情实。含有求全责备的意思。

㉜上忘：指在上则忘记自己身处高位。下不叛：对下则不骄横跋扈。叛：即"叛换"，同"畔援"，暴横。

㉝我：此指人为，即人的主观努力。

㉞两可之说：亦可为是、亦可为非的学说。设：编造。无穷之辞：本意为讲不完的话，此指巧于颂辩，总是显得很有道理的话。子产：人名。姓公孙，名侨或成子，字子产。春秋时郑国人，官至卿相，著名政治家。《竹刑》：书名，邓析所著，传为两篇。

㉟郑国用之：此指郑国的老百姓采用邓析的学说。

㊱执而戮之：捕捉后来羞辱他。戮，羞辱。

㊲此两句中"生"非仅人生存之意，亦有发达，发展之意。

㊳不可以生：当为"可以生"。不可以死：当为"可以死"。

㊴窈然无际：深奥幽远，没有边际。天道：自然规律。漠然无分：寂静无声，没有分别。

㊵平之宁之：这里是无所施为的意思。将之迎之：此处含有"将顺迎合"的意思。意指自然规律先物而动，随物而往，顺势助成，而无一遗漏。

㊶渐：（病情）加剧。

㊷天其弗识：天无意志，因而不能知晓人得疾病的原因。

㊸终：到处，周遍。

㊹虚实：此处为中医学名词，指病人正气与病邪相互抗衡的情况。虚症多为正气不足，实症多为邪气有余。

㊺众医：医术平庸的医生。屏（bǐng，柄）：排除，逐走。

㊻制之者：人的生命与形体的宰制者。知之者：通晓人的生命与形体内在变化的东西。

㊼贶（kuàng，旷）：犹“赐”，赠送礼物。

㊽生：生命，年寿。厚：厚实，引申为健康、强壮。

㊾算：推测，引申为智谋。

㊿“天之所恶，孰知其故”：出自《老子》七十三章。这里并非说天有喜恶情感，而是指天或喜或恶，皆属必然，而必然性的规律是一般人无法逆料的。

51迎：推测未来。

52杨布：战国时哲学家杨朱之弟。

53年兄弟也：年纪相当，“兄弟”比喻差别不大。訾（zī，资）：作“訾程”解，指资历，功绩。

54寿夭父子也：长寿或短命相差悬殊。“父子”喻差别悬殊。

55纷纷若若：指自然或人世变化的纷纷纭纭的面貌。

56悫（què，雀）：诚实。

57居若死：指得道的人心如死灰，静坐时如同死人一般。动若械：因得道之人形如槁木，行动时如同木偶一般。械：指机关木人。

58墨杘：（méi chī，媒痴）：假托的人名，内心狡诈而外表装得愚蠢的样子。以下若干人，均以性情或外表的特征假托为名。单至（shàn xì，善戏）：人名，行为轻浮的样子。啴咺（chǎn àn，产按）：迂腐缓慢的样子。憋懯（ biē fū，瘪夫）：人名，匆匆忙忙的样子。

59巧佞：人名，巧言佞色的样子。愚直：人名，厚道纯朴的样子。婩斫（àn zhuó，岸浊）：人名，不明白不清醒的样子。便辟：人名，逢迎周施的样子。术：权术，处世之术。

60㺀讶（jiǎo jiā，狡加）：人名，乖张而烦闷的样子。情露：人名，性情充分外显的样子。謇（qiàn，谦）极：人名，口吃而急躁的样子。凌谇（suì，碎）：人名，找岔子骂人的样子。

61眠娗（tiǎn，舔）：人名，平平常常的样子。诿諉（chuí wěi，垂委）：人名，对烦重事物推委于人的样子。谪发：指谪揭发。戾：乖张。

62多偶：人名，顺和多友的样子。自专：人名，独自专断的样子。乘权：人名，乘用权势的样子。只立：人名，孤独自立的样子。眄：斜着眼看。

63咸之于道：都符合道的要求。

64佹（guǐ，轨）佹：又作“魏魏”，几乎或将近的样子。俏：相似。初：本来。

65故迷生于俏：所以迷惑，往往产生于事情似成似败的时候。指人们只看见事情偶然的表面的成败，而不能洞察其中必然的本质的原因。

66二心：指喜惧之情。背坂：即背对城墙。隍：护城壕。

67得：指预料正确的。中：一半。亡：指预料错误的。

68全：指保全自然赋于人的本性。

69知全：靠智力来保全。

70齐景公：人名，名杵臼，春秋时齐国君主，庄公的异母弟。牛山：地名，在今山东省临淄县。

71郁郁、芊芊：同义词，草木茂盛的样子。滴滴：流动的样子。去：离开，抛弃。

72史孔：人名，又作艾孔，齐景公之臣僚。梁丘据：复姓梁丘，名据，齐景公之臣僚。

73疏食：粗糙的食物。疏：糙米。驽马：劣马。稜车：当为“栈车”之误。栈车：古代用竹木做成的简陋车子。

74晏子：名晏婴，字平仲，夷维（今山东高密）人。继其父婴弱为齐卿，后相齐景公，以节俭力行名于诸侯。

75雪涕：揩去眼泪。

76常：永远。太公：即姜太公，姓姜，名望，字尚，又称太公望，周朝的开国元勋，齐是其封地。桓公：即齐桓公。庄公：即齐庄公。灵公：即齐灵公。以上四位都是齐国历史上有作为之君。

77畎（quǎn，犬）：田间小沟。畎亩：田野。恤：忧虑，顾惜。

78东门吴：人名，东门，复姓。

79相室：亦称“家相”，即管家。

80常：通“尝”，曾经。

81势：情势，指人力所能为的。

82遇：契合，顺通。否：不通，阻滞。

杨朱第七

杨朱游于鲁，舍于孟氏①。孟氏问曰："人而已矣，奚以名为?"曰："以名者为富。""既富矣，奚不已焉?"曰："为贵。""既贵矣，奚不已焉?"曰："为死。""既死矣，奚为焉?"曰："为子孙。""名奚益于子孙?"曰："名乃苦其身，燋其心②。乘其名者，泽及宗族，利兼乡党③，况子孙乎?""凡为名者心廉，廉斯贫；为名者必让，让斯贱。"曰："管仲之相齐也，君淫亦淫，君奢亦奢，志合言从，道行国霸。死之后，管氏而已④。田氏之相齐也，君盈则己降，君敛则己施，民皆归之，因有齐国；子孙享之，至今不绝。""若实名贫，伪名富!"曰："实无名，名无实。名者，伪而已矣⑤。昔者尧、舜伪以天下让许由、善卷⑥，而不失天下，享祚百年⑦。伯夷、叔齐实以孤竹君让⑧，而终亡其国，饿死于首阳之山。实伪之辩，如此其省也。"

杨朱曰："百年，寿之大齐⑨。得百年者千无一焉。设有一者，孩抱以逮昏老，几居其半矣。夜眠之所弭⑩，昼觉之所遗，又几居其半矣。痛疾哀苦，亡失忧惧⑪，又几居其半矣。量十数年之中，逌然而自得，亡介焉之虑者，亦亡一时之中尔，则人之生也奚为哉？奚乐哉？为美厚尔，为声色尔。而美厚复不可常厌足，声色不可常玩闻。乃复为刑赏之所禁劝，名法之所进退⑫；遑遑尔竞一时之虚誉，规死后之余荣；偊偊尔顺耳目之观听⑬，惜身意之是非；徒失当年之至乐，不能自肆于一时。重囚累梏⑭，何以异哉？太古之人，知生之暂来，知死之暂往；故从心而动⑮，不违自然所好；当生之娱，非所去也，故不为名所劝。从性而游，不逆万物所好；死后之名，非所取也，故不为刑所及⑯。名誉先后，年命多少，非所量也。"

杨朱曰："万物所异者生也，所同者死也。生则有贤愚、贵贱，是所异也；死则有臭腐、消灭，是所同也。虽然贤愚、贵贱，非所能也⑰；臭腐、消灭，亦非所能也。故生非所生⑱，死非所死，贤非所贤，愚非所愚，贵非所贵，贱非所贱。然而万物齐生齐死⑲，齐贤齐愚，齐贵齐贱。十年亦死，百年亦死；仁圣亦死，凶愚亦死。生则尧舜，死则腐骨；生则桀纣，死则腐骨。腐骨一矣，孰知其异？且趣当生，奚遑死后?"

杨朱曰："伯夷非亡欲，矜清之邮⑳，以放饿死。展季非亡情㉑，矜贞之邮㉒，以放寡宗㉓。清贞之误善之若此!"

杨朱曰："原宪窭于鲁㉔，子贡殖于卫㉕。原宪之窭损生，子贡之殖累身。""然则窭亦不可，殖亦不可，其可焉在?"曰："可在乐生，可在逸身。故善乐生者不窭，善逸身者不殖。"

杨朱曰："古语有之：'生相怜，死相捐㉖。'此语至矣。相怜之道，非唯情也；勤能使逸，饥能使饱，寒能使温，穷能使达也。相捐之道，非不相哀也；不含珠玉㉗，不服文锦，不陈牺牲㉘，不设明器也㉙。"

晏平仲问养生于管夷吾㉚。管夷吾曰："肆之而已，勿壅勿阏㉛。"晏平仲曰："其目奈何?"夷吾曰："恣耳之所欲听，恣目之所欲视，恣鼻之所欲向，恣口之所欲言，恣体之所欲安，恣意之所欲行。夫耳之所欲闻者音声，而不得听，谓之阏聪；目之所欲见者美色，而不得视，谓之阏明；鼻之所欲向者椒兰，而不得嗅，谓之阏颤㉜；口之所欲道者是非，而不得言，谓之阏智；体之所欲安者美厚，而不得从，谓之阏适；意之所欲为者放逸，而不得行，谓之阏性。凡此诸阏，废虐之主。去废虐之主㉝，熙熙然以俟死，一日、一月、一年、十年，吾所谓养。拘此废虐之主，录而不舍[34]，戚戚然以至久生，百年、千年、万年，非吾所谓养。”

管夷吾曰：“吾既告子养生矣，送死奈何[35]?”晏平仲曰：“送死略矣，将何以告焉?”管夷吾曰：“吾固欲闻之。”平仲曰：“既死，岂在我哉？焚之亦可，沈之亦可，瘗之亦可，露之亦可，衣薪而弃诸沟壑亦可，衮衣绣裳而纳诸石椁亦可，唯所遇焉[36]。”管夷吾顾谓鲍叔、黄子曰[37]：“生死之道，吾二人进之矣。”

子产相郑，专国之政；三年，善者服其化，恶者畏其禁，郑国以治，诸侯惮之。而有兄曰公孙朝，有弟曰公孙穆[38]。朝好酒，穆好色，朝之室也聚酒千钟，积麴成封[39]，望门百步，糟浆之气逆于人鼻。方其荒于酒也，不知世道之安危，人理之悔吝，室内之有亡，九族之亲疏，存亡之哀乐也[40]。虽水火兵刃交于前，弗知也。穆之后庭，比房数十，皆择稚齿婑媠者以盈之[41]。方其耽于色也，屏亲昵，绝交游，逃于后庭，以昼足夜；三月一出，意犹未惬。乡有处子之娥姣者，必贿而招之，媒而挑之，弗获而后已。

子产日夜以为戚，密造邓析而谋之曰：“侨闻治身以及家[42]，治家以及国，此言自于近至于远也。侨为国则治矣，而家则乱矣！其道逆邪？将奚方以救二子？子其诏之[43]!”邓析曰：“吾怪之久矣！未敢先言。子奚不时其治也[44]，喻以性命之重，诱以礼义之尊乎?”子产用邓析之言，因间以谒其兄弟，而告之曰：“人之所以贵于禽兽者，智虑。智虑之所将者，礼义。礼义成，则名位至矣。若触情而动，耽于嗜欲，则性命危矣。子纳侨之言，则朝自悔而夕食禄矣。”朝、穆曰：“吾知之久矣，择之亦久矣，岂待若言而识之哉！凡生之难遇，而死之易及；以难遇之生，俟易及之死，可孰念哉[45]？而欲尊礼义以夸人，矫情性以招名[46]，吾以此为弗若死矣。为欲尽一生之观，穷当年之乐，唯患腹溢而不得恣口之饮，力惫而不得肆情于色，不遑忧名声之丑，性命之危也。且若以治国之能夸物，欲以说辞乱我之心，荣禄喜我之意，不亦鄙而可怜哉！我又欲与若别之。夫善治外者，物未必治，而身交苦；善治内者，物未必乱，而性交逸。以若之治外，其法可暂行于一国，未合于人心；以我之治内，可推之于天下，君臣之道息矣。吾常欲以此术而喻之，若反以彼术而教我哉?”子产忙然无以应之。他日以告邓析。邓析曰：“子与真人居而不知也[47]，孰谓子智者乎？郑国之治偶耳，非子之功也。”

卫端木叔者，子贡之世也[48]。藉其先赀，家累万金[49]。不治世故，放意所好。其生民之所欲为，人意之所欲玩者，无不为也，无不玩也，墙屋台榭，园囿池沼，饮食车服，声乐嫔御[50]，拟齐楚之君焉。至其情所欲好，耳所欲听，目所欲视，口所欲尝，虽殊方偏国[51]，非齐土之所产育者[52]，无不必致之，犹藩墙之物也。及其游也，虽山川阻险，途径修远，无不必之，犹人之行咫步也。宾客在庭者日百住，庖厨之下，不绝烟火；堂庑之上[53]，不绝声乐。奉养之余，先散之宗族；宗族之余，次散之邑里；邑里之余，乃散之一国。行年六十，气干将衰，弃其家事，都散其库藏、珍宝、车服、妾媵[54]。一年之中尽焉，不为子孙留财。及其病也，无药石之储；及其死也，无瘗埋之资[55]。一国之人，受其施者，相与赋而藏之[56]，反其子孙之财焉。

禽骨厘闻之曰[57]：“端木叔狂人也，辱其祖矣。”段干木闻之曰[58]：“端木叔达人也，德过其祖矣。其所行也，其所为也，众意所惊，而诚理所取。卫之君子多以礼教自持，固未足以得此人之心也。”

孟孙阳问杨子曰[59]：“有人于此，贵生爱身，以蕲不死[60]，可乎?”曰：“理无不死。”“以蕲久生，可乎?”曰：“理无久生。生非贵之所能存，身非爱之所能厚。有久生奚为？五情好恶，古犹今也；四体安危，古犹今也；世事苦乐，古犹今也；变易治乱，古犹今也。既闻之矣，既见之矣，既更之矣[61]。百年犹厌其多，况久生之苦也乎?”孟孙阳曰：“若然，速亡愈于久生；则践锋刃，入汤火，得所志矣。”杨子曰：“不然。既生，则废而任之[62]，究其所欲，以俟于死。将死，则废而任之，究其所之，以放于尽。无不废，无不任，何遽迟速于其间乎[63]?"

杨朱曰："伯成子高不以一毫利物[64]。舍国而隐耕。大禹不以一身自利，一体偏枯[65]。古之人，损一毫利天下，不与也，悉天下奉一身，不取也。人人不损一毫，人人不利天下，天下治矣。"禽子问杨朱曰："去子体之一毛以济一世，汝为之乎?"杨子曰："世固非一毛之所济。"禽子曰："假济，为之乎?"杨子弗应。

禽子出语孟孙阳。孟孙阳曰："子不达夫子之心，吾请言之[66]。有侵若肌肤获万金者，若为之夫?"曰："为之。"孟孙阳曰："有断若一节得一国[67]，子为之乎?"禽子默然有间。孟孙阳曰："一毛微于肌肤，肌肤微于一节，省矣。然则积一毛以成肌肤，积肌肤以成一节。一毛固一体万分中之一物，奈何轻之乎?"禽子曰："吾不能所以答子[68]。然则以子之言问老聃、关尹，则子言当矣；以吾言问大禹、墨翟，则吾言当矣。"孟孙阳因顾与其徒说他事。

杨朱曰："天下之美归之舜、禹、周、孔，天下之恶归之桀、纣[69]。然而舜耕于河阳，陶于雷泽[70]，四体不得暂安，口腹不得美厚；父母之所不爱，弟妹之所不亲[71]。行年三十，不告而娶[72]。及受尧之禅，年已长，智已衰。商钧不才，禅位于禹[73]，戚戚然以至于死：此天人之穷毒者也。鲧治水土，绩用不就，殛诸羽山[74]。禹纂业事雠，惟荒土功，子产不字，过门不入；身体偏枯，手足胼胝[75]。及受舜禅，卑宫室，美绂冕[76]，戚戚然以至于死：此天人之忧苦者也。武王既终，成王幼弱，周公摄天子之政[77]。邵公不悦[78]，四国流言。居东三年，诛兄放弟，仅免其身[79]，戚戚然以至于死：此天人之危惧者也。孔子明帝王之道，应时君之聘，伐树于宋，削迹于卫，穷于商周，围于陈、蔡，受屈于季氏，见辱于阳虎[80]，戚戚然以至于死：此天民之遑遽者也。凡彼四圣者，生无一日之欢，死有万世之名。名者，固非实之所取也。虽称之弗知，虽赏之不知，与株块无以异矣。

"桀藉累世之资，居南面之尊；智足以距群下，威足以震海内；恣耳目之所娱，穷意虑之所为，熙熙然以至于死：此天民之逸荡者也。纣亦藉累世之资，居南面之尊，威无不行，志无不从；肆情于倾宫[81]，纵欲于长夜；不以礼义自苦，熙熙然以至于诛：此天民之放纵者也。彼二凶也，生有纵欲之欢，死被愚暴之名。

"实者，固非名之所与也，虽毁之不知，虽称之弗知，此与株块奚以异矣。彼四圣虽美之所归，苦以至终，同归于死矣。彼二凶虽恶之所归，乐以至终，亦同归于死矣。"

杨朱见梁王，言治天下如运诸掌[82]。梁王曰："先生有一妻一妾而不能治；三亩之园而不能芸[83]，而言治天下如运诸掌，何也?"对曰："君见其牧羊者乎？百羊而群，使五尺童子荷箠而随之[84]，欲东而东，欲西而西。使尧牵一羊，舜荷箠而随之，则不能前矣。且臣闻之："吞舟之鱼，不游枝流；鸿鹄高飞，不集污池[85]。何则？其极远也。黄钟大吕，不可从烦奏之舞[86]，何则？其音疏也。将治大者不治细，成大功者不成小，此之谓矣。"

杨朱曰："太古之事灭矣，孰誌之哉[87]？三皇之事，若存若亡；五帝之事，若觉若梦；三王之事，或隐或显，亿不识一[88]。当身之事，或闻或见，万不识一。目前之事或存或废，千不识一。太古至于今日，年数固不可胜纪。但伏羲已来三十余万岁，贤愚、好丑、成败、是非，无不消灭，但迟速之间耳。矜一时之毁誉[89]，以焦苦其神形，要死后数百年中余名[90]，岂足润枯骨？何生之乐哉?"

杨朱曰："人肖天地之类，怀五常之性[91]，有生之最灵者人也[92]。人者，爪牙不足以供守卫，肌肤不足以自捍御，趋走不足以从利逃害，无毛羽以御寒暑，必将资物以为养，任智而不恃力。故智之所贵，存我为贵；力之所贱，侵物为贱。然身非我有也，既生，不得不全之；物非我有也，既有，不得而去之。身固生之主，物亦养之主。虽全生，不可有其身；虽不去物，不可有其物。有其物，有其身，是横私天下之身[93]，横私天下之物。不横私天下之身，不横私天下物者，其唯圣人乎！公天下之身，公天下之物，其唯至人矣！此之谓至至者也[94]。"

杨朱曰："生民之不得休息，为四事故：一为寿，二为名，三为位，四为货。有此四者，畏鬼，畏人，畏威，畏刑：此谓之遁民也[95]。可杀可活，制命在外[96]。不逆命，何羡寿？不矜贵，何羡名？不要势，何羡位？不贪富，何羡货？此之谓顺民也[97]。天下无对，制命在内。故语有之曰：'人不婚宦，情欲失半；人不衣食，君臣道息。'周谚曰：'田父可坐杀[98]。'晨出夜入，自以性之恒；啜菽茹藿，自以味之极；肌肉粗厚，筋节𦟛急，一朝处以柔毛绨幕，荐以梁肉兰橘，心痟体烦，内热生病矣[99]。商、鲁之君与田父侔地[100]，则亦不盈一时而惫矣。故野人之所安[101]，野人之所美，谓天下无过者。昔者宋国有田夫，常衣缊黂[102]，仅以过冬。暨春东作，自曝于日，不知天下之有广厦隩室[103]，绵纩狐貉。顾谓其妻曰：'负日之暄[104]，人莫知者；以献吾君，将有重赏。'里之富室告之曰：'昔人有美戎菽，甘枲茎、芹、萍子者，对乡豪称之[105]。乡豪取则尝之，蜇于口，惨于腹，众哂而怨之[106]，其人大惭。子，此类也。'"

杨朱曰："丰屋美服，厚味姣色[107]，有此四者，何求于外？有此而求外者，无厌之性。无厌之性，阴阳之蠹也[108]。忠不足以安君，适足以危身；义不足以利物，适足以害生。安上不由于忠，而忠名灭焉；利物不由于义，而义名绝焉。君臣皆安，物我兼利，古之道也。鬻子曰：'去名者无忧。'老子曰：'名者，实之宾。'而悠悠者趋名不已[109]。名固不可去？名固不可宾邪？今有名则尊荣，亡名则卑辱；尊荣则逸乐，卑辱则忧苦。忧苦，犯性者也；逸乐，顺性者也，斯实之所系矣。名胡可去？名胡可宾？但恶夫守名而累实[110]？守名而累实，将恤危亡之不救，岂徒逸乐忧苦之间哉？"

---

①舍：居住。孟氏：人名。事迹不详。

②燋：烧灼。燋其心：思虑烦恼，如火灼心。

③乡党：周朝制度以五百家为党，一万二千五百家为乡，后乡党泛指乡里。

④管氏而已：管氏就衰落了。意为管仲不求名，所以死了以后，子孙没有得到富贵。已：停止，这里作衰落解。

⑤实名：诚实的名誉。伪名：虚伪的名誉。

⑥善卷：相传舜时隐士，舜曾将君位让给他，他拒绝。

⑦祚：指王位，国统。

⑧孤竹：古国名，在今河北省卢龙一带，存在于商、周之时。君让：以君位相让。

⑨齐：定限。

⑩弭（mǐ，米）：消逝，止息。

⑪亡失：此指失意，不得志。

⑫名法：指等级名分和礼法规矩。进退：指束缚。

⑬顺："顺"与"慎"相通假，即谨慎小心。

⑭重囚：严加囚禁。累梏：沉重的手铐。

⑮从：通"纵"，放任。

⑯不为刑所及：不会触犯刑罚。

⑰非所能：不是自己所能作主的。能，指主观能力的作用。

⑱非所生：疑此句脱一"能"字，应为"非所能生"。即生存并不是自己所能作主的。

⑲齐：相等，相同。这里是从万物皆归于自然的角度来谈论"齐生齐死"的，与《庄子》的"齐物"论有所不同。

⑳矜清：矜持清高。指伯夷与其弟叔齐以孤竹国君位相让，不食周粟之事。邮：同"尤"，最。

㉑展季：即展禽，亦叫柳下惠。

㉒矜贞：矜持贞节。指柳下惠严守贞节，曾有"坐怀不乱"之誉。

㉓寡宗：宗支不繁，子孙很少。

㉔原宪：春秋时鲁国人，字子思，孔子学生。窭：贫寒。

㉕殖：货殖，经商。指子贡经商于曹、鲁之间，富至千金，故“殖”在此有“发财”之义。

㉖捐：舍弃。

㉗不含珠玉：古时入殓，以珠、玉、贝、米等物放在死者口中，因死者身份不同而有区别。此处因谓“死相捐”，故不给死者嘴里含上珠玉。

㉘牺牲：古时祭祀用的牲畜。

㉙明器：即“冥器”，殉葬的器物。一般用陶或木、石制成。

㉚晏平仲：即晏子，晏婴。管夷吾：即管仲。以上二人不同时，相隔百余年，不可能在一块对话。作者这么写是把他们当作两种典型的生活模式的代表，以此对他们所代表的两人生态度进行探讨。

㉛阏：阻塞。

㉜颤：通“膻”，分辨气味。

㉝废虐：毁残的意思。主：主囚。

㉞录：禁止，约束。

㉟送死：此词与今意不同，是指对死者的对待方式。

㊱沈：即沉。瘗（yì，义）：用土埋葬。露：裸露，这里指对尸体不加遮盖地放在郊外。衣薪：用柴草裹着。衮（gǔn，滚）衣：卷龙衣，古代天子的礼服。石椁（guò，果）：石头做的套棺。古代的套棺分两层，外曰椁，内曰棺。

㊲鲍叔：即鲍叔牙。黄子：齐国大夫，与管仲同时。

㊳公孙朝（zhāo，招）、公孙穆：事迹未详。传为子产之兄弟。

㊴钟：古代量器名，一钟为六斛四斗。麴（qú，区）：酒曲。封：坟堆，小山包。

㊵荒：沉湎，迷乱。悔吝：悔恨。室内：泛指家内眷属财产等。九族：指本身以上的父、祖、曾祖和以下的子、孙、曾孙、玄孙。古时立宗法，以此为准。也有以父族四、母族三、妻族二为“九族。”

㊶稚齿：谓少年。婑媠（wǒ tuǒ，我妥）：艳丽美貌。

㊷侨：子产姓公孙，名侨，字子产。

㊸诏：本用作上对下的告语，这里泛指“告诉”。

㊹时其治：及时地管治。

㊺可孰念哉：意谓还有什么可牵挂于心呢?

㊻矫：勉强克制。

㊼真人：道家称谓修真得道的人，此处指本性率直天真的人。

㊽卫：卫国。端木叔：据传为子贡后裔。世：后裔。

㊾藉：凭借。赀：祖财。

㊿园囿：花园、兽圈。池沼：池、沼同义，皆指水池。嫔（pín）御：原指帝王的侍妾、宫女。此指妻妾、侍女。

51殊方偏国：异域和偏僻的国家。

52齐土：犹中土，指中原地域。

53百住：百数，即以百为单位计算。堂：正屋。庑：正房对面和两侧的小屋。

54气干：气血躯干，指身体状况。妾媵（yìng，映）：指妾和婢。

55瘗（yì，义）埋：安葬。

56赋：按人口出钱。藏：通“葬。”

57禽骨厘：战国初人。初受业于子夏，后学于墨子，尽传其学，尤精研攻防城池的战术。

58段干木：战国初期魏人。原为晋国市侩小人，求学于子夏。魏文侯封他作官，不受。文侯乘车过他的住所，必伏轼致敬。

59孟孙阳：杨朱弟子。

60蕲（qí，其）：通祈，求得。

61更：经历。

62废：弃置不顾，有放任的意思。

63遽：惶恐，窘急。

64伯成子高：传说为周时的隐士。毫：毫毛。物：外物，此指他人、社会。

⑥⑤大禹不以一身以自利：指大禹治水，三过家门而不入，表现出完全的利他精神。一体：一个人的身体，此指大禹自身。偏枯：中医指半身不遂的病。

⑥⑥夫子：指杨朱。言之：为他讲解。

⑥⑦一节：身体的一部分。

⑥⑧所以答：用我的想法答。

⑥⑨周：这里指周公旦，周武王之弟。孔：指孔子。

⑦⓪河阳：地名，春秋晋地，在今河南孟县。雷泽：古泽名，在今山东荷泽东北，已淤。

⑦①父母之所不爱：指舜的父亲瞽叟宠爱后妻所生的儿子象，常想谋杀舜。弟妹之所不亲，指舜的异母弟象嫉恨其兄，曾伙同其父图谋杀害舜。

⑦②不告而娶：指舜三十岁时娶了尧的两个女儿，没有经过他父亲和后母的同意。

⑦③商钧：舜的长子，因其缺乏才能，舜把天下禅让给了禹。天人：天下之人。穷毒：穷困、孤独。

⑦④鲧（gǔn，滚）：相传为禹之父。奉尧命治水，九年未治平，被舜杀在羽山。绩用：功业的效用。殛（jí，疾）：杀死。羽山：在今山东郯（tán，谈）城县东北。

⑦⑤纂（zuǎn，钻）：继承。雠："仇"的异体字，仇人，指杀死其父的尧。惟：思虑，此指担心。荒：废弃，耽误 。土功：指治理水土的功夫。子产：儿子出生。字：爱。胼胝（pián zhī，骈知）：手掌或脚掌因长期劳动、走动而生成的硬皮。

⑦⑥卑宫室：建造低矮简陋的宫室。美绂冕：绂，通黻（fú，服），黻冕，古代祭服。

⑦⑦成王：周成王，名诵。其父武王去世时，他尚年幼，由叔父周公旦摄政七年。

⑦⑧邵公：即召公，姓姬，名奭（shì，是），周之支族，与周公共同辅佐成王。四国：指管国、蔡国、商国、奄国。

⑦⑨居东三年，诛兄放弟：指管叔、蔡叔与武庚共同背叛周朝，周公东征，为时三年，杀掉管叔，放逐蔡叔。管叔为周公之兄，蔡叔为周公之弟。仅免其身：谓周公"诛兄放弟"才得以保全自身。

⑧⓪应时君之聘：指孔子曾多次受当时君主如鲁定公、卫灵公、楚昭王等人聘用，但往往因别人造谣中伤而不得见用。伐树于宋：指孔子在宋国被大司马桓魋驱逐一事。削迹于卫：卫灵公原来想聘用孔子，后听馋言，改变了态度，孔子恐遭祸害，便躲起来，后悄然离卫。穷于商周：孔子去陈国，途径匡，匡人曾受鲁国阳虎的暴凌，见孔子貌似阳虎，便误将他抓住，囚禁了五天。受屈于季氏：孔子曾担任季氏手下管理牲畜的小官。见辱于阳虎：春秋后期季孙氏的家臣。季氏曾设宴招待鲁国士人，孔子前去，被阳虎挡驾。

⑧①倾宫：谓很大的宫殿。

⑧②梁王；战国时魏国君主。如运诸掌：象在手掌上玩耍东西一样。

⑧③芸：通耘，除草。

⑧④五尺童子：尚未成年的儿童。荷箠（chuì，棰）：拿着鞭子。

⑧⑤污池：畜水池。

⑧⑥黄钟、大吕：我国古代乐律名，音频低，发声稀疏，缓慢。烦奏之舞：节奏很快的舞蹈。

⑧⑦灭：泯灭。

⑧⑧识：通志，记住。

⑧⑨矜：顾惜，拘谨。

⑨⓪要：追求。余名：残余的名誉。

⑨①肖天地之类：指人类男女之别相似于天地的阴阳类别。五常：五行为金、木、水、火、土。古人谓万物皆有五行之性，而人的性情也反映出五行的德性，即仁、义、礼、智、信。

⑨②有生：指一切生物。

⑨③横：粗暴，不循正理。私：占为己有。

⑨④至至：道德的最高境界。

⑨⑤遁民：违反自然之性的人。

⑨⑥制命在外：指受外物支配，自己不能作主。

⑨⑦顺民：顺从自然之性的人。

⑨⑧田父可坐杀：谓老农有劳动习惯，假如使他总是闲坐，反而致病而死。

⑨⑨啜：（chuò，绰）：吃，饮。菽（shū，书）：豆类。茹：吃。藿（huò，祸）：豆叶。啜菽茹藿：指粗茶淡饭。筋节：筋肉骨节。𦢊：古字肉旁与月旁同，作"腃"，音喟（kuì，馈）：就是肌肉紧张之意。处：（使）居住。柔毛：轻暖的皮衣。绨（tí，今读 tì，剃）：质地粗厚、平滑而有光泽的丝织品名。幕：帐篷。兰橘：兰草与橘子。悁（yuān，渊）：忧愁。

⑩商：指春秋时宋国。侔（móu，谋）地：处在相同的境地。意即过同样的生活。

⑩野人：古代对从事农耕的奴隶或平民的称呼。

⑩緼麖（yùn fèn，韵愤）：麻絮衣。

⑩东作：即春耕。曝（pù，瀑）：晒。隩（ào，傲）：通燠，温暖。

⑩负日：以身体背面晒太阳。暄：暖和。

⑩戎菽：大豆。枲（xǐ，喜）茎：胡麻茎。芹、萍子：蒿类植物，嫩苗可食。

⑩蜇（zhē，折）：刺痛。惨：剧烈疼痛。哂（shěn，沈）：笑。

⑩丰屋：大屋。厚味：此指丰盛的饮食。姣色：即美色，美丽的女子。

⑩蠹：害虫。

⑩悠悠：周流的样子。悠悠者：引申为众人、常人。

⑩恶夫：何故。累：牵连，妨碍。

说符第八[①]

子列子学于壶丘子林。壶丘子林曰："子知持后[②]，则可言持身矣。"列子曰："愿闻持后。"曰："顾若影，则知之。"列子顾而观影：形枉则影曲，形直则影正。然则枉直随形而不在影，屈申任物而不在我[③]，此之谓持后而处先。关尹谓子列子曰："言美则响美，言恶则响恶；身长则影长，身短则影短。名也者，响也[④]；身也者[⑤]，影也。故曰：慎尔言，将有和之；慎尔行，将有随之。是故圣人见出以知人，观往以知来，此其所以先知之理也。度在身[⑥]，稽在人。人爱我，我必爱之；人恶我，我必恶之。汤武爱天下，故王；桀、纣恶天下，故亡，此所稽也[⑦]。稽度皆明而不道也，譬之出不由门，行不从径也。以是求利，不亦难乎？尝观之神农、有炎之德[⑧]，稽之虞、夏、商、周之书，度诸法士贤人之言[⑨]，所以存亡废兴而非由此道者，未之有也。"

严恢曰[⑩]："所为问道者为富[⑪]，今得珠亦富矣，安用道？"子列子曰："桀、纣唯重利而轻道，是以亡。幸哉，余未汝语也。人而无义，唯食而已，是鸡狗也。强食靡角[⑫]，胜者为制[⑬]，是禽兽也。为鸡狗禽兽矣，而欲人之尊己，不可得也。人不尊己，则危辱及之矣。"

列子学射中矣[⑭]，请于关尹子。尹子曰："子知子之所以中者乎？"对曰："弗知也。"关尹子曰："未可。"退而习之。三年，又以报关尹子。尹子曰："子知子之所以中乎？"列子曰："知之矣。"关尹子曰："可矣，守而勿失也[⑮]。非独射也，为国与身亦皆如之。故圣人不察存亡[⑯]，而察其所以然。"列子曰："色盛者骄，力盛者奋[⑰]，未可以语道也。故不班白语道[⑱]，失，而况行之乎？故自奋则人莫之告。人莫之告，则孤而无辅矣。贤者任人，故年老而不衰[⑲]，智尽而不乱[⑳]。故治国之难，在于知贤而不在自贤[㉑]。"

宋人有为其君以玉为楮叶者[㉒]，三年而成。锋杀茎柯[㉓]，毫芒繁泽，乱之楮叶中而不可别也。此人遂以巧食宋国。子列子闻之曰："使天地之生物，三年而成一叶，则物之有叶者寡矣。故圣人恃道化而不恃智巧。"

子列子穷，容貌有饥色。客有言之郑子阳者[㉔]，曰："列御寇盖有道之士也，居君之国而穷，君无乃为不好士乎[㉕]？"郑子阳即令官遗之粟。子列子出见使者，再拜而辞。使者去。子列子入，其妻望之而拊心曰[㉖]："妾闻为有道者之妻子皆得佚乐。今有饥色，君过而遗先生食[㉗]。先生不受，岂不命也哉？"子列子笑谓之曰："君非自知我也，以人之言而遗我粟。至其罪我也，又且以人之言。此吾所以不受也。”其卒[28]，民果作难而杀子阳[29]。

鲁施氏有二子，其一好学，其一好兵。好学者以术干齐侯[30]；齐侯纳之为诸公子之傅。好兵者之楚，以法干楚王[31]；王悦之，以为军正[32]。禄富其家，爵荣其亲。

施氏之邻人孟氏，同有二子，所业亦同，而窘于贫。羡施氏之有，因从请进趋之方[33]。二子以实告孟氏。孟氏之一子之秦，以术干秦王。秦王曰：“当今诸侯力争，所务兵食而已。若用仁义治吾国，是灭亡之道。”遂宫而放之[34]。其一子之卫，以法干卫侯。卫侯曰：“吾弱国也，而摄乎大国之间。大国吾事之，小国吾抚之，是求安之道。若赖兵权[35]，灭亡可待矣。若全而归之，适于他国，为吾之患不轻矣！”遂刖之而还诸鲁[36]。

既反，孟氏之父子叩胸而让施氏。施氏曰：“凡得时者昌，失时者亡。子道与吾同，而功与吾异，失时者也，非行之谬也。且天下理无常是，事无常非。先日所用，今或弃之；今之所弃，后或用之。此用与不用，无定是非也。投隙抵时，应事无方[37]，属乎智。智苟不足，使君博如孔丘，术如吕尚[38]，焉往而不穷哉？”孟氏父子舍然无愠容，曰：“吾知之矣。子勿重言！”

晋文公出，会欲伐卫，公子锄仰天而笑[39]。公问何笑，曰：“臣笑邻之人有送其妻适私家者，道见桑妇[40]，悦而与言。然顾视其妻，亦有招之者矣[41]。臣窃笑此也。”公寤其言，乃止。引师而还，未至，而有伐其北鄙者矣。

晋国苦盗。有郄雍者[42]，能视盗之貌，察其眉睫之间，而得其情。晋侯使视盗，千百无遗一焉。晋侯大喜，告赵文子曰[43]：“吾得一人，而一国盗为尽矣，奚用多为？”文子曰：“吾君恃伺察而得盗，盗不尽矣，且郄雍必不得其死焉。”俄而群盗谋曰：“吾所穷者郄雍也。”遂共盗而戕之[44]。晋侯闻而大骇，立召文子而告之曰：“果如子言，郄雍死矣！然取盗何方？”文子曰：“周谚有言：察见渊鱼者不祥，智料隐匿者有殃[45]。且君欲无盗，莫若举贤而任之；使教明于上，化行于下，民有耻心，则何盗之为？”于是用随会知政[46]，而群盗奔秦焉。

孔子自卫反鲁，息驾乎河梁而观焉[47]。有悬水三十仞，圜流九十里[48]，鱼鳖弗能游，鼋鼍弗能居。有一丈夫方将厉之[49]。孔子使人并涯止之曰[50]：“此悬水三十仞，圜流九十里，鱼鳖弗能游，鼋鼍弗能居也。意者难可以济乎[51]？”丈夫不以错意[52]，遂度而出。孔子问之曰：“巧乎！有道术乎？所以能入而出者，何也？”丈夫对曰：“始吾之入也，先以忠信；及吾之出也，又从以忠信。忠信错吾躯于波流，而吾不敢用私，所以能入而复出者，以此也？”孔子谓弟子曰：“二三子识之[53]！水且犹可以忠信诚身亲之，而况人乎？”

白公问孔子曰[54]：“人可与微言乎？”孔子不应。白公问曰：“若以石投水，何如？”孔子曰：“吴之善没者能取之。”曰：“若以水投水，何如？”孔子曰：“淄、渑之合，易牙尝而知之[55]。”白公曰：“人故不可与微言乎？”孔子曰：“何为不可？唯知言之谓者乎！夫知言之谓者，不以言言也[56]。争鱼者濡，逐兽者趋，非乐之也。故至言去言，至为无为。夫浅知之所争者，末矣。”白公不得已，遂死于浴室[57]。

赵襄子使新稚穆子攻翟[58]，胜之，取左人、中人；使遽人来谒之[59]。襄子方食而有忧色。左右曰：“一朝而两城下，此人之所喜也；今君有忧色，何也？”襄子曰：“夫江河之大也[60]，不过三日；飘风暴雨不终朝，日中不须臾[61]。今赵氏之德行，无所施于积[62]，一朝而两城下，亡其及我哉[63]！”孔子闻之曰：“赵氏其昌乎！夫忧者所以为昌也，喜者所以为亡也。胜非其难者也；持之，其难者也。贤主以此持胜，故其福及后世。齐、楚、吴、越皆尝胜矣，然卒取亡焉，不达乎持胜也。唯有道之主为能持胜。”孔子之劲，能拓国门之关[64]，而不肯以力闻。墨子为守攻，公输般服[65]，而不肯以兵知。故善持胜者，以强为弱。

宋人有好行仁义者，三世不懈。家无故黑牛生白犊，以问孔子。孔子曰：“此吉祥也，以荐上帝[66]。”居一年，其父无故而盲，其牛又复生白犊。其父又复令其子问孔子。其子曰：“前问之而失明，又何问乎？”父曰：“圣人之言先迕后合[67]。其事未究[68]，姑复问之。”其子又复问孔子。孔子曰：“吉祥也。”复教以祭。其子归致命[69]。其父曰：“行孔子之言也。”居一年，其子又无故而盲。其后楚攻宋[70]，围其城。民易子而食之，析骸而炊之[71]；丁壮者皆乘城而战，死者大半。此人以父子有疾皆免。及围解而疾俱复。

宋有兰子者，以技干宋元[72]。宋元召而使见其技：以双枝长倍其身，属其胫，并趋并驰。弄七剑，迭而跃之，五剑常在空中[73]。元君大惊，立赐金帛。又有兰子又能燕戏者[74]闻之，复以干元君。元君大怒曰：“昔有异技干寡人者，技无庸[75]，适值寡人有欢心，故赐金帛。彼必闻此而进，复望吾赏。”拘而拟戮之[76]，经月乃放。

秦穆公谓伯乐曰[77]：“子之年长矣，子姓有可使求马者乎[78]？”伯乐对曰：“良马可形容筋骨相也。天下之马者[79]，若灭若没，若亡若失，若此者绝尘弭辙[80]。臣之子皆下才也。可告以良马，不可告以天下之马也。臣有所与共担缠薪菜者[81]，有九方皋[82]，此其于马，非臣之下也。请见之。”穆公见之，使行求马。三月而反报曰：“已得之矣，在沙丘[83]。”穆公曰：“何马也？”对曰：“牝而黄。”使人往取之，牡而骊。穆公不说，召伯乐而谓之曰：“败矣，子所使求马者！色物、牝牡尚弗能知，又何马之能知也？”伯乐喟然太息曰：“一至于此乎！是乃其所以千万臣而无数者也[84]。若皋之所观，天机也[85]，得其精而忘其粗，在其内而忘其外；见其所见，不见其所不见；视其所视，而遗其所不视。若皋之相者，乃有贵乎马者也。”马至，果天下之马也。

楚庄王问詹何曰[86]：“治国奈何？”詹何对曰：“臣明于治身而不明于治国也。”楚庄王曰：“寡人得奉宗庙社稷[87]，愿学所以守之。”詹何对曰：“臣未尝闻身治而国乱者也，又未尝闻身乱而国治者也。故本在身，不敢对以末。”楚王曰：“善！”

狐丘丈人谓孙叔敖曰[88]：“人有三怨，子知之乎？”孙叔敖曰：“何谓也？”对曰：“爵高者人妒之，官大者主恶之，禄厚者怨逮之[89]。”孙叔敖曰：“吾爵益高，吾志益下；吾官益大，吾心益小；吾禄益厚，吾施益博。以是免于三怨，可乎？”

孙叔敖疾将死，戒其子曰：“王亟封我矣[90]，吾不受也。为我死，王则封汝。汝必无受利地[91]！楚、越之间，有寝丘者[92]，此地不利而名甚恶。楚人鬼而越人机[93]，可长有者唯此也。”孙叔敖死，王果以美地封其子。子辞而不受，请寝丘。与之，至今不失。

牛缺者，上地之大儒也，下之邯郸，遇盗于耦沙之中[94]，尽取其衣装车马，牛步而去。视之欢然无忧吝之色[95]。盗追而问其故。曰：“君子不以所养害其所养[96]。”盗曰：“嘻！贤矣夫！”既而相谓曰：“以彼之贤，往见赵君。使以我为事[97]，必困我。不如杀之。”乃相与追而杀之。燕人闻之，聚族相戒，曰：“遇盗莫如上地之牛缺也！”皆受教。俄而其弟适秦，至关下[98]，果遇盗。忆其兄之戒，因与盗力争。既而不如，又追而以卑辞请物。盗怒曰：“吾活汝宏矣，而追吾不已，迹将著焉。既为盗矣，仁将焉在？”遂杀之，又傍害其党四五人焉。

虞氏者，梁之富人也，家充殷盛，钱帛无量，财货无訾[99]。登高楼，临大路，设乐陈酒，击博楼上[100]。侠客相随而行。楼上博者射，明琼张中，反两榻鱼而笑[101]。飞鸢适坠其腐鼠而中之。侠客相与言曰：“虞氏富乐之日久矣，而常有轻易人之志。吾不侵犯之，而乃辱我以腐鼠。此而不报，无以立慬于天下[102]。请与若等戮力一志，率徒属必灭其家为等伦[103]。”皆许诺。至期日之夜，聚众积兵，以攻虞氏，大灭其家。

东方有人焉，曰爰旌目[104]，将有适也，而饿于道。狐父之盗曰丘，见而下壶餐以哺之[105]。爰旌目三哺而后能视，曰：“子何为者也？”曰：“我狐父之人丘也。”爰旌目曰：“嘻！汝非盗耶？胡为而食我？吾义不食子之食也。”两手据地而欧之，不出，喀喀然，遂伏而死[106]。狐父之人则盗矣，而食非盗也。以人之盗，因谓食为盗而不敢食，是失名实者也[107]。

柱厉叔事莒敖公[108]，自为不知己，去，居海上。夏日则食菱芰[109]，冬日则食橡栗。莒敖公有难，柱厉叔辞其友而往死之[110]。其友曰："子自以为不知己，故去；今往死之，是知与不知无辨也。"柱厉叔曰："不然。自以为不知，故去；今死，是果不知我也。吾将死之，以丑后世之人主不知其臣者也[111]。"凡知则死之，不知则弗死，此直道而行者也[112]。柱厉叔可谓怼以忘其身者也。"

杨朱曰："利出者实反，怨往者害来。发于此而应于外者唯请[113]，是故贤者慎所出。"

杨子之邻人亡羊，既率其党，又请杨子之竖追之[114]。杨子曰："嘻！亡一羊何追者之众？"邻人曰："多歧路。"既反，问："获羊乎？"曰："亡之矣。"曰："奚亡之？"曰："歧路之中又有歧焉，吾不知所之，所以反也。"

杨子戚然变容，不言者移时，不笑者竟日。门人怪之，请曰："羊，贱畜，又非夫子之有，而损言笑者何哉[115]？"杨子不答。门人不获所命[116]。弟子孟孙阳出以告心都子。心都子他日与孟孙阳偕入而问曰[117]："昔有昆弟三人，游齐鲁之间，同师而学，进仁义之道而归。其父曰：'仁义之道若何？'伯曰：'仁义使我爱身而后名。'仲曰：'仁义使我杀身以成名。'叔曰：'仁义使我身名并全。'彼三术相反，而同出于儒。孰是孰非邪？"杨子曰："人有滨河而居者，习于水，勇于泅，操舟鬻渡[118]，利供百口，裹粮就学者成徒，而溺死者几半。本学泅不学溺，而利害如此，若以为孰是孰非？"心都子嘿然而出。孟孙阳让之曰："何吾子问之迂，夫子答之僻？吾惑愈甚。"心都子曰："大道以多歧亡羊，学者以多方丧生[119]。学非本不同，非本不一，而末异若是。唯归同反一，为亡得丧。子长先生之门，习先生之道，而不达先生之况也[120]，哀哉！"

杨朱之弟曰布，衣素衣而出[121]。天雨，解素衣，衣缁衣而反[122]。其狗不知，迎而吠之。杨布怒，将扑之。杨朱曰："子无扑矣！子亦犹是也。向者使汝狗白而往黑而来，岂能无怪哉？"

杨朱曰："行善不以为名，而名从之；名不与利期，而利归之；利不与争期，而争及之[123]；故君子必慎为善。"

昔人有言知不死之道者，燕君使人受之，不捷[124]，而言者死。燕君甚怒其使者，将加诛焉。幸臣谏曰："人所忧者莫急乎死，己所重者莫过乎生。彼自丧其生，安能令君不死也？"乃不诛。有齐子亦欲学其道，闻言者之死，乃抚膺而恨。富子闻而笑之曰："夫所欲学不死，其人已死而犹恨之，是不知所以为学。"胡子曰："富子之言非也。凡人有术不能行者有矣，能行而无其术者亦有矣。卫人有善数者[125]，临死以诀喻其子。其子志其言而不能行也。他人问之，以其父所言告之。问者用其言而行其术，与其父无差焉。若然，死者奚为不能言生术哉[126]？"

邯郸之民，以正月之旦献鸠于简子[127]。简子大悦，厚赏之。客问其故，简子曰："正旦放生，示有恩也。"客曰："民知君之欲放之，竞而捕之，死者众矣。君如欲生之，不若禁民勿捕。捕而放之，恩过不相补矣。"简子曰："然。"

齐田氏祖于庭[128]，食客千人。中坐有献鱼雁者[129]。田氏视之，乃叹曰："天之于民厚矣！殖五谷，生鱼鸟以为之用。"众客和之如响[130]。鲍氏之子年十二，预于次[131]，进曰："不如君言。天地万物与我并生，类也。类无贵贱，徒以小大智力而相制，迭相食[132]；非相为而生之。人取可食者而食之，岂天本为人生之？且蚊蚋噆肤[133]，虎狼食肉，非天本为蚊蚋生人、虎狼生肉者哉？"

齐有贫者，常乞于城市。城市患其亟也，众莫之与。遂适田氏之厩，从马医作役，而假食郭中[134]。人戏之曰："从马医而食，不以辱乎？"乞儿曰："天下之辱莫过于乞。乞犹不辱，岂辱马医哉？"

宋人有游于道，得人遗契者[135]，归而藏之，密数其齿[136]。告邻人曰："吾富可待矣。"

人有枯梧树者，其邻父言枯梧之树不祥[137]，其人遽而伐之。邻人父因请以为薪。其人乃不悦曰："邻人之父徒欲为薪，而教吾伐之也。与我邻，若此其险，岂可哉[38]?"

人有亡铁者，意其邻之子[39]。视其行步，窃铁也；颜色，窃铁也；言语，窃铁也；作动态度无为而不窃铁也[40]。俄而掘其谷而得其铁，他日复见其邻人之子，动作态度，无似窃铁者。

白公胜虑乱，罢朝而立，倒杖策，錣上贯颐[41]，血流至地而弗知也。郑人闻之曰："颐之忘，将何不忘哉?"意之所属著，其行足踬株埳，头抵植木[42]，而不自知也。

昔齐人有欲金者，清旦衣冠而之市[43]，适鬻金者之所，因攫其金而去[44]。吏捕得之，问曰："人皆在焉，子攫人之金何?"对曰："取金之时，不见人，徒见金。"

---

①说：论说。符：符合，验证。指因为事情的发展没有固定的法度，所以要通过事物相互促进相互制约的作用，验证出相关的各种因素中孰因孰果、孰本孰末，并在实际中灵活运用。

②持后：保持谦退，不与人争先。

③屈申：在这里主要指个人处世的窘困和顺利。

④名：名称概念，此处指名声。响：回声。

⑤身：指报应。即行为所造成的与之对应的结果。

⑥度：礼度、法度或度量标准。身：这里指自身。

⑦稽：考察，验证。

⑧有炎：炎帝，传说中上古姜姓部族首领。号烈山氏。

⑨法士：推崇法治的人士。

⑩严恢：其人无考，可能是作者所假托。

⑪问：学习。

⑫强食靡角：为争食而相互角斗。

⑬制：即操纵，控制。

⑭中：指射箭已能命中箭靶。

⑮守：内守。勿失：不落靶，即箭无虚发。

⑯存亡：指表面的结果。

⑰色：指气色，血气。奋：谓恃力强干。

⑱班白：指头发斑白。班：通斑。

⑲故年老而不衰：贤者善于用人，所以自己虽然年老，但治事的能力并不衰退。

⑳智尽而不乱：贤者善于用人，所以自己的智力虽已竭尽，但头脑并不糊涂。

㉑自贤：自以为贤，意即恃仗一己的聪明和才能。

㉒楮（chǔ，楚）：又称构树，落叶乔木，叶子卵形，叶上有毛。

㉓锋：应为"丰"，即肥厚。杀（sāi，腮）：瘦削。柯：草木的枝茎，这里指叶柄。毫芒：细毛。繁泽：繁多而润泽。乱：随意地放入。

㉔子阳：人名，郑国之相。

㉕无乃：岂非。

㉖望：埋怨，责怪。拊心：拍打胸口，表示气恼的样子。

㉗过：意为探望。

㉘其卒：后来，终于。

㉙民果作难句：子阳执政严酷，国人不堪，以赶逐疯狗之机杀子阳。

㉚干：求取。

㉛法：指兵法。

㉜军正：军队的官长。正，亦作"政"，旧谓主其事者。

㉝进趋之方：求取功名的方法。

㉞宫：宫刑，也称腐刑。

㉟兵权：用兵的权谋，策略。

㊱刖：断足，古代的一种酷刑。

㊲投隙抵时：迎合机会，行动及时。投：迎合。隙：机会。应事无方：应付事物不拘于固定的办法。

㊳术：此处指用兵之术。吕尚：即姜太公。

㊴晋文公：名重耳，春秋时晋国君王。城濮之战大胜楚军。在践土（今河南荥阳东北）大会诸侯，成为霸主。公子锄：晋文公之子，名锄。

㊵私家：已嫁之姐妹之家。桑妇；采桑的农妇。

㊶招：引，此谓勾引、调情。

㊷郄西：人名，晋大夫叔虎之后。

㊸文子：姓辛，名钘（jiān，兼）：为老子弟子，与孔子同时。

㊹戕（qiāng，枪）：杀害。

㊺渊鱼：深渊中的鱼，此处比喻隐藏很深的秘器。隐匿：别人不易知道的恶迹。

㊻随会：晋国宰相。随：古邑名，以邑名为姓氏。

㊼息驾：停，指休息。驾：套马的车。

㊽圜流：即环流，漩涡。

㊾厉：原谓河水深及腰部，可以涉过之处，引申为涉渡。

㊿并涯：顺着河岸。

51意者难可以济乎：只怕你是很难渡过的吧？

52错：通“措”，安置。

53二三子：犹“你们”，长者对小辈或上对下之称。

54白公：白公胜，春秋时楚国大夫，楚平王之孙。楚惠王十年，白公胜发动政变，杀死令尹子西、司马子期，控制楚都。后被叶公击败，自缢死。

55淄：水名，即今山东省境内的淄河。渑：水名，源出今山东省临淄县东北。易牙：春秋时齐桓公宠幸的近臣，长于烹调。

56不以言言也：不用言辞来表达。

57白公不得已：指白公没有领会孔子说话的意思，杀了令尹子西和司马子期。遂死于浴室：指白公谋反事败，被迫自缢于浴室。

58赵襄子：赵无恤，春秋末年晋国大夫，赵鞅之子。新稺（zhì，治）穆子：也叫新稺狗，是赵襄子的家臣。翟：通狄，古族名。

59左人、中人：翟部落的两座城池名。遽人：传送公文的人。

60江河之大也：此处指江河涨潮。

61飘风：旋风，暴风。日中不须臾：指正午时，太阳当空不到片刻就偏西。

62施：为。积：积德。

63其：恐怕要，表示揣测。

64拓：举起。国门：国都的城门。关：门栓。

65墨子为守攻：墨子制订的防守策略，挫败公输般的攻势，使公输般折服。

66荐：奉献牺牲。

67先迕后合：先与事实相反，而后契合、应验。

68究：产生结果。

69致命：转达命令。此指转达孔子的意见，为礼节性用语。与今之以“致命”为丧命不同。

70楚攻宋：指楚庄王二十年，楚军围宋之事。

71析骸：分解尸骨。乘城：登上城墙。

72兰子：身怀绝技游食四方的人。宋元：指宋元君。

73见：即现，表演。属：连接。胫：小腿。迭：交替。跃：（使）跳，意为向上抛。

74燕戏：可能类似于今天所说的轻功。以其身轻如燕，故名。

75无庸：无用。

76戳：同侮，侮辱。

77秦穆公：即嬴任好，春秋时秦国国君。伯乐：相传为古代善于相马的人。

⑱子姓：子之所生者，即子孙，姓通“生”。

⑲天下之马：举世无双的马。

⑳若灭若没：恍惚迷离的样子。指“天下之马”的内在神气在外表的透露，很难把握。若亡若失：似有似无的样子。意为鉴别“天下之马”，不在它的筋骨毛色，要洞察本质。绝尘弭辙：谓马奔驰极快。四足落地不沾尘。

㉑担缰（mò，沫）：挑担子。薪菜（cǎi，彩）：砍柴。

㉒九方皋：春秋时善于相马者。

㉓沙丘：古地名，在今河北省广宗县北。

㉔千万臣而无数：超过我千万倍而不可计数。

㉕天机：指天赋的灵性。

㉖楚庄王：即芈（mǐ，米）旅，春秋时楚国国君。詹何：战国时期哲学家。

㉗宗庙：家族的祖宗神庙。社稷：土、谷之神。常用以代指国家。

㉘狐丘丈人：人名，事迹不详。丈人，概指老者。孙叔敖：又名艻敖，春秋时楚国令尹，以节俭著称。

㉙主：人君。逮：及，临身。

㉚亟：屡次。

㉛利地：肥沃的土地。

㉜寝丘：古邑名，在今河南省沈丘县东南。

㉝楚人鬼：即谓楚人崇拜鬼神。禨（jī，肌）：禨祥，祈福禳灾之事。

㉞牛缺：人名，秦国人，生平不详。上地：古地名，约在今陕西绥德县一带。耦沙：地名，又称耦水，在今河北邢台市沙河县境内。

㉟悉：通吝，吝惜。

㊱不以所养害其所养：意即不因身外的财物而损害身心道德。

㊲使以我为：派他来对付我们。

㊳关：当指函谷关，在今河南境内。

㊴虞氏：姓虞的人，非指某一人。訾：估量，限量。

⑩击博：古代赌博技法。

⑩榻（tā，他）：原指比目鱼。整句意为，因连胜两着棋而欢喜大笑。

⑩憧：勇，这里有勇武的名声之意。

⑩戮力一志：协力同心。等伦：原指同列的人，这里指亲戚朋友。

⑩爰（yuán，元）旌目：人名，亦作爰精眘。

⑩狐父：地名，在今江苏砀山附近。壶餐：用壶携带的饭。

⑩欧：通呕，吐。喀（kè，客）喀然：大声呕吐的样子。

⑩是失名实者也：这是颠倒了名与实的位置。意即爰旌目重名而不求实。

⑩柱厉公：又称朱厉附，为莒穆公之相。莒敖公：莒国国君，谥公君。

⑩菱芰（jì，记）：即菱角。

⑩死之：犹谓以死来为他效力。

⑪丑：当羞讲。

⑪直道：此处指以德报德，以怨报怨的人之常情。

⑪请：通“情”，作情实，情感解。

⑪亡：失去。党：这里指邻里乡亲。竖：童仆。

⑪损言笑：谓不言不笑。

⑪不获所命：不领会他的意思。

⑪孟孙阳：人名，当为杨朱门下的大弟子。心都子：人名，当为与杨朱同时的学者。

⑪鬻渡：摆渡营生。

⑪方：指方术，古代关于治道的方法，由于各人对道的理解不同，便形成很多思想流派。所以这里说“多方”。丧生：指丧失方向，丧生乃极言其危。

⑫况：喻意。

⑫素衣：白色的衣服。

⑫缁衣：黑色的衣服。

⑬归之、及之：皆“到来”、“临头”之意。

⑭受：意即“受师”从师学习。不捷：不成功。

⑮数：算术，古代六艺“礼、乐、射、御、书、数”之一。

⑯生术：指长生不死之术。

⑰正月之旦：即正月初一，鸠：斑鸠。简子：赵简子，即赵鞅，春秋末年晋国的卿。

⑱祖：古祭名。出行之前，祭祀路神。

⑲雁：即鹅。

⑳和：随生附和。响：回生。

㉑预于次：指参加宴会。次：位次。

㉒迭相食：一个吃一个，犹生物学所说的食物链。

㉓噆（zǎn，攒）：咬，叮。

㉔假食：寄食。郭：外城。这里泛指城市。

㉕契：契据。

㉖密：精细，周到。齿：古代刻木为契，木契上刻出齿痕。须与符相合，以辨别契约的真伪。

㉗梧：树名。梧桐。邻父：邻居的父亲。

㉘险：阴险。可：赞许，称道。

㉙鈇（fū，夫）：通斧。意：怀疑。

㉚作动：即动作。

㉛杖策：驱马用的棍子，一端有尖刺，能刺马使奔。錣（zhuì，坠）：马杖上端用来刺马的铁针。贯：穿，刺破。

㉜属：集中，专注。踬：被东西绊倒。株：树桩。埳（kǎn，坎）：同“坎”，地面的凹陷处。足踬株埳：脚被树桩土坑绊倒。植木：树干。

㉝衣冠：穿好衣服，戴好帽子。

㉞攫：（jué，决）：抓取。

周易参同契

〔汉〕魏伯阳　撰

上 卷

第一章 乾坤者易之门户

乾坤者，易之门户，众卦之父母[①]。坎离匡郭，运毂正轴[②]。

①此句意思是，乾坤二卦是学习《易经》的门户。六十四卦，共三百八十四爻，都由乾坤二卦之变化所生，先天八卦以乾坤二卦定位，所以称之为“父母”。

②此句意思是说，坎离二卦是变化的匡郭，就象运转车毂要先正车轴。后天八卦以坎离二卦定位。

第二章 牝牡四卦

牝牡四卦，以为橐籥，覆冒阴阳之道[①]。道犹御者，准绳墨，执衔辔[②]，正规矩，随轨辙。处中以制外[③]，数在律历纪。月节有五六，经纬奉日使，兼并为六十，刚柔有表里。

①牝：雌。牡：雄。四卦：即乾坤坎离四卦。橐（tuó，驼）籥（yuè，月）：特指枢辖，即固定轴毂不脱离的器件。覆冒：包裹。

②道：变化规律。犹：如同。衔辔（peì，配）：马嚼子和缰绳。

③中：这里指心意。外：特指气。

④刚柔为表里：指阳刚、阴柔；水火，金土互为表里。

第三章 朔旦屯直事

朔旦屯直事，至暮蒙当受[①]。昼夜各一卦，用之依次序。

①直事：同值事，意为值勤，值班。蒙：卦名。

第四章 既未至晦爽

既未至晦爽[①]，终则复更始。日辰为期度，动静有早晚[②]。

①既：既济卦的简称。未：未济卦的简称。

②为期度：为一周期。动：阳动。静：阴静。

第五章 春夏据内体

春夏据内体①，从子到辰巳，秋冬当外用②，自午讫戌亥。

①内体：六十四卦中某一卦的下三爻称内体，也叫下体。上三爻称外体，也叫上体。据内体，指阳中有阴。

②外：指六十四卦某一卦的外体。当外用，用卦的外体说明阴中含阳。

第六章 赏罚应春秋

赏罚应春秋①，昏明顺寒暑。爻辞有仁义，随时发喜怒②。如是应四时，五行得其理。

①赏：春三月万物发芽生长谓之赏。罚：秋三月万物枯老衰亡谓之罚。

②喜：物生为喜。怒：物成为怒。

第七章 天地设位

天地设位，而易行乎其中矣①。天地者，乾坤之象也，设位者，列阴阳配合之位也。易谓坎离，坎离者，乾坤二用②，二用无爻位，周流行六虚。往来既不定，上下亦无常。幽潜沦匿，变化于中。包囊万物，为道纪纲③。

①天地设位：即乾天在上，坤地在下。易：指阴阳变化。行乎其中：运行在其中。

②坎离：指水火之气。乾坤二用：即天地之用。乾中一点真阳，下交坤腹，则乾卦成离，坤卦成坎矣。

③此二句是说，阴阳变化，或潜或现，或升降变化，都在六虚之中。

第八章 以无制有

以无制有，器用者空①。故推消息，坎离没亡②。

①无：水火之气。有：指金水之质。器用者空：指虚空之器盛有形之金，以水火之气治金水之质。

②没亡：指变化不定。

第九章 言不苟造

言不苟造，论不虚生。引验见效①，校度神明。推类结字，原理为证②，坎戊月精，离己日光。日月为易，刚柔相当。土王四季，罗络始终。青赤白黑，各居一方。皆禀中宫，戊己之功。

①引验：引日月验证金水。

②类：特指金水如同日月的精华。结字：易字上为日字，下面象古代月字，日月上下结成易字。原理：易字结成的道理。

第十章　易者象也

易者，象也。悬象著明[①]，莫大乎日月。穷神以知化[②]，阳往则阴来。辐凑而轮转，出入更卷舒。易有三百八十四爻，据爻摘符，符谓六十四卦。晦至朔旦，震来受符。当斯之际，天地媾其精。日月相撢持。雄阳播玄施。雌阴化黄包。混沌相交接，权舆树根基。经营养鄞鄂，凝神以成躯[③]。众夫蹈以出，蠕动莫不由[④]。

①悬象：悬于高空的物体形象。著明：光明最显著的。

②穷神：探究阴阳互易之道。知化：知晓乾坤变化之理。

③鄞（yín　银）鄂：指胚胎。凝神：指凝结阴阳。

④莫不由：在天地大鼎器中任其陶冶。

第十一章　于是仲尼

于是仲尼赞洪蒙，乾坤德洞虚[①]。稽古当元皇，关雎建始初。婚冠气相纽，元年乃芽滋[②]。

①洪蒙：天地未分时的混沌元气。洞虚：辟鸿蒙、凿混沌、天地分开宇内洞虚。

②气相纽：指男女精气相纽缠。元年：年初，这里指交媾之初。芽滋：胎芽滋生。

第十二章　圣人不虚生

圣人不虚生[①]，上观显天符。天符有进退，诎伸以应时。故易统天心[②]。

①圣人：这里指伏羲，不虚生：不是虚度一生。

②易：指一阴一阳消长变化。

第十三章　复卦建始萌

复卦建始萌，长子继父体[①]，因母立兆基。消息应钟律，升降据斗枢。三日出为爽，震庚受西方。八日兑受丁，上弦平如绳[②]。十五乾体就，盛满甲东方。蟾蜍与兔魄，日月气双明[③]。蟾蜍视卦节[④]，兔者吐生光。七八道已讫，屈折低下降[⑤]。

①长子：复卦下体为八卦中的震，震是乾卦长子。父体：乾卦为体。坤卦为母。

②平如绳：半圆月的平面如弯弓绷直的弦或绳。八日，即上弦月。上弦常在月初八，下弦常在月二十三。

③气双明：指十五白天日光明，晚上月光亮。

④卦节：指十五应乾卦节。

⑤低下降：指月由升高向上转为降低向下，是说十六以后月渐亏缺，阳极阴生。

第十四章　十六转受统

十六转受统①，巽辛见平明。艮直于丙南，下弦二十三。坤乙三十日，东北丧其朋。节尽相禅与，继体复生龙②。

①转受统：指阳极转阴而受阴统。

②节尽：月终。相禅与：指阴阳相互禅位。继体：坤卦再变又成震卦而又成长子继父体。

第十五章　壬癸配甲乙

壬癸配甲乙，乾坤括始终。七八数十五，九六亦相应。四者合三十，阳气索灭藏。八卦列布曜，运移不失中①。

①列布：指排列分布。曜：光明。不失中：指阴阳消长不失中道。

第十六章　元精眇难睹

元精眇难睹①，推度效符证。居则观其象，准拟其形容②。立表以为范，占候定吉凶。发号顺时令，勿失爻动时。上察河图文，下序地形流，中稽于人心，参合考三才。动则循卦节，静则因彖辞③。乾坤用施行，天地然后治。可得不慎乎？

①元精：即元气。

②准拟：依准日月五星二十八宿运行的法则。

③彖（tuàn，团去声）辞：论述卦义的文字，也叫卦辞。

第十七章　御政之首

御政之首，管括微密，开舒布宝①，要道魁柄，统化纲纽。爻象内动，吉凶外起。五纬错顺，应时感动。四七乖戾，誃离俯仰②。

①御政：执政，这里指修丹。密微：严密无微漏。舒：指金水在鼎器内舒展变化。布宝：滋液闪光。

②乖戾（lì，力）：差跌。誃（chǐ，尺）离：失位。

第十八章　文昌统录

文昌统录①，诘责台辅。百官有司，各典所部。

①文昌：总管天下文德的星官名。

第十九章 日合五行精

日合五行精，月受六律纪①。五六三十度，度竟复更始。原始要终，存亡之绪。或君骄溢，亢满违道。或臣邪佞②，行不顺轨。弦望盈缩，乖变凶咎。执法刺讥，诘过贻主③。

①日合五行精：日以十等分，含有五刚五柔。六律：即十二钟律的一半，指月含六阴六阳。

②君：御政指君主，骄溢：即骄奢淫逸。臣：御政指臣民。邪佞：指不守纲纪。这里指太过或极化。

③刺讥：批评，调正。诘过：诘问过失。贻主：归过于君主。

第二十章 辰极受正

辰极受正，优游任下。明堂布政，国无害道。内以养己，安静虚无。原本隐明①，内照形躯。闭塞其兑，筑固灵株。三光陆沉，温养子珠②。视之不见，近而易求。

①本：根本，这里指金矿石，内丹指元精。隐明：指金在矿石中或元精在体内发不出光。

②子珠：灵子珍珠。此句是说，如果人能聚三光，处虚无，定会产生灵子珍珠。

第二十一章 黄中渐通理

黄中渐通理①，润泽达肌肤。初正则终修，干立未可持②。一者以掩蔽，世人莫知之。

①黄中渐通理：有回应“原本隐明，内照形躯”之意。

②未可持：指株干虽然长出，但无枝而不可依仗。

第二十二章 上德无为

上德无为，不以察求；下德为之①，其用不休。上闭则称有，下闭则称无。无者以奉上，上有神德居。此两孔窍法，金气亦相须②。

①上德：指水在上。无为：水常静无为。下德：指火在下。为之：指火常而动。

②两孔窍：指鼎器上下口。法：即上关下气的方法。相须：指水火调合。

第二十三章 知白守黑

知白守黑，神明自来。白者金精，黑者水基。水者道枢，其数名一。阴阳之始，玄含黄芽[①]。五金之主，北方河车。故铅外黑，内怀金华。被褐怀玉[②]，外为狂夫。

①道枢：指阴阳变化的枢纽。玄：指水。黄芽：指黄精。

②被褐：穿着粗布衣服。怀玉：怀中揣玉。

第二十四章　金为水母

金为水母[①]，母隐子胎。水者金子[②]，子藏母胞。真人至妙，若有若无。仿佛大渊，乍沉乍浮[③]。退而分布，各守境隅。

①水母：金生水为水之母。

②金子：水生于金为金之子。母隐子胎：即水中金。

③大渊：指鼎器内或体内。乍沉乍浮：指金水在鼎内得火气而沉浮无常。或指元神在体内如真人游于大渊。

第二十五章　采之类白

采之类白，造之则朱[①]。炼为表卫，白里贞居[②]。方圆径寸，混而相拘。先天地生，巍巍尊高。

①白：白金。类白：类似白色。朱：朱汞。

②表卫：指金生水水为金表。全句意为：金水相包容，合体而居。

第二十六章　旁有垣阙

旁有垣阙，状似蓬壶[①]。环帀关闭，四通踟蹰。守御密固，阏绝奸邪。曲阁相通，以戒不虞。可以无思，难以愁劳[②]。神气满堂，莫之能留[③]。守之者昌，失之者亡，动静休息，常与人俱[④]。

①垣阙：城郭。状若蓬壶：形状像蓬莱仙境。

②可以无思无为，不可以愁虑劳苦。

③莫之能留：不容易留住。

④与人俱：与本人一样。

第二十七章　是非历藏法

是非历藏法，内视有所思[①]。履行步斗宿，六甲以日辰。阴道压九一，浊乱弄元胞。食气鸣肠胃，吐正吸外邪[②]。昼夜不卧寐，晦朔未尝休。身体日疲倦，恍惚状若痴。百脉鼎沸驰[③]，不得清澄居。累土立坛宇，朝暮敬祭祠。鬼物见形象，梦寐感慨之。心欢意悦喜，自谓必延期。遽以夭命死，腐露其形骸④。举措辄有违，悖逆失枢机。诸述甚众多，千条有万余。前却违黄老，曲折戾九都。

---

①历藏法：即旁门左道渐悟之法。内视：反观内视五藏。

②吐正：吐出身中正气。吸外邪：吸入外来邪气。

③百脉：指人体的奇经八脉，并非百数之脉。鼎沸驰：指气血沸腾不按经络运行。

④腐露其形骸：指突然而死，暴尸于野。

第二十八章　明者省厥旨

明者省厥旨①，旷然知所由。勤而行之，夙夜不休。服食三载，轻举远游②。跨火不焦，入水不濡，能存能亡，长乐无忧。道成德就，潜伏俟时。太一乃召，移居中洲③。功满上升，膺箓受图。

---

①明者：聪明的人。厥：其。

②服食三载：指得丹后继续静休三年。轻举远游：三年后身轻如烟云，可轻而易举地远游了。

③太一：太一玉君，指修丹的主司。中洲：即神洲，指进一步修炼的地方。

第二十九章　火记不虚作

火记不虚作①，演易以明之。偃月法鼎炉②，白虎为熬枢。汞日为流珠③，青龙与之俱。举东以合西，魂魄自相拘④。上弦兑数八，下弦艮亦八。两弦合其精⑤，乾坤体乃成。二八应一斤，易道正不倾。铢有三百八十四，亦应卦爻之数。

---

①火记：指丹经。

②偃月：仰着的半月，指丹炉。

③汞：指金液。日：指火，又指闪光的汞珠象日。

④东：东龙魂（离日）。西：西虎魄（坎月）。

⑤两弦合其精：指上下两弦阳精阴精分别相合。

第三十章　金入猛火中

金入于猛火，色不夺精光。自开辟以来，日月不亏明，金不失其重，日月形如常。金本从月生，朔旦受日符①。金返归其母，月晦日相包②。隐藏其匡郭，沉沦于洞虚。金复其故性，威光鼎乃嬉③。

---

①此句意思是朔旦之日，月受日符，金从月生也受日符。

②月晦日相包：月晦之时，月包于日，金包于水。

③金复其故性二句：金水成形，成功有望，鼎器喜欢。待到金水凝解，就成功了。

第三十一章　子午数合三

子午数三合，戊己号称五。三五即和谐，八石正纲纪。呼吸相贪欲，伫息为夫妇①。黄土金之父，流珠水之母。水以土为鬼②，土镇水不起。朱雀为火精，执平调胜负③。水盛火消灭，俱死归厚土。三性既合会④，本性共宗祖。

①呼吸：调和呼吸，使水火二气相交。夫：指坎男。妇：指离女。

②鬼：土克水为水之鬼。

③调胜负：火能调金水胜负。

④三性：指金、火、水三性。合会：亦作会合，指五行相生、三性会合。

第三十二章　巨胜尚延年

巨胜尚延年①，还丹可入口。金性不败朽，故为万物宝。术士服食之，寿命得长久②。土游于四季，守界定规矩。金砂入五内，雾散若风雨。熏蒸达四肢，颜色悦泽好③。发白皆变黑，齿落生旧所。老翁复丁壮，耆妪成姹女。改形免世厄④，号之曰真人。

①巨胜：即胡麻。

②金性不败朽至寿命得长久句：修道士认为金的性质不败坏腐朽，修丹者服食之后可以长寿。

③全句意指得丹后昼夜温养，不要间断，在真气熏蒸之下，达于四肢，神清气爽，肤色滑润而有光泽。

④改形：化形。厄：灾难。

第三十三章　胡粉投火

胡粉投火中①，色坏还为铅。冰雪得温汤，解释成太玄。金以砂为主，禀和于水银②。变化由其真，终始自相因。欲作服食仙，宜以同类者。植禾当以黍，覆鸡用其子。以类辅自然，物成易陶冶。鱼目岂为珠，蓬蒿不成槚③。类同者相从，事乖不成宝。是以燕雀不生凤，狐兔不乳马④。水流不炎上，火动不润下。

①胡粉：即铅粉。

②砂：黄芽或金液的别名。禀合：溶解。

③槚（jiǎ，甲）：指楸树或茶树。此句意思是说，鱼目成不了珍珠，蓬蒿也长不成茶树。

④不乳马：不食马乳。

第三十四章　世间多学士

世间多学士，高妙负良才。邂逅不遭遇，耗火亡货财。据案依文说，妄以意为之①。端绪无因缘，度量失操持。捣治羌石胆，云母及矾磁；硫黄烧豫章[2]，泥汞相炼飞。鼓下五石铜，以之为辅枢。杂性不同种[3]，安有合体居？千举必万败，欲黠反成痴。侥幸讫不遇，圣人独知之。稚年至白首，中道生狐疑。背道守迷路，出正入邪蹊。管窥不广见，难以揆方来[4]。

①据案依说文：根据图案，依照文字说明进行修炼。

②治：制。羌石：石斛。胆：龙胆。章：章树。

③异性：即杂性。不同种：不同类。

④管窥：从竹管向外看，意指看得不广阔。揆：推测。

第三十五章　若夫至圣

若夫至圣，不过伏羲。始画八卦，效法天地。文王帝之宗，结体演爻辞。夫子庶圣雄，《十翼》以辅之。三君天所挺，迭兴更御时。优劣有步骤，功德不相殊。制作有所踵，推度审分铢。有形易忖量，无兆难虑谋。作事令可法，为世定诗书。素无前识资，因师觉悟之[1]。皓若褰帷帐，瞋目登高台[2]。

①前识资：先见的资质。因师：因受师传。

②褰（qiān，千）：揭开。全句意指，明亮得像揭开帷帐，又如闭目登上高台又突然睁眼远望，心情豁然开朗。

第三十六章　火记六百篇

火记六百篇，所趣等不殊[1]。文字郑重说，世人不熟思。寻度其源流，幽明本共居，窃为贤者谈，曷敢轻为书？若遂结舌喑，绝道获罪诛[2]。写情著竹帛，又恐泄天符。犹豫增叹息，俯仰缀斯愚。陶冶有法度，未忍悉陈敷。略述其纲纪，枝条见扶疏。

①火记：指丹经。六百篇，形容很多。不等殊：等同无别。

②结舌喑（yīn，音）：不说出来。绝道：断绝道法。获罪诛：受到惩罚。

第三十七章　以金为堤防

以金为堤防，水入乃优游[1]。金计有十五，水数亦如之。临炉定铢两，五分水有余。二者以为真，金重如本初。其三遂不入，水二与之俱。三物相合受，变化状若神。下有太阳气，伏蒸须臾间[2]。先液而后凝，号曰黄舆马。岁月将欲讫，毁性伤寿年[3]，形体如灰土，状若明窗尘。

①优游：即悠游。

②太阳气：即火气。伏蒸：指升降变化。

③毁性：指金液成丹。性质发生了变化。

第三十八章　捣治并合之

捣治并合之，持入赤色门。固塞其际会①，务令致完坚。炎火张于下，昼夜声正勤。始文使可修，终竟武乃陈。候视加谨慎，审察调寒温。周旋十二节②，节尽更须亲。气索命将绝，休死亡魄魂。色转更为紫，赫然成还丹。粉提以一丸③，九鼎最为神④。

①际会：接合处。

②十二节：指一天中十二辰，一年中十二个月。

③粉：外丹解指丹粉，内丹认为是津液。

④九鼎：曾有黄帝修九鼎之传说，这里指丹药。

第三十九章　推演五行数

推演五行数，较约而不繁，举水以激火，奄然灭光明。日月相激薄①，常在晦朔间。水盛坎侵阳，火衰离昼昏。阴阳相饮食，交感道自然②。

①相激薄：即相薄蚀。

②阴阳相饮食二句：阴阳互变，是自然之道。

第四十章　名者以定情

名者以定情，字者缘性言。金来归性初，乃得称还丹。吾不敢虚说，仿效圣人文。古记题龙虎，黄帝美金华。淮南炼秋石，王阳加黄芽①。贤者能持行，不肖毋与俱。古今道犹一，对谈吐所谋②。学者加勉力，留连深思惟。至要言甚露，昭昭不我欺③。

①淮南：指淮南王刘安，著有《淮南鸿烈》一书。秋石：矾石粉，指用秋石代替丹药的名字。王阳：古仙人名。黄芽：喻内丹。

②道犹一：无二道。谈吐：这里指议论。所谋：指修丹之道。

③昭昭：明显的。不我欺：我没有隐瞒或欺骗人的。

中　卷

第四十一章　乾坤刚柔

乾坤刚柔，配合相包。阳禀阴受，雄雌相须[①]。须以造化，精气乃舒。坎离冠首，光耀垂敷。玄冥难测，不可画图。圣人揆度，参序玄基。四者混沌，径入虚无。六十卦周，张布为舆，龙马就驾[②]，明君御时。和则随从，路平不邪。邪道险阻，倾危国家[③]。

①阳禀相须：阳施阴受如同雌雄相配，金水合体互相禀受也是一样。

②龙马就驾：龙，这里指乾阳；马，这里指坤阴。

③国家：指鼎器。

第四十二章　君子居其室

君子居其室出其言，善则千里之外应之。谓万乘之主，处九重之室[①]。发号施令，顺阴阳节[②]。藏器待时，勿违卦日。屯以子申，蒙用寅戌。余六十卦，各自有日。

①此句仍从御政谈修丹之道。九重之室，指鼎器之中。

②发号施令：指运用水火。阴阳节：冬至夏至二节。

第四十三章　聊陈两象

聊陈两象[①]，未能究悉，立义设刑，当仁施德。逆之者凶[②]，顺之者吉。按历法令，至诚专密。谨候日辰，审察消息。纤芥不正，悔吝为贼。

①聊陈：略微陈述。

②凶：金水逃逸。吉：金水调合。

第四十四章　二至改度

二至改度[①]，乖错委曲，隆冬大暑，盛夏霜雪。二分纵横，不应漏刻。风雨不节，水旱相伐，蝗虫涌沸。群异旁出，天见其怪，山崩地裂。孝子用心，感动皇极，近出己口，远流殊域[②]。或以招祸，或以致福，或兴太平，或造兵革。四者之来，由乎胸意。

①二至：冬至夏至。

②孝子：指水；又指修丹者某器官。感动：用火过大金水激荡。皇极：指金，又指体内金液。口：器皿口。

第四十五章　动静有常

动静有常[①]，奉其绳墨。四时顺宜，与气相得。刚柔断矣，不相涉入。五行守界，不妄盈缩。易行周流，屈伸反复[②]。

①动：指火动。静：指水静。阳动阴静。

②易行：日月阴阳运行。诎：通屈。诎伸：阴屈阳伸，阳屈阴伸，循环反复。

第四十六章　晦朔之间

晦朔之间，合符行中[①]。混沌鸿濛，牝牡相从。滋液润泽，施化流通。天地神明，不可度量。利用安身，隐形而藏。始于东北，箕斗之乡，旋而右转，呕轮吐萌。潜潭见象，发散精光[②]。

①合符：晦朔间日月不见，阴阳交而受符。

②潜潭：指龙潜于潭。见象：指日月现象。全句又指水潜于金，共同发光。

第四十七章　昂毕之上

昂毕之上[①]，震出为征。阳气造端，初九潜龙。阳以三立，阴以八通。故三日震动，八日兑行。九二见龙，和平有明。三五德就，乾体乃成。九三夕惕，亏折神符。盛衰渐革，终还其初。巽继其统，固济操持。九四或跃，进退道危，艮主止进，不得窬时[②]。二十三日，典守弦期。九五飞龙，天位加喜。六五坤承，结括终始。蕴养众子，世为类母。上九亢龙，战德于野。用九翩翩，为道规矩。阴数已讫，讫则复起。推情合性，转而相与[③]。

①昂毕：西方七宿的两颗星，即昂宿和毕宿。

②不得窬（yú，余）时：指不退，使其不离其所，要把握时机，不可错过。

③全篇关于卦象的含义，见《太平经》的注释。

第四十八章　循据璇玑

循据璇玑，升降上下[①]。周流六爻[②]，难可察睹。故无常位，为易宗祖。

①全句意为：日月循据北斗，升降出落。金水在器中，依凉热升降变化。

②周流：指周流运转。六爻：即六十四卦的每卦六爻。

第四十九章　朔旦为复

朔旦为复，阳气始通。出入无疾[①]，立表微刚。黄钟建子，兆乃滋彰。播施柔暖，黎烝得常[②]。

---

①无疾：指阳主变化畅通无阻。

②播施柔暖：指十一月冬至节后，天气开始播施温暖。黎烝：指众民、众物、众卦。

第五十章　临炉施条

临炉施条[①]，开路正光。光耀渐进，日以益长。丑之大吕，结正低昂。

---

①临：即临卦。象征子时一阳生到丑时又生一阳。意思是行丑时之火，如同在炉内加一木条。

第五十一章　仰以成泰

仰以成泰[①]，刚柔并隆。阴阳交接，小往大来。辐辏于寅[②]，运而趋时。

---

①仰：阴上阳下称为仰。泰：指泰卦。

②辐辏（còu，凑）于寅：指金水相含如同车之辐条辏于毂。

第五十二章　渐历大壮

渐历大壮，侠列卯门。榆荚坠落，还归本根。刑德相负[①]，昼夜始分。

---

①刑：二月余阴主刑，杀榆落荚。

第五十三章　夬阴以退

夬阴以退，阳升而前，洗濯羽翮，振索宿尘[①]。

---

①夬（guài，怪）：即夬卦。洗濯（hé，和）：洗涤。羽翮：鸟的羽毛和羽茎。

第五十四章　乾建盛明

乾建盛明，广被四邻。阳终于巳，中而相干。

第五十五章　姤始纪序

姤始纪序，履霜最先。井底寒泉，午为蕤宾[①]。宾服于阴，阴为主人。

①蕤（ruí，锐阳声）宾：十二律之一，这里指阳。

第五十六章　遁世去位

遁世去位，收敛其精。怀德俟时，棲迟昧冥。

第五十七章　否塞不通

否塞不通，萌者不生。阴伸阳屈，没阳姓名[①]。

①否（pǐ，匹）：即否卦。否为闭塞，意为天地俱息，阴阳不交，万物也不生化流通。没：埋没，没阳即阳屈。

第五十八章　观其权量

观其权量，察仲秋情。任畜微稚，老枯复荣。荠麦芽蘖，因冒以生。

第五十九章　剥烂肢体

剥烂肢体，消灭其形。化气既竭，亡失至神[①]。

①化气：阳气化为阴气。既竭：阳气将尽。亡失：指乾体已经不见。至神：其变化不可测度。

第六十章　道穷则反

道穷则反[①]，归乎坤元。恒顺地理，承天布宣。

①道穷：指阴阳变化的交点。穷：远，逝。

第六十一章　玄幽远渺

玄幽远渺，隔阂相连。应度育种[①]，阴阳之元。寥廓恍惚，莫知其端。先迷失轨，后为主君，无平不陂，道之自然[②]。变易更盛，消息相因。终坤始复，如循连环。帝王承御，千载常存。

①应度：指日月运行各应其度，交接于晦朔之际。

②陂（bēi卑）：山坡或凹地。此句是说，没有平地，就显不出高山与低凹。

第六十二章　将欲养性

将欲养性，延命却期。审思后末，当虑其先。人所禀躯，体本一无。元精云布，因气托物[①]。

①托：这里指推动。物：指元精。

第六十三章　阴阳为度

阴阳为度，魂魄所居。阳神日魂，阴神月魄。魂之与魄，互为室宅。性主处内，立置鄞鄂[①]。情主营外，筑垣城郭[②]。城郭完全，人物乃安[③]。爰斯之时，情合乾坤。乾动而直，气布精流。坤静而翕，为道舍庐。刚施而退，柔化以滋。九还七返，八归六居。男白女赤，金火相拘。则水定火五行之初。上善若水，清而无瑕[④]。道之形象，真一难图[⑤]。变而分布，各自独居。

①鄞鄂（yín è，银饿）：指胚胎，又指金水凝结之貌。

②城郭：指鼎器。

③人物：指金砂灵汞。

④上善若水，清而无瑕：最善的事物像水那样，清静无瑕秽。这里指修丹者应像水那样清静无为。

⑤难图：难以绘画图描。

第六十四章　类如鸡子

类如鸡子，黑白相符。纵广一寸，形为始初[①]。四肢五脏，筋骨乃俱。弥历十月，脱出其胞[②]。骨弱可卷，肉滑如铅。

①类如鸡子四句：黑白阴阳二气相交而结胎，纵横一寸，如同鸡子清黄相包。

②弥历十月句：怀胎十月，胎而脱胞而生。

第六十五章　阳燧取火

阳燧以取火[①]，非日不生光。方诸非星月[②]，安能得水浆？二气玄且远，感化尚相通[③]。何况近存身，切在于心胸。阴阳配日月，水火为效证[4]。

①阳燧：古代用以对日光照艾蒿而取火的矿石。

②方诸：大蛤蟆。古人将大蛤蟆用碗盛之并置于星月光下，方诸见星月之光而生水，片时盈碗。

③二气：指日月二气。相通：指日月之气与燧方诸相通。

④效证：效法从日中取火，月中求水为证明。

第六十六章　耳目口三宝

耳目口三宝，固塞勿发扬[1]。真人潜深渊，浮游守规中[2]。旋曲以视听，开阖皆合同。为已之枢辖，动静不竭穷。离气内营卫，坎乃不用聪，兑合不以谈，希言顺鸿蒙[3]。三者既关键[4]，缓体处空房。委志归虚无，无念以为常[5]。证难以推移，心专不纵横。寝寐神相抱，觉悟候存亡[6]。颜容浸以润[7]，骨节益坚强。排却众阴邪，然后立正阳。修之不辍休，庶气云雨行。淫淫若春泽，液液象解冰。从头流达足，究竟复上升。往来洞无极，怫怫被容中。反者道之验，弱者德之柄[8]。耘锄宿污秽，细微得调畅。浊者清之路，昏久则昭明。

①耳：指坎、月。目：指离、火。固塞勿发扬：指听而不闻，视而不见。

②真人：指金水，又指体内元神。深渊：指鼎器内。规中：喻丹田。

③兑：指口，又指金。顺以鸿：处于恍惚杳冥的状态下，顺随鸿蒙混沌阴阳气交。

④三者：指坎、离、兑，又指水、火、金，又指耳、目、口。

⑤委志：潜伏不动。无念：没有杂念。

⑥寝寐：原意指睡觉，这里指恍惚蒙眬之中，有真气包身，舒服极乐。

⑦容颜浸以润：外丹指金生水水润金颜。

⑧反者：反本归元。弱者：指金水或称金液。全句是说，金生水再凝而成金就是对金液还丹之道的验证。

第六十七章　世人好小术

世人好小术[1]，不审道浅深。弃正从邪径，欲速阏不通。犹盲者不任杖，聋者听宫商。没水捕雉兔，登山索鱼龙。植麦欲获黍，运规以求方。竭力劳精神，终年无见功。欲知服食法，事约而不烦[2]。

①世人：世俗之人。小术：指对景接气，祭祀鬼神等。

②烦：通繁。这两句意思是说，好小术事倍而无功，要知道服食之法，约而不繁杂。

第六十八章　太阳流珠

太阳流珠，常欲去人，卒得金华，转而相因[1]。化为白液，凝而至坚。金华先唱，有顷之间。解化为水，马齿瑚干[2]。阳乃往和，情性自然。迫促时阴，拘畜禁门。慈母育养，孝子报恩[3]。严父施令，教敕子孙[4]。五行错王，相据以生。火性销金，金伐木荣。三五与一，天地至精[⑤]。可以口诀，难以书传。

---

①流珠：指灵汞，金水所生。去：走失，指灵汞得火便走。相因：水生于金而金精又能使水不流走叫相因。

②琱玕：玉一样的横杆。全句形容金化为水又疑成马齿琱玕之状。

③慈母：指生水之金。孝子：指金水凝成金。

④严父：指生金之土。子，指土生之金。孙：金生之水为土之孙。全句说，土使金水不流离，就象严父教敕子孙。

⑤三：水一火二合为三。五：土数五。一：水、火、土合而为精元一气。天地至精：天地玄黄未分是为混沌，因混沌而产生至精化生万物。这里形容三五与一对修丹的重要。三五：《悟真篇》说："三五一都三个字，今古明者实然稀。东三南二同成五，北一西方四共之。戊己自居生数五，三家相见结婴儿。"这里喻为元神、元精、真意的结合。

第六十九章　子当右转

子当右转，午乃东旋[①]。卯酉界隔，主定二名[②]。龙呼于虎，虎吸龙精。两相饮食，俱相贪便。遂相衔嚥，咀嚼相吞。荧惑守西，太白经天，杀气所临[③]，何有不倾。狸犬守鼠，鸟雀畏鹯[④]。各有其功，何敢有声。

---

①子：子时，指北、阴、水。右转：自西向北转。午：午时，指南、阳、火。东旋：自南向东旋转。

②卯：卯时，指东，木。酉：酉时，指西、金。二名：青龙、白虎。子、午、卯、酉，有四正时。

③太白：指金精。杀气：火气。相倾：相克。

④鹯（zhān，粘）：鹰鹯。此句指事物也如同五行相生相克互相制约。

第七十章　不得其理

不得其理，难以妄言。竭殚家产[①]，妻子饥贫。自古及今，好者亿人[②]。讫不谐遇，希有能成。广求名药，与道乖殊[③]。如审遭逢，睹其端绪[④]以类相况，揆物终始。

---

①竭殚：竭尽。

②好者亿人：形容爱好运火修丹之人很多。

③与道乖殊：即与道相违。

④如审：如果审视观察悟出道理。遭逢：遇到。端绪：指修丹的始末端倪。

第七十一章　五行相克

五行相克，更为父母[①]。母含滋液，父主禀与。凝精流形，金石不朽，审专不泄[②]，得为成道。立竿见影，呼谷传响，岂不灵哉？天地至象[③]。若以野葛一寸，巴豆一两[④]，入喉辄僵，不得俛仰。当此之时，虽周文揲蓍[⑤]，孔子占象，扁鹊操针，巫咸扣鼓[⑥]，安能令苏，复起驰走？

---

①更为父母：指五行相生。禀与：给予。五行顺行、生者为母，受生者为子；五行逆行，克者为夫、受克者为妻。故曰

"更为父母"。

②凝精：结胎。审：通慎。不泄：不使金液外流。

③至象：最奇妙的景象。

④葛野、巴豆：两种有毒的草药。

⑤周文：即周文王。揲蓍（shī，师）：用揲蓍草算卦。

⑥巫咸：商王太戊的大臣，是鼓的发明者。叩鼓：指击鼓求吉祥。

第七十二章　河上姹女

河上姹女①，灵而最神，得火则飞，不见埃尘。鬼隐龙匿，莫知所存。将欲制之，黄芽为根②。

---

①姹女：指金水，产于离，也叫灵汞。姹女：即阳中的真阴。喻为离卦☲，故称离女。

②黄芽：指金水凝结之物。

第七十三章　物无阴阳

物无阴阳，违天背元①。牝鸡自卵，其雏不全。夫何故乎？配合未连②。三五不交，刚柔离分。施化之精，天地自然。犹火动而炎上，水流而润下。非有师导，使其然也。资始统政③，不可复改。观夫雌雄，交媾之时，刚柔相结③，而不可解，得其节符。非有工巧④，以制御之。若男生而伏，女偃其躯。禀乎胞胎，受气元初。非徒生时著而见之，及其死也，亦复效之。此非父母教令其然。本在交媾，定置始先。

---

①事物没有阴阳，就违背了天道始元。

②未连：未受精。

③资始：乾道变化开始。统政：统治阴阳变化。雌雄：比喻阴阳水火。刚柔：比喻乾刚坤柔。

④工巧：造物者。

第七十四章　坎男为月

坎男为月，离女为日①。日以施德，月以舒光。月受日化，体不亏伤。阳失其契，阴侵其明。晦朔薄蚀，掩冒相倾②。阳消其形，阴凌灾生。男女相须，含吐以滋③。雄雌错杂，以类相求。

---

①坎男：在《易经》八卦中，以乾卦三爻的中间一阳爻换坤卦中间一阴爻，坤体成"坎☵"，象征中男，所以叫坎男。而这时的乾体则成"离☲"，象征中女，所以叫离女。坎男：阴中之纯阳。

②相倾：相薄蚀。凌：侵犯。

③相须：相配。含吐：即阴受阳施。滋：滋生。

第七十五章　金化为水

金化为水，水性周章，火化为土，水不得行[①]。故男动外施，女静内藏。溢度过节，为女所拘[②]。魄以钤魂，不得淫奢[③]。不寒不暑，进退合时，各得其和，俱吐证符[④]。

①周章：指进退周流。土不得行：土使水不得流淌。

②此句是说，金得火气而生液并散入水中，为水所拘执。

③淫奢：指运用离火过度

④不寒不暑：顺应寒暑，掌握火侯。证符：看卦节可以证明。

第七十六章　丹砂木精

丹砂木精，得金乃并[①]。金水合处，木火为侣[②]。四者混沌，列为龙虎[③]。龙阳数奇，虎阴数偶。肝青为父，肺白为母。肾黑为子，脾黄为祖。子五行始，三物一家，都归戊己[④]。

①丹砂木精：丹砂指水，木精指木，木能生火。得金乃并：金、木、水、火相并。

②木火为侣：木能生火。

③龙虎：龙，指水，数一。虎，指金，其数四。

④三物：指金、水、土。戊己：指土。戊己：戊土和己土。

第七十七章　刚柔迭兴

刚柔迭兴，更历分部[①]。龙西虎东，建纬卯酉。刑德并会[②]，相见欢喜。刑主伏杀，德主生起[③]。二月榆落，魁临于卯[④]。八月麦生，天纲据酉。子南午北，互为纲纪。九一之数，终则复始。含元虚危，播精于子[⑤]。

①更历：不按常规。分布：金位在西，得火变化无定位。

②刑：指阴。德：指阳。并会：相会。相见欢喜：阴阳交感相通而称欢喜。

③刑主伏杀二句：阴主刑杀，阳主德生。

④二月榆落二句：二月为阳主生起之月，但有余阴杀榆落荚。

⑤虚危：指晚上。播精于子：指元气于子时开始上升。

第七十八章　关关雎鸠

关关雎鸠，在河之洲。窈窕淑女，君子好逑。雄不独处，雌不孤居。玄武龟蛇，盘纠相扶[①]。以明牝牡，竟当相须。假使二女共室，颜色甚姝。令苏秦通言，张仪结媒，发辩利舌，奋舒美辞，推心调谐，合为夫妻，弊发腐齿，终不相知[②]。若药物非种，名类不同，分刻参差，失其纪纲。虽黄帝临炉，太乙执火，八公捣炼，淮南调合，立宇崇坛，玉为阶陛，麟脯凤腊[3]，把籍长跪，祷祝神祇，请哀诸鬼，沐浴斋戒，冀有所望。亦犹和胶补釜，以硇涂疮，去冷加冰，除热用汤，飞龟舞蛇[4]，愈见乖张。

①玄武：即北方玄武之神，为龟蛇合体。盘纠相扶：雄蛇盘在雌龟背上，传说雄龟无能，雄蛇代之。这里喻之为心肾交，水火既济。

②苏秦、张仪：战国时最有名的说客。奋舒美辞：用尽最好听的言词。成为夫妻：使二女成为夫妻。终不相知：二女终究成不了知己夫妻。

③八公：传说中的八个才德之士：伯奋、仲堪、叔献、季仲、伯虎、仲熊、叔豹、季狸八人。麟脯凤腊：用麟凤的肉做的肉干做供品。

④硇（náo，挠）：硇砂。飞龟舞蛇：难以实现的事。

下　卷

第七十九章　惟昔圣贤

惟昔圣贤，怀玄抱真[1]。服炼九鼎，化迹隐沦[2]。含精养神，通德三元。精液腠理，筋骨致坚[3]。众邪辟除[4]，正气常存。累积长久，变形而仙。忧悯后生，好道之伦。随傍风采，指画古文。著为图籍，开示后昆。露见枝条，隐藏本根。托号诸石，复谬众文。学者得之，韫椟终身[5]。子继父业，孙踵祖先。传世迷惑，竟无见闻。遂使宦者不仕，农夫失耘。商人弃货，志士家贫。吾甚伤之，定录此文。字约易思，事省不繁。披列其条，核实可观。分两有数，因而相循：故为乱辞，孔窍其门[6]。智者审思，用意参焉。

①怀玄抱真：意指无视无听抱神以静。

②服炼九鼎：传说黄帝铸九鼎于荆山，炼丹药服食得道成仙。化沦无形：指得道成仙。

③精液腠理二句：精气充满体内所有空间，就会骨质坚强。

④辟除：炼精化气。

⑤韫椟（yùn dú，运读）终身：用匣子藏起来误用一生。

⑥分两有数二句：除分两有用外，其他都是故意胡乱写的一些词语，以开发未萌者。

第八十章　法象天地

法象莫大乎天地兮，玄沟数万里[1]。河鼓临星纪兮，人民皆惊骇[2]。晷影妄前却兮，九年被凶咎[3]。皇上览视之兮，王者退自改[4]。关键有低昂兮，害气遂奔走[5]。江淮之枯竭兮，水流注于海[6]。天地之雌雄兮，徘徊子与午。寅申阴阳祖兮，出入复终始。循斗而招摇兮，执衡定元纪[7]。

①法象：效法万象。玄：深奥。沟：相通。

②河鼓：银河边之星，主兵纪。古人认为，河鼓星临近北斗，天下兵起，所以人民惊骇。

③晷（guǐ，鬼）影：指日影。九年：九转。

④皇上：指土。王：指金。意思是金遇猛火滋液流淌，土能克水，金水遇土不流失叫改过。

⑤此句内丹解为，人体之内的真气随同心火之气上行过天关，下行绕地轴进行运转叫周天运转。

⑥此句指江淮枯竭，海水尚存，然而江河不会枯竭，海水永远长存。指人体之内，气源不绝，气海充盈。

⑦招摇：运转变化。执衡：运用自然法则。定纪元：规定了变化的起始。

第八十一章　升熬于甑山

升熬于甑山兮[①]，炎火张设下。白虎倡导前兮，苍液和于后。朱雀翱翔戏兮，飞扬色五彩[②]。遭遇罗网施兮，压止不得举。嗷嗷声甚悲兮，婴儿之慕母。颠倒就汤镬兮，摧折伤毛羽[③]。漏刻未过半兮，龙鳞狎猎起。五色象炫耀兮，变化无常主。潏潏鼎沸驰兮[④]，暴勇不休止。接连重叠累兮，犬牙相错。距形如仲冬冰兮，阑干吐钟乳。崔嵬而杂厕兮[⑤]，交积相支柱。

---

①甑（zèng，赠）：古代一种底部有许多小孔的炊具。

②白虎：指金。倡导前：指熔化而先动。朱雀：指火。

③镬（huò，获）：古代的大锅，这里指鼎器。摧折伤毛羽：指金在鼎中任由火之煮熬。

④潏潏（yù，玉）：水涌的样子。

⑤崔嵬：高大而有石头的土山。杂厕：混杂。

第八十二章　阴阳得其配

阴阳得其配兮，淡泊而相守。青龙处房六兮[①]，春华震东卯。白虎在昴七兮[②]，秋芒兑西酉。朱雀在张二兮[③]，正阳离南午。三者俱来朝兮[④]，家属为亲侣。本之但二物兮，末而为三五。三五并与一兮，都集归二所。治之如上科兮，日数亦取甫[⑤]。

---

①青龙：四象之一。由东方七宿：角、亢、氐、房、心、尾、箕宿组成龙象。房六：即房宿。

②白虎：四象之一。是由西方七宿：奎、类、胃、昂、毕、觜（zī 滋）、参宿组成虎象。昂七，即昂宿。

③朱雀：四象之一。由南方七宿：井、鬼、柳、星、张、翼、轸宿组成乌象。张二，即张宿。四象还有北方七宿，是由：斗、牛、女、虚、危、壁宿组成玄武（即龟蛇）之象。

④三者：指青龙、白虎、朱雀，即分别对应木、金、火。

⑤治：指揭制、炼制。上科：上面说过的办法。取甫：按照刚说过的办。

第八十三章　先白后黄

先白而后黄兮，赤黑达表里[①]。名曰第一鼎兮[②]，食如大黍米。自然之所为兮，非有邪伪道[③]。岩山泽气相蒸兮，兴云而为雨[④]。泥竭乃成尘兮[⑤]，火灭化为土。若蘖染为黄兮，似蓝成绿组。皮革煮成膠兮，麴蘗化为酒[⑥]。同类易施功兮，非种难为巧[⑦]。惟斯之妙术兮，审谛不诳语。传于亿世后兮，昭然自可考[⑧]。焕若星经汉兮，昺如水宗海[⑨]。思之务令熟兮，反复视上下。千周灿彬彬兮，万遍将可睹[⑩]。神明或告人兮[⑪]，心灵乍自悟。探端索其绪兮，必得其门户。天道无适莫兮，常传与贤者。

①先白而后黄：指金水状貌。赤黑：指水火之气。

②第一鼎：指黄帝第一鼎。

③此句是说修炼之时，收视返听，顺其自然而成。

④此句是指山泽之气相蒸而化为云雨。以此比喻还丹之道。

⑤泥竭：没有水分。成尘：成为埃兮。

⑥麹蘖：酿酒的曲

⑦施功：烧炼，修炼。非种：不是同种类。难为巧：难以取巧成功。

⑧审谛：审视思考出真谛。亿后世：指若干年以后，如可考：可以研究稽考。

⑨焕：光明。昺（bǐng，丙）：明亮。

⑩千周、万遍：指读千遍、万遍。可睹：可见真谛。

⑪神明或告人：指阅读千遍万遍忽然明白或明师指点明白。

第八十四章　补塞遗脱

《参同契》者，敷陈梗概，不能纯一泛滥而说纤微[①]。未备阔略，髣髴今更撰录，补塞遗脱，润色幽深[②]。钩援相逮，旨意等齐[③]。所趣不悖，故复作此，命《五相类》，则大易之情性尽矣[④]。

①敷陈：详细叙述。泛滥：指广泛。

②髣髴（fǎng fú，仿佛）：同仿佛。补塞遗脱：堵塞漏洞。意指又撰录此篇来补充《参同契》所遗漏之处。润色：进一步加工。幽深：指深奥的道理。

③钩援相逮：指《参同契》与《五相类》前后相连。旨意等齐：全都重要。

④大易：指《周易》。

第八十五章　大易情性

大易情性，各如其度[①]。黄老用究，较而可御。炉火之事，真有所据。三道由一[②]，俱出径路。

①各如其度：指伏羲、文王、孔子三位圣人日月运行阴阳变化的度数而作《易》。

②三道：指大易、黄老、炉火三家理法。由一：同出于易理。

第八十六章　枝茎华叶

枝茎华叶，果实垂布。正在根株，不失其素[①]。诚心所言，审而不误。

①素：指根本。

第八十七章　象彼仲冬节

象彼仲冬节，竹木皆摧伤。佐阳诘贾旅，人君深自藏[①]。象时顺节令，闭口不用谈。天道甚浩广，太玄无形容[②]。虚寂不可睹，匡郭以消亡。谬误失事绪，言还自败伤[③]。别序斯四象，以晓后生盲[④]。

①诘：不顺利。诘贾旅，指商人不便行走。这里指闭关修炼。人君：指鼎中金母，又指修道者。

②太玄：玄奥幽深广大。无形容：无法测度其匡郭，形容其形象。

③失事绪：乱了修丹的头绪。言还：言说还丹之道。

④后生盲：后代未萌者。

第八十八章　会稽鄙夫

会稽鄙夫[①]，幽谷朽生。挟怀朴素，不乐欢荣。栖迟僻陋，忽略利名。执守恬淡，希时安平。宴然闲君，乃撰斯文[②]。歌叙大易，三圣遗言。察其旨趣，一统共论。

①会稽鄙夫：此应为作者魏伯阳自谓。会稽在今浙江省杭州市一带。

②斯文：此文。

第八十九章　务在顺理

务在顺理[①]，宣耀精神，神化流通，四海和平，表以为历[②]，万世可循。序以御政[③]，行之不繁。引内养性，黄老自然[④]，含德之厚，归根返元。近在我心，不离己身。抱一毋舍，可以长存。配以服食，雄雌设陈[⑤]。挺除武都[⑥]，八石弃损。

①务在顺理：指三圣谈易道在于顺阴阳之理。

②表以为历：据天象而定历表。

③序以御政：指易道变化可用于御政。

④引内养性：引易变之理用于修身养性。黄老自然：符合黄老自然之法。

⑤配以服食：指修炼丹药服而食之。修内丹津液入口如同服食丹药。雄雌设陈：指陈述雄雌阴阳之道。

⑥挺除武都：指不用上武都山采石烧炼。

第九十章　审用成物

审用成物[①]，世俗所珍。罗列三条，枝茎相连。同出异名[②]，皆由一门。非徒累句，谐偶斯文。殆有其真，砾硌可观。使予敷伪，却被赘愆[③]。命《参同契》，微览其端。辞寡意大，后嗣宜遵[④]。委时去害，依托丘山。循游寥廓，与鬼为邻。化形而仙，沦寂无声。百世一下，遨游人间[⑤]。陈敷羽翮，东西南倾。汤遭厄际，水旱隔并[⑥]。柯叶萎黄，失其华荣。吉人相乘负[⑦]，安稳可长生。

①成物：修丹所采之物。

②异名：指青龙、白虎、朱雀、玄武、铅、汞、黄芽等。非徒：不是为了。

③赘（zhuì，坠）：多余。愆：过失。

④这两句话为双关隐语，一方面谈自己隐居遁世；另一方面隐含了“委”与“鬼”为邻成魏字。

⑤此句指百字下“一”为白字，游于人间引出“人”字。人字旁加白字，为“伯”字。

⑥陈敷羽翮：详细叙述羽化成仙之道。同时引出带“阝”部。汤遭厄际：指汤时曾遭旱灾。汤遇旱而无水，汤字无“氵”而为昜，昜与“阝”部合并而为“阳”字。这样，该段文字中就隐下了“魏伯阳”三字。

⑦吉人：学道又明其理的人。相乘：驾驭、负荷，指修丹之道。

第九十一章　鼎器歌

圆三五。寸一分。口四八。两寸唇。长尺二，厚薄匀。腹齐三。坐垂温。阴在上，阳下奔。首尾武，中间文。始七十，终三旬。二百六，善调匀。阴火白，黄芽铅。两七聚，辅翼人[①]。缮理脑，定升玄。子处中，得安存。来去游，不出门。渐成大，性情纯。却归一，还本源。至一周，甚辛勤[②]。密防护，莫迷昏。路途远，复幽玄。若达此，会乾坤。片子沾，净魄魂。得长生，居仙村。乐道者，寻其根。审五行，定铢分[③]。谛思之，不须论。深藏守，莫传文[④]。御白鹤兮，驾龙麟，游太虚兮，谒仙君。录天图兮，号真人。

①两七聚：指青龙七宿和白虎七宿之气合而相聚，辅佐灵汞真人。

②一周：一周年。全句是说，一周年之内细心防护，不可懈怠。

③此句是说，修还丹首先应探究阴阳之惰性，再明水火之根源，察五行区分昼夜，循刻漏又分铢两，得到阴阳相须五行互用，才能有所收获。

④谛思之至莫传文句：要审思精研不可谈论，藏于心中不可妄传。

第九十二章　赞　　序

《参同契》者，辞陋而道大，言微而旨深。列五帝以建业，配三皇而立政。若君臣差殊，上下无准，序以为政，不至太平。服食其法，未能长生。学以养性，又不延年。至于剖析阴阳，合其铢两，日月弦望，八卦成象。男女施化，刚柔动静。米盐分判，以经为证。用意健矣，故为立法，以传后贤，惟晓大象，必得长生，强己益身，为此道者，重加意焉。

太平经

太平经卷一至十七

甲部（不分卷）

太平金阙帝晨后圣帝君[1]师辅[2]历纪岁次[3]、平气去来[4]、兆候贤圣、功行种民[5]、定法本起[6]

问曰："三统[7]转轮，有去有来，民必有主，姓字可得知乎?""善哉！子何为复问此乎?""明师难遭，良时易过，不胜喁喁[8]，愿欲请闻[9]，愚暗冒味[10]，过厚惧深[11]。"

"噫！非过也。天使子问，以开后人，令悟者识正[12]，去伪得真。吾欲不言，恐天悒悒[13]，乱不时平[14]。行，安坐，当为子道之，自当了然，无有疑也。

昔之天地与今天地，有始有终，同无异矣。初善后恶，中间兴衰，一成一败。阳九百六，六九乃周[15]，周则大坏。天地混齑，人物糜溃[16]。唯积善者免之，长为种民[17]。种民智识，尚有差降，未同浃一[18]，犹须师君。君圣师明，教化不死，积炼成圣，故号种民。种民，圣贤长生之类也。

长生大主[19]，号太平真正太一妙气、皇天上清金阙后圣九玄帝君，姓李，是高上太之胄[20]，玉皇虚无之胤[21]，玄元帝君时太皇十五年[22]，太岁丙子兆气[23]，皇平元年甲申成形，上和七年庚寅九月三日甲子卯时，刑德相制，直合之辰[24]，育于北玄玉国天冈灵境[25]，人鸟阁、蓬莱山、中李谷之间。

有上玄虚生之母[26]，九玄之房，处在谷阴。玄虚母之始孕，梦玄云日月缠其形，六气之电动其神，乃冥感阳道[27]，遂怀胎真人。既诞之旦，有三日出东方。既育之后，有九龙吐神水[28]。故因灵谷而氏族，用曜景为名字[29]。

厥年三岁，体道凝真，言成金华[30]。五岁常仰日欣初[31]，对月叹终。上观阳气之焕赫，下睹阴道以亏残[32]。于是敛魂和魄[33]，守胎宝神[34]，录精填血，固液凝筋。七岁，乃学吞光服霞[35]，咀嚼日根[36]。

行年二七，而有金姿玉颜，弃俗离情，拥化救世，精感太素，受教三元，习以三洞，业以九方[37]。三七之岁，以孤栖挫锐[38]。四七之岁，以伉会和光[39]。五七之岁，流布玄津[40]，功德遐畅。

六七之岁，受书为后圣帝君[41]，与前天得道为帝君者，同无异也。受记在今[42]，故号后圣。前圣后圣，其道一焉。上升上清之殿[43]，中游太极之宫[44]，下治十方之天，封掌亿万兆庶[45]，鉴察诸天河海、地源山林，无不仰从。总领九重[46]十叠[47]，故号九玄也。

七十之岁，定无极之寿，适隐显之宜[48]，删不死之术，撰长生之方[49]。宝经符图[50]，三古妙法，秘之玉函，侍以神吏，传受有科[51]，行藏有候，垂谟立典[52]，施之种民。不能行者，非种民也。

今天地开辟，淳风稍远，皇平气隐[53]，灾厉横流。上皇之后，三五以来[54]，兵疫水火，更互竞兴，皆由亿兆[55]，心邪形伪，破坏五德，争任六情[56]，肆凶逞暴，更相侵凌，尊卑长少，贵贱乱离，致二仪失序，七曜违经，三才变异，妖讹纷纶[57]，神鬼交伤，人物凋丧，眚祸荐至，不悟不悛[58]，万毒恣行，不可胜数。

大恶有四：兵、病、水、火。阳九一周，阴孤盛则水溢；百六一匝，阳偏兴则火起[59]。自尧以前，不复须述，从唐以后[60]，今略陈之，宜谛忆识，急营防避。

尧水之后[61]，汤火为灾[62]，此后遍地小小水火，罪重随招，非大阳九大百六也。大九六中，必有大小甲申[63]。甲申为期，鬼对人也。灾有重轻，罪福厚薄，年地既异，推移不同。中人之中[64]，依期自至。中之上下[65]，可上可下，上下进退，升降无定。为恶则促，为善则延[66]。未能精进[67]，不能得道。正可申期[68]，随功多少。是以百六阳九，或先或后，常数大历[69]，准拟浅深。

计唐时丁亥后[70]，又四十有六。前后中间，甲申之岁，是小甲申，兵病及火，更互为灾，未大水也，小水遍冲，年地稍甚。又五十五[71]，丁亥，前后中间，有甲申之年，是大甲申。三灾俱行，又大水荡之也。凡大小甲申之至也，除凶民，度善人，善人为种民，凶民为混齑。未至少时[72]，众妖纵横互起，疫毒冲其上，兵火绕其下，洪水出无定方，凶恶以次沉没。此时十五年中，远至三十年内，岁灾剧，贤圣隐沦。大道神人更遣真仙上士出经行化，委曲导之，劝上励下，从者为种民，不从者沉没，沉没成混齑，凶恶皆荡尽。种民上善，十分余一。中下善者，天灭半余，余半滋长日兴，须圣君、明师、大臣于是降现。

小甲申之后，壬申之前[73]，小甲申之君圣贤，严明仁慈，无害理乱，延年长寿，精学可得神仙，不能深学太平之经，不能久行太平之事。太平少时姓名[74]，不可定也。行之司命注青录，不可司录记黑文[75]。黑文者死，青录者生。生死名簿，在天明堂[76]。天道无亲，唯善是与[77]。善者修行太平，成太平也。成小太平，与大太平君合德。

大太平君定姓名者，李君也。以壬辰之年三月六日[78]，显然出世。乘三素景舆[79]，从飞軿万龙[80]。举善者为种民[81]，学者为仙官，设科立典，奖善杜恶，防遏罪根，督进福业之人[82]。不怠而精进，得成神真，与帝合德；懈退陷恶，恶相日籍[83]，充后齑混也。至士高士[84]，智慧明达，了然无疑，勤加精进，存习帝训，忆识大神君之辅相，皆无敢忘。圣君明辅，灵官佑人[85]，自得不死，永为种民。升为仙真之官，遂登后圣之位矣。

后圣李君太师姓彭[86]，君学道在李君前，位为太微左真[87]，人皇时保皇道君并常命封授兆民[88]，为李君太师，治在太微北塘宫灵上光台[89]，二千五百年转易名字，展转太虚，周旋八冥[90]，上至无上，下至无下，真官希有得见其光颜者矣[91]。

后圣李君上相方诸宫青童君[92]。

后圣李君上保太丹宫南极元君[93]。

后圣李君上傅白山宫太素真君[94]。

后圣李君上宰西城宫总真王君[95]。

右五人，一师四辅[96]。辅者，父也，扶也。尊之如父，持之得行，总号为辅，分而别之，左辅右弼，前疑后承。承者，发言举事，拾遗充足，制断宣扬，即是宰也[97]。疑者，向思未得，启发成明，即是傅也[98]。弼者，必定犹预，即是保也[99]，扶君顺师，周匝入道，即是相也[100]。四五占候[101]，俱详可否，赞弘正化[102]，总曰辅师。

闲居之时，前向有疑，问之傅。后顾虑遗，问之承。右有所昧，问之弼。左有未明，问之辅。咨询四辅，相、保、傅、宰，成功在师，不可阙也。圣帝垂范，使后遵行。入有保，保用事也，阴属右，静宝真也[103]。出有师，师用事也，阳属左，动归寂也。至此最难[104]。故略辅相而言师也。望有傅，傅在前，敷说议趣也[105]。顾有宰，宰在后，决断是非也。其余公卿有司、仙真圣品[106]，大夫官等三百六十，一[107]，从属三万六千人，部领三十六万，人民则十百千万亿倍也。常使二十四真人[108]，密教有心之子，皆隶方诸上相，不可具说，但谛存其大[109]，自究其小也。”“善哉！

今日问疑，更闻命矣。”

问曰：“李君何所常行，而得此高真[10]？太师四辅，学业可闻乎？”“善哉！子为愚者，迷不信道，学不坚固，进退失常，堕卑贱苦，故勤勤问之乎？今为子说之。夫无始中来[11]，积行久久，一善一恶，不可具言，言之无益。今取近所行，得成高贵者《灵书紫文》为要[12]。东华玉保高晨师青童大君[13]，大君清斋寒灵丹殿、黄房之内三年[14]，上诣上清金阙[15]，金阙有四天帝，太平道君处其左右[16]。居太空琼台、洞真之殿、平玉之房、金华之内[17]，侍女众真五万人。

毒龙电虎，玃天之狩，罗毒作态[18]，备门抱关。巨蚪千寻，卫于墙岸[19]。飞龙奔雀，溟鹏异鸟[20]，叩啄奋爪，陈于广庭[21]。天威焕赫，流光八朗，风鼓玄旌，回舞旄盖[22]；玉树激音[23]，琳枝自籁；众吹灵歌，凤鸣玄泰[24]；神妃合唱，麟儛鸾迈；天钧八响[25]，九和百会。

青童匍匐而前，请受《灵书紫文》、口口传诀在经者二十有四[26]：一者真记谛，冥谙忆[27]；二者仙忌详存无忘[28]；三者采飞根，吞日精[29]；四者服开明灵符[30]；五者服月华[31]；六者服阴生符[32]；七者拘三魂[33]；八者摄七魄[34]；九者佩皇象符[35]；十者服华丹[36]；十一者服黄水[37]；十二者服回水[38]；十三者食环刚[39]；十四者食凤脑[40]；十五者食松梨[41]；十六者食李枣[42]；十七者服水汤[43]；十八者镇白银紫金[44]；十九者服云腴[45]；二十者作白银紫金；二十一者作镇[46]；二十二者食竹笋[47]；二十三者食鸿脯[48]；二十四者佩五神符[49]。

备此二十四，变化无穷，超凌三界之外[50]，游浪六合之中。灾害不能伤，魔邪不敢难，皆自降伏，位极道宗[51]，恩流一切，幽显荷赖[52]；不信不从，不知不见，自是任暗，永与道乖，涂炭凶毒，烦恼混齑[53]，大慈悲念[54]，不可奈何，哀哉！有志之士，早计早计，无负今言。”曰：“善哉！善哉！今日问疑，更闻命矣。”

甲部第一云：“学士习用其书，寻得其根，根之本宗，三一为主。”

甲部第一又云：“诵吾书，灾害不起，此古贤圣所以候得失之文也。”又云：“书有三等：一曰神道书[55]，二曰核事文[56]，三曰浮华记[57]。神道书者，精一不离，实守本根，与阴阳合，与神同门[58]；核事文者，核事异同，疑误不失。浮华记者，离本已远，错乱不可常用，时时可记，故名浮华记也。”

又云：“澄清大乱，功高德正，故号太平。若此法流行[59]，即是太平之时。故此经云，应感而现[60]，事已即藏。”又云：“圣主为治，谨用兹文；凡君在位[61]，轻忽斯典。”

《太平部》卷第八《老子传授经戒仪注诀》[62]云：“老子者，得道之大圣，幽显所共师者也[63]。应感则变化随方，功成则隐沦常住[64]。住无所住，常无不在，不在之在[65]，在乎无极[66]，无极之极，极乎太玄。太玄者，太宗极主之所都也[67]。老子都此，化应十方，敷有无之妙[68]，应接无穷，不可称述。

近出世化，生乎周初，降迹和光，诞于庶类，示明胎育，可以学真，虽居下贱，无累得道[69]。周流六虚，教化三界，出世间法，在世间法[70]，有为无为[71]，莫不毕究。文王之时，仕为守藏史[72]。或云，处世二百余载，至平王四十三年[73]，太岁癸丑十二月二十八日，为关令尹喜说五千文也[74]。”

---

①太平金阙帝晨后圣帝君：道教尊神位号，即李君，姓李名曜景。

②师辅：即一师四辅，太师、上相、上保、上傅、上宰。为李君的老师和四位辅臣。

③历纪岁次：李君降生至位登后圣，修道传道的灵迹以及太师、上相的略历。

④平气去来：指太平气出没的周期循环变动。

⑤功行种民：李君及一师四辅使贤圣步入长生行列。

⑥定法本起：定法，登仙成真定位的妙法。本起，犹言缘起。

⑦三统：指夏朝以正月为岁首，代表黑统成人统；商朝以十二月为岁首，代表白统成人统；周朝以十一月为岁首，代表赤统成天统。

⑧不胜喁（yú，鱼）喁：万分向往与仰慕。

⑨请闻：受教。

⑩愚暗：愚昧无知。

⑪过厚：过失甚重。

⑫识正：识知纯正大道。

⑬悒（yì，义）悒：忧闷不舒畅。

⑭时平：指时运平安。时，时运，际会。

⑮阳九百六：天厄为阳九，地亏为百六。周：道教以3300年为小阳九、小百六，以9900年为大阳九、大百六。

⑯混齑（jī，积）：混成齑粉，这里形容天崩地裂的破碎情况。人物靡溃：人物，人类万物。靡溃，烂成一团泥。

⑰种民：指修道而得长生的人。

⑱浃一：普遍一致，完全相符。

⑲大主：最高宗主。

⑳高太上之胄：高太上，指太清高圣太上玉晨大道君，即灵宝天尊，位仅次于元始天尊。胄，后嗣，这里当继承人讲。

㉑玉皇虚无之胤：玉皇虚无，道教尊神。胤：后裔。

㉒玄元帝君：道教尊神。太皇：道教年号。

㉓太岁丙子兆气：太岁，古代假设的用来纪年的理想天体。丙子：六十甲子中的第13位。兆气：兆现胎气。皇平：道教年号。

㉔刑德相制：阴气、阳气交互制衡。直合之辰：阴阳相得的时辰。

㉕北玄玉国：洲国名。天冈：仙山名，与蓬莱山、李谷同。

㉖上玄虚生之母：女神尊号。九玄之房：措居止的处所。阴：山的北面。

㉗六气之电：六气，古以平旦朝霞，日中正阳，日入飞泉，夜半沆瀣，连同天玄、地黄为六气。电，指飞速闪动。阳道：男性生殖器官。

㉘九龙吐神水：瑞应之一。

㉙因灵谷句：依据妊娠地和出生地而以李为姓。用曜景句：依据瑞应起名曜景。

㉚体道凝真：体认大道，凝识真帝。言成金华：出言不凡，字字珠玑。

㉛欣初：为初生的蓬勃气象而欣悦。

㉜阴道：月球运行变化规律。

㉝敛魂和魄：敛聚魂神，调和精魄。

㉞守胎宝神：固守胎体元气，保养神根。

㉟吞光服霞：吸引霞光吞入口中，为“食气”方术之一。

㊱咀嚼日根：日根指日光中大如目瞳的紫气团，也是“食气”的一种方术。

㊲情：指七情六欲。拥化：执持教化的重任。太素：指构成宇宙万物始基的最初物质形态。三元：指混洞太无元、赤混太无元、冥迹玄通元。为道教三清境元始、灵宝道法天尊神之所从出。三洞：指洞真、洞应、洞神三大教理和教义。三者都以通玄达妙为旨归，故均以“洞字”为名。九方：指洞真所讲的九圣之道，洞玄所用的九真之道，洞神所讲的九仙之道。

㊳以孤栖挫锐：用独处的方式，磨去自身的棱角。

㊴伉（kàng，抗）会和光：以对等身分与世俗混同，不露锋芒。和光：含敛光耀，即怀才不露。

㊵玄津：入道的津逮、途径。

㊶书：指上清经典，即所谓宝经符图。

㊷受记：佛教术语预记未来之事。

㊸上清：道教三清境之一，为灵宝尊治所所在。

㊹太极：道教所谓宇宙三界之一。其上为无极界，其下为现世界。

㊺兆庶：众瓦。兆，极言其多。

㊻九重：道教有九霄之说：即神、青、碧、绛、景、玉、琅、紫、太霄。

㊼十叠：指地，道教有九垒地之说，即色润一、刚色一、石脂色泽一、润泽一、金粟泽一、金刚铁泽一、九制泽一、大风泽一、洞渊无色刚维一。

㊽适隐显之宜：适，正置。隐显，指隐居不出和下凡救世。

㊾删：厘定。撰：排纂。

㊿宝经符图：宝经，指道经文本。符图，指所谓龙章凤篆之类的符箓和画象等灵图。

51科：戒规科仪。

52垂谟立典：垂，垂示。谋，谋略。此指法式、规范。

53皇平：太平。疠（lì，历）：指瘟疫等传染性疾病。

54上皇：道教所谓五劫年号之一。龙汉、延康、赤明、开皇、上皇为五劫。三五：指三皇五帝。

55亿兆：世间众民。

56五德：仁、义、礼、智、信。六情：喜、怒、哀、乐、爱、恶。

57二仪：指阴、阳二仪。七曜违经：七曜，日月和金木水火土五大行星。违经，违背了运行常规。三才：天、地、人。妖讹：指各种谣言、传言。

58眚（shěng，沈）祸荐至：眚，眼疾，此泛指灾祸。荐至，接连到来。悛：悔改。

59阳九一周至偏兴则火起句：周，帀二字义同，均指3300年。道教谓，天运3600周为阳勃，地转3300度为阴蚀，天气极于太阴，地气穷于太阳，故阳激则勃，阴否则蚀。阴阳勃蚀，天地气反，乃谓之小勃。

60唐：亦称尧。相传尧为远古部落陶唐氏的领袖，初居陶邑（地名），故称唐尧。

61尧水：相传尧时洪水滔天，为害甚烈。

62汤火：汤为商的建立者。相传汤灭夏后，天大旱，五年不收，汤乃以身代民祝祷，民甚悦，雨立大降。

63甲申：按汉代三统历，天统始于甲子，地统始于甲辰，人统始于甲申。

64中人之中：中人即中等人。中等人又分上、中、下等。故有“中人之中”之说。

65中之上下：上，指中等人中闻道若存者。下，指中等人中闻道若亡者。

66促：短命。延：长寿。

67精进：精勤上进。

68申期：增寿。申，通“伸”。

69常数大历：固定不变的厄运劫数。

70计唐时丁亥后：唐尧水灾，道教以其为小劫。四十有六；又历经四十六个甲子年，即2760年。道教称此为三劫之周。

71又五十五：再历经55个甲子年。即3300年，道教称此为大劫之周。

72未至少时：指大小甲申年到来之前的岁月。

73壬申：丁亥后又四十有六，适为壬申。此间是说三劫之中。

74少时姓名：小时，未盛之时。姓名，指应三统转轮而新起的帝王。

75司录：相传执掌世人增寿、功赏、食禄、官爵诸事之神。黑文：天庭所立死亡册。

76明堂：帝王宣明政教的场所。

77天道句：上天是没有任何偏私的，它只赞许那些积德行善的人。亲：偏私。与：赞许。

78壬辰：六十甲子第29位。道教认为，这一年是大劫之终。

79乘三素景舆：指乘坐紫、青、绛三色气组成的神车。素，指云气。

80軿（pēng）：带帷幕的车辆。

81举：识拔。

82福业：指布施行善，慈悲利生等造福的功德。

83日籍：日益增多与明显。

84至士：指道德修养达到最高境界的人。高士：志行高尚之士。

85灵官佑人：灵官，供大神驱使的小神。道教有十天灵官、九地灵官等名目。佑，佑护。

86太师：官名，三公之首。道教以人间官制拟构神仙谱系，故有太师之称。

87太微左真：天界位号。太微，指紫晨太微天帝道君。左真，指太微天帝左部真人。

88保皇道君：位号。

89治：治所。塘宫：仙宫名。转易：改换。

90展转太虚：展，通“辗”。太虚：空寂之境。八冥：指东极、东南极、南极、西南极、西极、西北极、北极、东北极。

91真官：真仙有位业者的统称。光颜：尊容。

92上相方诸青童君：上相，丞相的尊称。方诸宫，仙宫名，位于东华山，以其诸面皆为方形，故称方诸。青童君，尊神名。

㉝上保：由太保转变而来。太保，官名，三公之末。太丹宫：仙宫名，位于勃阳丹海长离山。南极元君，尊神名。

㉞上傅白山宫太素真君：上傅，即太傅，官名，位本列太保之上。此降到太保之下。白山宫，仙宫名，位于白水沙洲中心。太素真君，尊神名。

㉟上宰：即太宰，又称冢宰，即丞相的前身。西城宫：仙宫名，西城是仙山名，又称总真宫。

㊱四辅：官名。环绕天子身边，又称四邻。前曰疑，后曰丞，左曰辅，右曰弼。在这里道教做了裁并式的改造，统隶于太师。

㊲充足：补充、完善之义。宰：此处是把后丞、太宰糅合成上宰。

㊳傅：此处是把前疑、太傅糅合成上保。

㊴保：此处是把右弼、太保糅合成上保。

⑩⓪周匝：周遍，完全。相：此处是把左辅、丞相糅合成上相。

⑩①四五：指四时五行。占候：据天象推测吉凶祸福。

⑩②赞弘：赞助弘扬。正化：端正教化。

⑩③静宝真：静，指静定。宝真，以真为宝，即把守真放在最重要的地位。

⑩④此：指处理动静关系。

⑩⑤敷说：陈述。趣：通"趋"，趋向、趋止。议趋，导向之意。

⑩⑥有司：古代设官分职，各有专司，故称官吏、官署为有司。仙真圣品：道教谓三清之境，各有阶位，仙登太清，真登上清，圣登玉清，又均分九品。

⑩⑦一：指每一仙署。

⑩⑧二十四真人：系指求道布道而登仙位者及洞登清虚天七真人、八老先生等。

⑩⑨谛存：仔细存念。

⑪⓪何所常行：一般用什么方式。高真：指一师四辅。

⑪①无始：无指太无，始指太始，均为天地未分前的混形态。

⑪②《灵书紫文》：道经名。今存三部，各一卷，以紫笔缮文，故名。

⑪③东华玉保高晨师：方诸上相的另一尊号。

⑪④清斋：上清斋式法。此指心斋，即疏瀹心智，澡雪精神。寒灵丹殿：指方诸宫内的主建筑。黄房：仙房名。房为神仙藏置真文秘籍和修炼居止之所。

⑪⑤金阙：黄金铸就的城阙。道教说，上清境有玉京玄都紫微宫，金晨华阙太和殿。

⑪⑥太平道君：即后圣李君。

⑪⑦太空：三清境下为太空。琼台：仙台名。洞真之殿：指金辉紫殿。平玉之房：指琼房玉室。金华：仙楼名。

⑪⑧玃（jué，决）天：玃，通"攫"。攫天，极言神兽狞猛之状。罗毒：张布毒气。

⑪⑨巨蚪千寻：蚪，当作"虬"，蛟龙也。千寻，八百丈，八尺为一寻。墙崖：墙壁凸起挺出之处。

⑫⓪溟鹏：跨海遮天的巨型大鹏鸟。溟，海。

⑫①陈：通"阵"，方位布列。

⑫②八朗：指日月星照临之地。风鼓玄旌：鼓，吹动。玄旌：神旗名，用来拾集众仙及四海五岳诸神王。旄（máo，毛）盖：指玄旌竿头上挂穗的伞状装饰物。

⑫③激音：指玉树摇动，此起彼应声。

⑫④玄泰：最吉祥之音。

⑫⑤天钧：即钧天广乐。古传钧天为天帝所居，广乐为天庭大型音乐。八响：指八音，即金石土革丝木匏竹八类乐器声。

⑫⑥口口传诀：道教以仙经及至要之言，大多不形于文字，遇到确可传授者，仅传口诀。

⑫⑦冥谙记：牢记守真之道，熟记冥通之本。谙：精熟。

⑫⑧仙忌：指防止毁败仙相的十条戒律。即勿女淫，勿阴恶，勿醉酒，勿秽污，勿食父母属相兽肉，勿食自身生肖兽肉，勿食六畜肉，勿食五种辛味蔬菜，勿杀生，勿犯朝北梳发等天人大禁。

⑫⑨飞根：道教所谓日势神威，由日中五色流霞和霞光中数十种大如瞳仁的紫气构成。日精：太阳的精光，又称日华、日魂。

⑬⓪开明灵符：符箓名。道教谓此符用红色书写于青色丝帛之上，吞服后则与采飞根、吞日精相适应。

⑬①月华：月亮的华采。又称月精、月黄、黄精。道教称月亮中有五色流精，精光中又有黄气，大如瞳仁，累累数十捆，即

是所谓飞黄月华之精。

⑬②阴生符：符箓名。道教谓此符用黄色书写于青色丝帛之上，吞服后与服月华相适应。

⑬③三魂：道教称人体内有三魂，一名胎光，为太清阳和之气，属天；二名爽灵，为阴气之变，属地；三名幽精，为阴气之杂，属地。人对三魂要相互制衡。

⑬④七魄：道教称人体内有七魄，一名尸狗，二名伏矢，三名雀阴，四名吞贼，五名非毒，六名除秽，七名臭肺，均属身中浊鬼。人要御而正之，摄而威之。

⑬⑤皇象符：符箓名。道教称佩带此符，可合元气。

⑬⑥华丹：指琅玕华丹。道教谓此丹表层有37种颜色，飞流映郁，紫霞玄涣。

⑬⑦黄水：指黄水月华丹。道教称此丹在琅玕华丹基础上炼成。

⑬⑧回水：指回水玉精丹。道教称此丹在黄水月华丹基础上炼成。

⑬⑨环刚：仙药名。又称环刚之果。道教谓此果由琅玕华丹同回水化合而成。

⑭⓪凤脑：仙药名。道教称此药由环刚果同黄水化合而成。

⑭①松梨：仙药名。又称赤树白子。道教称此药由凤脑同黄水化合而成。

⑭②李枣：仙药名。又称绛木青实。道教称此药由松梨同回水化合而成。

⑭③水汤：指水阳青映液。道教说，将黄水同回水拌合熬煮，则成清水，名曰水阳青映液。

⑭④镇白银紫金：此亦指外丹术。

⑭⑤云腴：由胡麻汁同白石英等混合制成的所谓仙药。

⑭⑥作镇：疑指吸食星辰光芒。镇，星名，即土星。

⑭⑦竹笋：又称大明，道教谓其为日华之胎。

⑭⑧鸿脯：又称月鹭。道教谓其为月胎之羽乌。此物对餐吸日精月华具有气感和气运的作用。

⑭⑨五神符：符箓名。五神指上元太一，居人脑；中元司命，居心脏；下元桃康；居脐下，无英公子，居肝部；白元尊神，居肺部。道教谓吞服此符，即得五神护身。

⑮⓪三界：佛教名词。道教用来指修道达到的初级境界。

⑮①道宗：道教宗主。

⑮②幽隐：指有希望登真成仙的人。荷赖：所承受所依赖。

⑮③烦恼：佛教术语。指贪、瞋、痴、慢、疑、见等，认为这是一切苦恼的根源。

⑮④大慈大悲：犹言大慈大悲心。本为佛教名词，道教则转指仙圣神灵，皆有开劫度人的广大慈悲心。

⑮⑤神道书：指《太平经》以阴阳五行为核心的神学理论，即守本法天之作。神道，妙若神明之道。

⑮⑥核事文：指《太平经》所阐述的兴国救世的实际措施，即守中效地之作。

⑮⑦浮华记：指《太平经》所摒除的其他学派的理论和方术，即守末从文之作。

⑮⑧同门：在同一个位置上，即并驾齐驱之义。

⑮⑨流行：流布践行。

⑯⓪感：指天人感应。

⑯①凡君：平庸的君主。

⑯②仪注：指道教的成套科仪。

⑯③幽显：指遁世隐者与闻达于世的人物。共师：共同师法。

⑯④随方：以自然适宜为转移。隐沦：指形变自易，为道教方术之一。常住：永存。

⑯⑤不在之在：指归宿。

⑯⑥无极：指宇宙迷濛浩莽的原始形态。

⑯⑦太宗极主：道教至尊天神。都：建立仙都的地方。

⑯⑧化应：教化应接。敷：演述。有：指天地万物等具体存在。无：指天地万物的本源。妙：指有生于无，无归于有，有转为无，二者是一切变化的总门径。

⑯⑨胎育：指凡夫俗子。无累：不妨碍。

⑰⓪出世间法，在世间法：指显隐之道。

⑰①有为无为：顺应自然变化之义。

⑰②守藏史：掌管王室藏书之官。

⑰③平王：指西周灭亡之后迁都洛阳的周平王。

⑭关令尹：负责接待四方贵客之官。喜：人名。五千文：指《道德经》。相传喜任函谷关尹时，逢老子西游途经该地，遂强予挽留。老子授之以《道德经》，喜乃随同西去。后被道教尊奉为“无上真人”、“文始先生”。

太平经卷十八至三十四

乙部（不分卷）

合阴阳顺道法[①]

还年不老，大道将还，人年皆将候验。瞑目还自视，正白彬彬[②]。若且向旦时，身为安著席，若居温蒸中[③]，于此时，筋骨不欲见动，口不欲言语。每屈伸者益快意，心中忻忻，有混润之意，鼻中通风，口中生甘，是其候也[④]。

故顺天地者，其治长久。顺四时者，其王日兴。道无奇辞[⑤]，一阴一阳[⑥]，为其用也[⑦]。得其治者昌，失其治者乱；得其治者神且明，失其治者道不可行。详思此意，与道合同[⑧]。

①合阴阳顺道法：道，指普遍法则，最高真理。阴阳达到和谐统一的状态，就是“合”，合即“顺道”。顺道既可长治久安，又可益寿还年。

②候验：占测应验。彬彬：形容鲜亮纯盛的样子。

③旦时：黎明之际。温蒸：温暖的蒸笼。

④忻忻（xīn，欣）：忻同“欣”。候：指还年的症候。

⑤王（wàng，旺）：统治。奇辞：奇谲诡怪的说法。

⑥一阴一阳：阴、阳本指物体对于日光的向背，向日为阳，背日为阴。引申为寒暖、暗明，进而抽象为一切事物相互对立的两个方面或属性。

⑦用：交互发挥作用。

⑧合同：吻合一致，达到与道相融的意思。

录身正神法[①]

天之使道生人也[②]，且受一法一身，七纵横阴阳[③]，半阴半阳，乃能相成。故上者象阳[④]，下者法阴，左法阳，右法阴。阳者好生，阴者好杀。阳者为道，阴者为刑[⑤]。阳者为善，阳神助之[⑥]；阴者为恶，阴神助之。积善不止，道福起[⑦]，令人日吉。

阳处首，阴处足。故君贵道德，下刑罚，取法于此。小人反下道德，上刑罚，亦取法于此。故人乃道之根柄，神之长也[⑧]。当知其意，善自持养之，可得寿老。不善养身，为诸神所咎。神叛人去[⑨]，身安得善乎？

为善不敢失绳墨[⑩]，不敢自欺。为善亦神自知之，恶亦神自知之，非为他神，乃身中神也。夫言语自从心腹中出，傍人反得知之，是身中神告也[⑪]。故端神靖身[⑫]，乃治之本也，寿之征也。无为之事[⑬]，从是兴也，先学其身[⑭]，以知吉凶，是故贤圣明者，但学其身，不学他人，深思道意[⑮]，故能太平也。君子得之以兴，小人行之以倾。

①录身正神：录：检束、持养。录身，即检束自身、持养自身。正神，指端正“身中神”即体内神灵。
②生人：化生人体。古代认为人禀天地精气而生。
③七纵横：指人体的头部、腹部、下部和四肢。
④上者象阳：上，指人体上部，腰部为分界。象：象征。
⑤阳者为道，阴者为刑：道好生，刑务杀，故语。
⑥阳神：指体内魂神。阴神：指体内精魄。
⑦道福：指修道获得的福业。
⑧人乃道句：道由人来行守，神随人之所为而定其去留。
⑨神叛人去：神灵离开人的形体。
⑩绳墨：工匠以绳濡墨打直线的工具，喻指界线、法度。
⑪身中神：指寄居在人体各部位、各器官的神灵，如五脏神之类。
⑫端神靖身：端，端正。靖，安定。
⑬无为：顺应自然而不加人为。
⑭先学其身：学，修持之义。身，自身。
⑮道意：真道的奥义妙旨。

修一却邪法[①]

天地开辟贵本根[②]，乃气之元也[③]。欲致太平，念本根也，不思其根，名大烦[④]，举事不得，灾并来也。此非人过也，失根基也。离本求末，祸不治，故当深思之。

夫一者，乃道之根也，气之始也，命之所系属，众心之主也。当欲知其实，在中央为根，命之府也[⑤]。故当深知之，归仁归贤使之行[⑥]。

人之根处内[⑦]，枝叶在外[⑧]，令守一皆使还其外，急使治其内，追其远，治其近。守一者，天神助之；守二者，地神助之；守三者，人鬼助之。四五者，物佑助之。故守一者延命，二者与凶为期，三者为乱治[⑨]，守四五者祸日来。深思其意，谓之知道。

故头之一者，顶也；七正之一者[⑩]，目也；腹之一者，脐也；脉之一者，气也；五藏之一者，心也；四肢之一者，手足心也；骨之一者，脊也；肉之一者，肠胃也[⑪]。能坚守，知其道意，得道者令人仁，失道者令人贪。

①修一：又作守一。却邪：避凶防乱、消灾弭祸。
②本根：指天地所以立之根源。
③气之元：犹言元气，即化生天地万物的无形实体。
④烦：指琐细繁苛。
⑤府：喻指系结之处。
⑥归仁归贤：付归仁人贤士。
⑦根：指顶、脐心、脊等器官。
⑧枝叶：头、腹、四肢等部位。
⑨一、二、三：元气恍惚自然，共凝成天，名为一。分而成阴而成地，名为二。上天下地，阴阳相合施生人，名为三。余气散备万物。
⑩七正：指耳、目、口、鼻七窍。
⑪肠胃：肠胃为消化器官，被视为水谷之海。

以乐却灾法[①]

以乐治身守形、顺念致思却灾[②]。夫乐于道何为者也[③]？乐乃可和合阴阳，凡事默作也[④]，使人得道本也。故元气乐，即生大昌；自然乐，则物强；天乐即三光明⑤；地乐则成有常⑥；五行乐，则不相伤；四时乐，则所生王⑦；王者乐⑧，则天下无病；蚑行乐⑨，则不相害伤；万物乐，则守其常；人乐，则不愁易心肠；鬼神乐，即利帝王。故乐者，天地之善气精为之，以致神明⑩。故静以生光明，光明所以候神也。能通神明，有以道为邻，且得长生久存。

夫求道常苦，不能还其心念，今移风易俗，趋其心指⑪，谁复与之争者？太平乐乃从宫中出邪？固以清靖国⑫，安身入道，夷狄却⑬，神瑞应来⑭。

悬象还，凶神往。夫人神乃生内，返游于外，游不以时，还为身害，即能追之以还，自治不败也。追之如何？使空室内傍无人，画象随其藏色，与四时气相应⑮，悬之窗光之中而思之。上有藏象，下有十乡，卧即念以近悬象，思之不止，五藏神能报二十四时气⑯，五行神且来救助之⑰，万疾皆愈。男思男，女思女，皆以一尺为法⑱，随四时转移。春，青童子十；夏，赤童子十；秋，白童子十；冬，黑童子十；四季，黄童子十二。二十五神人真人共是道德⑲，正行法⑳，阳变于阴，阴变于阳，阴阳相得，道乃可行。

天须地乃有所生，地须天乃有所成。春夏须秋冬，昼须夜。君须臣，乃能成治；臣须君，乃能行其事。故甲须乙，子须丑，皆相成㉑。作道治正，当如天行，不与人相应，皆为逆天道。比若东海居下而好水，百川皆归之，因得其道，鲸鱼出其中，明月珠生焉㉒，是其得道之效也。

道人聚者，必得延年奇方出，大瑞应之。众贤聚，致治平。众文聚㉓，则治小乱。五兵聚㉔，其治大败。君宜守道，臣宜守德，道之与德，若衣之表里。

天不广，不能包含万物。万物皆半好半恶，皆令忍之。人君象之㉕，次皇后后宫之象也。此二者，慈爱父母之法也。故父母养子，善者爱之，恶者怜之，然后能和调家道。日象人君，月象大臣，星象百官众贤，共照万物和生。故清者著天，浊者著地，中和著人㉖。

---

①以乐却灾：乐，指自然界到人类社会所呈现的一种协调和谐的理想状态。却灾，指驱鬼神、退夷狄、瑞应来。

②致思：极思。致，极，尽。思，指思神，主要是指体内五脏神。

③于道：在真道之中。何为者：属于什么。

④默作：按一定常规进行。

⑤三光：日、月、星。

⑥地乐则成有常：包养人类万物而不发生反常情况。

⑦王：旺，兴旺，茂盛。

⑧王者：指帝王。

⑨蚑行：泛指用脚行走的动物。

⑩神明：本经佚文谓，气转为精，精转为神，神转为明。

⑪指：通旨。

⑫清靖：清，指清静无为。靖，安定。

⑬夷狄：古代对边疆少数民族的蔑称。

⑭瑞应：吉兆。如凤凰至，甘露降，醴泉出等美好的现象。

⑮四时气：指春之少阳气，夏之太阳气，秋之少阴气，冬之太阴气。

⑯五藏神：即下文所谓青、赤、白、黑、黄童子，分主肝、心、肺、肾、脾。

⑰五行神：指随五脏分布在外的东方木神、南方火神、西方金神、北方水神、中央土神。

⑱男：指五脏男神。女：指五脏女神。一尺：指神象的长度。

⑲以上诸童子，后世道教合称为五方五灵童。二十五神人真人：这里指五方五行神的总和。

⑳行法：指五行生克法则。

㉑甲须乙：甲，天干第一位，属阳干。乙，天干第二位，属阴干。子须丑：子，地支第一位，属阳支。丑，地支第二位，

属阴支。

㉒鲸鱼出其中二句：古传鲸鱼在海中鼓浪成雷，喷沫成雨。其雌曰鲵，大者亦长千里，眼为明月珠。

㉓文：指浮华之士。

㉔五兵：指矛戟斧盾剑。

㉕象之：取法于天的博大。

㉖著：同“着”，这里是形成之意。此句说轻清阳气上凝成天。浊者著地：重浊阴气下降成地。中和著人：阳气与阴气交合成的中和气，化生成人。

调神灵法[①]

吾欲使天下万神和亲[②]，不复妄行害人，天地长悦，百神皆喜，令人无所苦，帝王得天之力，举事有福，岂可间哉？

故圣人能守道清静之。时旦食[③]，诸神皆呼与语言，比若今人呼客耳。百神自言为天吏、为天使，群精为地吏、为地使，百鬼为中和使[④]。此三者，阴阳中和之使也。助天地为理，共兴利帝王。

---

①调神灵：调，调召。神灵，指天吏百神，地吏群精，人间百鬼。

②和亲：指与世人谐和亲近。

③时旦食：时，每当。旦食，早饭。其时间为凌晨三时至五时。古代规定天子一日四食，诸侯一日三食，卿大夫一日二食。其旦食，寓以少阳之始的意义。暮食，寓有太阳之始的意义。

④中和：指由天之阳气与地之阴气交合而成的中和气。其形体则为人。

守一明法[①]

守一明之法，长寿之根也。万神可祖[②]，出光明之门。守一精明之时[③]，若火始生时，急守之勿失。始正赤，终正白，久久正青。洞明绝远复远，还以治一，内无不明也。百病除去，守之无懈，可谓万岁之术也。守一明之法，明有日出之光，日中之明，此第一善得天之寿也，安居闲处，万世无失。守一时之法，行道优劣。

夫道何等也？万物之元首，不可得名者[④]。六极之中，无道不能变化。元气行道，以生万物，天地大小，无不由道而生者也。故元气无形，以制有形，以舒元气[⑤]。不缘道而生自然者[⑥]，乃万物之自然也，不行道，不能包裹天地，各得其所，能使高者不知危。

天行道，昼夜不懈，疾于风雨。尚恐失道意，况王者乎？三光行道不懈，故著于天而照八极，失道光灭矣。王者百官，万物相应，众生同居，五星察其过失。王者复德，德星往守之[⑦]。行武，武星往守之。行柔，柔星往守之。行强，强星往守之。行信，信星往守之。相去远，应之近。天人一体可不慎哉[⑧]？

---

①守一明法：守一，精神修炼方术。明，指守气而合精、神，使三者为一，从而产生的一种“洞明绝远”的心理幻觉与幻境。

②祖：此为驾驭之义。

③一：指精、气、神的统一体。

④万物之元首，不可得名：根本就叫不出具体名称。

⑤以舒元气：舒：舒散。此句是说元气循道舒散于有形物体。

⑥不缘道而生自然：缘，循，由。自然，指本然如此的那种情状、态势。此句是说自生自灭的东西。

⑦德星：指木星。古以木星所在为有福，故称为德星。下武星指金星，柔星指水星，强星指火星，信星指土星。

⑧天人一体：天与人合而为一。

行道有优劣法[①]

春王当温，夏王当暑，秋王当凉，冬王当寒，是王德也[②]。夫王气与帝王气相通，相气与宰辅相应，微气与小吏相应[③]，休气与后宫相同[④]，废气与民相应[⑤]，刑死囚气与狱罪人相应，以类遥相感动。

其道也王气不来，王恩不得施也。古者圣王以是思道，故得失之象，详察其意。王者行道，天地喜悦；失道，天地为灾异。夫王者静思道德，行道安身，求长生自养。和合夫妇之道[⑥]，阴阳俱得其所，天地为安。天与帝王相去万万余里，反与道相应，岂不神哉？

---

①优劣：优，指帝王能够遵照四时五行气兴衰变化的定律来详察得失之象，做出深得其意的反应与处理，使天地悦喜；反之则为劣。

②王德：王气之所得。德，得。汉代五行说认为，五行在一年内，其运转状态递有变化，并借用王、相、死、囚、休来加以描述。王——旺盛；相——强状；死——死亡；囚——困囚；休——休退。

③微气：相当于“八卦休王说”中的“胎”。八卦休王说由五行休王说模仿而来。

④休气与后宫相同：此句是针对东汉晚期女主专政的情况而定的对应关系。

⑤废气：即王气七气、帝王气、相气、微气、休气、废气、死囚气之一。

⑥夫妇之道：指夫为妻纲，夫义妇听。

名为神诀书[①]

元气自然，共为天地之性也。六合八方悦喜，则善应矣[②]；不悦喜，则恶应矣。状类景象其形、响和其声也。太阴、太阳、中和三气共为理[③]，更相感动，人为枢机[④]，故当深知之。皆知重其命，养其躯，即知尊其上，爱其下，乐生恶死，三气以悦喜，共为太和[⑤]，乃应并出也。但聚众贤，唯思长寿之道，乃安其上，为国宝器。能养其性，即能养其民。

夫天无私佑，佑之有信[⑥]。夫神无私亲，善人为效[⑦]。一身之中，能为贤，能为神[⑧]，能为不肖[⑨]，其何故也？误也，神灵露也[⑩]。故守一之道，养其性，在学之也。众中多瑞应者，信人也[⑪]；无瑞应者，行误人也[⑫]，占而是非即可知矣。夫斤两所察，人情也。天之照人，与镜无异。审详此意，与天同愿，与真神为其安，得不吉哉？

成事□□，不失铢分[⑬]，欲得天地中和意。故天地调则万物安，县官平则万民治[⑭]。故纯行阳，则地不肯尽成；纯行阴[⑮]，则天不肯尽生。当合三统，阴阳相得，乃和在中也。古者圣人治致太平，皆求天地中和之心，一气不通，百事乖错。

---

①神诀书：意为神灵决断式书文。

②应：应合。

③太阴、太阳、中和：元气的三种分化形态。

④枢机：指起关键作用。

⑤太和：三气高度协调统一。

⑥信：指专诚守道的人。

⑦效：效验。

⑧神：指成为神人。

⑨不肖：子不似父曰不肖。这里指作恶之徒。

⑩神灵露也：是说寄居在人体内的神灵叛人出游，使人想入非非。

⑪信人：确实得道的人。

⑫行误：行为失误。

⑬成事：即旧有事例。不失铢分：不差毫厘。铢、分，均为重量单位，十二杰为一分，十二分为一铢、十二铢为半两。

⑭县官：汉代称天子所居的都城及其周围地区为县，所以称天子为县官。

⑮纯：单方面，一味。

和三气兴帝王法

通天地中和谭[①]，顺大业，和三气，游王者使无事[②]，贤人悉出，辅兴帝王，天大喜。

真人问神人曰："吾欲使帝王立致太平，岂可闻邪?"神人言："但大顺天地，不失铢分，立致太平，瑞应并兴。元气有三名：太阳、太阴、中和。形体有三名：天、地、人。天有三名：日、月、星，北极为中也[③]。地有三名：为山、川、平土[④]。人有三名：父、母、子。治有三名：君、臣、民，欲太平也。此三者常当腹心[⑤]，不失铢分，使同一忧，合成一家，立致太平，延年不疑矣。

故男者象天，故心念在女也，是天使人之明效也。臣者为地通谭，地者常欲上行[⑥]，与天合心。故万物生出地，即上向而不止，云气靡天而成雨。故忠臣忧常在上，汲汲不忘其君，此地使之明效也。民者主为中和谭，中和者，主调和万物者也。中和为赤子，子者乃因父母而生，其命属父，其统在上托生于母，故冤则想君父也。此三乃夫妇父子之象也。宜当相通辞语，并力共忧，则三气合并为太和也。太和即出太平之气。断绝此三气，一气绝不达，太和不至，太平不出，阴阳者，要在中和。中和气得，万物滋生，人民和调，王治太平。

人君，天也，其恩施不下至，物无由生，人不得延年。人君之心不畅达，天心不得通于下，妻子不得君父之敕，为逆家也。臣气不得达，地气不得成，忠臣何从得助明王为治哉?伤地之心，寡妇在室，常苦悲伤[⑦]，良臣无从得前也。民气不上达，和气何从得兴?中和乃当和帝王治，调万物者，各当得治。今三气不善相通，太平安得成哉?"

---

①谭：同"谈"，指相互要讲的话，实即沟通彼此之间的联系。

②游：使之游乐。无事：无所职事。

③北极为中：北极，指北极星。中，中心所在。古称北极区为紫宫，是至高神的居止处。

④平土：即平地。

⑤常当腹心：指帝王经常把它们放在心坎上。

⑥上行：指长养万物。

⑦寡妇在室，常苦悲伤：隐指太后听政。

安乐王者法[①]

君者当以道德化万物，令各得其所也。不能变化万物，不能称君也。此若一夫一妇，共生一子，则称为人父母。亦一家之象，无可生子，何名为父母乎？故不能化生万物者，不得称为人父母也。故火能化四行自与五[②]，故得称君象也。木性和而专[③]，得火而散成灰；金性坚刚，得火而柔[④]；土性大柔[⑤]，得火而坚成瓦；水性寒，得火而温。火自与五行同，又能变化无常，其性动而上行。阴顺于阳，臣顺于君，又得照察明彻，分别是非，故得称君，其余不能也。土者不即化，久久即化，故称后土。三者佐职[⑥]，臣象也。

道无所不能化，故元气守道，乃行其气，乃生天地，无柱而立[⑦]，万物无动类相生[⑧]。遂及其后，世相传，言有类也。比若地上生草木，岂有类也，是元气守道而生如此矣。自然守道而行，万物皆得其所矣。天守道而行，即称神而无方[⑨]。上象人君父，无所不能制化[⑩]，实得道意。地守道而行，五方合中央，万物归焉。三光守道而行，即无所不照察。雷电守道而行，故能感动天下，乘气而往来。四时五行守道而行，故能变化万物，使其有常也[⑪]。阴阳雌雄守道而行，故能世相传。凡事无大无小，皆守道而行，故无凶。

今日失道，即致大乱。故阳安即万物自生，阴安即万物自成。阴阳治道，教及其臣，化流其民，受命于天，受体于地，受教于师，乃闻天下要道[⑫]。守根者王[⑬]，守茎者相[⑭]，守浮华者善则乱而无常[⑮]。帝王，天之子也；皇后，地之子也，是天地第一神气也，天地常欲使乐，不得愁苦，怜之如此。天地之心意，气第一者也，故王者愁苦，四时五行气乖错，杀生无常也。

---

①安乐王者：要求帝王效法元气、自然、天地、三光、雷电、四时五行乃至阴阳雌雄，守道而行，做到无所不能生养、制化，使万物人民各得其所。

②自与五：自身也再加入五行之列。与，参与。

③木性和而专：性，属性。木可曲直，故曰和；木形圆实，故曰专。专，与“散”相对而言。

④柔：指变软或熔化。

⑤大柔：土松散，可含吐万物，故曰大柔。

⑥三者：指木、金、土。

⑦柱：指传说中支撑天地之柱。

⑧类相生：按类繁衍。类，类属、种类。

⑨神而无方：神，神妙。无方，没有固定框框，既无所不适。

⑩制：指克制。化：指化生。

⑪常：指春生、夏长、秋收、冬藏的规律。

⑫要道：指近在胸心，散满四海的真道。

⑬守根者王：王，指占居统治地位。前注释“五行休王说”。

⑭守茎者相：相，指处于强壮状态。前注释“五行休王说。”

⑮浮华：这里指远离道德的治国主张。

悬象还神法[①]

夫神生于内，春，青童子十[②]；夏，赤童子十；秋，白童子十；冬，黑童子十；四季[③]，黄童子十二。此男子藏神也，女神亦如此数。男思男，女思女，皆以一尺为法。画使好，令人爱之，不能乐禁④，即魂神速还。

①悬象还神：悬象，指在静室悬立并念思五脏神的精美画像。还神，指追回出游在人体之外的魂神。

②青童子、赤童子、白童子、黑童子、黄童子：神灵明，见“以乐却灾法”注释之⑯：“五藏神”。

③四季：指每季的后十八天。

④不能乐禁：乐不能禁。

解承负诀①

天地开辟以来，凶气不绝，绝者而后复起，何也？夫寿命，天之重宝也②。所以私有德③，不可伪致。欲知其宝④，乃天地六合八远万物，都得无所冤结，悉大喜，乃得增寿也。一事不悦，辄有伤死亡者。

凡人之行，或有力行善反常得恶，或有力行恶反得善，因自言为贤者非也⑤。力行善反得恶者，是承负先人之过，流灾前后积，来害此人也；其行恶反得善者，是先人深有积畜大功，来流及此人也。能行大功万万倍之先人，虽有余殃，不能及此人也。因复过去，流其后世，成承五祖⑥。一小周十世⑦，而一反初。或有小行善不能厌，囹圄其先人流恶承负之灾，中世灭绝无后，诚冤哉。承负者，天有三部，帝王三万岁相流，臣承负三千岁，民三百岁。皆承负相及，一伏一起，随人政衰盛不绝。今能法此⑧，以天上皇治而断绝⑨，深思之而勿忘。

凡人有三寿，应三气，太阳、太阴、中和之命也。上寿一百二十，中寿八十，下寿六十。百二十者应天，大历一岁竟终天地界也。八十者应阴阳，分别八隅等应地⑩，分别应地，分别万物⑪，死者去，生者留。六十者应中和气，得六月遁卦。遁者，逃亡也，故主死生之会也。如行善不止，过此寿谓之度世⑫。行恶不止，不及三寿，皆夭也。

胞胎及未成人而死者，谓之无辜承负先人之过。多头疾者，天气不悦也⑬；多足疾者，地气不悦也⑭；多五内疾者，是五行气战也⑮；多病四肢者，四时气不和也⑯；多病聋盲者，三光失度也；多病寒热者，阴阳气忿争也；多病愦乱者⑰，万物失所也；多病鬼物者，天地神灵怒也；多病温而死者，太阳气杀也；多病寒死者，太阴气害也；多病卒死者，刑气太急也⑱；多病气胀或少气者，八节乖错也⑲。

今天地阴阳，内独尽失其所，故病害万物。帝王其治不和，水旱无常，盗贼数起，反更急其刑罚，或增之重益纷纷，连结不解，民皆上呼天，县官治乖乱，失节无常，万物失伤，上感动苍天，三光勃乱多变⑳，列星乱行㉑，故与至道，可以救之者也。吾知天意，不欺子也。天威一发，不可禁也，获罪于天，令人夭死。

初天地开辟，自太圣人各通达于一面，诚真知之，不复有疑也。故能各作一大业，令后世修之，无有过误也。故圣人尚各长于一大业，不能必知天道，故各异其德，比若天，而况及人乎！天地各长于一，故天长于高而清明，地长于下而重浊，中和长养万物也。犹不能兼，而况凡人乎！

亥为天地西北极也㉒，巳为天地东南极也，亥寒不以时收闭，来年巳反伤㉓。子乃天地之北极也，午为天地之南极也，子今冬不善顺藏，午反承负而亡也㉔。丑乃天地东北极也，未乃天地西南极也，丑不以时且生，六月反被其刑㉕。天地性运，皆如此矣。

今帝王居百里之内㉖，其用道德，仁善万里，百姓蒙其恩。父为慈，子为孝，家足人给，不为邪恶。帝王居内，失其道德，万里之外，民臣失其职，是皆相去远万万里，其由一也。习善言，不若习行于身也。

①承负：承，指后人承受先人的过失之责或功德之祐。负，指先人有过失或功德而遗恶果或恩泽于后人。

②寿命，天之重宝也：是说天对世人寿命掌握得十分严格。

③私：特赐之义。

④宝：这里指贵重性和难得性。

⑤为贤者非：为贤不为贤都一样。

⑥五祖：五代祖先。指父、祖父、曾祖父，高祖父及高祖父之父。

⑦十世：一世为三十年。十世为三百年。一祖六十岁，五祖三百岁，均与下文所谓民承负三百岁周期数相合。

⑧法：奉持。

⑨上皇治：最盛明的治理，即道治。

⑩八隅：指八卦所代表的地理方位。

⑪分别应地，分别万物：指万物始萌于北，布根于东北，初生于东，毕生于东南，垂枝于南，向老西南，成熟于西，人藏西北。

⑫此寿：指上寿一百二十岁。度世：超凡成仙。

⑬多头疾者二句：头圆象天。

⑭多足疾者二句：足方象地。

⑮五行气战：五脏象五行。

⑯四时气不和：四肢象四时。

⑰愦（kuì，溃）乱：昏乱。

⑱刑气：刑罚萧杀之气。

⑲八节：指立春、立夏、立秋、立冬、春分、夏至、秋分、冬至。

⑳勃乱：指日月蚀等。

㉑乱行：指脱离运行轨道或天体位置。

㉒亥：十二地支第十二位，下巳、子、午、丑、未亦是地支。

㉓亥寒句：是说地支相冲（又称六冲）的一组情形。亥巳互为对位，亥属木，巳属火，水克火，故相冲。

㉔子今句：是说地支相冲的另一组情形。子午互为对位，子属火，水克火故相冲。

㉕丑不以时句：地支相刑（又称三刑）的一种情形。即丑刑（残伤、刑杀）未。丑属金，未属木，故相刑。

㉖百里之内：指京师。

阙　题[①]

真人问神人：“吾生不知可谓何等而常喜乎？”神人言：“子犹观昔者博大真人邪？所以先生而后老者，以其废邪人，而独好真道，真道常保，而邪者消。凡人尽困穷，而我独长存，即是常喜也。昭昭独乐，何忿之哉[②]！”

“卒为不能长生，当奈何？”神人言：“积习近成[③]，思善近生。夫道者，乃无极之经也[④]。前古神人治之，以真人为臣，以治其民，故民不知上之有天子也，而以道自然无为自治。其次真人为治，以仙人为臣，不见其民，时将知有天子也，闻其教敕而尊其主也。其次仙人为治，以道人为臣，其治学微有刑被，法令彰也，而民心动而有畏惧，巧诈将生也。其次霸治，不详择其臣，民多冤而乱生焉，去治渐远，去乱渐近，不可复制也。

是故思神致神，思真致真，思仙致仙，思道致道，思智致智[⑤]。圣人之精思贤人，致贤人之神来佑之；思邪，致愚人之鬼来惑之。人可思念，皆有可致，在可思者优劣而已。故上士为君，乃思神真[⑥]；中士为君，乃心通而多智；下士为君，无可能思，随命可为。”

---

①阙题：由于《太平经》成书年代较早，流传中，有所遗失、残缺。有的章节小标题亦丢失。

②昭昭独乐句：源自《老子》：“俗人昭昭，我独昏昏”。

③积习近成：不断习行接近于功成道毕。

④无极之经：没有极限的常法。

⑤智：指智诈。

⑥上士：高明人。下文中士：中等人，下士：最差的人。

阙　题

真人问：“何以知帝王思善思恶邪？”神人言：“易言邪！帝王思仁善者，瑞应独为其出，图书独为其生[①]。帝王仁明，生于木火[②]；武智生于金水[③]，柔和生土[④]。天之垂象[⑤]，无误者也。”

真人问：“古者特生之图奇方，谁当得者乎？”“其吏民得之献王者。帝王者时气即为和良，政治益明，道术贤哲出为辅弼之，帝王之道，日强盛矣。夷狄灭息，垂拱而治[⑥]，刑罚自绝，民无兵革，帝王思善之证，可不知哉？不睹其人，已知之矣。”

真人问：“神人何以能知此乎？”神人言：“以无声致之。君欲仁好生，象天道也；臣欲柔而顺好养，法地道也，即善应出矣。故天地不语而长存[⑦]，其治独神；神灵不语而长仙，皆以内明而外暗，故为万道之端。夫神灵出入，无有穴窠[⑧]，清静而无声，安枕而卧，神光自生，安有不吉乐之哉？夫用口多者竭其精，用力多者苦其形，用武多者贼其身[⑨]，此者凶祸所生也。

子慎吾之言，不可妄思。思之善或有德，思之恶还自贼，安危之间，相错若发髻。子戒之，无杂思也。夫人失道命即绝，审知道意命可活，勉养子精，无自煎也。学得明师事之，祸乱不得发也。”真人不敢失神人之辞也。

神人言：“夫学者各为其身，不为他人也。故当各自爱而自亲，学道积久，成神真也，与众绝殊[⑩]，是其言也。”

真人问：“何以知道效乎[⑪]？”神人曰：“决之于明师，行之于身，身变形易[⑫]，与神道同门，与真为邻，与神人同户。求之子身，何不睹？患其失道意，反求之四野，索之不得，便至穷老矣。遂离其根，言天下无道也，常独愁苦。离其根，是为大灾，大人失之不能平其治[⑬]，中士失之乱其君，仁人失之无从为贤，小人失之灭其身。古之贤圣所行，与今同耳。古之小人所穷，亦与今同耳，明证若此。”

真人问：“何以知人将兴将衰乎？”神人言：“大人将兴，奇文出[⑭]，贤者助之为治；家人将兴，求者得生其子，善可知矣。”真人问：“何以致是贤者？”神人言：“皆以思也，精思不止，其事皆来。”“神哉，道之为治，可不力行哉！”

神人言：“三纲六纪所以能长吉者[⑮]，以其守道也，不失其治，故常吉。天之寿命[⑯]，不夺人之愿。木性仁，思仁故致东方，东方主仁[⑰]。五方皆如斯也[⑱]。天下之事，各从其类。故帝王思靖，其治亦静，以类召也[⑲]。古之学者，效之于身；今之学者，反效之于人。古之学者以安身，今之学者浮华文，不积精于身，反积精于文，是为不知其根矣。”

真人问曰：“凡人何故数有病乎？”神人答曰：“故肝神去，出游不时还[⑳]，目无明也[㉑]；心神去不在，其唇青白也[㉒]；肺神去不在，其鼻不通也[㉓]；肾神去不在，其耳聋也[㉔]；脾神去不在，令人口不知甘也[㉕]；头神去不在，令人眴冥也[㉖]；腹神去不在，令人腹中央甚不调，无所能化也[27]；四肢神去，令人不能自移也[28]。夫神精，其性常居空闲之处，不居污浊之处也。欲思还神，皆当斋戒[29]，悬象香室中，百病消亡；不斋不戒，精、神不肯还反人也。皆上天共诉人也[30]，所以人病积多，死者不绝。”

《太平经》曰：真人云：“人之精神，常居空闲之处，不居污浊之间也。欲思还精，皆当斋戒香室中，百病自除。不斋戒，则精神不肯返人也，皆上天共诉人，所以人病积多，死者不绝。”

---

①图书：河图洛书。

②帝王仁明，生于木火：指木行、火行。木始生万物，火照察明彻，故而这里出仁明之语。

③武智，生于金水：金水，指金行，水行。金性坚刚，水能无孔不入，故而言之。

④柔和，生土：土，指土行。土质松散，可含吐万物，故言之。

⑤垂象：垂示法象。

⑥垂拱：垂衣拱手。言无为而治。

⑦无声、天地不语而长存：皆出自《老子》。

⑧穴窠（kē，科）：指具体处所与通道。

⑨贼：伤残。

⑩与众绝殊：犹言超凡脱俗。

⑪道效：道的效应、效果。

⑫身变形易：由俗骨凡胎变成神仙。

⑬大人：指以帝王为首的圣人在位者。

⑭奇文：隐指《太平经》。

⑮六纪：谓诸父（伯叔父）、兄弟、族人、诸舅、师长、朋友。

⑯天寿之命：上寿120岁，中寿80岁，下寿60岁。

⑰东方主仁：阴阳五行说以人伦五常之“仁”、五方之“东”，配属木行。

⑱五方皆如斯：指南方主礼，西方主义，北方主信，中央主智。

⑲类召：类相感动。

⑳时还：正常返归人体。

㉑目无明：目为肝之官，肝为目之主。

㉒心神去不在句：舌为心之官，心为舌之主。

㉓肺神去不在句：鼻为肺之官，肺为鼻之主。

㉔肾神去不在句：耳为肾之官，肾为耳之主。

㉕脾神去不在句：口为脾之官，脾为口之主。

㉖眴（xuàn，眩）冥：眴，通“眩”。眩冥：指头晕脑胀。全句指脑为人之髓海。

㉗腹神去不在句：化，消化。胃为水谷之海。

㉘四肢神去句：指瘫痪。

㉙斋戒：洗心曰斋，防患曰戒。道教将其列为重要的修炼仪式。

㉚诉人：举告人的渎神罪过。

太平经卷三十五

丙部之一

分别贫富法第四十一[①]

"真人前，子连时来学道，实已毕足未邪[②]?""今天师不复为其说也，以为已足，复见天师言，乃知其有不足也。今意极讫[③]，不知所当复问。唯天师更开示其所不及也[④]。""行，真人来。天下何者称富足，何者称贫也?""然，多所有者为富[⑤]，少所有者为贫。""然子言是也，又实非也。"

"何谓也?""今若多邪伪佞盗贼，岂可以为富邪? 今若凡人多也，君王少，岂可称贫邪?""愚暗生见天师有教[⑥]，不敢不言，不及有过。""子尚自言不及，俗人安知贫富之处哉?""今唯天师令弟子之无知，比若婴儿之无知也，须父母教授之乃后有知也。"

"善哉！子之言也。太谦，亦不失之也。诺，真人自精，为子具言之。富之为言者[⑦]，乃毕备足也。天以凡物悉生出为富足，故上皇气出，万二千物具生出[⑧]，名为富足。中皇物小减[⑨]，不能备足万二千物，故为小贫。下皇物复少于中皇，为大贫。无瑞应[⑩]，善物不生[⑪]，为极下贫。子欲知其大效，实比若田家，无有奇物珍宝，为贫家也。万物不能备足，为极下贫家，此天地之贫也。

万二千物俱出，地养之不中伤，为地富；不而善养令小伤，为地小贫；大伤，为地大贫；善物畏见，伤于地形，而不生至，为下极贫；无珍宝物，万物半伤，为大因贫也；悉伤，为虚空贫家，此以天为父，以地为母，此父母贫极，则子愁贫矣，与王治相应。

是故古者圣王治，能致万二千物，为上富君也；善物不足三分之二，为中富之君也；不足三分之一，为下富之君也；无有珍奇善物，为下贫君也；万物半伤，为衰家也；悉伤，为下贫人。古者圣贤乃深居幽室，而自思道德所及[⑫]，贫富何须问之，坐自知之矣。"

"善哉善哉！今唯天师幸哀帝王久愁苦，不得行意[⑬]，以何能致此贫富乎?""善哉善哉！子之难问也[⑭]，已入微言要矣。然，所行得失致之也。力行真道者，乃天生神助其化[⑮]，故天神善物备足也；行德者，地之阳养神出[⑯]，辅助其治，故半富也；行仁者，中和仁神出助其治，故小富也；行文者[⑰]，隐欺之阶也[⑱]，故欺神出助之[⑲]，故其治小乱也；行武者，得盗贼神出助之[⑳]，故其治逆于天心，而伤害善人也。道者，乃天所案行也。天者最神，故真神出助其化也；地者养，故德神出助其化也；人者仁，故仁神出助其化也；文者主相文欺[㉑]，失其本根，故欺神出助之也，上下相文，其事乱也；武者以刑杀伤服人，盗贼亦以刑杀伤服人，夫以怒喜猛威服人者，盗贼也，故盗贼多出，其治凶也，盗贼多以财物为害，故其治失于财货也。故古者上君以道服人，大得天心，其治若神而不愁者，以真道服人也；中君以德服人；下君以仁服人；乱君以文服人；凶败之君将以刑杀伤服人。是以古者上君，以道德仁治服人也，不以文刑杀伤服人也，所以然者，乃鄙用之也[㉒]。上君子乃与天地相似，故天乃好生不伤也，故称君称父也；地以好养万物，故称良臣称母也；人者当用心仁，而爱育似于天地，故称仁也，此三者善也，故得共治万物，为其师长也。夫欺刑者，不可以治，日致凶矣，不能为帝王致太平也，故当断之也。今真人以吾书付有道德之君，力行之，令效立与天相应，而致太平，可名为富家，不疑也，可无使帝王愁苦反名为贫家也。”

“今民间时相谓为富家，何等也？”“是者，但俗人妄语耳。富之为言者，乃悉备足也。一事不具，辄为不具足也。故古者圣贤不责备于一人者，言其不能备之也，故不具责之也。今八十一域国[23]，物各少，不备足也，不能常足也，故从他国取之也。今一家，有何等富哉？真人其好随俗人妄言邪？”“不敢不敢。”“子既学，慎言无妄谈也。夫妄谈，乃乱天地之正文[24]，不可为人法，慎之！”

“唯唯。今天师既加恩爱，乃怜帝王在位，用心愁苦，不得天意，为其每具开说，可以致上皇太平之路。愚生受书众多，大眩童蒙[25]，不知当复问何等哉，唯天明师，悉具陈列其诫。”“善哉善哉！然天法，阳数一，阴数二。故阳者奇，阴者偶。是故君少而臣多。阳者尊，阴者卑，故二阴当共事一阳，故天数一而地数二也。故当二女共事一男也。”

“何必二人共养一人乎？”“尊者之傍，不可空为一人行，一人当立坐其傍，给侍其不足。故一者，乃象天也，二者，乃象地也，人者，乃是天地之子，故当象其父母。今天下失道以来，多贱女子，而反贼杀之[26]，令使女子少于男，故使阴气绝，不与天地法相应。天道法，孤阳无双，致枯，令天不时雨。女者应地，独见贱，天下共贱其真母[27]，共贼害杀地气，令使地气绝也不生，地大怒不悦，灾害益多，使王治不得平。”

“何也！”“夫男者，乃天之精神也[28]；女者，乃地之精神也。物以类相感动[29]，王治不平，本非独王者之过也，乃凡人失道轻事，共为非，其得过非一也，乃万端，故使治难平乖错也。天地之性，万二千物，人命最重[30]，此贼杀女，深乱王者之治，大咎在此也。”

“今天师为王者开辟太平之阶路，太平之真经出，为王者但当游而无事[31]。今是伤女，为其致大灾，当奈何之乎？”“善哉！子之问也，得天心矣。然天下所以贱恶女者，本恶过在其行[32]。”“何谓也？愿闻之，试得记于竹帛，万万世不敢去也。”“善哉，子今能记之，天下无复杀女者也。”“唯唯，愿记之，以除帝王之灾，吾所乐也，以救冤女之命。”“善哉，子已得益天算矣[33]。”“何谓也？”“然，活人名为自活[34]，杀人名为自杀。天爱子可为[35]，已得增算于天，司命易子籍矣[36]。”“不敢也，不敢也。”

“无可复让，此乃天自然之法也。然天下所以杀女者，凡人少小之时，父母自愁苦，绝其衣食共养之[37]。非独人也，跂行亦皆然。至于老长巨细[38]，各当随其力而求衣食，故万物尚皆去其父母而自衣食也。贤者得乐，不肖得苦。又子者年少，力日强有余。父母者日衰老，力日少不足也。夫子何男何女[39]，智贤力有余者，尚乃当还报复其父母功恩而供养之也，故父母不当随衣食之也[40]。是者名为弱养强，不足筋力养有余也，名为逆政。少者还愁苦老者，无益其父母[41]，父母故多杀之也。今但为乏衣食而杀伤之，孰若养活之者，而使各自衣食乎？真人！是诚冤绝地统[42]，民之愚甚剧也。”

“今小生闻是，心大悲而恐骇[43]，知冤者诚多，当奈何哉？”“然，夫好学而不得衣食之者，其学必懈而道止也[44]，而得衣食焉，则贤者学而不止也。当使各有所利，不当使其还反相愁穷也。”“何谓也？”“夫女者无宫[45]，女之就夫，比若男子之就官也，当得衣食焉。女之就夫家，乃当相与并力，同心治生，乃共传天地统[46]，到死尚复骨肉同处。当相与并力，而因得衣食之，令使贤且乐，令使不肖者且苦[47]，比若土地，良土其物善，天亦付归之；薄土其物恶，天亦付归之，不夺其材力所生长也。天地尚不夺汝功[48]，何况人乎哉！如是，则凡人无复杀其女者也。”

“善哉善哉！一大深害除矣，帝王太平已至矣。”“真人何以知之乎？”“然，夫父母与子，极天下之厚也[49]，不得困愁焉，不宜杀之也。毋乃杀其子，是应寇贼之气，大逆甚无道也，故其乱帝王治最深。夫女今得生，不见贼杀伤，故大乐到矣。”

“然，子说是也，可谓知之矣。今天下一家杀一女，天下几亿家哉？或有一家乃杀十数女者或有妊之未生出，反就伤之者，其气冤结上动天，奈何无道理乎？故吾诚□□重知之也。夫人各自衣食其力，则令妇人无两心，则其意专作事，不复狐疑也。苦而无功，则令使人意常不和调。此者，乃天性自然之术也。真人慎之，无去此书，以付仁贤之君，可以除一大冤结灾害也。慎吾书言，以示凡人，无肯复去女者也，是则且应天地之法也，一男者得二女也。

故天制法，阳数者奇，阴数者偶。大中古以来[50]，人失天道意，多贼杀之，乃反使男多，而女少不足也。大反天道，令使更相承负，以为常俗。后世者剧天下恶过，甚痛无道也。夫男者乃承天统，女者承地统，今乃断绝地统，令使不得复相传生[51]，其后多出，绝灭无后世，其罪何重也！此皆当相生传类，今乃绝地统，灭人类，故天久久，绝其世类也。

又人生皆含怀天气具乃出[52]，头圆，天也；足方，地也；四支，四时也；五藏，五行也；耳目口鼻七政，三光也；此不可胜纪，独圣人知之耳。

人生皆具阴阳，日月满乃开胞而出户[53]，视天地当复长，共传其先人统，助天生物也，助地养形也。今天地神信此家，故天地神统来寄生于此人，人反害之，天大咎之，而人不相禁止，故天使吾出此书，以示后世也。事已发觉，而复故为者，名为故犯天法，其罪增倍，灭世不疑[54]。真人慎之，自励自励！”

“唯唯”。“子今既已发觉此事，而逃亡其书，子代人得罪坐之矣[55]。”“不敢不敢。”“行去，各为身计。”“唯唯。”

右分别说贫富、君王行之立吉、禁人断绝地统、以兴男女、平复王政。

---

①贫富：富，指天地所生养的万二千物，包括“瑞应”之物“毕备足”，反则为贫。

②毕足未：全部了解领悟与否。

③极讫：到尽头了。

④不及：尚未知晓的道法。

⑤多：指财富拥有。

⑥愚暗生：学道真人自谦之称。

⑦为言者：讲的是。

⑧万二千物：此为《太平经》作者用术数推导出来的物种数目。

⑨中皇：指介乎于上皇和下皇之间的太平气。

⑩瑞应：吉祥的兆应。

⑪善物：指自身生命力很强的动植物。

⑫所及：指波及面。

⑬行意：治国大法的要意。

⑭难问：诘难性的发问。

⑮生神：泛指司生之神。

⑯阳养神：泛指助天化生的地神。地性好养，故称。

⑰文：文彩，指条规繁多的礼制法度。

⑱阶：台阶，喻指起因。

⑲欺神：欺诈之神。

⑳盗贼神：指使人为盗作贼之神。《太平经》认为万事万物俱有神灵支配。

㉑文欺：指冠冕堂皇的欺诈行为。

㉒鄙用：不屑于任用。

㉓八十一域国：战国阴阳家邹衍认为，中国称为赤县神州。九个象赤县神州那样大的州，合成一个大州，外有小海环绕；这样的大州又有九个，外有大海环绕，再往外才是天地的边际。此即中国内分九州，九九八十一，合为一大州。

㉔天地之正文：指天地神书。

㉕童蒙：年幼未开化。这里是自谦之辞。

㉖贼杀：即虐杀。

㉗真母：即地。

㉘男者句：人禀元气之阴阳精气而生，禀阳精气多者为男，反之为女。

㉙物以类相感动：此为汉代盛行的天人感应论。

㉚天地之性，万二千物，人命最重：源自《老子》："道大，天大，地大，人亦大。域中有四大，人居其一。"

㉛游而无事：终日游乐而无所事事。

㉜其行：指女子婚前有赖父母养育，婚后又不能赡养父母。

㉝天算：即天寿。其享寿有未尽者，所余部分则由天另行掌握。此是以一年为一算。

㉞活人：使人活。

㉟可为：对真人的举动感到可心。

㊱籍：此指长生薄。

㊲绝其衣食供养：此指父母养育不易。

㊳老长巨细：指成年以后。

㊴夫子何男何女：做子女的无论是谁。

㊵父母不当随衣食之也：汉制，民男二十则编入国家户籍，以应徭役。此句和下文，是对子女应尽义务作出的一种解释。

㊶无益其父母：汉制，凡民女十五至三十岁不嫁者，征收五倍人口税。

㊷地统：地之统系，与天统、人统相对而称。

㊸侅（hài，害）：愁苦。

㊹道止：中途废止。

㊺宫：指终身独栖的处所。

㊻共传天地统：指生儿育女。

㊼贤：贤妇。不肖者：指绌妇、蠢妇。

㊽功：指劳作的成效。

㊾厚：指感情的亲近程度。

㊿大中古以来：指夏商周以下的历史时期。

(51)断绝地统句：指种族延续和繁衍受到人为的阻碍和破坏。

(52)天气：指源于元气的阴阳精气。

(53)日月满乃开胞而出户：犹言十月怀胎，一朝分娩。

(54)灭世：指断子绝孙。

(55)逃亡：指不授付，不传布。坐：受惩罚。

一男二女法第四十二①

"真人前。今天太和平气方至，王治且太平，人当贞邪不当贞？何以当贞？""夫贞者，少情欲不妄为也。""噫，真人之说，纯大中古以来，俗人之失也，其师内妒②，反教民妄为也。"

真人曰："何谓也？""夫贞男乃不施，贞女乃不化也。阴阳不交，乃出绝灭无世类也③。二人共断天地之统④，贪小虚伪之名，反无后世，失其实核⑤，此天下之大害也。汝向不得父母传生，汝于何得有汝乎？而反断绝之，此乃天地共恶之，名为绝理大逆之人也。其应乃使天地隔绝，天不肯雨，地不肯化生，何也乎？"夫天不雨，即其贞不施也；夫地不生万物，即其贞不化也。夫天乃不雨，地乃无所生物，天下之大凶咎也，何以为善哉？观真人之说也，不顺天地之教，令逆天道，不乐助天地生化，反欲断绝之。子之吐口出辞，曾无负于皇天后土乎?”“无壮不及有过，见天师说，自知罪重不也[⑥]。”“为子言事，无当反天道，而以俗人之言，不顺天意！阴阳所以多隔绝者，本由男女不和。男女者，乃阴阳之本也。夫治事乃失其本，安得吉哉?”

“今唯天师，当云何乎?”“然，太皇天上平气将到[⑦]，当纯法天[⑧]，故令一男者当得二女，以象阴阳，阳数奇、阴数偶也，乃太和之气到也。如大多女，则阴气兴；如大多男，则阳气无双无法[⑨]，亦致凶，何也？人之数当与天地相应，不相应力而不及，故得凶害也。”

“夫帝王后宫乃应土地，意云何哉?”“今真人所言，即助吾语也。夫女，即土地之精神也[⑩]，王者，天之精神也，主恐土地不得阳之精神[⑪]，王气不合也，令使土地有不化生者，故州取其一女，以通其气也。乐其化生者，恐其施恩不及，王施不洽[⑫]，故应土地而取之也，遍施焉乃天气通，得时雨也，地得化生万物。今太平气至，不可贵贞人也，内独为过甚深，使王治不和良。凡人亦不可过节度也，故使一男二女也。”“善哉善哉!”

右顺天地，法合阴阳，使男女无冤者，致时雨令地化生，王治和平。

---

①一男二女法：指一夫二妻制。

②妒：指妒嫉真道。

③世类：族姓系统。

④二人：即贞男、贞女两种人。男子属阳，为天精神，乃承天统；女子属阴，为地精神，乃承地统。

⑤实核：指男施女化的新生命。

⑥不：下不为例之义。

⑦太皇天上平气：指无以复加的太平盛气。

⑧法：效法。

⑨法：指阳尊阴卑等法则。

⑩夫女，即土地之精神也：人禀元气分化成的阴阳精气而生，受阴之精气多者为女，反之为男。

⑪主：职在。

⑫洽：均匀。

兴善止恶法第四十三[①]

“真人前。今太平气临到，欲使谨善者日益兴[②]，恶者日衰却也。为其有伤杀人，盗贼发，为作政当云何乎[③]?”“何谓也?”“谓临发所知也[④]。如人君坐有所疑，而欲使善者大兴，恶者立衰也。盗贼起，使即时得也，其为政当奈何乎？今真人宜善记之。”“今天师使之，敢不言！每言不中天师法。”“何谦为言之？自古大圣人不责备于一人也。今子言不中，何谦乎?”“唯唯。但当赏善罚恶，令使其分明□□，即善者日兴，恶者日衰矣。”“子言是也，其赏罚独无名字邪?”“不及勤能壹言[⑤]，不敢复重。今唯天师大开示之。”

“然，子主记之，为子具言之。长吏到其发所[⑥]，悉召其部里人民[⑦]，故大臣故吏使其东向坐，明经及道德人使北向坐[⑧]，孝悌人使西向坐[⑨]，佃家谨子使居东南角中西北向坐，恶子少年使居西南角中东北向坐，君自南向坐[⑩]。”

“何必正如此坐乎?”“各从其类，乃天道顺人立善也，盗贼易得。”“何谓也?”“大臣故吏投义处[⑪]，此人去不仕[⑫]，欲乐使以义相助也。明经道德投明处[⑬]，欲使明其经道，相助察恶也。孝悌投本乡，至孝者用心，故使归本乡也[⑭]，孝悌者欲使常谨敬如朝时也，物生于东，乐其日进也。谨力之子投东南角者，东南长养之乡[⑮]，欲乐其修治万物，而不懈怠也。恶子少年投西南，西南者，阳衰阴起之乡[16]，恶欲相巧弄，刑罚罪起焉，故猴猿便巧，处向衰之地置焉。

东向、西向、北向悉居前[17]，不谨子与恶子居其后。有酒者赐其各一器，无酒者赐其善言者[18]，使相助为聪明。已毕也，君坐间处[19]，居户内自闭也。一一而呼此众人，以尊卑始教其各言一[20]，各记主名也。所言所记，后当相应，后不相应者坐之。言而不相应者，大佞伪人也，后即知佞伪人处矣。言而相应者，久久乃赐之，进其人[21]，毋即时也。"

"何乎?""将致怨[22]。为人君父，而使其臣子致怨，非慈父贤君也，故已毕，悉遣诸善人去。恶子少年，与吏俱逐捕，不得贼者，不得止也。真人用此书，以付上德之君，以示凡人，各知有此教，善者日兴，恶者日衰矣，盗贼邪奸得矣。"

"善哉善哉！何故先示之乎?""夫天将兴雨，必先有风云，使人知之。所以然者，欲乐其收藏也，所以先示者，乐其为善者日兴，为恶者日止也。今太平气当至，恐人为恶，乱其治，故先觉之也。为政当象天。夫天不掩人之短，太古圣人不为也[23]，名为暗昧政，反复致凶，不得天地心意，故先示之也。"

"善哉善哉！君何故必居户内自闭，而使言者居户外乎哉?""然，夫人将闻密言者，必心不自知前也[24]。头面相近，傍人知之，令为言者得害矣。夫为人君长，受人聪明，后使其人得害，名为中伤忠信贤良股肱，后无肯复言者也。聪明闭绝，其政乱危者矣。又君者，阳也，居阴中；臣者，阴也，处阳中也；阴阳相得者，使人悦，所言进必尽信也。此天自然之法也。真人宁知之邪?""唯唯。""行去，勿妄言。此致太平之书也。""唯唯。"

右兴善止恶聪明达立得盗贼忠信者得诀法。

---

①兴善止恶法：指按照易纬八卦方位，聚众就坐，隔户呼问的一种教化与镇压双管齐下的为政方法。

②谨善者：恭谨善良的人。

③为作政：指采取相应的对付办法。

④临发：身临出事地点。

⑤勤：充其量，往好处说之义。

⑥长吏：是指中央派往各州即监区的州刺史。

⑦部里：部，领辖之义。里，汉代基层行政单位，由百户居民组成。

⑧明经及道德人句：明经及道德人，均为汉代举贤良方正科目。前者主要指精通儒家一经者，后者包括有道、敦厚质直、仁贤等。北向，坐南朝北。

⑨孝悌人：汉代荐举科目，包括孝廉、至孝等。

⑩君：指州刺史。

⑪义处：按照八卦方位，兑居西，属金行，代表义。

⑫去不仕：指退休家居

⑬明处：按照八卦方位，离居南，属火行，代表人住五常中的礼，火性明，故语。

⑭本乡：按照八卦方位，震居东，属木行，代表人。仁者有心，万物始生东方。

⑮东南长养之乡：按照八卦方位，巽居东南，属木行，为万物随阳气生长过程中的散布阶段，故语。

⑯西南者，阳衰阴起之乡：按照八卦方位，坤居西南，属土行，时值农历六月。六月阴气在地下形成，与阳气构成消长进退之势。

⑰东向：指故大臣故吏。西向：指孝悌人。北向：指明经和道德人。

⑱善言者：指官府用好言抚慰与激励。

⑲坐间处：指坐北朝南的特设处所。按照八卦方位，坎居北，属水行，代表信。

⑳言一：告知一桩事或某种情况。主名：指当事人。

㉑进：提拔。

㉒致怨：指告发属实者被被告发者所怨恨，或招来未被提拔者的嫉恨。

㉓太古：即上古，指天皇、地皇、人皇所谓的三皇时代。

㉔前：指后果。

太平经卷三十六

丙部之二

守三实法第四十四[①]

“真人前。”“唯唯。”“天下凡人行，有几何者大急[②]？有几何者小急？有几何者日益祸凶而不急乎？真人宜自精[③]，具言之。”“唯唯。诚言心所及，不敢有可匿。”“行言之。”“凡天下之事，用者为急，不用者为不急。”

“子言是也，虽然非也[④]。欲得其常急而不可废者，废之天下绝灭无人。天文[⑤]并合无名字者[⑥]，故为大急。今子所言，但当前小合于人意，反长候致诸祸凶所从起也[⑦]。真人前，吾今所问于子，乃问其常急而不可废置者谁也？”“今唯天师为其陈列，分别解示之。愚生自强过[⑧]，壹言不中，不敢复言。”

“然，子言是也。知之乃可说，不知而强说之，会自穷矣。凡人所不及也，事无大小，不可强知也。及之无难，不及无易也[⑨]。”“是故唯天师既开示浅暗不达之生[⑩]，愿为开辟其端首。”

“诺，听之。天下大急有二，小急有一。其余悉不急，反厌人耳目，当前善[⑪]，而长为人召祸，凡人皆得穷败焉。”

“何谓也？”“愚哉！然天下人本生受命之时，与天地分身，抱元气于自然[⑫]，不饮不食，嘘吸阴阳气而活，不知饥渴[⑬]，久久离神道远[⑭]，小小失其指意，后生者不得复知真道空虚，日流就伪，更生饥渴，不饮不食便死，是一大急也。

天地怜哀之，共为生可饮食，既饮既食，天统阴阳当见传[⑮]，不得中断天地之统也，传之当象天地一阴一阳，故天使其有一男一女，色相好[⑯]，然后能生也[⑰]。”

“何乃正使一阴一阳？”“夫阳极者能生阴，阴极者能生阳，此两者相传，比若寒尽反热，热尽反寒，自然之术也。故能长相生也，世世不绝天地统也。如男女不相得，便绝无后世。天下无人，何有夫妇父子君臣师弟子乎？以何相生而相治哉？天地之间无牝牡，以何相传？寂然便空，二大急也。

故阴阳者，传天地统，使无穷极也。君臣者，治其乱。圣人师弟子，主通天教[⑱]，助帝王化天下，故此饮食与男女相须，二者大急。

天道有寒热，不自障隐[⑲]，半伤杀人。故天为生万物，可以衣之；不衣，但穴处隐同活耳[⑳]，愁半伤，不尽灭死也，此名为半急也。

所谓天道大急者，乃谓绝灭死亡也，急无过此也。夫人不衣，固不能饮食，合阴阳不为其善[㉑]。衣则生贤，无衣则生不肖也。故衣者，有以御害而已，故古者圣贤，不效玄黄也[㉒]。饮食阴阳不可绝，绝之天下无人，不可治也。守此三者，足以竟其天年，传其天统，终者复始，无有穷已。故古者圣人以此为治也，其余不急，召凶祸物者悉已去矣。”

"何谓也?""此三者应天行。男者，天也；女者，地也；衣者，依也；天地父母所以依养人形身也。过此三者㉓，其余奇伪之物㉔，不必须之而活，传类相生也，反多以致伪奸㉕，使治不平，皇气不得至，天道乖错，为君子重忧。

六情所好㉖，人人嬉之，而不自禁止，意转乐之，因以致祸，君子失其政令，小人盗劫刺，皆由此不急之物为召之也。天下贫困愁苦，灾变连起，下极欺其上，皆以此为大害。所从来者久，亦非独今下古后世之人过也。传相承负㉗，失其本真实，悉就浮华，因还自愁自害，不得竟其天年也，后生多事纷纷，但以其为不急之事，以致凶事，故常趋走不得止也㉘。

日就浮华，因而愁苦，不竟天年。复使后生趋走不止，山川为空竭，元气断绝，地气衰弱，生养万物不成，天灾变改㉙，生民稍耗㉚，奸伪复生。不急之物为害若此。而欲悦耳目之娱，而不悟深深巨害矣。

上古所以无为而治㉛，得道意，得天心意者，以其守本不失三急。中古小多事者，以其小多端也㉜。下古大多忧者，以其大多端而生邪伪，更以相高上而相愁也㉝，因生邪奸出其中也。内失其真实，离其本根，转而相害，使人眩乱，君子虽愁心，欲乐正之，所为亿万端，不可胜理，以乱其治。真人深思此意。""善哉善哉!"

右守三实平气来邪伪去奸猾绝。

---

①三实：指饮食、男女、衣用等三大社会基本问题。

②几何者：多少项。大急：最紧迫。下"小急"依此。

③精：指精念其事象与要意。

④子言是也，虽然非也：似是而实非。

⑤天文：指由日月星构成的天象。

⑥名字：名称、名目。此句意谓废之便使天象失去依存和比较对象。混合成一团而叫不出哪是日、哪是月、哪是星的名称。

⑦长候：从长远方面等待。

⑧强过：使气冒罪。

⑨及之无难句：懂者不难，难者不懂。

⑩浅暗不达之生：真人自谦之辞。

⑪当前善：只顾眼皮底下的益处。

⑫抱元气于自然：元气，化生宇宙万物的无形实体。自然，原来就那样的情状与态势。

⑬不饮不食句：对《庄子·逍遥游》及《刻意》中某些描述的改造。

⑭神道：神灵所奉行之道。

⑮见传：得到传续。

⑯色相好：是说彼此容颜姣美而相互爱慕。

⑰生：迭相传生。

⑱天教：上天的教导。

⑲天道有寒热句：天道有寒暑，人类若不采取御寒避暑的防护手段。

⑳隐同活：躲着不出来同勉强活着一样罢了。

㉑善：指优生。

㉒不效玄黄：效，取用。玄黄，天地的正色，代指各种色彩。

㉓过此三者：在三者以下的。

㉔奇伪之物：指金玉玩好等。

㉕多以致伪奸：源自《老子》："难得之货，令人行妨"。

㉖六情：指喜怒哀乐爱恶。

㉗承负：指前代罪过殃及后世。

㉘趋走：指为金玉玩好等奇伪之物奔波忙碌。

㉙变改：指日益加剧。

㉚稍耗：逐渐锐减。

㉛无为：顺适自然。

㉜中古：指以黄帝为首的五帝时代。多事：指天灾人祸。多端：指政令繁多。

㉝高上：指竞奇斗奢之类。

三急吉凶法第四十五

“真人前。蚑行之属有几何大急，几何小急，几何不急乎？”“然，各有所急，千条万端。”“皆名为何等急[①]？”“蚑行各有所志也[②]，不可名字也。”“真人已愁矣昏矣。子其故为愚[③]，何壹剧也[④]。”“实不及。”“子尚自言不及，何言俗夫之人失计哉？其不及乎，是也。”“唯天师愿为其愚暗解之。”“然，蚑行俱受天地阴阳统而生，亦同有二大急、一小急耳。”

“何谓乎哉？”“蚑行始受阴阳统之时，同仿佛嘘吸[⑤]，含自然之气，未知食饮也，久久亦离其本远。大道消竭，天气不能常随护视之[⑥]，因而饥渴。天为生饮食，亦当传阴阳统，故有雄雌，世世相生不绝。绝其食饮，与阴阳不相传，天下无蚑行之属，此二大急者也。

其一小急者，有毛羽鳞亦活，但倮虫亦生活[⑦]。但有毛羽者，恒善可爱，御寒暑；有鳞者，恒御害；非必须而生也，故为小急也。其余凡行[⑧]，悉祸处也。不守此三本，无故妄行，悉得死焉，此自然悬于天地法也。真人宜思其意，守此三行者，与天地中和相得；失此三而多端者[⑨]，悉被凶害也。”

“善哉善哉！天师既开示，愿乞问一事。”“平行。”“今布根垂枝之属[⑩]，不食不饮不衣，当奈何乎？”“噫！子学不日进，反日无知，何哉？亦有二大急、一小急。”何谓也？”“明听！”“唯唯。”

“万物须雨而生，是其饮食也。须得昼夜，壹暴壹阴。昼则阳气为暖，夜则阴气为润，乃得生长，居其处，是其合阴阳也。垂枝布叶，是其衣服也。其物多叶亦生，少叶亦生，是其质文也[⑪]。故无时雨，则天下万物不生也。天下无一物，则大凶也，是一大急也。不得昼夜合阴阳气，物无以得成也，天下无成实物，则大凶，是二大急也。物疏叶亦实[⑫]，数叶亦实，俱实，不必当数叶也，是其小急也。实者，是其核也。[⑬]

是故古者圣人守三实，治致太平。得天心而长吉，竟天年，质而已，非必当多端玄黄也。故迷于末者当还反中[⑭]，迷于中者当还反本[⑮]；迷于文者当还反质，迷于质者当还反根，根者，乃与天地同其元也。故治眩乱于下古者，思反中古；中古乱者，思反上古；上古乱者，思反天地格法[⑯]；天地格法疑者，思反自然之形；自然而惑者，思反上元灵气。故古者圣贤饮食气而治者[⑰]，深居幽室思道，念得失之象，不敢离天法铢分之间也[⑱]。居清静处，已得其意，其治立平，与天地相似哉！真人深惟思吾道言，岂知之邪？”“善哉善哉！”

“行，子已觉矣。而象吾书以治乱者，立可试[⑲]，不移时也。无匿此文，使凡人当自知质文所失处，深念其意，宜还反三真[⑳]，无自愁苦以邪伪也。真人慎之！”“唯唯。”

右解万物守本，得三急而吉，失三急而有害。

---

①皆名：统称，概称。何等：什么。

②志：指习性。名字：指定出统一的名目。

③故为愚：依旧愚昧。

④何壹剧：为什么竟那样厉害呢？

⑤仿佛：指效仿人类。

⑥天气：指具有施生作用的阳气。

⑦倮（luǒ，裸）虫：指身无羽毛鳞甲的动物。

⑧凡行：各种动物。

⑨多端：指属于细枝末节的诸多事体。

⑩布根垂枝之属：指植物。

⑪质文：质朴与文彩。

⑫实：实结出果实。

⑬核：本质。

⑭末者当还反中：末，指武力刑罚。反，返。中，指仁义。

⑮本：指道德。

⑯格法：常法。

⑰饮食气：修炼方术之一，即以呼吸吐纳先天元气养生延年。

⑱铢分：犹言极其密合程度。

⑲试：试验效应。

⑳三真：即三实。

事死不得过生法第四十六[①]

“真人前。”“唯唯。”“孝子事亲[②]，亲终，然后复事之，当与生时等邪？不也？”“事之当过其生时也。”“何也哉！”“人由亲而生，得长巨焉[③]。见亲死去，乃无复还期，其心不能须臾忘。生时日相见，受教敕，出入有可反报[④]；到死不复得相睹，訾念其悒悒[⑤]，故事之当过其生时也。”“真人言是也。固大已失天道真实，远复远矣。今真人说尚如此，俗人冥冥是也，失天法明矣。”

“何谓也？唯天师。”“然，人生象天，属天也；人死象地，属地也。天，父也；地，母也。事母不得过父。生人，阳也；死人，阴也。事阴不得过阳。阳，君也；阴，臣也。事臣不得过君。事阴反过阳，则致逆气，事小过则致小逆，大过则致大逆，名为逆气，名为逆政。其害使阴气胜阳，下欺其上，鬼神邪物大兴，共乘人道[⑥]，多昼行不避人也。今使疾病不得绝，列鬼行不止也。其大咎在此[⑦]，子知之邪？子知之耶？”

“愚生大不及[⑧]，有过不也。今见天师已言，乃恻然大觉。师幸原其勉勉慎事[⑨]，开示其不达，今是过小微，何故乃致此乎哉？”“事阴过阳，事下过上，此过之大者也。极于此何等[⑩]，乃言微乎？真人复重不及矣。又生人，乃阳也。鬼神，乃阴也。生人属昼，死人属夜，子欲知其大深放此[⑪]。若昼大兴长，则致夜短，夜兴长，则致昼短，阳兴则胜其阴，阴伏不敢妄见，则鬼神藏矣。阴兴则胜其阳，阳伏，故鬼神得昼见也。”夫生人，与日俱也[⑫]；奸鬼物，与星俱也。日者阳也，星者阴也，是故日见则星逃，星见则日人。故阴胜则鬼物共为害甚深，不可名字也[⑬]，乃名为兴阴反衰阳也，使治失政反，伤生人。此其为过甚重，子深计之。”“唯唯。”

真人复问神人[⑭]：“孝子事亲，亲终后复事之，当与生时等邪？复有异乎？事之复过于生时？复不及也？人由亲而生，得长大，见亲终去，复无还期，不得受其教敕，出入有可反报，念念想象，不能已矣。欲事之过生，殆其可乎[⑮]？”

神人言：“子之言，但世俗人孝之言耳，非大道意也。人生象天属天，人卒象地属地。天，父也；地，母也；事母不得过父。生，阳也；卒，阴也；事阴不得过阳。阳，君道也。阴，臣道也。事臣不得过于君。事阴过阳，即致阴阳气逆而生灾；事小过大，即致政逆而祸大。阴气胜阳，下欺上，鬼神邪物大兴，而昼行人道，疾疫不绝。而阳气不通，君道衰，臣道强盛。是以古之有道帝王，兴阳为至[16]，降阴为事。

夫日，阳也。夜，阴也。日长即夜短，夜长即日短，日盛即生人盛，夜盛即鬼神盛。夫人以日俱，鬼以星俱。日，阳也。星，阴也。故日见即星逃，星见即日入。故阴胜即鬼神为害，与阴所致，为害如此也。"

"故天道制法也，阴职常当弱于阳。比若臣当弱于其君也，乃后臣事君顺之；子弱于其父母，乃子事父母致孝也。如强不可动移者，为害甚深剧。故孝子虽恩爱，不能忘其亲者，事之不得过生时也。真人亦宁晓不耶[17]?""唯唯。""慎之慎之！凡事不可但恣意而妄为也。""唯唯。"

"子欲事死过于生，乃得过于天，是何乎？乃为不敬其阳，反敬其阴，名为背上向下，故有过于天也。""愚生大负，唯天师原之耳。不也。""但自详计之，言事皆当应法。"

"唯唯。天师开示之，愿悉闻其不得过其生时意。""其葬送，其衣物，所赍持治丧[18]，不当过生时。皆为逆政，尚为死者得谪也[19]。送死不应本地[20]。下簿考问之失实[21]。反为诈伪行，故得谪又深。敬其兴凶事大过[22]，反生凶殃，尸鬼大兴行，病害人，为怪变纷纷。"

"以何明之耶[23]?""善哉！子难也。以上古圣人治丧，心至而已，不敢大兴之也[24]。夫死丧者，天下大凶恶之事也。兴凶事者为害，故但心至而已，其饮食象生时不负焉[25]。故其时人多吉而无病也，皆得竟其天年。

中古送死治丧，小失法度，不能专其心至而已，失其意，反小敬之，流就浮华，以厌生人，心财半至其死者耳[26]。死人鬼半来食，治丧微违实，兴其祭祀，即时致邪不知何鬼神物来共食其祭，因留止祟人，故人小小多病也。

下古复承负中古小失，增剧大失之，不心至其亲而已，反欲大厌生人，为观古者作荣[27]，行失法，反合为伪，不能感动天，致其死者鬼不得常来食也。反多张兴其祭祀，以过法度，阴兴反伤衰其阳。不知何鬼神物悉来集食，因反放纵，行为害，贼杀人，不止共杀一人者[28]。见兴事不见罪责[29]，何故不力为之乎[30]？是故邪气日多，还攻害其主也，习得食随生人行不置也[31]。

阴强阳弱，厌生人，臣下欺上，子欺父，王治为其不平，而民不觉悟，故邪日甚剧，不复拘制也[32]。是故古者圣贤，事死不敢过生，乃睹禁明也。真人亦岂已解耶?""可骇哉[33]！可骇哉！向天师不示，愚生心无由得知此也。"

"真人前。子与吾合心，必天使子主问事[34]，不可自易也，是以吾悉告子也。所以然者，今良平气且临至[35]，凡事当顺，一气逆，转不至。""何谓也?""夫天道，当兴阳也而衰阴，则致顺，令反兴阴而厌衰阳，故为逆也。反为敬凶事，致凶气，令使治乱失其政位，此非小过也。

上古之人理丧，但心至而已，送终不过生时，人心纯朴，少疾病。中古理渐失法度，流就浮华，竭资财为送终之具，而盛于祭祀，而鬼神益盛，民多疾疫，鬼物为祟不可止。下古更炽祀他鬼而兴阴[36]，事鬼神而害生民，臣秉君权，女子专家[37]，兵革暴起，奸邪成党，谄谀日兴，政令日废，君道不行，此皆兴阴过阳，天道所恶，致此灾咎[38]，可不慎哉?

真人无匿此书，出之，使凡人自知得失之处。夫治不调，非独天地人君之过也，咎在百姓人人自有过，更相承负，相益为多，皆悉坐不守实所致也[39]。以离去其实，远本反就伪行而不自知。"

"何谓乎?""生者，其本也；死者，其伪也。""何故名为伪乎?""实不见睹其人可欲[40]，而生人为作知，妄图画形容[41]，过其生时也。守虚不实核事[42]，夫人死，魂神以归天，骨肉以付地腐涂[43]。精神者可不思而致，尚可得而食之[44]，骨肉者无复存也，付归于地。地者，人之真母。人生于天地之间[45]，其本与生时异事，不知其所职者何等也[46]，故孝子事之宜以本，乃后得其实也。生时所不乐[47]，皆不可见于死者，故不得过生，必为怪变甚深[48]。真人晓不？慎之慎之!”“唯唯。善哉善哉！实已出矣[49]。”“子可谓知之矣。行去!”“唯唯。”

右事生到终本末当相应诀。

---

①事死：指为去世亲人治丧守孝。过生：指治丧、守孝所投人的人财物远远超过事奉父母生前。

②事亲：事奉双亲。事：指治丧、埋葬、祭奠等。

③长巨：指长大成人。

④反报：指报答父母的养育之恩。反，同“返”。

⑤訾（zī，资）念：嗟叹思念。訾，通“咨”，嗟叹声。

⑥乘：侵凌。

⑦大咎：大祸患。

⑧大不及：太糊涂。

⑨原：体谅。

⑩何等：意谓还能叫它什么罪过。

⑪大深：指罪过大而深重。

⑫俱：相伴随。

⑬不可名字：不可名状。

⑭神人：即天师。

⑮殆：大概，或许。

⑯至：头等要务。

⑰宁：竟。

⑱赍（jī，积）：携。

⑲谪：指阴曹地府的处罚。

⑳送死不应本地：移葬他方。

㉑下簿：指阴曹地府对死鬼应划人何种名册。其名册分为三等，即乐游鬼、愁苦鬼、恶鬼。

㉒兴凶事：举办丧事。

㉓明：证明。难：诘难。

㉔上古圣人治丧句：按《易·系辞下》谓，古之下葬，用柴草厚裹死尸，埋在野地，不起坟，不种树作标志。服丧也没有固定期限，为此句所本。

㉕负：缺少。

㉖财：才，仅。

㉗荣：荣观，谓宫阙。后亦用为荣名、荣誉之意。

㉘不止共杀一人者：是说鬼神物各自为害于人。

㉙兴事：指人重丧炽祀。

㉚何故不力为之乎：指乘机肆虐。

㉛生人行：活人事死者超过其生前的那些举动。

㉜拘制：拘禁控制。

㉝恢（hài，害）：愁苦。

㉞主：负责。

㉟良平气：良善平和之气。

㊱炽祀：犹言淫祀，指祭祀频繁成风。

㊲专家：即当政、专权。

㊳灾咎：灾殃。

㊴益：增积。坐：牵累于。

㊵可欲：所称心如愿的。

㊶为作知：自以为知道死者需要什么。妄图画形容：操办各种丧具和丧礼。

㊷实核：实际核验。

㊸腐涂：朽烂成灰土。

㊹食：指享用祭品。

㊺人生于天地之间句：人生前活在地上，死后在地下，对地母的侍奉本来就不一样。

㊻不知其所职句：活人并不清楚死者在地下被划定的职责究竟是什么。何等，什么。

㊼生时所不乐：是说地母在死者生前所不喜欢的东西。

㊽必为怪变甚深：是说过生引起的恶果。

㊾实：事件的来龙去脉，真实情况。

太平经卷三十七

丙部之三

试文书大信法第四十七[①]

"大顽顿曰益暗昧之生再拜[②]，今更有疑，乞问天师上皇神人[③]。""所问何等事也?""请问此书文，其凡大要[④]，都为何等事生？为何职出哉[⑤]?""善哉善哉！子之问事，可谓已得皇天之心矣，此其大要之为解。天地开辟以来，帝王人民承负生，为此事出也。"

"今乃为此事出，何反皆先道养性乎哉?""然，真人自若真真愚昧[⑥]，蒙蔽不解。向者见子陈辞，以为引谦，反真真冥冥昧昧，何哉？诺，真人更明开耳听。然凡人所以有过责者，皆由不能善自养，悉失其纲纪[⑦]，故有承负之责也。比若父母失至道德，有过于邻里，后生其子孙反为邻里所害，是即明承负之责也。今先王为治，不得天地心意，非一人共乱天也。天大怒不悦喜，故病灾万端，后在位者复承负之，是不究乎哉[⑧]！故此书直为是出也。

是故古者大贤人，本皆知自养之道，故得治意，少承负之失也。其后世学人之师[⑨]，皆多绝匿其真要道之文，以浮华传学，违失天道之要意。令后世日浮浅，不能善自养自爱。为此积久，因离道远，谓天下无自安全之术[⑩]，更生忽事反斗禄[⑪]，故生承负之灾。子解意[⑫]，岂知之耶?"

"善哉善哉！见天师言，昭若开云见日无异也。""行，子可谓已得道意矣。""愚生蒙恩，已大解，今问无足时，唯天师丁宁重戒之。""然，夫人能深自养，乃能养人；夫人能深自爱，乃能爱人。有身且自忽，不能自养，安能厚养人乎哉？有身且不能自爱重而全形，谨守先人之祖统，安能爱人全人[⑬]？愚哉！子宁深解不耶?""唯唯。善哉善哉!"

"行，子以为吾书不可信也。试取上古、人所案行、得天心而长吉者书文，复取中古、人所案行[⑭]、得天心者书策文，复取下古、人所思务行、得天意而长自全者文书，宜皆上下流视考之，必与重规合矩无殊也[⑮]，乃子蒙且大解[⑯]，乃后且大信吾书言也。

今天疾人，后生者日益轻易[⑰]，斗命试才[⑱]，下愚乃言天无知，道天不效也[⑲]。夫地尚不欺人，种禾得禾，种麦得麦，其用功力多者，其稼善，何况天哉！今故天积怨下愚无知者，更相教轻事，为愚后生者日益剧，故生灾异变怪，非一也。是天与人君独深厚，比若父子之恩则相教，愚者见是，不以时报其君，反复蔽匿，断绝天路[20]，天复益忿忿，后复承负之，增剧不可移，帝王虽有万人之善，犹复无故被其害也。故使为善者不明[21]，若无益也。令使下愚言天无知，固有以乎哉[22]！”

“今见天师言，心解与更生无异也，善哉善哉！弟子虽多愁天师，冒死问事，始若有过，已问得解，意大喜，不悔之也。”“夫无知而不问，无由得通达。子言是其意也。行，书多悉备，头足腹背，表里悉具[23]，自与众贤共案之，勿复问。”“唯唯。”

右问天师文书众多、从上到下、所为出断诀。

---

①文书：指太平经之类“头足腹背、表里悉具”，专人解除“帝王人民承负之失”而制作问世的道经。

②大顽顿句：真人谦称。顽顿，顽劣迟顿。

③上皇神人：对天师的尊称。上皇，天之神子。

④凡大要：内容要义。

⑤职：使命。

⑥自若：仍旧。

⑦纲纪：指行动准则。

⑧不究：无极尽。

⑨学人：使人就学。

⑩安全：指身安形全。

⑪忽事：轻慢行事。斗禄：指争权夺利。

⑫解意：化解思意。

⑬全人：保全他人。

⑭案行：查验遵行。

⑮流视：纵览通观。重规合矩无殊：规，校正圆形的工具；矩：校正方形的工具；殊：差异。

⑯蒙：蒙昧，不明之处。

⑰轻易：指行为轻率简慢。

⑱斗命试才：拿命相斗来验试自己才能究竟如何。

⑲道天不效：道，称说；效，天罚。

⑳天路：指天与人君的沟通。

㉑使为善者不明：指行善积善的人在社会上不能立身扬名。

㉒有以：指有原因、有理由。

㉓书多悉备句：指《太平经》的完备、周密、深刻。

五事解承负法第四十八

蔽暗弟子再拜言[1]：“夫大贤见师说一面，知四面之说；小贤见师说一负，知四负之说[2]，故易为说也。其愚暗蔽顿之人[3]，不事见为说之，犹复心怀疑，故敢具问天师[4]。师既为皇天解承负之仇[5]，为后土解承负之殃，为帝王解承负之厄，为百姓解承负之过[6]，为万二千物解承负之责[7]。”又言：“下愚弟子乃为天问事，不敢不冒过悉道之。愿具闻其意何等也。”“平言。”

“今帝王人民有承负，凡事亦皆自有承负耶?”“善哉！子为天问事，诚详且谨。”“今每与天师对会[8]，常言弟子乃为天问疑事，故敢不详也。”“善哉！子有谨良之意，且可属事。行，今子乐欲令吾悉具说之耶？不惜难之也[9]。但恐太文，难为才用[10]。具说天下承负，乃千万字尚少也，明难胜[11]。既为子举其凡纲，令使众贤可共意，而尽得其意，与券书无异也[12]。”“唯天师语。”“明开两耳，安坐定心听。”“唯唯。”

"然，天地生凡物，无德而伤之，天下云乱[13]，家贫不足，老弱饥寒，县官[14]无收[15]，仓库更空。此过乃本在地伤物，而人反承负之。一大凡事解，未复更明听。

今一师说，教十弟子，其师说邪不实，十弟子复行，各为十人说，已百人伪说矣；百人复行各为十人说，已千人邪说矣；千人各教十人，万人邪说矣；万人四面俱言，天下邪说。又言者大众，多传相征，不可反也，因以为常说。此本由一人失说实，乃反都使此凡人失说实核，以乱天正文[16]，因而移风易俗[17]，天下以为大病，而不能相禁止，其后者剧，此即承负之厄也，非后人之过明矣。后世不知其所由来者远，反以责时人，故重相冤也，复为结气不除，日益剧甚，故凡二事解，真人复更明听。令一人为大欺于都市中[18]，四面行于市中，大言地且陷，成涵水[19]，垂泣且言。一市中人归道之，万家知之，老弱大小四面行言。天下俱得知之，乃使天下欺，后者增益之，其远者尤剧[20]。是本由一人言，是即承负空虚言之责也。后人何过乎？反以过时人[21]。三事解，然真人复更明听。

夫南山有大木，广纵覆地数百步[22]，其本茎一也[23]。上有无訾之枝叶实，其下根不坚持地，而为大风雨所伤；其上亿亿枝叶实悉伤死亡，此即万物草木之承负大过也。其过在本不在末，而反罪末，曾不冤结耶？今是末无过，无故被流灾得死亡。夫承负之责如此矣，宁可罪后生耶？四事解，然责人复更明听。

南山有毒气，其山不善闭藏，春南风与风气俱行[24]，乃蔽日月，天下彼其咎，伤死者积众多。此本独南山发泄气，何故反使天下人承负得病死焉。时人反言犹恶，故天则杀汝，以过其人，曾不冤乎哉？此人无过，反承负得此灾，魂神自冤，生人复就过责之，其气冤结上动天。其咎本在山有恶气风，持来承负之责如此矣。五事解，然真人复更危坐，详听吾言。本道常正[25]，不邪伪欺人。人但座先人君王人师父教化小小失正[26]，失正言，失自养之正道，遂相效学，后生者日益剧，其故为此。积久传相教，俱不得其实，天下悉邪，不能相禁止。故灾变万种兴起，不可胜纪，此所由来者积久复久。愚人无知，反以过时君，以责时人，曾不重被冤结耶？天下悉邪，不能自知，帝王一人，虽有万人之德，独能如是何？然今人行，岂有解耶？若食尽欲得之，而病人独不能食，乃到于死亡，岂有解耶？今交阴阳[27]，相得尽乐，有子孙祭神求吉，而自若不能生子，岂有解耶？夫人生尽乐好善而巨壮[28]，而固反不肖且恶，岂有解哉？此尽承负之大效也[29]。反以责时人，故不能平其治也。时人传受邪伪久，安能卒自改正乎哉？[30]？遂从是常冤，因为是连久，天怜之。故上皇道应元气而下也，子勿怪之也。"

"以何为初[31]？以思守一[32]。何也？一者，数之始也；一者，生之道也；一者，元气所起也；一者，天之纲纪也。故使守思一，从上更下也。夫万物凡事，过于大末不反本者[33]，殊迷不解，故更反本也。"

欲解承负之责，莫如守一。守一久，天将怜之。一者，天之纪纲，万物之本也。思其本，流及其末。

是以古者圣人将有可为作，皆仰占天文，俯视地理[34]，明其反本之明效也。真人解未？""唯唯。""今訾子悒悒，已举承负端首[35]，天下之事相承负皆如此，岂知之耶？""唯唯。今天师都举端首，愚生心结已解。""行，语真人一大要言。上古得道，能平其治者，但工自养，守其本也。中古小失之者，但小忽自养，失其本。下古计不详，轻其身，谓可再得，故大失之而乱其治。虽然，非下古人过也，由承负之厄会也。行文已复重，吾不复言，百言百同，无益也。可毋增书为文，今天辞已通嘱于真人。""唯唯。""行，归思其要，以付有德君，书要为解承负出。""唯唯。"

右问凡事承负结气诀。

①蔽暗弟子：学道真人的谦称。

②大贤见师等二句：指求道者能举一反三，触类旁通。负：隅，角落。

③蔽顿：不开通、迟钝。

④具问：深问。

⑤仇：指皇天对世人的憎恶。

⑥过：指所遭受的罪过。

⑦责：指所遭受的谴责。

⑧对会：碰头讨论。

⑨难：指讲说艰难辛苦。

⑩文：繁缛琐细。才用：裁定应用。才，通“裁”。

⑪难胜：承受不了。

⑫券书：契据。

⑬云乱：象云搅动一样大乱。

⑭县官：汉代称天子为县官。此指各级官府。

⑮收：指赋税收入。

⑯天正文：上天降示之正文，此指《太平经》。

⑰移风易俗：指邪说影响之巨。

⑱都市：国都市场。

⑲涵水：沉没一方的大水。

⑳远者：指距离当初的程度。

㉑反以过时人：反以罪责于当今之人。

㉒广纵覆地数百步：指树冠覆盖的面积。步，汉以六尺为一步。

㉓本茎：树根与树干。

㉔南风：发自南方之风。风气：指风中所裹挟的毒气。

㉕本道：本元之道，即真道。

㉖座：通“坐”，牵累于。

㉗今交阴阳：指夫妇同房。

㉘好善：指容貌漂亮。恶：指丑陋矮小。

㉙大效：有力的证明。

㉚卒：同“猝”，猛然，一下子。

㉛初：指践行自养自爱之道的首要任务。

㉜守一：精神修炼方术，即高度集中和控制意念力的一套功夫。

㉝大末：以末为上。

㉞地理：指由水土沙石或山川湖泊、丘陵、平原构成的地貌。

㉟端首：指要领。

太平经卷三十八

丙部之四

师策文第四十九[①]

师曰："吾字十一明为止，丙午丁巳为祖始。四口治事万物理，子巾用角治其右，潜龙勿用坎为纪。人得见之寿长久，居天地间活而已。治百万人仙可待，善治病者勿欺绐。乐莫乐乎长安市，使人寿若西王母，比若四时周反始，九十字策传方士。"

①师策文：又称"天策书"，是天师代天传意的押韵隐语，概称90字策。每句都有奇异的内涵。

太平经卷三十九

丙部之五

解师策书诀第五十[①]

真人稽首再拜[②]："唯唯。请问一疑事解。""平言，何等也?""天师前所与愚昧不达之生策书凡九十字[③]。谨归思于幽室[④]，闲处连日时，质性顽顿，昼夜念之，不敢懈怠，精极心竭，周遍不得其意；今唯天师幸哀不达之生，愿为其具解说之，使可万万世贯结而不忘[⑤]。""善哉，子之难问乎！可谓天人也[⑥]。诺，真人详聆听，为子悉解其要意[⑦]。"

真人请问神人："前所赐不达之生策书九十字，未知趋向义理所归，愿为一一解，以遗后世，[⑧]贯结而不忘。"神人言："为子直解之。"

师曰："吾字十一明为止：师者，正谓皇天神人师也；曰者，辞也，吾乃上辞于天[⑨]，亲见遣，而下为帝王万民具陈，解亿万世诸承负之谪也[⑩]；吾者，我也，我者，即天所急使神人也。今天以是承负之灾四流，始有本根，后治者悉皆随之失其政，无从得中断止之，更相贼伤，为害甚深，今天以为重忧。字者，言吾今陈列天书累积之字也[⑪]。十者，书与天真[⑫]诚信洞相应[⑬]，十十不误，无一欺者也，得而众贤，各自深计，其先人皆有承负也，诵之不止，承负之厄小大，悉且已除矣。一者，其道要正当以守一始起也，守一不置，其人日明乎，大迷解矣。

明为止，止者，足也，夫足者为行生，行此道者，但有日益昭昭，不复愚暗冥冥也。十一者，士也。明为止者，赤也，言赤气得此[⑭]，当复更盛，王大明也[⑮]。止者，万物之足也，万物始萌，直布根以本足生也，行此道，其法乃更本元气，得天地心，第一最善，故称上皇之道也。丙午丁巳为祖始[16]：丙午丁巳，火也，赤也；丙午者，纯阳也；丁巳者，纯阴也[17]；阴阳主和，凡事言阴阳气，当复和合天下而兴之也。为者，为利帝王，除凶害出也。祖者，先也，象三皇德也。始者，反本初也，故行是道，当得反上皇也。

四口治事万物理[18]：四而得口者，言也，能日习言吾书者，即得天正经字也，令得其至意，乃上与天心合，使万物各得其所，而不复乱，故言万物理也。

子巾用角治其右者：诵字也[19]，言诵读此书而不止，凡事悉且一旦而正，上得天意，欢然而常喜，无复留倍也[20]。

潜龙勿用坎为纪：潜龙者，天气还复初九[21]，甲子岁也，冬至之日也，天地正始起于是也[22]；龙者，乃东方少阳，木之精神也，故天道因木而出，以兴火行[23]，夫物将盛者，必当开通其门户也。真人到期月满[24]，出此书，宜投之开明之地。开者，辟也，通也，达也，开其南，更调畅阳气，消去其承负之厄会也。潜者，藏也，道已往到[25]，反隐藏也；勿者，敢也，未也，先见文者，未知行也。用者，治也，事也，今天当用此书除灾害也，玄甲岁出之，其时君未能深原书意[26]，得能用之也。故言勿用者，见天文未敢专信而即效案用之也[27]。信用之者，事立效见响应[28]，是其明证也，乃与天合，故响应也。坎为纪者，子称坎[29]；甲，天也，纲也，阳也；坎者，子也，水也，阴也，纪也[30]；故天与地常合，其纲纪于玄甲子初出，此可为有德上君治纲纪也，故言坎为纪也。乃谓上皇天书，下为德君出真经，书以绳断邪，以玄甲为微初也[31]。凡物生者，皆以甲为首，子为本，故以上甲子序出之也[32]。

人得见之寿长久：人者，正谓帝王一人也，上德易觉，知行道书之人也。据瑞应文[33]，不疑天道也，深得其意则寿矣。寿者，竟其天年也；长者，得无穷也[34]；久者，久存也[35]。

居天地间活而已：居者，处也，处天地间活而已者，当学真道也。浮华之文不能久活人也[36]，诸承负之厄会，咎皆在无实核之道故也，今天断去之也。

治百万人仙可待：治者，正也，天以此书正众贤之心，各自治病[37]，守真去邪。仙可待者，言天下闻之，真道翕然悉出[38]，往辅佐有德之君。治真道者[39]，活人法也，故言仙可待也。

善治病者勿欺殆[40]：凡人悉愚，不为身计，皆以邪伪之文，无故自欺殆，冤哉！反得天重谪，而生承负之大责，故天使其弃浮华文，各守真实，保其一旦夕力行之，令人人各有益其身，无肯复自欺殆者也。

乐乎长安市：乐者，莫乐于天上皇太平气至也；乎者，嗟叹其德，大优无双也。长者，行此道者，其德善长，无穷已也；安者，不复危亡也，得行此道者，承负天地之谪悉去，乃长安旷旷恢恢[41]，无复忧也。市者，天下所以共致聚人处也；行此书者，言国民大兴云云，比若都市中人也。

使人寿若西王母：使人者，使帝王有天德好行正文之人也[42]。若者，顺也，能大顺行吾书，即天道也，得之者大吉，无有咎也。西者，人人栖存真道于胸心也。王者，谓帝王得案行天道者，大兴而王也，其治善，乃无上也。母者，老寿之证也，神之长也[43]。

比若四时周反始：比者，比也，比若四时传相生、传相成[44]，不复相贼伤也，其治无有刑也。

九十字策传方士：九者，究也，竟也，得行此者，德乃究洽天地阴阳万物之心也[45]。十者，十十相应，无为文也[46]。字者，言天文上下字，周流遍道足也。传者，信也，故为作委字符信以传之也[47]。方者，大方正也，持此道急往付归有道德之君，可以消去承负之凶，其治即方且大正也。士者，有可克志一介之人也[48]，一介之人者，端心可教化属事，使往通此道也。吾策之说，将可睹矣，真人岂晓解未乎?”

“唯唯。善哉善哉！见天师言，大乐已至矣。”“子可谓已知之矣。”“愚生每有所问，自知积愁天师[49]，向不问，何从得知之!”“然，子言是也。贤圣有疑，皆问之，故贤圣悉有师也[50]。不可苟空强说也[51]，夫强说适可一言，不能再转也。”“唯唯，是以愚生不敢强说也。”“子言是也，大儒谦，亦不失之也。”“今天师事事假其路，为剥解凡疑[52]，遂得前问所不及，今欲有可乞问，甚不谦，不知当言邪？不邪?”“疑者平言，勿讳。”“唯唯。古今贤圣皆有师，今天师，道满溢复当师谁乎?”“善哉善哉！子之问也，可谓睹微意矣[53]。然吾始学之时，同问于师，非一人也，久久道成德就，乃得上与天合意，乃后知天所欲言，天使太阳之精神来告吾[54]，使吾语，故吾者乃以天为师。虽喻真人，向天不欲言，吾不敢妄出此说，天必诛吾，真人亦知此诚重耶？子诚慎之!”

“唯唯。愚生问疑于天师，无不解者，心喜常不能自禁言，愿复乞问一事。”“行道之。”“唯唯。今天师比为暗蒙浅生具说承负说，不知承与负，同邪？异邪?”“然，承者为前，负者为后。承者，乃谓先人本承天心而行小小失之，不自知，用日积久[55]，相聚为多，今后生人反无辜蒙其过谪，连传被其灾，故前为承，后为负也，负者，流灾亦不由一人之治，比连不平，前后更相负，故名之为负。负者，乃先人负于后生者也；病更相承负也，言灾害未当能善绝也，绝者复起，吾敬受此书于天，此道能都绝之也，故为诚重贵而无平也[56]，真人知之邪?”“唯唯。可骇哉！可骇哉!”“行去，勿复问。”“唯唯。”

右解师策书九十字诀。

---

①解：悉解，直解。对上篇《师策文》逐字逐句的解说。

②稽首：即叩头，最重的跪拜礼。唯唯：毕恭毕敬的样子。

③策书：写在帛卷上的隐语。

④幽室：指设在旷野的修道处所。闲处：此指杜绝其他一切活动。

⑤贯结：贯结胸心。

⑥天人：犹言天民，指德返自然本性，能使他人归附的人。

⑦要意：切要的意旨。

⑧遗（wèi，谓）：留赠。

⑨辞：即辞告与具陈。

⑩谪：所获的罪谴。

⑪积累之字：指复文，即用两个以上的隶书合成的符箓秘文。

⑫天真：指自然本性。

⑬信洞：信实到了极点。洞，洞彻。

⑭赤气：指火行之气，又称太阳之气。即最旺盛的阳气。

⑮王：旺，指火气占居统治地位。当时盛行汉为火德说，故语。

⑯丙午丁巳句：阴阳家用天干地支表示五行。丙为天干，午为地支；丁为天干，巳为地支；两两相配，都代表火行，故语。

⑰丙午者等二句：丙午各为单数，属阳干与阳支；丁巳为双数，属阴干与阴支，故语。

⑱四：指言字上部的一点三横。

⑲子巾用角句：用角二字组合，意为“诵”。子巾二字组合，巾似宝盖，成“字”。

⑳留倍：指五大行星在逆行弧线中运行的迟疾情况。这在星占家看来，属于天之谴。

㉑潜龙勿用坎为纪：对《周易·乾卦》爻辞的发挥。潜，潜藏、潜伏。龙，传说中的尊贵神物。天气：指天之阳气。乾卦第一阳爻，时值农历十一月。

㉒甲子等三句：甲子，历元，即历法的起算点，古以夜半为一日之始，以合朔为一月之始，以冬至为一年之始，以恰好是

夜半合朔冬至的时候为推算历法之始，名为甲子。

㉓龙者句：少阳指不甚旺盛的阳气。木，指木行。天道因水而出：天道好生，木行主生，万物始生东方，故语。以兴火行：按照五行相生的次序，木生火。

㉔到期月满；指及至季春三月。开明之地：指东南。

㉕往到：预先显现。

㉖玄甲岁：即甲子冬至之日。时君：此指汉桓帝。

㉗天文：天上降示的神文。效案：试行验证。

㉘响应：如响之应声。

㉙子称坎：子，十二地支之一，代表北方。坎，八卦之一。北方为坎卦所居之位。

㉚坎者，子也，水也：北方属水行，坎卦居北方，故语。纪：丝缕头绪，喻指事物的统领，仅次于纲。

㉛微初：指始生的状态。微，指万物皆微生，其色不同，十一月阳气始施于黄泉之下，物在地中色皆赤；十二月阳气上升，物在地中色皆黄，正月阳气继续上升，物在地中剖甲而出，色皆黑。

㉜序出之：指按次第出授上皇天书即《太平经》经文。

㉝瑞应文：指河图洛书，此指《太平经》。

㉞长者，得无穷也：指长生不死。

㉟久者，久存也：久，永久。指登仙成神。

㊱浮华之文：即浮华记。

㊲病：指上天对世人的忌恶，表现为灾变怪异现象层出不穷。

㊳翕（xī，西）然：不约而同的样子。

㊴治：研习传布。

㊵殆：给，欺骗。

㊶旷旷恢恢：开阔广大的样子。

㊷天德：天的本性，即好生。

㊸神：体内诸神。神去身死，神在形存，人得老寿，乃是守神入神的结果。

㊹比若四时句：四季交替，万物春生、夏长、秋获、冬藏。

㊺九者，究也，竟也：九为阳之极；究、竟，究尽。究洽：极为切合。

㊻无为：指无为而治，帝王垂拱，终日乐游。

㊼委字符信：即天书累积之字。委，积。

㊽克志：努力实现志向。

㊾积愁：使天师忧虑重重。

㊿贤圣悉有师也：据《白虎通·辟雍》等书，神农氏以悉诸为师，黄帝以风后为师，颛顼（zhuān xū，专须）以绿图为师，喾（kù，库）以赤松子为师，尧以务成子为师，舜以尹寿为师，禹以国先生为师，汤以伊尹为师，文王武王以太公吕望为师，孔子以老子为师。

(51)苟空：无根据。

(52)剥解：层层解示。

(53)微意：深微的道意。

(54)太阳之精神：由极盛的阳气所化成的神灵。

(55)用：以，作“因”解。

(56)无平：无法估量。平，指衡量标准。

真券诀第五十一[①]

“真人前，凡天下事何者是也？何者非也？”“试而即应，事有成功，其有结疾病者解除，悉是也；试其事而不应，行之无成功，其有结疾者不解除，悉非，非一人也[②]。”“善哉！子之言真是也。言虽少，斯可解亿万事，吾无以加子之言也。夫欲效是非，悉皆案此为法，可勿怀狐疑，此即召信之符也[③]。”

“何谓也?”“夫凡事信不信，何须必当考问之也?古者圣贤，但观人所行证验也，知之矣，明于日月[④]。子说积善，不可变易也。欲知吾书，悉取信效于是。真人知邪?”“唯唯。”“行去，名此为真券，慎勿遗，无投于下方，以为诀策书章[⑤]。”

右召信符效书证真券。

---

①真券：全称效书证真券。券，契据，此指可为凭的神文。

②非一人也：并非都是帝王一人的过错。

③召信：昭示信实。符：凭证，此指符契、符书。

④古者圣贤等句：源自《老子·五十四章》：以身观身，以家观家，以乡观乡，“以天下观天下。吾何以知天下然”。

⑤诀策书章：指道教的真文宝册。

太平经卷四十

丙部之六

努力为善法第五十二

“真人前，天下之人凡有几穷乎[①]?”“何谓也?”“谓平平无变，人有几迫穷乎[②]?”“所穷众多。”“其所穷，独无有名字邪?”“不可名字也。”“子未知也。天下之人有四穷。”

“何谓也?”“谓子本得生于父母也，既生，年少之时，思其父母不能去，是一穷也。适长巨大自胜[③]，女欲嫁，男欲娶，不能胜其情欲，因相爱不能相离，是二穷也。既相爱，即生子，夫妇老长，颜色适不可爱，其子少可爱，又当见养[④]，是三穷也。其子适巨，可毋养身[⑤]，便自老长不能行，是四穷也。

四穷之后，能得明师，思虑守道尚可。高才有天命者或得度[⑥]，其次或得寿，其次可得须臾乐其身，魂魄居地下，为其复见乐[⑦]。”

“何谓也?”“地下得新死之人[⑧]，悉问其生时所作为，所更，以是生时可为，定名籍，因其事而责之[⑨]。故事不可不豫防，安危皆其身自得之也。真人慎之，见此诫耶?”“唯唯。天师乃敕以不见之言。”“然，所以敕教子者，见子常有善意，恐真人懈倦，故明示敕之耳。”“唯唯。”

“真人今学，以何自期乎?”“以年穷尽为期[⑩]。”“善哉!子志可谓得道意矣。然凡人行，皆以寿尽为期，顾有善恶尽耳[⑪]。”

“何谓也?愿闻之。”“然，守善学，游乐而尽者，为乐游鬼，法复不见愁苦，其自愁苦而尽者为愁苦鬼[⑫]，恶而尽者为恶鬼也。此皆露见之事，凡人可知也。而人不肯为善，乐其魂神，其过诚重。”

“何谓也?”“人生乃受天地正气，四时五行，来合为人[⑬]，此先人之统体也。此身体，或居天地四时五行。先人之身，常乐善无忧，反复传生[⑭]。后世不肖，反久苦天地四时五行之身，令使更自冤死，尚愁其魂魄[⑮]。是故愚士不深计，不足久居也，故令欲使其疾死亡，于其死不复恨之也[⑯]。精神但自冤怜，无故得愁恚于此下士[⑰]。是故古者大贤圣，深计远虑知如此，故学而不止也。

其为人君者，乐思太平，得天之心，其功倍也，魂神得常游乐，与天善气合⑱。其不能平其治者，治不合天心，不得天意，为无功于天上，已到终，其魂神独见责于地下，与恶气合处⑲。是故太古上圣之君，乃知此，故努力也。愚人不深计，故生亦有谪于天，死亦有谪于地。”

“可骇哉！弟子愚暗，不欲闻也。”“善哉！子既来学，不欲闻此，即且努力为善矣。”“唯唯。天师处地，使得知天命，受教敕深厚，以何得免于此哉？”“善乎！子但急传吾书道，使天下人得行之，俱思其身，定精念，合于大道，且自知过失所从来也，即承负之责除矣。天地大喜，年复得反上古而倍矣⑳。”“善哉善哉！”

“行，辞小竟，真人努力勉之，异日复来。”“唯唯。”“得书详思上下，学而不精，名为惚恍。求事不得无形象，思念不致。精神，无从得往。”“善哉善哉！”

右天师诫人生时不努力，卒死尚为魂神得承负之谪。

---

①穷：指人生难以摆脱的难题。

②平平无变：在一般情况下。迫穷：迫得穷途末路。

③长巨自胜：指身体发育成熟，可以独立生活。胜：控御。

④老长：年龄逐渐增加。颜色适不可爱：指容貌衰老。见养：加以抚养。

⑤其子适巨句：指完成了抚养任务。

⑥有天命者：指生前就名列上天长生薄的人。本经卷111《善仁人自贵年在寿曹诀》称，地上之生从中，有胎未生，名姓在不死之录。

⑦可得须臾乐其身：指欢度晚年。见乐：得到欣慰。

⑧地下：指阴曹地府。

⑨以是生时可为：来判定生前符合天心地意的那些事情。是，判定，断定。定名籍：是说应把死鬼划归于哪种名册。责：做出相应的处置。

⑩年穷尽：指活到上寿。期：指所期望达到的目标。

⑪顾：但。

⑫法复不见愁苦：是说人间法律本不应被人视为愁苦之事。自愁苦：指自犯刑法。

⑬人生乃受天地之正气句：此为汉代流行说法。

⑭或：有幸。反复传生：指世代繁衍。

⑮愁其魂魄：指魂魄在地府受拷问。

⑯恨：遗憾。

⑰精神：即魂魄。恚（huì，会）：恨，怒。下士：愚蠢顽劣的人。

⑱善气：参阅本经《东壁图》。

⑲恶气：参阅本经《西壁图》。

⑳年复得反上古而倍矣：年，年寿。汉代流行观念，上古之人质朴纯善，寿高百岁。

分解本末法第五十三①

“真人前，子既来学，当广知道意②，少者可案行耶③？多者可案行耶？”“然，备足众多者④，可案行也。”“噫！子内未广知道要意也。今天一也⑤，反行地二，其意何也？今地二也，反行人三，何也？”“愚生愿闻其相行意⑥。”

“然，夫地为天使，人为地使，故天悦喜，则使今年地上万物大善⑦。天不喜悦，地虽欲养也，使其物恶⑧。地善，则居地上者人民好善⑨，此其相使明效也。故治乱者由太多端，不得天之心，当还反其本根。

夫人言太多而不见是者[10]，当还反其本要也[11]，乃其言事可立也。故一言而成者，其本文也；再转言而止者，乃成章句也[12]；故三言而止，反成解难也，将远真[13]，故有解难也；四言而止，反成文辞也[14]；五言而止，反成伪也；六言而止，反成欺也；七言而止，反成破也；八言而止，反成离散远道，远复远也；九言而止，反成大乱也；十言而止，反成灭毁也。故经至十而改，更相传而败毁也。

夫凡事毁者当反本，故反守一以为元初[15]。是故天数起于一，十而终也，是天道自然之性也[16]。是故古者圣人问事，初一卜占者，其吉凶是也[17]，守其本也，乃天神下告之也；再卜占者，地神出告之也；三卜占者，人神出告之也[18]。过此而下者[19]，皆欺人不可占，故卦数则不中也[20]，人辞文多则不珍。"

"善哉善哉！今缘天师常哀怜其不及，愿复更乞一言。""平行。""数何故止十而终？""善哉！子深执知[21]，问此事法。然，天数乃起于一，终于十，何也？天初一也，下与地相得为二，阴阳具而共生万物。始萌于北[22]，元气起于子[23]，转而东北[24]，布根于角，转在东方，生出达[25]，转在东南[26]，而悉生枝叶，转在南方[27]，而茂盛，转在西南[28]，而向盛，转在西方[29]，而成熟，转在西北[30]，而终[31]。

物终当更反始，故为亥，二人共抱一为三皇初[32]。是故亥者，核也，乃始凝核也[33]，故水始凝于十月也。壬者[34]，任也，已任必滋日益巨[35]，故子者，滋也[36]，三而得阴阳中和气[37]，都具成而更反初起[38]，故反本，名为甲子。

夫天道生物，当周流俱具，睹天地四时五行之气，乃而成也，一气不足，即辄有不足也，故本之于天地，周流八方也，凡数适十也。真人宁解知之不乎？"

"唯唯，善哉善哉！诚受厚恩。""子勿谢也。""何乎？""夫师弟子功大重[39]。比若父母生子，不可谢而解也。"

"何谓也？""父母未生子之时，愚者或但投其施于野[40]，便著土而生草木，亦不自知当为人也。洞洞之施[41]，亦安能言哉？遂成草木，及乃得阴阳相合，生得成人，何于成草木乎哉？

夫人既得生，自易不事善师[42]，反事恶下愚之师，乃教人以恶，学入邪中，或使人死灭，身尚有余罪过，并尽其家也[43]。人或生而不知学问，遂成愚人。夫无知之人，但独愁苦而死[44]，尚有过于地下[45]。魂魄见事不得游乐，身死尚不得成善鬼。

今善师学人也，乃使下愚贱之人成善人，善善而不止，更贤[46]；贤而不止，乃得次圣；圣而不止，乃得深知真道；守道而不止，乃得仙不死；仙而不止，乃得成真；真而不止，乃得成神；神而不止，乃得与天比其德[47]；天比不止，乃得与元气比其德[48]。

元气乃包裹天地八方，莫不受其气而生。德乃复覆盖天地八方，精神乃从天地饮食，天下莫不共祭食之[49]，尚常恐懈，不能致之也[50]。是至善师生善弟子之功也，宁可谢不乎？"

"可骇哉！愚生触忌讳过言耳[51]。""何谦不置？真人也。行，觉子使知可谢不耳。""唯唯。"

右分解本末终始数、父子师弟子功要文[52]。

---

①分解本末：分解，析解，辩析。本末，天道为本、守元气为本、修炼到与元气相似的无形委气神人为本；地道、人道及其各自所包纳的事象，居二处三，位属中；过三而下，均为末。

②广知：此指扩大知识，加深理解之意。

③少者：指言简意精者。多者：指言繁意泛者。

④备足众多：面面俱到又华而不实者。

⑤天一也：指天在数列中的地位。下文地二，人三与此同。

⑥相行意：递相支配的道理。

⑦大善：指长得特别好。

⑧恶：指凋零枯败。

⑨好善：美好善良。

⑩人言：指各种治国主张。见是：被证明是行之有效的。

⑪本要：根本与纲要。

⑫章句：分章逐句解说经文经义的一种体裁。

⑬解难：解释疑难，即解诂，训诂，亦为释经的一种体裁。将远真：已有远离本义的苗头。

⑭文辞：繁缛夸饰之辞。

⑮元初：基元本初。

⑯性：固有的属性。

⑰其吉凶是也：指预言的结果准确无误。

⑱三卜占者句：指周武王灭商后，病重，周公旦乃卜三龟，均得吉兆，翌日武王便病体痊愈。此事即本文所谓古者圣人问事之例。

⑲过此而下者：是说超过三次的。

⑳卦数：指用蓍草筮占得出的卦爻规程数。

㉑执知（zhì，智）：运用智识。知，通“智”。

㉒始萌于北：北，坎卦之位，属水行，极阴之地。阴极生阳，阳气在地下滋生万物。故语。

㉓元气起于子：子，代表北方，冬至即十一月。《易纬》有“阳生于子”的说法。

㉔转而东北：转，指按顺时针方向运行。东北，艮卦之位，属土行，时值农历十二月。

㉕东方：震卦之位，为四正之一，属木行，时值春分的农历二月。达：幼苗冒出地面。

㉖东南：巽卦之位，为四维之一，属木行，时值农历四月。

㉗南方：离卦之位，为四正之一，属火行，时值夏至所在的农历五月。

㉘西南：坤卦之位，为四维之一，属土行，时值农历六月。

㉙西方：兑卦之位，为四正之一，属金行，时值秋分所在的农历八月。

㉚西北：乾卦之位，为四维之一，属金行，时值秋分农历十月。

㉛终：终结。以上讲元气按八卦所属方位时令流转一周和万物在元气作用下的生长过程。

㉜亥：代表西北与立冬所在的十月。二人共抱一为三皇初：是对亥字字形的一种解释。二人指“亥”，一为男，一为女，男象征乾（天）道，女象征坤（地）道。天地人合而为一，则为元初。

㉝是故亥者句：是对亥字字义的一种解释。源于东汉音训词典《释名》。凝核：指元气使万物再度胚胎。

㉞壬：依五行学说，四时、十天干与五行相配，冬季属水，壬癸亦属水，故称十月在天干中属壬癸。

㉟任：是对壬字的解释。即阳气在地下孕育万物。任同“妊”，孕育。巨：指胚胎变大。

㊱子者，滋也：此是对子字的解释。

㊲三而得阴阳中和气：三，指经过亥、壬、子即凝核、孕育、滋生三个阶段。阴阳中和气，由元气分化而成的三气，此指三气合一，又结成元气的统一体。

㊳更反初起：开始第二轮循环运动。

㊴师弟子功：作为弟子之师的功德。

㊵施：这里指精液。

㊶洞洞：指盲目没有一定方向。

㊷自易：自我放纵。

㊸身尚有余罪过，并尽其家：株连亲属，以至灭门。

㊹愁苦：指触犯刑律而为之愁苦。

㊺尚有过于地下：受到阴间地府的惩罚。

㊻更贤：指进而成为贤人。

㊼神而不止句：比，并列。指成为大神人。

㊽天比不止句：指成为无形委气神人。

㊾祭食：指举行五祀（门户、井、火、室中）请精、神享用。

㊿致之：招来精、神。

(51)过言：犯罪过而问。

(52)功要：功法的要紧处。

乐生得天心法第五十四[①]

“真人前。凡人之行，君王之治，何者最善哉?”“广哀不伤[②]，如天之行最善。”“子言可谓得道意矣，然治莫大于象天也，虽然，当有次第也。”“何谓也？愚生勤能一言，不复再言也[③]，唯天师陈之耳。”

“然，凡人之行，君王之治也，人最善者，莫若常欲乐生，汲汲若渴，乃后可也。其次莫若善于乐成，常悒悒欲成之，比若自忧身，乃可也。其次莫若善于仁施与[④]，见人贫乏，为其愁心，比若自忧饥寒，乃可也。其次莫若善为设法，不欲乐害，但惧而畏之[⑤]，乃可也。其次人有过，莫善于治而不陷于罪[⑥]，乃可也。其次人既陷罪也，心不欲深害之[⑦]，乃可也。其次人有过触死，事不可奈何[⑧]，能不使及其家与比伍[⑨]，乃可也。其次罪过及家、比伍也，愿指有罪者，慎毋尽灭煞人种类[⑩]，乃可也。

夫人者，乃天地之神统也[⑪]。灭者，名为断绝天地神统，有可伤败于天地之体，其为害甚深，后亦天灭煞人世类也。为人先生祖父母不容易也，当为后生者计，可毋使子孙有承负之厄。是以圣人治，常思太平，令刑格而不用也。所以然者，乃为后生计也。今真人见此微言耶?”“唯唯。”

问：“帝王诸侯之为治，何者最善哉?”曰：“广哀不伤，如天之行最善。”“夫治，莫若大象天也。虽然，当有次第。”“何谓也?”“夫人最善莫如乐生，急急若渴，乃后可也。其次乐成他人善，如己之善。其次莫若人施，见人贫乏，谓其愁心，比若忧饥寒，乃可也。其次莫若设法，但惧而置之可也。其次人有大罪，莫若于治，不陷于罪过，乃可也。其次人有过触犯，事不可奈何，能不使及其家与比伍，乃可也。其次罪及比伍，愿指有罪者，慎无绝嗣也。人者，天地神明之统；伤败天地之体，其为祸深矣。无为子孙承负之厄，常思太平，以消刑格也。”

“真人前。”“唯唯。”“真人真人，不及说乎[⑫]？但引谦耶[⑬]？一言之。”“然吾统乃系于地[⑭]，命属昆仑[⑮]。今天师命乃在天，北极紫宫[⑯]，今地当虚空，谨受天之施，为弟子当顺承，象地虚心，敬受天师之教，然后至道要言[⑰]，可得□□□□□□□□。无有师弟子之义，但名为交□□□□□□□其才，是名为乱学不纯也。□□□□□□□□□敕教，使道不明，一是一非，其说不可传于为帝王法，故不敢有言不也。”

“何谦！吾愿与真人共集议之为善[⑱]，亦无伤于说也。□□□□也。何乎?”“生有先后，知有多少，行有尊卑，居有高下。今吾可说[⑲]，不若天师所云也。小人之言，不若耆老之睹道[⑳]，端首之明也。天师既过觉愚不及之生[㉑]，使得开通，知善恶难之，何一卒致也[㉒]，愿毋中弃，但为皇天后土。”“然，今既为天语，不与子让也。但些子悒悒常不言，故问之耳。”“不敢悒悒也，今见天师说积喜且骇。”“何也?”“喜者，喜得逢见师也；骇者，恐顽顿学不遍而师去也。今欲问汲汲，常若大渴欲得饮。”“何乎?”“愿得天师道传弟子，付归有德之君能用者。今阴阳各得其所，天下诸承负之大病，莫不悉愈者也。”“善哉！子之言也。详案吾文，道将毕矣[㉓]。次其上下，明于日月，自转相使[㉔]。今日思行之，凡病且自都除愈，莫不解甚，皆称叹喜。”“唯唯。”

右治所先后、复天心诀、师弟子让说[㉕]。

①乐生：是指泛爱众生，普重人命。天心：指上天恶杀好生。

②广：泛爱之义。

③勤：充其量。不复再言：指再谈就谈不上来了。

④施与：施惠他人。

⑤设法：制定法律。不欲乐害：指以宽大为怀。但惧而畏之：指只须发挥法律的威慑作用。

⑥治：指教化。

⑦深害：指轻罪重罚。

⑧触死：犯下死罪。事不可奈何：没有任何挽救的余地。

⑨比伍：指邻居。汉制，五家为一伍，设伍长，负责举报事宜。

⑩人种类：指人姓宗族。

⑪神统：人类禀受元气，由天施生，由地养育，而天地精、神又依存于人体之内，故谓之为神统。

⑫不及说：不懂才不谈看法吗?

⑬引谦：引以自谦。

⑭统乃系于地：统，统系。真人为神仙等三等级，其专精诚信与地相似，职在理地。

⑮昆山：山名。古传为天帝在地上的都邑，处于地中心，方八百里，高万仞。后被道家及谶纬说成是仙府治所。

⑯天师命乃在天，北极紫宫：指至高神的居所。

⑰至道：最高之道。

⑱集议：共同讨论。

⑲可说：自以为惬意的看法。

⑳小人：年轻人。耆（qí，齐）老：年高望重者。

㉑过觉：认为有过错而加以开觉。

㉒何一卒致也：哪能一下子就实现呢?

㉓道将毕矣：是说修道成功有望。

㉔自转相使：指交替运用。

㉕让说：相互敦促各言其说。

太平经卷四十一

丙部之七

件古文名书诀第五十五[①]

“日益愚暗曚不阖生谨再拜[②]，请问一事。”“平言。”真人乃曰：“自新力学不懈[③]，为天问事。”“吾职当主授真人义，无敢有所惜也，疾言之。”“唯唯。今小之道书[④]，以为天经也；拘校上古中古下古圣人之辞，以为圣经也；拘校上古[⑤]中古下古大德之辞，以为德经也。拘校上古中古下古贤明之辞，以为贤经也。今念天师言，不能深知其拘校之意，愿天师阖示其门户，所当先后，令使德君得之，以为严教也；敕众贤，令使各得生校善意于其中也[⑥]。”

“然，精哉真人问事，常当若此矣。善哉善哉！诺，吾将具言之，真人自随而记之，慎毋失吾辞也。吾乃为天地谈[⑦]，为上德君制作，可以除天地开辟以来承负之厄会，义不敢妄语，必得怨于皇天后土，又且负于上贤明道德之君，其为罪责深大也，真人知之耶?”“唯唯。”

“然，所言拘校上古中古下古道书者，假令众贤共读视古今诸道文也。如卷得一善字，如得一善诀事，便记书出之。一卷得一善，十卷得十善，百卷得百善，千卷得千善，万卷得万善，亿卷得亿善。善字善诀事[⑧]，卷得十善也，此十亿善字；如卷得百善也，此百亿善字矣。书而记之，聚于一间处，众贤共视古今文章，竟都录出之[⑨]，以类聚之，各从其家[⑩]，去中复重，因次其要文字而编之，即已究竟[⑪]，深知古今天地人万物之精意矣。因以为文，成天经矣。子知之乎?”“善哉善哉!”

“子已知之矣。拘校上古中古下古圣经中善字诀事，卷得一善也，十卷得十，百卷得百，千卷得千，万卷得万，亿卷得亿；如卷得十善字也，已得十亿矣；卷得百善字也，已百亿矣。贤明共记书，聚一间善处，已都合校之，以类相从，使贤明共安而次之[⑫]，去其复重，即成圣经矣。真人知之乎?”“唯唯。”

“子已知之矣。拘校上古中古下古之贤明辞，其中大善者卷记一，十卷得十，百卷得百，千卷得千，万卷得万，亿卷得亿；卷得十，十亿矣；卷得百，百亿矣。已毕竟，复以类次之，使相从，贤明共安之，去其复重，编而置之[⑬]，即成贤经矣。真人知之耶?”“唯唯。”

“子已知之矣。如都拘校道文经书及众贤书文[⑭]、及众人口中善辞诀事[⑮]，尽记善者，都合聚之，致一间处，都毕竟，乃与众贤明大德共诀之，以类更相微明，去其复重，次其辞文而记置之，是名为得天地书文及人情辞，究竟毕定，其善诀事无有遗失，若丝发之间。此道道者，名为洞极天地阴阳之经[⑯]，万万世不可复易也。”“善哉善哉!”

“行诸！真人可谓已觉矣。”“愚生不及，今愿复问一疑。”“行言。”“今天地开辟以来久远，河洛出文出图，或有神文书出[⑰]，或有神鸟狩持来吐[⑱]，文积众多，本非一也。圣贤作所，亦复积多，毕竟各自有事[⑲]。天师何疑、何睹、何见？而一时示教下古众贤明，共拘校古今之文、人辞哉!”

“然，有所睹见，不敢空妄愁下古贤德也。今吾乃见遣于天下，为大道德之君解其承负、天地开辟以来流灾委毒之谪。古今天文圣书贤人辞已备足，但愁其集居[⑳]，各长于一事耳。今案用一家法也，不能悉除天地之灾变，故使流灾不绝，更相承负后生者，曰得灾病增剧，故天怜德君复承负之。天和为后生者[㉑]，不能独生比积灾诸咎也。实过在先生贤圣，各长于一，而俱有不达，俱有所失。天知其不具足，故时出河洛文图及他神书，亦复不同辞也。夫大贤圣异世而出，各作一事，亦复不同辞，是故各有不及，各有短长也。是也明其俱不能尽悉知究洞极之意，故使天地之间，常有余灾，前后讫不绝，但有剧与不耳。

是故天上算计之，今为文书，上下极毕备足，乃复生圣人，无可复作，无可复益，无可复容言，无可复益于天地大德之君[㉒]。若天复生圣人，其言会复长于一业，犹且复有余流灾毒常不尽，与先圣贤无异也。

是故天使吾深告敕真人，付文道德之君，以示诸贤明，都并拘校，合天下之文、人口诀辞，以上下相足，去其复重，置其要言、要文诀事，记之以为经书。如是乃后，天地真文正字善辞，悉得出也，邪伪毕去，天地大病悉除，流灾都灭亡，人民万物乃各得居其所矣，无复殃苦也，故天教吾拘校之也。

吾之为书，不效言也，乃效征验也。案吾文而为之，天地灾变怪疾病、奸猾諛臣、不详邪伪[㉓]，悉且都除去，比与阴日而除云无异也。以此效吾言与吾文，□□万不失一也；如不力用吾文也，吾虽敬受天辞下语，见文不用，天安能空除灾哉?[㉔]，自若文书内乱，人亦内乱，灾犹无从得去也。真人知之耶?”“唯唯。”

“行，子已知之矣。”“愿请问一疑事。”“平言之。”“今天地开辟以来，神圣贤人皆为天所生，前后主为天地语，悉为王者制法，可以除灾害而安天下者。今帝王案用之，不失天心阴阳规矩㉕，其所作文书，各有名号。今当名天师所作道德书，字为等哉㉖？”“善哉！真人之问事也。然，名为大洞极天之政事。”

“何故正名为大洞极天之政事乎？”“然，大者，大也；行此者，其治最优，大无上。洞者，其道德善恶，洞洽天地阴阳，表里六方，莫不响应也，皆为慎善，凡物莫不各得其所者。其为道，乃拘校天地开辟以来天文、地文、人文、神文，皆撰简得其善者㉗，以为洞极之经。帝王案用之，使众贤共乃力行之，四海四境之内，灾害都扫地除去，其治洞清明，状与天地神灵相似，故名为大洞极天之政事也。真人知之耶？”“唯唯。可骇哉！可骇哉！”“行，子已觉知之矣。”

右拘校上古中古下古文书人辞诀。

---

①件：意为象计数物件一样来梳理校核。古文：指天地开辟以来有流传于世的“天文、地文、人文、神文”以及人口诀辞。

②愚暗矇（méng，蒙）不闿（kāi，开）生：学道真人谦称。闿：开。暗矇不闿：昏暗蒙昧又不开通。

③自新：原指主动改过自新，这里是谦虚之词。

④小之：使之精粹化。

⑤拘校：汇集整理。

⑥校善：考核究竟什么是善。校：考核。

⑦乃为天地谈：指代传天地要对世人讲的话。制作：订立法度。

⑧善字：精妙的用语。善诀事：指确属结论不可移易的事象。诀：通“决”。

⑨间处：指特辟的校理场所。竟都：竟，完毕后；都，全部总括。

⑩家：此指以同类问题能从特定角度提出独到和深刻见解的派别。

⑪要文字：最重要，最关键的文字。究竟：穷尽，囊括无遗。

⑫安：得出恰当的结论。

⑬置：厝置。

⑭都：综括。

⑮众人口中善辞诀事：指民间口头流传的好说法，好事例。

⑯道道：演述大道。洞极：通透至极。

⑰神文书出：谶纬之说。指吴王阖闾曾游禹山，遇仙人龙威丈人，为其入洞庭石室，取出大禹所藏天帝篆文素书一卷。

⑱神鸟狩持来吐：谶纬之说。指周文王时，曾有赤雀口衔朱砂天书飞其门户，预示周兴殷灭之类。

⑲事：指特定内容。

⑳集居：共存并立。

㉑和为：即合为，本当为。

㉒第一个“益”当增加讲，第二个“益”为有利。

㉓不详：不祥。详，通“祥”。

㉔空：徒然。

㉕规矩：此指规律。

㉖字：专称，特称。

㉗撰简：编撰择选。

太平经卷四十二

丙部之八

九天消先王灾法第五十六[①]

“凡天理九人而阴阳得[②]，何乎哉?”“夫人者，乃理万物之长也。其无形委气之神人[③]，职在理元气；大神人职在理天[④]；真人职在理地；仙人职在理四时；大道人职在理五行；圣人职在理阴阳[⑤]；贤人职在理文书，皆授语[⑥]；凡民职在理草木五谷；奴婢职在理财货[⑦]。”

“何乎?”“凡事各以类相理。无形委气之神人与元气相似，故理元气。大神人有形，而大神与天相似，故理天。真人专又信[⑧]，与地相似，故理地。仙人变化与四时相似，故理四时也。大道人长于占知吉凶，与五行相似，故理五行。圣人主和气[⑨]，与阴阳相似，故理阴阳。贤人治文便言[⑩]，与文相似，故理文书。凡民乱愦无知[⑪]，与万物相似，故理万物。奴婢致财，与财货相似，富则有[⑫]，贫则无，可通往来，故理财货也。夫皇天署职，不夺其心，各从其类，不误也。反之，为大害也。故署置天之凡民皆当顺此[⑬]，古者圣人，深承知此，故不失天意，得天心也。真人今宁晓此不?”“善哉善哉!”“吾是所言，以戒真人，不失之也。”“唯唯。”“行努力!”

“愚生今心结不解言，是九人各异事，何益于王治乎不也?”“治得天心意，使此九气合和[⑭]，九人共心，故能致上皇太平也。如此九事不合乖忤，不能致太平也。此九事，乃更迭相生成也，但人不得深知之耳，先圣贤未及陈之也，故久闭绝乎！然今一事不得，治不可平。”

“何也?”“太上皇气太至[⑮]，此九人皆来助王者治也。一气不和，辄有不是者，故不能悉和阴阳而平其治也。其来云何哉？无形神人来告王者，其心日明。大神人时见[⑯]，教其治意；真人、仙人、大道人悉来为师，助其教化；圣人贤者出，其隐士来为臣；凡民奴婢皆顺善不为邪恶，是乃天地大喜之征也。其一气不和，即辄有不至者。云何乎？元气不和，无形神人不来至；天气不和，大神人不来至；地气不和，真人不来至；四时不和，仙人不来至；五行不和，大道人不来至；阴阳不和，圣人不来至；文字言不真，大贤人不来至；万物不和得[⑰]，凡民乱，财货少，奴婢逃亡。凡事失其职，此正其害也。今真人既欲救天乱气，宜努力平之，勿倦懈，慎之。”“唯唯。”

“气得，则此九人俱守道，承负万世先王之灾悉消去矣。此人俱失其所，承负之害日增。此九人上极无形，下极奴婢，各调一气，而九气阴阳调。夫人，天且使其和调气，必先食气[⑱]，故上士将入道，先不食有形而食气[⑲]，是且与元气合。故当养置茅室中[⑳]，使其斋戒，不睹邪恶，日练其形，毋夺其欲，能出无间去，上助仙真元气天治也[㉑]。是为神士，天之吏也。毋禁毋止[㉒]，诚能就之，名为天士简阅善人，天大喜之，还为人利也。”

“何谓乎哉?”“然此得道去者，虽不为人目下之用，皆共调和阴阳气也。古者帝王，祭天上神下食[㉓]，此之谓也。”

得此九人，能消万世帝王承负之灾。此九人，上极无形，下极奴婢，各调一气。故上士修道，先当食气，是欲与元气和合，当茅室斋戒，不睹邪恶，日炼其形，无夺其欲，能出入无间，上助仙真元气天治也，是为神士，为天之吏也。无禁无止，诚能就之，名天士简阅善人，天大喜，还为人利也。夫得道去世，虽不时目下之用，而能和调阴阳气，以利万物。古者帝王祭天上诸神，为此神吏也。

"曾但天精神自下食耶[24]?""善哉！子言是也。然此人上为天吏，天精神为其君长，君与吏相为使，吏者职在主行[25]。凡事，吏道人善有功[26]。故君与其下，既下则说喜，故除人承负。吏不说，则道人有过于天。君吏俱不肯下临人食，故过责日增倍。身尚自得重过，何能除先王之流灾哉？真人亦晓知此不耶?""可骇哉！吾大怖惶，恍若失气。今且过问天师[27]，不意乃见是说也。""行，子努力。所说竟[28]，当去矣。""唯唯。"

右简阅九人，竟其志无冤者，平王治，天因喜解其先王承负。

---

①九天消先王灾：九天，指九等人之天职。先王灾：指"万世帝王承负之灾"。

②理：署理。九人：九等人。汉古代以九等品评人伦，形成风尚。得：协调相适。

③无形委气之神人：委，积。又名委气之公，位仅次于至上神天君，如人间宰辅。

④天：自然之天空。

⑤圣人：属候补神仙。下文中贤人：位次于圣，亦属候补神仙。凡民：一般老百姓。

⑥授语：指向帝王通过不同方式进言。

⑦奴婢职在理财货：指奴婢在主人经商活动中供役使。

⑧专又信：指专力、忠实于真道。

⑨和气：此指人际关系中的平和雍容之气。

⑩便（pián）言：言论明晰畅达。便，同"辩"。

⑪乱愦：纷乱昏愦。

⑫富则有：指财货的来源多。下句意与此相反。

⑬署置：安排。天之凡民：皇天所施生的人类。

⑭九气：指元气、天气、地气、四时气、五行气、中和气、真气、顺气、财气。

⑮太至：空前到来。

⑯时见：应时出现。

⑰得：指各得其所。

⑱食气：又称行气、服气、或炼气。即以呼吸吐纳为主，辅之以导引、按摩，以求益寿延年。

⑲有形：指各种食品。

⑳茅室：指设在空旷之处的修炼场所。

㉑仙真元气天治：指十治中的前三治，即元气治、自然治、道治。详参见《太平经》卷76《六罪十治诀》。

㉒毋禁毋止：指情不自禁、意不自止。天士：天上之士，位如帝王太子。

㉓下食：指天神享用祭品并降示瑞应，使人间所求不匮乏。

㉔曾但：竟，仅仅。

㉕主行：负责执行。

㉖道：禀告。

㉗过问：冒过求问。

㉘竟：完毕，穷尽。

验道真伪诀第五十七

行事亦且毕不久①。"真人前，详受教敕。""唯唯。""自行此道之后，承负久故弥远②，积厄结气，并灾委毒诚多，不可须臾而尽也。知力行是之后③，承负之厄日少，月消岁除愈。何以知之乎?"

"善哉!子之难也,可谓得道意矣。然,明听。行此之后,天下文书且悉尽正,人亦且尽正,皆入真道,无复邪伪文,绝去人,人自谨。其后生者尤甚,更相仿学,皆知道[④],内有睹,其身各自重爱。其后生者孝且寿,悉工自养老,颜色不与无道时等。后生者日知其至意,以为家也[⑤]。学复过其先,日益就相厚相亲,爱重有道人,兵革奸猾悉无复为者也。故承负之厄会日消去,此自然之术也。

□□万不失一,是吾之文大效也,不可但苟空设善言也,亲以征验起,乃与天地响相应,何可妄语乎?故文书前后出,非一人稽积难知情[⑥],是故吾道以诚也。子连时□□问,必乐欲知其大效。其效相反,犹寒与暑,暑多则寒少,寒多则暑少。

夫天地开辟以来,先师学人者,皆多绝匿其真道,反以浮华学之,小小益耶且薄,后生者日增益复剧。其故使成伪学相传,虽天道积远,先为文者,所以相欺殆之大阶也[⑦]。壹欺不知,后遂利用之也。令上无复所取信,下无所付归命,因两相意疑,便为乱治。后生者后连相承负,先人之厄会聚并,故曰剧也。天今冤是[⑧],故吾语子□□也,真人努力,自爱勉之。子乃为天除病,为帝王除厄,天上知子有重功。""不敢不敢。"

右效行征验,道知真伪诀。

---

①行事:此指践行传道之事。且毕不久:将要告一段落。

②久故:长久旧积。并灾:灾异同时发作。

③是:指《太平经》所开列的真道。

④知道,内有睹:指内心对真道道意都有体察。

⑤家:喻指存身之本,此指真道极受信奉。

⑥稽积:这里是全部掌握又详加辩别之意。

⑦欺殆之大阶:殆,给,欺骗。阶,台阶。喻指起因。

⑧冤是:以是为冤。

四行本末诀第五十八[①]

"真人前。""唯唯。""人行有几何乎?""有百行万端。""不然也,真人语几与俗人语相类似哉!人有四行[②],其一者或。""何谓也?""然,人行不善则恶,不善亦不恶为浮平行[③],壹善壹恶,为不纯无常之行,两不可据,吉凶无处也。""善哉,行吉凶有几何乎?有千条亿端。""真人之言,几与俗人同。吉凶之行有四,一者,惑何谓也?""然,凡事为行,不大吉当大凶,不吉亦不凶为浮平命,一吉一凶为杂不纯无常之,吉凶不占[④]。""善哉!"

"行天地之性,岁月日善恶有几何乎?""不可胜纪。""子已熟醉,其言眩雾矣[⑤],天地岁月日有四行。一者不纯,主为变怪[⑥]。""何谓也?""然,真人明听。今天地岁不大乐当大恶[⑦],不乐亦不恶为浮平岁,壹善壹恶为天变惑岁。令今日不大善当大恶,不善亦不恶为浮平日月,壹善壹恶为惑行,主行为怪异灾。吾是但举纲见始,天下之事皆然矣。"

"何谓也?""然,天下之万物人民,不入于善,必陷于恶,不善亦不恶,为平平之行,壹善壹恶,为诈伪行,无可立也,平平之行,无可劝,大善与大恶,有成名[⑧]。"

"何故正有此四行乎?""善哉,子之难问,可谓得道意矣。然,大善者,太阳纯行也[⑨];大恶者,得太阴煞行也[⑩];善恶并合者[⑪],中和之行也;无常之行者,天地中和、君臣人民万物失其道路也。故行欲正[12]，从阳者多得善，从阴者多得恶，从和者这浮平也[13]，其吉凶无常者，行无复法度。是故古圣贤深观天地岁月日人民万物，视所兴衰浮平进退，以自知行得与不得，与用洞明之镜自照，形容可异。”

“善哉善哉！今当奈何乎？”“然，行守本，法天者，是其始也；法地者，其多贼也；法和者，其次也；无常者，其行未也。”

“今人何故乃得至无常之行乎哉？”“然，先人小小佚失之[14]，其次即小耶，其次大耶，其次大失道路根本，更迷乱，无可倚著其意[15]，因反为无常之行，便易其辞，为无常之年也[16]。是明道弊未极也[17]，当反本。夫古者圣人睹此，知为末流，极即还反，故不失政也，而保其天命。故大贤圣见事明，是以常独吉也。真人乐重知其信效耶？”“唯天师开示之耳。”

“行岁本兴而末恶者[18]，阴阳之极也；人后生者恶且薄[19]，世之极也；万物本兴末无收者，物之极也；后生语多空欺无核实者，言之极也；文书多穑委积而无真者[20]，文之极也，是皆失本就末，失实就华[21]。故使天地生万物，皆多本无末，实其咎在失本流就末，失真就伪，失厚就薄，因以为常。故习俗不知，复相恶，独与天法相违积久。后生者日轻事，更作欺伪，积习成神[22]，不能复相禁，反言晓事，故致更相承负，成天咎地殃[23]，四面横行，不可禁防。君王虽仁贤，安能中绝此万万世之流过？

始失小小，各失若粟。天道失之若毫厘，其失千里，粟粟相从从聚，乃到满太仓数万亿斛[24]。夫雨一一相随而下，流不止，为百川，积成四海水多。不可本去，故当绳之以真道。反其末极还就本，反其华还就实，反其伪还就真。夫末穷者宜反本，行极者当还归天之道也。

夫失正道者，非小病也，乃到命尽后，复相承负其过。后生复迷复失，正道日暗，冥复失道，天气乖忤，治安得平哉？人人被其毒害，人安得寿？万物伤，多夭死。故比比敕真人传吾书，使人人自思失道意，身为病；各自忧劳，则天地帝王人民万物悉安矣。真人乐合天心，宜勿懈忽也。”

“唯唯。愿复问一疑：天师今是吉凶，曾但其时运然耶？”“善哉！真人之难，得道意矣。极上者当反下，极外者当反内，故阳极当反阴；极于下者当反上，故阴极反阳，极于末者当反本[25]。今天地开辟以来，小小连失道意，更相承负，便成邪伪极矣。”

“何以知之乎？”“以万物人民，皆多前善后恶，少成事，言前□□哉！前有实，后空虚。古者圣人，常观视万民之动静以知之[26]，故常不失也。”

“善哉善哉！愿复乞问一事。”“行言。”“今若天师言，物有下极上极。今若九人，上极为委气神人，下极奴婢。下学得上行[27]，上极亦得复下行不耶？”

“善哉！子之问也。今真人自若愚罔[28]，未洞于太极之道也。今是委气神人，乃与元气合形并力，与四时五行共生[29]。凡事人神者，皆受之于天气，天气者受之于元气。神者乘气而行，故人有气则有神，有神则有气，神去则气绝，气亡则神去。故无神亦死，无气亦死，委气神人宁人人腹中不邪？”“唯唯。”

凡圣皆有极，为无形神人，下极为奴婢。神人者，乘气而行，故人有气即有神，气绝即神亡。

“又五行乃得兴生于元气[30]，神乃与元气并同身并行。今五行乃入为人藏，是宁九人，上极复下，反人身不？”“善哉善哉！初学虽久，一睹此说耳。”“然子学当精之[31]，不精无益也。”“唯唯。见天师言，夫天道固如循环耶？”“然，子可谓已知之矣。行去，有疑勿难问[32]。”“唯唯。”

右简天四行，实本末，太极以反政[33]。

①四行：指世人行为的四种类属及其后果，亦即：大善之行与大吉后果，大恶之行与大凶后果，不善不凶的浮平之行与不吉不凶的后果。一善一恶的无常之行与吉凶莫测的后果。

②人有四行，其一者或：指四行中必有一行会占上。

③浮平行：一般的行为。

④不占：难以预测。

⑤眩雾：堕入五里雾中。

⑥主为变怪：主，指基本效用。变怪，各种灾异现象。

⑦天地岁句：指年景的好坏。

⑧成名：指流芳百世的美称或遗臭万年的恶号。

⑨太阳纯行：太阳，指由元气分化成的最旺盛的阳气。阳主生，故谓之纯行。

⑩太阴煞行：太阴，指由元气分化成的最旺盛的阴气。阴主杀，故谓之煞行。煞，凶煞。

⑪善恶并合：指不善不恶。

⑫正：此指所行方向。

⑬这：作“迎”解。

⑭佚失：放纵而生过失。

⑮倚著：靠定，收束。著，同“着”。

⑯便易其辞：指巧言逞辩。无常之年：指短命速亡。

⑰明道蔽未极也：明，表明。未，当作“末”解。极，指发展到极限。

⑱岁本兴而未恶者。自农历十一月冬至甲子岁立，阳气始生到来年十月阴气大盛，阳气入藏。

⑲薄：浅薄。世：世道。

⑳文书：指各派著作。

㉑实：在这里是调查核实之意。

㉒神：指欺诈神。

㉓成天咎地殃：指天地对世人的憎恶与惩罚。

㉔太仓：设在京师的大谷仓。

㉕极上者等句：上、外属阳，下、内属阴。

㉖古者圣人句：源自《老子》：“圣人无常心，以百姓之心为心”。

㉗下学得上行：指下愚卑贱之人通过拜随至善之师学道，可由善及贤，直至成为委气神人。

㉘自若愚罔：自若，依旧。罔，通“惘”，迷惑。

㉙生：此指发挥施生的作用。

㉚五行乃得兴于元气：《春秋繁露》卷十三《五行相生》谓：“天地之气，合而为一，分有阴阳，判为四时，列为五行。”此为本句的出处。

㉛精：指精念事象。

㉜勿难问：指不要怕问之意。

㉝简：择别。

太平经卷四十三

丙部之九

大小谏正法第五十九[①]

真人稽首言："愚生暗昧，实不晓道，今既为天视安危吉凶，乃敢具问道之诀。今世神祇[②]，法岂亦有谏正邪？唯天师教敕，示以至道意。""子之所问，何其妙要深远也[③]！"

"吾伏见人有相谏正[④]，故问天亦有相谏正不？""善哉，子之所问，已得天道实核矣。天精已出[⑤]，神祇悦喜矣。今且为子具说其大要意，今使可万万世不可忘也。""唯唯。"

"然，天者小谏变色[⑥]；大谏天动裂其身[⑦]，谏而不从，因而消亡矣。三光小谏小事星变色[⑧]，大谏三光失度无明，谏而不从，因而消亡矣。地也小谏动摇[⑨]，大谏山土崩地裂，谏而不从，因而消亡矣。五行小谏灾生[⑩]，大谏，生东行虫杀人[⑪]，南行毒杀人，西行虎狼杀人[⑫]，北行水虫杀人[⑬]，中央行吏民克毒相贼杀人[⑭]，谏而不从，因而消亡矣。四时小谏，寒暑小不调[⑮]；大谏，寒暑易位，时气无复节度[⑯]，谏而不从，因而消亡矣。

六方精气共小谏[⑰]，乱复数起[⑱]，中有生虫灾，或飞或走，多云风而不雨，空虚无实[⑲]，大谏，水旱无常节，贼杀伤万物人民，谏而不从，因而消亡矣。飞步鸟兽小谏灾人[⑳]，大谏禽兽食人，蝗虫大兴起，谏而不从，因而消亡矣。鬼神精小谏，微数贼病吏民，大谏裂死灭门[㉑]，谏而不从，因而消亡矣。

六方小谏，风雨乱发狂与恶毒俱行伤人[㉒]，大谏横加绝理，瓦石飞起，地土上柱皇天，破室屋，动山阜[㉓]，谏而不从，因而消亡矣。天地音声之小谏，雷电小急声[㉔]，大谏人多相与污恶，使霹雳数作[㉕]，谏而不从，因而消亡矣。吏民小谏，更变色，大谏多相贼伤[㉖]，谏而不从，因而消亡矣。天地六方八极大谏，俱欲正河洛文[㉗]，出天明证，天下瑞应书见，以谏正君王，天下莫不响应，谏而不从，因而消亡矣。

天道经会当用[㉘]，复以次行[㉙]，是故古者圣贤见事，辄惟论思其意，不敢懈忽，失毛发之间，以见微知著，故不失皇天心，故能存其身，安其居，无忧患，无危亡。凶不得来者，计事校竿，实乃天心意同也。"

"善哉善哉！愚生已解。今唯明天师既陈法，愿闻其因而消亡意，党开之[㉚]。善哉善哉，子之心也。然，天道乃佑易教[㉛]，佑至诚，佑谨顺，佑易晓，佑易敕。将要人君厚，故教之。不要其厚者，不肯教之也。其象效[㉜]，犹若人相与亲厚，则相教示以事；不相与至厚，不肯教示之也。教而不听，忿其不以时用其言，故废而置之，不复重教示之也。于是灾变怪便止，不复示敕人也[㉝]。如是则虽贤圣，聋暗无知也[㉞]。聪明闭塞[㉟]，天地神祇不肯复谏正者也。灾异日增不除，人日衰亡，失其职矣[㊱]。

天之所佑者，佑易教，佑至诚，佑谨顺，佑易晓，佑敕。天之于帝王最厚矣，故万般误变以致之[㊲]。不听其教，故废而致之。天地神明不肯复谏正也，灾异日增，人民日衰耗，亡失其职。

故古者圣贤，旦夕垂拱，能深思虑，未尝敢失天心也。故能父事皇天，母事皇地，兄事日，姊事月[38]，正天文，保五行，顺四时，观其进退，以自照正行[39]，以深知天得失也。唯天地自守要道[40]，以天保应图书为大命[41]，故所行者悉得应若神，是乃独深得天意也。比若重现合矩，相对而语也。故神灵为其动摇也[42]，如逆不肯用其谏正也，乃要天反与地错，五行四时为其乱逆，不得其理。故所为者不中，因而大凶矣，此之谓也。子宁晓未?”“唯唯。”

故天地之性，下亦革谏其上[43]，上亦革谏其下，各有所长短，因以相补，然后天道凡万事，各得其所。是故皇天虽神圣，有所短，不若地之所长，故万物受命于天，反养体于地。三光所短，不若火所长，三光虽神且明，不能照幽寝之内[44]，火反照其中。大圣所短，不若贤者所长。人之所短，不若万物之所长。故相谏及下，极小微，则不失道，得天心。故天生凡事，使其时有变革，悉皆以谏正人君，以明至德之符[45]，不可不大慎也。夫天地万物变革，是其语也[46]。”

“唯唯，皇天师既示晓，愿效于人。”“诺。子详聆吾言，而深思念之。臣有忠善诚信而谏正其上也，君不听用，反欲害之，臣骇，因结舌为喑，六方闭不通。贤儒又畏事，因而蔽藏，忠信伏匿，真道不得见。君虽圣贤，无所得闻，因而聋盲，无可见奇异也[46]。日以暗昧。君聋臣喑，其祸不禁；臣昧君盲，奸邪横行；臣喑君聋，天下不通，善与恶不分别，天灾合同，六极战乱[48]，天下并凶，可不慎乎哉?”“唯唯。”

“故古者圣贤重灾变怪，因自以绳正，故万不失一者，实乃与要文大道同[49]，举事悉尽忠[50]；无复凶。子重诫之，谨慎吾言。”“唯唯。”“然，夫天高且明，本非一精之功德也[51]；帝王治得天心，非一贤臣之功。今吾之言，但举其纲见始，凡事不可尽书说也，子自深计其意。”“唯唯。”“行去矣，说何极乎？勿复有可问也。”“唯唯。”

右天谏正书诀。

---

①大小谏正：谏正原指臣民对君主过失的规谏与举正。这里引申转为天神地祇对帝王发出的灾异谴告。大小，是指谴告存在先后轻重之分。

②神祇：天神曰神，地神曰祇。法：指天界法度。

③妙要：玄妙精要。

④伏见：敬词。此句是说臣谏君，子谏父，妻谏夫，各以讽谏、顺谏、窥谏、直谏、陷谏行事等。

⑤天精：此为天师对真人的赞语。阴阳五行说认为，人禀阴阳精气而生，男属阳，为天之精神。

⑥变色：指白昼忽冥之类。

⑦动裂其身：指天崩。消亡：指在一定期间内不再示警谴告，任从人间业已存在的危险情急继续恶化下去。

⑧星变色：指恒星不发光、流星飞步、慧星出现之类。

⑨三光失度无明：指日蚀、月蚀、五大行星脱离运行轨道之类。动摇，指局部地震。

⑩灾生：指宗庙起火，桑谷共生、大石自立之类。

⑪东行：即木行。下文中南行：即火行。

⑫西行虎狼杀人：西行，即金行。金行之精为白虎。

⑬北行水虫杀人：北行，即水行。水行之精为玄龟。

⑭中央行吏民克毒相贼杀人：中央行，即土行。土行为阴阳交合之中和所在。人以中和治，则进退两可，变易无常。

⑮寒暑小不调：指持续高温或严寒之类。

⑯寒暑易位：指季节颠倒。时气无复节度：是说二十四节气错乱。

⑰精气：指风、寒、热、湿、燥、火六气。

⑱数（shuò，朔）起：频繁发生。

⑲空虚无实：指农作物十分不饱满。

⑳灾人：指犬祟狐魅之类危害人。

㉑裂死灭门。是指大兴瘟疫或让吏民发反心，陷人死界的深渊。

㉒恶毒：指毒气。绝理：指毁灭性的惩罚。

㉓阜（fù，负）：丘陵。

㉔雷电小急声：迅雷突起晴空或冬雷之类。

㉕霹雳数作：汉俗认为：人拿不洁净的食物让他人食用，必惹天怒，招雷击杀。

㉖多相贼伤：指案件增多直至造反。

㉗俱欲正河洛文：是说使河洛文归于本正。

㉘经会：经，即常规，会即遇合。

㉙复以次行：使节次依序循行。

㉚党：通“说”，畅直。

㉛佑：保护救助。

㉜象效，是说同类事象和同类结果。

㉝敕：诫。

㉞暗：此指日无所见。

㉟聪明：指对危险情态的掌握与认识。

㊱职：指等级秩序及与之相应的社会分工。

㊲万般误变：指灾异谴告。

㊳父事：象事奉父亲那样来事奉皇灭，下三句用法与此相同。

㊴行：指行为与举措。

㊵要道：指近在胸心，散满四海之道。

㊶大命：指根本所在。

㊷动摇：指出助王治。

㊸革谏：革正规谏。《易·革卦》象辞谓：志不相得曰革。

㊹幽寝：内室。

㊺符：标志。

㊻语：对世人的谏言诫语。

㊼奇异：此指奇文异策。

㊽合同：共发并作之义。战乱：此指通过各种形式表现出来的阴阳二气乖逆交斗，乱成一团。

㊾绳正：指按天意来矫正。要文：指《太平经》这样的道经经文。

㊿忠：指信守要文大道。

(51)精：指日为阳精，月为阴精等。

太平经卷四十四

丙部之十

案书明刑德法第六十

真人纯谨敬拜[①]：“纯今所问，必且为过责甚深。吾归思师书言，悉是也。无以易之也，但小子愚且蒙，悃悒[②]不知明师皇天神人[③]，于何取是法象。今怪师言积大□□，愿师既哀怜，示其天证阴阳之诀[④]，神祇之卜要效。今且不思。心中大烦乱，所言必触师之忌讳，又欲言不能自禁绝，唯天师虽非之，愿以天之明证法示教，使可万万世传，昭然无疑，比若日中之明也[⑤]，终始不可易而去也。”

"然，子固固不信吾言邪[5]？子自若未善开通，知天心意也。子自若愚乎？愈于俗人无几耳。以为吾言可犯也，犯者乱矣，逆者败矣。吾且与子语，皆已案考于天文，合于阴阳之大诀乃后言也[7]。子来者为天问事，吾者为天传言制法。非敢苟空伪言佞语也[8]。子生积岁月日幸不少，独不见扰扰万物之属[9]，悉尽随德而居，而反避刑气邪？此者，纯皇天之明要证也，所以严敕人君之治，得失之效也。"

"唯唯。今若且觉而未觉，愿重问其教戒。""然，夫刑德者，天地阴阳神治之明效也，为万物人民之法度[10]。故十一月大德在初九[11]，居地下[12]，德时在室中，故内有气，万物归之也。时刑在上六[13]，在四远野[14]，故外无气而清也，外空万物，士众皆归王德，随之入黄泉之下。十二月德在九二[15]，之时在丑[16]，居土之中，而未出达[17]。时德在明堂。万物随德而上，未敢出见，上有刑也[18]。正月寅[19]，德在九三[20]。万物莫不随盛德乐窥于天地而生，时德居庭[21]。二月德在九四在卯，已去地[22]，未及天，谪在界上[23]，德在门[24]，故万物悉乐出窥于门也。三月盛德在九五[25]，辰上及天之中[26]，盛德时在外道巷[27]，故万物皆出居外也。四月巳[28]，德在上九[29]，到于六远八境[30]，盛德八方，善气阳气莫不响应相生。扰扰之属，去内室，之野处，时刑在万物之根，居内室，故下空无物，而上茂盛也，莫不乐从德而为治也。是治以德之大明效也。"

"今谨已闻用德，愿闻用刑。""然，五月刑在初六[31]，在午[32]，地下，下内清无气，地下空。时刑在室中，内无物，皆居外。六月刑居六二[33]，在未，居土之中，未出达也[34]。时刑在堂，时刑气在内，德气在外，扰扰之属莫不乐露其身，归盛德者也。七月刑在六三[35]，申之时[36]，刑在庭，万物未敢入，固固乐居外。

八月刑在六四[37]，酉，时上未及天界，时德在门[38]，万物俱乐窥于门，乐入随德而还反也。九月刑在六五[39]，在戌[40]，上及天中。时刑在道巷，万物莫不且死困，随德入藏，故内日兴，外者空亡。十月刑在上六[41]，亥[42]。时刑及六远八境四野，万物扰扰之属，莫不入藏逃，随德行，到于明堂，跂行自怀居内[43]，野外空无士众，是非好用刑罚者见从去邪哉[44]？

但心意欲内怀以刑，治其士众，辄日为其衰少也[45]。故五月内怀一刑，一群众叛；六月内怀二刑，二群众叛；七月内怀三刑，三群众叛；八月内怀四刑，四群众叛；九月内怀五刑，五群众叛；十月内怀六刑，六群众叛，故外悉无物，皆逃于内，是明证效也。故以刑治者，外恭谨而内叛，故士众日少也。是故十一月内怀一德，一群众入从；十二月内怀二德，二群众入从；正月内怀三德，三群众入从；二月内怀四德，四方群众入从；三月内怀五阳盛德，五群众贤者入从；四月内怀六德，万物并出见，莫不扰扰，中外归之，此天明法效也。

二月八月，德与刑相半[46]，故二月物半伤于寒，八月物亦半伤于寒；二月之时，德欲出其士众于门，刑欲内其士众于门[47]，俱在界上，故二月八月，万物刑德适相逢，生死相半，故半伤也。子今乐知天地之常法，阴阳之明证，此即是也。夫刑乃日伤杀，厌畏之，而不得众力，反曰无人；德乃舒缓日生，无刑罚而不畏万物，反曰降服，悉归王之[48]，助其为治，即是天之明证，昭然不疑也。"

"今人不威畏不可治，奈何乎哉？""然古者圣人君子，威人以道与德，不以筋力刑罚也[49]。不乐为善德，劣者反欲以刑罚威惊以助治，犹见去也。夫刑但可以遗穷解卸[50]，不足以生万物，明扰扰之属为其长也[51]。今使人不内附，反欺诈，其大咎在此[52]。

二月八月，德与刑相半，故万物半伤于寒。夫刑日伤杀，厌畏之，而不得众力。古者圣人威人以道德，不以筋力刑罚也。

今子比连时来学，问事虽众，多畜积文[53]，则未能纯信吾书言也，得此宁解未哉？"纯稽首敬拜："有过甚大，负于明师神人之言，内惭流汗；但愚小德薄至贱，学日虽多，心顿不能究达明师之言[54]，故敢不反复问之！甚大不谦，久为师忧不也。”“但为子学未精耳，可慎之。天乃为人垂象作法[55]，为帝王立教令，可仪以治，万不失一也。子欲知其意，正此也，治不惟此法，常使天悒悒，忿忿不解，故多凶灾。子戒之！天将兴之者，取象于德；将衰败者，取法于刑，此之谓也。

吾之言，谨与天地阴阳合其规矩，顺天地之理，为天明言，纪用教令以示子也[56]。吾之言，正若锋矢无异也，顺之则日兴，反之则令自穷也。天法神哉神哉！是故夫古者神人、真人、大圣，所以能深制法度，为帝王作规矩者，皆见天文之要，乃独内明于阴阳之意，乃后随天地可为以治，与神明合其心，观视其可为也，故其治万不失一也。

为垂象作法，为帝王立教令，可仪以治，王道将兴，取象于德；王道将衰，取象于刑。夫为帝王制法度，先明天意，内明阴阳之道，即太平至矣。

今愚吏人民，以为天法可妄犯也，自恣不以法度，故多乱其君治也，大咎在此也。今子得书，何不详结心意，丁宁思之[57]？幽室闲处，念天之行，乃可以传天之教，以示敕愚人，以助帝王为法度也。将举刑用之，当深念刑罚之所居，皆见从去寂然无士众独处，故冬刑在四野无人，万物悉叛之内藏，避之甚。夏刑在内，万物悉出归德，地下室内中空，刑寂然独居，皆随德到野处。德在外，则万物归外；德在幽空，则物归内。”

“天刑其威极盛[58]，幸能厌服人民万物，何故反不能拘制其士众，独不怪斯耶?”“明刑不可轻妄用[59]，伤一正气，天气乱；伤一顺气，地气逆；伤一儒，众儒亡；伤一贤，众贤藏，凡事皆有所动摇。故古者圣人、圣王、帝主，乃深见是天戒书，故畏之不敢妄为也，恐不得天心，不能安其身也。上皇天德之人，乃独深见道德之明效也，不厌固不畏骇[60]，而士众归之附之，故守道以自全，守德不敢失之也。

子德吾书诵读之，而心有疑者，常以此书一卷，自近旦夕常案视之，以为明戒证效，乃且得天心意也。违此者，已与天反矣。是犹《易》之乾坤，不可反也[61]；犹六甲之运[62]，不可易也；犹五行固法[63]，不可失也；犹日月之明，不可掩盖也；犹若君居上，臣在下，故不可乱也。

此所以明天地阴阳之治，有好行德者。或有愚人，反好刑，宜常观视此书，以解迷惑。务教人为善儒，守道与德，思退刑罚，吾书□□正在法度也。夫为道德易乎？为刑罚难乎？爱之则日多，威之反日无也。子疾去矣，为天传吾书，毋疑也。吾书言不负于天地六合之扰扰也。”

“唯唯。诚归思过，惟论上下，不敢失一也。”“行，戒之慎之。子不能分别详思吾书意，但观天地阴阳之大部也[64]。从春分到秋分，德居外[65]，万物莫不出归王外，蛰虫出穴，人民出室；从秋分至春分，德在内[66]，万物莫不归王内，蛰藏之物悉入穴，人民入室，是以德治之明效也。从春分至秋分，刑在内治[67]，万物皆从出至外，内空，寂然独居；从秋分至春分，刑居外治外[68]，无物无气，空无士众，悉入从德；是者明刑不可以治之证也。

故德者与天并力同心，故阳出亦出，阳入亦入；刑与地并力同心，故阴出亦出，阴入亦入。德者与生气同力，故生气出亦出，入亦入；刑与杀气同力，故杀气出亦出，入亦入。德与天上行同列，刑与地下行同列。德常与实者同处，刑与空无物同处。德常与兴同处，故外兴则出，内兴则入，故冬入夏出；刑与衰死气同处，故冬出而夏入，死气者清，故所居而清也。

故德与帝王同气，故外王则出阴，内王则入刑[69]；刑与小人同位，故所居而无士众也。物所归者，积帝王德，常见归，故称帝王也[70]；刑未尝与物同处，无士众，故不得称君子。是故古者圣人独深思虑，观天地阴阳所为，以为师法，知其大□□万不失一，故不敢犯之也，是正天地之明证也，可不详计乎！可不慎哉？自然法也，不以故人也，是天地之常行也。今悉以告子矣。子宜反复深思其意，动作毋自易[71]。”“唯唯，不敢负。”“行，吾已悉传付真法语于子，吾忧解矣。

为天除咎，以敕至德，以兴王者，子毋敢绝[72]，且蒙其害。”“唯唯。”

右案天法、以明古今前后、治者所好得失诀[73]。

---

①纯：真人名。

②悃：诚挚。悒：忧郁不安。

③明师皇天神人：对天神的敬称。

④诀：秘决定论。

⑤日中：太阳最高时。

⑥固固：鄙陋，蒙昧。

⑦大诀：根本性的决断；后言：背后的诽议。

⑧佞：邪。

⑨此句是说在世多年，扰扰：纷纭貌。

⑩神治：神妙之治。法度：不可违背的准则。

⑪初九：画卦第一位的阳爻。爻是卦形的基本构成单位。“——”象征阳性，以奇数“九”作代称。“— —”象征阴性，以偶数“六”作代称。初九，在这里象征阳气初生阶段。阳气初生则阴气极盛，阴极而生阳。

⑫居地下：此句是说阴气潜伏地下兹生万物，德亦随而从之。室中：又称内室，是阴阳家为显现刑、德升降之势所取用的术语之一，表示最初的居留处所，比喻初起情形。

⑬时：谓农历十一月。十一月为冬至所在，于月建称建子，即北斗星斗柄指向正北月份。属于阴阳更始的起点。坤卦第六爻，这里象征阴气极盛阶段。

⑭四远野：与“室中”相对，是阴阳家所区定的刑德居留处所之七，喻指最高情形。

⑮九二：画卦第二位的阳爻，这里象征阳气形成阶段，阳气形成，则阴气由极盛初降。

⑯丑：十二地支第二位。这里指月建，即北斗星斗柄指向东北的建丑之月。

⑰居土之中：是说阳气由黄泉上升到地层中部，德亦随而从之。出达：冒出地面。

⑱明堂：阴阳家所区定的刑德居留处所之二，在“室中”之上，喻指上升情形。全句指十二月德在明堂，则刑由四远野收缩到另一居所六远八境，仍有很强威势，故万物不敢出现。

⑲寅：十二地支第二位，指月建，即北斗星斗柄指向偏东北方向的建寅之月。

⑳九三：画卦第三位的阳爻，这里象征阳气跃动阶段。阳气在地层上部跃动，则阴气在空间继续降退。

㉑庭：阴阳家所区定的刑德留处之三，在“明堂”之上，喻指移进情形。正月德居庭，则刑由六远八镜收缩到另一居所道巷。

㉒九四：画卦第四位的阳爻，这里象征阴气上腾阶段。卯：十二地支第四位，指月建，即北斗星斗柄指向正东方的建卯之月，此月为春分所在。已去地：阴气已出地面。

㉓界上：指阳气和阴气的交会处。

㉔门：阴阳家所区定的刑德居留处之四，介于“庭”和“外道巷之间”，喻指平衡对等情形，是居内与居外的分界线。

㉕九五：画卦第五位的阳爻。这里象征阳气升达阶段，阳气升达，阴气衰微。

㉖辰：十二地支第五位。这里指月建，即北斗星斗柄指向偏东南方向的建辰之月。

㉗外道巷：阴阳家所区定的刑德居留处所之五，喻指延伸情形。

㉘巳：十二地支第六位，这里指月建，即北斗星斗柄指向东南的建巳之月。

㉙上九：画卦第六位的阳爻。这里象征阳气太盛阶段。

㉚六远八镜：阴阳家所区定的刑德居留处所之六，喻指扩散情形。

㉛初六：画卦第一位的阴爻。这是象征阴气初生阶段。阴气初生则阳气极盛，阳极而生阴。

㉜午：十二地支第七位。这是指月建，即北斗星斗柄指向正南的建午之月。此月为夏至所在。清：枯寂。以上三句是发挥董仲舒阴常积于空虚不用之处的观点而立说，故有下文的诸种描述。

㉝六二：画卦第二位的阴爻，这里象征阴气形成阶段，阴气形成，则阳气由极盛而初降。

㉞未：十二地支第八位。这里指月建，即北斗星斗柄指向西南的建未之月。

㉟六三：画卦第三位的阴爻，这里象征阴气跃动阶段。

㊱申：十二地支第九位，这里指月建，即北斗星斗柄指向偏西方向的建申之月。

㊲六四：画卦第四位的阴爻，这里指象征阴气跃动阶段。

㊳酉：十二地支第十位，这里指月建，即北斗星斗柄指向正西方的建酉之月。此月为秋分所在。时德在门句：此句不言刑在门而言德在门，是固崇德贱刑之故。

㊴六五：画卦第五位的阴爻，这里象征阴气升达阳气衰微。

㊵戌：十二地支第十一位，这里指月建。即北斗星斗柄指问西北方向的建戌之月。

㊶上六：画卦第六位的阴爻，这里象征阴气大盛阶段。阴气大盛，则阳气退伏。

㊷亥：十二地支最末位。这里指月建，即北斗星斗柄指向西北方的建亥之月。

㊸自怀居内：指开始冬眠。

㊹见从去：万物和士众相随离去；从，前后相随。

㊺辄：就；日：一天天。

㊻二月八月句；二月为春分所在，八月为秋分所在，阴阳二气均等，日夜时间平分，所以出此语。

㊼内：纳。

㊽王：尊从。

㊾筋力：暴力。

㊿遗穷：指落下众叛亲离的恶果；解卸：解除一时的压力。

(51)长：支配性的力量。

(52)大咎：大祸患，大过错。

(53)比：近来。全句是说绝大多数都仅仅为了积累一些道经经文。

(54)究达：彻底领悟。

(55)垂象：垂示兆象。仪：奉为准则。

(56)纪用：钢纪法式。

(57)丁宁：叮咛，此处为反复的意思。

(58)天刑：肃杀之气。

(59)明：表明。

(60)上皇：第一。厌固：指强胜弱，上凌下。

(61)是犹《易》之乾坤，不可反也：乾为阳，为天；坤为阴，为地，尊卑位定，故曰不可反。反，颠倒。

(62)六甲：六旬之首，即甲子、甲戌、甲申、甲午、甲辰、甲寅。

(63)五行固法：指五行相生和五行相胜。即木生火，火生土，土生金，金生水，水生木，木胜火，火胜金，金胜木、木胜土，土胜水。

(64)大部：这里主要指界标。

(65)居外：即由门→外道巷→六远八境→四远野→六远八境→外道巷→门。

(66)在内：即由门→庭→明堂→室中→明堂→庭→门。

(67)内治：循环路线在内。

(68)治外：循环路线在外。

(69)外王：指正统天子执政，占领统治地位。出阴：排斥后宫内宦努力。内王：指女王临朝称制。入刑：指陷入刑杀状态中。

(70)物所归者等句：古以德合天地者，称之为帝，德合仁义者，称之为王，由此区别优劣。

(71)易：轻慢，草率。

(72)绝：擅自不传。

(73)好：指奉行的治国指导思想。此句是对全篇主旨的概括说明。

太平经卷四十五

丙部之十一

起土出书诀第六十一

"下愚贱生不胜[①]，心所欲问，犯天师忌讳，为过甚剧。意所欲言，不能自止，小人不忍情愿，五内发烦懑悃悒。请问一大疑，唯天师既待以赤子之分[②]，必衰原其饥渴汲汲乎！""行，道之。何谦哉！"

"唯唯。今天师乃与皇天后土常合精念[③]，其心与天地意深相得，比若重规合矩，不失毛发之间也。知天地常所忧□□，是故下愚不及生冒惭[④]，乃敢前具问，愿得知天地神灵其常所大忌讳者何等也？"

"善乎，生精益进哉！子今且可问正入天地之心意[⑤]，人得知之，著贤人之心，万世不复去也。吾常乐欲言，无可与语，今得真人问之，心中诀喜，且为子具分别道之[⑥]，不敢有可隐匿也。所以然者，乃恐天地神灵深恶吾，则为身大灾也。真人但安坐明听：天地所大疾苦，恶人不顺与不孝。"

"何谓也？愿闻之。""善乎，子之难也。夫天地中和凡三气，内相与共为一家。反共治生[⑦]，共养万物。天者主生，称父；地者主养，称母；人者主治理之，称子。父当主教化以时节[⑧]，母主随父所为养之，子者生受命于父，见养食于母，为子乃当敬事其父而爱其母。"

"何谓也？""然，父教有度数时节，故天因四时而教生养成[⑨]，终始自有时也。夫恶人逆之，是为子不顺其父。天气失其政令，不得其心，天因大恶人，生灾异，以病害其子。比若家人，父怒治其子也。其变即生，父子不和，恨子不顺从严父之教令，则生阴胜其阳[⑩]，下欺其上，多出逆子也。臣失其职，鬼物大兴，共病人[⑪]，奸猾居道傍，诸阴状不顺之属[⑫]，咎在逆天地也。真人是又可不顺乎？此乃自然之术，比若影之应形，与之随马不脱也[⑬]，诫之！""唯唯。"

"天师乃与皇天后土常合精念，其心与天地意深相得，比若重规合矩，不失毛发之间也。知天地常所忧预，得知天地之大忌讳者，何等也？""天地神灵深大疾苦，恶人不顺不孝。""何谓也？""夫天地中和三气，内共相与为一家，共养万物。天者主生，称父；地者主养，称母；人者为治，称子。子者受命于父，恩养于母，为子乃敬事父而爱其母。""何谓也？""然，父教有度数时节，故因四时而教生成，恶人逆父之意，天气失其政令，比若家人，父怒其子，父子不和，阴胜阳，下欺上，臣失其职，鬼物大兴。"

"今谨已敬受师说天之教敕，愿闻犯地之禁。""诺，真人明听。""唯唯。""天者，乃父也；地者，乃母也；父与母俱人也，何异乎？天亦天也，地亦天也。父与母，但以阴阳男女别耳，其好恶者同等也。天者养人命[⑭]，地者养人形，人则大愚蔽且暗，不知重尊其父母，常使天地生凡人有悔[⑮]，悒悒不解也。"

"何谓也？""善哉，子之言也，深得天地意，大灾害将断，人必吉善矣。""何谓也？唯天师分别之。""然今天下之人，皆共贼害、冤其父母。""何谓也？""四时天气，天所案行也，而逆之，则贼害其父。”“何谓也?”“今人以地为母，得衣食焉，不共爱利之，反共贼害之。”

“何谓也?”“然，真人明听。人乃甚无状，共穿凿地，大兴起土功，不用道理[16]，其深者下著黄泉，浅者数丈。母内独愁恚，诸子大不谨孝，常苦忿忿悃悒，而无从得通其言。古者圣人，时运未得及其道之[17]，遂使人民妄为，谓地不疾痛也。地内独疾痛无訾，乃上感天，而人不得知之。愁困其子不能制，上诉人于父，诉之积久，复久积数[18]，故父怒不止，灾变怪万端并起，母复不说常怒，不肯力养人民万物。父母俱不喜，万物人民死，不用道理，咎在此。

后生所为日剧，不得天地意，反恶天地，言不调[19]；又共疾其帝王，言不能平其治。内反人人自得过于天地，而不自知。反推其过以责其上，故天地不复爱人也，视其死亡忽然[20]。人虽有疾，临死啼呼，罪名明白，天地父母不复救之也，乃其罪大深过，委顿咎责，反在此也。其后生动之尤剧，乃过前，更相仿效，以为常法，不复拘制，不知复相禁止，故灾日金，诚共冤天地。天地，人之父母也，子反共害其父母而贼伤病之，非小罪也，故天地最以不孝不顺为怨，不复赦之也。人虽命短死无数者[21]，无可冤也。真人岂晓知之邪!”“唯唯。”

天地之位，如人男女之别，其好恶皆同。天者养人命，地者养人形，今凡共贼害其父母。四时之气，天之按行也，而人逆之，则贼害其父；以地为母，得衣食养育，不共爱利之，反贼害之。人甚无状，不用道理，穿凿地，大兴土功，其深者下及黄泉，浅者数丈。独母愁患诸子大不谨孝，常苦忿忿悃悒，而无从得道其言。古者圣人，时运未得通其天地之意，凡人为地无知独不疾痛，而上感天，而人不得知之，故父灾变复起，母复怒，不养万物。父母俱怒，其子安得无灾乎?夫天地至慈，唯不孝大逆，天地不赦，可不核哉。

“今天使子来具问，是知吾能言，真人不可自易，不可不慎也。”“唯唯。”“今人共害其父母，逆其政令，于真人意，宁可久养不邪?故天不大矜之也[22]。”“今天师哀愚生为其具说，以何知天地常忿忿悒悒，而怨恶人数起土乎?”“善哉，天使子屈折问之，足知为天地使子问此也。诺。吾甚畏天，不敢有可隐，恐身得灾，今且使子昭然知之，终古著之胸心[23]，不可复忘也。

今有一家有兴功起土，数家被其疾，或得死亡，或致盗贼县官，或致兵革斗讼，或致蛇蜂虎狼恶禽害人。大起土有大凶恶，小起土有小凶恶，是即地忿忿，使神灵生此灾也，故天地多病人，此明证也。子知之邪?”

“唯唯。今或有起土反吉无害者，何也?”“善哉，子之问也，皆有害，但得良善土者[24]，不即病害人耳，反多四方得其凶，久久会且害人耳。得恶地者，不忍人可为[25]，即害之也，复并害远方。”“何也?”“是比若良善肠之人也，虽见冤，能强忍须臾，心不忘也，后会害之；恶人不能忍，须臾交行[26]。”

“善哉善哉!今地身体积巨，人比于地，积小小，所为复小不足道，何乃能疾地乎哉?”“善哉，子之难也。天使子分别不明此。”“以何知之?”“以其言大惓惓。子今欲云何，心中悃悒，欲言乃快，天地神精居子腹中，敬子趣言[27]，子固不自知也。凡人所欲为，皆天使之。诺。不敢有可匿也。子明德。”“唯唯。”

或起土不便为灾者，得良善地也；即灾者，得凶恶地也。主能害人[28]，并害远方，何谓也?比若良善之人，虽见冤害，强忍须臾，心终不忘也；恶人不能忍须臾，便见灾害也，地体巨大，人比于地积小，所穿凿安能为害也?

“今子言；人小小，所动为不能疾地。今大人躯长一丈[29]，大十围，其齿有龋虫，小小不足道，合人齿。大疾当作之时，其人啼呼交[30]，且齿久久为堕落悉尽。夫人比于天地大小，如此虫害人也。齿尚善金石[31]，骨之坚者也；夫虫，但肉耳，何故反能疾是子[32]?人之疾地，如此矣。子知之邪?行，真人复更明开耳。”“唯唯。”

然比夫人躯长一丈，大十围，其齿齲间虫，小小不足道，食人齿。大疾当作之时，其人啼呼，久久齿为之坠落悉尽。人比于天地大小，如此虫与人矣。齿若金石之坚者，小虫但肉耳，而害物若此。

“夫人或有长出丈，身大出十围，疽虫长不过一寸，其身小小，积小不足道也，居此人皮中，旦夕凿之，其人病之，乃到死亡，夫人与地大小，比若此矣。此虫积小，何故反贼杀此人乎？真人其为愚暗，何故大剧也[33]，将与俗人相似哉？”“实不及[34]。”“子尚不及，何言凡人乎？”“有过有愚，唯天师，愿闻不及业，幸为愚生竟说其意。”“诺，不匿也。吾知天地病之剧，故口口语子也。行，复为子说一事，使子察察重明知之[35]。”“唯唯。”

今大丈夫力士，无不能拘制疥虫。小小不足见也。有一斗所共食此人，病之疾痛不得卧，剧者著床。今疥虫蚤虱小小，积众多，共食人，蛊虫者杀人[36]，疥虫蚤同使人烦懑，不得安坐，皆生疮疡，夫人大小比于地，如此矣。宁晓解不？”“唯唯。”

今有大丈夫巨力之士，无不能制蚧虫者。一升蚧虫共蚀此人，乃病痛不得卧，剧者著床。今蛅虫蚤虱小小，积众多，共食人，蛊虫者能杀人，蚤虱同使人烦满，不得安坐，皆生疮耳。人之害天地，亦若是耳。

“行，今子或见吾所说，如不足以为法也，今为子言之。人虽小，其冤愁地形状，使人昭然自知，深有过责，立可见也，今一大里有百户[37]，有百井；一乡有千户[38]，有千井；一县有万户，有万井；一郡有十万户，有十万井；一州有亿户[39]，有亿井。大井一丈，中井数尺，小井三尺，今穿地下著黄泉，天下有几何哉[40]？或一家有数井也。今但以小井计之，十井长三丈，百井长三十丈，千井三百丈，万井三千丈，十万井三万丈，天下有如此者凡几井乎？穿地皆下得水，水乃地之血脉也。今穿子身，得其血脉，宁疾不邪？今是一亿井者，广从凡几何里[41]？子自详计之，天下有几何亿井乎哉？故人为冤天地已明矣。

子贼病其母，为疾甚剧，地气漏泄，其病人大深，而人不爱不怜之，反自言常冤天地，何不纯调也？此不反邪？是尚但记道诸井耳[42]。今天下大屋丘陵冢[43]，及穿凿山阜采取金石，陶瓦竖柱[44]，妄掘凿沟渎，或闭塞壅阏，当通而不得通有几何乎？今是水泉，或当流，或当通，又言闭塞穿凿之几何也？

今水泉当通，利之乃宣，因天地之利渎，以高就下，今或有不然，妄凿地形，皆为疮疡；或有塞绝，当通不通。王治不和，地大病之，无肯言其为疾病痛者。地之精神，上天告诉不通，日无止也，天地因而俱不说喜，是以太和纯气难致也[45]，真人宁解不邪？”

“唯唯，今人生天地之间，会当得室庐以自盖，得井饮之，云何乎？”“善哉，子之言也。今天不恶人有室庐也，乃其穿凿地大深，皆为疮疡，或得地骨，或得地血。”“保谓也？”“泉者，地之血；石者，地之骨也；良土，地之肉也。洞泉为得血，破石为破骨，良土深凿之，投瓦石坚木于中为地壮，地内独病之，非一人甚剧。”

“今当云何乎？”“地者，万物之母也，乐爱养之，不知其重也。比若人有胞中之子，守道不妄穿凿其母，母无病也；妄穿凿其母而往求生，其母病之矣。人不妄深凿地，但居其上，足以自彰隐而已[46]，而地不病之也，大爱人使人吉利。”

“今愿闻自彰隐多少而可。”“凡动土入地，不过三尺，提其上[47]。”“何止以三尺为法？”“然，一尺者，阳所照，气属天；二尺者，物所生[48]，气属中和；三尺者，属及地身，气为阴；过此而下者，伤地形，皆为凶。”

“古者穴居云何乎？”“同贼地形耳。多就依山谷，作其岩穴因地中，又少木梁柱于地中，地中少柱，又多倚流水，其病地少微[49]，故其人少病也。后世不知其过，多深贼地，故多不寿，何也？此剧病也。”

穿地见泉，地之血也；见石，地之骨也；土，地之肉也。取血，破骨，穿肉，复投瓦石坚木于地中，为疮。地者，万物之母也，而患省若此[50]，岂得安乎？凡人居母身上，亦有障隐多少。穿地一尺，为阳所照，气属天；二尺者，物之所生，气属中和；三尺者及地身，阴；过此以往，皆伤地形也。

今天不恶人有庐室也，乃恶人穿凿地太深，皆为创伤，或得地骨，或得地血者。泉是地之血也，石为地之骨也，地是人之母，妄凿其母，母既病愁苦，所以人固多病不寿也。凡凿地动土，入地不过三尺为法：一尺者，阳所照，气属天也；二尺者，物所生，气属中和也；三尺者及地身，气属阴；过此而下者，伤地形，皆为凶也。古者依山谷岩穴，不兴梁柱，所以其人少病也。后世贼土过多，故多病也。

“今时时有近流水而居，不凿井，固多病不寿者何也？”“此天地既怒，及其比伍[51]，更相承负，比若一家有过，及其兄弟也。”

“今人或有不动土，有所立，但便时就故舍，自若有凶，何也？”“是者行不利，犯神。”“何神也？”“神非一，不可豫名也[52]。真人晓邪？”“唯唯。”

“今时有近流水而居，不凿井，何故多病不寿，何也？”答曰：“如此者，是明天地既怒，及其比伍，更相承负，比如一家有过，及其兄弟也。是知穿地皆下得水，水乃地之血脉，宁不病乎？”又云，有问者曰：“今人或有不动土，有所立，便旦时有就故舍，自若有凶，何也？”答曰：“如是者，行动不利，犯神凶也。”问曰：“犯何神也。”答曰：“神者非一，不可务名也[53]。”

“是故人居地上，不力相教为善，故动作，过反相及也，是者冤。”“今人或大远流水，会当得井水饮之乃活，当云何乎？”“善哉，子之言也，然有故井者，宜使因故相与共饮之，慎无数易之；既易，宜填其故，塞地气，无使发泄。饮地形，令地衰，不能养物也。填塞故，去中壮。”

“何谓也？”“谓井中瓦石材木也，此本无今有，比若人身中有奇壮，以为病也。”“可恢哉！可恢哉！卿不及天师详问之，不但知是。”

“真人来前”。“唯唯。”“子问事，恒常何一究详也[54]？”“所以详者，比与天师会见，言人命在天地，天地常悦喜，乃理致太平，寿为后，是以吾居天地之间，常骇忿天地[55]，故勉勉也。天地不和，不得竟吾年。”“善哉，子之言也。吾所以常恐骇者，见天地毒气积众多，贼杀不绝，帝王愁苦，其治不平，常助其忧之，子何豫助王者忧是乎？”“吾闻积功于人，来报于天，是以吾常乐称天心也。”“善哉子意。”

“今天师既开通愚生，示以天忌，愿复乞问一疑事：今河海下田作室庐，或无柱梁，入地法三尺，辄得水，当云何哉？”“善乎，子之问也。此同为害耳，宜复浅之。此者，地之薄皮也，近地经脉。子欲知其效，比若人，有厚皮难得血，血出亦为伤矣，薄皮者易得血，血出亦为伤，俱害也，故夫血者，天地之重信效也。夫伤人者，不复道其皮厚与薄也。见血为罪名明白。夫人象天地[56]，不欲见伤，伤之则怒，地何独欲乐见伤哉？夫天地，乃人之真本[57]，阴阳之父母也，子何从当得伤其父母乎？真人宜深念是于赤心。愚人或轻易，忽然不知，是为大过也。”

“今子当得饮食于母，故人穿井而饮之，有何剧过哉？”“子言已失天心明矣。今人饮其母，乃就其出泉之处，故人乳，人之泉坼也，所以饮子处，比若地有水泉可饮人也。今岂可无故穿凿其皮肤，而饮其血汁邪？真人难问，甚无意。”

“愚生有过，触天师忌讳。”“不谦也。然难问不极，亦不得道至诀也[58]。不恶子言也，此必皇天大疾，乃使子来，口口问是，此故子言屈折不止也。”“今唯天师原之，除其过。愚生欲言，不能自禁止。”“平行，何所谦[59]？子既劳为天地远来问，慎无闭绝吾书文也。”

“唯唯。凡人不见睹此书，不自知罪过重，反独常共过罪天地，何不和也？治何一恶不平也？”“不知人人有过于天地，前后相承负，后生者得并灾到，无复天命[60]，死生无期度也。真人努力，无灭去此文，天地且非怒人。”“唯唯。”“真人被其谪罚，则凶矣。”“唯唯。”

“书以付归有德之君，宜以示凡人，人乃天地之子，万物之长也，今为子道，当奈何乎？俱各自深思，从今以往，欲乐富寿而无有病者[61]，思此书言，著之胸心，各为身计，真人无匿也，传以相告语。今天地之神，乃随其书而行，察视人言何也？真人知之邪？”

“今以何知其随人而行？”“以吾言不信也。子诫绝匿此书，即有病；有敢绝者，即不吉，是即天地神随视人之明证也，可畏哉！”“唯唯。”

“行去，自励自励！夫人命乃在天地，欲安者，乃当先安其天地，然后可得长安也。今乃反愁天地，共贼害其父母，以何为而得安吉乎哉？前后为是积久，故灾变不绝也。吾语不误也。吾常见地神上自讼，未尝绝也，是故诚知其□□。见真人比如丁宁问之，即知为天使真人来问，是天欲一发觉此事，令使人自知，百姓适知责天，不知深自责也。”

“今天何故一时使吾问是乎？”“所以使子问是者，天上皇太平气且至[62]，治当太平，恐愚民人犯天地忌讳不止，共乱正气，使为凶害，如是则太平气不得时和，故使子问之也。欲乐民不复犯之，则天地无病而爱人，使五谷万物善以养之也；如忽之，忿不爱人，不肯养之也。故将凶岁者，无善物；将兴岁[63]，其物善，此之谓也，真人知之邪？”

“善哉善哉！古者同当太平，何不禁人民动土地哉？”“善乎，子之问事也。天地初起，未尝有今也。”“以何明之？”“今者天都举[64]，故乃录委气之神人、真人、仙人、道人、圣人、贤人，皆当出辅德君治[65]，故为未尝有也。初阴阳开辟以来[66]，录天民仕之，未尝有此也，故为最大也。”“可骇哉！可骇哉！”

“是故都出第一之道，教天下人为善之法也，人善即其治安，君王乐游无忧。”“善哉善哉！乐乎乐乎！”“是故教真人急出此书，慎无藏匿，以示凡民，百姓见禁且自息，如不止，祸及后世，不复救。得罪于天地，无可祷也。真人宁知之邪？”“唯唯。”“行去，书中有所疑乎，来问之。”“唯唯。”

右解天地冤结[67]。

---

①不胜：承受不了。

②赤子：对天师的赞誉。

③精念：关键性的主旨。

④冒惭：表现出羞愧。

⑤可问：合宜之问。

⑥具：详尽。

⑦治生：掌理化生之事。

⑧父当主教化以时节：此句是说上天通过八风二十四节气向世人发布行政命令。

⑨度数：指所奉持的准则。故天因四时句：指春生、夏长、秋获、冬藏。

⑩生：出现。子属阳，父属阳，故言。

⑪鬼物大兴，共病人：是说兴瘟疫。

⑫阴伏：暗中潜藏。

⑬随马：随顺之马。

⑭天者养人命：人隶属于天，故出此语。

⑮生凡人：使凡人生存。

⑯土功：土木工程。用：接。

⑰时运：宿命论认为世事变迁或个人遭遇都由命定，因称时世或遭遇为“时运”。及：赶上。道：讲述，宣明。

⑱此句是说次数越来越多，达到极限。

⑲不调：指节气时令。

⑳忽然：很平常，很一般。

㉑数：人的寿命有定。

㉒矜：哀怜。

㉓终古：永久。

㉔良善土：指风水宝地。

㉕此句是说恶地以夫在其上人土功不能容容。

㉖交行：以牙还牙。

㉗趣言：急言。

㉘主：当事者，指善恶之地。

㉙大人：指身材高大的人。

㉚当作：发作。啼哭交：连哭带叫。

㉛善：超过。

㉜是子：指上说身材高大者。

㉝大剧：太厉害。

㉞不及：认识不到。

㉟察察：分析明辩，丝毫不放过。

㊱蛊虫：相传为人工培养成的一种毒虫。

㊲里：东汉基层行政单位，由百家组成，没里魁，归乡统辖。里下又有司，一司五十家，故此处称大里。

㊳乡：东汉基层行政单位。或说十里为乡，一说十里为亭，十亭为乡。乡置乡官，包括有秩、三老、游缴等，掌管一乡政令、教化和治安。

㊴州：两汉所设监察区名，连京畿在内，共计十三州，每州设刺史，其辖领范围不等。

㊵几何：多少。此句是说地母受害之大。

㊶广从：东西为广，南北为纵。从：通纵。

㊷尚但记道：尚且仅讫说。

㊸大屋：华美的住宅。冢：坟墓，这里指帝王贵人的陵区。

㊹及穿凿山阜等句：开矿和烧制建筑材料。

㊺太和纯气：指太阳、太阴、中和三气的融合体。

㊻彰隐：指昼作夜息的日常生活。

㊼提：使提前。

㊽生：此处指根深。

㊾病：损害；少微：稍轻。

㊿患省：添病又去探视，此是比喻说法。

(51)比伍：指深凿井，多凿井人家的近邻。东汉以五家为伍，设伍长，构成最基本的地方行政单位。

(52)豫名：先讲出来。

(53)务名：落实到哪头上。

(54)究详：穷尽详细。

(55)常骇忿天地：害怕自己使天地发怒。

(56)象：指人头是圆形象天，足是方形象地之类。

(57)真本；真元根本。人禀天地精气而生，故谓文为真本。

(58)至诀：最高的定论。

(59)平行：犹言直说。

(60)天命：指上天赐予的寿命。

(61)富寿：长寿。

㉒上皇：最盛明。

㉓兴岁：兴旺的年份。

㉔今者天都举：皇天要超度世间的一切人。

㉕录：择录。委气之神人至贤人，前四类属神仙，后两类属于后补神仙。其职守参见本经卷四十二。

㉖阴阳：这里指天地。

㉗此句是对全篇主旨的概括说明。

太平经卷四十六

丙部之十二

道无价却夷狄法第六十二

“天师将去[1]，无有还期，愿复乞问一两结疑。”“行，令疾言之，吾发已有日矣，所问何等事也?”“愿乞问明师前所赐弟子道书，欲言甚不谦大不事[2]，今不问人，犹终古不知之乎?”“行勿讳。”“今唯明师开示下愚弟子。”“诺。”

“今师前后所与弟子道书，其价直多少?”“噫！子愚亦大甚哉！乃谓吾道有平耶[3]？诺。为子具说之，使子觉悟，深知天道轻重、价直多少。然，今且赐子千斤之金，使子以与国家，亦宁能得天地之欢心，以调阴阳，使灾异尽除，人君帝王考寿，治致上平耶[4]？今赍万双之璧玉[5]，以归国家，宝而藏之，此天下之珍物也，亦宁能使六万太和之气尽见，瑞应悉出，夷狄却去万里[6]，不为害耶?

今吾所与子，道毕具[7]，乃能使帝王深得天地之欢心，天下之群臣遍说，跂行动摇之属莫不忻喜，夷狄却降，瑞应悉出，灾害毕除，国家延命，人民老寿。审能好善、案行吾书，唯思得其要意，莫不响应，比若重规合矩，无有脱者也。成事大□□[8]，吾为天谈，不欺子也，今以此天法奉助有德帝王，使其无忧，但日游，其价直多少哉？子之愚心，解未乎哉?

诺。复为子陈一事也。天下之人好善而悦人者，莫善于好女也，得之乃与其共生子，合为一心，诚好善可爱，无复双也[9]。今以万人赐国家，莫不悦且喜，见之者使人身不知其老与，亦宁能安天地，得万国之欢心，令使八远响应，天下太平耶哉？吾道乃能上安无极之天，下能顺理无极之地，八方莫不悦乐来降服，扰扰之属者，莫不被其德化，得其所者也。是价直多少，子自深计其意。

子欲乐报天重功，重天心者，疾以吾书报之。如以奇伪珍物累积之上柱天，天不为其说喜也，不得天之至心也。欲得天心，乃宜旦夕思吾书言，已得其意，即亦得天心矣，其价直多少乎?

故赐国家千金，不若与其一要言可以治者也。与国家万双璧玉，不若进二大贤也[10]，夫要言大贤珍道[11]，乃能使帝王安枕而治，大乐而致太平，除去灾变，安天下，此致大贤要言奇道，价直多少乎哉?

故古者圣贤帝王，未尝贫于财货也，乃常苦贫于士，愁大贤不至，人民不聚，皆欲外附，日以疏少，以是不称皇天心，而常愁苦。若但欲乐富于奇伪之物[12]，好善之，不能得天地之心而安四海也；积金玉璧奇伪物，横纵千里，上至天，不能致大贤、圣人、仙士，使来辅治也。

子详思吾书，大贤自来，共辅助帝王之治，一旦而同计，比若都市人一旦而会，万物积聚，各资所有，往可求者。得行吾书，天地更明，日月列星皆重光⑬，光照紘远八方⑭，四夷见之，莫不乐来服降，贤儒悉出，不复蔽藏，其兵革皆绝去，天下垂拱⑮，而行不复相伤，同心为善，俱乐帝王。吾书乃能致此，其价直多少，子亦知之耶?

欲与国千斤金，不若与一要言，以致治太平，除灾安天下。古者帝王未尝患财货，乃患贫于士，愁大贤不至，人民不聚，皆欲外附，日以疏少，以是不称皇天之心。若积金玉奇物，纵横千里，直上至天，终不至大贤、圣人、仙士来，赖助帝王之治。

故古者圣贤，独深知道⑯，重气平也，故不以和土，但付归有德；有德知天地心意，故尊道重德。愚人实奇伪之物，故天书不下，贤圣不授，此之谓也。子其慎之矣，吾言不误也，子慎吾道矣。夫人持珍物璧玉金钱行，冥尚坐守之，不能寐也。是尚但珍物耳，何言当传天宝秘图书⑰，乃可以安天地六极八远乎？出，子复重慎之。"唯唯。"

"吾书乃天神吏常坐其傍守之也，子复戒之。""唯唯。""吾书乃三光之神吏常随而照视之也。""唯唯。""吾书即天心也意也，子复深精念之。""唯唯。""子能听吾言者，复为子陈数不见之事⑱。""唯唯。"

"出口入耳，不可众传也⑲，帝王得之天下服，神灵助其行治，人自为善，不日令而自均也。""唯唯。弟子六人悉愚暗⑳，无可能言，必触忌讳。今俱唯师自为皇天陈列道德，为帝王制作万万岁宝器，必师且悉出内事无隐匿㉑，诚得伏受严教密敕，不敢漏泄。"

"诺，今且为子考思于皇天，如当悉出，不敢有可藏；如不可出，亦不敢妄行。天地之运，各自有历，今且案其时运而出之，使可常行，而家国大吉，不危亡。所以不付小人，而付帝王者，帝王其历㉒，常与天地同心，乃能行此；小人不能行，故属君子，令付其人也。"

右平道德价数贵贱解通愚人心㉓。

---

①去：离去，指转往他处授道。结疑：百思不解的疑问。

②不事：不该这样做。

③平：衡量的标准。

④上平：第一等太平。

⑤赍：持。

⑥夷狄：古代对边疆少数民族的蔑称。都去：退去。

⑦毕具：全面又深妙。

⑧成事：已成事项，汉代惯用语。

⑨双：伦比之义。

⑩二：与万双相比较而言，意谓大贤胜过璧玉万倍。

⑪珍道：罕有之道，即下文所谓奇道。

⑫奇伪之物：指各种奢侈品，详参本经卷三十六。

⑬重光：日有重日，月有重月，星有重星，放射双重光辉。当指日晕、月晕和星明等天象。

⑭紘：维系。古九州以外，还有八远，亦方圆数千里，成为维系大地的极限。远，指边远之地。

⑮垂拱：垂衣拱手，这里形容无为而治。

⑯道：指上天所谓奇道、真道。

⑰何言当传句：指传布《太平经》。

⑱陈事：列举。不见之事：指秘密不传的事项。

⑲出口入耳二句：指要慎择传经授道对象。

⑳弟子六人：指跟从天师学道的所谓六方真人。其中一人名纯。

㉑内事：指涉及天机的玄秘之事。

㉒历：指定数，周期。

㉓平：衡量。此句是对全篇主旨的概括说明。

太平经卷四十七

丙部之十三

上善臣子弟子为君父师得仙方决第六十三

“真人前。凡为人臣子民之属，何者应为上善之人也？真人虽苦[①]，宜加精为吾善说之。”“唯唯。但恐反为过耳。”“何谦？诺。诚言。”“今为国君臣子及民之属，能常谨信，未尝敢犯王法，从生到死，讫未尝有重过，生无罪名也，此应为最上善之人也。”“噫！子说似类之哉，若是而非也。子之所说，可谓中善之人耳，不属上善之人也。行，真人复为吾说最上善孝子之行当云何乎？宜加精具言之。”

“今所言，已不中天师意，不敢复言也。”“何谦？真人取所知而言之，不及者，吾且为子达之。”“唯唯。然上善孝子之为行也，常守道不敢为父母致扰，居常善养，旦夕存其亲，从已生之后、有可知以来，未尝有重过罪名也，此为上孝子也。”“噫！真人所说，类似之又非也。此所说，谓为中善之人也，不中上孝也。”

“不及为过。”“非过也[②]。今乃以真人为师弟子行作法[③]，真人视其且言何耳[④]。今子言财如是，俗人愚暗无知，难教是也。积愚日久，见上善孝之人，或反怪之。子不及，为子说之。”“唯唯。”

“行，虽苦，复为吾具说上善之弟子。”“今已有二过于天师，不敢复言也。”“行，子宜自力加意言之。为人弟子，见教而不信，反为过甚深也。但不及者，是天下从古到今所共有也。平说之。”“唯唯。然为人弟子，旦夕常顺谨，随师之教敕所言，不失铢分[⑤]，不敢妄说，乱师之文。出入不敢为师致忧。从见教于师之后，不敢犯非历邪，愉愉日向为善，无有恶意，不逆师心，是为上善弟子也。”“噫，真人言，几类似之。是非上善之弟子也，财应中善之弟子耳。”

“实不及，愚生见师严敕，自力强说三事，三事不中明天师意，为过责甚重，恐复有罪不除也。”“凡人行，有不及耳，子无恶意，无罪也。今天下人俱大愚冥冥，无一知是也。极于真人，说事常如此，今何望于俗夫愚人哉！其常不达，信其愚心，固是也。”“天师幸事事哀之，既阖示之[⑥]，愿复见为达其所不及，恩惟明师师。”“行，吾将为真人具陈说之，子宜自力，随而记之。”“唯唯，诺。”

“然夫上善之臣子民之属也，其为行也，常旦夕忧念其君王也。念欲安之，心正为其疾痛，常乐帝王垂拱而自治也，其民臣莫不象之而孝慈也。其为政治，但乐使王者安坐而长游，其治乃上得天心，下得地意，中央则使万民莫不欢喜[⑦]，无有冤结失职者也。跂行之属，莫不向风而化为之，无有疫死者，万物莫不尽得其所。

天地和合，三气俱悦，人君为之增寿益算，百姓尚当复为帝王求奇方殊术，闭藏隐之文莫不为其出，天下响应，皆言咄咄。善哉！未尝有也。上老到于婴儿，不知复为恶，皆持其奇殊之方，奉为帝王；帝王得之，可以延年；皆惜其君且老，治乃得天心，天地或使神持负药，而告子之，得而服之，终世不知穷时也[8]。是所谓为上善之臣子、民臣之行所致也。真人宁晓知之不邪?”“唯唯。”

跂行之属，莫不向风而化，万物各得其所。天地和悦，人君为增寿，上老至于婴儿，不知复为恶。天下且惜其君恐老，天地必使神人持负灵药告之，帝王服之，寿无穷矣。

“子可谓已觉矣。是故太古上皇帝第一之善臣民[9]，其行如此矣。以何能求之，致此治正也?以此道。吾道正上古之第一之文也，真人深思其意，即得天心矣。吾敬受是于天心矣，而下为德君解灾除诸害，吾思天威，敢不悉其言?天旦怒，吾属书于真人，疾往付归之上德君，得之以治，与天相似，与天何异哉?”

“善乎善乎！见天师言，承知天太平之平气真真已到矣。其所以致之者，文已出矣。乐哉复何忧?今民非子事，何故见善即喜，见恶则忧之乎?所以然者，善气至，即邪恶气藏，吾且常安，可无疾伤；夫恶气至，则善气藏，使吾畏灾不敢行，天下皆然。故吾见善则喜也。”“善哉，子之言也。”

“天师幸哀，已为说上善臣子民之法，愿复闻上孝之术。”“善哉，子难问也。然，上善第一孝子者，念其父母且老去也，独居闲处念思之，常疾下也。于何得不死之术，向可与亲往居之，贱财贵道活而已。思弦歌哀曲，以乐其亲，风化其意[10]，使人道也，乐得终古与其居，而不知老也。常为求索殊方，周流远所也，至诚乃感天，力尽乃已也，其衣食财自足，不复为后世置珍宝也，反悉愁若父母[11]，使其守之。家中先死者，魂神尚不乐愁苦也。食而不求吉福，但言努力自爱于地下，可毋自苦念主者也[12]。是名为太古上皇最善孝子之行。四方闻其善，莫不遥为其悦喜，皆乐思象之也，因相仿效，为帝王生出慈孝之臣也。

夫孝子之忧父母也，善臣之忧君也，乃当如此矣。真人今旦所说，但财应平之行，各欲保全其身耳，上何益于君父师，而反言为上善之人乎?此财名为自佑利之人耳。真人尚乃以此为善，何况俗人哉！自见行谨信，不犯王法，而无罪名者，啼呼自言不负天，不负君父师也，汝行适财自保全其身耳，反深自言有功于上，而啼呼天地，此悉属下愚之人也，不能为上善之人也。

今所以为真人分别具说此者，欲使真人以文付上德之君，以深示敕众贤，使一觉悟，自知行是与非，亦当上有益于君父师不邪?太上中古以来，人益愚，日多财，为其邪行，反自言有功于天地君父师，此即大逆不达理之人也。真人亦岂知之耶?”“唯唯。”

“子可谓已觉矣，今为行善，实大难也，子慎子，子不力通吾文，以解天地之大病，使帝王游而无忧无事，天下莫不欢喜，下及草木，子未能应上善之人也。财名为保全子身之人耳，又何以置天地乎?夫人欲乐全其身者，小人尤剧，子亦知之乎?”“唯唯。”“子可谓为已觉矣，慎之!”

“唯唯。今天师幸哀愚贱不达道之生[13]，愿复闻上善之弟子行也。”“然，上善之弟子也，受师道德之后，念缘师恩，遂得成人，乃得长与贤者相随，不失行伍；或得官位，以报父母；或得深入道，知自养之术也。

夫人乃得生于父母，得成道德于师，得荣尊于君，每独居一处，念君父师将老，无有可以复之者，常思行，为师得殊方异文，可以报功者。惟念之，正心痛也，不得奇异也，念之故行，更学事贤者，属托其师，为其言语，或使师上得国家之良辅，今复上长有益帝王之治，若此乃应太古上善之弟子也。

及后生者，明君贤者，名为上善之人，若真人，今且可言易教谨信，从今不达师心，此者，财应顺弟子耳，但务成其身也，又何益于上，而言为善弟子乎哉？真人说尚言，而民俗夫愚人常自言有功于师，固是也。

夫为人臣子及弟子，为人子，而不从君父师教令，皆应大逆罪，不可复名也。真人所说善子民臣、善弟子，其行财不合于罪名耳。愚哉子也。何谓为善乎？是故俗夫之人愚，独已洞达久矣。今以真人说绳之，已知其实失正路，入邪伪，迷惑久哉！是故天独深知之，故怒不悦，灾委积，更相承负是也。皆若真人言，行财保其身不犯非者，自言有功于天地旁人也，是其大愚之剧者也，子复慎之。

子言未尽合于天心也，吾所以使真人言者，不以故子也。但欲观俗人之得失，以何为大过乎？故使子言之，视其枉直非耳。子赤知之耶？”“唯唯。”

“行，子已觉矣。本觉真人之时，不欲与真人语言也。见子惓惓，日致善也。故与子深语，道天地之意，解帝王之所愁苦，百姓之冤结，万物之失理耳。今既为子陈法言义，无所复惜也，子但努力记之。”“唯唯。”“吾向睹几何弟子，但不可与语，故不与研究竟语也；故吾之道，未尝传出也，子知之耶？”“唯唯。”“行去，子晓矣”

“然，天师既哀弟子，得真言不讳。君贤则臣多忠，师明则弟子多得不讳而言。”“善哉，子之言也得觉意，行言之。”“今天地实当有仙不死之法、不老之方，亦岂可得耶？”“善哉，真人问事也。然，可得也。天上积仙不死之药多少，比若太仓之积粟也；仙衣多少，比若太官之积布帛也[14]；众仙人之第舍多少，比若县官之室宅也，常当大道而居，故得入天大道者，得居神灵之传舍室宅也[15]。若人有道德，居县官传舍室宅也。

天上不惜仙衣不死之方，难予人也。人无大功于天地，不能治理天地之大病，通阴阳之气，无益于三光四时五行、天地神灵，故天不予其不死之方仙衣也。此者，乃以殊异有功之人也。子欲知其大效乎？比若帝王有太仓之谷、太官之布帛也。夫太仓之谷，几何斗斛？而无功、无道德之人，不能得其一升也；而人有过者，反入其狱中，而正尚见治，上其罪之状，此明效也。

今人实恶，不合天心，故天不具出其良药方也，反日使鬼神精物行考、笞击无状之人[16]。故病者不绝，死者众多也，比若县官治乱，则狱多罪人，多暴死者，此之谓。

如有大功于帝王，宫宇积多，官谷有布帛，可得常衣食也。夫人命帝王，但常思与善人为治，何惜爱哉？人君职会，当与众贤柔共平治天下也。夫君无贤臣，父无孝子，师无顺善弟子，其为愁不可胜言也。

是故上古三皇垂拱，无事无忧也，其臣谨良，忧其君，正常心痛，乃敢助君平天下也，尚复为其索得天上仙方，以予其君也，故其君得寿也。或有大功，功大尚得俱仙去，共治天上之事，天复衣食之。此明效也，不虚言也[17]。夫中古以来，多妒真道，闭绝之，更相欺以伪道，使人愚，令少贤者，故多君臣俱愁苦，反不能平天下也，又多不寿。非独今下古人过也，所由来久矣，或大咎在此，子亦岂知之耶？”“唯唯。”

“故今天上积奇方仙衣，乃无亿数也，但人无大功，不可而得之耳。比若人有县官室宅、钱谷、布帛，常当大道而居，为家不逃匿也；而无功德者，不能得谷一斗、钱一枚、布帛一寸，此明效也。故太古中古以来，真道日衰少，故真寿仙方不可得也。而人过得独寿者，极是其天下之大寿人也。”

“何也?”“真道德多，则正气多，故人少病而多寿也；邪伪文多，则邪恶气多，故人多病而不得寿也，此天自然之法也，故古者三皇之臣多真道也，故其君多寿；五帝之臣少真道，故其君不若三皇之寿也；三王之臣复少真道[18]，不能若五帝也；五霸之臣最上功伪文祸，无有一真道，故多夭死，是明效也。其中时时得寿者，极天下之寿人也。子重知之耶?”“唯唯。”

“是故占者圣贤，但观所得瑞应善恶，即自知安危吉凶矣；其得上善文应者，其治已最无上矣；其得中文应者，已象中人矣；其得下文应者，已象下人矣。”

“何谓也?”“谓得文如得三皇之文者，即其上也；若得五帝之文者，即其中也；若得三王之文者，即其大中下也；如得五霸之文者，即其最下也。”

“何以明如斯文乎?”“善哉，子之言也。教其无刑而自治者，即其上也；其出教令，其惧之、小畏之者，即其中也；教其小刑治之者，即其大中下也；多教功伪，以虚为实，失其法，浮华投书，治事暴用刑罚，多邪文，无真道可守者，即是其下霸道之效也。古有圣贤，但观可得天教敕，即自知优劣矣。”

“愿闻教者，使谁持往乎？然或为其生贤，辅助其治，此若人家将兴，必生贤子也。或河洛为其出应文图，以为券书[19]，即是也。子知之耶?”“唯唯。”

“复为真人更明之。家人且衰，生子凶恶；人君且衰，天不为生贤良辅也。人家且衰，子孙不好为真正道德，反好佞伪浮华，功邪淫法，即成凶乱家矣。且人家兴盛，必求真道德，奇文殊方，可以自救者；君子且兴，天必子其真文真道真德，善人与其俱共为治也。河洛尚复时或敕之，灾害日少，瑞应日来，善应日多，此即其效也。”“善哉善哉!”

“行去，真人勉之力之，当有功于天，当助德君为聪明。”“何谓也?”“欲有大功于天者，子今又去世之人也，不得誉于治，以何得有功于天乎?”“今当奈何哉?”“但以文书付归德君。德君，天之子也，应天心，当以此治，报天重功，而以安天下，兴其身，即子亦得吉，保子寿矣[20]。”“善哉！唯唯。”

“行去，三行之说已竟矣。以是示众贤凡人，后世为善，当若此也。勿敢但财利其，身者自言为善上，以置天君父师也。真人所说人行也，尚可折中以上，及其大下愚、为恶性恶行者积多，讫不可胜名，以书付下古之人，各深自实校，为行以何上有益于天君父师，其为行，增但各自佑利而已邪？天深知人心□□哉，故病者众多也。”

“善乎！愚生得睹天心师言，已大觉矣。”“子可谓易觉之人也。今世多下愚之人，自信愚心，不复信人言也，过在此。毁败天道，使帝王愁苦者，正起此下愚之士，反多妒真道善德，言其不肖而信其不仁之心。天病苦之，故使吾为上德之君出此文，可以自致能安其身，而平其治，得天心者。太古上皇之君深与天厚者，正以此也。真人宁晓不邪?”“唯唯。”

“行，子已知之，去矣，行思之。”“唯唯。愿复请问一事。”“行言。”“天师陈此法教，文何一众多也?”“善哉，子之难也，可谓得道意矣。然天下所好善恶，义等而用意各异，故道者，大同而小异，一事分为万一千五百二十字[21]，然后大道小耳，而王道小备。若令都道天地上下、八方六合、表里所有，谓此书未能记其力也。真人宁知之耶?”“唯唯。”“行，子已知之矣。以此书付道德之君，令出之，使凡人自思行得失，以解天地之疾，以安帝王，其治立平，真人晓邪?”“唯唯。”“行去，自厉勿忽也。”“唯唯。”

右分别君臣父子师弟子、知其善恶行得失占[22]。

---

①苦：遇难题而难以作出解答。

②非过也：此句是对真人的谅解的话。

③作法：传道法。

④真人视其句：是说你要在传道时应该讲什么。

⑤不失铢分：不差毫厘。铢：半两的十二分之一。分：一铢的十二分之一。

⑥闿（kāi，开）：开启。

⑦中央：指人间，人间由天地交合而诞生，故曰中央。

⑧穷时：指寿无命终。

⑨太古：三古之首，与中古、下古相对而言。亦称上古。上皇帝：指天皇、地皇、人皇。

⑩风化：劝导化解。

⑪后悉愁苦父母句：都拿来为父母担忧用。

⑫食：指祭家鬼。主：指在世的双亲。

⑬愚贱不达道之生：真人自谦之称。

⑭太官：这里指掌管宫庭御、宝货、珍膳的少府。少府为皇家私库。其长官为九卿之一。

⑮传舍：供来住的人住宿的馆舍。

⑯反日使鬼神句：形容用人间审讯和刑罚来比附上天的作为。

⑰是故上古至不虚言也：所述上古情形，实际上是宗教虚言。

⑱三王：指大禹、成汤、周文王和武王。

⑲或河洛句：古传黄河曾有龙马出图，伏牺氏依据它创制八卦，洛水曾有神龟出书，大禹依据它作为《洪范》（《尚书》篇名）。券书：指上天降示的足以为凭的神书。

⑳寿：真人属地，地寿百岁，而仙界百岁为一日，则真人之寿，可得知其长久。

㉑此句数子以其数位相加，即1+1+5+2，适为9，为阳数之极。

㉒此句是对全篇主旨的概括说明。

服人以道不以威诀第六十四

“真人前。凡人当以严畏智诈常威胜服人邪？不宜邪？子自精言之。”“然，人致当以严畏智诈胜服人。”“何也?”“夫人以此，乃能治正人。”

“噫！真人内但俗夫之人知耳，未得称上真人也。其投辞皆类俗人，不入天心也。夫上真人投说，乃当与天心同也。

今以严畏智诈胜服人，乃鬼神非恶之也，非独鬼神非恶之也，乃阴阳神非恶之也，非独阴阳神非恶之也，是故从天地开辟以来，天下所共病苦而所共治者，皆以此胜服人者，不治其服者。故其中服而冤者，乃鬼神助之，天地助之。天地助之，故人者亦治其胜人者，而助服其服者也。

是故古者三皇上圣人胜人，乃以至道与德治人胜人者，不以严畏智诈也[1]。夫以严畏智诈刑罚胜人者，是正乃寇盗贼也。夫寇盗贼亦专以此胜服人，君子以何自分别，自明殊异乎？而真人言当以此，曾不愚哉？是正从中古以来乱天地者也，子知之耶？

是故上古有道德之君，不用严畏智诈治民也。中古设象[2]，而不敢用也。下古小用严畏智诈刑罚治民，而小乱也。夫下愚之将[3]，霸道大兴，以威严与刑罚畏其士众，故吏民数反也。是故以道治者，清白而生也；以德治者，进退两度也；故下古之人进退难治，多智诈也。

天以道治，故其形清，三光白；地以德治，故忍辱；人以和治，故进退多便其辞，变易无常故也。天正为其初[4]，地正为其中，人正最居下[5]，下极故反上也。”

“以何知其下极也?”“以其言进退无常，出人异辞也。此三气下极也[6]，下极当反上就道，乃后得太平也，与天相似；就德乃中平也，与地相似；就和乃得小乱也，与人相似；就严畏智诈刑罚乃日乱，故与霸君相似，刑罚大起也。今真人反言当以严畏智诈，此乃乱天义者也。”

“今天师言，不当以严畏刑罚也，天何故时遣雷电辟历取人乎?”“善哉！子之难也，得其意。然所以取之者，人主由所敬重，事欲施恶，以易冤人。人乃至尊重，反使与人六畜同食，故天治之也，而助其服人食此人，恶之也。是故天下无大无小，轻易冤人者也，悉共见治也，而怜助服者也。

故君子胜服人者，但当以道与德，不可以寇害胜人、冤人也。夫严畏智诈，但可以伏无状之人，不可以道德降服而欲为无道者。当下此也，比若雷公以取无状之人⑦，不可常行也。

与天心逆，治欲得天地心者，乃行道与德也，故古者圣贤，乃贵用道与德、仁爱利胜人也，不贵以严畏刑罚惊骇，而胜服人也。以此邪枉、安威骇服人者，上皇太平气不得来助人治也。所以然者，其治理人，不知或有大冤结而畏之不敢言者。比若寇盗贼守人衣服也，人明知其非而不敢言，反善名字为将军上君，此之谓也。或有力弱而不能自理，亦不敢言，皆名为闭绝不通，使阴阳天气不和。

天之命人君也，本以治强助劣为职，而寇吏反以此严畏之威之也，乃以智诈惊骇之。使平气到，德君治，恐以是乱其正气，故以此示真人也，以付上德君，以示诸贤及凡人，使吏民自思，治当有益于上，慎毋乱之也。真人觉晓知之邪?"

"唯唯。""行，子已觉矣。去常慎言，毋妄语也，天非人。""唯唯。""凡人不及，不若好问也。""唯唯。"

右分别胜服天地人鬼神所非恶所助法⑧。

---

①人：这里主要指统治者。严畏智诈常威：指刑罚、权术和武力等。胜服：压服、胁迫。

②象：指象刑。用表示五等的特制服饰来加于罪犯身上，以示耻辱。

③下愚：指春秋五霸。

④天正：即以冬至所在的十一月为岁首的周历。其时天之阳气始施黄泉之下，物得萌生，称之为初。

⑤人正：即以正月为首的夏历，万物破壳而出，人得加功展业，故这里称之为最居下。

⑥三气：指天之太阳气、地之太阴气、人之中和气。三气均由元气分化而成，始为太阳气，继为太阴气，终为中和气。

⑦雷公：指雷神。

⑧此句是对全篇主旨的概括说明。

太平经卷四十八

丙部之十四

三合相通诀第六十五

纯谨再拜，"请问一事。""真人所疑者，何等也哉?""朝学暮归，常居静处，思其要意，不敢有懈也。今天师书辞，常有上皇太平气且至，今是何谓为上？何谓为皇"何谓为太？何谓为平？何谓为气?""真人今且何睹何疑，一时欲难问微言意哉?""所以及天师遍具问书文意者，书上多道皇气且至，而不得其大要意。今不及天明师诀问之，恐后遂无从得知之，故敢不具问之也。"

"善哉子之言，万世不可易也。"夫天至道、大德、盛仁时已到，皇灵乐人急行之，故天气讽子之心①，使子旦夕问，天法察察，吾甚怪之。""诺。""真人安坐，为子具分解其字意，使可传而无极时。然，上为字者，一画也，中央复画一直，上行复抱一，一而上，得三一。上行而不止，不复下行也。故名为上者，乃其字无复上也。反上为下，下者，一画也，亦中央复画直，下行复抱一，其行遂下，不得复下，故名为下也。

夫志常欲下行者，久久最下，无复下也，比若浊者，乐下为地，故地最下，无复下也。上为字者，常上行，不得复下，比若清者，乐上行为天，天乃无上也。是故天之为法，名各各自，字各自定，凡天下事，皆如此矣。

故圣人制法，皆象天之心意也，守一而乐上卜[②]。卜者，问也，常乐上行而卜问不止者，大吉最上之路也，故上字一画，直上而卜。下为字者，一下而卜，卜，问也，常思念问下行者，极无下，故乐下益者，不复得上也。故上常无上字者，乃言其治当日上行，合天心，复无上也。"

"善哉善哉！"明师幸哀为其解上字，愿复闻皇为字者。""一日而王，日上一者，天也；天者数一，天得日，昭然大明则王，故为字，一与日、王并合，成皇字也。一为天，天亦君长也，日亦君长也，王亦君长也，三君长相得成字，名为皇。皇者，乃言其神盛煌煌，故名为皇也。皇，天下第一，无复能上者也。"

皇字者，一日而王，上一者天，数得一[③]，得日照，然后大明则为王，一与日、王合，而成皇字也。一为天，天亦君也；日，君德也；王亦君长也，三君长共成皇，言盛德煌煌，天下第一，无复能上者也。

"善哉善哉！师幸哀开以皇字，愿闻其太平气之字。""太者，大也，乃言其积大行如天，凡事大也，无复大于天者也。平者，乃言其治太平均，凡事悉理，无复奸私也；平者，比若地居下，主执平也。地之执平也，比若人种善得善，种恶得恶，人与之善，用力多，其物子好善；人与之鲜鲜，其物恶也。气者，乃言天气悦喜下生，地气顺喜上养。气之法，行于天下地上，阴阳相得，交而为和，与中和气三合[④]，共养凡物，三气相爱相通，无复有害者。太者，大也；平者，正也；气者，主养以通和也，得此以治，太平而和，且大正也，故言太平气至也。"

"善哉善哉！此者乃独言天地中和气，当合相通共治耶？凡事皆当三合共事耶？""善哉善哉！子之言也，已得天法，帝王象之以治，比若神矣。然为真人具说之，自随而记之。""唯唯。"

"元气与自然太和之气相通[⑤]，并力同心，时怳怳未有形也，三气凝，共生天地。天地与中和相通，并力同心，共生凡物。凡物与三光相通，并力同心，共照明天地。凡物五行刚柔与中和相通，并力同心，共成共万物。四时气阴阳与天地中和相通，并力同心，共兴生天地之物利。孟仲季相通，并力同心，各共成一面。

地高下平相通，并力同心，共出养天地之物。蠕动之属雄雌合，乃共生和相通，并力同心，以传其类。男女相通，并力同心共生子。三人相通[⑥]，并力同心，共治一家。君臣民相通，并力同心，共成一国，此皆本之元气自然、天地授命。凡事悉皆三相通，乃道可成也。

太者，大也，言其积大如天，无有大于天者。平者，言治太平均，凡事悉治，无复不平，比若地居下执平，比若人种刈[⑦]，种善得善，种恶得恶，耕用力，分别报之厚。天气悦下，地气悦上，二气相通，而为中和之气，相受共养万物，无复有害，故曰太平。天地中和同心，共生万物。男女同心，而生子；父母三人同心，共成一家；君臣民三人，共成一国。

共生和，三事常相通，并力同心，共治一职，共成一事，如不足一事便凶。故有阳无阴，不能独生，治亦绝灭，有阴无阳，亦不能独生，治亦绝灭；有阴有阳而无和，不能传其类，亦绝灭故有天而无地，凡物无于止；有地而无天，凡物无于生；有天地相连而无和，物无于相容自养也。故男不能独生，女不能独养，男女无可生子，以何而成一家，而名为父与母乎？故天法皆使三合乃成。故古者圣人深知天情，象之以相治，故君为父，象天；臣为母，象地；民为子，象和。

天之命法，凡扰扰之属，悉当三合相通，并力同心，乃共治成一事，共成一家，共成一体也，乃天使相须而行，不可无一也。一事有冤结，不得其处，便三毁三凶矣。故君者须臣，臣须民，民须臣，臣须君，乃后成一事，不足一，使三不成也。故君而无民臣，无以名为君；有臣民而无君，亦不成臣民；臣民无君，亦乱，不能自治理，亦不能成善臣民也。此三相须而立，相得乃成，故君臣民当应天法，三合相通，并力同心，共为一家也。比若夫妇子共为一家也，不可以相无，是天要道也。此犹若人有头足腹，乃成一身，无可去者也；去之即不足，不成人也，是无地自然之数也。

故古者圣人，取法于天，故男子须得顺善女，与为治，然且有善子。男者，君也；女者，臣也；子者，民也，故天命治国之道，以贤明臣为友。善女然后能和其子也，善臣然后能和其民也，善女然后能生善子，善臣然后能生善民，民臣俱好善，然后能长安其上也。真人欲乐知其效，天者，君也；地者，臣也；天雨周流，雨之善地，生物善；雨之恶地，生物恶，此之谓也。

今父母君臣，尚但共持其大纲纪耳⑧。大要实仰衣食于子，人无子，绝无后世；君少民，乃衣食不足，令常用心愁苦。故治国之道，乃以民为本也。无民，君与臣无可治，无可理也，是故古者大圣贤共治事，但旦夕专以民为大急，忧其民也，若家人父母忧无子，无子以何自名为父母，无民以何自名为君也。故天之法，常使君臣民都同命，同吉凶，同一职，一事失正，即为大凶矣。

中古以来，多失治之纲纪，遂相承负，后生者遂得其流灾尤剧，实由君臣民失计，不知深思念，善相爱相通，并力同心，反更相愁苦。夫君乃一人耳，又可处深隐，四远冤结，实闭不通，治不得天心，灾变怪异，委积而不除。天地所欲言，人君不得知之，大咎在此。不三并力，聪明绝，邪气结不理，上为皇天大仇，下为地大咎，为帝王大忧，灾纷纷不解，为民大害，为凡物大疾病，为是独积久矣，非独今下古人过所致也。真人亦知之乎？”

“知如此久矣，实不知其所由致，故问之。诚冤，今当奈何之乎？“然天太平气方到，治当得天心，乃此恶悉自除去，故天使吾具言之。欲使吾救其失，为出正文，故使真人来悉问之也，此所由生凶也。不象天地元气自然法，不三相通，并力同心，故致此也。若三相通，并力同心，今立平大乐，立无灾。”

“愿闻治之，当云何乎哉？“急象天法，如比上为也。天法，凡事三并力同心，故天以三光为文，三光常相通共照，无复绝时也。天券出以来，人以书为文以治，象天三光。故天时时使河洛书出，重敕之文书、人文也，欲乐象天洞极神治之法度，使善日兴，恶日绝灭。

书者，但通文书三道行书也。君宜善开导其下，为作明令示敕，教使民各居其处而上书，悉道其所闻善恶。因却行亦可但寄便足，亦可寄商车载来，亦可善自明姓字到，为法如此，则天下善恶毕见矣。君导天气而下通，臣导地气而上通。民导中和气而上通，真人传书，付有德之君，审而聆吾文言，立平立乐，灾异除，不失铢分也。吾书敬受于天法，不但空陈伪言也。天诛杀吾，子亦知是谪重邪?”“唯唯。”

“欲得吾书信，得即效司之，与天地立响相应，是吾文信也。以此大明效证，可毋怀狐疑。夫治国之道，乐得天心自安者，但行此，效与天响相应，即天与人谈之明券也。吾但见真人常乐助有德之君，欲报天重功，故一二言之耳。吾知其失，在此闭不通□□得书，君为制作明教善令。言从今以往，吏民宜各居其处，力上书，悉道善恶，以明帝王治，以通天气，勿得相止，止者坐其事三年。独上书尽信无欺文者，言且召而仕之。其仕之云何，各问其才能所长，以筋力所及署其职。何必署其筋力所能及乎？天之事人，各因其能，不因其才能，名为故冤人，则复为结气增灾。所以然者，人所不及，虽生之死，犹不能为也。

今人所乐，极乐得善物金玉也。今使明君有教，言人有能抚手尽得天下县官金银奇伪之物，不以过汝，尽以与汝，其人极乐得之也，力而不及物，系其两手弊尽之，犹 不能致也。今为人父母君，将署臣子之职，不以其所长，正交杀之，犹不能理其职事，但空乱其官职，愁苦其民耳。官职乱，民臣愁，则复仰呼天，自言冤，上动天，复增灾怪。故古圣贤欲得天心，重慎署置，皆得人心，故能称天心也。

其称天心云何”行之得应，其民吏日善且信忠，是其效也；则迁之以时，是助国得天心之人也。或但有乐一旦贪名得官，其行无效，不称天心无应者。夫帝王乃承天心而治，一当称天心，不称天心为过。故其治无善放应，当退使思过。如此，则天已喜，而天下莫不尽忠信，尽其能力者也。幽隐远方闻之，无藏其能者也。

其上书急者，人命至重，不可须臾。人且复啼呼冤，今复结增怪变，疾解报之。其事可忍者须秋冬。”“何必须秋冬乎?”“然，秋者物毕成，冬者物毕藏，天气定也。物以仲秋八月成熟，其实核可分别，故当顺天地之法，始以八月分别视之。九月者，天气之究竟也，物到九月尽欲死，故当九月究竟读视之，观其善恶多少。十者，数之终也，故物至十月而反初[9]。天正以八月为十月[10]，故物毕成；地正以九月为十月[11]，故物毕老；人正以亥为十月[12]，故物毕死。三正竟也，物当复生，故乾在西北[13]。凡物始核于亥，天法以八月而分别之，九月而究竟之，十月实核之，故天地人三统俱终，实核于亥。故十月而实核，下付归之。所以然者，此八月、九月、十月三月也，天地人正俱毕竟，当复反始。

不实不核，不得其意，天地且不悦喜，其灾不除，复害来年，故八月而分别视之，九月而究竟之，十月而实核，下付归之，令使吏民悉得更思过失，不敢复为也，来年吏民更谨，凡物悉善矣。不归使思过，固固民臣居下失政令，不自知有过，其心不易，天道固固恶不易矣，故当付归之也。

真人欲知其效，今年所付归，因书一通自置之亦教吏民自记一通置之。视善恶多少，名为天券；来年付归，复置一通，视善恶多少，来年复付归，置一通，视善恶多少，下疏与上所记置，当繇相应[14]，名为天征合符。

令吏民更易心为善，得天意，所上当多善；若令大易，当大善；若令固固无变不易，所上固固；如令为恶不止，所上当益恶；吏民大欺忿天，所上当大恶增剧，故是天洞明照心之镜也。不失铢分，以明吏民治行。夫天地比若影响，随人可为，不脱也。真人幸有善意，努力卒之慎之。子虽来问此，若无事无益天，内默视子，口可言。”

“以何明之?”“以言也。夫人言事，辞详善，人即报之以善，响亦应之以善；其言凶恶不祥，人亦报之以恶，响亦应之以恶也。凡事相应和者，悉天使之也。子宁解耶?”“唯唯。”

“夫天乃高且远、尊严，安可事事自下，与人言语乎？故其法皆以自然应和之也。子心今开不?”“唯唯，已解。愿及天师，复假一言。”“行道之。”

“中古皇无文[15]，不三相通，以何能安之乎?”“善哉！子之言也。天运使其时人直质朴，其人皆怀道而信，又专一，但流言相通，人人各欲至诚信，思称天心，乃无一相欺者也。故君臣民三，并力同心相通，故能相治也。如使不同心为一家，即乱矣。

今者承负，而文书众多，更文相欺，尚为浮华，贤儒俱迷，共失天心，天既生文，不可复流言也。但当实核，得其实，三相通，即天气平矣。

天法者，或亿或万，时时不同，治各自异，术各不同也。今者太平气且至，当实文本元正字[16]，乃且得天心意也。子不能分别天地立事以来，其治亿端，行其事，悉得天应者是也；不得天应者非也，是即其大明天券征验效也。宁解耶?”“唯唯。”

“行去，勿得复问。今非不能为子悉记天地事立以来、事事分别、解天下文字也，但益文难胜记，不可为才用，无益于王治，故但悉指授要道而言。夫治不理本，由天文耳，是天地大病所疾也，古时贤圣所共憎恶也。故道为有德君出，不敢作文，皆使还守实，求其根，保其元，乃天道可理，国自安。真人虽好问，忽复令益文也，去思之。”“唯唯。”

右包裹元气自然天地凡事三合相通并力同心天明券和皇平治法⑰。

①讽：暗示。

②一：指道，上字去横，余下的笔画似卜。

③数：指自然基数。天由元气最先凝结而成，象成数生，故为数一。

④三合：始见于《楚辞·天问》：“阴阳三合，何本何化”?

⑤元气：指作为宇宙万物之原本的无形存在与实体。自然（之气）指处于本然状态的无形存在与实体。太和之气，指阴阳相持未分、处于氤氲交融状态的无形存在与实体。以上三气，与汉代所谓太初、太始、太素意思相近。

⑥三人：指父母子。

⑦种刈：播种与收割。指农事活动。

⑧纲：网上总绳。纪：丝缕头绪。二者都是指事物统领部分。

⑨反：同“返”。返初，指随具有施生功能的天之阳气藏入地下，重新开始胚胎。

⑩天正：三正之一，即周历。周历以冬至所在的十一月为岁首，比夏历早两个月。

⑪地正：即殷历。殷历以十二月为岁首，比夏历早一个月。

⑫人正：即夏历。夏历以正月为岁首，于月建即北斗星斗柄所指十二地支代表的空间方位，则属建寅之月。依顺序推，十月则为建亥之月。

⑬乾：乾卦，代表纯阳之象，按照汉代易纬的说法，西北位于四维即四隅之一，为盛阴所在，也是阳气始萌之时，乾卦位于西北，表示阳之祖微据始。

⑭繇（zhòu，宙）：卜兆的占词。

⑮中古皇：指伏牺、神农、燧人。

⑯本元正字，指各派著作中确属守本原，保根基的纯正判断，即正宗统治术。

⑰此句是对全篇主旨的概括说明。

太平经卷四十九

丙部之十五

急学真法第六十六

“真人前，今良和气且俱至人但当游，而无职事，当以何明其心而正其意，常使其忽然忘为邪恶，而日好为善，不知置？令帝王垂拱而无可治，上善之人满其朝，忠信孝之皆毕备，当以何致之乎，真人有天性好善之心，常汲汲忧天道①，宜自精，具陈说之。”“然，但当急学之以真道、真德、真仁耳。”

“何以当学以真道哉?”“然，道乃能导化无前，好生无辈量。夫有真道，乃上善之名字；夫无道者，乃最恶衰凋凶、犯死丧之名称也。”

“真人此今但说真，善哉！吾无以加之。何以当学之以真德?”“夫人有真德，乃能包养无极之名字。夫无德者，乃最劣弱困穷小人之名字也。”

“善哉！真人之言，吾复无以加之也，真真是也。何以当学之以仁道也？“仁者，乃能恩爱，无不包及，但乐施与无穷极之名字。夫不仁之人，乃好德反，恶典与，是乃大贪鄙之名称，与禽兽同志，无可以自别异也。”

“善哉！真人之言，吾复无以加此也。今真人说三事，吾无以加此也。今人当学为善邪？”“不当邪？”“当力学为善。”“夫为善，亦岂有名称字不邪？“小子不及，唯师开示之。”

“然，夫为善者，乃事合天心，不逆人意，名为善。善者，乃绝洞无上，与道同称；天之所爱，地之所养，帝王所当急，仕人君所当与同心并力也。夫恶者，事逆天心，常伤人意，好反天道，不顺四时，令神祇所憎，人所不欲见，父母之大害，君子所得愁苦也，最天下绝凋凶败之名字也。故人之行，失吉辄入凶，离凶则入吉；一吉一凶，一善一恶，为不纯谨之徒，子宁知之？”“唯唯。”

“令于真人意，凡人之行，当云何哉？”“然，人今不力学道，辄为无可知道，辄名无道之人。夫无道之人，人最为恶凶人也。今不力学德，辄为无可知德，夫无德而好害伤之人，乃凶败之符也。今人不力学仁，已不仁矣；夫不仁之人，乃与禽兽同路。人与禽兽同心，愈于死少耳。今人不旦夕力学善，失善即入恶。夫恶乃死凶之处，故凡人不力学吉，辄乃入凶，夫凶乃天下恶名称。”

“善哉，子已长入真道，不复还反恶矣。今真人久怀智而作愚，何哉？”“不敢。”“行，子幸有能，极陈子所言，吾甚喜之，今能极于此。子曾但见吾言说，反中弃而止耶？”“不敢也。见师比敕使说，适意有所不及，不敢悉言之。”“善哉子之言，常大谦。”“今能极意真门，唯天师录示所不及。”

“然，子向所言悉是也。是故古者大圣三皇，常自旦夕力学真道，见不好学真道者，名为无道之人。夫无道之人。其行无数[②]，天之大重怨。夫无道之人，本天不欲覆盖，地不欲载也，神灵精鬼所不欲佑，天下所共苦也。圣人贤者君子，乃大疾无道之人，故古者上皇之时，人皆学清静[③]，深知天地之至情，故悉学真道，乃后得天心地意。

人不力学德，名为无德之人。夫无德之人，天不爱，地不喜。人不欲亲近之。其行常行事不为德，乃为王者致害，为君子致灾，鬼神承天教，不久与为治。是故古者贤圣大儒，见无德之人，不与其通言语也。

不力旦夕学仁，即且忽事为不仁。夫不仁之人，言即逆于凡事，伤人心，不合天意，反与禽兽相似，故古者圣贤不与其同路也。

今人不事师，力学善，即且愚暗，不知为善也，反且恣其无知之心，轻为恶。夫恶人，下愚蔽暗之人，其行乃不顺天地之道，尚为君子得事，戮其父母，愁其宗亲[④]，为行无法，鬼神承天心为使，不喜之[⑤]。为害甚处三，法所当诛。古者圣贤以为大怨，故古者悉自实核其学问也，合于天心，事人道德仁善而已，行要当合天地之心，不以浮华言事。所以然者，且失天法，失之即入凶绝短命矣，或害后世。

天道不误，有格法。夫不力学大吉之道，反事者，轻忽自易，必且入凶。夫凶者乃天地人万物所疾恶，不可久存，是大患之本，祸之门户，过而陷其中便死，不得还悔过反故也。天下莫不共知之，而下士大愚，常共笑道，不知守道，早避凶害，传传为愚，更相承负。后生愚暗，复剧于前。故真道闭而不通，令人各自轻忽，不能穷竟其天年，其大咎过，乃由此也。真人见吾书，宜深计之，慎无闭藏，以付贤柔明，使其觉悟。

是故古道乃承天之心，顺地之意，有上古大真道法，故常教其学道，学德，学寿，学善，学谨，学吉，学古，学平[⑥]，学长生。所以尽陈善者，天之为法，乃常开道门；地之为法，常开德户；古之圣贤为法，常开仁路。

故古者圣贤，与天同心，与地合意，共长生养万二千物[⑦]，常以道德仁意传之，万物可兴也；如以凶恶意传之，凡物日衰少。故有道德仁之处，其人日多而好善；无道德仁之处，其人日衰少，其治日贫苦，此天地之格悬法。

夫有至道，明德、仁善之心，乃上与天星历相应[⑧]，神灵以明其行。故古者圣贤常思为善无极，力尽乃以不敢有恶，念凶路也。夫下愚之人，其心常闭塞，实无知，不可复妄假之以凶衰之恶路也。不自知大失天道，相随为恶，以为常习俗，不能自退还也。是以吾上敬受天书教敕，承顺天心开辟之，大开上古太平之路，令使人乐为善者，不复知为恶之术。

天下之人其志也常高，而其所成者反常下，不能应其本所志念也。故夫上士，忿然恶死乐生，往学仙，勤能得寿耳，此上士，是尚第一有志者也；中士有志，疾其先人夭死，忿然往求道学寿，勤而竟其天年耳，是其第一坚志士也；其次疾病多而不得常平平，忿然往学可以止之者，勤能得复其故；已小困于病，病乃学，想能禁止之，已大病矣；其次大病剧，乃求索道术可以自救者，已死矣，是故吾书教学人，乃以天长寿之法，旦夕自力为之，才得且平平耳。如以平平之法学，凡人已入凶矣。

愚者不知，天下凡人其本志所为，常念善高已者，不能应其所志。故为其高举之，上极于仙，即才得保其天年耳。夫大贤者志十得十，必与吾道书相应；中贤者志十，或中止更懈，才得五；小人朝志之，暮忘其所言。故大高举者，乐使其上中下各得其心所志念。

今下古人大愚，去真道远，力学以天正文法，才不陷于伪欺耳；学以平平之文，已大欺矣；学以习文好言，大伪奸猾已起矣。天以帝王为子，恶下欺上。夫人行下多邪伪，即上道德仁君无所信，下民人无所附归其命。夫力旦夕教学以真道耳。力学以善道，才得平平之道也；力学以平平之道，已入浮华矣；入浮华，凡人大迷惑穷困矣，便成大凶大恶之路，帝王为愁苦，人不可治。真人欲知是信，比若人家慈父母，日教其子为善，自苦绝衣食养之老，尚固固为恶，何况凡人乃相示教以浮华之文哉！

以吾书不信也，使凡人见吾书者，各自思所失。古中以来，有善道者皆相教闭藏，不肯传与其弟子，反以浮华伪文教之。为是积久，故天道今独以大乱矣。天地灾怪，万类不空也。贤儒宜各深思□□。然吾今虽不旦夕与俗人同处，昭然已知之矣。天下大疾苦之，故使吾出此文以告属之，吾不空也。真人实宜重慎之，且有天谪。”“唯唯。不敢也，每见天师言，常骇栗。”“子之言是也，即天且大悦大喜，不害子也。”“唯唯。”

“凡人虽力旦夕学，敕教以真德，尚才得平平之德耳；学以平平之德，已入邪伪德矣；学以邪伪德，愚人已无复数矣[⑨]。无有真德，恣心而行，此纯君子之贼。力学以上仁，才得成中仁耳；力学以中仁，其行才平平，无有仁也；学以不仁，愚人已成盗贼矣，不自知杀伤，无复数[⑩]。恣意而行，不用道理，是正天怨地咎，人之大贼。力旦夕学以大吉之道，才得中吉耳，学以中吉，才得小吉耳；学以小吉，此已入凶道矣；学以凶道，已不复救矣。俱大暗昧无一知，见天道言其不真，但欺调，纯信其愚心妄言，上干天文，下乱地理，为百姓害灾。是故吾道书学凡人也，乃大学之，使其上列真仙[⑪]；如不能及真仙，可得平安，不为有德之君忧。真人宜深思惟吾言，勿复反怪之。”“唯唯。”

“今吾乃为天谈，当悉解天地开辟以来承负之责，不能大张之以上大道大德之法、上寿之术、上善之路。人失诸暗昧，诚久信其愚蔽之心，人会为恶，不可禁止，犹复不能解其承负天地之谪过。真人宁晓吾言耶?”“唯唯。”

“夫圣贤高士，见文书而学，必与吾书本相应，不失丝发之间；中士意半达，必得其半，下士自力，勤能不失法。所以大举天民凡人者，乐其上下中无失法者，皆得正道，各自爱，不敢轻事为大忧。

上士得吾道，学之不止，可为国之良臣，久久得其要意，可以度世，不复争讼事视权也。中士学吾道，可以为良善小臣，可以竟其天年。小人学吾道，可以长谨，父慈、母爱、子孝、兄长、弟顺、夫妇同计，不相贼伤，至死无怨。魂神居地下，尚复长，不复见作事，不见名为恶[12]，子无夭年戮死者也。

夫古者本元气天生之时，人尽乐学欲仙，尚不能寿；才使人各畏死，不犯刑法耳。夫下古人大愚，反诵浮华相教，共学不寿之业。生时忽然，自言若且无死，反相教，无可爱惜，共兴凶事，治死丧过生。生乃属天也，死乃属地，事地反过其天，是大害也。吾以是行占之，知其俱愚积久，无一知也。凶事兴，即鬼大盛，共疾杀人，人不得竟其天命。

夫力学真道，才得伪道。力学真德，尚才得伪德耳。何况下古之人，反相学以浮华之文，其去道远哉！困穷不得复相拘制，反相教为章奏法律，辩慧相持长短。夫教其为仁，尚悉其不仁，及教其学为不仁之路。天乃为人垂法，天自名为大道，地自名为德。所以然者，夫天地，乃万物之父母、凡事君长，故常导之以善，不敢开昌、导教之以凶恶之路，而况人乎？

人者，天之子也，当象天为行，今乃失法，故人难治。教导之以道与德，乃当使有知自重、自惜、自爱、自治，今反开之以刑法，使其视死忽然，尚勇力自轻，令使传相治，因而相困，反更相克贼，迭相愁苦，故天下人无相爱者，大咎在此。真人知之耶？慎之！”“唯唯。”

“夫力敕教其仁，尚苦不仁，下古之人反相教数书，已大薄矣，其相憎怨不得绝。力教其为吉，尚苦不吉，下古之人反相敕力学死丧之具，豫与凶事以待之。日死不以其寿，几灭门矣，而不自知过误，临时呼天号地，自言冤，王治不平，使我失年。内行自得之，愚人不防其本，罪定乃悔不为谨，以无益也，虽号死其口，犹不复救矣。故吾今力敕教以大仙经道，才开其寿阶耳；学人以德，才使其仁；学人以仁，才使其平平，保其故，不敢相欺，夺人财物也。学人以平平，已失法矣；学人以法，已失相克贼矣；学人相克贼，已入大武矣；入大武，即民已无罪而欺矣，困穷也成盗贼。故吾承天道法，开大吉之门，闭其凶恶之路，开天太平之阶，人人诵之，且各自谨，无可复治也，致令天时运转乐，王者乃长游而无事。

是故吾书悉考凡事之本元，才得其中也；考其中，已得其下矣；学愚人以下，已大乱矣。今下古，所以帝王虽有万万人之道德仁，思称天心而凶不绝者，乃承负流灾乱以来独积久，虽愁自苦念之，欲乐其一理，变怪盗贼万类，夷狄猾夏[13]，乃先王之失，非一人所独致，当深知其本，是以天使吾出书，为帝王解承负之过。

真人以吾道不与天相应，今但案吾文行之，不失铢分，立相应矣，是吾文大信。不力行以解冤结，天道安能默空相应乎？夫愚不学，安能贤乎？夫贫而不耕，安能收耶？学辄日贤，耕辄有收。行吾书，其□□如是矣。吾保之！不学无求贤，不耕无求收，子知之乎？”“唯唯。”

“真道以正也，大德兴盛仁，各得其所矣。治平，而言莫不失一，真人解未？幸欲报天地之功而得寿者，努力信道勿懈。”“唯唯，今愚生欲复有所问，不敢卒言。”“平行。”“今天师以何知人大无道德仁也？”“善哉子之言，观其人行言云何。”“愿闻之。”“然，睹道人而忿然反非之，以知其洞无道之人；睹德而非恶之，以知为大无德之人；睹仁而非之，以知为大恶不仁之人；睹善谨而非之，以知为不谨不善之人。天性：凡同志者相爱，异志者相憎，善人亦疾苦恶人，恶人亦疾苦善人。真人宁解不？”“唯唯。”

“夫古者圣贤见人，不即与其语，但精观占视其所好恶以知之矣。正以此镜其行，万不失一。”“善哉！”“故夫道者，乃与皇天同骨法血脉，故天道疾恶好杀，故与天为重怨；地者与德同骨法血脉，故恶人伤害，与地为大咎；夫仁与圣贤同骨法血脉，故圣贤好施仁而恶夺，故与圣人仁为大仇。是故昔者圣贤，深知此为三统所案行，故其制法，不敢违离真道与德仁也。

故天行者与四时并力，天行气，四时亦行气，相与同心，故逆四时者，与天为怨；地者与五行同心并力，共养凡物，未当终死而见伤害，与地为大咎；圣贤与仁同心并力，故游居常尊道而贵德，倚附仁而处，如人好夺而不仁，与圣贤为怨仇。

故火为心，心为圣，故火常倚木而居⑭，木者仁而有心⑮。火者有光，能察是非，心者圣而明，故古者大圣贤，常倚仁明而处，归有道德仁之君，故吾重戒。真人以吾书付归有道德仁明之君，必且乐好吾道，深知其意，案而效之，与神无异。吾不自誉于真人也，行之得应，必如重规合矩，乃后下古之人且念吾言。”“唯唯。”“行去，力之勉之，力学道德与仁，余者无可为者。出此书，无令藏。”“唯唯。”

右重明贤人心、以解愚暗、书疑者宜取诀于此⑯。

---

①汲汲：形容心情急切，努力追求。

②无数：不得天算，即生前所注定的寿龄。

③清静：指清心寡欲，致虚守静的一套修身养性的功夫。

④宗亲：指五宗九族以内的亲属。

⑤行为无法等句：意指鬼神在人体和幽冥中充当人之生死贵贱的主宰。

⑥平：指柔和、清虚等处世养性之术。

⑦万二千物：是《太平经》作者用术数推导出来的物种数目。

⑧夫有至道、明德二句：星占家和谶纬之学认为，其国有道，德至八表，则状如半月的景星在本月末、下月初出现，助月为明，使人可以夜间作业。五大行星也接近既定轨道顺行。德至于天，则北极星、北斗星和日月都为这大放光辉。

⑨数：这里指上天预先赐定的寿龄，即天算。

⑩《太平经》宣扬一种观点，凡杀伤人者等于自杀，伤人者等于自伤。参见卷三十五《分别贫富法》。

⑪真仙：真人与仙人。为《太平经》拟定的神仙系统中的三、四级。

⑫魂神居地下二句：说在阴间不受到处罚。地上得新死之人，要根据其生前所为及改正的情况，据此加以赏罚。分别列入乐游鬼、愁苦鬼、恶凶鬼等类别。

⑬猾（gǔ，古）夏：骚扰中原。

⑭故火为心：按照五行学说，人体五脏同五行相配，心属火行，故语。火常倚木而居：五行相生，木生火。

⑮木者仁而有心：仁为五常之首，五常配五行，仁属木，故语。

⑯此句是对全篇主旨的概括说明。

太平经卷五十

丙部之十六

去邪文飞明古诀第六十七

六端真人纯稽首再拜谨具[①]："敢问上皇神人求真，吾欲使天地平安，阴阳不乱常顺行，灾害不得妄生，王者但日游治，为大乐之经，虽所问上下众多，岂可重闻乎?"

"善哉深乎！子之所问也，何其密达也！正问此要会。子其欲进至道而退去邪文邪？诺。今且悉说之。子积善于天，吾何敢匿之？今为子眷眷其善，究于神明之心，吾不言不行，恐逆天意。若天故使子求问之也，为子具分别言，自随而记之，慎无遗也。

帝王能力用吾书，灾害悉已一旦除矣，天下咸乐，皆欲为道德之士，后生遂象先世，老稚相随而起，尽更知求真文校事，浮华去矣。心究洽于神灵，君无一忧，何故不日游乎哉？如是天地凡事，各得其所，百神因而欢乐，王者深得天意，至道往佑之，但有日吉，无有一凶事也。吾言诚诚□□，万不失一也。但恐得之不行，众邪结也。灾异浮华，天地阴阳之大病也；大病而不治，以何得解愈哉？子既来问事，为天语言，子详思吾书上下之辞，幸有至意，慎无乱之。"

"唯唯。诚得归便处，日夜惟思，得传而记之，反覆重疏，冀其万世无有去时也。"

"天地开辟，言语书文，前后相因，事同气者以类相明，求其类而聚之，其道日以彰明，无有衰时也。故自古到今，众圣共为天谈，众贤者同其辞，共为圣谋。帝王者，天之贵子也。子承父教，当顺行之，以除天地之忧，因得其佑，故常思力行之。吾道□□哉！见事当觉，不觉天地神明，当更求亿亿万万、千千百百、十十一一、事皆当相应，然后乃审可用也。为不相应，急复求索。其兄弟比类[②]，且有相应，不失一者，是也，凡事皆当如斯。"

"以何审知其相应乎哉?""相应者，乃当内究于心，外应于神祇，远近相动，以占事覆下，则应者是也，不相应者，说皆非也。

慎之无妄言，令使人无后世也。所以然者，其说妄语无后，不可久用，故使人无后也。治道日衰，乖逆皆异言，此实非也，皆应乱天文地理，不应圣人心者，神不可使也。故言者，当内究于人情心，乃后且外洽究于神祇也。是者，即拱得失，天文之戒也。

积文以类相从，使众贤聚之，撰其中十十相应[③]，应于人心神祇者以为文，共安其意，试之以覆下，如此乃万世不可易也。覆者，乃谓占事则应，行之则应至是也。然后可以困成天经法[④]，是正所谓以调定阴阳，安王者之大术也。此乃可以转凶祸以为福，使人民更寿。""何故乎?""天文地理正，则阴阳各得其所；阴阳各得其所，则神灵俱大喜；神灵喜，则佑人民，故帝王长安而民寿也，可不力勉乎哉矣?

飞明者，三光之小者也，皆连于地下，乃上悬系于天，其动与地人民万物相应和，是要文之证也。其书文占事，百百十十相应者是也，不相应和者非也。以是升量平之，其邪文邪书悉尽绝去矣。取过事以效今事，随天可为，视天可兴，无乱天文，与天同力，可谓长吉。夫天但可顺不可逆也，因其可利而利之，令人兴矣。逆之者令人衰，失天心意亡矣。"

①六端真人：又称六方真人，是随天师学道的六个第子的道号，他们是：上方玄真、下方顺真、东方初真、南方太真、西方少真和北方幽真。

②其兄弟应比类：喻指性质大同小异的事物。

③撰：通“选”，择取。

④困：锤炼，熔铸之意。

移行试验类相应占诀第六十八

凡移徙转行之文，天行书也，阴阳交合，天文成。帝王人民万物，皆以其理中行，得其意者吉，失其意者悉凶。事有逆顺，不可不谨善详也。

欲知其审，以五五二十五事试之，取故事二十五，行事二十五家，详记其岁日月时所从来，其五音属谁手。以占吉凶，验百百十十相应者，是也。此审得天地之分理，安王者不疑也，民臣不失其职，万物各得其所。

不若此书言，乱邪之文，不可用也。以升量之，误人之文有敢用者，后世无子。所以然者，贼伤人民，失天地之分部。天地主生人，反乱其阴阳，故令使人无后也。古者无文，天反原之[1]，已出天行书之后，皆已知天道意，而故为之犯者死，多不寿而凶，正此也。

施[2]有兄弟[3]，以类相应和，五岳万里相应，以精详念思，其中事善，善相应；贱，贱相和，其多少高卑，万不失一也。

常效以五五二十五气，应为二十五家，二十五丘陵，书十百相应，地谶也。比其气相加，兄弟地也。其人民好恶同，又诸色禽兽草木相类，此即同气地也。以此分明，地审相应不。水气兄弟者，其鱼鳖相类，以是为占，分别其所出，万物凡事，其可知矣。其象同者，其形同也；其象异者，其形异，是非正此也。

①原：宽恕，原谅。

②施：大尺名，长七尺。这里是测量土地高下、水泉深浅的意思。

③兄弟：指测量结果的类属。

丹明耀御邪诀第六十九

丹明耀者，天刻之文字也，可以救非御邪。十十相应愈者，天上文书，与真神吏相应，故事效也；十九愈者，地文书，与阴神相和；十八相应愈者，中和人文也。以此效之，其余皆邪文也，不可用也。所以拱邪之文也，乃当与神相应，不愈者皆误人，不能救死也。

或有鬼神所使书文，不可知而治愈者，是人自命禄为邪之长也，他人不能用其书文也，以此效聚众刻书文也，邪乃可刻，而尽使之无人之野处也。是文宜一一而求之，不可卒得也。

草木方诀第七十

草木有德有道而有官位者，乃能驱使也，名之为草木方，此谓神草木也。治事立愈者[1]，天上神草木也，下居地而生也。立延年者，天上仙草木也，下居地而生也。治事立诀愈者，名为立愈之方；一日而愈，名为一日而愈方；百百十十相应愈者是也。

此草木有精神，能相驱使，有官位之草木也；十十相应愈者，帝王草也；十九相应者，大臣草也；十八相应者，人民草也；过此而下者，不可用也，误人之草也。是乃救死生之术，不可不审详。

方和合而立愈者，记其草木，名为立愈方；一日而愈者，名为一日愈方；二日而治愈者，名为二日方；三日而治愈者，名为三日方。一日而治愈者方，使天神治之；二日而治愈者方，使地神治之；三日而治愈者方，使人鬼治之，不若此者，非天神方，但自草滋治之，或愈或不愈，名为待死方。慎之慎之。此救死命之术，不可易事，不可不详审也。

①治事：指医事。

生物方诀第七十一

生物行精，谓飞步禽兽跂行之属，能立治病。禽者，天上神药在其身中，天使其圆方而行。十十治愈者，天神方在其身中；十九治愈者，地精方在其身中；十八治愈者，人精中和神药在其身中。此三者，为天地中和阴阳行方，名为治疾使者，比若人有道而称使者神人、神师也。

是者，天地人精鬼使之，得而十十百百而治愈者，帝王上皇神方也；十九治愈者，王侯之神方也；十八治愈者，大臣白衣至德处士之神方也；各有所为出，以此候之，万不失一也。此三子皆为天地人行神药以治病，天使其各受先祖之命，著自然之术其中，不得去也，比若凤凰麒麟，著德其身；比若蜂虿[①]，著毒其身；此之谓也。

当深知天道至要意，乃能明天道性，有益于帝王治，使人不惑也。如不知要文，但言天下文书悉可用也，故十七中以下皆为邪，不与三瑞相应[②]，为害其深。故治十伤一者，不得天心意；十伤二者，不得地意；十伤三者，不得人意；十伤六七以下，皆为乱治，阴阳为其乖逆，神灵为其战斗[③]。是故古者圣王帝主，虽居幽室[④]，深惟思天心意，令以自全，自得长寿命。

吾书辞上下相集，厕以为文[⑤]，贤明读之以相足，此乃救迷惑，使人长吉而远凶害，各当旦夕思其至要意，以全其身。夫古今百姓行儿歌诗者，天变动，使其有言；神书时出者，天传 其谈，以付至德，救世失也。

夫天道恶杀而好生，蠕动之属皆有知，无轻杀伤用之也；有可贼伤，方化，须以成事，不得已，乃后用之也[⑥]。故万物芸芸，命系天，根在地，用而安之者在人。得天意者寿，失天意者亡，凡物与天地为常，人为其王，为人王长者，不可不审且详也。

①虿（chài，瘥）蝎类。

②三瑞：指凤凰至、麒麟出、黄龙现等祥瑞征兆。

③战斗：兴灾作怪的意思。

④幽室：这里指深宫。

⑤厕：分类排比。

⑥有可贼伤等句：是说急需动物的某一部位入药

去浮华诀第七十二

欲得知凡道文、书经意正，取一字如一竟。比若甲子者何等也，投于前，使一人主言其本，众贤共违而说之，且有专长于天文意者，说而上行，究竟于天道；或有长于地理者，说而下行，洽究于地道；或复有长于外傍行，究竟四方；或有坐说，究于中央；或有原事，长于万物之精，究于万物；或有究于内，或有究于外，本末根基华叶皆已见，悉以类象名之①，书凡事之至意，天地阴阳之文，略可见矣。

其头足皆具，上系下连，物类有自然。因共安其意，各书其辞善者，集成一说。是以圣人欲得天道之心意，以调定阴阳，而安王者，使天下平，群神遍悦喜，故取众贤荣贯中而制以为常法，万世不可易也。

今所以失天道意者，夫贤者一人之言，知适达一百，明不尽睹，不能用流六方，洽究达内外七处，未能源万物之精，故各异说，令使天书失本文，乱迷惑者，正此也。

凡事欲正之者，各自有本可穷，阴阳不复易，皆当如此矣。不者，名为孤说独言；不得经意，遂从一人之言，名为偏言。天地之性，非圣人不能独谈通天意也，故使说，内则不能究于天心，出则不能解天文明地理，以占覆则不中，神灵不为其使，失其正路，遂从惑乱，故曰就浮华，不得共根基至意，过在此，令使朴者失其本也。令天道失正，阴阳内独为其病，乖乱害气数起，帝王愁苦其心，不能禁止，变气连作，人民不寿，以此为大咎。

贤明共失天心。又去圣人流久，遂不能得其分理，此名为乱道。所以然者，经道凡书记，前后参错，为天地谈。凡事之头首，神灵之本也，故得其本意者，神灵不复战怒而行害人也，则恶气闭藏，盗则断绝；盗贼止，则夷狄却降，风雨为其时节，是天悦喜之明效也。喜则爱其子，是故帝王延命也，泽流其人民，则及其六畜禽兽，究达草木；和气俱见，则邪恶气消亡，则正气更明，是阴阳自然之术法。犹比若昼日用事，则夜藏；小人逃亡，则君子行。诈思此言，此言所以益命，分明阴阳而说神也。

以为吾书不然也，道以试成，欲知其得失。今试书一“本”字投于前，使众贤共违而说之，及其投意不同②，事解各异，足以知一人之说，其非明矣，安能理阴阳，使王者游而无事乐乎哉？

是故执本者少，而说者众，则无不穷矣；执本者众而说者少，日使道浮且浅，浅而不止，因而乱矣；乱而不止，阴阳不善，邪气便起。故圣王乃宜重本，君子正始也，则无不理矣。不重尊其本，不正其始，则凡事失纪③，万物云乱，不可复理。精之明之，惑道邪书去矣。

---

①类象：指甲子一词所代表的物类事象。

②投意：指出发点。

③纪：丝缕头绪，指统帅者。

天文记诀第七十三

天地有常法，不失铢分也。远近悉以同象，气类相应，万不失一。名为天文记，名曰天书。亿亿万万、千千百百十十，若十二日一周子亦是也，十二岁一周子亦是也，六十岁一周子亦是也，百二十岁一周子亦是也。或亿子而同，或万子而同，或千子而同，或百子而同，或十子而同，俱如甲子也。

其气异，其事异，其辞异，其歌诗异，虽俱甲子，气实未周①，故异也。以类象而呼之，善恶同气、同辞、同事为一周也。精考合此，所以明古，复知今也；所以知今，反复更明古也。是所以知天常行也，分明洞达阴阳之理也。

书辞误，与不前后宜，当以相足，歌音声事事同，所谓大周、中周、小周法也。得其意，理其事，以调和阴阳，以安王者，是可以效天常法书也。比犹若春秋冬夏，不复误也。今后生皆用命少，未睹一周，何知大小中有三周哉，古常神道乎？故遂失正路，睹须臾之间，又未通洞古今神文，遂从偏辞，自言是也，正犹春儿生而死，不睹秋事；夏生而终，不睹冬事。说者当时各见其目前可睹者□□，故虽十辩之，犹不知也，内不然此也。使天文不效者，正是也。

故事不空见②，时有理乱之文，道不空出。时运然也。故古诗人之作，皆天流气，使其言不空也。是故古者圣贤帝王，见微知著，因任行其事，顺其气，遂得天心意，故长吉也；逆之则水旱气乖迕，流灾积成，变怪不可止，名为灾异。众贤迷惑，不知但逆气、不顺时务所为也，不可不重慎哉！

使天文不效者，时有理乱，道不空出，古者帝王见微知著，因任行其事，顺其气，遂得天心意，如长吉。逆之则水旱气乖忤，流灾积成，变怪不可止，名为灾异。众贤迷惑，不知逆顺之道。

天所以使后世有书记者，先生之人知旦寿③，知自然，入虚静之道。故知天道周终意，若春秋冬夏有常也。后生气流久，其学浅，与要道文相远，忘前令之道。非神圣之人，不能豫知周竟，故天更生文书，使记之相传，前后可相因，乐欲使其知之，以自安也。逢其太平，则可安枕而治；逢其中平，则可力而行之；逢其不平，则可以道自辅而备之，犹若夏至则为其备暑，冬至则为其备寒，此之谓也。天道有常运，不以故人也，故顺之则吉昌，逆之则危亡。天道战斗，其命伤，日月失度，则列星乱行；知顺时气，日月得度，列星顺行，是天之明证也。能用者自力，无敢闭藏，慎无贼伤④。天之秘书，以归仁贤，原明上下，令以自安。

①周：周遍，即大循环，大聚合。

②事：指灾异。

③旦寿：极言人生短促。

④贼伤：指对天书的扼制与诋毁。

灸刺诀第七十四

灸刺者，所以调安三百六十脉①，通阴阳之气而除害者也。三百六十脉者，应一岁三百六十日，一脉持事，应四时五行而动，出外周旋身上，总于头顶，内系于藏，衰盛应四时而动移。有疾则不应，度数往来失常，或结或伤，或顺或逆，故当治之。

灸者，太阳之精，公正之明也，所以察奸除恶害也。针者，少阴之精也，太白之光，所以用义斩伐也。

治百中百，治十中十，此得天经脉谶书也。实与脉相应，则神为其驱使；治十中九失一，与阴脉相应，精为其驱使；治十中八，人道书也，人意为其使；过此而下，不可以治疾也，反或伤神。甲脉有病反治乙，名为恍惚，不知脉独伤绝。

故欲乐知天道神不神，相应与不也，直置一病人前，名为脉本文，比若书经道本文也。令众贤围而议其病，或有长于上，或有长于下，三百六十脉，各有可睹，取其行事常所长而治诀者，以记之，十十中者是也，不中者皆非也，集众行事愈者，以为经书，则所治无不解诀者矣。

天道制脉，或外或内，不可尽得而知之也，所治处十十治诀，即是其脉会处也。人有小有大，尺寸不同，度数同等，常以窞穴分理乃应也[②]。道书古今积众，所言各异，名为乱脉也；阳脉不调，反治阴脉，使人被咎，贼伤良民，使人不寿[③]。

脉乃与天地万物相应，随气而起，周者反始。故得其数者，因以养性，以知时气至与不也，本有不调者安之。古者圣贤，坐居清静处，自相持脉，视其往来度数至不便，以知四时五行得失，因反知其身盛衰，此所以安国、养身、全形者也，可不慎乎哉！”

人惑随其无数灸刺，伤正脉，皆伤正气，逆四时五行，使有灾异；大人伤大，小人伤小，尽有可动，遥不居其处者，此自然之事也。是故古圣贤重之，圣帝王居其处，候脉行度，以占知六方吉凶，此所谓以近知远，以内知外也，故为神要道也。

---

①三百六十脉：指人体经络系统的总和。

②窞（dàn，大）穴：指陷进去的穴位。

③以上数句，属于宗教偏见。古医经《素问》中曾指出，善用针者，从阴引阳，从阳引阴，以右治左，以左治右，以我知彼，以表知里，以观过与不及之理。

神祝文诀第七十五

天上有常神圣要语，时下授人以言，用使神吏应气而往来也。人民得之，谓为神祝也。祝也，祝百中百，祝十中十，祝是天上神本文、传经辞也。

其祝有可使神伭为除疾[①]，皆聚十十中者，用之所向无不愈者也。但以言愈病，此天上神谶语也，良师帝王所宜用也。集以为卷，因名为祝谶书也，是乃所以召群神使之，故十愈也。十九中者，真神不到中神到，大臣有也。十八中者，人神至，治民有也。此者，天上神语也，本以召呼神也，相名字时，时下漏地，道人得知之，传以相语，故能以治病，如使行人之言，不能治愈病也。

夫变事者，不假人须臾，天重人命，恐奇方难卒成，大医失经脉[②]，不通死生重事，故使要道在人口中，此救急之术也。欲得此要言，直置一病人于前，以为祝本文，又各以其口中密秘辞前言，能即愈者，是真事也；不者，尽非也，应邪妄言也，不可以为法也。

或有用祝独愈，而他傍人用之不决效者，是言不可记也。是者鬼神之长，人自然使也，名为孤言，非召神真道也。人虽天遥远，欲知其道真不？是与非相应和，若合符者是也，不者非也。

---

①伭（xiàn，献）：怒不可遏之义。

②大医：官名，掌医药。大通“太”，这里泛指高明的医师。

葬宅诀第七十六

葬者，本先人这丘陵居处也，名为初置根种。宅，地也，魂神复当得还，养其子孙，善地则魂神还养也，恶地则魂神还为害也。五祖气终，复反为人，天道法气，周复反其始也。

欲知地效，投小微贱种于地，而后生日兴大善者，大生地也；置大善种于地，而后生日恶者，是逆地也；日衰少者，是消地也。以五五二十五家冢丘陵效之，十十百百相应者，地阴宝书文也；十九相应者，地阴宝记也；十八相应者，地乱书也，不可常用也；过此而下者，邪文也，百姓害书也。欲知其审，记过定事，以效来事，乃后真伪分别。可知吾书犹天之有甲，地之有乙，万世不可易也。

本根重事效，生人处也，不可苟易，而已成事，□□邪文为害也，令使灾变数起，众贤人民苦之甚甚。故大人小人，欲知子子孙孙相传者，审知其丘陵当正，明其故，以占来事。置五五二十五丘陵，以为本文，案成事而考之，录过以效今，去事之证，以为来事。真师宜详，惟念书上下，以解醉迷，名为占阴覆文，以知祖先，利后子孙，万世相传，慎无闭焉。

诸乐古文是非诀第七十七

诸乐者[①]，所以通声音，化动六方八极之气，其面和，则来应顺善，不和则其来应战逆。夫音声各有所属，东西南北，甲乙丙丁，二十五气各有家。或时有集声，相得成文辞，故知声。聆声音以知微言[②]，占吉凶。

举音与吹毛律相应，乃知音弦声，宫商角徵羽，分别六方远近，以名字善恶云何哉。精者，乃能见其精神来对事也。

故古者圣贤调乐，所以感物类，和阴阳，定四时五行。阴阳调，则其声易听；阴阳不和，乖逆错乱，则音声难听。弦又当调，宜以九九，次其丝弦，大小声相得，思之不伤人藏精神也。不调则舞乱，无正声音，不可听，伤人藏精神也，故神祇、瑞应奇物不来也。故得其人能任、长于声音者，然后能和合阴阳化也。

以何知之也？为之神明来应，瑞应物来会，此其人也；不者，皆乱音，不能感动，故不来也。故凡事者，当得其人若神，不得其人若妄言；得其人，事无难易，皆可行矣；不得其人，事无大小，皆不可为也。是故古圣贤重举措，求贤无幽隐，得为古。得其人则理，不得其人则乱矣。

古文众多，不可胜书。以一事况十，十况百，百况千，千况万，万况亿，亿况无极，事各自有家类属，皆置其事本文于前，使晓知者执其本，使长能用者就说之，视其相应和，中者皆是也；不应又不中者，悉非也。欲知古圣人文书道审不也，此比若呼人，得其姓字者皆应。鬼神亦然，不得姓字不应，虽欲相应和，无缘得达，故不应也。

故古者名学为往精，精者，乃精念其事象可宜，复思其言也；极思惟此，书策凡事毕矣。书卷上下众多，各有事，宜详读之，更以相足，都得其意，已毕备，不深得其要意，言道无效事，故见变不能解阴阳战斗。吾书乃为仁贤生，往付有德，有德得之，以为重宝，得而不能善读，言其非道，故不能乐其身，除患咎也。

夫人道将见，其如无味乎？用之不可既乎？众贤原之，可以和刚柔，穷阴阳位乎”诸文书毕定，各得其所，不复愦愦乎？恶悉去矣，上帝大乐[③]，民无祟乎？泽及小微，万物扰扰，不失气乎？复反于太初、天地位乎？邪文已消，守元气乎？

一者，道之纲；二者，道之横行；三者，已乱不可明也。吾道即甲子乙丑，六甲相承受，五行转相从，四时周反始。

书卷虽众多，各各有可纪。比若人一身，头足转相使。一字适遗一字起[④]，贤者次之以相补。合其阴阳以言语，表里相应如规矩。始诵无味有久久，念之不解验至矣。灾害去身神还聚，人自谨良无恶子，名之为无刑罚、道化美极也。明案吾文以却咎，奸祸自止民自寿，原末得本无终始。

十十相应，太阳文也；十九相应，太阴文也；十八相应，中和文也，十七相应，破乱文也；十六相应者，遇中书也；十五相应，无知书也，可言半吉半凶文也；十四中者，邪文也；十三中者，大乱文也；十二中者，弃文也；十一中者，迭中文也；十十中者以下，不可用，误人文也。随伤多少，还为人伤，久久用之不止，法绝后灭门[⑤]。此十十文也。

右却邪而致正文法[⑥]。

---

①诸乐者：指五声、八音、十二律。

②聆声音以知微言：指天地要对世人讲的话。

③上帝：第一流的帝王。

④遗（wèi，畏）：赠送，这里是有的方矢之意。

⑤法：定律。

⑥此句是对全篇主旨的概括。

太平经卷五十一

丙部之十七

校文邪正法第七十八

纯稽首战栗再拜。“子复欲问何等哉?”“纯今见明师正众文诸书，乃为天谈也，吾恐核惊，不知可先后，当以何能正得此书实哉?”“子欲乐得其实者，但观视上古之圣辞，中古之圣辞，下古之圣辞，合其语言，视其所为，可知矣。复视上古道书、中古道书、下古道书，三合以同类相召呼，复令可知矣。”

“今凡书文，尽为天谈，何故其治，时乱时不平？愿闻之。”“然，能正其言，明其书者理矣；不正不明，乱矣。正言详辞必致善，邪言凶辞必致恶。今子难问不止，会乐欲知之，欲致善者，但正其本，本正则应天文，与圣辞相得，再转应地理，三转为人文，四转为万物，万物则生浮华，浮华则乱败矣。

天文圣书时出[①]，以考元正始，除其过者置其实；明理凡书，即天之道也。得其正言者，与天心意相应，邪也致邪恶气，使天地不调，万物多失其所，帝王用心愁苦，得复乱焉，故当急为其考正之。

今念从古到今文书，悉已备具矣。俱愁其集居而不纯，集厕相乱，故使贤明共疑迷惑，不知何从何信，遂失天至心，因而各从其忤是也。使与天道指意微言大相远，皆为邪言邪文，书此邪，致不能正阴阳，灾气比连起，内咎在此也。吾见子问之，积眷眷不忍，故反覆为子具道其意，疾疏吾辞，自深思念之。夫凡事者，得而不能专行，亦无益也；若能行之，除大谪也。夫天文乱，欲乐见理，若人有剧病，故乐见治也。何以乎哉?”

“然子自若愚耳，诚无知乎？剧病不以时治也，到于死亡；天文不治正，至于大乱，四时为其失气，五行逆战，三光无正明，皆失其正路，因而毁败；人民云乱，皆失其居处，老弱负荷，夭死者半。国家昏乱迷惑，至道善德隔绝，贤者蔽藏，不能相救，是不大剧病邪？故当力正之。

今愚人日学游浮文，更迭为忤，以相高上，不深知其为大害，以为小事也，安知内独为阴阳天地之大病乎哉？天下不能相治正者，正此也。夫神祇有所疾苦，故使子来反复问之也，见书宜旦夕宿夜，深惟思其要意，不可但自易，不为皇天重计也。今帝王无所归心，其咎甚大。吾今虽与子相对二人而谈，以为小事，内乃为皇天是正语议，不敢苟空妄言，其咎在吾身，罪重不可除也。神祇之谪人，不可若人得远避而逃也。子敢随吾轻辞便言，若俗人陈忤相高上也。”

“唯唯，不敢也。见天师言，且恢且喜，诚 得尽力，冀得神祇之心，以解天下忧，以安帝王，令使万物各得其所，是吾愿也。”

“子愿何一独善，不可复及也?”“然吾所以常独有善意者，吾学本以思善得之，故人悉老终，吾独得在；而吾先人子孙尽已亡，而吾独得不死。诚受厚命，惭于仓皇，无以自效，报之复之也。常思自竭尽力，不知以何效哉！见天地不调，风雨不节，知为天下大病，常怜之。”“今得神人言[②]，大觉悟，思尽死以自效于明天，以解大病，而安地理，固以兴帝王，令使万物各得其所，想以是报塞天重功，今不知其能与不哉？愿复乞问不及于明师。”

“善哉，子之言也。今见子言，吾尚喜，何言天哉！吾书□□，万不失一也，子但努力勿懈而理之，是可以复天功，不复疑也。帝王行之，尚且立得其力，何况于子哉！吾连见子之言，吾不敢余力也；吾虽先生，志不及子也。今俱与子共是天地，愿与子共安之。吾欲不言，恐得重过于子，反得重谪于天。子更详聆之，复为子反复悉分别道之。

正文者，乃本天地心，守理元气。古者圣书时出，考元正字，道转相因，微言解，皆元气要也。再转者，密辞也；三转成章句也；四转成浮华；五转者，分别异意，各司其忤；六转者，成相欺文。章句者，尚小仪其本也。过此下者，大病也。乃使天道失路，帝王久愁苦，不能深得其理，正此也。

子幸欲报天恩，复天重功。天者，不乐人与其钱财奇伪之物也，但乐人共理其文，不乱之耳。今吾见睹子初来学之时，以为子但且问一两事而去，何意乃欲毕天道乎！吾言而不正，天道略可见睹矣。子乐欲正天地，但取微言，还以逆考，合于其元，即得天心意，可以安天下矣。

拘校上古、中古、下古之文，以类召之，合相从，执本者一。人自各有本事，凡书文各自有家属，令使凡人各出其材，围而共说之，其本事字情实，且悉自出，收聚其中要言，以为其解，谓之为章句，得真道心矣。可谓为解天之忧，大病去矣，可谓除地之所苦矣，可谓使帝王游而得天心矣，可谓使万物各得其所矣。

是者，万不失一也。吾见子之言□□，知为天使，吾不敢欺子也。今欺子，正名为欺天，令使天不悦喜，反且减吾年，名为负于吾身、又上惭于皇天，复无益于万民，其咎甚大。子努力记之，但记吾不敢有遗力也。”

“唯唯，见师言也，心中恐骇。既为天问事，不敢道留止也，犹当竟之耳。师幸原其不及，示告其难易，故敢具问其所以。今文书积多，愿知其真伪。”“然，故固若子前日所问耳。十百相应者，是也；不者，皆非也。治而得应者，是也，不者，皆伪行也。欲得应者，须其民臣皆善忠信也。”

“何以言之?”“然，子贤善，则使父母常安，而得其所置；妻善则使夫无过，得其力；臣善则使国家长安；帝王民臣俱善，则使天无灾变，正此也。子宁解耶？不解耶？行，吾今欲与子共议一事，今若子可刺取吾书，宁究洽达未哉?”

“小子童蒙[③]，未得其意。”“子试言之，吾且观子具解不。”“今若愚生意，欲悉都合用之，上下以相足，仪其事，百以校千，千以校万，更相考以为且可足也；不者，恐不能尽周古文也。”“然，子今言真是也。子前所记，吾书不云乎；以一况十，十况百，百况千，千况万，万况亿，正此也。”

“唯唯，愿闻其校此者，皆当使谁乎?”“各就其人而作，事之明于本者，恃其本也。长于知能用者，共围而说之，流其语，从帝王到于庶人，俱易其故行，而相从合议。小知自相与小聚之，归于中知，中知聚之，归于上知，上知聚之，归于帝王。然后众贤共围而平其说，更安之，是为谋及下者，无遗算，无休言，无废文也。

小贤共校聚之，付于中贤，中贤校聚之于大贤，大贤校聚之，付于帝王，于其□□成理文，是之无误，真得天心，得阴阳分理，帝王众臣共知其真，是乃后下于民间，令天下俱得诵读正文。

如此，天气得矣，太平到矣，上平气来矣，颂声作矣，万物长安矣，百姓无言矣，邪文悉自去矣，天病除矣，地病亡矣，帝王游矣，阴阳悦矣，邪气藏矣，盗贼断绝矣，中国盛兴矣，称上三皇矣，夷狄却矣，万物茂盛矣，天下幸甚矣，皆称万岁矣。子无闭塞吾文!”

“唯唯，不敢蔽匿也。既受师辞，诚报归之。匿之恐为重罪，成事也[④]，”“善哉，子之言也。已得天心，子名为已报天重功。”“唯唯，诚得退归闲处，思其至意，不解懈也。”“行去矣，勿复疑也。”

右考文诀。

---

①天文圣书：所谓天文圣书多由汉代谶纬的编造。

②神人：对天师的敬称。

③童蒙：这是真人纯的自谦之辞。

④成事：汉代惯用语，这里是有例援的意思。

太平经卷五十二

丁部之一

胞胎阴阳规矩正行消恶图

神人语真人：内子已明也，损子身，其意得也，其外理自正。瞑目内视，与神通灵，不出言，与道同，阴阳相覆天所封。长生之术可开眸，子无强肠宜和弘，天地受和如暗聋。

欲知其意胞中童，不食十月神相通。自然之道无有上，不视而气宅十二重。故反婴儿则无凶[①]，老还反少与道通。是故画像十二重，正者得善，不肖独凶。

天道常在，不得丧亡，状如四时周反乡，终老反始，故长生也。子思其意无邪倾，积德累行道自成。才不如力，道归其人，苟非其人，道不虚行。夫道若风，默居其傍，用之则有，不用则亡。

贤者有里，不肖有乡，死生在身常定行。天无有过，人自求丧，详思其意，亦无妄行。天与守道力行故长生，人不肯为故死倾，记吾戒子，道传其人则易行。古者圣贤传道，饮血为盟[②]。天道积重，愚人反轻。

道乃万物之师也，得之者明，失之者迷。天地虽广大，不遗失毫厘，贤知自养，比与神俱语，是乃阴阳之统，天地之枢机也。古者圣贤深知之，故以自表，殊天道之要也，内以治身，外以消灾。不当为之，乃与天地同忧[③]。

①婴儿：喻指柔和无欲的状态。

②饮血为盟：本属战国以前诸侯会盟定约的一种方式，在这里提到可证明在东汉后期，已被引进道教作为宗教仪式。

③不当为二句：天地人民万物，本共治一事，善则俱乐，凶则俱苦，故同忧也。

太平经卷五十三

丁部之二

分别四治法第七十九

真人纯稽首战栗："吾今欲有所复问，非道事也[①]。见明师言事，无不解诀者，故乃敢冒惭复前，有可问疑一事。""何等？平行，吾即为子说矣。""夫帝王之仕大臣，皆当老，少子本非治世人也。"

"何为问此哉？""吾见天气，间者比连不调，或过在仕臣失实，令使时气不调，人君不明，灾害并行，道人亦伤。今天地三光，尚为其病，故无正明。道士于何自逃，独得不伤？故吾虽得独蒙天私久存，常不敢自保。初少以来，事师问事，无能悉解之者。今不冒惭，重问于天师，解诀其要意，恐遂无复以得知之也。恩唯明师既加，不得已为弟子说其所不及。"

"善哉！子之言也。今旦见子之言，吾知太平之治已到矣。然，吾且悉言之，子随而详记之。""夫治者，有四法：有天治，有地治，有人治，三气极，然后跂行万物治也。"

"愿闻其意。""天治者，其臣老，君乃父事其臣，师事其臣也。""夫臣乃卑，何故师、父事之乎哉？""但其位者卑下，道德者尊重。师、父事之者，乃事其道德，当与其合策而平天下也。地治者，友事其臣，若与其同志同心也。地者阴顺、母子同列，同苞同忧，臣虽位卑，其德而和，和平其君之治。

人治者，卑其用，臣少小小，象父生其子，子少未能为父作策也，故其治小乱矣。跂行万物并治者，视其臣子若狗，若草木，不知复详择臣而仕之，但遇官一仕，名为象人无知也。何故乎哉？象人者，财象人形，苟中而已，不为君计也，故善争之也。

象天治者，天下之臣，尽国君之师、父也，故父事之，人爱其子，何有危时？夫师，父皆能为其子解八方之患难，何有失时也。象地治者，天下之臣，皆国君之友也。夫同志合策为交，同忧患，欲共安其位；地者，顺而承上，悉承天志意，皆得天心，何有不安时乎？

象人治者，得中和之气，和者可进可退难知，象子少未能为父计也，欺其父也。臣少，未能为君深计，故欺其君也。少者，生用日月少，人学又浅，未有可畏，故欺也，故其治小乱矣。象跂万物治者，跂行者无礼义，万物者少知，无有道德。夫跂行万物之性，无有上下，取胜而已，故使乱败矣。

象天治者，仁好生，不伤；象地治者，顺善而成小伤②；象人治者，相利多欲，数相贼伤，相欺急；象跂行万物而治者，终无成功，无有大小，取胜而已。观此之治，足以知天气上下中极未失。治欲乐第一者，宜象天；欲乐第二者，宜象地；欲乐第三者，宜象人；欲乐第四者，宜象万物。象天者独老寿，得天心；象地者小不寿，得地意；象人者，寿减少；象万物者死，无时无数也。

象天者，三道通文，天有三文，明为三明，谓日月列星也。日以察阳，月以察阴，星以察中央，故当三道行书，而务取其聪明，书到为往者，有主名而已，勿问通者为谁；象地者，二道行书；象人者，一道行书，尚见苟留，象跂行万物者，才设言，复无书也。”

“今是者，天使如是邪？人自为之邪？”“时运也。虽然，帝王治将太平，且与天使其好恶，而乐象天治；将中平者，象地治；将小乱者，法人治；将大乱而不理者，法跂行万物治。”“此何故乎哉？今当以何救之？”“然，天将兴之，瑞应文琦书出③，付与之，令使其大觉悟而授之。将衰者，天匿其文不见，又使其不好求之。”

“贤臣者，但得老而已邪？”“不也。老者。乃谓耆旧老于道德也，象天独常守道而行，不失铢分也，故能安其帝王。老而无一知，亦不可仕也。”

“其师、父事之云何？友之云何？子之云何？其万物之云何哉？”“父事之者，乃若子取教于严父也，乃若弟子受教于明师也，当得其心中密策秘言圣文，以平天下，以谢先祖宗庙④，以享食之。其德以报天重动，故能得天下之心，阴阳调和，灾害断绝也。其友事者以忠信，相与合策，深计善恶难易。其子事者，必若父有伏匿之事，不敢以报其子，子有匿过，不敢以报其父母。皆应相欺，以此为阶也。其万物者，大乱无数。夫物者，春夏则争生，秋冬则争死，不复相假须臾也。”

纯再拜：“所问多，过诚重，甚不宜，诚有过于师，吾又且不敢匿此文也，见而不行之，恐得过于皇天，吾今当于何置此书哉？”“子既问之，子为力特行，逢能通者与之，使其往付归有德之君。帝王象之，以是为治法，必且如神矣；得而不能深思用之，天亦不复过子也。”“唯唯，不敢逆师言。”“然吾言亦不可大逆也，此乃天地欲平，而出至道，使子远来具问此法。天使吾谈，传辞于子，吾亦不空言也。天不欲言而吾言，无故泄天之要道，吾当坐之。子得吾言，而往付归，亦无伤无疑。吾告子至诚，天乃更与帝王厚重，故戒之也。天之运也。吉凶自有时，得而行之者，吉不疑也。”

“谨问行者人姓字为何谁乎？”“然，天之授万物，无有可私也，问而先好行之者，即其人也。大道至重，不可以私任，行之者吉，不行者疑矣。”

“谨更问天地何睹何见，时者欲一语言哉？”“实有可睹见，不空言也。天以安平为欢，无疾病，以上平为喜。故使人民皆静而无恶声，不战斗也。各居其所，则无病而说喜，则天言而不妄语也。若今使阴阳逆斗，错乱相干，更相贼伤，万物不得处其所，日月无善明，列星乱行，则天有疾病，悒悒不解，不传其言，则病不愈。故乱则谈，小乱小谈，大乱大谈。是故古今神真圣人为天使，受天心，主当为天地谈话。天地立事以来，前后以是为常法，故圣人文，前后为天谈语，为天言事也。”

“言谈皆何等事也?”“在其所疾苦。文失之者为道质，若质而不通达者为道文，疾其邪恶者为道正善也，使其觉悟。”

“今天地至尊自神，神能明，位无上，何故不自除疾病，反传言于人乎?”“天地者，为万物父母，父母虽为善，其子作邪，居其中央[⑤]，主为其恶逆，其政治上下，逆之乱之；父母虽善，犹为恶家也。比若子恶乱其父，臣恶乱其君，弟子恶乱其师，妻恶乱其夫，如此则更相贼伤大乱，无以见其善也。天地人民万物，本共治一事，善则俱乐，凶则俱苦，故同忧也；向使不共事，不肯更迭相忧也。是故天地欲善而平者，必使神真圣人为其传言，出其神文，以相告语，比若帝王治欲乐善，则有善教，今此之谓也。子欲乐知天心，以报天功，以救灾气，吾书即是也，得之善思念之，夫天心可知矣。”

“唯唯，不敢忽，愿师复重敕一两言。”“然，夫善恶各为其身，善者自利其身，恶者自害其躯。子既有畅善意，乃忧天地疾病，王者不安，其功极已大矣。但详思之，子行善，极无双，勿复止伤之也。使念善顺，常若此。”“唯唯，不敢懈怠也，不敢懈怠。”

右忿别治所象安危法。

---

①吾今欲有所复问，非道事也：意指学道妙在自悟自得，问来问去不是学道者之所为。

②小伤，指正常情况下不可避免的伤残。

③瑞应文琦书出：指黄河有龙马出图，洛水有灵龟出书，及赤雀衔书之类。按《太平经》作者的意思，也包括《太平经》在内。

④宗庙：古代帝王祭祖宗的处所，凡七庙，按辈份排列。

⑤天地者至居其中央句：天为文，在上；地为田，在下。故子“居其中央。”

太平经卷五十四

丁部之三

使能无争讼法第八十一[①]

吾所问积多，见天师言事，快而无已，其问无足时[②]，复谨乞一两言。”“平行[③]。”“今吾愿欲得天地阴阳、人民跂行、万物凡事之心意，常使其喜善无已，日游而无职无事，其身各自正，不复转相愁苦；更相过责，岂可得闻乎哉?”“子今且言，何一绝快殊异！可问者，何一好善无双也！然，若子所问，犹当顺事，各得其心，而因其材能所及，无敢反强其所不能为也。如是，即各得其所欲；各得其欲，则无有相愁苦者也，即各得其心意矣，可谓游而无职事矣。

天地之间，常悉使非其能，强作其所不及，而难其所不能[④]。时睹于其不能为[⑤]，不能言，不怜而教之，反就责之，使其冤结，多忿争讼，民愁苦困穷。即仰而呼皇天，诚冤诚冤，气感动六方。故致灾变纷纷，畜积非一，不可卒除。为害甚甚，是即失天下之人心意矣。终反无成功，变怪不绝，太平之气，何从得来哉？故不能致太平也，咎正在此。虽欲名之为常平，而内乱何从而得清其治哉？子今问之。欲深知其审乎[⑥]！

天地之性，万物各自有宜。当任其所长[⑦]，所能为，所不能为者，而不可强也。万物虽俱受阴阳之气，比若鱼不能无水，游于高山之上，及其有水，无有高下，皆能游往；大木不能无土，生于江海之中。是以古者圣人明王之授事也，五土各取其所宜[⑧]，乃其物得好且善。而各畅茂，国家为其得富，令宗庙重味而食[⑨]，天下安平，无所疾若，恶气休止，不行为害。

如人不卜相其土地而种之，则万物不得成，竟其天年，皆怀冤结不解，因而夭终[⑩]。独上感动皇天，万物无可收得，则国家为其贫极，食不重味，宗庙饥渴，得天下愁苦，人民更相残贼，君臣更相欺诒，外内殊辞，咎正始起于此。是者尚但万物不得其所，何况人哉！天下不能相治正，正由此也。此者，大害之根，而危亡之路也，可不慎哉？可不深思虑之胸心乎？

故古者，大圣大贤将任人，必先试其所长，何所短，而后署其职事，因而任之；其人有过[⑪]，因而责之，责问其所长，不过所短。是者不惑天也，反为习进此家学[⑫]，因而慎之，故能得天下之心也。令后世忽事，不深思惟古圣人言，反署非其职，责所不能及，问所不能睹，盲者不睹日，喑者不能言，反各趣得其短[⑬]，以为重过，因而罪之，不为欲乐相利佑，反为巧弄，上下迭相贼害，此是天下之大败也。

自古者诸侯太平之君，无有奇神道也，皆因任心能所及[⑭]，故能致其太平之气，而无冤结民也。祸乱之将起，皆坐任非其能，作非其事职而重责之。其刑罚虽坐之而死，犹不能埋其职务也，灾变连起，不可禁止，因以为乱败，吉凶安危，正起于此。是以古者将为帝王选士，皆先问视，试其能，当与天地阴阳瑞应相应和不。不能相应和者，皆为伪行。"

"其相应和奈何？""大人得大应[⑮]，小人得小应，风雨为其时节，万物为其好茂，百姓为其无言，鸟兽跂行为其安静，是其效也。故治乐欲安国者，审其署置。夫天生万物，各有材能，又实各有所宜，犹龙升于天，鱼游于渊，此之谓也。

夫治者，从天地立以来，乃万端。天变易，亦其时异，要当承天地得其意，得其所欲为也。天者，以三光为书文记，则一兴一衰，以风为人君[⑯]。地者，以山川阡陌为文理，山者吐气，水通经脉[⑰]，衰盛动移崩合，以风异为人臣[⑱]。人者，以音言语相传，书记文相推移。万物者，以衰盛而谈语，使人想而知之。

人者，在阴阳之中央，为万物之师长[⑲]，所能作最众多，象神而有形，变化前却，主当疏记此变异，为其主言[⑳]。故一言不通，转有冤结；二言不通，辄有杜塞；三言不通，转有隔绝；四言不通，和时不应[㉑]，其生物无常；五言不通，行气道战[㉒]；六言不通，六方恶生；七言不通，而破败；八言不通，而难处为数家；九言不通，更相贼伤；十言不通，更相变革[㉓]，故当力通其言也。"

"古者无文，以何通之？""文乃当起，但中止天地者[㉔]。几何起，几何止，但后世不睹之耳。中古三皇，当无文而设言[㉕]，下古复有[㉖]。天地之气，一绝一起，独神人不知老所从来，经历多故，知其分理[㉗]，内当有文，后世实不睹，言其无有。"

"何故时有文，时无乎哉？""天气且弊，人且愚薄不寿，不能有可刻记。故敕之以书文，令可传往来，以知古事。无文且相辨讼[㉘]，不能相正，各自言事，故使有文书。此但时人愚，故为作书，天为出券文耳[㉙]。"

"见师言，已知之矣。愿闻今通气当云何？"但三道通行八方之书，民吏白衣之言，勿苟留[㉚]。急者以时解之[㉛]，不急者随天地万物，须七月物终，八月而葥视，九月而更次，十月而不归[㉜]。三年上书而尽信诚者，求其人而任之。此人乃国家之良臣，聪明善耳目，因以视聆，不失四方候也[33]。帝王得之，曰安而明，故当任之。”

“其任之云何乎?”“必各问其能所及，使各自疏记所能为，所能分解所能长[34]，因其天性而任之，所治无失者也。故得天下之欢心，其治日兴太平，无有刑，无穷物[35]，无冤民，天地中和[36]，尽得相通也，故能致寿上皇[37]。

所以寿多者，无刑不伤，多伤者乃还伤人身[38]。故上古者圣贤，不肯好为刑也；中古半用刑，故寿半；下古多用刑，故寿独少也。刑者，其恶乃干天，逆阴阳，畜积为恶气，还伤人。故上古圣贤不重用之者，乃惜其身也；中古人半愚，轻小用刑，故半贼其半；下古大愚，则自忽用刑，以为常法，故多不得寿，咎在此。

读此书者，宜反复之，重之慎之，死生重事，不可妄也。夫子贤明者，为父计；臣贤明者，为君深计。子不贤，不肯为父深计；臣不贤明，不肯为君计。是少年者，即是其人身邪；其人邂逅吉凶者，流后生，此格法也[39]。

是故上古圣帝王将任臣者，谨选其有道有德，不好杀害伤者，非为民计也，乃自为身深计也。故得天地心意，举措如与神俱[40]，此之谓审举得其人[41]，而得人力之君也。如此乃感神祇[42]，乃后天上真神爱之，因而独寿也。好用刑，乃与阴气并，阴者杀，故不得大寿。天之命[43]，略可睹可知矣，天地人所疾恶同耳。”

右得天地人民万物欢心、国兴家安、天下无争讼者[44]。

---

①争讼：指吏民冤结、忿然申辩诉讼的社会现象。

②无足时：没有足够的时间。

③平行：犹言“直说”、“径直道来。”

④使非其能：使，驱使，任使；非其能，不是力所能及的。难：为难，刁难。

⑤时：经常。

⑥审：详情，问题的始末。

⑦任：听从，听凭。

⑧五土：指青、赤、白、黑、黄五色土。

⑨重味：指祭品丰盛。

⑩卜相：占验察视。万物不得成，竟其天年：指植物的生长过程。夭终：植物因土质不良而萎缩枯死。

⑪过：怪罪。

⑫家学：世袭的专门技艺，如天文、地理等。

⑬趣（cù，促）：催促、促使。

⑭心能：心智与才能。

⑮大人：指以帝王为首的圣人在位者。

⑯三光：日、月、星。此句是说上天通过风的变化对人间帝王发布指示。

⑰此二句系本谶纬之说。《河图扩地象》称：昆仑山地下有八柱三千六百轴，互相牵制，名山大川，孔穴相通。

⑱此句是说大风拔木等异常现象是臣僚专权或图谋不轨的预兆。

⑲为万物之师长：此句详参见《老子·二十五章》。

⑳象神：指人灵如神。前却：进退。主：职在。疏记：分条记载。主：第二个主学指君主。

㉑和时：指四季的正常交替。

㉒行气：指五行之气。道战：指违背五行生克关系的异常现象。如木害金、火害水之类。

㉓变革：指改朝换代。

㉔起：发明、出现。全句言文字产生后又被天地所沉没。

㉕当：适逢。设言：以言设教。

㉖下古：指夏商周以下的历史时期，此句是说文字到下古又再现了。

㉗神人：指修道修到第一等级的神仙。分理：指阴阳明分之理。

㉘辩讼：打官司。

㉙券文：指可以用作凭证的天书神文。

㉚但之道通行句：官吏、邑民、行人应诏所上意见书。之所以定为三道，系仿天有三文：日月星，日以察阳，月以察阴，星以察中央。白衣：指有道之士。苟留：指拖延不处理。

㉛急者：指事关人命的重大举报。

㉜物终：指基本成熟。苘（jiān，肩）：通“简”，简视，即阅视，观其善恶多少。更次：梳理完毕。不：当作“下”字。下归，批转回去。以上程序，是根据天正、地正、人正（周历、殷历、夏历）三正的交错推移来安排的。

㉝候：占测。

㉞分解：区辨化解。

㉟穷物：穷绝之物。

㊱天地中和：指三气，即由元气分化而成的三种形态。

㊲上皇：天之神子为上皇。

㊳本经宣扬一种观点，杀伤人等于自杀伤。

㊴流后生：殃及后代。格法：格式化的常法。

㊵举措：安置，任用。

㊶审举：审慎处理选举。

㊷神祇（qí，其）：天神曰神，地神曰祇。

㊸命：威令。

㊹此句是对全篇主旨的概括说明。

太平经卷五十五

丁部之四

力行博学诀第八十二

“今大命可知与未乎①？”“虽然可知矣，见明师比言②，大迷惑已解，唯加不得已③，愿复丁宁之。”“然，吾道可睹意矣④。得书读之，常苦其不熟，熟者自悉知之。不善思其至意，不精读之，虽得吾书，亦无益也；得而不力行，与不得何异也？见食不食，与无五谷何异？见浆不饮，渴犹不可救。此者非能愁他人也⑤，还自害，可不详哉！故圣人力思，君子力学，昼夜不息也，犹乐欲象天，转运而不止，百川流聚，乃成江海。

子慎吾言，记吾已重诫，子其眷眷心⑥，可睹矣。为善与众贤共之，慎无专其市⑦。夫市少人，所求不得。故人不博学，所睹不明，故令使见其真道。不得其要意，不信道，则疑不笃乎？咎在此，人之所以自穷者也。故当深惟思其意，以令自救辅也。”

右对寿命指⑧。

---

①今大命可知与未乎：是天师对真人的发问。大命，指寿命。

②比言：指接连的教诲。

③此句是说求知依然若渴。

④睹：察悟。

⑤愁他人：使他人愁苦。

⑥眷眷心：指学道传道的至诚心意。

⑦专其市：独此一家，即专擅真道之义。市，贸易市场，喻指道法的流布。

⑧此句是对全篇主旨的概括说明。对，回答和应对。指，通“旨。”

知盛衰还年寿法第八十三[①]

天之授事，各有法律[②]。命有可属[③]，道有可为出，或先或后，其渐豫见[④]。比若万物始萌于子[⑤]，生于卯[⑥]，垂枝于午[⑦]，成于酉[⑧]，终于亥[⑨]。虽事豫见，未可得保也。[⑩]事各有可为，至光景先见，其事未对[⑪]，豫开其路。天之垂象也，常居前，未尝随其后也。

得其人而开通[⑫]，得见佑助者是也[⑬]；不开不通，行之无成功，即非其人也，以是为明证，道审而言，万不失一也。但是其人，明为其开，非其人则闭。审得其人[⑭]，则可以除疾，灾异自消，夷狄自降，不须兵革，皆自消亡。

万物之生，各有可为设张[⑮]，得其人自行，非其人自藏。凡事不得其人，不可强行；非其有，不可强取；非其土地，不可强种，种之不生，言种不良 ；内不得其处，安能久长？六极八方[⑯]，各有所宜，其物皆见，事事不同。若金行在西[⑰]，木行在东，各得其处则昌，失其处则消亡。故万物著于土地乃生[⑱]，不能著于天；日月星历反著于天，乃能生光明。夫道如此矣，故有其人，星在天，时有明；堕地反无光，即非其处也，故乱常。道有可为出，不妄行，是其人则明，非其人则不可行。夫道乃深远不可测商矣，失之者败，得之者昌。

欲自知盛衰，观道可著，神灵可兴也。内有寿证候之[⑲]，以此万不失一也，此乃神书也。还年之期，其道至重，何可不思？故传之仁贤明，试使行之以自命[⑳]。是其人，应当并出，贤知并来，神书并至，奇方自出[㉑]，皆令欢喜，即其人也。以此为效。不如此言，或但先见，非可得行也，当遗后来，道不妄出也。实有可之但问其人，令使自思。道之可归，亦不可禁，亦不可使，听其可之，观其成功，道不可空。虽然，夫才不如力，力不如为而不息也[㉒]。夫天下之事，皆以试败[㉓]，天地神灵皆试人，故人亦象天道而相试也。得见善者，其命已善矣；其见恶者，命已疑矣[㉔]。自古到今，不至诚动天，名为强求，或亦遂得之[㉕]，强求不得，真非其有也，安可强取？其事以不和良，乖忤错乱。

人命有三品[㉖]，归道于野，付能用者；不能用者，付于京师，投于都市，慎无闭绝，后世无子[㉗]。传书圣贤及与道士[㉘]，无主无名，付能用者。道自有可之，不可各人，可附言语[㉙]，犹若大木归山，水流归海，不可禁止也。天性使然，顺之者昌，逆之者败亡。神书欲出，亦不可闭藏，得其人必自扬；不得其人暗聋盲，身则不悦，目中无光。精读此策文，乐也夫央。天昌延命之期数[㉚]，皆在此中也。

太平之气，皆已见焉；民兹爱谨良[㉛]，皆以出焉；贤圣明者，皆已悦焉；殊方奇文，皆以付焉；勉行无懈[㉜]，以自辅焉；明王圣主，皆以昌焉；夷狄却除，皆以去焉；万民幸甚，皆以无言，天寿已行，不复自冤，老以命去[㉝]，少者遂全。书传万世无绝，子孙相传，日以相教，名为真文，万世无易，令人吉焉。道以毕就，便成自然，有禄自到[㉞]，无敢辞焉。大人得之以平国，中士得之为良臣，小人得之以脱身。

右通道意是非之策文[㉟]。

丁部第四云：欲知吾道大效，付贤明道德之君，使其按用之，立与天地乃响应，是其大明效证验也㊱。

---

①知：意为预测、先知。盛衰：兼指世人寿禄和国运政局两方面而言。还年寿：是对“真道神书”所独具的至高效应的集中概括。

②授事：授付人间诸事体。法律：常规定律。

③命：指人命三品。

④渐：指迹象。豫：通“预”。

⑤子：代表坎卦所在的十一月。

⑥卯：代表震卦所在的正东方位和春分所在的二月。

⑦午：代表离卦所居的正南方位和夏至所在的五月。

⑧酉：代表兑卦所居的正西方位和秋分所在的八月。

⑨亥：代表乾卦所居的西北方位和立冬所在的十月。以上关于万物萌芽、生长、繁茂、成熟、衰亡乃至胚胎新萌芽过程，据汉代《易》学之说。

⑩保：确保那样。

⑪对：对应，兑现。

⑫开通：指对真道心开意通。

⑬见佑助：被保佑救助。

⑭审：委实，确切。

⑮设张：设置张列。

⑯六极：上下四方极远之处。

⑰金行：五行之一。以五方配五行，西方属金。下文木行，配之以东方。

⑱著：这里是降临之意。

⑲寿证：长寿还年之证。

⑳自命：自身延寿。

㉑奇方：如本经丙部所列《草木方》，《生物方》之类。

㉒才：指禀赋。力：指努力学道。全句指应该孜孜求道和行道。

㉓败：这里指真相毕露。

㉔疑：没有定数之义。

㉕或亦遂得之：指侥幸得到它经，也会得而复失。

㉖三品：指上寿一百二十岁，中寿八十岁，下寿六十岁，分别应太阳气、太阴气、中和气之命。

㉗慎无闭绝，后世无子：闭绝将招致断子绝孙的恶果。

㉘与道士：授付身怀方术之人。

㉙附言语：指按神书所说的去做。

㉚期数：期运气数。汉代春秋纬书《佐且期》曰：君臣和，则日月大放光明，上下俱昌、延年益寿。

㉛谨良：谨顺良善。

㉜勉：尽力。

㉝老以命去：得到善终。

㉞禄：指命中注定的福禄。

㉟此句是对全篇主旨的概括说明。通：通报，传达。道意：真道的奥妙所在。策：占测，原指占卦所用的蓍草。

㊱此段是《合校》本附存的文字，出自《云笈七签》卷之《四辅》。

太平经卷五十六至六十四

丁部五至十三

与神约束诀

应天理、上下和合、天灾除、奸伪断绝谶本文[1]。上古之人，皆心开、目明、耳洞[2]，预知未然之事[3]。深念未然，感动无情，卓然自异，未有不成之施[4]。所言所道，莫不笃达，不失皇虚之心[5]。思慕无极之智，无极之言[6]，知人寿命进退长短，各有分部常以阴阳合[7]，得消息上下[8]，中取其要[9]，与众神有约束[10]，但各不得犯天地大忌，所奉所得，当合天意。

文书相白[11]，上至天君，天君得书，见其自约束分明，乃后出文，使勿自怨，中直自进[12]，不白自闻。声音洞彻，上下法则[13]，各不失期，恐有不及，未曾有不自责，时常恐有非，见督录[14]。神相白未曾懈，有过见退用[15]。故重复语敕，反覆辞文，宜不违所言。是天之当所奉承，神祇所仰，皆如法，常不敢息。恐有不达，所受非一[16]，皆当开心意，恐违期。神有尊卑，上下相事[17]，不如所言，辄见疏记[18]。忧心恻恻，常如饥渴欲食。天君开言，知乃出教，使得相主，文书非一，当得其意，后各有信。

上古之人，失得来事[19]，表里上下，观望四方四维之外[20]，见其纪纲。岁月相推，神通更始[21]，何有极时。星数之度，各有其理[22]，未曾有移动，事辄相乘[23]，无有复疑。皆知吉凶所起，故置历纪[24]。

三百六十日，大小推算[25]，持之不满分数，是小月矣[26]。春夏秋冬，各有分理[27]。漏刻上下，水有迟快[28]，参分新故[29]，各令可知，不失分铢。各置其月，二十四气前后[30]，箭各七八，气有长日[31]，亦复七八。以用出入，祠天神地祇，使百官承漏刻期，宜不失[32]，脱之为不应，坐罪非一。故使昼夜有分，随日长短，百刻为期，不得有差。

有德之国，日为长，水为迟[33]，一寸十分，应法数。今国多不用，日月小短，一刻八九，故使老人岁月，当弱反壮[34]，其年自薄，何复持长时？如使国多臣，枢机衡舒迟[35]，后生蒙福，小得视息，不直有恶，复见伐矣[36]。

惟天地之明，为在南方，巳午同家[37]，离为正目[38]，当明堂之事[39]。日照明，以南向北，阳气进退，亦不失常[40]，阴阳相薄，以至子乡[41]，寒温相直[42]，照彻自然，甚可喜。

生养之道，少阳太阳[43]，木火相荣[44]，各得其愿，是复何争？表里相承，无有失名，上及皇耀，下至无声[45]，寂静自然，万物华荣，了然可知，不施自成，天之所仰，当受其名。

机衡所指，生死有期。司命奉籍簿数通[46]，书不相应[47]，召所求神[48]，簿问相实[49]，乃上天君。天君有主领所白之神 ，不离左右[50]，其内外见敬，亦不敢私承，所上所下[51]，各不失时。太阴司官[52]，不敢懈止。

正营门阁[53]，恐自言事，辄相承为善，为要道[54]。牒其姓名，得教则行[55]，不失铢分。上古之时，有智虑，无所不照，无所不见，受神明之道，昭然可知，亦自有法度，不失其常。

从太初已来[56]，历有长短[57]，甚深要妙。从古至今，出历之要[58]，在所止所成。辄以心思候算，下所成所作，无不就并数[59]，相应绳墨，计岁积[60]，日月大分为计[61]。

---

①谶（chèn，衬）本文：绝对灵验的预言式的经典原始文字。谶，诡为隐语，预决吉凶为谶。

②洞：听得透彻。未然：尚未发生。

③无情：指日月星辰及万物。卓然自异：不同于众。

④施：指上天的恩赐。

⑤皇虚，指至高神天君。天君积气而无形，故称。

⑥无极：指长生成仙神，上见无极之天，下见无极之地，傍见无极之境。

⑦分部：指上天在人生前为之注定的生死簿和虔诚修道和获得的不同天报。

⑧消息，阳退阴进曰消，阴退阳进曰息。上下：指阳升阴降，阳降阴生。

⑨中：基中，指阴阳交合变动的过程。

⑩众神：指人体内外诸神。

⑪文书：指众神记录世人善恶的报告书和世人奏请天庭除厄的祈告辞，前者即下文所谓“督录”、“疏记”，后者称“上章”。白：禀告。

⑫中直：指符合要求，能够名列神仙簿籍。全句说天君预知一切。

⑬法则：遵照执行之义。不及：指与天君教令有差距。

⑭见督录：被神仙记录在案。

⑮神相白未曾懈二句：说天君对失职之神进行处罚，如谪作河梁山海，在都市卖菜四十年之类。

⑯所受：指所接受的教令。

⑰上下相事：统领与录属。

⑱疏记：分条记录过恶。

⑲得失来事：对未来之事思忖得失。

⑳四维：四隅，即东北、东南、西南、西北。

㉑神通：指神灵随时令节气与人交结。更始：周而复始。

㉒星数之度：星辰在天空中各有固定的分布位置。各有其理：对世人分别进行监视察照。

㉓乘：计核。

㉔历纪：历法纲要。

㉕大小：指大尽法和小尽法。

㉖分数：指一个朔望月的长度为$29\frac{43}{81}$日。是小月矣：朔望的长度变化于29日和30日之间，大小月交替采用，避免朔的时刻即新月逐月推迟或提前的错乱现象，保证朔必发生在每月初一。

㉗分理：四季明分之理。

㉘漏刻：古代最重要的计时器之一。水有迟快：出水速率随同壶中水的多少发生变化。水多则流速快，水少则流速慢。

㉙参：同“三”，三分，指一日百刻，昼夜各长多少刻又有规定。即以太阳的出没为标准，冬至日昼漏四十刻，夜漏六十刻，夏至日昼漏六十刻，夜漏四十刻；春分秋分则昼夜漏均为五十刻。此句亦可解为：将二十四节气的每一节气分为三候，古代历法，五日谓之候，三候谓气、六气谓时，四时谓岁。

㉚前后：指将每一节气划分为前后两段。一气约为七天半。

㉛长日：从冬至到夏至，昼渐长，称长日。

㉜使百官二句，汉制举行五部迎气之礼，规定自夜漏未尽五刻开始。

㉝有德之国三句：是对昼夜漏刻制度的宗教臆解。

㉞日月小短，一刻八九：是指西汉哀帝建平二年改百刻为一百二十刻而言。当弱反壮：年龄本应低却反高了。

㉟枢：运转于天空正中之义。机衡：璇玑玉衡的略称，即北斗七星。其中第一星至第四星，分别名为天枢、天璇、天玑、天权、合称璇玑。第五至第七星，分别名为玉衡、开阳、摇光，合称玉衡。舒迟：指运转速度平缓放慢。

㊱见伐：被杀伐。星占家把北斗第四星称为伐星，第五星称为杀星，全句言有恶必将招致的后果。

㊲巳午：地支第六位与第七位，分别代表东南方与正南方巳之本意，四月阳气毕布，万物已经定型，形成文彩。午之本义，乃谓五月阴气冒地而出，与阳气相忤逆，万物垂枝布叶。二者配五行，均为火行，故曰同家。

㊳离：八卦之一，位居南方，象征日，代表火行。正日：指离卦居于四正卦的统领地位。

㊴明堂：天帝布政之宫，指东方七宿中的心宿。《太平经》作者宣扬汉为火德说，认为心为火为王者，犹若日出于东而位在南方。

㊵常：指阳气从六月至十月逐渐衰退，人藏地下，重新凝结。

㊶子乡：子为地支第一位，子乡为其所代表的正北方和十一月冬至，系坎卦所居之位。阴极生阳，阳气生于地下。

㊷直：对应。此句是说阴生子午（夏至）阳生于子（冬至）子午相对构成冬夏寒暑的分界。

㊸生养：化生与养长。少阳：不太旺盛的阳气，太阳：最旺盛的的阳气。

㊹木火：指木行与火行。木为东方，主生；火为南方，主养。木生火，火倚木，故曰相荣。

㊺失名：指违逆生养之道的罪名。皇耀：指日月星辰。无声：指水土山石。

㊻司命：这里指命曹，天庭掌管人间生死的机构。籍簿：世人生预著其岁月日时的长寿之籍，善人之籍、死籍、众神记录世人善恶功过的籍册。数通：指正副本。

㊼书：指神灵上报的举告文书。

㊽所求神：指对世人负有监保之责的神灵。

㊾簿间：对照善恶簿册来勘验。

㊿天君有主领句：这里神指大神。本经壬部谓，大神为上皇人之尊者，自名委气之公，常在天君左则，掌管明堂文书，曲领大职。所白：所廪告天庭的，不离左右：大神与天君的亲密关系。

(51)私承：指大神偏私处置。所上：让善人升天供职。所下：让恶人入土受审。

(52)太阴官司：天庭所设的司法机构和供职中的神灵。

(53)正营：惶恐不自安。门阁：门指天门，阁是天君存贮仙籍神策的金室。全句是说虔敬追求登仙成神的人。

(54)要道：指能近在胸心，散满四海的真道。

(55)牒：注册之义。教：指天君和大神的教令。

(56)太初：元气始萌，谓之太初。为万物之始本，亦即天地未分前的混沌状态。

(57)历：历法。太初没有历法，是道教的虚构。

(58)出历之要：世行历法主要为古六历（黄帝历、颛顼历，夏历、殷历、周历、鲁历），西汉太初历、三统历、东汉四分历。所止：指明运行的位置。所成：指四时备成。

(59)就：切合。并数：指天地阴阳的交合之数。

(60)计岁积：推算上元积年。在东汉，上元积年由带有神秘性的高位数字构成。

(61)日月大分为计：求定上元的标准。即某年十一月甲子那天，不仅恰好是夜半朔旦冬至，而且日月五星在同一个运行位置上的吉利天象。

禁酒法

今天地且大乐岁①，帝王当安坐而无忧，民人但游而无事少职，五谷不复为前②，无有价直。天下兴作善酒以相饮，市道尤极，名为水令火行，为伤于阳化③。

凡人一饮酒令醉，狂脉便作④，买卖失职，更相斗死，或伤贼；或早到市，反宜乃归⑤；或为奸人所得，或缘高坠，或为车马所克贼⑥，推酒之害万端，不可胜记。

念四海之内，有几何市，一月之间，消五谷数亿万斗斛，又无故杀伤人，日日有之，或孤独因以绝嗣，或结怨父母置害，或流灾子孙。县官长吏，不得推理，叩胸呼天，感动皇灵⑦。使阴阳四时五行之气乖错，复早上皇太平之君之治，令太和气逆行。盖无故发民令作酒⑧，损废五谷，复致如此之祸患。

但使有德之君，有教敕明令，谓吏民言，从今已往⑨，敢有市无故饮一斗者，笞三十，谪三日⑩；饮二斗者，笞六十，谪六日；饮三斗者，笞九十，谪九日。各随其酒斛为谪，酒家亦然，皆使修城郭道路官舍。所以谪修城郭道路官舍，为大土功也。土乃胜水，以厌固绝灭⑪。令水不过度伤阳也。水，太阴也，民也；反使兴王，伤损阳精⑫，为害深矣。修道路，取兴大道，以类相占，渐置太平。

《要修科仪戒律钞》卷十四《饮酒缘》引《太平经》云⑬：真人问曰："天下作酒以相饮，市道元据⑭，凡人饮酒洽醉⑮，狂咏便作，或即斗死，或则相伤贼害，或缘此奸淫，或缘兹高堕，被酒之害，不可胜记。念四海之内，有几何市，一日之间，消五谷数亿万斗斛，复缘此致害，连及县官，或使子孙呼嗟。上感动皇天，祸乱阴阳，使四时五行之气乖反。如何故作狂药⑯，以相饮食，可断之以否?"

神人曰："善哉！饮食，人命也。吾言或有可从⑰，或不可从。但使有德之君教敕，言从今以往，敢有无故饮酒一斗者，笞二十，二斗杖六十，三斗杖九十，一斛杖三百。此以为数，广令天下，使贤人君子，知法畏辱，必不敢为。其中愚人有犯即罚，作酒之家亦同饮者。"

真人曰："或千里之客，或家有老弱，或祠祀神灵，如何?"神人曰："若千里君子，知国有禁，小小无犯，不得聚集；家有老疾，药酒可通。"

---

①今天地句：如今天地要降给人间盛明安乐的太平年景。

②五谷不复为前：只有丰收，没有荒歉。

③市道：指集市等交易场所。水：指五行中的水行。火行：代表太阳之气，象征君主。按五行相克的顺序，水克火，所以把纵酒名为水令火行。阳化：指帝王以道化民。

④狂脉：指神经兴奋、血管膨胀。作：发作，此句是指撒酒疯。

⑤反宜：违反常规。此句是说夜深或数日才回家。

⑥车马所克贼：出车祸。

⑦皇灵：即皇天。皇天有灵，故称。

⑧发：纵容，鼓励。

⑨从今已往：自今而后。

⑩谪：使役刑之一，即发配苦役。

⑪厌固：压服禁遏住天然受制之物。厌，通"压"。

⑫阳精：火行之精。

⑬自此以下：是附存的以资参考的他书授引文字。

⑭元据：指占满人。元：大。

⑮洽：指酒兴甚浓。

⑯狂药：对酒的贬称。

⑰可从：认为对而听从。

上下失治法

考天地阴阳万物，上下相爱相治，立功成名，使心治一家，使人不复相憎恶，常乐合心同志，令太和之气日自出，而大兴平，六极同心，八方同计。所治者若人意，莫不皆响应而悦者。本天地元气①，合阴阳之位。邪恶默然消去，乖逆者皆顺，明大灵之至道②，神祇所好爱。

吾乃上为皇天陈道德，下为山川别度数③，中为帝王设法度④。中贤得以生善意⑤，因以为解除天地大咎怨⑥，使帝王不复愁苦，人民相爱，万物各得其所，自有天法常格在不匿⑦。

古者圣帝明王，重大臣，爱处士⑧，利人民，不害伤；臣亦忠信不欺君，故理若神，故贤父常思安其子，子常思安乐其父，二人并力同心，家无不成者；如不并力同心，家道乱矣。失其职事，空虚贫极，因争斗分别而去，反还相贼害。亲父子分身血气而生，肢体相属如此，况聚天下异姓之士为君师父乎？故圣人见微知著，故重戒慎之。

夫师，阳也，爱其弟子，导教以善道，使知重天爱地，尊上利下；弟子敬事其师，顺勤忠信不欺。二人并力同心，图画古今旧法度⑨，行圣人之言，明天地部界分理⑩，万物使各得其所，积贤不止，因为帝王良辅，相与合策共理致太平⑪。如不并力同计，不以要道相传，反欲浮华外言⑫，更相欺殆，逆天分理，乱圣人之辞，六极不分明，为天下大灾。帝王师之。失其理法，反与天地为大仇，不得神明意，天下大害者也。

---

①本天地元气，合阴阳之位：指天地八界。

②大灵：指先于天地而存在的元气混沌状态。

③度数：指地理方位及其阴阳属性，象征意义及天与人对应关系等。

④法度：指效天仿地的一整套施政兴国的原则与措施。

⑤中贤：一般的贤人贤士。

⑥咎怨：指天地对世人的憎恶与怨恨。表现形式为灾异不绝又日益严重。

⑦常格：不可改变的准则。

⑧处士：隐居不仕的人。这里指道术之士。

⑨图画：筹谋策划。

⑩部界：部区界划，分理：指各自的主领事体。

⑪合策：象占卦那样契合地来揣度酌定。

⑫外言：外学之论，即儒学等学派的主张。

阴阳施法、观物知道德诀

人生备具阴阳①，动静怒喜皆有时②。时未牝牡之合也③，是阴阳当主为生生之效也。天道三合而成，故子三年而行④。三三为九，而和道究竟⑤，未知牝牡之合，其中时念之，未能施也⑥。

天数五，地数五，人数五，三五十五⑦，而内藏气动。四五二十，与四时气合而欲施⑧，四时者主生，故欲施生。五五二十五，而五行气足，而任施。五六三十而强，故天使常念施，以通天地之统⑨，以传类。会三十年而免，老当衰，小止闭房内⑩。天下蚑行之属，人象天地纯耳，其余不能也。

故天地一日一夜，共闰万二千物，尽使生。夜则深，昼则燥。深者阴也，燥者阳也，天与地日共养此万二千物具足也⑪。天之法。阳合精为两⑫。阳之施，乃下入地中，相从共生万二千物。其二千者，嘉瑞善物也。

夫万二千物，各自存精神，自有君长⑬，当共一大道而行，乃得通流。天道上下，往朝其君，比若人共一大道，往朝王者也。万二千物精神，共天地生，共一大道而出，有大有中有小。何谓也？乃谓万二千物有大小，其道亦有大小也，各自生自容而行。故上道广万步为法⑭，次广千步为法，其次广百步为法，其次广十步为法，其次广一步为法。凡五道，应五方，当共下生于地，共朝于天，共一道而行。是以大道广万步，容中道千步，小道百步，麄道十步，毛道一步⑮。物有大小，各自容往来。

凡乃上受天之施，反下生施地，出当俱上朝天也，故大道但可张，不可妄翕也。翕之辄不相容⑯，有不得生者，或有伤死。不得生出者，令人绝无后代；伤者伤人，死者杀人，古者圣人不敢废绝大道者，睹天禁明也⑰。

子以何天道得伤⑱？道者，天也，阳也，主生；德者，地也，阴也，主养；万物多不能生，即知天道伤矣；其有不生者，即知天克有绝者矣。一物不生一统绝[19]，多则多绝，少则少绝，随物多少，以知天统伤。夫道兴者主生，万物悉生：德兴者主养，万物人民悉养，无冤结。

①人生具备阴阳：人从出生就天然具备阴阳的属性。因古代认为人禀阴阳精气而生，故语。

②动：属阳；静：属阴；怒：属阴；喜：属阳。时：固定的期限。

③牝牡之合：男女交合。此句是说发育尚处于未成熟阶段。

④子：男孩。行：会自由行走。

⑤九：这里指九岁。和道：指天道始于一、成于三、终于九。究竟：完结。

⑥施：指男性形成生殖能力。以上三句是说九岁男童已朦胧产生了性冲动。

⑦天数五等三句：天地人各有五行之气，故其数相对应，俱为五。三五十五：十五岁，以后句中依此类推。

⑧四时气：指春之少阳气，夏至太阳气，秋之少阴气，冬至太阴气。

⑨统：统系，男属天统，女属地统。

⑩会：恰值，此句是说到六十岁免却性生活。房内：指夫妻同房。

⑪具足：一物不少。

⑫阳合精：阳精与阴精相结合。为两：指构成对立双方的新的统一体。

⑬自有君长：神龟为甲壳动物君长之类。

⑭广：东西为广，这里指宽度。步：六尺为步。法：规格。

⑮氂（lí 离）道：细道，通“厘”。毛道：极细之道。

⑯翕（xì 隙）：收缩。

⑰天禁：上天的禁忌。

⑱子：你，指学道真人。据下文，此句“何”下当有“知”字。

⑲统：指药物。

书用丹青诀、天子皇后政诀

吾书中善者，使青为下而丹字[①]，何乎？吾道乃丹青之信也[②]。青者生[③]，仁而有心[④]，赤者太阳，天之正色[⑤]。吾道太阳仁政之道[⑥]，不欲伤害也。

天子者，天之心也；皇后者，地之心也。夫心者，主持正也。天乃无不覆，无不生，无大无小，皆受命生焉，故为天。天者，至道之真也，不欺人也。万物所当亲爱，其用心意，当积诚且信，但常欲利不害，不负一物，故为天也。夫帝王者，天之子，人之长，其为行，当象此。夫子者，当承父之教令严敕，案而行之，其事乃得父心志意，可为良家矣。如不承父教令，其家大小不治，即为贫家矣。财反四去，常苦不聚，其事纷纷，灾变连起，大得愁苦，过在此矣。古者帝王将行，先仰视天心，中受教，乃可行也。

夫皇后之行，正宜土地。地乃无不载，大小皆归，中无善恶，悉包养之。皇后，乃地之子也，地之心也，心忧凡事，子当承象母之行若母，乃为孝子。夫天地之与皇后相应者，比若响之与声，于其失小亦小，失大亦大，若失毫发之间，以母不相得志意。古者皇后将有为，皆先念后土，无不包养也。无不可忍，无不有常[⑦]，以是自安，与土心相得矣。若失之，则灾变连起，刑罚不禁，多阴少阳，万物不茂，过在此。夫是二人正行者[⑧]，则神真见，真道出，贤明皆在位，善物悉归国。

①善者：指重要精微的论断。使青为下：指用青色帛做底衬。丹字：用红色来写标题。此句是说《太平经》的装帧形式与

书写特点。

②丹青之信：丹、青这两种颜料，不易褪色，这里用来比喻信奉不变。

③生：化生。以五色配五行，青属木，木主生，故言。

④仁：以人伦五常配五行，仁属木。

⑤天之正色：按本经卷六十九说法，外卷象木，内赤象火，是为天之正色。

⑥仁政之道：职在施生与养长人民万物。

⑦常：指阳尊阴卑的纲常礼教。

⑧二人：指帝王与王后。

解天龟九人诀、分别九人诀、求寿除灾诀

元气，阳也，主生，自然而化①；阴也，主养凡物。天阳，主生也；地阴，主养也。日与昼，阳也，主生；月星夜，阴也，主养。春夏，阳也，主生；秋冬，阴也，主养。甲丙戊庚壬②，阳也，主生；乙丁己辛癸③，阴也，主养。子寅辰午申戌，阳也，主生；丑卯巳未酉亥，阴也，主养。亦诸九④，阳也，主生；诸六⑤，阴也，主养。男子，阳也，主生；女子，阴也，主养万物。雄，阳也，主生；雌，阴也，主养。君，阳也，主生；臣，阴也，主养。天下凡事，皆一阴一阳，乃能相生，乃能相养。

一阳不施生，一阴并虚空，无可养也；一阴不受化，一阳无可施生统也。阳气一统绝灭不通，为天大怨也；一阴不受化，不能生出，为大咎。天怨者，阳不好施，无所生，反好杀伤其生也；地所咎，在阴不好受化，而无所出养长，而咎人反伤其养长也。天不以时雨，为恶凶天也；地不以生养万物，为恶凶地也。男不以施生，为断天统；女不以受化，为断地统。阴阳之道，绝灭无后为大凶，比若天地一旦毁，而无复有天地也。

是故圣贤，好天要文也⑥。天者，众道之精也⑦。贤者好道，故次圣⑧，贤者人真道，故次仙⑨；知能仙者必真，故次真；知真者，必致神⑩。神者，上与天同形合理，故天称神，能使神也⑪。神也者，皇天之吏也。神人者，皇天第一心也。天地之性，清者治浊，浊者不得治清。精光为万物之心明，治者用心察事，当用清明。

今神人、真人、仙人、道人、圣人、贤人、民人、奴婢，皆何象乎？然，神人者象天，天者动照无不知⑫。真人者象地，地者直至诚不欺天，但顺人所种不易也。仙人者象四时，四时者变化凡物⑬，无常形容，或盛或衰。道人者象五行，五行可以卜占吉凶，长于安危。圣人者象阴阳，阴阳者象天地以治事，合和万物⑭。圣人亦常合和万物，成天心，顺阴阳而行。贤人象山川，山川主通气，达远方，贤者亦当为帝王通达六方。凡民者象万物，万物者，生处无高下悉有，民故象万物。奴婢者衰世所生⑮，象草木之弱服者，常居下流，因不伸也，奴婢常居下，故不伸也。故象草木。

故奴婢贤者，得为善人；善人好学，得成贤人；贤人好学不止，次圣人；圣人学不止，知天道门户，入道不止，成不死之事，更仙；仙不止，入真；成真不止，入神；神不止，乃与皇天同形，故上神人舍于北极紫宫中也⑯，与天上帝同象也，名天心神；神而不止，乃复逾天而上⑰，但承委气，有音声教化而无形，上属天上，忧天上事。神人已下，共忧天地间六合内，共调和，无使病苦也。

《正一法文太上外箓仪》下《人四夷受要箓》引《太平经》云：奴婢顺从君主，学善能贤，免为善人良民⑱，良民善人学不止成贤人，贤人学不止成圣人，圣人学不止成道人，道人学不止成仙人，仙人学不止成真人，真人学不止成大神人，大神人学不止成委气神人。

愿闻绝洞弥远六极天地之间⑲，何者最善？三万六千天地之间⑳，寿最为善，故天第一；地次之，神人次之，真人次之，仙人次之，道人次之，圣人次之，贤人次之。此八者，皆与皇天心相得㉑，与其同意并力，是皆天人也㉒，天之所欲仕也。天内各以职署之㉓，故思虑常相似也，是天所爱养人也。天者，大贪寿常生也，仙人亦贪寿，亦贪生。贪生者，不敢为非，各为身计之。

---

①自然而化：按本然固有的情状与态势来化成。

②甲丙戊庚壬：天干中的单位数，属阳干。乙丁巳辛癸：天干中的双位数，属阴干。

③子寅辰午申戌：地支中的单位数，属阳支。丑卯巳未酉亥：地支中的双位数，属阴支。

④诸九：乾卦的六阳爻。阳爻用“九”表示，阴爻用“六”表示。诸九：即由下往上数的初九、九二、九三、九四、九五、上九。

⑤诸六：坤卦的六阴爻。

⑥天要文：上天降示的切要文书。

⑦精：指化身、主宰。

⑧次圣：位居圣人之列，为候补神仙。

⑨仙：《太平经》所构建的神仙第三等级。第四级为道人。即上句所云人真道。参见本经卷四十。

⑩神：神人，神仙第一等级。第二个“神”：神妙。

⑪使神：驱使神灵即下文所谓天之吏。

⑫动照：运转照耀。

⑬变化凡物：指万物随季节而春生、夏长、秋获、冬藏。

⑭合和万物：万物处于协调状态。

⑮衰世：指祖父辈命运不济之时。

⑯舍：居留。北极紫宫：指北极星所在的紫微垣，又称中宫，星相家视北极五星中最大最亮的那颗星为至高天神，紫宫为其住所。喻指天皇大帝，含元秉阴，舒精吐光，居紫宫中，制取四方，冠有五采文。

⑰睮：通“逾”。

⑱免：指解除奴婢身份。

⑲绝洞：透彻至极。弥远：周遍各方。六极：上下四方的尽头。

⑳三万六千：极言其广。

㉑皇天心：指无所不欲施生。

㉒天人：有道之人。

㉓天内各以职署之：指神人职在理天，真人理地，仙人理四时，道人理五行，圣人理阴阳，贤人理文书往来。

太平经卷六十五

丁部之十四

断金兵法第九十九

六方真人纯等谨再拜曰[①]："欲有所问天法[②]，不敢卒道，唯皇天师假其门户，使得容言乎?""道之，勿有所疑也[③]。"

"唯唯。今惟天师乃为帝王解先人流灾承负，下制作可以兴人君，而悉除天下之灾怪变不祥之属。今愚生欲助天，太阳之气使遂明，帝王日盛，奸猾灭绝，恶人不得行，盗贼断亡，袄孽自藏[④]，不复发扬，岂可闻乎?""善哉！六子之问也。天使诸真人言。诺，君子已遂无忧，小人袄臣不敢作矣，其胜已出[⑤]，灾自灭息矣。今为诸弟子具陈天格法[⑥]，使不失铢分，自随而记之。""唯唯。"

"然，天法垂象，上古圣人常象之，不敢违离也。故常厌不祥，断狡猾，使袄臣不得作者，皆由案天法而为之。欲使阳气日兴，火大明，不知衰时者，但急绝由金气，勿使其王也。金气断，则木气得王，火气大明[⑦]，无衰时也。"

"何谓也?""然，人君当急绝兵，兵者，金类也，故当急绝之故也。今反时时王者[⑧]，赐人臣以刀兵。兵，金类也，乃帝王赐之，王者王之，名为金王。金王则厌木而衰火[⑨]，金王则令甲乙木行无气[⑩]，木断乙气，则火不明[⑪]。木王则土不得生，火不明则土气日兴，地气数动，有袄祥[⑫]，故当急绝灭云兵类。勿赐金物兵类，以厌绝不祥，此也天厌固[⑬]，与神无异。"

"愿闻金兴厌木，何故反使火衰也?""善哉！子之难问，可谓入道矣。真人欲乐知其大效。是故春从兴金兵，则贼伤甲乙木行，令天青帝不悦[⑭]，天赤帝大怒，丙丁巳午不顺。欲报父母之怨[⑮]，令使火行多灾怪变，生不祥袄害奸猾[⑯]。其法反使火治，愦愦云乱不可乎！大咎在此也。"

"善哉善哉！愿闻何故必多袄民臣、狡猾盗贼乎?""为真人重说，使子察察知之。天之格法，父母见贼者，子当报怨。夫报怨之家，必聚不祥[⑰]、伪佞狡猾少年能为无道者，乃能报怨为反逆也。是故从赐金兵，厌伤木也，火治不可平也。此者，天常格法也，不可以故人也[⑱]。

六真人以吾言不信，但急断金兵，敢有持者，悉有重罪，即时火灾灭除，其治立平，天下莫不言'善哉'！所以然者，火乃称人君[⑲]，故其变怪最剧也，其四行不能也[⑳]。子欲重知其明效，五星荧惑[㉑]，为变最剧也。此明效也，其四星不能。子慎吾书吾文，天法不失铢分[㉒]。""唯唯。"

帝王戒赐兵器与诸侯，是王金气也。金气王则木衰，木衰则火不明，火不明则兵起之象。火者君象，能变四时，荧惑为变最效，天法不失铢分。

"行，为六子重明陈天之法。故金气都灭绝断，乃木气得大王，下厌土位，黄气不得起[㉓]，故春木王、土死也。故惟春则天激绝金气于戊，故木得遂兴，火气则明，日盛，则金气囚，猾人断绝。金囚则水气休，阴不敢害阳则生下，慎无灾变。木气王，无金，则得兴用事[㉔]，则土气死[㉕]。生民臣忠谨且信，不敢为非也。是天之格法券书也。天地之常性常行。子知之耶?""唯唯。"

“行，子已知矣。今复为六子重明天法，使□□。今天下从兵，金气也。又王者或以岁始赐刀兵，或四面巡狩止居，反赐金兵。王者，王也，以金兵赐人，名为王金[26]。金王则水相，金王则害木，水相则害火。西北，阴也；东南，阳也；少阴得王[27]，太阴得相也[28]，名为二气，俱得胜其阳[29]。其灾生下，狡猾为非，阴气动则多妄言而生盗贼[30]，是天格法也。六子知之耶?”“唯唯。”“然，六真人已知之矣，慎天法。”

“唯唯。”“今愿请问：东南阳也，何故为地户[31]？今西北阴也，反为天门[32]?”“然，门户者，乃天地气所以初生，凡物所出入也。是故东南，极阳也，极阳而生阴，故东南为地户也。西北者，为极阴，阴极生阳，故为天门。真人欲知其效，若初九起甲子，初六起于甲午[33]，此之谓也。故天道比若循环，周者复反始，何有解已。其王者得用事，其微气复随而起矣[34]。”“善哉善哉!”

“复为六真人具陈一事。王者大兴兵，则使木行大惊骇无气，则土得王起。土得王，则金大相。金大相，则使兵革数动，乾兑之气作[35]，西北夷狄猾盗贼数起。是者自然法也，天地神灵不能禁止也。故当务由厌断金物，无令得兴行也。”“善哉善哉！见师说天法，知其可畏矣。”“子知畏之，则吉矣。”

“今皇天明师幸哀其愚蔽[36]，不达于道，乃具为明陈天法。今是独为一君生耶？天下之为法，悉如此耶哉?”“然，天以是为常格法。虽然，木行火行，无妄从兴金，岳使钱得数王[37]，盗行以为大害，使治难平也；反使金气得大王，为害甚甚。能应吾天法断之者，立吉矣。治兴，祆臣绝，天法不欺人也。”

“愿闻天以此为格法意诀。”“然，详哉，六子问事也。然，天地以东方为少阳，君之始生也，故日出东方。以南方为太阳，太阳，君也，故离为日[38]，日为君；南方，火也，火为君；南方为夏，夏最四时养长，怀妊盛兴处也[39]，其为德最大，故为君也，以此为格法。虽然，音为角者[40]，并于东方；位为火者[41]，并于南方。今太平气盛至，天当兴阳气，故吾见六真人问事，知为天使之，故吾为六真人具说所以兴太阳君之行法[42]，真人慎之。”“唯唯。”

---

①六方真人：拜随天师学道传道的六个第子的统称。分别指上方玄真，下方顺真，东方初真、南方太真、西方少真和北方幽真。

②天法：皇天道法。

③疑：迟疑。

④祆孽：物类反常的现象，革木之属曰祆，中豸之属曰孽。祆：同“妖”。

⑤胜：降服物。

⑥见陈格法：详尽陈述格式化的常法。

⑦火气大明：按照五气休王说，金王，则火囚、木死；木王则火相（强壮）金囚。以上三句，即本此为说。

⑧王者：指帝王，东汉恩赐，有斧钺、尚书宝剑、剑带佩刀、剑履上殿等。此句即就此而发。

⑨厌木：克木。衰火：使火衰微。

⑩甲乙，按天干配五行，甲乙属木。再配以阴阳，甲为阳木，乙为阴木。

⑪金王则厌木至则火不明四句：按五行相生顺序，木生火，故言之。这四句是推演五行休王说。

⑫祆祥：凶吉的兆名，这里专指凶兆。

⑬厌固：压服禁遏住顽固死硬之物。

⑭青帝：太微垣天区五帝神之一，名曰灵威仰，其于春起受制，主木行。下文赤帝，名赤熛怒，其于夏起受制，主火行。

⑮父母：五行相生，施生者为父母，受生者为子，木生火，则木为火之父母，火为木之子。

⑯五行说认为：春行夏令，则风雨不时，草木早落，天下大旱，虫螟为害，民多疾疫，山陵无收，夏行春令，则蝗灾大作，暴雨迭至，秀草不实，五谷不熟，百虫时起，谷实剥落，百姓流亡。这里把人为的行政之失变为金木火三行的意志化纷争

了。

⑰不详：这里指武器。源自《老子·三十一章》兵者，不详之器。

⑱故人：熟人，此句是说势不由人。

⑲火乃称人君：东汉盛行汉为火德之说。

⑳四行：指木金土水。

㉑五星：指木火土金水五大行星。

㉒天之法：即五行休王说。

㉓黄气：土为黄色，故称其气为黄气。

㉔用事：起主宰作用。

㉕本段主意是说春季木王，则火相，土死，金囚，水休。这是按五行迭相生而隔位相胜的原理推导出来的。

㉖王：名词作动词用，统话之义。王金，使金气占据统治地位。

㉗少阴：指金气所在的西方。

㉘太阴：指水气所在的北方。

㉙阳：指东西相对的东方木，与北相对的南方火。

㉚妄言：指宣称当作天子等。

㉛地户：东南的代称。

㉜天门：西北的代称。

㉝初九：乾卦第一阳爻的爻题，这里代表阳气始生，潜藏地下。初六：坤卦第一阴爻的爻题，这里代表阴气始生，潜藏地下。

㉞微气：指孕育滋生之气。相当于八卦休王说中的胎气。

㉟乾兑：指位居西北的乾卦与位居正西的兑卦。八卦配五行，此二卦为金行。

㊱幸哀：敬词。幸子哀怜的意思。

㊲岳：如山般。

㊳离：八卦之一，其卦象象征日。五方配五行，南方属火。

㊴夏：这里指仲夏五月。怀妊：指万物处于生长期中的繁茂阶段。

㊵角：五音之一。五音配五行。角属木。

㊶位为火者：指五音中的徵（zhī，知）音，徵，上止也，言阳气至极。

㊷太阳君：火德之君。

王者赐下法第一百

“今天师辛哀为愚生陈天法悉具，愿复问一事。今帝王见群臣，下及民人。天法：为人父母[①]，见其臣，是王者贤子也，故助王者治理天地也。民者，是王者居家不肖子也[②]，为王者主修田野治生。见之，会当有可以赐之者[③]；不赐，则恩爱不下加民臣，令赤子无所诵道[④]，当奈何哉？”“善哉！真人之言也。然，见贤者赐以文[⑤]，见饥者赐以食，见寒者赐以衣。”

“见贤者何故赐之以文乎？”“所以赐以文者，文者生于东[⑥]，明于南，故天文生东北[⑦]，故书出东北，而天见其象。虎有文，家在寅，龙有文，家在辰[⑧]，负而上天[⑨]，离为文章在南行。故三光为文，日最大明。故文者生于东，盛于南，故日出于东，盛于南方。天命帝王，当象天为法，故当赐文，以兴太阳、火之行也。日兴火[⑩]，能分别睹文是与非，文亦所以记天下是非也。”“善哉善哉！”“行，六真人已知天道，大觉矣。”

“今皇天明师为天具道法，既无可恡[⑪]，愿闻赐之当以何文哉？”“详乎！六子为天问事也。然当如此，凡事常苦不□□。然，乐象天法而疾得太平者，但拘上古、中古、下古之真道文文书[⑫]，取其中大善者，集之以为天经[⑬]，以赐与众贤，使分别各去诵读之。今思其古今要意，为化民臣之大义当奈何，因以各养其性，安其身。如此者，大贤儒莫不悦喜也，而无恶意。各得惟念天地之法。知之，则令使人上尊爱其君，还惜其躯，深知明君重难得。其中大贤仁者，常恐其君老，分别为索殊方异方[14]，还付其帝王，故当赐以道书文。”“善哉善哉！”

“子已知之矣。今或自易赐之以兵革金物，归反各思利事[15]，而上导武气，化流小愚民[16]，则使利事生，而兵兴金王，狡猾作，盗贼起。金用事，贼伤木行，而乱火气，是天自然格法[17]。子知之耶?”

“唯唯。愿问何不赐之以他文经书[18]?”“然，他书非正道文，使贤儒迷迷，无益政事，非养其性。经书则浮浅，贤儒日诵之，故不可与之也。然同可拘上古圣经善者，中古圣经善者，下古圣经善者，以为文，以赐之。但恐非养性之道，使人不自重，而反为文也。然凡文善者，皆可以赐之，使其诵习象之，化为善也。”“善哉善哉！”“六子已觉之矣。”

①天法：为人父母：此句是说帝王的地位。

②不肖子：子不似父曰不肖。此句是对庶民群臣的等级区定。

③会当：正应。

④赤子：指纯正忠诚如初生婴儿的人们。诵道：赞诵、传诵。

⑤东汉恩赐，有秘书（宫廷藏书）、列仙图、道术秘方之类。这里所言及下文当赐何文之论，即缘此而发。

⑥文者生于东：东方属木，木色青，故语。明：光明、盛明。南方属火，火色赤焕。

⑦天文：刚柔交错，天文也。本经卷五十称：阴阳交合天文成，东北则为阴气所尽，阳气所始，自阴复阳，万物向生的方位。见：同“现”，显现。象，兆象。指下文所谓龙与虎。

⑧虎：古代视有阴精而居于阳。文：指虎皮上的花纹。寅：地支第三位，汉代以十二地支配属十二种动物。寅则属虎。龙：古视为阳精，潜居阴中而上通。龙鳞有文，于蛇为神。

⑨负：指身负文采。《易·乾·九五》爻辞称，飞龙在天，九五为乾卦第五爻题，于时则为六阳中的农历三月。

⑩日：一天比一天。

⑪ 愔（yīn，音）：静寂无声。此句是说言无不尽。

⑫拘：汇集。

⑬天经：即道经。天好施生，道亦好施生。故为天经。

⑭殊方异方：如本经丙部草木方、生物方之类。

⑮利是：争权夺利之事。

⑯化流：染化流及。

⑰自然格法：本然固有的法则。

⑱经书：这里指儒家经典。

兴衰由人诀第一百一

“今天师幸都为愚生言，愿问赐饥者以食，寒者以衣意。”“然，夫饥者思食，寒者思衣，得此，心结念其帝王矣[1]，至老不忘也；思自效尽力，不敢有二心也。恩爱洽著民间[2]，如有所得奇异殊方善道文，不敢匿也，悉思付归其君，使其老寿。是故当以此赐之也，此名为周穷救急。夫贤者好文，饥者好食，寒者好衣，为人君赐其臣子，务当各得其所欲，则天下厌服矣[3]。”“善哉善哉！”

“是以天性：上道德而下刑罚[4]。故东方为道，南方为德。道者主生，故物悉生于东方；德者主养，故物悉养于南方。天之格法，凡物悉归道德，故万物都出生东南而上行也[5]，天地四方六阳气[6]，俱与生物于辰巳也。子知之耶?”“唯唯。”

“天之法下刑，故西、北、少阴、太阴，为刑祸[7]。刑祸者，主伤主杀，故物伤老衰于西，而死于北。天气战斗[⑧]。六阴无阳[⑨]，物皆伏藏于内穴中[⑩]，畏刑兴祸，不敢出见。天道恶之下之，故其畜生，悉食恶弃也[⑪]。是故古者圣人睹天法明，故尚真道、善德、奇文而下武也，是明效也。今刑祸武，生于西、北而尚之，名为以阴乘阳[⑫]，以贱乘贵。多出战斗，令民臣不忠，无益王治，其政难乎！真人宁知之耶?”“唯唯。”

“子可谓以觉矣。是故古者圣贤，常尚道德文，常投于上善处[⑬]，而兵革战备投于下处，一人独居，则投文于床上，而兵居床下，如是则夷狄自降，盗贼日消灭矣。”“善哉善哉!”“行，子可谓已知之矣。六子详思吾书意，以付上道德之君，以示众贤，吾之言不负天地贤明也。行去，辞小竟也[⑭]。事他所疑，乃复来问之。”

“唯唯。”“今六真人受天师严教，谨归各居闲处[⑮]，思念天师言，俱有不解，唯天师示诀之。”“行，言何等也?”“今天乃自有四时之气，地自有五行之位，其王、相、休、囚、废自有时[⑯]，今但人兴用之也，安能乃使其生气，而王相更相克贼乎[⑰]?”

“咄咄，噫！六子虽日学，无益也，反更大愚，略类无知之人，何哉？夫天地之为法，万物兴衰反随人。故凡人所共兴事，所贵用其物，悉王生气；人所休废，悉衰而囚。故人所兴事者，即成人君长师也[⑲]；人所争用物，悉贵而无平也；人所休废物，悉贱而无贾直也[⑳]。是故天下人所兴用者王，自生气，不必当须四时五行气也。故天法，凡人兴衰，乃万物兴衰，贵贱一由人。

是故古者圣人，知天格法不可妄犯也，故上古时人，深知天尊道 、用道、兴行道，时道王。中古废不行，即道休囚，不见贵也[㉑]。中古兴用德，则德王。下古废至德，即德复休囚也。故人兴用文[㉒]，则文王，兴用武，则武王，兴用金钱，则金钱王，兴用财货，财货王。天下人所兴用，悉王，自生气。其所共废而不用者，悉由凡物，何必乃当须天四时五行王乃王哉？子学何不日昭昭，而反日益冥冥无知乎？

真人用意，尚如此，夫俗人共犯天禁，言其不然，故是也。今以子况之，人愚独久矣。若真人言中，类吾为天陈法，为德君解承负先王流灾，将有误人不可用者耶？如误，何可案用乎[㉓]？六子若有疑，欲知吾道大效，知其真真与不，令疾上付贤明道德之君，使其按用之，立与天地乃响相应，是其人明效证验也。今真人尚乃不能深知是，人能使物兴衰进退；俗人比于子，冥冥与盲何异哉?”

“今见天师分别为愚生说之，已解矣。有过不也。”“夫人既学也，当务思惟其要意，勿但习言也而知其意诀，是天地与道所怨也。又学者，精之慎之[㉔]。”“唯唯。”“行去，记此天政事，可以厌猾祅，勿使德君失政事文也。”“唯唯。”

---

①结念：心所专注，积想所在。

②洽著：周遍彰显。

③厌服：满足归服。

④上：崇尚。下：贬抑。属意动用法。

⑤东南于时为四月，本经壬部谓，天生万物，春响百日欲毕终。上行：继续生长。

⑥六阳气：指乾卦六爻所代表的农历十一月至来年四月渐次上升的阳气。

⑦刑祸：古以秋季、冬季断狱行刑，故称之。

⑧天气战斗：指阴进阳退，阴长阳消。

⑨六阴：与六阳相对，指坤卦六爻所代表的五月至十月渐次上升的阴气。无阳：指阳气衰歇。

⑩物皆伏藏句：十月后，万物皆随阳气入藏地下。

⑪恶弃：指人食剩的劣质物品。

⑫乘：侵凌。

⑬上善处：最高处，第一位。

⑭小竟：告一段落。

⑮闲处：指清静的修道处所。

⑯五行之位：指东方木、南方火、中央土、西方金、北方水。

⑰其王、相句：五行休王说。汉代阴阳家宣称，五行之气在一年四季中迭有变代，并用王（旺盛）、相（强壮）、休（休退）、囚（困囚）、废（死亡）来加以描述。

⑱以上所问，意谓人怎能改变五行休王的定律呢?

⑲师长君：指支配力量。

⑳贾直：通“价值”。

㉑见贵：被珍视。

㉒文：指礼仪等项制度与规范。

㉓案用：查考遵行。

㉔精：指精念事象及其义旨。

太平经卷六十六

丁部之十五

三五优劣诀第一百二

“大暗愚日有不解，冥冥之生稽首再拜[①]，问一大疑。”“何等也?”“书中比比道天上皇气且下，今讫不知其为上皇气云何哉[②]?”

“子乃知深疑此，可谓已得道意矣。行，明听，为真人具陈之。天有三皇[③]，地有三皇，人有三皇；天有五帝[④]，地有五帝[⑤]，人有五帝[⑥]；天有三王，地有三王，人有三王[⑦]；天有五霸，地有五霸，人有五霸[⑧]。”

“何谓也?”“天有三皇若三光，地有三皇若高下平[⑨]，人有三皇若君臣民也；天有五帝若五星，地有五帝若五岳[⑩]，人有五帝若五行五藏也；天有三王若三光，地有三王若高下平，人有三王若君臣民；天有五霸若五星，地有五霸若五岳，人有五霸若五行五藏也。”

“天师幸哀怜愚生，加不得已，示以天法，愿闻其优劣云何哉?”“善哉，子之难问，可谓得天意，乃入天心，可万万世贯结，著不复去也[⑪]。然天之三皇，其优者若日，其中者若月，其下者若星也，其优劣相悬如此矣。地之三皇，其优者若五岳，其中者若平土，其下劣者若下田也，其优劣相悬如此矣。人之三皇，其优者若君，其中者若臣，其下者若民，其优劣相悬如此矣。

天有三王谓三光，五霸为五岳，与人地皆同。天之三皇，其优者日，中者月，下者星；地之三皇，优者五岳，中者平土，下者田野；人之三皇，优者君，中者臣，下者民。

天之五帝，其优者，比若四分日[⑫]，有其三也；其中者，比若四分月，有其三也；其下者，比若四分星，有其三也。地之五帝，其优者，比若四分五岳，有其三也；其中者，比若四分平土，有其三也；其劣下者，比若四分下田，有其三也。人之王帝，其优者比若四分大国，有其三也；其中者，比若四分大臣，有其三也；其劣下者，比若四分民，有其三也。

天之三王，其优者，比若四分日，有其二也；其中者，比若四分月，有其二也；其劣下者，比若四分大星，有其二也。地之三王，其优者，比若四分五岳，有其二也；其中者，比若四分平土，有其二也；其劣下者，比若四分下田，有其二也。人之三王，其优者，比若四分大国，有其二也；其中者，比若四分大臣，有其二也；其劣下者，比若四分民，有其二也。

天之五霸，其优者，比若四分日，有其一也；其中者，比若四分月，有其一也；其下者，比若四分大星，有其一也。地之五霸，其优者，比若四分五岳，有其一也；其中者，比若四分平土，有其一也；其下者，比若四分下田，有其一也。人之五霸，其优者，比若四分大国，有其一也；其中者，比若四分大臣，有其一也；其下者，比若四分民，有其一也。此乃天道不远，三五各自反也[13]。故天有三皇五帝、三王五霸，地亦自有三皇五帝、三王五霸，人亦自有三皇五帝、三王五霸也。"

"其何一多也？愿天师分解其诀意[14]。""然，夫天、地、人，本同一元气，分为三体，各有自祖始。故三皇者，其祖头也；五帝者，其中兴之君也；三王者，其平平之君也；五霸者，是其末穷劣衰、兴刑危乱之气也。故到五霸，乃四分有其一者，天道其统几绝也。过此下者[15]，微末不能复相拘制，比若大弱不能制强，柔不能制刚，少不能制众。道且大乱，不能复相理，故更以上复起[16]。"

"何谓也?""然九皇者[17]，皆始萌于北，五帝者始生于东，三王者茂盛于南，五霸者杀成于西也[18]。天生凡物者，阳气因元气，从太阴台萌生；生当出达[19]，故茂生于东；既生当茂盛，故盛于南；既茂盛当成实，故杀成于西[20]。天地阴阳道都周[21]。夫物不可成实，死而已。根种实当复更生，故令阴阳俱，并入天门[22]，合气于乾，更以上始，此天地自然之性也。"

"善哉善哉！"夫天地人，何不共三皇五帝、三王五霸乎?""善哉，子之难，得其意。夫天地人分部为三家，各异处。夫皇道者，比若家人有父也；帝道，比若家人有母也；王道，比若家人有子也；霸道者，比若家人有妇也。今三家各异处，岂可共父母子妇耶？是若人分为三家，宁得共父母子妇乎？真人宁晓不?""唯唯。""慎之，亦无妄枉难也[23]。天道自有格常法，不可但以强抵触之也[24]，不敢不行努力。"

"唯唯。虽每问事，犯天师讳，不问又无缘得知之，欲复乞一言。""平行。""今是有四十八部[25]，四十八部其行云何哉?""善乎详哉！子之问事也。此行得天心意者，灾变不得起也；失天要道者[26]，灾变不绝，故使前后万万世，更相承负。夫善为君者，乃能使灾咎自伏消，其所失至要自养之道者[27]，反使邪气流行，周遍天下，故生是余灾，反为承负之厄会。"

"何谓也?""然，精听吾言。""唯唯。""天之上君若日，中者若月，下者若星也；地之上君若五岳，中者若平土，下者若下田也；人之上君若君，中者若臣，下者若民也。有其全者[28]，其人民万物，悉无病平安，无为盗贼欺伪佞者也。天地无灾变，所谓上优有其全者也。其四分有其三者，其三分人平善忠信，其一分伤死，或为盗贼，共为邪恶变怪，多少随此四分一。其四分有其二者，其半人民万物有病，为不信，半人有欺伪之心，其天怪变半。其四分有其一者，其三分者悉病，无实，欺为佞，皆为盗贼，无有相利之心，一分者为善耳。天怪前后不绝，不处甲处乙，会不去其部界中也。"

"何故乎?""善哉，子之言也。是令尽有者，其道德悉及之[29]，德所及者能制之，故尽善，万物都蒙其道德，故平平也。其四分有其三者，其道德不及一分，故一分凶也。其四分有其二者，其半道德不及覆盖，故半凶也。其四分有其一者，德微，财及一分[30]，不及其三分，故三凶也。是故古者圣人帝王欲自知优劣，以此占之，万不失一也。"

"所不及，何故病乎?""道德不能及无[31]，为无君长，万物无长，故乱而多病，奸猾盗贼不绝也。古者以此占治，以知德厚薄，视其气与何者相应，以此深知治之得失衰盛，明于日月也。"

"善哉善哉！以何救其失乎?""善哉，今真人以既知天经，当止此流灾承负万物也。""夫灾以何止之，唯天师教众贤，使得及上皇气。""然，宜各论真道于究，各思初一[32]，以自治劳病[33]，即其复优，尽令有之矣。""善哉善哉!""行，真人戒事。"

"唯唯，谨已敬受四十八部戒矣。其行道长短云何哉?""详乎子问也。""不敢不详，天道致重，师敕致严，故敢不一二问之也。""善哉，知为弟子数[34]，可以通天道意。然天道有三：道应太阳、太阴、中和[35]。优者行外，其次行中，其次行内，霸者无道，但假路三王之内道，最短。天皇大优者最行外，九皇共一道相次，劣者在内，其优者步行而不移，其次微移，其次微知[36]；十五帝共一中道也，其优者行外，其次行而知，其劣者行而疾也；三王九人，共一内道骑行，其次小疾，其劣者驰也；十五霸最假内极路，其优者若飞行外，其中者若飞而疾，其劣者若矢也[37]。真人知之乎?""善哉善哉!"

"真人前，子问此事，何一详也哉?""然，吾初生以来，怪岁一长一短，日一厚，日一薄，一前一却[38]，不及天师问，恐遂不知之，愿闻其意。""善哉，子之言也。然厚者，天之日也；其次厚者，地之日也[39]；其次厚者，人之日也；其最薄者[40]，万物之日也。真人知之耶?""唯唯。"

"行去，勿复竟问。是者，子之私也，非难为子穷说之也。天下会无以为[41]，亦无益于帝王承负厄会，百姓之愁苦，故不为子分别道耳，不惜之也。""唯唯，多犯天师讳，有大过。""不谦也，乐欲知天上之事者，有私乃来，为子悉说之。""唯唯。""行去。"

右分别九皇十五帝、九王十五霸行度优劣法[42]。

---

①冥冥之生：学道真人极度谦卑的自称。

②上皇气：最盛明的太平正气。本经丙部对此有详解。

③天有三皇：作者按其元气分化成天地人三形体的观点，再结合人有三皇的古史传说附合而成。下文所谓地有三皇，天地又有三王、五霸，例均仿此。

④天有五帝：按照阴阳五行和谶纬说，在太微天区有五帝座，即苍帝灵威仰，赤帝赤熛怒，白帝白招矩，黑帝计光纪，黄帝含枢纽。它们为北极星天皇大帝的辅佐。

⑤地有五帝：东方木帝为太皞（伏牺氏），南方火帝为炎帝（神农氏），西方金帝为少皞（念夭氏），北方水帝为颛顼，中央土地为黄帝。

⑥人有五帝：通常指黄帝、颛顼帝喾（hù，酷）、尧、舜。

⑦人有三王：夏禹、商汤、周之文王、武王。

⑧人有五霸：指春秋时代的齐桓公、晋文公、秦穆公、宋襄公、楚庄王。

⑨高下平：指山丘，水洼地，平原。

⑩五岳：指东岳泰山，南岳衡山，西岳华山，北岳恒山、中丘嵩山。

⑪著：显列之义。

⑫四分日：把太阳分成四等分。以下文例，同此。

⑬三五各自反也；北方为皇之始，东方为帝之始，南方为王之始，西方为霸之始，下文亦述此意。

⑭诀意：决断的深意。

⑮过此下者：此五霸更严重的。

⑯更以上复起：从三皇状态重新来。

⑰九皇：指天三皇、地三皇、人三皇的总和。

⑱以上四句和以下整段说明文字，都是按汉代《易》学纬书的八卦为框架的宇宙生成运转图式来解释历史的嬗递过程，也曾有三皇象春，五帝象夏，三王象秋，五霸象冬的说法。

⑲出达：冒出地面。

⑳杀成：衰减成熟。

㉑都周：循环一周。

㉒天门：指西北、乾卦之位。易纬《乾坤凿度》谓，圣人画乾为天门，万灵朝会众生成，其势高远。本经卷六十五日，西北为极阴，阴极生阳，故为天门。

㉓枉难：徒然诘难。

㉔强：心使气曰强。

㉕四十八部：指九皇、十五帝、九王、十五霸，合计四十八人。

㉖要道：指能使万物自理的真道。

㉗自养之道：指由具有特定内涵的自爱、自好、自亲所构成的养性之道。

㉘有其全者：集天地人之上君于一身者。

㉙尽有者：即上文所谓上优有其全者。及：延及推广到。

㉚财：才，仅仅。

㉛无：指上文所谓无病、无盗贼、无灾变的三无境地。

㉜初一：本始，即无为而治。

㉝劳病：指烦苛的政治举措。

㉞数：本份，规矩。

㉟然天道有三等句：由元气分化而成的三气。

㊱知：指摇动尚有知觉。

㊲极路：最狭窄之路。矢：箭矢。以上数句，系汉代谶纬为说，据称，三皇步，五帝趋，三王驰，五霸骛。意思是时代越往后，道德越衰微，政刑越急促，而日月的运行也为之做出稳步、小跑、急驰、飞奔的不同反映，由此显出各自的优劣来。

㊳岁：每年。一长一短：指夏季白天长，冬季白天短。日一厚，日一薄：是说太阳的外观大小、距离地面的远近和光照强弱。一前一却：指太阳的东升西落现象。

㊴厚者：旭日初生。次厚者：烈日当空。

㊵其次厚者：日西斜。最薄者：日薄西山。

㊶会：正需要。以为：用它来施引。

㊷行度：日月循环运行的度数。这里指为政施教所达到的地步。此句是对全篇主旨的概括说明。

太平经卷六十七

丁部之十六

六罪十治诀第一百三

“真人前，凡平平人有几罪乎？”“平平人不犯事，何罪过哉？”“噫，真人何其瞑冥也！”“愚生不开达，初生未常闻人不犯非法而有罪也①。”“子言是也，与俗同记。不睹凡人乃有大罪六，不可除也，或身即坐②，或流后生。真人学，乃不见此明白罪，学独不病愦愦耶③？”“愚生忽然，不病之也。”“子尚忽然，夫俗人怀冤结而死是也。诚穷乎遂无知，然而死讫觉悟④。天地开辟以来，凡人先矇后开，何訾理乎⑤？”

“愿闻之。”“然，人积道无极⑥，不肯教人开矇求生。罪不除也，或身即坐，或流后生。所以然者，断天生道⑦，与天为怨⑧。人积德无极，不肯力教人守德养性为谨，其罪不除也，或身即坐，或流后生。所以然者，乃断地养德⑨。与地为怨，大咎人也⑩。

或积财亿万，不肯救穷周急，使人饥寒而死，罪不除也，或身即坐，或流后生。所以然者，乃此中和之财物也，天地所以行仁也，以相推通周足⑪，令人不穷。今反聚而断绝之，使不得徧也[12]。与天地和气为仇，或身即坐，或流后生，会不得久聚也，当相推移[13]。

天生人，使人有所知，好善而恶恶也。幸有知，知天有道而反贱道，而不肯力学之以自救，或得长生，在其天统先人之体[14]；而反自轻不学，视死忽然，临死乃自冤，罪不除也，或身即坐，或流后生，令使生遂无知，与天为怨。所以然者，乃天自力行道，故常吉，失道则凶死，虽爱人欲乐善，著道于人身，人不肯力为道，名为无道之人，天无缘使得有道而寿也。乃使天道断绝，故与天为怨也[15]。

人生知为德善，而不肯力学为德，反贱德恶养。自轻为非，罪不除也，或身即坐，或流后生。所以然者，与地相反。地者好德而养，此人忽事，不乐好德、自爱先人体，与地为咎也[16]。

天生人，幸使其之，人人自有筋力，可以自衣食者，而不肯力为之，反致饥寒，负其先人之体；而轻休其力不为，力可得衣食，反常自言愁苦饥寒，但常仰多财家，须而后生，罪不除也，或身即坐，或流后生。所以然者，天地乃生凡财物可以养人者，各当随力聚之，取足而不穷；反休力而不作之自轻，或所求索不和，皆为强取人物[17]，与中和为仇，其罪当死明矣[18]。此有六大罪，而天憎恶之，其罪不可除也。真人知之耶?”

“唯唯。愿闻天师，其为罪何一重也?”“噫！子日益愚，何哉？是乃灭门之罪也，何故言其重乎?”“愚生甚怪之，不知其要意，今唯天师更开示之，令使大觉悟，深知其意，不敢复犯也。”“然，真人言善哉！吾辞将见矣，真人宜自随而力记之。”“唯唯。”

“行，今皇天有道，以行生凡物。扰扰之属，悉仰命焉。今大柔道人[19]，或默深知之，著其腹中，不肯力以教人也。夫教人以道，比若以火予人矣，少人来取之，亦不伤其本也；无极人来取之，亦不伤其本。今幸可共之，以教天下之人，助天生物，助地养形，助帝王修正，又使各怀道，求生恶死，令使治、助治。人不复犯法，为邪凶恶，其心善，则助天地帝王养万二千物，各乐长生；人怀仁心，不复轻贼伤万物，则天为其大悦，地为其大喜，帝王为其大乐而无忧也，其功增不积大哉[20]！

夫一人教导如此百愚人，百人俱归，各数万人；万人俱教，已化亿人；亿人俱教，教无极矣。此之善，上洽天心，下洞无极，人民莫不乐生为善，帝王游无职，又何伤于人而不力相示敕?

今人幸蒙先师敕戒，得深怀至道，而闭绝不以相教示，使人无所归命，皆令强死冤结[21]，名为断天道。人多失道而妄为，天也不得久生，地也不得久养。夫人不得不知道，小人无道多自轻，共作反逆，犯天文地理，起为盗贼，相贼伤，犯王法，为君子重忧。纷纷不可胜理，君王旦夕念之，悒悒自愁苦，使天地失其正[22]，灾变怪不绝，为帝王留负[23]。吾尚未能悉言。夫断天道，大逆罪过，不可胜记，故财举其纲纪，示真人，是非重罪当死明耶[24]！死中尚得有余过，故流后生也。”

“可恢哉!”“真人其慎之矣。唯真人乃知一恢，可谓已得长吉，远凶害矣。”“唯唯，不敢离敕。”“然，子已贤明，知天命矣，必生去死，不复疑也。”

“今谨以闻天道之命，愿得知地德之敕。”“然，夫地之有大德，专以顺天之道，以好养万物，扰扰之属，莫不被恩德，养成其中者，是故大柔大德之人，当象此为行。幸蒙先师功力，得怀藏善道无极之德。夫德以教人，比若临大水而饮之也，少人往学德，亦不伤其本；无极之人往学德，亦不伤其本也。如力教教之，皆使凡人知守柔抱德，各自爱养其身。

其善者，上可助天养且生长之物，下可助地畜养向成之物[25]，悉并力同心，无有恶意。其中大贤明、心易开示者，乃可化而上，使为君之辅；其中贤者，可为长吏师；其下无知者，尚可为民间之师长，凡人莫不俱好德化而为善者也。

为教如是，乃上有益于天，下有益于地，即大化之本根，助帝王养人民，令不犯恶为耶，君子垂拱而无忧，其功著大，天地爱之，可移于官也㉖。

今则或怀有德广大，而反详愚闭㉗，绝道德之路，不助天养其且生，不助地养其且成，不助帝王和诸民人。今使愚人后生，遂暗无知，白黑不分明，互死不移，遂为小人，不可东西，忽身自轻；相随为非，奸轨畜积㉘，上下不能复相教，冥冥愦愦，无有忌讳，上犯天文，下犯地形。其行逆四时，乱五行，为君子大忧，为小人起害，为盗贼，或还以自败，僇其父母㉙，因而无世㉚。

今尚但为真人举其纲纪，见其始，使众人一觉，自策之耳㉛。不肯教久德，名为断绝地之养道，其罪过如此矣，是之为无状乃死㉜，尚有余罪，故流后生也。真人知之耶?”“可骇哉！可骇哉!”“真人知蚤骇，可谓得且活矣，唯慎之。”

“唯唯。谨已受道德之禁，愿闻仁者之行。”“然，夫天地生凡财物，已属于人，使其无根，亦不上著于天，亦不下著于地。物者，中和之有，使可推行㉝，浮而往来，职当主周穷救急也。夫人畜金银珍物，多财之家，或亿万种以上，畜积腐涂㉞，如贤知以行施予，贫家乐，名仁而已，助地养形，助帝王存良谨之民。

夫亿万之家，可周万户，予陈收新，毋疾利之心㉟。德洽天地，闻于远方，尚可常得新物，而腐涂者除去也。其中大贤者，乃日奏上其功于帝王，其中小贤，日举之于乡里，其中大愚人不偿报恩者，极十有两三耳，安能使人大贫哉?

为善不止，大贤柔明举之，名闻国中，四海人道之者塞道，明王圣主闻之，见助养民大喜，因而诏取，位至鼎辅㊱，因是得尊贵，世世无有解已，尚为大仁，天下少有，上不负先祖，下不负于子孙，天地爱之，百神利之，帝王待之若明友，比邻示之若父母。功著天地，不复去也；禄著官位，不复贱也；名著万民，不复灭也，夫仁可不为乎哉?

或有遇得善富地㊲，并得天地中和之财，积之乃亿亿万种，珍物金银亿万，反封藏逃匿于幽室，令皆腐涂。见人穷困往求，骂詈不予㊳；既予，不即许，必求取增倍也，而或但一增，或四五乃止，赐予富人㊴，绝去贫子，令使其饥寒而死，不以道理，反就笑之，与天为怨，与地为咎，与人为大仇，百神憎之。

所以然者，此财物乃天地中和所有，以共养人也，此家但遇得其聚处，比若仓中之鼠，常独足食，此大仓之粟，本非独鼠有也；少内之钱财㊵，本非独以给一人也，其有不足者，悉当从其取也。愚人无知，以为终古独当有之，不知乃万尸之委输㊶，皆当得衣食于是也。爱之反常怒喜，不肯力以周穷救急，令使万家之绝，春无以种，秋无以收，其冤结悉仰呼天，天为之感，地为之动。不助君子周穷救急，为天地之间大不仁人。

人可求以祭祀，尚不给与，百神恶之，欲使无世；乡里祝固㊷，欲使其死；盗贼闻之，举兵往趋，攻击其门户。家困且死而尽，固固不肯施予㊸，反深埋地中，使人不睹，无故绝天下财物，乏地上之用。反为大壮于地下㊹，天大恶之，地大病之，以为大咎。中和之物隔绝日少，因而坐之不足，饥寒而死者众多，与人为重仇。

夫天但好道，地但好德，中和好仁，凡物职当居天下地上，而通行周给凡人之不足，反乃见埋，病悒悒不得出见。夫天与地，本不乐欲得财也，天乃乐人生，地乐人养也，无知小人反壅塞天地中和之财，使其不得周足，杀天之所生，贼地之所养，无故埋逃此财物，使国家贫，少财用，不能救全其民命，使有德之君，其治虚空。

夫金银珍物财货作之㊺，用人功积多，诚若且劳，当为国家之用，无故弃捐，去之上下，地又不乐得之，以为大病，以为大壮。今愚人甚不仁，罪若此，宁当死不耶？中尚有忽然不知足者，争讼自冤，反夺少弱小家财物，殊不知止。

吾尚但见真人俫俫[46]，财举其纲，见其始。夫大不仁之人过积多，不可胜纪，难为财用[47]，真人宜熟思之。故天地中和三气憎之，死尚有余罪，当流后生，真人宁觉知之耶？”

“唯唯。可慈哉，吾不欲闻也。”“真人遗此语，天必夺子命。令知觉悟，恶之且活矣，自敕慎事。”

“唯唯。谨已敬受道德仁戒，愿闻有知不好学真道意。”“善哉！子之言也。夫天生人，幸得有贤知，可以学问而长生。天之有道，乐与人共之；地有德，乐与人同之；中和有财，乐以养人，故人生乐求真道，真人自来；为之不止，比若与神谋；日歌为善，善自归之；力事众贤，众贤共示教之，不复远也。可以全其身，不负先人之统，佗人尽夭终[48]，独得竟其天年；人皆名恶，独得为善人。为众人师，闻于远方。内怀真道德仁而有之，助天生物，助地养形，助帝王化民。上师乃可化无极人，尽使愚人守道不为非，中师可化万人，小师可化千数百人，致有益于君王，使小人知禁，不犯非匿邪。上感得官，不负祖先，不辱后生，维学若此，宁可不为乎？故古者圣贤，悉以敕学人为大忧[49]。助天地生成，助帝王理乱，此天地之间，善人之称也[50]。

或有愚人，生而怀愿，有知而不肯力学真道，反好为浮华行以欺人。为子则欺其父母，为臣则欺其君，为下则欺其上，名为欺天，罪过不除也。或有反好俗事争斗，相随为非，睹真人之人，反大笑之，笑之言无以学为[51]，遂令冥冥，愚无可知。又好胜而不可[52]，苛言天地无数，贤柔无知，恣情而行，上犯天文，下犯地理。出入无复节度[53]，归则不事父母，群愚相与会聚，遂为恶子，为长吏致事，还戮其父母，不能自惟思，因逃亡为盗贼，行害伤杀人，殊不止。此正天所忌，地所咎，帝王所愁苦，百神所憎，父母所穷也[54]。此害人之大灾，绝其先人之统子也。

“今不力学真道，为行如此，于真人意，宁当死不？死有余罪，流其子孙，尚名为恶人之世，盗贼之后，恶宁流后生不耶？今尚但为真人举其端首[55]。其恶不可胜记，难为财用，真人宁觉知之耶？真人自慎。”“唯唯，吾甚慈哉！”“子知慈，已去恶矣。”

“谨已具闻四事，愿后闻其次。”“然，夫天生人，使其具足乃出之[56]，常乐其为道与德仁。人幸有知，可以学德，天地以德养万物，乐人象之，故太古之德人忍辱，象地之养物也。人学为之，则其心意常悦，不复好伤害也；见事而慎之，日而为者善，不复欲为恶也；以类相聚，日益高远，为之积久，因成盛德之人，莫不响应，众人归向之；聚谨顺善不止，因成大柔师，其德乃之助天养欲生之物，助地养欲长之物，又好助明王化民，使为谨，不复知其凶恶。

小为德，或化千数百人；大为德，或化万人以上，因使万人转成德师，所化无极；为德不止，凡人莫不悦喜，天地爱之增其算，鬼神好之，因而共利佑之。其有功者，乃人君官仕之，德不乐伤害，众人乐之好之，所求者得居常独乐，无欲害之者。此本由学顺善为德，乃到于斯，名闻远方，功著天地，不负祖先，不辱后生。

今人或幸有知，心知善恶，而反自轻易，不力学为善德，反随俗愚暗之人为恶，好用气尚武[57]，辞语常凶，言出而逆，欲以伏人。自言便，复有便于人者[58]，人自言勇力，复有勇力于人者，故凡天下之事，各有所伏穷，故可制也。

夫大火当起之时，若将不可拘，得水便死；人为不善，当怒之时，若将不可制也，得狱便穷；用口若将不拘，得病使降。故夫天地治人，悉自有法尺寸。人乃有知，不肯好学，反自轻为非，所居为凶[59]，无爱之者，天地憎之，百神恶之，帝王得愁苦之，此不成善人，自成资贼，死尚成恶鬼。

“用力强梁，其死皆不得用道理[60]。人莫不共知之，而自易不为善，污先人之统，负于后生之子，遂见字为凶贼人之类也[61]。人莫肯与其交语，行人不欲与同道。此子何过，承负父母之恶，尚或见谓为盗贼之子，或遂得死亡焉。真人来，人自易，不好学于明师为德，反随小人，过乃如此，宁当死有余罪不乎?"

"可畏哉！天师勿须道，吾念之已苦心痛矣。见人不学，以为小事，安知乃致此乎?""人甚愚，与俗人相似，人不深计，死有余罪。真人既有功于天地，慎之。""唯唯。""不可自易也。吾尚但举其纲，见其始，不学之恶，不但尽于是也。子得吾书觉悟，自深计之。""唯唯。诚得归便闲处，精之详之[62]。""然是也，学而不精，与梦何异?"

"唯唯，谨已受吾事之敕[63]，愿闻人生有力不为之教。""然，天地共生蚑行，皆使有力，取气于四时而象五行。夫力本以自动举，当随而衣食，是故常力之人，日夜为之不懈，聚之不止，无大无小物，得者爱之。凡物自有精神[64]，亦好人爱之，人爱之便来归人。比若东海爱水。最居其下，天下之水悉往聚。因得为海。

君子力而不息，因为委积财物之长，家遂富而无不有，先祖则得善食，子孙得肥泽[65]，举家共利，为力而不止。四方贫虚，莫不来受其功，因本已大成，施予不止，众人大誉之，名闻远方，功著天地。常力周穷救急，助天地爱物，助人君养民；救穷乏不止，凡天地增其算，百神皆得来食此家，莫不悦喜。因为德行，或得大官，不辱先人，不负后生。

人人或有力反自易，不以为事，可以致富，反以行斗讼，妄轻为不祥之事。自见力伏人，遂为而不止，反成大恶之子。家之空极，起为盗贼，则饥寒并至，不能自禁为奸，其中顿不肖子即饥寒而死[66]。

"勇力则行害人，求非其有，夺非其物，又数害伤人，与天为怨，与地为咎，与君子为仇，帝王得愁焉。遂为之不止，百神憎之，不复利佑也。天不欲盖，地不欲载，凶害日起，死于道旁；或穷于牢狱中，戮其父母，祸及妻子，六属乡里皆欲使其死[67]。尚有余罪，复流后生，或成乞者之后，或为盗贼之子，为后世大瑕。真人前，其过责如此，宁当死有余罪不?"

"吾见天师说事，吾甚惊核心痛，恐不能自愈。""真人知心痛，将且生活矣。若忽然不大觉悟，子死不久也。慎之，吾言不可犯，犯者身灭矣，非吾杀之也，其行自得之，子亦知之乎?""唯唯"。

"吾为子陈此六事，未能道其万分之一也。贤柔得吾道，宜深思远虑，勿反苟自易[68]，不恕为善也[69]。为力学，想得善为恶，则反乃降人也[70]。各自为身计，此中有六死罪，又有六大善[71]，俱象之为身，为其善必得善也，自易为恶者，日得凶恶子矣。自策自计，莫乐于自恣，慎之思之，惟之念之，贤明之心，必当易开也。道德仁善付有道德之士，凶恶付不深计之子，此格法。

能皆象吾书文以自正，则天下无复恶人也。此乃天上太古洞极之道，可以化人，人一知之俱为善，亦不复还反其恶也。上士乐生[72]，可学其真道；大柔大贤，可学其德；好施之人，可学其仁；有知之人，可学其知；有能之人，可学其能；有力之人，可学其力，如能并尽用之，思之熟之，身已远凶恶矣。天地爱之，六方养之，帝王无复事也，乃长游而治。真人亦知之乎?"

"大乐至矣，吾甚大喜。""子可谓乐善知之矣，是故古者贤圣，乃教而不止者，乃睹天禁明，各为身计也。故贤圣之教，辞语满天下也，子独不觉乎?""善哉善哉!""是故古者圣贤上士皆悉学，昼夜力学而不止者，亦睹见天地教令明也，故不敢自易为非也，不敢自轻易而不力学也，故得长吉而无害。此诸贤者异士，本皆无知，但由力学而致也；此中诸凶恶人，悉由不力学，自轻自易所致也。吾之为道，吉凶之门户也，子亦岂知之耶?""唯唯"。

"故都举乃以上及其下也[73]。""何谓也哉?""噫！子意何不觉也?""见天师连说，今更眩不自知，以何为觉，以何为不觉也。""今使子知行之。真人前，夫天治法，化人为善，从上到下，有几何法哉?""其法万端，各异意。""然真人尚正若此，俗人难觉，迷日久是也。""有过，唯天师。”

“然，助帝王治，大凡有十法：一为元气治，二为自然治，三为道治，四为德治，五为仁治，六为义治，七为礼治，八为文治，九为法治，十为武治，十而终也。”

“何也?”“夫物始于元气，终于武，武者斩伐，故武为下也。故物起于太玄，中于太阳，终死于白虎[74]。故元气于北，而白虎居西，此之谓也。

故天使元气治，使风气养物[75]。地以自然治，故顺善得善，顺恶得恶也[76]。人者，顺承天地中和，以道治，主动道[77]。凡事通而往来，此三事应天地人谶。过此三事而下者，德仁为章句[78]。过仁而下，多伤难为意[79]。

故吾之为道，常乐上本天之性，戒中弃未夭之性也，生凡物[80]。本者常理，到中而成，至终而乱，失乱者不可复理，故当以上始也。故天常守本，地守其中，一转，人者守其下，三转，故数乱道也。真人岂已晓知耶?”“唯唯。”“子今有疑。”“夫随师可言，不敢有疑也。”

“真人前，天将佑帝王，以何为明证哉？将利民臣，以何为效乎?”“唯天师，今不及何也，数言而不中，多得过，故不敢复言也。”“嗛乎？行!”“唯唯。然天将佑帝王，予其琦文[81]，今可以治，用之绝逾[82]，与阴阳相应；将利小臣也，予其良吏；将利民也，使其生善子。”

“真人言是，岂复有奇说耶？而已极。唯天将欲兴有德人君也，为其生神圣，使其传天地谈[83]。通天地意，故真人来为其学也，宜以付谨良之民，觉其心，使其惟思；付上有大德之君也，以示众贤，共晓其意已解，以归百姓。百姓得之，十五相从议之。

治之连不平，非独天地人君也，过乃本一在人，长长自得重过责于皇天后土，皆由一人[84]。时有先学得真道者，不力相化教；大柔幸先知德，力不相化；畜积有财之家，不肯力施为仁；人生有知足以学，而不肯力学求真道以致寿；有能足以学德，以化其身，而不肯学德以自化；有力不肯力作，自易反致困穷。此有大过六，天人为是独积久。

天地开辟以来，更相承负，其后生者尤剧，积众多相聚为大害，令使天地共失其正，帝王用心意久愁苦而不治，前后不平，天大疾之，故吾急传天语。自太古到今，天地有所疾苦，悒悒而不通，凡人不得知之，皆使神圣人传其辞，非独我也，真人勿怪之也[85]。

今吾已去世[86]，不可妄得还见于民间，故传书付真人。真人反得，已去世俗，不可复得为民间之师，故使真人求索良民而通者付之。今趋使往付归有德之君也，敢不往付留难者坐之也。”

“何其重也?”“今天当以解病而安帝王，令道德君明示众贤，以化民间，各自思过，以解先人承负之谪，使凡人各自为身计，勿令懈忽，乃后天且大喜，治立平矣。子或怀狐疑，以吾言不大诚信者，吾文但以试为真。所以然者，古文亿亿卷，其治常不能太平也，令贤明柔长独怀狐疑，谓书不然也。夫勇士不试，安知其多力？见文而不试用，安知其神哉？吾受天言，以试真人，自是之后，得凡文书，皆立试之，不得空复设伪言也。

天大疾之，地大苦之，以为大病，诚冤忿恚，因使万物不兴昌，多灾夭死，不得竟其天年，帝王悁悒，吏民云乱，不复相理，大咎在此六罪也；有道妒道，不肯力教愚人；有德妒德，不肯力化愚人；有财畜积而妒财，不肯施予天生凡人，使施之天[87]；有知[88]，不肯力学正道以自穷，见教反笑之；有能，不肯力学施，见教反骂詈之；有力，不肯力作，可以致富为仁，反自易懈惰，见父母学教之，反非之。故敕真人疾见此文[89]，使众贤各自深惟念，百姓自思大过。真人宁晓知教敕耶?”

“唯唯。今神人既为天陈法，何不但得人而已，布于民间，必当以上下乎?”“善哉善哉！今天上极太平气立至，凡事当顺，故以上下也。不以上下，则为逆气。令治不平，但多由逆气不顺故也。真人欲复增之耶?”“不敢也。”“故当以上下，勿复重问。”“唯唯。”“行去慎事，各为身计。此有大过六[90]，天道至严，不可妄为，天居上视人。”

“唯唯。愿复更请问一言，凡人已得要道要德，当于何置之?”“当上以付其君。”“何必当以付之也?”“夫要道乃所以安君也，以治则得天心；夫要德所以养君，以治则得地意，实知之而不肯奏上，皆为不敬，其罪不除。”

“何其重也?”“观子之事，植辞如无一知者[91]。夫为子乃不孝，为民臣乃不忠信，其罪过不可名字也[92]。真人乃言何一重者，等也[93]。真人之学，何不日深反日向浅哉?”“甚愚生实不睹。”“子尚言不睹，夫俗人蔽，隐藏其要道德，反使其君愁而苦愚暗，咎在真道德蔽而不通也。又要道，乃所以称天也；要德，乃所以称地也。愚人乃断绝之，天憎之，地恶之，其过不除也。真人幸独为天所私得寿[94]，而学反未尽，乃及天禁，宜事者慎之。”“唯唯。”

右天教合和、使人常吉远凶之经[95]。

---

①初生：有生以来。常：通“尝”。

②坐：获罪。

③病：名词意动用法，把……当成弊病。

④讫：终于。

⑤訾（cī，疵）理：挑理。訾，通“疵”。

⑥人积道无极：道法至为深厚。

⑦生道：施生之道。

⑧与天为怨：第一罪。

⑨断地养德：地以养长万物为己任，故语。

⑩咎：罪过。以上是讲第二罪。

⑪行仁：指向世人提供大自然的恩惠。推通：转移流通。

⑫徧：同“遍”。

⑬以上是讲第三罪。

⑭在：使存在。天统：三统之首，与地统、人统相对称。男子禀受天之阳气而生，为天精神，故此处这样说。

⑮乃使天道句：以上讲第四罪。

⑯忽事：轻慢对待。此句是讲第五罪。

⑰人物：他人物品。

⑱与中和为仇二句：指第六罪。

⑲柔：柔和。《老子》倡导以柔克刚。

⑳增：通“曾”，竟。

㉑强死：死于非命。

㉒正：指天生地养的常规。

㉓留负：留下罪殃。

㉔是非：此非。

㉕向成：接近成熟。

㉖天地爱之，可移于言也：成为神吏。

㉗详：周详于。

㉘奸轨：犯法作乱。轨：亦作“宄”。

㉙僇：通“戮”，杀戮。这里指受株连伏法被杀。

㉚无世：断绝后嗣。

㉛策：筹策，计量。

㉜久德：长久守德。无状：罪大无可名状。

㉝推行：递相流传。

㉞腐涂：朽烂如泥。

㉟疾利：以利为重。

㊱鼎辅：指三公之位，汉代实行察举制和征辟制，故语。

㊲善富地：指风水宝地。参见本经丙部《葬宅诀》。

㊳詈（lì，利）：责骂。

㊴而或但一增二句：放高利贷。富人：这里指有偿还能力的人。

㊵少内：1. 汉朝官署，掌币赋之所。2. 官名，即少内啬夫。掌钱财。战国秦置。有都少内与县少内。

㊶委输：这里指作为赋税而转运到京师的货物。

㊷祝固：一味地狠狠诅咒。祝：通“咒”。固，坚持不舍。

㊸固固：一如既往。

㊹大状：指往地里填塞物件，使地增加赘生物。

㊺作：指打制编织等。

㊻倲倲（dòng，冻）：愚暗貌。

㊼难为财用：讲得太多反而产生不良效果。财，使人归附。用，效用。

㊽佗：同“他”。夭终：早亡。

㊾大忧：表示极为重视。

㊿称（chèn，衬）：适合，相副。

51真人之人：真正属于学道行列的人。笑之言无以学为：没有必要把学真道当成一回事。

52不可：不赞许任何其他事物。

53节度：规矩，分寸。致事：惹事。

54穷：毫无办法之义。

55端首：主要部分。

56具足：指胎体发育完全。

57尚武：崇尚勇力。

58便（pián，骈）：口才辩给。自言便二句：人外有人，一物降一物。

59居：指处境和归宿。

60用力强梁二句：死非其宜，不得好死。参见《老子·四十二章》。

61见字：被呼作。

62详：指详思义旨。

63吾事：指学道修德。此为真人天职，故曰吾事。

64凡物自有精神：《太平经》执持万物有神论，故曰。

65肥泽：形体丰腴。

66中顿：指家道中途困顿、败落。

67六属：六亲。

68苟：随便。

69恕：指以仁爱之心待人。

70降人：被人降伏。

71六大善：指陈述六事时的正面行为及其善果。

72上士：高明人。

73都举：共举统列。以：由。

74太玄：即太阴，最旺盛的阴气。玄：黑色。中：盛。太阳：指农历夏至五月与正南方，为火行与离卦所在。白虎：金行之精，代表阳衰阴盛。

75风气：指八风二十四节气。

76顺善得善，顺恶得恶句：地属阴，阴有好养与好杀两种属性。这两种属性同时起作用，其结果亦不同。

77动道：指返本归真。

78章句：分章逐句解释经书的一种体式。这里是说可对元气治、自然治、道治起辅助作用。

79多伤难为意：治到武治，多以为难人、伤杀人为宗旨。

⑳未夭之性：尚未泯灭的本性。生凡物：使万物得生。

㉑琦文：指由龙马、灵龟、神鸟等代天赐给帝王的瑞应天书。有包括《太平经》在内之意。

㉒绝踰：指极远之处。踰：通“逾”。

㉓天地谈：天地要对世人讲的话。其表现形式为灾异谴告。

㉔一人：这里是世间我们的个人的意思。

㉕怪：惊怪、诧异。

㉖去世：指登仙成神。

㉗使施之夭：朽烂埋藏，化为乌有。

㉘有知：禀赋好。施：指施德。

㉙疾见：火速显现。

㉚大过六：即六大罪。

㉛植辞：措词。植，通“置”。

㉜不可名字：无可名状。

㉝此句是说与不孝、不忠、不信之罪相等。

㉞私：偏爱。按照本经卷已部的说法：无地能额外赐人寿命三十年，叫做私命。

㉟这是对全篇主旨的说明。

太平经卷六十八

丁部之十七

戒六子诀第一百四

“吾将去有期，戒六子一言：夫道乃洞，无上无下，无表无里，守其和气，名为神。子近求则大得，远求则失矣。故古君王善为政者，以腹中始起，真能用道，治自得矣。动不失其法度数，万物自理。近在胸心，散满四海，古者圣人名为要道[①]。治乐欲无事，慎无失此，此以绳正贤者，今重丁宁以晓子。

子六人连日问吾书道[②]，虽分别异趣，当共一事。然舌能六极周，王道备，解说万物，各有异意，天地得以大安，君王得以无事。吾书乃知神心，洞六极八方，自降而来伏，皆怀善心，无恶意。

其要结近居内，比若万物，心在里，枝居外。夫内兴盛，则其外兴，内衰则其外衰[③]。故古者皇道[④]，帝王圣人欲正，洞极六远八方，反先正内。以内正外，万万相应，亿亿不脱也；以外正内者，万失之也。

故古者大圣，教人深思远虑，闭其九户[⑤]，休其四肢，使其浑沌，比若环无端，如胞中之子而无职事也[⑥]，乃能得其理。吾之道，悉以是为大要，故还使务各守其根也。

夫天将生人，悉以真道付之物具[⑦]。故在师开之、导之、学之，则可使无不知也；不闿其门户，虽受天真道，无一知也[⑧]，比若婴儿生，投一室中，不导学以事，无可知也。所以人异者，但八方异俗，故其知学不同也。若能一人学，周流表里，尽知之矣。

吾将远去，有所之，当复有可授[⑨]，不可得常安坐，守诸弟子也。六人自详读吾书，从上到下，为有结不解子意者，考源古文以明之。上行者玄真知之，下行者顺真知之，东者初真知之，南者太真知之，西者少真知之⑩，北者幽真知之。

夫道乃大同小异，故能分别阴阳而无极。化为万一千五百二十字⑪，中和万物小备，未能究天地阴阳，绝洞表里也。故但考其无⑫，举其纲，见其始，使可仪而记。记古记今，其要乱自同神圣所记⑬，犹重规合矩，虽相去亿亿万年，比若相对而语也，故可为，为天地常经⑭。

为阴阳作神道⑮，勿怪吾书前后甚复重也。所以复重者，恐有失之也。又天道至严，既言不敢不具通，不通名为戋道⑯。为过剧，吾诚哀之。此虽复重，比若上古圣人，中古圣人，下古圣人，皆异世而生，其辞相因⑰，复重而说，更以相考明，乃天道悉可知，此之谓也。行矣，吾有急行，重慎持天宝⑱，传付其人。”

右戒六弟子⑲。

---

①古者圣人句：是对道家体道之论的发挥。参见《老子·十五章》。

②吾书道：即太平之道。趣：旨趣。此句是说各就具体问题而发，旨趣有所不同。一事：指内以治身，外以消灾。

③夫内兴盛三句：出自《淮南子·原道训》，即：圣人内修其本，而不外饰其末，保其精神，止其故智，漠然无为而无不为，淡然无治而无不治。

④皇道：即大道。

⑤九户：九窍。即阳窍二：双目、两耳、二鼻孔、一口；阴窍二：大、小便处。

⑥胞中之子：未出生的婴儿。

⑦物具：指成形的人体。

⑧一：数词用作动词，划一、统一之意。此句是说用真道来统一世人的学知。

⑨当复有可授：招收新弟子。

⑩玄真：疑为六弟子中大弟子的道号。六弟子合称为六方真人或六端真人。真人被本经列为神仙系统的第三等级，职在理地。全句言六弟子之间要互相开启。

⑪此处数字是指一事而言，由天师制成，旨在说明无极天道的一个侧面。

⑫无：与“有”相对，指天地万物的本原。参见《老子》。

⑬要乱；求索异说，要，通“徼”，“求”。

⑭为：指一事化为万一千五百二十字。第二个“为”：成为。

⑮为：替。神道：神妙灵验之道。

⑯戋（cán，残）道：使道残缺不全。

⑰因：承袭。

⑱天宝：上天的宝器。

⑲此句是对全篇主旨的概括说明。

太平经卷六十九

戊部之一

天谶支干相配法第一百五

真人再拜曰："愚贱生缘天师常待之以赤子之分①，恩爱洽著，仓皇得旦夕进见，天功至大，不可谢。今欲复有质问密要②，天之秘要，又不敢卒言。""平道之③，子既为天问事，当穷竟，不得中弃而止也。"

"唯唯。愚生见天师所说，无有穷极时也，乃后弟子俱天觉承知④。天师深洞知天地表里阴阳之精，诸弟子恐一旦与师相去，无可复于质问疑事，故触冒不嫌⑤，问可以长久安国家之谶，令人君常垂拱而治，无复有忧，但常当响琴瑟，作乐而游，安若天地也，无复有危时，岂可闻乎哉?""然，诸真人思精进乎！深眇哉所问，乃求索洞通天地之图谶文⑥，一言乃万世不可易也。天公疾多灾，愁苦之，乃使诸真人来问疑乎？诺，且为真人具说天之规矩大要秘文诀，令使其□□，真人自随而记之。""唯唯"。

"然。夫皇天乃以四时为枝，厚地以五行为体，枝主衰盛体主规矩，部此九神⑦，周流天下，上下洞极，变化难睹，为天地重宝，为众神门户。自有固常，不可妄犯，顺之者长吉，乱之者长与天地乖件。""唯唯，愿闻其意，岂可睹耶?""善哉！诸真人言也。方为子具道之，但俱自精，安坐思吾言。""唯唯。"

"天常谶格法，以南方固为君也。故日在南方为君也，火在南方为君，太阳在南方为君；四时：盛夏在南方为君，五祀灶在南方为君⑧，五藏：心在南方为君⑨。君者，法当衣赤⑩，火之行也。是故君有变怪⑪，常与阳相应，非得与他行相应也。阳者日最明，为众光之长，故天谶，常以日占君盛衰也。真人知之耶?""唯唯。"

"行，知之矣。人君之法，常当求与仁者同家⑫，有心者为治。其可与共为治者，常当行道而好生。小小幼弱⑬，于其长臣贤成器者，君当养之，不宜伤也。故东方者好生⑭，南方者好养，夫不仁用心，不可与长共事；不明，不可以为君长。故东方者，木仁有心，南方者，火明也。

夫天法，帝王治者常当以道与德，故东方为道，道者主生；南方为德，德者主养，故南方主养也。治者，当象天以文化⑮，故东方为文，龙见负之也⑯，南方为章，故正为文章也。章者，大明也，故文生于东，明于南。故天文者⑰，赤也；赤者，火也。

仁与君者动上行，日当高明，为人作法式。故木与火动者，辄上行也，君之象也，故居东。依仁而上，其治者故当处南。故东方为少阳，君之始生也，故日出于东方也。南方为太阳，君之盛明也。少阳⑱为君之家及父母⑲，太阳为君之身，君之位也。少阳为君之家，木为火之父母，君以少阳为家，火称木之子，真人知之耶?""唯唯。"

"子已知之矣。少阴为臣⑳，臣者，以义屈折，伏于太阳。故金随火屈折，在人可欲为。臣者常以义屈折，佐君可欲为也，故少阴称臣也。真人知之耶?""唯唯。"

"太阴为民㉑，民流行而不止。故水流行而不知息也。民者，职当主为国家王侯治生㉒，故水者，当随生养木也。东方者，君之家也。真人知之耶?”“唯唯。”

“行，子已知之矣。天之格谶，少阳者畏少阴，故臣者，反主录国家王侯官属也。太阳畏太阴[23]，是故国有道与德，而君臣贤明，则民从也。国无道德，则民叛也。是故治国之大要，以多民为富，少民为大贫困，诸真人晓知之耶?”“唯唯。”

“行，已觉矣。天之格法，分为六部。东、南上属于天，故万物生皆上行，蚑行人民皆出处外也，属于天。故天为之色，外苍象木，内赤象火。真人知之耶?”“唯唯。”

“行，已晓矣。天地之格谶，西方北方，下属于地。故万物至秋冬，悉落下归土也。人民蚑行至秋冬，悉入穴而居。故地之为色也，外黄白象土金，内含水而黑，象北行也。真人知之耶?”“唯唯。”

“天之格谶，东方南方位尊，上属天，主治，为君长师父。西方北方位卑，属地，为臣，为后宫，为民。故己者[24]，甲之后宫也[25]。甲，天也，王者之本位也，故甲为心星[26]。心星，火也，为王者，故东方亦为王者之先也。心星，火也[27]，行属南方，比若日出东方，而位在南方也。真人知之耶?”“唯唯。”

“行，子已知之矣。天之格谶，丙为火之长[28]，最其大明者也，君之位也。辛者属丙[29]，辛者，丙之后宫也。真人知之耶?”“唯唯。”“行，子已知之矣。”

“今己亦为皇后，辛亦为皇后，何谓也?”“善哉！子之难也，得天谶诀意。然，己配甲，甲者，丙之父也[30]，故己乃太皇后之宫也。辛者配丙，丙者，甲之子也，故辛者，小皇后之宫也。丙者，乃甲之適子，受命皇之君也。真人知之耶?”“唯唯。”

“行，真人已知之矣。庚者属乙[31]，是国家诸侯王之婿也[32]。壬者属丁[33]，是帝王女弟之婿也[34]。癸者属戊[35]，是国家太皇后之妇家也[36]。”“善哉!”“真人已知之矣。”

“今十干已解，各有所属[37]。愿闻地之十二支，当云何哉?”“善耶！然，天之为法，阴阳虽行，相过事者各自有家。天之为法同不，举家悉相随而止耳。甲者以寅为家，乙者以卯为家[38]，丙者以午为家，丁者以巳为家[39]，戊者以辰戌为家，己者以丑未为家[40]，庚者以申为家，辛者以酉为家[41]，壬者以子为家，癸者以亥为家[42]。

故天道者，反行治也[43]。地道者，止也[44]。故有分土，反无分民，盖有国土而无国[45]。故天地者不移，天反一日一夜周流一竟[46]，行之以此为常。故十二支各居其处，不随十干而行也。子知之耶?”“唯唯。”

“天地之道，四时五行，其道以相足[47]，转而异辞，周流幽冥，无有极时，独古者大神圣人，时时知之耳。欲尽为子说之，难为财用[48]，又复太文，反令益愦愦，使土德之君见眩乱，不知所从，故止也。不惜为诸子说也，而说无穷极，真人知之耶?”“唯唯。”

“行，子少觉矣。德君据吾天谶以治，万不失一也。是故天道，乃有固界也[49]。以东与南为君王象，属天，故名为天子也。以西与北为后宫、民臣象也，属地，故地为后宫也。真人知之耶?”“唯唯。”

“天之格谶，东方者畏西方[50]。是故天地开辟以来，王者从兵法兴金气武部[51]，则致君之象无气，火者大衰，其治凶乱。真人欲乐知天谶之审实也，从上古、中古到于下古，人君弃道德，兴用金气兵，法其治，悉凶，多盗贼不祥也。是故上古圣人，深知天固法象[52]，故不敢从兵革武部以治也。帝王欲乐长安而吉者，宜按此天谶，急囚断金兵武备，而急兴用道与至德，以象天法，以称皇天之心，以长厌绝诸奸猾不祥之属也，立应不疑也[53]。真人知之耶?”“唯唯。”

“天之谶格法，太阳虽为君者，反大畏太阴[54]、水之行也。水之甘良者，酒也。酒者，水之王也，长也，浆饮之最善者也，气属坎位，在夜主偷盗贼。故从酒名为好纵水之王、长也[55]。水王则衰太阳。

真人欲乐知天谶之审实也，从太古以降，中古以来，人君好纵酒者，皆不能太平，其治反乱，其官职多战斗[56]，而致盗贼，是明效也。是故太平德君方治，火精当明，不宜从太阴，令使水德王，以厌害其治也，故当断酒也。”

酒者，水之王。水王当克火。火者，君德也。急断酒以全火德。

“愿闻睹断之耶，断何所酒哉？”“但断市酒耳[57]。”“今天师何睹何见，而独断绝市酒耶？”“然，夫市者，乃应水之行也，故四方人民凡物，悉流而往聚处。是故江海，亦水之王、长也，故凡百川财物，亦流往聚处也。夫水者，北方玄武之行也[58]，故贪，数劫夺人财物。夫市，亦五方流聚而相贾利[59]，致盗贼狡猾之属，皆起于市。以水主坎，天之法，以类遥相应，故市乃为水行。纵其酒，大兴之，复名为水王。市人亦得酒而喜王，名为二水重王，其咎六[60]，厌衰太阳之火气，使君治衰，反致讹臣。真人知之耶？”

“今见天师诀之，眩乱不晓，愿闻其大诀。”“善哉！子之言也。然，诸真人乃远为天来问事，为德君帝王解承负之害，吾无所惜也。俱安坐，为诸真人分别悉说，道其大要意。”“唯唯。”

“天之谶诀，金玉兴用事，人大兴武部者，木绝元气，土得王。大起土者，是太皇后之宫也，气属西、北方，太阴得大王，则生讹臣，作后宫失路[61]，腾而起。土王则金相[62]，复相随，腾而起。巳与辛之气[63]，俱得兴王，腾而大起。天之格法，则生后宫多讹，此非后宫之过也，此乃名为治失天谶，失其大部界，反使灾还反相覆也[64]。是乃天地开辟以来，先师天时运未及，得分别具说天之大部界也，令帝王便失天之法治，令生此灾变。真人深知之耶？”“唯唯。”

“天之谶也，纵酒者，水之类也。市者水行，大聚人王处也，而纵酒于市，名为水酒大王。水王则火少气[65]，火少气则化成灰，化成灰则变成土，便名为火付气于土也。土得王，起地，与金、水属西北太阴，属于民臣；反得王，后生讹臣，巳气复得作，后宫犯事复动[66]，而起其灾，致偷盗贼无解时。各在纵水，令伤阳德。今所以为真人分别说之者，见子来问事，大□□惓惓，承知为皇天欲佑德君，故吾为真人分明天地大分[67]，治所当象之，勿复犯也，犯者复愦愦致乱矣。子知之耶？”

“唯唯。愿问一疑。”“行言。”“今京师，同聚人众财货。中类京师[68]，反应水行耶？”“噫！诸真人学，何一时昭昭、时时暗昧哉？”“不及。”“然，安可尽及耶？然，夫京师者，乃应土之中，火之可安止处也。非若市，但可聚财处也。夫京师，乃当并聚道与德，仁与贤柔，共治理天下。何故乃言京师人君，但当聚财货乎？子其大愚哉！子以吾言不信，为子道之。古者京师到今，诸聚道德贤柔者，天下悉安其理；但聚珍宝财货而无贤明者，悉乱。于真人意，京师宁可若市，但可聚财处非乎？宁解耶？”“唯唯。”

“为诸真人重明天谶格法。日者生于少阳[69]，盛于太阳；月者生于少阴，盛于太阴。日者，天之精也，阳之明也，故曰为君，位在南方；月者，地之精也，阴之明也，故月为臣，位在北方。南方为昼，北方为夜，是故日得王用事，则月与夜衰短；月得王用事，则日与昼衰短。故北方气王，则南方气衰；南方气王，则北方气衰也。故当急止酒王，以断衰水、金也。真人重明知之耶？”“唯唯。”

“天之格分也[70]，阳者为天、为男、为君、为父、为长、为师；阴者为地、为女、为臣、为子、为民、为母。故东、南者为阳，西、北者为阴。真人欲知天谶审实，从天地开辟以来，诸纵令兵武备使王，纵酒使王，从女政，大从其言使其王，少阴、太阴与地属西、北，从是令者，后皆乱而有凶害。仁柔道德贤明圣人，悉属东、南，属于阳，属于天，从是言者，后悉理。”

“愿闻夫贤圣[71]，何以属东、南方也？”“火之精为心，心为圣；木之精为仁，故象在东也[72]。

东、南者，养长诸物，贤圣柔明亦养诸物，不伤之也。故夫圣贤柔明为性，悉仁而明，仁者象木，明者象火，故悉在东、南也。”“善哉善哉！见天师之言，已大解矣。”

“又天谶格法，东、南为天斗纲，斗所指向，推四时[73]，皆王受命。西、北属地，为斗魁所系者，死绝气[74]。故少阴、太阴，土使得王，胜其阳者，名为反天地，故多致乱也。真人知之耶?”

“唯唯。愚生数人，缘天师哀之，为其说天谶诀，愿问事一，”“言之。”“今南方为阳，《易》反得巽离坤[75]；北方为阴，《易》反得乾坎艮[76]。”“善乎！子之难也，睹天微意。然，《易》者，乃本天地阴阳微气，以元气为初[77]。故南方极阳生阴，故记其阴[78]；北方极阴生阳，故记其阳[79]。微气者，未能王持事也[80]，故《易》初九子，为潜龙勿用[81]，未可以王持事也，故勿用也。此者，但以元气之端首耳。”“善哉善哉！”

“行，真人已解矣。今吾所记天谶，乃记天大部，能王持天政气，为天下纲纪者也。真人知之耶?”“唯唯。”“今吾所言，正天下人君所当按之以为治法也。子之所问，正气之端首也。今真人见吾言，或疑也，为诸真人具说天地八界。”“唯唯。”

“日之界者，以日出于卯，入于酉[82]，以南为阳，北为阴。天门地户界者，以巽初生东南角，乾初生西北角[83]，以东北为阳，以西南为阴。子初九，午初六，以东为阳，西为阴。立春于东北角，立秋于西北角[84]，以东南为阳，西北为阴，此名为天地八界，分别阴阳位。真人宁解耶?”“唯唯。”

“行，已解矣。是故大部：以东、南为天，西、北为地，地得顺从。令王得伏其天者[85]，为天地反，故凶。天得行其事，王者得伏其地，为顺，各得其所，故吉。真人得书，思之思之，以付归上德之君。思吾文行之，与神无异，天即佑助之，不宜时也[86]。

行，为子说天谶证，为小竟。欲为真人大说，天上地下、绝洞八极及星宿罗列[87]，悉一二说，周流天道微妙，或人反眩，不知所之，后令真道绝不用，无以解古流灾，复令上愁焉。故但为子说大部易知者，使其觉而已。故不言，微妙难知者也，不惜之也。”

“唯唯。愿请问一诀事。”“言之。”“今且天师为愚生说天之十干，皆有配合，地道十二支，同有阴阳奇偶，何故独得天配合乎?”“善哉！子之难也，可谓为得道要乎！然地者，但比于天，为纯阴独居，同自有阴阳耳。天与地法，上下相应。天有子，地亦有子；天有午，地亦有午；天有坎，地亦有坎；天有离，地亦有离[88]。其相应，若此矣。

是故丑未者，寅之后宫也[89]。申者属卯[90]，侯王之婿也。亥者配辰，卯者配戌，辰戌者，太皇后之家妇也[91]。酉者属午，小皇后也，子属巳[92]，巳；帝王女弟之婿也。真人知耶?”“唯唯。”

“是故干为帝王，支亦为帝王。是故寅者，甲之支也[93]，故丑未称后宫。午者，丙之支也，故酉称后宫。卯者，乙之支也，故申称侯王之婿也。辰者，戊之支也，故称太皇后之家也。亥者，癸之支也，故称太皇后之家妇也。子者，壬之支也，故称帝王女弟之婿也。巳者，丁之支也，故称帝王女弟也。此天地相应和之法也。”

“善哉善哉！愿闻此辰戌君未，独男则共聚，女则共嫁[94]，何也?”“微妙哉！子之难也。然，天者极阳，地者极阴也。地众，凡阴之长也。阴者常偶数，故并也。”“今戊巳同地也[95]，何故不并?”“善乎！夫戊巳者，五干也。地之阳也，位属天，故不并也。真人知之耶?”“唯唯。”

“行，子知之矣。今真人难是也，今五行字乃转而相足[96]，以具天下凡事。子得吾书，自以类惟思其恶意，上下六方绝洞皆已备。是故圣人见一以知万，大贤见一以知千，愚者力示会独乱[97]，不得道真也，故道德者付真人，真人知之耶?”“唯唯。”“行，知之矣。”

“愿复请问一事：令此上天之四时、地之五行，悉道帝皇、侯王、后宫之家，天道尽往配之，中亦岂有百姓万物相配乎?”“善哉！子之问也。可谓睹大道要矣。然，此相配者，同耳。夫五行者，上头皆帝王，其次相，其次微气[58]。王者，帝王之位也；相者，大臣之位；微气者，小吏之位也；王者之后老气者，王侯之位也；老气之后衰气者，宗室之位也；衰气之后病气者，宗室犯事失后之象也[59]；病气之后囚气者，百姓万民之象也；囚气之后死气者，奴婢之象也；死气之后亡气者[60]，死者丘冢也。

故夫天垂象，四时五行周流，各一兴一衰，人民万物皆随象天之法，亦一兴一衰也。是故万民百姓，皆百王之后也[61]，兴则为人君，衰则为民也。真人知之耶?”“唯唯。”“子已知之矣。”

右以天谶长安、国家以治、讹臣绝奸伪猾灭[62]。

---

①缘：因。赤子之分：全力教诲的恩份。参见《老子·五十五章》。

②密要：指密言要诀。

③平道之：请直说。

④无有穷极时也：说经道不绝。天觉：皇天的开觉与启示。

⑤精：指事项及其义旨。触冒：撞犯。

⑥洞通：洞彻贯通。图谶文：东汉盛行诡为隐语或预言，由此决断吉凶符验或征兆的迷信学说，因其有文有图，故称图谶文。

⑦九神：四时之神和五行之神的合称。

⑧五祀：指祭祀户、灶、牛溜、门、井神、五祀配五行，灶属火。

⑨五藏：即五脏。五脏配五行，心属火。

⑩衣赤：穿红色服装。

⑪变怪：指灾异。

⑫同家：共为一家。

⑬小小幼弱：指幼主。东汉章帝后，有六个皇太后临朝称制，多立幼童当帝，此即有为而发。

⑭东方者好生：东方属木，万物始生，故出此语。

⑮以文化：用道经真文来教化。

⑯龙见负之也：乾卦第二爻辞曰，见（现）龙在田，象征天下文明。乾卦第五爻辞曰：飞龙在天。象征统治者与天地合其德，与明合其明，与四时合其序。这里见、负即对两条爻辞而言。

⑰天文：由日月星三光构成的天象。这里隐指代天传言的《太平经》。

⑱少阳：这里则是少阴所在的意思。

⑲少阳为君句：按照五行相生的顺序，木生火。木为施生者，称父母；火为受生者，称子。

⑳少阴：于五行为金行。为臣：象征臣。

㉑太阴：与少阴相对称，指最旺盛的阴气。于五行为水行。

㉒治生：指提供财源。

㉓少阳者畏少阳：金克木，故语。主录：担当、掌管。太阳畏太阴：水克火。

㉔己：天干第六位，属阴干，其本义或指万物皆有定形可纪识，或指中宫，象征万物避藏屈形，以之配五行，则属土。

㉕甲：其本义或指万物剖孚甲（外皮）而出，或指东方之首，阳气萌动。以之配五行，属木。

㉖心星：指二十八宿东方七宿中的心宿。

㉗心星，火也：心宿为天之明堂，即天帝布政之宫所在。

㉘丙：其本义或指阳道著明，或指万物生长，炳然可观。位南方，阴气初起，阳气将亏，属火。

㉙辛：本义为万物成熟而所收，或为金质刚硬味辛。属金。

㉚甲者，丙之父也：甲属木、丙属火，木生火，故语。

㉛庚：其本义或为阴气变更万物，使万物由定形可识进一步坚实；或指位西方，象征秋时万物坚强有果实。属金。乙：其本义为万物抽芽而出，属木。金克木，木生火，火克金，所以说庚属乙。

㉜婿：指大臣宗室。

㉝壬：其本义指阳气在地下孕育万物；或指西北方，阴极阳生，象人怀妊之形。属水。其本义为壮，言万物在夏时皆强

壮，属火。水克火，火生土，土克水，所以说壬属丁。

㉞是帝王女弟句：帝王的姐夫或妹夫。

㉟癸：其本义为揆度，即估量、揣测，言地下万物可以估量。或谓冬时水土平，可揆度，字象水从四方流入地中之形。属水。戊：本义或谓万物皆茂盛；或谓为中宫，象征六甲五龙相拘绞。属土。土克水，因而说癸属龙。

㊱是国家太皇后句：指外戚及亲属。

㊲今十干已解二句：前五干与后五干相配属。阳配阴，偶配奇，甲乙代表王者本位与太皇后之宫，丙辛代表受命之君与小皇后之宫，庚乙代表诸侯王与诸侯王之婿，壬丁代表帝王女弟与女弟之婿，戊癸代表外戚与外戚亲属。其间反映的是不规则的五行迭相生而间相胜的关系。

㊳寅卯：地支第三位与第四位，地支配五行二者同属木，天干甲乙亦属木，故言各为其家。

㊴午巳：地支第七位与第六位，同属火，天干丙丁亦属火，故言各为其家。

㊵辰戌：地支第五位与第十一位。丑未：地支第二位与第八位，四者同属土，天干戊巳亦属土，故言各为其家。

㊶申酉：地支第九位与第十位，同属金，天干庚辛亦属金。故言各为其家。

㊷子、亥：地支首位与末位。同属水，天干壬癸亦属水，故言各为其家。

㊸故天道者句：天左旋，即自东向西运转，故出此语。

㊹地道者，止也：承接天运之所至。

㊺分土：即分野，用地支划分地域，代表国家，形成各自的对应关系。分民：固定应归何国统辖的民众。盖有国土而无国：分野是存在的，但是国是变动的，意在强调行道得民。

㊻一竟：一圈，三百六十度。

㊼相足：相配备。

㊽财用：使人归附之用。

㊾固界：固定的界划。

㊿东方者畏西方：东为木，西为金，金克木，故出此语。

51法兴：取法兴用。以上四句，系本“五行休王”为说。详参本经卷六十五。

52法象：法则与兆象。

53应：指天地回应。

54反大畏太阴二句：水克火，故出此语。

55故从酒名二句：让水行占据统治地位。

56人君好纵酒者：指商纣王之类。周鉴殷，即将酒列为殷亡的主要原因之一。战斗：错乱天序。

57市酒：市场上出售的酒。

58玄武：龟蛇。玄武为北方水精，其位于北，故曰玄，身有鳞甲，故曰武。

59贾（gǔ，古）：求取。

60咎六：指损耗五谷，无故杀伤人，引发奸淫之事，死于非命，绝嗣破家，令太和之气逆行等。

61作：振作。失路：指失去阳尊阴卑，帝王驾驭后宫的正道。

62相：指强壮，此句是说五行休王中的一条定律。

63巳与辛之气：土气与金气。巳为土气，辛为金气。

64相覆：交替发作。

65水王则火少气：按五行休王说，水王则火死。

66犯事：指干涉朝政。

67大分：即大部界。

68中类京师：天下之中心都被定为京师。类：都，差不多。

69少阳：指东方。下面“太阳”、“少阴”、“太阴”分别指南方、西方、北方。

70格分：格式化的绝对区划。

71圣：神圣纯阳之谓。万事精明照察，悉出于心，故言。

72木性柔：只管生发枝叶；东方为万物始生之处，而仁者，好生，故出此语。

73斗纲：按北斗星确定季节和月份的纲纪。斗：指斗柄，由第五至第七星组成。推：推移。两句指斗柄东指，天下皆春；斗柄南指，天下皆夏，斗柄西指，天下皆秋，斗柄北指，天下皆冬。

74斗魁：由北斗七星第一星至第四星组成。所系者，指斗柄指东，则斗魁指西；斗柄指南，则斗魁指北，柄魁形成对中。

死绝气：斗柄所指为建为主，斗魁所指为破为败。故曰死绝气。

⑮《易》：指《周易》。巽离坤：八卦中的三种卦名。其中巽卦为长女，离卦为中女，坤卦为女。三卦均属阴卦，但在方位排列上，巽居东南，离居正南，坤居西南。

⑯乾坎艮：八卦中的三种卦名。其中乾为父，坎为中男，艮为少男。三卦均属阳卦，乾居西北，坎居正北，艮居东北。与坤离巽上下两两相对。以上是六真人对这种卦类与方位属性完全阴阳颠倒的问题提出质疑。

⑰微气：孕育滋生之气。元气：汉代易纬认为，有形生于无形。由处于浑沌状态的原始元气，分化为阴阳二气，形成天地和万物。

⑱故记其阴：阴始可已，即巽卦所在的东南方与农历四月；阴生于午，即离卦所在的南方与五月夏至；阴形于未，即坤卦所在的西南方与六月。

⑲故记其阳：阳始于亥，即乾卦所在的西北方与十月；阳生于子，即坎卦所在的北方与十一月冬至；阳形于丑，即艮卦所在的东北方与十二月。

⑳持事：起支配作用。

㉑为潜龙勿用：《乾·初九》的爻辞。意谓阳气潜伏地下。

㉒卯：代表东方，酉：代表西方。

㉓天门：指西北。地户：指东南。初生：指阴气而言。下句“初生”指阳气而言。

㉔东北角：其地支为寅，于时为正月，正月为立春所在的月份。西北角：地支为申，于时为七月，七月为立秋所在的月份。

㉕令王得伏句：地反凌驾天。

㉖不宜时也：不受时序的束缚。意在强调回应之灵验。

㉗绝洞八极：穷尽洞彻八方极远之处。

㉘以上八句，是说天之阳气与地之阴气互生的对应时节与方位，即冬至夏至，正北正南。

㉙是故丑未者二句：丑未属土行，寅属木行。木为阳，象征王者本位；土为阴，象征太皇后之宫，木克土。

㉚申者属卯：申属金，卯属木，金克木，木生火，火又克金，故成申属卯。

㉛亥者配辰：亥属水，辰属土，土克水，故成辰亥。卯者配戌：卯属木，戌属土，木克土，土生金，金克木，故成戌卯。太皇后之家妇也：指外戚及亲属。

㉜酉者属午：酉属金，午属火，火克金，故成午酉。子属巳：子属水，巳属火，水克火，火生土，土克水，故成子巳。

㉝是故寅者，甲之支也：寅甲同属木。下文午、丙同属火，卯、乙同属木，辰、戊同属土，亥、癸同属水，子、壬同属金，巳、丁同属火。

㉞辰戌丑未：俱属土。独男共娶：帝王一娶多女。女则共嫁：多女共奉帝王。

㉟戊巳同地也：天干中的戊巳同属土行。

㊱字：字象。转而相足：递转错杂，相互配备。

㊲愚者：指劣等人师。

㊳上头：起始的。自此以下整段文字，递次为九气：即王、相、微、老、衰、病、囚、死、亡。这是对“五行休王说”和“八卦休王说”的综合改造。八卦休王说模仿五行休王说，认为八卦和五行一样，也轮流占据统治地位。所用字眼为王、相、胎（表示孕育新生）、没（表示没落）、死、囚、废（表示废弃）、休。八卦分居八方，与立春、冬至等八个重要节气相配。如立春，则艮王、震相、巽胎、离没、坤死、兑囚、乾废、坎休。到春分，变为震王、巽相、离胎、坤没、兑死、乾囚、坎废、艮休。其余依次类推。微：相当于“胎”，下文“老”、“衰”、“病”分别相当于“没”、“休”、“废”。

㊴失后：削夺封爵。

⑽亡气：与死气相区别而言。死气尚可复苏，亡气则无望。

⑾百王：泛指古代的帝王。

⑿此句是对全篇主旨的概括说明。

太平经卷七十

戊部之二

学者得失诀第一百六

真人谨问："吾复欲都合正所写师前后诸文[①]，使学者不得妄言，岂可闻乎?"善哉，子何一日益闲习也[②]。然，吾之道法，乃出以规阳，入以规阴；出以规行，入以规神[③]；出以规众书，入以规众图；出以消灾，入以正身；出以规朝廷之学，其内以规入室[④]，凡事皆使有限。

努力好学者，各以其材能，反失其常法。外学则遂入浮华，不能自禁，内学则不应正路[⑤]，返入大邪也。夫诸学者乃常有大病，不能自知也。其好外学，才太过者[⑥]，多入浮华，令道大邪，而无正文，反名为真道，更以相欺诒也。内学才太过者，多入大邪中，自以得之也，不与傍人语，反失法度而传妄言也。今子乃疑，故复来问之。今为子意惓惓，俿俿无虑，为其规矩，令各有限度可议，以为分界而守之也。

今古文众多，不可胜限也。凡学乐得其真事者，勿违其本也。学于师口诀者，勿违其师言，是其大要一也。夫学之大害也，合于外章句者，日浮浅而致文而妄语也；入内文合于图谶者[⑦]，实不能深得其结要意[⑧]，反误言也。学长生而出，合于浮华者，反以相欺也；合于内不得要意，反陷于大邪也。今子来反复问之，故为子陈其文，见其限也。合其法度者，是也；不合者，非也，明矣，可以是知之也。

凡书为天谈，十十相应者[⑨]，是也；十九相应者，小邪矣；十八相应者，小乱矣；过此而下非真，不可用也，名为乱天文地理，阴阳不喜，万物战斗，人民被其大咎也。思养性法，内见形容昭然者[⑩]，是也；外见万物众精神者[⑪]，非也。

学凡事者，常守本文[⑫]，而求众贤说以安之者，是也；守众文章句而忘本事者，非也，失天道意矣。使人身自化为神者[⑬]，是也；身无道而不成神，自言使神者[⑭]，非也，但可因文书相驱使之术耳。说凡事，本末中央相似者，是也；不相类似者，非也。

入室始少食，久久食气[⑮]，便解去不见者，是也；求道自言得之不还，反有问者[⑯]，非也。凡去者悉还，有教问者[⑰]，是也；而无教问者，而容死也。守清静于幽室，成者是也；自言得道，行以怒语言者[⑱]，非也，失精之人也[⑲]。

入学而日善，过其故者而道之[⑳]，是也；入学而反为日恶，不忠信者，非也，陷于大邪中也。读书见其意，而守师求见诀示解者，是也；读书不师诀，反自言深独知之者，非也，内失大道指意也。学已得道，固事众师、众贤不懈者，是也，此日进之数也[㉑]。故古圣师已知道，自若事师，不敢止也，去师则读文不懈也；学而独自言得其要意，不复力读古文圣辞，自言是，不事众圣明者，非也，下愚之人也。

凡入学，而穷竟其可求学者，是也，万物皆然。万物既生，皆能竟其寿而实者[㉒]，是也；但能生，不而竟其寿，无有信实者，非也。为善得其实宜者[㉓]，是也；不得实宜者，但外是内非也。案读吾书尽，不离绳墨而得其实者，是也；读书出其奇，多才而不得其要实者，非也。天有风雨，而万物时生者㉔，是也；风雨而万物反伤者，非也，有毒也。为经道而日兴盛者，是也；不日向兴，反日向衰者，行内失其意者，非也。

是故夫天地之性，为善，不即见其身，则流后生㉕，以明其行也；为恶，亦不即止其身，必流后生，亦以谬见明其行也㉖。故夫为善恶者，会当见耳㉗。但为善者，比若向日出，犹且彰明也；为恶者，比若向日入，犹且冥冥，此天地阴阳自然性也。天生万物，乃各随其行而彰之，不隐匿也，故善者上行，命属天，犹生人属天也；恶者下行，命属地，犹死者恶，故下归黄泉㉘，此之谓也。得吾书者，以付上德君也。吾有此书，敢障绝而传读之也㉙。

天道治天，不可尽知也，不可听信一人之言。今故为子定古圣文，今复要其合策㉚，明书前后相因以相证也。天地开辟以来，贤圣虽异世而生，相去积远，所疾恶者同也，共为天谈，救世得失也。其言相似，犹若重规合矩，转以相彰明，不得不也。

夫物类相聚兴也㉛，其法皆以比类象相召也，是明效也。为其失之于前，得之于后，考合异同以成文也。拘古以明今，共议其事，以内文者明其外文，以外文者还考系其内文也㉜，使可万世传，无重过于天。一人之言，不可独从也。众人之言，深策取古贤圣之辞㉝，内与天同也。共定而置之，帝王日明解决，诸愦乱灾恶除，天无重忧。共为者兴，拒逆者灾不除也。”

右是学者得失诀㉞。

---

①合正：聚合，树立典则。

②闲习：熟习。其对象为道法。

③神：指身中神，如五脏之神等。

④朝廷之学：指儒学。入室：指守一等修炼方术。限：指准绳。

⑤外学：指儒家五行之学。内学：指谶纬之学。其事玄秘，故称内。

⑥才太过者：天赋卓异的人。

⑦图谶：指谶纬。谶是预示吉凶祸福的隐语。纬是对经而言，经为直线，纬为横线，是对儒家经书的神化解释。因纬有书又有图，又称图谶。

⑧结要：系结点和大要。

⑨为天谈：替天传语。十十相应：应验率百分之百。

⑩形容：指身中神的形体容状。

⑪外见万物句：本经的主要观点、万事万物有神论。

⑫本文：原始的经典文字。安：意旨恰切。

⑬使人身自化为神者：学道积久，身变形易进入神真行列。

⑭使神：驱遣神灵。

⑮室：指茅室。少食：指每日食用一次硬物和些许水浆。

⑯反：返。此二句是说蒲坂人项曼都之类。

⑰教问：指向仙人请教拜问。此二句是说燕人卢生之类。

⑱怒语言：出言凶恶强横。

⑲失精：指体内精神。

⑳过其故者：以其昔日恶行为罪过。

㉑日进：向登仙成神迈进。数：定律。

㉒皆能竟其寿句：结束生长过程并果实成熟的。

㉓宜：丰收。

㉔时生：按时令正常生长。

㉕流：流及。以上是说善有善报。

㉖谬见：谬举出现，以上是说恶有恶报。

㉗会当：该当。

㉘黄泉：地源之处。

㉙障绝：阻邪断恶。

㉚要：通“缴”，求。

㉛类象：同类事象或物象。

㉜考系：考究联系。

㉝策取：象角占卜那样择取。策：占卜用的蓍草。

㉞此句是对全篇主旨的概括说明。

太平经卷七十一

戊部之三

真道九首得失文诀第一百七

真人再拜：“请问一事。”“然，言之。”“今天师为太平之气出授道德，以兴无上之皇，上有好道德之君，乃下及愚贱小民，其为恩，乃洞于六合，洽于八极，无不包裹。今贤柔得师文学之，及其思虑为道，上以何为竟，下以何为极乎①？”“善哉！真人之问，一何微要也②。其欲闻洞极，知神灵进退邪？”“实愚蔽暗事者，不及，唯天明师录示之③。”“诺。道有九度，分别异字也④。今将为真人具陈其意，自随而记之，勿使有所失也。”“唯唯。”

“然，一事名为元气无为，二为凝靖虚无⑤，三为数度分别可见，四为神游出去而还反，五为大道神与四时五行相类，六为刺喜，七为社谋，八为洋神，九为家先。一事者各分为九，九九八十一首⑥。殊端异文密用之，则共为一大根⑦，以神为使，以人为户门⑧。

今为子条诀之⑨，亦不可胜豫具记，自思其意。其上三九二十七者，可以度世；其中央三九二十七者，可使真神吏；其下三九二十七者，其道多耶，其神精不可常使也，令人惚惚恍恍，其中时有不精之人⑩，多失妄语，若失气者也。”

“今愚生见师言，眩冥不知东西，愿分别为下愚生说之。”“然，其上第一、元气无为者，念其身也，无一为也，但思其身，洞白若委气而无形⑪，常以是为法，已成，则无不为、无不知也。故人无道之时，但人耳，得道则变易成神仙，而神上天，随天变化⑫，即是其无不为也。

其二为虚无自然者，守形洞虚，自然无有奇也⑬，身中照白，上下若玉，无有瑕也。为之积久久，亦度世之术也，此次元气无为象也⑭。

三为数度者，积精还自视也，数头发下至足五指，分别形容身外内，莫不毕数。知其意，当常以是为念，不失铢分，此亦小度世之术也，次虚无也。

四为神游出去者，思念五藏之神，昼出入，见其行游，可与语言也。念随神往来，亦洞见身耳，此者知其吉凶，次数度也⑮。

五为大道神者，人神出，乃与五行四时相类，青赤白黄黑⑯，俱同藏神。出入往来，四时五行神吏为人使⑰，名为具道，可降诸邪也⑱。

六为刺喜者⑲，以刺击地，道神各亦自有典⑳，以其家法，祠神来游㉑，半似类真，半似邪，颇使人好巧，不可常使也。久久愁人[22]。

七为社谋者。天地四时、社稷山川祭祀神，下人也。使人恍惚，欲妄言。其神暴仇狂邪，不可妄为也[23]。

八为洋神者，言其神洋洋，其道无可系属，天下精气下人也，使人妄言，半类真，半类邪。

九为家先，家先者，纯见鬼[24]，无有真道也。其有召呼者，纯死人之鬼来也。此最道之下极也，名为下士也[25]。得其上道者[26]，能并使下；得其下道者，不能使其上也。"

"今愿闻：何故有是上下乎哉?""然，此者，人行之所致也。守本者得上，好身神出入游者得中也，愚人乃损其本守末，他游神者得下[27]。守本者能尽见之，守中者半见之，守末者不能还自镜见之道也。故凡学者，乃须得明师；不得明师，失路矣。故师师相传，乃坚于金石；不以师传之，名为妄作，则致凶邪矣。真人慎之慎之。""唯唯。"

"故古者上学圣贤[28]，得明师名为更生；不得明师者，名为乱经[29]；故贤圣皆事师；乃能成，无有师，道不而独自生也。""善哉善哉!"

"真人欲知其效，比若夫人居大贤之里，则使人大贤；居中贤之里，则使人中贤；居不肖之里，则使人不肖，常不及，此之谓也[30]。学此道者，审之详之，此天之要道也。慎之慎之!""唯唯。""行去，道归其人，以付贤明。""唯唯。""是神诀要道也。"

右真道九首得失文诀[31]。

---

①竟：顶点。极：极限。

②一何微要也：多么精微的切要啊。

③录示：次第开启。

④度：类别，等次。分别异字也：指各有各的名目。

⑤靖：静。

⑥首：种别，端绪之义。

⑦异文：不同之文。共为一大根：同本同源。

⑧户门：喻指经路。此句是说取决于人，一由在人。

⑨条诀：逐项决断。

⑩不精：不精念事象及其义旨。

⑪洞白：指四方皆暗，腹中洞照，达到太和之明的境地。

⑫随天变化，即是其无不为也：指出入无间。

⑬洞虚：指独存其心，达到如返婴儿的纯净状态。奇：指一切杂念。

⑭次：次于。象：征象。以上两种度世之术，详参见本经卷一百三。

⑮念随神往来四句：念：意念。以上道术，详参见本经卷甲部及卷七十二。

⑯青赤白黄黑：五色配五行，则青属木，赤属火，白属金，黄属土，黑属水。

⑰四时五行神吏：春季东方青衣神吏，夏季南方赤衣神吏，六月中央黄衣神吏，秋季西方白衣神吏，冬季北方黑衣神吏。

⑱降：降伏。以上道术，详参见卷七十二。

⑲刺：指招神的名帖。刺：刺取。以上所言类似于唐代的扶乩。

⑳道神：神路之神。典：准则。

㉑祠神：指所祈祷的路神。

㉒愁人：使人愁，即给人带来不幸。

㉓其神暴仇狂邪：这些人奉祀的神灵，会让它们所增恶的仇人或邪人做出狂暴的举动。不可忘为也：不可轻易就招动社某。

㉔鬼：指祖先的幽灵。

㉕此最道之二句：对召鬼术士的评语。

㉖上道：指前三种所谓真道。

㉗他游神：指社谋诸神等。

㉘上学圣贤：第一等求学的圣贤。古有孔子向老子问道之说，故语。

㉙乱经：败乱经典。

㉚不及：顽劣愚昧之义。全句出于《论语·里仁》。

㉛此句是对全篇主旨的概括说明。

致善除邪令人受道戒文第一百八

真人问神人曰："受道以何为戒乎？"神人言："道乃有大戒，不可不慎之也。夫且得道，临且成之时，乃与诸神交结也[①]。与精神为邻里，出入相见睹，与人相爱，若父子也。夫道，乃重事也。或悔与人，且欲夺人道，故先试人，视人坚不，共来欺人，使人妄语。得其辞语[②]，坚闭之，慎无传之也，即可得寿也，久可得真道矣。传之，日消亡矣。又使人好生而恶害。"

真人曰："愿闻其日消亡意。""精神消亡，身即死矣。夫虚无绝洞之道[③]，常欲使人好生而恶杀，闭口无泄，乃可万万岁也。"真人问神人："愿闻无泄之禁忌。"神人言："然，大人泄之，亡其位；中人泄之，即断其气；小人泄之，灭其世类也。所以然者；夫天地乃以此自殊异自私，故能神，尤重之也。夫天地不深知绝洞之道，以何为神乎？以何为寿乎？记之！吾告子，其精之、重之、慎之。"真人唯唯，不敢妄言也。

真人稽首："愿更闻其将欲败人，奈何乎哉？"神人言："然，于人心中有恶意，使大邪来欺。人能坚闭耳，不听其辞语，则吉矣；听其辞，则凶害矣。夫人君听之，恶其臣，言其臣不忠信而欲反也；臣子听之，恶其君，就来欺之，言子今当为圣人，今当为人君；小人听之，使人自言且大尊也[④]。父听之，恶其子；子听之，恶其父。辩变其辞语，荧惑人心意[⑤]，言其且善且恶，乱人政治，一喜一怒，大佞之邪也，方欲害人也。从古到今，诸学长寿者，皆不得度于此辞也[⑥]。"

真人问曰："当奈何哉？"神人言："闭耳无听，闭口无语，此但佞邪，无可听者也，听之即真道去，去即死矣。子欲长存，慎之。此辞也，吾已为子先更之[⑦]，几何中于此大邪矣，吾常自正吾心，不复用之也。此大邪，常积欲观人坚不。大猾邪，常或乃来入人之腹中，动人之心，使人心妄为，故也时时怒喜，不能自禁止，皆为邪所误也。为邪所推，众柔得灭亡于此者，积众多。审得其重戒，心亦不可移也。非独学道者也，百姓喜怒无常，同是子可为也[⑧]。子慎之自精。"真人唯唯。

真人曰："吾身尝中于大邪，使吾欲走言，吾欲当为人主，后当飞仙上天，吾受其言，信之大喜，后反三月病癫疾[⑨]。见神人天师言，心中大悦喜，吾亲尝中如此矣，几为剧病，后癫疾自止得愈，遂得数千岁。今自幸复与神人相睹，重复道戒，睹见门户，冀得长度为天上之吏。"

神人言："子持心志坚如此，何忧不得上九天，周历二十五天乎哉[⑩]？今是诸得上天之士，皆得持心坚密，不可误者也；诸可荧惑误者，皆反蚤死，不得度也。欲得长寿，读此文以为重戒，此乃死生之戒，不可不慎也。

是故古者圣贤先得度世者，不聆此之力也[⑪]；学道而反不得，不长度者，皆坐聆此，得其贼也。夫天上大神，非贼人可为，便使人还此害克[⑫]，故无大福也。当生反死，转为天贼也。今吾所教示真人书，悉皆可得大寿矣。或得度世，但谨自持，无以此为害，审能专心，可得万万岁。"真人唯唯："吾不敢为非，请受明戒。"神人言："子好道如此，成事，得上天之阶矣。"

真人问："戒独有此邪？复有深者邪？""复有上天之戒，固固戒人耳。专戒以言共欺人，言人且尊贵，以是戒人。故使人触防禁[⑬]，得诛死焉。复数试人以玉女[⑭]。使人与其共游，已者共笑人贱，还反害人之躯。但人常默万岁[15]，无可聆，但独自守终命，何有害哉？死生之间，专此也。”真人唯唯。

真人问：“何故专使邪神来试人乎？”神人言：“道重，难与人也。其执必坚，死而已者，亦不夺人之愿也。天上度世之士，皆不贪尊贵也，但乐活而已者，亦无有奇道也。记吾戒，子□□矣。吾言万世不可忘也，正使上行穷周无訾之天[16]。其戒皆如此矣，无复有奇哉也。”真人唯唯：“不敢离绳墨之间也。”神人言：“审如子言，已得道矣。吉者日进，邪者上休矣[17]。持心若此，成神戒矣。成事，乘云驾龙，周流八极矣。大道坦坦，已得矣。命已长寿，无极矣。”真人曰：“唯唯。”

神人言：“道实大无内外，但常恐为大邪所害，而不听一邪，邪于何败乎？故古者帝王，好道而学，不听邪者，尽得万万岁[18]。其听用邪言者，悉自败矣。吾道乃万端，悉当知其利害。”真人唯唯：“今得神人之辞，皆得须臾长生乎[19]？”神人言：“不深戒，成事□□凶矣，道不得成也。”

真人言：“吾生有禄命邪[20]？侥幸也？乃得与神人相遭逢。”神人言：“然，六人生各自有命；一为神人，二为真人，三为仙人，四为道人，五为圣人，六为贤人[21]，此皆助天治也。神人主天，真人主地，仙人主风雨，道人主教化吉凶，圣人主治百姓。贤人辅助圣人，理万民录也，给助六合之不足也[22]。

故人生各有命也，命贵不能为贱，命贱不能为贵也。子欲知其审实，若鱼虽乘水，而不因水气而蜚，龙亦乘水，因水气乃上青云，为天使乎[23]！贵贱实有命，愚人而妄语[24]。古者圣人帝王，其大优者，不复录问伪言也，知其□□，会无可能为也。此比若教无道之人，令卒蜚[25]，安能蜚乎哉？能飞者，独得道仙人耳。夫百姓相与游戏，言我能蜚，实不能蜚。此妄言者，若此矣。”真人言：“善哉！吾一觉于此。”神人言：“子自若愚，为天命可强得也哉？”

真人言：“然此道亦可学耶？”神人言：“然，有天命者可学之，必得大度；中贤学之，亦可得大寿；下愚为之，可得小寿。子欲知其效，同若凡人学耳[26]。大贤学，可得大官；中贤学者，可得中官；愚人学者，可得小吏。夫小吏，使于白衣之民乎[27]。以是言之，犹当勉学耳。”真人唯唯：“吾为之，未尝敢懈也。”神人言：“然，努力信道。天地之间，各取可宜，亦无妄也。”真人唯唯：“请得尊天重地，敬上爱下，顺用四时五行可为，不敢为非也。”神人言：“善哉，善哉！子得道意矣，吾不复重教示子矣。”

右致善除邪令人受道戒文[28]。

---

①诸神：指百神群精。

②其：指下文大邪神。慎无：切莫。

③虚无：拽内实外虚，有若无。绝洞：穷尽洞彻。

④大尊：指大富大贵。

⑤荧惑：迷惑，眩惑。

⑥度：度越，超过去。

⑦更：历经。

⑧是子：指大邪鬼物。

⑨走言：四处宣称。癫疾：癫狂病。

⑩九天：九重天。二十五天：五行家有苍天（木）、丹天（火）、黅（jīn，金）天（土）、素天（金）、玄天（水），或清天（木）、赤天（火）、埃天（土）、白天（金）、玄天（水）之说。五五则为二十五天。易学以一、三、五、七、九为天数，总和亦为二十五。

⑪聆此：聆听大邪鬼的辞语。
⑫非贼 人可为二句：意谓不是败坏人要修成的道业，就是反过来由道业而受害杀。
⑬防禁：指封建社会。
⑭玉女：女神之称。汉代诗纬《含神雾》称，太华之山有明星玉女，主持玉浆，服后可成神仙。
⑮但人常默万岁：此句是说紧紧掌握在手里。万岁：极言其持久。
⑯穷周：遍历。无訾（zī，资）：不可限量。
⑰上休：达到死亡的极限。
⑱故古者帝王至万万岁句：说黄帝铸鼎荆山，乘龙上天之类。
⑲须臾长生：指人已老，而得延缓一些年寿。
⑳禄命：上天预先为人注定的贵贱寿夭。
㉑前四类人，均属神仙，又依次形成等级。后两类人，属于候补神仙。
㉒给助六合句：详参本经卷四十二。
㉓龙亦乘水三句：《易·乾·九五》爻辞谓，飞龙在天。即同气相求，云从龙。
㉔妄语：指否定贵贱有命的言论。
㉕蜚：指飞升登仙。
㉖凡人学：指世人研习儒家经典而步入仁途。
㉗白衣：粗布服。此句是说对一般百姓也有指挥权。
㉘此句是对全篇主旨的概括说明。

太平经卷七十二

戊部之四

斋戒思神救死诀第一百九

六方真文，悉再拜问："前得天师言，太平气垂到，调和阴阳者，一在和神灵[①]。归俱分处，深惟天师之语，使能反明洞照者，一一而见之[②]。其人积众多，何以能致此[③]？诸道士能洞反光者，能聚之乎[④]？""噫，大善哉！天上皇气且至，帝王当垂拱而无忧，故天遣诸真人来具问至道要，可以为大道德明君悉除先王之流灾承负，天地之间邪恶气，鬼物凶奸尸咎殃为害者耶[⑤]，故真人来，一一口口问此至道要也。诸弟子亦宁自知不乎？""忽然不自知也。"

"今忽不自知，何故问之？""归思天师教敕，有不解者。今不自知，当皆以何能聚此诸绝洞虚靖反光能见邪者，怪之，今故相与俱来，共问之也。""善哉！真人精益进，乃知疑此。天使子来，悉为德君具问可解邪者。诺，方今为真人具说，分别道其要意，安坐共记。""唯唯。"

"天地自有神宝，悉自有神有精光，随五行为色[⑥]，随四时之气兴衰，为天地使，以成人民万物也。夫天地阴阳之间，莫不被其德化而生焉。得其意者，立可睹；不得其大要意，无门户知[⑦]。能大开通用者大吉，可除天地之间、人所病苦邪恶之属；不知其大法者，神亦不可得妄空致，妄得空使也。"

"愿闻其意，使可万万世传而不妄。""善哉！子之问也。然，欲候得其术，自有大法，四时五行之气来入人腹中，为人五藏精神，其色与天地四时色相应也[⑧]。画之为人，使其三合，其王气色者盖在外[⑨]，相气色次之，微气最居其内，使其领袖见之[⑩]。

先斋戒，居闲善靖处，思之念之。作其人画像，长短自在[11]。五人者，共居五尺素上为之[12]。使其好善，男思男，女思女[13]，其画像如此矣。此者书已众多，非一通也。自上下议其文意而为之，以文书传相微明也。吾书虽多，自有大分，书以类相聚从，字以相明[14]，则毕得其要意。”“唯唯。”

“此四时五行精神，人为人五藏神，出为四时五行神精。其近人者，名为五德之神[15]。与人藏神相似；其远人者，名为阳历，字为四时兵马[16]，可以拱邪，亦随四时气衰盛而行。其法为其具画像，人亦三重衣，王气居外，相气次之，微气最居内，皆戴冠帻乘马[17]，马亦随其五行色具。为其先画像于一面者，长二丈。五素上疏画五五二十五骑[18]，善为之。东方之骑神持矛，南方之骑神持戟，西方之骑神持弓弩斧，北方之骑神持镶楯刀，中央之骑神持剑鼓[19]。

思之，当先睹是内神已，当睹是外神也；或先见阳神而后见内神[20]，睹之为右[21]。此者，无形象之法也[22]，亦须得师口诀示教之[23]。上头一有关知之者[24]，遂相易曰为。其易致易成，宜远于人，便间处为之[25]。易集近人，必难成也。于其道成，曰明大绝反洞者聚之病形不多[26]，多则吉，少则凶。”

“或有不及，所治不决解愈[27]，当得多少而可哉?”“高得万，中得四五千，下得十数百，如百数十[28]。”“其何多也?”“噫！真人其复故愚邪？安坐，方为子道其大要意也。今承负之后，天地大多灾害，鬼物老精凶殃尸咎非一[29]，尚复有风湿疽疥，今下古得流灾众多，不可胜名也。

或一人有百病，或有数十病，假令人人各有可畏[30]，或有可短[31]，或各能去一病。如一卜卦工师中知之[32]，除一祸祟之病；大医长于药方者，复除一病；刺工长刺经脉者[33]，复除一病；或有复长于炙者，复除一病；或复有长于劾者，复除一病；或有长于祀者[34]，复除一病；或有长于使神自导视鬼，复除一病。此有七人，各除一病，这除去七病。

下古人多病，或有一人十数病，乃有自言身有百病者，悉无不具疾苦也[35]。尽诸巧工师，各去一病，这去七病，其余病自若在，不尽除去。七工师力已极[36]，此余病不去，犹共困人，久久得穷焉，故多得死，不能自度于厄中也。

人生比竟天年[37]，几何睹病，几何遭厄会衰盛进退？天之格法，比如四时五行有兴衰也。八卦乾坤，天地之体也[38]，尚有休囚废绝少气之时[39]，何况人乎？

人者，乃象天地，四时五行、六合八方相随，而一兴一衰，无有解已也。故当豫备之，救吉凶之源，安不忘危，存不忘亡，理不忘乱，则可长久矣。是故治邪法，道人病不大多[40]。假令一人能除一病，十人而除十病，百人除百病，千人除千病，万人除万病。一人之身，安得有万病乎？故能悉治决愈之也。子知之邪?”“唯唯。”“故教其豫作戒，成其道者聚之者。”“唯唯。”

“行，子知之矣。行为真人明陈列之，此所治病者，鬼物大邪，共为盗贼。夫帝王安平，常备军师。兵者以备人，反为无义，成奸贼也。故一人敢死，十人不敢当；十人敢死，百人不敢当；百人敢死，千人不敢当；千人敢死，万人不敢当；万人敢死，四面横行。备其有疾病折伤，故军师乃备万二千人者，以备非常。其二千人者，但备以补其休逋耳，乃能服之也[41]。真人知之耶?”“唯唯。”“行，子已知之矣。”

---

①六方真文：文，当作“人”字，指随天师学道和传道的六个弟子。垂：即将。一：完全。和：协和。

②使能反明二句：指睹神之术。

③其人积众多二句：睹神之术的推广范围和适用面。

④道士：方术之士。此二句是问各种睹神术的汇聚整理问题。

⑤尸咎殃：指飞尸、咎魅这类民间所畏忌的鬼物所带来的灾祸。

⑥神宝：神明宝器。色：指青赤黄白黑五色。

⑦门户：喻指途径。

⑧其色与天地句：说肝神春青、心神夏赤、脾神夏六月黄，肺神秋白，肾神冬黑。

⑨三合：三重搭配。王气色：指在不同季节占居统治地位的气色。王：当政为王，引申为旺盛。

⑩相气色：仅次于王气的气色。辅政为相，引申为强壮。微气：指孕育滋之气。以上三句，是据五行休王为说。这里微气与八卦休王中的“胎”气大略相当。若据春季而论，王气色为青色，相气色为赤色，微气色为黄色。领袖：服装的领和袖。此句是说让三合气色在画像的衣领、袖上显现出来。

⑪自在：指有固定规格。

⑫素：白丝帛。

⑬使其好善：画像要精美。思：构思。后一女字：指女神象。

⑭字：指各种术语。

⑮五德：仁、义、礼、智、信。汉代易纬《乾凿度》谓：道兴于仁，立于礼，理于义，定于信，成于智。五者乃道德之分、天人之际。

⑯字为四时兵马：《太平经》作者为之命定的专称。

⑰帻（zé，责）：包发的发巾。

⑱疏画：形象分明地绘制。

⑲以上五方骑神所持兵器，各有象征意义。详见本卷《五神所持诀》。

⑳阳神：即外神，外为阳，内为阴。

㉑睹之为右：此句说睹思的顺序，由左至右。

㉒无形象：指人与内外神达到高度融合的境地。

㉓口诀：口头才传授的秘诀。

㉔上头：起始。关知：疏通示知。

㉕便间处：方便僻静的地方。集：招集神精。

㉖病形：指鬼物老精凶殃和风湿疽疥等。

㉗决解愈：指当即获得痊愈。当得多少而可哉：问检核灵验度标准。

㉘如百数十：治愈率的平均比例，即百分之四五十。

㉙尸咎：飞尸鬼物的祸害。

㉚可畏：指令病魔畏惧的道法。

㉛可短：令病魔减少的方术。

㉜卜卦工师：买卦者。

㉝刺工：针灸师。

㉞劾者：禁咒术士。祀者：解除术士，即用祭祀驱逐凶神恶鬼的人。

㉟具疾苦：备遭病痛。

㊱七工师：即上文所谓卜卦等七种方技术士。

㊲比：到。此句是说人从出生到自然死亡。

㊳八卦乾坤二句：汉代易纬以八卦为框架的宇宙图式。阴阳二气在此框架内流转运行，周而复始，循环无已。

㊴休囚废绝：八卦休王说的专用术语。

㊵道：通“导”。大多：加重增多。

㊶休逋（bù，布）：指伤亡与逃跑的士兵。服之：指征服盗贼。

不用大言无效诀第一百一十

“请问一事天师，今太平气垂到，邪气当思息除去也。”“然，子言是也，又非也。然太平气至，邪固当自消去。惟天地开辟以来积久，邪气大众多，更相承负；太平之治气虽至也，亦安能一旦悉卒除此乎？故当豫备之，为其作法。困穷然后求索良工，已大后之矣。

夫上古之人，人人各自知真道，又其时少邪气。太上中古以来，人多愚，好为浮华，不为真道，又多邪气狂精殃咎[①]，故人多卒穷夭年而死亡也[②]，悉由用心愚暗蔽，不知豫防其本也。

今当上德君治，天爱之，不欲使其若此愚人多穷也，当使卒其大德，与天同心。故天使诸真人来问疑，使吾为其陈法，可以厌御邪不祥妖恶者，故吾为真人具言之。今真人反言当自除不备，此言非也，名为大误君子之辞也。子言不可用也。”

“何谓乎?”“然有大急，乃后求索之，不可卒得也，令人穷困矣。故真人言大误，不可用也。今积谷乃满仓，可以备饥饿也。今为真人察察道之，使可万万世不忘也。”“唯唯。”

“今饥乃教人种谷，言耘治之，待其米成，乃可得火炊食，亦岂及事邪？于此已饿死困矣。或不及春时种之，至冬饥念食，乃欲种谷，种之不生，此岂能及事活人邪？非独身穷，举家已灭亡矣。是真人之一大愚，无知冥冥之大效也。行复为子说一事：今人掘井，所以备渴饮也；居当近水泉，所以备渴也；临渴且死，乃掘井索水，何及得也？已穷矣。是真人复问，二愚暗。

复为真人说一事：古者有穴居，今者作庐宅，所以备风雨也。及不风雨之时，居野极乐矣：浮云已起，雨风已至，乃作庐宅，已雨寒而困穷矣。是真人三愚也。复为真人说一事：夫太中古以来，圣人作县官城郭深池，所以备不然，其时默平平无他也。及有不然，小人欲污乱[③]，君子乃后使民作城郭深池，亦岂及急邪？是真人剧愚暗效也。

行，复为真人说一事：今军师兵，不祥之器也，君子本不当有也，下之恶之[④]。故当置于鞘中，坚治藏之，必不贵有之也，不贵用之也，但备不然。有急乃后使工师击治石，求其中铁，烧治之使成水，乃后使良工万锻之，乃成莫耶[⑤]，可以战斗御急者，亦岂及事邪？已穷服矣，死命属矣。是非六真人之大愚不及邪?”“唯唯。有过。”“非过也，思事当详，卜之胸心，乃出之也，后勿轻妄语也。”“唯唯。”

“为真人道小决事，反以明大。夫古者圣贤之设作梳与枇，以备头发乱而有虱也。夫人生而不栉[⑥]，头乱不可复理，虮虱不可复得困，乃后求索南山善木及象骨奇物可中栉者，使良工治之，发已乱不可复理，头中之虱，不可胜数，共食人头，皆生疮矣，然后得梳与枇，已穷矣。

然后为真人陈小决事，以小况大。夫河海五湖[⑦]，近水之傍多蚊虻，不豫备作可以隐御之者，夫蚊虻俱生而起，飞共来，食人及牛马[⑧]，牛马摇头踶躅，不能复食，人者大愁且死，无于止息[⑨]。然后求可以厌御之者，已大穷矣。真人宁明知之邪?”“唯唯。”

“行，子已觉矣。夫良方所以能厌御疥虫，善衣善处，所以厌御蚤虱。不豫备之，病之乃求索可以去之者，已得大穷，愁病之矣。子知之邪?”“唯唯。”“是尚最天下小小财备数之物也，何言其大巨者乎！夫天地之间，时时有是暴鬼邪物凶殃尸咎杀客[⑩]。当其来著人时，比如刀兵弓弩之矢毒，著人身矣。所著疾痛不可忍，其大暴剧者，嘘大及噏，倚不及立，身为暴狂。比若闲亭[⑪]，远帝王之县吏，雍阏断人辞语，不得言变事[⑫]。于此之时，乃求索良工长者以自救，已穷矣。辞已不通，无可复得言之矣。子知之邪?”“唯唯。”

“行，子已觉矣。故吾尤急，此死亡天下大凶事也。故吾文□□，侏侏教有德人君豫备之也。上贤明见吾书言之，必大觉矣；中贤见吾文言，必小觉；下愚不觉，反笑吾书，不备其本，已自穷矣。天地帝王，无过于是也，今行太平气至，阳德君治[⑬]，当得长久。

凡天下人死亡，非小事也。一死，终古不得复见天地日月也，脉骨成涂土。死命，重事也。人居天地之间，人人得一生，不得重生也。重生者，独得道人，死而复生，尸解者耳[⑭]。是者天地所私[⑮]，万万未有一人也。故凡人一死，不复得生也[⑯]，故当大备之。虽太平气乐岁，犹有邪气。比若一家虽善，中犹有恶人，但相忍耳，是故益聚道术士者，为有不然，辄当除之；不疾除之，则生之矣。故教其豫多其人也[⑰]。

夫大学所以益积道德之人者，备求可得也；如不豫蓄聚，求不可卒得也。如有变事，欲问古今比列[18]，不豫有大柔道德之人，无能卒对解者。令人君暗蔽。卒有疑事，问之不以时决解愁，乃后往求索远方贤明柔术，何及于俠俠当前乎哉？真人知之邪?”“唯唯。”

“行，子已大觉矣。”“虽每发言有过责，不问又会不知之。愿决一事。”“言之。”“今是或高则万人，中则数千，下则数百[19]，何可卒得卒成乎?”“善哉！子之问事也。但教十数人，以善成之，且自转相易，有急效之，有成功者，令使上德道君重之爱之，于其有功者赐之，众人且愿之；于其愿之而大从，使其为之；于其得者，共尊敬爱之。此四时五行天地之神精，见尊重爱，莫不说喜，使人吉利。德君长蒙其吉福，众贤柔下及愚人，莫不争欲为之也。即为者日益多，以久久，大小尽化[20]。

能人人为之，乃选取其中第一大功者悉聚之，大有功者署其位，小有功者赏赐之，天下人莫不欲为之，但恐大多，不可胜记，何患忧少哉？真人何其大愚暗且蒙也！

一事大决，毋取用，但好大言者也，是人无益于人也。但效式之[21]，常有成功者，即其人得道意，大信人也。知但数言，而无大效者，即是其不得道意而妄语，大佞人也，不可用也，乱道者也。真人知之耶?”“唯唯。”“行，去，慎之戒之。诵读吾书，惟思其上下意，以类相从，更以相证明，以相足也，乃且大解，知吾所指趣也。”“唯唯。”

---

①狂精殃咎：指邪神欺惑世人使其疯癫作乱之类的祸害。

②卒：完成。

③污乱：指造反。

④下之：以之为下。

⑤莫邪：春秋时代吴国铸剑能手干将之妻。

⑥枇：通“篦”，栉：梳头发。

⑦五湖：通常指洞庭、鄱阳、太湖、巢湖、洪泽湖。

⑧食人及牛马：指吸血。

⑨踶（dì，帝）躅：踢趵徘徊。食：吃草料。止息：落脚安歇。

⑩凶殃尸咎：指走凶、飞尸之类的凶祸。走凶为奔跑流窜的怪物，飞尸为宅中的客鬼。

⑪亭：汉代基层行政单位之一，由十里（百户）组成，设亭长。

⑫雍阏（è，扼）：阻塞。此句说阻塞民间向朝廷上书言事。变事：指灾异。

⑬阳得：指火德。

⑭尸解：指化形而去，登仙成真。

⑮私：恩赐。

⑯生：蔓延之义。

⑰豫多：预先增多。其人：指道术士。

⑱比例：指相似的众多事例。

⑲今是或高三句：说斋戒思神除病救死之术的效验。

⑳化：被德化。

㉑效式：效行并奉为法式。

五神所持诀第一百一十一

“愿请问一大决，东方之神何故持矛乎①?”“然，可毋问也，真人必自知之。”“所以问者，天师幸哀后生，为作法。不问，则令后世不得知天道之意决。”“然，此者，天之象也，物者各从其类。东方者，物始牙出头，尽生利，刺土而出，其精象矛②，故为矛。其神吏来，以此为节③。

南方，万物垂枝布若戟[④]。故其精神而持戟。其神吏来[⑤]，以此为节。

西方为弓弩斧。西方者，天弩杀象[⑥]。夫弓弩斧，亦最伤害之长也，故其神来，以此为节。北方为镶楯刀[⑦]。北方者，物伏藏逃[⑧]。镶楯所以逃身者也，刀者小人所服，亦常以避逃以害人，非上君子之有也[⑨]。故其神来[⑩]，亦以此为节。

中央者，为雷为鼓为剑[⑪]。中央者，土也，五行之主也[⑫]。鼓亦五兵之长也[⑬]，剑亦君子道德人所服也，亦五兵之长也。故中央神来[⑭]，以此为节。

是天地自然实信之符节也[⑮]，比若人，生当有头。应此，持其节、实信符传来对[⑯]；不若此，即非其行神也[⑰]。应他神妄来对，悉为乱政，久久其治乱，难平安，故皆求信符节也。真人知之耶?”“唯唯”。“是说乃浅而深，虽不足道者，反乃当与天地四时五行气相应和。”“善哉善哉!”“行，真人知之矣。”

右厌邪、人尽变成道、以救死命诀[⑱]。

---

①大决：重要的决断或定论。东方之神：即木行骑神。

②牙：通“芽”，萌芽，出头：冒出地面。利：锋利。指冒出地面的拱动力。矛：以矛的锋锐，喻万物钻地生。

③节：古代使者持作凭证的朝廷仪物。

④戟：多叉兵器，由戈与矛组成，故这样比喻。

⑤神吏：指火行骑神。

⑥天弩杀象：源自星象为说。在西方七宿中，参宿被星占家视为主管斩刈杀伐的星宿。其西为参旗九星，主司弓弩之张，候变御难，又名天弓。天弩杀象即出于此。

⑦神：指金行骑神。镶盾：镶有图案的盾牌。

⑧物伏藏逃：万物因阴气大盛，而随阳气入藏地下。

⑨上君子：第一流的圣人。

⑩神：指水行骑神。

⑪为雷：五行说认为，雷是天地之长子，其二月出地，凡一百八十日，此间雷出则万物出，其八月入地，凡一百八十日，此间雷入则物入。入能除害，出能兴利，故为人君之象，人君居中央，所以这里说为雷。

⑫五行之主也：这是承袭西汉流行的“汉为土德说”之言，与本经他篇宣扬的“汉为火德说”不同。

⑬五兵：五种主要兵器的统称。在《淮南子·时则训》中指矛、戟、剑、钺、铩（shā，杀）。剑亦君子句：谓君子之国，其人衣冠带剑。

⑭中央神；指土行骑神。

⑮符：古代调兵或传令用的凭证。头：指头面。

⑯符传：原指朝廷在出征时发给将领的凭证。

⑰行神：五行每一行的骑神。

⑱此句是对本卷三诀主旨的总体概括说明。

太平经卷七十三至八十五

戊部五至十七

阙　题

守道德积善，乃究洽天地鬼神精气，人民蚑行万物四时五行之气[①]，常与往来，莫不知其善者矣。

①四时五行之气：指春之少阳气、夏之太阳气、秋之少阴气、冬至太阴气，以及木、火、土、金、水五气。古代哲学以气论释万物生成之理。

善恶间图诀

大慈孝顺间第一[①]：慈孝者，思从内出，思以藏发，不学能得之，自然之术。行与天心同，意与地和。上有益帝王，下为民间昌率，能致和气，为人为先法[②]。其行如丹青[③]，故使第一。

明道德大柔间第二[④]：明经道德，为百姓先，学好道，善聚德，不致盗贼，上有益帝王化之，最真吉矣。

孝悌始学化善间第三：始学欲为善，心中有庶几[⑤]，去邪就正，且成仁行未化也。

佃家子谨间第四：佃家谨力子，平旦日作，日入而息，不避劳苦，日有积聚，家中雍雍[⑥]，以养父母，得土之利，顺天之道，不敢为非，有益县官。

大不仁之子、无义少年好兵聚奸间第五：无义之人，不仁之子，不用道理，骂天击地，不养父母，行必持兵，恐畏乡里，轻薄年少，无益天地之化，反为大害，并力计捕[⑦]，捐弃沟渎，不得藏埋。

不和家中、欺老爱少、共食异财间第六[⑧]：家将必败，骨肉不和，不能相教，妄传往来，更相逃避背本向末[⑨]，其祸不救矣。

悔过弃兵间第七：生于穷里，希有闻睹，不知善恶，有过天下，行不合天，赖有明君，使我就善，少不知学，长乃悔之，使善人贤士以五尺柱高[⑩]，卒有去间。学者当考问之，一旦民皆为善矣。

悔过更合善间第八：室学不成，祸乱悉生，赖有明君，知我情由，令我悔过，反致为人师矣。

大恶人邪贪败化间第九：尸禄邪恶贪贼[⑪]，欺上害下大佞，名为官贼，似人之形，贪兽之情，无益天地阴阳，灾深当诛亡。

除过复正悔事间第十：悔过改行易心，少无善情，灾害数生，朝过暮改，名为善人。此十间，古贤圣人之法，乐人为善，使不相贼伤，欲令各终天年，还反其道，防绝其本。得睹太平之气也。

①闾：原意为里巷之门，这里喻指吉凶善恶之门户。
②人为先法：人之行动的表率。
③丹青：指赤青两色，象征木行和火行，是天之正色。
④柔：指道家的“贵柔”之术，即顺柔自然而无不为。
⑤庶几：相差无几。
⑥雍雍：财物充实，富裕。
⑦计捕：逐个搜捕。
⑧不合家中三句：父子兄弟各蓄和财，相互隐瞒。
⑨妄传往来二句：搬弄是非，推卸过责。
⑩五尺柱高：喻指体格。
⑪尸录：白拿俸禄。贼：阴险。

图画正根诀、使四时神吏注法

神者皆以规正，其根太相[①]，太相系于帝王，因以正天行之。其次根系于皇后，因以顺地理。中根系于众圣，因以理阴阳。细微小根系于庶民，因以理万物。大人为之得大，中人为之得中，小人为之得小，皆有可正也。

帝王行道德兴盛，日大明，少道德少明；皇后行道德，月大光明，少道德少光明；众贤行道德，星历大耀，少道德少耀。四根俱行道德，天下安宁，瑞应出，大光远。遥观天象，风雨时善，夷狄归心，灾害自消。今得天师书道德，以往付谨民，使谨民使归上有大仁道德之君，可以平天下之理而长安身。

帝王尸上皇天之第一贵子也，皇后乃地之第一贵女也。夫至神圣贵人，职当居百重之内，而反忧天下万里之外，受天业为阴阳六合八方持统首[②]。

天地之尊位，为神灵所因任，上下洞极万物蚑行之属，莫不归心。于是作无上灵宝谒[③]，能知天意、明于皇历之吏，名为太史，直事不得逋[④]，日与夜迭上观候天气盛衰，三光之得失，乐得天敕戒以自安也。十一月则修黄钟[⑤]，导地下之气使上通，乐得后土意以自安矣。

作明堂于太阳丙午之地，为其开八窗四达[⑥]，乐通八方四时之气，欲与八风四时之气合其吉以自安也。明辟四门，乐得天下奇文殊策、希见之物、贤明异术，可以长安天下而消灾异。古者圣人在位，常力求隐士贤柔，可以共理。

愿闻四时为尊贵，然，王气乃为无气之长也，众气所系属[⑦]，诸尊贵之君也。王气乃为天、为皇、为帝、为王、为太岁、为月建、为斗冈、为青龙[⑧]、为大德、为盛兴、为帝王、为无上王、为生成主。

是故王气所处，万物莫不归王之；王气所居，皆王而生；所背去悉死，由元气也。故王气处阳则阳王，居阴则阴王，居天则天王，居地则地王，所处者皆王，受命主理。是古者圣人王者，春东、夏南、秋西、冬北、六月中央，匝气则谒见天[⑨]，王气乃尊于天。

当月建名为破大耗[⑩]，当帝王气冲为名死灭亡。元气建位，帝王气为第一气，尊严不可妄当地。月建后一为闭[⑪]，闭者，乃天主闭塞其后阴休气，恐来前为奸猾，干帝王建气也，故闭其后也。开者[⑫]，天之法，不乐害伤也，故开其后者，示教休气，为其有为奸者乐开使退去也。不去当见收，收则考问之，则成罪[⑬]，罪则不可除，令死危。故后五为危[⑭]，危则近死矣。故后六为破[15]，天斗所破乃死，故魁主死亡[16]，乃至危也。

故帝王气，起少阳太阳，常守斗建；死亡气乃起于少阴太阴，常守斗魁。是故后六将天常休之空之[17]，与地同气，主闭藏匿奸轨与邪鬼物同处，不可妄开发。古者贤人好生也，悉气属斗前[18]，与天行并，故日吉，能有气也。诸为奸猾阴贼恶邪，悉象阴气，属斗后，故日衰，所为者凶。

元气恍惚自然，共凝成一，名为天也；分而生阴而成地，名为二也；因为上天下地，阴阳相合施生人，名为三也。三统共长，长养凡物，名为财。财共生欲，欲共生邪，邪共生奸，奸共生猾，猾共生害而不止，则乱败，败而不止，不可复理，因穷还反其本，故名为承负。

夫天道天心[19]，遭不肖则乱，得贤明则理。古者帝王得贤明乃道兴，不敢以下愚不肖为近辅。速以吾此文付上德之君行之，洞明者光[20]。以三气相见问之，占十中十[21]，所理悉理，此第一善明，可以为帝王使；占十中九，一气乱不理，可为诸侯使；占十中八，二气乱不理[22]，可为凡人使，过此已下，名乱天正道，必有冤结，鬼神精伏逃不见，不可理，不能调和太平之气。

子欲得道思书文，求道之法静为根[23]，积精不止神之门，五德和合见魂魄[24]，心神已明大道陈。先知安危察四邻，群神大来集若云，若是不息长寿君。哉大道不用勤，形若死灰守魂神，魂神不去乃长存。

周者反始环无端，去本求末道有患，众民失之不得完，思其意无失真言，清静为本非用钱，可不重爱明师言？师受师语不死焉。愚者逆师与鬼邻，不得正道入凶门，遂不复还去神[25]，骨肉腐涂称祖先，命已灭亡大穷焉。

---

①太相：犹说宰辅。

②百重：指深宫。天业：上天赋予的帝王基业。

③无上灵宝谒：指天象台。

④直事：当值职事，即履行岗位职责。逋：拖延。

⑤黄钟：古代乐律中的一律，律源于历，历以明律。农历十一月冬至时，阳气始生，为历法的起算点，所以有修黄钟之称。

⑥太阳丙午之地：指京师南部之近效。开八窗四达：明堂的建筑规制。八窗：象征八风而设。四达：即四门，效法四时而设。

⑦愿闻四时二句：五行之气在一年内轮流占居统治地位。无气：指死气、废气，即被王气所克者。系属：由王气统率。

⑧月建：又称斗建，以十二地支代表北斗星运行斗柄所指方位推计十二月。斗冈："斗建"所确定的季节的月份法则。青龙：东方之神、木行之精。

⑨匝气：五行之气运转一周。

⑩月建：这里指建除第一神。破大耗：破败又极度空虚。

⑪后一：即倒数第一位。闭：北斗星斗柄于十二月指向丑所代表的东北方，为建丑之月。在建除十二神中，丑为闭，是第十二神，故倒数第一。

⑫开：北斗星斗柄于十一月指向子所代表的北方，为建子之月，在建除十二神中，子为开。

⑬收：北斗星斗柄于十月指向亥所代表的西北方，为建亥之月，在建除十二神中，亥为收。成：北斗星斗柄于九月指向戌所代表的偏西方，戌为成。

⑭危：斗柄八月所指的西方，为建酉之月，酉为危。

⑮破：斗柄七月所指的西南方，为建申之月，申为破。

⑯魁：指由北斗七星中一至四星组成的斗魁。斗柄指寅，斗魁指申，适成之中位。

⑰六将：指上文所说的破、危、戒、收、开、闭六神。全句是发挥西汉董仲舒的阳实阴虚论。

⑱斗前：建除十二神中，建神以前的除、满、平、定、执五神。

⑲心：指偏私之心。

⑳光：一切都照察。

㉑十中十：十分灵验可信度达百分之百。

㉒一气：指天之太阳气。二气：指天地阴阳气。

㉓静：指致虚守静的功夫。参见《老子·十六章》。

㉔神之门：得以召神见鬼的门户。魂魄：气之神曰魂，精之灵曰魄。

㉕去神：指出游在外的体内诸神。

得道长存篇

凡愚之术[①]，皆从内出，自有法律，厚为本根[②]，见神而活，亦无苦愁，神恶劳烈，安心定意，慎无暴卒[③]。久久自静，万道俱出，长存不死，与天相毕。为之必和，与道为一，贤持无置，凡事已毕。俗念除去，与神交结，乘云驾龙，雷公同室，躯化而为神，状若太一[④]。详思书信，慎无失节。

凡精思之道，成于幽室，不求荣位，志日调密，开蒙洞白[⑤]，类似昼日。不学之时，若夜视漆，东西南北，迷于其室。令贤圣惶核，心独战栗。五守已强不死亡，安贫乐贱可久长，贱反求贵道相妨，尊官重禄慎无望，强求官位道即亡，不若除卧久安床[⑥]。不食而自明[⑦]，百邪皆去远祸殃。守静不止不丧，幸可长命而久行，无敢恣意失常，求之不止为道王[⑧]。

治活之术各异方，与民殊事不相妨。上之好生，民命久长。俗教道上有仁王[⑨]，圣主思道，化下流行，令民清廉，永无祸殃。民之不死，上之明也。上无明君教不行，不肯为道反好兵，户有恶子家丧亡，持兵要人居路傍，伺人空闲夺其装，县官不安盗贼行。观民可为上可明，人君好仁，下求长生。上之不仁，下多邪倾[⑩]，皆令夭死，不知乐生。

下愚好德，上教令也；民之好道者，其主明也；尽欲长生，远祸殃也；不食廉洁，去诸兵也[⑪]；垂拱无为，弃不祥也；圣主大兴，其民相亲也；恩及下愚，是其王也；天道好生，以安上也；下愚不争上之庆，天下幸甚，莫不归王也。

民不好道者，上之不明也；内怀奸心明行也[⑫]；不好为德，反好兵也；父子分离，居道傍也[⑬]，不得长生，积死丧也；家有贫子，若虎狼也。上之无德，兵祸殃也；下愚为君，化不行也。民多好仙，帝王明也；天见其治，恩下行也；蚑行喘息，皆被光也[⑭]。

①凡愚之术：一般人所修持的道术。

②厚为本根：在使本根丰厚坚实基础上花气力。

③劳烈：指思虑繁杂深重。暴卒：急于求成。

④乘云驾龙：指成仙后的赫灵威。本经卷九十九《乘云驾龙图》。雷公：神名。五行家奉之为天地长子，人君之象。此句之意是与神共列。躯化：形体变易为仙。太一：指浑沌恍惚的元气。

⑤调密：顺调坚密。开蒙洞白：破开翳障，四方皆暗，腹中洞照。

⑥除卧：清除卧具。

⑦不食：指辟谷服气之术。

⑧道王：精通道术的领袖。

⑨俗教：世俗要求。

⑩邪倾：指邪恶败事的人。

⑪不食廉洁：指食气这种神秘化的气功所炼方术。诸兵：指各种暴力和武力行动。

⑫内怀奸心句：公开为非作歹。

⑬居道傍也：形同路人。

⑭被光：蒙受恩泽。

经学本末诀

天者好生道，故为天经；积德者地经，地者好养，故为地经；积和而好施者为人经，和气者相通往来，人有财相通，施及往来[①]，故和为人经也。

古者将学问者，皆正其本。比若种木也，本索善种，置善地，其生也，本末枝叶悉善。本者是其本师，枝实者是弟子。是故古之学，悉先念思本，乃学其道也。故可为者，得与天心合，故吉也。夫种木不择得善木，又植恶地，枝叶华实，安得美哉？此者，始以端身正性，道意止归之元气[②]，还以安身。

念古法，先师所职行，何以能自治[③]，计定意极，且自得之。先以安形，始为之。如婴儿之游，不用筋力，但用善意。详念先人独寿，其治独意，以何得之。但以至道，绳邪去奸，比若神矣，无有奇怪。本正，以是为之，故得天心，不负地意，四时周，五行安[④]，子孙不相承负，各怀至德，不复知为邪恶也。

真人问曰："何为天经，何为地经，何为人经，何为道经，何为圣经，何为贤经，何为吉经，何为凶经，何为生经，何为死经？"神人曰："然，修积真道，道者，天经也。天者好生，道亦好生，故为天经。修积德者，地经也。地者好养，德亦好养，故为地经。修积和而好施与者为人经，和气者相通往来，人有财亦当相通往来，故和为人经也。修积上古、中古、下古道辞，为道经；修积上古、中古、下古圣文，为圣经；修积上古、中古、下古贤辞，为贤经。其师吉者，为吉经；其师凶者，为凶经；其师生者，为生经；其师死者，为死经。法由圣显，道寄人弘[⑤]。"

---

①和气：由阴阳二气交合而成的中和气。人有财相通二句：施恩布惠，周急救穷。

②止归：落在，归向。

③自治：自行修身养性。

④四时周：四季正常交替推移。五行安：五行保持固定的相生与相克的顺序。

⑤寄：付托。弘：弘扬传布。

入室存思图诀

入室独居，思经道之本，所须出入，贤者先得其意，其次随之，遂俱入道，与邪相去矣。

入室思存，五官转移，随阴阳孟仲季为兄弟[①]，应气而动，顺四时五行天道变化，以为常矣。失气则死，有气则生，万物随之，人道为雄[②]，故立五官，随气而兴。

天道因气飞为雄[③]，真人积气，聚神明，故道终常独行。万民失气，故死，丧者为贱，生者为贵。子守道可长久，随气而化天为常，无急名利道自行。天道常生无有丧，地道持两主死亡[④]。

夫上古圣贤者于官[⑤]，中士度于山，下士虫死居民间[⑥]。贤者见书，深思此言，先难后易，身亦无患。而守德，成大道身。学已更九室[⑦]，成神人。其念常与凡人殊绝异，朝夕未常念地上，欲闻天事也。意乃念天上职事[⑧]，乃后可下九室，积精笃竭自化[⑨]，易其形容，即是上天圣人也，不得复理民间时事明矣。

吾之书乃使高士遂生而不见[⑩]，下士不敢妄为妄言也。吾书为道，所能穷竟人志，使人贤不肖各尽其才，至死无可复悔者，乃各尽其天命也。欲寿乐久存者，思正道意，可往矣；不乐久存者，宜就俗事，但乐止其身而已。

---

①五官：指五行之神吏，即木行青衣神吏、火行赤衣神吏、土行黄衣神吏、金行白衣神吏、水行黑衣神吏。孟仲季：指四季中的三个月之别称，如孟春、仲春、季春。为兄弟：各从其类，共相为使转相治，更相证明转相生。

②人道为雄：人为万物之长，且能御神，故语。

③气飞：汉代浑天说认为：天体乘气而在空中运转。

④持两：指地为阴，既好养又好杀。

⑤于官：指由修道而取得官位。

⑥虫死：像虫豸一样轻易死掉。

⑦九室：指修道的静室。

⑧天上职事；指乘云驾龙，周游八极之类。

⑨精竭：诚实到竭尽一切的地步。

⑩遂生而不见：得长生而成神。

自知得失诀

验行镜其身，自知可为得失法。贤明智乃包裹天地，积书无极，而不能自寿益命，此名空虚，无实道也，术士之师也，久久还自穷之[①]。

学能遍授天文地理，悉解万物之情，众书并合备具，而不能事亲尊君，此知无益也。详思此言，吉凶可知矣。此以简行[②]，即令人自知得失。

---

①穷：穷迫困顿，不免于死。

②简行：检视行为。

阙　题

学问何者为急？故陈列二事，分明士意失得之象[①]。自开辟以来，行有二急，其余欲知之亦可，不知之亦可。天地与圣明所务，当推行而大得者，寿孝为急。寿者，乃与天地同优也[②]。孝者，与天地同力也。故寿者长生，与天同精。孝者，下承顺其上，与地同声。此二事者，得天地之意，凶害自去。深思此意，太平之理也，长寿之要也。

诸欲为善，求活者少。故父母者，生之根也；君者，授荣誉之门也；师者，智之所出，不穷之业也。此三者，道德之门户也。父母，乃传天地阴阳祖统也[③]；师者，乃晓知天地之意，解凡事之结；君者，当承天地，顺阴阳，常务得其意，以理道为事。故此三者，性命之门户也。深思此言，万害除矣。

寿孝者，神灵所爱好也。不寿孝者，百祸所趋也。此道自然不用力，欲知其效，常随人意善恶所致。心意谋事于内，响应于外，欲知其道，正影响之应也。心以意吉凶之门户[④]。古者太平之君，其理要但用心意善，即臣善；用意误，得臣亦误。心意，天地枢机也，不可妄动也，使和气错乱，灾害日生矣。

①士意：士人意念。

②同优：相协和。

③祖统：先人的统系。人禀阴阳精气而生，此处冠之以天地阴阳。

④以：和。

太平经卷八十六

己部之一

来善集三道文书诀第一百二十七

六方真人俱谨再拜："前得天师教人集共上书严敕，归各分处，结胸心，思其意，七日七夜，六真人三集议，俱有不解。三集露议者，三睹天流星变光。一者，见流星出天门，入地户[①]，再者，见流星出太阳，入太阴[②]；三者，见列宿[③]流入天狱中[④]。因三并而共策之，恐天师三道行书，为下所断绝，使不得上通，复令天怒重忿忿，上皇气不得来也；令帝王道德之君，固固承负先王余灾不绝，而得愁苦焉。"

"咄咄！六真人为皇灵共来问事，益精进，天焉哉！吾见诸弟子言，无可复以加诸真人也。今试自说其流星意。""六弟子愚蔽，敢不言。初始一流星出天门，入地户。天门者，阳也，君也；地户者，阴也，民臣也。今民臣，其行不流而上附，返上施恩于下。夫门户，乃主通事，今下户不上行，返上门通门而下，知为下辞会见断绝，不得上行也。"

"善哉真人言，吾无以加之也。行虽苦，复说二事。""唯唯。""二事：见太阳星乃流入太阴中。太阳，君也；太阴，民臣也。太阳，明也；太阴，暗昧也。今暗昧当上流入太明中，此比若民臣暗昧，无知困穷，当上自附归明王圣主，求见理冤结。今反太明下入阍昧中，是象诏书施恩，下行者见断绝，暗昧而不明，下治内独乱而暗蔽其上也。又象比近下民，所属长吏，共蔽匿天地灾变，使不得上通冥冥，与民臣共欺其上，共为奸之证也。"

"善哉善哉！吾无以加六子言也。行虽苦，复说其三事。""唯唯。""三事：见列宿星流入天狱中。夫列宿者，善正星也[⑤]，乃流入天之狱，狱者，天之治罪名处也，恐列士善人欲为帝王尽力，上书以通天地之谈，返为闲野远京师之长吏所共疾恶，后返以他事害之，故列宿乃流入狱中也。"

"善哉精哉！吾无以加六子言。今六子问事，乃何一怒也！独不懈倦耶?""不敢也。常见天师言，真人为天来问事，今欲止，恐天辞不通。今凡人命属天地，天地不喜，返且害病人，则不得竟吾天年寿矣。"

"善哉，真人之言是也，不失之也。今吾为诸真人说，亦不敢遗懈止也。吾与诸真人等耳，俱命属天地，若闭不说，说而中止也，天地同且害我，故我说亦不敢妄道止也。行，且为六真人具说之。今六真人新出穴[⑥]，为天思，可以除天病者；为有德君思，可以除解灾安身者。六真人极共说其意，尽心所欲言者，令使不得闭绝。""唯唯，天师所敕，不敢不尽雀鼠之智，悉言之不也?""大慊[⑦]。"

"唯唯。""今天下所畏，口闭为其不敢妄诞。今日月星历，亲天之列宿神也，尚相畏，是故日出，星辄逃匿，不敢见，畏其威。夫四境之内，有严帝王，天下惊骇，虽去京师大远者，畏诏书不敢语也；一州界有强长吏，一州不敢语也；一郡有强长吏，一郡不敢语也；一县有刚强长吏，一县不敢语也；一间亭有刚强亭长[8]，尚乃一亭部为不敢语。此亭长，尚但吏之最小者也，何况其臣者哉？皆恐见害焉，各取其解免而已。虽有善心意，不敢自达于上也，使道断绝于此。

今但一里有刚强之人，常持一里之正者，一里尚为其不敢语，后恐恨之得害焉。但一家有刚强武气之人常持政，尚一家为其不敢语也。一家尚亲，自共血脉，同种类而生，尚乃相厌畏如此，何况异世乎[9]？

今太上中古以来，多失道德，反多以威武相治，威相迫协。有不听者，后会大得其害，为伤甚深，流子孙。故人民虽见天灾怪咎，骇畏其比近所属，而不敢妄言，为是独积久，更相承负。到下古尤益剧，小有欲上书言事，自达于帝王者，比近持其命者辄杀之；不即时害伤，后会更相属托而伤害之，故民臣悉结舌杜口为喑，虽见愁冤，睹恶不敢上通，故今帝王聪明绝也，而天变日多，是明证效也。

今民亲得生于父母，受命于天地，以天地为父母，见其有灾变善恶，是天地之谈语，欲有此言也。人尚皆骇畏，且见害于比近所系属者，不敢语言泄事，乃相敕教共背天地，与共断绝，不通皇天后土所欲言也。共蔽冤天地，乃使其辞语不通，天地长怀恨悒而不达。

今帝王虽神圣，一人之源，乃处百重人之内[10]，万里之外。百重之内，虽欲往通言，迫胁于比近[11]，不得往达也。夫帝王虽有万万人之仁圣，人各迫劫畏事，天地极最神圣，人乃仰视俯睹，尚倚之当前，自解而已，帝王安能神圣于天与地乎？愚生六人常逢猛虎于远方闲野，六人俱止，足不敢移，口不敢语，头不敢动，目不敢瞑，夫人之所迫胁所畏，如此矣。"

"善哉善哉！今见六真人言，承知天独久病苦冤，辞语不得通，虽为帝王作万万怪变以为谈，下会闭绝，不得上达，独悒悒积久。今故风诸真人，教其丁宁，敕此行书之事，故诸真人悚悚倦倦，是天使也。诺诺，吾其畏天威，方为子思惟其要意而具说。今之六真人问此事，常何一最剧也？"

"愚生六人，七日七夜，共念此行书事，三集议，三睹流星，以为天告人教敕，使人问也。又六人俱食气，俱咽不下通，气逆而更上，当此之时，耳目为之眩瞑无睹。俱怪而相从议之，不知其为何等，大骇惊怖，唯天师为愚生说之。"

"善哉，诸真人古变得具意[12]。见诸真人言，乃知三道书，真人会且复见闭绝。""何乎？愿闻其意决。""然，夫九窍，乃象九州之分也[13]。今诸真人自言，俱食气乃啼不通[14]，眩瞑无光明，是九州大小相迫胁，下不得上通其言急事也。夫气者，所以通天地万物之命也；天地者，乃以气风化万物之命也，而气啼不通者，是天道闭，不得通达之明效也。天欲使真人丁宁此事，故以此气动感真人也。子知之耶？""唯唯。"

"行，子已知之矣。诺，天告六真人教吾极言耶？六子安坐！为诸弟子悉说之道之。为畏其州郡长吏不敢言者，一州中诸善士贤明相索[15]，共集议于他州上之；畏其郡，集议于他郡上之；畏其县，集议于他县上之；畏其乡亭，集议于他乡亭上之；畏其里，集议于他里上之。皆悉在方[16]，其禁畏人者，以其所上罪变怪轻重罪之，复加故罪一等。"

"何其重也？""不应重也，尚恐其轻。今天地爱有德帝王，欲为其具谈。人生于天地，乃背天地，断绝天谈，使天有病，乃畜积不除，悃悒不得通言报其子[17]，是一大逆重罪也。夫民臣，乃是帝王之使也，手足也，当主为君王达聪明，使上得安而无忧，共称天心，天喜说则使君延年。今返居下不忠，背反天地，闭绝帝王聪明，使其愁苦，常自责治失正，灾变纷纷，危而不安，皆应不孝不忠、不信大逆，法不当得与于赦，今何重之有乎？天谈不得通，天地大怒，贼杀凡物，乃为毁天地，乃为太凶之岁；国断无聪明[18]，乃为大危之国，此罪不可复名，故为当死过也。真人知之耶?”“唯唯。”

“行，子已知之矣。吾所以敢不□□者，见六子来问事，致承知为天使，诸真人故敢不□□也。子知之耶?”“唯唯。”“今不□□之名，为误上也。德君见文，皆令敕上书者，使其大□□有功者，德赐之也。如此，则天下莫不欢喜，乐尽其力，共上书言事也。勿得独有孤一人言也，皆令集议。一人言或妄伪佞欺，名为使上失实，不可听，大过也。比连年上书，比比有信[19]，有大功者。上士之人众集者，常病不多，两三人集，固固有有奸伪多者，无奸伪。”

“何也？愿闻之。”“然多者，则其上书者便自传相畏，恐事漏泄，见得长短，反为欺上，为傍人所上，故尽实核□□，乃敢言之也。不□□不敢言，又不敢有可隐，皆畏恐有后事，是故悉信也。比若一里百户共欺也，男女小儿巨人，会有泄之者，旁里会有知之者。其里贤明畏事者，会不敢匿，恐坐其事，何况乃一州一郡、一县一乡一亭？郡有非常事，阳阳何可隐[20]？犹为旁人所得长短，故善恶都毕出，天乃大喜，灾除去，与流水无异也。子知之耶?”“唯唯。”

“又大集议，无敢欺者，一两人欲欺，余人会不从之也。有欲欺不信者，即时众共记之上之，其法应为背天地，欺帝王，诈伪大逆不道之人也。天怨之，人恶之，其罪不得与赦也。真人知之耶?”“唯唯。”

“行，子已觉矣。已行上书，还反其家。有怨其行上书欲害者，即左方之[21]，名为怨章，罪过不除。如是，则三道行书已通，无敢闭绝者也；如是，则天地已悦矣，帝王承负之灾厄已大除去，天下太平矣，上皇气悉来到，助德君治矣。□□不负六真人也。”“唯唯。”“行，六真人精已大进，为天除病矣，为帝王除厄会矣，功已著于天矣，王者已日强明矣，六真人为善已得其数矣。宜勉力，慎之慎之!”

“唯唯。”“愿问一大诀，惟天师示之。欲知行书，乃出入究洽于神灵未，岂可闻乎?”“然，自有大验，天道不欺人也，各以其类相求索。令德君数遣信吏，问民间有疽疠疥者、无有者多少。有疽疠疥者[22]，行书未究洽于神灵，自苦有余虫食人，虫乃食人，即虫治人也，固固下有余无道德臣民，比若虫矣，反食于人，是使虫治人之效也；无有疽疠疥者，即皆应善人在位，无复虫也，此者万不失一。”

“善哉善哉！独以此明之耶？复有余耶?”“凡天下灾异，皆随治而起，各有可为，但精思其事，且自知之也。”“何独以疽疠疥言之乎?”“其余灾，尚但见于万物，虫反食人最剧，故以效之也。”“善哉善哉！向不力问于天师，无从得知之也。”“观诸真人今且说，已自知之矣，但引谦耳。”

“不敢不敢。愚生六人重得天师严教，各归居便间处，惟思其要意。今天师书文，悉使小大，下及奴婢，皆集议共上书，道灾异善恶，曾不太繁耶哉？异生愿闻其意。”“善哉！子六人为天问事，详慎乎，天使诸真人言也。然所以使下及庶人奴婢者，今天之法界[23]，万里异天地，五千里复小异；千里异风气，五百里复小异；百里异阴雨，五十里复小异；一县异变灾怪善恶也[24]。夫皇天有灾怪变，非必常当处帝王之宅，县官之庭，长吏之前也。灾变异之见，常于旷野民间，庶贱反先知之也。

各为其部吏讳[25]，不敢言；吏复各为其君讳，而不敢言，反共断绝天地谈。人人欲誉其长吏，使其名善而高功疾迁，共作无道，互天地之灾异变怪，令闭塞，不得通达帝王之前，使帝王无故断绝，无聪明，不得天地心意，其治危乱难安，得愁苦焉。

夫帝王，天所父命生，以天为父，以地为母。帝王为天子，民臣共为无道，乃断人父母谈语，不得通于其子，其罪莫大焉。为共断绝天地之谈，共欺其上，为人民臣不忠信，遇乃如斯，罪当轻重，宁可名字耶？子觉未？”“唯唯。”

“又凡民臣奴婢，皆得生于天，长于地，得见养理于帝王，以此三事为命。无此三事，则无缘得生长自养理也，而反下皆共欺其上，共无知天与地，使帝王无聪明闭塞，罪皆应万死，尚复有余罪。”

“何其重也?”“真人其愚暗不解，何哉？人得生于天，长于地，天地愁苦有病，故作怪变以报其子，欲乐见理；愚民反共断绝天辞，天地大怒之。帝王，民臣之父母也，民臣反共欺其父母，使其常用心意愁困，而不能平其治，咎莫大焉。天地开辟以来，承负之厄会大积，悉起于是，故使民间上书也。今阳明德君治[26]，天难愁苦之，故使吾言也。”“善哉善哉！”

“行，今为真人道之。今天下日蚀，极天下之大怪也，尚或有睹，或有不睹。天下之灾异怪变万类，皆天地阴阳之变革谈语也。或国不睹而州睹，或州不睹而郡睹，或郡不睹而县睹，或县不睹而乡亭睹，或乡亭不睹而民间人睹，或甲里不睹而乙里睹，故古者贤圣之治，下及庶贱者，乐得异闻，以称天心地意，以安其身也。故其治独常安平，与天合同也。

今太平盛气至，有一事不得，辄有不和，即天正气为不至。比若愚民竭水而渔，蛟龙为不见，此之谓也。今故悉使民间言事，乃不失天心丝发之间，乃治可安也。民间自力集上书，部诸长吏[27]，亦且恐后民言事，且力遣吏问民间所睹，疾复上之，则变灾无有失也。如是，皇天后土，为其大喜，爱其帝王。”

“以何明之乎?”“然有证：乃日月为其大明，列星守度[28]，不乱错行，是天喜之证也；地喜则百川顺流，不妄动出，万物见养长好善也，即是地之悦喜之证也。真人知之耶?”

“唯唯。”“天师幸哀愚生，得其事者进问，缘见待厚，乃得悉问所疑。今使民间记灾变怪，云何哉?”“然，善乎子问事也。然，当见之时，支日晏蚤户记之[29]，月尽者共集议之，可上而上之；未足上者，复待后月灾异。如此县邑长吏，且取晏蚤之时于民间也，则可谓为不失天之灾丝发之间也。

吏亦畏民，民亦畏吏，两相畏恐，所上皆得实，不失铢分之间，则令帝王安坐幽室无忧矣。民臣百姓大小，尽忠信，得达其情实矣，天下莫不欢喜。如有止者，即共记之，皆应奸臣不忠孝之民，无知天地，共欺其上，使上聪明断绝，是大过也，故当共急记之。真人知之耶?”“唯唯。”“行去，有疑来问之。”

“今六真人俱归慕思，惟天师使长吏民间共记灾异变怪，皆当共记何等者哉?”“善乎！六子问事详善，不失天心，不负德君，是为有功于天地，万物莫不被蒙之也。所以然者，乃其为天问事□□，悉究竟详善，故不失铢分。天地阴阳、三光五行、四时神祇、万物所欲言，悉得见，故为大有功也。子知之耶?”“唯唯。”“行，今为六真人陈之，详自随而记之。”“唯唯。”

“然，夫大灾异变怪者，是天地之大谈也；中灾异变怪者，是天地之中谈也；小灾异变怪者，是天地之小谈也。子欲乐知其大意要，比若人，大事大谈，中事中谈，小事小谈。此大小，皆有可言也，不空见也。天地不妄欺人也，见大善瑞应，是其大悦喜也；见中善瑞应，是其中悦喜也；见小善瑞应，是其小悦喜也。见大恶凶不祥，是天地之大怒也；见中恶凶不祥，是天地之中怒也；见小恶凶不祥，是天地之小怒也。平平无善变，亦无恶变，是其平平，亦不喜，亦不怒。子知之耶?”“唯唯。”

“灾异变怪，大小记之，勿失铢分也。”“何其悉详乎?”“真人何其愚也！过大小，尽当见知，善恶大小，亦悉当见知也。善者当谢其功，以善逾异之[30]，过者数让之，以称天地之心意。子欲知其效者，天，比若人君长也，一小言不见从，则小恨；更中言，中言不见从，则更大恨；更大言，则为害矣。故当大小记之，不当使天地恨怒也。”

“善哉善哉！愿闻所记意。”“记变怪灾异疾病，大小多少，风雨非常，人民万物所病苦大小，皆集议而记之。所以使其共记之者，吏自相知长短，民民自相知长短；迫近山阜而居者，知山阜变；近市城郭而居者，知市城郭变；近平土而居者，知平土变；近水下田而居者，知水下田变；高下外内，悉得知之，故无失也。是立致太平之术也，而帝王所宜用，不失大心之法也。真人知之耶?”“唯唯。”

“行，子已知之矣。天地开辟以来，所以多承负之灾者，由其记事不及民间大小，共集记之故也。有变怪，反乃他所长吏[31]来行之[32]。比近各为其部界长吏讳不言，共匿之，因使天地辞语断绝，不得上通达其帝王，为害甚深，令天悒悒，灾为之复增益，咎在此也。

他所长吏来考事，安知民间素所苦者乎？或相与厚善，反复相与共隐匿之；或得素有所不比之家[33]，反复增加灾，妄增益其事，故之也。共匿之，则使天地谈断绝；加故，共冤无罪之人；复令下比货财相随[34]，此三事皆为大害，冤结气，复更增其灾害也，故其治殊不可平也。

令夫太阳兴平气盛出[35]，德君当治，天下太平，莫不各得其所者，是故六真人来，为其具问事，吾为其悉语也。子知之耶?”“唯唯。”

“是故天将兴佑帝王，皆令自有意。从古到今，将兴佑之，辄为奇文异策，令可案以治，故所为者悉大吉也。将不佑利之，悉断之奇文异策，使不得之也；如得之，又使其心愚，不知策而用之也。将兴利之，使其心旷然开通，而好嬉用之也。此者，天之格法也，不欺人也。故凡人将兴者多好善，将衰者多好恶也，将吉者易开导也，将凶者好抵冒人也，不可开导也。真人知之耶?”“唯唯。”

“是故天者常佑善人，道者思归有德；故天者不肯佑恶人，道者不肯附于愚蔽人也。故常敕真人，以付归有德之君也。所以悉记其灾异变怪，大小善恶，外内远近者，欲令上有德之君，与众贤原其灾异所起。夫天下变怪灾异，皆象其事，法其行，缘类而生，众贤共集议，思之旷然如其意，以其事类考问之，则得之矣，则天地日为其大喜，帝王日为其大安。如此，则德究洽于神祇，莫不飨应。

欲知其大效，天下所疾苦，灾异悉尽，民臣悉善，应诏书而行，不失诛分，下不欺其上之明效也。有余多害，自若多欺者；少害，少欺者；无一余害，无一欺者。常安观下所上，以占民臣大小忠信与不，以其事对之，比若窥明镜，相对而面语。”“神哉！为道如斯。”“此乃天佑上德之君，子其治天下之镜也。真人知之耶?”“唯唯。”

“行去，付上德之君急急。一人独上书，名为投书，治事付一信[36]，名为大欺，与皇天为重怨，天道为其常乱也。二人共上书，名为太阴，合奸共欺，二猾人固固相敕戒[37]；或共有怨恶共上之，共为虚伪也，与地为咎，地道为其大乱也。三人共上书，固固尚不实，三人固固可相敕教，共有所疾共上事，以公报私，固固为共欺其上也，与中和为仇，令和气大乱也。

四人共上书，中辄有畏事不真者，为傍人所得长短，为罪名固固耶；将似类真也，其不信者，乱四时也。五人共上书，似真未信□□也，其不信者，辄乱五行也。六人共上书，将真未信也，其不信者，辄乱六合也。七人共上书似信，八人近真，九人近实，十人而小□□。”

“今天师何其疑之多也？愿闻其要意。”“然，所以疑之多者，或五方好猾人，俱自有私怨咎，以公报私，固固可共相与为大欺，猾奸人乱天地道而误上，故未疾纯敢信之也[38]。但为小□□。

是故使众人老小，贤不肖男女，下及奴婢者，大小集议，不可得以伪。其以公报私也，中会有不安而言之者，或有不肖，或有轻口不能匿[39]，或有老人，寿在旦暮，不复忌讳，或有妇女小儿行言，不能隐匿，共为奸也。故其事会泄，故无奸悉得真也，得真则天地心调。真人知之耶?”

"唯唯。"

"本帝王所以连连相承负之过责，治常失天心，流灾不绝，绝者复起，皇天不安，多害气疾病，不得久大乐，须臾乐者复恶，其大咎正在此猾奸人，共背天地而欺帝王。人乃以天地为命，以帝王为父母，愚人及背其命而共欺其父母，故天地共憎之，帝王恶之。其法恶[40]，死有余罪，当流后生也。是故灾不绝，害日多，人寿日少，万物常乱也，正咎在是也。岂真人已大觉重知之耶?""唯唯。"

"子可谓已知之矣。是故吾知皇天深疾恶，是故吾使是文复重□□为其平[41]。遗失其一事，一事可起，失之于前，得之于后，此事尤重，天大恶之也。吾知其□□，以示敕真人，以付归上道德之君，得而行之，与神无异也，乃且太平上皇正气立自来也。吾之文，不敢负天地，不负上德君，不负后生下古之人，不负万物，行之立效。"

"善哉善哉！愿闻一人上书，何故乱天？二人何故乱地?""然此者，各从其家。并策相应者[42]相感动，此自然法，子知之耶?""唯唯。""行，子已知之矣。天下之事，各从其类也。"

"愿问天师，今应此文言为之，宁能尽实核，天下悉信耶?""然，天下悉信矣。""愿闻其意。""然，且语真人大要。说今是主者长吏，亦畏民泄其事，而生之六考问[43]，长得其信也；民亦畏县官，得其短，亦复信也；县官长吏居民亦畏行于他方上书者，得其短，亦信也；行上书者，亦畏县长吏居民得其短也，亦信也；更相畏，非敢有妄语者也，亦非有可隐也。是故使三处上书，县官与居民与行者，悉旦三相应，不失铢分也。"

"神哉！为道如此。愿闻到也所集议，人当于何期乎?""善哉，子之言。悉记于太平来善之宅下[44]。""何必于此?""然，其有奇方殊文，可使投于太平来善宅中。因集议善恶于其下，而四方共上事也，为一人议[45]。中悔而止，或为旁人所止，上书便在方道中止，意以其所匿事罪之。如此书者，天下已得矣，帝王已长游矣。"

"善哉善哉！今天师文积备多，当尽何投之?""其文独为上出者止于上，悉为天下事出者悉出之。子知之耶?""唯唯。""行去。夫上德之君，天自使有圣心，且缘是自有善意，自有善令。仪此为天法[46]，不失丝发也。事亦不可胜记，常苦文[47]。行去。""唯唯。"

右天告六真人、使重知三道行文书诀。

---

①出天门、入地户：天门，指二十八宿中奎宿和壁宿所夹峙的天区，位在西北。地户：指二十八宿中角宿和轸宿所夹峙的天区，位在东南。

②出太阳，入太阴：太阳，太阴此指日月运行路线的所在名称。古以二十八宿中房宿四星为四表，中间为天衢（qú，渠），其中南二星之间叫阳间，最南一星的南边三尺处，叫阳星，再南三尺，叫太阳；反之，北二星之间叫阴间，最北一星的北边三尺处叫阴星，再北三尺，叫太阴。

③列宿：指流星群。

④天狱：星座名，即贯索九星。九星形如牢狱，故称天狱。

⑤善正星：祥善的星象。

⑥穴：指野外修炼的洞室。

⑦慊（xián，闲）：通"嫌"，疑虑。

⑧闾亭：里巷。亭：汉代基层行政单位，辖十里，设亭长。

⑨异世：异姓。

⑩百重：规模宏伟、戒备森严的皇宫建筑群。

⑪比近：指周围待臣。

⑫古变：依用古法体察当前的异常反映。

⑬九州：传说中的我国上古行政区划。

⑭吤（jié，节）：呛住的意思。

⑮索：拧成一股绳。

⑯方：指灾变地点。

⑰子：此特指帝王及皇天之子。

⑱聪明：听觉和视觉。

⑲比：考核。比比：接连。

⑳阳阳：暴露于光天化日之下。

㉑左方之：指在文书后面加以匡正。方：匡正。

㉒疽疠疥：疽，囊肿病。疠：麻疯病。疥：疥疮病。

㉓法界：指整个自然界。

㉔变灾怪：指各种灾祸和罕见的怪异现象。

㉕部吏：顶头上司。

㉖阳明：此指德君。德行如太阳昭明。

㉗部：指辖区。

㉘度：指天体位置或运行轨道。

㉙支日晏蚤：支日，指六十甲子所值日期。晏，晚。蚤，通“早”。

㉚逾异：破格擢用。让：责罚。

㉛他所长吏：该地最高长官，这里指刺史。

㉜行：按察督问。

㉝不比之家：指与长吏有矛盾的人。

㉞下比：此指与来督察的官吏相勾结的当地官吏。此句言贿赂之风。

㉟太阳兴平气：太平盛气。

㊱投书：为投机而上书。付：通副，符合。信：应验。

㊲固固相敕戒：固固，准保，势必。相敕戒：订立攻守同盟。

㊳疾纯：立即，全部。

㊴轻口：多嘴，说话不顾后果的人。

㊵法恶：效法恶行。

㊶平：衡量裁定。

㊷并策：象占筮那样来合勘。

㊸生之六考问：生，决定生死之意。六考问，指汉制规定州刺史督察官吏，要问六件事。一事，强宗豪门，田宅逾制，以强凌弱，以众暴寡；二事：郡守不奉诏书，背公向私，侵渔百姓，聚敛为奸；三事：郡守轻率处理疑难案件；四事：用人不公；五事：郡守子弟仗势为非作歹，六事：结党营私，贿赂公行。

㊹太平来善之宅：《太平经》作者设计的收纳上书的特定处所。详见卷八十八。

㊺一人：指帝王。

㊻仪此：指遵从《太平经》所言。

㊼苦文：以文繁为苦。

太平经卷八十七

己部之二

长存符图第一百二十八

天符还精以丹书，书以入腹，当见腹中之文大吉[①]，百邪去矣。

五官五王为道初[②]，为神祖，审能闭之闭门户。外暗内明，何不洞睹？

守之积久，天医自下[③]，百病悉除，因得老寿。愚者捐去[④]，贤者以为重宝，此可谓长存之道。

独贵自然，形神相守，此两者同相抱，其有奇思反为咎。子失自然，不可寿也。婴儿五精[⑤]，还自保也。

---

①天符：上天降授的一种导人归入正道的神符。本经卷一百四至一百七所罗列的复文之类。以丹书：用红色书等。书以入腹：指吞服。见腹中之文：指吞服神符后产生的一种幻象。

②五官：指目为肝之官，舌为心之官，口为脾之官，鼻为肺之官，耳为肾之官。五王：指肝为目之主，其余类推。道初：入道的初基。

③天医：上天神医。

④捐去：白白抛弃。

⑤五精：指五脏的精气。

太平经卷八十八

己部之三

作来善宅法第一百二十九

六方真人再拜："愿有所问一疑。""行言之。""今天师前所敕愚生拘校上古、中古、下古之要文，及究竟贤明之善辞、口中诀事也。今四境之界外内，或去帝王万万里，或有善书，其文少不足，乃远持往到京师；或有奇文殊方妙术，大儒穴处之士，义不远万里，往诣帝王，炫卖道德。

或有黎庶幼弱老小、田家婴儿妇女，胸心各有所怀善字诀事[①]，各有一两十数，少少又不足，使人远赍持往诣京师。或有四境夷狄隐人、胡貊之属[②]，其善人深知秘道者，虽知中国有大明道德之君，不能远，故赍其奇文善策殊方往也。

今天师言，乃都合古今河洛神书善文之属，及贤明口中诀事，以为洞极之经，乃后天地开辟以来，灾悉可除也，帝王长游乐，垂拱无忧也。言一事不足备，辄有余灾，故当都合之[3]。今不知当以何来，致此奇方殊策善字，乃悉得之。"

"善哉善哉！诸真人思念剧也，天神已下，告诸真人矣，上皇之气来佑助道德之君□□矣。行，真人今乃为皇灵天具问事，吾职当为天下具谈，何敢有懈焉。诺，诸真人安坐，方为真人悉说之。""唯唯。"

"以此书付归上皇道德之帝王，见天文必思其要意，敕州郡下及四境远方，县邑乡部，宜各作一善好宅子都市四达大道之上也。高三丈，其中广纵亦三丈[4]；为四方作善疏，使与人面等，其疏间使可容手往来；善庇其户也，勿令人得妄开入也。

悬书于其外而大明其文，使其□□书其宅四面亦可也。其文言帝王来索善人奇文殊异之方，及善策辞、口中诀事。人胸心常所怀，所能言，各悉书记之，投于此宅中。自记姓字，已且征索之，各以其道德能大小，署其职也；所言多少、其能不可征者[5]，且悉敕所属县邑长吏，以职仕之也；其老弱、妇女有善言者，且敕主者赐之；其有大功而不可仕者，且复之也[6]；四境之外，其有所贡进善奇异策，用之有大效者，且重赏赐之也。

如此，四境外内，一旦而同计大兴，俱喜思为帝王尽力，从上到下，从内到外，远方无有余遗策、善字奇殊方也，人皆一旦转乐为善也。隐士穴处人中，出游于都市，观帝王太平来善之宅，无有自藏匿者也。风雨为其时节，三光为其大明，是天大喜之效也。

四夷八十一域中，善人贤圣，闻中国有大德之君治如此，莫不乐来降服，皆赍其珍奇物来，前后成行。吾之书，万不失一也，岂不大乐哉？大德之治如此，诸真人宁解晓之耶？""唯唯。"

"然，子已觉矣。于其宅中文太多者，主者更开其宅户[7]，收其中书文，持入与长吏众贤共次。其中善者，以类相从，除其恶者，去其复重，因事前后，赍而上付帝王。帝王复使众贤共次，去其中复重及恶不正者，以类相从，而置一闲处；复令须四方书来[8]，前后次之，复以类相从，复令须后书至也。

其四方来善宅，已出中奇文殊方善策者，复善闭之，于其畜积多者，复出次之，复赍之上，于四方辞且日少毕竟也。所上略同，使众贤明共集次之，编以为洞极之经，因以大觉贤者，乃以下付归民间，百姓万民，一旦俱化为善，不复知为恶之数也。此所谓毕得天地人及四夷之心，大乐日至，并合为一家，共成一治者也。六真人岂知之耶？""唯唯。"

"行，六真人已知之矣。夷狄闻之，日自却去，中国日以广，不战斗伐而日强也。天地助其除恶，是为天地开辟以来，未常有也，是故天下大喜也。天地神灵共除帝王承负也，灾变已消去，其治与神无异也。天下人且大得道德奇方，皆思善文正字，不复为邪恶也。所上且岁益善，于其后三岁一小录，五岁一大录，次之，此以下附归于民间也，使其各好为善，不能自禁止也。取其中大善之事，有益于帝王正治者留之，勿下之也。真人知之耶？""唯唯。"

"然今真人，天使诸弟子问，是今既为天问事，乃为德君作大乐之经，努力勿懈也。天且报子功，子乃为皇天后土除病，为帝王除灾毒承负之厄会，子明自当增算，吾言不敢欺真人也，慎之。""唯唯。""行去，归努力，精行，有疑者来。""唯唯。"

"真人前，子前问事之时，吾欲去久矣[9]。故中与子断诀之文[10]，见子惓惓，知为皇天佑阳精[11]。所以然者，见真人精，中国当大兴平，八十一域善人当降，来归中国，故吾为子更止留，悉究竟说之也。所以然者，见真人为天问事不止，反恐得大过于子，得谪于天地，故不敢弃道而中去也。真人知之耶？""唯唯。""行，努力精卒之[12]，勿弃天道问一诀也。""唯唯，愿请诀事。"

“言之。”

“天师何睹正于都市四达道上，为太平作来善文奇策密方之室乎?”“善哉！真人之难问也，得其大要意。天积悒悒，帝王使子难问耶？其投辞何一工也[13]！然，吾居天上观之，有可睹见，不空妄作此皇平之宅于四达道上也。

天公问，天下何故难平安哉？五行神吏上对言，今帝王乃居百重之内，去其四境万万余里，大远者多冤结，善恶不得上通达也；奇方殊文异策断绝，不得到其帝王前也；民臣冤结，不得自讼通也。为此积久，四方蔽塞，贤儒因而伏藏，久怀道德，悒悒而到死亡。帝王不得其奇策异辞，以安天下，大咎在四面八方远界闭不通。

今故承天心意，为太平道德之君，作来善致上皇良平之气宅于四达道上也，欲乐四方悉知德君有此教令，翕然俱喜，各持其善物殊方，来付归之于上，无远近悉出也，无复断绝者也。”

“善哉善哉！响不及天师力问，不得知之也。”“然，真若真人言也。夫人天性自知之，其上也；不能自知之，力问，亦其次也。子知之邪?”“唯唯，愿请问一事。”“言之。”

“何故必使其广纵三丈，高三丈乎哉?”“善乎，子之言也。一者，数之始也。天数亦终于十，地数亦终于十，人数亦终于十，故使三丈也。欲乐合天地人，使其俱悦喜也，故象天地人为之也。”“今请问三数，何故俱十乎哉?”“然，天有五行，亦自有阴阳；地有五行，亦自有阴阳；人有五行，亦自有阴阳也，故皆十。”“善哉善哉！今独天地人如此邪哉？然万物悉如此邪哉?”“然万物悉象天地人也，故天地人皆随四时五行为盛衰也。真人知之邪?”“善乎善乎！”“然，子可谓已知之矣。”

“愿请问一事。”“言之。”“今何故必为其四方作疏，与面齐者?”“然疏者，欲使贤儒策之也；疏者，乐四方疏达，不复闭绝也，欲使贤者各疏记其辞，投此太平来善之室中也。与面齐者，面者，最人之善者也，太阳之分[14]，象天道也；乐人各顺天心，思为善，与德君并力，共平天下也，古使与面齐。面者有七正，耳目口鼻可以通气，神祇往来，乐大贤策之，使四方八极远境聪明悉来至也。今帝王虽居百重之内，与民相去万万里，光明教令，悉畅达也，不失天地之心，以安其身。”

“善哉善哉！愿请问，当使何吏守此宅哉?”“长吏直署，唱名为太平之宅[15]，乐善之吏也。”“善乎！愚生知天已大喜矣，地已大悦慎行也，人已太平理矣，万物已得其所矣。”

“今真人何以知之乎?”“愚生见天师为太平德君制作大乐之宅，以通天地人之谈语。今使下民臣各得奏上其辞于其君，令帝王得奇策异文殊方，可以长自安全者；又天地得通其谈语，百姓下贱得达其善辞，以解天地悒悒，以助其君为聪明。天地与人，为凡物之长也，乃得悉通达，故大乐也。”“真人说是也。善哉，吾无以加之也。子之言事，大入真道矣。”

“愿请问一疑。”“言之。”“今天乃悒悒欲言，何故返使人谈哉?”“善乎，子之难问，得其意。然，夫天道乃转而相因，更相使也，故兑为天地之口[16]，人亦然，故以类相求，故人为天地谈也。真人知之耶?”“唯唯。”“行，子易开哉，勉力勉力！”“唯唯。”“然，辞小竟，勿复问，令道文难知，反益愦愦也。”“唯唯。”

“行，戒真人一事，为已校书文殊方也，卷投一善方，始善养性之术，于书卷下，使众贤诵读，此当为洞极之经竟者[17]。因各集此方以自养，诵此术以自全，令各乐得久存。上贤可以为国辅，中贤可为国小吏，下小人不能仕者，可长养其亲，而久守其子孙。”“善哉善哉！天下大乐悦也，为善无双，无复恶人也。”“子已知之矣。行去，思之念之。既为天问事，勿懈。”“唯唯。”

右求善以致太平令天下一旦合心上皇大乐之宅文。

①善字诀事：指精确的用语和确属结论不可移易的事象。

②夷狄、胡貊（mò，末）：我国古代对边疆少数民族的蔑称。

③都合：总括。

④广纵：指长度和宽度。

⑤征：征辟，朝廷召举布衣中的贤人授以官职。

⑥复：免除赋税徭役。

⑦主者：守门的官吏。共次：梳理编排。

⑧须；等待。

⑨去：仙游。

⑩中与：中途授予。

⑪阳精：指五行中的火行，此指帝王。

⑫卒：穷究到底。

⑬投辞：就事而发之辞。何一：为什么竟那样。工：精巧。

⑭太阳之分：太阳，最旺盛的阳气。分：所属，所在。

⑮唱名：按名册点叫。这里是喧赫命名的意思。

⑯兑为天地之口：兑，八卦之一，代表泽。按《易传·说卦》云：兑为口，泽能吞吐日月，吞吐河流，故为天地之口。

⑰始善：设在第一位。下：书卷尾端。竟：压轴的那部分。

太平经卷八十九

己部之四

八卦还精念文第一百三十

玄明内光，大幽多气，与贤同位[①]，壬癸之居。亥子共身，周流相抱，极阴生阳，名为初九[②]。一合生物，阴止阳起，受施于亥，怀妊于壬，藩滋于子[③]。子子孙孙，阳入阴中，其生无已。思外洞内，寿命增倍，不可卒致，宜以长久。

少阳有气，与肝共位，甲乙寅卯，青色相类[④]。万物之精，前后杂出，仁恩心著[⑤]。勇士将发，念之睹此字[⑥]，光若日之始出，百病除愈，增年三倍。

太阳盛气，与心相类，丙丁之家，巳午养位[⑦]。睹之，百邪除去，身日以正。宜意柔明大，不可强求。见字而寿，光若日中之明。

中和之气，与脾相连，四出季乡，乃返还戊己[⑧]。中居辰戌，丑未为根[⑨]。举顺之而思其意，还以治其病，精若黄龙。而见此字[⑩]，其病消亡，增年五倍，令人顺孝，臣爱其君，子爱其父。

少阴之旬，与师精并，灵扇出气，位属庚辛[⑪]。申酉义诛[⑫]，猾邪盗贼不起，邪不得害人。

肾盛之气[⑬]，增年百倍。极阴生阳，其国大昌。常而思之，不知死亡。阴上阳起，故玄武为初始[⑭]；龙德生北[⑮]，位在东方，故随其后；朱雀治病，黄气正中[⑯]。君而行之，寿命无穷。升执其平，百邪消亡。八卦在内，神成列行[⑰]，白虎在后，诛祸灭殃。正道日到，邪气消亡。思精而不止，延年之纪。身而服之，何忧之有？

下承其上，名为顺道，无有谪过，万病自愈。念字睹形容[⑱]，爱若父子，令人常喜，洞照无已。审能用者，其效立可待。长与书俱，日与神游。

道以自然，为洞虚无[19]，一旦自来。其道仁良，子为之孝，臣为其忠信。知则令人爱其身，不敢妄言，守而不止，命无穷焉。书不空出与道连，思深知其意，神自来焉。初端形念字，反得道元。精得神明[20]，因无自然。

天道万端，在人可为。道成其事，□□不为非，患人不力为，正气何从得来？行而不上，日吉远危。大人为之[21]，其国太平；小人为之，去祸招福。形思之幽处，趣具成[22]。子而守道，乱何从得生？思念而不止，自太平；心中不乱，无邪倾；守之不止，日自生。道不妄出，付有德，归其人。

右升平八卦六甲、追道还精念文[23]。

---

①玄明内光：冬季和北方的气色。意谓深远幽明而内含阳精之光。大幽多气：大幽指北方极阴之地。气，指化生宇宙万物的元气。与贤同位：元气具有化生功能。

②亥子共身：亥，为八卦中乾卦之位。子，为坎卦之位。共身，乾卦属金行，坎卦属水行，按五行相生，金生水，故曰共身。周流相抱：指元气在乾坎二卦范围内流转，阴阳相持。初九：乾卦倒数第一阳爻的爻题。爻辞为：潜龙勿用，即阳气始生。

③一合：天之阳气与地之阴气初相交合。受施于亥：天之阳气下施地中。怀妊于壬：怀妊，指阳气孕育万物。壬，指十一月。藩滋于子：藩滋，指阳气滋生万物。以上三句说阳气从十月到十一月冬至，在乾、坎二卦范围内施生万物的环节与过程。

④少阳：易学四象之一，象征春季与东方。肝：以四时、五方配五行，春季与东方亦属木行。甲乙：天干，代表木行。寅卯：代表东北方及立春所在的正月。卯代表东方与春分所在的二月。为震卦所居之位。青色：指木行与震卦所代表的气色。

⑤仁：人伦五常之一，属木行。

⑥此字：指木行及震卦字象。

⑦太阳：易学四象之一，象征夏季与南方。心属火行：夏季与南方亦属火行。丙丁：代表火行。巳午：分别代表东南方与立夏所在的四月、南方与夏至所在的五月。前者为巽卦之位，后者为离卦之位，巽卦属木行，离卦属火行，木火相荣，故曰"养位"。

⑧与脾相连：脾同季夏六月俱属土行。四出季乡：指土旺四季。戊己：代表土行中央。

⑨辰戌：分别代表偏东方及三月、偏西方及九月。二者属土行，在方位上适成对冲，故曰中居。丑未：分别代表东北方及十二月、西南方及六月。前者为艮卦所居之位，后者为坤卦所居之位。二卦相对，俱属土行，故曰为根。

⑩此字：指土行及艮坤二卦字象。

⑪少阴：易学四象之一，象征秋季与西方。旬：在这里指六十甲子的排列与转接。师精：兵旅之精，即下文所谓白虎。灵扇：指棺柩。庚辛：代表金行。

⑫申酉：分别代表立秋所在的七月和偏东南方、秋分所在的八月与西方。后者为兑卦所居之位。兑卦与人伦五常之"义"俱属金行，金行主杀伐，故曰"义诛"。

⑬肾：以五脏配五行，肾属水行，与坎卦同位。

⑭玄武：水行之精，谓龟蛇。

⑮龙：指青龙，木行之精。德：指化生之德。生北：指生于坎卦之位。

⑯朱雀：火行之精。黄气：由黄龙喷吐而成的精气。

⑰神成列行：指左青龙，右白虎，前朱雀，后玄武，中央黄气。

⑱形容：指神灵的形象。

⑲为洞虚无：洞，洞彻，通透。虚无，指内实外虚。

⑳精得神明：指人本生于混沌之气，气生精，精生神，神生明。本于阴阳之气，气转为精，精转为神，神转为明。

㉑大人：指以帝王为首的圣人在位者。

㉒趣具成：趣，通"趋"，趋向。具成，完全成道。

㉓升平：即上文升执其平，渐进而又各适其度。此句是对全文主旨的概括说明。

太平经卷九十

己部之五

冤流灾求奇方诀第一百三十一

“真人前，子学是，凡事积之，当知天下大诀分理[①]，后乃言事□□，无复有疑也。今见凡人死，当大冤之[②]，叩胸心而呼天，自投擗而告地邪[③]？不当邪？宜自精道之，令使可万世诵读，以为常法，而不可复忘也。”

“今天师有严教，愚生敢不强一言也。”“平行，勿疑也。”“然，人死者大剧事，当大冤之，叩胸心自投擗也，力尽长悲哀而已，此亦无伤生也。”“当冤何等人哉？”“皆当冤之。”

“何也？”“夫人死者乃尽灭，尽成灰土，将不复见。今人居天地之间，从天地开辟以来，人人各一生，不得再生也。自有名字为人，人者，乃中和凡物之长也，而尊且贵，与天地相似。今一死，乃终古穷天毕地，不得复见，自名为人也，不复起行也[④]，故悲之、大冤之也。”“噫！子说与俗人同，又实非也。”“愚生甚不睹其意，人死当奈何哉？愿闻之，唯天师。”

“然，夫物生者，皆有终尽，人生亦有死，天地之格法也。天为其中，时时且有自冤死者，或自少年不寿者。天地乃为万物父母，恐其中有自冤，哭泪仰呼天，俯叩地，而自悲冤得年少，故天为其生真道奇方，可以自防，而得小寿者[⑤]。

物生皆自有老终，而愚人不肯力学真道善方，何以小增其年，不死迟老者？反各自轻忽，不求奇方，而共笑贱真道，反曰共作邪伪，以乱天道，共欺其上，争置死地名为冢，修之治之以待死，预作死约及凶服，求死得死，有何可冤哉？年竟算尽，此比若日出自有入也。真人何故反冤之乎？真人投辞[⑥]，多与俗人同，正似无一知人，何也？”

“当冤其何等者？愿闻之。”“当冤其年少，未有所知而死者也。未知学问，求可自防御者，故当冤之也。又复当冤其常谨良，畏不寿年少，常自苦行，求真道善德奇方，为行常善，不为阴贼，或逢流灾而中死，或到老力尽，而讫不得遭逢明师，可得须臾，竟其天年者。是者大冤，可悲伤也。

若无故冤悲，不求奇方真道而死者，反捶胸哭泣，呼天叩地，汝身自得之，反过天地，是为反民，天甚怨恶之。真人怨是，不若早自悲伤。学不得真道，不知天地阴阳大分部诀也[⑦]；久苦无明师，而长怀悒悒，而天年将竟也，是诚可悲伤。子知之乎？”

“唯唯，愚生甚恐骇，命在天师。”“吾同乞真道与子，欲使子努力不懈，天下何不有？但求之不力，至诚泪出感动天，故天不与之耳。若不道懈止，亦将得之不久也。子知之耶？”“唯唯。”

“夫愚人不自重爱，力求奇殊方，可得须臾，反预置死器死处，求得死。天之为法，若慈父母、贤明君，不夺人可求也。是自然常求之，名为得其所求之，名为得其所求，亦可毋大冤之也。是以古者圣人帝王，时时有大自重爱而畏死者，旦夕思行求异闻殊方，敬事道人，力尽财空而已；至诚涕出，感动皇天，天乃为出瑞应，道术之士悉往佑之，故多得老寿，或得度世，其中时时有求而不得者，但未至诚，固固好俗事，轻忽其身，言可再得也。今天地乃以人为子，帝王乃最天之所贵子也，不惜真道奇方焉。子知之耶?”“唯唯。”

“是故古者圣人深计远虑，知天下之财物，会非久是其有也。身在，财物固固属人身；身亡，财物他人有也，故无可爱惜，极以财物自辅，求索真道异闻也。故其身反得长存，财则在，常属于人也。是故当极力，财空尽而已。财者，但过求，须臾得之耳；失财，乃天下人之有也，会不久吾有也，此名为圣贤明智养身以道，知用财法，故多得老寿也。子知之乎?”“唯唯。”

“行，为人师者多难訾，真人悒悒，为子更复分别悉道其意。夫天道乃有格法，不以故人也。子欲乐知其审，此若冬至之后，天当大寒杀人，乃以五月，初始见阴气于井中，为其清，日日益剧，到冬至后，乃大寒伤杀人，不可无衣也。贤者预防也，则独得大乐，不伤于寒而无忧；其懈惰不力，不预备之，则独饥寒而穷矣，此之谓也。天无过也，人自得之。子宁重晓不哉?”“唯唯。”“行，子已觉矣。夫天之为法，不以卒故人也，愚人自故触冒之耳。”

“愿请问不及，复当冤何等者哉?”“复当冤大贤。少而学善，顺良有真道德，当为帝王辅助其理阴阳，帝王得之，抱腹因心，垂拱而无忧，或反蔽塞不通，怀真道德到老死亡，是可冤悲伤。而帝王治不得大贤明，反与愚者共治，阴阳乱，万变起，常旦夕自苦，得大愁焉。是复大冤，可悲伤之甚。是故古者圣人聪明大达，众贤悉出，上集为辅，故两无冤者也。天地亦为其理，无病而不冤，何况于人乎哉！真人知之耶?”“唯唯，善哉，天师之言也。”

“以何为善乎?”“然此乃天得之，以解病苦；帝王得之，以垂拱无忧；贤者亦得尽其忠信之心，上辅其君为治，亦得尽其能力勉勉，使共解天地大忧；百姓万物，亦复得之而兴也。故言善哉也。”“善乎！真人之言，吾无以加之也。是故凡人可求作者，皆不为冤结也，自行得之也。所求不得，反为大冤。今人求死得死，求恶得恶，求善得善，天顺其心，是为大吉。可求者得；若人预争置死地，作死约，得死是也；日求凶，得凶恶而死，复是也。名伪凡事[8]，所求者得，天与地无可大负于此人也。真人宁亦大觉未?”“唯唯。”

“行，子已觉矣。行，今欲为子悉说之益文，今已为子举其大纲，自思其意，以付上道德之君，以示众贤，各加努力在所求，求而不得，未一至诚也。夫天地比若影响[9]，不欺人，乃愁愚人各自欺、自轻、自忽，大咎在此。夫群愚乃共乱天与地，不独自愁也，其过乃如此也，天乃得大愁于是也。愚人自身求而得之，穷则反啼呼天与地，为是积久，天地大疾之悒悒，故遣吾下具语，分解天下人意，使众贤明共策吾辞，吾辞则天谈地语也。

吾不空乙二与真人道事也，乃天示教敕，吾下言之也，使一各自知过所由来，勿复更相罪责也。故吾悉言之，吾不敢妄语。吾所以究竟尽言者，独知天地心意，故见遣，下与真人共议天下，分别其曲直，使德君与贤者俱思惟之，使可万万世传，后生者歌诵以为常法，而不复忘也。故吾每见真人问事，常喜为天诀，诀得一解其忧。故睹天言者，辄承天心地意，分别道说之也，不敢有懈也。子有疑者，为复来共议之，既见信而见遣下语，实畏天威，无可惜也。子重明知之邪?”“唯唯。”

“行，子已得天地之意，应晓事生哉！夫人积愚，不知早学真道善德殊方，以为小事，不知其过积大，乃乱天地而共愁其帝王，身尚得夭死，不得竟其天年而亡也。真人熟思吾书言，天下过，宁复有大于是死者邪?”“善哉善哉！愚生已大觉矣。”

“子知早觉，可谓为晓事之生，远凶而近吉乎？觉而不止也，真道毕乎？一旦得王侯，不若得仙人乎？今行逢千斤之金，万双之璧，不若得明师乎？帝王有愚臣亿万，不若得一大贤明乎？父母生百子而不肖，不若生一子而贤乎？一里百户不好学，不若近一大德乎？

万目偻偻[10]，不若一大纲乎？天下扰扰无不有，不若天独神且圣，乘气而飞行乎？凡物虽众多，不若一气独活人乎？故今敕真人学者，疾弃浮华，能务核事，求真道乎？欲太吉者，真若称天乎？天地无病而长悦喜，真道奇殊方出佑人乎？

是以古者圣人常称天，不敢懈也，故常独吉也；贤儒集策，天道毕也[11]；各言一善而阴阳理，神灵悦也；灾害悉伏，不复发也；所谓治得天心，而袄臣绝也。神哉为道，自然术也。”

“善哉善哉！愚生向不力问，复无缘得知是也。”“然，子言是也。学而不力问，何从得日进乎？行而不数移其足，道何从得达乎？学而不得明师，知何从得发乎？治国欲乐安之，不得大贤事之，何从得一旦而理乎？”

“善哉，天师之言也。”“然，子已睹其微意矣。故金城九重[12]，不如事一大贤也。是故古者圣贤皆事明师，以解忧患也，故圣贤悉有师法也[13]。真人宜戒，凡事自爱，吉凶门户可睹乎！”“唯唯。”

“戒真人一言。”“唯唯。”“人所求而得者，天以顺其所求，不负焉也，勿复临死而哭天泣地也。是名为自求而得之，反以罪天地，是名为大逆之人也，天不好也，地不嬉也，鬼神会不佑也。所冤者，独当冤求而不得者耳。夫万物各得其所求，何故自冤哉？

真人熟思吾言，是实非也，吾之文不误也，大□□，万不失一也。今天乃恶之疾之，故吾反覆道之，虽上已言，复戒真人于下也。吾乃故使其复重，乐下古之人深思之，美之，念之，传之，写之，以相示勿匿之也。天之戒书，乐见发扬，不欲见藏也。”“唯唯。”“行去。”

右集难人死当见冤与不、所求得与不、合国安危、学逢明师与不肖师[14]。

---

①大诀分理：已有定论的明分之理。

②大冤：深切抱以同情。

③投擗（pǐ，匹）：指顿足捶胸状。

④起行：指日常生活。

⑤小寿：指六十岁。

⑥投辞：就事发表的看法。

⑦大分部诀：最主要的部界划分的定论。

⑧伪：即人为。

⑨影响：如影随形，如响应声。

⑩偻偻（lóu，楼）：严整。

⑪天道：天地自然规律。

⑫金城九重：指人位尊。

⑬师法：相承而下的一师传承文法。

⑭不肖师：误人之师。

太平经卷九十一

己部之六

拘校三古文法第一百三十二

“请问天师之书，乃拘校天地开辟以来，前后贤圣之文，河洛图书神文之属，下及凡民之辞语，下及奴婢，远及夷狄，皆受其奇辞殊策，合以为一语，以明天道，曾不烦乎哉？不也。”

为其远烦而不通，故各就其为作求善太平之宅，于其所属邑乡，主备其远，不能自致；故为其立宅道上，使其投异辞、善奇策、殊方于其中也。因取中事，傅持往付于上有德之君，令其群臣臣共定案之，以类相求；上第一善者，去其邪辞，以为洞极之经，名为天洞极政事。乃后天地之病，且悉除去也。帝王之治，且一大安也，承负万万世之灾厄会，且一都去也。然后万物群神，且无一可言，而不复上白人恶于上天也。故敕使其拘校之者，乃天使吾下言也，虽烦，安得不力为之乎？

天下文书及人各言一，或言十数，而天下之疑事悉自解，亦无大烦也，但各居其处而言之，傅持付上耳。是名为天下集言而共语，以通达天地之意，以通达天地之气，以除帝王灾害，以利凡民及万物，莫不各得处其所者。乃后天地一且大悦喜，病一除。喜则佑帝王也，今使无事而长游也。”

“愿问天地何故一时使天下人，共集辞策及古今神圣之文，以为洞极经乎?”“善哉，子之问。然天地有剧病乱，未尝得善理也，故教示人使集议，而共集出正语奇策，以除其病也，故使其大共集言事也。”

“愿请问天地乱而有剧病，何不更生善圣人乎?”“力复生后圣人，乃无益。”“何也?”“噫，真人愚哉！吾闻前已有言矣。”“下贱暗之生，积愚固固，不能察察知之。”真人尚乃言如此，俗人何以可晓乎？必且互置吾文，而更大忿天，灾害反且更大起，而不可救。故天使子反覆问是也，欲使吾更□□具言耶？诺诺，吾亲见遣，为是事下，吾不敢有所匿而忿天也。行，真人明听，为子条诀解之，更以上下悉说道之，但安坐。”“唯唯。”

“行，古今圣人有优劣，各长于一事，俱为天谈地语，而所作殊异[1]，是故众圣前后出者，所为各异也。俱乐得天心地意，去恶而致善，而辞不尽同，一合一不[2]，大类相似。故众圣不能悉知天地意，故天地常有剧病，而不悉除，复欲生圣人，会复如斯。天久悒悒，于是故遣吾下，具为其语，以告真人。所以告真人者，天上诸神言，天下有乐善欲称天心者，独有真人耳，故吾以辞情告于真人也。吾不同空语耳，真人自知之耶?”“唯唯。”

“行，子已自知矣。行，所以拘校上古神文、中古神文、下古神文者，或上古神文未及言之，中古神文言之；中古神文未及言之，下古神文言之也，因以类相从相补，共成一善辞，故使集之也，乃后神书天地意可睹矣。真人知之耶?”“唯唯。”

“行，子已解矣。行，上古圣人失之，中古圣人得之；中古圣人失之，下古圣人得之；下古圣人失之，上古圣人得之，以类相从，因以相补，共成一善圣辞矣。真人知之耶?”“唯唯。”

“行，子可谓大解已。行，大圣或有短失之，中圣得之；中圣失之，小圣得之，因复以类相从，因而相补，共成一善圣辞矣。真人知之耶?”“唯唯。”

“行，子已解矣。行，大贤以短失之，中贤得之；中贤失之，小贤得之，以类相从，因以相补，共成一善贤辞矣。真人知耶?”“唯唯。”

“行，子已大解矣。行，帝王失之，臣子得之；臣子失之，庶民得之，以类相从，因以相补，共成一善辞矣。真人知之耶?”“唯唯。”

“行，子已大解矣。行，上老失之，丁壮得之；丁壮失之，少者得之，以类相从，因以相补，共成一善辞矣。真人知之耶?”“唯唯。”

“行，子已解矣。行，男子失之，女子得之；女子失之，奴婢夷狄得之，以类相从，因以相补，共成一善辞矣。真人知之耶?”“唯唯。”

“行，子已知之矣。行，或上古文失之，中古文得之；或中古文失之，下古文得之，以类相从，因以相补，共成一善辞矣。真人知之耶?”“唯唯。”

“行，子以大解矣。行，或上古人失之，中古人得之；中古人失之，下古人得之，以类相从，因以相补，共成一善辞矣。真人知之乎?”“唯唯。”

“行，子已解矣。行，或上失之，而下得之；或下失之，而上得之；或上下失之，而中得之；或中失之，而上下得之。或天神文失之，反圣文得之；或圣文失之，反贤者文得之；或贤者文失之，而百姓文得之；或百姓文失之，而夷狄得之。或内失之，反外得之；或外失之，反内得之。会有失之者，会有得之也，故上下外内，尊卑远近，俱收其文与要语，而集其长短，以类相从，因以相补，则俱矣。然后文书及辞言一都通具也。真人知之耶?”“唯唯。”

“行之，子已知之矣。天地出生凡事，人民圣贤跂行万物之属，各有短长，各有所不及，各有所失，故所为所作，各异不同，其大率要俱欲乐得天地之心[3]，而自安也。当时各自言所为是也，孔孔以为真真也，而俱反失天地之心，故常有余灾毒，或大或小，相流而不绝，是其明效也。故生承负之责，后生者病之日剧。真人知之耶?”“唯唯。”

“行，子已解矣。故今天遣吾下，为上德道君更考文，教吾都合之，从神文圣贤辞，下及庶人奴婢夷狄，以类相从，合其辞语善者，以为洞极之经，名为皇天洞极政事之文也。乃后天地病一悉除去也。真人知之耶?”“唯唯。”可骇哉！可骇哉！”

“行，真人已应晓事生，已知之矣，天已使子寿矣，及上真人矣。”“不敢不敢。”“子自行得之，非吾力也。子为善，天下无双，故天爱之也。”“不敢不敢，今愚生但无忿天而已，无敢可望也。”“不嗛也[4]。”“唯唯。请问合是众类以相从，愿闻其诀意。”“然，善哉子难问，天使之□□乎哉！诺，安坐，为子分别道之也。”“唯唯。”

“行，假令正，共说一‘甲’字也，是一事也正。投众贤明前，是宜天下文书[5]，众人之辞，各有言说，此一且无訾之文，无訾之言，取中善者，合众人心第一解者集之，以相征明，而起合于人心者，即合于天地心矣。”

“以何明之？愿闻其诀。”“然，凡人之行也，考之于心，及众贤圣心而合，而俱言善是也，其应即合于天心矣；考之于心自疑者，考之于众贤圣心，下及小人心，而言非者，即凶，天竟应之以凶也，是即其明征也。故集此说以为经，都合人心者是，不合人心者非也。子知之耶?”“唯唯。”

“行，凡书文凡事，各自有本。按本共以众文人辞叶[6]，共因而说之如此矣，俱合人心意者，即合神祇；不合人心意者，不合神祇。”“善哉善哉！闻命矣。”

“今真人何故言闻命乎?”“然，行善正，则得天心而生；行恶，失天心，则凶死。此死生，即命所属也，故言闻命也。”“善哉！真人言是也，吾无以加之也。是故天正其言与文则吉，不正其言与文则凶，是以吾教真人拘校之也。”“唯唯。”

“然后太平上皇之气立出[7]，延年立来。天文圣人之辞，尚乃有短长，故上皇之气，见圄于邪辞误言[8]，未尝得来也，故天地后开辟以来，未尝有上皇之气来助帝王治也。今天欲都开出之，故拘校文书也。有余一邪言，辄余一病；余一邪说误文，辄有余一病；余十，十病；余百，百病；余千，千病；余万，万病，随此余邪言邪文误辞为病。天地病之，故使人亦病之；人无病，即天无病也；人半病之，即天半病之，人悉大小有病，即天悉病之矣。故使人病者，乃乐觉之也；而不觉，故死无数也。”

请问合众类以相从。然，善正其言则吉，不善正其言则凶，然后太平上皇之气立来矣。夫人有病，皆愿速较为善[9]；天地之病，亦愿速较为善矣。

“愿闻以何以天病邪言、邪辞、邪文，而有病乎？”“噫，子反更冥冥暗愚，何哉？行安坐，为真人说之。夫邪言邪文以说法经道也，则乱道经书；道经乱，则天文地理乱矣[10]；天文地理乱，则天地病矣，故使三光风雨、四时五行，战斗无常，岁为其凶年，帝王为其愁苦，县官乱治，民愁恚饥寒，此非邪文邪言所病邪？如大用之，乃到于大乱不治也。子知耶？”“唯唯。”

“夫邪文、邪言、误辞以治国也，日日得乱，于是邪言、邪辞、误文为耳所共欺，则国为之乱危，臣为之枉法而妄为，民为之困穷，共污天地之治，乱天官[11]，大怒日教不绝也[12]，人哭泣呼冤，亦不绝也。子知之耶？”“唯唯。”

“邪言、邪文、误辞以治家也，则父子夫妇乱，更相憎恶，而常斗辩不绝，遂为凶家。子知之耶？”“唯唯。可骇哉！见天师言，诚怖惶。愚生不深计，不知是恶致此也。”

“真人独愚日久矣。夫俗人以为小事而不去之，乃不知此邪言、邪辞、邪文，乃与天地为大怨也，是乃国家之大贼也，百姓之烈鬼也，宁可不一都投而力去之耶？是故天爱上德之君，恐其不觉悟，复彼是大灾[13]，故遣吾下具言之。真人疾以文付之，使其疾思天意，可以自安；不者，天怒会不绝也。故天不复使圣人语，会不能悉都除其病，故使天下人共一言，俱一集古文考之也。

今天忿忿，积恚于是邪言邪文、单言孤佞辞也。今考是，真人欲知之，比若帝王愁恚夷狄数来害人也，故发兵士万万往击之，病不怒也[14]，怒者功赐多，不怒者帝王复考之[15]，今考邪文，如此矣。真人知之耶？”“唯唯。可畏乎！天下已正矣。”

“真人可谓已知之矣。今急是孤辞一人、邪言邪文邪辞，天地今以是为大怨，是帝王大贼也。本治不安，悉乱于是也。故今断之，皆使集言集说、集上书安定事，乃天气且一悉得其所，邪言邪辞乃且一悉绝也，灭亡也。天从今以往，且使人亦考之，神亦且行考之，但有日急，非有懈时也。真人知之耶？”“唯唯，愚生甚骇。”

“子知骇，可无并见考。”“唯唯，愚生事事不及，有重谪过于天地，为天师忧念。谨已见此邪文邪辞、一人之言戒，今愿更见敕戒丁宁，是正文之所到至戒[16]。”“善哉，书文已比言矣。子自若问之，何也？”“暗昧之人，固固心结，聪明犹不达，不重反覆见晓敕者，犹矇矇冥冥，复乱天师道，故敢不反复问之也。”

“善哉，子言也。诺，安坐，为诸群真人具说之。夫正言、正文、正辞，乃是正天地之根，而安国家之宝器父母也，而天下凡人万物所受命也，故当力正之也。”

“唯唯，愿闻正言、正文、正辞为天地根[17]，国家宝器，凡民万物所受决意。”“噫！真人已比比受此语，吾文书中，悉病疾浮华邪言，予乃复重问之，何也？”“愚生而随俗，为愚积久，不知邪止所在，故不重见丁宁解之，殊不解也。”

“然，子欲知其审实也，俗人俱言善善而共力行之，而灾殊不除去者，即不善之文、不善之言之乱也。俗人言此可耳，不能善也，而按行之，反与天相应，灾日除去者，即正文、正言、正辞也。内独与天相应，得天地心意之明征也。是故正言正文，乃见是正天地之心也。故言悉正，文悉正，辞悉正，而帝王按而行之，下及小民，莫不俱好行正，天地乃为大正，四时、五行、万物一旦皆各得其正，日月三光守度，各得正也。国家大安无忧，乃到于神负不老之方赐之，奇物善应悉出，奸猾妖恶悉灭绝。凡民各得保其家，而竟其天年，万物悉得长老终，各以时也。是即正言、正文、正辞之为天地根，而国家宝器，父母民万物之命，大明效也。真人知之耶？”“唯唯，可骇哉！可骇哉！天地之根，国家宝器、命，反在此。”

“行，子可谓晓事之生，知之矣。是故天遣吾下，悉考正之也。天地开辟以来，行正言、正文者，天地常为其大喜说，故常善；行邪言、邪文者，天地常为其大怒不悦喜，故常凶不安，而多危亡也。俗人不知是为天地大病，而乱帝王治也。而下愚之士，反共巧工，下作篇记[18]，习邪言邪文，以相高下，以欺其上，而污天正法，乱天正仪，是乃天之大怨，地之大咎也，而国家之大贼也。今乃得天怨、地咎、国家贼，而日共行之，其治安得平哉！”

“今天师责此邪言邪文罪之，何一重也？”“噫，真人其愚耶？今人而共以邪言邪文共乱天地，天地乃为其常有病，是非天之怨咎耶？比若人常行病人害人，人亦怨咎之不耶？”“唯唯。”

“是故为天怨地咎明白矣。今邪言、邪文、邪辞，乃已共欺其上，危国家，其治常失天心，其年命不增，为之绝者，前后非一人坐之，是非国家之大贱耶？诸真人知之不？”“唯唯。”

“下古人多愚，或有见天文[19]，反言不。若此言，是纯复国贼之长也[20]，天地之大怨咎也，民之大害，万物之烈鬼物也。德君慎毋用其言也，用其言者，天怨不正，当为身深计远虑，思其患害，以长自安。天乃与德君独厚，故为其制作可以自安而保国者也。真人知之耶？”“唯唯。”“行，子已大觉矣。自慎自慎，天威不可犯也。”“唯唯。”

“戒真人一言：自是之后，德君详察思天教天文，为得下吏民三道所共集上书文，到八月拘校之[21]，分处为三部：始校书者，于君之东；已一通，传校于君之南；已再通，传校于君之西；已三通，传校者弃去于君之北。校者各异处，不得相时也[22]。”

“何乎？愿闻之。”“然，相睹复有奸，有可弊，不实复为欺。如是，复忿天地为怨咎，为国之大贼。天地恶人使帝王治乱，故异其处，使三校之，当共实核之也，以解天心，以安王者治也。”

“何必始校于君之东？”“东者，天气有心而仁也。校源事者[23]，当用心详，务力仁，以称天地，而念欲安帝王也，故于东也；仁者以行，当明察之，故传于君之阳也；已明察，当以义断除之，有功者因记有功，无功者使记无功，以为行状[24]；已者藏于君之北，幽室而置之，以是知天下人行，知善恶，勿去也。故德君案行[25]，是名为大神人，悉坐知天下之心、凡变异之动静也。真人知耶？”

“可骇哉！可骇哉！”“子知骇畏天谈，子长活矣。”“唯唯。”“是故自是之后，长吏不复言行状，行状见于是，因以此为行状，故德君乃安枕而卧，无忧也。子知之耶？”“唯唯。”

“天戒校书，脱一事者，笞三十；十事者，笞三百；百事者，笞三千。德君使退之，勿复仕也。此人乃轻忽事，是天怨地咎，国之大贼。夫怨咎与贼，不可与久共事，必且忿天地，故当疾去之。”“善哉善哉！”

“戒真人一大要：吾书文道，所以从上到下无穷也，悉爱正言、正辞、正文者，吾乃深受天敕而下也，诚知天爱是正言、正文、正辞；所以大疾是邪言、邪辞、邪文者，正知天地大怨咎之。以是敕吾，使吾下校，去是怨咎与贼，以安有道德之国，以长解天地开辟以来承负之谪，使害一悉去得休，休正气悉得前治也，然后六方极八远皇天平气，悉一旦自来。子知之耶?”“唯唯。”

“是故吾文者，纯天语，不失铢分也。天疾是邪文，故吾疾之也；天爱是正文，故吾爱之也。故吾之为道，悉守本而戒中而弃末。天守本，故吾守本也；天戒中，故吾戒中也；天弃末，故吾弃末也。

吾之为文也，乃与天地同身、同心、同意，同分同理，同好同恶，同道同路，故令德君案用之，无一误也，万万岁不可去。但有日章明，无有冥冥时也；但有日理，无有乱时也；但有日善，无有恶时也；但有日吉，无有凶时也，故号为天之洞极正道，乃与天地心相抱。故得其上诀者，可老寿；得其中诀者，为国辅；得其下诀者，可以常自安。行，吾语辞小竟，疑者乃复来问之。”

“唯唯。”“请问无故脱误事一，正笞三十乎?”“善哉子问也，天使子言耶?然，夫数者，起于一，十而终，是误脱一事，即其问一之本也[26]。脱误不实复为欺，则复为天怨地咎，国家之大贼也。笞十者，以谢于地；笞十者，以谢于帝王，天地人各十，合这为三十也。笞此以谢过，以解天怨地咎，帝王之贼也，乃天地喜悦。神祇战怒也，本天地所以常乱；而战怒者，本由考实文书，人言不详多误，故生此流灾承负之厄也。今复不详，且复如此，故当笞之也，不以故人也[27]，乃以正事也。

今已集议，实核□□，乃右上之；尚复集，实核□□，乃右下之，则名为上下已俱实矣。如独下□□，上不实，固固无益也；如独上□□，下不实，亦无益也。上下俱为实，乃天气平也。下实上不实，为上冤下，下复自冤，力为善无益，天怒复发矣。如上实下不实，为下冤上，地怒复发矣。上下尽已实，帝王不以意平理之，则四时五行、六亲之神吏，六宗之气[28]，中和战怒，凶气复发矣。虽力使三道行文书，正天下之言及文，而自不力平之，无益也。

故吾乃承天心，为上皇德君作化[29]，不敢失天心也。故悉拘天法，以天地象为经，随阳为正，顺四时五行为令[30]，万世不易也。子知之耶?”“唯唯。愚生谨以觉矣，甚畏天法。”

“子知畏之，已长吉矣。戒真人一大要言也：夫拘校文书法，毋但言其神文如其书文，言如此以为真也，是名为聋文也。言事独无本柄耶?何以言如此哉?不禁其有也，但问其言之意，当得其意，乃事可明也；如不说其意，以何能得知之乎哉?故当问其解决意。不者，不可用也，名为聋治。

子欲乐知其意，比若人语必有本，当有可由而起，不可但言东公言[31]，以立事也。夫人证立事者悉有本，安得但空设伪空言乎?故赤凡事者[32]，皆当以其实有据，乃可立事也。

子欲得知其大效明征，比若吾为德君化法，皆以试立应，为效言也。行之而不应，即伪言也；行之而不应，即为天也。夫实说文与言矣，比若此矣。安得空立征而言，其文言而无说乎?

愚人或反有拘，何各神文言如是也?但可以解难拒穷之辞耳[33]。夫神文何雄[34]，或独有意，但传言其文，不居一卷也。独自传，遥相说，人不深得其诀意，反但以拒难救穷，言东久言，以是自明，实非也，皆为失说意。令至道德辞不得通达者，悉坐是。子知之乎?”“唯唯，愚生谨已觉矣。”

“然，子如此而不觉，则遂迷矣。是故按吾书，考文及人辞者，皆竟问其意，何以得其说者，以类聚之，乃后天下之文及辞言，且一穷竟，天道法可睹矣，善恶之辞得通矣。”“善哉善哉!”

“行，吾之道见于此。真人自上下思之，思之悉更相征明，则无不解矣。天下之事，无不毕矣，大道得矣，天地悦矣，德君长安矣。天下俱同口，皆曰善哉。无复言天，治乃复得天地心意，故曰安。举事得凡人之心，故天下无复言。真人知之耶?”“唯唯。”“行，辞小异有疑，复来问。”“唯唯。”

右天怨地咎国之害征立洞极经文。

---

①作：指立言宣教。

②一合一不：或相吻合，或相出入。

③大率：大抵。

④嗛：通“谦”。

⑤是宜：作出裁断。

⑥叶（xié，协）：同“协”，一致，吻合。

⑦太平上皇之气：旺盛的太平之气。

⑧见圄（yǔ，雨）：禁锢。

⑨较：病情差减。

⑩天文：由日月星辰所组成的天象。地理：由水土石即山川阡陌构成的地貌。

⑪天官：古代天文学把空中繁星分为五大区域，其下又分三桓、二十八宿，并认为各星座存在尊卑隶属关系，像人间官署职位一样，故称天官。

⑫大怒日教不绝：指上天旨在惩罚的各种灾异层出不绝。

⑬彼是：那般的。

⑭病不怒：指帝王嫉恨兵士在战场上不奋勇杀敌。

⑮考：勘问判罪。

⑯所到至：指范围与重点。

⑰正言正文正辞：指合规范、标准、正确无误的书文和人们的言论，与邪言邪文邪辞相对。

⑱下作篇记：指炮制劣等书文。

⑲天文：指《太平经》这类道经。

⑳长：头号的。

㉑为得下吏民句：地方官吏、邑民、来往行人应诏所上意见书，即三道行文。到八月拘校之：八月万物已成熟，可以辨其果实，这时天之阳气已近终结。故从此月开始校理书文。

㉒相时：同时。

㉓校源：考校推求。

㉔行状：对人品行和业绩的考察记录。

㉕案：同“按”，查考。

㉖问：难问，引申为侵渎之意。

㉗以故人：以，因为。故人，怪责归咎个人。

㉘六亲、六宗：西汉末后王莽代汉前夕，奏以日月雷风山泽为六宗，星辰水火沟渎皆系六宗之属；占卜者以青龙、朱雀、勾陈、腾蛇、白虎、玄武为六神亲眷之说。

㉙作化：兴行教化。

㉚令：善、美好。

㉛东公：疑指传说居于东荒大石室中的仙人东王公。

㉜赤；指使之暴露无遗。

㉝解难拒穷：指应付他人的诘难，掩饰自己的穷窘。

㉞雄：此处作非同寻常讲。

太平经卷九十二

己部之七

三光蚀诀第一百三十三

“请问天之三光，何故时蚀邪[①]?”

“善哉！子之所问。是天地之大怒，天地战斗不和，其验见效于日月星辰。然亦可蚀，亦可不蚀，咎在阴阳气战斗。”

“何故战斗乎?”“阴阳相奸[②]，递诤胜负，夫阴与阳，本当更相利佑，共为和气，而反战斗，悉过在此不和调。”

“如使和调不蚀，亦当不蚀邪?”“然。大洞上古最善之时，常不蚀，后生弥弥共失天地意[③]，遂使阴阳稍稍不相爱，故至于战斗。子以吾言不然也，子使德君案行吾文，尽得其意，战斗且止；小得其意，小止；半得其意，半止；如不力行，固困耳。”

“请问：夫日月蚀，以何时运相逢邪?”“噫，子其愚哉！真人正复更发天怒，今真人以何知为时运邪?”“愚生见其同处也[④]。”“冥冥哉，子之心也，其暗冥何剧也。审若子言，运相逢也，何故于一年之间日月蚀无解矣，或连岁不蚀，运何以然？帝王多行道德，日月为之不蚀，星辰不乱，其运何以然哉？又天性，阴阳同处，本当相爱，何反相害耶？又阴阳本当转相生，转相成功，何反相贼害哉？是子之愚也。

子欲知其实，比若人矣。人常相厚，久不相睹，一相得逢遇，大喜，则更相佑利，相誉相明。及其素相与不比也，卒相逢便战斗；大不比[⑤]，斗死而已；小不比，小斗。”

“可骇哉！可骇哉！愚生已解矣。请问：今日乃太阳，火之精神也；月乃太阴，水之精神也。今水火不同处，自相遭逢则相灭，何谓也？不比邪?”“善哉，子言得其意。然，水火各以其道，守其行，皆相得，乃立功成事。比若五行，不可无一也，皆转相生成。子欲知其实也，比若五藏，居人腹中，同一处，心乃火也，肾乃水也，岂可为同处，而日相与战斗相蚀邪？子宁解知不乎?”“唯唯，愚生已觉矣。”

“是故和平气至，三光不复战斗蚀也。三光不相蚀，乃后始可言得天地之心矣，以是为证。故欲自知优劣，行道德未，俱观此天证而聚众文。言同处相蚀，是者但记同爱之文[⑥]，未深得之意也。正使有神文言，天乃未深见其情实也。子知之耶?”“唯唯。”

“行，子已觉矣。吾文出之后，帝王德君思此天意，勿忘此言，此言所以致得天心之文也。如得天意，命乃长全也[⑦]；不得天意，乱命门也[⑧]；行而不称天心，亦大患也。初上古以来，众圣帝王以此为戒。深记吾言，结于胸心，乃微言可见，道可得也。以付上德之君，以救三光之斗蚀也。”“唯唯。”“行去，辞小竟，疑复来问之。”“唯唯。”

---

①蚀：周期性交食。蚀，同“食”。

②奸（gān，干）：犯。

③弥弥：接连不断的样子。

④同处：指日、月食发生时它们与地球在同一直线上。

⑤不比：不和顺。

⑥同爱之文：指与自己私意一致的文字。

⑦命：一指帝王本身的生命，另指帝王受天命对国家的统治。

⑧命门：即命门穴，为生命之根，故名。在第十四椎节下间，即两肾中间。

万二千国始火始气诀第一百三十四

请问："天下共日月，共斗极[①]，一大部乃万二千国，中部八十一域，分为小部，各一国。德优者张地万二千里，其次张地广从万里，其次九千里，其次八千里，其次七千里，其次六千里，其次五千里，其次四千里，其次三千里，其次二千里，其次千里，其次五百里，其次百里。

此乃平平之土，德优劣之所张保也。德劣者，乃或无一平之土，悉有病变，令一国日月战蚀，万二千国中，宁尽蚀不？斗极不明，万二千国宁尽不明不乎？"

"善哉！深邪远邪眇邪！子所问也。何故正问此变？""今怪一国有变，万二千国何誉？当复有变者邪？怪之，不及天师问，恐终古无以知之，故问之也。"

"善哉，子之所疑，可谓入道矣，一国有变，独一国日不明，名为蚀；比近之国，亦遥睹之；其四远之国，固不蚀也。斗极凡星不明，独失其天意者不明，其四远固不蚀。"

"今请问于何障隐而独不明邪？""噫，子固童蒙未开也，类俗人哉！今是天与地，相去积远，是其失道无德之国，下邪气共上蔽隐天，三光各以其类上行，使其不明。比若雾中之处，其三光独不明；无雾之处，固大明也。子欲重知之，阴处独不见月蚀，阳处独见日蚀。

子欲重知其审实，比若今年太岁在子，有德之国独乐岁，无德之国独凶年。今是俱共一国一岁，共一年[②]，而其吉凶异，比若人俱共一天一地，其安危处，异俗不同。子知之邪？""唯唯，善哉善哉！"

"今是日月运照，万二千国俱共之，而其明与不明者，处异也。有道德之国，其治清白，静而无邪，故其三光独大明也，乃下邪阴气不得上蔽之也。不明者，咎在下共欺上，邪气俱上，蔽其上也。无道之国，其治污浊，多奸邪，自蔽隐，故其三光不明矣。子欲重知其审，比若翕目视日[③]，与张目视日；比若善张目视日，与蒙薄帛视日，正此也。宁解不邪？""唯唯，可骇哉！可骇哉！""子知骇是，则得长生矣。""唯唯。"

"其且凶衰之国，三光尽不明，比若盲人而独不睹三光明，三光自若，以其人盲，独不见之矣。比若年盛者独睹三光明，年老者独不睹三光明，是其盛衰之效也。悉宁解邪？""唯唯。""行去矣。"

"请问一绝诀说。""何等也？""今不审知一者何等也？""噫！真人守文极多，何故为疑此邪？""今眩冥也。""子知守一，万事毕。子何问眇哉？宜思其言。""唯唯。"

"一者，心也，意也，志也，念此一身中之神也[④]，凡天下之事，尽是所成也。自古到今，贤圣之化，尽以是成器名[⑤]，以其早知学，其心意、志念善也，守善业也。愚者尽凶是也，以其守学之以恶业也。

"天地之性，蚑行万物悉然，故在师学之，寿可得也；在学何道，天地可按也。聚众人亿万，不若事一贤也；众愚亿万，但可疾凶败耳。审能守一，贤身何害？有身者，不能还自镜照，见念反还镜身，志念远，即身疾，衰枯落，务志念近，则身有泽。凡志念所成众多，不豫记之。天下之事，悉是也。子知之邪？”

“唯唯。请问旱冻尽死，民困饥寒烈而死，何杀也？”“此者，皇天太阳之杀也。六阳俱恨[6]，因能为害也。”“何谓邪？愿闻之。”“然，六方洞极，其中大刚，俱恨人久为乱，恶之故杀也。”

“其害于人何哉？”“无有名字也。但逢其承负之极，天怒发，不道人善与恶也，遭逢者，即大凶矣。子欲知其实，比若人矣。人大忿忿怒，乃忿甲，善人不避之，反贼害乙丙丁。今乙丙丁何过邪？而逢人怒发。天之怒发，亦如此矣。故承负之责最剧，故使人死，善恶不复分别也。大咎在此，故吾书应天教，今欲一断绝承负责也。天其为过深重，多害无罪人，天甚忧之。故教吾敕真人，以书付上德之君，令恶邪佞伪人断绝，而天道理子知之邪？”

“唯唯。愿请问天地开辟以来，人或烈病而死尽，或水而死尽，或兵而死尽，愿闻其意，何所犯坐哉？将悉天地之际会邪？承负之厄耶？”“然，古今之文，多说为天地阴阳之会，非也，是皆承负厄也。天气中和气怒，神灵战斗，烈病而死者[7]，天伐除之；水而死者，地伐除之；兵而死者，人伐除之。”

“愿闻烈病而死者，何故为天杀？”“天者，为神主，神灵之长也，故使精神鬼杀人[8]。地者，阴之卑；水者，阴之剧者也，属地。阴者，主怀妊凡物，怀妊而伤者，必为血。血者，水之类也；怀妊而伤者，必怒不悦，更以其血行污伤人。水者，乃地之血脉也，地之阴也；阴者卑，怒必以其身行战斗杀人。比若臣往捕贼，必以其身行捕取之也，不得若君，但居其处而言也。中和者，人主之，四时五行共治焉。人当调和而行之，人失道不能顺，忿之，故四时逆气，五行战斗，故使人自相攻击也。此者，皆天地中和，忿忿不悦，积久有病悒悒，故致此。”

“善哉！向不力问，无从知之也。愿闻此悉承负之厄，乃忿三气。其不承负之时，人死云何哉？”“然，人生有终，上下中各竟其天年[9]，或有得真道，因能得度世去者，是人乃无承负之过，自然之术也。子知之耶？”“唯唯。”

“行，子晓哉！乃一旦而相随死者，皆非命也[10]。是乃天地中和、四时五行战怒伏杀效也。”“善哉善哉！向不及天师问，无缘知是也。”“故天地开辟以来，常有此厄也，人皆不得知之。今甚病之忧之，人多无罪而死，上感天，天故遣吾下，为其具言。已行吾天文之后，人民万物且各以其寿命死，无复并死之会也。”“善哉善哉！”“后生各得其命矣。真人知之邪？”

“唯唯。请问即非天道时运周而死，何故常以天地际会而乱哉？五行际会而战邪？五帝之神历竟而穷困邪[11]？”“噫，善哉！真人之难也。今天且使子问邪？其投辞乃入天心谶，其何一要诀哉！吾甚嬉之。今是真若子言，今为子具条解之。今诸真人远来，为天地具问事，乃为天地开辟以来帝王问疑，宜安坐，听吾辞。”“唯唯。”

“然，夫天之为法，人民万物之为数也，比若四时之气，但当更相生成，相传而去；比若人生，少者后当老长，更迭相传而去。不当乃道斗战，因绝灭世类也。所以道战、水旱疠病死尽者，人主由先王先人独积，稍失道心意，积久至是际会，即自不而自度，因而灭尽矣。既灭尽，无余种类。

夫天地人三统，相须而立，相形而成，比若人有头足腹身；一统凶灭，三统反俱毁败，若人无头足腹，有一亡者，便三凶矣。故人大道[12]，大毁败天地，三统灭亡，更冥冥愦愦，万物因而亡矣。夫物尽，又不能卒生也。由是失几何，灭绝几何，更起或即复，或大久大败，久乃能复也，故小毁则疾复也。

子欲重知其审实，令后世德君察察，知天地冤不之大效，比若家人治生，有畜积多者，虽邂逅逢承负凶年不收也，固固而自存；大多畜积之家，虽连年遭恶岁，犹常活；小有畜积之家，遭连年不收，饿而死尽；常贫之家，遭一年凶，便尽死，不而自度出也，困而无世。

天道有格法，运非际会也，比若夏秋当力收，冬春当坐食。成事：夏秋不善力收，冬春当饿死灭尽。古者圣人天书，因此共记为际会也。真人欲知之，如此矣。今太平气至，当常平，不当复道际会死亡者也。夫天命帝王治，故觉德君，凡民为其道事，要使一睹觉知如此矣。向使先生凡民人常守要道与要德，虽遭际会，不死亡也。

夫天命帝王治国之法，以有道德为大富，无道德为大贫困，名为无道无德者，恐大能安天地而失之也。先生稍稍共废绝道德，积久复久，乃至于更相承负，后生者被其冤毒灾剧，悉应无道而治。至于运会灭绝，不能自出，大咎在此。子知之邪?”“唯唯，可骇哉！可骇哉！”

“行，复更晓真人一语。夫道德与人，正天之心也，比若人有心矣。人心善守道，则常与吉；人心恶不守道，则常衰凶矣；心神去，则死亡矣。是故要道与德绝，人死亡，天地亦乱毁矣。故道使天地人本同优同事，故能迭相生成也；如不得同忧同事，不肯迭相生成也，相忧相利也。故道德连之，使同命。是故天地睹人有道德为善，则大喜；见人为恶，则大怒忿忿。真人岂解邪?”“唯唯，可骇哉！愚生甚畏之。”“子知畏之，则可长生无凶矣；不知畏之，则天已易去子矣[13]，宜重慎之。”“唯唯。”

“行，复重晓真人一解。今是吉凶之行，比若道德礼义与刑罚矣。人而守其道德礼义，则刑罚不起矣；失其道德礼义，则刑罚兴起矣。故守善道者，凶路自绝，不教其去而自去；守凶道者，言路自绝。此犹若日出而星逃，星出而日入，不失铢分。”“善哉善哉！”

“今晓真人一大诀言也。今世人积愚暗甚剧，传相告语，言时运周有吉凶。如此言，为善复何益邪？为恶何伤乎哉？乃时运自然，力行善，复何功邪？而吉者圣人，常承天心，教人为善，正是也。言时运，而反共乱天道者，是辞也，使天地常不悦喜。实人行致之，反言天时运自恶；不肯自言恶，反意天地为恶，比若人家不孝恶子，不肯自言恶，反言父母恶，此之谓也。故天常苦，忿忿悒悒，因是运会者，杀之斗之，乐易其世类也。向不但当相随，老者去，少者长，各以其年命穷变化，比若天地开辟以来，人形变化不同是也[14]。”“善哉，愚生以一大解于是。”

“古今人形虽异，则气同。子欲重知其审，比若四时气，五行位，虽不同受，内同气，转相生成[15]。犹若人头足不相似，内反合成一人也。”善哉善哉！”

“今复重晓真人一言。天积疾，人为恶，反常言时运凶。上皇气至，当助德君治，恐时人行不改易，为恶行以乱正气，毁天宝[16]，故遣吾下，为德君出文，以晓众人，使共常按吾文为行，不复共愁天地而不犯天禁。自是之后，行吾天文，使神助德君治，犯者诛之，人不诛之，神且诛之。子知邪?”“唯唯，不敢犯也。”

“行，辞小小竟。凡书自思其要。”“唯唯。请问天师，万二千国之策符各异意，皆当于何置之?”“各随其国俗。”“宜以何为始?”“以斗极东南火气起。”

“愿闻其意诀，何也?”“火者，阳也，其符今主天心。和者主施，开者主通，明者主理凡事。火者为心，心者主神，和者可为化首，万事将兴，从心起。心者主正事，倚仁而明，复有神光。万二千国殊策一通，以为文书上章，天气且自随而流行。

真人自励兴之，子勿逆之，子丧，乃天乐出书，故使吾言。子乃不信吾言也，求信于子之身也。子行之而灾日除，是天乐行之喜也，故灾除也；子不行而多疾灾，是天忿忿悒悒，子留难其道也，火凶勿问于人。取效于此，明于日月。天意所欲为，子不可不慎也，不行不顺，令使人心乱也。真人慎之。”“唯唯。”

“行，复诫真人一言。天不欲行，子独行之，且病之。吾文以此为信，自是之后，亦皆然。文已复重，不复多言，益文，使道难知。”“唯唯。”

“行，重复诫子一言。此灾病，非一世人过也，其所从来久远，勿反卒害之。但当行天道，以消亡之耳。如是者，所谓得天心意矣。不如吾文言，复枉急其刑罚，灾日多，天不悦喜。真人知之邪?”“唯唯。”

---

①斗极：指北斗星和北极星。北极居天中央，故曰极，北斗拱极，称斗极。

②岁：时。年；收成。

③翕（xī，西）：合。

④一身中之神：指人体各部位、器官的神灵主宰。

⑤成器名：成为杰出人物而名闻四方。

⑥六阳：指乾卦六爻所代表的渐次腾的阳气，于时为农历十一月至来年四月。

⑦烈病：指急性传染病，如瘟疫之类。

⑧精神鬼：精灵、神祇、鬼怪。

⑨上中下：指享寿一百二十岁、八十岁、六十岁。

⑩命：这里命是指正命（寿命）、随命、遭命所谓三命论。

⑪五帝之神：指东方之帝太皞的辅佐——木神勾芒；南方之帝炎帝的辅佐——火神祝融；中央之帝黄帝的辅佐——土神后土；西方之帝少皞的辅佐——金神蓐收；北方之帝颛顼的辅佐——水神玄冥。

⑫大道：指使中途的争战扩大化。

⑬易去：换掉，指剥夺命数。

⑭人形变化句：指上世之人高大姣美，坚强老寿；下世之人矮小丑陋，夭折早死。

⑮五行位：是说木行居东，火行居南，土行居中央，金行居西，水行居北。受：受生。木受水，水受金，金受土，土受火，火受木。内同气：指木主春之少阳气，火主夏之太阳气，金主秋之少阴气，水主冬之太阴气，土主四时中和气。

⑯天宝：指真道。

火气正神道诀第一百三十五

“请问古者火行，同当太平，而不正神道[①]，今天师独使令火行正神道，何也?”“善哉！子之问也。是故百人百意，千人千意，万人万意，用策不同各殊异，故多不得天心意，真人言是也。今乃火气最盛[②]，上皇气至，乃凡陪古者火行太平之气后，天地开辟以来，未尝有也。夫火气盛者，必正神道。”

“何也？愿闻其意。”“然。夫火者，乃是天之心也[③]。心主神，心正则神当明。故天使吾下，理神道也。”

“夫神道已自神，何必当理之邪?”“善哉！子之言。夫神乃天之正吏也。今邪神多，则正神不得其处，天神道内独大乱，俱失其居。今天气不调，帝王为之愁苦，而人又不得知其要意。子欲乐知其□□也，此比若人矣。今邪人多居位，共乱帝王之治。今使正人不得其处，天地为其邪气失正。夫邪多则共害正，正多则共禁止邪，此二者，天地自然之术也。子知之邪。

故令太阳最盛，未尝有也。阳者称神，故天为神。阴者称邪，故奸气常以阴中往来，不敢正昼行。奸而正昼行，为名阴乘阳路；病而昼作，名为阴盛兴，为阳失其道。君衰间为是久矣，故天道吾，正神道也，令使不敢复为也。子知之耶?”“唯唯。善哉善哉!”

---

①请问古者二句：源于王德终始说，原以五行相胜的公式，推定朝代的兴替。至王莽用禅让手段代汉，改为五行相生。从三皇五帝推至汉，为火德，火德之说到东汉，被官方认可。神道：指神灵所奉守的皇天之道。

②火气：指五行中最盛明的火行之气。

③天之心：指日和东方七宿之心宿，心宿在古代被视为天之明堂，即天帝布政之宫。

洞极上平气无虫重复字诀第一百三十六

“请问洞极上平气至[①]，无不治，故天师乃考疽疥虫食人也。今独以此验之邪？其余虫云何哉?”“善哉！真人今旦问事也。天疾是，教子问此邪？天甚疾人为恶，猾吏民背天逆地，共欺其上，独阴伏为奸积久，如虫食人也。天毒恶之，故使子反覆问之。然虫食人，所谓虫而治人也，其为灾最甚剧，逆气乱正者也。今皇平气至，不宜有此应。真人付德君，欲知道洞洽未，令民间悉移虫主名[②]，大小为害之属何也。谓疽疠伤疥，尽从腹中三虫之属[③]，皆移主名。其移大多者，固固下多虫治人；此虫无者，下无虫治人；此少者，少虫治人。”

“善哉！小生愚暗，睹此以为天性也，故反应治邪?”“子其愚，何一剧痛也。夫天地之性，人为贵，虫为至贱，反乃俱食人，是为反正，象贱人无道，以虫食人。故天深见其象，故使贤圣策之，改其正也。

凡灾异各以类见，故古者圣贤得知之。若不以类目，不可思策也。所以逃匿于内者，象下共为奸，而不敢见于外。外者，阳也；阳者，天也，君也，天正帝王也。故虫逃于内而窃食人，象无功之臣，逃于内而窃蚕食人也。”“可骇哉！愚生甚畏之。”“子知畏天，固是也，若不畏天，早已死矣。真人慎之。”“唯唯。”

“是故古者为治，神者致真神为治，鬼者致鬼为治，物者致物为治，虫者致虫为治。”“何畏也？愿闻之。”“然，神者动作[④]，与天合心，与神同意，故神者，天之使也，天爱之。鬼者动作，避逃人所，鬼倚阴中，窃隐语似鬼，故致鬼。物者动作，共欺其上，猾若物，故致物。虫者动作，价利人，共价利其上[⑤]，其用意杂若，故致虫天。天变相应，悉如此矣。太平德君得天下上书文，悉源其灾异意以报之，其正如神哉！”

“善哉善哉！灾气已究洽矣[⑥]。”“子何以知之?”“见天师之正，以知无复逃虫食人，故洽矣。”“子可谓知道意邪?”

“请问重复之字何所主[⑦]?”“主导正，导正开神为思之也。端及入室，以为保券。”“其为之云何，岂可闻邪?”“然，易知而微密，此辞轻而重，不可妄传也。精者吞之[⑧]，谓之神也；不精者吞之，谓之不神也。不精吞之，谓之妄言也。故道者，传其人乃行；凡事者，得其人乃明，非其人谓之为妄行，过还及入其人身。真人知之邪?”“唯唯，不敢妄行，诚归付其人。”

“如是者，为子言之。以丹为字，以上第一，次下行。将告人，必使沐浴端精[⑨]，北面、西面、南面、东面告之，使其严以善酒如清水，已饮，随思其字，终古以为事，身且曰向正，平善气至，病为其除去，面目益润泽。或见其字，随病所居而思之，名为还精养形。或无病人为之，日益安静。或身有强邪鬼物，反且变争，虽忿争，自若力思，勿惑也，久久且服去矣。自是之后，天乐人为正直，以他文为之，天神亦助下之，随人意往来。上士见人吞字，归思亦然。当一吞字，皆能教，故曰天道一旦而行。吾之为道，不效辞语，效立与天道响相应和，以是为神，真人慎之。既开天神，道归于德君，付于贤良，人立自正，有益于上政明矣。德君明师告之，以威为严，所告悉愈。为有所睹见神灵，慎勿道之。上士因是乃至度世，中士至于无为，下士至于平平。人所得各有厚薄，天神随符书而命之，故言勿传。其所思不可得不同也，不同，故不可相语也。

信哉易哉！其为道也；要哉约哉！其为志寿也[⑩]。因而学之，其人将自顺也将自善，有神明转其心意，使其悦也。或今日吞吾字，后皆能以他文教，教十十百百而相应，其为道须臾之间，乃周流八方六合之间，精神随而行治病。故自是之后，天下人毕早正易其行，皆乐真文，不复为邪伪也。真人欲乐安天地道，使疾正，最以三道行书为前。”

“愿闻为前言。”“善哉，子之问事。愚者难正，自若乱人治，令德君愁。故投行书于前，令使上下大小，自相拾正其俗，人无孤言辩士之害⑪。”

“善哉善哉！愿闻三道行书文，何但使一通集行书而上，必使有前后文书众多?”“善哉善哉！子之言，中天心意。所以使有前后难问者，欲使俗人深自知过也，独言之大病也。不见孤辞单文之恶，则无以见集行书之善。不传其误，分别其大失，皆解人心，乃后且可救也。心不解，不如其所，行久大误也。人心觉，则易正。凡吾为文，皆如此矣，非独是也。子知之邪?”“唯唯。”

“行，子已晓矣。真人慎事，书文已足，无轻数句问。欲不为子说之，恐恨子意；欲复为子道之，今道大文，又天道不可句极，得其意，天大喜，不得其意，逆天道，反与天为咎，不敢复数言也。行去。”

右大集难问天地毁起、日月星蚀、人烈死、万二千国策、符字开神诀。

---

①洞极上平气：指通彻到宇宙又前所未有的第一等太平盛气。

②移虫主名：移，旧时公文的一种形式。虫主名，病虫的名目。

③腹中三虫：指肠内寄生虫、蛲虫、蛔虫、绦虫。

④动作：指各项举措与行动。

⑤价利人：原意是向对方讨价索利，这里是说病虫寄生在人体内，蚀人肉，吸人血。共价利其上：都想从官家那里捞到好处。

⑥究治：完全消除之义。

⑦重复之字：即本经庚部所列的“复文”，属于道教早期用两个以上隶书合并而成的一种符箓。

⑧精者：指精念事象及其义理的人。

⑨端精：端肃精念。

⑩志寿：志欲长寿。

⑪孤言辩士：指一家一言和极力鼓吹其学说的人。

太平经卷九十三

已部之八

方药厌固相治诀第一百三十七

“今愚生得天师文书，拘校诸文及方书，归居闲处，分别惟思其要意，有疑不能解，愿请问一事。”“言之。”“今天师拘校诸方言，十十治愈者方，使天神治之也；十九治愈者方，使地神治之；十八治愈者方，使人精神治之；过此以下者，不可用也。愚生以为，但得其厌固可畏者，能相治也；不得其厌固者，不能相治也。”“善哉！真人言也，得其难意。然，夫凡洞无极之表里，目所见，耳所闻，蠕动之属，悉天所生也，天不生之，无此也，因而各自有神长，命各属焉。此若六畜，命属人也，死生但在人耳，人即是六畜之司命神也①。是万二千物悉皆受天地统而行，一物不具，即天统有不足者，因使其更相治服也，因复各使有尊卑君长，故天道悉能相治制也。得其所畏，而十十者治愈者，即是其命所属天也。真人知之邪?”“唯唯。”“行，子已知之矣。”

“请问一疑，甚不谦顺，岂不言哉?”“平行勿讳。”“今若盗贼劫人者，同服人耳，岂可以为天命君长邪?”“善哉！子之难也。夫盗贼劫人者，但以无义，妄于枉服人耳，不得常服久也。一过服人，即有重罪，长吏遂之不止也。子何以言是为天命乎？今若王者治服人，岂当见逐索邪?凡人生以王者为君长、为命也。真人亦宁解不?”“今已大解，善哉善哉!”

“行，学者精之，亦无妄难问也，天且非人也。”“唯唯，有过有过，不也。”“敬慎之，勿但若俗夫之人欲言便语也。”“唯唯。今愚生每语有剧过，不言，又无缘得知之。今欲复有可问，不敢卒言。”“平行。”“今独万物各有君长，天地亦有君长邪?”“噫！子难问何一深妙远剧也!”“今自知所问不谦，不及天师问之，会遂不得知之也。”

“然。天者以中极最高者为君长②，地以昆仑墟为君长③，日以王日为君长④，月以大月为君长，星以中极一星为君长⑤，众山以五岳为君长，五岳以中极下泰山为君长，百川以江海为君长，有甲者以神龟为君长，有鳞之属以龙为君长，飞有翼之属以凤凰为君长，兽有毛者以麒麟为君长，裸虫者以人为君长⑥，人以帝王为君长，天下若此者积众多，不可胜记，才为真人举其纲，见其始，子岂解邪?”“唯唯。”

“宜自深思其意，亦不可尽记也，难为财用。”“唯唯。今故言蚑行有知之属，方在其身者，不待而成事者，无妄杀伤，何乎?”“主恐忿其君长也。今天太平气至，当与有德君并力治，无妄伤害，则乱太平之气，令治愦愦。”

“今小物安能感动天，使其治乱愦愦乎?”“噫！子自若愚蒙，未大解也。今是各自有君长，若远方四境之下贱小人，极最帝王之下极蝼蚁恶人也，无可比数。人无故共贼伤此百数十人，其家自冤枉，上书帝王，帝王闻之即大怒，下令以章考问之，纷纷州郡县以为大事。因而坐之危亡者，非一人也。子知之邪?”“可骇哉！可骇哉!”“行，子知大骇，乃且长生矣。”“唯唯。”

“是故古者圣王，知天法象格明，故不敢妄用刑也，乃深思远虑之极也。故其治常平，不用筋力，而得天心者，以其重慎之也。今先王小小失之，承负之后，各有得失，故治难平也。子知之邪?”“唯唯。”“今太平气至，天爱有德之君，故具为陈戒也，难其犯之也⑦，以吾文归上德之君，自使思其恶意。”“唯唯。”

右集难方药命所属物各自有君长。

---

①司命神：掌管生死之神。

②中极最高者：指北极星座所在的天区，即紫微垣，又称中宫或紫宫。

③昆仑墟：即昆仑山。

④王日：指春季寅日，夏季巳日，秋季申日，冬季亥日之类。因其居正位，有帝王之象，故称王日。

⑤中极一星：指北极星座五颗星中最亮的那颗星。古人视其为最高天神，称为太一。

⑥裸虫：指不带甲壳鳞毛的动物。

⑦难：威慑阻止。

阳尊阴卑诀第一百三十八

“愿问阳何从独得尊而贵，阴独名卑而贱哉?”“善乎！子之难也，几睹道德意。阳所以独名尊而贵者，守本常盈满而有实也；阴所以独名卑且贱者，以其虚空而无实也，故见恶见贱也。”

“愚生受天命，劣少无知，蔽暗难开，愿天师具为分解其意。”“子学何不具睹天道意，何哉？真人尚乃不解，俗人冥冥固是也。然，夫天名阴阳男女者，本元气所始起，阴阳之门户也。人所受命生处[①]，是其本也。故男所以受命者，盈满而有余，其下左右，尚各有一实[②]。上者盈满而有余，尚常施与下阴[③]，有余积聚而常有实。上施者，应太阳天行也[④]，无不能生，无不能成。下有积聚，应太阴，应地，而有文理应阡陌[⑤]。左实者应人，右实者应万物。实者核实也，则仁好施，又有核实也，故阳得称尊而贵也。子知之耶？”“唯唯。”

“阴为女，所以卑而贱者，其所受命处，户空而虚[⑥]，无盈余，又无实，故见卑且贱也。本名为阴阳男女者，此二事也。其一身上下，既尽无名者也[⑦]。本名阴阳，以此二事分别之也。念女之头目、面耳、支体，俱与男等耳。其好善尚乃或好于男子，而反卑贱者，此也。男子其头面肢体，其好善不及女也，而名尊且贵者，正以此也。”“善哉善哉！”

“然，子可谓已觉知之矣。是故天道重本守始，是以圣人睹天法象明，故当反本守元，正字考文，以解迷惑也。故能使天地长安，国家乐也。故守本而有实，好施与者为善人。本空虚无实核，常不足而反好求者为恶人，为贱人，此之谓也。”

“今愿诀问一疑。”“行，言之。”“令女见怀妊，实如天师言，无实何也？”“噫！子内空虚，略类似无道之人，但天见子勉勉一心，故使子来问事耳。今女之妊子，阴本空虚，但阳往施化，实于阴中，而阴卑贱畏阳，顺而养之，不敢去也。阳乃天也，君也；阴乃地也，臣也，故重尊敬阳之施，因而养之，而不敢去也。

子欲知其实，比若君王有客[⑧]，托于小家，小家养之，不敢去也，客亦遂得肥巨成人，□□正此也。今俗者言，阳生阴成，但阴随而养成阳实也。吾书中，同多以养说之如此矣。吾见真人欲乐得知真道之核，天之至要意，故为子要言之耳。子知之邪？”“唯唯。”“行，子已觉矣。”

“今愿问独人有男女，可以分别阴阳实邪？天地万物尽然邪？”“噫！子自若痴迷不解。善哉！真人之难问也。然，天地之性，万物尽然。吾为子说一事，已上洞下达。子自若言不□□行，更开两耳听，勿失铢分也。”“唯唯。”

“行，然阳在外之时[⑨]，凡物尽上怀妊于上枝叶之间，时天阳气在外，未还反下根也，故皆实于表也；蚑行众生、人民积聚亦于外。及阳气还反内，在地中也[⑩]，万物之属，上悉空无实，尽下怀妊实于下，地中养根叶，蚑行人民，亦入实积聚于内，此即皇天证明阳实核之大明效也。是故执阳道者，有实核，守阴道者，无实核，故古者圣人，治常象天，不敢象地也。”

“愿闻之，何谓为象天乎？”“象天者，聚仁贤明儒、道术圣智，此者名为象天也。聚财货小人、不肖无知文章，名为象地也。”“善哉善哉！愿闻此仁贤明儒、道术圣智，何以象天？”“天者，仁贤明儒、道术圣智也；又天者，能乘气而飞[⑪]，此六人，其上才而志真道不懈者，亦乃至于能乘气而飞，故属天、象天也。是以古者圣人独深知皇天意，故不敢失之也。”

“愿闻此聚财货小人、不肖，何以象地乎？”“然，夫财者会，下财成涂，涂化成粪，粪化成土。夫小人愚不肖者，会聋暗不知道术，入凶门户，会当早居地下。若令不葬，久则为天地之害甚深，与之为治，则共乱天文地理，五行日战乎！四时失纪，三光少明，天地恶之，百神不爱之矣。无益于分理，当早终死如此财矣。真人知之邪？”

“唯唯。可骇哉！可骇哉！”“子知骇者，可谓将长存矣；不知早骇，与天地为重咎。”“愚生甚畏之。”“子知畏此天法，天且活子，如不敬畏之，与生同理。夫吉凶，本非天也，过也，人自求得之耳。子知之邪？”“唯唯。”“行去，去戒之。”“唯唯。”

右集难男女本所以得尊卑、阴阳实核、君子小人诀。

①人所受命生处：指人体生殖器官。

②实：指睾丸。

③下阴：指龟头。

④天行：指化生职能。

⑤文理：指微细血管。

⑥户：指阴户。

⑦无名者：无法命名再加以区别的，如男女手足。

⑧客：指非由嫔妃生育的孩子。

⑨阳在外之时：指春分到秋分。

⑩阳气还反内，在地中：指秋分到春分。

⑪又天者，能乘气而飞：汉代浑天说认为，天乘气而立，天转如车轮之运，周旋无端，故出此语。

国不可胜数诀第一百三十九

"请问一事。""平道之。""愿闻天下凡有几国?""深哉妙哉！子所问也。然，中部有八十一域，次其外复一周，天下有万国，乃远出到洞虚无表，合三部为万二千国。"

"何故乃有万二千国乎?""天数始起于一，终于十，十而相乘，天道于五而反[①]，故适万国也。其二千国者，应阴阳更数[②]，比若数十而终也。岁月数独十二也，尚五岁再闰在其中也[③]。此应天地之更起在天，天洞虚之表里，应为天地并数，故十二月反并为一岁，尚从闰其中。

此十二月者，乃元气幽冥，阴阳更建始之数也[④]。比若万物终死于亥，乾因建初，立位于天门，始凝核于亥，怀妊于壬成形。初九于子，日始还；九二于丑，而阴阳运；九三于寅，天地人万物俱欲背阴向阳，窥于寅。

故万物始布根于东北，见头于寅。物之大者，以木为长也，故寅为始生木。甲最为木之初也，故万物见于甲寅，终死于癸亥。故木也，乃受命生于元气太阴水中，故以甲子为初始。天道变数，因五相乘而周，故五千加十二支字，适六十，癸亥为数终也。真人知之邪?""唯唯，未得其意也，今眩冥。"

"行，子思之久久，自得其意。行，子思之。今真人恒何故问天下有几国哉?""愚生受天师书言，可以报天地重功，疗天地病，而为有德帝王，除天地立事以来流灾厄会。今以天师文书道，一付一有德之国[⑤]。今一国之原，虽其君有德万万人者[⑥]，安能乃并解阴阳无极天地之灾乎?乃周流遍治天地之表里、绝洞虚洞、远无极之天地病乎?"

"噫！善哉。天乃使子问是邪？咄咄！可骇哉。咄咄！可骇哉。吾欲不言也，今恐得大适死过不除于子也。真人何以乃知问是乎?""愚生得天师教敕者，归别处，思惟其意，各有不解者，故问之也。""今子解一国有德之君而已，何故为问之乎?""今以天师文，但解一有德之君国之灾，名为但疗治一国耳，安能乃疗治天地病而报皇天重功乎哉?"

"善哉！子之言也。吾无以加子言也，真人试说其意。""然，今天师乃言天地洞虚有万二千国，今一有德之国受道，安能乃解是万二千国之灾，而都安天地者乎?""善哉！子之言。子果见使主问是邪？诺，今为真人具分别说之，使其昭然，可以毕除天下病灾。吾畏天威，义不敢有可匿也[⑦]，子力随记吾言。""唯唯。"

"行，天数本起于一，十而终。一乘十，十也；各乘十，而至百；百乘十，至于千；千乘十，至于万。一者，其数之始也；十者，其数之终也；百者，其有德之国乡。子但持吾书，往授教其一有大德之国，传记吾书者持本去，无尽以与也，周流以授百有德之乡。一国得吾书者国善，人并归向之，其德乃并洽四方，百国皆被其化而为善，天地乃俱为其安，灾害为其除。以授百有德之国，而万国无害，天地病悉除去矣。”

“善哉善哉！愿闻何故不教愚生比以教授之。”“然，所以不可比以教者，无道德之国，天所衰，会不能行真道，故但归有德之国也。今天德之国并归有道德之国，亦自理矣。”“善哉善哉！愿闻何故正以是百国有德为法乎？”“善哉！子之难也，得其意。然，天地人之数也，天数起于一，终于十，天下布施于地而生，数成乃后出，适合为百。天地人备，天地人三合同心，乃成德也；一事有不和，辄不成道德也。”

“愿闻天数何故正一乎？”“一者，其元气纯纯之时也。元气合无理，若风无理也，故都合名为一也。一凝成天，天有上下八方，故为十也。又有五方[8]，各自有阴阳，故数十也，下因地也。一下因地者，数俱于十乃生[9]，故人象天数，至十月乃生也。一者，正是其施和洞洞之时也[10]，已爱施者，反当象天数，十月乃出，故数终于十，故一者乘十。地道者母也，当禺，故与和并连人。天地人三相得，乃成道德，故适百国有德也。

故天主生，地主养，人主成，一事失正，俱三邪。是故天为恶亦凶，地为恶亦凶，人为恶亦凶。三共为恶，天地人灭尽更数也。三共为善，德洞虚合同，故至于三合而成德，适百国。“善哉善哉！”

“是者，天下万国之纲，天地人合德之乡也。子知之邪？”“唯唯。”“故真人今既为天地除病，为德君除承负，虽苦，持吾文往授百有德国，而阴阳病悉消亡，帝王之灾皆已除矣。”“善哉善哉！愚生向不力问，无缘得知是也。”“子言是也。学而不力问，与不学者等耳。是故古圣贤之学，旦夕问于师，不敢懈也，故遂得知天之道也。”“唯唯，诚得力问，不敢有懈也。”“如是者，子已知道矣。”

“愿闻今天下乃习俗不同，以一道往教敕之，曾不疑乎？”“噫！子于是言者，更愚略冥冥无知，何哉？今是习俗礼义者，但伪行耳，非其真也[11]。天下人乃俱受天地之性，五行为藏，四时为气，亦合阴阳，以传其类，俱乐生而恶死，悉皆饮食以养其体，好善而恶恶，无有异也。

于其有不晓真人文而不达者，当授教之时，真人宜以其俗语习教其言，随其俗使人自力记之。如是者，天下悉知用之，无有疑也。吾之道，比若日月，周流运行照天下，各自言昭昭，大明而足。子欲重知其审实，比若万物蚑行之属，共一天地，六甲五行四时以是为大足，故皆以天地阴阳格法教示之也。子知之邪？”“唯唯。”“行去，难不止，则说无穷，今道大文，反但难得意。”“唯唯，愿复问一事而止。”“行，言之。”

“今其万二千国当云何哉？”“然，此者，并于数中，与闰同。子欲知其审，比若数，十而终，一岁反十二月乃终，尚闰并其中，时有十三月，此之谓也。但百国行道德，乃万国无灾，天地病已尽也，此亦并除。”“善哉善哉！”

“子能自力，以吾文周流百有德之国，使其各随俗说吾书者，即万二千国悉安，天地病大除，子已增年，亦无极矣。子安之少也，则得少年；安之半，则得半年；尽安之，则得无极之年。真人既有善意，天使子具问，是宜具安之，子亦无大自苦劳也。

夫天，极自神且明而无上也，尚常行道自苦，日一周行[12]，凡物而安之，故独得常吉而长生也。地亦随天所为，而养之也。如天一日不行，日月星不移，即有不周之气[13]，天则毁矣。天尚乃行道不敢止，故长生也，而况子乎！努力各自为身屈，不能为他人也。吾所以说而不止者，吾亦为吾身屈，非而为子也。凡六极之表里，扰扰之属，俱各为其身计，不能为他人也。子知之邪？”

“唯唯，吾得天师言行之，使有德之国记之，不敢懈也。”“行，子已知之矣。俱努力努力，事毕而相从。”“唯唯，行去愿问一事。”“何等也？”“今六人谨归居闲处，共思天师言，时时若且大解，时时有迷乱不懈者，愿及天师决其意。今念数愁天师，欲忍不言也，恐与天师相离，终古竟天年，无以复得知之，故冒惭复前假一言。”“平行，天使吾与六子相睹共语，勿辞谢也。”

“唯唯。今愿闻天下之国，独有万二千国邪？复有余邪？”“噫！密哉，子之问也。天地开辟以来，未尝有也。然，此万二千国者，记一大部耳[14]；其余者，何有穷极乎哉？”“何一多也？”“噫，子今旦问疑极知也，今反覆闭冥冥，愚哉！”“实不及。”

“然，观弟子问事，未大穷洽知天道也，适应校绯绯若且及[15]，而内独不及。夫俗人冥冥愦愦，固是也，以真人况之，吾不非也。然，更开耳，为六真人说之。天者，乃上下无极，傍行无极，往往一合为一部界，复分何极乎？”

“愿闻之。”“然，天上当于何极，上复有何等而中得止极乎？地下当于何极，下复有何等，于何得中止而言极乎？天地傍行于何极，何故得中上而反极穷乎？此六表者，当于何穷极乎？是故天道乃无有穷已也，大用之亦适足，小用之亦适足，大用亦有余，小用亦有余。真人宁知其意乎？”

“唯唯，可骇哉！可骇哉！向不力问，复无从得知之也。”“然，子可谓小觉矣。行去，勿复竟问也，恐六真人惊而败也。非力所及而强问之，是亦大害也。然为人师者多难，今訾子悒悒，为子更明之。行，更明开耳，安坐听。”“唯唯。”

“子欲乐知其大效也，比若一家有父、有母、有子，亦天道具成一家。父象天，母象地，子象中和，其聚财物，家中所有象万物，亦成一家。父为君，母为臣，子为民，财货以相通养共之，象万物，此一家亦共一大忧。一县万户亦合成一大家，共一大忧。十县合成为一郡，亦合成一家，共一大忧。十郡合成一大州，亦合成一家，共一大忧。十州合，共成一大国，亦合成一大家，亦共一大忧，而为一大界。其帝王有德，忧及十二州，大忧及十三州[16]，亦共为一大家，亦共一大忧也。

其外界远方不属于人国者，于人国有道德，其中善人来；于人国无道德，则不来；于人德劣，则来害人也。此一部者，一界也，天地之分画也，乐使天下扰扰之属，各有处，不相克贼也，故为太极、中极、小极。”

“何谓也？”“太极者，主无复外表也[17]；中极者，主中部也；小极者，各应其部界而止也。但可以道德相求，不得大相克贼也，天怨之，此名为共一家，故各共一大忧也。子欲知其审实，比若一家父子夫妇，但独忧其家不富，不肯忧他家也。一县但共忧其君，善则当迁之，使高功，各争进其长吏；恶则欲共去之。一县一郡、一州一国，皆义说等此，其共一大忧也。今故记万二千国，乃共一大部，以与真人，共一大忧也，共一界。其余若此万二千国者，不可胜数。是故古者圣人之作，皆共记一小部也。”

“何不记大部界乎？”“天使不言也。大化未出[18]，所作者异，不得同法，故不记之也。今者为大化出，万二千国历运周，故天使真人来问无极之经、洞竟之政，故以文付百有德之国，一有德之国兼化九十九国。其万二千国并数，若一岁十二月为一部，时十三月闰，亦并其中，此之谓也。子知之邪？”“唯唯”。

“行去。”“唯唯”。“慎天道神灵守之，勿妄乱毁。”“唯唯。今已受天明师严敕文，小觉知一大部。愿闻一小界，见示说此无极之国。”“诺，为真人悒悒，且小言，子详记之。今欲使真人积财用，上柱天日月，下柱地，广从万里，恐财用固固常病苦少也，不能记是其国多少之名字也。子知之邪？”

“唯唯，愚生不敢极问天道也。见天师言，今怳若失气，惚若亡魂，不敢重问之也。”“然，子可谓晓事之生。子欲报天地重功，而命无极者，但周流是一大部万二千国，则寿已无极矣。其上下六方洞极者，天亦不独使六子忧之也。忧之者自有人，与子异界，亦不以过责反罪子也。其安危善恶，亦自有主之者也。一部说绝，勿复问。”“唯唯。”

“行，六子努力请，真人学为小通，但未大睹天道意耳，加精勿懈。”“唯唯。”“学而不精与狂同，精而不得名喑聋，示之以西反问东，故天下师共辩难何恟恟[19]！虽恟恟，无益也，犹不知，比若婴儿蒙蒙，未出胞中，随其母身而行，安知天道广远而无方？

是故小师强怒喜狂说[20]，反令使天地道伤。故失道意，不能安其君王，天下恟恟，皆被其过。言之殊异，令灾害横行，不可禁防。书虽亿亿万卷，天下流灾害犹不绝，前后合同[21]，皆由强说之生，不知道要之过也。真人知之邪?”“唯唯。”“行，欲复为子具说，无穷竟，难为财用，又且复重，故一小止。疑，复来问之。”“唯唯。”

右集难问授书、诀诸国部界。

---

①天道到于五而反：五，指五行阴阳变化之数。反，周而复始。

②更数：交替之数。

③尚五岁再闰在其中：此言置闰法。古人以三年置一闰月，五年置二闰月，十九年置七闰月来调整阴历和阳历的差值。

④阴阳更建始：指阳生于子，阴生于午。

⑤一付：全部授给。

⑥有德万万人：意谓集万万人之德于一身。

⑦义：义旨。

⑧五方：即东方木、南方火、西方金、北方水、中央土。

⑨数俱于十：指阳气自正月始出于地，化育长养万物于上，至其功毕，历经十月。

⑩施和：指阴阳交合。

⑪今是习俗三句：从《老子》“大道废，有仁义；智慧出，有大伪；六亲不合，有孝慈；国家昏乱，有忠臣。”演化而来。

⑫日一周行：指天由东向西每昼夜运转三百六十度。

⑬不周：不合调。

⑭一大部：相当于邹衍设置的一大九州。

⑮綝綝（lín，林）：繁茂盛多的样子。

⑯十二州：东汉在京师以外所设十二个监察区的总称。算京师为十三州，这里所谓十州、十二州、十三州又与天数十、一岁十二月、闰年十三月相对应。

⑰主：总括。此句是说一大部，即大九州。

⑱大化：指对普天之下施行教化。

⑲恟恟：同“汹汹”。

⑳小师：指执守孤言单辞的人。

㉑合同：重迭积累。

敬事神十五年太平诀第一百四十

“愿请问一事。”“平言之。”“今天将太平，宁亦可预知邪哉?”“然，可知。占天五帝神气太平[①]，而其岁将乐平矣。”“何谓也？愿闻之。”“然。春也，青帝神气太平；夏也，赤帝神气太平；六月也，黄帝神气太平；秋也，白帝神气太平；冬也，黑帝神气太平。”

“今以何明之?”“然，太平者，乃无一伤物。为太平气之为言也，凡事无一伤病者，悉得其处，故为平也。若有一物伤，辄为不平也；二物伤，辄为被刑也；三物伤，辄为群物伤也；四物伤，辄为四方伤也；五物伤，辄为五方伤，天下有大害也；六物伤，辄为恶究于六方也；七物伤，辄为其害气乃横行也；八物伤，辄使人贤不肖异计[②]，不并力也；九物伤，辄为恶穷竟阴阳，令物云乱席转也[③]；十物伤，乃为大纲伤，天数终尽更数也。是故古者上圣人，但明观天五帝神气平未，辄自知治得失，且平与未哉！"

"愿闻其平诀意。""然。春物悉生，无一伤者，为青帝太平也。夏物悉长，无一伤者，为赤帝太平也。六月物悉见养，无一伤者，为黄帝太平也。秋物悉成实收，无一伤者，为白帝太平也。冬物悉藏，无一伤者，为黑帝太平也。

五帝太平一岁，人为其喜乐顺善；二岁，地上为其太乐；三岁，恩泽究竟于天；四岁，风气顺行[④]；五岁，九神不战[⑤]，祆恶伏灭；六岁，而究著六纲[⑥]；七岁，乃三光更明；八岁，而恩究达八方；九岁，阴阳俱悦；十岁，万物悉各得其所，为数小终。物因而三合之，乃天地人备，故三十岁而太平也[⑦]。

今上皇气出，真道至，以治，故十五年而太平也。如不力行真道，安得空致太平乎？此十五岁而太平者，乃谓帝王以下及臣大小，案行真道，共却邪伪，故十五年而平也。真人知之邪？

是故欲知将平与未平，但观五帝神平与未，足以自明，足以自知也。是故凡象，乃先见于天神也。天神不平，人安得独称平平哉？是故五帝更迭治，可皆致太平。其失天神意者，皆不能平其治也。

是故谨顺四时，慎五行，无使九神战也。故当敬其行，而事其神。今天第一上平气且至，故教真人敬四时五行，而令人大小共兴用，事其神事。古者但敬事四时五行，故致太平，迟三十年致平；今乃并敬事其神，故疾十五年而平也。真人知之耶？""唯唯，可骇哉！可骇哉！""然，子已觉矣。"

"愿请问人行忠直有实，宁可知邪？""善哉！子之所问也。与其交也，言行日若恶忿，人长念之，反月善；月若恶忿，人反岁善；少时观其所为作若最恶，老反最善也。人皆归其言，而乐其行，而好爱其道，是即忠信上善有实核之人。"

"善哉善哉！愿复请问不忠信佞行，亦可知邪？""然，可知也。与之交也，观其所言行也，日月合于人心，若顺善，长念用之，反月使人益恶邪；月若善，反岁恶；少时观其人，可为若善也，言若忠信，至老念用其所为，反最恶邪，是纯为伪佞不忠信之人行也。至老长则穷，其言与行最贱矣，灾及妻子，祸流后生。""善哉善哉！"

---

①天五帝：位于太微垣天区的五个星座的合称。

②异计：各为自己打算。

③云乱席转：像乌云一样搅动，像芦苇一样翻卷。

④风气：指八风二十四节气。八风为：条风（立春东北风）、明庶风（春分东风）、清明风（立夏东南风）、景风（夏至后暖和的风）、凉风（立秋时的西南风）、阊阖风（立秋时的西风）、不周风（立冬时的西北风）、广莫风（冬至时的北风）。二十四节气是十二节气和十二中气的总称。

⑤九神：指四时之神和五行之神。

⑥究著六纲：究著，遍及彰明。六纲，指君臣、父子、夫妇。

⑦三十岁而太平：天数终于十、地数终于十、人数终于十，总合为三十。

效言不效行致灾诀第一百四十一

"太上中古以来，人多效言，乃不效行，故致灾害疾病畜积，而不可除去，以是自穷也。是故吾敬受此道于天，乃效信实[①]，不效虚言也。执一行吾书道者[②]，下古人且日言吾道恶无益也，反月善；月言无益，反且岁善；岁言无益，反至老常善，久久不而去也；后生者以为世学矣。

不知疾行者，但空独一世之间久苦耳。故吾教敕真人，常眷眷勉勉也。道为有德人出，先生与后俱与吾无有独奇亲也[③]。吾受之等耳。故但得而力而行之者，即其人也，无有甲与乙也。子知之邪?”“唯唯”。

“行，天道无亲，归于人；地德无私，付于谨民；人交无有先后，但爱于有实信。是故古者帝王有宫宅以仕有德，不仕无功之臣。有德之人，天地所爱，可助帝王安万物；无德之人，天地所怨，阴阳之贼。”

“何其重也?”“子自若愚哉！然无德之人，其行无数，乃逆天地，故与天地为怨也；乃乱阴阳，故与阴阳为贼也。子知之邪?”“唯唯。”“行去，勿复问，善恶可睹矣。”“唯唯。”

“行，为子悒悒，且为子分别解下古人之行。人人曰自言惠，且善晓事，而反其行征也，反月德恶；月月各自言有善行，不负于天，而反岁得灾多，且凶恶夭死；少时人人自言善且大贤，贤过其父与母，而行到老长，反无一善贤者，皆为不肖之人。贫贱且共，寿则日少，无一知真道。

夫下古之人善恶贤与不肖，见于是矣。何须自言贤且晓事乎？但观其征，可自知矣，可长明，可行真与伪矣。何须复辨陈之？成事已□□。真人以吾书文示之，令使一觉悟，可天久迷，与无地为重怨。行，吾辞小竟，后复有疑，乃来共议之。”“唯唯。”

右集难问太平诀、人行有实与邪文。

---

①信实：实际效验。

②执一：执着专一。

③独奇亲：指特殊关系。

太平经卷九十四至九十五

己部九至十

阙　题

神人语真人言[①]：古始学道之时，神游守柔以自全[②]，积德不止道致仙，乘云驾龙行天门[③]，随天转易若循环[④]。

真人专一老寿，命与天连；阳道积专日有单[⑤]，至信所致，无争荣名而居高官。孝顺事师，道自来焉，神乃知善，人与语言[⑥]。

夫师开曚，为道之端，君父及师，天下命门[⑦]，能敬事此三人，道乃大陈；不事此三人，室闭无门[⑧]，福德皆逃，祸乱为伶，详惟其事，无失书言[⑨]。父母生之，师教其交居亲仕之[⑩]，可不慎焉！

天下至士[11]，去官就仙，仙无穷时，命与天连。长吏治民，仙吏天官，与俗何事，其事异焉。长吏治民仙万神[12]，天下之事，各自有君。努力思善，身可完全，以是遂去，不负祖先。

吾图书已尽，无复可陈，致勉学详请其文，神人将去[13]，故戒真人，慎之慎之，亦无妄传，不得其人，慎无出焉，藏水深渊、幽冥之间，道不饮血[14]，无语要文。外内已悉，无可复言。

---

①神人：指传道天师。

②神游守柔：神游，即精神与自然造化相结合。或指意念与体内神灵相随顺，即坚执"守一"的修炼方术。守柔，指坚守柔弱的处世原则。

③乘云驾龙行天门：可参阅《乘云驾龙图》，天门，天庭紫微宫门。

④转易：指转移变换空间位所。

⑤日有单：终有出头之日的意思。即下文所谓居高官。单（dàn，旦），作厚道，诚实解。

⑥神乃知善二句：善可通神。

⑦命门：这里喻指君、父、师所占的重要地位。

⑧室：指神室，即真神居人腹中，形成真人宅室。

⑨书言：指《太平经》有关君父师的论断。

⑩交居亲仕：交，指与他人交往。居，平素居止行为。亲，指侍奉双亲。

⑪至士：指修道达到最高境界的人。

⑫仙万神：仙人统领万神。

⑬去：指超凡脱俗，成仙而去。

⑭饮血：指歃血为盟。

太平经卷九十六

己部之十一

六极六竟孝顺忠诀第一百五十一

"真人前，子共记吾辞，受天道文比久，岂得其大部界分尽邪[1]？吾道有几部，以何为极[2]，以何为大究竟哉？""文中有道，六极六竟[3]。愚生今说，不知以何为六极六竟。""咄！子其愚不开，又学实自若，未大精也，故不知道之所到至也。""有过负于天师，其责必不可复除，不嫌也。"

"真人自责，何一重也。""愚生闻子不孝，则不能尽力养其亲；弟子不顺，则不能尽力修明其师道；臣不忠，则不能尽力共敬事其君，为此三行而不善，罪名不可除也。天地憎之，鬼神害之，人共恶之，死尚有余责于地下，名为三行不顺善之子也。常以月尽朔旦[4]见对于天[5]，主正理阴阳、是尊卑之神吏，魂魄为之愁，至灭乃已。故自知不精，有过于师不除也。"

"善哉善哉！子于何受此辞语乎？""受之于先师也[6]。又愚生瞥睹天师说，受天师之法，见天象，天地乃是四时五行之父母也，四时五行不尽力供养天地所欲生，为不孝之子，其岁少善物，为凶年。人亦天地之子也，子不慎力养天地所为，名为不孝之子也。故好用刑罚者，其国常乱危而毁也。

万物者，随四时五行而衰兴，而生长自养，是其弟子也。不能尽力随其时气而生长实老[7]，终为不顺之弟子。其年物伤，人反共罪过其时气不和，为时气得重过。民者，圣人贤者之弟子也。今下愚弟子妄盗强说[8]，反使圣人贤者有过，名为共乱逆天道，其罪至重，不可赦除，故愚生过不除也。

风雨者，乃是天地之忠臣也，受天命而共行气与泽，不调均，使天下不平。比若人之受命为帝王之臣，背上向下，用心意不调均，众臣共为不忠信，而共欺其上，使天下恟恟多变诤，国治为之危乱。

比三事者：子不孝，弟子不顺，臣不忠，罪皆不与于赦，令天甚疾之，地甚恶之，以为大事，以为大咎也，鬼神甚非之，故为最恶下行也。"

"噫！真人久怀智而反诈愚，使吾妄说，说得过于天地也。吾之所说，不若子今且所言深远也。""愚生意适达于是，今不能复有所言也。""大谦，然亦不失之也。下而不谦，其过亦重。""唯唯，不敢不敢也。是故愚生为弟子，不能明理师道之部界，自知过重，故说天象，以是自责也。"

"善哉！子之言也，吾亦无以复加之也。今以子说况之，子已自知也，书之部界矣。""实不及之也。""然，子真不及之，为子具分别解之，使相次各有部界，万世不可复忘也。今真人言，人三行不顺修善，言魂魄见对，极巧也，于何受是□□说哉?""比若天师会事先师，自言为上古真人戒。愚生以此言，又见天师书文中言，故□□重知之也。愚生问，上古真人时，不知屈折有所疑[9]。""然，上古真人言是也，吾无以加之也。"

"今愿及天师，问其是意。""行，明听。然所以月尽岁尽见对，非独生时不孝、不顺、不忠、大逆恶人魂神也，天地神皆然。天以十五日为一小界，故月到十五日而折小还也[10]，以一月为中部，以一岁为大部。天地之间诸神精，当共助天共生养长是万二千物，故诸神精悉皆得禄食也，比若群臣贤者，共助帝王养长凡民万物，皆得禄食也。故随天为法，常以月十五日而小上对[11]，一月而中上对，一岁而大对。故有大功者赐迁举之，其无功者退去之，或击治。

此乱治者，专邪恶之神也，邪恶之神行与是，故生时不善之人，魂魄俱行对[12]。善人魂魄不肯为其使也，是故逆不孝、不顺、不忠之人为其使，共乱天仪，污天治，故其恶神见收治，故并收治其客[13]。比若反逆恶臣为无状[14]，乃罪及其客也，此之谓之也。"

"善哉善哉！愚生已解矣。""故人生之时，为子当孝，为臣当忠，为弟子当顺，孝忠顺不离其身，然后死，魂魄神精不见对也。子知之耶?""唯唯，可骇哉！可骇哉！今唯天师幸哀开示，其天法象多少，愿无中弃，唯见示敕书文部界所到至也。"

"然，子问之大致数，吾犹当言也。如吾不言，名为妒道业学而止，而反得天适。诺，六真人安坐，为子分别其部署。

凡有六属一大集[15]。夫守一者，以类相从，古今守一，其文大同，大贤见吾文，守行之不解，策之得其要意，如学可为孝子，中学可为忠臣[16]，终老学之，不中止不懈，皆可得度世。尚有余策也，行之不止，尚或乃洞于六方八极也。事万已毕，何不有也。上乃可助有德帝君，共安天地，其恩乃下可及草木也，万物扰扰之属，莫不尽理也，天地为之欢喜，帝王为之长游，但响琴瑟唱乐，而无复忧。子知之耶?""唯唯。"

"中贤守行之力之，旦夕惟思其意，亦可少为孝子，长为良臣，助国致太平，天下悉伏，莫不言善哉。外谨内信，还各自责自正，不敢负于天地，不敢欺其上也。众贤共案力行之，令使君治乃与天相似，象天为行恩爱，下及草木蚑蛃之属，皆得其所。子知之耶?""唯唯。"

"凡民守读之，共强行之，且相易共好嬉之[17]，不能自禁，令人父慈、母爱、子孝、妻顺、兄良、弟恭，邻里悉思乐为善，无复阴贼好窃相灾害。有人尽思乐忠顺孝，欲思上及中贤大贤，故民不知复为凶恶，家家人人，自敕自治，故可无刑罚而治也。上人中人下人共行之，天下立平不移时。子知之耶?""唯唯。"

---

①大部界分：指相互联系又相互区别的内容类属及其纲要。

②极：最高目标。

③六极六竟：指守一、入道、入神、入正文正辞、选举署职得其人、通上三道行书而言。将此六事列作尤须穷尽洞洽的最高目标，致使无人不晓、无人不信、无人不行，是为"极"；待其告毕，产生"深得天心"、"灾恶灭亡"、"吉福无边"的最终结局，则为"竟"。

④朔旦：朔，初一。旦，指凌晨三时至五时。

⑤见对：被对质，被勘问。

⑥先师：指学道真人拜随天师以前所跟从的传道之师。

⑦时气：指春夏、六月和秋冬五行之气依次占主导地位而言。实老：实，成熟。老，枯落。

⑧盗：指盗用贤者名义。

⑨屈折有所疑：屈折，屈身折体，受勘问的情状。有所疑，被上天怀疑。

⑩折小还：折小，指月亮由圆转缺，还，返还。指由圆转缺，又由缺变圆。

⑪上对：指诸神向上天汇报成绩。

⑫行对：作旁证，指当帮凶。

⑬客：同党，帮凶。

⑭为无状：犯下无可名状的大罪。

⑮六属一大集：六属，即前言六极六竟。一大集，指对各类道书、圣经贤传及口语人辞等进行统一整理，定于一尊，形成《太平经》这样的洞极之经。

⑯中学：学到中等程度。

⑰易：和悦。

守一入室知神戒第一百五十二

"是故夫守一之道，得古今守一者，复以类聚之，上贤明力为之，可得度世；中贤力为之，可为帝王良辅善吏；小人力为之，不知喜怒[1]，天下无怨咎也。此者，是吾书上首一部大界也[2]。恐俗人积愚，迷惑日久，不信吾文，故教示使与古今守一之文合之，以类相从，乃以相证明也。""善哉善哉！愚生谨以觉矣。"

"夫守一者，大人守之亦有余，中人守之亦有余，小人守之亦有余，三人俱守行之，其善乃洞洽于六方八远，其恩爱与天地同计也。如最下愚，有不乐守行者，名为天下最恶凶人也，天地疾恶之，鬼神不复佑之也。凡人久久，共不好利之也，此即天书所以简人善恶之法也。

其好欲读视者，天知为善人；示之不欲视者，天知之为凶恶人也，以此占人，万不失一也。吾为上德君作文，上不负天，下不负地，中不负德君，不欺真人也。守此得其意者，道已毕矣竟矣。六真人自深思其意，吾不能悉记此之善。夫一，乃至道之喉襟也，上士所乐德，中士所响知，下士之所疾恶也。子知之耶。""唯唯。"

"是故上士得之大喜，不而自禁为也；中士得之，不而自止，常悦欲言也；下士见之，是其大忌也。以吾文观此三人，而天下善恶分别明矣。子知之乎?""唯唯。""是文乃天所以券正凡人之心[3]，以除下古承负先人之余流灾，以解天病，以除上德之君承负之谪也。子知之耶?""唯唯。善哉善哉!”

“行，子已觉矣。其二部界者[4]，其读吾书道文，合于古今，以类相从，都得其要意，上贤明翕然喜之，不能自禁止为善也，及上到于敢入茆室，坚守之不失，必得度世而去也。志与神灵大合洞，不得复誉于俗事也[5]，其善乃洞究洽于天地，其神乃助天地，复还助帝王化恶，恩下及草木小微，莫不被蒙其德化者。是故古者贤明德师，乃能助帝王致太平者，皆得此人也；故其言事悉顺善而忠信也，乃其所受道师善也。真人知之耶?”“唯唯。”

“其中中贤力共读吾文书，合于古今道文书，以类相从，力共读而不止，其贤才者，乃可上为帝王良辅善吏，助德君化恶，恩下及小微草木。阴阳和合，无复有战斗者[6]。帝王长游而无忧事，群臣下俱相示教力为之，莫不顺善而忠信，无刑罚而治，其善不可胜书。真人知之耶?”“唯唯。”

“其百姓俱共读吾书道文，上下通都合计，同策为一，无复知为凶恶者也。拘校古今道文，以类相从相明，因以为世学，父子相传无穷已也。

如三人大贤、中贤、下贤及百姓俱为之占[7]，天地之恶气毕去矣，无复承负之厄会也，善乃合阴阳，天地和气瑞应毕出，游于帝王之都，是皇天后土洽悦喜之证也。故读吾文者，宜精详之，以上到下，思惟其要意，得其诀，与神明无异也。真人知之耶?”“唯唯。”

“其三部界者，夫人得道者必多见神，能使之。其上贤明者，治十中十，可以为帝王使，辟邪去恶之臣也，或久久乃复能入茆室而度去，不复誉于俗事也。故守一然后且具知善恶过失处，然后能守道；入茆室精修，然后能守神，故第三也。贤者得拘校古今神书以相证明也。真人知之耶?”“唯唯。”

“中贤守一入道，亦且自睹神，治十中九，可为王侯大臣，共辟除邪恶，或久久亦冀及入茆室矣。真人知之邪?”“唯唯。”

“其小贤守一，入道读书，亦或睹神，可治十中八，可为百姓共辟邪除恶也。亦皆当拘校古今道文，以自相证明，乃愚者一明，悉解信道也。如使读一卷书，必且不信之也，反且言其非而自解，则邪恶日兴，得害人也。如大贤中贤，下及百姓，俱守神道而为之，则天地四时之神悉兴，邪自消亡矣。真人知之耶?”“唯唯。”

“如此，则天下地上、四方六属六亲之神[8]，悉悦喜大兴，助人为吉，以解邪害。上为帝王除灾病，中为贤者除疾，下为百姓除恶气，令奸鬼物不得行也。”“善哉善哉!”

“须有大诀戒，见神以占事。言十中十者，法与天神相应；言十中九，与地神相应也；言十中八者，与人神相应也；过此而下者，言不可用也。

或有初睹神，反十十相应，久久反日不中者，见试于神道[9]，故使不中也。见是能复更自新，力自正思过，更为精善，无恶意者，且复日上行，或中神意，乃射十中十[10]，或出十，或射十，乃中一十，日以大中而上行者，是其日思为善，得道意之人也，故曰进。以是自占，万不失一也。或有初见神，占事不中，已反日已上行大中，是者精得道神意，日上进之人也。

或有平平如故，不进不退，是其用精不过故之人也[11]。日衰者，曰懈之人也，以是占之，不得道意矣。见试而不觉悟，固固自若为恶者，诸神且共欺之，牵人入邪中，则致吉凶无常，或入祆言，或坐病止。

故大贤、中贤、小贤、百姓男女为道，悉以是自占，不失之也。非犹神道试人也，凡天下之事，皆以试败，天地有试人，故人亦象天地，有相试也。真人知之耶?”“唯唯。”

“子欲重知其大信效，天道神灵及人民相得意，相合与心，而至诚信；不相得意，则相欺。是故上古之人诚信相得意，故上下不相欺；中古人半不相得意，故半相欺；下古之人纯不相信，故上下纯以相欺为事。故上古举事悉中[12]，中古半中，下古纯不中，故危亡。是故古者贤圣，常以是自占，可为得与不得，则无失也。以此戒真人，吾见子常苦劳，故深戒子，子乃为天地长使也，解天地流灾，为王者除害，其功甚大少双，恐子为道中懈，故以是神事以戒子。

子乃为天地使，而日吉者，是其得天地心意也；日凶衰恶，是其失天地心意也。与道神交，日吉善者，是其得道心意也；而日凶衰者，是其失道心意也。与人交，日益厚善者，是其相得心意也；而反日凶恶薄者，是其相失心意也。比若耕田，得谷独成实多善者，是用心密，用力多也；而耕得谷少不成善实者[13]，是其用心小懈，用力少也。此但草木，尚乃随人心意，用力多少功苦为善恶，何况天地神灵与人哉？可不戒耶？真人也，此之为戒，若薄少不足言，而深思念之，反大重，此正所为谓安危吉凶门户也。子知之耶？”“唯唯，愚生已觉矣，受命受命。”

“夫贤明为上德君拘校上古、中古、下古文书之属，以类相从，更相证明，道一旦而正，与日月无异。复大集聚大贤、中贤、下贤乃及人民男女口辞诀事，以类相从，还以相证明，书文且大合，比若与重规合矩无殊异也。天地人策俱并合，比若一也。如此，则天地人情悉在，万二千物亦然，故德君当努力用之，则灾害一旦而去，天下自治。无有余邪文邪辞，洞白悉正[14]，则无余邪气。

夫邪文邪辞，系灾之根也。子欲重知其明审信效，比若人以邪文相记于君，比若人以邪言相恶，则怨咎日兴众多，人亦自相怨咎相恶，君亦听之，反失正，聪明不达，为天地所非，治危。辞不吉，又下反以邪文邪言共欺荧惑其上，久久上知之，亦复君臣相咎，故是邪文邪言，日至凶恶之门户也，故当力拘校去之也。真人知之耶？”“唯唯。”

“故德君尽以正辞，而天地开辟以来，承负之灾厄悉除，无复灾害。真人欲重知其大信也，夫正文正辞，乃为天地人、万物之正本根也，是故上古大圣贤案正文正辞而行者，天地为其正，三光为其正，四时五行乃为其正，人民凡物为其正，是则正文正辞，乃为天地人民万物之正根大效也。

子欲重明知其信，比若人以正文正辞相誉于君前，君得以为大聪明大达也，举事悉得，无失正者，下上乃得天地之心意，三光为其不失行度，四时五行为其不错，人民莫不欢喜，皆言善哉，万物各得其所矣。恩洽神祇，则名闻远方，群神瑞应奇物为喜而出，天下贤儒尽悉乐往辅其君，为不闭藏，仙人神灵乃负不老之方与之，祅祥为其灭绝。人民为其行政[15]，言正文正辞乃无复相憎恶者，则怨咎为其绝，天下凡善悉出，凡邪恶悉藏，德君但当垂拱而自治，何有危亡之忧？此即吾正文正辞为善根之明证效也，可不力正哉！真人宁解不？”

“唯唯，可骇哉！见天师言，谨以大觉矣，愚生知天下已太平矣。德君听用之，已延命矣。”“善哉！子可谓为晓事之生也，已洞知之矣。”“乐乎乐乎！天忧已解矣，地病已除矣。”“真人以何知之？”“然此邪恶尽应当见去，天地人民万物之大病已除也。今已拘校正文正辞，故知天地之大病已除也。”“善哉善哉！子已□□知之矣。帝王力行吾文，与天地厚，无复厄会也。”“善哉善哉！语真人一大要言也。上德之君得吾文，天法象以仕臣[16]，上至神人，下至小微贱，凡此九人。神、真、仙、道、圣、贤、凡民、奴、婢，此九人，有真信忠诚，有善真道，乐来为德君辅者，悉问其能而仕之，慎无署非其职也，亦无逆去之也，名为逆人勉勉眷眷之心。天非人但因据而任之，而各问其所能长，则无所不治矣。

德君宜试之，日有善效者进之，慎无失也；无效者疾退之，此名为污乱天官，使正气不得来，咎在此邪人也。夫正善人，心常欲阴祐凡事为忧[17]，故曰致正善人也。邪人有邪心，不欲阴佑利凡事，则致邪，此乃皇天自然之格法也，故当即退之，不退之且忿天，使地杀气出，故当疾去之，是大事也。真人知之耶？”

“唯唯，愚生甚畏之。”“子知畏之，可谓晓事生矣，天且佑子。”“不敢不敢。”“此无可让也，非吾而使子见佑于天也，子为善，自然行得之也。故古者圣人之为行也，不敢失绳墨者[18]，乃睹天戒明，知其善恶，各为其身也。故常求与贤者为治，乃恐忿天也，得罪于天，无所祷也。是故古者帝王，其心明达，不敢妄与愚者共事也，故独得长吉也。真人知之耶?”“唯唯。”

“夫中古以来，人半愚，以为选举为小事也，不详察之，半得非其人，半乱天官，政半凶也。下古复承负中古轻事，复令自易[19]，不详察之，选举多不俱得其人，污乱天官，三光为其不正，证上见于天，天不喜之也，故多凶年不绝，绝者复起。

不知天甚怨恶之，人不深自责，反言天时运也。古者为有如此者：天道非人，反以其太过上归天；下愚不自思过失，反复上共责，归过于帝王，天乃名此为大反逆之民。过在下传欺其上，以恶为善，以善为恶，共致此灾，反以上归天；以归天者，复上责其君，天下绝洞凶民臣无状之人也[20]。今天地神灵共疾恶之，故天乃亲自谒遣吾下，为德君更制作法也。选举署人官职，不可不审且详也。

真人欲知是恶民臣之审也，比若家人父母，共生数子，子共欺其父母，行为恶，父母默坐家一室中，安而知之？已行为凶恶盗劫，人反还共罪其父母：父母恶，故生我恶也。县官吏得之，不直杀其恶子，反复还罪其父母。夫父母生子，皆乐其贤且善，何时乐汝行为恶哉？反还罪其父母，是为大逆不孝子也。

夫君之谓臣，皆乐其为善，何时教其为恶？而民臣自下共为凶恶之行，得天地灾者，反以还罪责其君；百姓愁苦，于是猾吏亦复共上责于天，名是为民臣共作反逆，罪不除也。共责其君，极已应大剧矣，尚复乃上罪责天，下罪责地，人之反逆乃如此，可不短其命而疾杀之哉？故下古皆应霸命[21]，死生无时也。比若民家欲杀畜生，忽欲杀之，便杀之也，善畜尚惜其死，恶畜乐其病死。真人知之耶?”

“唯唯，愚生甚畏天威。”“行，子已觉矣。出此文，令德君以示诸贤儒，慎无匿，天乐出之急急。”“唯唯。”

“告真人一大要：大德上君已仕臣各得其人，合于天心，则当知治民除害之术。夫四远伏匿[22]，甚难知也。夫下愚之人，各取自利，反共欺其上，德君当与贤明共正之。悉正，乃天地之心意，且大悦喜，使帝王长吉也。

天明知下古人且愚难治正，故故为其出券文，名为天书也。书之为法，著也明也，天下共以记事，当共所行也。可以记天下人之文章也，故文书者，天下人所当共读也，不为一人单孤生也。故天下共以记凡事也，圣人共以记天地文理[23]，贤者用记圣人之文辞，凡人所当学而共读之，乃后得其意也。

书之为类，乃当共原共策、共记共诵读之[24]，乃以无奸也。故自古到今，贤圣之文也，几何校，几何传，几何实核，几何共安之[25]，尚故故有余邪文误辞，不可纯行。故大贤诸道士，乃周流遍天下，考辞习语，视异同，以归喻愚蒙，尚故故误人赤子[26]。使妄说其学，则不可妄仕，不足以为帝王之臣也。故一本文者，章句众多故异言，令使天地之道，乃大乱不理，故生承负之灾也。真人知之耶?”“唯唯。”

“行，子已觉矣。子明更听，且语子一大戒：下古之人所以久失天心，使天地常悒悒者，君乃用单言孤乱，核事其不实，甚失其意，明矣。真人但以此上，乃使天下众贤共考辞文。而不知皆为误学[27]，故生灾异不绝。天甚疾之，得乱生病焉，阴阳战斗而不止也。故天教吾下，拘校正之。

今大中古以来，信孤辞单言，每视覆下之文为不敬[28]，共以是相法罪，遂用孤辞单言，反应投书治事，故与天为怨，乱天官。文书本使人共议其是与非，反使一人阴为辞。夫圣人尚不而独毕知天地之道，故圣贤前后生，所作各异，天上言其各长于一分，不能具除灾，故教吾都合集校之。今反信一人之言，宁可用不?

故教其三道行书，大小贤不肖男女共为之参错[29]，共议是与非，皆令得其实核□□，乃可上也。中一人欲欺，辄记之。如是，则天地病已除，帝王无承负之贵矣。

天地得以无病而喜，帝王得以自安而喜，贤者得以自达而喜；百姓得以自解不见冤，家富人足而喜；奴婢得其主不为非而喜；四时五行得顺行，民谨不犯之而喜；万二十物各得其处所，不见害而喜；鬼神见德君可为积善，亦复悦喜；恶气不复上蔽，日月三光亦喜；太上平气得来治，王者用事亦喜[30]；恶气得一伏藏，不伏见使行诛伐亦喜[31]；夷狄得安其处，不复数来为天战斗亦喜[32]；军师使兵器得休止不用，士卒不战死亦喜。凡天地之间，若此喜者众多，不可胜记。

行为真人举其大纲，见其始，子自思其意，凡事以类推之，尽以得矣。德君案行之，天下咸服矣，故天尤急此三道行书，慎无复废，故灾不去也。欲断天文，反复为聋盲之治也。夫聋盲之治，乱危之本也，灭身之灾害也。可不慎乎?

夫文，乃天下之人所当共案行也，不可信一人之言也。故天地开辟以来，文书及人辞，更相传以相考明也，不考明则不可独行，独信一人言而行之，则危亡矣。是天下之大失大伤也，故吾书不敢容单言孤辞也，故教真人拘校上古、中古、下古文以相明，拘校天下凡人之辞以相证盟，然后天地之间可正，阴阳之间无病也。

以吾书往考古今之天文、地神书与人辞，必且与响相应，与神无异也，乃吾道且可信也。故吾为道，不试言也，乃求试行，不行之，安知吾道与天相应而信哉？今日行之，比若与天语，十十五五，无有脱者。神哉为道如斯，诚可谓大乐矣。真人知之耶?”“唯唯。”

“行去，晓事生矣。告真人一大诀，此本守一，专善得其意，故得入道，故次之以道文也；为道乃到于入室，入真道，而入室必知神，故次之以神戒也；得守一，得道，得神，必上能为帝王德君良臣。臣者，必当助帝王德君，共安天地六方八洞，得其意，乃国可长安也；欲安之，必当正文正辞正言，故以拘校；文辞得以大正，必当群贤上士出，共辅帝王，为其聪明股肱，故次之仕臣九人；九人各得其所[33]，当共安天地，天下并力同心为一也，必常相与常通语言，相报善恶，故次之以三道行书也。

人已都知守一，已入道，已入神，已入正文，以尊卑仕臣，各得其处也，已行文书，并力六事已究竟，都天下共一心，无敢复相憎恶者，皆且相爱利，若同父母而生，故德君深得天心，乐乎无事也。

以为道恐有遗失，使天地文不毕备，故复次之以大集之难[34]，以解其疑。深者居其下[35]，毕书出之，以书付有德君，天下一旦转计[36]，响善自治，其为易，比若火沿高燥，水从下，不教其为，自然往也，不可禁止也，故为太皇天道教化，立可待也，德君行之，乃名为天之神子也，号曰上皇，与天地元气相似，故天下之神，尽可使也。

从天地开辟以来，未尝有天书神文使真人传之为真道记也。

以往付德君，名为道母也[37]。太阳之气，火行有也，得而行之，得其信也；不知行之，则不真也。真人知之耶?”

“唯唯，诚寄谨民[38]，往付归德君，不敢久留也。”“行，子已晓之矣。天书不可久留也，天神考人，使人不吉。子慎之，行去。”“唯唯。”

六究洽洞极七竟，以类次书文使相得，灾悉灭亡，致洞极之吉文。

①不知喜怒：指心平气和。

②上首一部大界：即第一大部类。上首，天之始生曰上首，引申为最上位。

③券正：像坚守不移的契据一样来矫正。

④二部界：即第二部类。

⑤大合洞：完全融为一体。誉：通“豫”，乐。

⑥战斗者：指阴阳失调而导致的各种灾异现象。

⑦占：指按道书所言指导行事。

⑧六属六亲之神：西汉末年王莽代汉前夕，奏以日月雷风山泽为六宗，星辰水火沟渎皆系六宗之属，此处即指此而言。

⑨见试于神道：此句是说诸神故意对人进行测试，以确定其心志坚定诚实与否。

⑩射：指随意猜度。

⑪用精不过故：指在精念事理上用气力没有超过以往。

⑫举事：指行事施政。

⑬善实：指谷物质量好，颗粒饱满。

⑭洞白：形容新编道经明彻与纯粹的程度。

⑮行政：执行政令。

⑯象：仿效。

⑰阴祐：暗中助佑。

⑱不敢失绳墨：丝毫不敢偏离。

⑲自易：指不经中央而自行撤换官吏。

⑳绝洞：这里是彻头彻尾的意思。

㉑霸命：不超过六十岁为霸命。

㉒伏匿：伏奸藏恶。

㉓天地文理：即天文地理。

㉔共原共策：原，推考。策，判定。

㉕安：确认恰当的意旨。

㉖赤子：指心地纯洁的人。

㉗误学：指单言孤辞为误人之学。

㉘覆下之文：指上奏后批复下来的奏章。相法罪：使人陷入法网而获罪。反应投书治事：对孤辞单言却做出认为是正确采纳处理意见。

㉙参错：梳理酌定。

㉚王者用事：王者，指火气。用事，起支配作用。

㉛伏见使：暗地被驱使。

㉜为天战斗：《太平经》作者认为，夷狄骚扰内侵，是天对东汉政权的遣责。

㉝九人：指神、真、仙、圣、贤、凡民、奴、婢。

㉞大集之难：指大规模的集议辩难。

㉟深者居其下：深者，指精深的内容。下，指卷帛尾端，打开先见处。

㊱转计：转变心计。

㊲道母：传道之母，即开创者。

㊳诚寄谨民：因真人已脱离世俗，不可复为民间之师，故须物色和委托良民代为转送。

忍辱象天地至诚与神相应大戒 第一百五十三

“真人前。”“唯唯。”“今且戒真人一大戒：吾道乃为理天地，安帝王，生天地所爱者，乃当爱真道与真德也。故天者，乃道之真，道之纲，道之信，道之所因缘而行也[①]。地者，乃德之长，德之纪，德之所因缘而止也，故能长为万物之母也，常忍辱居其下也，不自言劳且苦也。吾之为德君教化下愚，正以此天地二事为祖也，故常案天地之法度，不失其门户也。吾之书，即天谈地语，与神祇深独相应若表里也，步即相随若规矩也[2]。故顺行者得天地意，失之者凶衰矣。今以此戒真人，子宜思吾言而常慎之矣。”“唯唯。”

“行，见子好真道德，好为善少双，且示子一言。今上士多乐真道善德，中士半好之，下士无状，纯无道无德，皆应大逆无道之人也，大凶无德之人，与天地内独不比，不而相知，非天所常宥也，爱子也，故无道德者，命不在天地也，与禽兽同禄同命。”

“今不解，愿闻其要意。”“然，六真人明听。”“唯唯。”“然，天者纯为道，地者纯为德，此无道德之人，与天地绝属无所象。象于天行，当有真道而好生；象地，当有善德而好养长，今人无道与无德，故天地不宥子也[3]。欲知其明信效也，比若道人知道人[4]，德人知德人，各有相收录[5]，故命迭相在，故道人者好兴道人，德人者好兴德人。有道德之人与无道德之人不比，故不肯相收录，命不系天也。”

“善哉善哉！愿闻其与禽兽同命意。”“善乎子难，深得其数[6]。然，禽兽者命系于四方[7]，其为性者好相抵触，无有道德，胜者为右；无道德下愚之人，亦好相触冒，胜者为右[8]，其气与禽兽同，故同命也。天道为法，以是分别人优劣，故知之也。

凡天下之名命所属[9]，皆以类相从，故知其命所属。故含五性多者象阳而仁，含六情多者象阴而贪[10]，受阳施多者为男，受阴施多者为女，受王相气多者为尊贵则寿，受休废囚气多者数病而早死，又贫极也。故凡人生者，在其所象何行之气，其命者系于六甲何历[11]，以类占之，万不失一也。故古者圣人深原凡事，知人情者以此也。真人知之耶？”“唯唯，善哉善哉！”

“今故下古之人，承负先人失计，稍稍共绝道德，日独积久，与天地断绝，精气不通，不相知命，反与四足同命，故天地憎恶之，鬼神精气因而不佑之，病之无数，杀之无期，其大咎在此□□。今上德之君，命系天地，当更象天地以道德治，故吾更理出天道，出以上付之。天乐其为善，不欲复使其有余是四足之人行也，故吾书复重丁宁，欲使其大觉悟也，故叙六极一大集难，以付归之。真人知之耶？”

“唯唯，可骇乎！乐哉乐哉！”“真人以何知其可骇而乐哉？”“然，愚生见天师言，真道德出，民一旦而转，皆守为道德，象天地，不复为四足之人行，人人道，人人德，故知其大乐至意矣。”“善哉！真人之言，无以加之也。”

“今愿及天师请问一事。”“言之。”“今人求道德，及凡人行，当以何为急务哉？以何而得知之？以何而与天地响相应也？”“善乎，子之问也。当以至诚，五内情实为之，乃可得也。如不以五内情实为之，是道德之所怨也，求善不可得也，神灵不应也。”

“今愿闻至诚以何而感动天地神灵乎？”“噫！真人于是殊为愚，学吾书文，多固固未解邪？”“愚生其为暗昧，矇乃久重，难一旦而开。”“然子亦大谦。行，更明听，为子道至诚感动天地之意。”“唯唯，闻命。”

“然夫至诚者，名为至诚，乃言其上视天而行，象天道可为；俯视地而行，象地德而移。念天地使父母生长我，不欲乐我为恶也，还考之于心，乃行。心者，最藏之神尊者也。心者，神圣纯阳，火之行也。火者，动而上行[12]，与天同光。故日者，乃火之王，为天之正，无不照明，故人为至诚，心中正疾痛应[13]，心神至圣，乃上白于日，日乃上白于天，故至诚于五内者，动神灵也。是故可不慎乎？”

真人曰：“可畏哉！可畏哉！愚生过问是[14]，甚大怖。”“子知怖，活之根也；子不知怖，死之门也；安危在子之身，无于他所焉。”“今虽每问天师而怖骇者，又问乃诀乃大解，不问又无缘得知之。”“然，子言是也，暗而不好问，何时复得昭昭哉？行言，欲问何等?”“今谨已闻至诚动天，愿闻动地意。”“善哉！子言日益大深，不惜之也⑮。行安坐，为子道之，不言，恐得过于子，若天独疾后世人不至诚，而使真人来主问之也。诺，今为之说之，明听。”“唯唯。”

“行，人之至诚，有所可念，心中为其疾痛，故乃发心腹不而食也。念之者，心也，意也，心意不忘肝最仁⑯，故目为其主出涕泣，是其精思之至诚也。

精明人者⑰，心也；念而不置者，意也，脾也。心者纯阳，位属天；脾者纯阴，位属地。至诚可专念，乃心痛涕出，心使意念主行，告示远方。意，阴也，阴有忧者当报阳，故上报皇天神灵。脾者阴，家在地，故下人地报地，故天地乃为其移，凡神为其动也。

子欲知其大效，吾不欺真人也。真人但安坐深幽室闲处，念心思神，神悉自来到，此不明效证邪？是吾告子至诚之信也，吾未尝空无法而说也。故求道德凡人行，皆由至诚，乃天地应之，神灵来告之也。如不至诚，不而感动天地、移神灵也。故承负之后，下古之人实无信，不至诚，不而感动天地，共欺天与地，故神灵害之不止也。”

“愿闻以何明之乎?”“然，有大明证于日月。”“今愿闻之。”“然，下古之人生于父与母，而共忽其父母，背叛其父母，万未一人而孝也。得解蒙暗于师，已觉去者忽其师⑱，不师为其师自屈折⑲、执劳苦也。以贫贱得富贵于君，而反相教，下皆共日欺其上，万未有一人有诚信也。群愚共欺其三纲⑳，名为反逆而无信也，其罪过彰彰，下可覆盖，皆上见于日月三光也，故天甚疾之恶之，使其短命而早死也。不自深十问过罪重㉑，反复哭而行也，言天酷，何一冤也！汝乃自冤，何时天冤汝哉?”

“可骇乎！善哉善哉！愚生已闻命矣。”“然，子而守此，以为重戒，则可万万世无患矣。然，辞小竟，疑者复来问之。”“唯唯。”

右大集难道德至诚天戒，以示贤。

---

①因缘：依据，即条件。

②步：举动。

③宥（yǒu，有）：宽恕。

④知：交好，相契合。

⑤收录：收留录用。

⑥数：道理。

⑦禽兽者句：禽兽命无所定，随时都可能死亡。

⑧右：占上风，为大。

⑨名命：有名称可叫的一切生物的命运。

⑩五性：指仁义礼智信。六情：指喜怒哀乐爱恶。情生于阴，欲以时念也，性生于阳，以就理也。阳气者仁，阴气者贪，故情有利欲，情有仁也。

⑪六甲何历：六甲，指六十甲子，何历：指人出生的年月日与何种干支相值。

⑫动而上行：火燃烧起来往上窜。

⑬心中正疾痛应：正大光明的意念在心中炽烈翻腾，与日相感应。

⑭过问：指不该问而问。

⑮惜：吝惜，指天师要口授的密诀。

⑯肝最仁：肝属木，木性仁，故出此语。

⑰精明人者：能使人精详明彻的部位。

⑱觉去：指学成离开。

⑲屈折：指按礼节伏侍。

⑳三纲：这里指用师为弟子之纲代替夫为妻纲。

㉑十问：反复盘问。

太平经卷九十七

己部之十二

妒道不传处士助化诀 第一百五十四

“真真愚暗日益剧、不晓大不达之生，谨再拜问一从事[①]；言之必为过，不问又愚心不能独自解。”“行，言之。”“愚生窃闻秘道要意，是乃天地之珍宝，天下之珍奇物也。故名之为至道不传，其非凡人所宜闻、所宜言、所宜用也；而令天师都开太平学之路，悉敕使人为道德要文，不得蔽匿，皆言其有天谪，到死罪尚不除，复流后世，皆授以真道秘德，曾不大哉，令小人与君子不别？愚生以为真道秘德，不宜使小人闻、小人言、小人用之也。”

“咄噫[②]！子今且言，有万死之责于皇天后土，不复除也。自天地开辟以来，后生日益薄妒道，小人断绝天地之珍宝，以是为失。积久故生承负，令天灾不绝。常使天地内独岁不平安，灾变盗贼众多，国家为其愁苦，正起于是。子今且所言是，正是也；乱天反地，使治昏愦民难治，正是也。子今且语，正与天为重怨，错哉错哉！亡子功矣。”

“何谓也？”“今要道善德出之以教化，小人得之守道德，更相仿学，不敢为非；其中小贤得善道德，可为良顺之吏；其中大贤，可上为国家辅；其中最下极无知者，犹为善人。

夫天以要真道生物[③]，乃下及六畜禽兽。夫四时五行，乃天地之真要道也，天地之神宝也，天地之藏气也。六畜禽兽皆怀之以为性，草木得之然后生长；若天不施具要道焉，安能相生长哉？而真人言，小人不宜闻要道、不宜言、不宜用也。天地之神保终类[④]，人乃不若六畜草木善邪哉？真人自知，今且言有万死之罪，不复除也。”

“愚生事师日少浅，不深知天道，见天师言，乃自知罪重，上负皇天，下负后土，中负于大德之君。”“然子退自责，是也，凡举事可不慎乎哉！皇天常独视人口言何，故使响随人音，为吉凶，故响应不失铢分也。子独不常观此天地之音证邪[⑤]？宜自慎，不及勿强妄语，其为害重。子今且言至道不传，人何以传知之乎？终类至道不可传，天道无私，但当独为谁生乎？”

“弟子自慎戒事甚无状。”“子欲若俗夫小人复相教妒天道耶？”“不敢不敢。”“真人自精戒事，天怒一发，罪过著不复除也。天道正由此言废毁[⑥]，子复共增之耶？帝王所以不能理其治而尝多灾者，但由尽若子。今旦可言[⑦]，因使真道道绝也，邪道起，故不可理也。宁晓心解不乎？”

“唯唯，已觉矣，惭负天师不也。”“常常慎事！”“唯唯。今念每言有过，欲不言也，又不知。”“平言。”

“今人所不宜闻、所不宜言、所不宜用者，何等也？”“然，凡人乃不宜闻非真要道，非真要德。是故夫下愚之师，教化小人也忽事，不以要秘道真德敕教之，反以浮华伪文巧述示教凡人[8]。其中大贤得邪伪巧文习知，便上共欺其君；其中中贤得习伪文，便成猾吏，上共佞欺其上，下共巧其谨良民；下愚小人得之，以作无义理，欺其父母，巧其邻里，或成盗贼不可止，贤不肖吏民共为奸伪，俱不能相禁绝。

睹邪不正，乃上乱天文，下乱地理，贼五行所成，逆四时所养，共欺其上，国家昏乱，其为害甚甚，不可胜记。真人反言小人不宜闻要道要德，反当以邪巧伪之事教化，使天下人眩瞑，共习伪非，而不自知，遂俱为无道耶？是以真人有万死之罪，不复除也。

天下所不宜闻、所不宜言、所不宜用，正不宜闻此伪文，邪巧大猾所生正由此。故吾为天陈法，为德君作教，不敢及之，所以专开道德之门，而闭绝狡猾阶路也。故吾书本道德之根，弃除邪文巧伪之法，悉不与焉。子独不怪之耶[9]？是乃天地以为病，帝王以为害。

行，复为真人具说之，其以要道德以教化小人也。上贤得以守儒良[10]，中贤德以上为国家至德之辅臣，其中小贤，化为顺善之吏，其中下愚，犹为谨民，不知相害伤。故自天地四时五行、日月星宿，共以真道要德养万二千物，下及六畜粪土草，毕被服其秘道要德而以得生长。今若以真人今且言终类，此人不若六畜及粪土草耶？子今且言，宁自知有万死之过不除邪？”

“有死过，有死过。”“勿谢，同不解耳。”“今过言当奈何哉？”“今欲解此过，常以除日于旷野四达道上四面谢[11]，叩头各五行，先上视天，回下叩头于地。”

“唯唯。今且天师教愚生，何一急也？”“然所以急者，不以故真人也，乃真人言，得天地之忌。太上中古以来，人教化多妒真道善德，反相教逃匿之，闭藏绝之，反以邪巧道相教，导化愚人，使俱为非。其中大贤远去避世，独其中小贤为吏，无有真道，乱其民。其中下愚，因为无道，起为盗贼。民臣俱为邪，聚蚊成雷动，共逆天文，毁天道，逆地意，反四时气，逆五行，使灾怪亿亿，三光失其正明，帝王大愁苦之，得昏乱焉，治不得平安，正由此也。故真人宁知此罪重不？

天不除之也，吾不教，子当谢也。故所以当于旷野者，当于鲜明地[12]；所以四达道上者[13]，道者主通事；所以四达者，当付于四时。天之使气也，且为子上通于天也。四时者，仁而生成[14]，且解子过于天地也，后有过者，皆象子也。

天从今以往，大疾人为恶，故夫君子乃当常过于大善，不宜过于大恶。慎之慎之！子尚若此，何况于俗人愚哉！相教嫉妒道，藏匿之是也。子所言常善是，今旦一言，名为大逆天地，从古到今，人君所得愁也。

然真人前，人安得生为君子哉？皆由学之耳。学之以道，其人道[15]；学之以德，其人得；学之以善，其人善；学之以至道善德，其人到老长，乃复大益善良，故怀要道善德之人，乃名为帝王之处士，人之第一上善者也，能助君子化者也。其不仕者，为上谨之人。

学之人，学之以恶，其人恶；学之以文，其人文；学之以伪，其人伪；学之以巧，其人巧；学之其中，大贤者则巧言，其习书者则巧文、小人得之为猾民。于子心，宁可以教不哉？

故夫要道秘德，乃所以承天心而顺地意，可以长安国家，使帝王乐者也；而反禁绝，不以力化人，有谪于天，罪不除也。天以至道为行，地以至德为家，共以生万物，无所匿，无可私也。故古者圣人象天地为行，以至道要德力教化愚人，使为谨良，令易治，今世反多闭绝之，故愚人共为狡猾，失天道，不自知为非，咎在真道善德不施行，故人多被天谪，当死不除也。愚人无道，不避忌讳，遂共犯天地，由不知道德要也。

吾之为书，所以反覆勉勉眷眷者，恐人积愚[16]，一言不信吾文，故复重之也。人俱习为邪久，或反谓吾可言非也，复令使真道秘德门绝断不行，天怒不绝，帝长愁苦，吏民无所投头足，相随云乱，不能相救，试诚冤。吾辞于天，正为解除此，制作道也。

人人被邪文愚蒙积久，故常敕真人使出吾道，以付上道德之君，以示众贤，疾试吾道[⑰]，乃知吾书之信，与天地相似，不用不试，安知其□□哉？今保吾道不误，故求试非一卷之文。真人慎之！”

“唯唯。”“行去，常慎吾言，勿自易妄语也。”“唯唯。”“出之无匿藏，使凡人言语学问，当知得失处，不复妄为。”“唯唯。”

右解人常所不宜闻、所不宜言、所不宜用、断邪出真文。

---

①从事：次要之事。
②咄噫：吃惊责怪之辞，表示语气。
③生物：化生万物。
④终类：一切生物。
⑤音证：天地的反应，如雷击。
⑥此言：指至道不传。
⑦可言：符合己意的主张。
⑧浮华伪文巧述：指违背《太平经》的学说。
⑨怪：引起注意。
⑩儒良：道术的益处。
⑪除日：君子请罪之日。
⑫鲜明地：开阔之地。
⑬四达：达到四种境界。《上清道宝经》谓升达、身达、命达、诚达。
⑭四时者二句：指春生、夏长、秋获、冬藏。
⑮道：行之有道。下文恶、伪、文、得、善等都有相同的用法。得：通“德”。
⑯积愚：很愚蠢。
⑰疾试：快速试行。

事师如事父言当成法诀
第一百五十五

“今愚生举言，不中天师心，常为重谪过，不冒过问，又到年竟[①]，犹无从得知之。愿复请问一言。”“平道之，何所谦哉？不知而问之，是其数也。”

“今以第一上道要德以教凡人，曾不大知乎？”“善哉子言也。何有大知之有乎？子何故疑此哉？”“吾闻子智过其父，弟子智过其师，臣智过其君，则名为下贤智过于其上，以为不宜。”

“今子言是也，又非也。今下智过于上者，乃谓不当。使下智为巧伪之法，其智过其上，则还欺其上。子欲乐知其效，比若教学，巧家弟子智过其师，则还害其师矣。夫为人下，习知猾伪奸道，则下共还荧惑[②]、欺其上矣。是故古者大圣贤，不敢妄教授猾巧伪文道也，常深念其本而断其末，不使愚人知之。故以猾智知国[③]，国之大贼也。故古者圣人，常务授其真道，不授浮华伪相巧弄之法也。知其为害大深，故常闭其凶学，而务开其吉路，使民常自谨，不知为非。

子欲重知其信，是故上三皇乃师事臣如父也，时臣各怀真道要德，无巧伪文、猾人，故其时臣智悉过其君，能为帝王师，其教若父，故师父事之，是则道德过其君之则也，故能使其君安坐垂拱而无忧。故言十中十，可辅帝王；言十中九，可佐大臣；言十中八，可为小吏。过此而下，不足取策[④]，所言不中，名为妄语，乱误上者也。子知之耶？”“唯唯。”

"行，子欲重知其大效，到于五帝，道小衰，故君臣道德不能复相问。同门为朋[⑤]，同志为友，所知君臣同，不能复大相高上[⑥]，要道秘德，小塞不通，故无可师父事，但朋友事之也。

到于三王，师授者多妒学，闭绝真道奇德，其弟子日益愚蔽无知，反多入浮文，使君洽眩乱，其道德浅薄，不足父事，不足友事，故子事之。其智少，故不而为帝王图难易，故使天地大怒，灾变连起，不可禁绝，大咎在此。子知之耶?""唯唯。"

"行，子已觉矣，复为子重明之。今五霸其臣悉无真道德，皆能作巧伪猾，所以相欺诈者，其臣多知邪猾佞伪巧，所以相惊动惑之道，或乃过其君，因而反逆，子杀其父，臣杀其君，下杀其上，悉怀无义夷狄之心，人人有巧伪之术，各有奸心，无有真道，故数反逆。故事斧钻[⑦]，视臣若死藉，乃其臣皆怀佞文，多巧猾，道不足重，故视之若畜也，是明效也。

故古者圣贤应天心，娉真道[⑧]，德士仁人而放佞伪猾，以称皇天之心。是故吾道悉开吉门，而闭凶户，不敢及猾知可以过其君者也。子宁晓知耶?""唯唯，慎之矣。"

"太上古之臣多仙寿，故能使其君寿；中古臣多知怀道德，故能使其君常无忧；下古臣多无真道而愚，故多使其君愚甚，君愚，其洽常乱愦，不得天心。霸君之臣尽佞伪，多猾巧诈，共荧惑其君，使其失天正路，反入凶户，故与天为大怨。子知之乎？故其治悉凶，不得大久。真人为天问事，宜日谨，不可但恣意妄言，言当成法，言不成经，不若默也。举言不中，罪深不除。""唯唯。""行去，子已知矣。"

右智贤过其君难解诀。

---

①年竟：终年，寿终。

②荧惑：迷惑。

③知国：执掌朝政。

④取策：采用。

⑤门：指宗教、学术思想上的派别。

⑥高上：高低、差别。

⑦斧钻：指征伐之事。

⑧娉：本意形容女子的姿态美，这里指道之美好。真道：丹道名词，指先天之道。

太平经卷九十八

已部之十三

神司人守本阴祐诀第一百五十六

"请问一大疑事。""行，言之。""今天师广开天道之路，悉拘校古者道书之文，以为真要秘道。真道者，多善其文乃入神[①]，故能睹神，与神为治。所治若神入神，则真道也。乃多成于幽室，或有使度于室中而去者，或有一出一入未能去者，或有但见神而终古不去者。

夫度去者，万未有一人；大寿者[②]，千未有一人也；小寿者，百未有一人也；竟其天年者，比是也。凡天下之人学问也，万未一人得上官也，千未一人得中官也，百未一人得小官也，其于佃家活生，万未一人得亿万也[3]，千未一人得千万也，百未一人得百万也。凡事者皆如此矣，故其本者众多[4]，其度世及富贵者少也。愚生甚忧之。

今为道，当以何为大戒，而得长成乎？学问当以何为大戒，而得到大官乎？治生聚财，当以何为大戒，而得致富乎？今不及天师力问诸疑，恐终古蒙昧，不复开通，无以得知之也。”

“善哉善哉！诸真人问疑事也，天使子来问之。诺，安坐，善问身听，今为真人悉道之，使□□可知，自随而力记之。”“唯唯。”

“行，后世得吾文，为其广开真道之路，必且俱学真道。夫真道而多与神交际，神道专以司人为事：亲人且喜善，与不视人且惊骇，与不俱争，语言于人旁[5]，状若群鸟相与往来，无有穷极。或言人且度去，或言人且富而贵，或言人且贫而贱，或誉旁人，或毁旁人，或使人大悦喜，或使人常苦大忿。

夫神，乃无形象变化无穷极之物也。人为之能专心自守，能不听其言，考心乃行，闭口不传其言，又不随为其愁怒喜，固固坚守本不移，务阴利佑人及凡物，不欲为害。以年一知道之后，常为上善，务利而不害伤，求道为善，到年穷乃止，为是不敢懈怠，万万度世一不耳，万得大吉一凶耳。如此，则群神转共佑助人也，使人日乐善，不知复为邪恶也。真人知之耶?”“唯唯。”

“行，子已知矣。行为真人道其且乱败者。人用心意不专纯，又易喜易怒，易惊易惑，又易事轻口清辩慧[6]，常欲语善恶，无可能隐匿。遭者欲言，不能自禁止。于其如是，则群神共来欺之。或之小人，则且上人祆言而死也[7]，或数争辩口而妄言也，或为鬼神所惊，因而病狂也。大用心意不专一，人怒喜无常，举事失正，惚恍无方，或以是失其贤友善辅也，因以危亡。

是者大咎在不爱利[8]，为上则不欲利其下，听邪神，反欲害之，故贤者使去，反失其贤辅用。其于小人也，不欲尊重其上，反听邪神诈伪，祆言妄语，是即为道不成，所以得凶之门户也，吾不能豫胜记之也。凡人用心，不能专坚密者易营[9]，或皆举事不吉，所为多害得凶，其过失积众多，不可尽言。但为真人举道其大纲，见其端首，使贤明深见吾文，自精详随而察之，必已知矣。真人宁晓不耶?”“唯唯。”

“行，子已大觉矣。守吾文以为深戒，以为行者万世可无凶害，诚□□。故后世读吾文书，从上到下，尽睹其要意义而行者，万不失一也。守之不置，自然毕也。专心善意，乃与神交结也。邪心恶意，道必失也；大人不精听耶，或失其正位；小人不精听耶，与祆结也，此悉成身之害，不可不大戒慎也。凡人举事有过，皆自身得之也。夫祸变近从胸心中出，不以他所来也。真人知耶?”

“唯唯。可骇哉！可骇哉！”“子知惧骇于是，可谓已得入真道矣。”“愚生已大觉矣，贤仪此以为行[10]。成事，得长入吉门，辟凶户矣。死生之路，可长睹矣。案此为行，凶耶日远去，吉者来矣。”“然，子已知之矣，□□不复重戒子也。”“唯唯。”

“行，为子道学而得大官者决意。凡人学问也，今日入学门，用心专一，常欲佑利爱而不妄语，年少而学，至老穷无复知乃止，不乐得官也，但身好学，务欲得知经道，积为善而不止，行名立，经道成，深知古今灾变所从起，其行与学，有益于上，有利于下，为善积闻，不可阖闭，名闻四远，明王好之，因而征索召取，百姓俱言善哉，俱言大吉，是其人也。旁人为其说喜，是者即其善人学而度世者也。真人知之耶?”“唯唯。”

---

①多善：精通天师之道文。与神为治：助人为吉，消灾去邪。

②大寿：指一百五十岁左右。

③其：指代天师所授真道。亿万：指亿万钱财。

④故其本者众多：真道本应大见其效。

⑤语言于人旁：神怂恿人去抗争。

⑥又易事句：轻言妄语，尖口利舌，耍小聪明。

⑦祅：同妖，妖言，指同上的出言不慎，胡说八道。

⑧爱利：相爱相利。

⑨易营：改变营求目标。

⑩贤仪此：以此仪为贤，意即奉为法度。

为道败成戒第一百五十七

“行，复为子说，道其不度者意。今日人学门，不乐思得真道善说；但欲博闻多睹，可以行穷极圣人者[①]。又不乐推行作善，反好浮华之文，可以相欺伪者。或既得人经道，又用心不专一，常欲妄语，辩于口辞，以害人为职，不尊重上，不利爱下。其行与经道实空虚，未足以为帝王之良臣，反行守长者旁人。以财货自助，欲得大官，以起名誉，因而盗采财利，以公趣私，背上利下[②]，是即乱败正治，天地之害，国家之贼也。民之虎狼，父母之恶子也。天地憎之，鬼神恶之，故其罪泄见者，时时见诛于帝王，以称天心，以解民之大害也，是其工欺而得官者也。

或有用心不专，实空虚无真守，反积常思欲得官。官者，乃天之列宿之官也[③]，以封有德、赏有功也，不以妄予无功之人也。无功之人，天地所忽，神灵所不好爱也。下愚不能深自知恶，反妄思得天官而不止，邪鬼物因而共下其心，使其妄语，因而妖言，不而自禁止也。故时有邪言而死者，此之谓也。

非独为道不得其意，则凶也，凡人为行不欲乐善，为悉凶也。真人努力，子幸有善意，常欲爱利为事，已度矣。虽然，真人凡人，且度不度，不在于前也，其失皆在于后，皆由不自爱，自易自言，且度反中有过而不度也。故吾今说而不得中止者，乃真人使吾说不得止也。今欲中闭说而自易不言，恐恨真人。真人恨则上视天，反且使天害吾，故吾言不敢道，自易闭学而中止也。子知之耶?”“唯唯。”

“行，凡人之得害如此矣。常得于未解，不与本相应，故失之也。子既有大功于天，努力努力!”“唯唯。不敢自易业学而道上也[④]。”

“行，子已知自度之术矣，吾无以加之也。行复为真人具说，其人乐治家畜财，得富贵者，年少力能布作[⑤]，而长思为事，力尽因乃止，能扬善隐恶，常用心乐为善，栗栗思尊上。凡疑悉慎戒之，不敢妄为，又爱下不欲害人，不枉王法，不乐随邪礼相随饮食也。凡不急之事，不敢与焉，有知而为此行[⑥]，到老无知乃已。虽实若虚，口不轻语，故能致珍物畜积，因以成人也[⑦]。

夫人贤不肖，用意各异。或有不善之人，轻上害下，好从邪礼，不急之行数到，市道用口妄语不能忍非，即凶乱危亡之人也，非为道也。子知之耶?”“唯唯。”

“是故夫为道者，专汝心，闭汝口，毋妄言也。是故古者圣贤睹天法明，故能行道守德也。天乃专一，昼夜行道而不言，故能独吉也；地乃昼夜行道而不言，爱养万物，故能长独安也；四时乃独行道，昼夜不止，故能常独兴王而不止也；三光乃独行真道而不言，故能常明，随天运行也；五行乃独行真道而不言，故能与天地为常也。凡天下之为道行者，象此不可胜书也。故能爱利口，不妄言，则道可得也；欲轻忽事，反吾文言者，成□□为道所贼，万不失一也。

真人既远来问疑，故以戒子也。得书思之惟之，吾不负子也，吾乃为天谈，以戒上德之君。

夫德君天与之，必且好道，百姓且象其君而为之，皆以此文为大戒，则可得吉而远凶也。出此之书，以戒下愚，慎毋藏之。”“唯唯。”

“行，去。此说戒乃若小而反大，若薄而反厚。”“何谓也?”“然，念其辞言也若小耳，其戒反大也。念其言，若类似俗辩士所为也，则似薄不足传也。念其戒人成人则厚矣，故念吾为真人作道，其大也则洞至无表，其小也则洞达无里，尊则极其上，卑则极其下，故上极神人，下及奴婢。所以然者，欲使大人为之亦言足，小人为之亦言足，贤圣为之亦言足，百姓为之亦言足。”

“何也？愿闻其意。”“善哉！子之难也，得其意。然吾乃为太平之君作经。夫太平之君治，乃当象天为法，不可若小国，但长于一界也[⑧]。是故天之为象法也，乃尊无上，反卑无下，大无外，反小无内，包养万二千物，善恶大小，皆利佑之，授以元气而生之，终之不害伤也。故能为天，最称神也，最名无上之君也。

今上皇气至[⑨]，德君治，当象此为法。故吾道一高一下，一沉一浮，欲使众贤共察之也。是故东南地户[⑩]，乃有柱天之水，不逆小流之力也。善恶大小皆归之，真人知之耶?”

“唯唯。”“行，欲复说，辞无极，为其大文，且小止息，各归思之于胸臆。作道不得其意，示之以南反问北[⑪]。用心如此，则终古所学不得也。”“不敢不行。”“子已晓矣。”

右集难道戒学、治生、成与不成、吉凶何所起诀。

---

①穷极：这里有难倒之意。

②利下：用利收买下属之心。

③列宿之官：系“字制象天”说。

④道上：自称到极点。

⑤布作：筹划营作。

⑥有知：指脑还能活动。

⑦成人：成为真正的人物。

⑧一界：指道的一部分。

⑨上皇气：无以伦比的太平盛气。

⑩东南地户：东南，地户的代称。参见本经卷六十五。

⑪以南反向北：用道为本，贤愚之心如南方与北方不同。意即用心不专，如贤愚（南北）的转化。

核文寿长诀第一百五十八[①]

“愿请问一疑事。”“言之。”“今愿及天师问文之诀[②]，人之实长可与共事，而终古无复厌之时，岂可得闻乎?”

“然，子欲核众文知贤者处耶[③]？诺。安坐，为真人道之。积文亿卷，不能得寿，何益于命乎？文书满室，而不能理平其治，又何益于政乎？臣子满朝，而不能为君致太平，乐其土，又何益于帝王乎？一人生百子，使父母饥寒，又何益于亲乎？积方重车，不能益寿，又何益于人命乎？说事无穷，于不能为君除灾患，又何益于朝廷乎？凡事类若此者众多，不可胜记也。但为真人举纲见始，令诸贤柔自深察之耳。”

“愿得其效。”“子欲知之耶?”“唯天师。”“诺。安坐自精，方为子言之。文书亿卷，中有能增人寿、益人命、安人身者，真文也，其余非也；文书满室，中有能得天心平理治者，真文也，其余非也；臣子满朝廷，中有能乐其君、助其君致太平者，是帝王之真臣良吏也，其余者佐职之臣子也；人生一子，而父母常得其乐而不饥寒者，是贤孝之子，其余悉备数也[④]，积方重车，中有能益作者，是真方也，其余悉非也。天下若此比类众多，不可胜记豫说也。

真人自深思其意，吾文以一推万，足以明天下之道矣。故令使真人付道于上德之君，拘校凡文、人辞、圣书者明，以示众贤，使一俱觉解迷与惑也。已拘校凡文之后，灾日去矣。

夫邪文邪言，乃是奸灾之主人也；夫正文正言，乃逐除邪奸恶之吏也，文已正，言已正，奸伪无主人，则无于止宿也。夫邪文邪言为奸主人，比若盗贼有主舍止宿者，主人已死亡，盗贼无缘复得来止息也。真人亦晓知之耶?”“唯唯。”

“行，天道之为法，以一况万，亦不可尽书也。真人得之，自深惟思其要意，贤明心有九孔易达[5]，见文自大觉矣，勿复问也。曾文。”“唯唯。”

“文多使人眩冥，不若举其一纲，使万目自列而张也。故万民扰扰，不若一帝王也；众星亿亿，不若一日之明也；柱天群蚑行之言，不若国一贤良也；天道广从[6]，无复穷极，不若一元气与天持其命纲也。

贤者上德之君，深思吾言，寿自长也。后世共思吾言，自父慈子孝，日广且明也。母爱妇顺，俱一国旦而贤良也。大小争为善，后者无强也。不知复有邪文，佞人因以藏也。灾变尽除，三光明也。自然之术，天神所共纯行也。

为道如此乎，大乐何有伤？遂以为法，乃天行也。谁书记之？是乃天地神明也。以征之文，与天地响相应也，是天合信符也。上君贤者宜共察此辞，行之者日兴，与时宜为期，得天地之欲，故吉哉。

阴阳顺行风雨时[7]，万变除去以征书，吾不自誉也。诚知之，不但饰言也[8]，宜疾效之。真人知之耶?”

“唯唯。”“行去矣，行去矣。精之详之，道自来。”“唯唯。”

---

①核文：对世行道文邪正、真伪的验证。核文的标准是“寿长”。

②文之诀：对道文作出的验证与裁诀。

③贤：指众文之真实、优胜所在。

④备数：充数，没有什么实际意义。指不贤不孝之子于父母无益。

⑤九孔：九窍，古人言天有九气，人有九孔，以九星为命符。

⑥广从：东西为广，南北为从。

⑦时：适节令而至。

⑧饰：修饰，研究。

男女反形诀第一百五十九

“愿复请问一疑事。”“言之。”“天师前所赐子愚生书本文，有男女反形，愿闻其意。”“噫！子书略已说，可睹，何故复问之乎?”“心愚闭难闿示[1]，唯及天师诀问之。”

“诺。安坐，方为子言之。天地之性，阳好阴，阴好阳。故阳当变于阴，阴当变于阳。凡阴阳之道，皆如此矣。更相好，故其开练日疾[2]，但宜□□以品诀之耳[3]，不可径以示教人也。且入邪中。然子明听。阳者以其形反为阴形，阴者以其形反为阳形，正自以其身，为其人形容也，不可径及也，且中于耶。”

“唯唯。若且晓而疑也。”“噫！子何一难示也。但便以自身为其形。阳者若阴人身也，阴者若阳人身也。”“唯唯。”“子已知矣。行去，事可知。”“唯唯。”

右集难解凡文方诀、简贤得失实、阴阳反形以致道。

①闿（kāi，开）：开启之意。

②开练：舒泄和凝聚。指交合之事。

③品诀：按等级来决定。

包天裹地守气不绝诀第一百六十

“愿及天师请问一事乃止。”“行，言，何疑哉！”“凡道包天裹地，谁持其气候者[①]？”“深哉远哉妙哉！子之所问也。何睹而问此？”“有睹有见，见天地之道，独不知穷极[②]，故怪而问之也。”

“善哉，子之言入微意。然天地之道所以能长且久者，以其守气而不绝也[③]。故天专以气为吉凶也，万物象之，无气则终死也。子欲不终穷，宜与气为玄牝[④]，象天为之，安得死也。

亦不可卒得，乃成幽室也。入室思道，自不食与气结也。因为天地神明毕也，不复与于俗治也，乃上从天太一也，朝于中极[⑤]，受符而行，周流洞达六方八远，无穷时也。子思书言，自得之也，为神之阶可见矣，去世上天而治，不复见矣。

子欲重知其明效也，世不可得久有而独治也。故得道者，则当飞上天，亦是其去世也。不肯力为道者，死当下入地，会不得久居是中部也[⑥]。故天地开辟以来，更去避世，圣文常格在而不见其人，是明效也。不死得道，则当上天；死则当下入地，不得久当害中和之路也。

子得吾文，自深思其意，欲乐上行常生在，与天并力，随四时天下祭祀而饮食者[⑦]，努力为真道，是其污法也。若不乐常在而乐死者，弃道随俗，亦将归地下，不得久睹天日月星历也。吾文□□，万万不失一也。故古者圣贤人尽去，今无见者，是其大效也。子自思之，乐上则上，乐下则下，无夺子志者也。

故吾为太平德君制作法度，不限一人也。夫太平气来，有一人自冤不得其欲者，是上皇平气不得俱来至也。故天教吾广开辟其路，使得自恣自择可为也。贤明欲乐活者，可学吾文，思其意，入室成道，可得活；贤柔欲乐辅帝王治，象吾文为之，可以致太平；欲乐居家治生畜财者，思吾文，可竟其天年而终死。故各为得其所愿，无大自冤者也。故太平之气得来前也，平之为言者，乃平平无冤者，故为平也。是故德君以治，太平之气立来也。所以然者，乃天下无自冤者，各自得其所乐。

所以敕真人以付上德之君者。上德之君，其用心必仁贤而明，明者不夺人所欲，必得天下之心，欲承天意，以道归之也。真人知之耶？”“唯唯。”

①气候：文中指元气之运行。

②独不知穷极：循环往复，永不休止。

③守气：含阴阳之气。

④玄牝：指衍生万物之本源，参见《老子·六章》。

⑤中极：天王布政之处，即紫宫。

⑥中部：指尘世，上为天，下为地，故称中部。

⑦四时天下祭祀：指春祠、夏礿、秋尝、冬蒸。或指五祀：即祭门、户、井、灶、霤（lù，录）（居室正中）。

署置官得失诀第一百六十一

“行且重戒真人一言，使其有似天行也。天之为行，不夺人所欲为也；地之为行，亦不夺人所欲为也；明君之为行，亦乐象天地不夺人所为也。与天地相似，故能独长称天地，得其心也。子知之耶?”“唯唯。”

“夫天且为恶，其岁且大凶者[①]，常害人所为，故民无可收也，其岁凶饥寒也。是故地将为恶也，伤人所养[②]，其根不固而有病也，其岁不成，多伤民困穷也。衰恶之君将凶，署置不以其人所任职[③]，名为故乱天官，犯天禁，失天仪。

反复就责而罪之，不原其力所不及，人之所不及。比若一旦使君王步行百里，恐其不能到而道止也[④]。人所不及，正是此也。故不择选人而妄事署其职，则名为愁人而危其国也，则名为乱治政败也。夫天地极神日明，尚不敢夺人所欲为，夺之则为大凶岁也，何况人哉！真人宁解迷晓耶?”

“唯唯。诚得随其国，以师书授之，因就其俗示之、晓之、解之。”“行，子可谓晓事之生，天不夺人愿也。子行正自得天命，年日益增，何有穷已。子学不求居世尊荣，何复求索？得天意而增年！今已告子，子今宁能说不耶?”

“然，其受恩大喜，无复有所恨。但恐力极行，以师文授教，恐不能一旦而遍也。”“何必一旦而遍，但为之不止，自舟流不久[⑤]。”“唯唯。受严敕，不敢虽绳墨。”“子已知其意，吾无复以戒子也。行，辞小竟，事毕。异日有疑，乃复来。”“唯唯。”

右大集难问天地气候、为道与不吉凶、君署置官得失文。

---

①凶：灾难，文中指年成很坏。

②养：指人们种植的农作物。病：作物枯萎。

③署置：二字同义，指任授。

④道：此处作中途解。

⑤舟流：如同舟行飘流，言四处传递。

太平经卷九十九

己部之十四

乘云驾龙图第一百六十二

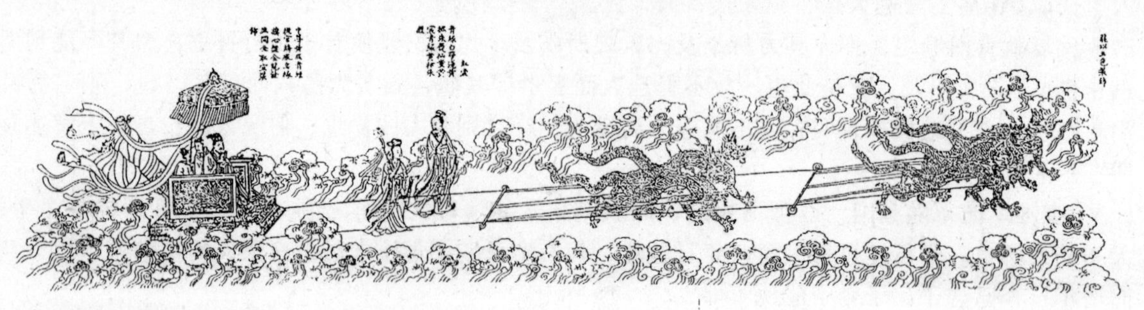

于此画神人羽服，乘九龙辇升天，鸾鹤小真陪从，彩云拥前，如告别其人意。

太平经卷一百

己部之十五

东壁图第一百六十三

著东壁[①]

上古神人戒弟子、后学者为善图象，阴佑利人常吉，其功增倍。阳善者，人即相冗答而解[②]。阴善者，乃天地诸神知之，故增倍也。积德者富，人爱好之，其善自日来也。人之所誉，鬼神亦然，因而佑助之。好道者长寿，乃与阴阳同其忧，顺皇灵之行、天地之性，得其道理，故天佑之也，失者乱，故天不佑之也。夫求善以善[③]，无可怪者。学以仁得之，道之始也[④]；以德得之，道之中和也[⑤]；以道得之，道之上也[⑥]。

咄咄！慎之慎之，行无妄也。极思此书，传之后世，可无伤也。随四时转，道之上也。善者自兴，恶者自病，吉凶之事，皆出于身，以类相呼，不失其身。

天道无私，但行之所致。故前有弟子，后有善气，趣学不止，令命得阳遂也[⑦]。或得长寿身不败，故为善。乃于内外神反为其除害，弟子居前，主为其对。物有自然，天下之事，各从其类也。

---

①著东壁：悬挂在东墙上。

②阳善：表面行善。冗答：漫不经心地答谢。

③求善以善：善有善报。

④学以仁得之二句：人道好施，施为仁，属于初等层次。

⑤以德得之二句：地道好养，养为得，属于中间层次。

⑥以道得之二句：天道好生，生为道，属于最高层次。

⑦阳遂：平安寿终。

太平经卷一百一

己部之十六

西壁图第一百六十四

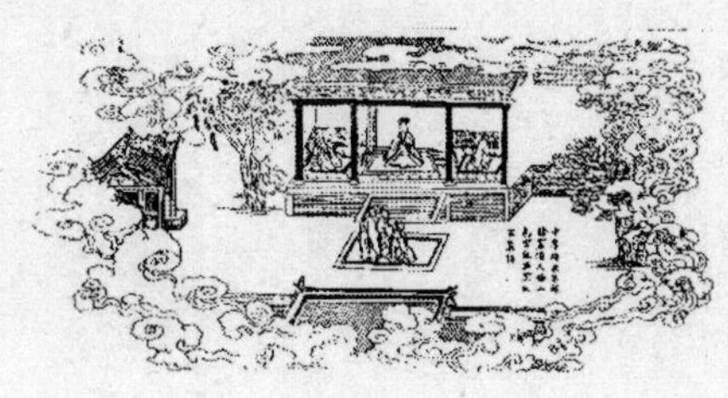

上古神人，真人诫后学者为恶图象，无为阴贼，不好顺事，反好为害嫉妒，令人死凶。天道不可强劫，劫必致兵丧，威之死灭世[1]。亡道神书必败，欲以为利，反以为害，此即响应天地之性也。乃致自然之际会[2]，审乐以长存，慎之慎之。无好无害，善者自兴，恶者自败。观此二象，思其利害。凡天下之事，各从其类，毛发之间，无有过差。但人不自精，自以不知，罪名一著，不可奈何。不守其本，身死有余过，乃为恶于内，邪气相召于外。故前有害狱[3]，后有恶鬼，皆来趋斗，欲止不得也，因以亡身。故画象以示后来，贤明得之以为大诫。愚者不信道，自若忽事，书审如言，不失铢分。故守柔者长寿，好斗者令人不存。物事各从其类，不复得还，虽悔之无益，鬼已著焉。见诫当觉，以时自还。今尚未伤，固可得为善人。善者乃上行，恶者下降[4]。天道无私，乃有自然，故不失法也，其事若神。

右著西壁

①强劫：强行夺灭。威：欺凌。

②际会：遭到天灾人祸。

③害狱：拷问恶行的天庭机构。

④上行：度世成仙。下降：死入阴曹地府。

太平经卷一百二

己部之十七

神人自序出书图服色诀第一百六十五

“吾本少学而不止，精神念之[①]，涕常欲下。为此积久，蒙皇天大恩，今日幸得逢天师人于旷野。始学若亏，司问小事外浮华也。本求守一养性之法，凡三百首，乃见天师说而无极，故敢问身宁可得长存与？不见天师说而无极，故敢问小政事。见师说无极，乃敢具问天地开辟以来，帝王更相承负愁苦，天灾变怪讫不绝，何以除之。又群神无故共害人，人不得竟其年命，以何止之。今受天师严教深戒之后，宜何时出此止奸伪兴天地道之书乎？”

“乙巳而出，以付邮客[②]，而往通之者也。后世岁岁在玄甲乃出之[③]，是天诸甲之首、最上旬也，与元气为初，乃以书前后付国家，可以解天地初起以来更相承负之厄会也。”

“比付当以何字？”“其文教积累其字，独自深知之，勿令泄皇天上和与第一之道也[④]，将传与能往付者，共分别解之。比到玄甲，使其愦愦如有求吾书者，以守一浮华为前以付之。已付邮客方士，往付上有至德之君。”

“何谓也？”“得而防行之，即其人也；不知行之，即非其人也。真人勿先出之也，且天威怒，反杀人也。吾戒悉尽于是矣，所以□□，诚畏天有言也。”

“今天师教敕下愚弟子，胸中偻偻若且可知，不敢负也。诚问著图者，画神衣云何哉？”“皆象天法，无随俗事也。今不晓天法，其人图大小，自以意为衣。衣者，随五行色也。今使母含子[⑤]，居其内，以色相次也。大重之衣，五也；中重之衣，四也；小重之衣，三也；微重之衣象阴阳，二也。大集之衣，乱彩六重也。

“愿闻大重何象，象五行气相合也。四重何象，象四时转相生也。三重何象，象父母子阴阳合和也。二重何象，象王相气相及也。六重何象，象六方之彩杂也。故天下有杂色也。此之谓。”

“善哉善哉！”“行去，慎图密文。”“唯唯。今弟子至愚且贱，蒙恩得与天师文用日久，凡事晌且毕，愿更问一疑。”“平言，何等也？”

“今见天地开辟以来，文书前后出非一，乃积多复多，河洛出之[⑥]，今此书，何不须河洛出之乎？”“善哉善哉！子今难也。天使子言，可谓得其意矣。今天悉使吾为帝王、人民具出陈承负之责会也，文书积众多，不可以河洛出之也。夫河洛文书，文多当见其策，文多难以策悉知之。故天因人出之也。天乃深知吾而为其言，知而具难问，故反使子与吾共传其要言也。子亦自知学，而不得道心，真人为何来哉？”“今愚蔽暗，不自知也。”

右问闭藏出其图画衣服文。

①精神：指体内神灵，依托精气，为生命之根，并非完全指现行通常意义上的主观意识及思想活动。

②乙巳：指汉桓帝延熹八年（公元165年），桓帝派中常侍到苦县老子祠，次年，齐地术士襄楷向朝廷献上《太平经》一百七十卷。邮客：过往之人。

③玄甲：冬至。冬至为地下阴气始生之时，为天正开端，属北方水行，水方水色黑（玄），故有玄甲之称。

④上和：犹言太和，元始之初气。

⑤母含子：指五行相生，前者为母，后者为子。

⑥河洛出之：即河图洛书，古传龙马出于黄河，其背有黑白点，谓之河图，伏栖氏据此创八卦；大禹时洛水曾出神龟，其背有文，络书则据此文而绘之。

位次传文闭绝即病诀第一百六十六

“子为天来学问疑，吾为天授子也。”“愿闻其诀意，以何明之也？其以又明之云何哉？”“今有德之君，得吾书心解行之，与众贤共议，以化凡民，必与天立响相应，是其明证也。吾道以诫成[①]，不设伪言，行，已诀矣。”

“唯唯。”“弟子无状，数愁天师不也。”“子不好问，亦无从知之也。吾含此学久矣，无可与语者，故不得以时传之。今使人不知白黑，其过在吾也。今得传真人问，诚喜甚喜。比若春得登台[②]，而出见天无异。”“何乎哉？”“天怨结有剧病变不绝，此其悒悒不通，得与子言喜也。”

“天师何不自往与之？”“位次不得也。吾位职在天，真人位职在地。地者出万物，故天生者，于地养之，故吾传道于真人。地生君王、凡民、万二千物，悉得阳施，从阴中出，故子得传于人。”

“善哉善哉！愚生大自怪，当得此。响不力问天师，无由知之也，但猜疑故也，敢冒过问之耳。”“善乎！是名为晓事之生。是亦非独子力也，实天授子心，使其言也。”

“今蔽塞，不自知。”“行，今使子大自知，照若日月之光。子以吾言不诚信也，夫天虽欲有所出，不与人语，难知情。吾书承天教令，明丹青也[③]。子为不然，今私匿闭绝吾文，而不以时出之，天即且病子灾子；子或遏之犹不出，子已凶矣，是其天使子来学问明证也，使真人出之明信也。”“善哉善哉！”“真人重戒慎之。”

“唯唯。今天师职在天，覆加不得已，欲复请问一疑。”“不敢言乎？行！”“今凡天事，皆为天使，有所传耶，独天师与愚生邪？”“噫！子益愚何？知天下凡物，皆为天使。故各有所职，共成天道也。一物不具足，即天道有不具者。子何故乃不知是乎？其冥冥何剧也。”“愚蒙未悉开，得天师解之昭然。”“行，子亦易示矣。行，驽力勉之。凡民各有所职，乃复为天使物，敢独自劳[④]，自然也。”“不敢不敢。”“行去矣。”

①诫成：凭规诫世人而形成体系。

②春得登台：春天阴阳交通，万物萌生，登台以观之，意在淫淫然而动也。

③丹青：本指青红两种颜色，这里指《太平经》要意。

④使物：治理万物。自劳：自以为有功劳。

经文部数所应诀第一百六十七

天，数之始也[①]，是故天地未分之时，积气都合为一，分为二，成夫妇[②]。天下施于地，怀妊于玄冥[3]，字为甲子。布根东北，丑与寅。始见于卯，毕生东南，辰与巳。垂枝于南，养于午。向老西南，未与申。成西方，日入酉。毕藏西北，戌与亥。故起数于一，十而止。十者，十干之始，五行之本也。

数一以乘十，百而备是也。故天生内百日，故毕终。是故斗建于辰，破于戌。建者，立也，故万物欲毕生。破者，败也，万物毕死于戌。数从天地八方，十而备。阴阳建破，以此往来，复其故，随天斗所指以明事。吾书乃为除害气，故象天为法。

右问天师书文征信明诀。

天受人命，自有格法。天地所私者三十岁[4]，比若天地日月相推，有余闰也，故为私命，过此者应为仙人。天命：上寿百二十为度，地寿百岁为度，人寿八十岁为度，霸寿以六十岁为度，仵寿五十岁为度。过此已下，死生无复数者，悉被承负之灾责也。故诚冤乎！

此人生各得天算，有常法，今多不能尽其算者。天算积无訾，故人有善得增算，皆此余算增之。欲知大效，比若一里有十户，户有千亩田，其九户为恶，尽死灭，独一户为善，并得九户田业，此之谓也。

不望阴阳佑人，今人或不得其数而望得天报者，会不得天报也。今日食人，而后日往食之，不名为食人，名为寄粮。今日饮人，而后日往饮之，不名为饮人，名为寄浆。今日代人负重，后日往寄重焉，不名代人持重，乃名寄装。今日授人力，后日往报之，不名为助人，名为交功。今人誉举人，后日见誉举，不名为誉举人也，乃名为更迭相称。如此比类者众多，不可胜记。如此者，皆无天报也。

然人不佑吾，吾独阴佑之，天报此人。言我为恶，我独为善，天报此人；人不加功于我，我独乐加功焉，天报此人；人不食饮我，我独乐食饮之，天报此人；人尽习教为虚伪行，以相欺殆，我独教人为善，至诚信，天报此人；人尽言天地无知，我独阴畏承事之，天报此人；人尽阴欲欺其君上，我独阴佑利之，不敢欺，天报此人；父母不爱我，我独爱佑之，天报此人。如是比类者众多，不可胜记。

真人自计之。上士求天报，中士求人报，下愚不施反求报。上善之人得天报者度也，中善之人得人报，故爱利之而仕之。下愚无功而强报，故天地人共恶而诛之。

故上皇皇天之气悉下生，后土之气悉上养，五行之气悉并力，四时之气悉和合。三光更明，天下同心为一。天性为行，最尊之重之，爱之佑之。天性既善悉生，万物无不置也；地性善养，万物而无不置也；圣人悉乐理天地，而万物受其功。大善神真仙人助天地行，不敢自苦也。悉与元气同，与天心相得，故独长吉而无凶也。

古者圣人贤人，深思远虑，乃知天道意，但专阴行善，不敢为恶也。深睹皇天明禁，下乃背而加之[5]，学问浅劣，复不信天禁，故难移矣，失而早亡矣。

愿闻天寿百二十岁、地寿百岁、人寿八十岁、霸寿六十岁、仵寿五十岁。三正起于东方，天之首端也。岁月极于东北，天极也。夫天寿者，数之刚也[6]。东北，物之始也。一年大数终于此[7]，故百二十为象天也。

地者，阴也，常受施西北，为极阴也。阴者杀而阳生，故亥者核也，阴终西北角也。西北为地之司命[8]，故地寿得百岁。

八十、六十者，阳止阴起，方立秋。秋者白气、白虎持事[9]，故霸命也。

五十者，阳气兴长于上，阴气伏起于下，阴仵阳化[10]，故为仵命。过此而下，悉曰无常命，诚冤结哉！

今且晓子一解，可以终古自养而极者，不可忘也。人欲去凶而远害，得长寿者，本当保知自爱、自好、自亲，以此自养，乃可无凶害也。身得长保，饮食以时调之，不多不少，是其自爱自养也；而撞门户闭之，居内不与俗事，是自爱自养也；而读书无极，安贫乐贱，无忧而已，是其自爱自养也。已前，皆如是而非也。

夫自爱为言者诚，诚自爱保，自念身无足，冥目亦还自视无足⑪，未常须臾离之。因思而忧之，乃至不食而饱，是为自爱之人也。

自好为言者，乃好念身形，形容上下，累累可睹。诚好爱不止，面目生光明也。昼夜不能忘，以为经常，因得肉飞而可强⑫，是为自好爱之道也。

今故使男女大小老少贤不肖，共集上书，为帝王通达聪明，帝王比若中极星，默常居其处，而众星共往奏事也，大者居前，中者居中，小者居后。一星不得，辄有绝气，天行为伤。

夫星者，乃人民凡物之精光，故一人不得通于帝王，一星亦不得通也。故天气辄为乖错，地气为其逆也。故教其吏民大小，俱共上书，以通天气，以安星历，以除天病，以解帝王承负之责。

故示敕使三道行书者⑬，恐有不通，故各自其使宜。长吏者记城郭之灾变，布道者记市道之灾变，四野者记四野之灾变。各相取长短，传以相语，共争上之。

长吏亦务上书，邑民亦务上书，行人亦务上书。长吏欲不上，恐民上之；民人不上，恐行人上之。行人不上，恐长吏上之。故使民俱坐，乃后且争上事也。吏民有信者，帝王仕之不负焉，故吏民乐为也。

帝王得以为聪明，而称王心，而长安其身，吏民得以尊天地，得以无病，天地四方俱有利，故长吉，为万万世法也。以付上德之君，使民知天意。令以自安自全，无为迷惑。大集具正事，考本天地之根，以除天恐地咎国之害，立洞极经。

开达无闭绝，以称天心地意，转天地之灾变，畅天地之谭，使人民各居其处，万物不伤。故天出文书，令使可遥行万万里，得通其言，以畅善人⑭，以知恶人，以解冤结。故帝王乃居百重之内，得长自安，聪明达远方也。

由太上中古已来，多背叛天地，共欺其上，故灾害日兴，死者不以数也。帝王久愁，不能拘制其下为奸伪，故天遣三道文出也。通其气，乐知得失，上下和合，谏及四远卑贱，令无冤结，以称皇天心，乐灾除去，勿令天怒。

下古人心邪蔽，不若太上古之三皇，人心质朴，心意专一，各乐称天心，而忠信不欺其上，故可无文也⑮。下古小人愚蔽，娇妄文辞，欺天地，罔冒帝王⑯，故天地常忿怒而灾祸之。天地病除，帝王安且寿，民安其所，万物得天年，无有怨恨，阴阳顺行，群神大乐且喜悦，故为要道也。

---

①天：天为一，数之起源。数：指自然基数。

②二：前“一”指元气。“二”指元气分为阴阳二气。夫妇：喻指阴阳二气。

③怀妊：阳气在地下孕育万物。

④私：另行掌握。余闰：有闰日和闰月之分，目的在于调合阳历、阴历记法的矛盾。

⑤下：指下古近世的人。加：凌驾。

⑥刚：奇数。

⑦大数：三正时月和物随阳气生到灭的后九个月。即指全年十二月。

⑧地之司命：指太阴法曹，是天庭没收世人形骸，拷问魂神的司法机构。

⑨白气：西方灾害不祥之气。白虎：西方七宿总称，五行之五色配白色，称白虎。

⑩作命：以地支午位附会，午位阳气极盛，极阳生阴，阴气抵触阳气化生万物，故有此称。

⑪冥目：指修炼达到内明如镜的境界。

⑫肉飞而可强：肉飞、强均指超度成仙，长生不死。

⑬三道行书：指地方长吏、邑民（下文农户等）、行人（下文布道者）应诏所上意见书。

⑭以畅善人：指善人畅行无阻。

⑮无文：指没言以教。

⑯罔冒：欺诈，蒙蔽。

太平经卷一百三

庚部之一

虚无无为自然图道毕成诫第一百六十八

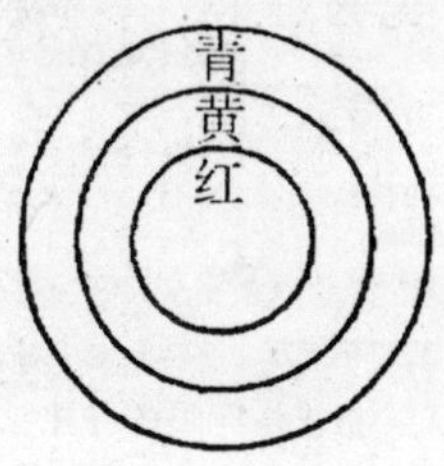

虚无者，乃内实外虚也，有若无也①。反其胞胎，与道居也；独存其心，县龙虑也②；遂为神室③，聚道虚也；但与气游，故虚无也；在气与神，其余悉除也；以心为主，故得无邪也。详论其意，毋忘真书也；得之则度，可久游也；何不趣精，反与愚俱也？凶祸一至，被大灾也；弃其真朴，反成土灰也。贤者见书，诫之诫之。

右虚无之室

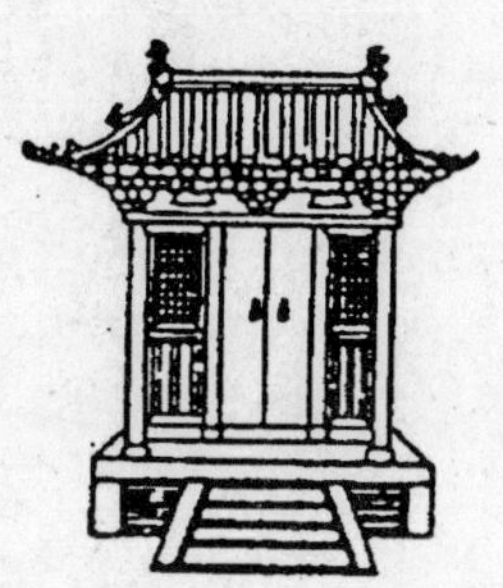

无为者④，无不为也，乃与道连；出婴儿前，入无间也，到于太初，乃反还也；天地初起，阴阳源也；入无为之术，身可完也；去本来末，道之患也；离其太初，难得完也；去生已远，就死门也。

好为俗事，伤魂神也；守二忘一，失其相也；可不诫哉，道之元也。子专守一，仁贤源也；天道行一，故完全也；地道行二，与鬼神邻也；审知无为，与其道最神也。详思其事，真人先也。闭子之金阙[⑤]，毋令出门也，寂无声，长精神也；神气已毕，仙道之门也。易哉大道，不复烦也；天道无有亲，归仁贤也。

右无为

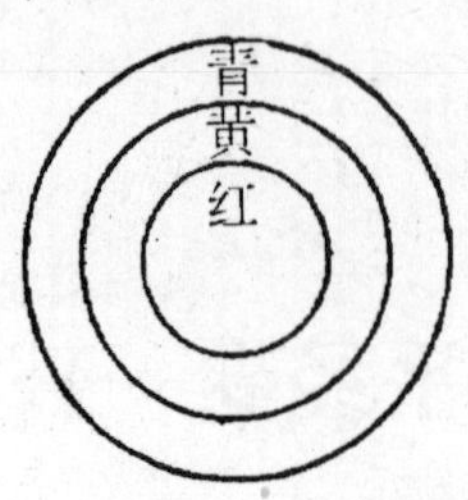

自然之法，乃与道连，守之则吉，失之有患。此若万物生自完，一根万枝无有神。详思其意道自陈，俱祖混沌出妙门，无增无减守自然。凡万物生自有神，千八百息人为尊，故可不死而长仙，所以蚤终失自然，禽兽尚度况人焉[⑥]。愚者贱道志，下与地连；仁贤贵道，忽上天门，神道不死，鬼道终焉。子欲为之，如环无端。慎毋有奇，自益身患，亦毋妄去，令人死焉。天地之性，独贵自然，各顺其事，毋敢逆焉。道兴无为，虚无自然，高士乐之，下士恚焉。

详学于师，亦毋妄言，有师道明，无师难传。学不师诀，君子不言。妄作则乱，文身自凶焉。道已毕备，便成自然。

右道毕成诫。

---

①有，无：有指具体的存在，最普遍的存在。无：指恍惚无形的存在，是万物的本源。参见《老子》。

②县龙虎：县同“悬”，挂念。心神持守之意。

③神室：修持施法的场所。

④无为：参见《老子·三十七章》。

⑤金阙：原指帝王所居处，这里喻指人之五脏和五官。

⑥度：指禽兽之度，即千岁之龟，百岁之禽。度：化也。

太平经卷一百四

庚部之二

兴上除害复文第一百六十九

太平經卷之一百四

與上除害複文第一百六十九

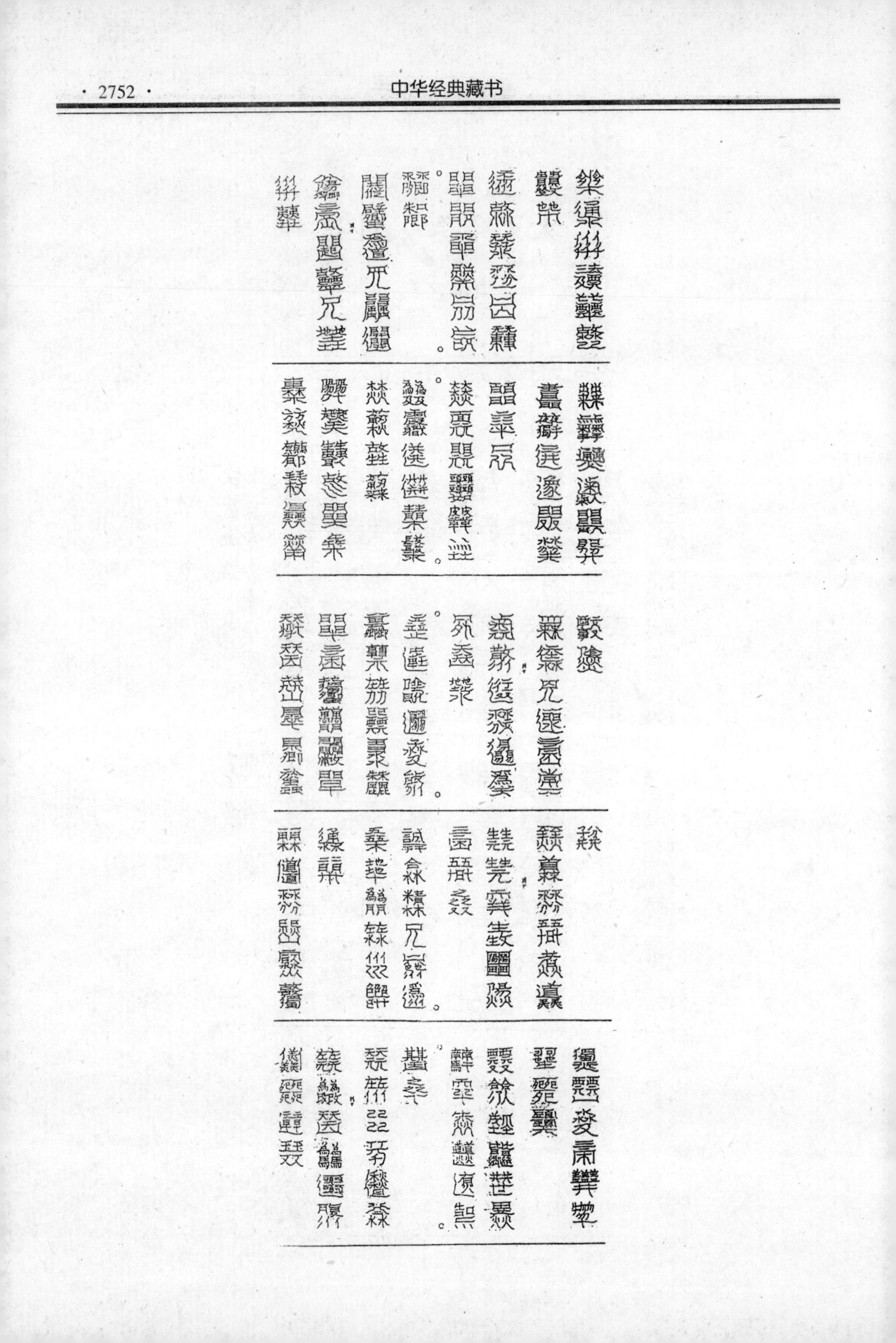

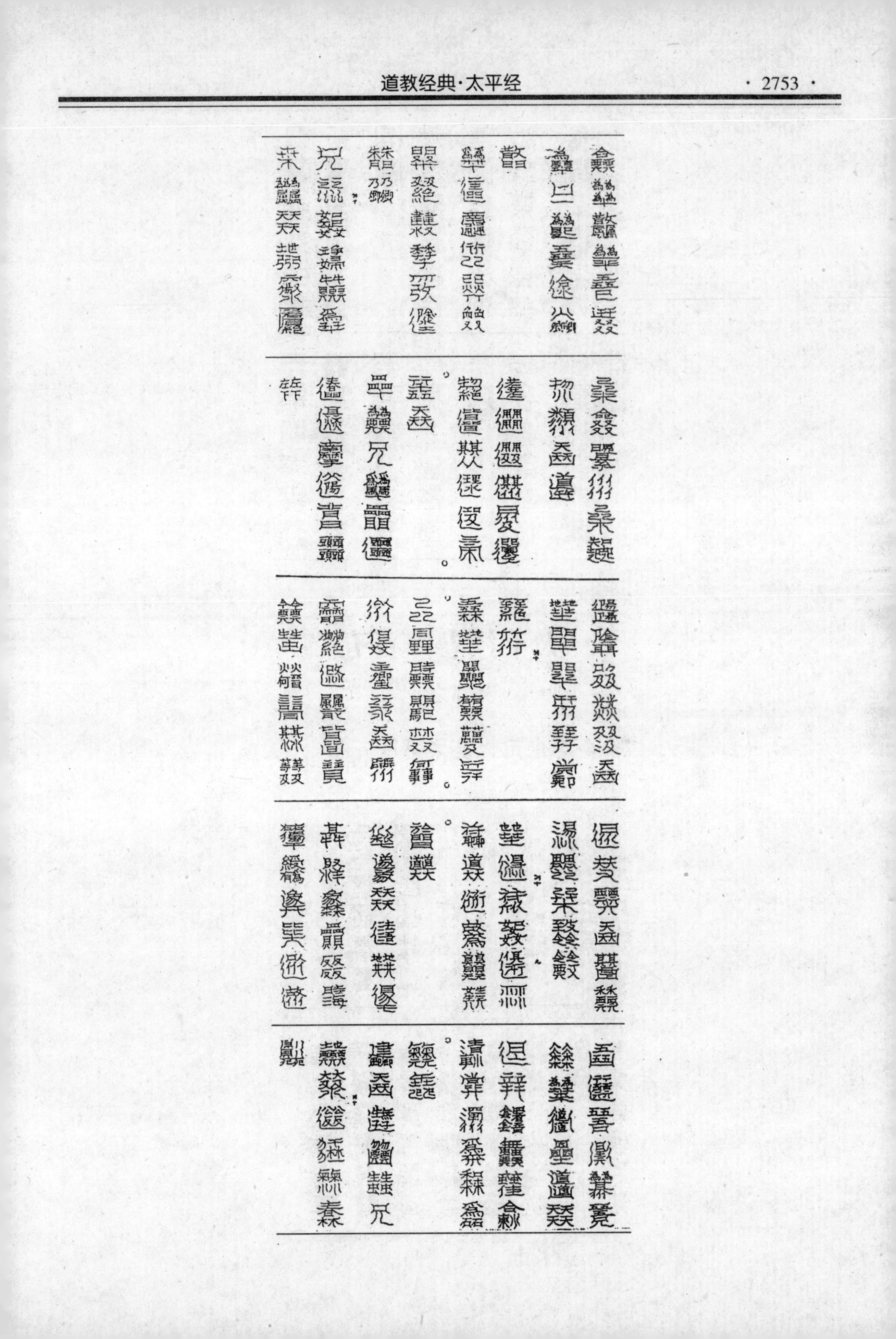

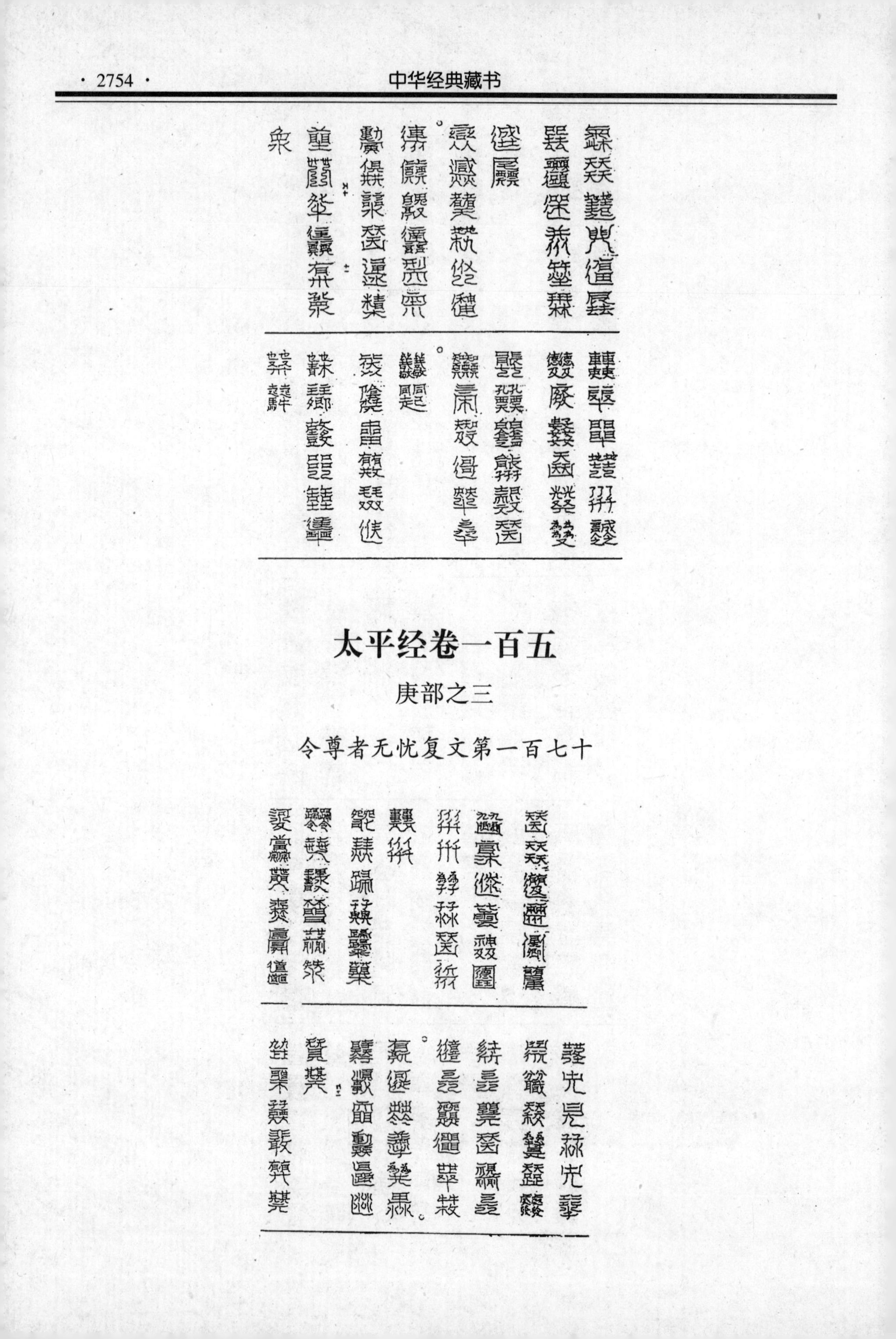

太平经卷一百五

庚部之三

令尊者无忧复文第一百七十

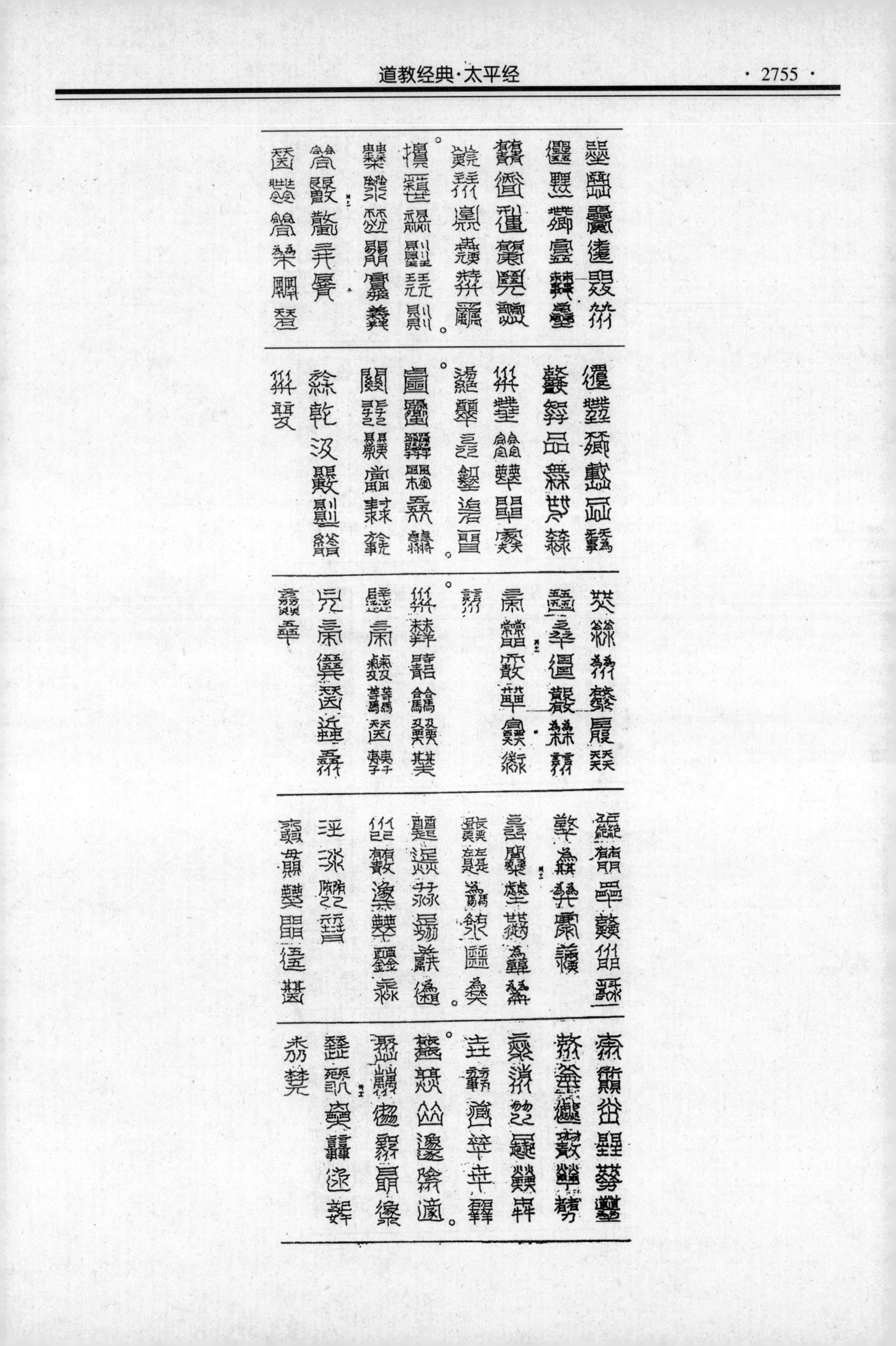

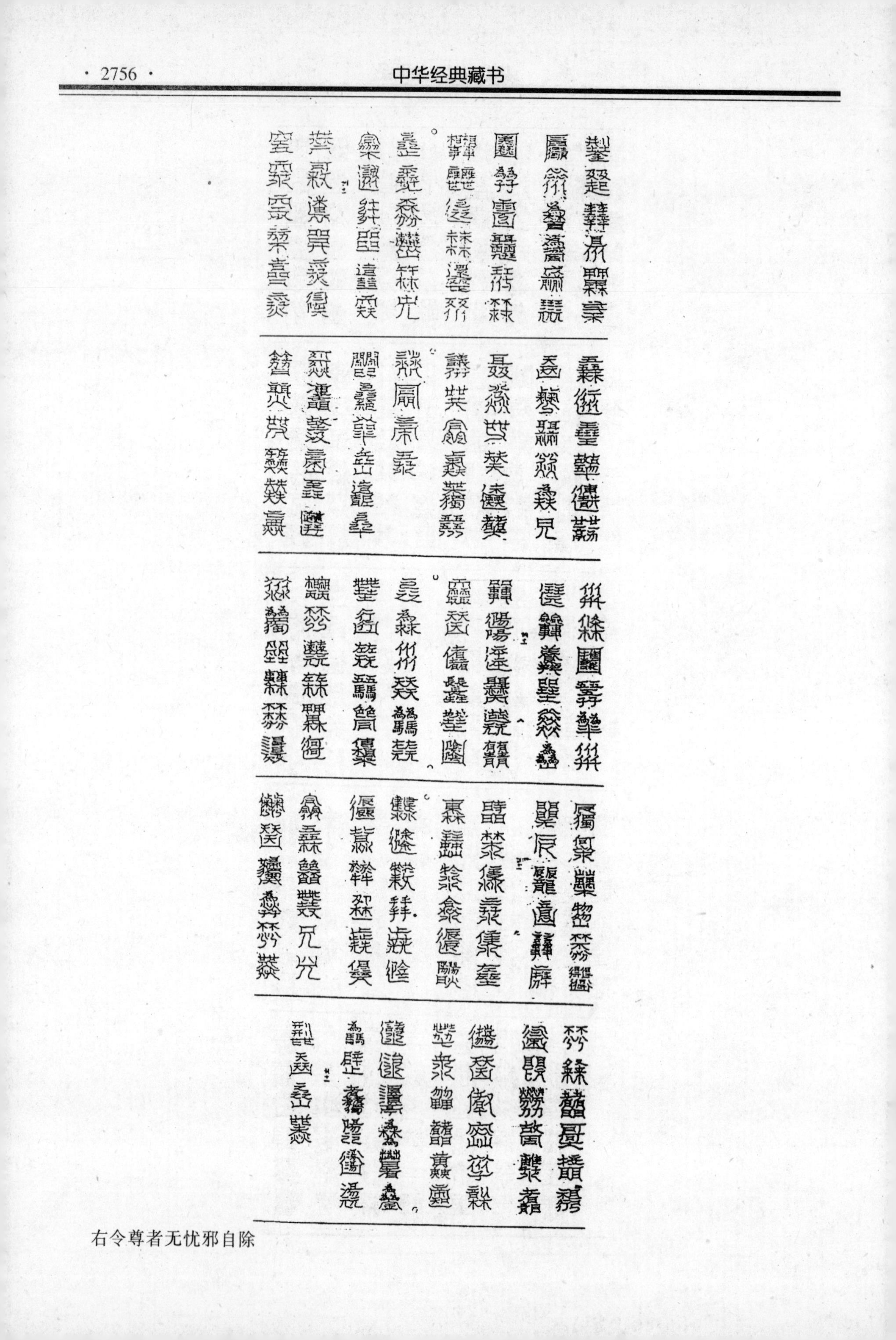

右令尊者无忧邪自除

太平经卷一百六

庚部之四

德行吉昌复文第一百七十一

太平經卷之一百六
德行吉昌複文第一百七十一

[illegible]

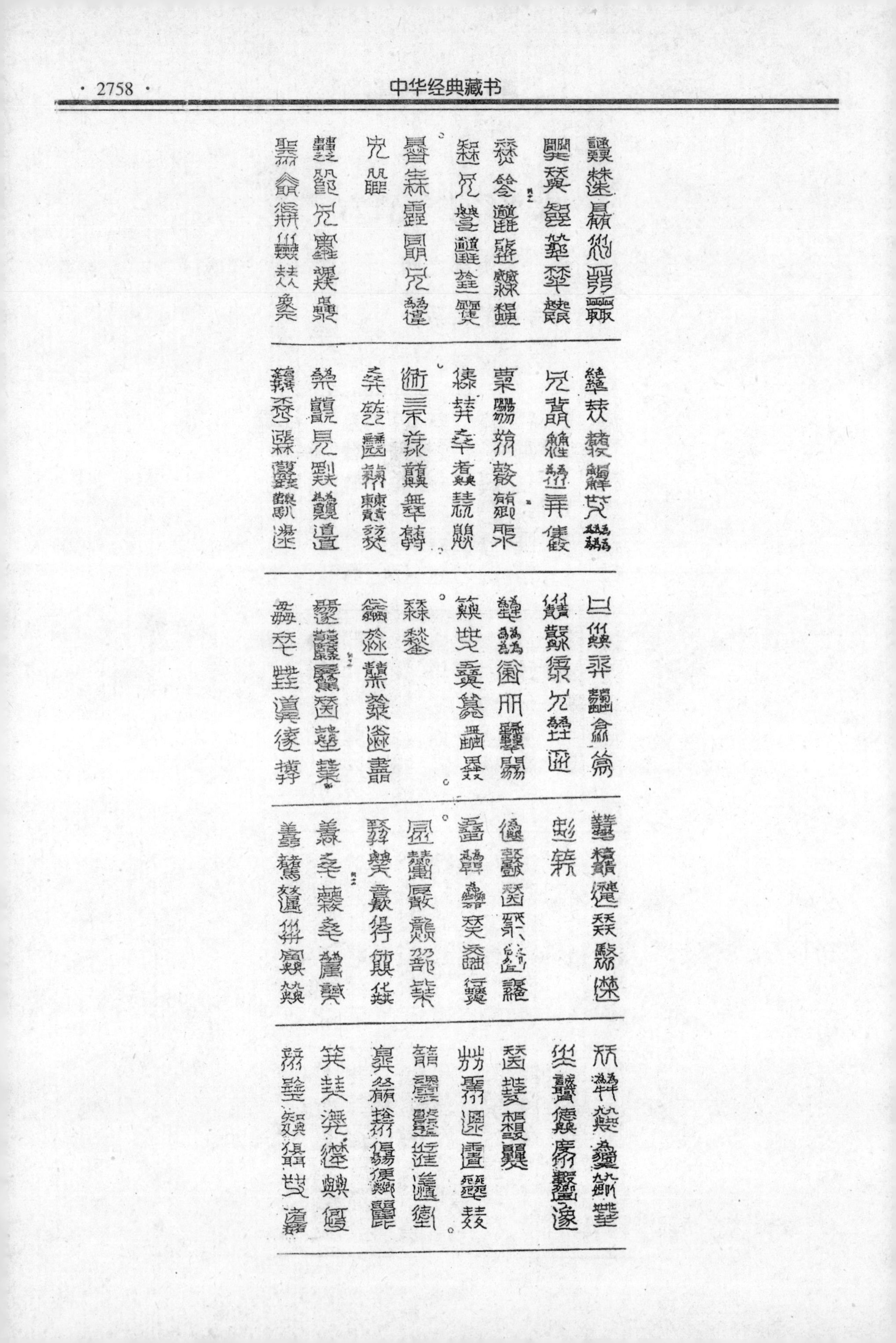

右德行者吉昌每留每荷法①

①留：指延年益寿。荷：指携物流离，转死沟壑。

太平经卷一百七

庚部之五

神祐复文第一百七十二

太平经卷第一百七 神祐複文第一百七十二

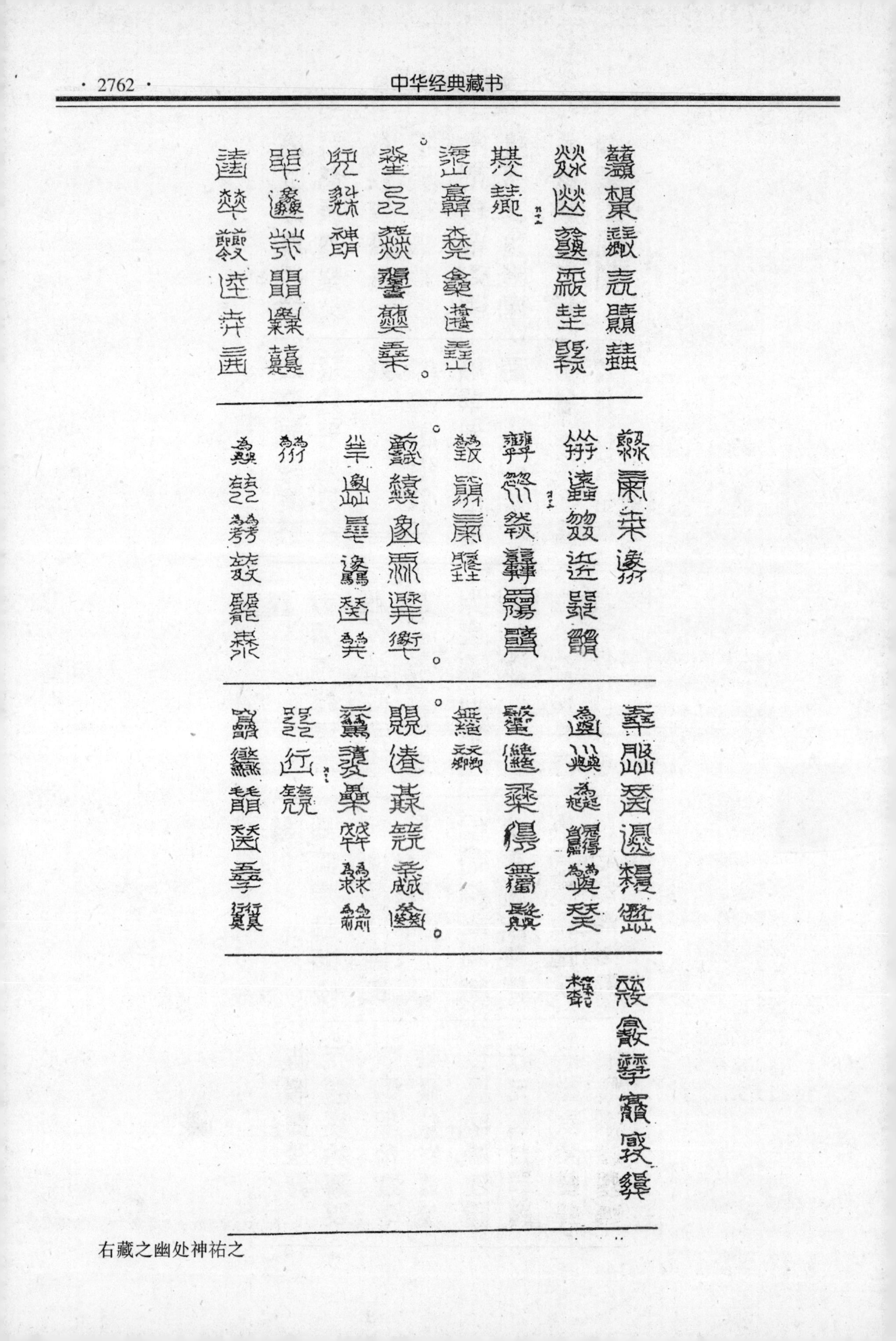

右藏之幽处神祐之

太平经卷一百八

庚部之六

要诀十九条第一百七十三

其为道者，取诀于入室外内批之。满日数，开户入视之，于其内自批者，勿入视也；其内不自批者，即乐人入视之也。开户入视，欲出者便出之。

其三道行书者，悉取诀于集议，以为天信，即其之人上建也。

其正神灵者，取诀于洞明万万人也，以为天信矣。

其凡文欲正之者，取诀于拘校，以为天信。

其欲乐知吾道书信者，取诀于瞀疾行之[1]，且与天响相应。善者日兴，恶者日消，以为天信。

其欲署置得善人者，取诀于九人。

其问入室成与未者，取诀于洞明白也。形无彰蔽，以为天信。

其欲知身成道而不死者，取诀于身已成神也，即度世矣，以为天信。

其欲洽洞知吾书文意者，从上到下尽读之，且自昭然心大解，无复疑也。一得其意，不能复去也。

其欲效吾书，视其真与伪者，以治日向太平，以为天信。

其欲知寿可得与不者，取诀于太平之后也。如未太平，先人流灾为害，难以效命，以为天信矣。

太阳欲知太平者，取诀于由断金也[2]。

水与火，欲厌绝奸臣祅不得作者，取诀于由断金衰市酒也[3]。

欲得天道大兴法者，取诀于拘校众文与凡人诀辞也。

欲得良药者，取诀于拘校凡方文而效之也。

欲得疾太平者，取诀于悉出真文而绝去邪伪文也。

欲乐思人不复杀伤女者，取诀于各居其处，随其力衣食，勿使还愁苦父母而反逆也。

欲除疾病而大开道者，取诀于丹书吞字也。

欲知集行书诀也，如其文，而重丁宁，善约束之。行之一日，消百害猾人心，一旦转而都正也，以为天信。

---

①瞀疾：指头昏目眩之病。语出《庄子·徐无鬼》。

②金：指兵革武器，属金行。

③水：水行，代指臣民。酒：依五行休王说，酒为水之甘泉和浆饮最善者，属水行，水旺则火死；又气属太阳，为害万端，故使之衰竭。

瑞议训诀第一百七十四

“请问瑞者，何等之名字也?”“子何故因为愚邪?”“不敢故愚也，实不及。愿天师不弃，示以一言。”“行，安坐。瑞者，清也，静也，端也，正也，专也，一也。心与天地同，不犯时令也[①]。”

“愿闻以何知其清静，端正、专一邪?”“善哉！子之问也。夫天地之性，自古到今，善者致善，恶者致恶，正者致正，邪者致邪，此自然之术，无可怪也。故人心端正清静，至诚感天，无有恶意，瑞应善物为其出。子欲重知其大信，古者大圣贤，皆用心清静专一，故能致瑞应也。诸邪用心佞伪，皆无善应，此天地之大明征也。子知之邪?”

“唯唯。亦有应邪?”“然邪者致邪，亦是其应也。不调者致不调[②]，和者致和，此天之应明效也。”“善哉善哉！愚生解矣。”

①时令：指四季各节气物候应从事的各项活动。

②不调：指阴阳失调，五行错乱，导致灾变连绵。

忠孝上异闻诀第一百七十五

“请问人之为善也，上孝子、上忠臣、上顺弟子，当思上何等于其君父师哉?”“当上其异闻珍宝希见之文，而得上者是也。”“忠臣孝子顺弟子，常可乐为也，何不上同闻而上异闻邪?”“同闻上自有之，何须复上邪?”

“愚生不晓其意。”“行且使子知其审实，天下所来所珍[①]，悉未尝见而善珍者也，以上其君，是上忠臣也。未尝见善食，以上其亲，是上孝子也。未尝见之说，以上其师，是上善顺弟子也。子知之邪?”

“唯唯。愿闻上同事，上之所有而重上之，何也?”“然皆应故其上[②]，罪不除。”“何其重也?”“子应不晓之生！人之所常有，重皆厌之，何须复上之邪？上人所厌，名为故其上也。下而故其上，于子意宁当坐不邪?”“愚生已觉矣。”

“故得瑞应善物，希见之珍，当上于君父师也。上之所自有，慎无上也。是故自古及今，大圣之定凡事也，去同取异，乃得天地之心意，此之谓也。子晓邪?”“善哉善哉!”

①来：招求。

②故其上：故意欺骗其尊长。

灾病证书欲藏诀第一百七十六

“请问天师书，以何知其欲见行[①]，以何知其欲见逃也?”“子欲明之邪？以灾病为证也。出而病人，即天欲藏也；逃而病人，即天欲出行也。”“以何重明之?”“以天行四时气，生养万物，随天意也。凡物乐出，而反逃藏之，大凶矣。凡物欲逃藏，而反出之，亦大凶也。悉为逆天命，后皆有大灾矣。子欲乐知吾天天乐行，不以是为占也。真人知之邪?”“唯唯。”

“是故自古到今，举事不详悉，失天道意，故生承负也。是故使民至于无道而治，共乱天正道，人异政治②，故人民万物多被冤也。”“愿请问夫无道，乃重死罪之法也。天师何不为制作重刑死法，而各以其罪罪之?”“今天下之事，各以其罪罪之，为平也? 今天师不以其无道罪之，何也?”“不可也。”

“何故?”“夫先人但为小小误失道，行有之耳，不足以罪也。后生人者承负之，畜积为过也。虽其触死，其行邪伪空虚者，后生人皆学于先生人，虽失天道，为无道而治者，皆师师相传，更以相教示，非一人造此过也，故不可予其重刑也。念下古人罪过，皆足以死。又神圣为法，不可一旦予人重刑，灭人世类也。故天遣吾下者，革其行，除其责，而不章更③，天地人且共治之，使神病灾之也。后世人见是，吾受天教之明效也。子知之邪?”“唯唯。”“行，语竟天辞绝，传之德君。”“唯唯。”“行去，勿复问。”“唯唯。”

右凡诀瑞应说在下竟。

---

①见行：被上天出示给世人行用。下文“见逃”意相反，指被上天收藏起来。

②人异政治：世人使国家政治变得不成正样。

③革：根本改变。章更：重定刑法。

太平经卷一百九

庚部之七

两手策字要记第一百七十七

“天有两手①，乃常共成凡事。其一手有病邪恶，则无有成事。天大怨之，地以为忌，天下乱而无成功，一由此一手邪恶而不并力②。凡事尽不理，六方不太平，亦由此两手有病邪恶，而不并力所致。吉凶安危，一由此两手。真人亦岂深知之邪?”“不及。唯天师开示其要意，使得知之，则知之。不者终古冥冥昏乱，无从得知之也。夫师者，乃天地凡事教化之本也，虽难，安得不言哉?”

“善哉！真人之求问事之辞也。天使子主问乎？其言要而□□。诸安坐，为诸真人具说其意。天下象而行之，无复凶乱事。天上诸神名为两手策字为要记③，国家行之则长存，凡人行之则久富。要道将出，近在凡人之身。今为诸真人分别言之。”“唯唯。”

“天地者，主造出生凡事之两手也④。四时者，主传养凡物之两手也。五行者，主传成凡物相付与之两手也。男女夫妇者，主传统天地阴阳之两手也⑤。师弟子者，主传相教通达凡事文书道德之两手也。君与臣者，主传治理凡事人民诸物之两手也。此有六事，才举其纲，见其始耳，不可胜书也。凡事相须而成事者，皆两手也。天上名为重规沓矩，皆当相应者也。一手邪恶不等无成事，天上名为大乱之治，六方八远名为鳏寡断嗣，日以向衰。无成事，即由此两手不并力也。"

"善哉善哉！请问天上何故正名此为两手哉?""善乎！子之问也，得其意。两手者，言其齐同并力，无前无却，乃后事可成也；两手不并力者，事不可成也。故凡事者，象此两手，皆当各得其人。并力同心，象此两手，乃吉安太平之气立至也；不象此两手者，亿亿万年不能出上皇太平气也。太平气常欲出，若天常欲由此两手，久不调御之，故使闭不得通，出治悒悒可訾[⑥]，咎在此两手不调。若两手平调者，此上皇太平气出，前后至不相须。""善哉善哉!"

"是故天地不并力，万物凡事无从得出；四时不并力，凡物无从得长；五行不并力，凡物无从得成；君臣不并力，凡事无从得理；夫妇不并力，子孙无从得长，家道无从得立；师弟子不并力，凡结事无缘得解[⑦]，道德无从得兴，矇雾无从得通[⑧]，六方八远大化无从得行。是故皆当并力，比若两手，乃可通也。不若两手，故日致凶也；虽治疗之，无益也，犹无从得成功也。但空久愁苦，而日日凶凶。故凡象此两手者，选举当得其人[⑨]；不得其人者，天上诸神，名为半死不持，一手独作，安有能成功成事哉?

真人为天来远问，凡疑事宜深思此意以赤心，心生于火，还以付火，为治象民，则延年益寿，万不失一，吾不欺子也。以示德君，以示凡人，贤者各思其意，无敢犯者也。用之名为自厚自养，不用之名为自愁自苦。神哉！吾之为道，纯天意也。但可前不可却；但可顺不可逆，顺之纯得天心也，逆之事乱。乱祸恂恂，人意西，天意东[⑩]，名为与天意不同。""善哉善哉!""行，子可谓已觉知之矣。"

---

①两手：两面。指对立面的矛盾统一。

②一由：完全因为。

③策字：道经文书的种类专称。

④生凡事：天地为万物之父母而化生万物。

⑤统天地阴阳：形成阳之天统，阴之地统两大系统。

⑥调御：调整运用。訾：说坏话，非议。

⑦结事：纠纷，矛盾。

⑧矇雾：指人之昏昧。

⑨选举：指汉代由朝廷或官府征召，起用社会人才做官的征辟制和地方向中央荐举人才的察举制。

⑩西：属金行，主杀。东：属木行，主生。

四吉四凶诀第一百七十八

"真人前，今凡人举士，以贡帝王，付国家，得其人几吉，不得其人几凶，得其人何所能成，不得其人，何所能倾，诸真人自精且对。""然，得其人有四吉，不得其人有四凶。得其人，天地六方八远安；不得其人，天地六方八远不安。""愿闻其要意。"

"然，贡士得其人，上得以理，有成功而常安，日有益于上，一大吉也。所举人可任，得成器，二吉也。得成器，能彰明其师道，恩及其师，三吉也。所举者信事有效，复令上信任用之，四吉也。共并力同心，所为者日有成功，月益彰明，岁益兴盛，天地悦喜，善应悉出，恶物藏去，天地悦则群神喜。守而不失，上可以度世，中可以平理，下可以全完[①]，竟其天年。举士得其人，善如斯矣，天上明此续命之符。"

"请问何故正名为续命之符?""然，所以续命符者，举士得人，乃危更安，乱更理，败更成，凶更吉，死更生。上至于度世，中得理于平，下得竟其天年，全其身形。

夫举士不得人，上无益帝王，国家令其理乱，帝王愁苦，天地不悦，盗贼灾变万种，是一大凶也。所举人不能理职，佞伪日欺，久久坐俟不安，不得保其天年，或天地鬼神害之，或为人所贼杀，辱及其父母，恶流及妻子后生，已下世类，遂见知过失为恶人，是二大凶也。其人恶，则其学弃，污辱先师圣贤业，祸及其师，是三大凶也。又举之者不信，共欺其上，贡非其人，乱天仪，污列宿[②]，天疾之，地怨之，国君恶之，圣贤非之，是为世大佞妄语之子；当坐是事，不得天地鬼神诛，则人当害之，辱其先人，祸及妻子后生，是四大凶也。

犯四大凶，贡非其人也，乃使帝王愁苦，治云乱。凡害气动起，不可禁止，前后不理，更相承负。天地大怒，群神战斗，六方不喜，八远乖错，终古不理，天上名是为曰减年短命之符。”

“何故名是为短命之符哉?”“然治当长，反为其短；年当多，反为其少；举事逢凶，无益于身，天地不悦，除算减年[③]，故天上名为短命之符也。”“善哉善哉！愚生闻命矣。”

“然，子可谓□□知之矣。慎此天上文以示德君，以示凡贤，下及民间。为人上求士，不可不详；为人下贡士[④]，不可不忠。后世传诵此书文，结于胸心中急，举士不若此，天地不复喜也。知而故违，其过重哉！真人慎之。”“唯唯。诚受教敕，不敢犯禁忌余力行。”“子可谓慎事，得天命矣。”

右天地手策、贡士四吉四凶短命符续命符、安国得天地心、群神喜讖。

---

①平理：公平施政。全完：身体不受伤害。

②污列宿：汉代官制象天之列宿，天仪官职、列宿有一致性，列宿是官职的象征物，故有此说。

③算：指生而注定的寿命，人若早亡，其余部分由天庭转赐他人。《太平经》以一年为一算，与《抱朴子》中百日一算有别。

④人上：指帝王。人下：指地方官吏。

太平经卷一百十

庚部之八

大功益年书出岁月戒
第一百七十九

惟上古之道，修身正己，不敢犯神灵之所记，乃敢求生索活于天君，不敢自恣，恐不全。日念生意[①]，与神为臣，表其类也。欲得尽忠直之言，与诸所部主者之神，各各分明是非，乃敢信理曲直耳，何日有忘须臾之间。上有占人[②]，具知是非，何所隐匿，何所有不信者也。故得自理，求念本根，未曾有小不善之界也。但自惜得为人，依仰元气，使得蠕动之物，所不睹见灾异之属。但人负信于誓言，两不相信，故有所不安。天地中和上下，各自有信，人不得知其要，而言何独有善有恶耶？灾异悉所从生。

人食五常之气，无所不禀，无所不依，无所不行，独何不奉知古有知人相及逮乎？此为失善从恶，令命不全，何独而是耶？故天君言，有善有恶，善可令同。所以然者，当令有分别，不可自从，善当上行，恶当见刑，何得与善相及耶？以人意言之，亦为可知，自有当直之者[③]。故设恶以分明天地四时五行之意，使知成生为重，增其命年；人得生成之道，承用其禁，不敢触忌。以是言之，天知愚人甚薄而无报复之意，逆天所施为，证天所施为，加人所施行邪，中类反当活恶疾善也。故圣人知阴阳之会，贤人理其曲直，解其未知，使各自知分画不相怨[④]。善自命长，恶自命短，何可所疑所怨乎？人人为不如六畜、飞鸟、走兽、水中物耶？

以为人无状邪，天使然也。天同欲使为善耳，不欲令为恶也，如善恶同其苦乐耳。富贵寿老，天在上为。不能分别好丑，使无知人得气扬声，言我与汝曹等耳，行善何至用？是故进益善，令久生；其人薄者，念之等耳[⑤]。比恶亡命，乃欲正悔过，见善与从事，见恶退止。日夜克躬思省[⑥]，所负既复，小生得与人等[⑦]，虽不仙度，可竟所受，不中亡年，是为可矣。

俗人之所长须臾耳，不念久生可上及。知士有心，念索生，故不作恶耳。天见其善，使可安为，更求富有子孙，虽不尽得，尚有所望，何为作恶久灭亡？自以当可竟年，不知天遣神往记之，过无大小，天皆知之。簿疏善恶之籍，岁日月拘校，前后除算减年。其恶不止，便见鬼门。地神召问，其所为辞语同不同，复苦思治之，治后乃服。上名命曹上对，算尽当入土，愆流后生[⑧]，是非恶所致邪？人何为不欲生乎？人无所照见乃如是，何所怨咎乎？同十月之子，独何为不善，施恶不息，安得久乎？愚士之计，一何不与小善合乎？

行，复道小不急之事，凡人所为，各不同计，自以为可，所触所犯，皆欲得人利[⑨]，人亦不欲利之。善利得生须臾[⑩]，恶利不久，以善不久居地上也。故使有天地，知不乎？天使人为善，故生之；而反为恶。故使主恶之鬼随之不解，有解不止，余鬼上之，辄生其事，故使随人不置也。知不乎？

此书先进善退恶，古今文也。自不从其长命就恶，无可奈何，鬼使得不白也。故有过者，没形于土耳，精神不安[⑪]，未知所止，是谁过乎！人行且自详思念，取便安勿非，所言辞语，前后复重，其所道非一事，故重耳。

人命近在汝身，何为叩心仰呼天乎？有身不自清，当清谁乎？有身不自爱，当爱谁乎？有身不自成，当成谁乎？有身不自念，当念谁乎？有身不自责，当责谁乎？复思此言，无怨鬼神。见善白善[⑫]，见恶白恶，皆不同也。复知之乎？辞小止。有恶不息，文书不绝，人没乃止，此戒可知。为恶自负其身耳，不负他人也，复知之乎？行顺所言，可思无离于心，离之为败，不可复理，与鬼同伍，何得活乎？念生得生，是为知；恶会当尽，不得久在，知之不乎？

行，复小说。人居天地之间，皆得为人，奈何忘天地恩乎？此为何等哉？其愚乃如是，不能改，何所复望乎？欲望天报，当自责，恳恻垂泪而行，言我蒙恩得为人，与万物绝殊，天使有异，能言能语，见好丑，知善恶可不之事，当自详慎，所言反天，辞令不奉顺，是为大逆不道之人，天安从得久与从事乎？故置凶神古观之。

还辞如所言，其人自不好善。天君言：“前已有文书不绝，部主者下收其魂，骨肉付地主[⑬]，不须时，恶人不可数闻。故自损威怒，还就儒雅。改易其恶，采取众善，著之于内，以心置。”心神言：“我受天心教敕，使主随人心，其不得有小脱[⑭]，善恶辄有傍神复得。”心神言益复悲楚：“未知吉凶，故自恐在恶伍之部。日夜自惟，不知当所自置，故不敢有不善之意。唯诸神相假借[⑮]，使得自责，不用神诫，被诛不恨。”天君遣大神下言：“此人有自责悔过，不犯所禁，假之假之；后有不善，取之未晚。”见神言，日夜长息，恐身过未悉除，久不与太阳气通，而在死伍之部，益复笃，不知而何也。受敕未能通达，静于闲处自省，责过所负，以谢天地四时五行诸所部神。天君聆听，令自思。

惟上古之人，皆有知虑，不敢犯禁，自修自正，恐见有失，动辄为不承命，失其年。用是之故，不敢小解。过辄有罚首[16]，以是自省自爱，敬重禁忌，不敢有违失意。复见责问，心常恐悸，怅然失气。负天心，言有小不称，是为文烦，辄考问实核。所言所信可，可以得名誉；及其身无信，久亡人年。故复思念，不失我心，切怛恐怖[17]，不敢自安。舍气而行，常自恋慕，贪与天地四时五行共承统而行，不敢有小过差。心自忿，当前后深知至意，不失其常，念恩不违精实，贪生望活，何有小恶闻上乎？

结躯行，相承事，何敢有解意，恐不能得上至意，不知如何也，心益复悸切，自安无益。天寿难得，一失不可复还。远俗日久，而反中折，当顾望下，是令怅然，故自敕惶栗而已。常恐一旦大小不称见退。愁懑在心，自责自过。既蒙天恩，得展舒前命，饥渴之情不敢忘，得活而已。

诸大神哀省，录示元元，禀气于天厨[18]，驾乘天气而行，薄所主防禁，众多不可有失亡。身虽鄙贱，不足荣宠，亦不以不肖故，能见嫌疑也。真以心求进索生，唯大神原省语言，使见四时五行生成，复见日月难报，想不见中弃，正营之人[19]，不敢自远，倾倒枕席。

大神言："此人自师化乃如是[20]，何忧无蒙保者邪？往昔有是人，天右哀之，近在左右。今见在视事久远，多知虑，所言所语，无不得天君腹心者。且为之为。"生伏地泣出而言："被敕觉寤，乃以先古有心忠诚，进在所知，无不包怀闻之，何敢比望先之人乎？"

大神言："持是有信之人相语者，欲令相生为行比望耳，人有不及时。"生言："大神乃开导大分明，生等比众多，独见异，使有开思，是恩极重，何时教大神乎？"大神言："思从中出，发愤念之为报。"生言："自分不知所奉上[21]，虽自天有珍奇可好者，思复上之。见敕发愤想念，是为可诚受，是言非口辞相报有文也，诚日夜惟思，不敢有解。"大神言："所诫众多，所谏亦非一人，所问持是，久远相语者，诚重生耳，言特见厚哀尤深。"

天君闻之，呼大神曰："比生何从发起自致大神异语乎？"大神言："见此学人尤信，故为道难易。"天君言："见善进之，使及是，是其宜也。"大神言："天君召问是信生。"生言："不敢希望及天左侧也[22]，愿在无职之处，自力尽忠而已。"大神言："皆当有所部主，乃见信理。""如是诚侥幸甚，得大分[23]，不敢有小不称者也。"大神言："是生见化乃如是，宜且复进，可及先古。"生言："不敢进长寿也，其人所贪也。"大神言："是天愿。"生言："是本因大神所保，不敢失大神之戒也。"天君知此二人相谏敕，尤深善之，使自相教也。

惟上古圣人之为道也，乃出自然。心知天上之治，所施行皆豫知者。音声彻通，还知形容，自视心昭然意解，知当救之事。吉凶之会，了然可知。心内欣然，乃知得天之福也。使见前行之事，皆戒笃达。自惟蒙恩见宠遇，得与诸六神相持日久，辄见教戒，使不危。窥望四表，上下通洞，益复哀哀。心中欢然，复得延期，并及所不闻，是皆天君、大神恩力所施化。

大神言："是诸神共知，延者有命，录籍有真，未生豫著其人岁月日时在长寿之曹，年数且升，乃施名各通，在北极真人主之[24]。变易骨体，身轻润泽生光，时暮得药，以成精华。所在化为，无不成，出窈入冥，丝发之间，何所不通？"圣人言："实有是，从俗成食，从地阴神出，安得不重乎？易之为轻，乃上是易，大神恩不能报。功大施，想大恩，忍不及，使得苏息之间深厚，非辞所报。"

大神言："是天禀人命禄相当直[25]，非大神意所施为，见善荐之，是神福也，何所报谢乎？恐其后有疑，为施禁固者，使圣知教戒，后人照知之耳，圣人自有知，无所敕也。"圣人言："已得被报，虽生录籍，会当有教导不及。"大神言："是生之语，傥然谦者，是其宜也。""生重见辞，前后悉备。唯大神以成就恩意，生见人分人也，而不敢自解，而有骄慢也，请复于闲静之处伸力，大神所教施，愿念不逮之生。”

大神言：“尽辞前后可知，余无所戒也。辞别各宜照所言。”生言：“受戒之日，不敢解止须臾也，但恐未能卒竟之耳。唯蒙扶将，使得视息，复生望，倾侧在心[26]，唯大神时时相存教敕，是恩不小。”大神言：“是生之所言，宜称之。”生言：“唯唯。不敢，以身自防。”大神言：“成名之人，精进有益兼并[27]，部主非一。”

天君闻之，大神戒圣人相对辞语，为有知之人，宜勿忽解，命可至无訾之寿。各还就所部，见善当进之大神。圣人言：“俱受天君教，尽力有效，有效不敢倦时也。”天君言：“成人者为自戒。”“唯唯。”

惟上古得道之人，亦自法度未生有录籍，寻籍在长寿之文，须年月日当升之时，传在中极，中极一名昆仑，辄部主者往录其人姓名，不得有脱。数使往动摇支节，屈申转倾[28]，反复教戒敕，随神屈折，以药饮之，骨节开炼[29]，虽不时相见者，知其可坚与不也，示之志不倾也。贪生恶死，思行天上之神，数使往实核有岁数，乃令拜受不足之文，心言出辞，使知所行防禁，传示学者。不用神文，言自己赍书且竟，神乃知，相对语言，亦连岁月，积千三百二十日，乃将与俱见大神，通元气，行自然。天君薄见，密敕所案行，不得有私相信，感心易意，行无失误。

大神言：“已算计诸神所假禀，常以八月晦日[30]，录诸山海陵池、通水河梁、淮济江湖所受出入之簿，各分明。天君有所劳赐，有簿署。天君前自复数通藏金室，署有心之人，令主天君所问，辄当承所教，宜日夜不解。属主室之人，勿失所索部别，令可知，应得有心之人，须以定录簿。当有使神，主为计名，诸当上下，先时百日皆文上，勿有失脱。如有文书不相应，计曹不举者并坐。先敕令勿犯神书，言此书出后，三岁八月，乃示俗人，如有道信人者，大可示之。”

天君有教言：“此人先时有承负，敕神为解除、收藏，未藏者为藏之。”大神言：“此人贫厄空虚日久，恐不自全，得天君腹心，乃令神收藏不藏者。其主未藏者，时恐不如所言也。前乞敕，拜谢受恩，虽日月未至诸，先时一月令知之。”天君言：“下所部神将士众田地[31]，中勿失时以藏，为作姓名，令地主敬慎，使有神灵往来，有欲从愿所求，听之有信之，后宜慎也。”大神言：“如是，必海内闻知，好道之人将相扶承，事之敬之。”天君言：“有功之人，亦自当见敬。”

大神言：“此人年未满，期未至，请至期教其所报谢。当时未升，其舍空虚，无以自衣，有道者给食，至时止。”天君言：“是小事耳。以天官给家[32]，有家有心者。”大神言：“请如所道。”“敕天官给所当得，此人空虚日久，与食令足。”大神言：“令敕天官神给姓名，勿令空乏。”天君言：“善。”

惟上古之人，皆得天报应，有信可成，乃令受命，为神所护视，恐有毁缺，日夜占之。见为善，助其欢悦，不欲闻其恶，常置长寿之曹，心使为善，无有恶时，使有进善，有孝忠顺之意。所承所行，不敢以意，承教而行。人谓无知，我亦见知之。人有善大恩，有哀以思，力自善。如人久见狐疑，尤恶先没[33]，用是自损度自约[34]，恐犯恶人，日夜惶惧，不知何如也。

天生人，知善恶，行善有信，天不欲令人有恶闻也。用是欲贪生恶死，亦不敢犯禁，如所妨害于身也。故因缘天气，得与通人之辞，语言自往来，知人情意。见其不善，而退自责，恐有文书污名存其中也。如人当时意，加施于人，诚不敢对首理委曲，得自责。所施行不得人意，过多难除，故人来悔易势[35]，当时锋通，以为命可再得也。不意天遣大神，占之尤恶，先入土，用是自慰隐忍，不敢当恶，格辞有小异意[36]。既得天恩，假其须臾，使得苏息，长有活之望，是天之部分也。以故得有分意，命不久存，用是之故，复益怅然有惭恢之心，欲见天神，求哀教戒，照未知之事，防备未来，当与天心合，可得小如意。

贪上有计虑之人，并思善恶，得不见之敕，乃见大神，苦甘自道：“生求俗之人贪及上，以故自修自正，唯大神敕厉其不足[37]，使觉寤，望戒左侧，唯大神哀省索生之人。”大神言：“何惜禁戒乎？想自深知之，辞令各自吐写情实，但恐不如所言，且复谛之，计从心出，宜复熟念。”生言：“皆感恐，既身及之，何敢不从心出乎？”大神言：“如是为发，且复还静处，惟思之有不足乃求。”

生言：“禀知希疏少，未得大通，著之戒也。匍匐须教，乃敢进见。”大神言：“如欲尽精诚，有功可得及之。努力自念，从生以来，功效所进，解先人承负，承负除解，过尽亦当上，何所疑也？且复慎所言，宜勿外意也。”生言：“受敕见戒，不敢余力而不进善也。已善复恶，自与命戏耳。”大神言：“善人也，宜复屈意。虽心劳命之日，当时微苦，用心不解，复后得福。”“生受敕，诚归闲静处，思失自责。”大神言：“思从中出，天神知之，勿倦也。”“生以年穷尽乃止。”大神言：“有行乃如是，何忧不前乎？”天君闻之，重敕大神，使欲进者，观其所为，积岁月日，各令有部，有功当上，名须缺补。

上古之人，心言口语，皆知人情，无文而治，表里内外，具见其信，各不相负。天有要令，犯者尤丑，辄见治问，责其过咎。用是之故，益复悸动恻然，念天恩所施行，使得全完为人，知好恶之义。人以此等念恩深厚，不知以何报之，但心思欲进，而有忠诚之信，所为所作，承奉不敢失小差，恐为众神所白，见过于上，有不竟年命之寿。以是益复感伤忧心，不敢自解，而望报施之意，实贪生，与诸天神共承天心，有善者财小过除，竟其年耳。如有大功，增命益年，承事元气，合精华，照见所知，复受大恩，非辞所报，但独心不知如何也。唯诸大神共省哀，录不及教戒，使见知虑，知天上所施，禁忌众多，当辄相承，不得有失也。唯大神惟其不足，见戒不敢忘大分，受施不忘生恩意也。

大神言：“生自有知之人，何所教敕？但当顺天所为，勿逆其心。见敕戒，应时奉行，勿失脱而已，是为得天心意矣。赏罚有轻重，宜各实之，勿有失误，得为可。余少所戒，宜详慎所言，出辞当谛思之，令可行，有小妄者，辄以心自况之从善，是为小戒。余者当平生之言。见深戒，不有失神意也。”“自惜童蒙，未见大分，故固大神重戒，所照众多，知虑广博，无所不包。唯大神重戒，欲蒙其德，不逆所言。唯复顾意，伏须重戒。”

大神言：“是语可知，天上之施，与中知地下傍行等耳[38]。法律相应，无有差也。自有相教者，且随其主，勿逆而已。”生言：“自分当戒也。法律虽同，而用心少得其意也，天心难知其诀。”大神言：“是皆实无欺而已。乃豫知天君意所施为者，为上第一之人，可在天君左侧。有功劳赐赏，谦逊不敢尽受，益复竭尽筋力，用心乙密为大[39]。故天君重复自面敕教人，是生之福也。所主众多，平心为行，是可知矣。”生言：“不敢乃望在天君左侧也，见活而已。但思忠孝，顺理尽节，不敢受重赐，但恐无功耳。如小功效之日，令生身日明，长见生日久矣，但思无极，不敢有不思过须臾也。得见温言，心志饱满，大神与生同居，对治无思也。诚复受恩，出入上下，时小相戒，是大神之恩，不可中谢，但心意恋慕，常在心中，不敢解止。”天君闻之，知之士所行，莫不得愿也。常能自责过负，想不中恶，敕大神教戒之，使及上，勿倦也。

上善之人，皆生于自然，皆有历纪[40]，著善籍之文，名之为善人之籍。常有善人之行，未尝有恶称，行止出入，辄闻善意，未尝有恶，故名善人。动辄进之于人，众奇为不见之物，得上于尊，尊者见之，或善其言，或贪其善行，或贪其诚，或贪其见爱，或贪其孝忠，或贪其久所言，或亦贪其见信，是善之善也，故名之为善。时见宠荣，复贪得长游[41]，复贪得神仙，复贪得不死位，复贪使众神，是善人之贪也。

行仰善，与天地四时五行合信，诸神相爱，有知相教，有奇文异策相与见，空缺相荐相保，有小有异言相谏正，有珍奇相遗，共进于天神。欲见敬求戒思过，恐有不称天之大神也，常日夜进心念笃，见善从心思，闻善言、忠直之志、完躯之人，爱其命年，常恐一朝有异，小不善之意。闻人有过，助其自悔，主其有知，善所谏，用其人言，并见其荣，善教戒人求生索活之道，是善人之极。

但当有功，不敢违神之愿，思慕长在，复得行见人之愿所当逮及。唯天大神，通达辞令，检敕所行防禁，得小失相假忍，使思其意。天恩广大，多所爱伤，使得自思，悔过命长，是大分之施也。但恐不而卒竟恩贷，唯诸大神原其不及，愿蒙不见之戒，使得思，乐其志广见，唯思重敕。

大神言："上天地各有文理[42]，知用前，不知自却，此自然耳，不惜爱戒而不相教也。见众善之人，无有疑，何所复戒？但且详念所言，相副而已。是善人之愿也，宜复明之。"生言："自不肖，行不纯质，以故自亲大神所禁戒者。数蒙厚遇，辄见思念显见，以故复诣，不知厌足，天使其然。"大神言："是生受自然之姿，天使来问者，知其同不耳，何所嫌疑乎？密欲来承敕者，皆言自情实，少双辞语，出于华耳[43]，会以心自正者少，故使有空缺转补，是生短也。宜复慎之，勿解也。"生言："禀性迟钝，设意不先，但以文自防也，唯哀之不耳。"大神言："是亦出于知，知善行善，知信行信，知忠行忠，知顺行顺，知孝行孝，恶无从得复前也[44]。想生自知，是故重之耳。"

生诚怅然曰："是生所闻，是大善，是有重戒出其中。大神所道乃如是，何敢有懈慢之意乎？是为活生之意，蒙宠如是，不知何所用报大神恩也。"大神言："是曹事视之[45]，而不足为戒。念可行宜，复成名，可及上无疑。行自得之，何所报谢乎？辞令自善，不得相闻语耳。"生言："是戒使生长得有活之望，请于无知之处[46]，思惟所言。"大神言："当知生辞，勿离于内也。前后所戒来学问之人，如此矣。"生言："谁当肯相敕如此乎？生禄命，大神喜之，时约敕，前后备足，但无以副恩，诚惭无以自置。"天君闻之："是善之善，善中尤善，可兼行诸部[47]，勿使有失。"大神还语生："天君所敕，恩荣如是，宜勿犯之。""唯唯。"

上德之人，乃与天地之间，当化成之事，使各如愿。善者著善之文，不失其常，不失其宜，是为上德。无所不成，无所不就，不失其明，不失其实，不失阴阳所生成，不失四时主生之气所出入，不失五行之成，不失日月星宿，不失其度数，不失吉凶之期，不失有灾异之变，不失水旱之纪，人命短长，不失所禀系星宿厚薄之意，是上德所当行也。故言有德之人，无所不照，无所不见。上下中和，各从其宜，就其德，各不失其名，是为顺常。

长生之文，莫不被荣。万物岩牙部甲而生，垂枝布叶，以当衣裳；雾露霜雪时雨，以当饮食；生长自成覆叶实，令给人。地之长，名为水，母民名为瓜[48]。盛夏热时，以当水浆，天下所仰，人无大小皆食之。是德人承天统，成天形于地，以给民食，行恩布施，无不被德，以自饱满，是天恩非也？天所施生甚大，不顺命，反言自然，是为逆耳。故使德人上知天意，教民作法，无失天心。育养长大，使得为人，复知文理，行成德就，可上及天士。

天上之事，功劳有差。德人主知地之事[49]，令民依仰，重见恩施，不能以时报之。德人为天行气，上下中央不得其所者，人反轻天所施为，是正令天怒不止，神灵不爱人，侵夺年命，反自怨非天，是愚甚剧。故下神书，使住敕，为施禁固，既民不犯，有豫知来事，远恶趣善，不犯所禁，复得见天道所师化，无不从之化者。故使人主为作羽翼，开导头尾，成其所为城郭[50]，倬然可知。

知上及大化，并理元气，复知人事，是亦有禄有命之人，皆先知之，随人化可，得延之期，天亦爱之，善神随护，使不中恶，心使见善，恶者不得以为比等。故天重善，使得从愿，不侵不克如其平，殊能过善，天复增其命年，不危陷，是非大恩也？当报何疑？前有大善，所行合天心意，近之左侧，恶气不来，不敢视之，延命无穷。是恩难报，报之不以珍奇，但写心归诚[31]，自实有信，不负所言，是为有报，为报为，知不乎？知善为善，见信行信，是人所长也，且宜照之，勿自疑。前有信人，已寿无极，化为神灵，所兼备足，功劳所致，复知之乎？故德人有知之士，所得上进，天甚爱之。不其文章，知命不怨天，行各自慎，勿非有邪，教人为善，复得天心意者，命自长。

事皆天君出，不得留止。俗人难化，化之以渐[32]，无有卒暴。详慎所言，勿为神所记，各慎所部文书，薄领自有期度，勿相逾越。见善进之，见恶当改，勿有所疑。贪生之人，自不忘天所施为，故重之者，诚爱人之命耳。念善得善，寿不疑也。天君爱信，知不乎？详慎神文，勿以自试。天下之事，孝忠诚信为大，故勿得自放恣，复夺人算，不得久长。慎之慎之，勿懈也，懈为自疑耳。疑之自令不令[33]，知不乎？知不乎？

右天上文解六极大集天上八月校书象天地法以除灾害。

---

①生意：存生之意欲。

②占人：指奉天君之命，监视人言行的神灵。

③直：通“置”，置身于善恶之列。

④分画：善恶好坏的界限。

⑤念：心思所想但不付诸行动。

⑥克躬：克制自身。

⑦小生：略得延长性命。

⑧愆流后生：愆，罪过，过失。此句指有承负之灾。

⑨人利：别人的利益。

⑩善利：通过正当手段取得利益。

⑪精神：神志，心神。古代把精神奉为生命之根本。

⑫白：禀告。

⑬部主者：指太阴法曹。地主：指土地阴神。

⑭小脱：小过失。

⑮假借：宽容。

⑯罚首：惩罚伏罪。

⑰切怛：非常忧伤。

⑱元元：指平民百姓，天厨：星名，在紫微宫东北，共六星，供天庭饮食。

⑲难报：日月相继普照人间，恩赐甚重，故有难报之说。正营：惶恐不安状。

⑳师化：以天为师而受的教化。

㉑自分：自份。分，同“份”。

㉒左侧：左，同“佐”，辅佐之职位，言地位较高。

㉓大分：指天所广布施之恩惠。

㉔长寿之曹：又名命曹，指天庭所设分管世人寿命的机构。北极：即昆仑山，古人以昆仑与北极星相对应，为天仙聚集之处。

㉕人命禄相：人所注定的命数、福禄和相貌。

㉖倾侧：倾斜，指学道过程中时有心思走样，用心不一。

㉗兼并：指通过精心修炼达道，使自已的品级不断提高，取代他神的职位。

㉘支节：通“肢，肢体、骨节。申：通“伸”，与“屈”相对。转倾：辗转反侧。

㉙开炼：分解变化成精气。

㉚假禀：奉命所禀告的考核文书。八月晦日：古时称夏历每月的初一为朔，末一天为晦，八月末，万物成熟，易可分辨，故定此时来校验文书之实。

㉛田地：指土地神。

㉜天官：指天庭禄食。

㉝没（mò，末）：同“殁”，死亡。

㉞损度：日益损抑。

㉟易势：指割去睾丸，变成阉人。

㊱格：阻碍，背离。

㊲不足：指上文所说，务尽精诚，以解除承负之灾。

㊳知：当作“和”，中和，天地阴阳交和成中和。

㊴乙密：像草木破土而出那样慎密。

㊵历纪：人所预定的寿命及成仙年限。

㊶长游：长游于天地之间，指长生不老。

㊷文：指天庭制定的有关职份的条文。

㊸华：华丽虚饰之词。

㊹前：前进一步，指作恶更加严重。

㊺曹事：公事。

㊻无知之处：别人不知道的地方。

㊼兼行：统率，统领。

㊽瓜：意即婴儿时。

㊾主知：负责掌管。

㊿城郭：修炼所得长寿之身。

51写：同“泻”，倾吐。

52以渐：采取渐进的方式。

53令：好的结果。

太平经卷一百十一

庚部之九

大圣上章诀第一百八十

惟始大圣德之人，乃承元气自然精光相感动[①]，乃为大圣。悉知当所施，辄如天意，不失其元气之志。常行上为大神辅相，如国有公卿。心知大神之指，历文书相通，上章各有荐举[②]，宜得其人使可保。有言事辄用，天君以事更明堂。得书辄下，无失期，辄得朝上之恩贷[③]。

自天君曰，不讶朝廷旨[④]，请寄之人，文书所上，皆自平均，无有怨讼者。各自身受恩分，赏罚有差，何有分争者乎？大圣先知天君所当施行之事，安得有失乎？俗人不知，以为如民长吏，安能知诏书所当道下文乎？天上之事，音声遥相闻，安得有隐也？此在自然之中相检，何有脱时乎？

天君日夜预知，天上地下中和之间，大小乙密事，悉自知之。诸神何得自在乎？故记首尾善恶，使神疏记。天君亲随月建斗纲传治，不失常意，皆修正，不敢犯之。故言天遣心神在人腹中[⑤]，与天遥相见，音声相闻，安得不知人民善恶乎？天君言，善信举之，恶无信下之，不但天上欲得善信人也，中和地下亦然。人不深知当来之事，故使有心志之[6]，久久与大神同路，是天之所近。比如国有忠臣良吏，不离左侧。但人自不信天，天何时当信有二心之人乎？

中不为，天不如民人邪？虫蚁之人，亦何因缘得天心意，所寿贪惜？此人不时相亲者，过起于民，收摄十三于后[7]，亦有岁数。见有心之人，不念俗事，贪进求生，故神告其心，出之耳。有心志之人，可与从事对谈，诚信之。无有心志，念众口当食求利，衣温饭饱，礼费相随，驱使贫弱，自以高明，非天腹心也。行不纯质，复欲求道，索久生，是正为索所不得，罪大重，少有贳时[8]，此为知不乎？当白日升天之人，求生有籍，著文北极，天君内簿有数通[9]。无有心志之人，何因缘得著录有姓名乎？强学之人学之，得天腹心者，可竟天年。殊能思尽力有功效者，转死籍之文[10]，复得小生，何时当得驾乘精气，为天行事乎？

是为可知得书感心，泣出自责，言我同十月之子施行[11]，独不得上心意而在死伍之中，是行何一不得上意？是我之过也。天地上中和，皆当从天恩生，而反多不信，是罪之重也，何可望乎？天上诸神闻知，言此人自责自悔，不避昼夜，积有岁数，其人可原，白之天君。天君言，人能自责悔过者，令有生录籍之神，移在寿曹[12]，百二十使有续世者，相贫者，令有子孙。得富贵少命[13]，子孙单。所以然者，富贵之人有子孙，家强自畜，不畏天地，轻以伤人以灭世，以财自蕴[14]，杀伤无数，故天不与其子孙。为恶不息，安得与善而寿乎？此为知不乎？大神遣小神下令[15]，各受其命长短之事，从出无所疑也。思之复思，书辞可知小大，念后有失脱之文，当疏记[16]。

---

①自然：本然固有的情状和态势。精光：心明洞照之光。

②大神：无形委气大神人的别称。上章：道教术语，指上奏天庭的祈请之文。

③朝上：指人间朝庭。恩贷：恩赏与宽恕。

④诶：巧言曰诶。此指篡改和伪造。

⑤心神：人格化的体内神灵，为生命和思维活动的主宰。

⑥志：牢记并追求。

⑦十三：十分之三。

⑧贳：通“赦”，赦免。

⑨白日生天：成仙成神的一种特定方式。籍：指天庭在人生前为之注定的日后必成神仙的花名册。内簿：由天君直接掌握的神仙名册，藏于金屋之中。

⑩死籍：由地府掌握的世人死亡之薄，即鬼薄。

⑪十月之子：怀胎十月降生的人。

⑫寿曹：又称长寿之曹，为天庭所设置的掌管世人寿命的机构。续世者：指后嗣。相贫者：指生来骨体相貌就属于穷命的人。

⑬富贵少命：骤得富贵而命短的奸人。

⑭蕴：堆积不施舍。

⑮小神：供役使的神灵。

⑯失脱：违背遗漏。当疏记：会被神灵作为过恶记录在案。

有德人禄命诀第一百八十一

惟太上有德之人，各自有理，深知未然之事，照达上下，莫不得开。心之所念，常不离于内，思尽所知，而奉行大化，布置正天下，所当奉述[1]，皆不失其宜。笃达四方，意常通问，正其纲纪，星宿而置，列在四维，罗列各有文章，所行目有其常，系命上下[2]，各有短长。

生命之日，司候在房[③]，记著录籍，不可有忘。命在子午，其命自长。丑未之年，不失土乡，寿小薄。不宜有恶，使付土乡。寿未尽，籍记在旁，虽见王相月建[④]，气以不长。所以然者，在土之乡，故令坤艮之乡，其寿自减。生日及时，三土相望[⑤]，其日以生不进，价作已钱[⑥]。从岁至岁，少有利时。

辰戌之岁，天门地户，天土地土，自当所生。天地土生上草木，天地土生下草木，天土出圣智土，地土有贤。虽有衡，衡伍不相干[⑦]，人不知之，反言年在辰戌，月建相破，以为大恶。天门地户相对，阴阳相望，生日直之天戊日，复直岁生[⑧]，是为大德之人，无所妨，固宜勿惶惧。地土出贤，为之府[⑨]，土乃所居，何有恶者？人自不知，以土为人皆属土府。寿命有期，直圣得圣[⑩]，直贤得贤，是天常法，禄命自当，或出神仙。

寅申之岁，其人似虎，日月相直[⑪]，殊不得相比。所以然者，寅为文章，在木之乡，山林猛兽，自不可当。但宜清洁，天遣令狩，不宜数见，多畏之者，名之为虎。年在寅中，命亦复长，三寅合生[⑬]，乃可久长。申为其冲，了不相亡，多恶畏夜，但能缘木上下，所畏众多。其命在金，行害伤人，故令小寿，是为可知。事神忽荒，精邪厌畏无常[⑭]，少有利时。

卯酉之命，各直其月，其月复同。卯主于东，系命东星，多所生活，人民饮食。卯故言东方正，卯为东之中。春生荣华，夏长其实，无所不施，莫不被德。故名东星为仁，不忍中伤。天惜人年，复得久长。酉正酉，复在金乡，喜行战斗，不得久长。行恶，自然何从久生？虽得王相月建，裁自如耳。其六七恶，日亡其过半，是为可知。

巳亥之期年以生，各置其月，复以其名为之，重阴无阳，命自不长。三阴会时会复当，故言巳亥，拘主开藏。亥主西北，巳主东南，所向所为，少得其宜，治生难以进，寿难以长。

故言十文转相通[⑮]，十干名功，复宜天算，计其短长，相推为命，天之行何得自从？故今大德之人并领其文，籍系星宿，命在天曹[⑯]。外内有簿，上下八方，皆有文理，何得自从？

人不得其数，反言何负于天。行善可尽年命，行恶失长就短，恶恶不止，祸及未生，何可希望？行自得之！其命亦薄，不尽其算。阁在天上[⑰]，以遗善人，可戒子孙慎之。反正悔过，可复竟年，各自分明，计其所为，勿怨天神。努力为善，子孙延年，不者自在[⑱]，可无怨天。复小正复念，其后复疑者，当平之矣。

---

①奉述：承奉循行。

②四维：指东北、东南、西南、西北四方。且：事项。系命：持命。

③司候：指司命神和候神。候神即监视之神。

④王相：阴阳五行家语，指降生的吉日。

⑤三土：指年支、地支、日支都是土行。

⑥作已钱：得个不赔不赚的价码。

⑦衡：指辰戌形成互对位上的地支相冲。衡伍：指辰戌虽位置相冲但处于同列。

⑧天戊日：天干为戊的那一日。岁生：年日相合。

⑨府：庇护所。

⑩直：身值，命该。

⑪日月相直：此指日支、月支都属土行。

⑫清洁：指虎年出生，命在木行的人要清身净性。

⑬三寅合生：指寅年、寅月、寅日降生。

⑭忽荒：随便。厌（yā，压）：指厌胜，古代的一种巫术，谓能以诅咒制服人或物。

⑮十文：百分之百灵验的太阳化生神文。名功：指支配万物生、长、化、收、藏的全过程和再循环，以至无穷。

⑯天曹：天庭所设掌管世人寿籍的机构。

⑰阁：指收藏长寿和未来神仙簿的处所。

⑱自在：自我放纵。

善仁人自贵年在寿曹诀

第一百八十二

惟太上善人之为行也，乃预知天地表里，出入阴阳，道其纲纪，发中念之，不忘其理。顺天而行，不敢有疑，用是得成，奉天大施[①]。思念在身，行无愆负[②]，微禀自然，数见戒，前后可知。

人自犯之，亦无所怨。从古以来，小有信人，信欲相欺，不念其后，故令天地瞑怒殊不止。圣人有知自悔耳，天知之教之。不用人言，反恶意相视，谏之不用，但欲自可，此人无知，甚于畜产[③]。用是之故，故自责过，负安从起？日夜思人[④]，不解行所负，何所怨咎？但自无状[⑤]，不计其咎，妄为不当行，不承大教，而反自在，自令命短，何所怨咎？

时念上古得仙度世之人，何从起念之？见书皆言忠孝，敬事父母，兄弟和睦，无有表里，上下合同，知天禁。神主为理，白其过失，无有休止，修身自省，既得生耳。

受命有期，安得自在？念之心痛，泪下沾衣，无有解已，日惜年命，恐不得寿。见长命之人问之，言有忠孝，不失天地之心意，助四时生，助五行成，不敢毁当生之物。为善不行侵人，无所欺抵[⑥]，诚信不敢有所负。行成于人众，不敢失于亲而亏闾里[⑦]，出辄相报，其以时还，未曾大醉卧于市里。贤知相随，不顾愚子，念恩于天地，不敢望报，自责而已。

复有过失，承负所起，自责有岁数，乃感动耳。生俗多过负，了无有解，已愁毒而行，不知所止。每见人有过，复还责已，不知安错[⑧]，思见义文及其善戒[⑨]，禄命侥幸。逢天大神戒书文，反覆思计，念之过多，无有解已。叩头自搏而啼呜[⑩]，有身不能自正，而反多怨。禁书致重，而自触之，致命不寿，晨夜自悔。冀复小久，不敢施恶，更念当行恩德布施，蒙得其理，无有恶言，但见泪耳，感伤于心。天神闻知，来下言，此人为谁，何一悲楚。窥见大德之人，延命久长在，问之，言此但行应天心，合地意，是故得寿耳。还归靖舍念之，如太上德人之言，以故自省也。

使神见自责悔人[⑪]，还上天道，言有悔过人啼泪而行，未曾有止时，恐见不活，以故自责。大神闻知，言天君常敕诸神曰，有功善之人，为忠孝顺，所言进独其人也。因白天君，天君言："闻知此人自责悔过，有岁数也。此本俗人耳，而自责过无解已，更为上善人也。大神数往占视之，知行何如，有善意欲进者，且著命年在寿曹，观其所为，乃得复补不足[⑫]。"

大神言："此人有自责大久，承负除解，请须有阙上补，名为太上善人，可以报下不及者。"天君言："太上善人之行，必当如其言。大神数敕之，护视成神上之，皆须其年数，勿侵也。"大神言："此人本无籍文也，得敕在寿曹，请须上阙，补以年次，不相逾越。"天君言："得次补缺之日数，上其姓名，勿失期。"大神唯唯。

惟太上仁人为行也，乃积功累行于天。天乃听信，使助东星布置当生之物[⑬]，华实以给民食，使得温饱，形身长大，展转相养，阴阳接会，男女成形，老小相次，禀命于天数。

于星二十八宿[⑭]，展转相成，日月照察不得脱，更直相生，何有解息？但人不知，以为各自主名[⑮]，虽有主，更相检持。所以然者，人命有短长，春秋冬夏，更有生死无常，故使相主，移转相问[16]，寿算增减，转相付授。故言四时五行、日月星宿皆持命[17]，善者增加，恶者自退去，计过大小，自有法常。案法如行，有何脱者？天上地下，相承如表里，复置诸神并相使。故言天君敕命曹，各各相移，更为直符[18]，不得小私，从上占下，何得有失？

有性之人[19]，自无恶意，虽有小恶，还悔其事，过则除解。有文书常入之籍，恶者付下曹，善者白善，恶者白恶，吉凶之神，各各自随所人。恶能自悔，转名在善曹中，善为恶，复移在恶曹，何有解息？地上之生人中，有胎未生，名姓在不死之录。年满行成，生者摄录[20]，令有保者乃上之。所以然者，其寿难待，重之，故令保者[21]，过并责。以是故，自不忠孝顺无功者，皆无保任者，但为生先祖绩[22]，使有祀耳。殊为恶不止，何有得后生食者乎？

食粪之人[23]，亦安从得与天大神久共事乎？粪中之有应天书度者？天遣神教之，岁月旦满，敕天大仓守神，断有形之物，禀天大仓气食消化[24]，令轻化神灵，出窈入冥，乃上姓名。不在簿中，何有求生？人安从知之？

人自善，无失天心，大神动其心，使乐为生道。俗人自贪之[25]，所以然者，自行恶，无一善，时但贪好衣，车乘相随，自得不满之命，天地亦不夺其愿也。恶人亦不得久视天日月星宿也，当归长夜，何得久在？此人不得自师为善者[26]，天知为恶，可久前？故使食有形之食，故藏土下，主为地神，使不得复生。故以书相示，令知之耳。

或有尸解分形，骨体以分，尸在，一身精神为人[27]，尸使人见之，皆言已死，后有知者，见其在也，此尸解人也。久久有岁数，次上为白日升天者。使有岁数，功多成，更生光照，助天神周遍。复还止云中，所部界皆有尸解仙人、主知人鬼者。有道之家其去者，得封为鬼之尊者，名为地灵祇亦得带紫艾青黄[28]。所主有上下，转有所至，为恶闻得片，退与鬼为伍。知之乎？故言死生异路，安得相比。行，辞小复息[29]，念其后遗脱不足者，当说之。

惟太上善人之为行也，乃表知天地当行之事，各有所主，各有其辞，各修其事，各成其神，各立其功，各行其忠，各理其文，各布施于人，各道其进，各得天地腹心，各不失四时五行之生成，乃应太上善之人，是天之信，地所保，皆得中和之心腹。

知人情，出入内外，承令而行，不敢失大圣之人意，下不敢犯诸神所禁。常念成人，使乐为善人，令得天心地意，从表定里，成功于身，使得长生，在不死之籍，得与大神从事对职。却知是非，忠诚于天，照见日月星宿，不失法度，不失志意。常生贪活，思奉承天化，复知地理，心乃欢喜，复知吉凶之籍，存亡之事，欲与自然同其路。行少恶贪，见大神之戒，闵伤未知，照其不逮[30]，使及长生之录。见天君蒙其生活，久在不死之籍，行天上之事，下通地理，所照见所闻，目明耳聪，远知无极去来之事，文书通辞，复知要妙，是太上善人之愿也。

唯天上大神照知指愿，贪慕自然表纪，合生气而行，无有穷已。常言天不夺人愿，地不夺人所安[31]，是自然不敢有毛发之系，而烦苦诸神深记文墨也。日夜思念过负，恐有不称太上君之意[32]。何惜何爱，而不尽忠诚孝顺乎？当自言被受恩施，得荣华，不望报，天心重爱，但自过责，少所贯也。唯大神原之，戒之不及，恋慕之不敢自远。常独念恩不报，罪还著身，恐不辞解，但恻怛而已[33]。虽见原省，使得自思念所负。

大神言："太上善之人思过自责，文辞逢出上闻，是其文辞延及也，但恐不知所言耳。天信尤善尊之，可至无极之寿，宜当复遥心勿忘天所生大施之分。太上之君善之，言生自命好生[34]，不顾财色，见活之人，常思与同久。""何时当妄行不道？无心之意不报重恩乎？但自惜年生以来，不见大分耳。唯蒙恩教戒，使知分理，当言知命，不怨天，不敢自怨而妨活也。心相加，当有贪时邪？但自恐年命穷尽，不见天之大施分部耶！唯复敕戒愚蒙之生，使有知虑，为大恩，非辞所报也。但克心念，常在于内，不忘其饥渴，求戒见活，唯蒙原省。"

大神言："我本从诸神自进于天君，无有小失助天地有功之谕，上籍在。天君，何时当相忘乎？请白生辞令，自责有岁数，贪慕天化，其人在录籍与不。"天君言："自责之人，皆于自然，亦神所资善也。使主案天文籍之人视之㉟，有自责，乃白生籍神。""使敕视文，文案籍有此人。"天君言："人有生自行善，不犯所禁，是人行之所致也。大神且复详，须施行，有缺上名。"

大神言："从太初以来，诸神有功得天心意者见进，颇有空阙。有其人所行，当备上姓名。"天君言："所部职多烦㊱，计功除过，使其更勿违所言。"大神言："此太上人自随正，过负尤少。"天君言："复念之，有未称举者，责保信，上之补阙。"天君言："是曹之事，不可不谛也㊲。"大神言："请如辞所言，未能百日，天上诸神争保上之，大神白意。"天君言："如是，各使可使，使往视事，遂复见重，信者补真㊳。"

大神言："请遣使神，取召上之，先化形容。神使往化，成精光耀多。"大神言："取白天君言，人已化成神，上在于门外未入。"天君言："使诣主者曹㊴，谒之大神言，大神所白。""唯唯"，"请属所白。如言，宜遂观望其行。"天君言："当如大神所白。"

---

①大施：大分之施，即延年益命。

②愆负：指承负，意即犯了错误，殃及后世。

③畜产：积聚财产。此经认为天地之间，寿命为最贵，有财不应聚敛而应倾囊求道长生。

④思人：想着谋取他人之利。

⑤无状：罪过无可名状。

⑥欺抵：你骗我，我再骗你。

⑦闾里：古称乡里为闾里，指周围的人。

⑧安错：错，通"措"，即安放，安排。

⑨义文：指被奉为准则的天文。侥幸：这里指渴望能够意外地名列属于升仙或长寿之人的名册中。

⑩自搏：捶胸顿足。

⑪使神：奉命对人进行监视的神灵。

⑫补：补授。不足：指空缺的神职神位。

⑬东星：指东方，孕育万物之所。

⑭二十八宿（xiù，绣）：古人用作观测日月五星运行坐标的二十八组恒星，它分东、西、南、北四宫，每宫七宿。名宿有其各自之职责。

⑮主名：执领自己的名义，即日归日，月归月，星归星。

⑯ 移：旧时公文的一种，行于不相统属的官署间，这里则被用来附会天庭制度。

⑰持命：操纵人命。

⑱直符：值班。符，这里指天庭发放的巡察凭证。

⑲有性：即具备仁义礼智信五常之性。

⑳摄录：收取姓名。

㉑保者：指担保人，由神灵充当。

㉒生先祖绩：赖有先祖的功绩庇佑。祀：指祭享奉祀的后人。

㉓食粪之人：指奉行食粪饮小便这类邪术的人。

㉔大仓：即太仓，指天庭储谷之所。

㉕自贪：空自妄想。

㉖自师：自我效法。

㉗一身精神：指体内众精神和众神灵。为人：化作仙人。

㉘紫艾青黄：标志官位品级的系印授带。

㉙小复息：暂且告一段落。

㉚不逮：不及，不明之处。

㉛安：安于，所认定的。

㉜太上君：指天君。

㉝恻怛（dá，达）：凄恻悲苦。

㉞生：对求学者的总称。

㉟主案：主要负责。生籍神：指掌管不死之灵的神灵。

㊱部职：设置的神灵职位。

㊲谛：谨慎小心，仔细。

㊳真：有实权的神职神位。

㊴主者曹：指天庭所设的寿曹。

有知人思慕与大神相见诀第一百八十三

惟太上有知之人，乃预知天上之事，当所施为，当所奉行。事出自然元气，相加得成熟[①]，了然可知。变化其心，使成自然，在其所为，故有知。乃知表里出人，所以，莫不得成就，莫不成其所，莫不变化有时。钦仰威神[②]，以成其功，以名其德。常不离忠信，未尝有解，昼夜悲惶，不离于内，倾侧思慕贪成，得与大神相见。谈语通辞，行其所道，进其所知。常思成功，有恩于神，益寿增年。故令有知，从内视外，何所不知，何所不见，见心了了。

念但贪长生活之道，思得驾乘[③]，为大神奉使。在其所至，不敢还言，应时如到，思得心开。受神之言，如神所为，知神所行，务以自信，乃敢前言，欲求蒙得见活而已。不敢求大职[④]。见哀而已。虽见存亡之事，内心惶恐，被受大教，辄当行通，施恩布惠，有益于上，有益于人，著名录籍，常在不死之位，心乃欣然嬉思，尽功于天君所。

积之有岁，乃前语言："唯蒙大神，通其不足，知所辞辞大，故以贪进，受其乙密，征营门阍，不敢自息，欲得教戒，禀其不及。愿得省察，不逆所言，使须戒敕。"大神之言："太上有知之人，自多所照见，但为示能悉知天之部界耳，悉何所戒。天上之神，皆照之。太上有知之人言也，但为欲知所语、所道、所行与耳，何所嫌疑乎？天君言，常敕诸神有欲忠孝诚信有功之人，进上姓名。是太上有知之人，禄相所贪，故以心自明是也，但恐文辞笔墨自言耳[⑤]，亦何惜爱天上之教戒乎？常言苦无应书者，恐外内不相副也。如欲进其知虑，广问深达，是亦当所知也。行，其听大神所言。天有重戒，不可不慎，不可不敬，不可不畏，乃可。诚所戒众多，当知其要，且复开耳目用心。""唯唯。"

"然，从中出，天上大戒，诸欲见进求生久活者，宜当进其所知。有知不言，如听，是为无自进之心也[⑥]。心有知思，思当进见。其中有志[⑦]，当进见其志；有诚，当进见其诚；有孝，当进见其孝，乃为得天之腹心，不可不悉进也。天君预知人情，不可有不进，而不进道说之也。隐如藏能，天恶此人，使不见寿籍，为知不乎？不但不见寿籍也，亡失先精，去离身中，亡其年，可不慎乎？太上有知之人！所以然者，天君知有知无知，其自知之，何有疑也？但详念神言，勿负于言而已。"

太上有知之人言："自下愚强问不及，欲蒙得所不知，何敢隐知藏能？使天君诸神闻知，更为亡命失年，寿不久长，是过祸之根。灭身未足报谢，何敢有进，而乎？唯诸大神照原其不及逮者[⑧]。"大神言："求生恶死之人，亦自有心志意不可也，恐有迷时。"生言："自分不知戒文也。而被大神恩贷，教之乃如是，何敢自息，而不进所知所言乎？唯大神录前不耳[⑨]。"大神言："相前不易，辄有保者有信，可天君心意，乃可望生耳。当谛之。”“生诚贪生，故尽其忠诚，不敢解息，思过自责，何敢失日夜乎？”

天君闻知，言：“此太上有知之人言也。乃知是。案簿文，有此人姓名，有阙备。敕生籍之神，案籍藉有此人；虽有姓名，自善多知，须年满，勿失其年月神[⑩]。”“唯唯。”

①相加：阳施阴化。

②威神：灵威之神。

③驾乘：驾乘精气。

④大职：指显赫重要的神职神位。

⑤文辞笔墨：指神灵对世人的善恶的记录与禀报。

⑥如听：和不听神戒一样。

⑦志：忠顺于天的心志。

⑧照原：照知体恤。

⑨录前：上姓名于不死之录籍。

⑩神：此处指生籍之神。

有心之人积行补真诀第一百八十四

惟太上有心之人，各知分部[①]，各自有所道，自有所行，自有所奉，自有所进，自有所白，自有所言，自有所至，自有所动。心不系于内，常思尽忠信孝。诚有功于天，积行累岁，未曾有解，而忘恩分。常念贪生，得于上众神所佑，不敢施有小分[②]，常怀怖心，未曾自安，思得太上之戒，以全其命，何敢有望大分之施。

唯诸大神，宜小顾照不及，心常恋念太上之事，当所奉行，规矩绳墨，见信自然，窥望四境，通达四隅。承天所知，表通未然，心念大神之疏相通文，所进所白，不敢自以心意评之，常与诸神集议，可承用与不，常恐不得神心腹。

自惟本素无舛之人也[③]，如自发中思慕，常在不害之命，全身前，贪其光耀，上及无精无形之音声，洞达太上奉使进，不敢忘有解而妨大化。唯诸神省其贪生，不敢去离大神左侧。见戒，心开目明，欲在久长之文，增年寿，思进有功，以身躬亲，不敢自信而擅道曲直[④]，争其不足也。望上之人常汲汲，唯哀照戒之，恩爱念何有解时？心想日夜相见，贪知防禁之失，以动其心，使还见其不逮及者，是非文辞口言所报，唯蒙见省念，贯于心鬲。

大神言：“是太上有心之人，亦当所宜行也。求蒙天重戒防禁，自有知之人本素自了晓，分别其理，何所道戒乎？持心射心，亦无间私[⑤]。从上占下，悉自知所主。今太上有心之人，天之亲近，天神所信，但当持心意，常恐惶不失耳。余者自有心所知，努力传达广问，勿失所言。有知之人多所分明，但恐当时有不如言耳，何嫌不相白说？其人有心，自思愆负也。平但念其前后，寿自从中出，与天君心相应也。余少戒。”

有心之人言：“生本末草野之人，见有久生、老化复丁光景，滋液出入无有失[⑥]，未见其失。学者众多，得者少无其人。所以然者，持心不致密，而轻所言，禄策不宜，故令希少。今生见是前行之事，益复改正易节，开心相留耳。欲开音声善闻，贪寿惜年，以是不敢解息，唯大神省其不及。”大神言：“有心之人，当赐录籍，请案曹簿，有姓名者白天君，大神不得自从也。”生言：“唯大神照议之耳，不敢自远，倾侧在外，必身自效。”大神言：“请持有心之人白之，有报名籍者，何嫌相应也。”生言：“唯大神相白，成就之日，以死命自效，何须望还报。”

大神以事白，天君言：“太上有心之人，皆持心坚密，志常贪上有信，敕主者之神察之；有其人者，进白大神。”敕主察之，言有此人姓名牒文者[⑦]，此人未生时，预有姓名。大神还白曰：“此人未生有籍，唯太上之恩耳。”天君言：“有录籍之人，当见升，自责承负，大神遣大神除承负之数[⑧]，教化其心，变化成神，年满上进。”

大神言：“此人年满，算计过期且百日，前未有定，故且止。”天君言：“敕大神且上，令在间职，有真阙使补之[⑨]。殊能竭精尽志，知除兼行。”大神言：“请上，如天君所言，复精实寿计算[⑩]，明者当在白日升天中。”天君言：“是有心之人所宜也，欲令有所主。”大神唯唯，请敕正者，故事承本文[⑪]。大神言：“以升曹白，谒见者白。”大神言：“请敕主者曹。”主者既白：“使署间职，有真阙使补。”天君言：“如曹所白。”

右天上见善、事当藏匿与不、吉凶所致。

---

①分部：指天庭神灵的部署区分。

②小分：略得延年。

③舛（chuǎn，喘）：违背。

④信：通“伸”，据理分辩。

⑤间私：丝毫的私心。

⑥末草野：指民间。滋液：中和协调精液。

⑦牒文：谱列之文。

⑧大神：指九君之一。

⑨真阙：此处指有实权的职位。

⑩精实：精确地核实。

⑪故事：旧有的惯例制度。

太平经卷一百十二

庚部之十

贪财色灾及胞中诫第一百八十五

古者无形之神人也，学求生道也[①]，乃上与委气同愿，念思常慕得长活之寿，思念不敢失委气之意。昏定晨省，恋牢贪生，常在不忘。时自视顾望，尽忠贞之至，奉承随委气之愿，使得上行，明彻昭然，闻四方不见之物，希声之音，出入上下，皆有法度。群神精气，莫不自来侍，奉承颜色，恐失其意系所属，皆有惧心。衣履转成[②]，合怀施惠，布恩上下，流闻四方六极八表之外，延及先生[③]。

各加善恶厚薄之失。大恩所覆，敬承奉命，乃感动星曜。无极之赀，无极之德，选取贞良，以自障隐[④]，其愿得达，心自佑畅[⑤]。蒙得生无赀之寿，恬淡少文，躯自念全，何有懈息。人不得知我，我亦不闻无禄无功，何因得上与委气同陈。用是自惜自爱自养，及尤稚布施周遍，何有不蒙者乎？

但自惟出入天地中和之间，照达日月星辰，取明于前，二十八宿更直察民，用有支干，吉凶有文。但人少知，自以为贤，动作行止，既无益于天，祸罚触禁，上至灭门，绝世无续，先祖无祠，岂祗命不久全，奈此人何！

奉行不承古文，自以不犯鬼神，是乃三气不和，亦有命厚薄。不能悉深念祸殃，故遣三气神往敕诫之。用谏者善，不善者自期至地之下，殃流子孙。天命之为，不顺，施恶废善，何可久存？皇上所不欲见，急断其年，人不自知，反怨苍天，天何时相冤？人自求之。殊无知虑，犬羊之命，何可久遇，与禽同罗，触犯其纲，贪食害躯，群辈相随，不惜其年。其中有知，乃出于四境不害之乡，是独何得，亦中命自然[6]。虽处无人之间，是命所全。世少报者，时世命然，痛哉！奈何自言何负于天？

先古之人[7]，万无一人相得，其贪财色，不顾有患，灾及胞中，不见日月星，何惜痛乎？自遗不完，命与土连，穷哉此人！亦有比等[8]，草木禽兽亦然。不思自正端正意，无妄有恶言，上有神记下无灵[9]，上无隐匿，其主坐焉。各当努力，求得戒敕。神灵之旨，吉凶之会，何有不报者乎？

故敕神人，为民施防禁，使得见生死之忌。生者阳气所加，录籍有真神仙录，有过退焉。阴气所加，辄在死部。熟念惟思，无失天网，下及地理，当知人情，出入表里，可进可退，无遣人咎，各得增年，延及子孙。

得戒之后，重慎其言，为恶在下，上所不顾。俗世之人，少孝少忠，贪慕所好，劫夺取非[10]，其有杀心，不离口吻，何望活哉？会有殃咎，早与晚耳。奉承天文，神灵所记，致当远之，不可自试，试生得生，试死得死，会死不疑，故复丁字，反覆语之，勿与无知，有小异言。长生之道，近在三神[11]，三气合成乃为人。不成，离散为土在瓦石，同底破碎，在不见之处，不得与全完为比[12]。

三命之神[13]，近在心间，何惜何爱。反贪形残，都市示众，何时生还。父母怜念，妻子被患，疏亲快之，比邻恨其晚死，流后生。能自正为善，历得复长[14]，至诚所加，物有自然。致慎内外，阴阳之间，四时生成，无得毁焉。天上地下中和之间，皆自有主，为有知之人作相之法所抵[15]。思生者，与天道同愿，恶者自亡年，可不慎哉！

神人之言，皆受天应，不得自怨。延命之期，上及为善，竟其天年，恶下入黄泉。思之思之勿妄传，恶者之人传得恶，被其患，死生异处，无敢有言。行不善，自勿怨，他人辄有注录之者，无所复怨。读书知意，戒慎神书，精物鬼使，皆有所因。有命家得见此文，慎无自伤，抵欺善人，天减人命。得疾有病，不须求助，烦医苦巫，录籍当断，何所复疑？谛之念之，思之惟之，可无被患，患祸一及，不复救焉。

真人持此书以示愚蒙，自改为善，勿恶书言。前后所说，皆复重焉。所以然者，死生易命，不语其禁令，无从得存，□□自然。唯当知真心意好文，当知所言，故使守一身躯，竟其天年，守一思过，复得延期。

天道亿万，少得其真，河图洛书，废者众多。所以然者，不信其文，少得仙度，便为俗人。今故因三神人之师，复感动其心者，神灵附人，不欲令地气召之致。详念思惟其意，勿疑此文重复，神人之师，被受天教，故因有录籍之人，通达书意。

---

①生道：指长生久视之道。

②衣履：指所到之处。

③先生：自家祖先。

④障隐：此指化人成仙后则功成身退。

⑤佑畅：为能祐助世人而感到畅快。

⑥中命：应中禄命。

⑦先古：先死。死曰作古。

⑧比等：对比的对象。

⑨神记：神灵对人善恶的祥细记载。灵：指逃避的妙策。

⑩非：不正当得来之物。

⑪三神：指上文所谓三气之神和下文三命之神。

⑫全完：全命完身之人。

⑬三命：指三统之命，即天生好道者命属天，地生好德者命属地，人生好仁者命属人。

⑭历：指历纪，即年命。

⑮作相之法：制作占相吉凶的定法。

七十二色死尸诫第一百八十六

天有四维，地有四维，故有日月相传推。星有度数[①]，照察是非。人有贵贱，寿命有长短，各禀命六甲。生有早晚，禄相当直，善恶异处，不失铢分。俗人不知，反谓无真。

和合神灵，乃得称人；得神灵腹心，乃可为人君。日时有应，分在所部。得天应者，天神举之；得地应者，地神养之；得中和应者，人鬼佑之。得善应善，善自相称举[②]；得恶应恶，恶自相从，皆有根本，上下周遍。山海诸通之水，各有部界，各各欲得性善不逆之人，以为户民。陆地之神，亦欲得善人。各施禁忌，上通于天，为恶犯之，自致不存。大恶之家，无大小，鬼神所憎，但可自正，勿非谤神。天道地道人道，禁不空。善神精气，尚能假人[③]，恶者不失其文，辄举上白。积过众多，太阴主状[④]，当直法轻重，皆簿领过。

人不自知，以为无他。太阳明堂，录籍数通，复得部主，神亦数通。天神部上死亡，减年灭人世，不可详念重。其善致善，恶自归其身。及治生，天知少智，故为施善恶救命之文，以戒前后，勿轻恶言，以为谈首，动作进退，辄有殃咎。故下此文以示子，使思其意，使无自怨。

朝廷尉设法[⑤]，人自犯之，勿恨主者，恨之命簿不得久生。会欲杀人，簿领为证验。乃令入土，辄见考治，文书相关[⑥]，何有脱者？努力远恶，无以为伍，可小活，竟年之寿。不忠疾苦，虽为狂邪所击，会有活者。天上禁神法令，亦如中和地下，四流傍行，皆同法象，何有疑者。生人有功于天，子孙为凶，辄除算，当死不死，算尽之后，亦无望其生。

君国子民，当为教道，导其善恶，务得情实。无夭人命，绝人世类，刑从其刑，数见贤智，以为首尾[⑦]。威神著君，神勿加暴。前书已有言，复宜重之，君父得以迁延及后，永生滋震[⑧]。慎无贪杀，当时自可，后被其患。吏无大小，正卒因缘[⑨]，宜明其事，勿为民之所患。殊能敬好道德仁恩，与天合德，与地同意，与中和有益，思与善神灵相睹，各有其信，勿欺愚者。

长生求活，可无自苦愁毒[⑩]。思行天上之事，神灵所举，可得仙度久生，长与日月星辰相睹，是天之大恩，宜勿有小不善，亦复遣下。作恶不止，久灭人户，故复申敕，既无犯者，犯者各为薄命少年。人欲为非，当为说解其愚迷，使不逢凶。常时不用人言，后复自悔，谈者之福也。星宿视人，不可为非，当各有所白，善者命长不复疑。教戒后生，可给先祖享，不者自亡其名。

无犯天禁，无犯地刑[⑪]，四时奉顺，无有杀名。五行所成，宜各自守，无有恶名。勿轻上下，皆更相主，令无卒无暴，乃有显名。思念在心，慎离其形，精神离散，邪鬼惊人。念以自全，无忘其名，各自有喜，务道求善，增年益寿，亦可长生，慎之慎之！勿枉行刑，初虽劳意[12]，后被其荣。师有善恶，念本成末[13]，弟子不顺，亦亡其名，不得仙度。犯土刑神，所以增恶，不得受生，慎之复慎。

一身之内，神光自生，内外为一，动作言顺，无失诚信。五神在内，知之短长，不可轻犯，辄有文章[14]。小有过失，上白明堂，形神拘系，考问所为，重者不失[15]，轻者减年。神不白举，后坐其人[16]，亦有法刑。非但生人所为，精神鬼物亦如是。

古者知不敢犯之人神数下，历之于天地人，无功亦无望其报。贤圣之心当照其书卷，卷有戒谶，恶人为逆。贪生者，天之所佑；贪养者，地之所助；贪仁者，人共爱之。过此而为恶，必得贼。天知其恶，故使凶神精鬼物待之，入人身中，外流四肢、头面、腹背、胸胁七政，上白明堂，七十二色为见[17]，是死之尸也。

五藏有病，其去有期。慎饮食，无为风寒所犯，随德出入，是竟年之寿。天贪人生，地贪人养，人贪人施，为恶其祸不救。故以天书告，令敕民无犯所禁。天气因人出辞，宜各洗去不纯之行。慎之勿忘，后将有喜，不者不须复存，□□如言。

---

①度数：此指星宿在天体中的位置。

②称举：称赞推举。

③假人：给人以佑助。

④主状：审理罪状。

⑤廷尉：汉代九卿之一，掌刑狱。

⑥考治：勘问惩治。即受阴曹地狱的折磨。关：通报。

⑦世类：家族的世代传续。首尾：前后一致。

⑧滋震：以中和气质震服天下的人。

⑨因缘：依缘，指按章程办事。

⑩毒：指程度极甚。

⑪地刑：地神对世人的惩罚。

⑫劳意：此指在教化上费心思。

⑬念本成末：即舍本逐末。

⑭文章：此处指人脸上显现的颜色。

⑮不失：逃不脱天法的处置。

⑯其人：指那些隐匿不报的神灵。

⑰七十二色：指人面部所呈现的七十二种气色。

写书不用徒自苦诫第一百八十七

古者神圣之言，不失纲纪，自有法度。无知之人各戒此，戒尤深彻生。过罚轻重，皆从人起，非但空虚，辄有所受。天性自然，不可欺矣。熟念无置，行成天神矣。变化有时①，不失纲纪，四时之气，不可犯矣。辄有精神，无复疏矣②。

以为不白，天以占之，神为之使，不妄白上，乃得活耳③。不者罚谪卖菜都市，不得受取④，面目为丑，人所轻贱，众人所鄙。过重谪深，四十年矣，乃得复上为诸神使，中者三十，下者其十。夺其所主，各有分理，能复易心自责，可复长久。勿易天言，自遗其咎，可不熟念？

为后仙士，计虑深浅，咎自在己，无怨神言。出入表里，慎无误失，详谛所受，被天奉使，不可自在，当辄承命，不可留久，辄有责问，不顷时矣。过重使退，地记所受，姓名如牒，不得留止[⑤]，处有空缺，下人补矣。所以然者，中心尽神仙尚退，何况愚士？自是之后，可无犯矣。

天责人过，鬼神为使，不如天教，辄见殃咎，不须鞭笞，行自得之耳。以为不然，见为所疑，不得久在，故复有言，所戒慎矣。不效俗人，以酒肉相和复止，仙道至重，故语人矣。有命当存，神神相使，乘云驾龙，周遍乃止。天有教令，当复行矣。无失法则，枉疏记，为置证左，不宜自服[⑥]。天亦止息[⑦]，各受其罚，可无怨矣。

为神所白，无妄犯。天下地上中和之子，各不自敬，无怨天咎地。上下相留，亦如民法令，辞不情实，为下得怨，亦不留久，天上诸神争道之。何况凡人民，宜自奉承天法，随顺天和。无赀之粮，无赀之衣，有功复进，可主诸同。有所白，岁有定，承文而行，不得有疑。各有所白，不两平相怨[⑧]，同举者有罚，更为贱矣。虽不时下为大神所使，不可神意，便付土主，不得复上。故有空缺，身不处之，是上中下相参加一矣。

行慎此言，亡身之寿，与土相连。土者，非地之土，自亦有凶神业守之，为天土神使，使不如所言，辄见苦矣。神仙尚有过失，民何得自在？故令司命，近在胸心，不离人远人，为精神舍宅。吉凶自在，何须远避？自令扰祸，急不得活。命未尽，算尽之后，远之无益。天下会神，主知存亡，神自有失脱，反受其殃。故令民命，不得复久长。故遣神人，示其文章，得戒止恶，神不上白，尚可须臾。

饮食诸谷，慎无烧山破石，延及草木，折华伤枝，实于市里，金刃加之，茎根俱尽，其母则怒，上白于父，不惜人年。人亦须草自给，但取枯落不滋者，是为顺常。天地生长，如人欲活，何为自恣延及后生？有知之人，可无犯禁，自有为人害者。但仰成事[⑨]，无取幼稚给人食者，命可小长。终竟录籍，无兴兵刃，贼害威劫人命。天命此人，不可久活。恶恶相及，烦苦神灵，精气鬼物，各各不得懈息，是非人过所为邪？

先时为恶，殃咎下及，故令生子，必不良之日；或当怀妊之时，雷电霹雳[⑩]；弦望朔晦，血忌反支，以合阴阳[⑪]，生子不遂，必有祸殃。地气所召，反怨仓狼[⑫]。为恶报恶，何复所望？

不知变易，自职当绝灭无户，死不与众等部[⑬]。吏正卒，此伍特至旷野不洁之处，才得被土，狐犬所食，形骸不收，弃捐道侧，魂神俱苦，适作不息[⑭]。或著草木，六畜所食，何时复生？罚恶赏善人所知，何不自改？天报有功，不与无德。思之思之，赏罚可知。自可死[⑮]，独苦极，善恶之寿当消息，详之慎之，可无见咎。故以重诫，令自悔耳。

吉凶之会，相去万里，故下此文，相敕相诫，勿怨天咎地，善恶当分。其文相录，知恶为善，魂神劳极。愚者不知，故文辞丁宁反覆，展转相告，无为后作生咎。以此自证，复何怨咎？无所复恨，各得其理。此文当传，不得休止，知者减年，愚者自已。写书不用其言，但自苦耳！

---

①变化：变易形体，登化成神。

②疏：指逐条记录世人的善恶。

③活：指监视人的神灵得在天庭存身。

④受取：指赢利。

⑤地记：地府的名册。牒：天庭下达地府的牒文。留上：指天庭的官舍。

⑥自服：自我申辩。

⑦止息：公正处理。

⑧两平：双方取得一致。

⑨成事：指动物发育成熟。

⑩雷电霹雳：古俗以为雷电之时行房事，生子必有瘖聋痴狂等病。

⑪弦望晦朔：弦，月亮半圆时。八日为上弦，二十三日为下弦。望，月亮正圆时。朔，每月初一。晦，月末日，日食在朔，月食在望，日月食和弦望都是房事的忌日，否则有孕，会殃及下一代。血忌：忌日名，指宜杀牲见血的日子。反支：禁忌日。以合阴阳：指夫妻行房事。

⑫仓狼：仓指仓灵星，为岁星的异名。狼指贪狼，为北斗第一星的别称。

⑬等部：相同的地界，即故乡。

⑭适作：被罚作苦役。

⑮自可：自我放纵，随心所欲。

有过死谪作河梁诫第一百八十八

上古之时，神圣先知来事，与天共治，分布四方上下中央，各有部署，秩除高下[①]，上下相望，不肃而成，皆为善，恐有不称，皆同一心。天有教使，奔走而行，以云气为车，驾乘飞龙，神仙从者，自有列行，皆持簿书，不动自齐。恐有所问，动有规矩，得其所行。春行生气[②]，夏成长，秋收，使民得以供祭，冬藏余粮，复使相续，既无解时。神灵之施，莫不被荣，恩及蚑行，草木亦然，是非上之恩邪？

各得自所，食辄令有余，新陈相因，奈何忘之。既得民助，使神不恨[③]，善人辄报，自以当更相给足，天使之然，不可藏匿，令人饥寒。故令有财之家，假贷周贫，与陈归新，使得生成，传乎子孙，神灵佑助，是非大恩布行邪？愚人无知，不肯报谢，自以职当然，反心意不平，强取人物以自荣，无报复之心[④]，不顾患难，自以可竟天年，故复共文。神人真人求善人，能传书文知用，则其人可得延命增寿，益与天地合，共化为神灵。复得驾来，周遍上下中央，流及六方，岂不善哉！何不熟思？无忘于内，神宅所居，动观人所为，不自是，知有及[⑤]，当相承事，去祸就福，不宜有小不称天心也。

天地四时五行众神吏直人命录，可不敬重，念报其恩？不欲为善事，反天神，天神使风雨不调，行气转易，当寒反温，当温反寒。耕种不时，田夫恨怨，不肯为人理之。轻贱诸谷，用食犬猪，田夫便去在有德之国[⑥]。

其处种者少收[⑦]，树木枯落，民无余粮，更相残贼，争胜而已。不念真，后更为贫人，收无所得，相随流客[⑧]。未及贱谷之乡，饥饿道傍，头眩目冥，步行猖狂，不食有日，饿死不见葬，家无大无小，皆被灾殃，反呵罪于天。

其国空虚，仓无储谷，少肉，无储钱，岁岁益剧，无以给朝廷。复除者多，仓库无入，司农被空文[⑨]，无以禀食，夺禄除中[⑩]。国少所用，人民仰国家，而不各施，有难生之期[⑪]，是皆天之所恶也。地不得久养，恶人知不？

真人急以此文，付有德之国，各令自责有知，可复竟其天年。无知与禽兽同，寿不可强得，行自得之，无怨于天。详念书文，常思孝忠信仁施，有过自责，复有子孙，书不空言。

无德之国，天不救护，机衡急疾，日月催促少明。有德之国，机衡为迟，日月有光。是天之所行，机衡日月星，皆当为善明。反便少者，是行之所致，何所怨咎乎？同共天地日月星辰耳，得见天地报信者见其明。五星失度，兵革横行，夷狄内侵，自虏反叛，国遣军师，有命得还，失命不归，是大人之罪也[⑫]。为子不孝，国少忠臣，行不纯，故令相克，卒岁乃止。故施洞极之经，名曰太平。能行者得其福，不者自令极思，聚身无离常[⑬]。报应不枉人，所不者，施恶于人。

常言人无贵无贱，皆天所生，但录籍相命不存耳。爱之慎之念之，慎勿加所不当为，而枉人侵克非有。是天所不报，地所不养，凶神随之，不得久生，乐生。念自令自忽者勿望生[14]，殊无长生之籍，强入神仙，斋家所有，祠祭神灵，求蒙仙度。仙神案簿籍，子无生名，祷祭神，不享食也。走行乞丐，复诸神灵，其神怒之，猛兽所食，骨肉了已，狐狸所啗，不归故乡。同县比庐，反言得仙，殊无信报，何用自明？以是言之，难可分明，当有报信，众人见之，乃为已升。不者苦其刑为，言得略少，其人狂邪可下，反以为真，俱入死部，下归黄泉，不得自从。

有德度者，生时有簿，年满当上，辄有迎者。童蒙无知，何从得往？但费资用，弃家捐身旷野。道自然，人相禄不可强求。倘自苦，不治生养亲[15]，妻子相见为贤士，但恐不孝不忠少信，可得竟年耳，地下无罚乐而已。有余财产，子传孙，亦当给用[16]，无自苦子孙。贤不肖，各自活，无相遗患，是为善行。故记此文示智者，愚人忽之妄怒喜，远罚避患为贤者，三谏不中且可止[17]。天佑善人，不与恶子。各自加慎，勿相怨咎。各为身计，行宜人人有知，无有过负于天。录籍所宜，慎勿强索，索之无益，所以然者，恶逆之人，天不佑也。

无离舍宅及城郭[18]，骨节相连为阡陌，筋主欲生坚城郭，脉主往来为骨络，肉在皮内为脉衣，神在中守，司人善恶。何须远虑，七政司候神门户，求道得生，无离舍宅，变化与神合德，道欲复何索？故置善文于天籍[19]，神仙籍与俗异录，当升之时，主籍之神及保人者来，乃知所部主奉承教化，各有前后，辄当进，有所去[20]，不得自可。众神共治，务取合天心者。

先生之人[21]，皆心明视，无有界意，所行所生，人未知之，皆先天地，变化上下，皆不失其道，神不悉具。乃置纲纪，岁月偏傍，各置左右[22]，星辰分别，各有所主，务进其忠，令使分部。见善当进，见恶当退，何有所疑？行各自力，无为神所误，故得成，得称天君主天之人，辄簿领。亦不失度，部主诸神，故四方，方有孟仲季，更直上下，名为太岁[23]。太阴在后[24]，主知地理。复置四时生成所有，分居于野，有晚早。谷草近人不寿，远人民，然亦复长久。丛社之树小得自矣[25]，易世被诛，延及孙子。所以然者，所居不安，去故就新，神复得还。

人有命树，生天土各过[26]。其春生三月命树桑，夏生三月命树枣李，秋生三月命梓梗，冬生三月命槐柏，此俗人所属也。皆有主树之吏，命且欲尽，其树半生；命尽枯落，主吏伐树，其人安从得活？欲长不死，易改心志，传其树近天门，名曰长生。神吏主之，皆洁静，光泽自生，天之所护神尊荣。但可常无毁名，天有常命，世世被荣，虽不下护，久自知精[27]。所以然者，去俗久远，当行天上之事，不得失脱。诸神相检，如绳以墨，何复自从，故不下耳。宜勿怪之，功劳当见，不与俗等，人以为无益于家，内被其荣，岂不善邪？

故示后生，令心觉悟，出书无藏，岁之有罚。无与佞欺，不孝顺为心，宜皆为不副书言，复见责问，可不慎焉？传当传其人，令可保举，勿犯神书，勿试神言，慎神之辞，皆天报焉。勿轻犯之，后有患，小犯才谪，大过不救。故使诸神更相司，便宜上之。有不实者，当复见治。事当相关，不得私，故使诸神转相检持，今悔其后何须疑。中复为止，亦见考之。不首情实，考后首，便见下。故进止，亦见考之，不者如故，此之谓也。不可轻犯，无所狐疑，神法大重，故当慎之详之，念之思之。长生久活之道，可不重之？故下此文，以示当施补空者，为设善事，辄相承，无有逋亡[28]。为善有功年益长，无所复疑。自然之道何极时，但觉寤转相治，失如铢分辄见疑。

天有倡乐[29]乐诸神，神亦听之。善者有赏，音曲不通亦见治。各自有师，不可无本末不成。皆食天仓，衣司农，寒温易服，亦阳尊阴卑。粗细靡物、金银彩帛、珠玉之宝，各令平均，无有横赐，但为有功者耳，不得无功受天衣食。前文已有言，今为复道，令无怨恨，无所嫌疑，是天重神灵之命也。

岁尽拘校簿上[30]，山海陆地，诸祀丛社，各上所得、不用，不得失脱。舍宅诸守，察民所犯，岁上月簿[31]，司农祠官，当辄转相付文辞。太阴法曹[32]，计所承负，除算减年。算尽之后，召地阴神，并召土府，收取形骸，考其魂神。

当具上簿书，相应不应，主者为有奸私，罚谪随考者轻重。各簿文非天所使，鬼神精物不得病人。辄有因自相检饬，自相发举，有过高至死，上下谪作河梁山海，各随法轻重。各如其事，勿有失脱。各有府县邮亭主者长吏，察之如法，勿枉夭克鬼神精物[33]。如是上下，合通行书[34]，各如旧令。

---

①秩：依职位等级按秩序。肃：整饬，威慑。

②生气：木行之气，生命力。

③使神：指奉命施化的神灵。

④人物：别人的东西。报复：回报天恩。

⑤神宅：指司命等近在胸心的精神宅舍。及：晓悟上天神灵的意旨。

⑥去在：逃离来至。

⑦其处：这里指无德之国。

⑧流客：流浪以至于寄居他乡。

⑨复除者：指由国家正式免除徭役赋税之人。司农：汉代九卿之一，掌管钱谷金帛和国家财政收支。

⑩除中：裁减二千石官员。中，指中二千石，为汉代官职品役之一。

⑪难生之期：在灾难中幸得生存的希望。

⑫大人：此指重臣。

⑬常：指不可改变的常道。

⑭自令自忽：我行我素。

⑮治生：谋生积财。

⑯给用：施舍给别人用。

⑰三谏：即对智者、愚人、贤者的规谏。

⑱舍宅：指人体内外的精灵与神灵的寄居之所。主指五脏六腑。城郭：指人与精灵结为一体，形同却灾致寿的城郭。

⑲善文：善人的花名册。

⑳去：贬去行为有过失的人。

㉑先生之人：指上古神圣之人。界：介入不善圈子。

㉒偏傍：指日月的交替出没和运行。左右：指春夏秋冬、昼夜及前半月、后半月。左属阳，右属阴。

㉓太岁：本为古代天文学家假设的与木星运行方向相反的理想天体，用以纪年。后被术数家说成岁神。

㉔太阴：神名，为太岁后三辰。

㉕从社：为聚集群神而共祀的土地庙宇。

㉖命树：代表本命所属的树木。各过：各自所经历的时空段。

㉗知精：心智精明洞彻。

㉘逋亡：拖延不做。

㉙倡乐：歌舞伎工。

㉚拘校：会集核校。

㉛月簿：每月所汇总的善恶文薄。祠官：天庭监管世人祭祀情况的官署。

㉜法曹：汉制，廷尉掌刑狱。

㉝夭克：中途克杀。

㉞行书：指考核世人善恶的往来公文。

衣履欲好诫第一百八十九

自古及今，各有分部，上下傍行，有所受取，辄如绳墨不失，何有不睹死生之决？各且自慎，勿犯神灵，各如其职，慎勿忽忘命。可疏记，善者当上，恶者当退，吉凶之会，各其所愿。但可顺从，不得逆意，心意不端，反怨神使，行自得之，何所怨仇？

人有难化，知有不足，皆被其殃。枉行所不及，反自誉满口出。人事殊无知虑，而见当前，不顾其后，合祸离爱[①]。谤讪善人，以天亡上，地不在下，不知鬼神有疏记之者。解人怨仇，多施酒脯，甘美自恣，当时为可，后为人所语。轻口骂詈[②]，咒诅不道，诈伪诽谤。盗人妇女，日夜司候。邀取便者[③]，卖以自食。衣履欲好，竞行斗辩。不从道理，欲得生活，何从得久？

愚人可为名恶子，长吏闻知，属吏捕取，急刑其身，祸及亲疏，并得其咎。贫当自力，无为摇手，此人命簿，生所禀受，恶鬼随之，安得留久。此辈众多有前后，会当相得不中止。所以言者，恶鬼所取，慎之小差[④]，不慎自已。

恶不可施，人所怨咎，当时自可，不念其后，见戒当止，可复小生[⑤]，竟其余算。有故记善恶寿所起，增年之期，要当善矣。不见贤圣知虑有余，念生恶死，上及仙士，寿可长年？何为弃世，殃流从生，胞中之子反言我同从父母生耳？是皆怨天咎地，言恶当别，不可杂厕[⑥]，清浊分离，如君与奴使。故得行大道者生，不行为土。古今相似，亦有善，亦有恶，世世相传未尝止，多与少耳。天知多逆，故出此文重之耳。知戒之后，可无有疑，十百相应[⑦]，何有脱时？

---

①爱：远离天庭对人命的惜爱。

②语：非议。詈：责骂。

③邀取：劫取。便者：这里指货物。

④小差：勉强还可以，这里指竟其天年。

⑤小生：稍微多活些年岁。

⑥厕：放置。

⑦十百相应：百分之百的灵验。

不忘诫长得福诀第一百九十

惟天地亦因始初[①]，乃成精神，奉承自然，生成所化，莫不得荣。因有部署，日月星辰，机衡司候[②]，并使五星，各执其方，各行其事。云雨布施，民忧司农事。元气归留，诸谷草木、蚑行喘息蠕动，皆含元气，飞鸟步兽水中生亦然，使民得用奉祀及自食。但取作害者以自给[③]，牛马骡驴不任用者，以给天，下至地祇有余，集共享食。勿杀任用者、少齿者，是天所行，神灵所仰也。

万民愚戆，恣意杀伤，或怀妊胞中，当生反死，此为绝命以给人口。当死之时，皆恐惧近，知不见活。故天诫矜之，怜愍为施防禁[④]，犯者坐之。六畜尚去明爱，不忍中伤，人反不自惜更为贼虏[⑤]。所取非一，妄行金刃，杀人不坐也[⑥]。虽不即诛者，天积其过，杀败不止，灭尸下流未生[⑦]，是者亦不得逢吉。鬼神憎之，司候在前，何有脱时？故记善恶重之，即不犯耳。

神人真人以此文示众民，义不隐藏，使知不自怨。故随俗作字[⑧]，分明可知。圣贤不犯，恐愚不息。师有前后，无忘其本，念本就新，恋慕如初，是生之道也。功有小大，所受不同。当为发觉未知之诀，未知之意，不知其念，未知之言，未知之志，两分明，是天意也。生成之道，从此出矣。

取信于天，取信于地，取信于中和，取信于四时，取信于五行，是皆天所得报信也，不失铢分，知之不乎？是委气无形自然之所服化也。故三台[⑨]七星[⑩]，辅正天威，日月照察是非，使有自然，然后无有中悔之者。故复申敕诸所部主，各令分明，受罚不怨，此之谓也。无得是非他人，还自直也⑪。戒无小大，可法则也。不忘此言长得福，宜慎用行之，不失节也。以故言自杀试也⑫。

书当未用，帝王未信也。佞者在侧，书不见理也。灾害并生，民何所止？太平之书三甲子乃复见理⑬，不如十谏令知耳。且念活求知，贤圣有知可及矣。圣人当升贤随后，求生不恶复次之。神仙之录在北极，相连昆仑，昆仑之墟有真人，上下有常。真人主有录籍之人，姓名相次。高明得高，中得中，下得下，殊无搏颊乞丐者⑭。

先生为师，尊之为君，称之为父，故师君父不可不明，臣不可不忠，弟子不可不顺，敬从其上，转上及。故天不忘先生之恩，地不忘先生之养，人不忘先生之施。故有忠孝信，思生不恶，以自近，以自明。天明下照黄泉之下，土明照上天间，中和之明上下合同，故三明相得乃合和。天以三明名日月星，下照中和及地下，无有懈息。无德之国，阴气蔽日，令使无光，人民恐惧，谷少滋息，水旱无常，民复流客有谷之乡。天实怜之，令至活乡处。有明君，国得昌，流客还耕农休废之地，诸谷得下，生之成熟，民复得粮，更奉先祖，鬼神得安。

中有圣智，求索神仙，簿书录籍，姓名有焉。当复上，为天之吏，案行民间⑮，调和风雨，使得安政。以此书示后生焉，故当作善，有益于天。自是之后，可戒子孙，延年之期，可不及焉？书虽复重理，天大爱人，欲使得竟其年，丁宁反覆，属于神。善辄疏上，恶亡其名。无违此书，思善心鬲，念常不废，意当索生，志常念成。所以然者，以人志所当及也。

努力精之⑯，各随其愿，天亦不强不欲也。地下傍行，四方亦然；无极之天，无极之地，无极之境亦然；无极之明，无极之光亦然。然小竟，是天之大分也，欲理念天上之事，天上理念中和，中和安之。欲念求贵，贵神荣之⑰。欲念求富，富神富之。苦乐之间常思之，详慎所言。天道亿万，在人所为，不夺人愿也。生养之道审可观，死亡之道鬼所患也。凶神不安，辄受之难为文也。天上有文，求生根也，人所愿，故挺此文使可思也⑱。有过自悔，案此文也。不者亦已，无妄言也。神灵在汝前后，无解时也。

右天上昌兴、国降逆、明先师贤圣道、天地喜、神出助人治、令人寿、四夷却。

---

①始初：指太始、太初，为天地未分前的混沌状态。

②司候：对人间的监测。

③作害者：指害虫等。

④愍：哀悯。

⑤贼虏：伤残捕捉。

⑥不坐：不把获罪当回事。

⑦下流：殃及至。

⑧作字：措辞。

⑨三台：星名，共六星，两两而居，起于文昌宫，止于太微宫。占星家认为其居三公之位。

⑩七星：这里指北斗七星。分阴阳，建四时，均五行，变节气，定历法，皆系于北斗。

⑪自直：到最后还是会轮到自己的。

⑫自杀试：指不用神书之言，等于以身试法，自取灭亡。

⑬见理：得到推行。

⑭搏颊：抽耳光。

⑮案行：巡视。

⑯精之：精念事象及其义理。

⑰贵神：使人贵显之神。

⑱挺：突出宣示。

太平经卷一百十三

庚部之十一

乐怒吉凶诀第一百九十一

“请问太平气俱至，人民但当日相向而游，具乐器以为常，因以和调相化[①]，上有益国家，使天气和调，常喜国家寿，天下亦被其德教而无咎。其乐得与不得，以何为明哉？和与不和，以何为效乎？欲不及[②]天师具问其事，恐固固有不□□者，故前后重问，不敢懈怠，恐天怒也。”

“善哉！子为天问事，日益闲习，得天意。真人必益年寿无穷，天所佑也。诺，安坐，复为诸弟子具更道其意，使其察察，令可知也。

乐，小具小得其意者，以乐人；中具中得其意者，以乐治；上具上得其意者，以乐天地。得乐人法者，人为其悦喜；得乐治法者，治为其平安；得乐天地法者，天地为其和。天地和，则凡物为之无病，群神为之常喜，无有怒时也。

得天地意者，天地为和，人法之其悦喜。得天地人和悦，万物无疾病，君臣为之常喜。

是正太平气至，具乐之悦喜也。是故乐而得大角、上角之音者，青帝大喜[③]，则仁道德出[④]，凡物乐生。青帝出游，肝气为其无病[⑤]，肝神精出见东方之类[⑥]。其恶者悉除去，善者悉前助化，青衣玉女持奇方来赐人[⑦]，是其明效也。真人详思此意。”“唯唯。”

“故上角音得，则以化上也；中角音得[⑧]，则以化中也；下角音得[⑨]，则以化下也。而得之以化，南方徵之音[⑩]，大小中悉和，则物悉乐长也。南方道德莫不悦喜，恶者除去，善者悉前，赤气悉喜，赤神来游[⑪]，心为其无病。心神出见，候迎赤衣玉女来[⑫]，赐人奇方，是其大效也。故得黄气宫音之和[⑬]，亦宫音之善者，亦悉来也，恶者悉消去。得商音之和[⑭]，亦商音善者悉来也，恶者悉消去。得羽音之和[⑮]，羽音善者悉来也，恶者悉去。真人自详思其要意所致，述效本行也[⑯]。

所以不悉究竟说五方者，谓其大深。上士见之，自得其意，以一承万；中士得之，恐其大喜也；小人得之，或妄语也，故不悉露见，使凡人各自思惟其意。上士且自以一承万，通知其意，亦不须为其悉说也；中士亦且自緜緜几知之[⑰]，亦不须为其悉说也；下士或得而反妄语，亦不须为其悉说也。是故财成虑，小举其纲，见其事，以示凡人，使各自思其意，则可上下通达而无过。真人知之邪？”“唯唯。”

“故上士治乐，以作无为以度世；中士治乐，乃以和乐俗人以调治；下士治乐，裁以乐人以召食[⑱]。此三人者，各谕意，太平气至，听其所为，从其具乐琴瑟，慎无禁之，则乐气不出。治难平，难平则气斗讼而多刑[⑲]。夫乐者致乐，刑者致刑，犹影响之验，不失铢分也。

凡乐者，所以止怒也；凡怒者，所以止乐者也；此两者相伐。是故乐则怒止，怒则乐止。是故怒者乃生刑罚，斗之根也；喜乐者，乃道德之门也，故当从之，使生道德之根，勿止之也；止之，反且生刑祸之门也。此者，吉凶之所出，安危之所发也。故乐者，阳也；刑罚者，阴也。阴之与阳，乃更相反，阳光则阴衰，阴兴则阳衰。阳者，君也；阴者，臣也。君盛则臣服，民易治；臣盛则君治侮乱，此天自然之法也。故当从其君乐也。以猒其民臣[20]，止其数怒也。

下古之人愚，不深知其意，反多断绝之，故使阴气盛，阳气衰也。阴气盛则多盗贼，罪人不绝。凡万物不生也，多被阴害，大咎在此。乐气兴，则阳气盛，以断此害。君气盛，则致延年益寿，则上老寿。夫缓与乐者，上属天也；急与怒刑者，下属地。兴行其上者，万事理；兴行其下者，万事乱。真人戒之，此言可不深思乎？”“唯唯。”

“子可谓深知之矣。传之以示下古之人，使各思其意，慎无闭绝也。乐则五方道德悉出，怒则五方恶悉出也。乐则天地道德悉出也，怒则天地恶悉出也。故天地乐者，善应出也[21]；天地不乐者，恶应出也[22]。故五方乐而和者，五方善应出也；故五方不乐而怒者，五方恶应出也。是非小事也，故言毋断绝也。令凡人共惟思其意，俱一觉，悉出之，然后悦乐气至，急怒气去也。”“善哉善哉！”“行，子已知之矣。”

右天上分别乐与怒、所生吉凶诀。

---

①化：兴化，染化。

②不及：不与，不跟。

③大角：角，五音之一，属木行春音。大角，指高音同十二律中“太蔟”相应的角调调式。上角：义同大角。青帝：东方之神，木色青，故称“青帝”，也是春神。

④仁：以人伦五常配五行，仁属木行。

⑤肝气：春脉者为肝，属东方木行。软弱轻虚而滑，端直而长，状如弦。与此相反则为病症。

⑥肝精神：人体五脏神之一。

⑦青衣玉女：木行女神名。

⑧中角音：指音高同十二律中“夹钟”相应的角调调式。仲春二月，律中夹钟，故称中角音。

⑨下角音：指音高同十二律中“姑洗”相应的角调调式。季春三月，律中姑洗，故称下角音。

⑩徵：五音之一，属火行夏音。

⑪赤神：指赤帝，为南方神帝。

⑫心神：五脏神之一。赤衣玉女：火行女神名。

⑬宫音：五音之主，属土行季夏六月音。

⑭商音：五音之一，属金行秋音。

⑮羽音：五音之一，属水行冬音。

⑯本行：指本行每一行的定律。

⑰绁绁：下垂貌。

⑱召食：指举乐佐食。

⑲斗讼：打官司。

⑳猒（yā，压）：通“压”，抑制。

㉑善应：又作瑞应，即吉祥的兆应。

㉒恶应：即凶恶的兆应。

太平经卷一百十四

庚部之十二

某诀第一百九十二

前文原缺

行有疾苦[①]，心中恻然，叩头医前，补写孝言。承事恭敬，以家所有，贡进上之，敬称其人。医工见是[②]，心敬其人，尽意为求真药新好，分部谷令可知[③]，迎医解除[④]。

常垂涕而言，谢过于天，自搏求哀，叩头于地，不避瓦石泥涂之中，辄得令父母平安。教儿妇常在亲前，作肥甘脆，恣口所食。父母商家所有，不致苦其子孙。令尽家所有，殊私心孝于前。亲属比邻，见其孝善，知无所有，更往给饷，为其呼迎医工蒙荐席[⑤]，相与日夜数劳，知其安危问养，视其复闻小善言，心为之喜欢，是孝之所致也。天见其孝心，令得愈，更如平素。心中乃喜欣，复身得能食谷者，斋戒市卖[⑥]，进所有上于天，还谢先人，诸所得祟，辄卒香洁[⑦]，不敢负言，是孝子所宜行也。俗闻知是善，而不能行之，能行之者，性出自然，天禀其命，令使孝善，子孙相传，治生有进，不行侵人，有益于亲，宾婚比邻[⑧]。孝者还报，不忘其恩，是之善者也。父母之年，不可豫知，为作储待[⑨]。减省小费[⑩]，岁岁有余，藏不见之处，勿使长吏及小吏闻知，因缘征发，尽人财产。为孝心未尽，更无所有，父母年尽，无以饷送，复为不竟孝之意。行孝之人，思成其功，功著名太上，闻帝廷，州郡所举，一朝被荣，是非孝所致耶？子孙承之，可竟无极之世。此念恩不忘，为天所善，天遣善神常随护，是孝所致也。其家一人当得长生度世，后生敬之，可无祸患，各以寿终，无中夭者，是不善邪？善之中所致，何所不成，何所不就，何所不得，何所不通乎？努力行之，勿以为懈倦也，是善人之福也。

孝善之人，人亦不侵之也；侵孝善人，天为治之，剧于目前，是为可知。欲知善之为善也，知孝之为孝也，苦不能相效也，是出自然。天与善籍[⑪]，善孝自相得传，相胜举，亦何有极？心善孝之人，人自从崇之，亦不犯克人，流闻八远，州郡县长吏有空缺相补。豫知善孝之家，县中荐举，长吏以人情欲闻其孝善，遣吏劳来[⑫]。又有用心者，以身往来候之，知闻行，意荐之，岁岁被荣，高德佩带，子孙相承，名为传孝之家，无恶人也。不但自孝于家，并及内外。为吏皆孝于君，益其忠诚，常在高职，孝于朝廷。郡县出奇伪之物，自以家财市之，取善不烦于民[⑬]，无所役。郡县皆慈孝，五谷为丰熟，无中夭之民。天为其调和风雨，使时节。是天上孝善之人，使不逢灾害，人民师化[⑭]，皆食养，有顺之心，天不逆意也。是善尤善，孝忠尤孝，遂成之，使天下不孝之人相效，为设孝意。

朋大命赦天下，诸所不当犯者尽除，并与孝悌力田之子[⑮]，赐其彩帛酒肉，长吏致敬，明其孝行，使人见之。傍人见之，是有心者可进爱，有善意相爱，此皆天下恩分，使民顺从。此本善致善，本孝致孝，本不孝其末不孝，本恶其末恶。善者其愿，皆令其寿，白首乃终。上至百二十，下百余岁，善孝所致，非但空言而语也。不但天爱之也，四时五行、日月星辰，皆善之，更照之，使不逢邪也。其善乃如是，可不重邪？

天生人民，少能善孝者。身为之，独寿考，复得尊官，皆行孝所致。不但祐言，故出此书，以示生民。其欲法则者，天复令寿可传，子孙相保。书出必当行孝，度世孝者，其次复望官爵。天下之事，孝为上第一。人所不及，积功累行，前后相承，无有所失，名复生之人。得承父母之恩，复见孝顺之文。天定其录籍，使在不死之中，是孝之家也。亦复得增度，上天行天上之事。复书忠孝诸所敬，为天领职，荣宠日见，天上名之为孝善神人，皆为神所敬。有求美之食先上，遗其孝行，如是无有双人。其寿无极，精光日增，上见无极之天，下见无极之地，傍行见无极之境，复知未然之事，诸神皆随其教令，不逆其意，共荐举白。太上之君见其孝行无辈[16]，著其亲近内外，神益敬重之。故言天所爱者，诸神敬之；无所憎者，诸神危之。是为可知，余者各自用意，自择其便，从其所宜。书辞小息，且念其后，得善复出，不令遗脱。

①行：这里指父母染病在身，侍奉双亲。

②医工：民间行医之人的泛称。

③分部谷：指确诊并说明病理、药性、用法和疗效等。部：指脏腑部位可占候处。谷：肉之大会处为谷，肉之小会处为谿。

④解除：东汉盛行的一种驱鬼活动。

⑤蒙荐席：更换患者的卧席。草垫曰荐，蒲团曰席。

⑥市卖：变卖家中物品来购买祭神的供品。

⑦香洁：指丰盛又来路正当的祭品。

⑧宾婚：宾敬和通婚。

⑨储待：指丧葬所需费用。

⑩小费：不必要的开支。

⑪善籍：生前就注定在善人之列的名籍。

⑫闻：表彰，显扬。劳来：慰劳存问。

⑬取善：汉代贡献之制。

⑭师化：以孝善为师而受教化。

⑮与：褒奖。孝悌力田：汉代察举制科目之一，可享受免除徭役，进入乡级政权，加赐等待遇。

⑯无辈：没有同等可比的。

九君太上亲诀第一百九十三

惟太上之君有法度，开明洞照可知，无所不通，豫知未然之事。神灵未言，豫知所指，神见豫知，不敢欺枉，了然何所复道？太上之言，何有不动乎？人同敬畏，心不悉行。是且得知，不照其意。所以然者，太上皆神，所生所化，当生当活，皆可知。神录相次，道其尊卑，何有不从者乎？九皇之上则九君，九君者，则太上之亲也。各有所行，恩贷布施，诸神从者，诸神敬其所为，靡有不就者也。小神食[1]，不能知九皇之意，何言俗间之人乎？

心圣耳聪，财可观其文章禄策。当直录籍文辞[2]，自生精光。皆以金为简，银成其文章，此簿在天君内[3]，中极有副。其余曹文书辞[4]，皆以奏简，自生文章，精神随字，名之光明。

每有语言，辄照有所知，不逆所言。神人真人得天君辞，便具言。神人上下，皆知民间，天君知神所言，不失文墨规矩之中。自然之道，何所不知，何所不化？动错自无所私[5]。饮食天厨，衣服精华[6]，欲复何求，是太上之君所行也。大神小神，自有所行，皆相畏敬，不敢有私，恣意见所从求，动摇有心之心，知其所为，可成以不。惑迷其意，使其人各随至意，言汝皆受于仙箓，寿得无极。金银紫文之绶，封侯食邑，复赐彩帛金银珠玉。心想所得，是非神仙道，知人坚与不，或赐与美人玉女之象，为其作色便利之。志意不倾，复令大小之象[7]，见其形变，意相随念其后生，此为不成之道，或作深山大谷，中多禽兽虎狼之处，深水使化人心。或有虫毒之物，使其人杀之。或恐不敢上高山，入大谷深水之中，亦道不成。是象戒人，是在不上之中，殊能坚心专意。见迷惑，不转志坚，随其入出上下，深山大谷之中，水深大，心不恐惧。见其好色，志不贪慕，家人大小之象，更相拘留。不随其人言，但得生道，进见太上，尽忠孝之心，无所顾于下，是为可成。戒大众多，取其要文。天亦信善人，使神仙度之也。其人自善，天何从欺之？所以有欺者，其人狐疑，强索神仙，无益之用。无功而求安，何从不见欺邪？是天重生，爱其情尤志坚。念生要三明，三明者，心也，主正明堂，通日月之光，名三明成道[8]。心志自不顾，亦有录策，不可强求。白日升天之人，自有其真，性自善，心自有明。动摇戒意不倾邪，财利之属不视顾，衣服粗，粗衣才蔽形，是升天之人行也。天善其善也，乃令善神随护，使不中邪。天神爱之，遂成其功。是身行所致，其人自不贪世俗大营财物，天知其至意，按次簿名真[9]，自有善星，其生日时，自不为恶。天复善之贪化，以助天君治理，天上文辞使通彻，行无私隐。见行有岁数，上竟荣簿有生名[10]，可太上之意，能说其功行，助其不及，是亦神当所拥护也。天信孝有善诚，行无玷缺，故使白日辄有承迎[11]，前后昭昭，众民所见，是其成功，使人见善。

白日之人，百万之人未有一人得者也。能得之者，天大神所保信也[12]，余者不得比。尸解之人，百万之人乃出一人耳。功有大小，更相荐举，其人当使天爱重之，内为得太上腹心。荐举其为有信效，各成其功名，是不善邪？天君出教之日，神不枉其言。是天君得善信效，深知未然，不可有毛发之欺，皆令寿命尽少尽小。解于后，复念语未卒意者，复念道之。

---

①小神：供役使的神灵。食：领取天庭俸禄，即供职之义。

②当值：生当命值。简：简册，指书写材料。

③内：指藏簿的金室。中极：指昆仑山，为天帝都城和神仙聚集之所。

④曹文书辞：指天庭所设寿曹、司农等机构掌管的公文。

⑤错：通“措”，筹划安排。

⑥精华：精粹的天上光气。

⑦大小之象；妻妾儿女之幻象。形变：生前死后的形貌。

⑧三明成道：此以心为人腹人中天子，火行之精，神圣纯阳，万事由心而兴作，由心执归纯正，至诚则动神灵，上与心宿、天日相通，登仙成神之法，皆从心起。此即三明成道。

⑨按次簿：查验排定在神仙簿上。名真：姓名标于仙真之列。

⑩荣簿：荣获仙籍。生名：长生的名分、资格。

⑪承迎：指天神承候迎取。

⑫保信：担保绝对可靠。

不孝不可久生诫第一百九十四

惟古今世间，皆多不副人意。苟欲自可，不忠任事，所言所道，乐无奇异，见人为善，含笑而言，何益于事？轻言易口，父子相欺，当目无声[1]，背去随后而言，或善或恶，不可法则，无益世间。世间但为尘垢，言谈自动，无应善书者[2]。心言我善，行不相副，无有循谷，语言浮沉，不可信验，名为不慎之人，何可久前？不可与善心有志之人等乎！

求生难死之人，不欲见是恶人，而不自知，以为我健，少能相胜者，反晨夜候取无义之财，而不攻苦得之[3]，以为可久在中和之中，与人语言也。傍人见之，非尤其言。神灵闻知，亦占其所为，动作其心[4]，知其恶，不能久善，还语天神，言中和有轻口易语之人，不能久善，须臾之间，恶言复见，无有信效，但佞伪相责，何益于人。

令食诸谷，衣缯布，随冬夏易衣服，食欲快口，衣欲快身。市有利人，不肯求之，而可养老亲，明旦下床，未知所之。炫卖所有[5]，更为主宾，酒家箕踞，调戏谈笑，歌舞作声，自以为健，交头耳语，讲说是非。财物各尽，更无以自给，相结为非，遂为恶人，不可拘绊，自弃恶中，何有善半日之间邪？

无益家用，愁毒父母[6]，兄弟妇儿，辄当忧之，无有解已。攻取劫盗，既无休止，自以长年，复见白首。不知天遣候神[7]，居其左右，入其身内，促其所为。令使凶，当断其年，不可令久。其扬声为恶不欲止，上至县官，捕得正法，不得久生。与死为比，安得复生？或为鬼神所害。

父母念之，常见其独泪孤相守，无有辅佐之者。老更弃捐，饮食大恶，希得肥美，衣履空穿，无有补者，是恶之极。岁月年长，空虚日久，面目丑恶，不象人色。如是为子，乃使父母老无所依，亲属不肯有之。此恶人之行灭乃上，亲属患之，名为蔽子[8]。死不见葬，无有衣木，便见埋矣。狐狸所食，骨弃旷野，何时当复见汝衣食时乎？

是为可知：善恶之行，人自致之，何所怨咎乎？天下之人何其甚愚，不计其死生之间殊绝矣[9]。生为有生气，见天地日月星宿之明，亡死者当复知有天明时乎？窈冥之中，何有明时？愚人不深计，使子孙得咎，祸不可救，殃流后生，是谁之过乎？人不化[10]，自致亡失年，不当善仙士之行邪？动作言谈，辄有纲纪，有益父母，使得十肥，衣或复好，面目生光，是子孝行，力非恶[11]。人亦独不当报父母哺乳之恩邪？为子不孝，汝生子当孝邪？汝善得善，恶得恶，如镜之照人，为不知汝之情邪？

故有善恶之文，同其文墨，寿与不寿，相去何苦？生人久视有岁数，命尽乃终，后为鬼，尚不见治问。恶人早死，地下掠治，责其所不当为，苦其苦处，不见乐时。是为鬼，何以独不有赦时？是恶之极，为鬼复恶，何所依止？家无食者，乞丐为事，逐逋亡之气，自不可久，地下亦欲得善鬼不用恶也[12]。如是宜各念善，不失其度，才可矣。不者，亦欲何望乎？人当同其计策[13]，与生同愿，天不善之邪？而反为恶乎？恶行之人，不可久视天地日月星辰，故藏之地下，不得善鬼同其乐，得分别也。文书前后复重者，诚憎是恶人，不可久生耳。

性善之人，天所祐也。子孙生辄以善日，下无禁忌，复直月建、日月星光明之时。用是生者，何忧不寿乎？是为善行所致也。善恶分别，念中可行者，自从便安，天不逆人所为也。念之复念之，思之复思之，可前可却[14]，自不贪生者，无可奈何也。书辞可知分明，疑之自令苦极。念生勿懈，致慎所言。辞复小止，使念其后。有不满意，乃复议之。

①当目：面对面。

②善书：劝善的神书。

③攻苦：辛勤劳作。

④动作：通过各种方式来试探。

⑤炫卖：高价出卖。

⑥愁毒：忧愁到极点。

⑦候神：监候之神。

⑧上：株连亲属。蔽子：蔽于罪而不知悔改的家伙。

⑨殊绝：截然不同。
⑩化：奉天化施。
⑪非恶：排斥邪恶。
⑫善鬼：又称东游鬼。
⑬计策：计思揣摹。
⑭却：退，指入恶。

见诫不触恶诀第一百九十五

惟夫圣德之人，各有所言，各有所语，各分别其能，各自第其功，各成其宜，使有可信，而重天言，使天爱人，而有盛功，得天之腹心，是圣德之愿也。夫人皆欲承天，欲得其意，无有怨言，故令各从其志，勿有非言而自可，是为富得人情，使报信①，同其知虑，而从所宜。

人居世间，大不容易，动辄当承所言，皆不失其规中②。而不自责反怨言，人言是，为不平，行之各有怨辞，使天忿怒，而不爱人言，寿命无常。故天下有圣心大和之人，使语其意，令知过之所由从来，各令自改，乃为人寿从中出，不在他人。故言司命，近在胸心，不离人远，司人是非，有过辄退，何有失时？辄减人年命，为知不？相善之人，欲闻其戒，使得安静，过失之间，使思其意，令其受罚亡年，不令有恨。

天大宽柔忍人，不一朝而得刑罚也。积过累之甚多，乃下主者之曹，收取其人魂神，考问所为，不与天文相应③，复为欺，欺后首过，罪不可贷。是故复敕下晓喻，为说行恶，灾变所致，使自改耳。不用其言，亦安可久久在民间为人乎？故分别善恶，各使不怨耳。

天为设禁，使不犯耳，而故犯之，戒命于天神，可以久与人等也④？作行如此，为使人不死之道乎？中为天无所知邪？俗人之行，不可采取乃如是，安可久置中和之中，使食可食之乎？而反善，神所护，年尽乃止，无中夭人时，是善之证也。为善日久，何忧不尽年寿乎？是为可知：人自不能力为善，而自害之。是恶之人，何独剧自以为可久与同命？不意天神促之，使下入土。入土之后，何时复生出乎？地下复相引，浸益亡尸⑤，是复不得天福之人，可复计邪？

行且各为身计，勿益后生之患，是为中善之人。不者，欲为恶人也，天所不祐，地不欲载，致当慎之。勿有愆负，财得称人耳，可为父母，子孙得续。行恩有施，可复得增年，精华润泽，气力康强，是行善所致。恶自衰落，亦何所疑？从今以来，当详消息，善恶分别，念中何行者，自从便安，天不逆人所为也。念之复念！

不顺作逆，而求久生，是行当可久见于天神？日月星辰安肯久照？为天神所祐，而争欲危之，是谁过乎？不当是善行孝顺之人邪⑥？辄有禄位，食于司农，久复子民，使上下相事，是民之尊者也。是善所致，恶自不全身，相去几何乎？视其试书⑦，不用其言，自快可意而行，是为人非乎？有恶，不能自化有孝善，有忠诚信之心，而望天报；有病求愈，作恶过多无解时，为可久贷与不？故作此文，欲使俗夫之人，各不怨其得罚耳。

念生求活之人，自不为恶行而亡其年也。得书见诫，使知避禁，不触恶耳。如是能自改为善，可得久见天地日月星辰，与人比等，是不善邪？而反不惜其命，以为死可得复生，如人知。不自知为恶，自以为可也，谈语欲与人比等，衣食与部人同，是为可久不乎？畏死之人，不敢犯此诫文，是亦禄策所致。其人相薄少可⑧，宜直命当直之，何所顾乎？行各自慎努力，念所行安危之事，书诫亦自可知也。天书文欲使人为善，不欲闻其恶也。故自命簿不全耳⑨，无可大怪也。详复思之，勿懈也。

天有生籍，亦可贪也；地有死籍，亦甚可恶也。生死之间，不可比也，为知不乎？知恶当慎自责，不可须臾有亡其年寿，甚可惜也。与人语言发声，为善行得人心意，是天善之。无出恶言，而自遗咎。同出口，气正等[10]，择言出之，无一小不善之辞，可得延命。殊能思行天上之事，得天神要言，用其诫动作，使可思，可易命籍，转在长寿之曹。

宜复各修身正行，无忘天之所施，宜置心念，报施大恩，乃为易行改志，天复追念，使不逢恶。可信天书言，可得生治不用书言，自不全。择其可行乃行之，不强所为，各且念身善恶，天禀其性，勿有所嫌疑也。宜不欺善而恶人得福也，是言者明白，何有所疑乎？神仙之人，皆不为恶者，各惜其命，是善之证也。

书所言，约敕前后[11]，道人之所愿，为道善恶，使思之耳。不用而自已，勿自怨。自怨者，但当知怨身少知而穷老乃极，自咎之耳[12]。余者自从其意，如欲贪生，不当有恶。故使自思，知其苦乐，乐独何人，苦亦何人？亦宜自念，勿有怨辞，勿妄轻言出气。令可思，思生为善，故丁宁相语者。令语言可知，不失天规矩行成。

自然之道，何所不成，何所不化，人皆迎之，是天自然之恩非邪？念下愚之人，不念受天大分，得为人，自以当常得久也，亦不意有巫灵之神者当止，勿犯非也，书辞非一，念之复出，文辞有副[13]，故置重诫，顾其不及。用书念生为善，为有活望。复有恶言不顺者，被疏记不息也。慎之且止，止复有所思。思后不足，不满意者复申理。

---

①报信：报效对天的忠实。

②规中：规矩之中，天法的范围。

③天文：指神灵上报的书文。

④等：享年相同。

⑤引：辗转勘问。浸溢：牵连到。亡尸：指本人的前辈与祖先。

⑥是：敬服。

⑦试书：试探神书之言。

⑧相簿：骨体相貌薄命。

⑨命簿不全：指未能尽享天庭名籍为之预定的寿命。

⑩正等：平和。

⑪约敕：约束告诫。

⑫自咎：自取其咎，自招祸殃。

⑬巫灵之神者：指以招神弄鬼替人治病为职业。止：指失灵。副：完全命中的对象。

不可不祠诀第一百九十六

惟世俗之人，各不顺孝，反叛为逆，竞行为不忠无信之行，而反无报施之义[1]。自以成人，久在地上也。所说所道，未曾有小善，有恶之辞，而反常怀无恩贷之施，自盗可意而行[2]，不念语后有患苦哉！此子不是在世间，无宜少信，强愚自以得人心意。其念出言，不可采取，难以为师法，无所畏忌，而功犯非历邪，自以可意，不计其命，不见久全。

动作出入，不报其亲，不复朝夕[3]，夷狄相遇，此独何人？从所出生[4]，略少其辈。饮食不用道理，未曾了雪，当变无知之人比六畜，生死无期。口亦欲得美，衣欲得好，天当久活汝不？汝行不可承用亡，亦其行当可用不？使天忿怒，无有喜时，当爱汝命，令汝不死乎？所为皆触犯，不当如故为之，是为自索，不欲见天地日月星宿人民生口之属耳。

天有诫书，具道善恶之事，不信其言，何从乎？欲得见久视息乎？中为不如六畜飞鸟走兽有知邪？是愚之剧，何可依玄[⑤]？但作轻薄，衒卖尽财，狂行首罚[⑥]，无复道理，从岁至岁，不忧家事，游放行戏[⑦]，殊不知止。思不出中，自不可久，此人亦因父母得生，其行反少义，不见尽忠孝，有顺无逆之意，是天当置汝，使眼息不死也？死中有余过，并及未生之子。

念其作祸之人，虽以身行恶，而亡其年，使未生不见有算。活望作鬼，复死不足塞责，是恶所致非乎？何得自在而见活乎？咋使当出生者怨，是非过邪？何为妄言而久朗乎[⑧]？天下之人，何不自责，而使过少，积过何益于人身乎？但有不全人命耳！不当思之邪？何为自益祸乎？是为可知也。

人居世间，作孝善而得寿，子孙相续，复见尊官重禄，是不作善为孝所致邪？自无善而不顾后有患，此为大逆恶人，更为无等比不休息乎[⑨]？父母生汝时，欲闻其善，宁欲闻恶，声闻老亲耳邪？兄弟相憎，未曾有乐时，各自责过负，而反自用不为善，是为不可久行，无益于天，无益于地，无益于人，无益于四时五行日月星之明。

其人甚恶，欲何希望，不当仰视邪？以为天不遣凶神司汝为非乎？不当自怪，所求所为，既无可恃，但日有衰病死不绝邪！天亦何乐杀汝乎？众曰汝，无有逋须臾之间[⑩]，故杀之。或使遭县官，财产单尽，复续怨祸，汝行之所致不乎？何怨于天而呼怨乎？俗人乃如是，欲复犯天，自理何益乎[⑪]？

久逋不祠祀，神官所负[⑫]，不肯中谢所解所负。解之常以春三月，得除日解之。三解可使文书省减，神官亦不乐重责人也。迫有文书，上下相推，何从民人之言，贫困便止，不竟所为乎？

生时皆食有形之物，死当食其气而反不食[⑬]。先人自言，生子但为死亡之后，既得食气与比等[⑭]，而反不相食，生子如此，安得汝久有子孙相视乎？亦当亡其命，与先去等饥饿，当何得自在？天官重孝顺，当祠明白，何可所疑。死后三年，未葬之日，当奉祷赛[⑮]，不可言地上有未葬者而不祠也。不食益过咎，子孙无伤时也，是为可知当祠。常苦富时奢侈，死牛羊猪豕六畜，祠官浸疏，后当见责。不顾有贫穷也，财产不可卒得，行复无状，财不肯归，便久不祠，为责安可卒解乎？宜当数谢逋负之过，后可有善，子孙必复长命，是天喜首过。

其家贫者，能食谷知味，悉相呼，叩头自搏仰谢天。天原其贫苦，祠官假之[⑯]，令小有可用祠乃责，是为天所假。

颇有自足之财，当奉不疑也。不奉，复见先人对会[⑰]，祠官责之不祠意，使鬼将护归家，病生人不止。先人复拘闭，祠卜问不得，得当用日为之[⑱]。天听假，期至不为，不中谢天，下地取召形骸入土，魂神于天狱考，更相推排[⑲]，死亡相次。

是过太重，故下其文，使知受天诛罚不怨，可转相告语，可令不犯。先古已有书，犯者不绝。以棺木未藏者，不可不祠也。今故延出文，因有心之人，书解其意。勿疑书言，尚可得生籍。疑不行，死日有期。自消息[⑳]，勿复怨天咎地也。行，书小息，念其后，思惟文言，知当复所行，复道之。

---

①报施：回报天所施予的恩分。

②盗：馋言巧辩。

③朝夕：这里指晨昏省视。

④从所出生：从有人类以来。

⑤依玄：依据，眩惑。

⑥首罚：指诬告善人，使其陷入法网。参见本卷《不承天书言病当解谪诫》。

⑦游放：游荡放纵。

⑧朗：指振振有词。

⑨休息：停止作恶。

⑩逋须臾：拖延片刻。

⑪自理：自我申辩。

⑫祠祀：此指祠祭祖先和奉祀神灵。神官：指天庭监管世人奉祀之官。负：亏欠。

⑬气：祭品所散发的香气。不食：不进供。

⑭与比等：同生前一样。

⑮赛：祭祀酬神。

⑯假：宽容。

⑰对会：指被神官召来当堂审问。将护：押送。

⑱用日：按日期。

⑲下地：天庭命令地府。狱考：拷问审理。推排：推勘并排定罪责。

⑳消息：自己揣摩一下进退生死之意。

天报信成神诀第一百九十七

惟有进善求生之人，思乐报称天意，令寿自前①。目见天上可行之事，曰亦奉行天之所化成，使见久生之文，变化形容，成其精神，光景日增，无有解时。是有心志善，不忘天恩。报施之士，何时有怨，解息须臾之间？心自克责②，幸得为人，依迎天，得成就，复知天禁，使其远害趋善，不逆神灵。见善从之，未曾不自责，时悔过从正，思念其意，常不敢自安自疑。念之为善，晓天知意，具足可知，亦无所疑。自责悔过，积有日数，既蒙福祐，承奉天化，使不见危。

自知受天报施，何可有忘须臾之间息？恐神灵非尤所言，故怀怅然，未曾自息。贪进所言，欲承天意，恐有失脱，故复洗心易行，感动于上，欲见升进③，贪慕其生，实畏短命之期，恐久不见于天地，竭力尽忠，思其诚心。数闻神言，不见其人，心内不自安，常斋惶惧，日夜愁怖，不敢自安。用是之故，不敢废善而就恶施。

人皆得饮食，仰天元气，使得喘息，复知人情，自知受天施恩，辄当报谢，何有疑时。天生人精④，地养人形，使得长大，使得成就。见天书戒，视其文辞，不战自栗，何有负言？心常怖悸，何有安时？唯天大神，时哀省原，数见假贷⑤，心知不以时报大恩，唯大神使见复哀，久见常在生气之中，久活前年之寿，不敢忘大施之分。恩贷毕足，不敢解忘须臾之间而背恩也。唯大神成之，使见天神，与其语言，思闻复戒。重天所言，唯蒙有报，乃敢自信。

大神报有善心人言："天君常爱是有心善之人，于天有用辄进。自今有心善之人自陈前，以达白天君⑥，承用所举听勿疑，必当如前所言，是自天君所敢前也⑦。岁月垂至，努力信天所言，天亦信有心善之人，自不在俗间也。簿文内记，在白日升天之中，义不相欺。天君欲得进善有心，不违言，是其人也。诸大神自遥见其形，虽家无之日，前以有言，宜勿忧之。常念与天上诸神相对，是善所致也，宜勿懈倦也。"

有心善之人言："生本无升进人⑧，期心报大神，求进贪生，欲竭所知，何敢望白日升乎？举选当得其人，生不敢当之。恐见为大神所非，蒙恩自侥幸得宠，为得恩分毕足⑨，但惜未及重报施，唯大恩假忍苏息之闻。"

大神言："前比白生意⑩，进之天君，辄言有心善意，是其人也。天君自欲亲近之，不使有疑也。恩施不在大神也，何须道报乎？宜复明所知，必为有报信，心谢恳恻而已。必使诸神相护，不令邪神干之也。致重慎所言，以善为谈首。书意有信相与，要不负有心善进之人言也。天自日夜使神将护之，余无所疑。相命沮触之⑪，书必先人承负自辞，勿用为忧。"

有心志善之人言："本性单微，久在俗中，恐不能自出俗世之间，慕大神之恩宠遇，使见温，诚自知。唯大神白天君，才使在不死之伍中，为何敢望白日乎?"大神言："天君信有心进善之人，教无有二诺，无所狐疑，是自天君意也。虽念家不足，饥寒并至，自有天厨，但仰成事，神自师化其子，无以为念也。"

"生主受分之后，何时忘大神所言乎？忧不成耳。不敢失大神枕席，常在心鬲，不敢解也。大神言辞乃如是，天君知者，善自得善，有心自得天君心意。"前白事，见天君，天君敕大神言："前日已白此人，当升之日，勿令失期。竟有符[12]，在心前彻视，神自语为信，变化以有日期，但日夜念之，勿懈也。"生言："受敕之后，何敢懈邪？唯蒙成不。"大神言："须书有符，自相见也，不忧不得天寿也。不但大神邪！诸神皆言善，是有心之人，诸神忧之，但仰成辩而已[13]。"

生言："是大重，如使如愿，必亲心恭而已。"大神言："是亦其人愿，所当承心而言。天君重其家，使无入大过，承负辄解之。勿信神象卜工之言，是卜不能有所增减[14]。欲度活人者，要在正神[15]。虽有小神之疏，上自解之，亦勿狂为不当所行也。是自有心有道之人所知也。且各为身计，信天言，天自不欺有心进善之人也。虽知惠常念[16]，无有忘时，闻邪神自下，无有心志之人持身不谨，复念非常，故邪下之，使不安或恶，会无成功。此书亦不信恶人，恶人亦不信此书。会有效用有报，得报信之后，乃为可知也。今当有信，知进善之人书，神自欲见报信。得用不信，无有心进善之人欲所得也。行，书辞已可知，见信有验，亦自不久。"

"何以明之?""其人自乐生者，天使乐之，是天报信。其人必化成神，必以白日。不疑日自轻，食日少为信。精光日益，亲近其人，是信也，明之明也。且勿有疑。"

生言："见诫受敕，请如所言，思惟念之，不敢懈有忘也；虽生素不知，会见之后，益亲无异。"大神言："善，善亦当惠成名，宜卒竟其功，是神常诫也。书语虽多，重生道，故多耳，。勿怖之也，语且有止，各还有言。"有心志念之人言："唯唯，不敢有忘也。"

---

①前：增益。

②克责：严责。

③升进：指登化成神。

④精：指人格化的生命主宰。

⑤假贷：宽恕悔过。

⑥前：欲求长生。达白：通报禀告。

⑦敢前：果敢地令其登仙成神。

⑧生：弟子对师长的自称。

⑨恩分：恩惠，情分。假：赐予。忍苏息：勉强存活。闻：教诫。

⑩比白：接连禀报。

⑪相命：骨体形貌与本命。沮触：抵触。

⑫符：指符传，大庭发放的登仙凭证。

⑬成辩：指众神对其能否成神的结论。

⑭神象卜工：指以占卜为职业的人。增减：增加减少年寿。

⑮正神：正宗神灵。

⑯惠：天之恩惠。

有功天君敕进诀第一百九十八

惟思古今有大诚信之人，各有效用，积功于天，乃敢自前①。动作止进，未曾有小差之恶②，常怀慈仁之施，布恩有惠，利于人众。不有失小信而不奉承天地，随四时五行之指历[3]，助其生成，不敢有不成之意，而自危身令不安。故自克念过负，恐不解除，复为众神所疏记，而有簿文闻太上也。以是故，敢有安时也？

今古相承，善恶相流，何有绝时乎？故自沉静，未尝有懈，而忘天之所施为也。但自念求德之人，以心自况，见人有善心，为之欣然；见人有恶心，为之惶惧。想天神知之，各有所进，复自惟念，本素生于俗间，心当思乐大化，贪慕生道，去离死部，恋牢精光，贪使在身，使自相爱，心乃可安。不者恐见不在常见之中。

唯诸天神，时原不及，教其进退，当承天意，不可有失，而小不善闻于太上之君耳。故因诸神。求知旷问[4]，唯蒙不逆，使不见疑。为受一子之分[5]，势不敢有忘丝发之间。唯原省念所言[6]，思见天诫，以成其身，不使陷危。是诸神宠恩之日，不敢有休息，而不自念报重之大恩也。

诸神未白，天君闻知，被遣当直之神，承教见之，其人言所动摇云何，具问其意。使诸神问之，还白曰，言中和之民，自道善行，积功日久，贪慕久生，自薄说[7]。常自垂念，恐有愆负，未尝有懈息之意，为诸神道其功效。

诸神使白，各且相谓曰，此有功效德人，自于中和中，念当报天大恩，积行为善日久，欲因诸神，自道功德，各怀狐疑，不敢进白。天君常属诸神，见信有功于天，有者进之，而诸神占观其行日久[8]，何故不白？诸神皆怀惧而言，本素不知此人，来恐不大精实。且各消息，其意不知[9]。

天君闻之，是诸神各无所主正[10]，见善有功之人，而不时白道之。使者遣使神，考积其行，大有功。是诸神各为无状，各无有功善而齐外心[11]，以为天君不知，诸神各解辞，令自何用者？有益而已，各自安乎？谢诸神，各以识事免冠谢。言小神奉职，各平尽忠诚之心，而得问是罪无状，待死于门。

天君出教日，且待于外，须敕诸神伏地，自以当直危立也[12]。教日敕诸神言，天君欲不惜诸神，且未忍相中伤，教谪于中和地上，在京洛十年[13]，卖药治病，不得多受病者钱。谪竟，上着著闻曹[14]，一岁有功，乃复故[15]。诸神见天君贯不死之罪，才得薄谪，诚自知过失，自以摧折，不望其生，不忍有中伤之意，复以事谢。

天君言："告谢曹吏便下[16]，勿稽留，时使神行，卓视之。"曹白："使遣下，如天君教。"天君敕曹，复告大神，视其文辞，令诸神见之。曹以文传视大神，下所部，各顺其职，见有功善贪进之人，当进之。前有事，具白可知。

天君敕大神曰："辄早观此人，与使神语言相应与不也。"大神曰："被使往视其人，积其日数，视功效。还白，日被敕教，视中和有功人，还白如使神言。"天君亦如是。有功之人，而诸神所部不时白。天君觉知，乃道其意，是不勉邪哉？得簿谪于中和[17]，自今以后，可以为诫。有功不白，天君闻之，受罚自身之谪。各慎职，遣神导化其人，使成神，增其精光。为视簿籍使上，无者著其姓名上之。

大神受教，还于曹视簿，案其姓名有此。白言："曹文书有此人，请案天君内簿，知相应与不。"天君出文视之，与外书同[18]，敕便上。大神言："不审年满未[19]，请还谛案之。"天君谓大神："安置耳目，而不尽视之，而言还案乎？"大神以职事谢。天君言："趣案疾还。"大神则案其人，年已满，失脱不白，无状当坐伏，须辜诛[20]。

天君言："且冠视职，复勿懈。因召其人，上之勿失，其效小职，知所致奉功。""唯唯。请如天君出教。""诺之。大神且上其人，署小职，观望其行。""日月尚浅，请复情实；有大效信，真有缺者署之补缺处。”天君言：“当知大神所白，勿有懈意。”大神言：“唯唯，请使使神，往卓视之。”天君言：“善。”

①前：指朝着登仙成神的方向迈进。

②小差：稍微偏差。

③指历：交替流转的过程。

④旷：拓宽，扩大。

⑤一子：一介凡夫弟子。

⑥省念：省察顾念。

⑦还白：回禀。　说：通“脱”，行为有失脱之处。

⑧占观：占测观察。

⑨消息：占测之意。不知：尚未确定。

⑩主正：履行份内的职责。

⑪功善：奖励善人。外心：劝恶之心。解辞：推卸责任。

⑫危立：端立，恭敬貌。

⑬京洛：东汉京师洛阳。

⑭上者：得重归天的褚神。曹：指天庭寿曹。

⑮故：原来的神职神位。

⑯下：打入凡间。

⑰簿谪：下文书贬谪。

⑱外书：指收藏在寿曹的副本。

⑲审：确知。

⑳坐伏：判处死罪。辜：罪。

不用书言命不全诀第一百九十九

惟天上有圣明之人，皆有部职，各尽忠行，不负于上，各尽筋力所为作，亦不失意。皆豫知天君所施为，常倾耳听，欲知其意，常视储曹文部[①]，别令可知。顾君呼召无时，不敢私出，公事乃行，辄关意相白[②]，乃敢出。所周所遍，被敕当所案行，不敢留止须臾之间。奉功，私乃敢有所言，诚相归[③]，自不敢施私，所不当全其命，不惜晨夜而自责。常恐有无牢之用[④]，各自该理其身，欲副太上之意，何时敢懈，恐失其宜。

效日自进，不须神言，乃而欲自成，欲得久视，与天上诸神从事，无有大小，皆相关知，可承行不。义不自专，恐有嫌疑，动辄相闻，何有息时？所以然者，人各有志，各自有所念，各有所成，其计不同。各有所见，各有所出生，各自欲有所得，各知其所，心乃了然。

是曹之事，要当重生，生为第一，余者自计所为。生气著人身，皆不相去，相守相成。神亦贵得其名，变化出入，无孔之中，小大自在。俗夫之人，不见神形容，神神自相知，形容皆气所成，何有不就者乎？大神小神，精光增减，辄自有差。其寿增九[⑤]，辄有其年。大化行善，寿亦无极，上则无上，下则无下，出入无间，无表无里，象如循环。欲止自止，欲行则行，呼吸成神，光景荣华。

上下有期，得当行，便以时还，亦不可自在，迫有尊卑。各相为使，各有簿领[⑥]，各有其职，宜有其心，持志不违，明其所为。各见其功，各进所知，无有所私，动辄承教，不失教言。而精进趣志，常有不息，得敕乃止，是生神之愿。辄有符传以为信行。

诸所案行，当所禀食，勿过文书，随其多少。天上传舍，自有簿领，不当得止者勿止。是天君常教勿妄，恐守传之吏以威势也。官有尊卑，不可强诈称大位，而称久止传舍。吏辄受天君敕，有过传舍，上其姓名，官位所属，不得有隐欺。天君亦自知之，何得为相私？明各如其平，乃得上。不用令敕，簿书数上，是复亡失精光，其寿损减。是为可知，宜当慎时，无敢自从，而不承上之教也。天上之神，更相案举[⑦]，亦无息时。后进上下人当知是禁，圣明之人自不犯之。恐后进上之人不见其戒，故天下文使知防禁[⑧]。是天君大恩，恐有犯者，是天君欲成就善心之故，视其文，并语俗人。

俗人虽少知，中和之间，各有禁忌。文书天下，中和民间，道上佃夫，阡陌聚社，庐宅官舍，门户井灶，刑德各主其事[⑨]，不可有恶。复见疏记，簿其姓名。积众多圣明理之，事更明堂，天君得知，复减人年，上至死亡，可不慎乎？

数下此文者，后生之人，不信前言。故复因有知虑之人，不犯禁者出之，令俗间知之，而不用书言，命不可得全也。恶籍累积日多[⑩]。少有减时，故先命敕书诫，勿使相犯，犯之命薄，不疑也。当顺书言，小过尚可救解，大过安从得贳乎？

诫文非一卷，宜当重慎重慎，天文不可自在也。有知之人，少有犯者，时有失脱，天亦原之，不著恶伍。为恶不止，与死籍相连。传付土府，藏其形骸，何时复出乎？精魂拘闭，问生时所为，辞语不同，复见掠治，魂神苦极，是谁之过乎？同从人生，何为作恶，行各宜善自守。天禀人寿，不可再得，作恶年减，何有相益时乎？此时当所主，天君取信，不敢脱人恶行，令得久生也，为不知乎？书前后相戒者，既民不改，令人欲尽年耳。不欲为善，自令不全，亦奈此人为恶不止可？书辞小解，且念其后，如有不备[⑪]，乃复念之。

---

①储曹：指天庭所设寿曹、大司农等机构。

②关意：关照需要留意的事宜。

③归：通“馈”，馈赠。

④牢：指恋牢贪生，恋牢精光之意。该：通“赅”，周密，完备。

⑤增九：指敢下茅室精修，更历九事。见本经卷七十三至八十五。

⑥簿领：这里指登录众神级别的天庭簿册。

⑦案举：监督检举。

⑧天下：由天下达。聚社：犹言丛社。

⑨刑德：这里指社、宅、井灶的各类神灵。参见本经四十四卷。

⑩恶籍：指作恶被神记录的文书。

⑪备：周详。

大寿诫第二百

惟有志之人，心不迷乱，奉天之化，当所师导，各使从其愿，乃为随心。众万二千物皆生中和地中，滋生长大，皆还自覆盖，荫其下本根。其花实以给身口，助其谷粮，使有酸咸醋淡自在[①]。化水为盐，使调诸味，以豆为豉，助盐为味，薄厚自恣。菜茹众物[②]，当入口者。皆令民食之。用其温饱，长大形容，子孙相承。复以六畜不任用者，使得食之，肥美甘脆之属皆使食。

是天使奉职之神，调和平均，使各从其愿，不夺其所安。是布恩施，惠民非乎？奈何天所施而不求报乎？天何时当求报施乎？但平民受大恩而不归相谢，故求之耳。天食精华气[③]，自然不必须民报谢办也，贵其意耳。而反不念天气所生成，令得食之，是民中有知，不报乃如是，自以职当[④]。

天使奉职之人，案行民间，使飞虫施令，促佃者趣稼，布谷日日鸣之。使民用其言，家无大小，能食谷者，晨夜尽日相劝，及泽布种[⑤]，天为长大，时雨风摇，枝叶使动，成其身，日满当熟，以给人食，恩不重邪？从岁至岁，何有极时？而反齐不作孝顺，有逆之心，何益于天，久养恶人，使见可食之物乎？中为天无所知邪？何为当久养不孝恶逆之人乎？

故置凶神随之，不孝恶逆之人移[⑥]，令人重禁，罪至祸重，不见贯时。想民当如是，何为犯之，自致不寿，亡其年命乎？不当视孝善之人，独得寿，有子孙乎？善恶当相比不？寿与不寿为有比不，生之与死当相悬不[⑦]？行作善，有孝慈，使各竟其年，或得增命，子孙相次，无中夭时。天用是为善孝之行所致，不当比之邪？何为作非邪？施于人乎？天甚憎恶之，辄使绝命，子孙得咎。是恶所致，欲何所望？

天喜善人，不用恶子，宜思书言，其文具足，可以自护，必得天福。可无久苦自愁，令忧满腹。复有忧气结不解，日夜愁毒大息[⑧]，念在钱财散亡，恐不得久保，疾病连年，不离枕席，医所不愈，结气不解。计念之日夜羸劣[⑨]，饭食复少，不能消尽谷，五藏不安，脾为不磨，是正在不全之部短气[⑩]。饭食不下，家室视之，名为难活。

有钱财家，颇有储，侍无钱，财产殚尽，内外尽贫，不能相发[⑪]。死命以至，不见棺木，毕埋土中。须治生有钱财，乃当出之相贫之家。财去人走，何时可合？家室分离，不能复相救，遂不见棺木，为无棺椁之鬼，浮游无家，亦无复食之者。死为鬼，饿乞求食[⑫]，无有止时，是恶行所致，而不自知亡失宗族。鸣呼痛哉！死无所依。

是过积祸之人[⑬]，自致无门户后世，天甚复伤之，故使复有遗腹子，未知男女。儿生未大，母去行嫁。至年长大，问其疏亲，我父母何在？亲言，汝父少小，父母不能拘止，轻薄相随，不顾于家，劫人强盗，殊不而自休止，县官诛杀，游于他所，财产殚尽，不而来还故乡，久在异郡，不审所至，死生不可得知也。诸家患毒[⑭]，亲属中外皆远去矣。汝母怀妊时，见汝生有续，心中复喜，家长大人，无所依止，贫无自给，使行事人，随夫行客，未有还期。

遗腹子言，人皆父母依仰之生，我独生不见父母。至年颇大，问父所在。人言汝父行恶，远弃父母，游荡他方，死生不知，所在无有往来者。闻言已死，不知所在。父母忧之，发病不起，遂不成为人，财产殚尽，外内尽衰，咎在余亲希疏，素无恩分。不直仰天悲哭，泪下沾衣，父有恶行，自致不还于处，身自过责，无有解已。时以行客[⑮]，赁作富家，为其奴使。一岁数千，衣出其中，余少可视，积十余岁，可得自用还故乡。招藏我父，晨夜啼吟，更无依止，甚哉痛乎！

父时为恶，使子无所依止，泪下如行，自无干时。天大哀伤，常使强健，治生有利，使取妻妇，复有子孙，心乃小安耳。复为其子说之，我父行恶，远在他乡不还，时往人去者，卜工问之，殊死生不知所安所在，招藏之[⑯]，有岁数。去行治生，天哀穷人，使有利入，颇有少钱，因求妇相助治生，因有汝耳。我疾我父少小时为恶，故诫汝耳。从今以后，但当善耳，勿效我父远之他所。故复思我过，天哀我耳。汝努力，心为善，勿行游荡，治生有次，勿取人财，才可足活耳。各且相事，无妄饮酒，讲议是非复见失。详思父母言，可无所咎。天上闻知，更为善子，可得久生，竟年之寿。为汝作大[⑰]，以是为诫。

诸神闻知，上白于天，天令善神随之，治生有进，财复将增，生子遂健，更为有足，是天恩也。春秋节腊，辄奉天报恩，既不解，努力为善，自得其福，行慎所言，复自消息。天神常在人边，不可狂言，慎之小差[⑱]，不慎亡身。见诫当责身，勿尤他人也，此戒可知也。欲得大寿者，勿失此戒言。

①给身口：供人食用。自在：自我调配。各门所需。

②茹：吃的意思。

③精华气：精粹的自然元气。

④职当：本该如此。

⑤泽：时雨的泽惠。

⑥移：离开人世。

⑦悬：相去悬殊之义。

⑧大息：出声长叹。

⑨羸（léi，雷）劣：消瘦虚弱。

⑩不全之部：指在死的范围内。

⑪发：发送死者。

⑫食：此处指祭享。

⑬是过：以过为是，即怙恶不悛。

⑭患毒：受到株连。

⑮行客：出外行事以糊口之人。

⑯招藏：指招魂葬，即遇人死不得其尸，便用死者生前衣物招魂下藏。

⑰作大：长大成人。

⑱小差：勉强还过得去。

病归天有费诀第二百一

惟人居世之间，各有所宜，各有所成，各不夺其愿，随其所便安，自在所喜。商贾佃作，或欲为吏，及所医巫工师[①]，各令得成，道皆有成[②]，以给民可用。是天师化，何有不就？使自给口，当念奉天所行，恩分之施，四时之报，皆使不绝香洁而已。是为报天之恩。

行善日久，神灵所爱，是善行所致，何有不从者乎？故天常为其上，司人是非，使神往来，知人所为，善恶辄白，何有失者？知知少，以为不然，故天为视其影响，使闻音[③]，以是为效，风雨迟疾，皆使可知，何有疑者？

动作辄异，文墨相承[④]，亦不失其法，人亦当知可不，安得自恣而不顺天乎？天亲受元气自然，从其教令，不敢小有违之意，恐其有失，而民所为功，犯天法，不避罗网，是为故天命以自诫，为当久生，可与善人等也。

中为人得自在邪[⑤]？故使神随恶行人之后，司其不当所为，辄以事白，过无大小，上闻于天。是自人过，何所怨天书？书有戒而不用，其行得病乃惶，岂可免焉？诚民之愚，何益于天，使神劳心烦苦。医巫解除，欲得求生，不忘为过时。当为恶时，乃如是，何不即自悔责。已病乃求生，已后之，多亡。所有祷祭神灵，轻者得解，重者不贯。而反多征召，呼作诈病之神，为叩头自搏，欲求其生，文辞数通，定其死名，安得复脱？

医巫神家，但欲得人钱，为言可愈，多征肥美及以酒脯[⑥]，呼召大神，从其寄精神，致当脱汝死。名籍不自致，钱财殚尽，乃亡其命。

神家求请，满三不下，病不得愈，何为复请？事祸必更有祸，责在其后。邪神称正神[⑦]，狂行斩杀，不得其人而杀之。咎怨讼上至天，天君为理之，杀事神之家，子孙坐。为病者求福，欲令为求生，呼召不顺，反受其殃。

事邪神之家自言，我神正神者，教其语。邪神精物，何时敢至天君之前，而求请人乎？但费人酒 馎枣 馓之属！得病，反妄邪神之家得愈者[⑧]，谓在不死之伍中。事未上过，可得蒙愈。此天自愈之，邪神之家何得名之，而言多愈人病乎？而责人肥美？

见邪神所为，则召令上之，考问藏罪[9]。藏多罪大，便见不活。事神者，神不往来，人复不中[10]，精神日竭，是邪神自其殃。神家得邪神余物，以给家口，肥美好衣，自以可久。神尝坐之，何望得活而寿乎？受神藏多，不可复贳，并亡其子孙。反言其过杀我子孙，或身亦望久，久亡户。人日当自正，可勿咎天。

今世之人，行甚愚浅，得病且死，不自归于天[11]。首过自搏叩头，家无大小，相助求哀，积有日数，天复原之，假其日月[12]，使得苏息。后复犯之，叩头无益。是为可知：努力为善，无入禁中，可得生活竟年之寿。不欲为善，自索不寿，自欲为鬼，不贪其生，无可奈何也。

行慎所言，辞乐知余者，自计勿枉所为。有病自归于天，可省资费，无为大烦；反举家怔忪[13]，避舍远处。当死之人远何益？凶神随之，当可得脱不乎？愚人为行乃如是，宁能使命在不死之中？可勿避也。舍不杀人[14]，家自衰耳。天神在上占之，欲何所至乎？中为不知汝处邪？

且慎所言，天致爱人，欲使人生，何时欲害杀人？故施禁法，使人不犯之耳。而自犯之，寿命从何得前？当思之思之，复念书言，可无自疑。书复小止，止后念之，当所道说者，复道之。

---

①医巫工师：指从事行医和各种神术活动的社会职业者。

②道：指技艺或方术。

③音：指宫商角徵羽五音。

④文墨：指神灵对人行为的记录与举报。

⑤中：指介乎天地之间，即人世间。

⑥征：责成备办。肥美：指上等肉类供品。

⑦称：伪称。

⑧妄：妄求、妄想。

⑨藏罪：即贪脏罪。

⑩中：指内心不安。

⑪归：通“愧”。

⑫日月：指存活的一定年月。

⑬大烦：这里指竭财迎召医巫神象。怔忪：惶惧。

⑭杀人：指鬼取人命。

不承天书言病当解谪诫第二百二

惟念俗间之人，甚独愚处，不念作孝顺事，而为反逆。不承大书言，而苟自薄[1]。与人既无善，而恶数闻，处者致灾[2]，中者衰落，下者见病，无有休息。是为恶施于人，令咎不容。

无有施恩之意，日夜行侵克善人，令使自怨。无有善意相待，而反自策，陷人入罪名，使得有刑罚，高至死亡而诀。其主有财之家，能自解酒。无钱触法，教吏呼召。亡费解之，赍家所有[3]，皆有价数，乃为解之。分半自得，以给家口，美酒善脁[4]，恣其所得，于意乃可，不知人当从傍平之。所为恶也，自以可久，而与人等。县君严者[5]，使人司候。效功之吏，当有报应。晨夜司之，欲得其为主恶。默疏等辈为谁[6]，径至门阎，内刺合笺，道其姓名。为吏受邪簿，主为间人[7]，道其短长，酒肉甘肥，常不离目下。君得笺书，默召其主，为置证左，使不得诋[8]。罪定送狱，掠治首臧，人复言之，并加其罪闻亦然。

钱财小故[9]，不自努力周进，治生有利，而反卖舌于人，相陷罪名，是正恶，何复久生？长吏所疾，令不得生，是谁之过乎？皆从恶弊人出。父母愁毒，宗家患毒[10]，为行如此，亦何所望，而欲得久视息哉？主作祸罚，而望求生，此为何人？天从上视之，言不可久忍，下文于主凶恶之曹，遣吏从恶鬼，佐助县官，治无状之人，使入死法，不得有生之望。是皆贪非一家之财，以自增益而坐之，得罪定死乃休，无续世之人，乃使先去者不见享食，是汝过非？从今以往，后生之人，见诫当止，乃小活耳。不者，定在死伍之中，不疑也。慎之小差，可无相怨。人命不可再得，人皆如是，何为不从禁乎？

无状之人，结客合伍，劫取人财，其主不全[11]。县官未得杀汝，天代诛罚，上至灭户，下流子孙。用是财故，而反不生，是计何一不纯！故数出此书文者，贵此不犯耳。今续犯之，尤处故。令死亡者多。天甚患之。故见其人有心知者，自不犯之。今世俗人，了不可晓，视其寿书，而不用其言，以为书不可信用也。不当见神仙之人，皆以孝善，乃得仙耳，其寿何极！

且详所言，同出辞，言可令好所为出，恶自令得。各书前后之戒者，但欲使人为善，不犯法耳。何时相枉乎？宜往念思，著于五内，令可奉行，勿非尤于天也。非之无益，更相令过重。慎勿有所恨，行自得之，何怨咎？

努力从善，乃可为人耳。行当自惜，无为鬼所咎，为知不乎？宜各自明其计，勿自逐非，没命不足塞责。殃祸所归者多，怨憎何有止时。持心不密，但空言，无益世间之用，愁毒于人，复何用？相明使有和顺乎！自以为贤，以化他人，为不肖，不当自况[12]。俱生为人，无所照见？问之无有相明之意，是曹之人，皆如六畜。

但口知臭香衣好，礼跪起，不可法则，常有不录之心[13]，见比邻老人，犯倨不起。闭人妇女，议相刑[14]，别其丑好，此为恶人。无所事作，端仰成事，口骂咒诅，以地无神，更相案举，自可而行，不念后患将至，不及相救，救之已晚，何益于事。但为烦苛[15]，终可见理，何以自明解其所负众多？人所非，作祸不止，久至亡家，后无子孙，不见其寿，冤哉此行，亦何可久？太平之书，令下可顺其上，可得长久，不者失命，复见难治[16]。

令世俗人亦自薄恩[17]，复少义理，当前可意，各不惜其寿，纵横自在，以为无神。随疏之者众多，事事相关，及更明堂，拘校前后，上其姓名。主者任录[18]，如过负辄白司官，司官白于太阴。太阴之吏取召家先去人，考掠治之，令归家言，咒诅逋负，被过行作，无有休止，故遣病人。病人之家，当为解阴解谪，使得不作[19]；谪解得除之，不解其谪，病者不止，复责作之，既不解已。以为不然，观其所行，皆有其人，多与少耳，是为可知。复慎其后，勿益其咎。乃为有知，可使无咎，无知自己。患福之间，未曾休止。

各慎书言，不须相负，难为记疏。神不休止，想人知人，而故为耳[20]，是不善故之也。固善得善，恶自不寿，何为有恨？自得之耳。下顺其上，可无恶子，为知不乎？戒之戒之，可令小息[21]。书难为文辞，法令开张[22]，宜不犯耳。书复小解，复有小不定文者，详念其后，但令可知。慎之慎之，小事致大。文复重，故小息耳。息后有言，复陈说之。

---

①自薄：自使命薄。

②处者：首当其冲的人。

③赍（jī，积）：拿出，送人。

④朕（dàn，旦）：菜肴。

⑤县君：一县之主。

⑥默疏：暗中逐个记录下来。等辈：合伙的人。内刺：呈交名帖。内，通“纳”。

⑦间人：伺机设圈套的人。

⑧证左：证据，证人。诋：狡辩，抵赖。

⑨小故：少如原样。

⑩宗家：同宗的亲属。

⑪其主：其结局。

⑫自况：自诩为贤人。

⑬不录：对礼不采纳。犯倨：欺凌傲慢状。

⑭刑：侮辱。

⑮烦苛：指各种礼法条文。

⑯难治：拷掠勘问。

⑰薄恩：鄙薄天恩。

⑱任录：整理核定举吉之书。司官：指长寿之曹。

⑲解阴：解救阴间中其家中先死之人。解谪：解脱天庭的惩罚。

⑳故为：明知故犯。

㉑小息：多存活些时日。

㉒开张：开示张布。

为父母不易诀第二百三

惟有善行之人，自不犯天地四时五行、日月星辰诸神之禁，畏其所施，恐犯之，辄有上姓名，以故自欲为善，行孝顺之义。天地禁书，故不欲令民犯之者，欲令民充盛，何时欲令藏乎[①]？设施当生之物，使得食之，何时欲使相危乎？人自犯耳。故善人无恶言者，各有其文，所诫所成，分明可知。善自得生，恶自早死，与民何争？故置善人文，以示生民，各知寿命吉凶所起，为道其诫，使不犯耳。

行善之人，无恶文辞[②]，天见善，使神随之，移其命籍，著长寿之曹。神遂成其功。使后生之人，常以善日直天王相，下无忌讳，先人余算并之[③]，大寿百二十。其子孙而承后得善意，无有小恶，亦复得寿，白发相次。子子孙孙，家足人备，亦无侵者[④]。佃作商贾，皆有利；入为吏数迁，无刑罚之意，善所叔也[⑤]。

人不能仿效，反倨笑之[⑥]？是善人之心行自善，有益于人。见人穷厄，假贷与之，不责费息[⑦]，人得其恩，必不负之，小有先偿，酒肉相谢，两相得恩。天见其行，复善之，使其出入，无干犯之者。行善之人，天自佐之，不令逢恶，是行所致。其余为不善之人，欲望坐得寿，复有子孙，是为不分别。故天别其寿，殊能行天上之事，与天同心志合，可得仙度，录上贤圣，精神增加，其寿何极？故言善不可不为，亦人所不及，故天重有善人爱之，不欲使有恶也。善恶之人，各有分部，何得二千乎[⑧]？故天书辞具，自可知也。善者善之，恶者戒之，欲使不陷于危亡，之失其年耳。是天报善增其命，恶者使下不成人，是亦可知也，何为有疑乎？

人从生至老，自致有子孙，各令长大成就，在所喜随使安之，无逆其意，各得其宜，乃为各从其愿。为人父母，亦不容易。子亦当孝，承父母之教，乃善人骨肉肢节，各保令完全，父母所生，当令完，勿有刑伤。父母所生，非敢还言，有美辄进，家少财物，俅恭温柔而已[⑨]，数问消息，知其安危，是善之善也。邻里近亲，尽爱象之，成善之行。

见有凶恶之人，不敢与语言，恐相反也。相反之后，更失善，人恶，无复憎之，故皆自重惜，损其子孙，慎无犯禁，使家不安。不但不安也，并及家亲，内外肃动[⑩]，更逢县官，亡减财产。故令自慎，不违书言。能亲安和邕邕[⑪]，无有二言，各自有业，各成其功，是大善之人行，天必令寿，神鬼佑之不敢失。

四时所奉进，各有差序[⑫]。市价取好，不争价直。所以然者，夫有所奉进，皆有精神，随上下进退，小异不洁，辄有文墨，不有失。故顺所贾所道[13]，乃为恭敬。神灵必喜，上白司命，祠官各部吏安行[14]。或自行见其洁香，乃享食。食后，大曾五祖乃于处食[15]，食必欢喜，家遂富有，子孙皆善，无有恶子。

郡县闻之，取召使为有职之吏，辄转入府[16]，府有署显职。州复闻知，辟召亲近[17]，举廉茂才，是善所致也。行自得之，其位必至。是亦相禄禀命所得，明其为善之征，恶不过其门。

天上诸神皆言，是行尤善。但未知天意耳，故使善文善人，记其竹帛，使后生令得贪进遂善家，世世有荣，子孙不离朝堂，帝王爱之，常在善职。是功自然，皆其福所致也。故有善者，当法此书，言取信验，不空言也。

右天上说孝、以止逆乱、却夷狄、令下顺从易治。

《三洞珠囊》卷三引《太平经》第一百十四云：青童君采飞根，吞日景，服开明灵符，服月华符，服除二符，拘三魂，制七魄，佩星象符，服华丹，服黄水，服回水，食环刚，食凤脑，食松梨，食李枣，白银紫金，服云腴，食竹笋，佩五神符。备此变化无穷，超凌三界之外，游浪六合之中。

《上清道类事相》卷三《宝台品》引《太平经》第一百十四云：灵上光台，太师彭广渊治其中。又云：太空琼台，太平道君处之。

---

①藏：这里指命亡入土。

②文辞：指神灵的举报。

③余算：算，天庭在人生前为之注定的寿龄，余算即其享寿未尽，所余之部分。

④侵者：敢于侵犯之人。

⑤叔：通“俶”，开始。

⑥倨笑：嘲笑。

⑦穷厄：穷困。　费息：利息。

⑧二千：汉代人雇贫民代替本人服役，每月出钱二千，称为践更。这里所谓二千，即指践更而言。

⑨美：此处指衣食物品。俫：顺服貌。

⑩肃动：紧张搅动。

⑪邕邕（yōng，拥）：同“雍”，和睦。

⑫差序：指祭品的具体规定和次序。

⑬所贾：所看中的卖主。所道：所要的价钱。

⑭安行：按惯例享用。

⑮大曾五祖：指父、祖父、曾祖父、高祖父、高祖父之父。

⑯府：此处指郡曹。

⑰辟召：征辟召用。

太平经卷一百十五至一百十六

庚部十三至十四

某诀第二百四

前文原缺

夫心同意合，皆为大乐也。苦心异意，皆为乘错[①]，悉致苦气也。夫乐者何？必歌舞，众声相和也。苦者何？必致斗争，众凶祸并起。相乐者，所以厌断刑也；相愁苦者，所以致逆也。其相顺同心，何谓乎？凡人大小能同其意者，必乐也，几类之哉！宜复更自精详其意[②]。天上皇平洞极之师[③]，为天加一言，重解决其意也。然未欲大得天地之心意，有益于帝王政理者[④]，乃当顺用天地之心意，不可逆太岁诸神，同合其气，与帝王用事。同喜同心，同指同方，同运同枢[⑤]，同根同意。

故古者圣人陈法，使帝王春东方，夏南方，秋西方，冬北方者[⑥]，主与此天气共事也，气同故相迎也。是主所谓谨顺天之道，与天同气。故相承顺而相乐。主所言和同者，相乐也；相乐者，则天地长喜悦，不战怒；不战怒，则灾害奸邪凶恶之属，悉绝去矣。恶人绝去，乃致平气，天上平气得下治，地下平气得上升助之也。如不顺乐用皇天后土所顺用气，而休废气也，皆应错逆，逆天地之道，逆帝王之气[⑦]，与天地用意异。天地战怒，万变并起，奸邪日兴，则致不安平，凶年气来，故当深知之也。"善哉善哉！愚生闻命矣。""易晓乎！天喜之，真人慎之。""唯唯，谨详记，不敢忘。""善哉善哉！"

"天明师既加不得已，愿闻其春夏秋冬云何哉？""皆顺其气，如其数[⑧]。独六月者，以夏至之日，并动宫音[⑨]，尽五月。六月者，纯宫音也[⑩]。又乐者，乃举声歌舞。夫王气者，宜动摇，动摇见乐，相奉顺，见奉助也。休囚死气皆欲安静，不欲见动摇，即不悦喜则战怒，战怒则生凶恶奸邪灾害矣[⑪]。是乃自然于地之格性[⑫]，万不失一也。"

"当动摇何气乎？愿闻之以为法，不敢逆一气。""是常先动其帝气，其次动王气，其次动相气，其次动候气[⑬]，其次动微气。此气皆在天斗前日进[⑭]，欲见助兴，故动之。其余气者，皆在天斗后[⑮]，天气所背去，气日衰，故不宜兴动。与天反地逆，不合天地之心，故凶。故天之所向者兴之，天之所背者废之，是为知时气，吉凶安危，可知矣。"

"请问今纯动五音，五音不足，不成歌舞之曲，如何乎？""善哉，子之言也。然但先动故为阴阳者，动则有音声，故乐动，辄与音声俱[⑯]。阳者有音，故一宫、三徵、五羽、七商、九角，而二四六八不名音也。刑者太阴者[⑰]，无音而作，故少以阴害人。无音而作，此之谓也。"

"今军师何故有音哉[⑱]？""善乎，子言也。然，君子有军师有音，但倡乐却之耳，不必欲害之也。及怒发且害之时，非有音声起中而已[⑲]，不复相告语也。子知之邪？""唯唯。真如是，小愚生已觉矣。"

"故古者圣人，将从乐者左载[⑳]，将从刑者右载。吉事尚左，凶事尚右[㉑]，左者阳，右者阴，言各从其类也。""善哉善哉！""故吾事为文也，随天为意，随地为理，顺之者吉且昌，逆之者凶也。与天不同其意，复何所望？故夫天乃有三气，上气称乐，中气称和，下气称刑。故乐属于阳，刑属于阴，和属于中央。故东南阳，乐好生，西北阴，怒好杀，和气随而往来，一藏一见，主避害也。故乐但当以乐吉事，乐生事，不可以乐凶事，乐死事。自天格法如此，不可反也。真人恻慎吾文言[22]。”

“唯唯。今说音独说一甲[23]，殊不尽说之。其余当云何，而悉得知其所尽引哉[24]？”“然，宜拘校凡圣贤文，各以家类引之[25]，出入上下大小，莫不相应。以一况十，十况百，百况千，千况万，万况无极，众贤共计，莫不尽得。故但为子举其端首，不复尽悉言之也。上贤见吾文，自悉得其意；中人见吾文，冀可上及之；小人见吾文，可仪而为之。不犯天地之禁，各使自生善意。尽说之，积文多，反且眩瞀于文，则失其纲纪，令其文乱难理。故当财示其端首，使其自思之耳。”“善哉善哉！”“行，吾辞小竟，疑乃复来。”

“唯唯。请问音声和，得其意与不得，岂可知邪？”“然，可知也。帝王之气，以其天数耳[26]。帝王之气得胜[27]，教令声响音得先发，是乃比若夫帝王得先发号施令于天下，则凡人万物悉随之而从，天下和平矣。有敢不从为反逆，则死矣，故先发其帝王之气，其余从矣。”“善哉善哉！”“然不先发帝王之气，反先动发休囚之气，而反当使帝王之气随从之，为大反逆也[28]。此者，天地格法也，不可强也。子知之邪？”“唯唯。”

“又五音乃各有所引动，或引天，或引地，或引日月星辰，或引四时五行，或引山川，或引人民万物。音动者，皆有所动摇，各有所致。是故和合得其意者，致善；不得其意者，致恶。动音，凡万物精神悉先来朝，乃后动占其形体。故动乐音，常当务知其事。审得其意，太平可致，凶气可去。真人详之。”

“唯唯。请问乐音者，动引之云何哉？”“善乎！子之问事也，得其要意[29]。然，比若春者，先动大角弦[30]动甲，甲日[31]，上则引动岁星[32]、心星，下则引动东岳，气则摇少阳，音则摇木行，神则摇钩芒，禽则动苍龙，位则引青帝，神则致青衣玉女[33]。上洞下达，莫不以类来朝，乐其乐声也。

说一以求其类，无穷极也。自精详索其要意，悉自得也，与凡书文合之，为法式也。故举乐，得其上意者[34]，可以度世；得其中意者，可以致平，除凶害也；得其下意者，可以乐人也。上得其意者，可以乐神灵也；中得其意者，可以乐精；下得其意者，可以乐身；俱得其意，上帝王可游而无事，乐起而刑断绝，精神相厌也。”

“愿闻乐起刑断绝意诀。”“善哉，子之言也。然乐者，太阳之精也；刑者，太阴之精也。阳盛则阴服，阴盛则阳服，故乐盛则刑绝也。”“乐何故为阳，刑何。”“音和者，其方和善得也；音不和者，其方凶恶。当为之时，精听其音。知音者，悉知其事吉凶；不知音者，亦不可知也。

阳者，动而有音声；阴者无声，故刑多以阴害人。古者圣人，将从乐者，随天意，亦随地意。顺之者吉，逆之凶。故天三气，上气称乐，中气称和，下气称刑。故乐属阳，刑属阴，和属中央。故东南阳好生，西北阴好杀；和气随而往来，一藏一见，主辟害也。

音声者，即是乐之语谈也。占远占近，皆当合之，日时姓字，分画境界[35]，王相休废，更相取合，以为谈语，精者听之无失也。”

“善哉善哉！请问以乐除灾害奸猾凶恶，象天地法为数，帝当晏早而动摇其乐器，而始唱其声[36]，以解除愁苦之气，而致太平哉？”“善哉，子之问法，何其常巧也！皇天久疾灾害，怜帝王愁苦，令使真人主问凡疑事邪？诺诺，安坐，吾不敢有可匿也，匿之恐得天责，使吾久被重谪，无益于吾天年。子安坐，详听之，为子一二分别道其至意。

夫天道，比若循环，周而复始。起乐也，常以时加其王气，建响斗所加，方响其面[37]，动其音声，人唱之亦可。各以其音为之，数以六甲五行，五六甲五行，即天地之数也[38]。时气者，即天地之所响，所兴为也。

假令立春之日，斗加寅，名为上帝之时[39]，先动大角。月半加甲，二月斗加卯，月半加乙，三月加辰也[40]。他行效此[41]，各次其时气，晏早为其度数。先动帝音帝弦[42]，次动王音王弦，次动相音相弦，次动候音候弦，次动徵音徵弦，各如其数。此名为承天之教，顺地之气。天地乃自乐用之，而况于人乎？人者，最物之尊者，天之所子也[43]。天乃乐人严敬用其数，地乃乐人谨顺用其数，此犹比若孝子之顺，用父母之教，父母安得不爱而好之乎？

今天故使子来问事，吾主为天谈，为上太平制数，不敢有可遣力，畏天地之谪，不敢欺诸真人，不敢有可隐匿也。唯不见问，问辄言之。吾睹真人问事□□，承知天欲语，故为子具言。真人得吾道，深思其意，以付下古之人[44]，使其象而为之，以除群灾害之属，上以安天地之气，下以助帝王为治，令凡人心安不为邪，万二千物各得其所，岂不乐哉?”“大哉大哉!”“诸真人可谓知之矣。”

“请问六洞八方之事，最何等者为吉善[45]，最何等者为凶恶?”“善乎！子之问事。然，详听之，为子说其意。最相顺相乐为善为吉，相逆相愁苦为凶为恶。相顺相乐为善声，相逆相愁苦为凶声。故乐者乃独乐，相顺乐为善乐，吉事乃得作乐，凶恶事不得有乐，有乐名为乐凶，凶日多。是故时加帝王之气、相气微气，皆在天斗前吉事也。天地所乐，欲兴起也，天地所共，方兴用也，故当乐之、顺之、昌之也。休废之气，天地所共废共衰，故当废之，不宜兴乐之，乐之为逆天地心，名为大逆，不顺时气。时气者，正天之时气也[46]。天地为法，王相之气主太平也。囚废绝气主凶年。王相之气多所生，多善事。故太平之岁，凡物具生，多善物，是明证也，天地之大效也。天地之喜善效，乃及见于人民万物，以是为大效证验也。

故古者圣贤，以是深自占相[47]，自知行之得失也，明以同类同事同气，占相之也。得同气类之象，则改性易行，不敢为非也。天地之语言，以此为效，不与人交头言也。视象类所得，可自知矣。夫囚废死绝气少所生，无成善事，是故凶年之岁，少可生，无善应，无善物，是其同事同气也。是故将太平者，得具作乐，乐者乃顺乐王气，平气至也，先以道之。凶年者，不得作乐，不得无故兴乐，囚废之气与天地反逆，故凶年凶事，不得作乐也。故王相之气，德所居也；囚废之气，刑所居也。故有德好生之君，天使其得作乐；无德之君，不得作乐也，是天之明证也。真人知之邪?”

故凶岁，少善应。故将太平者具乐者，当顺王气。凶年无故不可作乐，囚废气与天地反逆，故凶也。王气，德所居也；囚废，刑所居也。

“唯唯。可恢哉！今日具问天明师，乃具知天乐意。不问之时，谓作乐但小事，凡人凡事皆得为之也。今日问，乃后不敢妄动摇也。”“善哉晓事生，可谓知文书理，长得天之意矣。太平至，灾气悉去矣。”“谨复重请问心所疑。”“行，平言勿讳也[48]。”“唯唯。今天地之气，乃半王半休[49]，比若昼夜，无有解已，乐宁可竟日作之邪？独加王乡[50]，有王气时可作邪?”“但始作之时，以其帝王始其，无以休气始也。岁亦然，月亦然，日亦然，时亦然[51]。”

“今愚生未及其意。然，欲乐岁，岁在东方卯，以春二月乃乐之[52]。欲乐月，各加其月[53]，日者以王日，时者以王时[54]。如是则可谓得天之道，灾气去矣。如不若此，皆为乱天之纪，生凶灾矣。是故古者圣王，深知天地心意，不敢乐凶事。凶事见乐，则凶事日兴多，兴多不可救，故不当乐之也。天之授性[55]，各自有精神。乐善，善精神至；乐恶，恶精神至。此自然之性也，无有怪也，但愚人不深计之耳。”“善哉善哉!”

“真人欲知其大效，此比若天道也。诸清净者乐归天，诸沉重者乐归地，各从其家[56]，无可非也，故乐善得善，乐凶得凶，比若水从下，火从高，不失铢分。真人以此书付有德之君，以示凡人。今太平气至，天兴善，皆使乐善也，不得复有无故乐凶事者也。乐凶事者，乃与天为仇，与地为咎[57]，其过不除。今天上名此乐凶事者，为大反逆之人也。天凶气，地中诸咎悉且来下归之也。"

"请问卒有急，当以乐乐吉事，时不暇待，加王乡斗前，当奈何哉?""善乎，子之问事也，得其要意。然，使乐人居王乡[58]。不得居王乡者，令乐人众人，亦向王请之，亦以其音，亦以其数。如但其人姓字，举持律历[59]，音气相应，亦可顺其王相时气，而依其人使作乐，亦可如此[60]。如此者，皆为顺用天地之教，令无灾害也。如不若此，有与凶囚气合者，悉生凶事。

又举音倡乐，亦当以吉，吉音善事[61]。夫王相气，比若人之有君主，亦不欲听闻凶事、凶言、凶音也。所以然者，王相之气乃为皇天主生，主成善事，乃而助天生成也。恶音凶事，不而助天生成凡物，是故王气不欲乐闻之也，斗前之气皆不欲乐闻之也。是故古者圣贤帝王，悉积聚善言善事，不内凶恶之事。名为祆言，罪即诛死；其罪未足以诛死，但恶其祆言不祥耳，故杀之也。真人岂知此禁重邪?"

"唯唯。可核哉！可核哉!""子知早核，可长存；不知核，死之根也。

一曰先顺、乐动天地四时帝气，一事加三倍以乐天[62]，令天大悦喜，帝王老寿，祆恶灭，天灾害悉除去，太阳气不战怒，国界安。而知常先动顺乐之者，天道为之兴，真神为之出，幽隐穴居之人[63]，皆乐来助正也，□□哉！二曰先顺、乐动天地四时王气，再倍以乐地[64]，地气大悦，不战怒，令王者寿，奸猾盗贼兵革消，国界兴。善下悉乐承顺其上，中贤悉出，助国治，地神顺养，□□哉！三曰先顺、乐动相气微气，令中和之气大悦喜，君臣人民顺谨，各保其处，则佞伪盗贼不作，境界保。故和气日兴，王气生，凡物好善。四曰慎无动乐死破之气，致剧盗贼[65]，又多卒死者，国界常危难安，致邪气鬼物甚多，为害甚剧，剧则名为乱扰，极阴之气致返逆，慎之慎之。五曰无动乐囚废之气，多致盗贼，囚徒狱事[66]，刑罪纷纷，甚难安。民相残伤，致多瘤病之人。六曰无动乐衰休之气，令致多衰病人，又生偷猾人相欺[67]，多邪口舌，国境少财，民多贫困。

乐上帝、上王、相微气三部，今天地人悦，致时泽[68]，灾害之属除去，名为顺天地人善气也，致善事。乐下三部，死破、囚休衰之气[69]，致逆灾天时雨，邪害甚众多，不可禁防也。此诸废气动摇乐之，则致恶气大发泄，贤儒藏匿，县官失政，民臣难治，多事纷纷，不可不戒之慎之也。

天地凡事，有固常法。有气之乡而向尊者，欲见乐；无气之乡衰死者，不宜见乐。故乐善者，天上名为顺政；乐恶者，天上名为逆令。顺政者得天力，逆令者得天贼，得天力者致寿，得天贼者致凶咎。所以然者，天之为政犹影响，不夺人所安。乐善得善，乐恶得恶，是复何言！夫善恶安危，各从其类，亦不失也，但愚人不计之耳。是故乐道者，道来聚；乐德者，德来聚；乐武者，武来聚；乐正者，正来聚；乐邪者，邪来聚，何尝不若此乎？故吾深计天之法，以戒真人也。□□哉，天法不可犯也，故重丁宁子。""唯唯。"

"所以三倍帝气乐贤者，帝气最尊无上，象天尊，故倍乐之。天者，而制御地与人，故三倍之，象天地人也。夫天地人见乐兴理，而万物各得其所，瑞应善物万二千，为其具出矣，故先乐之也。乐之当详听一意，端坐长思，心中悦喜，愉愉然也。忠信至诚，无有恶意，比若对帝王而坐，不敢邪僻。天应其行，祆恶灾害之属莫不悉去。因天为尊，因帝气为权，自然天述法[70]，故致太平不难也。""善哉善哉！"

"所以再倍王气乐弦者，王气象地，地者与人并居，故再倍其乐，乐地也。地与人见乐悦喜，而万物并理得矣。又地者卑，故其乐少于天也。”“善哉善哉！”“又王气弱于帝气，卑于帝气为一等，故少之也，尊卑相次之法，其分自然也。”“善哉善哉！”

所以三倍帝气乐弦者，帝气最尊无上，象天尊，故倍乐之。万二千物俱生，善气悉应。所以再乐相气乐弦者，相气象地，地与人并居，故再倍其乐，地地也与人并。人见皆悦喜，而万物并理。

“所以乐相气微气一行者[71]，相气微气象中和人。夫中和人卑于天地，故其乐少。人者，主为天地理万物，人乐则悦喜为善，为善则万物理矣，人不乐则为恶，为恶则万物凶矣。”“善哉善哉！”“又人者，是中和万物之长也。其长悦喜理，则其万物事理；其长乱，则其物乱。故先乐其长，以顺乐天地人之道也。”“善哉善哉！”

“是故上善之气最尊善，故乐得三重也，以乐善也。是故古者帝王治得善，得天心意者，得重乐也，是其明证也。今太平气至，故教其兴乐也。衰乱之气应凶年，故不得兴乐，如兴乐，名为兴乐凶衰，天上名之为大逆也，灾害之本，祸之所从起。可不慎乎？”“善哉善哉！”

“是故其次乐再重，王气不若帝气，故乐少。是故治少善者，乐为之衰少。所以衰少者，气衰不而大善，故不敢重多乐也。中有凶气，故不敢具其乐也。比若人家七善三恶，则心中为之不而乐，此之谓也。”“善哉善哉！”

“夫七善三恶，善多恶少，安而止乐乎？人心中虽乐，时念三恶，则不而纯乐，此天性也。乃且尽善。无复一忧，乃而大乐也。故乐以乐善，不以乐凶也。”“善哉善哉！”

“吾言乃天明券，书不失一也。是故其次乐一行，相气微气，少所而安人，德最少，不而若天地气也。故乃微少，不而若天地，故少其乐。相气微气少所而化。乃其中国，固多恶少善，故不敢多具其乐也，反名为乐凶恶。其善少，故其乐少也。所以少者，但乐其中善者，不敢乐其中凶恶也。乐其中凶恶，比若小人，有七凶三善，三善谪得三从乐，有七凶恶反七愁苦，悒悒安而从乐乎？所以然者，十十为法者，十乃三折之也。帝气十十皆善，王气者二善一恶，相气者二恶一善也。故帝气者象天，天者常乐生，无害心，欲施与，三皇象之，常纯善良，无恶无害心。天如三皇，三皇如天也。故上善之人无一恶，但常欲为善，其象天也，其象真神乎！”“善哉善哉！”

“王气者象地，地者常养而好德，五帝象之也。地虽养者名为杀[72]，故五帝时有刑也。”“善哉善哉！”

“相气微气者象人，人者无常法，数变易，三王象之[73]，无常法也。夫和气变易，或前或退，故上下无常。和者睹刚亦随之，睹柔亦随之，故无常也。

衰死囚亡之气，象万物，数变乱，无正相出入，五霸象之[74]。其气乱凶，故不得有乐也。夫天地之性，乐以乐善，不以乐恶也。夫天地之武以诛恶，不以诛善。天地格法，不可反也。”

帝气乐，三皇象之，如天也。王气乐，五帝法之，象地，好德养物，而时复刑也。微气者，三王象之，无常法。衰囚亡之气，五霸象之，其气乱。天地之有武，以诛恶而遵善，可深察之。

“善哉善哉！请问乐以乐善意，愿闻大诀，使愚生心悉解，而不敢复问，岂可闻乎？”“子自若不解邪？”“谨已小解。恐下古之人，积愚迷日久，虽与其文，犹复不解，复令犯天禁，故不敢不问其大诀易知者矣。”“善哉！子之言，得其意。诺，安座方解之。然，夫上善大乐岁，凡万物尽生善[75]，人人欢喜，心中常乐欲歌舞，人默自相爱，不变争，自生乐，上下不相克贼[76]，皆相乐。故乐生于善以乐善，天使自然如此也。”“善哉善哉！”

“夫大凶年，凡物无一善者，人人皆饥寒，啼呼哭泣，更相克贼，默自生愁苦忿恚，心中不乐，何而歌舞？乐默自废绝。故凶年恶岁无乐，天使其自然无也，是则明天不乐凶恶之证也。是故乐为乐善生，武为兴凶作。是故古者帝王将兴者，得应乐善也；将衰者，得应恶也。此者自然之法也。是故乐生善，善生乐；凶凶生乐武，武生凶；无为生乐[77]，乐生无为；武生乱，乱生武；乐生歌舞，歌舞生乐；凶恶生愁苦，愁苦生凶恶。以吾文见下古之人[78]，使其思之乐之。诀说小竟于此。”“善哉善哉！”

右五音、乐当所动发前后、天地人心意、以致太平、除灾奸、致和气出大诀[79]。

---

①乖错：违逆错乱。

②精详：精念详察。

③此句是传道天师的自我称谓。上皇平洞极：使最盛明太平气通透到极点。解决：晓喻裁定。

④帝王：这里指帝气和王气。

⑤指：指问。运：运作。枢：枢轴。

⑥以上四句，主要是说举行迎吉礼。即立春之日，迎春于东郊，祭青帝，车旗服饰皆青，歌以角声，舞以羽翟，为迎春之乐，立夏之日，迎夏于南郊，祭赤帝，车旗服饰皆赤，歌以徵声，舞以鼓鞉，是迎夏之乐，立秋之日，迎秋于西郊，祭白帝，车旗服饰皆白，歌以商声，舞以干戚，为迎秋之乐；立冬之日，迎冬于北郊，祭黑帝，车旗服饰皆黑，歌以羽声，舞以干戈，为迎冬之乐。

⑦帝王：王为五行休王说和八卦休王说的专用术语，意谓旺盛，占居统治地位。王气象征地。帝是作者由王气推衍出来的一气，至尊贵，象征天。

⑧数：度数，定式。即按五声十二律同阴阳五行、季节月份、节气时令的配属关系，来安排和从事乐舞活动。

⑨宫音：五音之主，属土行。夏至在农历五月下旬，此时极阳生阴，阴气始微，为扶助微气，以成万物，故须并动宫音。

⑩六月为夏季，土行占统治地位，故出此语。

⑪动摇：召感。此句是说动摇必将招致的恶果。

⑫格性：绝对不可改变的本性。

⑬候气：用律管装苇膜灰所测定的相应变化的节气。

⑭天斗：即北斗星。北斗星斗柄沿顺时针方向旋转，其递次所指方位，即为尊。如斗柄指东，天下皆春；指南，天下皆夏；指西，天下皆秋；指北，天下皆冬。

⑮后：指斗柄指向某一方位，由第一星至第四星所组成的斗魁同时指向的方位，二者形成对冲。

⑯故为：原本属于。俱：齐来。以上三句，系本汉代乐纬为说。

⑰太阴者：最旺盛的阴气的代表。

⑱军师有音：对已方来说，出师之日，乐宫吹律合音，以测士气。应商声则战胜，军士强；应角声则军扰多变，失士心；应宫声则军合，士卒同心；应徵声则将帅急躁屡怒，军士疲劳；应羽声则兵弱，少威明。对敌方来说，前去侦察，以律管当耳，大呼悖动敌方，敌方传来微妙之声，声音律管为角声，角属木，则用白虎金神克之；声应律管为徵声，徵属火，则用玄武水神克之；声音律管为羽声，羽属水，则用勾陈土神克之；声无所应，则为宫声，宫属土，则用青龙木神克之，是为五行之符。

⑲起中：鼓舞斗志。

⑳左载：处居左方。

㉑此二句本于《老子·三十一章》。左为东方，东方主生，故吉。右为西方，西方主杀，故凶。

㉒恻：通“切”，诚恳。

㉓一甲：指上文所言五月动火行徵音及夏至并动宫音和六月纯动宫。一甲为一个六十甲子，即二个月。

㉔引：五音引动的现象。

㉕以家类引：家指对同一问题持有独到见解的各个学者或学派，类引则谓依事按类进行比较归纳。

㉖天数：先天定数之义，即位居第一。

㉗胜：占居绝对优势。

㉘以上几句是说，春动角声，则春气和；夏动徵声，则夏气和；六月动宫声，则季夏气和；秋动商声，则秋气和；冬动羽声，则冬气和。反之，春宫秋律，则百卉必凋；秋宫春律，则万物必荣，夏宫冬律、则雨雹必降；冬宫夏律，则雷必发声。

㉙要意：切要的旨意。

㉚大角弦：指音高同十二律相应的角调调式。弦：这里指弦律。

㉛甲：天干第一位，这里指孟春日功之名。

㉜岁星：即五大行星中的木星。心星：即东方七宿中的心宿，被视为天帝布政之宫。二星均配木行，故出此语。

㉝少阳：不太旺盛的阳气，即春气。钩芒：古代传说为少皞氏之子，死为木官之神。苍龙：木行的鲁精。位：方位。在地指伏栖氏，在天名灵威仰。青龙玉女：木行女神名。

㉞上意：至高最深的旨意。

㉟姓字：特定的叫法。分画：即分划。境界：境区界域。

㊱晏早：早晚，这里义为先后。唱：通"倡"，倡导。

㊲建响斗所加：随北斗星斗柄所指向的方位。方响其面：斗柄指的那一方位。

㊳六甲：指甲子、甲戌、甲申、甲午、甲辰、甲寅，各为六旬之首。五行：五个，此句是说六甲五行的五倍数，即五十五。天地之数：指天数一三五七九，地数二四六八十。天数相加是二十五，地数相加是三十，总和为五十五。

㊴寅：地支第三位，代表二十四方位中的偏东北方和立春。此处作的假设与所列二十四节气变化图式均错一位，即斗柄指东北维为立春，寅为雨水。上帝：第一尊严地气。

㊵甲：这里代表寅位左部方位和雨水。(应为惊蛰) 卯：地支第四位，这里代表正东和惊蛰（应为春分）。乙：这里代表偏东方和清明（应为谷雨)。以上八句，是说春季木行依次动角音的法则。

㊶他行：指火行、土行、金行、水行。

㊷帝音帝弦：指音高同地气相应的各音调式。如：依照，递从。此句强调人为万物之长的帝位。

㊸子：当成儿子来养育的意思。

㊹下古：指夏商周以下的历史时期，这里谓东汉当期。

㊺六洞：六方通透至极之处。何等：属什么。

㊻正天：明正皇天。

㊼占相：占测察验。

㊽平言：直接说来。

㊾此句是说春季木行少阳气、夏季火行太阳气、秋季金行少阴气、冬季水行太阴气轮流占居统治地位和休退状态。

㊿王乡：北斗星斗柄指向的标志王气所在的方位。

51时：指一日的时辰。

52岁在东方卯二句：东方被五行家视为动方，阳气震动万物，万物应阳钻地而出；卯义为茂，二月仲，春雷始发声，音律同夹钟相应，故出此语。

53此句是说选择斗柄所指，标志每月节气所在的时日。

54王日：指春季寅日，秋季申日之类，属吉日，团其居正位，有所谓帝王之象，称王日。王时：指早晨、正午等。

55授性：赋予万物体性。

56天由清轻之气凝成，地由浊重之气凝成，清净物属阳，沉重物属阴，故出此语。

57与地为咎：安排场地有困难。

58乐人：指以音乐为职业的人，又称乐工、乐伎。居王乡：提前置身于预定的王气所在处。

59律历：乐律和历法。古代以律起历，以历明律，故二者合称。

60以上所云：本于吹律定姓说和五音占卜术。

61善事：使事良善。

62三倍：指乐舞扩大规模的比例数。之所以如此，是取象于天地人。

63幽隐穴居之人：身怀道术的隐士。

64再倍：亦指乐舞扩大规模的比例数。原因是取象于地与人并居。

65剧：繁多。

66狱事：指诉讼审判之事。

67偷滑人：偷机取巧的人。

68时泽：指应时而至的和风细雨等泽惠。

69以上所谓六部十气，是对一行休王说和八卦休王说的糅合。诸气的象征对象，参见本经乙部和卷六十九。

70权：权量，衡量。指作出相应的决策。述法：演示法则。

71一行：即一部。

72地虽养句：地属阴，万物至秋冬枯败，故曰杀。

⑬三王：指夏禹、商汤、周文王和武王。

⑭五霸：指齐桓公、晋文公、秦穆公、宋襄公、楚庄王。

⑮上善：最好的。善：良好，指量多质优。

⑯克贼：制胜伤杀。

⑰无为：顺适自然之义。此系黄老道家的重要治国原则。

⑱见：昭示之意。

⑲此句是对全篇主旨的概括说明。

神书青下丹目诀

吾书中善者，悉使青首而丹目[①]，何乎？吾道乃丹青之信也[②]。青者生，仁而有心，赤者太阳，天之正色也[③]。吾道太阳仁政之道，不欲伤害[④]。

---

①善者：指重要精微的论断，青首而丹目：指用青色帛作衬底，用红色来写题目。《太平经》为帛书写本，帛取青白色，上面打有朱红界划即竖格，青首而丹目。此句是说本经在装帧和书写上的独特设计。

②丹青之信：丹青这两种颜料，不易褪色，故曰信。

③青者生：以五色配五行，青属木，木主生，故言。仁：以人化五常配五行，仁属木。按照五行相生的顺序，木生火，而火为心，因此说青者仁而有心。赤者太阳：赤色是火行的象征物。天之正色：本经卷六十九谓：天之为色，外苍象木，内赤象火。

④此句是说职在化生、养长及施予。

苦乐断刑罚诀

“请问今太平上皇气具至，天土理，何所先后，岂可闻乎?”“今天上为法也，乐者顺之以乐，苦者顺之以苦。天上之为法如此矣，乃太平气至，故天上从其乐，以顺奉之，大急兵杖而断刑罚[①]。地上亦然。乐者，阳也，天之经也[②]；兵杖刑罚者，阴也，地之怒也，阴兴必伤阳化[③]。今太平气至，乃天与神、兵共治，故断刑罚兵杖争讼，令使察察[④]，万世不复妄也，皆如日月，不可久蔽藏也。

元气自然乐，则合共生天地，悦则阴阳和合，风雨调。风雨调，则共生万二千物。凡物乐，则奇瑞应俱出，生万物之应，精上著天[⑤]，三光更明察察也。三光乐而合，则四时顺行[⑥]，春乐生，夏乐长，秋乐收，冬乐藏。四时乐喜，五行不逆[⑦]；则人民兴。人民兴则帝王寿，帝王寿则凡民乐，凡民乐则精物鬼邪伏矣。精邪伏，则无夭病死之人。无夭伤人，则太平气至矣，万国不战斗，盗贼贪猾绝矣。

天地六万神俱乐喜也，天地真仙人出。天地真仙人出，则正气悉见，而邪气悉藏。恶人悉坐自思矣，善人行矣，神人策书尽出[⑧]，而邪伪文亡矣。人莫不悦乐喜，阴阳和合，同心为一家，传相生。

凡事乐者，无有恶也。凡阴阳乐，则生之始也，万物所受命而起也[⑨]，皆与人相似。男女乐则同心共生，无不成也[⑩]。不乐，则不肯相与欢合也，怒不乐而强欢合，后皆有凶[⑪]。今吾之文，才举其大纲，见其始。以乐化之为不善[⑫]，安可胜记也?

已知乐之善，未及不乐之禁，复为开其纲纪。恍惚不乐，不肯并力合心，而共生元气，著自然也。元气自然不乐、分争，不能合身和德，而共生天地也。天地不乐，阴阳分争，不能合气四时五行，调风雨，而盛生万二千物。万二千物不乐、争分，多伤死，其岁大凶。凡事不乐、争分，三光为之失明，帝王愁苦，万民流亡也；善气蔽藏，恶气行也；正神远去，鬼物兴也；万物人民夭死，无有年也。万二千国分争[13]、不乐，刑罚大起，兵革扬也，乐断废也，则刑大起，六方不和，则日日凶也。天气不调，正从此起，而人不知其所由，反归过以罪上，而责帝王。不得其大过，反下责上，尽逆气，何能致太平？反致凶。故刑气日兴，乐者绝亡，咎在中古以来，师教时时有设者，反开列兵之门，闭其乐户，故使邪奸得起，不可卒止[14]。

大咎在此，故今天上洞平气至[15]，大纵乐，除刑罚也。地上亦然，吾不能胜记纵乐之为善也，纵乐之为恶也[16]。是故阴阳之道，从天上，尽地下，旁行无穷极，牝牡之属，相嬉相乐，然后合心，共生成，共为理，传天地之统，御无极之术[17]。设使不相嬉，不肯合心为一，肯共生共成，共为理，共传天地之统，御无穷之术？力以刑罚，威而合之，久久犹败。相背分争，阴阳相克贼害，不可禁止也。正使父子、子母、夫妇极亲，会相害也，共乱天道，断无世也[18]。其大过所致，如此矣。

乐为天之经，太阳之精。孝为地之经，太阴之精。故乐者倡始，倡生，倡合乐成功。天者常嬉善嬉生，故常与天合，与同气也。乐合乃能相生，当有上下，故乐为天为上，孝为下象地。地者下，承顺其上，阴事其阳，子事其父，臣事其君；君上事天，地亦事天，天事其上[19]，故与地同气，故乐与孝，最顺天地也。

《易》者理阴阳气，八风为节，与六甲同位[20]，阴阳同体，与天地连身，故为神道也[21]。刑者，绝洞阴战，不和之气也，故常随阴节而起[22]。刑者，得阴而剧，得春夏而服，得秋冬而兴。盗贼得夜而起，奸邪得幽冥间处而作，鬼物诸病得冥而发，怨咎得险狭而聚相杀也[23]。此则不乐从刑之大征，可不慎乎？"

"愚生畏之。""子知畏之，寿之征也；不知畏之，祸之门也。戒之慎之！是故天上为政，各纵乐以为化本[24]。人人使俱自乐相化，坐思其过得失，莫为善易哉[25]。天上为政如此也，地上亦然。故理欲疾平者[26]，务断分急刑罚，倡乐为先，皇平之气立至矣。"

"请问天上太平气自时来至也，人皆当自化为善，万物自当平安无病。令天上为法，何故反以人倡之，作乐以相化乎？""凡事在其先导之、教之。善恶，是化之先也，开蒙愚之门也。故天将有可为，皆先倡其先，其象见于天，神文出，古者圣人象之为作意[27]。故上三皇乃教化以道，其人民尽有道，物亦然。五帝教化多以德，其人民多类经德也[28]，物亦然。三王教化多以文，其人民多文，物亦然。五霸教化多以武，其人民多悉武好怒，尚强勇，此非悉化之首也。故善人之乡者多善人，恶人之乡者多恶人，此非相易也[29]。

凡天上、天下之事，各自有师法，各象其师法，而所化悉相类似。天者好生兴物，物不乐，不肯生。今天上皇平洞极之气俱出治，阳精昌兴[30]，万物莫不乐喜，故当象其气而大纵乐，以顺助天道。好是，则天道大喜。今帝王理平，人民寿，故其纵乐，以奉天道，又使各坐思自化，何有各乎[31]。又乐者，天也，阳精也，阳与则阴精伏，犹如春夏起，秋冬伏，自然之式也。真人务顺吾书言，刑自绝。为化如此，与神无异。故理难平，化失之耳。"

"今天道自有衰盛吉凶，何反言师化之首乎[32]？""天地不与人语也，故时时生圣人，生圣师，使传其事，此主天[33]。时且吉乐，故生善师，使善言善化。天道将乱凶衰，则生恶师，使教化恶也。是主化天道，且自善自恶之征也者。夫且乐岁生善物多，五谷成以食人，其人好善[34]。天且恶岁生恶物多，善者少，以恶物食人，其人色恶。是其化人之师明征也。故善师出，恶师伏，是天盛衰之征，是主天也。

今天道大周，故使吾下善说，真人善事，乐其化为上善[35]，故以第一事教之。天周备其事，具者必乐[36]。子知其意，若人、物周遍，有其家为其乐。今天周遍，有何不乐，而曰凶乎？此书万世不改，天上之化如此矣。”

---

①大急兵杖：最以兵杖为最危急。

②经：常道、常法。

③以上七句，源于《春秋繁露——阳尊阴卑》：喜怒衰乐之发，与清暖寒暑同类。喜气为暖而当春，怒气为清而当秋，乐气为太阳而当夏，衰气为太阴而当冬。寒暑移易其处，谓之败岁；喜怒移易其处，谓之乱世。明之象天务德不务刑。

④以上四句意为，元气属阳，主生，自然而化属阴，主养。

⑤精：指万物之精。

⑥顺行：依次交替。

⑦不逆：保持正常的生克关系。

⑧神人策书：指天师一类人物所编撰的《太平经》这类神书道经。

⑨受命：禀受阳施阴化的天命。

⑩男女乐二句：指生儿育女。

⑪后皆有凶：生出的后代都存在先天缺陷或后天厄运。

⑫以乐化之句：用阳天之乐化解不善之事。

⑬万二千国：是《太平经》作者运用术数，结合战国阴阳家邹衍“大九州说”，以及分封制而拟定的世界政区数目。

⑭户：喻指途径。卒：最终。

⑮上洞平气：最透彻的太平气。

⑯吾不能二句：纵乐有利还是有弊显而易见，不胜缕述。

⑰御：运用，掌握。无极之术：指递相传衍，永不灭绝的自然法则。

⑱此句是说家族灭绝。

⑲上：指上重天。古代认为天有九重，故出此语。

⑳同位：指八卦各卦主要四十五日，周行一年四季，当三百六十日。三百六十日则为六十甲子纪日的六度循环期。

㉑神道：神妙莫测之道。

㉒阴节：指立秋、立冬等节气。按照月令图式、秋冬则断狱行刑。

㉓怨咎：指相仇怨憎恶的人。得险狭而聚：狭路相逢。

㉔化本：教化之本。

㉕莫为善易哉：没有比此法更好更容易的了。

㉖疾平：迅速太平。

㉗作意：举措的宗旨。

㉘经德：常德。

㉙相易：互换。

㉚阳精：火行之精。东汉盛行汉为火德说。

㉛此句是说天人不受教。

㉜师化之首：为师行引教化属于首务。

㉝主天：代天宣教之义。

㉞好善：指体魄健壮，面生光泽

㉟大周：大循环一轮，指火行赤气又全面占居统治地位。其：指世人。上善：最善的人。

㊱具者：具持行导的人。

太平经卷一百十七

庚部之十五

天乐得善人文付火君诀第二百七

“今真人积善又贤，事事通。今天上皇洞平气具至，今天上欲有可急得，子亦岂知之乎哉?”“小生性愚且蒙，不及，唯天师。”“行，诸真人安坐，为子悉陈之。今天上乐得善人，可以调风雨，而具生凡物者①。初天地开辟以来，人为善者少，少而中天意者。天常以是为忧患，而今地上人无中天上可求者。”

“今天上何不自生人，而反乃取于地上人乎?”“夫天地之生凡物也，两为一合②。今是上天与是下地为合，凡阳之生，必于阴中，故乃取于此地上人也。又人含阴阳气之施，必生于土泉③，故皆象其土而生也。故五方异俗，天下小小而不同。故万二千国一部中人④，不相似也。子知之乎?”“唯唯。”

“人生而常善者付于父⑤，故善人上付于天也。万物之精善者，上合为天，为三光也。其中者付于人，使其仕，顺阴阳而理万物也。其下者付于土，使步行而作事也⑥。真人知之乎?”“唯唯，善哉善哉!”

“是故今天上欲调风雨，具生万物，乐得善人，故吾见遣，下简索之也⑦。以文付真人，以与谨民，令付上火精道德之君⑧，使以示天下人，共思吾书言。故以付真人，慎毋断绝，子且病之，加戒慎事!”

“唯唯。今愚生以为天上乃无极，而正独与此下地为合乎?”“善哉！子之难也。天虽上行无极，亦自有阴阳，两两为合。”“今地下亦自有合乎?”“然，地亦自下行何极，亦自有阴阳，两两为合。如是一阴一阳，上下无穷，傍行无竟。大道以是为性，天法以是为常，皆以一阴一阳为喉衿⑨，今此乃太灵自然之术也，无极之政，周者反始，无有穷已也。

欲为真人分别一二而陈道之，真人会不而知之耳。故略为子举其端，见其始，著其大纲，自思出其纪，令天下地上贤圣自美之耳。子知之耶?”“唯唯，愿闻其教。”诺，自详记吾言。于吾教，子上而息⑩。”“唯唯。”

---

①具生：具通“俱”，完全。无一遗漏地化生。

②两：指天之阳气与地之阴气。一合：指阴阳交合，即阳施阴化。

③土泉：源头，出生地。

④一部：大九州。战国时期阴阳家邹衍创立的地理假说。

⑤善者：指地上生存的贤圣之人，能助天调风雨，具生万物。

⑥作事：指从事物质生产活动的，处于被统治地位的人。

⑦见遣：被派遣。简索：挑选索取。

⑧上火精道德之君：指按“五德始终”的历史循环论而以火德自居的东汉当代帝王。上火精：属于第一等火行之精的人。

⑨喉衿：咽喉与衣领。指要领、关键处。

⑩上而息：崇尚（吾教）从而得以长生。

天咎四人辱道诫第二百八

“今天上有何大憎恶，名为天咎[①]。真人学用日久，岂亦深知之邪哉?”“今愚生不及何等也，愿闻之。”“然，古今诸为道者，乃皇天之所取法也。最善之称，冠无上[②]，包无表，内无里，出无间，入无孔，天下凡事之师也；生之端首，万事之长[③]，古今圣贤所得之长；今帝王之所以得天心，以自安民之父母，凡化之所从起也。真人知之邪?”“唯唯。”

“夫道，乃天也，清且明，不欲见污辱也。而今学为道者，皆为四毁之行[④]，共污辱皇天之神道，并乱地之纪，讫不可以为化首，不可以为师法，不可以为父母，俱共毁败天之宝器[⑤]，天之皆名之，名为大反逆之子。

汝居地上，不中师法[⑥]，上天安而反中师法哉？子欲知其审实，此若小人居民间，不中师法也，至于帝王之前，宁而中师法不哉？如使处下不中师法，而上天反畜之，以为师法中类，天上与帝王之前，反当主畜积邪恶之人邪哉？故天上深知其失道意非，故疾咎之也。

今洞上皇平气至，不而复容此四人。此四人也，乃使天上、天下共贱为道者，反名为恶子。是故令使人，道日衰消休废，不复起。今天下之人共为恶，正此四人所毁败也。今天上大憎咎之，故欲更选七也[⑦]。真人知之邪?”

“愚生今受性顽钝[⑧]，讫能不解，何谓也。愿闻之。”“子尚不即解，何望于俗人哉？诺，开耳精听，为子详陈道大瑕病所起，使天下后学者，令昭然知其失道也。其第一曰不孝[⑨]，第二曰不而性真，生无后世类[⑩]，第三曰食粪饮其小便，第四曰行为乞者。故此四人者，皆共污辱天正道，甚非所以兴化而终古为天上、天下师法者也。假令得道上天，天上简问之[⑪]，尽为恶人。今不可以调风雨，而兴生万二千物，为其师长也。”

“可恔哉！可恔哉！小生聋暗，讫不知有过于天。今唯皇天明师，愿见为复重察察，分别解之，冀蒙心得更开。”“行，详聆听，为真人具道其意，使可终古以为万世之法。后生谨良为道者，不复犯天禁令使得道而上天，天上更喜之。比若地上帝王得善人，与共为治，亦喜之也。故天上所进，地上亦然，岂不善哉!”“唯唯，闻命矣。”

“道者，乃皇天之师，天之重宝珍物也。为者，其行当若天；成道者，当上行，天乃好爱之仕也[⑫]。今或有过误，得道而上天者，天上受如问之[⑬]，反皆有不谨孝之行。道为化首，天为人师法，何可反主畜舍，匿养天下不谨孝子哉[⑭]？子亲有此恶行，而天何宜使此人长生，与其共事乎？若此，天反当主舍此恶人反逆之子邪？地上尚不仕，天安肯仕之乎？故不孝而为道者，乃无一人得上天者也。虽去，但悉见欺于邪佞鬼耳，会皆住死于不毛之地。无人之野，以戮其形。天之应人如影响，安得行恶而得善者乎？古今希有之也。地王虽为道，前后众多者，其度者少。今天上乃少善人，无可与共事者也，其行悉凶恶也。”

“如是，天何不即杀之，乃使到不毛之地，无人绝气之野乎?”“所以不即灭杀之者，天地之间，其气集多所，而畜容，故名为中和。比若人和，无不而包容也，故得须臾。天者，主执清明，比若居帝王之前，不可得容奸恶人也。故天上本不与等子为治也，地上亦然也。天不与不谨孝子为治，比若圣王不与不谨孝人为治也。圣王尚不肯与为治，天何肯独与为治乎哉？古者圣贤，所以不与为治者，乃深睹天法，象天为行也。与愚者为治，天即大恨矣。”

“何以明之?”“人君与之为治，天为其多灾变怪，夷狄数来，是明天恨恶之证也，与重视合矩、券书何异哉？今天乃见人与之为治，尚憎恶疾之，何肯乃自与其共事乎？人所恶，天亦恶之也；人所爱，天亦重爱之也，是故古者贤圣睹天意深，故常象天而为行，不敢失铢分也。故而常独与天厚，得天心也。如不与天心合，不得天心则大凶矣；人行尚如此，何况今乃当为天上简士哉！天上简士，乃当与天共事，治无穷极之术也，长相与并力同心调气。真人宁解不邪？宜自慎！吾言纯天心意也，不可犯也，犯者死矣，□□哉。"

"善哉善哉！愚生心意，一善解于是。""子尚裁一善解[15]，俗人不解，冥冥愦愦是也。天疾之，故使吾下大言，具出天法。自是之后，学者戒之慎之！

今天乃贵重传相生[16]，故四时受天道教传相生成，无有穷已也，以兴长凡物类[17]。故天者名生，称父，地者名养，称母，因六甲十二子八卦之气以为纪[18]，更相生，转相使，故天道得常在，不毁败，是常行施化之功也。

今学道者，纯当象天为法，反多纯无后，共灭消天统。其贞者[19]，尚天性也，气有不及。其不贞者，强为之壅塞[20]，阴阳无道，种其施于四野，或反弃杀、穷其妻子而去者，是皆大毁失道之人也。无可法。是大凶一分之人也，不可以为人师法，安而中天师法乎？

夫皇天，乃是凡事之长，人之父母也，天下圣贤所取象也，何用等失道，妄为无世类之子，为与共事乎？如天但与此子共为治，天名为主舍匿恶人，兴凶术，何可以为圣，治人上师乎？故不舍止之也。古者圣人大贤尚知讳，不肯与无后世类之人共事，与之为治，悉不得天心。故圣贤，天使其皆贵重有后世，而共憎恶人无后世也。圣人乃深知天意，故独常法象之，不失铢分也，而况天乎哉？

今天上久纯无善人，故使吾下大语，以示敕后来，使愚者悉自知。若天上仕此人，天上反当主聚无后世人邪？行如此，反得上天，天上反爱无后世而不好生邪？故皆死于不毛地，不生之土、无人之野，令使各归其类也。汝不好生，与天反，故投汝不生之处。汝好无人，故投汝无人之野。俗人冥冥不睹，则言其已度世矣，实不也。吾不敢欺真人也，吾亲以天上行而下，睹与不睹，比若示盲者以日，言人欺之，反掩其口而笑，愚者比若此矣。真人慎之，天上所恶也，上亦然也。"

"善哉善哉！愚生未尝见是天上事，真真一觉于是。""子努力为善，行吾之文，疗天地之病，解帝王之愁苦。子功满，得上天，自往睹见之，吾言乃大效矣。""唯唯。不敢道留[21]，不敢懈忽也。""子慎之无懈忽，审沮懈忽，大命绝矣。""愚生甚畏天威，诚受行之。"

"善哉善哉！得天意矣。今天乃清且明，道乃清且白，天与道乃最居上，为人法。清明者好清明，故三光上著天，各从其类，合如为形。天之为形，比若明镜，比若人之有两目洞照，不欲见污辱也。若比圣王之前，常欲清明，不欲见污辱，污辱之则得灭死之过也。真人知之耶？""唯唯。可哉？可骇哉！"

"是故人头口象天[22]，不欲乐见污辱也，常欲得鲜明，得善物。故天下人以淹污辱恶[23]，与人食之，天乃遣雷电下，自捕取之。真人知是逆恶邪？""唯唯，愚生甚畏之。"

"今大中上古以来，人自言为善，绝殊于俗人也[24]。学为道者，反多相示教食粪饮小便，相名为质直善人[25]，天与道大憎之，天上名此为大反逆之子，天上不欲见其人形也。此大邪所著，犬猪之精所下也。

夫道之生天，天之有道也，乃以为凡事之师长。正道者，所以兴善，主除恶也。是故古圣贤帝王将兴，皆得师道，入受其策智，以化其民人，师之贵之[26]，乃言其能知天心意，象天为行也。天上亦尊贵善道人，言其可与和风气，顺四时，承五行，调风雨，助日月星宿为光明也，而使万物兴也。

今如此食粪饮小便，何可以为师？今地上师尚不中，名为逆子，何能反中天上师乎哉？小人甚愚也，甚淹污辱天道。真人得极文[27]，思其意。地上所恶，天上亦恶之；天上所恶，地上亦然。是地上人恶食粪饮小便，天上亦恶之，故乃遣雷电霹雳下杀之也。

此辞者，但可以晓地上人耳。天上恶之剧，于是地上尚憎恶之，天上何用为哉？天乃清明而鲜，何以反当主舍聚此食粪饮小便人乎？锥过误[28]，须臾得道，会不得上升天也，悉往死于五废绝气败凶之地[29]，以顺其行，以彰其过，各归其所，求不欺之也。真人年有善竟[30]，戒之慎之，以示后来，令洞上皇平气至，不得容此恶行，犯之死，明矣。”“可 愦哉!”“可 愦哉!”“真人知愦，是子觉也；子不 愦，与之同罪；知而故为之，罪不除。”“唯唯，不敢不敢。”

“今上皇天之为性也，常欲施与，故主施主与，主生主长，主出不主纳，主胜不主服，服则为逆，故天道不可威劫也[31]，劫迫之则令人灭亡矣。天主善，主清明，不乐欲见淹污辱[32]。今天与道，乃与上之称也，故帝王象天为行也，称无上之君。不敢失天行之铢分则吉，失之则大凶。

今学道为长生，纯当象天也。天者好生，故学长生者，纯守天第一生之气，其为行，当随天道意也。故地者主辱杀，主藏，不当随地意也。夫道者，乃大化之根，大化之师长也，故天下莫不象而生者也。今下愚小人欲为道，反无益于民人，而共淹污辱天道，甚逆无状，天上名之为逆子，大凶之人也，天上不欲见之也。”

“何谓也？愚生心结闭[33]，未及之也。”“善哉，子之问乎！天使子言，详开耳目而听。夫天与道，不好施好生好称邪？为之，何不卜卦赋药[34]，有益于民人？而使神治人，病固止也[35]。此三人也，皆得称师，不利天道，不敢淹污辱天道。夫天道不欺人也，常当务至诚。天道不欺以欺，即其后久久，日凶衰矣。天之为道也，不乐淹污辱，不欲利人。

天乃无上，道复尚之[36]。道乃天皇之师法也，乃高尚天。是故天与道者，主修正凡事，为其长，故能和阴阳，调风雨，正昼夜，列行伍，天地之间，莫不被恩受命[37]，各得其所者。今下愚为道，反为欺慢痴狂，乃共惑乱天之道，毁败天之化首。反行乞丐求人之物，无益于民间，淹污辱天道，内利百姓[38]，不可以为师法。反使后生者相教，每为道：道令人痴狂慢欺，又行被淹污辱而乞丐，因以此行而名之，谓为痴狂乞丐者之道。反使凡人共骂天，共贱正道，断绝大化，天甚恶之，道甚疾之，天上不欲见其形也。

今天上皇洞正气大至，日月星罗列皆重光，道与天当调风雨，和阴阳，使万物各得其所，而前人邂逅得道而升上天，无可仕者也。天上问之，悉有过，不可与共事。汝等乃居地上，尚见谓为痴狂乞丐者，不中帝王之师，安而中天上之师哉？天其恶之。大道衰废，咎在下古人相学失法度。天病之，大悒悒。天道不通，故遣吾下，与真人共谈，分别道得失，乐天下人一觉，俱知天上意，改其行，易其心，不复犯天禁，则学得成矣。如修其故行，天不上之也，会当复往，死于五辱之地，付命于五污之土，绝洞无人痴狂之野，上无三光，下无良土。”

“何也？愿闻之，其过何重也?”“不谪之也。天道为法，各从其类，下夺之也。”“如是，何以不即杀之，乃到此乎?”“欲即灭杀之，又其人自言，欲长生而至信；欲中杀之，又反且哭天啼地，自言甚冤，又不自知其过所由出，故天考之徒之[39]，其后投于五辱痴狂之土，使自知也。子欲知其实审，比若明王考人过责，非肯即杀之也，犹当随其罪大小诣狱[40]，大罪大狱，小罪小狱治之，使其人服，自知乃死，不恨而无言也。如不穷其辞语，会自言冤，怀恨而死。故五霸之君，其民臣多怀恨而死者也。子欲知天上之治刑如此矣。真人解邪?”

“可 愦哉！可 愦哉!”“子知惊 愦，生之门也；不知惊 愦，死之根也。子慎吾言，吾言正天之兵，不可诋冒。诋冒令人伤，小诋小伤，大诋灭亡也。戒真人一言，下古之人积愚，信其无知之心，且言不然，自穷矣。吾亲以天上行而下，知其□□，万不失一也。吾不敢欺子也，欺子不畏真人，乃畏天威，故吾言乃信复信。所以言复重者，乃恐其固固有失之者，故复重，使其言多文□□。

天上之事，实远难知，故文时时下合于地也。地上善，即天上善也；地上恶，即天上恶也。故人为善于地上，天上亦应之为善；人为恶于地上，天上亦应之为恶，乃其气上通也。五气相连上下同，六甲相属上下同，十二子为合上下著，无有远近皆相通。其下善，其上明；其下恶，其上凶，故五行兴于下，五星明于上。此者，天所以晓于天下人也。凡三光皆然，天上复与地下三光相通，三光明于下，天上亦然。天上明于上，地上亦然。两两相应，和以为经，于天上大善，地上亦然。犹天有六甲十二子，地上亦然；地上有六甲十二子，天上亦然。故常上下相应，不失铢分也。真人其慎之，吾言虽远，慎无闭藏，以示学者，传之必斋戒。其慎之，案文为法，勿得暗诵也。"

"唯唯。愿请问太上中古以来，诸相教为道者，反多有去家弃亲，捐妻子；反多有乞丐，痴狂详欺，食粪饮小便。后学者多以相教示，皆有师法，亦不苟空也[41]。""善哉！子之难问，得其恶意。天疾之，教子问之邪？其言何一巧也！子何故问此乎？""怪其久矣，无于质问，常若悒悒。"

"善哉，天果使子主问事邪？诺，开两耳，且为子分别言之。夫上天初出真道之时，不如此也，悉作孝养亲，续嗣有妻子，正形容不痴狂，食粪饮小便也。皆以其道，动作中法，上士为帝王之师辅，传类相养，无有伤者。于此之时，比若三皇五帝，动以正道，务相利，不相害伤也，故得以正道行，不自匿藏。三王紊乱，五霸将起，君臣民更相欺慢，故伪作痴狂，尚恐见知，乞丐，食粪饮小便，是困穷之行也，困穷之辞也。

夫道，亦有衰盛，比若此三皇五帝、三王五霸矣。下古多见霸道，乞丐弃其亲，捐妻子，食粪饮小便，是道之衰，霸道起也。故三皇五帝多得道上天，或有尸解，或有形去。三王以寿[42]，五霸无得正道者，皆战斗死于野。今下古守此霸道，亦皆死于野，此之谓也。吾不欺真人，是亦道之霸，与霸王同耳，安得上升天哉？""善哉善哉！愚生之心，真真已解矣，不意道亦有霸也。天师解之，乃后知之，诚诚□□哉！""子可谓开矣。"

"请问今学者，当奈何乎哉？""然，今者天道大周备，自今以往，与古异。欲修中古霸道法，真道不得来，真人宜戒之慎之。欲乐长存，修吾文。失铢分之间，命不全，可不守乎？道之元，皇道已起[43]，火光行之，霸道绝矣。天虽浩大，自有分理[44]，以示文凡人，令共议之。宜属上者属上，宜属中者属中，宜属下者属下，宜上下中共之，何不睹其诚信□□，比若与天语？"

"善哉善哉！时气平矣[45]。""真人何以知之乎？""见天亲遣天师下言，知天气平矣。""善哉善哉！子得其意。""愿复请问一两事，不敢多言。""行道之。"

"自今以往，求道皆当于何哉？""皆求之于闲室[46]，无远父母而去妻子。以渐为之，僻漏乃止。或内不善而僻漏[47]，无可益也，反且先死。各自考实，行不负天。人乃可欺，天不可欺也，勿忧人为非也。使各以是自治，不敢为道者，即恶人也，欲欺伪者也。以是占之，万不失一也。学人若此，奸猾绝矣，善人与恶人可见矣。此名为皇天简士书，上可得度世，中可为帝王辅，下愚无知，固固可为民间谨子。真人重知之。""唯唯。愿闻僻漏得道去云何？""然，道成去而已。如道未成，为日守父母，保妻子，日日以渐，清静为之，且自知其意矣。贤者共策此言。""唯唯。"

右天上简士文、兴道断为、弃霸续命、人自易心、奸猾消、守亲保妻子。

①天咎：皇天对人间社会某些现象的极度憎恶。

②冠：位居首位。

③长：主宰。

④四毁之行：指佛教徒的修持方式，即出家弃双亲；不娶妻续嗣；食粪饮小便；行乞化缘。

⑤宝器：指真道。

⑥中师法：符合道法。中：切中，符合。师法：足以作统率的道法。

⑦更选七：重新决定人的生死。

⑧受性：禀赋、天性。

⑨不孝：指出家远离父母。性真：指人的自然本性，绝无抑郁。

⑩无后世类：不娶妻，故而没有后代。

⑪简问：检查勘问。

⑫仕：封赐神职。

⑬受如：上天接受来者所献呈的个人行状。

⑭畜舍：容纳、容留。匿：隐藏，不公开。

⑮裁：通“才”，仅仅。

⑯贵重：非常重视。传相：一个挠一个，流转。

⑰兴长：兴化生长。

⑱六甲十二子句：六十甲子，十二地支、八卦阴阳之气。

⑲贞者：没有生殖力的男子。

⑳壅塞：压抑正常的性要求。

㉑道留：中途截止，指扣压神文。

㉒头口象天：天星圆形，人口与人头都呈圆形。

㉓淹污辱恶：朽败、腐臭、肮脏的食物。

㉔绝殊：截然不同。

㉕质直：质朴纯正的。

㉖师之贵之：效法它，看重它。

㉗极：准则。

㉘锥：名词用作动词，表深扎进，在这里指罪过深重。

㉙五废绝气句：五方偏僻荒凉孤寂的旷野。废绝气：即死亡气。

㉚年有善竟：会得长生。年：年寿。善竟：好结果。

㉛主胜不主服：根据上下文的意思，在这里“服”与“胜”应互换，下句“服”应换为“胜”。服：指以道德降服人；胜：指以刑罚武力和权势制服人。威劫：强行夺得。

㉜淹：毁败。

㉝结闭：不开窍，不开通。

㉞赋药：对症下药的药物疗法。

㉟病固止：疾病安定下来。

㊱复尚：更加超过。

㊲被恩：蒙受恩典。

㊳内利百姓：使百姓心怀私利。

㊴孝之徒之：勘问他们并判徒刑。

㊵诣狱：送往监狱。诣：前往。

㊶不苟空：不是毫无根据。

㊷以寿：得善终。

㊸皇道：指道农所力倡的无为而治，万扬尽生自理的治国之道。火光：火行精光。

㊹分理：划分的原则。

㊺时气平：春夏秋四时变化之气归于正常。平：归于正常。

㊻闲室：指清静场所。

㊼僻漏：僻开孔隙，即达到出入无间的地步。

太平经卷一百十八

庚部之十六

禁烧山林诀第二百九

“请问皇天上洞极之师[1]，师幸哀愚生不肖，乃告语以天上之事，诚非小生所敢望也。既加得已，开其道路，使得知天上事，愿闻天上皆何所喜，何所禁。唯得其戒，诚日夜思惟其意，不敢犯之，以示后生。”“善哉！子之问也，得其要意。真人安坐，为子道之，可传万世，无有去时也。”“唯唯，受命厚厚。”“勿谢，子为天地问疑，吾主为天谈，非子之私也，俱共公事，何须谢哉？”“欲不谢，若为轻道易事愁师[2]，谢又触忌讳，不谦也。”“但恐书益文多辞，令难知，故止真人言耳。夫辞者，道之柄，文之所从起也，忽悒悒，方为子分别之。”“唯唯。”

“今天上乃上皇洞平气俱至，兴盛阳，日光明，邪气止休，正气遂行，衰者消去，道德阳。”“天上急禁绝火烧山林丛木之乡，何也？愿闻之。”“然，山者，太阳也，土地之纲，是其君也。布根之类[3]，木是其长也。亦是君也，是其阳也。火亦五行之君长也，亦是其阳也。三君三阳，相逢反相衰，是故天上令急禁烧山林丛木。木不烧，则阴中阴者称母，故倚下也。天所以使子丑寅最先发去兴多[4]，兴多则火王，火王则日更明；丙丁兴，巳午悦。何也？愿闻之。”“此天格也[5]，性也。其母盛多而王，则其子相。其子相，则受气久长，得延年，故天上止之也。阳盛即阴奸日消，阳衰则阴奸日起，故奸猾者常起暮夜，是阳衰而奸起之大证也。故天上乃欲除奸，故禁之也。此自然之术法也，天上亦然，地上亦然。”

“善哉善哉！请问三阳相得，何故凶衰乎？”“善哉，子之问也，得其意。然三阳者，应天阳、地阳、人阳。三尽阳也，无一阴；三尽君也，无一臣；三尽男也，无一女；名为灭亡之路，无后之道也。不敢复传类，不而复相生成，故凶也。是所谓有天而无地，有日而无月，有上而无下，有表而无里，天上名此为立败之纪[6]，故恶之、禁之也。”“善哉！愚生过问此，甚畏之矣。”“子知畏之，生之根也；不知畏之，凶之门也。”“唯唯。”

---

①皇天上洞极之师：学道真人对传道天师的敬称。

②易事：随便问事。

③布根：植物。

④最先发去：萌发万物始生、驱除刑害之气。

⑤天格：上天的格式常法。

⑥纪：本义为丝缕端绪，此处引申为症结所在。

烧下田草诀第二百一十

“请问下田草宁可烧不？”“天上不禁烧也，当烧之。”“独何故当烧之乎？愿闻之。”“然，草者，木之阴也，与乙相应。木者，与甲相应。甲者，阳也，与木同类，故相应也。乙者，阴也，与草同类，故与乙相应也。乙者畏金，金者伤木，木伤则阳衰，阳衰则伪奸起，故当烧之也。

又天上言，乙亦阴也，草亦阴也，下田亦土之阴也[①]，三阴相得，反共生奸。故玄武居北极阴中，阴极反生阳。火者，阳也，阴得阳而顺吉，生善事。故天上相教，烧下田草以悦阴，以兴阳，故烧之也。天上亦然也。甲者，天上木也；乙者，天上之草。”

“寅与卯何等也?”“然，寅者亦阳，地上木也；卯者阴也，地上之草也。此四事，俱东行也[②]。但阳者称木，阴者称草，此自然之法，天上之经也。吾不敢欺真人也。子为天问事决疑，吾为天说事，二人共职，共理阴阳，除天地之病，令帝王不愁苦，万二千物各得其所，莫不悦喜而出见，无有冤结者也。”“善哉善哉!”“然，真人可谓知道矣。”“不敢不敢。”“然，学而问道，有何谢乎?”“唯唯。”“系之胸心，无有去时。”“善哉善哉！学问得其数矣。”

---

①下田：低洼地。

②东行：木行。五方配五行，东方为木，故为东行。

天神考过拘校三合诀
第二百一十一

“今天上良善平气至[①]，常恐人民有故犯时令而伤之者，今天上诸神，共记好杀伤之人，畋射渔猎之子。不顺天道而不为善，常好杀伤者，天甚咎之，地甚恶之，群神甚非之。

今恐小人积愚，不可复禁，共淹污乱洞皇平气。故今天之大急，部诸神共记之，日随其行，小小共记而考之。三年与闰并一中考，五年一大考。过重者则坐[②]，小过者减年夺算。三世一大治，五世一灭之。故今天上集三道行文书[③]，群神共记过，断好杀伤刑罚也，而兴乐，地上亦然。

真人幸为善，常欲有德于皇天，而怜帝王愁苦，时气不和，实咎在人好杀伤，畋射渔猎，共兴刑罚，常有共逆天地之心意。故使久乖乱不调，帝王前后，得愁苦焉，是重过也。真人幸欲常有功于天，有恩于帝王，今天上积疾毒之[④]，群神教吾言，故今以文付真人，归有德君，以示天下。人得文各自深省，思过失，念书言。天今良平气俱至，不喜人为嫉贼，吾知天上有此言，今敢不下道之?不言恐为嫉贼，害在吾身。吾不敢犯也，故以事报，诸真人慎之。真人不言，害在子身；以示凡人，愚人欲犯之，害在其身，天亦不复过责真人也。

自今以往，天乃兴用群神，使行考治人。天上亦三道集行文书以记过，神亦三道行文书以记过，故人亦三道行文书以记过。故人取象于天，天取象于人。天地人有其事，象神灵，亦象其事法而为之，故鬼神精气于人谏亦谏，常兴天地人同时。是故神应天气而作，精物应地气而起，鬼应人治而斗。此三者，天地中和之疾使，随神气而动作，应时而往来，绝洞而无间，往来难知处。

故今天道传治，与往古殊异，以今占古多不中，以古占今不复应。故古文衰竭难复用，用之不比中，又有集处真真文[⑤]。故天上言，拘校前后三合[⑥]，取中善者以明事，以合意，然后天上道正，王道备，邪恶悉去，帝王大乐，乃无事，人自为谨，得天意。真人知此事重乎?”“唯唯。”“善哉！子知其意矣。”

右天上禁火以兴生、断刑伤杀、止畋射猎、不顺天时气为天所恶、记见在知、赤初受符更始文。[⑦]

①上良善平气：最盛明最谨良的太平气。

②坐：抵。

③三道集文书：本指地方官吏，邑民和来往行人奉诏所上意见书，这里指群神向天庭里报的举报书。

④积疾毒：积恨毒忌。

⑤集处：汇集重作处置。真真文：指《太平经》。

⑥三合：对上古、中古、下古有关问题进行印证勘合。

⑦赤初受符：火气返初而由上天降示的符命。

太平经卷一百十九

庚部之十七

三者为一家阳火数五诀
第二百一十二

“下愚之生愿一请问：今天道当具，无不有无不包容也。天上何睹，何故一时悉欲生，而急刑罚乎[①]?”“善哉！子之难问，得其意。吾常甚好子之言，子之言，常发起吾意[②]，使吾道兴。子向不能难问，谁复而难问者乎？故天道久断绝，闭而不通，天甚疾苦之。吾久悒悒，欲言无可与言者，故天道失其分理久矣，岁岁至岁[③]，至于今。天运生圣人[④]，使其语，无而尽解除其病者，故乃使真人自来，与吾相睹，乃一得为天具语。子难常独深得天意，安坐，为子悉陈道之。吾欲不言，畏天威也，故得子问者，辄欲言，无可匿也。真人亦知之邪?”“唯唯。”

“然，子解解矣[⑤]。今天上所以尽悉欲生长，而急害伤者，天道常有格三气[⑥]。其初一者好生，名为阳；二者好成，名为和；三者好杀，名为阴。故天主名生之也，人者主养成之，成者名为杀，杀而藏之。天地人三共同功，其事更相因缘也[⑦]。无阳不生，无和不成，无阴不杀。此三者，相须为一家[⑧]，共成万二千物。

然天道本末中也。今者，天道初起以来，大周复反[⑨]，来属人属阳。阳好生而恶杀，生者须乐，乃而合心为一相生，而中有杀气辄伤，不能相生成。子欲知其信实，比若胞中之子，不可有小害，辄伤死，死不复生，辄弃一人，为是连伤而不止，便绝灭无后世矣，一家无统绝去矣。故尤大急刑罚杀伤也。天道同，不常如此耳。今者大急，复更为真人察察分别之，使下古人大觉，知天道今不欲杀伤诀意。所以更为真人察察言者，俗人随吾但无事习文辞，而作巧语也。故更为其陈刑天证。

今甲子，天正也，日以冬至，初还反本。乙丑，地正也，物以布根。丙寅，人正也，平旦人以初起[⑩]，开门就职。此三者，俱天地人初生之始，物之根本也。

初生属阳，阳者，本天地人元气。故乾坎艮震[11]，在东北之面，其中和在坎艮之间。阴阳合，生于中央。故凡怀妊者，在头下足上，中腹而居微。在中和之下，阳合者生，于最先发去，出其形气，投于他方者，此主天地人三气初生之处，物之更始，以上下不可有刑杀气居其中也，置其德气阳气，乃万物得遂生。如中有凶气，辄伤，故出其刑，去之也。

今者天道大周更始，以上下纯阳治天地，故急断刑罚也。天者称神，阳亦称神，故今天使神治人。真人欲知吾书文与天相应不，自今以往，犯吾书文，欲好刑杀者，天上亦且考之，人亦且更急之，神亦且考之。天上地上，异处同谋，鬼神不与人同家，亦且同谋，是天平气且至也。天初气更始于天上，地初气更始于地下，人初气更始于中央。此三气，方俱始生，不欲见刑恶凶气，俱欲得见乐气，故自今以往，天与地乐断刑也。真人知之乎?"

"唯唯。愚生暗昧，以为天上行疾人为恶，而禁刑杀伤也，不意乃天地人在怀妊之气，更始之本元也。见天师说之，甚惶甚核。""子知惶且核，可谓觉悟，知天道意矣。善哉，晓事生！戒此文慎无断绝为身害[12]。""唯唯，不敢不敢。""行去重之！凡人学问，各为身计，务顺天道。""唯唯。""出此天上禁忌勿藏。"

"唯唯。请问天道何故正以今为大周，为元初，乃更大数考正文哉[13]?""善乎！子之难问也，大得天心意。然，今者五阳之上长也[14]，五火之始也[15]。火之最上者，上为天，为日月之色者。火赤与天同色，天上色赤，火亦赤，赤者乃称神。天与神者常昌，得凡事之元，是故十一月为天正。天上亦然，故其物气赤，赤者日始还反。其初九气属甲子，为六甲长上首也。甲者为精，为凡事之心，故甲最先出于子，故上出为心星，故火之精神，为人心也[16]。人心之为神圣，神圣人心最尊真善，故神圣人心乃能造作凡事，为其初元首。故神圣之法，乃一从心起，无不解说。故赤之盛者，为天，为日，为心。天与日与心常明，无不而照察。故自今以往，行此道者，奸邪之属悉绝去矣。夫阳之生者，于幽冥之中[17]，是故阳气起于北，而出于东，盛于南，而衰消于西，天之为法如此矣。"

"善哉！愿闻今阳之生者，何故正于幽冥中乎?""夫生者，皆反其本，阴阳相与合乃能生，故且生者，悉复其初始也。天地未分初起之时，乃无有上下日月三光，上下洞冥，洞冥无有分理。虽无分理。其中内自有上下左右表里阴阳，具俱相持，而不分别。若阴阳相持，始共生，其施洞洞[18]，亦不分别，已生出，然后头足具何知。阴阳之初生之始，如是矣。故人今将变化而施生者，悉往就幽冥闲处，天使不忘其本也。人初受天地之法，是其先也，故天使其不忘也。""善哉善哉！见皇天师言，乃知分理也。""子可谓易示晓矣。"

"请问阳与火何独伍乎[19]?""行气者各自有伍[20]，非独火也。金火最为伍[21]，赤帝之长。故《天策书》非云邪?'丙午丁巳为祖始。'始者，先也，首也，故书言祖始也。万事之始，从赤心起。心者洞照知事。阳始于阴中，亦洞照，故水者，外暗内明而洞照也，中有阳精也。故阳始起于北，而阴始起于南，十一月地下温，五月地下寒。"

"今阴阳始起，何不于天上而正于地中乎?""善哉！子之难问也。然地为母，父施于母，故于阴中也，其施阳精，同始发于天耳。阳者，其化始气也，微难睹，入阴中成形，乃著可见，故记其阴中，不记其阳也。"

"今天雨雪，同是其施化之道，见可睹，而言阳施精，微不可睹乎?""善哉，子之言也，难得其意。欲为真人分别说之，恐天道大形见，故不为子说也。然恐真人心恨，夫为人师，为人上者难。请安坐，为子微说之。天雨雪，造将为之时[22]，呼吸但气耳[23]，阴阳交相得，乃施可睹。于此之时，天气下，地气上，合其施，故雨雪有形而可见也。""请问：今或有山溃云上[24]，皆可睹，而言不可睹，何也？欲不问，苦悒悒，今故具问之。为弟子，不谦不也，不问无以得知之，致当问之，无所疑也。”“诺，为子微说之，不可穷极。然云雨溃山，此者阴之盛怒，而不自忍伤阳化，凶事也，非善变也。有伤于化之道，阴之失也，阴之伤也。真人勿复穷问，天道亦不可察察尽言也。子自思其意。”“唯唯。”“行去。”

---

①急刑罚：以刑罚为当务之急。

②发起：引发，激发。

③无可与言者：没有和我说天道的人。分理：明分的法则。岁岁至岁：年复一年。

④天运：天的际会。

⑤子解解；你已经明白什么是该明白的了。

⑥格：固定的，一成不变的。

⑦更相更缘：交替凭依。

⑧相须为一家：形成协调的统一体。

⑨大周复反：大持循环一轮又回到初始地位。

⑩平旦：汉代区定的十二时段之一，相当于现在凌晨三至五时。

⑪乾坎艮震：八卦中的四阳卦。乾居西北，代表阳气处于萌发的地位。坎居正北，代表阳气始生艮；艮居东北，代表阳气形成；震居正东，代表万物生出。

⑫断绝：指擅自扣压而不传布。

⑬大数：指气数，即自然的分界。

⑭五阳：十一月一阳生，十二月二阳生，正月三阳生，二月四阳生，三月五阳生。共为五阳。

⑮五火：指天、日、心星、赤气、人心。

⑯心星：指二十八宿中的心宿，古代视其为天之明堂即天帝布政之宫。人心：以人体五脏配五行，心属火行。

⑰幽冥：北方极阳之地。

⑱洞洞：迷蒙通透。

⑲伍：同列。

⑳行气：指五行之气。

㉑金火：金属阴，火属阳，金性坚刚，得火而柔，火克金。

㉒造将为之时：到快下的时候。

㉓呼吸：气流运动。

㉔山溃云上：一种奇异的自然现象。

道祐三人诀第二百一十三

真人再拜：“谨问天师道，太平气至，谁者当宜道哉①？谁者不宜道乎？”“善哉！子问事也。夫道与人，比若风雨，为者则善，不为则已。好为者，则其人也；不好为者，即非其人也。为者不用力，易开通者，即是其人也。不开不通，终日无成功，即非其人也。为之即吉，不为则凶，是其人也；不为之，其人自吉善，无所疾苦，已为之后，反有所疾苦，即非其人也。又凡人自养，不可不详察也。夫道者，乃正人之符也②；疾病鬼物者，乃邪恶之阶路也，贼杀良民之盗贼也。或见人且入正道，因反怒人，与人争斗，于人为正道，反凶不为善，反安隐于等之间③，不可不谨详自精者。得道则吉，失道则凶也，死生之命，不可自易而不谨详也。”

“善哉善哉！愚生已解矣。”“然，真人既问疑事，且告真人天要语。吾道之所以而长久养者，人而乐道乐德乐仁，忽于凡事，独贪生耳，道正长于养守此三人也。过此而下者，吾道不而长久养也。”

“何哉？夫人道乃无不覆盖，何故独宥此三人④，不宥余哉？”“然，善哉，子之难问也，得其意。夫大道之出也，人皆蒙之恩，乃及草木，莫不化为善，皆得其所，俱而各竟其天年。夫无道德不仁，不可久养也。”“何哉?”“然，但以其不好道德仁也。”“夫好道德仁，何故独可久养哉？愿闻其意。”“然，子晓事生哉！其问事绝诀也，详听，为子分别言其意。”“唯唯。”

“然，是好道德仁，此三人皆有三统之命。乐好道者，命属天；乐好德畜养者，命属地；乐好仁者，命属人。此三人者，应阴阳中和之统，皆有录籍，故天上诸神，言吾文能养之也。行不若此，亦无录籍，故吾文不能久养之也。今太平气至，无奸私，故不而久养奸恶之人也。不如往者内乱之时，能包养恶人也。”

“愿闻其竟说[5]。”“然，奸邪恶气出活者，反能久养奸恶之人也，而不能久养善人者，是其众害多，善者少也，比犹若大寒至而热气衰也。今正气至，乃不能久养奸恶之人，比若阳气至而阴气消亡也。夫太阳上赤气至，乃火之王精也[6]。火之王者乃光，上为日。日者乃照察奸恶人，故言不得为非，故不容恶人也。又道者主生，德者主养，仁者主用心故爱。春即生，夏者即养，人则用心治理，养长万物。故太阳所生养长，用心最劳苦，此之谓也。”

“善哉善哉！愚生重闻命乎！”“然，安坐，为子更有所修解。”“唯唯。”“一事：学道而大度者在天，中度者在神灵，小度者在人也[7]。二事：学德而大度者在天，中度者在神灵，小度者在人也。三事：学仁而大度者在天，中度者在神灵，小度者在人也。四事：学官[8]而大度者在天，中度者在神灵，小度者在人也。五者：好畜聚财业大多者在天，中多者在神灵，小多者在人也。然此五事，大度中度小度，一由力之，归命于天，归德于地，归仁于人。守此三事学身，以贤心善意，思之惟之，身乃可成；积之聚之，神且自生；守之养之，道且自成；乐之好之，身且自兴。天道无亲无疏，付归善人。

是故天自力行道，日一周[9]。所以一周者，凡物之生，悉法六甲五行四时而生，一气不至，物有不具，则其生不足不调矣。为人君上父母，而不调大过也，故天日一周，自临行之也。所以自临行之者，假令子水也[10]，但有水气未周，五行气不足，四时气不周，故为行而临之。甲加其上，有木行，有春气；丙加其上，有火行，有夏气；戊加其上，有土行，有四季中央之气；庚加其上，有金行，有秋气；壬加其上，有水行，有冬气。五身已周，四气已著，乃凡物得生也。天地施化得均，尊卑大小皆如一，乃无争讼者，故可为人君父母也。

夫人为道德仁者，当法此，乃得天意，不可自轻易而妄 行也。天道为法如此，而况人乎?故上士法天，其道乎[11]！中士法地，其德乎！下士法人，其仁乎！过此而下者，不属于人，故与禽兽草木同乎无常命。真人得吾文书，自深思其要意。缘而无善，与天相得同事也？与吾文反者，乃天地之怨也，吾亦不耐也。吾文书所恶，正是也，真人慎之！以付上士，归县官，示凡人，自今以往，天与古异。“善哉善哉!”

右分别太平文出、所宜所不宜诀。

---

①道：获受天道。

②符：护身灵符。

③等：指凶恶之辈。

④宥：拘泥、局限。

⑤竟说：最终结论。

⑥太阳上赤气：极度盛阳第一等火气。火之王：火行占统治地位。

⑦大度：指成神。中度：指成仙。小度：一生平安，竟享天年。

⑧学官：研习入仕居官的原则与方法。

⑨日一周：每昼夜运转一圈。

⑩子水：子属水行，代表夜半之时，夜半之时水行兴旺。

⑪道：这里“道”是守行真道的意思。

太平经卷一百二十至一百三十六

辛部（不分卷）

不食长生法

请问不食而饱年寿久久[①]，至于遂存，此乃富国存民之道。比欲不食，先以导命之方居前，因以留气[②]。服气药之后，三日小饥，七日微饥，十日之外，为小成无惑矣，已死去就生也。服气药之后，诸食有形之物坚难消者[③]，以一食为度；食无形之物[④]，节少为善。百日之外可不食，名不穷之道，名为助国家养民，助天地食主[⑤]。少者为吉，多者为凶，全不食亦凶，肠胃不通。通肠之法，一食为适，再食为增，三食为下，四食为肠张，五食饥大起，六食大凶恶，百疾从此而生，至大饥年当死。节食千日之后，大小肠皆满，终无料也[⑥]。令人病悉除去，颜色更好，无所禁防。

古者得道老者，皆由不食。君臣民足以安身心，理其职，富者足以存财，贫者足以度躯；君子行之，善乐岁，凶年不危亡。夫人曰有三命，而不自知。日三食乃生，朝不食一命绝，昼不食二命绝，暮不食三绝，绝三日不食，九命绝。无匿物，无宝留[⑦]，此由饥也。奸邪大起，悉从此始。用吾道，万事自理，吉岁可以兴利，凶年可以存民，常当忽带收肠[⑧]，使利行步也。

①不食而饱：指辟谷食气的修炼方术，即不食五谷而靠食气生存。

②导命之方：具有滋补作用的草木药方和药物。气：指人体内的先天真元气。

③有形之物坚难消者：指难以消化的硬食。

④无形之物：即软食、流食。

⑤食主：供养帝王。食，作动词，即供养。

⑥满：充盈着真元之气。料：渣滓。

⑦宝留：充满真元之气。

⑧忽带：把腰带系扎得紧紧的。忽：古代极小的长度单位。这里作动词用。

占相乃不能救诀

天地之间，凡事各自有精神，光明上属天，为星，可以察安危[①]。天地之性，自有格法，六甲五行四时节度，可以占覆未来之事，作救衰乱[②]，防未然之事。

臣见君父之衰，救之，使其更兴盛，是大功也；深知其衰也，不救之，或反言而去，名为倡讹[③]，罪不除也。三事：臣知其君有失，将睹凶害而救之，使其更无凶害，是大功也；知而不救，名倡凶，其罪不除也。四事：知君理失其要意，灾害连起，而救助其理之，是其宜也，为晓事之臣。知而不救，其罪不除也。五事：臣知其君年少，其贤未能及，事而救之，助其为知，是其宜也；知而不助为贤，反言不及，名为不忠，弱其上，其罪不除也。六事：臣知其君老，有天期而忧之[④]，为其索殊方、大贤之助、异策内文，令君更得延年，是大功也；知而不能，反言吉凶者，其过大也。七事：为人下，知上有危，有失理，或失忘，而共救之案之，是为大功；知而不救，自解避而去，为不顺忠孝之人，罪皆及其后[⑤]。八事：父母有疾，占相之，知能尽力竭精，有以救之；知而不救，天将大罚。九事：父母年老且尽，为子者知父母老期将至，为求贤师异方，令得丁强[⑥]，孝子之宜也。此由食人之食，以食归之[⑦]，而有大功也。十事：知人凶衰，有大害患将至而救之，使其更兴，与其奇方异策、内文善事，今无复忧苦，是为大功；知而不为，有罪不除也。

①星：星体生于地，精成于天，可以占卜。

②作救：振作挽救。

③言：散布衰象。讹：蛊惑人心的言论。

④天期：将死的年份。殊方：仙方秘药。异策内文：秘密的书文。

⑤及其后：殃及他的后世子孙。

⑥丁强：像成年人那样强壮。

⑦食人之食，以食归之：受父母养育而应回报父母。

闭藏出用文诀

夫为人子，见父母有死难而抛去之，处乐违苦，此乃与禽兽同耳。岂可统三才[①]，继天地乎？是以圣人出也，施教戒，劝人为善，断绝凶恶，以救天地之灾，令三光五行、星辰顺叙[②]，岂徒言哉？今天上乃具出文书，以化除诸灾害，以致善，是故吾自晓敕真人出书也。

今天上教吾大言，勿有蔽匿也。今天地大周更始，灾害比当消亡，无复余粮类[③]。故教人拘校古今文[④]，集善者以为洞极之经，定善不可复变易也。虽圣贤之人，不能复致其文辞，夫文辞，天地阴阳之语也。故教训人君贤者而敕戒之，欲令勤行致太平也。

所以言蔽藏者，贤君得而藏于心，用于天下，育养万物而致太平也。而归功于上帝，则坚于石室深穴也[⑤]。天生善物，必归之善处。如珠玉也，必帝王宝之；其粗恶之物，众弃之。况人为善，而天岂不爱乎？帝王岂不重之乎？

①统三才：续接天统、地统、与人统。三才，指天、地、人。

②顺叙：行守本位。

③余粮类：积财而不施舍的人。

④古今文：世间流传的全部书文。

⑤石室：宫庭中收藏最重要的图书档案的处所。

三道集气出文、男女诵行诀

今天上无极之天，中无极之天，下无极之天，旁行无极之天，今为法，况三道集气共议[①]，其应天地人位也，乃太平至，天悦喜，则帝王寿。其道神灵佑，天地善气莫不响应，道德日至，邪伪退，谀臣奸冗灭，凡臣悉除，万善自来，五行和，四气时良。

其为政法，起于本。本者，天地之间，人象神，神象人，而各自有隅，聚亭部乡县善恶，所好所疾苦，各有其本。事皆近，察察自相短[②]，短长得失，明于日月。故大教其集议，贤不肖共平其事。故天下州县乡里置封，仰万民各随材作书[③]，直言疾苦利害可否，致书投于封中。长吏更撰上天子，令知民好恶贤不肖利害，可集议而理之，即太平之气至矣，而福国君万民，万二千物各得所矣。封即今匭函也。

天道有缓有急，人事亦然，有缓有急。天道急，即风雨雷电不移时而至；人道有急，亦趋走不移时而至。急者即以时应天法则上之[④]，刺一通付还本事，而有赏罚。缓者须八月为一日上也，天上法如此[⑤]。夫阴阳为法如此[⑥]，人道亦如此矣。

---

①三道集气：指皇天兴用群神，记人过恶，予以惩治。神应天气而作，精物应地气而起，鬼应人之中和气而动，分别上诉于天，对证考治。

②短：揭发。

③封：吸纳意见书的专用场所。仰万民：使万民仰瞻。

④急者：地方上事关人命的重大事件或案件。

⑤天上法如此：天庭常以八月晦日校录山海河梁江湖褚神所上簿书。

⑥阴阳为法如此：万物在仲秋八月成熟，果实已可区别确定。

人腹各有天子、文归赤汉诀

凡人腹中，各有天子五气各有王者[①]。天有五气，地有五位。其一气主行为王者，主执正凡事。居人腹中，自名为心。心则五脏之王，神之本根[②]，一身之至也。主执为善，心不乐为妄，内邪恶也。凡人能执善，清静自居，外不妄求，端正内，自与腹中王者相见[③]，谓明能还睹其心也。心则王也，相见必为延命，举事理矣；不得见王者，皆邪也，不复与王者相通，举事皆失矣，而复早终。

---

①天子：喻指主宰。

②神：神灵，为天之太阳气的化身和生命的主宰。

③腹中王者：指心。

图画多、夷狄却、名神文诀

今太阳德盛，欲使天上天下，上无竟，下无极，旁行八洞外内[①]，真神真精光悉出助帝王治，而致上皇洞平之气，未常见之，善人命长，万物无复夭死自冤者，而邪神悉消亡，天下无复强枉病者[②]，岂可闻乎?

善哉！子之问也。天使悉断邪伪凶恶，而出真事。凡图画，各有精神。真事有真神，邪事有邪神，善事有善精神，恶事有恶精神。夫蓄积邪之家[③]，后必有邪害也；蓄积真文真道之家，后必有度世者也。故真伪各精所致也。故天有吉有凶，吉则吉精神，凶则凶精神。地亦有吉凶，吉则吉精神，凶则凶精神。

①八洞：八方通透。

②强枉：横遭，白白。

③邪：邪文邪道。

九事亲属兄弟诀

夫三皇五帝各有亲属兄弟[①]，三王五霸各自有亲属兄弟，小小分别[②]，各从其类，世兴则高，世衰则下。比若昼夜，相随而起，从阴阳开辟到今不止。贫为小人，富为君子，更共相为使，转相理。是天地亲属也[③]，万物不兴，其中几类似之，而实非也。

天有六甲四时五行、刚柔牝牡孟仲季[④]，共为亲属兄弟，而敬事之，不失其意，以化天下，使为善主[⑤]。仁义礼智文武，更相为亲属兄弟。

夫道与道为亲属兄弟者[⑥]，凡道乃大合为一[⑦]，更相证明转相生。今日身已得道，凡道人皆来，亲人合心为一家，皆怀善意，凡大小不复相害伤，灾害悉去无祸殃。帝王行之，天下兴昌，垂拱无为，度世命长。吏民行之，其理日明。凡道皆出，莫不生光。道与道为亲属传相行，故与道召道，以道求道，即以道为亲属兄弟。尚化如此，则天下皆好生恶杀，安得有无道者哉?

德与德为亲属兄弟者[⑧]，今日身执大德，以德为意，凡有德之人推谦相事，天下德人毕出矣。以是为法，安坐无事，帝王行之，其国富，吏民行之，无所不理。以德召德，德自来矣。

仁与仁为亲属兄弟者[⑨]，今日身为仁，凡仁者自来相求，以仁召仁，仁人尽来矣。帝王行之，天下悉仁矣。吏民行之，莫不相亲。所谓仁与仁合为一家，是为亲属兄弟矣。

义与义为亲属兄弟者，以义求义，今日身已成义，凡义之人，悉来归之，以义合也。帝王行之，苦乐相半。吏民行之，生伤半。以义求义，是为亲属兄弟矣。

礼与礼为亲属兄弟者[⑩]，以礼求礼，今日身已成礼矣，凡礼之人悉来。行者守节，生者不安腹，中内空虚，外使若环，趋走跪起，无闻命矣。日短，衣物尽单[⑪]，帝王行之，愁苦且烦。吏民行之，职事纷纷，丁者力乏，老弱伤筋。礼礼相亲，是为亲属兄弟矣。

文与文为亲属兄弟者[⑫]，今日已成文矣，以文求文，文人悉来，至若浮云，中外积之聚若山。至诚若少，大伪出焉。帝王行之，以理其事，或得或失。吏民行之，更相期，妄以相拱，害变疾病万种，人日短命。以文相期，以文相恐，转相取，转相生，此乃文之亲属也。

武与武为亲属兄弟[⑬]，今日已成武矣，以武召武，凡武人悉来聚。其气阳阳，其兵煌煌，其力皆倍，其目皆张，其欲怒不得止，武鬼居其角，取胜而已，不复惜其命。君子行之，其治日凶。则吏民行之，灭杀人世。无有善意，理有聚害，此即以武生武，则武之亲属也。

辩与辩相为亲属兄弟者[⑭]，今日已成大辩矣，凡有辩之人悉来归之。辩辩相与，无有终穷。一言为百言，百言为千言，千言为万言，供往供来，口舌云乱，无有真实。人君行之，其政万端，吏民无可置其命。以辩求辩，是为亲属兄弟也。

法律与法律为亲属兄弟也[⑮]，今日已成法律矣，以法律求法律，凡天下法律之人皆聚。事无大小皆有治，凡人无有无罪之人也。自生至老，一人之身有几何罪过? 无有无罪者，以此相生人，君子之十九强死。以此为理天下，大乱不可止也。

以此论亲属兄弟相求，各从其类。理乱之本，太平之基，审此九事，可知也。天上诸神言，好行道者，天地道气出助之[⑯]；好行德者，德气助之；行仁者，天与仁气助之；行义者，天与义气助之；行礼者，天与礼气助之；行文者，天与文气助之；行辩者，亦辩气助之；行法律者，亦法律气助之。天道各以类行神灵也，天将助之，神灵趋之。深思其要意，则太平气立可致矣。

①亲属兄弟：喻指同类相召相从，同气相求相应。

②分别：指各具特色。

③是天地亲属也：此句是把以上诸种情形看作是法天效地。

④刚柔牝牡孟春季：指阴阳属性。

⑤善主：妥善统领。

⑥道与道：指帝王以道治国和天下道士的道术。

⑦大合为一：谓融成一串，定于一尊，即《太平经》这样的经典。

⑧德与德：指帝王以德治国和天下德人之德。

⑨仁与仁：指帝王以仁治国和仁人的仁惠。

⑩礼与礼：指帝王以礼治国和礼家所执三礼。

⑪衣物尽单：此句是说仍要按礼仪规定的服制办。

⑫文与文：指帝王以文饰治国和文饰人所尚之文饰。

⑬武与武：指帝王以武治国和武人所尚之武。

⑭辩与辩：指帝王以辩治国和天下辩士所施逞的巧言善辩。

⑮法律与法律：指帝王以法治国和法家所执之法。

⑯天地道气：指天道职在施生的太阳气和地道职在养长的太阴气。

不效言成功

请问上善易为也，上恶易为耶[①]？夫阳极为善，阴极为恶，阳极生仙，阴极杀物，此为阴阳之极也。夫凡民生，不能尽力养父母，求奇方道术，以资父母，使怀悒悒而至死，复相教善衣食歌舞以乐之[②]，是为大逆之民，天岂福之乎？

天上效凡书文对，今天上为法，令天上人不得相期为猾，自有大术也[③]。地上亦然。今真人岂知之耶？

自古到今，多有是佞臣猾子，弄文辞，共欺其上，愁其君父，而得官位；无功于天地而食禄，天甚疾之，地甚恶之，天上名之乱纪。今天上平气至，欲断之，恐此子复乱理。今人积愚，多可欺而得仕，今天灾不可欺而去也，不可诈伪而除也。

真与伪与天相应不，悉以示下古之人，试使用之，灾害悉除，即是吾之真文也，与天上法相应，可无疑也，不言而反曰彰明矣。用之而无成功，吾道即伪矣，亦不言而明矣。天上为法，不效巧言，乃效成功。成事：比若向日月而坐，俱有光明。何以知其热与清乎？去人积远，以何效之？主以成功也，向日而坐煴也[④]，足以知热；向月而坐，足以知清。吾之真文，亦若是矣。

---

①上善：第一等的善行。上恶：最大的恶行。

②善衣食歌舞：即崇尚吃喝玩乐穿，在这里指让父母纵情享乐，在道家看来，这等于加速死亡。

③期：指侥幸获得成功或蒙混过关。大术：指由至高神天君委派群神轮流值班，自上方监察下方，有过则处罚。

④煴（yūn，晕）：微暖。

上士善言教人增算诀

天上为法，目视则理阳，瞑则理阴[①]；视则理有形，瞑则理无形；视则理人身，瞑则理精神。以是为效，故能使阴阳悉理，则无有失职者也。地上亦然，为洞极皇平也。

今天之出书，神之出策符神圣之文[②]，圣人造文造经，上贤之辞[③]，此皆言也。故天地神圣